1. 1988年7月18日，洪汛涛在湖南凤凰主持并和"首届全国少年儿童金凤凰童话写作大奖赛"获奖者合影。

2. 1982年5月21日，"儿童文学园丁奖"（现陈伯吹国际儿童文学奖）首任秘书长洪汛涛主持第一届授奖大会。

3. 1979年，洪汛涛代表上海（第二排右一）赴京主持"第二次全国少年儿童文艺创作评奖"工作，和评委在团中央门前合影。第一排左二起严文井、冰心、康克清，还有胡启立（第二排右四）等。

4. 1955年，上海电影制片厂出品洪汛涛编剧的木偶片《神笔》的海报。

6. 1986年，安徽少年儿童出版社出版的《童话学》的书标，洪汛涛设计。

5. 新中国成立70周年献礼书《神笔马良》。

荣 誉 证 书

7. 中华人民共和国新闻出版署等单位向洪汛涛颁发荣誉证书。

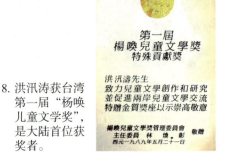

8. 洪汛涛获台湾第一届"杨唤儿童文学奖"，是大陆首位获奖者。

9. 洪汛涛小学、高中、青年时代照片。

10. 洪汛涛在家乡浦江县仙华山上。

11. 洪汛涛在家乡"神笔马良"铜像前。此铜像和丹麦"小美人鱼"铜像齐名。

12. 洪汛涛逝世后，安葬于青浦息园，墓前"神笔马良"铜像耸立。左起：子洪画千、孙洪运。

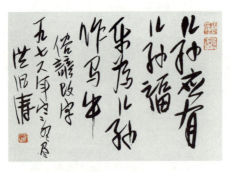

13. 洪汛涛座右铭。

14. 1964年，洪汛涛在创作。

15. 1985年，洪汛涛与夫人冯佩霞在上海重庆中路家中书房。

洪汛涛纪念馆
顾秀莲
2011.8.26

17. 第十届全国人大常委会副委员长顾秀莲为在浦江的"洪汛涛纪念馆"题写馆名。

16. 1980年代，洪汛涛手持其刚出版的《童话学》在重庆中路家中留影。

'88.11 摘自民生報兒童天地

大陸著名童話家

洪汛濤的親筆信

洪汛濤為大陸著名的童話作家。他曾改寫「神筆馬良」的故事，非常受到歡迎，幾乎每年再版一次，有時還再版好幾次，目前已賣出五百多萬冊，許多國家都有譯本，美、日都已拍成電視片，列為世界名作系列之一。研究兒童文學史的邱各容先生，最近，到大陸去訪問時，洪先生特地請邱先生捎來一封給台灣小朋友的信。（邱各容）

19. 1992年5月14日，洪汛涛（左）在国际饭店会见台湾作家林良（右）。

18. 1988年10月10日，洪汛涛在沪会见台湾学者邱各容，商谈两岸儿童文学如何交流的事宜。

20. 1994年5月，洪汛涛（左）应邀访问台湾，与台湾作家林海音（右）合影。

21. 1995年11月，洪汛涛出席第三届亚洲儿童文学大会。

22. 与中国台湾作家马景贤、日本作家寺前君子的合影。

23. 1990年5月，洪汛涛（右二）出席在长沙举行的首届"世界华文儿童文学笔会"，台湾作家林焕彰（左二）在发言。

24. 1993年10月，洪汛涛（左二）应马来西亚文教界邀请，进行访问和讲学。

25. 1999年12月应邀访问泰国。

26. 1999年12月应邀访问中国澳门。

27. 1994年6月9日，洪汛涛（前排左一）访问香港获益出版事业有限公司，与作家黄庆云（前排右一）、总编东瑞（后排右一）等合影。

28. 1989年8月，洪汛涛（前排右二）全程陪同首次来大陆的七位台湾作家访问安徽、上海、北京。在沪拜访陈伯吹（前排左二）。

上海文化发展基金会图书出版专项基金资助项目

洪汛涛文集

洪汛涛 著

第一辑

卷一

中国出版集团 东方出版中心

图书在版编目(CIP)数据

洪汛涛文集. 第一辑 / 洪汛涛著. -- 上海 : 东方
出版中心, 2022.11
ISBN 978-7-5473-2079-2

Ⅰ. ①洪… Ⅱ. ①洪… Ⅲ. ①文学理论-文集 Ⅳ.
①I0 - 53

中国版本图书馆 CIP 数据核字(2022)第 210549 号

洪汛涛文集(第一辑)

著　　者　洪汛涛
责任编辑　王　婷　王欢欢　李梦溪
封面设计　钟　颖

出 版 人　陈义望
出版发行　东方出版中心
地　　址　上海市仙霞路 345 号
邮政编码　200336
电　　话　021－62417400
印 刷 者　上海盛通时代印刷有限公司

开　　本　890mm×1240mm　1/32
印　　张　47.75
插　　页　4
字　　数　1170 千字
版　　次　2024 年 7 月第 1 版
印　　次　2024 年 7 月第 1 次印刷
定　　价　248.00 元

目　录

第一部分　童话学

第二部分　台湾儿童文学研究

第一部分

童话学

引　言

儿童文学中，有许多门类。如小说、散文、诗歌、剧本等等。这些样式，儿童文学中有，成人文学中也有。

只有童话，成人文学中，是没有的。尽管，有的童话是写给成人看的，或者写给儿童看而成人也爱看的；但是，作为一个样式来说，它是儿童文学中所特有的样式。它，像母亲的奶汁一样，完全属于孩子所有。

少年儿童是十分喜爱童话这种样式的。你到孩子中去调查，可以说不喜爱童话的孩子是没有的。儿童的本性是爱听童话的，确实，儿童之需要童话，乃是一种天赋和本性。

童话，从遥远的盘古时代就有，而发展成拥有一大批作家，专门写作成文字作品的童话，是近来不到一百年历史的事。

现在，我们已经有了一批享有盛名的童话大师；我们已经有了不少可以传之后世的童话佳作。

百来年的时间，在历史的长河中，是十分短暂的一刹那，但以人类的生命来计算，却已经是走过了几代人。这百来年的时间里，几代的童话作家，在前人的基础上，继续努力，从事于作品写作，从事于作品研究，实践、实践，不断地实践，渐渐地累积了许多成功或者失败的经验、教训，这些经验、教训，写成了文字，就是理论。

在这期间，出现了众多的童话作品，同时，也出现了一些童话理论。

尽管，这些理论是分散的，各从各的角度来阐述，各从各的方面来探讨，有的单谈某个问题，有的作了全面论述……童话，已不是一个不可捉摸的东西，不再是你写你的，我写我的，那么虚无缥缈、没有边际的了。童话，有了一些方圆规矩可循，有了粗略的范围，有了种种的准则。像一块浑璞的石头，被众多的雕刻家们，你一刀，我一斧，雕凿着，渐渐形成了一座初具规模的艺术制作。

这些年来，童话，应该说，客观上已逐渐形成了一系列的、约定俗成的、众所公认的童话理论。

童话不论从正面、侧面，都已存在它形象主体的面面观。

这是童话艺术的趋向成熟，是童话这一文学样式的发展和进步。我们必须充分地认识到这一点。

但是，今天这些客观上已经初步形成的童话理论，在哪里呢？当然，有一些作家们已写成书面文字，发表在报刊上，收在各种集子里，更多的却在作家们所创作的作品里，有的还在作家们的头脑里，并不曾写成书面文字。

我们应该把这些散见于报刊、集子、作品、头脑里的，见诸文字和未见诸文字的，大家对于童话的共同看法、所遵循的客观规律，为什么要这样写而不那样写等等道理，采撷起来，集中到一块，概括并提炼成一门科学的、有体系的童话理论。这童话理论，就是"童话学"了。

但是，面对这一大摊芜杂的作品，以及模糊不清的历史，零散观点，参差不齐的意念，乱麻一般的经验，有成功有失败的教训，各种纷纭的说法，在这样的基础上，存异求同，九九归一，建立起一门童话学学科，也是相当艰难不易的。前人没有做过这一工作，国内国外都找不到此类的著作。无论是纵向或横向，都缺乏可借之鉴。

所以，写这部《童话学》，只是一种探索。

童话学，不能永远是空白。它已经到了出世的时候了。

童话这孩子，已长得如许大，它的同胞兄弟——童话学，不出世怎么行呢?

童话学得赶紧大喊大叫，向世界宣称："我出世了!"

修订台湾版序言

[署名手写签名]

　　从世界的视角来看，台湾海峡不算太宽，可是它却把我们中国的童话隔开了四十年。就历史的长河来说，四十年，也不是一个太短暂的时间。我们的童话，不论是作家，还是读者，都走过了几代人。

　　这四十年中，海峡两岸的童话，可说是彼此"隔绝，并无往来"。我对台湾的童话多么想知道，但是我无法知道。

　　我永远记得，"文化大革命"结束后一个乍暖还寒的春日，我去沈阳，在北陵附近的一座小灰楼里，为一本叫《中国童话界》的选本定稿和撰写评论。虽然，那时阳台前的树木，已吐出小小的芽苞，但院子里的小池子，还盖着一整个冬天不曾融化的冰层。雾蒙蒙的天上，不时洒落小片小片的雪花。

　　我发觉这个中国童话的选本里，没有包括台湾的作品。于是，我提出了一定要收选台湾童话的建议。

　　年轻人帮助我找遍书店和图书馆，只找到一本山东出版的薄得连书背上的字也看不清的《台湾童话选》。既没有前言，也没有后记，看来编者的署名也不是真的。显然这是一位可以看到台湾报纸的新闻工作者，从他所能见到的台湾报纸上随手剪下来编成的。

　　这样，我所主编的《中国童话界》这套书里，就有了台湾的童话作品。

大概从此开始，我们所编的种种童话选本，都要编入几篇台湾童话了。这足以说明台湾童话是很受大家所注意、所关切、所欢迎的。

不久，我动笔写这部《童话学》。自然，我想在这部书里应该包括关于台湾童话的部分，而且应该列作一个章节。可是，我在上海仍然找不到台湾的任何童话作品。所以，在这部书的全稿中，只有寥寥几笔，提了提台湾童话的几篇作品，现在看来，真是不成气候，非常之抱歉。于是，这次出版台湾版，我只能将这一段全部删去。

在这部《童话学》台湾版中，没有介绍和推荐台湾童话，我感到很内疚。不过，我要向台湾童话界的朋友们说、向这部书的台湾读者们说，这是我欠的债，欠债是一定要偿还的。在适当的时候，或者在这部《童话学》再版的时候，我要写上这一章的。（当然，写得好不好，是另一回事，我是很想写好的。）

这些年，台湾的许多童话作家，与我有书信交往，他们来大陆探亲、旅游，我们也作过长谈。我已经读过不少台湾的童话作品了。台湾许多的童话作品是很不错的。

其实，对台湾童话的研究工作、介绍工作，我也一直在做。去年，我就编制过一个《台湾童话创作和理论书目》，在我主编的《童话选刊》第三辑上发表。今年，我曾给我作为顾问的《童话》季刊，编过一个《台湾童话作品专辑》，不久可以印出。在我所倡议并担任主评委的"全国少年儿童'金凤凰'童话写作大赛"，也曾经推荐了好几篇台湾小学生的童话得奖，编入了《中国孩子写的童话·金凤凰》一书。近期，我建议和主持在韶关开的"全国童话研讨会"上，也研讨了台湾的童话。我一面在做台湾童话的研究和介绍工作，一面也是在好好学习，积蓄资料，创造条件，为写《童话学》中台湾这一章而做种种准备工作。

我竭诚希望台湾童话界的朋友们，大力帮助我。多多提出新见，多多提供资料。谢谢，太谢谢了。

当然，这部《童话学》，我不仅想补上台湾的一章，还要补上港澳的一章。这样，似乎这部《童话学》才算是比较完整了。

在前不久的童话界朋友们的聚会上，有人提出建议，希望成立一个"中华童话学会"，童话一家，大陆的、台湾的、港澳的童话界朋友们应该携手合作，共同为繁荣这一儿童文学的最佳样式——童话而一起努力。我是很赞同这个提议的。不知台湾童话界的朋友们以为如何？

我这几年认真读了台湾的许多童话作品，接触了不少台湾的童话作家，发现海峡两岸我们大家所作出的成绩、所经历的道路、所追求的目标，几乎是何等相似，那么我们就一起来努力吧！

大陆、台湾、港澳的童话工作者联合起来，我们有许多事要做呢！我们的童话必定会发展得更快、更好。

为着我们广大的孩子群，我们的明天，我们的未来。

童话界的朋友们，读者们，让我们紧紧地手牵着手！紧紧地手牵着手！……

一九八九年炎夏于上海目楼

第一篇　童话的基本论述

世界上有人类，就有儿童；

有儿童，就一定有童话。

有童话，就必然会有"童话学"。

童话，不是儿童文学的独生子。

它有许多兄弟姐妹呢。

但是，儿童文学却最喜欢童话这个孩子。

因为，童话具有兄弟姐妹们的长处，

还具有兄弟姐妹们所完全没有的长处。

童话学，是一门新兴的学科。

它，是在童话创作基础上，随着童话创作的发展，必然产生的。它，是和童话创作发展相适应的反映，并又反过来促进了童话创作的发展。

这就是说，我们的童话创作发展了，所以也有了童话学。

这，便是童话学的由来。

我们有了童话学，将使我们的童话创作更向前发展了。

这，便是童话学的任务。

既然，童话有了童话学，童话学是一门学科，它就必须有严谨的科学性，必须包括一套完整、系统，或比较完整、比较系统的理论。

没有理论，就不成其为学科。

理论，自何处来？理论来自实践。所以，学科离不开实践。

构成童话学的这一套理论，来自何处？当然，它必定来自童话创作的实践，包括前人的、今人的童话创作的实践。它，是从一代一代众多的人们积累的实践中，去汇集，去提取而得来的。

童话学，是一门来自实践、指导实践的学科。它，具有强烈的实践性。

童话，是儿童文学中的一种样式。像儿童小说、儿童散文、儿童诗歌、儿童剧本等等，一个样，它们都必须具备儿童文学所具备的特点。

儿童文学是什么呢？就今天的概念来说，儿童文学应该是为儿童而写的文学，不仅仅是写儿童的文学，也不应是儿童写的文学。

现阶段，在世界上，有的专家把儿童文学的范围包括得很大，即把儿童所喜欢阅读的成人文学中的那一部分也包括进来了。美国儿童文学家梅格斯（Cornelia Meigs）说："儿童文学在长久的年代以来，儿童们接纳的文学的巨大总体，有的是跟成人共享，有的是他们所独占的。"他们认为"儿童文学"和"文学"并不对立。"儿童文学"位于移向"文学"的连续线，因此在界限的划分上，不可能有一个明确的接点。认为儿童对于文学不仅具有被动地位，同时也要有选择的主动地位，这是一种广义的说法。日本儿童文学家坪田让治的说法，跟我们的观念比较接近，他认为："儿童文学是为儿童而写的文学，虽然儿童们自己写的作文或童诗也是的，但还是以成人写给儿童们的童话、童诗、小说为主。"

至于儿童主动地位和被动地位的问题，作为读者，可以从"儿童文学"中去选择自己所需要、所喜爱的作品来读；同时，也可以从"成人文学"中去选择自己爱读、能读的作品来读。儿童可以任意去读那些文学作品，如爱读《三国演义》，但似乎就不必把《三国演义》也叫作"儿童文学"了吧。为儿童而写的文学，不能说那只是写作者的动机，而应该看到它包容着为儿童所需要、所欢迎、所能接受这个效果的。如若把为儿童而写，理解为不管效果如何，只讲良好动机，大人强加给儿童，是不对的。

儿童文学应该具有成人给予和儿童索取的一致性。这一致性就是儿童文学需要有儿童特点。

为儿童而写，当然必须注意儿童的特点。要是不注意儿童的特点，他怎么能说是为儿童而写呢？

一切儿童文学样式，都应该充分注意读者对象是儿童的这一特点。

儿童和成人是不同的。成人不是儿童的放大，儿童不是成人的缩小。儿童有儿童的特点。所以，儿童文学和成人文学不同。成人文学不是儿童文学的加深，儿童文学不是成人文学的改浅。儿童文学有儿童文学的特点。

有特点，也并不是两者截然不同，不是两者一无共同之处。儿童和成人有很多共同的地方。因为儿童和成人，都是人。儿童文学和成人文学有很多共同的地方。因为儿童文学和成人文学，都是文学。

儿童文学是文学这个大范畴中的一部分，它当然必须遵循文学的共有法则。

儿童文学既然是为儿童而写的文学，那么，儿童文学中的一部分——童话，自然也应是为儿童而写的童话。

由于童话只是儿童文学中才有，成人文学中是没有童话这一样式的，所以不必要那样提。但是，童话是为儿童而写，这一点是怎么也改变不了的。

童话是为儿童而写的，它是儿童文学中的一部分，它必须有儿童文学的特点，那也是一定的。

什么是儿童文学的特点呢？可以简单说，儿童文学是儿童的、是文学的。童话是隶属于儿童文学的，也必须具有儿童的、文学的这两个特点。

但是，童话仅仅是儿童文学中的一部分。它，并不是儿童小说，并不是儿童散文，并不是儿童诗歌，并不是儿童戏剧。它是童话，它，必须有童话自己的特点。

童话，有别于儿童小说、儿童散文、儿童诗歌、儿童戏剧的地方，这就是童话的特点了。

这里，就不去议论：童话，和儿童文学，和文学，有什么共同的地方；而着重探讨：童话，在文学中，在儿童文学中，有哪些独特的地方。

童话有显著的独特性，论述童话的童话学，也必然具有显著的独特性。

这可说就是写作本书的宗旨和原则。

第一章　童话的概念

第一节　童话的性质

关于童话的性质，并不是有了"童话"这个名称，就定下来的。

它，是在变化，是在发展的。

当我国出现了"童话"这个名称，那时候童话的性质，和我们今天所说的性质，可以说很不相同了。

我国早期的童话理论认为，童话是"原始社会的文学"，是"原始人自己表现的东西"①，是"根据原始思想和礼俗所成的文学"②。

---

① 《童话评论》，新文化书社一九三四年一月版。
② 张梓生：《论童话》，《妇女杂志》一九二一年第七期。

因此，研究童话"当以民俗学为依据"①。认为"童话本质与神话、世说实为一体"②。

这，就是那时对于童话性质的解释。

那时候，把童话只看成是原始社会当中，原始人类根据自己的思想和礼俗所表现的东西。和神话、世说（即现时所称的民间传说），是同一的东西。这只是看到童话的来源和存在的一方面。

这样，研究童话，一定要用民俗学去作为依据了。

那时候，还有一种说法，认为"人类从原始进化到半开化，从半开化进步到文明；和人的从孩提长成到童年，从童年长成到成人"③是一样的，"非用民俗学和儿童学去比较不可。不明白民俗学，便不能明白童话的真义"④。

也就是说，凡是儿童和原始人是等同的，儿童的思想也就是原始人的思想。这样，研究童话首先要用民俗学。

那时候，说得很清楚，"世人往往误会，以为童话但供儿童的需求，合儿童的心理，可以随意造作，那便弄错了"⑤。

这些都说明，在刚有"童话"这名称时，童话是和民俗学紧紧联系在一起的，人们把童话看成是民俗学的一部分，是一种凝固了的东西，是一种历史的东西。所以，那时候，童话和神话、世说一样，是不允许去"创作"的。只能从民间口头传说中，去记述和改写、整理一些作品，只能从古代书籍中，去摘录和改写、整理一些作品，拿来供儿童们阅读。

童话不是创作的，自然也不存在创作童话的作家。

童话早期的那些理论，几乎都表达了这样的观点。这观点，反映

---

① 《童话评论》，新文化书社一九三四年一月版。
② 同上。
③ 张梓生：《论童话》，《妇女杂志》一九二一年第七期。
④ 同上。
⑤ 同上。

了当时人们对童话的性质的看法。

随后，经过实践和讨论，人们对童话性质的认识又有了变化。慢慢开始认识到童话和民俗学"两者的范围是不同的，若是只从民俗学去研究汇集的童话集，恐怕儿童可看的很少"①。"我对于童话的志趣，便是将童话供给儿童看"②，"因为我觉得世界上的领地，差不多成了成人的，……我总觉得童话既近于儿童的阅读，便该供给他，不忍去毕生从事科学的归纳，去从童话里研究原始社会，来夺去儿童的良好伴侣……"③。

由此可见，童话在起初，虽然顾名思义，有一个"童"字，但主要是成人的，主要是成人们研究民俗学的材料。

童话应该"供给儿童"，这一议论，是一大进步。

其实，童话，本来就应该是儿童的，应该归还给儿童。

童话归还给儿童，自然隶属于儿童学。研究童话，应当以儿童学为依据。

童话的隶属性变化了，它属于儿童，它不受民俗学的约束，于是创作童话出现了。

童话，开始向创作童话方向转移。它成为一种纯文学的体裁，是儿童的一种文学体裁。

创作童话的时代开始了，童话作家出现了。

到了今天，童话为儿童所独有，恐怕不再有人反对了吧！

今天，童话已完全从民俗学的范畴中摆脱出来，并形成了自己的范畴，有了自己的概念和体系。

童话也完全和神话、世说分了家。童话和神话、世说，同存于文学领域，虽然相互有关联、有影响，但各树一帜，各有各的历史，各

---

① 《童话评论》，新文化书社一九三四年一月版。
② 同上。
③ 同上。

有各的发展道路。

童话的性质就是这样一步步变化，成了童话——儿童的文学作品，属于儿童所有。

一个童话的好坏，要从儿童的要求，包括他们是否从中得到教益、是否喜爱和受到感染等等方面去衡量。

当然，我们并不排斥民俗学者去研究童话，特别是那些古代的、民间的童话。欢迎他们在这方面继续作出贡献，使我们童话的创作有所借鉴。

这是童话性质的转折——

童话由成人的回归到儿童的。

童话由凝固的改变为发展的。

童话由改编的转化成创作的。

童话由历史的走向了现代的。

此后，童话又跟儿童文学混同了。有人考据"童话"这个词，比"儿童文学"这个词早出现。先有"童话"这个词，后有"儿童文学"这个词。所以那时候，凡是写给儿童看的一切作品，都称之为童话。

是不是真这样，还没有见确凿的文字。但那时把童话当成所有儿童文学的代名词，是事实。这情况，一直到很久以后才算完全改变过来。

可以看到，在有"童话"这个名词时，出现的那些称之为"童话"的作品，确实有的是生活故事，有的是历史故事等等，和幻想故事掺杂在一起。那时，在理论上，"童话"和"儿童文学"也是混淆不分的。

所以，"童话"和"儿童文学"分家，这是童话性质的又一转折——

童话由综体的缩小为单式的。

童话由写实的特定为幻想的。

童话，先从民俗学里摆脱出来，又从儿童文学里独立出来，走过这样一条曲折的道路。

童话的性质，今天已经完全明确下来。它，是儿童的、创作的、幻想的。

第二节　童话的名称

关于"童话"这个名词的来历，当前，许多文章中，一说是清朝末年，一说是"五四"前后，就是那些年才有的。并且说，是从日本语词汇中引进来的。

这一说法，是根据周作人的一段话。这段话是："童话这个名称，据我知道，是从日本来的。中国唐朝的《诺皋记》里虽然记录着很好的童话，却没有什么特别的名称。十八世纪中日本小说家山东京传在《骨董集》里才用童话这两个字，曲亭马琴在《燕石杂志》及《玄同放言》中又发表许多童话的考证，于是这名称可说已完全确定了。"①

从周作人这段话来看，不是他的推想，而是有人名、书名的根据。当然也有可能引证于别人的文字。

周说的当时，未见有人提出过相反的意见，也没有人写文章来证实这件事。只是近年来，才有人在一些文字中提及，肯定和否定的意见都有，但都没有充分、有力的依据。

这说法究竟是否可靠呢？现在，从能找到的资料看，都还不能作出绝对肯定或绝对否定的回答。

在日本几本有影响的文学史中，都找不到这件事的记载。

关于山东京传这个人，我们只知道他生于一七六一年，卒于一八一六年。他是江户时代后期的小说家、风俗画家。本名为岩濑醒，通称传藏，别号有醒斋、醒世老人、菊亭等，绘画用名有北尾政演、葎

---

① 《童话评论》，新文化书社一九三四年一月版。

斋。十八岁时即为黄表纸著名画家。后兼从事文学工作。二十四岁时成为当时知名作家。其作品有《御存商卖物》《江户生艳气桦烧》《通言总篱》《倾城买四十八手》等。一七九一年因作品触犯禁令而受罚。从此转向写作复仇作品，后又尝试取材于剧本与中国小说，写作了《忠臣水浒传》，获得成功。晚年埋头于考证近世风俗，一八〇四年写下了《近世奇迹考》。一八一四年至一八一五年写下《骨董集》。

我们至今未能找到那本《骨董集》。但有的文字中说，《骨董集》问世于一八一四年，但其中并无"童话"此词，而只是"昔话"（むかしぼなし）。"昔话"是从前的故事，不能说是"童话"。

那个曲亭马琴，生于一七六七年，卒于一八四八年。他也是江户后期的小说家。本姓泷泽，名兴邦，后改为解。幼年时名春藏、仓藏、左七郎、清石卫门。曲亭马琴是他的号。他的别号还有大荣山人、著作堂主人、蓑笠渔隐等。二十岁时写了俳文集《俳谐古文库》，二十三岁时写了《罔两谈》，二十七岁时写了近百篇黄表纸、几百卷读本，另外在洒落本、滑稽本、滑稽戏、净琉璃、随笔、家谱等方面都显示了创作才能。三十岁以后，更写了大量的作品，如《高尾船字文》、《复仇·月冰奇缘》、《奇谭·复仇·稚枝鸠》（五卷）、《浅间富士·三国一夜物语》（五卷）、《三七全传南柯梦》（六卷）、《镇西八郎为朝外传·椿说弓张月》（三十三卷）、《南总里见八犬传》（九十八卷）、《朝夷巡岛记》（三十卷）、《近世说美少年录》（五十卷）、《开卷惊奇侠客传》（二十卷）。据说他晚年眼盲，由女儿帮助写作。

但也未提及《燕石杂志》和《玄同放言》这两本书。有的文字中说，《燕石杂志》问世于一八一〇年，其中也没有"童话"此词，而只有"童物语"（わウべものがたり）。"童物语"也就是"儿童的故事"，并不是"童话"。

近出日本上笙一郎著的《儿童文学引论》①，其中说到关于日本最早出现的儿童文学作品究竟是哪一部的问题，他说，目前日本儿童文学史学家们几乎一致认为是一八九一年岩谷小波为博文馆《少年文学》第一册写的《黄金丸》，但鸟越信在《日本儿童文学指南》中却提出三轮弘忠的《少年之玉》一书，是一八九〇年问世，比《黄金丸》要早好几个月。这都是说明日本的儿童文学是一八九〇、一八九一年才有的，山东京传和曲亭马琴的作品是在这以前早许多的时间里，更不太可能用上"童话"这个词。

如果，山东京传和曲亭马琴真是第一个提出"童话"这个名称的话，后期写《儿童文学引论》的上笙一郎，想来是要提起这件事，在他的《儿童文学引论》里，却连这两位作家的名字都没有出现。

在《儿童文学引论》中，还说到，岩谷小波他们的幻想故事，称之为"御伽噺"。只有大正时代的《赤鸟》杂志出现，才认为是"使明治时代的'御伽噺'演进为童话"。并把《赤鸟》称之为"童话杂志"。

《儿童文学引论》还明白写道："所谓童话，是将现实生活逻辑中绝对不可能有的事情，依照'幻想逻辑'，用散文形式写成的故事。在日本，从大正时代直到近年来，一直都把这种文学样式叫'童话'。"

从这些文字看，应该更加清楚了，日本在过去把那种幻想故事，是称作"御伽噺"的，到大正时代才开始叫"童话"。

大正元年是一九一二年，那比周作人说的年代要晚得多了。

查日本语的"童话"两字为"どうわ"。音和我们的汉语"童话"两字，十分相近。

究竟是日本先有"どうわ"，然后我们中国才有"童话"的呢，

---

① 四川少年儿童出版社，一九八三年版。

还是中国先有"童话"这两个字，然后日本才有"どうわ"的呢？

这还是一个悬案。

因为这牵涉到日本第一次用"童话"的时间确是何时，中国第一次用"童话"的时间确是何时这两个问题。

根据以上所述，如果上笙一郎在《儿童文学引论》中的说法确凿的话，那周作人的说法，就被否定。日本出现"童话"这个词，最早也是一九一二年。

我们中国究竟何时开始出现"童话"这个词的呢？到目前为止，所见到的资料，最早用"童话"这个词的，是孙毓修编撰的《童话》丛书。

孙毓修编撰的《童话》，出版日期为一九〇九年三月，即清末宣统元年。

一九〇九年，离一九一九年发生的五四运动还有十年。

较之日本的大正元年，也早了好几年。

当然，光有这些材料，也不能断定说"童话"这个名称是由中国传到日本去的。但是可以说日本有"童话"这个名称，有由中国传过去的可能性。

因为中国和日本两国，是一衣带水的近邻，在很早的年代里，两国人民就有不断的往来，两国文化就有密切的交流。"童话"这个名称，传过来，传过去，都有可能性。

上笙一郎那本《儿童文学引论》里，接上面的话，还说"由于'童话'这一词汇同时也作为儿童文学的同义语而使用，为了避免混乱，也可将这种儿童文学的形式称作'幻想故事'"。

的确，日本的"童话"这个词，一直到今天，都有广义和狭义两种解释，内容不同。有很多作品，日本名之曰"童话"，按我们中国当前的概念来说，根本不是童话，而是小说或其他。前面所说的日本童话杂志《赤鸟》，这杂志里，很多称为"童话"的作品，实际上是小说、故事。像有岛武郎的《一串葡萄》，也被称作童话了。

这情况和我们中国初用"童话"这个词的那些年一样。在那时候，我们的童话和儿童文学也是一个意思。凡是儿童文学作品，统称作"童话"。那时候，童话不但包括小说、故事，还包括剧本、诗歌。这说明，我们中国"童话"这个词，和日本"童话"这个词，有着一定的关联。

当然，现在不同了。日本和我们同称"童话"，所包含的范围不一样了。日本现在的童话，还有一些是小说、故事的。我们则绝不会再把小说、故事也称作童话了。

其他国家，更是如此。如英语，很难找到和我们"童话"相同的词。我们的译者所翻译过来的童话作品，在英语中，大多是叫 Fairy Tale 的。其实，这个词，英语中也作神话、传说故事解。如果按字面解释，Fairy 是神仙，Tale 是故事。连起来说是神仙故事。Fairy，据说起源于拉丁语的 fatun，意为以妖术迷惑使人神魂恍惚。Fairy 我国早期曾译为菲丽。

菲丽，据考据，是个小神仙。身躯矮小，其面貌却很漂亮。双肩长有薄薄翅翼，在人前，时隐时现。有一种超自然的灵能，能预知并支配人间一切事，诸如植物的成长，乃至人们的命运。他是个从神界贬下的天使，爱助人为善，为人谋利，偶尔也做点可原谅的坏事。他的身躯虽小，但可自由变大。他发怒时，能使人和动物立刻麻痹。他快乐时，却爱唱歌。他有一根奇异的棒，此棒一触儿童，儿童能很快睡着，并做愉快的梦，他每天晚上去孩子家，用棒哄孩子睡觉。总之，欧洲人很喜欢这个小神仙。他很讲友爱，常常惩恶助善，使善良正直者得好运，使贪婪凶残者陷窘境。①

这种 Fairy Tale，多为早期作品。以后，英语中，又出现 Fantasy 这

---

① 冯飞：《童话与空想》，《妇女杂志》一九二二年第七、八期。

个词，这个词意为幻想。这样又有 Fantasy Tale，即"幻想故事"这个名称了。现在，我们常常把这类幻想故事，译为"童话"。

在英语中，还有个 Fable，即日本的"物语"，现在我们均译作"寓言"，但此词也有译作"童话"和"神话"的。

据了解，世界上许多国家，都没有与我们所认为的"童话"相同的词。是我们的译者，按我们中国的概念，把它称作"童话"的。

如安徒生的作品，他自己称这些作品为 Eventyr，后期他又称自己的作品为 Historier。早期的作品是"富于幻想的故事"，后期的作品就是"故事"。是我们把它全称为"童话"了。

所以，现在，我们中国的所谓"童话"，是我们中国唯一的、独有的。我们中国的童话，由于一代一代的童话作家们，用自己的实践，不断创作、研究，形成了今天的一套独特的童话的概念。

我们的童话，完全是中国式的，是我们中国所始创的。

再拿"童话"这两个字的字面来说，不管它是从日本搬过来也好，是中国首创也好，这可说完全是中国式的名词。

第一，中国自古即有"童谣"之名，那是韵文体的，散文体的不称"谣"，该叫"话"，有"童谣"，必定有"童话"，童谣、童话，一谣一话同为儿童之作品，只是韵文、散文的区别。

第二，中国古小说称为"评话"或"话本"，童话，即儿童之评话、话本。

第三，从我国早期那些称作"童话"的作品来看，可说都是沿用宋元评话、话本的写法的，前面有一大段楔子式的评语，而后始进入故事正文。

这恐怕就是"童话"这两个字的来历吧！

第三节　童话的定义

什么叫童话？许多写童话的人，不一定能讲清楚。

童话是一门学科，有不少人在写童话，还有许多从事研究的人，还有许多不写童话却爱读童话的读者们。童话，很需要有一个什么叫童话的明白的定义。

可是，这个什么叫童话的定义，确实也真难下。因为前面说过，我们中国现在的关于童话的概念，是我们中国所特创的，是我们中国所独有的。

别的国家，他们或叫"幻想故事"，或叫"奇异故事"，或叫"神仙故事"，或叫"动物故事"等等，虽然日文的どうわ、俄文的Скаэка，和我们的"童话"含义比较接近，但也不完全一样。

我们早期的作家、学者们对于童话的那些解释，因为童话这个客观体发生很大变化，已经过时，也无法作为依据。

要用短短几句话，把童话的特征概括出来，确实是并不容易的。

我国当代的童话作家们，也写过一些关于论述童话的文字，但似乎没有一位童话作家对童话下过定义。有的只是一大段的说明，童话应该如何如何。有的干脆就不谈童话是什么这个问题。

我国也曾出版过几本儿童文学概论之类的著作。但也没有正面来阐明童话是什么的定义问题。

童话作家可以回避，概论里也可以绕过，但那些辞书，它们是不能不说的。

让我们找一些辞书，按出版时期先后，来看看它们对童话所下的定义吧！

早期中华书局的《中华成语词典》里，"童话"条目的解释是："专备儿童阅读的故事书。"

那时有权威性的商务印书馆的《辞源》，"童话"条目为："儿童所阅之小说也。依儿童心理，以叙述奇异之事，行文粗浅，有类白话，故曰童话。"

以后，华华书店的《文艺辞典》，"童话"条目为："直接地引动孩子的感情，惹起他们的兴味的故事。"还提出："苏联班台莱耶夫的《表》等，是新兴童话的代表作。"

启明书局的《新词林》，"童话"条目为："为儿童而编的故事读物。"

春明出版社出版的《新名词辞典》，"童话"条目为："是写给孩子看的故事。"

商务印书馆《四角号码新词典》，童话条目为："按照儿童的心理和需要而编写的故事。"

商务印书馆一九六〇年新编的，专给小学生、初中学生用的《学生字典》，则是"为儿童编写的故事，用最浅明的文字，通过故事的形式，激发儿童的想象，对儿童进行教育"。

直到近年，我们看到了新编的《辞海》，一九七九年版，"童话"条目为："儿童文学的一种。通过丰富的想象、幻想和夸张来塑造形象，反映生活，对儿童进行思想教育。一般故事情节神奇曲折，生动浅显，对自然物往往作拟人化的描写，能适应儿童的接受能力。"

这些辞书的编者为"童话"所下的定义，虽然不能很适切地反映客观存在的童话概念，有的远远落后于童话的发展情况，但是多少可以看出童话概念的演变。

这演变，大致可以分为前后两期。前期，从有"童话"这个名词开始到一九四九年左右这段时期，童话这个名词，是和儿童文学相通的，是和小说、故事相通的，所以童话被称为"故事书""故事读物""故事""小说"等等。华华书店的《文艺辞典》，把明显是小说的《表》，也作为"新兴童话的代表作"。虽然，商务印书馆的老《辞源》，提到"叙述奇异之事"，但也明白定为"儿童所阅之小说也"。

那时，上海创办的《童话连丛》，实际上也可以说是个儿童文学丛刊，发表的不全是童话，还包括了别的儿童文学样式的作品。

童话，在二十世纪五〇年代后，无论是内容上、形式上、表现手法上，包括理论上，都有很大的新发展。童话的概念，自然而然，起了很大的变化。童话，不可能再是儿童文学的同义词和代名词了，而是专指某一类文学作品了。

虽然，二十世纪五〇年代后，那些辞书中，对于童话的解释，还是一沿其旧，这是编者对童话现状，不甚了了，还用老的调调来阐说已经发展了的新童话，但童话的演变、发展，是客观的，一直不断地在沿着新的概念前进着。

当然，过去的童话定义中，也不乏流露了一些轻视童话的观点，如以童话为"行文粗浅"，这恐怕是贬义词了。

新编的《辞海》中，对于"童话"的解释，是较前跨进了一大步的，应该说还比较切合今天童话的客观。

不过，《辞海》的这一定义，有不足和欠妥的地方。如对童话所提的目的、功能、手法等，都还可以商榷。总的来说，过于铺张，像是说明，不像定义。

这些年，台湾的儿童文学界也在做这方面的探索。由台湾省教育厅儿童读物编辑小组编辑，一九八一年六月三十日出版的《中华儿童百科全书》第五册中，关于"童话"的条目，是："有几本小孩子看的书，像《木偶奇遇记》，写的是一个会走路、会说话的小木偶的故事；《爱丽思梦游奇境记》，写的是一个小女孩追一只穿礼服的兔子，追进了树洞，在地底下漫游奇境的故事；《拖船小嘟嘟》，写的是海港里有一条勇敢的小拖船，到大海里去救一条大船的故事；《水婴儿》，写的是一个扫烟囱的小男孩，变成鱼一样的水婴儿，生活在水里的故事；《丑小鸭》，写的是一只可怜的小鸭子受尽了虐待，最后才知道自己是一只美丽的天鹅的故事；《柳林中的风声》，写的是一只鼹鼠，一只水鼠，一只獾，一只蛤蟆，四个好朋友的故事；《小房子》，写的是一间小房子搬家的故事。上面所举的几本书，都不是普通的故事，这些故事，就叫作'童话'。在童话里，小木偶、小拖船、小鸭子、小鼹鼠、蛤蟆、兔子，都像是一个'人'，会说话，也会想事情。在'童话'里，好的愿望都可以实现。小木偶知道怎样做一个好孩子以后，就变成了一个真正的孩子。在'童话'里，所有有趣的事情都可以发生，例如兔子穿大礼服，而且身上戴着表；蛤蟆很有钱，住在河边的大房子里，家里有好几条船。'童话'就是写给小孩子看的故事，不过这故事并不是普通的故事，也不是真的事情。这故事是想出来的最可爱的故事。这故事把天底下所有的东西都当作'人'来看待，让所有的东西互相交朋友，让好的愿望能实现，让一切有趣的事情都能发生。十九世纪的时候，丹麦有一位作家安徒生，把欧洲小孩喜欢听的各种'小仙子的故事'写下来。起初写的都是已经流传在民间的故事，后来他自己也想出一些新故事来写。像《坚定的锡兵》《丑小鸭》，都是很新鲜，很有趣的。这就是'自己想故事写给小孩子看'的开始。安徒生把他写的各种故事放在一起，成为一本本的书。这些书，都叫'小仙子故事'，其实安徒生自己想的那许多篇新故事里早就没有小仙子了。安徒生开创了为孩子们想新故事、写新故事的方法。日本人翻译《安徒生小仙子故事集》，用的就是'童话'这个名词，译成《安徒生童话集》。'童话'的意思是'儿童故事'。这个名词，也传到我们中国来。从安徒生以后，西洋作家写自己所想象的故事愈来愈多，而且都继承安徒生的写法，但是越写越精彩，同时也不再叫'小仙子故事'了，因为故事里根本没有'小仙子'。中国和日本就把这种新想出来的，像安徒生那样写法的故事叫作'童话'。"这是长长的一篇说明，但是说明中也有着一些定义性的文字，有的和我们当前的童话概念相符合，如童话是"写给小孩子看的故事"，"不是真的事情"，"把天底下所有的东西都当作'人'来看待"，"让所有的东西互相交朋友，让好的愿望能实现，让一切有趣的事情都能发生"。当然也有一些说法是和我们的概念不一致的。这可以使我们了解台湾儿童文学界对于童话的理解。

在香港儿童文学界，对童话的定义，也是很关心的。他们在香港一九八三年儿童文学节儿童图书博览会的场刊上，关于"童话"的解释是："童话是为儿童编写的想象故事，常带有浓厚的幻想色彩。"这一解释，认为童话是"为儿童编写的"，"常带有浓厚的幻想色彩"，是可以赞同的。但在整个基调上，强调幻想这一童话特征是不够的。因为这不只是程度的量的问题，而是质的属性问题。台湾和香港儿童文学界，为童话定义所作的努力，是很有益的。

近年来，各地童话的讨论会多起来了。在会上，有不少人对童话的定义产生兴趣，也提过各种各样的见解。这些讨论和建议都是有帮助的。可是直到目前，大家还没有给童话下过一条适切的定义，见诸公开的文字。

将各方面的意见概括一下，童话的定义，是不是可以这样呢？"童话——一种以幻想、夸张、拟人为表现特征的儿童文学样式。"

这有待大家进一步讨论，童话发展已经有了长长一段历史了，我们的面前也放着一大堆童话作品了。通过讨论，一定会出现一条大家所同意的，比较完善、适切的童话定义。愿大家共同努力去探索。

定义这东西，不是定下就不能改的。要求它一无缺陷、十分完整，也是不可能的，所以只能说比较完善、大致适切，也就可以了。以后，有了好的，随时可以换上好的。

同时，童话定义，不可能定下了就万古不可改变。童话总是在发展的。今天，根据目前童话的概念，作出了定义；将来，童话发展了，概念也许也发展了，那就可以修改今天作出的定义，使之适合那时童话的实际。

第四节　童话的范围

由于过去和现在童话的概念不相同，所以童话的范围也不相同。

外国没有中国那样的"童话"这个词，所以没有产生童话的范围问题。

日本的"どうわ"，和我们中国的"童话"相近，他们那个"どうわ"的范围是很广的。日本早期儿童文学理论家芦谷重常所著的《世界童话研究》（一九二九年）就将童话分为三部分。第一部分为古典童话，包括印度故事、希腊神话、北欧神话、犹太神话、基督教神话、天方夜谭、伊索寓言。第二部分为口述童话，包括格林的童话、阿斯皮尔孙的童话、英格兰的童话、克勒特族的童话、法国的童话、意大利的童话、俄国的童话。第三部分为艺术童话，包括贝洛尔及朵尔诺阿的童话、哈夫的童话、安徒生的童话、克鲁洛夫的寓言、托尔斯泰的童话、王尔德的童话。这三部分童话，实际上，第一部分指的是古代神话；第二部分指的是民间传说；第三部分指的是创作童话。

过去，因为童话没有归还给儿童，没有承认童话的主人是儿童，童话的范围，并非以儿童所需要、所能接受来考虑划分，而是以民俗学的研究这一角度来决定的。再说，外国那些国家又没有一个专门的词，向来是把神话、传说、童话，甚至于寓言，都混合在一起，不分开的。

今天，童话已从民俗学研究中脱离出来，回到了儿童自己的手中，儿童根据自己的要求，可以作出抉择，划分一个范围了。

像前面提到的那些古典童话、口述童话、艺术童话，其中有许多作品，就不必再列入童话的范围。它们可以叫神话，可以叫民间传说，可以叫寓言，或者叫别的什么，它们不能算童话。

当然，其中有一部分，它们是神话、民间传说、寓言，但也可叫童话的作品。我们可以把它们划在我们童话的范围里。它们是古典童话、民间童话。

这就得以儿童学来划线了。

也就是按具体作品，用儿童学的标准，来作具体的分析。

如那些归依宗教感化、迷信色彩浓厚的神话，那些充满残酷杀伐、

一种是依照童话的表现手法来分类的。把童话分成三类。一类是拟人体，就是把物人格化了的童话。一类是超人体，就是主人翁具有魔法或持有魔物的童话。一类是常人体，就是主人翁是一些普通的人，但用了些夸张手法的童话。

这种方法，在分析某一篇作品时，加以评述、比较，是完全可以的；但是作为一种分类法来应用，那是有困难的。因为一篇童话，常常是很复杂的，其中有用这种手法的，也有用那种手法的，或者很难说是哪一种手法的。图书馆、书店的人员无法把这种分类法应用到工作上去。

近几年，又出现了一种把童话分为热闹体、抒情体的分类法。热闹体大致是指那种快节奏的、闹剧型的、讽刺性的童话。抒情体大致是指那种慢节奏的、正剧型的、歌颂性的童话。

这种分类法，也有许多人不赞同。因为"热闹"和"抒情"这条界线太难划分了。并且，把歌颂和讽刺截然分开是不可能的。特别是一些中篇童话、长篇童话，有的章节热闹，有的章节抒情，热闹和抒情都糅在一个作品里，实在不好分。

现在，童话分类，一般是按读者对象的接受程度和年龄特点来分类的。如几岁到几岁的童话。如学龄前儿童童话，学龄儿童童话。如一年级童话、二年级童话、三年级童话……

这样分类，清楚则清楚，书店、图书馆工作也方便，但要把一个童话分到哪一阶段儿童去阅读，就难了。由于各人掌握不同，差异幅度很大，也造成了一些麻烦。

当然，每一种分类法，总是有一些弊病的，总有一些不周密、不科学的地方。

随着童话创作的发达、童话理论研究的深入，一定会出现一些更合理的、更适用的童话科学分类法。

第二章　童话的功用

第一节　童话要启导儿童思想

童话的功用观，就是童话为什么能产生、存在、发展，功能和作用是什么。或者说，童话，它有何等价值？目的是什么？有哪些任务？

叫功能也好，叫作用也好，叫价值也好，叫目的也好，叫任务也好，依据是两个：一个是社会的要求，一个是儿童的要求。

社会的要求，就是说，今天我们要以社会对于儿童的要求，去要求童话。因为儿童生长在社会里，社会总是对儿童提出种种要求的。我们的童话，则应该和社会的要求相一致。所以说，我们的童话，应该是为社会的。

儿童的要求，就是说，童话是属于儿童的，儿童有他们的喜好和需要，我们的童话必须符合和满足儿童本身的要求。不能符合和满足儿童的要求，那等于儿童没有童话，或者说童话失去读者对象。所以，我们的童话，还一定应该是为儿童的。

为社会、为儿童，两者是并重的、不可偏废的。

为社会、为儿童，两者应该是相统一的、不可矛盾的。

我们来谈童话的功用，就必须从为社会、为儿童出发。

童话要启导儿童思想，让儿童们树立那些好的思想，去掉那些不好的思想。这就是我们常常说的教育，思想教育和道德教育等等。前些年，"教育"这个词被附加进去一些不适切的含义，似乎有时候也包括"训斥""处分"的意思，那就不太好，范围也过广。童话的功用，范围要小得多。再说，文学作品和其他的教育手段，也有不同，文学作品总是间接的、借彼说此的，它的作用是潜移默化的，否则不成为文学。它不可灌注，不能是命令、决定，非限时限刻执行不可的。

这并不是说在儿童文学中不要提"教育"这个词。教育，当然是要提的。启导思想就是广义的教育中的一个部分。

只是，教育的含义，希望不作种种错误引申或解释。特别，文学的教育和教育学的教育，也切忌相互等同。

一个儿童是在社会这样一个既庞大又复杂的群体里成长的。各种社会信息，无时无刻不在向儿童的大脑传递，在儿童思想这一白纸上，涂上各种各样的颜色。

这些信息里，有好的信息，也有坏的信息，也有不好不坏的信息，也有好多坏少的信息，也有好少坏多的信息，其中包括有文学艺术的信息。

童话，作为一种儿童文学的样式，必然也要在纷繁的信息中，对儿童的思想产生影响。

我们不可无视或者忽视这种作用。我们每一个成年人都是从儿童时代过来的。我们小时候听的那些童话故事，很可能现时还都记得，而且在我们生活道路上，起着影响。

譬如，我们小时候听过关于水晶宫的童话，现在我们来到灯火通明的水库工地，会觉得仿佛置身于水晶宫，其实水晶宫在哪里，谁也没有去过，只是听了童话里的描述。

譬如，我们见到那种很会装蒜的坏人，当面笑嘻嘻、背后捅你一刀的家伙，我们往往会想起小时候听过的那个老虎外婆的童话。

譬如，我们小时候听过许多鬼的童话，现在我们虽然不再相信真有鬼，但当我们在阴森的夜晚走过一块荒凉的坟地，那种唯恐见到鬼的恐惧心理常常还要产生。

所以，今天，我们必须写出一些好的童话，去启导儿童们的思想。

每个成年人，总是希望自己的孩子这一代比自己还好。这是一种人类的天性。在金钱社会里，有钱人总是希望自己的孩子比自己更有钱。因为，在金钱社会里，钱多钱少就是好不好的标准。一个做强盗的父亲，除非特殊原因，绝不会教自己的孩子再去抢东西。一个做妓女的母亲，除非特殊原因，绝不肯让自己的女儿再去卖淫。

今天的社会，我们的童话必须根据今天社会的标准要求，去启导我们的下一代：什么是对的，什么是错的，应该怎么样。

所以，一个童话的好坏，要依儿童看了效果的好坏而定。

儿童看了，能促使他向上、进步的，是好童话。反之，那就是不好的童话，或者是坏童话。

一个童话，如何来启导儿童向上、进步呢？

它首先要塑造好人物。当然，童话的塑造人物，和小说、传记塑造人物是不相同的。童话应按童话独特的手法去塑造人物。

有人提过，童话可不可以塑造英雄人物呢？在我国的古代神话、民间传说中，不乏这样的实例。不少童话是塑造英雄形象的。如给人们除害的后羿，如为大伙造福的大禹，如衔木石以填海的精卫，如能和太阳竞走的夸父，如能工巧匠鲁班，如哭倒长城的孟姜女，如多智善谋的姜子牙，如叛逆天庭的孙悟空等等，这些都是那时人们心目中的英雄人物。既然，古代神话、民间传说中可以（其中有一些作品，也可说是童话），为什么我们今天的童话中，就做不到呢？

童话中，塑造英雄人物形象，应该说是可以的，但是这还有待人们去努力实践，想必今后一定能看到这一方面出色的、成功的作品。

当然，我们不能说，童话必须塑造英雄人物；或者说，童话的主要任务，就是要塑造英雄人物；或者说，童话只有通过英雄人物的塑造，才能教育儿童。（童话也有不注重塑造人物，而着力于故事的。）这样说太极端了。塑造英雄人物，只是童话的一个方面，还有很多方面呢！

再说，儿童文学既有小说、散文、传记、诗歌、剧本、童话种种样式，就理应有所分工。

童话虽没有提倡写英雄人物，但是历来却很注重写正面人物。我们的许多优秀童话作品，大都是塑造正面人物形象的。当然，这些正面人物，有的是人，有的是动物、植物，或别的什么物，但它们是拟人化了的物，所以也是人物。如叶圣陶《稻草人》里的稻草人，如严文井《小溪流的歌》里的小溪流，如葛翠琳《金花路》里的佟木匠，如贺宜《小公鸡历险记》里的小公鸡，如金近《小鲤鱼跳龙门》里的小鲤鱼等等，我们有很多这样的作品，成功地塑造了正义、善良、勇敢、助人、向上的正面形象。这些童话，都以作品所塑造的正面形象，启导了儿童的思想。

还有些童话，写了孩子的转变，这转变的孩子算不算正面形象呢？应该算吧，他变好了嘛！这样的童话也不少，像张天翼《宝葫芦的秘密》里的王葆，像严文井《"下次开船"港》里的唐小西等等都是。通过这些形象，批评了不劳而获、什么都下一次那样的错误思想，这也是对儿童思想很好的启导。

童话，有的是歌颂性的，有的是规谕性的，还有一种是讽刺性的，讽刺儿童思想上的缺点和错误的。如陈伯吹的《一只想飞的猫》，一只猫想飞，但最后是摔在地上爬不起来，以失败告终，结尾是悲剧型的。

这些歌颂性的、规谕性的、讽刺性的童话，对儿童都是有益的，都是启导儿童思想向上、进步的，都是好童话。

但，有一种论点，把文学作品分成"正面教育""反面教育"两种。把歌颂性的童话，列为"正面教育"；把讽刺性的，甚至于把规谕性的、写转变人物的，都列入"反面教育"。而提出个口号，要童话"以正面教育为主"。

前几年，大家对"正面教育""反面教育"，争论了很多，至今还是各执一词。其实，各人对这两个词的概念，理解并不一样，说来说去，也说不清楚。是不是不用这样的提法为好。

看一篇童话的好坏，首先应该看这个童话是否能启导儿童思想向上、进步。不要再在自己面前的道路上，人为地去设置障碍，把一些本来简单的事，自己搞得那么复杂，提出什么"正面教育""反面教育"来。

启导儿童思想，是童话的重要功用，但只能是童话的一个功用。

我们不能把它当作唯一的。

前些年，有一种理论，就是把"教育"说成是童话唯一的目的。说，童话是"教育的工具"。当然，近几年，大家认为这个提法是错误的。可是，却仍有一些人还在热衷地提童话是"教育的工具"。如果，童话是"教育的工具"，那它的任务，就是唯一的"教育"。

这种说法把童话和教育等同起来，也表现在把童话作者和教师等同起来。我们常常听到有人说："你做了那么些年教师，你就可以写童话嘛！"似乎一个教师就是一个童话作者。当然，童话作者是应该熟悉教育工作的，一个教师完全可以去写童话，但是写童话，除掉熟悉教育以外，还需要其他许多条件。

要是文学和教育是一码事，那就等于取消了文学，要文学干什么呢！如果童话和教育完全等同，那就没有童话了。

这样一说，也不能走向另一个极端，似乎童话和教育应该绝缘，童话和教育一无关系，这就不是我们讨论的本意了。

启导儿童思想，我们切不能理解成是赤裸裸的说教、耳提面命的训斥。这在前几年，我们已经有了很大的教训。一篇童话，如果就是教师上课时宣读的教案，是收不到预期的启导儿童的效果的。

我们有的编辑，常常在童话的审稿单上写"主题鲜明""主题突出"，来称赞这篇童话。如若，一篇童话，一看开头，就知道它要教训什么，这篇童话不可能会是一篇成功的作品，很可能会是一篇失败的作品。

一篇好的童话，必须引起儿童的联想，因为童话的特殊性，就是常常通过一个截然不同的事物，来说明这个事物，用甲来说乙，用丙来说丁，引不起儿童的联想是不行的。

一篇童话必须让儿童读了有回味，促使他去进一步地思索。

所以，这个"主题鲜明""主题突出"，有时是褒词，有时也是贬词。

童话的效果，有绝对的效果，也有相对的效果，更多的是相对的效果。譬如，一篇写后母的童话，有后母的儿童读了，和没有后母的儿童读了，效果绝不会相同。有时，效果可以因时间、地点、对象、条件的各异而异。

童话的启导作用，必须寓于艺术之中，像给孩子吃的药水，要渗于糖浆之中一样。

童话对儿童的启导，必须通过作品中的人物、故事、细节、行动、对话，启发他，开导他。要像蒙蒙春雨之渗透土地，不能是倾盆暴雨大灌大浇。下一场春雨，幼苗能慢慢吸收，欣欣成长。如果发一场大水，淹了小苗，只能是使幼苗夭折。

童话的启导功用，把它看得太小，低估它，说"童话无用"，是不符合事实的。但也不能任意夸大，说"童话万能"，也是不符合事实的。

现在，对童话的功用，低估者有之，夸大者也有之。

低估者，看不见童话的功用，要取消童话。

夸大者，有的也要取消童话。

有时，我们从报上见到一类消息，什么一篇童话，一个什么人读了，本来要轻生自杀，后来有了活下去的勇气了。一篇童话救活一条性命。另外，报上又出现了这样一类消息，某某地方，几个孩子轻生自杀，因为这几个孩子读了某某童话。一篇童话害死几个孩子。于是，有人把童话看成惹事、引祸的东西，得出结论：不宜提倡，可有而不可多。

把童话说成能救生、能杀人，这都是过分夸大童话的功用。也绝不会是真正的事实。那个人活下去了，那几个孩子死了，一定有别的原因，不会是读了一篇童话。

童话有它的功用，但没有那么大的功用！这样任意夸大童话的功用，和任意缩小童话的功用一样，都是很有害的。

看一篇童话效果的好坏，主要应该看主流，就是主要作用好不好。

儿童文学界，常常听到一种指责："这作品有副作用！"不少童话被指责为"有副作用"。

什么叫"副作用"呢？各人的说法也不一样。普遍指的是，儿童看了某个作品，效仿其中反面人物的动作、形态、语言。这本不是什么太严重的事，儿童效仿一阵，也就过去了。如果有严重的后果，你加以引导嘛。一部文学作品，总有正面、反面的东西，有积极因素、消极因素。正如任何药物一样，能治病，但对身体的机能多少会有点破坏。人参，是补品，但吃多了，或某个人、某个时期服下去，反而致病，这样的例子不是没有。孩子看了一些战争题材作品，学搏斗，打坏了同学，这是平时没有引导好，一定要那个写作品的作家负责，也不公平。一个孩子在河里淹死了，是不是整个学校废止游泳？一个孩子用剪刀刺伤人，是不是所有的家庭都不准用剪刀？这怎么行！

如果，这样是"副作用"，那不但童话有，所有的文学作品都有。那个纯之又纯的并被称为样板戏的《红灯记》，演出后，不是有些孩子就学鸠山说话嘛！放了《少林寺》电影，确实有孩子离家跑去找少林寺，这就要大家做做工作，开导开导，不能叫戏停演、叫电影停映。

我们看一篇童话的作用，一定要看主流，主要的作用，是向上呢，还是向下？是前进呢，还是后退？切不可舍本逐末、本末倒置。

启导儿童思想，是童话的一个功用。

第二节　童话要陶冶儿童性情

有的孩子，有一个可爱的性格，有一份美好的感情。有的孩子，却没有。

一个孩子性情的形成，有先天的因素，也有后天的因素。

譬如一对双胞胎，哥儿俩同一时间出生，同在一个家庭里，同进一个幼稚园，可是两人的性情是不一样的，这是先天的因素。

但更多是后天的因素。有个孩子初生不久，就被野兽衔走了，在野兽群中生活，以后长大了，回到人群中生活，他怎么也改不了他那个"兽性"。

我们的童话，是不是能影响儿童的先天？没有作过科学研究，不知道。但对儿童的后天，关系却非常之大。

对一个儿童后天的影响是多方面的，家庭、学校、社会、文学作品都对他们有影响。我们的童话是其中一个方面，它在起一定的影响，影响着一个儿童的性格和感情。

所以，我们的童话，在启导儿童思想的同时，要考虑对儿童的性格、感情进行培养。

性格、感情的培养，不像培养一棵树，加点水，施点肥。十年树木，百年树人。培养儿童的性格、感情，不是训一通话、读一本书，它是在缓慢的过程中渐渐形成的。它形成得不好，要改变它，也要在缓慢的过程中渐渐改变它。所以，这个功用叫作"陶冶"。就是说性格和感情的形成和改变，要和烧陶冶铁那样，火候一点一点加高的。

要改变思想，是一件难事，来不得半点性急。要改变性情，更加难了。俗语说："江山易移，本性难改。"难改，不是说不能改，而是不易改。要改变性情只有慢慢地陶冶，其他办法是没有的。

有的家庭，有的父母，很注意孩子性情的陶冶。有的母亲，在十月怀胎的时候，已经开始注意了。她在房间里挂起美丽的图画，案头放上精致的塑像，休息的时候，听听悦耳的音乐，读读轻松的故事，尽量做到不忧郁、不烦躁，保持心境宁静、愉快。据说，外象内感，这样可促使未来的孩子有好性情。这在我们中国，叫胎教，古代就提倡。早在二千二百多年前，我国有一部书《青史子》，就记载了胎教，恐怕这是世界上第一本谈胎教的书。书上说"古者胎教之道……"，足见在这以前就有胎教了。现在外国也很盛行这种说法。当然，有哪些科学根据，并不知道。但作为一个母亲的意愿是可以理解的。

孩子一出世，躺上摇篮，母亲就哼轻快的摇篮曲给孩子听。孩子要睡觉，母亲又唱恬静的催眠曲使孩子安睡。

这些摇篮曲、催眠曲，往往就是童话和诗歌的合成体。如黄庆云那篇《摇篮》：

蓝天是摇篮，摇着星宝宝。白云轻轻飘，星宝宝睡着了。

大海是摇篮，摇着鱼宝宝，浪花轻轻翻，鱼宝宝睡着了。

花园是摇篮，摇着花宝宝，风儿轻轻吹，花宝宝睡着了。

妈妈的手是摇篮，摇着小宝宝，歌儿轻轻唱，宝宝睡着了。

摇篮在摇，天、海、地都在摇，星星、鱼儿、花都在睡觉，宝宝也该睡着了。这是多么安详、纯净的童话境界！虽然幼小的孩子不懂得摇篮曲的内容，但母亲的感情，孩子是能够接受的。

孩子稍稍长大，便让他抓彩色的玩具。懂一点事，就让他看图画书，让他听音乐，讲故事给他听。

这都不只是取悦孩子，而是在陶冶孩子的性情。

今天，我们绝不能忽视文学艺术的功用，包括童话的功用。要用童话等各种文学艺术作品，去培养新一代儿童可爱的、美好的性情，去改变儿童被丑恶所影响、扭曲的性情。

我们的童话，绝不能再贩卖丑恶了。讲凶杀，讲恐怖，讲残忍，讲狂虐，行吗？

我们的童话，不但不能写这些，而且一定要给儿童一些可爱的、美好的东西才行。

我们的童话要把陶冶儿童性情的责任担当起来，我们要拿出力量来。

这力量是什么呢？就是美。

童话，必须是美的。

当然，一切文学艺术，都要美。小说、散文、诗歌、电影、戏剧、绘画、音乐都要给人以美感。童话，应该包括其他文学艺术样式的美，并有它的特殊的、独异的美。它的美，是一种幻想美、夸张美、变形美，是一种超现实的文学美。

生活中，我们到了一个奇特的名胜，总听见一些人说："真美啊，像到了一个童话世界！"

当然，童话美并不等于生活美，童话美和生活美是有区别的。有一篇童话，写一个小仙女的美，其中有一段是："黑黑的长发，大大的眼睛，红红的小嘴，真是美极啦！"有一段是："长长的腿，细细的腰，柔软的手指，灵巧的小脚，简直太美啦！"这些描述是真实的，是生活美。有一段描述是："云姑娘送给她薄纱似的白云做的裙子，虹姑娘扯下一条七色彩虹给她做飘带，春姑娘为她编了一个香气四溢的花环，戴在头上。……"这是虚构的，是一种幻想美，是一种童话美。①

童话是和美联系在一起的。童话离不开美，给人以美，这是童话的功用。

童话美，有的人以为只是文字上的问题，有些初写童话的人，只追求美丽的词藻，殊不知童话美是个综合体，思想、形象、意境、故

① 郭明志：《小仙女》。

事、细节、文字都应该美。

　　童话美，有的人以为只是写环境的问题，有些初写童话的人，只追求把童话的环境写美，尽情去描写那些山山水水、花花草草，以为这就是意境美。当然环境是应该美的，意境美也包括环境美。但意境与环境不同，意境是意的境，应着眼在意字上，是需要有意的深度的。

　　一篇美的童话，它必然意和形都是美的。内涵和外在，都需要有色彩。童话，应包括这一切美的细胞。童话，就是由许多许多美的细胞构成的。

　　请读一篇童话的开头："当圆圆的月亮，微笑地望着大海的时候，大海感到了它的温柔。当清凉的海风，缓缓地、轻轻地唱起一支古老的摇篮曲的时候，大海感到了微微的倦意。它轻轻地和着海风的节奏摇荡起来，把雪白的浪花推上金黄的沙滩。大海又轻轻地叹了一口气，说：'呵，我真想睡了，看那星星都在眨着眼睛哩。'大海睡着了。月亮披上了白云的薄纱，海风还在唱着轻柔的歌。大海安静地睡熟了。"这童话是很优美的，是大海的一个个美丽的梦幻。读它，真是可以赏心悦目的。①

　　再来读一篇写湖的童话吧！其中一段是："萤火虫姑娘身穿绚丽的纱裙，手举明亮的小灯，正在翩翩起舞。她们一会儿围成圈，一会儿排成行，编织出许多美丽的图案，有的像盛开的宝石花，有的像展屏的金孔雀……为她们伴唱的是大森林里的著名歌手——青蛙兄弟，它们的歌声嘹亮而快乐，小睡莲听得浑身都发热了。""突然奇迹出现了。戴着光环、披着水晶衣的星儿们，从茫茫的天穹纷纷降落到湖里。五光十色的星儿，放射出绚烂的光芒，星星湖顿时变了样。湖泊周围葱郁的大榕树，挺拔的棕榈树，娇柔的青藤和各种各样奇异的花果，

――――――――――

　　①　赵冰波：《大海，梦着一个童话》。

都泛出银白色的光辉。万物仿佛都披上薄薄的珍珠纱，绿得犹如翡翠雕成，花果像是用玉石镂刻。"读这样的作品，是一种享受，美的享受。①

童话，有童话的美学，美学里也应该有童话美的一章，童话的美学是值得我们好好去探索的，这是一种特殊的美学，将来一定会有人专门来研究童话的美学，一定会有人写出童话美学的专著来。

在国外，一个孩子稍稍长大，父母便让他朗读普希金的童话《渔夫和金鱼的故事》、安徒生的童话《海的女儿》这些很美的童话作品。

我们过去的年代里，孩子总是喜欢围着老爷爷、老奶奶，或者在月光明亮的夜晚，或者在炉火熊熊的冬夜，听老人们讲《老虎外婆》《蛇郎》《十兄弟》这些很美的民间童话。

我们今天的孩子，为什么不让他们多听听我们崭新的、美的民族童话以及民间童话、外国童话呢？美，是人类的一宗宝贵的财富，让它白白地丢掉，多可惜呢！

确实，目前我们有一些童话写得不够美，有的甚至于可以说写得太肮脏了。有一位作者写了好几个壳郎虫的连续童话，其中有一个情节是写壳郎虫做寿，居然大摆筵席请客。有一位作者写了个童话，题目叫《菌国之战》，其中竟然有痰元帅、痰将军、痰王子、痰公主。有一位作者写了个猪的童话，猪自己对人说："我的肉红炖白烧，鲜美可口。"也有一位作者写了一个童话，将一个麻脸女人变作一把喷水壶。也有一位作者的童话里，写一个神奇的医生，把手伸进病人的喉咙里，将心、肺、肠子一把抓出来清洗……

这样的童话，不美，并且很丑恶，看了叫人感到难受。

当然，有一部分童话是讽刺童话，这类讽刺童话要作一些暴露是可以的，而且是必要的。

———————————
① 张康群：《星星湖》。

这些讽刺童话，要抨击一些东西，要揭露一些东西。这些被抨击的东西，被揭露的东西，自然是丑恶的，不可能是美的。但是，你在写这些丑恶的东西时，不要太过分，要适可而止。绝不可展览丑恶，刺激生理，让人难受。

譬如，《皇帝的新衣》这个童话，是暴露那个愚蠢而凶残的皇帝的，写了他赤身露体在街上游行已够。要是把他身上的全部器官做了描写，这就过分了，就不合适了。

愿我们儿童走进童话世界，像走进一个美丽的花园。让儿童们常常到这个美丽的童话花园里来散步。让他们感到心旷神怡，培养他们美的欣赏力，使他们的性情受到美的陶冶。

希望他们受到童话的陶冶，成为一个纯真而高尚的、坚强而果断的、聪慧而有远见的人。他们都有可爱的性格，都有丰富的感情。

这应该是童话的又一个重要的功用。

第三节　童话要增长儿童知识

大家知道，知识有两种，一种是自然知识，一种是社会知识。自然知识就是让儿童去认识自然，社会知识就是让儿童去认识社会。

一个童话，如果以增进儿童的自然知识为主，那是科学童话。我们所说的，是文学童话，文学童话有一个任务，那就是要增长儿童的社会知识。

当然，科学童话和文学童话，也不能绝对地分开。科学童话里也有介绍社会知识的，文学童话里也有介绍自然知识的。所以，是说以何种知识为主。

一个儿童来到这世界上，从小生活在家庭里，后来长大一些，就进了学校。广义来说，家庭、学校都是属于社会的。狭义来说，从学校毕业到了工作岗位，才算是踏进社会。不管广义说、狭义说，一个儿童总是要和社会发生各种各样的关系。每个人，都是社会人。没有谁，可以抛开社会而离群索居。

社会，是个非常复杂的构成体。一个人要在社会上生活，要善于生活。首先要懂得生活，然后才知道如何生活。既要适应社会，还要改革这个社会，要促使社会进步。

在社会里生活，有那么两种人。一种是随波逐流，随遇而安，浑浑噩噩过日子。这是生活的奴隶，生活牵着他的鼻子走。一种是充满朝气，激流勇进，过着进取充实的日子。这是生活的主人，他驾驶着生活向前走。

前一种人的态度是不可取的，我们应该做后一种人。

我们的童话，就要指引儿童去认识社会，去认识人生，从而面对社会，面对人生，做社会的主人，做生活的主人。

这样，才是有意义的。一个人，活在世界上，只是为了打发日子，那不是太悲哀了吗？

如何生活，如何做一个社会人，是一个哲学问题。

童话，有义务，对读者陈以哲理。用哲学犀利的解剖刀，去剖析生活中、社会上的形形色色、千变万化的各种现象，探究其本质。

一提起哲理，就会有人提出异议，怎么能跟孩子去讲哲理呢？似乎哲理都是学院里高深莫测的东西。这是把哲理看得太神秘化了。其实，在我们生活中，处处充满着哲理。

我们为儿童写作，不论是小说、故事、散文、诗歌、剧本，一应都可以说是在给小读者说哲理。

我们的童话，是一种富有象征性的文学。它对于生活，像漫画那样用变形来夸张，像神话那样用虚构来幻想，更应该富有哲理性。

对于儿童的哲学，绝不是让儿童去死背硬记条文式的定义，也不是让儿童去探讨那些深奥、抽象的问题。

如叶圣陶写于一九二二年的童话《稻草人》。作品讲一个稻草人在夜里所看见的一切。这一幅天灾人祸的农村破产图，一幅挣扎在死亡线上的妇女流亡图，是二十世纪二十年代我们中国社会的真实写照，为读者提出了社会走向何处、人们应该怎么办、妇女们为什么命运都那样悲惨，这一连串的哲理问题。

这些问题，是通过《稻草人》的见闻提出来的，是童话的作者提出来的，但又是当时的真实生活提出来的。这童话反映了当时的社会风貌，体现了当时的时代精神，揭示了当时的生活本质，是充满知识性的，使儿童看了，对社会有进一步的认识。

在我们中国早先的童话里，也可以见到很多先例。

如清朝吴研人的《俏皮话》中，有一则拟人化的故事，完全是一个很好的童话。它说："昆虫部中，也有一世界。其世界之中，也有朝廷，也有国家，也有郡县，也有官吏，也与别部交涉。昆虫皇帝先是令粪蛆执政，久之国权尽失，国势不振。昆虫皇帝大惧，下诏求贤。怎奈蛆既当国，所汲引者无非是其同类。皇帝不得已，亲拔蠹虫，置于政府，而逐粪蛆。久之，国之腐败如故，萎靡如故。皇帝叹曰：'吾初见蠹虫，出没于书堆之中，以为是饱有学问的。不期试以政事，竟与那吃屎的一般。'"这一篇作品，说的是昆虫世界，写的实是清朝封建统治的昏庸无能，用者无非是粪蛆、蠹虫一类"吃屎""蠹书"的蠢材。作者用了嬉笑怒骂的拟人之笔，一针见血地勾勒了当时的政治社会。

我们要把童话交给儿童，也要把哲理交给儿童，让儿童好好地去认识社会和人生。

这就是童话要给儿童增长知识。

第四节　童话要丰富儿童生活

文化建设应当包括健康、愉快、生动、活泼、丰富多彩的群众性娱乐活动，使大家在紧张劳动后的休息中，得到有高尚趣味的精神上的享受。

自然，儿童文学也应该这样，童话也应该这样。

以往，我们的文学艺术都被称作"政治宣传的工具"，从来也不认为还是一种"娱乐活动"。至于"精神上的享受"，一向是不提的。

在儿童文学中，也没有提过"娱乐"这个词，所提到的娱乐，也只是"寓教育于娱乐之中"，那娱乐不过是借用的躯壳，只是一种手段而已。

娱乐一见到教育来了，总是退避三舍，绝不敢伫立一旁，更没有平起平坐过。

现在，娱乐，是文学艺术的一项目的，这已经成为大家一致的定见了。

那么，我们的儿童文学还在提"教育唯一"论、"教育工具"论、"教育和文学等同"论，这些显然是不适宜了。

这不适宜，并不是借成人文学艺术情况的改变，引申到儿童文学领域里来。

而，这是在儿童生活现实上，早已作出的否定。因为，我们过去那样做，是违反事物的客观规律的，在儿童生活实际里是行不通的，是我们闭着眼睛不根据实际生活硬下的主观命令。生活并不是这样的。

在现实生活中，一个孩子不肯动脑筋，母亲可以找来童话《不动脑筋的故事》（张天翼）给他看。母亲可能是怀有教育目的给孩子看这个童话的，但这个孩子拿起童话来看，是不可能有接受教育这个动机的，他一定是觉得这童话有趣，抱着一种娱乐目的去看的。当然，这可以叫"寓教育于娱乐之中"。

这说明，一个童话应该有娱乐性，没有娱乐性，光是教育，也不是个好童话。

那么，就是说，一个好童话要有教育性，还要有娱乐性。

有没有光有娱乐，给儿童以快乐、有趣的童话呢？

当然，广义来说，高尚的、健康的快乐和兴趣，也是一种教育。

譬如，有一些幽默画，看了叫人发笑，如果要说它是光有娱乐性的作品也可以。

童话里，确实也有这样的一些作品。

这些作品，给儿童提供高尚的、健康的笑料，这快乐、有趣，未始不是教育。你说它是教育性的作品也可以。

一幅幽默画，常常是无题的，有时虽说无题，但看起来仍是有题。也有这样的情况，甲看了是无题，乙看了是有题。也有这样的情况，丙看了题是这样，丁看了题是那样。题，会因人而异。

在一些童话座谈会上，常常有人提出：童话当然是有主题的，但可不可以有无主题的童话呢？

这和上面说的幽默画的情况相似。那就是说对主题如何理解，是广义的，还是狭义的？

主题，是不是只有教育才算主题呢？

有趣、快乐，是不是也算主题呢？

如果，这些都不算主题，只有教育算主题，这些就算无主题的作品了。

再举个例子来说。

有个外国童话，说：一个男孩和一个女孩在一起画图。男孩画了一辆汽车，女孩在车轮上画了个洞，车胎漏气了，男孩只好画了一辆吊车来把汽车拖走。女孩画了一个小姑娘，很像自己的小姑娘。男孩画了一只老鼠来吓唬她。她画了一只猫，把老鼠吓走。男孩画了一只狗来咬它，她画了一根肉骨头丢过去，狗就吃肉骨头去了。男孩又画了一头凶猛的狮子，女孩画了一所房子让小姑娘躲到里面去。狮子爬上房顶，从烟囱里伸进爪子去抓小姑娘，小姑娘大叫，女孩画了一支枪，把狮子脚爪打断了。男孩画了一辆坦克车，向女孩进攻。女孩发火了，一下把纸撕成两半，坦克开过去，从纸中间撕开的缝里滚下去了。男孩再画飞机，女孩画机关枪打飞机。男孩画火箭发射器……一个比一个厉害，一不小心，把桌上颜料打翻，黑墨水把整张纸都流满了。孩子哭了。……

这作品有没有主题呢？有人说，只有有趣，没有主题。有人说，有主题，就是有趣。

许多人说有主题，主题是什么，就各有各的说法。有人说，写男孩欺侮女孩不应该。有人说，写了这女孩的聪明。有人说，这作品宣传抵抗精神。有人说，这作品说明孩子间应该团结。有人说，这作品象征战争毁灭一切。也有人说，这作品是知识教育，告诉孩子一些关于汽车、吊车、老鼠、猫、狗、狮子，以及枪、坦克、飞机、机关枪、火箭发射器等的简单知识。……

这一篇短短的童话，一下子可以说出几十个"主题"，大家各执一词，谁都有道理，其实，谁都没有错。

"横看成岭侧成峰，远近高低各不同"式的主题，就是这么一种东西。

有一些童话小品，有一些幽默童话，都是这么个情况。

有的童话，记录一下儿童生活中充满幻想的生活片段，也很好嘛！

有没有主题，主题是什么，可让儿童读后自己去领会和揣想。

这些作品，主要的，是带给儿童以快乐；有趣，是一种娱乐。

再说一句，当然，娱乐应该是高尚的、健康的，能使儿童精神净化，进入更高精神境界的娱乐。那种低下的、病态的娱乐，不应是我们童话所需要的。如那种嘲笑生理缺陷的、讥讽所谓"下等"职业的、挖苦老人的等等，我们绝不需要这样的娱乐的童话。

我们强调童话的娱乐性，也绝不能把娱乐看成是唯一的。英国的儿童文学家达顿（Frederick J. H. Darton）认为："儿童读物是为了给儿童获得内心的快乐而推出的印刷品，它绝不是为了教训儿童，也不是只为了指导儿童行善，更不是为了使儿童安静下来的东西。"当然，童话不应该是耳提面命的教训，也不是"使孩子安静下来"的工具，但不能把"只为了指导儿童行善"排除出去，单单留下"给儿童获得内心的快乐"。这在我们社会也是难以被人们所同意的。我们的童话，应该有娱乐性，但并不是只有娱乐，去排斥其他。

童话，是儿童所独有的文学样式。童话中，充满着爱，充满着美，充满着快乐和有趣，它是儿童生活中必不可少的精神食粮，读童话应该是儿童精神上的一种很好的享受。

我们再不能板起脸为儿童写童话了，我们再不能写那种索然无味的童话了，我们再不能忽视童话的娱乐性了，我们再不能剥夺儿童们读童话的精神享受了。

关于娱乐性，我们还应该全面来理解。什么叫娱乐呢？那就是读者和作品两者之间的情感交流。作品把情感通过文字的形象，传给了读者，读者产生了相应的反馈，这就获得了快感，也即是娱乐了。童话中，出现了一些好笑的情节，你看了觉得好笑，你也笑起来了，这时你很高兴，你就得到娱乐了。笑，属于软性情感。有的童话写得很紧张，主人翁在做一件冒险的事，使你提心吊胆、惶惶不安，这种硬性情感虽然并不能逗人发笑，只是使你着急、期待，但是你看了这个童话，你也觉得这是一种享受，获得了娱乐。所以，我们所说的娱乐性，不能狭隘地去理解成就是发笑。它，还应包括紧张、惊奇、哀怜、悲伤等等各方面的情感。孩子们不是常常这样吗？不愉快的时候，大哭一场，悲伤得到释放，哭过便愉快了。有时候，读了一个悲剧，得到的却是苦痛的解除、欢乐的到来。

我们需要发笑的童话，也需要紧张的童话、惊奇的童话、哀怜的童话、悲伤的童话……我们的小读者，需要从这些童话中去得到感情的宣泄和交流，去获取娱乐。

童话，给少年儿童以享受，童话丰富了他们的生活，使广大的少年儿童在丰富的儿童生活中快乐地、健康地成长。

第五节　童话要发展儿童幻想

童话，是儿童文学样式的一种。

童话的功用，与儿童文学有共同的方面，但是要发展儿童幻想，这是童话独特的功用。

什么叫幻想呢？

幻想这个词，也是个新名词。始于何时，并不清楚。大概也是"五四"前后吧！

幻想和童话是紧密联系在一起的。早期，我们中国和日本的童话理论中，都用过"空想"这个词。① 后来就一律用"幻想"这个词。

大家常常误把"幻想"和"想象"这个词，混淆在一起。

想象，在心理学上，是指那种在知觉材料的基础上，经过新的配合，创造出新形象的心理过程。

如果照字面来解释，想象就是人们头脑里想出来种种形象，和幻想差不多。

其实，想象虽然和幻想都是超现实的，但和幻想不同。这不同，也绝不是量的不同、程度的不同。

想象，有跟生活中的真实是不相同的，也有跟生活中的真实是相同的，但幻想，它必须是跟生活中的真实不相同的。如果和生活中的真实相同了，那就不是幻想了。

幻想，幻者，变幻也。变幻，就在这个"变"字上。

任何文学作品，都应该是有想象的，没有想象，就没有文学作品。因为文学作品，不等于生活，不仅仅是生活的复述。

但是，一般的文学作品，却不一定具有幻想。

而童话，是非具有幻想不可的。幻想，才有童话，没有幻想，就没有童话。

---

① 一九二二年七月《妇女杂志》第八卷第七号上，刊有冯飞《童话与空想》一文。

幻想是什么？是作者生活、思想、感情的一种升华。

它，不同于一般的理想。理想，是对于未来事物的想象或希望。

它，也不同于感想、联想、料想、推想、猜想、设想、假想……

照《辞源》解释："假者似真曰幻。"它含有变化、惑乱的意思。所以，幻想，它是"假者"，却又必须"似真"。

因此，一个好童话应该是非假非真、亦假亦真、真真假假、假假真真、真假难分。

幻想，是儿童的一种天赋和本能。一个孩子呱呱坠地，他有了思维，就有种种幻想。

因为孩子的思维是独特的。一个初来的孩子，总是想，世界上的万物，和他自己一样，有生命，有喜怒哀乐，和人一样生活着。他对世界上的万物，都觉得有感情，都愿意和它们交往，做朋友，去了解它们，认识它们，和它们共同相处。有时候，他们也知道这是假的，却仍然喜欢把它当真。

一个小女孩有一个布娃娃，她明知布娃娃是布做的，不会说话，却喜欢和它聊天。她知道布娃娃不会吃东西和睡觉，却就是喜欢和它办家家。她知道布娃娃不会生病，却就是要给它打针，叫它好好躺下。……

这种幻想力是十分重要的。就连数学也是需要幻想的。没有它，甚至不可能发明微积分。

平庸，是儿童成长最可怕的大敌，是一种对儿童精神上、心灵上的戕害，是不能低估的。

幻想力，是创造力的基础。幻想是创造的开端。"小时了了，大未必佳。"如果一个儿童，他的幻想力很差，将来在工作上很难说会有什么创造性的大成就。

幻想，是任何一门学科的起点。

如果不会幻想，科学家只能一次又一次重复前人的试验。

如果不会幻想，工程师只能按别人画好的图纸装配那些机器。

如果不会幻想，医生只能头痛医头、脚痛医脚，开点阿司匹林之类感冒药。

如果不会幻想，你要做文学家、军事家、政治家……都不行。

应该说，我们优秀的中华民族的儿女，是最富有幻想力的。

几千年来，我们的祖先，创造了灿烂的东方文化，有多少伟大的发明，有多少伟大的造就，不论是文学上、科学上……这些伟大的事业，可以说都来自华夏子孙的发达的幻想力。

要使所有的儿童懂得什么是幻想，如何去幻想。培养和丰富他们的幻想力，并正确地引导他们的幻想力，致用于学习、生活、创造、建设，为人类、为世界、为国家，谋求幸福和进步。

应该指出，当前的某些教师，注重儿童的适应现实力，而忽视儿童的幻想创造力。就拿语文课的作文来说，教师的命题都是重记叙，重写实，如："我的母亲""我的故乡""我最快乐的一天""我难忘的一件事"，诸如此类。要儿童写他周围的，或者经历过的实事，这是对的。但是不应忽视儿童除了现实这第一世界，还有第二个幻想世界。应该重视儿童的幻想世界，这是儿童的特点，发挥他们爱幻想、善幻想的本能，这是培养他们，也是一种才能的开发。人类的许多知识，是在幻想这个基础上建立的。我们切不可轻视和无视儿童的幻想。

因为，这是一个当前把少年儿童培养成什么样的人的问题。面对起飞的新时代，当前我们培养的少年儿童必是富于幻想的、有开拓进取精神的人。

儿童的幻想力，历来是和童话休戚相关的，是互为因果的。

如若儿童们的幻想受到摧残、戕害，窒息了，童话也就死亡，没有生命了。

童话苏醒过来了，也应该反过来去唤起儿童们的幻想。

孩子们的幻想丰富了童话，童话启迪孩子们去幻想。

　　所以，发展儿童的幻想，是童话的主要的功用。

　　今天，我们的童话，还不是很繁荣，这和人们还没有认识到幻想的重要作用大有关系。所以，社会上有一些人，把童话看成是可有可无的，并有这样那样的误解。

　　当然，发展幻想，是指健康的幻想，是为人类、为世界、为国家谋求幸福和进步，有这样具体内容的幻想，而不是抽象的，或者那种荒诞不经的胡思乱想，或者引人颓丧堕落的非非之想。

　　上述的童话的五个方面的功用，都是重要的，先说后说，只是为了说时候的方便，绝不是按重要与否安排的次序。

　　当然，落实在一篇具体的作品里，不可能是五者并列的，每一篇作品，都会有自己的侧重。

　　上述的童话的五个方面的功用，只是童话的重要的功用，并非它的全部功用。如果再分细来看，还可以说出许多功用来。童话的功用是多元的。

　　我们的童话功用观，就是这样。

第三章　童话的对象

第一节　婴儿与童话

　　童话的对象，顾名可以思义，是：童，儿童。

　　儿童，是个大范围，儿童是与成人相对而言的。人，除了成人，就是儿童。儿童，从刚刚出世，到长大成人，指的就是这么个长阶段。

儿童文学，就是这么个长阶段的文学。

成人时期，可分为青年期、壮年期、老年期。而儿童时期，又可划分为儿童期和少年期。

再分得细一点，还可以分成许多阶段。

我们从儿童文学来看，从童话来看，必须分成许多个阶段。因为儿童有不同年龄的儿童，它和成人不一样，不同年龄的儿童，心理状态、接受能力都不相同。一个十三四岁的孩子，和一个三四岁的孩子，都是儿童，但他们之间的差异有多大啊！

对童话的要求，不同年龄的儿童，是很不一样的。

你写了个小白鹅爱清洁的情节简单的童话，给十三四岁的孩子看，他感兴趣吗？

你写了个上万字的反对迷信造神的童话，给三四岁的孩子看，他能接受吗？

各个年龄的儿童，有各个年龄儿童的需求。写童话必须根据儿童的年龄特征来写。

不顾年龄特征来写，是必然要失败的。

关于儿童阶段的划分，有许多种说法。现参考了儿童生理学、儿童心理学、儿童教育学等的各种说法，根据儿童实际情况的调查、根据儿童文学一般规律的探索，将童话对象的分期，作一些阐说。

婴儿时期。有的称之为先学时期，就是先学龄前期。有的，还把这时期分为乳儿期和婴儿期。

一个孩子，离开母体之后，起先只有无条件的本能反应，慢慢就有了初步的感觉能力。他的嘴巴接触到母亲的奶头，就会去吮吸。眼睛遇到强烈的光线，瞳孔会缩小。身体某部分不舒服，会大声啼哭。他的听觉、视觉等感觉能力，开始渐渐发展。

这段时间，母亲把他抱在怀里，轻轻拍着，或者把他放在摇篮里，轻轻摇着。母亲随着缓慢的节奏，轻轻哼着声音。孩子听着这种有节奏的声音，随着有节奏的动作，会感到舒服，而甜甜地睡着。

再过些时间，他认识了母亲，以及常常抱他的人。他的头、眼睛，会随着熟悉的声音转来转去。对陌生人开始产生畏惧，他不肯和陌生人在一起，陌生人一抱，他就害怕地哭叫起来。

他逐渐认识周围的事物，像奶瓶、水壶、手巾、玩具等，学会了一些简单的动作和表情。

他开始不满足母亲哼的"嗯嗯啊啊"了，而喜欢听母亲唱着摇篮曲，安然入睡。

他有点懂事了，对周围的一切，感到既陌生又新鲜。

他的思维能力，已慢慢一点点发展起来。对身边所能见到的东西，会用自己的想法去认识它。

譬如，他感到伤心在哭泣的时候，看见小狗摇着尾巴走到他身旁来，他会想，小狗同情他。他躺在妈妈身边，听到小猫在叫，他会产生小猫是在找妈妈的想法。有的孩子，自己睡了，爱把布娃娃放在被窝里，跟她一块儿睡觉；当她吃糖果的时候，总要想到布娃娃是不是也饿了，要分一些给布娃娃。……

随着孩子思维能力的发展、生活接触面的扩大，同时必然会产生幻想。

有幻想，就有童话了。

他看见月亮，便幻想月亮是位很和蔼慈善的婆婆，和他奶奶一样，很喜欢孩子，他希望月亮婆婆能到他身边来，给他说有趣的故事。

他听见打雷，便幻想有一个很严厉的雷公公，雷公公不开心了，在发脾气，他非常害怕见到雷公公，因他知道自己做了一些不该做的事。

一个孩子哭了，母亲说："你爱哭，不是好宝宝。"他不一定听。母亲说："你哭，爸爸不带你出去玩。"也不一定有用。如果母亲说："瞧，桌子上那只小猫在笑你呢！"虽然他知道那桌上的小猫是布做的，但是却往往奏效，不再哭了。

一个孩子刚学会走路，小凳子绊了他，使他跌痛，他坐在地板上哭。老奶奶过来，把小凳子拍了几下，说："这都是小凳子不好，站在路当中，也不靠边点。"孩子就咧嘴笑了。

这都是生活中常见的事。可以说是很初级的童话，或者叫童话的胚芽吧！

事实上，在日常生活中，一个孩子还没有完全懂事，童话就已渗进他的心灵了。

这样的童话，作者是父亲母亲、叔叔阿姨、爷爷奶奶们。这些是即兴的童话，当然是很粗糙的、不成熟的。如老奶奶打小凳子那样的教育方法，是不对的。孩子摔跤，怎么怪小凳子呢？如果那位老奶奶，愿意把这个童话说完，应该加上一段：小凳子被打，它生气伤心地哭了，说："是你们把我放在路当中的，绊着了怎么怪我，打我呢？"这样就好多了。

这些，都说明婴儿需要童话，可是还没有见到给婴儿写的童话。

当然，给婴儿写的童话，不是给婴儿自己阅读的，而是要大人看了讲给他听的。

从出生懂事，到进入幼稚园，这段时期，是人生道路的起端。人之初，本来是带着空白而来的。智慧初开，外界的影响，对他将来的一切，影响很大。对他的思想、性格、感情，都是一个决定性的塑造。我们必须用最好的文学作品去熏陶他，使他成为一个有文学素养、有高尚情操、有远大抱负的人。

童话是一个孩子来到世界上最先接触的文学样式。特别是和儿歌相结合的童话儿歌。童话虽然是外界给予他的，但也是他本身思想、生活中的产物。

所以，童话从婴儿的主观上来说，从客观上来说，都是一致需要的。

我们绝不要忽视婴儿的童话需要，应该为婴儿写作。

为婴儿写作，题材必须是婴儿所接触的、能理解的。如常见动物、常见植物，以及他生活中常见的其他物。有的大主题，可以通过小事物来反映。如爱人类，可以从爱小动物开始，反对那种虐杀小动物的残忍心理。爱社会、爱国家，可以从爱父母、爱树木花草开始，反对那种只顾自己的自私心理。主题上，也应该切合婴儿的实际生活，如不要乱花钱，婴儿既无钱花，也不会上街去买东西，这主题对婴儿来说就不是太合适了；当然，要节约，不要乱扔掉东西，吃饭不要浪费粮食，这些还是可以的。

为婴儿写作的童话，大致是两种。一种是写出来让大人说的，也可以是结合儿歌，让大人朗诵的。这类童话虽然通过大人转达给婴儿，情节还是要很浅显，篇幅还是要很短小，文字还是要很流利。总之，是要婴儿能接受和理解的。当然，可以多配一些图画。这种婴儿童话，一些妇女杂志、家庭杂志应该发表一些，出版社也应该出版一些。

还有一种是直接给婴儿看的。这种童话，可以用图画来写。有的可以有少量文字作说明，让大人们辅导时讲解。更多是没有文字的图画童话。这种童话，当然更要注意浅显、短小这些婴儿童话的特点。在印刷成书册时，还要切合婴儿的生理条件。开本要大，色彩要鲜明，图画不要太复杂。有的用塑料薄膜印，有的用棉纱白布印，弄脏了可以洗。有的把书角切成圆形，怕书的尖角把婴儿碰伤。有的和玩具结合起来，把书做成立体、能活动的，以引起婴儿的兴趣。现在科学发达，也有会变颜色的，有带香味的，有附录音带、唱片的。……

为婴儿写的童话，看看只有几个字、几张画，但是要合乎婴儿的需要，并不是太容易的，要了解婴儿的生活，熟悉他们的心理，符合教育的要求。

第二节　幼儿与童话

幼儿，是指进幼稚园年龄的儿童。有的称为学龄前期，有的称为儿童早期。

这一阶段的儿童，已经有了一定的语言能力，可以跟别人进行语言上的交流。也就是说，可以跟别人进行思想感情上的交流，这预示着行动的社会化。他已经开始具有两个世界，一个是内心世界，一个是社会世界。从婴儿时期的自我中心状态，过渡到开始慢慢地和社会、集体相融合。他的思维有了很大的发展。特点是思维的具体形象性，就是说思维主要凭借事物的具体形象来进行。他已经能凭借具体形象，产生种种联想。

譬如，他坐过汽车，看见过司机叔叔开汽车，回到家里，他也叠起几只板凳，学着开汽车。他去过医院，医生给他拔过牙，回到家里，他会拿起一把小钳子，给小布熊拔牙齿。……

譬如，他在月光底下走路，会想到，月亮在跟着他，追他。他坐火车，会想到，火车没有动，是窗外的树木、庄稼，在向后跑去。

幼儿阶段的思维，有很大的随意性。他看见小碗、小碟，就想办家家。看见大人写字，就想拿笔来涂抹。看见别人去上学，就想背起个书包走路。

一个正在搭积木的孩子，看见别的孩子们在玩球，他也要去玩球。看见别的孩子在玩"开火车"，他也要挤到"火车"上去做司机。

幼稚园里，一个孩子对老师说："我的爸爸是总经理。"一下会有好几个孩子抢着说："我的爸爸是总经理。"其实，他们的爸爸并不是总经理。

幼儿的幻想力很发达。有个幼稚园里，一个孩子画了一只小鸟，来找老师，要老师去看。老师在跟别的孩子谈话，没有立刻去，他又来催了，说："老师，快去看，小鸟要飞到天上去了。"老师过了一会儿才去看，这孩子果然用黑颜料把小鸟涂掉，他跟老师说："小鸟飞掉了。"

有个幼稚园里，一个孩子在画画时，把太阳画成了绿颜色。老师跟他说:"你去看看,太阳是什么颜色的?对了,太阳是红颜色的。你画的是什么颜色的?是绿颜色的。对吗?"这孩子回答说:"老师,天太热了,绿的太阳不是会凉快一些吗?"

有个幼稚园里,老师把孩子们带到花园里,这时正是春天,花都开了,蝴蝶飞来飞去。老师问他们:"谁能想个好办法,把蝴蝶逮住呢?"有个孩子想出了一个好办法,说:"我用颜料在衣服上画上许多花呀草呀,蝴蝶一看见,就飞到我的身上来,我就把它们都逮住了。"

画的小鸟会飞走,太阳可以变成绿颜色的,花衣服能逮住蝴蝶,孩子们的幻想多丰富!

幼儿的思维,喜爱夸张。常常有这样的情况,有些事物,他们不自觉地,会夸大它的特征和情节。

有一个孩子,星期天爸爸带他去钓鱼。他爸爸钓到一条像铅笔那样长的鱼。第二天,他到幼稚园去,跟别的孩子们说,他爸爸钓到一条大鱼,用手一比画,这鱼有一尺来长。这天晚上,不少孩子回去跟家长说,某某小朋友的爸爸,钓到一条大鱼,有的比画有二尺来长,有的比画有三尺来长,有的比画比他本人还长,有的比画和他爸爸一样长。……

这些幻想,这些夸张,孩子们并不认为是假的,他们认为真是这样的。

有个孩子,很想到动物园去玩,希望爸爸带他去,爸爸一直没空带他去。他自己就常常凭借幻想想象动物园里的情景:什么河马欺负小海豚,大象用鼻子喷水给猴子洗澡,孔雀生了只小公鸡,长颈鹿学会了打球……他还把这些幻想去说给幼稚园里的小朋友听,说他爸爸带他去动物园亲眼看见的。连老师问谁去过动物园了,他也会举手回答。他说了以后,很高兴,觉得自己真的跟爸爸去过动物园了。

因为幼儿的幻想能力、夸张能力已经发达,所以最感兴趣的文学作品,必然是童话了。

幼儿阶段的孩子们，爱听童话胜过某些关于真人真事的故事。

给幼儿看的童话，有两种不同的意见。一种意见认为给幼儿看的童话，字要少，加拼音。因为幼稚园里不教认字，教认拼音。让孩子根据拼音自己去念。一种意见认为，幼稚园不教认字，幼儿未识字，幼儿童话都是让家长、老师去念的。文字不妨多一些。同时也可以训练孩子的说话能力。所以，幼儿文学作品字数的多少，有过争论。其实，两种意见都有理，可以兼容并蓄，有一些字少的可以让孩子照着拼音去念。有一些字多的可以让家长、老师去念给孩子听。

这些作品，应该配以更多的插图。有一些可以全是图画的作品。

不过，这些童话图画也好、图画童话也好，都必须具有童话的文学性。因为童话是文学的，给幼儿的童话应该负有从小培养孩子文学素质的任务。

为幼儿写的童话，现在已经有了一些，但是还太少。

现在，由于作品太少，分类没有那么细，常常是把给小学一、二年级孩子看的童话，和给幼稚园孩子看的童话，合在一起，统称为低幼童话。

其实，幼稚园的孩子，小学一、二年级的孩子，是不同的各有特点的两个阶段。

孩子在进幼稚园之前，除一部分孩子上过托儿所外，大多数是分散在各个家庭里的，是在父母亲身边的，或者是和爷爷奶奶、外公外婆在一起，但是一进幼稚园，他由个别的家庭，进入大范围的团体里了，和老师、许多小朋友在一起。他的生活环境起变化了，他的思想也要随之产生飞跃。孩子的生活变了，思想变了，对童话的需求也要变。这就要求我们的童话要和这个变化相适应，具有幼儿童话的特点。

一个幼儿经历了幼稚园的阶段，进入了学校，上了小学一、二年级。从幼稚园的孩子，成为一个小学生。这也是一个孩子生活的突变。在幼稚园里，一般来说是以游戏为主，教育也是通过游戏这些轻松的方式来进行的。但上小学不同了。小学以学习为主，他必须在课堂里规规矩矩坐下来，摊开课本，面对着黑板，听老师严肃地讲课，一个小学生得老老实实地集中注意力听课。环境变了，生活变了，思想变了。低年级孩子对童话的需求和幼稚园时期又有所不同，有其自己的特点。

因此，幼稚园童话和低年级童话似应分出来为好。

幼稚园里，还有小班、中班、大班之分，也有人主张索性分细一些，分成幼稚园小班童话、幼稚园中班童话、幼稚园大班童话。如果能这样分，当然很好。但是，由于现时我们的童话太少，孩子的智力水平又很不齐，目前来细分，是有一定困难的。估计，以后是会细分的。

目前给幼儿写的童话，大都是小狗、小猫，一些动物童话。动物童话，是需要的，对幼儿来说是主要的，在童话中，动物童话占的比例是很大的。但要把动物童话写得更好一些，要不断创新。应该说有的童话是写得拙劣的。有的老一套，现在写的和三十年前写的，甚至于五十年前写的差不多，缺乏新鲜感。一个童话，总得要有今天儿童的新气息。

给幼儿写作的童话，一定要和幼儿的思维能力取得一致。同时，还必须去发展他们的思维能力。所以，给幼儿看的童话，必须有大胆的、丰富的幻想和夸张。那种平淡无奇的、枯燥乏味的童话，是不合宜的。

低幼童话，一定要有多变化的情节，要有鲜明的形象，语言要活泼，朗朗上口，句子要短，字数要少，一句废话都不该说。

在幼稚园里，童话的作用应该得到充分的发挥。幼稚园应该布置得像一个童话宫，进入幼稚园就应该像是进入一个童话世界。老师都应该理解孩子们的幻想力，应该学会讲童话。幼稚园的教材，应该以童话为主课之一。常常有童话朗诵、童话游戏、童话表演……

幼稚园老师和幼儿家长，一定有切身体会，幼儿对于童话的要求是很高的。如果，你临时瞎编一个，他没听完，就会嚷起来："没劲，不要听，换一个。"如果，你讲得很精彩，他听了总是要缠着你："再讲一个。"有时候，会没完没了地"还要讲"。

所以，我们的童话要讲数量，还要讲质量。没有数量，我们难以满足他们，更无法让不同需求的儿童进行选择。没有质量，他们不会欢迎，选来选去没有选中的，多了也白搭。

幼儿对周围事物的不少认识是模糊的，他们处在正确和错误的十字路口，幼儿童话来不得半点含糊。

为幼儿写童话，很像给孩子烧菜，应该很讲究。要换新鲜的，要色香味俱全，既要可口好吃，又要有营养，还要容易消化。

把给幼儿写童话说成是哄孩子的方便事，是不对的。

在幼儿童话中，思想性和知识性都要绝对正确，把一些有争议的问题，也拿到幼儿童话中来，是不妥当的。

对幼儿文学本身，可以有不同意见，但具体的幼儿文学作品，不应是学术上的讨论文字。发表幼儿文学作品的报刊，也不是争鸣的园地。

幼儿童话的写作，是一件严肃的事，一定要认真去做，一定要做好。

第三节　儿童与童话

这里说的儿童期，是指小学一年级到四年级的这个时期，就是小学低年级和中年级时期。小学一、二年级称为低年级，又称为学龄期，或学龄初期。小学三、四年级称为中年级。

一个学前儿童，经过了家庭、幼稚园的培育，各方面都有了明显的发展。他进入小学，不再是幼儿，而是一个小学生了。这个变化是很大的，对一个孩子来说，是一个重要的转折。

这一时期，从心理学上来说，他的无意性和具体形象性虽然仍占主导地位，可是有意性和抽象概括性已开始发展。

在学前期，幼稚园里，一个孩子看到别的孩子在玩一件好玩的玩具，他会争着要，有时会激烈到哭闹和打架。上了小学以后，他看到别的孩子在玩一件好玩的玩具，他心里虽然想要，但是他知道这是别人的，不能随便要，更不能去争，不能哭闹和打架，只能回家要妈妈给他也买一个。

一个幼稚园里的孩子，对同学和团体这个概念是淡薄的、模糊的。他的心目中，除掉自己，就是天天带领他们玩游戏的老师。在幼稚园里，回家了，孩子们相互来往是很少的。甚至星期天跟母亲出去的时候，碰见每天一起玩得很要好的小朋友，面对面走过也不打招呼。最多跟妈妈说，他叫什么名字，是同一个班里的小朋友。

进了小学以后，同学、团体这个概念，他比较能理解了。学校里除了他、老师，还有许多同学。放学回家，一路走。见着也打招呼了。有时还邀请同学到家里来玩，他也要到同学家里去玩。

幼稚园的主要活动形式是游戏，进了小学，学习是主要活动形式。儿童生活上发展了，心理上也发展了。自然有许多孩子，必须要经历从不适应到渐渐习惯的过程。

一个孩子上了学，经过学习，他的视野宽广了，他接触的事物多了，他的知识面丰富了。

他的思维能力也相应发展了。他的理解能力增强了。

这些，都使他的幻想力相应大幅度发展。

他们便要求有更精彩的童话。

他们识了字，便需要在图面的帮助下，自己来阅读童话了。

在一、二年级孩子自己阅读的文学作品中，还是应该以童话为主要的。

给一、二年级孩子看的童话，因为是他第一次读童话，更不能是一些粗糙的东西。

要求，是应该严格的。譬如，一、二年级的儿童，还不善于控制自己的注意力，更没有能力运用自己的注意力，要他同时去注意几件事，他是做不到的。如果让孩子一面听讲，一面抄写，肯定什么也听不进去，什么也抄不下来。我们的童话，如果头绪太多，几条线并进叙述，是不行的。

有的童话，一句接一句，几个人的对话，也没有张三说、李四说。这样的童话，他们也是欣赏不了的。

这样年龄的儿童，注意力很不稳定。一个课堂里，孩子们坐着听课，门外操场上在比赛踢球，课堂里孩子们的注意力，常常要被门外的踢球比赛所分散，这堂课是怎么也上不好的。我们给一、二年级儿童写童话，必须很集中，不能有些枝枝节节、与中心无关的东西。

小学一、二年级的儿童，因为随着学习面的扩大，他的记忆范围在迅速扩大，而他的记忆力虽强，但总是跟不上记忆范围的扩大的。要他一次记住许多东西，总是有困难的。老师上课，如果"满堂灌"，像填鸭那样，儿童是接受不了的。所以，我们的童话，内容一定要准确，文字一定要简练。那种时间、空间的跳跃，不能太快，那种时空交叉写法，自然不适用，必须有头有尾，说得清清楚楚，而且要运用多次的重复，加深他的印象，他才能牢牢记住。民间童话中，常常有这样的手法。狮子来了，讲这几句话；老虎来了，讲这几句话；狐狸来了，也讲这几句话。重复的目的，就是让孩子有深刻的印象，记住它。

小学一、二年级儿童的思维，虽然具有一些抽象概念了，但水平还是相当低的。还是需要大量的直观形象教育。譬如，"真理"这个东西，要他们理解，是比较困难的。如果，把它写成是一个很公正的、说话都对的、学问渊博的白胡子老人，也许会比较容易理解一些。

从小学一、二年级，升到三、四年级。中年级的儿童，在智力和接受能力上，当然比低年级的儿童要发达得多。

过去的说法，一个儿童的理解能力增强了，幻想力相应减弱了。其实，也并不尽然。因为，过去总是把幻想放在科学的对立面。认为幻想是缺乏知识的产物。有了知识了，懂得科学了，幻想力就逐渐消失了。这样的说法，是不符合事实的。

由于这种说法，过去认为学前儿童是爱好童话的，应以童话为主的；小学低年级儿童是爱好童话的，应以童话为主的；中年级，理解力增强了，科学知识丰富了，他们不爱好童话了。

不久前，一个儿童图书馆和一些儿童心理学工作者，做了一次阅读兴趣的调查报告。结果是这样：

三年级的儿童，爱好童话的，占总人数的63%。

四年级的儿童，爱好童话的，占总人数的67%。

这比例，都在一半以上，是多数。

调查者还对四年级的男、女生分别做了阅读兴趣的调查，结果是这样：

男同学中，爱好童话的，占总人数的50%。

女同学中，爱好童话的，占总人数的82%。

这足以说明，儿童在中年级阶段，他们的幻想力还在发展，对童话的爱好，并没有减弱。

中年级的儿童，还是要给他们足够的童话，不然，他们是无法满足的。

当然，这段时期，他们爱好的童话，绝不会像是低年级儿童所爱好的什么守纪律的大雁、爱清洁的白鹅、好劳动的蜜蜂那样的短小而简单的童话了。

他们要求幻想更为丰富、故事更为复杂的童话。

这时期，有的儿童也开始读起外国名著，我们应该让他们也去阅读外国的那些著名的童话作品。

充沛的活力向这个世界走来，对于死亡还不可能感到是威胁，所以，对于长寿，丝毫也引不起他们注意。

年龄特征没有掌握好，是不行的。

在儿童文学中，常常有人要求写出一种"老少咸宜"的作品来，仿佛这是高标准，是在向高标准看齐。也有人对童话提出这样的高要求。

这种好心是可贵的，但这是一种做不到的事。

因为，在儿童文学领域里，婴儿、幼儿、儿童、少年，年龄特征是十分明显的。要做到一篇童话，从出世到进入成人，每一阶段的孩子，都"咸宜"，是不可能的。何况再要加上青年、壮年、老年，要所有阶段的人都喜欢，哪有这样的事！

"老少咸宜"是一种良好的愿望。不仅做不到，而且也不应这样去要求的。要是儿童，不管婴儿、幼儿、儿童、少年都爱读，说明儿童不存在年龄特征问题，这是违背科学法则的，因此，是没有一种"老少咸宜"的童话的。

第五节　成人与童话

从少年进入青年时期，他已经成人了。他们的兴趣爱好，更加丰富了。有的从丰富中集中了，专攻一门科学，或者进修一门学问，或者学习一门知识。有的一面学习，一面向社会作出贡献。

童话，既然叫童话，当然不是为成人而写的。它，是儿童文学中的一种样式，总是隶属于儿童所有的。

在成人文学中，不可能再包括有童话了。

当然，在成人文学中，有拟童话的作品，有的作品也借用了童话的手法。不管怎样，它，不是我们童话作品。这些年，小说、戏剧、电影借用童话手法，来描绘虚幻人物、故事的作品，愈来愈多了。

童话既然是儿童的，就不要有"成人童话"了吧！

但是，没有"成人童话"，绝不是说一个人进入成年，意味着就此向童话告别。

有许多人，到了青年、壮年、老年，仍然十分喜欢童话。

他们仍与童话在一起，童话仍在他们的身边。

有一种人，他们从事儿童工作，或者将从事儿童工作，如幼稚园教师、小学教师、中学教师，或者师范院校的学生，他们要从事儿童工作，自然要懂得童话，要读童话。因为要给儿童讲童话，要辅导学生读童话。至于，从事研究童话，写作童话，或者编辑、出版童话的人，自不必说了。

有一种人，他在儿童时代、少年时代，是童话的爱好者。虽然他现在是成人了，但仍保持着这种爱好。他常常爱读童话，觉得这是一种美好的文学享受，能带给他一些童年欢乐的回忆，使自己那颗纯洁的童心永存不泯。童话是他快乐的使者，他永远和童话在一起。

有的人，他们已经有了孩子，或者即将有孩子了，他们希望下一代成为一个有文学教养的、高尚的人，他要孩子从童话中汲取滋养，他们便像儿童时期一样，读起童话来。

也有的人，已经进入老年，却变得特别喜欢孩子。爱自己家的孩子，也爱别人家的孩子。这样的情况是十分普遍的，可能也是一种人的本性。因为爱孩子，所以也读起童话来。他觉得读童话，就像和孩子在一起一样。据调查，养老院里，许多没有子女的老人，他们最喜欢读童话，读了童话就不觉得孤独了。

诸如此类，成人中爱好童话的人是不少的。

我们知道，大街上许多儿童商店、公园中的儿童游戏场，这些都是为儿童而开设的，但对它产生兴趣，进去的，不但有孩子，也有许多成人。

童话，是属于儿童的，因为儿童离不开成人，成人也离不开儿童，所以成人也离不开儿童的童话。

童话作家，为儿童写童话。

但是，童话作家从来不反对成人读他写的童话。

当然，也有童话作家愿意在为儿童写童话的同时，为爱读童话的成人们写写童话。

第四章 童话的特征

第一节 童话的比较

童话的特征，是什么？

这个问题，不少童话作家阐述过，不过大都说得比较简略，有的只从理论上作了些解释，大家说的也不完全一致。

这是个童话的基本问题，必须进一步探讨和研究，以冀求得大家所能同意的符合童话实际的正确答案。

现试用比较的方法来寻求这个答案，不知是否能达到这一目的。

比较，我国古代，称为"格义"。我国历代许多文学家，都运用过"格义"这方法，研究过各种文学状况。国外盛行的"比较文学"学科，其实，和我们古代的"格义"差不多。目前，大陆"比较文学"，即格义学的研究，正在兴起。

童话的特征是什么？让我们来将童话和其他文学样式作一番比较吧！

看看童话和别的样式有什么共同和独异之处，相互间的关系怎样。

这样比较以后，就能够找到童话的特征。

一、童话和小说

许多理论文章中都说"童话是'小说的童年'",意即童话是早期的小说,小说是由童话演变而来的。这句话是英国一位叫麦卡洛克(MacCulloch)的文学家说的。

估计麦卡洛克所说的"童话",并不是现在我们所要说的童话,而是神话、传说这类作品吧!因为前面说过,在英语里没有"童话"这个专词,Fairy Tale 也可以译作神话和传说。

今天有一些人在这样提倡,主张"童话小说化",实际上就成了用小说来代替童话,当然是不能苟同的。这是忽略童话特征的一种倾向。

有人强调,目前世界上,一种学科和另一种学科相结合,产生了边缘学科。科学可以这样,文学也可以这样。小说、童话相结合,就产生了小说、童话的边缘文学的新样式,这就是突破旧框框,是一种大胆的创新。

当然,就一篇具体的作品来说,一个作家写了一篇作品,又像小说,又像童话,这完全是可以的。而且,这样一篇作品,也有可能是一篇优秀的好作品。如秦牧写的那篇《骆驼骨》,可说是一篇以真实的小说写的一个虚构故事。至于包蕾的那篇《霍元乙》,恐怕就是一篇小说了。

作为一种样式来说,有了这样的作品,并不能反过来以此去否定童话。

创造边缘学科是对的,但是创造了边缘学科,不意味就是否定原来各自独异的学科。

在我国古代,还没有童话这个名词,也没有童话这个文学门类,所以我国早期的童话,和小说是不分家的。像古代的《中山狼传》《白水素女》《聊斋》里的一些故事,实际上应算是童话,那时,都隶属在小说里。

有了"儿童文学"以后，童话也就是儿童文学的别名了。儿童文学也包括小说，也包括现在我们所称的童话作品。所以，那时候，小说、童话也是合在一起的。

今天，有人在分类时，也有把童话归入小说类里的。一家成人刊物，他偶尔发篇童话作品，他不能为这篇童话作品单独去列一个档目，就把童话列到小说档目里去。

随着文学的发展，文学的分类愈来愈细。产生边缘文学，就是分类愈细的一种表现。

童话与诗结合，产生童话诗。童话与剧结合，产生童话剧。童话和相声结合，产生童话相声。童话跟小说结合，可以产生一种童话小说嘛。

但是，这不应妨碍童话的发展，童话和小说一样，有它独自的特征，它要根据它自己的特征去发展。

童话和小说，两者很像，有的确实也难分。

安徒生的《卖火柴的小女孩》，实际上就是一篇生活故事。说它是小说，也未始不可。何况安徒生自己也称之为"故事"，是我们翻译过来的时候，把它称之为"童话"的。现在大家也公认，《卖火柴的小女孩》是一篇童话。大家公认《卖火柴的小女孩》是童话，也因为这篇作品有一些幻想。但是，有幻想，就一定是童话吗？不少小说，特别有一种幻想小说，顾名思义，充满了幻想，是不是又算是童话呢？

目前，不少小说，从童话吸取种种手法，幻想、夸张、拟人都用上，那是他们小说的事，我们不能说这就是童话。正如一个大人爱用孩子的思维方法，我们不能说他是孩子一样。

还有安徒生的《皇帝的新衣》，整个故事，也没有幻想成分，只是把皇帝的愚蠢，作了一些夸张。但也不能说"夸张"的作品就是童话。文学作品也需要夸张，特别是一些讽刺小说，夸张成分很大，讽刺小说是不是也算童话呢？

的确，特别是一些幻想小说、讽刺小说，和童话是难分的。这种作品，也有写给孩子看的，有给孩子看的幻想小说、讽刺小说。

对于这类介于两者之间的作品，你说是童话，就叫童话，你说是小说，就叫小说。

童话和小说确有许多共同之处。文学作品是千姿百态的，不能像砍木头那样，一斧砍下去，木头就分成两段了。

但是，就一般的童话和一般的小说来说，是可以分的。

我们做研究工作，不能说童话等于小说，也不能说小说等于童话。应该找出规律，把它们区分出来。

它们之间，有共性，也有特性，大致上也是分得开来的。

譬如，童话需要个故事，小说也需要有个故事。

譬如，童话需要塑造形象，小说也需要塑造形象。

这，两者是相同的。

但是，童话对故事的要求，和小说对故事的要求，却是不一样的。

一篇小说，要给读者说的故事，必须是能在生活中真实可以见到的。如《小兵张嘎》里的嘎子，《鸡毛信》里的海娃。这样爱憎分明、聪明机智、大胆果敢的少年，在抗日战争中，应该都是找得到的。虽然他们不一定叫嘎子，叫海娃，也不可能和嘎子、海娃一模一样。他们在反侵略的斗争环境里，起他们能起的作用。他们的所作所为，应该都是大家所见所闻的事情。文学作品，通过嘎子和海娃这样真实的形象，来反映当时嘎子和海娃这样一批少年的真实作为。这就是小说。

因之说，小说要求的故事，是从真实中求真实。

童话则不同。童话要给读者说的故事，必须是不能在生活中真实可以见到的。如果，生活中能找得到，则不是童话了。像《一只想飞的猫》，这只猫，在生活当中有吗？它会说话，会说人话。真实的生活中是绝没有这样的猫的。它狂妄自大，想飞到天上去，真实生活中会有这样的事吗？绝没有的。但是，童话就是要用这样一件不真实的事，来反映自以为是、骄傲自满、必然失败这个真实。

所以说，童话要求的故事，是从不真实中求真实。

这，两者是不同的。

从不真实中去求真实，也就是要以假为真，从假中去求真。

写童话是有难度的，就是要以假去反映真。我们光要假，这是很方便的，但要以假去反映真，就不容易了。

因此，一个好童话，必须在"假"和"真"上下功夫。

如果没有"假"，不成其为童话；如果没有"真"，也失去童话存在的意义。

童话，必须让小读者明明知道是"假"，但却要小读者当成"真"。

童话，一定要处于真假难分这样的境地。

童话对塑造形象的要求，和小说对塑造形象的要求，也是不一样的。

一篇小说，总是要塑造形象的。没有形象，这篇小说是苍白的、平面的。文学即人学，小说是专门写人的，不像散文主要是写事的。《小兵张嘎》塑造了嘎子这样一个形象，《鸡毛信》塑造了海娃这样一个形象，他们是有血有肉的活生生的人物，我们在生活中看到过这样的孩子。他们的一切，包括外表、心理、性格、思想、行动，都是真实的。如果，嘎子长着千里眼，或者长着顺风耳，海娃能腾云驾雾，或者会钻到羊的肚皮里，这就不真实了，就不是一篇小说了。

因之说，小说要求的形象，必须是形似神似。

一篇童话，也要塑造形象。童话如果不塑造形象，也是苍白的、平面的。但是，和小说所要求的形象恰巧相反。童话中要求的形象，必须是生活中找不到的。如《一只想飞的猫》，生活中哪有这样想飞、能说话的猫？如《不动脑筋的故事》，生活中哪有赵大化这样的孩子，迷糊得连床上搁着个秤砣都不知道？如《"下次开船"港》，生活中怎么会有唐小西这样的孩子，能和灰老鼠、绒鸭子这些玩具打起交道？这些形象都是生活中无法找到的。《一只想飞的猫》里那不可一世的猫大王，是经过拟人化处理的。《不动脑筋的故事》里的赵大化，是经过夸张处理的。《"下次开船"港》里的唐小西，是经过幻想处理的。他们的形象是被作家"变"了的。生活中，有没有那号想入非非、以自我为中心的孩子呢？有没有那号万事稀里糊涂、什么都不上心、怕动脑筋的孩子呢？有没有那号老是下一次、拖拖拉拉、今天等明天、明天等后天的孩子呢？有，还多着呢！恐怕在你的周围，常常可以见到这样的孩子。

所以说，童话要求的形象，必须是形变神似。

这，两者是不同的。

我们写小说的作家，有时把某一段生活，如实写出来，那就是一篇小说。而写童话的作家，有这样的可能吗？说生活中有一段事，如实写出来，就是一篇童话了？童话作家是永远不可能碰上这样的机缘，绝对不可能的。

生活放在小说作家的手上，经过提炼、概括、集中，可以写出一篇小说。生活放在童话作家的手上，要经过一番处理，然后真的变成假的，然后用假的来反映真的。

这就叫作"童话处理"吧！

小说之与生活，像光之直射。

童话之与生活，像光之折射。

像把一支铅笔，插在一个盛满水的玻璃杯里，铅笔是弯曲的。

若用镜子来比喻，小说的生活镜，是平面的。童话的生活镜，则是凹凸形的，如同孩子们喜欢的那种哈哈镜，照出来的人和物，都是变形走样的。

所以说，小说有自然主义的小说。童话却从来没有自然主义的童话，它需要假设、变形，也即需要幻想、夸张，它历来都是浪漫主义的。

童话和小说，各有各的特征，一定要分开来。

二、童话和寓言

寓言，是文学作品中的一种体裁。英语里叫 Fable，不过这个 Fable，也有译作童话的。说明寓言和童话是难区分的。

寓言，按当前通行的解释，是指带有劝喻或讽刺的故事。结构大多简短，主人翁可以是人，也可以是生物或无生物，主题都是借此喻彼、借远喻近、借古喻今、借小喻大，寓较深的道理于简单的故事之中。

关于寓言的历史，是如何产生的，又是如何发展起来的，这些都有待大家去探讨。

在国外，一般首推公元前六世纪古印度的《五卷书》，实际上，其中一部分是寓言，有一部分可以说是童话。

还有公元前六世纪，古希腊作家伊索的《伊索寓言》。

以后，有法国的拉封登，于一六六八年到一六九四年，他死之前的一年，完成了《寓言诗》十二卷。

又有俄国的克雷洛夫，从一八〇六年起，先后写了两百多篇诗歌体的寓言。

其实，我们中国很早就有了寓言。在中国文学史上所介绍的先秦寓言，是非常早的文字记载的寓言作品。

如其中有不少寓言作品的《孟子》，约成书于战国时期，《庄子》约成书于先秦时期，《吕氏春秋》约成书于战国后期，都是公元前二三百年间的作品。这些寓言，虽然出自文人的著作中，但应该说很多采撷自民间，所以我国民间有寓言的时间则更久远了。

"寓言"这名称，最早见于《庄子》中的《天下篇》："以天下为沉浊，不可与庄语，以卮言为曼衍，以重言为真，以寓言为广。"

寓言，古代还有各种称呼，如"偶言""储说""隐言""譬喻"

"况义"等等。

以后各代，文人撰写的寓言、民间流传的寓言，越加发展了。前些年，现代作家魏金枝曾将这些古籍中的寓言，去芜存菁，选出一些适合少年儿童阅读的，加以改写，出版了多集《中国古代寓言》。他做了很有意义的工作。

就在这些作品里，如《中山狼传》，有人认为这是个寓言，也有人说这是个童话，莫衷一是。

今人写的《小马过河》，说一匹小马想过河，黄牛说河水很浅，松鼠说河水很深，究竟是谁说得对呢？小马自己过了河才知道。这篇作品，童话选里也选了，寓言选里也选了，究竟是童话呢？还是寓言？

因为两者很难分，所以近年来常常把寓言归到童话这一门类里。

有的出版社编童话选，往往索性把寓言也捎上，叫作《童话寓言选》。

少年儿童刊物，也经常把童话和寓言放在一个档目里，"童话·寓言"，有时当中这个圆点间隔号也不一定放。

为什么童话和寓言是那么难分呢？

我们暂不说童话和寓言在发展历史上，有不可分的关系，它们是一对孪生兄弟，它们之间确有许多共同的东西。

譬如，童话要幻想，寓言也有幻想。童话要夸张，寓言也有夸张。童话要有象征性，寓言也要有象征性。童话要引起联想，寓言也要引起联想。童话有拟人化的，寓言也有拟人化的。……

有人认为以长短分，说寓言篇幅短小，童话都比较长。这样从长短来分，也不科学，而且行不通。因为给低幼儿童写的童话，一般都是很短小的，是不是短小就成了寓言呢？今人写的寓言，有的也很长，也有一两千字的，是不是就变成童话了呢？今天，寓言都是短篇的；将来，会不会有中篇寓言、长篇寓言，或者系列寓言呢？

有人说，寓言故事的发展是消极性质的，结尾常常以失败或倒霉告终，童话则反之。寓言虽然有不少是规劝、讽喻的，是暴露的，主人翁吃尽苦头，最后弄得狼狈不堪。但是童话也有规劝、讽喻的，也有暴露的，也有主人翁吃尽苦头，最后弄得狼狈不堪的。再说，寓言故事的发展也有很积极的，结尾是胜利的，如《愚公移山》，此种精神，何等进取、激昂，也没有以失败告终。所以，故事发展的消极或积极，结尾的失败或胜利，也不能是童话和寓言的分界线。

寓言和童话的不同点，是否在——

寓言，不一定全是给儿童看的，上面所引的《五卷书》中，《伊索寓言》中，我们中国的古寓言中，很多作品，不是儿童文学作品，给儿童看是不合适的，他们也是无法了解的。它的读者对象是成人。所以寓言，是文学样式中的一种，不能说是儿童文学样式中的一种。寓言，作者并不完全是为儿童而写的，只能说其中有一部分，是可以拿来供儿童阅读的，如魏金枝改写《中国古代寓言》，就是从这些古代寓言作品中选出一部分，拿来当成儿童文学作品的。今人写的寓言，有许多是为儿童写的，是儿童文学作品中的一部分。但是，也有不少，作者不是为儿童写的，如作家冯雪峰的《雪峰寓言》，显然是一本成人文学读物，其中虽有一部分可供儿童阅读，但绝大多数是供成人阅读的喻世之作。现在，许多寓言作者，在为儿童写寓言。寓言是孩子们很喜欢的一种文学样式，寓言在儿童文学中的地位是重要的，但也不能有这样的倾向，把凡是寓言，一律都说是为儿童的，这说法不符合客观事实。所以，应该说，寓言，不就是儿童文学，而是儿童文学中包括寓言这种样式。童话，则应该完全是儿童文学。

寓言有它的特点，它的特点就在这个"寓"字上。它是一种譬喻的扩大。它说一件事，不是直截了当地说的，不直接指其事，而是隐约其词、转弯抹角说的。拉封登说过这样一段话，很有意思。他说："一个寓言，可以分作身体与灵魂两部：所述说的故事，好比是身体，所给予人们的教训，好比是灵魂。"就是说，故事是外在的，教训是内涵的。人们接触的是身体，得到的是灵魂。因此，也有一位寓言大师，曾称寓言为"穿着外套的真理"。也就是把真理穿上外套，寓真理于外套之中。童话并不这样，虽然童话也需要含蓄，但它不是"寓"，它说什么事，可以直接指其事，用不着隐约，更用不着拐弯抹角。

童话的教育，它是潜移默化的，着重影响、引导、启发、陶冶。而寓言的教育，是规劝、讽喻，当然不是简单的训斥、直率的面命。陈伯吹在早年的一篇文章《论寓言与儿童文学》中说："它（寓言）不是一柄大刀，而是一把匕首，它不在于一砍两段，而是要一刺见血。"他还说："寓言对于人的讽劝，是间接而不是直接的，是暗示而不是提示的，是委婉而不是率直的，是幽默而不是庄重的，是温柔而不是严厉的，是津津有味的诉说而不是唠唠叨叨的训斥，是轻描淡写的印象而不是郑重其事的警告。寓言的价值，就奠定在这些上面，也因了这价值而发挥了它的更大的效能。"这是说得很形象的。

童话要求塑造形象，它主要是写"人"。写人是需要笔墨的，所以童话常常需要有一些文字去写人的心理活动，衬托人的心理活动的景物，给读者以品德教育、性格教育、美的教育等等。寓言不要求塑造形象，它主要是写"事"，告诉读者一个道理。没有任务要寓言用人的形象去感染读者，所以寓言不可能花很大笔墨去叙说一个人的心理活动，甚至于不需要去描绘主人翁的外表、形体，更不必大段大段去写景物。寓言要求以最经济的笔墨、最短小的篇幅、最精练的文字，写出一个有寓意的故事。主题先行，在写作别的文学样式时，都是相反的，唯独寓言，作者在写作前，必须有个主题，然后通过故事把主题说出来。

童话在发展，寓言也在发展，随着童话和寓言的发展，它们的特征愈来愈鲜明，逐渐逐渐一定会有更清楚的界限。

当然，另一方面，也一定会有一些童话和寓言两者之间的作品，这是一种边缘作品。这种作品，过去有，今天有，以后一定也还会有。

三、童话和神话

神话，在英语里叫 Myth，在德语、法语里叫 Mythe，这个词源自希腊语的 Mythos。但这个词，我们中国过去也有翻译作童话的。

所以，有不少人，往往以为童话和神话是一个东西。

有的人，凡是一篇作品中出现了神，以为这就是神话了。有一个剧团，他们自己编写了一个童话剧，里面有几个仙女，便自说这是个神话剧，这是不对的。

什么叫神话呢？关于神话的定义，有许多专家、学者解释过，根据新《辞海》，神话这条目的解释是："反映古代人们对于世界起源、自然现象及社会生活的原始理解，并通过超自然的形象和幻想的形式来表现故事和传说。"这个定义是不是准确，自然也可以商榷。

世界上几个古老的国家，在古代都有非常丰富的神话流传下来。著名的，如印度神话、希腊神话、北欧神话、埃及神话等等。希腊神话、印度神话，几乎可以说非常完整地保存了下来，今天我们都能读到它。

我们中国是一个文明古国，神话自然也是非常丰富的，由于我们中国几千年的封建统治，独重儒学，讲究实用，神话或被贬为异端邪说，或被篡改成伪历史，可说散失不少，十分可惜。但从保留下来的这些神话来看，确是非常珍贵和有重大价值的。如十八卷《山海经》，可能是在战国时期所记录和整理的当时流传在民间的口头作品。

在《楚辞》和先秦诸子的著作中，以及其他一些杂著中，也记录了不少当时口头流传的神话作品。

如今天大家所熟悉的《盘古开天》《女娲造人》《后羿射日》《精卫填海》《鲧盗息壤》等等。

从民俗学的观点来说，这些才是真正的神话。

至于以后在民间流传的那些故事，如《白蛇与许仙》《孟姜女》《梁祝化蝶》，这些算不算神话，就有种种不同的意见了。

有人把它们列为"神话"，有人认为应称作"民间传说"。

有人认为民间传说就包括神话，即神话是民间传说中的一部分。

有人说民间传说是由神话演变过来的，神话是民间传说的童年。

有人把神话和民间传说看成是一码事，统称作"神话传说"。

至于，在后世历代创作中，摹拟神话来反映现实、谕讽现实的作品，可不可以称之为神话，更是有争议的。

大家比较一致的意见是：神话是古代人类对于世界、自然、社会的原始理解，神话是那个时代的产物。后来文化发达、科学发达了，就不再产生神话了。神话是有限的，就那么一些，不是无限的，后世是不会再产生的。

这些论争情况，本书不可能涉及，更不能任意来论断这些见解的正误。

我们介绍这些，是为了让读者对神话有一大概的了解，为了进一步将神话和童话作比较。

关于童话和神话，有两种说法，是不能同意的。

一种说法，童话和神话是一个东西。即前面说过的，童话等于神话，神话等于童话。

又一种说法，即童话是由神话演变而来的，是发展先后的渊源关系。

童话是不是由神话演变而来？这问题，因为不属比较范围，放在后边写童话发展历史时，再来详说。

童话，在古代，它和神话纠集在一起，是难以分清楚的。但是童话发展到今天，还是和神话缠绕在一起，分不开来，就不应该了。

童话和神话，究竟区别在哪呢？

过去有人提出，童话和神话的区别，在于神话有明确的时和地，童话则没有明确的时和地。

这说法，似乎缺乏根据。神话中，那些人名、地名，何以会是真的？比如《精卫填海》里的女娃，故事本身是幻想产物，其中名字"女娃"怎么会是真的呢？在童话里，先拿民间童话《蛇郎》来说，蛇郎不也是名字吗？京城、东海不也是地名吗？现在的童话，有人名、地名的则更多了。

童话与神话的区别，应该在于——

神话，有一部分可以供儿童阅读，但不是说神话都可以供儿童阅读。

诸如，部分神话中，把太阳说成是一只金乌鸦，说月亮里面有一只玉兔。把风、雨、雷、电拟人化为风师、雨伯、雷公、电母。这些神话，适合儿童看的，我们可以称之为童话。但有一些神话，如说一个叫姜嫄的女人，照着巨人的脚印走，便怀孕了。还有那些兄妹结婚的神话等等，是不适合儿童看的。这部分作品，是神话，但不能说是童话了。

反过来，童话中也并不都是神话。

所以，可以这样说——

神话中有一部分是童话。

童话中有一部分是神话。

但是，童话绝不等于神话，神话也绝不等于童话。

神话、童话，两者都是"话"，但神话主要说"神"，童话主要在"童"。

神话中，有说给儿童听的神话，这部分也叫童话。

童话中，有说神的，所以童话中也有神话。

关于"神"，神话中有一部分是带有宗教色彩的，也有宣传迷信的。如十殿轮回、天殛报应之类。

古代，宗教与神话，往往有因果关系。当时，神话有一些确实宣扬了宗教，宗教也借用神话来为它作宣传，神话宣传了宗教，宗教也推进了神话发展。

神话中，出现了各式各样的神，不管千变万化，这些神都是按照人的意志设计出来的。

所以，不论是仙山，还是地府中的各式神、鬼，都是"人"。

神话中的神仙世界、鬼怪世界、天堂、地狱，都是按照当时社会来摹拟的。

我们试看看神话中的那个天堂吧！全是和当时世上的封建王朝一模一样。

世上有皇帝，天上有玉皇大帝。世上有管宗教的法师，天上也有一个佛法无边的如来佛祖。玉皇大帝的身边有王母娘娘，有西王母，也有太监、宫女，金童、玉女。玉皇大帝的属下有管财政的财神，有管文化的文昌君，管医疗卫生有药王，管火力有火德星君，治水有四海龙王。城有城隍，山有山神，保甲有各方土地。男女婚姻有月下老人，生儿育女有送子观音。分工之细，道道地地是人间王朝那一套。所以，那个神界，实际上就是人间。

这些神的故事，确有一些只能供民俗学、社会学、人类学、历史学等各种学科研究之用，作为儿童欣赏是很不适宜的。

但，童话有时也写神，作品中也出现神仙，甚至于鬼怪。可是，童话中的神仙鬼怪，它不应是世界的主宰。而应是人的化身，是某种理想、希望、意志的化身。

至于鬼的问题，其实，鬼和神本质上并没有什么区别。

在神话中，出现鬼魂，是不少的。但在童话中好像有个约定俗成的规矩，就是不可以出现鬼。似乎神是神话，鬼就是迷信。这是不够公平的。其实，神和鬼都可以宣传迷信，也可以不宣传迷信。成人戏中的《钟馗嫁妹》《李慧娘》，都不应该看作是宣传迷信的。而像《目莲救母》《探阴山》，才是宣传迷信的。

有人说，神并不恐怖，鬼出现是恐怖的，因此，不应在童话中出现鬼。这说法太绝对。神有恐怖的神，鬼也有可爱的鬼。有人以貌取鬼神。其实，貌丑如钟馗，却叫人爱戴、崇敬，相貌堂堂的玉皇大帝却叫人厌恶。如孙悟空、猪八戒、沙和尚，也都丑陋不堪，却赢得了孩子的喜欢、亲近。

实际上，安徒生的《海的女儿》里，那女儿死后化成精灵升天而去，精灵就是鬼魂，这鬼魂多么美丽，这是一种为爱情作出牺牲的崇高精神的化身。

还有不少歌颂死去的英雄的诗篇，常常有人写他还活着，今天在如何如何，其实，这也是鬼魂，这鬼魂是英雄人物不死的伟大精神的化身。

童话中既可以写神，也允许写鬼。鬼，不是不能写，而是如何写。童话中出现鬼，和出现神一样，绝不可是宣传迷信的、制造恐怖的，而应该是健康的、积极向上的。

当然，这样说，不是在童话中提倡写鬼。而是说，童话中可以写鬼。

当前，童话中常常出现的妖精、怪物，实际上也是神鬼的变种。

童话和神话不同，主要是由于内容不同，而使对象不同。

童话和神话也相互包容，神话中有可以给儿童阅读的神话。童话中，有一些是神话。

这是童话和神话的关系。

四、童话和民间故事

民间故事，在英语中叫 Legend，这个单词也有译作童话的。民间故事和童话的确有很密切的关系，所以两者是很容易混淆的。一些刊物，常常把民间故事和童话放在一个栏目里。当然，一个刊物栏目不能太多，把童话、民间故事、寓言放在一栏里，自然是可以的，但不能把童话和民间故事等同起来。

我们在研究童话的特征时，也必须把童话和民间故事的相同处和不同处找出来。

什么叫民间故事呢？

民间故事，是指在民间口头流传的、富于幻想和夸张的某些事或人的记述故事。有的是以真的事或人作为基础，夸张而成。有的更是幻想虚构而成。

有一种说法认为，民间故事，只是历史的产物，今天不可能产生，我们对待民间故事就像对待前人的遗产，只能搜集和整理。持这种观点的大多是一些民俗学的研究者。

目前，不少人是不同意这一观点的。他们认为今天还在继续产生新的民间故事，民间故事的历史还在延续和发展。除了搜集、整理外，还需要加工。持这种观点的大多是一些通俗文学工作者。

民间故事，不全是给儿童的。它有两部分，一部分是给成人看的，一部分是给儿童看的。

给儿童看的这部分，又可称之为童话，但应冠以"民间"两字，叫"民间童话"。

所以，民间故事不能等同于童话。

反过来说，我们的童话，也分成两部分，一部分是本书所探索的——创作的童话，另一部分就是民间的童话——民间故事中属于儿童的这一部分。

创作童话和民间童话，都是童话，都是以幻想和夸张为表现手法的，都是以儿童为对象的。而且，两者有亲缘关系。民间童话是创作童话的前身，创作童话是在民间童话这个传统上发展起来的。现在，相互丰富着。

民间故事和童话的不同地方，在于——

前面说过，民间故事不全是给儿童的，有很大一部分，是不适合给儿童看的。像有些呆女婿的故事、嘲笑生理缺陷的故事、姐夫看中小姨子的故事，有些创造世界的故事，有些不健康的爱情故事。而童话是专门为儿童而创作的故事，从内容到形式、文字，完全是应该属于儿童的。

民间故事的作者是集体性的，是许多无名氏的创作。当然，最先编成故事的，或许是某一个人，但是在流传中，经过许多人的补充、修改，修改、补充，不断丰富而成。所以，我们不知道作者是谁。现在，有的出版社出版的"民间故事"作品，却赫然署名是某某作者"著"，这是不妥当的。民间故事，既为"民间"，绝不能署上一个作者的名字，要署名，也应该署上搜集者、整理者、改写者的名字。有的文末还应注明搜集于何地，讲述者的姓名、性别、年龄、职业。创作童话，是个人创作的，应该是有作者的，如《小溪流之歌》是严文井写的，《小公鸡历险记》是贺宜写的。有的出版社向作者约稿"请为我们写一个民间故事"，或者有的作者告诉出版社"我最近写了一个民间故事"，这都是不对的。

民间故事，必须是经过民间口头流传的。童话是个人创作的作品，不要求经过流传就可承认它。有的人看不起民间故事，似乎民间故事低于童话。其实，一个民间故事，要流传，经过流传保存下来，发展起来，这是何等的不易。一个故事流传，真如沙里淘金，是要在不断地淘汰中，经过无数次的选择，才能流传下来。是要多少群众的批准啊！一个民间故事的流传，不知要比创作一篇童话难多少。当然，一个创作童话，如果它的确不错，受到大家的欢迎，将来也有可能流传下去，成为一个民间故事的。但有多少童话经不起流传的考验，很快就湮没无闻了。

民间故事，大多是写古时候、从前的。当然也有一些在民间新流传的民间故事，是说现在的。童话，也可以写从前的事，特别有一些童话，采用的就是民间故事体，或者叫民间故事型的童话。像贺宜的《鸡窝里飞出了金凤凰》、金近的《骗子骗自己》，写得很像一个民间故事，实际上它是一个创作的童话。童话可以写从前，但主要是要写现在，当然还可以写未来，甚至于虚拟的时间。

民间故事的整理工作，必须是很慎重的。现在发表的民间故事，有一些实际上是伪民间故事，不是真正在民间流传的作品，而是他个人自己编出来的。这样的作品，是不应该发表的，你一定要发表，就不要去说成民间故事嘛。民间故事的整理，由于目的不同，整理的要求也不相同。如若拿民间故事作为民俗学、人类学、社会学、伦理学各种各样研究用的，那必须严格地忠实于口述，不能随意增删或改动的，愈是接近原始记录愈好。但是给儿童看的民间故事，因为目的主要供儿童以教益和欣赏，允许在保持原来面貌的基础上，作适当的加工。这方面著名的作品有《渔童》（张士杰）、《一幅壮锦》（肖甘牛）、《龙王公主》（陈玮君）等。

至于在民间故事的基础上，加以再创作，那是另外一件事了。如包蕾的《三个和尚》、金近的《鲤鱼跳龙门》，都是。在国外，如格林的《灰姑娘》、安徒生的《海的女儿》、普希金的《渔夫和金鱼的故事》、卡达耶夫的《七色花》，等等，可以枚举很多这一类作品。这些世界名著，都是在民间故事的基础上，写成童话的。这已经不是民间故事了，和原来的民间故事已大相径庭了。

五、童话和报告文学

报告文学是散文的一种，是文学性的通讯、速写、特写等的总称，直接取材于生活中的真人真事。

报告文学和童话，差别较大，界限好划分，绝没有人会把一篇报告文学作品说成童话，也绝没有人会把一篇童话作品说成报告文学。即使小学三、四年级的学生也辨别得出来，绝不会弄错，但怎么还要把童话和报告文学作比较呢？

的确，按理是不用去比较的。可是，在我们童话创作中，却真有些人把童话当报告文学来写的。

有这样一种情况，很多人认为有童话的意境，就可以写成童话。意境是重要的，但不是唯一的。因为童话是需要有童话意境的，但有童话意境不能等于就是一篇童话。构成一篇童话，除掉意境外，还需要很多因素和条件。我们常常听到这样的说法，一个大水电站建成了，水电站开始发电，周围顿时一片灯火辉煌，当然这是很感人的场景，于是有人说："这真是一个童话世界，那么漂亮，你们写童话的人，写个童话吧！"于是，有的作者就写起童话来，反映这个水电站的建设。有一个农场，利用了太阳能，建造了一个花卉的温室，成功了，所有的花卉同时都开放，这是一件了不起的事，于是有人说："这童话题材太好了，真是奇述，快请写童话的人将它写成个童话吧！"于是，有的作者就写起童话来，介绍了这个农场的太阳能温室。

实际上，反映水电站建设，介绍太阳能温室，应该让报告文学作者，去写一篇报告文学。因为这都是报告文学的事，我们的童话作者，就不必硬要挤进去插手，把不是属于自己的活揽过来。

童话是写人的，是写人的思想的，不应该是反映某一项具体的工程建设的。

这样的作品，在大陆刮浮夸风那几年，特别的多，这是一种"大跃进"式童话。

有人说，这种童话是从苏联传过来的。苏联有个童话作品，叫《春天的故事》，写的是一群鸟，春天飞回来，找不到原来的故居，借以说明城市建设发展速度之快。

当时，凡是苏联的作品，我们不分青红皂白，一律奉为"经典"，把《春天的故事》看成是一种方向。说童话可以反映国家建设，是童话的新创造和新发展，于是大家一窝蜂地去效仿、学习，去大写反映国家建设的童话了。

万变不离其宗，大家不外乎弄个泥娃娃、布公鸡之类玩具，或别的什么小动物，或者索性用孙悟空、猪八戒之类，像一个牵线木偶似的，要它一路去游水库，过大桥，逛工厂，走农村，穿插点小故事，让它出点洋相，受受教育，最后让这些木偶来说说"意想不到啊！"

"巨大的成就啊!"这类惊讶、感叹的话,用以来介绍水库、大桥、工厂、农村的建设面貌。

再跨前一步,敷衍开来,尽是些建设新城,燕子迷路;开发山沟,野兔搬家;砍伐森林,啄木鸟失业……

一群燕子,去年来到这山边,只是稀疏的几个小村落,又低又矮的泥房,今年重来这里,楼房高耸,车水马龙,已经变成一个新城市,燕子眼花缭乱,再也找不到旧居的主人了,它迷了路啦。

一只野兔,世世代代住在这山沟里,过着十分安逸的生活。一天开进来许多人,用炸药炸开山峡,要在这里修铁路,野兔一家在这里待不下去,只好搬家。搬到那边山沟里,住了没几天,也来了一帮人,推土机推平山头,要在这里建造厂房,野兔一家又只好搬。如此搬来搬去,到处都在忙建设,最后只好住进动物园。

一座原始大森林,荒无人烟,害虫常常在这里作恶、啮啃树木。一只老啄木鸟在这里开医院,工作很忙,日夜不停地为树木治病捉虫。一天,来了一大群人,要开发森林资源,把树木砍伐下来运出去。树木们快活地和啄木鸟告别。森林愈砍伐愈小,啄木鸟的工作地域也愈来愈小。最后森林砍完了,啄木鸟开始失业了。它想去学唱歌,也想去海里抓鱼,可是它都学不会,它惆怅了。……

这样一些像一个模子里印出来的童话,竟风行一时,有的作品被大家推崇,有的作品还获了奖,所以这股风得以一直刮下去。

后来,竟然有人提出,要童话直接配合写具体的某一项政策,写生活中的真实的英雄模范人物历史。

这些任务,今后,就让游记、特写、传记这种种报告文学的样式去担负吧!童话再不要一马当先,去抢夺别的文学样式的任务了。

让泥娃娃、布公鸡、燕子、野兔、啄木鸟,都回到自己应该去的童话世界里去吧!

六、童话和科学文艺

过去，只有"知识故事""知识小品"这类作品，好像这类作品和文学关系不大，相互之间没有什么纠葛。近年来，有了"科学文艺"这名词，出现了许多这方面的作品，社会上又加以提倡，已成了一种作品的门类。

于是，争论就来了。"科学文艺"，隶属于文学，还是隶属于科学？它姓"科"，还是姓"文"？一直争不出一个结果来。

这争论也蔓延到童话里来了。因为科学文艺中有"科学童话"这一品种。

这样，童话与科学童话也发生了纠葛。

童话就得加上"文学"两字，成为"文学童话"，以示与科学童话相区别。

前些年，童话界刮过一阵风，因为社会上提倡科学童话，不少作者就去写科学童话了。他们写出了许多科学童话作品，其中有一些是很不错的。

科学童话领域涌现了一大批有才华，也有成就的科学童话作家。他们勤奋地在写作科学童话，在科学童话的道路上探索。

近来，由于科学文艺上争论很多，可能创作上也遇到一些挫折，现在一大批科学童话作者，又一个个倾向倒转过来写文学童话了。

这样，出现了一个不可避免的情况，文学童话和科学童话被混同起来了。

有些科学童话作者，写出了一篇篇的作品，明显是科学童话，却硬不承认这是科学童话，一定要说自己写的是文学童话。好像说自己的作品是文学童话，就比科学童话高出一筹似的。别人说他的作品仍是科学童话，他会非常不高兴，似乎别人是在贬低他。实际上，是自己轻视了科学童话。科学童话，和文学童话一样，都是为了给小读者提供美好的精神食粮，使小读者能从这些作品中有所得益，是不能分高低的。

　　想不到，竟还出现了这样的理论，说科学童话和文学童话根本没有什么区别，根本不需要提科学童话、文学童话，都是童话，童话就是一种童话。

　　也有的人，承认文学童话、科学童话有别，但是却说现在已经合流，无须分开了。因为写科学童话的作者比写文学童话的作者要多得多。当前，在一些报刊上出现了很多实际上是科学童话，而把它当成文学童话的作品。

　　这种情况，也有来自国外的影响。我们打开一些国外的儿童杂志，几乎满目都是些身穿铠甲似的机器人，或者是一些面目狰狞恐怖的奇形怪状的天外人。

　　当然，机器人、外星人，以及现今的科学技术，都可以写进童话。童话的题材范围是广泛的。可以写过去的王子、公主，可以写今天有科学头脑的少年儿童，也可以写虚构的机器人、天外人。但是童话，文学童话，毕竟应该是以思想教育、品德教育为主的。这里面自然也有科学教育，这科学教育，主要也是指社会科学教育，让少年儿童去正确地认识社会和生活。以自然科学教育为主的，应该说是科学童话。明明是科学童话，叫科学童话有什么不好呢！文学形式，每一种都是重要的，是没有贵贱、高低之分的。

　　文学童话和科学童话的任务、目的都不一样，分开来，有什么不好呢？

　　文学童话和科学童话以分开来为好，合起来不好。

　　但这不是说文学童话与科学就没有关系。

　　童话和科学是有密切关系的。童话的逻辑，绝不能是科学的反叛。

　　龟兔赛跑，乌龟和兔子能赛跑，这是符合科学的，所以这是童话的逻辑。如果叫一根柱子和一块石碑去赛跑，总是不行的，因为这不符合科学，柱子和石碑自己是不会走路的，这也违背童话的逻辑性。

　　有个电影，写雪人提了一桶水去救火。有个剧本写冰魔王不怕火却害怕钟声，这样的写法，总是令人难以同意的。

童话的幻想、夸张，需要科学的依据，并不等于要求童话的幻想和夸张，就是明天能实现的科学。

童话的幻想和夸张，毕竟不是科学的假设，不是明天科学设计的蓝图。童话作家毕竟不是科学家，不是要预言明天的科学将如何如何。

常常有人这样来批评童话："今天，你们的童话落后了，科学走到童话的前面去了。"

这样的要求也是不对的，因为童话作家所写的童话作品，不是用来和科学比赛的。

常常有人这样为童话惋惜："今天科学昌盛，已使童话黯然失色。"

一个童话有无光彩，多大亮度，并不是同科学的发展作比较得出的，而取决于童话本身，是不是反映了时代的精神。

童话，可以写科学新产品。我们生活中有电视机、录音机、洗衣机、电冰箱、机器人、电脑，童话里可以写进这些东西，但不是必须写进这些东西。因为，童话的好坏、新旧，是看这个童话所反映的思想，是不是揭示了当前的重要的问题，深刻的程度如何。如果以童话中出现的科学产品的新旧，来判别童话作品好坏，那还是科学童话的标准。

譬如，《聊斋》里的崂山道士，他一念咒语，能够从墙里钻过去，如果是文学童话，那就用不着解释是什么科学原理，将来能不能实现。

还有，一个人能从墙里钻过去，这是新科学，还是旧科学，如果这是个科学童话，就要从这些方面去提问。

人上月球了，《吴刚伐桂》《嫦娥奔月》的故事，人们还是很喜爱的。在月球上种起桂树，吴刚站在树下用斧砍伐，嫦娥可以不穿太空衣，也不乘坐登月火箭而飘飞上月球，这是旧科学还是新科学？

现在，有汽车，有火车，时速极快，是不是不要"快靴"故事了？现在，有飞机，有人造卫星，是不是不要"飞毯"故事了？

不，绝不是这样。

因为，童话不是科学的补充。

七、童话和其他

童话和上面所述的那么些文学样式都有关系，除此之外，童话还和许多文学样式合作，譬如童话和诗合作，就是童话诗。

童话诗，有人问："童话诗算童话还是算诗？"其实，顾名思义，童话诗，既是童话，又是诗。《童话》丛刊，也刊登童话诗，因为它是一种诗体的童话。《诗刊》里也刊登童话诗，因为它是写童话的诗。

从目前所读到的童话诗来看，我们的童话诗，几乎很大一部分是民间童话诗，用诗体叙说了一个优美动人的民间童话，这类成功的童话诗是不少的。如阮章竞的《金色的海螺》《马猴祖先的故事》，贺宜的《海的王子》，金近的《冬天的玫瑰》，李季的《借刀》，熊塞声的《马莲花》，柏叶的《洗衣姑娘》等。也有一小部分是拟人化的童话诗，用诗体叙说了一个有趣味有意义的动植物童话，这类童话诗，有影响的不是太多。大家所熟悉的有：贺宜的《狐狸的妙计》《小铅笔历险记》，金近的《春姑娘和雪爷爷》，胡昭的《雁哨》，于之的《小麋鹿学本领》等。至于反映现实儿童生活的童话诗，可以说非常之少，也举不出什么例子来。我们还没有专门写作童话诗的作家，这方面，诗歌界和童话界，都必须加以合作和提倡。

和童话诗情况相近的，还有童话剧、童话电影、童话电视。童话剧，也是这样，以民间童话为题材的多，如老舍的《宝船》《青蛙骑手》，张天翼的《大灰狼》，任德耀的《马兰花》，乔羽的《果园姐妹》等。动植物拟人化的童话也较少，受到儿童欢迎的，有熊塞声的《骄傲的小燕子》、李钦的《姐姐》、柏叶的《金苹果》等。一些学校里孩子们自己编排的节目中，可以看到一些短小的拟人化的童话剧。反映现实儿童生活的童话剧，可以说并没有。这也是由于童话需要特技，在舞台上不易表现，条件受限制的缘故，所以无法大力发展。童话剧，比起童话诗来说，也略逊一些。

既然舞台剧表现童话题材有困难，受限制，那么电影、电视，情况应该好得多。事实上，除了一些美术片外，电影、电视部门拍摄的童话电影、电视更为稀少。主要是这些部门，对童话还不熟悉，缺乏能编能导童话题材的编剧和导演。他们这些年虽然改编了一些童话为电影，如《宝葫芦的秘密》《"下次开船"港》等，但是都不理想。其实，电影和电视，是最适宜表现童话题材的作品，我们的孩子，没有能看到可以满足他们的童话剧、童话片，的确非常可惜。

此外，童话与其他样式的合成体，还有很多，有的已经见尝试了。恐怕将来还会有其他一些新的合成体出现。

第二节　童话与幻想

童话，必须具有幻想性。

我们常常把童话比喻为在天上飞行的鸟，把幻想比喻为鸟的翅膀。这比喻是很恰当的。童话是要飞行的，要飞行就得靠幻想这对翅膀。童话如果没有幻想的翅膀，它就飞不起来了。没有幻想就不成童话。幻想，对童话太为重要了。

幻想，是一种虚幻的想法。它，虽然难以捉摸，是人们头脑里的东西，但，这是人们生下来就有的，是一种人的本能。

幻想力，每一个人并不相同。它，因人而异。有的人比较发达，有的人不那么发达。有的人对这一事物发达，对那一事物不发达，有的人对那一事物发达，对这一事物不发达。有的人这时期发达，那时期不发达；有的人那时期发达，这时期不发达。总之，存在着差异。

我们的童话，就是借助于孩子的幻想，顺着孩子的幻想，发展孩子的幻想，而写出来的作品。

所以，幻想是童话的依据，童话是附在幻想上，而充分运用幻想的一种文体。

有的童话作家说，幻想是童话的核心；有的童话作家说，幻想是童话的基础；有的童话作家说，幻想是童话的灵魂；有的童话作家说，幻想是童话的根本；有的童话作家说，幻想是童话的要素……不管大家怎样说，说法不一样，有十种、二十种，都是对的，因为意思是一个，就是幻想对于童话是重要的、密切相关而不可缺少的。

童话是幻想的产物，童话又丰富和发展了幻想。所以，童话可以说是幻想的手段，也可以说幻想是童话的手段。它们两者，不等同，却是相依相靠、相辅相成、互为因果，谁也不能离开谁。

幻想对童话的作用是什么呢？

一个童话，因为它具有幻想性，可以更集中、更概括地反映生活。

幻想，本身就是一种不存在，就是一种虚构；或者说是一种假设，一种象征，一种比喻……所以，一个童话所描述的，也是一种不存在，一种虚构；或者说是一种假设，一种象征，一种比喻……

而我们就是要用这种假设来反映存在，要用虚构来反映真实……

"弄虚作假"，在一般的生活中，是一个贬义词。但在童话中，却不是。因为童话就是一种弄"虚"作"假"的文学，弄"虚"作"假"得愈高明愈好。

所以，童话的学问就在这个"假"字上，童话学，也是一种"假"学。

这个"假"字，好得很，有两种解释，都用得上，一种就是虚假之假，一种就是假借之假。童话是虚假的，又是一种假借的艺术。一个"假"字，道出了童话的含义和作用。

童话作家们，尽情去弄"虚"作"假"吧！

用假来反映真，这是一种艺术手段，是一种艺术上的法则和规律。

在《稻草人》这样一篇特定题材的作品中，用作者的"我"来反映当时苦难农村的现实，和用稻草人的"我"来反映当时苦难农村的现实，效果是不相同的。用稻草人的"我"，比之用作者的"我"，要有力得多，有感染力得多。因为作者的"我"，是应该具有正义感的，看到农村中种种苦难，理应作出强烈的反应。而稻草人，是木然无知的，连这样木然无知的稻草人的"我"，都感到不平和怨懑，这说明情况何等严重。这在读者心坎里引起的反响，就不一样了。

跟孩子说不劳而获是不对的这个道理，是一件很困难的事。可是《宝葫芦的秘密》用了宝葫芦这样一个幻想的故事，就说清楚了，恐怕还比其他的种种说法，要有效得多。

《渔夫和金鱼的故事》是讽刺贪得无厌的，作者用了一个幻想性的故事，更生动地反映了老渔夫妻子那贪婪可耻的心理。

所以，幻想的目的，是为了更好地反映真实生活。

这就是幻想之存在的价值。

童话这一文学样式的特殊和重要也就在这里：具有幻想性。

人，都具有这种幻想能力。但这种幻想能力，必是和生活同在。

人一出世，进入生活，他有了思维，就有了幻想能力。

幻想力有大有小，却是人人所有；而幻想的内容，则是因人的生活经历不同而不同的。

生活在古代的孩子，与生活在今天的孩子，幻想的内容不同。生活在海边的孩子，与生活在山区的孩子，幻想的内容不同。男孩子与女孩子，大孩子和小孩子等等，幻想的内容都不同。

关于幻想，有几种说法，是值得商榷的。

一种说法认为，今天孩子的幻想，与原始时代的孩子的幻想，是完全一样的。我们说，从孩子幻想力的增长、发展过程来看，都是从无知到有知，是一样的。但是，幻想力的强弱，反应的快慢，是不同的。原始人的大脑，远没有现代人的大脑发达。生活在荒漠的大自然中的原始人孩子，和生活在科学发达、物质文明社会中的现代孩子，目见耳闻，所接触的生活是不相同的，所以他们幻想的内容也绝不可同日而语。如若把幻想说成古今一般，永无变化，那么我们的童话，就无须不断更新。只要有那么一些童话，一代一代的儿童都可以满足。没有新陈代谢，也不用发展进步了。

一种说法认为，今天的儿童，随着年龄的增长、知识的丰富，幻想力会愈来愈发达。这和前面那种说法有某些共同之处，将幻想力和幻想内容混在一起，并作了机械的理解。如果说一个人的幻想力，是随着他的年龄、知识直线上升的，那么，愈到老年，岂不是幻想力愈强？随着年龄增长、知识丰富，幻想内容在不断变化，因为他生活中接触的事物多，幻想的内容也变得更多，这是对的。可是幻想力，这种人的本能，到了一定的年龄，却是要陆续、慢慢地消退的。往往有这样的情况，一个中学毕业班学生，他的幻想力竟不如才进小学的一年级学生。幻想力对一个孩子来说，也是因人因时而异，有很多变化。但如以为年龄愈大，幻想力愈强，幻想力同年龄的增长成正比，这是不符合实际的。

我们常常在一些理论文字中看到，说今天的世界科学如何发达，我们的孩子的幻想力，也大大增强了。这和上面说法大同小异，也是把幻想力和幻想内容等同起来了。有不少人把我们童话的幻想，去跟科学发展比速度。这种观点的延伸，就是小狗、小猫的童话可以取消，神仙、宝物的童话可以取消，大家都去写机器人、太空人，满纸原子、电脑、科学博士、智慧老人，好像这才是符合时代科学、现代化的新童话，其他都是幻想贫乏、太老化的旧童话。这也是不对的。

前些年，《铁臂阿童木》这个童话（日本的电影系列片，其实也不是童话片），被介绍到大陆以后，大大助长了童话成为"科幻组合魔方"的倾向，阿童木式的"童话"，已经充斥了我们的童话园地。

现在有那么一些不伦不类的科学故事，把一些新科学东西，像魔术方块一般，今天这样组合，明天那样组合，凑成一篇篇故事，作为"童话"新作品，挤进我们中国文学童话中来，而且像寄生藤似的，生长在童话大树的边上，绕着大树向上爬，愈爬愈高，愈爬愈多，长此以往，童话这株大树很有可能会被绞死缠倒的。

童话的幻想，不同于科学的幻想。这是两码事，不能混在一起，一定要分清楚、说明白。

当然，童话的幻想，不能违背科学的那些基本法则。

童话里，一杯水可以转化成一种神奇的药物，却不能无缘无故让它变成一块硬邦邦的铁。

童话里，一个人可以穿上快靴，一天行千里，却不能毫无道理让他倒立用手走二三十分钟。

幻想，还得要有科学的依据。

童话，不是写科学，不是宣传科学。当然，也不和科学闹矛盾，唱对台戏。

童话要顺着科学的性子，按照它所铺设的道路走。童话是科学的好朋友。

但是，童话绝不是科学叫它怎么做，就怎么做，它有它强烈的个性，有自己的主见和习惯……

童话所做的事情，不是在科学上做得到的事情。因为幻想，不需要它在明天、后天能实现。

童话的幻想，从来没有，也不需要去想明天、后天会不会成为事实。

并且，可以反过来这样说：凡是明天、后天能成为事实的，就不是童话的幻想。自然就不是童话。

童话所写的"事实"，应该是永远，而且是绝对不可能成为事实的。

这是童话还是非童话的重要检验标准。

能实现的，那是小说，是科幻故事，或是别的什么体裁，绝不是童话。

当然，马是四只脚的，不能说凡四只脚的都是马。我们不能说，凡不能实现的都是童话。

我们只是说，凡童话，是不可能实现的。因为它是假的，是一种不存在的。

稻草人是永远不可能说话的，世界上也永远没有那种宝葫芦。

动物会说人的话吗？动物有动物的语言，将来人可能听懂动物的语言，但要动物都会说人话，那是永远也不可能的。动物会帮助人做事，拉车、送信，这些是可能的。但要动物来帮助人抄笔记、写作文，那是永远也不可能的。童话和科学的关系，就是这样。

譬如，有篇童话叫《寻找位置的小星星》，写的是星星们的故事。说一颗小星星不安于位，要寻找一个好位置，结果在大气层中烧毁了。这童话教育孩子要安心、踏实地工作。星星能够移动位置，会在大气层中燃烧，这是真实的。星星有思想，会说话，那是幻想。这篇作品还写到金星、北极星、彗星，是符合科学的。这篇作品，是童话，但没有违反科学，两者不是结合得很好吗？

下面再来说幻想和生活的关系。

现在常常听见有人这样说，我和孩子接触少，不熟悉孩子的生活，写小说不行，所以改来写写童话吧！

也确实有一些作者，他们是认为不需要熟悉儿童生活就可以写作童话的。

他们以为童话的幻想，是凭脑袋瓜子聪明，苦思冥想出来的。

他们以为幻想是一种与生活无关的思维。他们说，反正是童话嘛，你爱怎么幻想，就怎么幻想。

这是一种对童话幻想的曲解。可以说，带着这种想法来写童话的人，十个有十个是要失败的。前面说过，童话中的动物，实际上是人，植物是人，神仙是人，魔鬼是人，一切都是人，都是人的化身。

有人把童话作家比之魔术师，叫童话作家为"生活的魔术师"。

一个魔术师，能够点石成金、指鹿为马、缘木求鱼……

魔术师在台上变戏法，如果他没有真的金，能点石成金吗？如果他没有真的马，能指鹿为马吗？如果没有真的鱼，能缘木求鱼吗？

一个再高明的魔术大师，要是没有真金、真马、真鱼，他怎么也变不出这些东西来。

童话的作家就是这样。

因为童话的幻想，来之于生活，反过来还要表现生活。

幻想，它是生活的投影。

没有生活，就失去幻想的基础。所产生的不是幻想，而是瞎想……

主张为幻想而幻想来写童话的人，不是没有。他们不要生活，靠自己凭空去胡思乱想。这种胡思乱想，既不来之于生活，也不需要表现生活，也无法表现生活。

这种唯心主义的胡思乱想，是出不了好作品的。

童话的幻想，必须植根于生活，从生活中去产生幻想。

譬如我们写动物，要了解生活中的动物。牛是勤劳的，猪是懒惰的，猴是聪明的，熊是笨拙的，象是温驯的，狮是暴躁的，虎是凶残的，狐狸是狡猾的，狼是阴险的……当然，这不是说要一成不变，一定得照这个定论去写，这是说我们应该去细细观察动物的习性。

有人提出问题，长颈鹿是没有声带的，不会发声，在童话里可不可以也让它说话。长颈鹿，虽然没有声带，但总有它表达的方法，如用动作呀，用目光呀，等等。如果这个童话里，需要它说话，可以说话嘛；不过，在童话里，要是把长颈鹿拟成一个哑巴，岂非更好吗？

你写一只羊，你把它写成很凶猛，想吃人，这就违反生活了。

写植物，也一样。比如含羞草，一碰它，叶子就闭上，那应该是一个腼腆害臊的女孩子，如果你给它写成粗野、鲁莽、泼辣、大胆的妇女，就不符合生活特征了。

要写含羞草，既要是含羞草，又要是人，这都要熟悉生活。

写神仙鬼怪，幻想到哪儿去找生活依据呢？

前面说过，神仙也好，鬼怪也好，都是人的化身，还得去熟悉人的生活。

当然除掉人的生活，还得去熟悉神仙鬼怪的各种掌故、传说。如果你叫观音大士去做月下老人，叫南极仙翁去代送子娘娘，那是不行的。

幻想，和生活是分不开的。

幻想，可以说是这个作品的思想、感情、形象、事件、情节的升华。

用来自真实的虚构来表现最大的真实。这就是童话幻想的功用。

童话的艺术成败在这里，写作童话的高难度也在这里。

童话的幻想，应该是整个作品的幻想，绝不是作品某个局部的幻想。

我们有的童话，幻想是其中割裂开来的一部分；所以，这个童话，幻想像贴在身体上的膏药、缝在衣服上的补丁，看上去不舒服。

幻想必须密布和渗透于一个童话的全部。从开头到结尾，从人物到故事，从结构到布局，从用句到措辞，一应是幻想处理的。

一个好童话，必须是无数个童话细胞构成的。这童话细胞，就是现在说的幻想。

童话这座大厦，是由幻想的砖石所砌叠而成的。

如果你不会幻想，缺乏幻想，你是个徒想造所高房子，而没有建筑材料的人，你是无法建造童话大厦的。

一个初学写童话的人，常常提出这样的问题：幻想如何和现实结合呢？

幻想来之于现实，反过来又为现实服务，这个关系大家是明白了的。但是，一些活真的现实，怎么能一下子变成虚假的幻想呢？这作品中，真真假假，实实虚虚，怎么个安排法呢？

这个问题，就是一个如何提炼生活、如何使生活幻想化的问题。

幻想要生活化，生活要幻想化，这是童话必须遵循的规律。

一个童话，所反映的现实，必须经过童话处理——幻想化才行。

我们拿最近电视里放映的三出哑剧来举例说明。

第一出哑剧，是《淋浴》。一个人，在浴室里脱去衣服，去转动莲蓬头开关，从莲蓬头里喷出的水，一会儿全是冷水，冻得他受不了；一会儿全是热水，差点把他烫伤了；一会儿一点水也喷不出来，他浑身涂满肥皂，只好在旁边急等。这些情节，完全是真实的，是在生活中可以遇见的，只是把冷水、烫水、无水集中在一起。这可算之是"概括"。

第二出哑剧，是《煎蛋》。一个男人，妻子没有回来，想吃饭，没有菜，只好自己来煎蛋。他打开煤气炉，在锅里倒下油，开始煎荷包蛋。蛋快熟了，他正要盛起来吃时，也可能是由于锅里油太多了，煎蛋爆了起来，爆得太高了，竟碰上天花板，粘在天花板上了。后来，煎蛋掉下来，恰好落在他头顶上，他就把蛋拿来吃了。这些情节，生活中是可以发生的，如煎蛋，蛋可能从锅子里爆出来。但绝不会爆得那么高，竟然粘在天花板上，这把蛋爆出来的高度增加了，可算之是"夸张"。

第三出哑剧，是《看电视》。一对年轻夫妻，晚上看电视，男的要看足球比赛，女的要看京剧演出。男的把电视机开到播放足球比赛的频道，女的又把电视机开到播放京剧演出的频道……两个人谁也不让，我开去，你开来，我开来，你开去，争个不休。最后，夫妻两人，想出个办法，把电视机一锯为二，一人半个，各看各的，一个看足球比赛，一个看京剧演出，两人都很快乐。一个大电视机去卖掉，再买两个小电视机，这是有的；但是不可能把电视机一锯为二，把电视机锯成两半，还能看吗？而这对年轻夫妻却看得津津有味呢！这是不真实的。这不真实（电视机一锯为二），是来之于真实（电视机可以卖掉换成两个），又是反映了真实（电视机可以一人一个），这情节可算是"幻想"了。

由此可见，幻想一定要来之于生活，却并非生活，但又要表现生活。

如我们众所周知的《嫦娥奔月》，月可奔，这是真实的。但是吃了一种药，身体就轻盈了，能够飘飘忽忽地飞向月球，这不是真实的。（如果写嫦娥制造一种工具，乘坐一种工具，到月球上去，那是科学幻想。）这种不真实，却反映了人可以到月球上去这个真实。

20 世纪 50 年代，作家欧阳山写过一个作品，叫《慧眼》，引起了一场争论。《慧眼》写一个孩子有一对神奇的眼睛，孩子跟环境是很真实的，他一九五四年生，父亲是合作社生产队长。周围的人物也是真实的，有公社社务委员，有青年突击队队员等等。大家的意见认为，这作品幻想和现实格格不入，糅不到一块去，看起来幻想归幻想，现实归现实，两者像油水之不相容。

有个童话剧，叫《鸟类审判会》，是写保护鸟类的。一个孩子打死了小鸟，小鸟组织了审判会来审判他。其实，这可以构成一个很富于幻想的故事。可是这个作者，没有把生活幻想化，按鸟类的特点，来组织鸟类的审判会，而是按不久前颁布的那一套审判机构、组织、方法、程序，来审判这个孩子。结果，人们看了说，这在宣传怎样诉讼、怎样开庭、怎样宣判，成了法制教育的图解。这个童话剧失败了，是因为幻想和现实两者没有结合好。

张天翼的《宝葫芦的秘密》这个长篇童话，写的也是我们现在的学校、现在的孩子。主人翁王葆和周围的背景，也完全是真实的。但这个童话，一开始，就创造了幻想境界，就有了浓厚的童话气氛。这个宝葫芦的出场，事先做了许多铺垫。让奶奶给他讲故事，通过奶奶讲的故事，把宝葫芦一点点介绍出来，先讲"撞见了一位神仙，得了一个宝葫芦"。再讲"游到了龙宫，得到了一个宝葫芦"，又讲"得的一个宝葫芦——那是掘地掘来的"。最后，是王葆，"格咕噜"一声，从河里，用钓竿钓上来的。这作品中，幻想和现实，结合得天衣无缝，融为一体，一气呵成，贯穿在整个作品中，何等自然、贴服。

当然，我们要求把幻想满布、渗透、贯穿、融合于整篇作品之中，要求生活幻想化，并不是一个童话中，每出现的物，每出现的事，都要"幻想"，都要生活中所没有的。这样，通篇幻想，通篇神奇，通篇是假话，也不妥当。如果一篇童话里，主人翁是个幻想化的人物，于是他穿的鞋，必是幻想化的神鞋。他吃饭用的碗，必是幻想化的神碗。他住的屋子，必是幻想化的神屋。他门前的树，必是幻想化的神树。他家里养的狗，必是幻想化的神狗。天上飘着神云，空中吹起神风，地上长出神草，水里游的神鱼……

这样机械地理解童话的幻想化，其实也还是贴膏药，不过是贴了许多许多膏药，也还是缝补丁，不过是缝了许多许多补丁。

童话的公式，不能是幻想+现实＝童话。

幻想和现实，两者的关系，不是油之于水，油浮于水，水托着油。而是水之于乳，水和乳交融在一起，水中有乳，乳中有水，也分不出何者是水，何者是乳。

它们之间的作用，不是物理作用，机械地拼凑，而是化学作用，自然地合成。

童话绝不是幻想和现实结婚，而是它们结婚生下来的孩子。

幻想要生活化，就是幻想要有童话的逻辑性。幻想来之于生活，它必须符合生活、反映生活，但又不等于生活。生活与幻想的关系中，有一些不是作者随意可转移的规律，这规律就是童话的逻辑性。

童话的逻辑性，来之于生活的逻辑，但又不等同于生活的逻辑。这正如我们前面举的锯电视机一例，电视机可以一分为二，这是生活的真实，电视机可以用锯来锯成两半，这也是生活的真实，但是锯成两半的电视机能播放节目，这就不同于生活了。两个电视机，一人各看一个，这又是生活的真实。通过锯电视机，分成两个，来反映两个电视机各看一个的真实，这就是童话的逻辑。

所以，童话逻辑可以这样说：它，来之于生活逻辑；但又不能是生活逻辑，就是要运用这样的非生活逻辑，来反映生活逻辑的逻辑。

有人把童话的逻辑，说成就是孩子思维的反映。童话逻辑，要适应孩子的思维，这是对的，我们的童话逻辑不能脱离孩子的思维。错的是，孩子的思维本身也有个逻辑化的问题。孩子有非非之想，有胡思乱想，这种思维是不符合逻辑的，我们的童话作者，是不是也跟着孩子混乱的思维，去写作童话呢？

有位童话作者说："孩子怎么想，我就怎么写"，这就是童话逻辑。有位作者写了一篇理论，中心意思是：凡符合儿童心理的，就符合童话逻辑。把儿童想法、儿童心理和童话逻辑等同起来，实际上等于否定和取消童话逻辑。这都是不行的。因为童话是文学作品。它，不能只是儿童思维的追随，还应是儿童思维的引导。我们追随它，某种意义上说也是为了引导它。当然，更不能是等同。

因为儿童思维，有的是幻想，但不等于童话的幻想，更不等于童话作品。

要是我们把童话降低为儿童思维活动的记录，那就没有童话了。

所以，童话的幻想，必须高于孩子的思维，甚至于必须高于孩子的幻想。童话的幻想，必须有所抉择。

我们必须讲童话逻辑，讲幻想的逻辑性。

你可以叫一部汽车，长出翅膀，开到天上去。但不可无缘无故把汽车变成一条鲸鱼，在海底游。

你可以叫月亮变成一座宫殿，让孩子们去居住。但不可无缘无故把月亮当成龙王的家。

德国有本书叫《敏豪生奇游记》（艾·拉斯伯），是一个个连续性的系列童话。它里面的那些故事，幻想是非常奇特的，但是每一个故事，每一个故事的每一个细节，都是符合逻辑的。

如其中《奇妙的行猎》这个故事，说敏豪生用一块生猪油，绑在长长的绳子上，把它丢到湖水里，去钓野鸭子。结果，一只野鸭子把生猪油吃下去，就从肛门里滑出来。第二只又是这样，第三只又是这样，第四只又是这样……把湖上所有的野鸭子都串在他这条绳子上了。

这种事情，生活中是不可能会有的，却符合童话的逻辑，因为真实的生猪油，确实是非常滑的。

幻想，绝不能是胡思乱想，我爱怎么想就怎么想，一定要符合幻想的逻辑。

幻想，是童话的特征。童话，必须是幻想的。没有幻想，就没有童话，幻想对于童话，真是太重要了。

目前所见的童话中，有的作者，不善于去幻想，或者不敢去幻想。作品写得很实，像一篇真实的小说。这些作者，大致是一些本来是写小说的、现在来改写童话的人，他们不懂得如何幻想，还是用写作小说的办法来写作童话。也有的人，是在有意提倡童话小说化，提倡"真实的童话"，那必然出现童话幻想的贫乏。幻想是童话的翅膀，如果翅膀太小、无力，它是飞不起来的。当然，我们也不赞成，童话的好坏取决于幻想幅度的大小。有的童话幻想是大幅度的，有的童话幻想是小幅度的，犹如有的国画，用浓墨大泼大抹；有的国画，用淡墨疏疏几笔；浓墨、淡墨，只要画出精神来，那就是好画。有的鸟，爱在高空翱翔；有的鸟，爱在低空盘旋。当然，只会在地上爬行，那不是鸟，没有幻想，就不是童话。童话一定是要有幻想的。

另一种情况恰好相反，胡乱幻想。他们作品里的幻想，不仅太虚，而且太玄。爱怎么想就怎么写，不讲什么幻想的逻辑。幻想不着边际，也不看故事情节是否需要，是否合理，逗乐一阵，取笑一阵，胡闹一阵，孩子读后不能得到一点益处。这样的作者，大多是脱离儿童生活的人，他们陷在为幻想而幻想、为童话而童话的唯心主义的泥坑里。

这两种倾向，对童话的发展和繁荣都是不利的。

我们一定要坚持健康的正当的幻想，发展这种健康和正当的幻想，使童话不断繁荣，使少年儿童从童话中得到更多的教益。

第三节　童话的手法

一、童话的借替

童话在它的表现手法上，有它的独特处。

童话常用的表现手法，有一种叫借替。

童话和一切文学一样，都可称之为人学，都是以写人为主的。其他文学样式写人，往往直接写人，写人的生活如何如何。

可是童话写人，有时不直接写。它往往借替于别的什么物来写人。

因为这种借替手法，对宇宙间除人以外的一切，都适用。不管是动物，鸟兽虫鱼；不管是植物，树木花草；不管是无生物，山川土石；不管是自然现象，风雨雷电，包括人们头脑里的某种思维意念等等，都可以借替，都可以把它们当成人，赋以它们人的性格，让它们有人的感情，会思想，会动作，会与外界交流。

这种手法，也就是过去所称的"人格化"，现在大家都叫"拟人化"了。

拟人化、人格化的名词，始于何时？是怎么来的？还没有作过考证。

有人说，这种拟人化手法是从日本传来的，这说法不当。据说理由是中国过去曾把这类拟人化故事，称之为"物语"。其实，物语在日文中，早期原是指的说唱文学，后来含义衍化为故事，现今又移作指寓言了。

我们中国把这类故事，称之为"物语"的时间是不长的，很快就改称为"鸟言兽语"或"动物故事"了，后来就叫作"人格化""拟人化"的童话。

其实，不管"拟人化"这一名词，始于何时，来自何处，中国有"拟人化"的作品，时间还是很早的。

这在我国的古籍中，可以找到很多。

如《庄子》里的《陷井之蛙》《干沟之鱼》《狙公养狙》，《战国策》里的《狐假虎威》《鹬蚌相争》，《说苑》里的《猫头鹰搬家》《土偶人与桃梗》等等，把动物、植物，甚至于是无生物，都赋予它以思想、感情、语言、行动。

这是"拟人化"的早期的文字记载。

如若说"拟人化"起源，恐怕应推到更早的原始时期。

可以说，从有人类开始，拟人化就开始了。

那时，人类在自然界生活，他对于周围世界上的万物，是无知的。他凭借自己的想法，认为自然界的一切，都有思维感情，和人一样。

那时候，自然界的毒蛇猛兽，甚至于微小的蜂蝇虮蝎之类，都可以威胁人们的生存；山石、泥沼、草泽，以及狂风、暴雨、酷热、严寒，都能够置人于死地。人们认为这些都是通人性的，和人一样，有喜怒哀乐，能与人为善，也能与人为恶。

在科学上，人们的这种想法，统称为"拟人观"。

由于"拟人观"的开始，"神"和"怪"的假想，慢慢出现了。如有的地方，崇奉一物，当作图腾，产生拜物，成为迷信，便发展为宗教。

这种拟人观，陆续更有发展，在哲学上出现了"泛灵论"，即"万物有灵论"，认为各种自然物都具有灵性，人难以和自然界相抗争。出现了"泛心论"，即"万有精神论"，认为宇宙万物都具有精神或心理活动，如感觉和情绪等，不过在有些事物中精神不是明显地，而是潜在地存在着。宣称动物，特别是高等动物的意识、心灵、灵魂比较清楚，植物次之，无机物更次之。出现了"物活论"，即"万物有生论"，认为自然界所有物体，包括无机物，都具有生命、精神活动能力，有机物和无机物之间是无质的区别的等等。

这种拟人观，一部分发展成为各种文学作品，出现了拟人化的童话、拟人化的寓言，也出现了拟人化的神话。

在古代的神话中，被人们所崇拜的神，很大一部分，是动物的"拟人"。

如我们奉为华夏之祖先的黄帝。《山海经·西次三经》记载："有神焉，其状如黄囊，赤如丹火，六足四翼，浑敦无面目，是识歌舞，实为帝江也。"帝江就是帝鸿，又叫混沌，后被人们当作是中央上帝的黄帝。最早的说法，黄帝原是一只鸟。

还有被称作西方天帝的少昊，他竟然在归墟这个地方，建立了一个鸟的王国，他的官员，都是鸟类。《左传·昭公十七年》记载："凤鸟氏，历正也；玄鸟氏，司分者也；伯赵氏，司至者也；青鸟氏，司启者也；丹鸟氏，司闭者也；祝鸠氏，司徒也；雎鸠氏，司马也；鸤鸠氏，司空也；爽鸠氏，司寇也；鹘鸠氏，司事也；五鸠，鸠民者也。五雉为五工正，利器用，正度量，夷民者也。九扈为九农正，扈民无淫者也。"

在古代文学作品中，拟人化作品，一支为神仙，又一支为精怪。

关于精怪，是拟人化的变种，可称之为"变人化"。

中国的文学史上，有不少的志怪小说、笔记小说、传奇、说部，其中有不少是拟人化的作品。

如《西游记》，把一只猴子，拟成为孙悟空这么个人物。这个孙悟空是一个人，他会思想，有感情，懂得上西天取经是一件好事，他对唐僧很尊重。他很聪明，能用智慧和本领战胜妖魔鬼怪。孙悟空是一个正直、勇敢、顽强、乐观的人。但是孙悟空也不完全是人，他的身上，还有猴性，具有猴子的本能，如他飞腾使的筋斗云，一筋斗行十万八千里；他开打时爱拔几根猴毛，变成三二百个小猴；他在天上做了齐天大圣，掌管蟠桃园，他爬上桃树，擅自偷吃受用；他和二郎神斗法时化作土地庙，却把尾巴变成旗杆，竖在庙后。甚至于在如来佛手掌上，还放肆地撒了一泡猴尿。这又都是一只猴子的所作所为。

那个孩子们最喜欢的猪八戒，他是一个人，能侍候师父，能求缘化斋，也能拿起钉耙跟妖怪斗几下。但他长着蒲扇耳朵、耙子嘴巴、黑毛的大肚子，一副猪相。他懒惰，整天想打盹睡觉，嘴馋贪吃，干事笨手笨脚，他憨厚、善良、纯朴，这都是猪的本性。猪八戒是人又是猪，所以他是一个成功的童话形象。

如《聊斋志异》里，有那么一些狐狸，被幻化成人间美女。

在民间传说里，更多了。《白蛇传》里，一条蛇化成了善良多情的少女白素贞。《老虎外婆》里，老虎会化装成孩子的外婆。

这些作品里，有许多拟人，拟得很好。既是人，又是动物，或其他物。人性和物性结合，运用和发挥得非常成功。

也有一些作品中，本来是一物，摇身一变，后来化成了人，那叫妖精、妖怪。一物化成了精怪，完全是一个人，没有原物的物性，那不是"拟"，那是"变"，就不是"拟人化"，而是"变人化"了。

即使在《西游记》这样一些作品里，也有这么一些精怪，它们化成了人，却没有一点原物的物性。这种情况在民间童话里也不少，如《田螺姑娘》，那个由田螺变的姑娘，会做饭，能与少年成亲养孩子，只是最后仍回到田螺壳里去，其他方面完全是一个人了。如《马莲花》中的那个蛇郎，他是蛇变的，但没有一点蛇的特性，也完全是一个人了。

所以，"变人化"的精怪，虽然不能说拟人化，但它也可以说是童话中的一种手法。

还有一些作品，如《山海经·北次三经》中，说炎帝的女儿女娃淹死在东海，变成了一只鸟，衔树枝和石子去填东海。

如《梁山伯祝英台》中，梁山伯与祝英台这一对恋人死后合葬，同化为蝴蝶。

　　女娲之化为鸟，梁祝之化为蝶，这鸟和蝶都是有灵性的，是人的化身，都是比喻精神不死。这是一种反拟人化。也可说是一种借替。在我们童话里，也有不少写人变成物的。如《望娘滩》中的青年，后幻化为一条巨龙。

　　这种把人变成物的童话，古今中外都有。有把孩子变成蚯蚓的，有把孩子变成猴子的等等。这种种人变的物，往往只是赋予人以物的外形，但多数保持着人性，仍然有着人的思想感情。有人把这种手法叫拟物化，说物拟人、人拟物是一个东西。其实，细细分析一下，是不一样的。物的拟人，主体还是物，首先它是物，外形也是物，是给了它以人性，这叫拟人。人成为物，这是变物，而不是拟，因为虽然主体还是人，而他的形状是物了，所以，叫拟物化，也不恰当。还不如就叫"变物化"吧！这也是借替手法的一种。

　　在目下的童话创作中，拟人化的借替童话，可说是数量最多的。

　　叶圣陶的《稻草人》，借替稻草人，说了作者对那个苦难社会的不满。

　　张天翼的《宝葫芦的秘密》，竟然把"不劳而获"这一观念的代表葫芦拟人化了。

　　严文井的《小溪流的歌》，将一条从山谷里奔出来的河流，当成一个快乐、坚强的孩子来描写。

　　陈伯吹的《骆驼寻宝记》，透过骆驼，写了负重道远、默默工作着、前进着的老人。

　　贺宜的《鸡毛小不点儿》，居然把小小的鸡毛写得活生生的。

　　金近的《想过冬的苍蝇》，写了两只想躲过严寒的小苍蝇。

　　葛翠林的《翻跟头的小木偶》，写了一个受骗上当最后觉醒过来的小木偶。

　　他们笔下的这些动物、植物、无生物，都是人，又是物，是人和物的合成。

为什么童话要用借替、拟人化手法呢？

这是符合儿童的思维要求的。因为在儿童的心目中，一切鸟兽虫鱼、山川草木、日月星辰，无一不是有生命的。这是儿童的幻想，是儿童对于世界的认知。因为符合儿童的思维特征，儿童读来，最有兴味。

这样更能收到教益效果。文学是一种间接教育。儿童文学更不能耳提面命。一个孩子不肯洗脸洗手，你说一个张小明不爱清洁的故事，他一定说："这是讲我，不要听！"如果你说一个小白兔爱清洁的故事，情况就不一样了。他说："小白兔那么爱清洁，我要比小白兔更爱清洁！"他就主动去洗脸洗手了。这就是童话的有效性，童话通过借替，更能达到教益的目的。

这也体现了艺术的法则。无论哪一种艺术，它的表现体与被表现体，材料愈是不同，愈是有艺术感染力。譬如，大家看到马路上，那么多人骑自行车，这有什么稀奇，如果换成小熊骑自行车，那就不一样了。孩子多么喜欢到动物园去，看海豚顶球，看大象吹口琴，看小狗做算术。要是换成一个人顶球、吹口琴、做算术，孩子们要看吗？

这就是童话为什么要用借替、拟人化手法的主要原因。

有的人，对童话的借替，产生过种种误解。

他们说："童话尽写小狗、小猫，没意思！"其实，童话哪里是尽写小狗、小猫呢？借替的范围是很广阔的，宇宙间除掉人之外的一切事物，都可以借替、拟人。当然，也包括小狗、小猫。而且，即使写小狗、小猫，又有什么不好呢？当然，小狗、小猫不能写得老一套，要写得好，要创新。小狗、小猫写得好，也是很有意思的。

他们说："今天的儿童，怎么要去向动物学习呢？"有人写了个好乌龟，就说："不能让孩子去向乌龟学习！"自然，也不能向小狗学习，更不能向老鼠学习！其实许多动物，都有它的长处。如蜜蜂的勤奋，大雁的守纪律，公鸡的准时，骆驼的负重，白鹅的爱清洁，等等。现在有门科学，叫仿生学，不是让人向动物学嘛！更不同的，这是童话中借替的动物，它虽是动物，实际上已经拟人处理，它是人了。向拟人化了的动物学习，就是向人学习，学习人的种种优秀品质和高尚情操。

童话的借替，是无限的。童话的拟人，范围是广阔的。这大千世界，这浩渺宇宙，什么都可以借替，什么都可以拟人。但是，借替什么，如何拟人，并不可以随心所欲，乱来一气。它，是有限的。

借替、拟人，有一定的规律性。犹之天体，天体之大，你可以自由遨游，但是遨游，也得需要一定的条件，必须遵循一定的路线，否则，你怎么个遨游法？

所以，童话的借替和拟人，是自由的，又是不自由的。绝对的自由，是没有的，自由只是相对的。否则，就不是科学的态度，也是达不到目的的。

借替的规律是什么？什么是拟人的条件呢？

这就是前面一再提到过的物性。

现在，有人提出，童话是写给孩子看的，孩子根本不懂什么叫物性，写童话不必要讲物性。有的甚至于说童话讲物性，是框框，是束缚，要突破，要松绑。有的索性以童话新潮流自居，说：童话讲物性是陈腐的观点，今天的新童话，新就新在不讲物性。

其实，这是对童话借替、拟人所讲的物性，并不理解。至少，对物性的概念理解错了。

以为，讲物性，就是讲生活的绝对真实，绝对的科学化。

以为，如果写牛，只能四脚走路，只能吃草反刍，只能犁田耕地，和生活中的牛一模一样，不能逾越科学一步。

童话写牛是一种借替，绝不是写真的牛，是经过拟人处理的。

那么，什么叫作物性？

物性，是童话逻辑性中的逻辑之一。遵循物性，是童话借替的艺术规律之一。它是指拟人化被拟物的本性，是必须和拟人的人的人性相结合。它是童话艺术有效手段的一种。

举例来说，你把鱼拟为水上运动会的一个运动员，你让它跳高、跳远，完全可以。因为鱼能够在水面上跳，有时也跳得很高，有时也跳得很远。让鱼作为一个运动员，这是拟人化的人性，就是把这鱼借替为一个人了。但是这鱼不完全是个人，它还是鱼，鱼能够跳得很高，也能跳得很远，但是它离不开水，这是鱼的本性，也就是鱼的物性。这样写，是符合物性的，它又和人性相结合。所以，这样的写法，是符合童话的借替规律的。当然，这只是一种写法，不能是唯一的写法。只要符合物性和人性的要求，物性和人性能结合，可以有多种多样的写法。但是，如果你把一条鱼，写成陆上运动会的运动员，就不行了。尽管你是把它拟人了，却不符合物性。因为没有一种鱼，能离开水而生活的（除非两栖类）。你让一条鱼，在陆上运动会中跑步，掷铅球，怎么行？

有一个童话，写道："萤火虫是这座林子里的摄影记者，她身上装了发着亮光的灯，一闪一亮，把燕子矫健的体操、黄莺美妙的舞姿拍摄在她嘴里含吮的露珠上，一滴滴晶莹的露珠，就是她拍的一幅幅照片。"[1] 把萤火虫拟为一个摄影记者非常好，因为它尾部的萤光，确实很像摄影机的闪光灯，它又爱飞来飞去，这是运用了萤火虫的物性。把一滴滴露珠说成就是它拍的照片，也非常好，因为露珠是可以照出影子来的。但是说萤火虫嘴里含吮着露珠，就觉得比较勉强了。因为作者想不出比这更好的办法来。

有个不错的童话，故事是说棋子小卒从棋盘里出来，滚到了地上，受到种种教育后，它又回到棋盘上。但这童话中有一个细节，就是老

---

[1]　钟子芒：《绿色的啄木鸟》。

奶奶把棋子垫在桌腿底下，"沉重的桌子腿压在小卒腰上"，棋子"拿出全身力气，东扭西扭，踏破了脊梁皮，才逃出来"。这就过分了，一颗小棋子，怎么能从桌腿的重压下挣扎出来呢！这一违反物性的小细节，出现在这样一个童话里，可说非常可惜。①

叶圣陶的《稻草人》里，这个稻草人是拟人化的，它有思维，能看见东西，能听见声音，富有同情心。但是，作者并没有让稻草人走来走去，去替农妇捉虫，去帮渔妇煮茶，去搭救寻死的女子……既然，这稻草人拟人化了，稻草人已经是一个人，为什么不让它这样做？这是因为稻草人毕竟是物，虽然拟人化了，还有个物性问题。

请看，作者是如何写稻草人的。

他写道："他的骨架子是竹园里的细竹枝，他的肌肉、皮肤是隔年的黄稻草。破竹篮子、残荷叶都可以做他的帽子；帽子下面的脸平板板的，分不清哪里是鼻子，哪里是眼睛。他的手没有手指，却拿着一柄破扇子——其实也不能说拿，不过用线拴住扇柄，挂在手上罢了。他的骨架子长得很，脚底下还有一段，农人把这一段插在田地中间的泥土里，他就整天整夜站在那里了。""他不吃饭，也不睡觉，就是坐下歇一歇也不肯，总是直挺挺地站在那里。""扇子摇得更勤了。扇子常常碰到身体上，发出啪啪的声音。他不会叫喊，这是唯一的警告主人的法子。""……他的身体本来是瘦弱的，现在怀着愁闷，更显得憔悴了，连站直的劲儿也不再有，只是斜着肩，弯着腰，成了个病人的样子。"写得何等有分寸！稻草人愈是不能动，愈是着急，读者愈是动感情。作者笔下的稻草人，不仅完全符合物性，而且充分运用了物性这一艺术特征，发挥了物性的作用，使这篇作品的感染力大大增加了。

当然，这不是说，凡写稻草人，一定要按《稻草人》这样的规范去写。

① 韩静霆：《棋盘国的"小卒"》。

我们再来看一看美国作家莱曼·弗兰克·鲍姆的童话《绿野仙踪》。这作品里，也写了个稻草人。这个稻草人，是这样描述的："他的头是一口小布袋，塞满了稻草，上面画着眼睛、鼻子和嘴巴，装成了一个脸儿。""用一根竹竿戳入他的背部，这家伙就被高高吊起在稻田上面了。"稻草人要求小女孩多萝茜："因为竹竿儿插在我的背里。如果你替我抽掉它，我将大大地感谢你了。"多萝茜"把他举起来离开了竹竿"，就看着稻草人"靠着自己的力量在旁边走动"。它"伸展着他的肢体，并且打了几个呵欠"。当多萝茜问他什么，他都回答不出，他说："我什么也不知道。你知道，我是用稻草填塞的，所以我没有脑子。"他继续说："我不在乎一双腿，一双手，以及手臂和身体，它们都是用稻草填塞的，因此我不会受伤。不论谁践踏我的脚趾，或者拿针刺着我的身体，那也不打紧，因为我不会觉得痛的。"他说："在这个世界上，只有一件东西使我害怕。""是一根燃烧着的火柴。"这又是另一个稻草人。这个稻草人虽然会走路，但是他没有知觉不怕痛，没有脑子不会想什么，很害怕火烧他。这也是符合物性，而且运用并发挥了物性的作用。

所以，我们切忌把物性看成僵化了的、一成不变的戒规。

当然，现在国外有一些作品，并不是太注重物性。譬如让一群水果、蔬菜，走来走去，一起开会，一起罢工，一起打仗，看起来叫人不舒服。因为，在国外，许多国家本来就没有童话这个词。我们也不能以我们中国现代的童话概念去要求这一类作品。

美国有个儿童系列片叫《芝麻街》，里面有一只大鸟，能说人话，做人事，但是除掉外形是鸟外，没有一点鸟的物性。这样的一个故事，是否可以称之为童话呢？要是一定要称之为童话，大鸟的塑造是失败的。我们不能去仿效，更不应该拿这些作品来作为取消物性的依据。

苏联前些年，有位心理学家做了个有趣的试验。他把一个墨水瓶拟人化了，叫它做一个看守人。来了一帮强盗，于是墨水瓶就喊叫起来了，这时候，孩子就发表意见了，说："墨水瓶不要叫，还是让它喷墨水吧！"这例子也是说，墨水瓶拟人化为看守人，喊叫自然是可以的，但是不如喷墨水的好。因为喷墨水是发挥它的物性了。

所以，拟人化者，不但要考虑符合物性要求，还要考虑如何更好地运用和发挥物性。

有的初写童话的人，以为就是把一个人物的故事，换成动物的故事，就是借替，就是拟人化了。这样的童话，只是把张卫国、王小红、李学军、赵志工、孙乐农，改换了一下名字，叫小黑猫、小白兔、小黄狗、小花鸡、小灰鸭而已。这样的童话，你说它违反物性吗？倒也没有违反。但是它不是一个好的拟人化的童话，因为没有运用和发挥这拟人物的物性。

我国古代有一本书叫作《草木春秋》，这本书里，把中草药都当成人来写，分为好人、坏人两大阵营，互相打来打去。因为这本书，这些人物，只是用了中草药的药名来作为人名，却没有好好根据中草药的形状和性能，来写这些人物的性格和作用，所以这本书没有被孩子当成童话来读，也没有被大夫们当作药物常识课本来教授学生们，所以这本书，不受人们注意，是一部失败的作品。它失败的原因，就在于没有运用和发挥药物的物性，它缺乏艺术感染力，不能吸引住读者。

童话的借替，千万不能理解成是代替。借替和代替是有区别的。前面所举的这些作品，就是失败在用的代替，不是借替。

一篇好的拟人化的童话，必定是充分运用和发挥拟人物的物性的。

实际上，所谓充分运用和发挥物性，就是我们前面所提到的，物性和人性的相结合。

物性和人性结合，是童话中特有的手法，是借替的艺术。

一个童话好不好，艺术性如何？这物性和人性的结合是非常重要的。

譬如有一篇童话，把一只螃蟹拟人化为理发师。作者把螃蟹的两只大钳，写成是两把推剪，把它两边的四条腿，写成是两把梳子，螃蟹嘴上不住地吐泡沫，写成是洗头的肥皂泡沫。这是最恰当也没有了。把河蚌写成理发师，把青蛙写成理发师，都没有螃蟹那样恰当。把螃蟹写成邮差，写成建筑匠，都不如理发师来得恰当。它的物性和人性充分结合了，就是说它的物性充分运用和发挥了。

有个童话是写植物开运动会的。动物开运动会，很好办，马跑步，猫爬树，青蛙游泳，老鼠钻圈。植物都是不动的，怎么开运动会？运动会是要动的。要玫瑰花去跳高，让松树去竞走，不符合物性，玫瑰花怎么能跳高呢？松树怎么能竞走呢？但这个童话，处理得很好。作者让石榴树参加举重比赛，石榴树的枝丫上，挂着一个个沉甸甸的大石榴，多像是一个举重运动员啊！让向日葵做一个体操运动员，因为向日葵是随着太阳，早上花环朝东，傍晚花环朝西，多像一个做体操的运动员啊！让牵牛花做登高运动员，牵牛花的藤蔓，扶摇直上，一直可以爬得很高，多像一个登高运动员啊！这童话，物性运用和发挥得非常好，物性和人物结合得叫人称绝！

由此足见，童话的拟人化，符合物性，运用和发挥物性，是非常重要的。我们的童话《老虎外婆》，可以写成狼外婆和熊外婆，但绝不能写成羊外婆和鸡外婆。道理就是这样。

有人说，既把物拟人了，那就是人嘛，就按人来写就是了。

这是把这个"拟"字给忘了。如果，把物完全写成一个人，那应该是"人化"，而把那个"拟"字少掉了。"拟人"者，还不就是人，它还没有完全离开原来那个物，而应是处于亦人亦物的奥妙结合之中。

现在也有一种作品，一物拟人了，但是读来只有物性，却没有人性，也不行。这也不能算"拟人"。"拟人"除本来的物性，还得要有人性。如果写一物，只有物性，那算不了拟人。那样的作品，如果写动物，恐怕只应算作动物故事，如果写植物，那恐怕应算作植物故事，写别的什么物，那就算别的什么故事了。并不能算是童话，而是另外一种样式的作品。在知识故事中，写动物故事的作家是很多的，国内外都有一些很好的作品。外国有不少专写这种故事的作家，如法布尔、比安基、西顿、黎达、椋鸠十等。目下，大陆的动物故事也正在兴起，出现了专写这方面作品的作家。

所以，我们在强调物性的同时，也绝不能没有人性。两者都是不可缺少的。

如果，可以立一个公式，那就是物性和人性相加，等于拟人化。当然，这个相加，不是机械的，一块石头加另一块石头，而是融合的，一杯水加另一杯水。

关于拟人化，还要注意一个分寸问题。

不是说，一个拟人化的童话，所有故事里出现的物，都要拟人化。

当然，一个童话可以是许多同一的拟人化的物，动物、植物或其他物，集合在一起，构成一个故事。如这个童话全是拟人化的动物，写动物间的故事。那个童话全是拟人化的植物，写植物间的故事。

也可以是不同物集合在一起，构成一个个故事。如这个童话有拟人化的动物，也有拟人化的植物，集合在一起。

也可以是拟人化的物和人集合在一起，构成的一个故事。如这个童话有拟人化的动物，或拟人化的植物，也有人，集合在一起。

这种拟人化的动物和人在一起，是不是一定要把人写成比动物高大呢？当然，可以是人比动物高大，也不一定都这样。

因为这种拟人化的动物和人在一起，如果把动物写好了，或者把人写坏了，就有一些人出来指责："难道人还不如动物吗？""人的价值、人的尊严到哪里去了？"

其实，这动物既是拟人了，它就是人，是人的借替，既然动物就是人，就不存在人不如动物，就不存在人的价值、人的尊严这些问题了。

这种情况，在民间故事、民间童话中，早已有例可循。

如《白蛇传》里的白素贞，她是蛇变的，她对爱情的坚贞，是许仙这个人所不及的，法海这个人更是个险恶残暴的坏家伙。是不是有人会觉得人不如蛇呢？是不是有人会觉得贬了人的价值、有失人的尊严呢？

如《贪心不足蛇吞相》里那个贪得无厌的宰相，向蛇要这要那，给蛇一口吞下肚去了，人确不如蛇。

如《渔夫和金鱼的故事》里那个贪心不足的老渔妇，向鱼要这要那，最后鱼什么也没有给她，难道也是给人丢面子吗？

当然，这不是说，凡这类童话，一定要尊物而贬人，绝不能理解为这样。

至于，什么作品应该是同一的拟人物，什么作品应该是不同的拟人物，什么作品应该是人和拟人物在一起等等，那是要根据作品本身的要求而变化，绝不可划一。

但是，有一点是必须注意的，就是拟人化一定要有节制，不能一个童话里什么都拟人化，去提倡什么大幅度拟人化。

要是一个作品里，什么都拟人化，行吗？有个作品，写一只狐狸做了坏事，它一出门，它的窝拟人化，生气地自动倒坍。它脚下的路拟人化，生气地不准它踏上。它面前的空气拟人化，生气地不让它呼吸。头顶的太阳、天上的云、四周的树木花草，都拟人化，一齐生气地作弄它。后来，甚至于它的毛也拟人化，它的牙齿也拟人化，它的眼睛也拟人化，全都生气地离开它。这样，把一切都随心所欲地拟人化了，这还成为一个作品吗？

拟人化还有一个问题，就是害鸟害兽的问题。譬如，在民间童话中，有个很有名的童话，叫《老鼠嫁女》。美国也有个很风行的米老鼠。但是，能不能把老鼠作为"正面形象"呢？这在某些人头脑里，一直是个问题。

在某些人头脑里，岂止是老鼠，凡虎、狐狸、蛇，这类所谓"害鸟害兽"，是绝不容许拟人化为"正面形象"的。

更为突出的，是麻雀。一会儿说是"害鸟"，不准它在童话中出现，一会儿说是"益鸟"，又允许它在童话中出现。

在民间作品中，把虎、狐狸、蛇这类动物写成"正面形象"的作品是很多的。《一只鞋》中的虎，《聊斋志异》中的狐狸，《白蛇传》中的蛇，都是"正面形象"。

再说，鸟兽的有益有害，不都是绝对的。有的鸟兽，有的种类有益，有的种类有害。有的鸟兽，在甲地有益，在乙地有害。有的鸟兽，在某时有益，在某时有害。有的鸟兽，现时我们对它还没有正确的认识，或者科学上还有争议，我们怎么能把它绝对地定死为有益或有害，并作为写童话的法定依据呢！

主要的，前面说过，我们把动物拟人化了，那就不完全是动物了，怎么可以还用"老眼光"来看它呢？

所以，我们绝不能把童话中拟人化了的动物，去和生活中的动物等同起来。

为生活中的动物做鉴定，下结论，孰是孰非，那是动物学家的事。

而童话作家笔下的拟人化了的动物，虽然具有物性，但它已经是拟人了，读者是把它当人看的，是一个人的故事。

当然，童话作家也不是用童话去替某一种动物翻案，因为这不是童话作家的事，所以童话作家不会为翻案去写某一种动物的。

当然，童话作家写童话，也要考虑当时环境。如果你那里正在大张旗鼓灭鼠，你去写个好老鼠的童话，人们会指责你的童话起了不好的影响。当然，也没有那样的童话作家，故意去做那样的傻事。至于童话作家以前写的好老鼠的童话，也不必去否定它，让它存在也没有什么关系吧！

还有，童话的借替，也切不可误认为是影射。有的人一看见童话，就爱问，这狗代表什么，这猫又是指谁，似乎童话中拟人化的物，都是可以对号入座的。

其实，借替和影射是绝不相同的。借替是用某种物来表现某一类人，影射是用某一种物来代表某一个人。

童话是提倡借替的，反对影射的。童话的拟人，是拟某一类人，绝不是代某一个人。

作为一个童话作家，必须杜绝那种影射的做法。

但是，童话反对影射，却不排斥联想。而且，童话应该引起读者的联想，因为童话的效果，很多是通过联想才产生的。这和影射不同。联想，有时也使某些人会去对号入座，这不是坏事情。在外国也有这样的情况。英国作家乔治·奥威尔写过一部畅销书叫《一九八四》。这部小说是一九四八年写的，是一部政治讽刺幻想小说，是作者在一九四八年幻想一九八四年世界政治形势的。作者死后拍成电影。意想不到的是，这电影在首映后，反响很大，很受欢迎。许多国家购买它的发行权。但是也有许多国家不满。德国法西斯认为它是反法西斯的，美国认为它是反美的，苏联又说它是反苏的。都去自动对了号。这就是这一作品收到强烈的效果了。

拟人化是最常用的童话手法，这是童话很重要的表现手法。在童话中，拟人化的童话所占的比重是很大的。优秀的拟人化的作品，是很多的。拟人化的手法，和童话一样，必定要永远存在的。

并且，拟人化的手法，一定还会随着今后不断地实践而取得发展。

许多人写童话都是从写拟人化的童话开始的。许多人认识童话也是从拟人化的童话开始的。

但是，当前也有人把拟人化说成是过时了的老手法，凡拟人化的童话都斥为旧童话。也有人把写拟人化童话，说成是"低层次阶段"，要写拟人化童话的作者"向高层次阶段发展"。他们推崇写人的童话是可以的，但否定拟人化的童话就不当了。

有一些拟人化的童话，落入窠臼，写得不好，引不起孩子的兴趣，这状况是有的。但拟人化的童话，成为世界名作的也不少。看问题，不能太绝对化。

也有人说，拟人化的小狗、小猫、小白兔、大象、骆驼，这些孩子们都看腻了，厌烦了，而且反映不了现实生活，缺乏时代感。他们提倡写拟人化的机器狗、电子猫、玻璃兔、塑料象、瓷骆驼。殊不知一个童话新不新，主要取决于作品的内容反映了什么，其次是表现手法，绝不是写了拟人化小狗就是旧童话，写了拟人化机器狗就是新童话。这是形而上学的说法。拟人化的小狗、小猫写得好，有新意，是可以反映现实的。

借替手法，在童话中是用得较多的手法，但不是唯一的手法，还有其他。

二、童话的假定

童话的手法，常用的还有一种叫假定。

什么是假定？假定，从字面意思上来说，它是"真有"的反义，就是说，它在真实的生活中，是没有的。

童话上所说的假定，和科学上的假定，含义并不都相同。有些相同，也有些不相同。

在科学上，已经成为事实的，就不能说是假定。在童话上也是这样，生活中存在的、发生的一切，就不是假定了。

在科学上，假定是必须根据科学实验的成功经验，在这个无误的现实基础上，加以合乎规律的推理，来作出假定的。在童话上，假定也必须以真实的生活作为假定的基础，在真实生活的基础上，依照童话逻辑，作出假定来。

在科学上，假定是可望付诸实现的。在童话上，假定却是不望实现的。

这就是童话与科幻故事的不同之处。

如童话中所假定的千里眼。人的肉眼永远也不可能看见千里之外的东西。要能看见，是要借用望远镜、电视、雷达这些科学器械设备的，那是另外一种情况。如童话中所假定的宝葫芦，真的能出现这种会说话、要它做什么就能做什么的宝葫芦吗？将来科学发达，计算机、机器人，也许能做到，但那是另外一件事。

所以，童话所说的假定，应该是来之于真实生活，但生活中所没有，甚至于将来也没有的假定。

因为它是超于生活的、超于常人的，是神奇怪异的，常常以一种魔法形式出现，所以，假定手法的童话，有时也被叫作超真体、超常体、神异体、魔法体等等。

假定，具体表现在童话中，大致有下列几类：

第一类，是异人。赋予人身体某一部分，具有超人的魔力。如民间童话《十兄弟》中，千里眼的眼睛能看见很远的东西，顺风耳的耳朵能听见很远的声音，长手的手要多长就能多长，大脚的脚要多大就能多大。严文井的《南南和胡子伯伯》里面那个胡子伯伯，他可以用手杖教训狼听话，他的嘴巴会变小变大，他还能从大袍里取出个戏院子来。葛翠琳的《金花路》里面那个智慧超人、技艺异常的佟木匠，竟能在深山的水潭里，修起了一座神奇的手艺宫。这些人物，有的具有魔体，有的具有魔力，这都是假定的异人。

第二类，是异物。赋予一物具有某一种超物的魔力。如民间童话《神缸》里的神缸，投进一个元宝，能变出无数的元宝，官老爷的爸爸掉进去，于是拉出许许多多爸爸。贺宜的《神奇的锤子》里那个年轻叔叔送给小喜的小锤子，小锤子在地上敲三下，井里的水就往外漫出来了。金近的《会唱歌的碗》，说大强在水库工作，从地底挖出一个蓝花粗碗，这碗盛饭，特别的香，奇怪的是它还会唱好听的歌。这些物，不是拟人化的物，因为它们没有人性，也没有物性。锤子能使井水漫出来，碗能唱歌，都不是物性。这类东西，超人又超物，应该说是一种假定的异物。当然，拟人化的物，也是一种超人超物的假定异物。

第三类，是异事。假定的不可能发生的事。如金近的《一出好险的戏》，一群同学正在看电视，电视里放的《三打白骨精》，那个白骨精竟然从电视机里跑出来了，孙悟空也从电视里追了出来。能有这号事吗？如任溶溶的《"没头脑"和"不高兴"》，其中那两个叫"没头脑"和"不高兴"的孩子，一下子一个变成演员，一个变成工程师。一个设计的二百多层的高楼，却没有电梯，上楼得背上干粮和寝具。一个演出的不是武松打虎，而是虎打武松。任大霖的《罗明明的嘴巴》，因为罗明明经常要嘴巴说脏话，竟然把嘴巴也气丢了，后来他在报上登了个找寻嘴巴的启事，在派出所里领回他的嘴巴。这也是生活中不可能有的，这都是我们童话假定的异事。

第四类，是异地。这地是假定的，是现实中无法找到的地方。如严文井的《"下次开船"港》，这真是个特别的地方，船只都一动不动停着，天空上的云彩是凝固的，花儿也要到下次开放，这里没有时间、日子和钟点。葛翠琳的《采药姑娘》，所写的仙境，则是七层云的上边，从地上看，云像棉絮那样轻软，在云里走，像迎着翻腾的海浪。神仙轻轻把药草籽撒进云海里，清风送种子到山崖谷底，在那里生根发芽。这样的异地也是世界上找不到的，是一种童话假定的异地。

不论异人、异物、异事、异地，都是童话作家假定的。

童话作家是根据现实的生活来假定的。异人，总还是人；异物，总还是物；异事，总还是事；异地，总还是地。这异人、异物、异事、异地，所依照的还是现实生活中的人、物、事、地。这是假定的基础。

假定也绝不是无目的的，更不是为假定而假定。假定的异人、异物、异事、异地，目的是为了更好地反映真实的人、物、事、地。

譬如，《金花路》中的那个佟木匠。他是根据世界上最有本事的木匠这个真实基础，假定出来的。通过佟木匠，是要更好地反映真实生活中木匠技艺之精巧。

譬如，《神缸》里的神缸，这一异物原就是贪得无厌的化身。它是在难填的欲壑这一真实基础上假定出来的。通过神缸这一异物，更好地反映了生活中某些人贪心不足的丑陋心理。

譬如，《"没头脑"和"不高兴"》中的两个孩子的事，它是在有的孩子不肯动脑筋、有的孩子做事只凭兴趣这一真实基础上假定出来的。通过这些事，更好地反映了不肯动脑筋、做事只凭兴趣的害处。

譬如，《"下次开船"港》中那个什么都不动的港口，它是根据有的孩子什么事都要下一次这一真实基础，而作出的假定。通过这样一个地方，更好地反映了那种干什么都拖拖拉拉的毛病，是必须改掉的。

一个童话，有的单写异人，有的单写异物，有的单写异事，有的单写异地，也有几种一起写的。所以，假定，也有单体假定，也有复体假定。

像严文井的《"下次开船"港》，就是既有异人，也有异物；既写异事，也写异地，交错、综合在一起，难以分清楚。这当然是复体假定了。

这种假定的起源，也是很早的。

世界上从有人以来，人们对于天上、地下、山山、水水，很难理解。他们总觉得有一种什么力量在主宰。他们假定世界的开始，一定有盘古这样一个巨大的能人，托起了天穹，使天地分开。天上五色的云霞，则是女娲这样一个能人，炼就了神奇的五色土，补在天空上的。这种手法，后来一直在文学作品中被沿用。如《封神演义》里杨戬的三只眼、土行孙的土遁术等等都是。

那时候，人们在与自然的抗争中，总是希望有一种力量能帮助他们战胜自然。于是，他们就假定有种种异物，能有出奇的作用。如他们觉得步行太慢，还赶不上鸟兽们，他们就想能不能在脚下装上轮子，或更好的办法。于是就出现了哪吒脚下的风火轮，还有像《水浒传》

中的神行太保戴宗，脚上拴上一种甲马，可日行八百里。

因为在当时人们的心目中，已经有了很多的异人异物，加上世界上许多发生的事，他们不好理解，于是就出现了许多假定的异事。如月亮里那些火山的黑影，他们便假定为月亮上有一株桂花树，树下有一个叫吴刚的老人，持斧在那里砍伐，桂花树裂口随砍随合，所以吴刚永远砍伐下去，没完没了。如海水为什么是咸的，就假定海底有一副能出盐的石磨，一直在那里磨出盐来，所以海水一直很咸很咸。

原始人们，没有交通工具，上不了高山，过不了大海，但他们认为山上海底充满神秘感，总觉得那些去不了的地方，都有一些神异的事物。于是，他们按他们的假定，设想了奇事异地。一部《山海经》，不知写了多少各种各样假定的国。后期的《镜花缘》也是这样，假定了什么君子国、女儿国等等。

生活上的假定，自然发展到了文学上的假定。这种假定法，一直为文学作家们所沿用。

当然，这些生活中的假定，后来就跟迷信、宗教纠缠在一起。文学上也出现了一大批宗教迷信的故事，有的成为佛经故事。

这些文学作品，有的是宗教迷信，但有的虽然写神，而这神是人的理想和意志的化身。这种故事是健康的，是应推崇的。

我们的童话，所要继承的是积极的假定传统，而不能是迷信的糟粕。

在写神时，我们要写出神是人的力量的变体，人是世界的主宰。

为什么我们的童话必须有这种假定呢？

我们的儿童，对于世间的人、物、事、地，他们有他们的想法，他们是按照他们幼稚、天真的想法，出之于他们对于这个世间一切的认识和见解。他们对于这一切是新鲜的，又是陌生的；是固定的，又是疑惑的。他们企图证明他们看法的正确，他们又往往否定自己的种种看法，他们的思想充满着矛盾。他们的思想在矛盾中发展着。

譬如，他们看见天上的云彩，他们对云彩，要是只知道它是白的、红的、灰的，只知道有时停留不动、有时随风飘流，是不满足的。他想的要多得多，那黄的像一只狮子，会是一只狮子吗？是一只真的狮子。狮子它在干什么呢？一定是在干什么。前面那紫色的云像一个紫色的球，那是一个紫色的球。狮子想要玩那个紫色的球吗？狮子是想要玩那个紫色的球。它就要扑过去了，它的前脚已经提起来了，它……

这就是孩子的假定。他把一片云彩，假定为一只狮子，一只想玩球的狮子。他对云彩的假定，是按照生活中，他在动物园见到的真实狮子为依据来假定的。假定的狮子在干什么呢？他继续想到狮子要玩球，这又进一步作出了假定。

这就是童话的初步，孩子头脑中的假定。

我们的童话，就是依据和选择孩子们头脑中这种发达的假定思维，进一步发展它，引导这种思维，写成了文学作品，来满足孩子们的需要。

假定虽然来自生活，但它本身是不真实的。人是永远不可能长出要多长有多长能伸缩的手来的，但是双手万能却是真实的，因为我们这个世界就是人们用双手创造起来的。要表达这样一个主题，可以有多种多样的文学表现方法，但归纳起来，是两种。一种是真实的方法，写人们用双手创造着一切；另一种是用假定的方法，就是我们童话所用的手法。如说有一个人，他的手很长很长，做什么事都行，用假定的手法来表达双手万能这个主题。对孩子来说，用假定的方法，比之其他的方法更为合适，更有灵效。

写一个佟木匠在深潭水底造起了一座精巧的手艺宫，比写多少个真实的巧木匠，要好得多。写一个《"下次开船"港》，比写多少个真实的今日事今日毕的好孩子，更有效验。

孩子是喜欢那些假定手法的故事的。假定的故事对他们来说太需要了。

当前，对待童话的假定，也有这么两种倾向。

一种是假定的限制，一种是假定的任意。

假定当然是有限制的，但有的限制是不对的。

前面说过假定来自生活，它是建筑于真实基础上的；但是有的人，就要求假定必须是能实现的。他们认为假定必须是明天的真实。

如果，假定必须是明天的真实，前面已经说过，那是对科幻作品的要求。即使是科幻，也不一定百分之百的假定都是能够实现的。预言总是预言嘛！

童话有科学性，它不能抵悖科学，但它毕竟不是以介绍科学为主要目的的。

它，以假定反映真实，但假定不能就是真实。

如果要求童话的假定，必须是明天的真实，那等于取消童话。因为世界上明天不可能有那样的一些异人、异物、异事、异地，不仅明天没有，永远也不可能有。

要是有一个童话，写一些孩子在太空的卫星城市里遨游。那里有太空花园，有太空剧院，有太空图书馆等等，那不是童话，因为这些假定是能够实现的。

这种假定，就不是我们童话所需要的假定。对于假定，如若作必须实现的规定，那是一定要突破的。

我们在童话创作中，不能设下这样的限制。

另一种倾向，则是任意，假定的任意。

有一个作品，写一个年轻人的女友给妖龙抢去了，他要去救她，就带着干粮，出门去找妖龙了。

他来到一座石桥上，见到一个老人病倒在地，他扶起老人，老人说要治好他的病，必须服饮一种百花山百花仙子的百花露。

他就到百花山去找百花仙子要百花露了。

到了百花山，百花仙子受风怪的侵袭，一个个都被风吹得受不了，要他到南山顶上南山仙翁那里去借那颗定风珠。

他就到南山顶上南山仙翁那里，去借定风珠了。

到了南山顶上，南山仙翁被翻腾的海水搅得无法睡觉，要他到北海龙王那里取镇海锁来一用。……

这故事，找这找那，要这要那，拖得很长，大概作者写得太乏力，要舒口气，就打住了。拿到那宝物，倒过来，一个帮一个解决困难。最后，桥上那生病老人原是个神仙，送给他三支神箭。

他射死妖龙，救出女友，故事算完了。

这个作品，结构拖沓，可以没完没了、源源不断地写下去。有很多不合理的地方。这些仙翁、仙子，俱是有法力的，自己不去取宝，为什么偏偏要这个凡夫俗子去取这借那呢？而且，这个老人的病非要服什么百花露不可，百花仙子非要定风珠不可，南山仙翁非要镇海锁不可，虽然作品里说，这是仙人对于这个年轻人的考验，但实际上都是作者任意在安排。

这个作品的假定是任意的，许多是说不通的，必须加上许多注解才行。这种作品，虽然作者用了功夫，使作品中主人翁得到神力、异物、魔法，战胜了作者所安排的主人翁的对手，但是作者却没有办法说服作品的读者，读者是不会满意的。

也有这么一个作品，写一个孩子，眼睛像 X 光，能看见别人脑子里想什么。他的手可以长短伸缩。他的腿也要多长就能多长。他的鼻孔里出气，有时可喷滚烫的沸水，也可喷结冰的冷气。连他的头发也是可以变得粗粗，直伸上天空，把天上的云片托住。天上的飞机飞进他的头发里，像鸟飞进大森林，竟然迷了路。反正需要他有什么，他就有什么，需要他做什么，他就能做什么。

这样一个神法无边的万能的孩子，专门帮助别人。而他帮助的人，也不是凡人，也都是有神法的。他为了帮助人，去和妖怪斗，妖怪也都是有法术的，也是需要什么，就有什么的。

这作品，是个永远写不完的系列故事，通篇神法、妖法，要飞就飞，要遁能遁，需要火火到，需要水水来，斗来斗去，没个结果。

因为这作品，全是法，也就等于无法。

一部《西游记》，如果孙悟空法力大到可以一脚踢翻老君炉，一手扭断头上的金箍，一棍打断如来佛的五指，那么这一部书只消三五百字就可以结束。这样的《西游记》还有人要看吗？

所以，童话的假定，切不可任意，胡来是不行的。所以，假定还要有个边，有个限制。

这个限制，就是假定的来源和假定目的的限制。

离开生活之源，离开生活之目的，为假定而假定，是不行的。

两种倾向，都能使童话走上歧途，不可不加注意。

假定必须恰到好处，这就是童话的逻辑规律，也就是童话的技巧和艺术。

一个童话作者，必须掌握艺术技巧，才能写出好童话作品。

三、童话的夸张

童话还有一种常用的手法，是夸张。

其实，夸张这个词，还不能很贴切地表达这一童话手法的原意。但又没有更合适的词，只得还是仍用夸张了。

因为，在许多文学门类中，都有夸张。所以，我们用之于童话，含义上应该有所不同。

一般的文学作品，它的夸张，主要是集中、概括的意思，就是把生活中的某一部分放大开来。但童话的夸张，应该是夸张的夸张，是一种生活的超夸张，不仅是把生活中的某一部分放大开来，而且是到了变形的地步。

有篇童话描写："有一个孩子，姓圆名圆，长着圆圆的眼睛，圆圆的嘴巴，圆圆的脑袋，圆圆的肚子。他身子又矮又胖，也圆滚滚的，奔跑起来，就像踢了一脚的皮球！"这样的孩子生活中是找不到的，但生活中有胖孩子。这里描述的就是童话的形象。它是按照生活夸张而成的，是变了形的形象。[①]

这样的夸张描写，在一般文学作品中是不可以的；而在童话中，不仅可以，并且必须如此，甚至于可过之而不及。所以，在一般文学作品中的夸张，与童话中的夸张，不是相同的。

那么，是不是童话的这种手法，可以叫作变形手法呢？

变形，是一个美术学上的名词，它是绘画手法的一种。如漫画，把人物的样子都改变了。因为它是绘画，变形能变意，一个大脑袋的形，即可以传神地表达富有智慧之意。

而童话与绘画不同，它是文字的东西，光改形是不行的，变形必须同时变意，形意同变。

因此，童话借用变形这个名词，有时易引起误解，必须作一些说明。

童话的夸张，达到变形的地步。这犹之于戏剧中的歌剧（包括戏曲）。拿戏剧中的话剧与歌剧（包括戏曲）来比较：话剧是生活在舞台上的再现。它是经过夸张处理的，它的说话、动作，是经过提炼和净化的，并不是某一段生活的截取。歌剧（包括戏曲）较之话剧不同，话剧的说话，在歌剧（包括戏曲）则变为歌唱了。话剧的动作，在歌剧（包括戏曲）则变成舞蹈了。请问生活中哪有一个人，整天到处这么唱着、舞着生活的？这是夸张了。

再说绘画上，素描、速写，这些一般都是按原物的比例画的。但是有的画不这样，国画、油画不少是夸张的。有的山水国画，就是黑墨泼上去的。有的风景油画，就是颜料堆上去的。生活中哪有这样的山水、风景？漫画更是了，有的大头，有的矮脚，生活中是没有这样

---

① 袁银波：《圆圆"国王"》。

的人的，是经过夸张的。

童话更为夸张了。

如张天翼的《不动脑筋的故事》。那个孩子赵大化，自己几岁得问他妹妹；床上搁着个秤砣，当自己腰疼有毛病；双脚套在一只裤管里，却嚷道自己少了一条腿；自己刚放下的钓竿，一定说是别人遗失的，最后竟然把自己的家都忘记，去敲人家的门，而且连自己的妹妹也当别家的人……这真是够夸张的了。

如安徒生的《皇帝的新衣》。那个皇帝上了两个骗子的当，赤身露体地在街上游行，却以为自己穿着一身华丽的新装，他的愚蠢也夸张到了极点。

夸张，和前面所说的借替、假定是有区别的。

虽然，借替、假定、夸张，同属于童话的幻想特征，这种种手法，都是由幻想这基本的特征而产生的，且它们还是有区别。它们的区别可用比喻来说明。

例如，一株大树，要是将它当成一个老人，赋予它以生命、智慧、感情，这是拟人化，或者人格化，是借替手法。

要是把这株大树，说成是一根擎天柱，是它支撑着天穹，才使天穹不至于落下，就可称之为假定。

要是把这株大树，写成尖尖刺着太阳，白云在它丫枝之间穿来穿去，则就是这里所说的夸张。

一只茶杯，有生命能说话，这是借替。一只茶杯，变成了船只，这是假定。一只茶杯，装得下一江水，这是夸张。

这种以夸张为手法的作品，在民间文学中，被称为生活故事或世俗故事。

因为它说的大多是一些生活中常人的故事，也有人称之为常人体。

它不是写拟人化了的什么物，也不是写神力非凡的仙人或宝物，而是一个个平凡的人。

像《不动脑筋的故事》中的赵大化，他不是一个借替的拟人化了的物，他不是神仙和妖精，没有一点魔力，他也没有居住在一个奇异的地方，他是一个很普通的孩子，一个九月一日满十四岁的真孩子。

像《皇帝的新衣》也是，那个皇帝，是许多年以前的一个皇帝，他也不是一个中了魔法或被妖怪迷住的异人，他是一个喜欢炫耀新衣服的凡人。那两个骗子，只是自称是织工，并没有什么神异的法术，也是两个凡人。

《不动脑筋的故事》和《皇帝的新衣》之所以是童话，是因为它运用了夸张这样的手法。

《不动脑筋的故事》，把赵大化这孩子的不动脑筋，夸张了。

《皇帝的新衣》，把皇帝的愚蠢，夸张了。

正因为这夸张，才使这些写常人实事的故事，不是小说，而成了童话作品。

区别，在于这种夸张——童话的夸张。

我们民间童话中，有不少这一类的童话。

如《巧媳妇》，就是要将这个媳妇写得非常非常之聪明，把所有聪明的例子，集中在这媳妇身上发生还不够，还要虚构一些聪明的情节，加在这个媳妇身上。

如《呆女婿》，这个女婿一定是笨得不能再笨，什么笨拙的事，都是他干的，而且要虚构一些傻事，也加在他身上。

这样的小说是没有的，因为它不真实，生活中不可能把聪明或笨拙集中于一身。在真实的生活中是找不到这样的巧媳妇，也找不到这样的呆女婿的。

这种手法，就不光是小说的概括了。因为它岂止概括，而是比概括更概括，较之概括更进一步，那就是童话的夸张。当然，至今也有小说借用童话的这种夸张手法的。

世界上，粗心健忘的孩子是不少的，但是像《不动脑筋的故事》

中的赵大化，生活中是找不到的。世界上，愚蠢荒唐的皇帝是不少的，但是像《皇帝的新衣》中的皇帝，生活中是找不到的。

这类童话，与小说的区别，在于小说是对生活的概括，而童话是对生活的夸张。

这区别，并不是程度的不同，而是由于程度的不同，起了质的变化。前者的夸张，是生活中能够发生的。后者的夸张，则是生活中不能够发生的。是一般的文学夸张呢，还是童话的夸张，这是很重要的一条区别界限。

夸张的手法，有用之于歌颂和赞扬的，也有用之于讽刺和嘲笑的，也有用之于揭露和抨击的。

如巧媳妇的故事，就是歌颂和赞扬我们的半边天妇女的。

如呆女婿的故事，就是讽刺和嘲笑那种笨拙不堪的男人的。

如《皇帝的新衣》，就是揭露和抨击过去那种专横又愚蠢的统治者的。

金近的《一篇没有烂的童话》，写一个老太婆，疑心病非常重，老是怀疑别人在骂她。后来竟然怀疑自己的呼吸也在骂她，把自己闷死了。

在我们生活中，真有老是怀疑别人在骂她的老太婆，的确我们见到过。但是，安排她怀疑自己的呼吸，这是作者运用的夸张的手法。

贺宜的《胆小鬼》，写一个死了父亲的宝贝儿子，他要出门去投亲。他出门去，一坐上船，怕船翻。一坐上车，怕车子散架。一骑上马，怕马掀。他只得步行。要过桥，又怕桥断，只得去涉水。他走累坐下休息，看见一只蚂蚁，马上想到有蛇来咬他。一阵风吹过，当作老虎来吃他。他爬上了树，怕树折断，就在腰间系上一条绳，一头拴在树干上。来了一只小蜜蜂，他怕得从树上栽下来，像蜘蛛那样挂在树干上。最后，他也不去投亲了，只得回家。

在生活中，在我们的周围，真有那些怕这怕那的胆小鬼。但是怕坐船，怕坐车，怕骑马，怕过桥，怕蚂蚁，怕蜜蜂，最后自己把自己挂在树上，这是作者运用的夸张的手法。

为什么夸张的童话，孩子们是这样喜欢呢？

因为夸张，是孩子们所习惯的思维方式。孩子对于面前的世界是新奇的，但是他们的知识是有限的，是逐渐逐渐在增加的。他们看到一点什么，要他们正确反映出来是做不到的。天下细雨，他往往认为是下大雨了。妹妹摔跤手上擦破了皮，他往往认为是受重伤了。他捡到一分钱归还给失主，他往往认为自己很了不起。

所以，可以说夸张，是孩子的天性。

因为他们常常运用夸张去思维，爱夸张；所以，对于一个平淡无奇的生活故事，他们是不爱听的。但是经过夸张的生活故事，他们就喜欢听了。

孩子的记忆力比较好，但是他的注意力却比较差，特别是思想不易集中起来。如果一件事，你给他说一遍，没有引起他的注意，他的记忆力再强也没有用，因为这印象没有被收入他的记忆之库。你必须把这事物夸张一下，突出地强调一下，他才能注意，才能把它记住。孩子听故事也一样，一般生活故事，他听过不一定记住。如看一幅淡淡的写实水彩画，他不可能留下深刻的印象，所以给孩子们看的画，常常必须加深颜色，用大红，或大绿，夸张一下，他的印象就深刻。

所以，夸张，是为了使这个作品，给孩子们更鲜明、深刻的印象。

这类夸张的童话，有的有很多趣味和笑料，像《不动脑筋的故事》中的赵大化、《皇帝的新衣》中的皇帝、《一篇没有烂的童话》中的老太婆、《胆小鬼》中的胆小鬼，他们的所作所为，孩子们看了谁都忍不住要哈哈大笑。这些都是夸张童话受孩子欢迎的原因。

夸张，仅仅是因为孩子们喜爱吗？不是，那是作者经过周密构思的，夸张也是为了使读者更能认识作品反映生活的本质。

《不动脑筋的故事》把赵大化不动脑筋所出的洋相集中起来，也是夸张了，使儿童看了，认识到像赵大化那样不动脑筋是不好的。

《胆小鬼》的夸张，使孩子们读了，觉得胆小是没有用的，愈胆小愈不行，结果一事无成，必须大胆地去生活。

如有一个童话描述作业之多，说："每天晚上写的作业，第二天都要用麻袋装了背到学校去。""他的铅笔一支就有一米长。要不然，老换铅笔多麻烦呀！""妈妈给儿子拉来了一卡车作业本。""右手写累了换左手写（他已经练会了左手写字），坐累了站着写……"同一作者的另一篇童话形容一位教师为教学生，费心操劳，"脸一天天瘦下去，眼镜都戴不住了，只好在眼镜和脸之间塞了好多层纸"。这样的夸张很有孩子的情趣，也加深了孩子的印象。前者突出反映了学生作业多的生活，后者更塑造了这位教师的形象。①

夸张，有人认为这是胡说八道，是瞎三话四，是吹牛皮，是夸大口，这样信口开河说大话，谁都会。

这是对童话夸张的误解。

夸张，在童话创作上，是一种很重要的艺术手段。

何者该夸张，如何夸张，夸张到何种程度，不是随手拈来便成的。

有个民间童话，说一个财主带儿子出门去要债，父子俩一路步行。来到大河边，财主舍不得花钱坐渡船，他先去过河试试，谁知走到河中间，水已没顶，财主不识水性，进已不能，退又不能，就要淹死，叫人捞救又怕要钱。临死前，他从水面伸出一指，对岸上儿子说：家里点灯，只准用一根灯草。

生活中的财主真会这样吗？这是夸张的。但是生活中的财主，为人吝啬刻薄、爱钱如命、要钱不要命的情况是真实的。这一民间童话，通过夸张，反映了财主贪财守财的本质。

安徒生的《豌豆上的公主》，写一个公主睡在二十床垫子、二十

---

① 郑渊洁：《皮皮鲁全传》。

床鸭绒被上面，可是她还睡得很不舒服；因为她觉得床垫和鸭绒被下面，有一个很硬的东西，把她的身体磕出青紫块来了。原来，这是老皇后为了试试这公主是真的是假的，故意在床上放了一粒小小的豌豆。

任何一个人睡在二十床垫子、二十床鸭绒被上面，能发觉底下一颗小豌豆吗？显然这是不可能的，是夸张了的。

但是通过这一个夸张的细节，来说明这个公主的娇生惯养，是最好不过了。因为，公主是皇帝的女儿，生长在皇宫里，不经风雨，皮肤一定非常娇嫩。她睡的床，一定是最软和最舒适的，也绝不会有人在她床榻上放上一颗豌豆，那是真实的。

由此可见，这些童话，这些情节的夸张并不是凭空编造的，而是来自生活，反映了生活。

夸张植根于生活，一切夸张必须以生活为依据，绝不可为夸张而夸张。

我们反对那种缩手缩脚、不敢夸张的保守看法。因为有人把夸张看成歪曲生活，这是对童话的无知。如果一篇作品，和生活一模一样，那就不叫童话了。当然，我们也必须反对在运用夸张手法时，毫无道理地把一个孩子一会儿变大，一会儿变小，随心所欲地夸张。我们所提倡的夸张，只应反映了生活，绝不会歪曲生活的。

有一个童话，写一只小兔，射出一箭，赶紧跑向对面，并在头顶放上一个苹果。它一站定，箭射过来，正好穿进头顶的苹果。这是不真实的，兔子跑，怎么会比射出的箭还快呢？但是，这一夸张，却是有依据的。我们常常说，动如脱兔，兔子是跑得很快的。我们也常常用比箭还快来形容速度，这就是比箭还快嘛！所以，这一夸张，反映了兔子跑得很快，极好反映了生活，绝不是歪曲了生活。

请童话作者们，大胆去夸张吧！

在德国十八世纪的《敏豪生奇游记》里，那些夸张多好啊！譬如有一节写敏豪生到俄国去，为了写那里的大雪，作者作了极度夸张。

说敏豪生到了一个地方，天晚了，想找个地方过夜，但一路上找不到村庄，也没有一棵大树可以拴马；后来找到一个突出在雪地里的小木桩，就把马拴在小木桩上，自己躺在雪地上睡觉。他醒来时，发觉自己却睡在一个小镇里，四周是房屋，只见他的马拴在钟楼屋顶的十字架上。这一夜间融化的雪，可真大呀！譬如有一节，写敏豪生有一次作战，他为了探明敌人城堡中的虚实，就骑在发射出去的炮弹上，向敌人城堡飞去。到了那里上空，迅速地记下了敌人的大炮数目。正在担心回不来，恰好敌人打来一颗炮弹，从他骑的炮弹边上擦过，他就跳上敌人那颗炮弹飞回自己的阵地来。这样的夸张，可说是绝妙的。《敏豪生奇游记》这本书里，全用的夸张手法，运用得非常好。《敏豪生奇游记》里，没有用借替手法，也没有用假定手法，作品里的动物、植物、其他物都没有拟人化，敏豪生和其他人也都是一些普通的人，不是一些神奇的人，篇篇没有魔法，只是对于这些人和物都作了夸张。

　　有不少作品，借替、假定、夸张三种手法，是交错、综合在一起运用的。也有不少作品，是其中某两种手法交错、综合运用的。但是不管三种一起运用，或两种一起运用，往往是其中一种作为主要的。

　　这三种手法是很难分开的，特别是假定和夸张。假定是生活中的不存在，夸张则是生活中的并不如此，都是生活的变异。

　　假定是生活中的不存在，是按照生活的推理虚构的。夸张是生活中的并不如此，是在生活的基础上放大的。可以说，它们之间既有质的不同，也有量的不同。

　　还必须再次说明，童话的借替、假定、夸张，绝不能有重要或不重要之分，更没有新和旧之分。有的人认为只有写人的童话才是现代童话，这是不对的。如果童话只有写人的童话，只用假定的手法，那会使童话走向科幻小说的道路。如果只用夸张的手法，那会使童话走向讽刺小说的道路。当然，只用动物拟人化的借替手法，那会使童话走向动物小说的道路。这种片面做法的必然结果，将使童话走向单调和衰亡。

借替也好，假定也好，夸张也好，在特定的童话的幻想这个概念里，都是隶属于幻想的范畴，都是幻想的表现和表现手法。

也可以说，童话的借替、假定、夸张构成了幻想这个童话的特征。

童话的表现手法，大体可以归纳为这样三种。

但童话是生活的万花筒，生活是千变万化的，童话也应该是千姿百态的。童话有许多具体的表现手法。

我们要写出童话究竟有多少具体的手法，是不可能的。一个创作者，也尽可不管什么手法，就按照生活去构思，该怎么表达就怎么表达，这样才能写出新鲜的、独异的好作品来。如果，拘泥于去套用何种手法，往往受到局限，落入俗套，导致作品的公式化、一般化。

而作为童话的研究工作，却不能回避这些问题。

所以，只能择一些具体的常常采用的手法，作一些介绍。

反复法。这是民间童话中常常采用的，现今也有不少作品沿用。因为，这种反复几次，可以加深儿童的印象。如黄衣青的《小公鸡学吹喇叭》，写一只小公鸡去学吹喇叭，第一次去学不成，第二次去又不成，第三次学成了。这种反复法，往往是用三次，一件事重复三次，一句话重复三次。所以又叫三段法。

循环法。这也是民间童话的传统手法。甲帮助了乙，乙帮助了丙，丙帮助了丁，而丁又帮助了甲，这样循环了一圈。如方轶群的《萝卜回来了》，写小白兔挖到了一个大萝卜，送去给小猴，小猴又送去给小鹿，小鹿又送去给小熊，小熊又送去给小白兔，萝卜循环了一圈，仍回到小白兔家里。

对比法。在民间童话中，那些两兄弟的故事，都是用的这种对比法。一个心肠好，一个心肠坏，心肠好的做了许多好事，心肠坏的做了许多坏事。最后，心肠好的得到好报，心肠坏的得到恶报，两者作了强烈的对比。好人，坏人，截然分明。张天翼的《大林和小林》，就是用这种对比法。

烘托法。就是用一件件最极端的事来烘托，使这件事更为突出。如朱家栋的《珍珍的童话》，写一个女孩子因为挑食而瘦弱，作者用了蚂蚁可以抬起她，来表现她的体重之轻；用了蚊子和她比赛唱歌，来表现她的声音之弱；用了钓鱼被鱼钓走，来表现她的气力之小。这样，这女孩的瘦弱就很形象了。

推进法。要写一个人某一特征，把这一特征，更推进一步。如民间童话里写一个女人的懒，她丈夫出门了，给她做了个大饼，围在她脖子上，但丈夫回来，这女人饿死了，她只咬了嘴边的一口，连转过头去吃饼也懒得不肯。如郑渊洁的《哭鼻子比赛》，就是集中了哭鼻子大王，把所有爱哭的表现都汇聚起来，索性来举行一次哭鼻子的比赛。

拟境法。把某一类事，凑合在一个虚构的地方。什么说谎岛，什么幸福城，什么慢吞吞国。罗大里的《假话国历险记》，就是虚构了一个全讲假话的国家。这国家里，把墨水说成面包，把早上说成晚上，把花说成草，一切都是七颠八倒的。葛翠琳的《半边城》，就是虚构了一个只注意半边的地方。

惩罚法。常常是一个孩子做了坏事，让他受点教训，转变过来。这种童话是很多的，像吴宏修的《一辆不听话的小汽车》，那辆小汽车，在马路上不听指挥，乱冲乱撞，结果碰上一辆大卡车，受了重伤，进了汽车医院，得到了教训。

自叙法。用一物的目睹身历来介绍自己或环境，这种写法也很多。如叶圣陶的《稻草人》就是属于这一类手法的。

其他，还有不少。

如，用梦境来表现的**梦幻法**，造个误会来制造情节的**误会法**，以一个偶然巧合来发展故事的**巧合法**，从现成故事衍生出故事来的**引申**

法，反其道行之的**反道法**，等等。

如果汇集起来，各种手法，也是洋洋可观的。可见童话创作手法的繁多。

童话作家，自然可以用传统的或者常用的手法来写作，更希望多多创造新的手法来写作。

童话应该是万紫千红、争奇斗艳的。

童话不应是停留在旧框框里，永远不变的。

童话和别的文学样式一样，不能主题先行，也不能手法先行。先有了一种手法，然后根据手法去写人物和故事，是必定要失败的。

像上述的一些手法，也不能说是童话所专有的。像误会法、巧合法等，在小说、戏剧中，也常常被运用。

所以，我们还应该向别的文学样式学习新手法。当然，不是照搬，而是有选择，有变通，按童话的需要来运用。

第二篇　童话的发展历史

一代一代创新，

一代一代积累，

一代比一代进步，

一代比一代繁荣，

……

这就是"童话发展史"。

人类的历史，有几千年了。

许多事物，不管是物质的、精神的、自然的、社会的，都在不断地进化着，都有各自的一部发展史。

童话，只是文学这支流中，一股涓涓的细流。它是随着文学的进化而进化的。所以，童话的发展史，应该是文学发展史中的一部分。

我们要了解童话的发展史，必须要去了解文学的发展史。如果，我们对文学的发展史一知半解，或者没有学过，来奢谈童话的发展史，这是不行的。

所以，童话的发展史，绝不能和文学的发展史割裂开来。

但是，文学发展史，也绝不等同于童话的发展史。正如前面说过的那样，童话隶属于文学，但不完全等同于文学，它有它的独特性。

因为童话只是文学中的一小部分，过去向来不被重视，中国前前后后出版了许多文学史，但没有看见有哪本文学史上提到过它。

这样，我们自己来写一部童话史，已经非常迫切需要了。

童话的历史，因为未被前人所注意，没有留下多少片言只字可作考证，要在这样一片空白中，去探寻它的发展足迹，是一件异常困难的事。

但是，童话的历史，是一部发展史，这是肯定的。因为今天还有童话，而且愈来愈为发达，它是上百年、上千年……这样一步一步，日益发展过来的。

童话，是儿童所有的。它，是儿童的产物。

可惜，我们也还没有一部儿童发展史，还没有人去研究儿童是怎么一代一代发展过来的历史。不然，它也可以为童话发展史，提供一些可遵循的根据。

但这点也是肯定的，儿童的发展是极为迅速的。

人口迅速发展，就是儿童的迅速发展，这也一定带来童话的发展。

从儿童的发展，来看童话的发展，童话的发展是十分乐观的。

我们的童话发展历史，是丰富的客观存在，我们应该去发现、认识、整理、总结它。

我们应该从童话的发展历史中，看到我们的前人怎样开始了童话的创作，怎样把童话推向今天的繁荣。我们能取得一种自信心和自豪感，因为我们看见了童话的过去，等于我们看见了未来；这样将使我们更有积极的进取精神，去为促进童话的发展作出更多更大的努力。

我们应该从童话的发展历史中，了解到童话走过哪些弯弯曲曲的道路，哪些成功了，为什么成功，哪些失败了，为什么失败。我们可以从历史中吸取教训，不要再重复走前人已经有过教训的弯路。我们可以在童话创作的道路上，作出大胆而又稳妥的创新。

我们应该从童话的发展历史中，辨别留在我们面前这大宗家产中，何者该继承，何者该扬弃。对待前人留下的家产，我们不做败家子，把家产一概丢掉；我们也不做守财奴，死守着家产不动。我们要在前人创造的优秀传统的基础上，继续努力，积极为童话的发展开创新路。

我们应该从童话的发展历史中，坚持走我们中国童话创作的道路，创作出有民族风格、民族气魄的新作品。

我们要繁荣童话，必须熟悉童话的发展历史才行。

我们的童话历史，像一只小船，在那从高山峡谷淌流下来弯弯曲曲的河道里行进。

它遇到过险滩的危险，也曾在急流中涌进。

它曾在飞瀑中一泻千里，也曾在淤泽中长期搁浅。

它曾在礁石间迂回，也曾在狂澜中倾覆。

但是，它终于过来了，慢慢地，将进入平原辽阔的大江。

它的前途，应该是一望无边的巨大的海洋。

它的前景是美好的，但是它的前面仍将遇到各种各样的艰险。

这是我们童话发展历史的概括。

第一章　古代的童话

第一节　童话的产生

我们的祖先，由于劳动，直立起来成为人；由于劳动，人类有了语言。

有人，一定会有孩子。人，有孩子，生命得以延续。

孩子，数量增加，不断增加，人类得以发展。

在那旷古的年代，大自然有时是人的朋友，给你阳光，给你空气，给你水，给你果实，给你猎物；但有时候，大自然和人并不那么友好。烈日的蒸烤，水沼的干枯，或者风带着巨石给你致命的一击，或者暴雨中山洪把你卷进了大海，时刻威胁着人们的安全。人们希望大自然给他们更大的恩施，而不要常常为难，所以人们对于大自然，充满着幻想。

因为大自然的本质和规律，人们还没有能认识它、掌握它，觉得不可捉摸；所以大自然，对于人类而言，充满着神秘感。

孩子们更是这样。他们视野所见，世界上的一切，更是新奇。太阳和月亮东升西落的交替，那是为什么呢？白天的光明和夜间的黑暗，那又是为什么呢？天上的云堆，瞬间五彩缤纷，瞬间一片乌昏，那又是为什么呢？一些时候酷日当空，热得汗流如注，一些时候大雪纷飞，冷得全身颤抖，那又是为什么呢？树木花草，一时红绿争艳煞是好看，一时凋零枯萎满目凄凉，那又是为什么呢？……

孩子们找不到回答，得不到解释，便开始使用他们所固有的本能——幻想力。

人和动物的不同，就是人的大脑比之动物要发达得多。人具有复杂的思维，所以具备幻想这个本能。动物的大脑不具备复杂思维的条件，所以不可能有幻想力，而只有错觉。

幻想和错觉是完全不同的。幻想是走在事物的前面，超越于自然的。而错觉是走在事物的后面，落后于自然的。

由于孩子们对于自然渴望求知，寄托着希望，他们对大自然就有了种种的幻想。那苍茫的天上是谁住着呢？大山的土石是从何处来的？无边无际的海洋是怎样挖掘起来的？连片的大森林是什么时候种下的？……

要是热的时候，下场大雪该多好呢！晚上也有一个太阳就好啦。

人能不能像鸟那样在天上飞，像鱼那样在水里游？如若每一种树木都能结出甜津津的果子来，就不用为饥饿而犯愁了。……

在夏日白天的树荫里，在冬天阳光的海滩上，大人们捕获到许多兽类、鱼类，和孩子们共同进食，饱餐以后，孩子们欢乐地偎依在大人们的身旁。

在黑魆魆的山洞中，大人们和孩子们围挤在一起取暖，狂风在洞外边凶恶地嚎叫，仿佛要伸进爪子来攫走他们，孩子们战栗着，胆怯地啼哭起来。

大人们会随着孩子们的心理，给他们讲述自己编的或者听来的故事，逗引孩子们欢笑，驱走孩子们的哀伤，他们会把太阳说成带来温暖的好人，他们会把狂风说成带来灾祸的坏蛋。……

孩子们从大人那里得到安慰，得到力量。他们受到启发，也开始这样去想。因为孩子的幻想力总是较之成人发达，他们疑问多，希望多，他们想得比大人要多。

他们头脑里的太阳，是一个令人尊敬而严厉的金头发金胡须的老公公。他们头脑里的月亮，是一个面容慈祥、皮肤白皙的老婆婆。他们头脑里，高山上有一个百兽之王，在管辖着种种兽类。他们头脑里，海底下也居住着像陆地上那样众多的人。……

大人们和孩子们相互启迪，相互发展了这种种幻想。

当然，幻想不仅仅是自然的，人类有了社会，也有了对于社会的幻想。

这种种幻想，就是童话的胚芽。幻想的发展，构成了故事，这就是童话的出现。

童话的产生由来，大概如此吧！

所以，也可以这样说，童话的历史，就是儿童的历史，是儿童历史的一部分。

世界上，什么时候有儿童，就有童话。

当然，那时候，不叫童话，但是已经产生了童话。

如果，说得确切些，是不是这样说：人类从有儿童，从有语言开始，就有童话。

没有儿童是不可能有童话的，童话是儿童的。

童话是语言的，是一种话的产物，没有语言，虽然人类本能地有幻想，但还不能说已有童话。

如果可以列个公式，是不是可说：童+话＝童话的产生呢？

那时候，人类有语言，但是还没有文字，所以那时候的童话，只能是口头童话。

所以，我们要谈中国的童话的历史，我们绝不可把它说成是有了"童话"这个名称以后，中国才开始有童话。我们有些研究儿童文学的同好所持的"童话外来"说，把童话说成是"五四"前后从外国传过来的，是舶来品，是洋货，这种观点是不能同意的，因为这不符合事实。

大家知道，世界上的万物，总是先有物，才有名的，绝没有一件东西，先有了名，然后有物的。

正如"空气"这个名词，说不定也是近代才有的，说不定也是外国传过来的；但是，总不能说，我们中国古代没有空气，是从外国传过来这个名词以后，中国才有空气的。这无论如何是说不通的。

我们中国是一个童话古国。我们的祖先，在有孩子开始，在有语言开始，就有丰富的童话了。

这是必须承认的事实。

第二节 童话的起源论

迄今为止，在一些文学研究文字中，提到童话的起源，总是说童话是由神话、传说演变而来的，先有神话，再演变成传说，然后演变为童话。

这种童话的演变说，是从外国搬来的。外国就有人以为童话是从神话退化而来的，所以童话也被称为"神话的渣滓"。

还有一种分支说。认为童话的起源，是民间传说的分支。其实，这也就是演变论，抛开了神话演变为传说这一段，而只是说了传说演变为童话这一段。

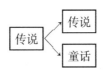

这两种说法，前者，是一种神话中心论，它立足在神话为中心的立场，来看待童话的起源。这是主观的、不科学的一种偏见。后者，是一种传说中心论，它立足在传说为中心的立场，来看待童话的起源。这也是主观的、不科学的一种偏见。

我们今天来看待童话的起源，必须实事求是，用客观的态度去分析这一存在。

这两种说法都认为是有了神话以后，或者有了传说以后，才有了童话的产生。在这以前，童话是一片空白。

这是对于童话概念的不了解，对于童话历史的不了解，实际上也是对人类儿童的不了解。

他们不了解人类从有儿童有语言开始，就有童话存在。这时候的口头童话，远远比有文字记载的童话，不知要早多少年。

那时候，人类（包括儿童）在劳动生活中，创造了许多故事（包括儿童创造的和为儿童们创造的）。那时候，还没有神话、传说、童话这些名称。那时候，人们不会说，我这个故事是神话，你那个故事是传说，他那个故事是童话。

神话这个名称，是很久以后才有的，因为前人有那么一些故事，就把这些故事揽过来，统统叫它神话。

传说这个名称，又晚了一些，就把前人另外一些故事揽过来，统统叫它传说。

童话这个名称，更晚了，是近代才有的，前人留下的那些故事，都给分完了，它也没有什么可分了，所以它只是一片空白，变成了神话的"孙子"、传说的"儿子"了。

这是一桩很不公平的事。今天，我们绝不能再用这样不公平的态度来对待童话了。

这些年，童话的起源论中，也出现了一种包容说。

这种包容说，是说古代的神话中，有一部分是给孩子看的，可以算是童话吧！古代的传说中，有一部分是给孩子看的，可以算是童话吧！

这种包容说，和前面所说的分支说，有共同之处，那就是说神话中有一支分支是童话，传说中有一支分支是童话。

当然，包容说要比演变说要进一步。包容说，至少承认童话早期就有了。但是它所说的这样的包容，还是很片面的，还是没有脱离以神话或者传说为中心的主观立场来看待童话。

殊不知童话，是和神话，或者和传说，同时产生于世界上的。那时候，没有神话、传说、童话这些名称，有不少作品（当然是口头的），可以说是神话，或者可以说是传说，或者可以说是童话。现在，有了名称，有了概念，有了范围，有了界限，还有许多边缘作品，那时更是难以分清的。

所以，如果包容说改成：神话其中有一部分作品是童话。传说其中有一部分作品是童话。同时，童话中有一部分作品是神话，童话中有一部分作品是传说，如果说包容，是相互包容的话，这样的包容说，是可以同意的。

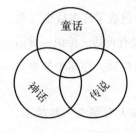

这不是咬文嚼字，不是我们童话想要从文字上来占一点便宜，或者争一口气，绝不是。做研究工作，绝不能意气用事，而应该尊重事

实，因为这是一门科学。

这可以举一个故事来说明，这故事是：

……天快要下大雨了，云密风急，雷声隆隆地吼过高空，小孩们都很惊怕。

有一个男子，正在屋子外面，把晒干的青苔，铺在树皮盖的屋顶上，这样，下大雨了也不怕把屋顶冲坏。

他的一对小儿女，都不过才十多岁，天真烂漫地在屋子外面玩耍。男子把屋顶铺好了，带着他的孩子进屋去。这时大雨陡然下下来了。

雨越下越大，风越吹越急，轰隆的雷声也越响越猛，好像是天上的雷公发了怒，威临人间，要降给人们灾祸似的。

屋里的男子领先知道大祸将要临头，便把早就做好的一只铁笼子抬了出来，放在屋檐下，打开铁笼，自己手拿一把猎虎的叉子，站在那里等候。

天上的浓云墨黑，霹雳的暴雷一个接着一个。随着闪电和一声山崩似的巨响，青脸雷公果然手拿板斧，从屋顶上飞落下来，背上肉翅扑扑扇动，眼睛里射出闪闪的凶光。屋檐下的勇士急忙用虎叉向他叉去，正中雷公腰间，便把雷公叉进铁笼，连笼子抬进屋子去。

"这下你可给我捉住了，看你还能做些什么？"男子对雷公说。

雷公垂头丧气，没话可说。

男子便叫他的孩子们前来看守。孩子们起初见了这奇形怪状的青脸雷公，都很惊怕；稍久一点，也就不再怕了。

第二天早晨，男子到市上去买香料，准备把雷公杀了，醃渍起来，做下饭菜。临走时候，嘱咐他的孩子们说："记着，千万不要给他水喝。"

男子走了。雷公在铁笼里假装呻唤，做出种种痛苦的模样。孩子们跑来看他，问他为什么呻唤，雷公说："我口渴，请给我一碗水喝。"年龄大的男孩子说："爹爹走时说过，不准给你水喝，所以不能给你。"雷公又恳求："一碗水不行，请给我一杯水吧！我实在口渴得很啊！"男孩子还是拒绝他，说："不行，爹爹知道了要骂的。"雷公仍旧固执地哀恳："那么，请去把灶头上刷锅的刷把拿来，洒几滴水给我也好啊，我快要渴死了啊！"说完，便闭上眼睛，张开嘴巴，在那里等待着。

年纪小的女孩子，见了雷公这般痛苦，自然动了怜悯的心肠，心想雷公被关在笼里一天一夜，想喝点水都得不到，真是可怜啊！于是向她哥哥说："我们试给他几滴水喝吧。"哥哥心想，几滴水该没有什么，就同意了。

兄妹俩就到厨房里，拿了刷锅的刷把，蘸了几滴水，去洒在雷公的口中。雷公得了水，非常喜欢，向孩子们致谢道："谢谢你们！请你们暂时离开这间房子，我要出来了！"孩子在仓皇中，刚刚跑到门外，只听得震天塌地的霹雳一声巨响，雷公已经冲破铁笼，从屋子里面飞了出来。……①

这个故事，有人认为是神话，有人认为是传说，其实，这何尝不是一个童话。

童话的起源比较盛行的还有一种外来说。他们认为"一切童话都起源于印度"，认为"印度是世界童话的源泉"。

印度是世界上一个文明的古国，据说，在公元前一二〇〇年代已有了圣歌《梨俱吠陀》。"吠陀"为梵语的"知识"音译。《梨俱吠陀》是一种宗教的颂歌。印度的文明，随着印度的宗教，传播于世界各国，也是事实。世界上各国所流行的童话，不少和印度的童话，有相似的地方，这也有人作过引证。但是这只能说明童话流行的地域和传播的早晚，却并没有说明童话的起源。因为印度的童话又是从何处来的呢？为什么只有印度的人能产生童话，而别处的人不能产生童

---

① 见袁珂《中国古代神话》引述的瑶族传说故事。

话呢？

印度的童话对各地的童话起过影响，这是应该肯定的。但是，童话的传播和交流，必定是有了童话很久以后才发生的事。童话的起源，一定要比传播和交流早得多。

童话是人类所共同创造的，什么地方有儿童，有了语言，就创造了童话。印度人很早有了童话，其他地方的人也一样很早就有了童话。

我们中国，是一个有悠久历史的文明古国，很早就有灿烂的文化，我们的祖先一定很早就为孩子创造了童话。这是毋庸置疑的事实。

这种童话印度传入说，是说不通的。可是，目下童话外来说，还是颇为盛行的。不少儿童文学理论文字，在涉及童话历史时，往往说，童话是"五四"前后，从外国传进来的。把童话历史看成从"五四"前后开始，是错在把童话和童话名称混在一起说了。这样把我国古代的童话一笔抹杀，是一种虚无主义的武断态度，是甚为不当的。

有的人，不了解童话历史，又不去研究它，谈童话发展历史，说来说去，几乎全是外国童话的历史，所举的作品例子也几乎全是外国的童话作品。这也太遗憾了。

有人曾经说过，中华民族是"不善幻想"的。这种说法是不符合事实的。

我国的古书中，所记载的童话不是很多。古代也没有一本较为完整的童话著作留下来，这是有原因的。主要的原因是我国历代的封建帝王都崇尚实用主义的儒学。童话这类富于幻想的故事，是被斥为玄学的。儒家不但避开不谈，而且尽一切可能，把这类幻想性的故事，或斥为异端邪说，或将它们改编成历史。加上，封建统治者历来轻视儿童，儿童在社会和家庭中，都没有地位。对于为儿童所喜爱的童话，更是忽视漠视，所以古代童话文字记载是不多的。但这不等于中华民族"不善幻想"。中华民族历代人才辈出，如果没有从小就显示出来的幻想力，能够有那么多惊异于世界的重大发明吗？能够创造恒古于史册的灿烂文化吗？

文字的记载，书册的出版，统治者是可以控制的，而民间口头传诵的童话是无法控制的。山村野民，俚巷市井，暑夜纳凉，冬日烤火，妇孺老少，咸集一堂，讲者是天高皇帝远，听者是初生之犊不畏虎，尽情讲，尽兴听，年年月月，世世代代，这些童话流传开来，繁衍下来，这是大宗的。我国民间千古传诵着多少优秀的童话作品！

这书上记的、嘴上讲的种种童话，都是我们老祖宗的幻想的结晶，我们中国人民是最富于幻想的。

童话，绝不是外国的舶来品，它是我们的列祖列宗在生活中创造出来的，从上古传到了今天，交给了子孙们。

童话的外来说、分支说、包容说，都是令人难以同意的，我们认为——童话来自儿童的生活，这就是我们坚信的童话起源论。

第三节　中国的古童话

在我国古代的一些文字记载中，找不出"童话"这个词，但也没有神话、传说这些词。那时候，它们是不分开的。

是后人，把它们分门别类，这是神话，这是传说，这是什么什么，可独独没有分配给儿童的童话。

这样，似乎成为一个"既定事实"：中国古代没有童话。

古代有没有童话呢？有。

我国古代所出现的一些童谣，当时很多被引用于可以预兆人间祸福的咎征的谶语。这童谣的产生，是被童话化了的。认为那是天上的荧惑星，也就是金星，变作小儿，来到地上，"惑童儿歌谣嬉戏"（《史记》），预言形势之变动、国家之兴亡、人们之凶吉。这本身就是一个童话。

当然，这些作品，不一定是真正的儿童自己的作品，可能是当时统治者、占卜者，怀有政治宣传目的，假借童谣名义的赝伪作品。

从那时开始，我们民间就有这么一句谚语，叫"童言鸟语，百无禁忌"。后来发展到每逢过新年，总要把它写在纸上，张于庭院，成为一种习俗。

因为那时候，人们是轻视童言的，也害怕童言。所以，把它和鸟语列在一起，说明它不足为训。

那些士大夫出身的文人们，自然也不屑去搜集童言，把它记述于文字。

但是，童话既然是客观存在，除在民间口头流传外，在各种文章中也不可避免地要反映出来。

目前保留下来的幻想成分最多的一部古书是《山海经》。《山海经》全书十八卷，原题为夏禹、伯益所作，估计这是许多无名氏的作品，恐怕也不是一时期的作品。

这些作品，后人称之为古代神话。其实，此中有不少作品，也是我国的古童话。

这些作品，幻想是很丰富的。如《灵祇》卷中所介绍的"鼓"，是一种人首龙身的异物。它的首，完全是人的头。它的身，完全是古时恐龙的样子，四只脚，爬行。另一种叫"计蒙"的异物，却相反，是龙首人身。龙首，嘴吻尖而突出，那是恐龙的头。身子是人，双手，双脚，直立。这都是根据真实的生活，幻想而成。

如《异域》卷中记有浑身长毛、两手为翼的"羽民国"；有两手由肩垂下，可抵地面的"长臂国"；有双脚长过三丈的"长股国"；有人矮小只有九寸的"小人国"。

如《兽族》卷中记有一种与鼠同穴的"鹌鸪"；有一种状如白犬，黑面长角，能飞行的"天马"；有一种形如狐，背上长角，乘之寿二千岁的"乘黄"；有一种状如牛，苍身，无角，一足，出入必有风雨的"夔"。

这些异物，《山海经》只记述了几行字。很可能是因为当时刻书不易，未能将整个故事记载下来。这些故事，很可能会是有趣的童话作品。

《山海经·海外北经》中的那个"烛阴"，幻想也是颇为奇异的。"钟山之神，名曰'烛阴'，视为昼，瞑为夜，吹为冬，呼为夏。"这就是一个道地的童话人物。

其中《北山经》记述："又北二百里，曰发鸠之山，其上多柘木，有鸟焉，其状如乌，文首，白喙，赤足，名曰'精卫'，其鸣自詨。是炎帝之少女，名曰女娃。女娃游于东海，溺而不返，故为精卫，常衔西山之木石，以堙于东海。"这就是一个上好的童话故事。

其中《海外北经》记述："夸父与日逐，走八日。（一作'与日逐走，入日'）渴，欲得饮。饮于河渭，河渭不足，北饮大泽。未至，道渴而死。弃其杖，化为邓林。"这就更是一个精美的童话。

《山海经》中有地理方面的知识、历史方面的知识，有生活方面的知识，有神话，有传说，也有一些是童话。《山海经》有文有图，在那没有儿童文学书籍出版、儿童还没有书可读的时候，他们怎么会不喜欢这样一本文图并茂的富于幻想的读物呢！

即使到了近代，也是如此。鲁迅小时候非常渴望得到《山海经》这部书，十岁那年，妈妈买了一部送给他，他十分高兴，这部《山海经》，引着他跨进爱书的大门。

在古籍中，有的其中援引一段故事，这类故事，大多取自民间，有一些也是很好的童话作品。如《战国策·燕策二》中苏代止赵伐燕一段，苏代和惠王说的那个故事："蚌方出曝，而鹬啄其肉，蚌合而钳其喙。鹬曰：'今日不雨，明日不雨，即有死蚌。'蚌亦谓鹬曰：'今日不出，明日不出，即有死鹬。'两者不肯相舍，渔者得而并擒之。"一蚌一鹬相争，还能说人话，这不就是拟人化的童话吗？

那期间，文化是相当发达的。诸子百家，相互争鸣，都企图驳倒对方，所以这些文章中，常常引用一些故事，作为依据，想借此来说服对方。这些故事，现在来看，有历史故事，有神话，有寓言，有传说，也不乏童话作品。这些故事有的采撷自民间口头，有的也可能作者自编。

这类作品，并不少数。很多古籍里，如《庄子》《荀子》《说苑》等等，都有可以称之为童话的作品。

《楚辞》中，屈原的《天问》提出了一百七十多个故事的疑问。这些故事，都没有文字记载下来，已经失传，非常可惜，是不是其中也有一些童话呢？

西汉刘向的"螳螂捕蝉"，唐柳宗元的"黔驴之技"，都是完整的童话。

至于《西游记》《封神演义》，其中某些章节，也可作为童话。如《西游记》中孙悟空出世、过火焰山、三打白骨精、大闹天宫等。如《封神演义》中哪吒闹海、土行孙的土遁、哼哈二将的喷吐等。

《聊斋志异》中，更有许多篇章，如《促织》《陆判》《种梨》《阿纤》《鸲鹆》《阿宝》《向杲》《翩翩》《粉蝶》等。

其他，如《镜花缘》等，其中都有一些童话的章节。

我国大量的志怪小说、笔记小说中，有不少童话篇章。如《中山狼传》《叶限》《画中人》等等，就是童话作品。

有的还是很精彩的童话。如南宋陈傅良的《止斋文集》中有一则故事，抄出如下：

> 日有乌，月有蛙。蛙与乌相遇，乌戏蛙曰："若，离肉耳。跃之，高不咫尺，焉能为哉！"蛙曰："吾已矣，若无靳我！"乌曰："若亦能怒邪？"蛙曰："吾翘吾腹，翳太阴之光；呀吾颐，唼其壤；瞠吾目，列星不能辉，奚而不能怒！若不吾信，月于望，吾怒以示若。"其望，月果无光。
>
> 他日，蛙遇乌曰："曩吾怒，得毋惕乎？"乌曰："若焉能惕我哉！吾振吾羽，翳太阳之光；肆吾咮，啄其壤，徐以三足蹴之，

天下不敢宁而居。吾视若之怒，眇矣，奚以若惕为！若不吾信，月于朔，吾怒以示若。"其朔，日果无光，啬人伐鼓，驰且走焉。

又他日，乌遇蛙曰："吾怒也，何如？"蛙曰："始吾谓极威矣，而不知子之威震于我也。"日之驭曰羲和，傍闻之曰："噫，何谓威！吾疾其驱，六龙不敢稽吾辀；吾赫其燥，云不敢云，雨不敢雨，风不敢风；八土之埏，吾能赫其肤；万蛰之阴，吾能秃其毛；百川之流，吾能杜其液；且彼与若敢言怒哉！若不吾信，吾怒以示若。"于是果旱暵者半载，凡天地之间病之。

他日，羲和遇乌曰："吾怒也，何如？"乌吓然曰："始吾谓极威矣，而不知子之威震于我也。"飞廉、丰隆、屏翳者闻之，相与造羲和，诮焉曰："若矜而怒邪！吾当威示若。吾三人者，嘘其气，足以幂乾坤之倪；喷吾沫，足以赭嵩华之峰；啸吾声，足以簸四海掀九州而覆之也。果尔，若乌能威！"言未既，丰隆嘘焉，屏翳喷焉，飞廉啸焉。莫昼莫夜，弥山漫谷者，亦半载。

呜呼，司造化之权而私以怒竞，民物奚罪哉！

这个故事是说天神们相互比法，一个比一个高明、厉害，但吃苦的是地上的生灵万物，是写得非常生动的。

如明庄元臣《叔苴子·内篇》中有一则故事：

鸲鹆之鸟出于南方，南人罗而调其舌，久之，能效人言；但能效数声而止，终日所唱，惟数声也。

蝉鸣于庭，鸟闻而笑之。蝉谓之曰："子能人言，甚善；然子所言者，未尝言也。曷若我自鸣其意哉！"鸟俯首而惭，终身不复效人言。

这个故事，通过鸲鹆（八哥）和蝉的对话，实际上写了人，说话要说自己的话，含意是很深刻的。

　　这些作品，现在还被湮没在大量的书籍中，去搜寻、挑选，当然这工程是可观的。

　　特别是有一部分作品，早已被划到"神话""寓言""传说"这些范围中去了，而且约定俗成，已经为人们所承认和习惯。实际上，古人不可能按照今人的神话、寓言、传说这些概念、范围去写作。所以要完全分清它，也是困难的。有的只能各说各的，一定会有一些作品，当它是神话也可以，当它是寓言也可以，当它是传说也可以，也可以当它是童话。

　　今天的童话，是在过去童话的基础上，发展起来的。为了继往开来，搜集、整理古童话，这工作是必须要做的。但目前还是一片空白。希望有人能来做这方面的工作，期待一厚本中国古童话集的问世。

　　当然，我们所要继承的我国古童话，应该有两种。一种是古代文集中有文字记载的古童话作品。一种是古代一直传诵于民间，世世代代，口述传承下来的民间口头童话。这种民间口头童话，更是丰富，可说是大量的。可惜，民间口头童话的搜集、整理工作，做得还不够好。各地出版社虽然也出了一些改写本，但那只是作为普及的儿童阅读本。我们还没有一本有系统、比较完整、可供研究用的中国民间童话集出版，希望能在不久见到有这样的集子出现。

　　其中，也还有一些作品，在文字书册中也有记载，在民间口头也有流传，两种方式交叉进行。自然，也有先始于民间，然后记述成文字；也有先有文字，后在民间传开。这就值得我们去做比较研究工作了。

　　如明刘元卿《应谐录》有一则故事："齐奄家畜一猫，自奇之，号于人曰'虎猫'。客说之曰：'虎诚猛，不如龙之神也，请更名曰"龙猫"。'又客说之曰：'龙固神于虎也，龙升天须浮云，云其尚于龙乎？不如名曰"云"。'又客说之曰：'云霭蔽天，风倏散之，云固不如风也，请更名曰"风"。'又客说之曰：'大风飙起，维屏以墙，斯足蔽矣，风其如墙何？名之曰"墙猫"可。'又客说之曰："维墙虽固，维鼠穴之，墙斯圮矣，墙又如鼠何？即名曰"鼠猫"可也。'东里丈人嗤之曰：'噫嘻！捕鼠者固猫也。猫即猫耳，胡为自失本真哉？'"

这类"一物不如一物，最终还是本物最好"的循环体的故事，在民间很流行。物虽不同，但主旨、手法皆一。以上所举的这则故事，很可能是记自民间口承，这故事也极可能还有较之为早的文字记载。

国外对于我们中国的童话宝藏，向来都是非常注意的。十九世纪末期，有个叫费尔德的美国学者，在中国汕头住了十七年，搜集了四十个中国童话，编了一本《中国夜谭》。他说这些童话"不但是从来没有传到欧美去过，就是在中国书本里也找不出来的"。这本中国童话集于一八九三年在伦敦、纽约等地先后出版。另一美国学者皮特曼，在一九一〇年也出版了一本《皮特曼的中国童话》，共收《聊斋志异》中的《种梨》等十一篇故事。① 估计前者是一些流传在汕头一带的民间传说，后者则是从中国古籍中摘取了一些近乎童话的故事。我国虽然先后不断有人将古书中的故事、民间传说中的故事，整理、改写给少年儿童作为读物，但不仅远远不够，而且界线、范围都很乱，当然这是受到当时条件、水平的限制。

我们对于古童话的发掘、研究工作，可以说还没有很好的开始，有大量的工作等着去做。

第四节　童话的外来影响

关于世界童话史，至今还没有见过。世界上也没有见过一本儿童史、一本文学史来写过世界童话发展的历史。那是因为世界各国还没有一个统一的童话概念，没有童话概念就没有童话这一门类，没有童

---

① 见张锡昌《试论中国古代童话的借鉴作用》一文。

话门类，自然没有童话史。

世界上许多国家连"童话"这个特定的词也没有。即使像日本那样也用"童话"这个词，但概念和我们的也不尽相同。所以世界上这类作品中，何者算童话，何者不算童话，很不好区分。那只有凭我们中国目前"童话"这个约定俗成的概念去套，这可是很难准确的。

这不是说世界上没有童话。世界上各个国家，有许许多多和我们概念吻合或接近的作品。这些作品，有的已被翻译过来，有的还没有翻译过来。

由于我们翻译工作还不是很发达，缺乏有组织有计划地进行。对于世界上各国的这类作品，翻译介绍得还很不够。有的作家，连名字也很陌生。有的只知道作家名字，而不知道他有哪些作品。有的只知道作品的名字，而不知道内容。也有连作家名、书名都一概不知道。

在这样的状况下，要写一章世界童话发展的历史，是不可能的。这工作，留待于今后的童话研究工作者去做。随着世界文化交流的扩大，随着资料的累积，随着研究工作的深入，总有一天，一本世界童话史会出现在我们的面前。

这本书，就不去以一管之窥论述世界童话历史的全貌了。本节只是就一些外国早期的作品，对中国童话的发展有影响的作品作一简略的介绍。

我国的童话，是继承了我国古童话和民间童话的传统，一步一步发展过来的。在发展过程中，我们不应磨灭外国的作品对于我国童话发展的影响。在我国童话发展中，我们借鉴过，学习过许多外国作品，从中汲取过它们的滋养。

一方面，外国的作品，对于我国童话的发展，有过很大的影响；一方面，我国的童话发展，也一定影响了外国这类作品的发展。影响是相互的，只有尔予我给，才能够交流。

关于童话的起源，外来说者认为童话发源于印度，而不是各自创造的。这样的说法，显然是不正确的。印度的许多作品，包括童话作品，对世界各国，对我们中国是起过一定的作用的。我国有一些古童话、民间童话和印度的某些故事，有相近，甚至于相同之处。世界各地有一些作品，也是这样。这，其中一部分，很可能是随着宗教的传播，从印度的佛经中传到中国，传到世界各地去的。但这是在有宗教、有佛教以后的事。童话的开端历史，是不是从有宗教、佛教开始的呢？在这以前，童话是空白吗？明显并不是。童话绝对不是一个地方，不是某几个人创造的，而是许多地方、许多人共同创造的。

这并不否认印度童话有悠久的历史。印度最早的一部寓言、童话集，是用梵文写作的，叫《五卷书》，大约成书于公元二世纪到六世纪。故事的流传一定要早得多。一说在公元前六世纪就有流传了。此书，一共有五卷，所以叫《五卷书》。为《绝交篇》《结交篇》《鸦枭篇》《得而复失篇》《轻举妄动篇》。全书是一个个的故事，当中也穿插一些诗篇。《序言》中说，这是为太子们编的教材，采取和利用许多流传在民间的童话和寓言故事，给当时婆罗门权贵们讲理说教，但是其中也反映了不少下层劳动人民的思想感情和希望意愿。这部书，较之《山海经》为晚。但《五卷书》已是一部相当完整的艺术著作。每卷用一个大故事，套许多个小故事，反复地围绕一个中心故事阐明主题。这些故事相对独立，又相互联系，环环紧扣。题材多为鸟言兽语，此书不只在印度广为流传，而且已被翻译成五六十种文字，走向世界各地。公元七五〇年，伊拉克作家伊本·阿里·穆加发译成阿拉伯文，译时作了删动，定名为《卡里来和笛木乃》，成为一本适合儿童阅读的文学作品。《五卷书》对各国童话、寓言创作，都有深远影响。其中许多故事先后介绍至中国来，是我国早期有影响的外国童话寓言作品。

《伊索寓言》。伊索（Aisopos）是古希腊人，大约出生于公元前六世纪。他生下来就是一个奴隶，后来又做过用人。主人发现伊索有奇才，很会讲故事，就让他自由。后来伊索成为一个伟大的学者。他爱好旅行，一路上讲故事，很受大家欢迎。最后，因他讽刺权贵，遭忌被处死。伊索寓言最早见诸文字的是在柏拉图的《苏格拉底言行录》里。最早收集成书，是在公元前三百年间。后来陆续增订，也有把别人的作品收了进来的。十几个世纪以来，《伊索寓言》一直受到世界各地儿童的喜爱。我国明朝万历戊申年（一六〇八年），利玛窦就曾把它介绍过来。清光绪二十六年（一九〇〇年）江南书局发行的《中西异闻益智录》中也发表了多篇改编的伊索寓言。光绪三十二年（一九〇六年）林纾等译了《希腊名士伊索寓言》，这是我国早期的伊索寓言翻译专集。

《一千零一夜》，旧译作《天方夜谭》。这些故事，很早流传于阿拉伯牧民的口头，故事的作者，已无法查考。估计写作者、整理者，绝不是一个人，而是许多许多人。全书大致分三部分。第一部分是波斯故事集《赫佐尔·艾夫萨乃》，为全书的核心。第二部分是十到十一世纪在伊拉克编写的。第三部分是十三到十四世纪在埃及编写的。这些故事，从八世纪起不断得到丰富，到十六世纪完成。但由于流传的手抄本很多，以一八三五年由埃及刊行的"布辽格本"最为完善。这部作品也是用大故事套小故事的方式，变化很多，引人入胜。其中如《神灯》《阿里巴巴和四十大盗》等篇，很受儿童的欢迎。我国也很早就编译介绍过来。

十七世纪末，法国作家佩罗（Charles Perrault），根据民间童话再创作，写出了《鹅妈妈的故事》。佩罗一译贝洛，一六二八年生于巴黎，一七〇三年去世。这本《鹅妈妈的故事》又名《从前的故事》，一六九七年出版。共收《睡美人》《小红帽》《穿靴子的猫》《灰姑娘》《小拇指》《蓝胡子》《钻石和青蛙》《一簇发里盖》等多篇童话。这些童话和我们目前的童话相接近了。

这里要插叙一下。关于这篇《灰姑娘》童话，在我们中国唐朝有

位作家叫段成式，他写了本书叫《酉阳杂俎》。在《酉阳杂俎》续集
第一卷《支诺皋》，有《吴洞》一篇。两篇故事大体相同。此文不长，
抄在下面："南人相传，秦汉前有洞主吴氏，土人呼为吴洞。娶两妻，
一妻卒。有女名叶限，少惠，善淘金，父爱之。末岁，父卒。为后母
所苦，常令樵险汲深。时尝得一鳞，二寸余，赪鳍金目，遂潜养于盆
水。日日长，易数器。大不能受，乃投于后池中。女所得余食，辄沉
以食之。女至池，鱼必露首枕岸。他人至，不复出。其母知之，每伺
之，鱼未尝见也。因诈女曰：'尔无劳乎，吾为尔新其襦。'乃易其敝
衣，后令汲于他泉，计里数百也。母徐衣其女衣，袖利刃，行向池呼
鱼，鱼即出首，因斫杀之。鱼已长丈余，膳其肉，味倍常鱼，藏其骨
于郁栖之下。逾日，女至向池，不复见鱼矣，乃哭于野。忽有人被发
粗衣，自天而降，慰女曰：'尔无哭，尔母杀尔鱼矣，骨在粪下。尔
归，可取鱼骨，藏于室。所须，第祈之，当随尔也。'女用其言，金玑
衣食，随欲而具。及洞节，母往，令女守庭果。女伺母行远，亦往，
衣翠纺上衣，蹑金履。母所生女认之。谓母曰：'比甚似姊也。'母亦
疑之。女觉，遽反，遂遗一只履，为洞人所得。母归，但见女抱庭树
眠，亦不之虑。其洞邻海岛，岛中有国名陀汗，兵强，王数十岛，水
界数千里，洞人遂货其履于陀汗国。国主得之，命其左右履之，足小
者履减一寸，乃令一国妇人履之，竟无一称者。其轻如毛，履石无声。
陀汗王意其洞人以非道得之，遂禁锢而拷掠之，竟不知所从来。乃以
是履弃之于道旁，即遍历人家捕之，若有女履者，捕之以告。陀汗王
怪之，乃搜其室，得叶限，令履之而信。叶限因衣翠纺衣，蹑履而进，
色若天人也。始具事于王，载鱼骨与叶限俱还国。其母及女即为飞石
击死。洞人哀之，埋于石坑，命曰懊女冢。洞人以为媒祀，求女必应。
陀汗王至国，以叶限为上妇，一年，王贪求，祈于鱼骨，宝玉无限。
逾年不复应。王乃葬鱼骨于海岸，用珠百斛藏之，以金为际。至征卒
叛时，将发以赡军。一夕，为海潮所沦。成式旧家人李士元所说，士

元本邕州洞中人，多记得南中怪事。"

段成式是山东临淄人，唐末曾在岭南做过官。南中是今西南一带的泛称。邕州也属于南中。可见段成式所记下的吴洞故事，系流传在邕州一带，据广西兰鸿恩考证，这个故事，在今天壮族人民中间，还普遍流传，不过有了较大的变动，名字也改为《达架和达仑》。

也有人说，叶限就是灰，是梵语 Asau 的音译。

段成式死于公元八六三年，他的《酉阳杂俎》的问世，肯定早于八六三年。而佩罗的《灰姑娘》成书却在一六九七年，要晚上八百多年。

还有佩罗的那篇《小红帽》和中国的《老虎外婆》十分相似。《老虎外婆》的故事，最早见诸文字的是黄之隽的《虎媪传》[①]：歙居万山中，多虎。其老而牝者，或为人以害人。有山氓，使其女携一筐枣，问遗其外母。外母家去六里所，其稚弟从。年皆十余，双双而往，日暮迷道，遇一媪问道："若安往?"曰："将谒外祖母家也。"媪曰："吾是矣。"……草具夕餐。餐已，命之寝。……既寝，女觉其体有毛。曰："何也?"媪曰："而公敝羊裘也。天寒衣以寝耳。"夜半闻食声。女曰："何也?"媪曰："食汝枣脯也。夜寒且永，吾年老不忍饥。"女曰："儿亦饥。"与一枣，则冷然人指也。女大骇起曰："儿如厕。"媪曰："山深多虎，恐遭虎口，慎勿起。"女曰："婆以大绳系儿足，有急则曳以归。"媪诺，遂绳系其足而操其末。……（女）急解去，缘树上避之。媪俟久，呼女不应。媪哭而起，且走且呼。仿佛见女树上，呼之下，不应。媪恐之曰："树上有虎。"女曰："树上胜席上也。尔真虎也，忍唹吾弟乎!"媪大怒去。无何，曙，有荷担过者，女号曰："救我! 有虎!"担者乃蒙其衣于树，而载之疾走去。俄而媪率二虎来，指树上曰："人也。"二虎折树，则衣也。以媪为欺己，怒，

---

① 黄承增:《广虞初新志》。

共咋杀媪而去。

这些故事，究竟是相互流传开来的呢？还是不同的地区会产生相同的童话故事？看来，这两种可能都有。

这说明了什么问题？

过去和现在，有一些文章都把何者文字记载出现最早作为根据，断言别处都是由此传播过去。那是一种简单化的推理法。因为这些文字显然都是以民间口承作品为蓝本写成的。在记载之前，这一故事在民间流传的时间，一定是很长很长的，是无法去推测何地先有流传的。极有可能，后流传的地区先有文字记载，先流传的地区倒后有文字记载。

一七二六年，《格列佛游记》出世了。作者江奈生·斯威夫特（Jonathan Swift），是英国的讽刺作家，一六六七年生于爱尔兰，一七四五年去世。在我国于一九〇六年由林纾以《海外轩渠录》为名，全部翻译过来。书中，通过格列佛这个假想人物，游历了虚构的小人国、大人国、飞岛、马岛。其中，小人国、大人国两篇幻想力十分丰富，风行世界。

关于小人国和大人国，我国早期的《山海经》等书籍，也有描述。"周饶国在其东，其为人短小冠带。"（《海外南经》）"有小人国，名靖人。"（《大荒东经》）"有小人，名曰菌人。"（《大荒南经》）"大食国在西海中，有一方石。石上多树，干赤叶青，枝上总生小儿，长六七寸，见人皆笑，动其手足。头着树枝，使摘一枝，小儿便死。"（《述异记》）"西海之外，有鹄国焉，男女皆长七寸，为人自然有礼，好经论跪拜。寿三百岁。人行如飞，日千里，百物不敢犯之。惟畏海鹄，鹄遇，吞之，亦寿三百岁。人在鹄腹中不死，而鹄一举千里。"（《神异经》）"有国于蜗之左角者曰触氏，有国于蜗之右角者曰蛮氏，时相与争地而战，伏尸数万，逐北旬有五日而后反。"（《庄子》）"有波谷山者，有大人之国；有大人之市，名曰大人之堂。"（《大荒东经》）"大人国在其北，为人大，坐而削船。"（《海外东经》）"大人国，其人孕三十六年，生白头，其儿则长大，能乘云而不能走，盖龙类。"（《博物志》）

这些例子，是不是说明，不同地区的人民，会有相同的幻想。这类故事，不管谁先有，谁后有，恐怕是相互有影响的。因为影响绝不是一次的，而是先影响后，后影响先，多次才能完成的。

一七八五年，《敏豪生奇游记》问世。一译《明希豪森奇游记》。光绪三十年（一九○四年）七月，上海作新社出版的《小说丛书》之一，谔公等译的《孟格孙奇遇记》，就是这本书的早期译本。据考证，敏豪生实有其人。一七二○年生于法国贵族家庭，是一位男爵，曾经当过军人，在俄国的军队中服役过多年，跟土耳其军队打过仗。后来，他回到法国，成为一个很出名的讲故事的人。从一七八一年起，他讲的故事陆续印了出来，一七九七年，他死于汉诺威庄园里。作家埃·拉斯伯把这些故事收集起来，并作了艺术上的加工改写，出版成一本集子。拉斯伯以后，也有别的人再添加了一些故事。不过大家还是把这本书的作者说成是拉斯伯。现在流行的本子是一个改写过的简本，收三十七篇故事，记述了敏豪生的许多次奇特的遭遇。由于这些故事幻想力很丰富，故事荒诞不经，却仍合情合理，甚受读者欢迎。

以前，这些富于幻想色彩的作品，可以说作者并不是专为儿童写作的。因为这些作品儿童很喜欢看，所以后人就把它算作"儿童文学作品"，我们则把它称为"童话"了。

十九世纪后，作家们特地为儿童而写的作品多起来了。我们称之为"童话"的作品多起来了。

一八一一年，德国的格林兄弟整理的民间童话集《儿童和家庭的童话集》开始问世了。格林兄弟，哥哥叫雅各布·格林（Jacob Ludwig Karl Grimm），一七八五年生，一八六三年卒。弟弟叫威廉·格林（Wilhelm Karl Grimm），一七八六年生，一八五九年卒。他们的故乡在莱茵河附近一个叫哈瑙的地方。格林兄弟一起读书上学，最后一起搜集、整理德国的民间童话。他们搜集民间童话是从一八〇六年开始的，在故乡附近一带搜集了民间童话八十五篇，于一八一一年出版；接着又搜集了七十篇童话，编成了第二集，那是一八一五年出版的。后来，又把一集二集合在一起，加以增补，于一八一九年印了第二版。著名的故事有《白雪公主》《小红帽》《小拇指》《狼和七只小山羊》等。由于格林兄弟是研究民族精神、文化、语言的学者，所以他们所整理的民间童话，是严格忠于原来面貌的。开始时，这些作品中，还掺夹着许多考证的分析、理论文字。出版后，他们发现儿童读者对这些作品很喜爱，但不会去读这些考证文字，在再版时就完全删掉了。这说明格林兄弟的童话集子，是纯供儿童阅读而写作的。这是童话的一新发展。

一八一六年，德国小说家霍夫曼（Ernst Theodor Amadeus Hoffmann）（一七七六——一八二二）所写的《咬核桃小人和老鼠国王》出版了。这也是一部很有影响力的童话作品。

德国威廉·豪夫（Wilheln Hauff），一八〇二年出生于德国的斯图加特，由于传染病，一八二七年就夭折死去，只活了二十五岁。他留下了《冷酷的心》《长鼻矮子》《仙鹤国王》等一些很好的童话作品。

一八〇五年，丹麦的童话大师安徒生（Hans Christian Andersen）诞生了。他生于丹麦中部小镇欧登塞一个鞋匠家庭。早期写诗歌、剧本、小说，一八三五年开始写童话，一直写到一八七五年他去世为止，一生总共写了一百六十八篇童话。他的童话创作可以分为三个时期。第一个时期，就是"讲给孩子们听的故事"，是在一八三五年到一八四五年，即他三十岁到四十岁这十年中写的，是他童话创作的高峰期，如《打火匣》《小克劳斯和大克劳斯》《豌豆上的公主》《拇指姑娘》《海的女儿》《皇帝的新衣》《坚定的锡兵》《野天鹅》《丑小鸭》等。这些童话故事幻想力丰富，是童话的典范之作。一八四五年以后，他创作的风格变了，他自己称这时期的作品为"新的童话"，实际上，幻想成分少了，更接近对现实生活的描述了。如《卖火柴的小女孩》《母亲的故事》这些作品。这是他第二个时期。第三个时期自一八五二年开始，他索性把自己的作品称作"故事"了。如《柳树下的梦》《她是一个废物》《单身汉的睡帽》《园丁和主人》等，那几乎就是对现实生活的直接描述了。如果按照我们今天的童话概念，这样的作品就不算是童话了。

安徒生是世界上最有成就的童话作家，是世界上最有影响力的童话作家。他是童话的一面大旗，一说童话就要提到他。我国现代童话的开拓和发展，受他和他作品的影响极大。

一八五一年，英国作家罗斯金（John Ruskin）（一八一九——九〇〇）出版了童话《金河王》。

一八六三年，英国作家金斯莱（Charles Kingsley）（一八一九——八七五）出版了童话《水孩子》。

一八六五年，英国作家卡罗尔（Lewis Carroll）（一八三二——八九八），原名查尔斯·勒特威奇·道奇生（Charles Lutwidge Dodgson），出版了童话《爱丽丝漫游奇遇记》。一八七一年，又出版了续编《爱丽丝镜中奇遇记》。

这些作品的相继问世，使童话开始摆脱民间故事传说的约束，成为一种完全是创作的艺术，在文学中的地位也得到了巩固。

一八八三年，意大利出现了一部出色的童话作品：《木偶奇遇记》。作者科洛迪（Collodi），一译柯罗提，原名卡尔洛·洛伦齐尼（Carlo Lorenzini）（一八二六——八九〇）。出生于佛罗伦斯一个厨师家庭，教会学校毕业后，在军队里工作过，办过杂志，写过小说、评论、随笔。他的代表作，即是《木偶奇遇记》这部童话。这童话以一个小木偶"皮诺乔"（一译匹诺曹，意为小松果）为主人翁，这是一个拟人化了的木偶，幻想神奇，极尽夸张，是一个很有影响的童话，流传全世界。我国一九三四年即有译本了。

一八八八年，王尔德的童话《快乐王子集》问世。王尔德（Oscar Wilde）（一八五四——一九〇〇）生于英国爱尔兰都柏林的一个书香之家。他写诗、剧本、小说、论文。一八九一年他又出版了第二个童话集《石榴之家》。王尔德是位唯美主义的作家，思想奔放，文采绚丽，富有浪漫色调。但他的有些作品，是儿童读者所难以理解的。

往后，世界上写作童话的作家和童话作品，则越来越多了。

以上按照年代，介绍了世界各国早期的一些重要的童话作家和作品。当然，是十分简略和不完整的。而且翻译介绍到中国来，有先有后，也并不是一下子全部都翻译介绍过来的。开列了以上这些早期各国的作家和作品，因为这些作家和作品，确实对于我们中国童话的发展，影响非常大。

一九〇九年，中国有了"童话"的名称，中国现代童话的历史开始了。

世界各国的童话，翻译介绍到中国来，使中国现代童话的这块刚刚开垦的处女地，获得水分和肥料。这土地上的幼苗，吸收了水分和肥料的滋养，开始茁壮地成长。

第二章　现代的童话

第一节　叫"童话"的作品

到了清朝末年，国人看到外国列强的兴起，而中国日益屡弱，变革维新的思想亦更加抬头，一些知识分子认识到"教育得道"是一条强国的道路。一八九七年商务印书馆在上海开办，开始注重对青少年进行新知识教育，以编辑发行中小学堂的教科书为主，先后还创办了《教育杂志》《小说月报》《妇女杂志》《少年杂志》《儿童教育画》等许多刊物。其中，有一种叫《童话》。这《童话》不定期出版，像刊物，又像是丛书。

《童话》的创办，时间是一九〇九年，即宣统元年的三月。根据现有资料，这是我们中国第一次出现"童话"这个词。

《童话》的创办者，也就是编撰者，叫孙毓修。

孙毓修，又名星如、留庵，别署东吴旧孙，生辰年月不详，大约公元一八六二——一八六五年，即清同治初，生于江苏无锡。幼时在无锡南菁书院读书，有很深厚的国学基础。后来又曾向教堂中的美国牧师学过英语，所以又有外语造诣。商务印书馆开办设立编译所，他是高级馆员。起先做版本审核工作，后调到国教部，负责主编《童话》。

《童话》的第一篇作品，是《无猫国》。这篇作品，那应该说是我国第一篇叫"童话"的作品。这篇作品有五千多字，现将故事节述如下：

某村有一童子，名叫大男，父母早死，家中贫穷。因为在本乡没有饭吃，就上京城，在一个富人家里做工。他工作极勤恳，但还常受老仆妇的打骂。他住的房子，老鼠很多，夜间总成群结队地跑出来打扰他。新年时，主人的女儿给他一百个钱，当压岁钱。他拿这钱，买了一只猫来，养在房中。从此老鼠不敢再来。

主人有几只船，常到外国做生意。仆人们也常买些土货，托船主带去，挣些钱回来。有一次，主人问大男有什么东西要带去卖。大男只有这只猫，又舍不得卖。主人说，猫也可以卖。大男便把猫托了船主带去。

船到了一国，船主把带来的货物都卖完了，独有大男的猫忘了卖去。恰好国王请船主入宫赴宴。宫中老鼠极多。客人还没有吃，所有的酒菜已被老鼠吃净了。宫人尽力驱逐老鼠，而逐了又来，总是驱逐不尽。国王甚是忧愁。船主说："不要紧！我有猫可以制服这些老鼠。"他便回船把猫带来。果然，猫一来，鼠便不敢放肆了。国王大喜，拿出许多金珠宝石，把猫换了去。

船回家了。主人家里的人都欢欢喜喜地来领取卖货的钱。大男的猫独独卖得了许多的金珠宝石。从此大男成了富翁。他不做苦工了。他入学读书，十分用功，后来成了一个很有学问的人。①

孙毓修撰写的这篇《无猫国》，采自《泰西五十轶事》。这篇作品，如若以今天的童话概念来说，是不算作童话的。但是，这篇作品开创了"童话"的先例。自此，中国沿用"童话"这个名称了。

至今为止，我们所见到的最早起用"童话"此词的，即为《童话》此一刊物，《无猫国》此一作品。

当然，随着资料的征集，将可进一步得到证实。

如果，有发现比此更早出现"童话"一词的翔实资料，此说自然应该修正。

至于，"童话"一词来自日本说，如若有确凿的论据，此说亦当更改。

这些，都有待大家来考证，拭目待之来日。

但是，不管孙毓修之前，有否"童话"这个名称，孙毓修是否根据日本转借过来，在没有可靠的证据以前，我们还是认为：一九〇九年三月孙毓修第一个用"童话"这个名称，《童话》是第一本童话书刊，《无猫国》是"童话"这个名称下的第一篇作品。即便是"童话"这个名称确从日本传过来，那么根据现有资料，中国用"童话"这个名称，还是自一九〇九年三月孙毓修的《无猫国》开始。

---

① 引自《儿童世界》第三卷第一期，郑振铎节述。

　　孙毓修在童话的开创上是有功绩的，茅盾在后来曾将孙毓修称为"现代中国童话的祖师"。

　　孙毓修从一九〇九年三月创办《童话》，一直办到一九一六年，共出版两集一百零二种，其中绝大多数是孙毓修亲自撰写的。

　　他编写的童话，按照儿童的年龄分为两类，第一集是为七八岁儿童编的，所以每篇字数限在五千左右；第二集是为十岁和十一岁的儿童编的，字数可以在一万左右。

　　他对于"童话"的见解，在《童话序》和《童话》初集广告中，都表明了。

　　他在《童话序》中说："吾国之旧小说，既不足为学问之助，乃撷取旧事与欧美诸国之所流行者，或童话若干集，集分若干编，意欲假此以为群学之兄弟，后生之良友，不仅小道可观而已。"

　　他在《童话》初集广告中说："故东西各国特编小说为童子之用，欲以启发知识，涵养德性，是书以浅明之文字，叙奇诡之情节，并多附图画，以助兴趣；虽语言滑稽，然寓意所在必轨于远，童子阅之足以增长德智。"

　　在这些文字中，可以看出孙毓修在提倡"童话"这一样式的目的是启发知识，涵养德性，增长德智，这把童话的作用规定为品德教育和知识教育，和今天我们所认为的童话的作用，是一致的。

　　他认为童话这一样式的特点是以浅明之文字，叙奇诡之情节，语言滑稽，有所寓意，也和今天我们所理解的童话的特点，很为接近。

　　他对于童话的题材，认为是取自旧事，取自欧美所流行的，今天我们也有从旧事中，从外国故事中去觅取题材，来写成童话作品的。

　　孙毓修在当时，对童话的作用、特点、题材所作的努力，是非常可贵的。

　　他取自旧事，也即是从古籍、史书、话本、传奇、小说、戏曲、笔记等作品中选取材料。他编的《童话》，有据《史记》故事写程婴救孤的《秘密儿》、写伍子胥报仇的《芦中人》、写荆轲刺秦王的《铜柱劫》、写田单破燕的《火牛阵》、写蔺相如完璧归赵的《夜光璧》、写西门豹除迷信的《河伯娶妇》，有据《精忠说岳全传》故事写的《风波亭》，有据《乐府诗》中《木兰辞》故事写的《女军人》，有据《唐人小说》写王羲之故事的《兰亭会》、写红拂的《扶余王》，有据《今古奇观》写伯牙的《伯牙琴》……

他取自欧美等国流行故事的，也即是将一些外国儿童文学作品改写的故事，有拉斯伯的《傻男爵游记》，有安徒生的《海公主》《小铅兵》，有佩罗的《睡美人》《母鹅》，有格林兄弟的《玻璃鞋》《大拇指》，有斯威夫特的《大人国》《小人国》，也有《伊索寓言》《天方夜谭》《泰西轶事》中的故事，以及列夫·托尔斯泰、王尔德等作家的作品。

前者，是一些历史故事、传奇故事，今天来看，还不能说是童话。孙毓修当时对继承中国童话特别是民间童话方面，是比较疏忽的。因为，他当时对于"童话"这样一个新样式，认识不可能是很完整的，这是历史的限制。

后者，可以说是比较有系统地介绍了当时外国的一些童话名著。这些作品的系统的介绍，影响大大超过了前者。这一些富于幻想的、大胆夸张的外国作品，给了中国的文学界很大的启发，中国的文学界不少人开始写童话了。

孙毓修在撰写这些作品的时候，很注意文笔的朴实，他的故事完全是中国式的，即使那些外国故事，他也要把它写成适合中国人阅读习惯的作品。他认为"童话"的对象是儿童，一定要使儿童能够阅读，儿童感到欢喜。所以，他每撰写完一篇作品，总要请一位同事带回家去，让那些十来岁的儿童读过，然后根据儿童的反应作删改。

他为了使儿童能理解这些童话，在每篇童话之前，都按宋元评话话本的格式，写一段楔子、评语。后来，一些童话作者都仿效他这一做法，可见影响之大。

我国封建统治，历来轻视儿童，根本不注重儿童的文学。在那样的时代里，孙毓修在前无借鉴这样的条件下，能在这样一块充满荆棘的荒野上，开辟出一方属于儿童的"童话"新地，是很不容易的。

自孙毓修开始，中国向来就有一大宗没有名字的少年儿童的文学作品，才有了名字——"童话"。童话，以新的名字，向广大读者群，向全国文学界，向数万万少年儿童，宣布它的存在。

孙毓修是一位童话的辟径者，可惜他还不能算是一位童话作家，因为他撰写的这些作品，几乎都是改编的，或译述的，他没有留下原创的童话作品。

当然，这并不影响他对童话所作出的巨大贡献。孙毓修是中国现代童话当之无愧的祖师。

第二节　童话的开发

孙毓修创办了《童话》以后，一九一六年他所在的上海商务印书馆编译所里，来了一个才二十岁的年轻人。这年轻人从北京大学预科毕业后，因家庭困难未继续升学，就托人介绍到编译所里来工作。孙毓修这位老编辑，看出这位年轻人有才能，便让他做助手，帮着一起编《童话》，并要他也试着写童话作品。这年轻人一口气编写了《大槐国》《狮骡访猪》《书呆子》等二十八篇作品。

这位年轻人叫沈德鸿，他就是后来的茅盾。

沈德鸿（一八九六—一九八一年），是茅盾的真名。他是浙江桐乡人，比孙毓修要小三十多岁。他父亲是个"维新派"，比较开通，所以他进了新学读书。母亲也是个有文学修养的读过书的妇女，在家庭中他就受到良好的教育。小学毕业后，他到杭州去上中学，在浙江省立三中、二中和安定中学读过书。一九一四年考入北大预科第一类。他在家庭和学校里就奠下了文学根基，对文学有一定的造诣。所以，来到商务印书馆的编译所，便被孙毓修所看中、赏识。

沈德鸿的第一篇作品是《大槐国》，那是他进编译所的第二年——一九一七年，他才满二十一岁那年写的。

他发表第一部小说《幻灭》，是在这之后的十一年——一九二八年。那时他才开始用茅盾这个笔名。

《大槐国》是根据唐李公佐作《南柯太守传》淳于棼梦至槐安国为南柯太守这一故事写成的。茅盾在改写这篇作品时，着重写出淳于棼在大槐安国当驸马、南柯太守时，国王宠爱，百官奉承，非常得意。一到公主死去，官不做了，没有了权势。到回家时，没有一个官吏相送，冷冷清清。这不仅仅是一个虚幻的梦境，而且是当时社会官场的缩影。

茅盾那时所写的二十八篇童话作品，其中《大槐国》《千匹绢》《负国报恩》《树中饿》《牧羊郎官》这五篇，是根据我国唐人传奇、宋元话本、明清小说等改写的。其中《驴大哥》《蛙公主》《金龟》《海斯交运》《怪花园》《狮骡访猪》《飞行鞋》《十二个月》等十多篇是根据外国的故事改写成的。但其中，也有一些是茅盾自己所创作的。如《寻快乐》《书呆子》《一段麻》《风雪云》《学由瓜得》等。

《寻快乐》创作于一九一八年，是茅盾的第一篇创作的童话，也是茅盾的第一篇文学创作作品。接着，一九一九年他又写出了《书呆子》。

如果说孙毓修的那些童话都是编写、改写、译写的作品，那么我国现代第一篇原创的童话，就是茅盾的《寻快乐》了。

这篇作品，已具备现代童话的初步规模了。因原文有五千余字，现摘抄于下：

……这青年正当十四五岁。不记得他何国何省，何县何乡人氏，只知他性情和善，资质聪明，家财富足。他家有几个常往来的宾客：一名经验，一名钱财，一名勤俭。这三人都是青年的老前辈。青年和他们也只相识而已，并不怎样亲热。内中惟有经验往来较密。青年因他饱经世故，见识独高，另眼相看，奉之如同师长。遇有疑难之事，常常请教。

一日，青年在家独坐，闷闷不乐。经验进来见了，便问其故。青年道："正要和你商量，我想寻找快乐，但不知怎样寻法。你知道么？"经验眉头一皱，略想一想，说道："我也不知底细，但有一人，他知道得快乐的法子，他能介绍快乐与你。"青年听了，不胜之喜，忙问何人。经验道："便是勤俭。"一言未毕，门外早进来一人，却是钱财。

钱财那人，生得圆头肥脑，满身俗骨，喜爱闲事。无论何事，他一插身，便弄得是非不明，皂白不分，君子化为小人，铁汉变作软汉，真是世上最坏的东西。他和青年见了，问起缘由，听到经验劝请勤俭做介绍，连声喊道："不成，不成！你休听经验的胡说！你要快乐，只寻我老钱，我老钱有本事将快乐给你。如何反去寻勤俭呢？勤俭那古板的脾气，人见了他，便觉生气。"经验冷笑道："照你说来，你有何法，可寻快乐？"钱财道："我有好友玩耍，他那里有好看好吃的东西，有好听的音乐，有各种玩具，既不必读书，又不必工作。这才是欢喜之场，快乐之窝。"经验哈哈大笑道："钱兄，钱兄！你当玩耍是寻快乐的妙法么？错了，错了。常言道：'小时不苦老来苦。'可惜世人懂得这句话的很少。我的年纪，活了一把，很知道些世情，所以劝青年去找勤俭。我知勤俭的良心最好，青年如见了他，把他的话奉为指南，快乐就在眼前。"

钱财听了，虽不以经验之言为是，但也无话可答。只说道："此事由青年自愿，你我不必争论。只听青年自己挑选便了。"因问青年道："青年，你欲找快乐，现有两条路：经验说勤俭家里，可得快乐，我说玩耍家里，可得快乐。到底走哪一条路，要你自己决断了。"青年听了，好生委决不下，心想：经验的话，果然有

理；钱财的话，似乎更有把握。况且世人求快乐的，都托钱财介
绍，想来决不会错。又想起勤俭的脾气古怪，绝不是快乐的所在。
念头一转，便把平日信仰经验的心肠，化为乌有，开口说道："我
本来也没有定见，既然钱先生如此说，世上的人也是如此做，想
来不会错。我就跟钱先生去试一试罢。"说到此处，回身对经验道：
"经先生呀，我不听你的教训，你不要见怪。我们平日交情，依然
存在。请你常来看我，见有错误的地方，指教指教。"经验允许。
青年便请二人略待，翻身进内，料理行装，立刻要跟钱财同去。

　　青年既决定跟钱财去寻玩耍，就先到玩耍家里。原来玩耍是
个专好游荡、不务正业的人，常常与他往来的，无非与他同类的
人。其中如烟、酒、赌、色诸人，最会坏事，都是玩耍的好友。
青年本来不认识这班下流人，今因亲近了玩耍，就不知不觉，与
他们凑在一处了。

　　从此青年入了迷，尽跟着玩耍度日，正事不理，正人不近。
讲究的无非穿着吃喝，陶情的无非游荡风流。

　　果然过了半年，青年的祸事到了。原来钱财和他疏远，绝迹
不来了。说起钱财这人，最无恒心，今天和张三相好，明天便和
李四相好。加之世人没有不喜欢他的，他的交往极多，更不能长
在一人身边。青年痴心妄想，以为钱财永远出力帮他，万不料有
这一日，只弄得束手无策。玩耍那里，本来由钱财介绍，没有钱
财，也就不理不睬，冷淡下来。

　　不但如此，青年从前和玩耍做伴的时候，整夜游玩，至晓方才
睡觉，恰和众人相反。……可怜他半年以后，日日如此，竟无福去
吸些新鲜空气，见些太阳光。……青年既无福见这两样宝贝，自然
对身体有害。他每逢睡的时候，头重得和铁锤一般，眼酸得和醋一
般，四肢百体软得和棉一般。醒来的时候，头虽轻了些，却又涨得
厉害；眼虽不酸，却又涩了。口中又苦又腻，面色青白，行路无力。

青年一头跌倒床上，爬不起来。……孤零零躺在床上，从前旧事，都到心头，又恨又怒。心想道："我在世界上，不是成了一个孤汉么！玩耍当初何等欢迎我，怎么此刻又拒绝我呢？钱财当初巴巴儿叫我到玩耍家里去，怎么又半路上逃走呢？我那些旧朋友呢？……"

……此时越想越糊涂，越想越气，忍不住高声喊道："快乐快乐，你原来是这样的一个古怪东西！你是叫好好儿的人变做了不像人的人。我今天才知道你了！"忽然，有人接口道："不对，不对！你是想偏了。"青年大吃一惊，忙往床外一看，只见一个人端正立着，不是别人，正是经验。青年此时，即使见了猫儿、狗儿，也是亲人一般，何况经验！只喜得流下泪来，连吁带喘地诉说道："经先生，你千万别怪我往日之错，我悔已迟了。只恨为什么想找快乐。"经验道："不对，不对，我说你想偏了，果然。"青年听了，怔了一怔，问道："快乐是该找的么？"经验道："是。"青年说："我遭到了祸害，你不见么？"经验说："那是你走错了路的缘故。"

经验又道："人生在世，怎么好不求快乐呢？没有快乐的希望，做事便不勇敢，活着也没有兴趣。可是得快乐的法子，须要辨得明白。须知快乐不比桃子、李子等果子。桃子、李子，有现成的桃树、李树，可以跑到树下去采。却从没有现现成成的快乐，让人去取的。玩耍家里，似乎像有现现成成的快乐，让人去取。岂知他有的，实在不是真快乐，真快乐是在勤俭家里。你只要到了勤俭家中，听他的指教，久而久之，不愁不见快乐了。"

青年听了，如梦初醒，只说："我真糊涂极了！这都是钱财害我！事已如此，不必再说了。我们且讲将来。经先生呀！你想勤俭不会动气么？我生怕因为前次这一些污点，勤俭就不肯和我做朋友了。"经验说："你放心罢，勤俭为人最好，他真可称得上不念旧恶。随你从前怎样同他仇恨过，只要一转心，真心向着他，他无有不来，来了之后，无不尽心帮助。"

青年听了，喜得心花大放，病早去了一半。霍地爬将起来，伸伸腿走下床沿，一把拉住经验道："你真是我的恩人！你可不要去了，我现在就只有你一个朋友！"经验微微笑道："不会，不会，你朋友并不恨你，恨的是玩耍。如今你丢了玩耍，去寻勤俭，勤俭就能使你们旧朋友和好如初。"青年喜得乱叫道："真的么？"经验道："千真万真！"青年一手拉了经验道："我们此时就去找他。你想找得到么？"经验哈哈大笑道："你只要一转念，他就会来，哪有找不到的道理。哈哈，勤俭不是同玩耍似的，定要钱财做介绍。"

青年喜极了，拉了经验便走。经验又郑重嘱咐他道："欲见勤俭不难，就怕不能长久做伴。青年，你该知道和勤俭做伴，越长久，快乐越多。一天二天，是不中用的。"

这件故事，到此就完。看官若问青年真找到勤俭了没有，在下可答道："一找就到。"再问找到了勤俭可就有快乐了么？在下可要抄经验的话来回答道："勤俭越久，快乐越多，那快乐的味儿也越真。诸位不信，只要清早醒来之时，把一日所做的事，彻底一想，便见得此话不错了。"

这篇作品，将经验、勤俭、钱财、玩耍，这些抽象的概念，都拟人化了，赋以人的外形，人的性格，人的感情，人的语言，人的动作，是很成功的。虽然在写法上，还是小说的写实手法，但比之那些按历史故事改编的童话，已大大进步了。以幻想、夸张、拟人为特征的创作童话的雏形已经形成。

茅盾写出了第一篇现代创作童话，他是我国现代创作童话的创建者。以茅盾为始，我国的创作童话已经走出了一条路。将有许多人踏上了这条路，一步一步前进着。

茅盾的第一篇作品是童话。他的二十八篇童话作品，现已由四川少年儿童出版社出版《茅盾童话选》一集。

一九一九年，在中国的土地上爆发了五四运动，从此中国的新文化开始蓬勃兴起了。这一次运动，在文学上的作用，是把文学还给了广大人民。这自然也受惠于儿童，也促进了童话这一样式，得到了迅速发展。

一九二一年五月，又有一位富有才华的年轻人，进入商务印书馆的编译所。这人就是郑振铎。

由于茅盾的推荐，继孙毓修编辑《童话》第三集。

郑振铎（一八九八——一九五八年），比茅盾小两岁，是福建长乐人，生于浙江永嘉。一九一七年入北京铁路管理学校学习。五四运动时，是学生代表。参与《新社会》《人道》和《学灯》副刊的编辑，因有志于文学，一九二一年辞去毕业后在铁路部门的工作，进了商务印书馆的编译所。

他接手编辑《童话》，共编了四本，《鸟兽赛球》《白须小儿》《长鼻的矮子》《猴儿的故事》，都是根据外国故事转译改写的。

一九二一年的冬天，他筹备出版《儿童世界》周刊，翌年一月七日出版第一卷第一期。因为他编这本刊物，也便写作和翻译起童话来。

他的作品有《兔的幸福》《太阳、月亮、风故事》《太子和他的妃子》《怪猫》《忠实的童子皮绿》等三十九篇。其中《兔的幸福》等十五篇作品，发表于一九二二年一月七日第一卷第一期，到第一卷第七期《儿童世界》。是继茅盾以后的最早期发表的童话作品。

这三十九篇作品，虽然有一些是根据民间故事、外国童话改写的，但已有较大的创作成分，已不再是原作品内容的复述和节写。这些作品里，有很多作品是他创作的童话。

他在一九二一年九月所写的《〈儿童世界〉宣言》中郑重指出："近来有许多人对于儿童文学很有怀疑，以为故事、童话中多荒唐怪异之言，于儿童无益而有害。有几个人并且写信来同我说，童话中多言

及皇帝、公主之事，恐与现在生活在共和国里的儿童不相宜。这都是
过虑。人类儿童期的心理正是这样，他们所喜欢的正是这种怪诞之言。
这不过是儿童期的爱好所在，与将来的心理是没有影响的。所以我们
用这种材料，一点也不疑虑。"他对童话的态度是鲜明的，而且也说
明，当时童话的"多荒唐怪异"的特征开始逐渐形成。

郑振铎当时不但自己创作童话，翻译童话，编辑童话，还不遗余
力介绍外国童话作家，研究中国民间童话，对现代童话的开拓作出了
卓著的贡献。

紧接着，叶绍钧出现了。叶绍钧就是叶圣陶。

一九二一年的冬天，郑振铎正在商务印书馆创办《儿童世界》周
刊时，写信给在南方做教师的叶圣陶，请他为《儿童世界》写稿。叶
圣陶后来说过："我就是因为振铎拉我为《儿童世界》写稿，才开始
写起童话来的。"

一九二一年十一月十五日，叶圣陶写出了第一篇童话《小白船》。
接着在十六、十七日写了《傻子》和《燕子》，隔了两天，在二十日
又写了《一粒种子》。十二月二十五日到三十日，写了《地球》《芳儿
的梦》《新的表》《梧桐子》《大喉咙》。到第二年六月，一共写了二十
三篇童话。

据查考，这些童话都发表于郑振铎的《儿童世界》。其中，最先
发表的却不是叶圣陶的第一篇作品《小白船》，而是《一粒种子》。
《一粒种子》发表于一九二二年二月二十五日出版的《儿童世界》第
一卷第八期，《小白船》发表于三月四日出版的第一卷第九期。

叶圣陶一口气写出了这么多的童话，不仅是数量之多，速度之快，
引起人们的注意；更引起人们注意的是叶圣陶的童话有了深刻的内容，
形式上也比较完整，他已完全摆脱了过去童话的那种改写味、翻译味，
使童话成为中国的独创的一种艺术样式。过去的童话几乎都着重在叙
说一个故事，而叶圣陶的童话开始注重写人物，写感情，写背景，写

意境，使童话成为一种赏心悦目的艺术品。

他的第一篇作品《小白船》，写两个小孩乘着一只小白船出去，遇上了大风。大风把小白船吹到了一个荒芜的地方，碰到了一个面貌丑陋的巨人。他答应送他们回去。但要他们回答三个问题。第一个问题是："鸟为什么要歌唱？"他们回答说："要唱给爱它们的听。"第二个问题是："花为什么芳香？"他们回答说："芳香就是善，花是善的符号。"第三个问题是："为什么小白船是你们所乘的？"他们回答说："因为我们的纯洁，唯有小白船合配装载。"巨人听了很满意，就把他们送回去了。

叶圣陶在这篇童话中，描写了人与人的友好关系，歌颂了爱，歌颂了善，歌颂了纯洁。有丰富的幻想，创造了一个优美的诗般的童话境界。

现引《小白船》中一段描写："一条小溪是各种可爱东西的家。小红花站在那里，只是微笑，有时做很好看的舞蹈。绿草上滴了露珠，好像仙人的衣服，耀人眼睛。溪面铺着萍叶，矗起些桂黄的萍花，仿佛热带地方的睡莲——可以说是小人国里的睡莲。小鱼儿成群来往，针一般微细，独有两颗眼珠大而发光。"这样的描述，童话意境的描述，是以前的童话作品所未见的，使读者不知不觉进入他所描述的这样一个神奇美妙的童话艺术天国。

叶圣陶影响最大的童话作品，是在一九二二年六月写的《稻草人》。

这篇童话，面对人生，面对社会，通过一个稻草人的所见所闻，暴露了当时苦难的饥饿的农村和压在最底层的农民妇女们的形形色色，抒发了对于这一切不幸以哀戚的同情。这篇童话，将稻草人人格化，赋予它生命和感情，无论在思想性上、艺术性上都具有相当的水平。这篇童话，受到中国文学界和广大读者的关注，奠定了中国现代艺术童话的基础。中国的艺术童话因此得到了发展。

一九二三年十一月，他将二十三篇童话结集出版了，集名就叫

《稻草人》。

叶圣陶自己说："我之喜欢《稻草人》，较《隔膜》为甚，所以我希望《稻草人》的出版也较《隔膜》为切。"①

郑振铎在为《稻草人》一集出版时写的序文中说："在艺术上，我们实可以公认圣陶是现在中国二三个最成功者当中的一个。"

鲁迅（一八八一——一九三六）后来在《表》的译者的话里，称道叶圣陶，说："十来年前，叶绍钧先生的《稻草人》是给中国的童话开了一条自己创作的路的。"

鲁迅没有写作过童话，但是他写过许多关于童话的文章，他对童话发表过许多见解。他的这些论述，对繁荣童话是有影响的。

他还亲自翻译过许多外国优秀的童话作品。

一九二二年七月，他翻译的《爱罗先珂童话集》，由商务印书馆出版。爱罗先珂是俄国盲诗人，一八八九年生，一九五二年去世，一九二一年到一九二三年间来中国时，结识了鲁迅。

同月，鲁迅又翻译了爱罗先珂的童话剧《桃色的云》。一九二三年七月由北京新潮社出版。

经鲁迅翻译的童话还有匈牙利 H. 至尔·妙伦（Hermynia Zur Muhlen）的《小彼得》②，苏联 M. 高尔基的《俄罗斯的童话》③。

鲁迅所翻译的童话，出版时，他都写了序言、小引等文字，这些序言、小引是很有价值的童话理论文字。

童话，从孙毓修创办《童话》，开始有了名称，茅盾写出了第一篇创作童话《寻快乐》，郑振铎做了很有效的童话推广工作，叶圣陶开始创作了《小白船》艺术童话，到了《稻草人》的问世，中国现代童话，可以说进入了当时的一个高峰，加上鲁迅对童话的支持，一条

---

① 《隔膜》是叶圣陶的第一部成人小说集，一九二二年出版。
② 一九二九年十一月上海春潮书局出版。
③ 一九三五年八月上海文化生活出版社出版。

中国的现代的童话道路便开发完成了。

这条道路，上继古童话，包括民间口头童话的传统，吸收外国的童话的精华，开始朝通向今天童话的目标，延展了。

这样一条童话道路的开发，当然绝不能说是几个人的事，是有许多人在做着切实的工作。有许多人在童话理论上作了探索，这在后面专门的章节里要写到。有许多人写出了优秀的童话作品。如程裕清写的《牧羊童子》，刊于一九一六年九月《少年杂志》，可说是一个中篇童话吧！如陈衡哲、莎菲写的称之为童话寓言小说的《寒月》《西风》，刊于一九一八年十二月《留美学生季报》第五卷第四期，《小雨点》刊于一九二〇年八月《新青年》第八卷第一号，后将九篇作品编成《小雨点》一集出版。如黎锦晖在一九二二年四月写出长篇童话《十姐妹》，后连同《十兄弟》《十个顽童》《十家村》这些作品，先后连载于《小朋友》，后由中华书局出版。如徐志摩写的《吹胰子泡》，一九二三年四月刊于《努力》第四十八期，不久发表《童话一则》和《小赌婆儿的大话》等。如慧心（何公超）在一九二三年《小说世界》发表的寓言《冬天的蝉》《蟹与灯光》。如许敦谷的童话剧《虫之乐谱》，刊于《小说月报》第十五卷第一期。如严既澄的童话《灯蛾的胜利》，刊于《小说月报》第十五卷第一期。如顾均正的《十五岁生日的玉哥儿》，一九二四年九月刊于《少年杂志》创刊十五周年专刊。如潘汉年一九二五年七月刊于《语丝》第三十五期的《苦哇鸟的故事》。如苏雪林在一九二五年八月刊于《语丝》第四十二期的《菜花蛇的故事》。如徐蔚南一九二五年十月刊于《小说月报》第十六卷第十期的《蛇郎》。如张采真一九二五年十月刊于《语丝》第四十九期的《伟大的画家》。如金仲艺一九二五年十一月刊于《莽原》周刊第三十一期的《一块小黑炭的自述》。如汪静之的《地球的砖》《生与死》分别刊于《文学周报》第四卷第十四、十五期。如沈从文的《阿丽思中国游记后记》，一九二八年七月由新月书店出版第一卷，十二月出版第二卷，全文有二十多万字。

郭沫若（一八九二——一九七八）在一九二八年《创造月刊》的第一卷第九、十、十一期上发表了童话《一只手》，副题为《献给新时代的小朋友们》。

一九二九年六月，老舍（一八九九——一九六六）离英在新加坡留学半年，写出了长篇童话《小坡的生日》。他曾说："它并不是伟大的，而是我最满意的作品。"这个童话通过小坡的梦境反映了当时的社会生活。

这个时期，写作童话的还有赵景深、徐调孚、谢六逸、耿济之、王人路、耿式之、吕梦周、孙瑜、许达年等人。

这许许多多人的作品，对当时童话的开发，都是起一定的作用的。

这时期，从事外国童话翻译介绍的人更是不少。

一九〇九年孙毓修创办《童话》的同年，鲁迅和周作人合译《域外小说集》，在日本出版，其中介绍了英国淮尔特（即王尔德）的童话《安乐王子》（即《快乐王子》）。其实鲁迅早在一九〇三年就翻译过法国凡尔纳（Jules Verne，一八二八——一九〇五）的《月界旅行》，一九〇六年翻译过凡尔纳的《地底旅行》。这两本都是科学幻想小说。前者由日本东京进化社出版，后者由南京启新书局发行。

此后，刘半农在一九一四年七月《中华小说界》第七期上，翻译介绍了安徒生的童话。赵元任在一九二二年一月商务印书馆出版了他翻译的英加乐尔的《阿丽思漫游奇境记》。一九二二年中华书局出版了由陆费煃、杨喆编辑的《中华童话》五十种，和由徐傅霖主编的《世界童话》五十种，前者大多是改写的历史故事或传说故事，后者介绍了不少各国的童话作品。一九二二年四月，《觉悟》副刊刊了张闻天、汪馥泉翻译的《王尔德介绍》。一九二四年张晓天翻译的日本小川未明的童话《教师与儿童》《小的红花》《懒惰老人的来世》等多篇，刊于《小说月报》。一九二五年一月，郑振铎和高君箴合译的

《天鹅童话集》，由商务印书馆出版等等。

这些外国童话作家和作品的翻译和介绍，对我国现代童话的开发，不仅是很好的借鉴，而且有不少作品成了中国童话创作界的改写材料。当时我国有的童话，是模仿这些作品加以再创作而写出来的。

任何一条路，都是大家走出来的。中国现代童话，就是这么许多人，他们写作、翻译、编辑、出版，走出中国现代童话这条路来。

孙毓修这位中国现代童话的祖师，他的名字和贡献，至今还被湮没着，没有得到应有的介绍。我们知道他的生平太少。而且也只能记述他在童话方面的。茅盾和郑振铎由于在成人文学的创作和研究上，作出更大的成就，他们在童话上所作的贡献，就显得不足道了，所以也不被人们所周知。叶圣陶在现代童话创作上的成就是十分有影响的。虽然他在别的方面也有很大成就，但人们至今还是把他称为一位童话作家。

第三节　童话的进展

童话，已经从儿童文学这大范畴里，慢慢独立出来；开始和儿童小说故事、儿童剧本、儿童诗歌一样，成为儿童文学中的一种样式。童话不再是儿童文学的同义词，童话开始专指那种富有幻想成分的、采用夸张或拟人手法的作品。

这一阶段，在叶圣陶作品陆续出现的过程中，可以说初步完成。

进入二十世纪三十年代，童话创作已比较活跃。许多成人文学刊物、报纸文艺副刊、书局出版社，也发表和出版了一些童话作品。

一九三二年一月二十日，《北斗》月刊第二卷第一期，刊出了张天翼的童话《大林和小林》（七月出版三、四期合刊，登完）。这是一个长篇童话，写了大林和小林这两个不同思想、不同性格、走了不同道路、得到不同结果的亲兄弟。这篇作品的社会性，在当时中国起了很大的反响。它以崭新的形式、大胆的幻想、锐利的讽刺、诙谐的文字，引起广大少年儿童读者，也引起广大成人读者的注意和关切。这是一篇有艺术质量的作品，是我国第一篇取得成功的长篇童话。这篇《大林和小林》的出现，象征我国现代童话已趋于成熟。

如果说叶圣陶的《稻草人》是我国现代第一篇成功的短篇艺术童话，那么张天翼的《大林和小林》便是我国现代第一篇成功的长篇艺术童话。

继《大林和小林》之后，张天翼紧接着又写出了它的姐妹篇，另一个长篇童话《秃秃大王》，一九三三年三月八日连载于《现代儿童》半月刊第三卷第一期到十二期（未登完，后出单行本）。

与此同时，二十年代后期开始儿童文学写作的陈伯吹（一九〇六——一九九七）写出了中篇童话《阿丽思小姐》，在《小学生》上连载。这个中篇童话，是作者在读了英国路易士·加乐尔的《阿丽思漫游奇境记》以后，有感写成的。童话中沿用了阿丽思这个主人翁，按照中国当时情况，虚构发展出来的一个故事。这种手法，在受到外国童话影响很大的当时，是颇为盛行的。如叶圣陶在一九三〇年写的，刊于《教育杂志》的另一篇著名的童话《皇帝的新衣》，也是用这种手法，是根据安徒生的《国王之新衣》延伸写成的。陈伯吹的这个作品结合当时形势，是反对不抵抗主义的。

一九三二年，已有成就的女作家丁玲（一九〇四——一九八六年），也写过一个幻想丰富的童话《给孩子们》。写一个叫爱若的孩子，和一群伙伴们，在幻想境界中游历、玩耍的有趣故事。

同年，作家王统照也为儿童写了个童话《小红灯笼的梦》。

一九三二年五月《中国论坛》和十一月《文化月报》创刊号上，分别刊登了应修人（一九〇〇——一九三三年）的童话《旗子的故事》《金宝塔银宝塔》。

一九三三年一月，一位叫白兮的教师，在《无名文艺月刊》创刊号上发表了童话《雪人》。这篇短童话，是写一个八九岁的失去父母的流浪儿童，在一个雪夜，他回忆往事，想念亲人，最后被暴风雪冻死的故事。这个童话，有点像叶圣陶的《稻草人》，也有点接近安徒生的《卖火柴的小女孩》，很可能是受了这两篇作品的影响所写成的。这一篇童话，在当时也是一篇比较普通的作品。但是，白兮后来又写出了一系列的童话，成为一位有影响力的童话作家。

这位白兮，就是钟望阳（一九一〇——一九八四）。他原名杜也牧，笔名苏苏，也用过柯狄、陈雷的笔名。江苏苏州人。他的第一本作品是中篇小说《小顽童》，一九三五年由北新书局出版。他年轻时，一直在他父亲开办的一所弄堂小学做教师。上海成为"孤岛"时，曾在《译报》工作过。他的作品大多发表在《小学生》《小朋友》《儿童世界》《现代儿童》。北新书局、少年出版社、大时代书局这些书店也出版过他的作品。他的许多作品，当时出版时，都冠以童话名称，实际上一部分是童话，大都是小说、故事。他的童话，最优秀的是《新木偶奇遇记》，这是一部长篇童话，是从意大利科洛迪的《木偶奇遇记》引申出来的新故事。这个童话是对当时日本侵略者豢养的汉奸走狗们的嘲讽和鞭挞，是对少年儿童抗日斗志的赞扬和鼓舞。

一九三三年九月，贺宜（一九一五——一九八七年）以他的真名朱菉园，在《儿童世界》上，发表了他的第一篇作品，童话《蛟先生和他的联盟者》。这是一篇反映当时国内外形势，提倡独立自主、宣传爱国的作品。这篇作品，在当时并没有多少影响，但是宣告贺宜这位童话作家，走上了童话创作道路。从此他写出了一系列童话作品。《小草》《凯旋门》《隐士的胡须》《木头人》等等，成为童话创作上一位很重要的作家。后期，他的童话代表作为《小公鸡历险记》《鸡毛小不点儿》。

一九三四年，巴金（一九〇四——二〇〇五）写出了童话《长生塔》。这个童话是采用父亲跟孩子说故事的手法，故事说有一个怕死的皇帝，为了长生不老，限贱民们在一年内修建一座长生塔。贱民们把塔造好了，皇帝一住进去，塔便塌了，把皇帝压死了。这个童话的主题是教育人们沙上建筑的楼台从来是立不稳的。巴金接着在一九三五年、一九三六年，写了《塔的秘密》《隐身珠》《能言树》，三年之中共写四篇童话。据他自己说，这四篇童话是因为"现实的生活常常闷得我透不过气来。我的手上、脚上都戴着无形的镣铐"。他为了"有充分的自由"，写下了这些童话，这些童话是作者当时的嫉世之作。

一九三四年八月，洪深写了童话《水鸟与乌龟》，刊于《一周间》。

三十年代的后期，金近（一九一五——一九八九）写了他的第一篇童话作品《老鹰鹞的升沉》，一九三七年四月发表在《小朋友》第七百五十六期上。他说："这算是我写童话的开头。以后抗日战争爆发，很快也就停笔了。"四十年代末期，金近恢复童话写作，后来陆续写出了《狐狸打猎人》等一系列优秀童话作品。

抗日战争爆发了，中国兴起了救亡文学。童话创作上，必然就有一些童话是以抗日为主题的。

四十年代初期，看到了严文井（一九一五——二〇〇五）的童话作品。严文井原是一位散文作家。一九四一年，重庆和桂林出版了他的《南南和胡子伯伯》童话集。以后，严文井写出《小溪流的歌》《"下次开船"港》等许多好童话。

一九四一年六月，黄庆云主编的《新儿童》半月刊，在香港创刊。黄庆云在创刊号上发表童话《跟着我们的月亮》。这是一篇有趣的童话，把月亮拟人化为太阳的妹妹，月亮为了帮助一个病孩，耽误了时间，受到了太阳哥哥的谴责。黄庆云，一九二〇年五月生于广州，中山大学文学院毕业后留学美国，在哥伦比亚大学师范学院研究儿童教育和儿童文学。她写小说、诗歌，也写过许多童话，如《七个哥哥和一个妹妹》《奇异的红星》等。

《新儿童》的创刊号上，在香港教书的许地山，以落华生为笔名，写了篇童话《萤灯》，三期连载完。接着，又发表了一篇《桃金娘》。

这一年，司马文森的长篇童话《菲菲岛梦游记》由桂林文化供应社出版。聂绀弩的长篇童话《杜鹃花》在《文学创作丛刊》发表。

一九四三年老舍的中篇童话《小木头人》刊载于《抗战文艺》第八卷第四期。

一九四五年抗战胜利，《小朋友》复刊，老舍在复刊号上发表了短篇童话《小白鼠》。

一九四六年，范泉的童话《哈巴国》，由永祥印书馆出版。

一九四七年文化供应社出版《少年文库》，其中有骆宾基写的《鹦鹉和燕子》、雷石榆的《小蛮牛》等童话。

这一年的十月，贺宜为华华书店主编了一种《童话连丛》。这是我国第二次用"童话"命名的刊物。第一次是一九〇九年孙毓修主编的《童话》，那时童话这个概念和范围都是和儿童文学相等的。所以虽然叫《童话》，但不能说里面的都是童话作品。这第二次的《童话连丛》，当然，所发表的主要是童话了。其他，也登一些故事、传说、民间故事、童话散文、童话诗、寓言、科学童话、童话剧、儿歌等等。另外，还辟有一栏叫《最真实的童话》。当然这是新闻报道，实际上是真实的故事。《童话连丛》共出版十二辑。这十二辑是：《老虎的尾巴》《同心合力斩蛇妖》《狐狸救山羊》《星期日的童话》《勇敢的小小潘》《哑巴国奇遇》《猩公公的故事》《十一个小面人》《愚蠢的裁缝》《国王的皮鞋匠》《龙和鸡》《老鼠嫁女儿》。贺宜编完十一辑，便离开上海，第十二辑由陈鹤琴和陆静山接编。

三十年代后期从事儿童剧写作的包蕾（一九一八——一九八九），开始转向写作童话。他的第一篇童话作品《石头人的故事》，发表在一九四八年的《童话连丛》上。从此，他就不断地写作童话了。

这些年中，写作童话作品的，还有董纯才、何公超、孙佳讯、仇重、吕漠野、吕伯攸、吴翰云，以及黄谷柳、谢加因、方轶群、黄衣青、郭风、胡伯周、劳笑苹、鲁克等。

童话创作，从二十年代、三十年代，至四十年代，也是日益发展和繁荣的。

到了四十年代后期，以至五十年代前期，童话已经有了一支创作队伍，许多作家写出了优秀的作品。童话，可以说已进入成年阶段了。

第四节　童话的论和争

童话的理论，最早为何篇，因为童话一向不被人重视，一向无人作研究工作，所以还未查证出来。

有人以为最早为一九二一年七月《妇女杂志》第七卷第七号上发表的张梓生的《论童话》一文。那断断不是。

因为在《论童话》中有那么一段话："中国人对于童话的研究，一向少有趣味，据我所晓得的言之，周作人先生在以前《教育部月刊》里面发表过的几篇文字，实在于中国童话的考求上很有价值的。"这说明，周作人的文字早在张梓生以前。

周作人在一九三二年三月出版了一本《儿童文学小论》，其中收有他写的《童话研究》《童话略论》《古童话释义》三篇童话理论文字。作者在该书的《序》文中说："都是民国二、三年所作"，发表于"北京教育部编纂处办一种月刊"。

民国二、三年，是一九一三年、一九一四年。据查考，《童话研究》和《童话略论》是一九二一年六月七日发表于绍兴《民兴日报》的。显系比一九二一年早得多。

但是，周作人的这三篇童话理论文字，是不是最早的呢？也不是。周作人的《童话略论》一文的开头，"绪论"的第一句话就是："儿童教育与童话之关系，近已少有人论及……"这说明周文之前已经有一些人在议论童话问题。这"有人论及"，当然一般是指在文字上讨论，估计不可能是指口头上的议论的。

周文发表于一九一二年，离开孙毓修编纂《童话》的时间一九〇九年，为期也近了。

我国用童话之名，若始于一九〇九年孙毓修编纂《童话》，有童话理论当也在一九〇九年以后吧。

至于，我国在无童话之名，而有童话之实的古代，是不是有不叫童话的童话理论呢？就有待人们去考证了。

周作人的童话理论文字，虽然不能说是最早的，但他可说是当时最有研究也最有影响的一位童话理论工作者。

周作人（一八八五——一九六七），原名槐寿，又名启明，号知堂老人等，浙江绍兴人，是鲁迅的弟弟。青年时代曾留学日本。一九一一年由日本回国，在故乡绍兴的省立第五中学做教师，并任县教育会会长，创办了《绍兴县教育会月刊》，那是一九一三年十月。那时他开始写童话和儿童文学的理论。这些理论大多发表于他办的月刊，这月刊成了我国早期的一本儿童文学理论刊物。五四运动时，周任北京大学等学校教授。因为抗日战争时期，他曾担任伪华北政务委员会教育总署督办，所以他的文章为后人所不提。

其实，周作人在我国现代童话史上，是一个有过贡献的人，那是他早期的事，我们还是应该来说一说他的那些对于童话研究的理论文字。

周作人的童话理论，主要是《童话研究》《童话略论》《古童话释义》这三篇。

《童话研究》一篇，作者主要从民俗学角度，对中外童话作了一些分析，如将民间童话列为变形式、物婚式、盗女式、回生式、禁名式、季子式、食人式、故妻式、破禁式等等。作者在此文中介绍说："故童话者亦谓儿童之文学。今世学者主张多欲用之教育，商兑之言，扬抑未定：扬之者以为表发因缘，可以辅德政，论列动植，可以知生象，抑之者又谓荒唐之言，恐将增长迷误，若姑妄言之，则无异诏以面谩。"可见当时，童话之是否作为儿童读物，还是有争议的。作者对于童话的作用，看法是这样，他说："盖凡欲以童话为教育者，当勿忘童话为物亦艺术之一，其作用之范围，当比论他艺术而断之，其与教本，区以别矣。故童话者，其能在表见，所希在享受，撄激心灵，令起追求以上遂也。是余效益，皆为副支，本末失正，斯昧其义。"他又说："童话之用，见于教育者，为能长养儿童之想象，日即繁富，感受之力亦益聪疾，使在后日能欣赏艺文，即以此为之始基，人事繁变，非儿童所能会通，童话所言社会生活，大旨都具，而特化以单纯，观察之方亦至简直，故闻其事即得了知人生大意，为入世之资。且童话多及神怪，并超逸自然不可思议之事，是令儿童穆然深思，起宗教思想，盖个体发生与系统发生同序，儿童之宗教亦犹原人，始于精灵信仰，渐自推移，以至神道，若或自迷执，或得超脱，则但视性习之差，自定其趋。又如童话所言实物，多系习见，用以教示儿童，使多识多言，则有益于诵习，且以多述鸟兽草木之事，因与天物相亲，而知自然之大且美，斯皆效用之显见者也。"可见周作人是主张童话——实际上是民间童话作为儿童文学的，认为应该把童话作为儿童文学，儿童欢迎童话，可以从童话中有所受益。所以他在文末说："中国童话自昔有之，越中人家皆以是娱小儿，乡村之间尤多存者，第未尝有人采录，任之散逸，近世俗化流行，古风衰歇，长者希复言之，稚子亦遂鲜有知之者，循是以往，不及一世，澌没将尽，收拾之功，能无急急也。"这段话的意思，就是大力提倡了。

《童话略论》一篇，分为一绪论、二童话之起原、三童话之分类、四童话之解释、五童话之变迁、六童话之应用、七童话之评骘、八人为童话、九结论等九节。是一篇系统论述性的文字。这篇文字的基调同上文，都是"以民俗学为据，探讨其本原，更益以儿童学，以定其应用之范围，乃为得之"。但此文中，关于童话之应用，较之上文

"二者言有正负"又进了一步，曰"今世论者多称有益"。他写了三条："（一）童话者，原人之文学，亦即儿童之文学，以个体发生与系统发生同序，故二者，感情趣味约略相同，今以童话语儿童，既足以餍其喜闻故事之要求，且得顺应自然，助长发达，使各期之儿童得保其自然之本相，按程而进，正蒙养之最要义也。（二）凡童话适用，以幼儿期为最，计自三岁至十岁止，其时小儿最富空想，童话内容正与相合，用以长养其想象，使即于繁富，感受之力亦渐敏疾，为后日问学之基。（三）童话叙社会生活，大致略具，而悉化为单纯，儿童闻之，能了知人事大概，为将来入世之资。又所言事物及鸟兽草木，皆所习见，多识名物，亦有裨诵习也。"从这些说法，可看出周作人对当时处于否定之风中的童话，是持维护和发扬的积极态度的。他提出关于民间童话的选择标准，也是颇有见地的，他说："民族童话大抵优劣杂出，不尽合于教育之用，当抉择取之。今举其应具之点，约有数端：（一）优美。以艺术论童话，则美为重，但其美不在藻饰而重自然，若造作附会，则趣味为之杀，而俗恶者更无论矣。（二）新奇。此点凡天然童话大抵有之。（三）单纯。单纯原为童话固有之德，其合于儿童心理者亦以此，如结构之单纯，角色之单纯①，叙述之单纯，皆其特色，若事情复杂，敷叙冗长，又寄意深奥，则甚所忌也。（四）匀齐。谓段落整饬，无所偏倚，若次序凌乱，首尾不称，皆所不取，故或多用楔子，以足篇幅，徒见杂糅，无所益也。"这些标准，今天来看，也可以说还是适用的。其中（四）匀齐一条，"多用楔子"显是指孙毓修编纂的《童话》中的一些作品。周作人指出这一点，也是对的。孙毓修编纂《童话》所收作品，几乎大部分有冗长的楔子，或用各种典故来引大故事，或作种种说理性的教训。实际上，这些"楔子"文字，儿童读者是没有兴味去细细读它的。周作人提出这点，也是童话的一个进

---

①　人地皆无定名。

步。这篇文字中，周作人又提出一个"人为童话"问题。他说："天然童话亦称民族童话，其对则有人为童话，亦言艺术童话也。""天然童话者，自然而成，具种人之特色，人为童话则由文人著作，具其个人之特色，适于年长之儿童，故各国多有之。但著作童话，其事甚难，非熟通儿童心理者不能试，非自具儿童心理者不能善也。今欧土人为童话唯丹麦安兑尔然（Andersen）为最工，即因其天性自然，行年七十，不改童心，故能如此，自郐以下皆无讥矣。故今用人为童话者，亦多以安氏为限，他若美之诃森（Hawthorne）等，其所著作大抵复述古代神话，加以润色而已。"周作人这里所说的"天然童话""民族童话"，就是民间童话，所说的"人为童话""艺术童话"，就是创作童话。这段话中，他推崇了安兑尔然，即安徒生，提倡创作童话。要童话从改编古代外国故事基础上，更进一步，大家来创作艺术的童话，这对童话的发展，是非常重要的。一九一二年，周作人提出"人为童话"，提倡童话创作，这为今后童话创作的兴起和繁荣是起了鼓吹和促进的作用的。

《古童话释义》一篇，主要论证一点，即"中国虽古无童话之名，然实固有成文之童话"。这篇文字也是有针对性的，当时商务印书馆《童话》第十四篇《玻璃鞋》的《发端》云："《无猫国》是诸君的第一本童话，在六年前刚才发现，从此诸君始识得讲故事的朋友，《无猫国》要算中国第一本童话，然世界上第一本童话要推这本《玻璃鞋》，在四千年前已出现于埃及国内。"周作人就提出了"实乃不然"。他就举例来说明了。他举出《玻璃鞋》的故事："埃及传说今存者八篇未见此事，二世纪时埃利阿诺著史，中曾言希腊妓，罗陀比思浴川中，其屦为鹰衔去，坠埃及王怀中，物色得之为妃，略近似耳。今世流传本始为法人贝洛尔所录，在十七世纪时……"而中国《酉阳杂俎》《支诺皋》中，类似故事《吴洞》早有记载。他认为"中国童话当以此为最早"，《酉阳杂俎》中的《玻璃鞋》故事《吴洞》，"此篇应推

首唱也"。周文中还举了中国古籍中《旁苞》《女雀》等故事，与中国
流传于民间的古老传说，与外国童话作了比较分析，提出了希望："用
童话者，当上采古籍之遗留，下集口碑所传道，次更远求异文，补其
缺少，庶为富足，然而非所望于并代矣。"这对当时唯外国童话是瞻，
说中国古无童话者，是很有说服力的一驳。这种中国童话历史短暂，
中国古无童话说，至今还有一些人信奉。我们看近年出版的一些儿童
文学的记史文字，都说中国童话的历史自五四运动前后始。至今还有
一些大学的学报，在争论中国有无古童话的问题。有一篇文章甚至于
还说"对中国古代有无童话这一问题，现在就作肯定或否定的结论，
都为时过早"。其实这个问题，在周作人的时期，已经解决了。周作人
的这篇《古童话释义》，把一九〇九年开始的现代童话和古代的无童
话之名的童话传统，从理论上衔接起来了。这对中国童话的发展是有
贡献的。是不是这样呢？

　　一九二二年，在《晨报》附刊上，周作人和赵景深的书信来往的
《童话的讨论》，是一次很有意义的讨论。这次讨论共发表书信九封，
其中赵景深的五封，周作人的四封。这些讨论，涉及面很广。如什么
是童话，什么不是童话，把童话和神怪小说、儿童小说的界限划分出
来了。赵景深说："我常听见人说，童话不过是说鬼话罢了，有什么可
研究的？其实他把童话没有辨别清楚……据我看，神怪小说里所说的
事是成人的人生，里面所表现的是恐怖，绝不能和童话相提并论。再
就童话的一方面说，自然他所表现的是儿童的人生，里面装了快乐
呀！"他说："儿童小说所述的事，近于事实，少有神秘的幻想。一个
故事，太实在了，绝不能十分动听的，必须调和些神秘的色彩在里面，
才能把儿童引到极乐园里。所以童话和儿童小说的分别极明显，前者
是含有神秘色彩的，后者是不含有神秘色彩的。"赵景深的论述，认为
童话表现儿童人生，应该是快乐的，必须有神秘的幻想色彩，这在童
话艺术上有所发展，使"童话"这一样式，从和别的样式的混同中独

立出来，而成为一种有自己特点的文学样式。这是童话的很大进展。童话渐渐有了一些规矩的方圆，童话的轮廓勾绘得愈来愈清晰了。如对于童话的性质和功用是什么，周作人的见解是："一是太教育的，即偏于教训，一是太艺术的，即偏于玄美，教育家的主张多属前者，诗人多属后者；其实两者都是不对，因为他们都不承认儿童世界。"赵景深把周作人的意见更具体化了，他说："我幼时看孙毓修的《童话》，第一二页总是不看的，他那些圣经贤传的大道理，不但看不懂，就是懂也不愿去看。""其实，教训和玄美陶冶儿童的性情，何尝不好，不过他们太心切了些，便不顾儿童能否受用，尽量地把饭塞了进去，弄到结果，只是多使儿童厌恶些罢了。"赵、周在这个问题上看法也有出入，周认为"童话在儿童教育上的作用是文学的而不是道德的"，赵则以为"文学的涵养，便仍归到道德上去了"。这次讨论，也涉及童话这个词的来历，外国童话与中国童话的比较，童话的解释和研究，中国古代哪些作品是童话，外国童话作家的介绍和外国童话作品的翻译等这一些当时所面临的具体问题。这一次讨论，对童话的发展是很有益的。

周作人和赵景深的童话讨论，发于《晨报》附刊的时间是一九二二年，开始是一月二十五日，接着是二月十二日，三月二十八日，三月二十九日，到四月九日，分五次登完。这些讨论文字后由开明书店出版，书名《童话论集》，那是一九二九年了。随着童话讨论的深入，周作人对童话的看法，也在不断发展。一九二三年，他在《儿童剧》序一中，对童话的说法是："将现实的事物作为素材，同时全部作品的气氛又必须是非现实的。作个比喻来说，就像在雾中看花，形状和颜色完全改变了。"

赵景深（一九〇二一一九八五），四川宜宾人。他一九二二年毕业于天津棉业学校，文学是他自学出来的。一九一九年他在天津读中学时，就译了一些安徒生童话，投给《少年杂志》刊出。他从一九二二年开始写童话理论研究文字，一九二七年编为《童话论集》由开明书店出版。他对童话的理论的开拓，是继周作人后，一位很有影响的作家。他在一九二三年，将他五六年来从报章杂志上搜集到的有关童话论文三十篇，编辑成《童话评论》一集，一九三四年由新文化书社出版。他的童话论著还有《童话概要》①《童话学 ABC》② 等。其中的《童话学 ABC》，是意尔斯莱《童话的民俗》一书的节译。他翻译外国的童话也不少，有《格林童话集》十四册，安徒生作品多种。赵景深在一九二二年至一九二三年两年间，还创作过一些童话作品，有《诗的游历》《纸花》《白城仙景》《一片槐叶》等八篇童话，后收入一九三〇年北新书局出版的《小朋友童话》一集中。他在一九二五年，曾由郑振铎推荐去上海大学讲授童话，他写出讲义七章，其中一部分曾发表于《文学周报》，后来交由北新书局出版，就是那本《童话概要》。这是我国最早在大学开设的童话课。赵景深则是我国最早开设童话课的教授。

这里，还要谈到的一九二六年接着在上海大学讲授世界童话名著介绍的顾均正。

顾均正（一九〇二——一九八〇），浙江嘉兴人。一九二三年考入商务印书馆理化部任编辑，业余为《学生杂志》《少年杂志》翻译过一些童话，又为《小说月报》写《世界童话名著介绍》，共连载九期，介绍了世界童话作家的十二部作品。这是我国第一次有系统地把外国童话作家作品介绍到中国来。

顾均正当时对童话不仅不遗余力介绍外国童话作家作品，而且还写了一些童话研究理论文字。一九二八年他在《文学周报》上发表了《童话的起源》《童话与想象》《童话与短篇小说——就小说的观点论童话》《托尔斯泰童话论》《译了〈三公主〉以后——相同故事的转变

① 一九二九年北新书局出版。
② 一九二九年世界书局出版。

与各自发生说》等。因为他是翻译家，这些研究理论文字，基本上是
介绍外国童话作家和作品。顾均正以后一直在开明书店，编过《世界
少年文学丛刊》《中学生》《新少年》。后期转向科学文艺方面作品的
著译。

这期间，前后发表的有影响的童话论文，还有一九二二年七、八
月刊于《妇女杂志》的冯飞的《童话与空想》，一九二六年十一月刊
于《中华教育界》的徐如泰的《童话之研究》，一九二八年一月刊于
《中华教育界》夏文运的《艺术童话的研究》等等。

一九三〇年黄源将日本芦谷重常的《世界童话研究》翻译过来，
三月由华通书局印出。芦谷重常是日本重要的童话作家、童话理论
家。这是我国翻译的第一本全面介绍外国童话的著作，使中国作家
了解世界童话状况的全貌。当然，由于日本与中国的童话概念也并
不一样。这本世界童话研究中也介绍了我们认为是神话、传说、寓
言的作品。

一九三一年，童话界爆发了一场激烈的大论战。

这是当时湖南省政府主席军阀何键的咨文引起的。他给教育部写
了一份咨文，咨文宣称：民八以前，各学校国文课本，犹有文理；近
日课本，每每"狗说""猪说""鸭子说"，以及"猫小姐""狗大哥"
"牛公公"之词，充溢行间，禽兽能作人言，尊称加诸兽类，鄙俚怪
诞，莫可言状。为今之计，凡学校课本艰深之无当，理论浅近者，不
切实用，切宜焚毁；尤宜选中外先哲格言，勤加讲授，须择学行兼优
者办理教育，是亦疏河以抑洪水，掌火而驱猛兽之一法也①。

在何键的咨文中，所说的"禽兽能作人言，尊称加诸兽类，鄙俚
怪诞，莫可言状"，是指当时小学课本中的几篇童话。

有一篇课文，叫《老猴子》，全文如下："老猴子戴了帽子，穿了

---

① 见《申报》一九三一年三月五日"教育消息"栏。

衣服，走到园里，公鸡、鸭子、小猫看见了，都说：'一个人来了！一个人来了！'老猴子听了，非常得意。老猴子又走到街上，人们看见了，都说：'猴子来了！猴子来了！'老猴子听了，很不快乐。老猴走到田里。回黄牛说：'牛公公，我已经变成了人，怎么人们仍旧叫我猴子呢？'黄牛说：'你要变成人，先要学人做的事。现在，你只戴了帽子，穿了衣服，不会做事，怎么就算人呢？'"

这篇作品，就是何键咨文中所斥责的"每每'狗说''猪说''鸭子说'，以及'猫小姐''狗大哥''牛公公'之词，充溢行间"的课文。其实，这篇作品教育儿童，人一定要做事，不做事是和戴了帽、穿了衣的猴子一样。这内容有什么可以值得指责呢！显然，所指责的不是课文的内容，而是指责这种"禽兽能作人言"的童话。

何键是当时陈腐、保守、封建思想的一个代表人物，犹如孔教对待神话向来是采用把它改造成历史的办法。因为童话是活跃儿童思想，启迪儿童丰富的幻想力的，当然要把童话视为"鄙俚怪诞"的异端邪说。

军政大员咨文一发，马上在教育界、文学界引起一些人的响应。

当时初等教育专家尚仲衣，在"儿童教育社"年会中作了《选择儿童读物的标准》的演讲。① 尚文对童话提出了指责，说了八条：(一)"违反自然现象"。他认为"世界上本无神仙，如读物中含有神仙，即是违背自然的实际现象，鸟兽本不能作人言，如读物中使鸟兽作人言，即是越乎自然"。"这种情形，未始不是教育中的倒行逆施。"(二)"违反社会价值与曲解人生关系"。他认为"若是给了儿童错误的社会观念，或为儿童曲解了人生价值，儿童连修正的机会都没有，那就成为不治之症了。凡用变态不近人情的材料去描写社会，把社会观念曲解了，把人生真价值'弄糟'了的故事，在儿童教育中，不应

---

① 见四月二十日《申报》和各报。

占有位置"。（三）"曲解人生理想"。他认为"在幼年构成这种的悬望"是要支配成年行为的。（四）"信任幸运"。他认为这"是堕落民族用以自己骗自己的谎语"。（五）"妨害儿童心理卫生"。他认为"这种故事似不应在儿童教育中占地位"。（六）"玩弄残废者"。（七）"引起迷信"。（八）"颓废、无病呻吟"。这篇文字，连他自己也在结尾承认"所举各端，不免近乎武断"。①

尚仲衣的文章，在教育界、文学界，引起一场"关于'鸟兽语'的讨论"。也就是在童话问题上掀起了一场大争论。

四月二十九日《申报》，发表吴研因的《致儿童教育社社员讨论儿童读物的一封信——应否用鸟言兽语的故事》。吴文"对于尚仲衣君在年会所讲反对'用鸟言兽语的故事'一点，力持异议"。吴文认为尚仲衣"以为鸟言兽语就是神怪，并同情于所谓湖南省政府主席打破以鸟言兽语为读物的主张，则未免令人疑惑万分"。他认为"猫狗谈话、鸦雀问答，这一类的故事，或本含教训，或自述生活，何神之有、何怪之有？""倘以为鸟言兽语，本无其事，而读物以无为有，这便是神怪，那么所谓神怪的范围未免太大了。以此类推，不但《中山狼》等一类寓言，都在打倒之列；《大匠运石》《公输刻鸢》《愚公移山》等故事，也该销毁；就是湖南省主席所最崇奉的圣经贤传，也应大删特改，因为《介葛卢识牛鸣》《公冶长知鸟语》见于《左传》《家语》，《齐人有一妻一妾》《象人舜宫》等，也不见得不是'以无为有'呀！"

五月十日《申报》，又发表尚仲衣《再论儿童读物——附答吴研因先生》。尚文开宗明义说："兹特专就'童话'一项（包括神仙物语以及其他幻想的故事），倾怀一述……"

尚文认为"我们觉得童话的价值实属可疑，维持它在儿童读物上

① 后全文刊于《儿童教育》第三卷第八期。

的地位之种种理由，实极不充分。所谓'启发想象''引起兴趣''包含教训'云云，皆在或有或无之间，而不违背自然现象的读物皆'可有'童话'或有或无'之价值"。关于"启发想象"，他认为童话的幻想是"离奇的想入非非的幻想"，"若幻想就是生产创造的想象，两千年前传说的长桑绝技，何以不实现于道地的中国？而实现于德国的 X 光线？""我们确信科学故事及自然读物的激发想象的能力绝不在童话之下。科学故事中的戳天缩地奇法，纵使哪吒现世，安徒生的傀儡们诞生，也必得自叹不如。自然读物中之生物界的种种惊人的适应环境方法，对仅仅能七十二变的孙悟空，也要莞尔一笑。"关于"引起兴趣"，他认为"儿童恳切地要求'真的'故事"，幻想性的故事"不唯不能引起兴趣，对于男孩反致略生反感"。又说："'幻想性'绝不是引起兴趣的最好的材料，更不是激发爱好的唯一方法。在不违反自然现象的范围以内，能引起兴味的，正多着呢。"关于"包含教训"，他认为"我们觉得根据事实和可能材料的教训，其效力恐必较大于根据不可能幻想的教训。幻想的寓意，有时成人尚且难于领受，何况儿童？根据于不可能材料的教训，儿童明知其为虚悬伪设，何能引起他的信心？"尚文认为童话正有一个"危机"。他说："童话最类似梦中的幻境和心理病态人的幻想，成人而过于浸沉于幻想，尚且有害于心理健康，何况儿童？""儿童早年的自我意识本强，教育者在此时正宜辅助他，使之日渐适应客观的实在。在此种正当适应进行之时，若给他一种与所要适应的客观之实在相违背的材料，消极方面，可以阻碍他的正当适应之进行；积极方面，或可构成恋态的适应。在这适应进程的第一步，教育者务须注意，不使儿童早年就养成乐于离开实在而浸沉于幻想中的心景，不致使他养成向幻想中满足的趋向。""要而言之，童话的危机约可归纳为下列数点：（一）易阻碍儿童适应客观的实在之进行，（二）易习于离开现实生活而向幻想中逃遁的心理，（三）易流于在幻想中求满足或祈求不劳而获的趋向，（四）易养成儿童对现实生

活的畏惧心以及厌恶心，（五）易流于离奇错乱思想的程序。"他在
"我的立场"一节中总结说："童话只不过是儿童读物中的极小部分；
纵使把童话全部流放了，儿童读物仍有极广极富的园地。""务须将童
话所占之儿童的时间削缩至最低限度——将大部分的时间让与不违反
自然现象的读物。"①

　　五月十九日《申报》，又刊出吴研因的《读尚仲衣君〈再论儿童
读物〉乃知"鸟言兽语"确实不必打破》。吴文说："我们敝国的小学
教科书，根本就未尝和美国的教科书一样。关于'幻想性童话'的材
料，实在不多，所谓自然社会或者常识等教科书，关于'幻想性童
话'教材，固然一点都没有，就是教科书有一些，也是微乎其微的。"
"可悲的是，我国小学教科书方才有'儿童化'的趋势，而旧社会即
痛骂为'猫狗教科书'。倘不认清尚先生的高论，以为尚先生也反对
'猫狗教科书'，则'天地日月''人手足刀'的教科书或者会复活起
来。果然复活了，儿童的损失何可限量呢?"

　　陈鹤琴接着发表了《"鸟言兽语的读物"应当打破吗?》陈文说：
"鸟言兽语的读物，年幼的小孩子——尤其是在七岁以内的小孩子——
是最喜欢听最喜欢看的。至于害处呢，我实在看不出什么。"他认为许
多事物"我们成人看起来，恐怕要觉得稀奇，其实从小孩子的眼光里，
是一件很平常的事"。他举出孩子们"棒头当马骑"的例子，"是一桩
很平常很普遍的事"，"仔细想一想"，"不是比鸟言兽语还要神怪，还
要不近人理吗?""鸟言兽语的读物，在欧美非常风行，我不知道那欧
美的小孩子看了听了这些读物究竟受到什么坏的影响"。他还说："最
后我要慎重声明的，鸟言兽语的读物，自有他的相当地位，相当价值，
我们成人是没有权利去剥夺儿童所需要的东西的，好像我们剥夺小孩
子吃奶的那一种权利。"②

----

① 后全文刊于《儿童教育》第三卷第八期。
② 全文刊于《儿童教育》第三卷第八期。

一九三一年八月《世界杂志》第二卷第二期，发表魏冰心《童话教材的商榷》一文。魏文认为"何主席非教育专家，认'禽兽能作人言，尊称加诸兽类'，为'鄙俚怪诞'，自是不足怪。而初等教育专家尚先生，亦认鸟言兽语的童话为神怪读物，应在排斥之列，实足引起研究初等教育者的疑虑"。他的主张为"童话是幼儿精神生活上的粮食""幼儿阅读童话有益而无害"。他说："我们试调查小学校的图书馆，童话小说一类的书籍，最容易破烂，往往要修订几次，甚至破烂不堪，要重新购置。这也足以证明童话小说足以引起儿童的兴趣。"

一九三一年四月一日，鲁迅写《勇敢的约翰》校后记，他在这篇文章中说：对于童话，近来是连文武官员都有高见了；有的说是猫狗不应该会说话，称作先生，失了人类的体统。有的说故事不应讲成王作帝，违背共和的精神。但我以为这似乎是"杞天之虑"，其实倒并没有什么要紧的。孩子的心，和文武官员的不同，它会进化，绝不至于永远停留在一点上，到得胡子老长了，还在想骑了巨人到仙人岛去做皇帝。因为他后来就要懂得一点科学了，知道世上并没有所谓巨人和仙人岛，倘还想，那是生来的低能儿，即使终生不读一篇童话，也还是毫无出息的。

这一次"鸟言兽语"的论战，因为一方是"文武官员"，虽然他们在理论上是站不住脚的，也遭到各方面的强烈反对，但在对待童话创作上，他们利用权势干涉了，童话的发展受到了限制。童话创作低落了，童话作家沉默了。一些粗制滥造的质量低下的儿童读物，便应运而充斥市场了。

鲁迅一直很重视童话，关心童话，支持童话。对于童话翻译，他在一九二九年九月十五日为《小彼得》译本写序时说："凡学习外国文学的，开手不久便选读童话，我以为不能算不对，然而开手就翻译童话，却很有些不相宜的地方，因为每容易拘泥原文，不敢意译，令读者看得很费力。"

但是，鲁迅对那以后的童话情况，是不满的。一九三三年三月十日，他在一封致友人的信中提道："中国所出版的童话，实在应该加一番整顿。"一九三五年一月十二日，鲁迅译完《表》后，他在《译者的话》里，说得具体了，他说："十来年前，叶绍钧先生的《稻草人》是给中国的童话开了一条自己创作的路的。不料此后不但并无蜕变，而且也没有人追踪，倒是拼命在向后转。看现在新印出来的儿童书，依然是司马温公敲水缸，依然是岳武穆王脊梁上刺字，甚而至于'仙人下棋'，'山中方七日，世上已千年'；还有《龙文鞭影》里的故事的白话译。这些故事出世的时候，岂但儿童们的父母还没有出世呢，连高祖父母也没有出世，那么，那'有益'和'有味'之处，也就可想而知了。"当然，鲁迅在这段话里所指的，也不尽是童话，而是为儿童文学说的，是为儿童读物说的，更是为那些儿童读物的投机出版商说的。当时一些儿童读物投机出版商，轻视儿童文学，轻视童话，不出儿童文学优秀作品、童话优秀作品，而找了一些编书匠，根据老得掉牙的材料，编编写写，拼拼凑凑，以欺骗小读者。他是针对这个情况说的。

那些年，童话理论文字，比较有影响的，还有：一九三一年刊于《妇女杂志》第十七卷第十号的朱文印的《童话作法之研究》，一九三三年刊于《儿童教育》第五卷第十期的陈伯吹的《童话研究》，以及陈伯吹后期发于《新中华》复刊第二卷第八期的《梦与儿童文学》。这些理论文字大都偏重于技巧研究。这些文字对提高童话艺术质量，是很有帮助的。

以后，抗日战争爆发了，人们流离失所，四出逃难，自然也没有人还顾得上来研究童话，论争童话创作上诸问题。写童话的作家忙于别的工作去了，不改行的，也只是埋头于童话创作，关于童话的议论，也只是在出版的集子的前言或后记里，可以见到一些。意见也比较零碎。

但是，从这段时期的童话创作中，由于相互影响，也就是相互约束和突破，能从中发现童话已渐渐形成一套艺术规律。童话的概念，不只是从儿童文学中独立出来，而且同其他儿童文学样式的分工愈来愈细，界限愈来愈清楚。

接着，童话经历了八年的抗日战争的磨炼。在八年中，童话的主题，大部分是抗日救国。

抗战胜利，见到的童话理论，有一九四八年七月发表于《活教育》第五卷第三、四期上贺宜的《童话的研究》。

四十年代末期，连年战争，物价飞涨，人民生活艰难，童话已奄奄一息，创作无法继续，理论自更难以产生。

童话这块许多人共同开拓出来的新地，又成了一片荒原。

第三章　当代的童话

第一节　童话的新兴

四十年代过去了，跨过了五十年代。留下来的中华书局、商务印书馆、大东书局等几家大书局，以及一些小私营书店，出版一些零星的童话书籍，而且大都是低幼的图画读物。童话，只能说是一息尚存。

后来一些民间书店公私合营了。不久，在上海和北平两地先后成立了少年儿童专业性出版社，办起了儿童文学的刊物和报纸。

童话，开始有了发展。短短几年中，儿童文学出现了一个所谓"黄金时期"，不论在数量上和质量上，都超过以前。

童话，有了起色，它和儿童文学的其他样式一样，有了新的兴起。

一九五三年举办了关于四年来（一九四九年十月一日至一九五三年十二月卅一日）的全国儿童文艺作品评奖，这是第一次全国性的少年儿童文艺作品评奖。经过评定，有四十六篇（首）作品获奖，其中童话有：秦兆阳的《小燕子万里飞行记》获一等奖，严文井的《蚯蚓和蜜蜂的故事》获二等奖，金近的《小鸭子学游水》获三等奖。

写《小燕子万里飞行记》的秦兆阳，是写成人文学的作家。他一九一六年生，湖北黄冈人。做过美术工作。一九四六年开始写作，主要是小说、散文，也写过理论，《小燕子万里飞行记》是他唯一的一个童话作品。这篇童话，写两只小燕子的妈妈告诉它们：时间是会走的，它要带走春天，带走秋天，会使你变老。小燕子想把时间的脚捉住，不让它带走春天、秋天，于是就偷偷离开妈妈，去找时间的脚了。它们飞呀飞呀，从春天飞到夏天，没有找到时间的脚。秋天来了，它们跟着大雁，从北方飞到了南方，一路上历经了千辛万苦。慢慢地，小燕子锻炼得坚强起来了。最后，它们在南方，见到了分别已久的妈妈。

严文井写的《蚯蚓和蜜蜂》，说蚯蚓和蜜蜂在早先模样是差不多的，也是一对好朋友。蜜蜂，它爱好劳动，勤于工作，所以慢慢地长出了翅膀来，变成了现在会酿蜜的蜜蜂的样子。蚯蚓很懒惰，一切都想现成的，因为老不活动，样子也改变了，成了现在蚯蚓的样子。后来，它看见蜜蜂生活得很好，十分难过和后悔，从此改掉懒惰的毛病，躲在泥土里帮植物松土。

金近的《小鸭子学游水》，写鸭妈妈带着六个孩子到河里去游水。五个孩子都跳下水去了，只有第六个孩子，叫小黄毛，个子瘦瘦的，身上黄毛稀稀拉拉，不敢下水。鸭妈妈带着它下水，它不敢离开妈妈。过了一些日子，小黄毛也长大一些了，但胆子还是很小。一次小鹅来邀它参加游泳比赛，它落在最后面。这样，它才要妈妈教它学游水。

小黄毛开始认真学游水了。虽然在学游水时也遇到了一些困难和危险，但它还是认真地学下去。最后它终于成为一个勇敢的健壮的游水能手。

这三个童话作品，代表了那几年童话的创作水准。当然，童话质量的提高，是要有一个过程的。

在这以后，童话就像雨后春笋一般地多起来了，艺术质量也很快提高了。

严文井写出了《小溪流的歌》等优美的深刻的短篇童话和趣味盎然的中篇童话《"下次开船"港》。

金近以旺盛的创作力，写了一些短篇童话，大家所熟知的有《小猫钓鱼》《小鲤鱼跳龙门》《狐狸打猎人》等。

陈伯吹写出了《一只想飞的猫》，这篇作品，被公认为陈伯吹童话的代表作。

叶圣陶虽然没有再写童话新作品，但将他在早期所写的童话，经过选择，逐篇改写、整理，出版了《叶圣陶童话选》。这本集子，虽经时代变迁，但在童话领域里，仍然光彩熠熠。

张天翼的短篇童话《不动脑筋的故事》，妙趣横生，很受孩子们的欢迎。接着，他又写出了中篇童话《宝葫芦的秘密》，是中篇童话中的佼佼之作。

贺宜以他稳健的笔力，短篇，中篇，接连问世。在数量上，堪称首位，在质量上也颇多佳作。他的两个中篇童话《小公鸡历险记》《鸡毛小不点儿》，合称"两鸡"，赢得了广大的少年儿童读者。

包蕾写出了一批短篇童话《小咪和毛线球》《小金鱼拔牙齿》等，但到他写出了《猪八戒新传》以后，这集子里的四篇关于猪八戒的故事新编式的童话，体现了包蕾的诙谐风格。

以写短篇童话著称的钟子芒，除写出《孔雀的焰火》那样的佳作，还写了许多童话小品，后编为《五个月亮》一集出版。这是童话、诗、散文糅合于一体的新尝试，以它特有的风采，在童话土地上开放了奇异的花朵。

葛翠琳这位年轻的女作家，从她的《野葡萄》一出世，她文笔的细腻和优美，娓娓的抒情，流畅的风格，就引人注目，接着她写出了《金花路》，便奠定了她在童话创作中的基础。

这段时间，出现的童话佳作是很多的，还有方轶群的《萝卜回来了》、黄衣青的《小公鸡学吹喇叭》、彭文席的《小马过河》、仇重的《半边树》、宗璞的《湖底山村》、金禾和林地的《老婆婆的枣树》、任溶溶的《"没头脑"和"不高兴"》、张梅溪的《懒惰熊》、何公超的《想走遍世界的驴子》、张士杰的《渔童》、赵燕翼的《五个女儿》、吴梦起的《小雁归队》、胡奇的《鱼兄弟》等等。

这些童话作品，一般来说，艺术质量都超过了以前的水准。题材比以前大大广泛了，有写过去生活的，有写现今生活的，有写人的，也有写动物、植物和其他的。在样式上有民间传说型的，有小说故事型的，有寓言型的，有故事新编型的，有动物故事型的，有散文小品型的。对象也照顾了多方面，有给幼儿看的，有给中年级儿童看的，有给高小或初中的少年看的。长的十余万字，短的几百个字，长短深浅都有。童话这一花圃，开出了各种各样的花朵。

童话作者，也开始形成一支队伍了。

关于外国童话的翻译，因为翻译总比创作要容易一些，一个创作高潮到来之前，必定是一个翻译高潮，这似乎是一种规律，过去是这样，现在也是这样。

前些年，虽然已把许多外国童话作家的作品介绍到中国来，但是大量介绍外国童话作家的作品，还是这几年的事。

《安徒生全集》十六本，收他全部童话作品，这是由叶君健翻译的。

《格林姆童话全集》，共十卷，这是由丰华瞻翻译的，包括了格林兄弟的全部童话作品。

苏联的童话作品，在这些年可以说是大量地翻译到中国来。

高尔基（一八六八——一九三六）从 1912 年开始，写过《小麻雀》《茶炊》《雅施卡》《叶夫赛的奇遇》等童话作品，已全部翻译出来。

阿·托尔斯泰（一八八三——一九四五）去世前几年所整理的《俄罗斯民间童话》，以及他根据《木偶奇遇记》的故事复述而成的《金钥匙》，一起都介绍过来了。

根据乌拉尔矿山民间传说写成的童话《孔雀石箱》，是苏联评价甚高的童话作品，作者巴若夫（一八七九——一九五〇），由李俍民全部翻译过来，共二十四册。

日本童话介绍过来的有川崎大治的《变成花呀，变成路》，石井桃子的《阿信坐在云彩上》，槇木楠郎的《三个红蛋》等。

韩国童话介绍过来的有李国友的《削不短的铅笔》，元道弘的《不老草》等。

印尼童话介绍过来的有额·维拉普斯达卡的《机智的鼠鹿》等。

印度童话介绍过来的有克里山·钱尔达的《一棵倒长的树》等。

以色列童话介绍过来的有露丝·芙尔的《野东西》和《美丽国》《智慧帽》《安静的森林》等。

瑞典童话介绍过来的有塞尔玛·拉格洛夫的《里尔斯历险记》（一译作《骑鹅旅行记》）等。

挪威童话介绍过来的有亚士标尔生的《三难题》等。

芬兰童话介绍过来的有海尔达·埃林娜的《到自由国去》等。

波兰童话介绍过来的有杨·布洛尼夫斯卡雅的《布娃娃历险记》，扬·格拉鲍夫斯基的《两只淘气的小狗》等。

捷克童话介绍过来的有约瑟夫·卡贝克的《小狗小猫洗地板》等。

罗马尼亚童话介绍过来的有伊昂·克里昂迦的《克里昂迦童话集》，约·伊斯特拉基等的《怪鸡蛋》等。

德国童话介绍过来的有安·布罗布斯特·艾·慕勒别克的《井中人逛世界》，安奈·葛尔哈尔的《铁儿的故事》，安纳托尔·法朗士的《蜜蜂公主》，弗里德里希·沃尔夫的《沃尔夫童话集》等。

英国童话介绍过来的有吉卜林的《野兽世界》，洛勃司的《空屋子》等。

法国童话介绍过来的有博蒙夫人的《美女和怪兽》，比·加玛拉的《自由的玫瑰》，夫·勒非甫尔的《红面小母鸡》，沙尔·彼罗的《小红帽》，乔治·桑的《祖母的故事》，弗朗莎丝·索利阿诺和马克·索利阿诺的《鲶鱼奥斯加历险记》，保·瓦扬-故久里的《瘦驴和肥猪》等。

意大利童话介绍过来的有贾尼·罗大里的《洋葱头历险记》等。

美国童话介绍过来的有莱曼·弗兰克·鲍姆的《绿野仙踪》，佛拉克的《改过的小老鼠》，葛立菲斯的《鼹鼠嫁女儿》，纳撒尼尔·霍桑的《丹谷故事》，怀特的《夏洛的网》，罗勃脱·蒲特的《象伯伯的喜剧》，辛·路易士的《小狗熊帮果》等。

巴西童话介绍过来的有蒙特伊鲁·洛巴图的《娜丝塔霞姑姑讲的故事》等。

澳大利亚童话介绍过来的有莱斯利·里斯的《小脚趾水中旅行记》等。

这些外国童话作品，像水一样流进了中国这块童话新土，中国童话从中汲取养料，收益是很多的。

随着童话创作的新兴，童话理论也相应跟上，叶圣陶、张天翼、严文井、叶君健、陈伯吹、贺宜、金近、包蕾等童话作家，写出了一些关于童话的专论，有的是童话理论建设文字，有的探讨童话上的一些问题，有的谈自己写作童话的心得体会，有的评介某一童话作家或作品。当时出版的童话理论专集，则有一九五七年出版的金近的《童话创作及其他》，以及一九六二年出版的贺宜的《童话的特征及其他》。还有黄庆云、钟子芒、陈子君、舒霈、蒋风等，都写了一些有分量的童话论述文字，对刚新兴的童话创作，是有帮助的。

新兴的童话，由于童话作家们、童话翻译家们、童话理论家们的共同努力，创造了一个童话百花齐放的好局面。

但是，由于童话刚刚兴起，还没有形成一整套艺术规律和体系，所以童话创作上是各写各的，出现的作品，也可以说良莠不齐。

初期出现的一些童话作品，大多是动植物拟人化和民间故事型的童话。有的作者，写来写去，渐渐地流于俗套，好像成了一个模子里印出来的，有的变成了生活的图解。

这样，读者不满足了，童话作者自己也不满足了。

于是，大家都希望突破。突破的关键，是在童话如何反映当前现实中的儿童生活，也即是童话如何更具有时代特征和社会特征。

童话作者们开始注意在童话中塑造新少年儿童形象了。

童话的形象，成为大家所关心的焦点。童话是需要形象的，而且也需要有感人的形象的。

但是，不可避免，童话形象，也受到当时儿童文学界，特别是整个文艺界的影响，追求"高大完美"，出现了一些形象高大、内容浅薄的作品。

这时期，欧阳山在《作品》一九五六年一月号上，发表了一个作品，题目叫《慧眼》。他本人并没有把这篇作品称为童话，刊物上也标明是小说。因为这篇作品里运用了幻想的手法，许多人把它看成童话。这样，儿童文学界便开展了一场论争。

在童话的看法上，大家存在着分歧。因为有分歧，就有争论。

《慧眼》之争，拉开了童话讨论的前奏。

《慧眼》的故事是说：一九五四年，农业合作社生产队长的孩子周邦，从小就有一双漂亮而奇异的慧眼，能够看透别人胸膛里的心是什么颜色的，诚实的人心是红颜色的，说谎的人心是黑颜色的，他帮助合作社和大伙儿做了好事，但由于他自满骄傲了，便失去了这种神奇的力量，并且被坏人和懒汉所欺骗和利用。后来，经过父亲的教育和大伙儿的帮助，他的双眼又恢复了慧眼的功用。

作品发表以后，在一九五六年四五月第九期的《文艺报》上，发表了舒需的《幻想也要以真实为基础——评欧阳山的童话〈慧眼〉》一文。舒文首先提出：《慧眼》这篇作品是"失败"的。"因为运用童话的形式反映我们时代的生活，在我们儿童文学的创作实践中至今还是一个没有很好解决的问题，需要有更多的作者勇敢地大胆地来尝试。但是，《慧眼》这篇作品表明：作者的这个尝试失败了，并且走上了形式主义的道路。这主要表现在作品的现实内容和童话形式的脱节上。"舒文着重指出："这篇童话中，周邦这个形象恰恰是缺乏生活的真实依据的，是脱离了儿童的性格特征和心理特征的。""作者把童话的背景过于'现代化'，而不是在充满着奇幻的漫画气氛中展开情节，因而使得读者愈加怀疑童话故事的真实基础，愈加尖锐地感觉到童话形象和现实环境的冲突。环境是具体的、现实的，人物是幻想的、神奇化了的，两者之间的矛盾在读者的印象中是很难抹掉的。"舒文还说："这篇童话在艺术上也是枯燥无味，既缺乏丰富的令人生趣的幻想，也缺乏优美的情调和幽默感。"舒文认为"失败的原因"是"没有把握到生活的真实，自然也不能从生活中产生合理的幻想，不能把童话的幻想建立在真实的基础之上"。

舒文提出了对于《慧眼》的争议，一场童话界的论战，展开了。

贺宜在《人民文学》一九五六年八月号上发表的《目前童话创作中的一些问题》中，提出他的看法，基本上是和舒文的观点相一致的。他说："作者在一个现实生活中的人物身上，赋予一种不可思议的神奇力量，而这个非同寻常的神童又和我们这一时代的普通人生活在一起，并且以他的神奇力量来影响生活，这样就造成了幻想和现实的脱节，这种离奇的'幻想'就不能不使人觉得是对生活的歪曲。"

　　紧接着，广东发表《慧眼》的《作品》月刊，在九月号上，发表了一组讨论《慧眼》的文章，有加因的《童话中幻想和现实结合问题》，黄庆云的《从儿童文学创作的要求看〈慧眼〉》，陈善文的《关于童话〈慧眼〉的一些问题》。三篇文章从不同的角度分析了《慧眼》这一作品。《作品》一九五六年十二月号上，陈伯吹发表了《从〈慧眼〉谈童话特征与创作》一文，参加这一讨论。他也认为《慧眼》"没有能够写得成功"，是一篇"失败"的作品。关键是"在于幻想和现实结合得不协调、不谐和，破坏了童话传统的体裁特征"。并且，他在此文中提出了对于童话的三个要求："首先'童话'是要有诗的美感"，"其次，'童话'是要有夸张和幻想"，"最后，'童话'要有幽默和快活"。

　　金近也在《作品》一九五七年一月号，发表了《文学的特殊形式——童话》一文。

　　欧阳山本人没有对《慧眼》发表意见，又发表了《慧眼》的续篇:《亲疏》《比赛》。

　　《北方》一九五七年二月号上发表了黄贻光的《从童话创作角度看〈慧眼〉》。

　　在《作品》一九五七年三月号上，又发表了齐云和瑞芳的文章《谈〈慧眼〉〈亲疏〉和对它的批评》，此文主要的论点是说《慧眼》等作品不是童话，而是小说，把《慧眼》当童话来讨论，是弄错了对象。

　　《作品》一九五七年六月号上，又发表了胡明树的《谈谈〈慧眼〉及其所惹起的》。

　　讨论并没有到此结束，一九五八年五月，《儿童文学研究》第五期上，发表了肖平的《童话中的幻想和美》一文，他认为"在名字上费口舌是无谓的，重要的、不可更改的是作品的内容和形式的特征。如果齐云、瑞芳一定要把《慧眼》叫作'小说'的话，那么，这样的

'小说'，就其内容和形式的特征来看，也可以和童话放在一起来讨论的，因为它很像童话"。肖文认为"《慧眼》也是篇不好的童话"。但是不好的原因是什么，他不同意贺宜的"没有现实基础"说法。他认为《慧眼》的问题，在于"是一篇没有美的童话"。他的说法是："童话中的美是完整的、和谐的、独特的、突出的。它是童话的灵魂，是童话的基本特征。"他还说："幻想也是童话的基本特征。但它只是童话的手段，而不是童话的目的。由于有幻想，童话中才能有特殊的、非人间的境界，才能给人物安排下特殊的遭遇和命运，才能表现出人物的非凡的力量和品质，美才能在童话中得到独特而完满的表现。""没有表现手段，也就没有了内容；取消了童话的幻想，也就取消了童话独特的美，童话也就失去了灵魂。""我们的某些童话作者，他们把追求幻想当作目的，因此，尽管他们的童话中有着大胆的出奇的幻想，但却不给人以美感，也就谈不到教育意义。"

肖文发表后，又把童话引向另一问题的争论，贺宜在一九五八年十月《儿童文学研究》第六期上，发表文章，指出："'有现实基础的幻想是有益的，没有现实基础的幻想是有害的'这个原则肯定是不能取消，而且我们也不能容许谁来取消的。"他认为"童话的美主要决定于是否真实地反映了生活；决定于是否巧妙地运用童话的幻想来真实地表现出或者暗示出客观事物的本质和规律，或者是表现、暗示出这些规律和本质的若干方面"等等。

这一场从《慧眼》引起的童话论争，是一九五六年开始的。开始，是一场学术上的讨论，但到后期，已由学术讨论转化到政治批判。

所以，不同的意见，也无法继续发表了。

这一场童话讨论，虽然也没有谁出来引导，但涉及童话的许多问题，如幻想和现实的关系，童话与小说的关系，童话的特征，童话的表现手法，童话与生活，童话与美学，等等。虽然大家没有取得一致的意见，但经过讨论，把问题摆了出来，大家各自表明了意见，经过讨论，有些意见大家比较接近了，有的意见保留分歧。所以这一次讨论是十分有益的。

近年，欧阳山的《慧眼》和续篇，仍收在他的集子里，继续出版。贺宜在编自己文集时，把他写的那篇文章抽掉了。

这都说明这一次讨论，有很大的影响和收获。

就在这场讨论的同时，童话界又在酝酿并开展另一项讨论。

一九五六年，提出了"除七害"，后改为"除四害"的口号。当时，所有各个地区，把消灭苍蝇、蚊子、臭虫、老鼠等（本来其中还有麻雀），是当成运动大张旗鼓来搞的。要消灭这些对人类有害的苍蝇、蚊子、臭虫、老鼠等，是一件好事，是无可非议的。上海一些编辑，因为在处理童话稿件时，遇到了老鼠、麻雀的拟人化问题，有了不同的意见。于是"老鼠、麻雀能不能在童话中作为正面形象出现"成为争端。有的说，不能作为正面形象出现，因为这与当前消灭老鼠、麻雀的口号相抵触。有的说，这是两码事，如果不能作为正面形象出现，那么就把古今中外的一大批童话给否定了，如中国的《老鼠嫁女》《老鼠金巴》，如外国的《拔萝卜》《聪明的小耗子》等等，都不能出版了。

于是，上海儿童文学界，在一九五六年六月八日，举行座谈会，讨论了这个问题。会上，作家们除少数认为儿童文学作品不能与政策相违背，把老鼠、麻雀写成正面形象就是与政策相违背，绝大部分作家都强调文学的特点，认为这不能算违背政策，不同意上一种说法。

作家们的理由，一种是：抓住一个动物的特点，加以艺术的拟人，对于任何一种动物都可以的，包括老鼠和麻雀在内。俄罗斯童话中有好的狼，我国的《白蛇传》写了好的蛇，不能因为"除四害"把这一艺术特点也否定掉。一种是：动物有它自己的世界，可以允许人去想象，拟人化就是人的主观和动物的客观相结合，这也是童话的法则。一种是：动物不是人，它们并不存在为哪一个阶级服务的问题，对于它们，利害关系和爱憎关系，不能以当前人的暂时利益来衡量。如麻雀是有害无益呢，还是益多害少？有种种说法，从文学上来说，每种说法都可以。

不同意上述说法的意见，认为这是强调艺术的特点，以艺术特殊为由，和政策原则相对抗。

这讨论，不仅在上海，而且在北平也不约而同地展开了。因为老鼠等在文学作品中的形象和地位，已经成为一个突出的问题，到了非解决不可的地步。

陈子君在一九五六年第十七期的《文艺报》上，发表了《"小耗子"引起的风波》一文。作者从儿童剧《拔萝卜》谈起，因为这个儿童剧中就有一个小老鼠。那是根据俄罗斯托尔斯泰改写的民间童话改编的，说：一个萝卜很大，老头儿来拔拔不起，老太太一起来拔拔不起，男孩、女孩、小狗、小猫一起来拔仍是没有拔出来，最后来了只小老鼠，拉着猫的尾巴，一拔把萝卜拔出来了。这故事并不是说老鼠的力量很大，这萝卜是靠小老鼠拔出来的，而是比喻。要大家不要忽视像小老鼠那样的微小的力量，不要看不起小东西，要做一件事，力量相差一点点都不行，这里的小老鼠，实际上是一种微小力量的象征。这个儿童剧的演出，在北平也引起了一场风波，和上海的鼠雀之争，同样的热烈。

北平的安娥在一九五六年六月号的《剧本》月刊上发表的《谈谈儿童剧的写作》一文中，主张"动植物所化的'人格'"不能"距离习惯上所意识的太远"，否则"就不容易使观众和原来对这些动植物的感情和认识联系在一起"，"这就损失了'人格化'的原义"。

讨论时，就把安娥的说法，引申开来了。有人说，猫是吃老鼠的，《拔萝卜》里，老鼠拉着猫的尾巴，这怎么可以，应该把小老鼠去掉。有人直截了当地说猫是抓老鼠的，老鼠不能写成正面形象，那么猫就不能写成反面形象了。童话《马兰花》里有一只猫，是挑拨是非、背后捣鬼的"坏人",就有人批评，要演出时把猫改为老鼠。

陈子君的文章，是《文艺报》上"文艺信箱"应木偶艺术剧团一位读者的来信答问。陈文说："生活中的习尚，和文艺作品，特别是童话作品中的描写，也是不能完全等同起来看的。在我国的童谣中，也还有把小耗子描写成天真的性格的。在民间图画中，更有'老鼠招亲'一类十分动人的描写。这是因为耗子在生活中固然有害，但在艺术的创作中，取其机警、伶俐、敏捷的特点，加以想象，也能引起人的美感。看艺术作品，就要顾及艺术的特点。"陈文还指出："在这次争论里，更主要的还反映了另一方面的问题。有些人在对待文艺作品的时候，不是从作品的精神去考虑，而是忘记了其为艺术，拼命从作品的每一个细节，机械地去追求其'教育意义'，或者看有没有所谓副作用。这是一种钻牛角尖的态度和方法，往往把自己引到迷魂阵里去。"陈文最后对这位来信的读者说："你们剧团的苦恼，也反映了清规戒律对文艺事业的危害。我们必须打破这些清规戒律。"

这场讨论，北平首先见诸文字，也就是这些文字，以后未见公开发表什么论述。

上海的讨论，都只停留在口头上，见诸文字，始自一九五七年一月《儿童文学研究》创刊。

《儿童文学研究》创刊时，只是少年儿童出版社赠送作者、编辑之用，内部发行。

一九五七年一月，在上海的《儿童文学研究》创刊号上，辟出了"关于童话中鼠雀形象的讨论"栏目。因为北平讨论的虽然是儿童剧，实际上涉及童话中的许多问题。

这栏目的第一篇文章，是樊康的《多余的担心》。樊文认为：在童话创作中，作家"完全有权利自由选择任何一种动物，加以想象和拟人化，写成可爱的或可憎的形象，而不必受到什么'利害关系'和'爱憎习惯'的限制"。

另一篇文章是杜风的《"抓了芝麻，丢了西瓜"》。某文认为："在童话创作中，麻雀不能写成'护粮模范'，而可以写成别的可爱的形象，就说明了选择动物创造童话中的形象的时候，并不是'完全自由，可以不受限制'的。一般说来，在选择动物来创造童话中的形象的时候，适当照顾人们的'爱憎习惯'，也有它的好处。"但杜文认为："粗暴地将动物根据它们与人类的利害关系，来规定在童话中可爱和可憎的形象的创造，这种做法，会严重损害童话创作的繁荣，必然造成大量公式化、概念化作品的出现。"

一九五七年十一月二十一期的《小朋友》杂志上，刊登了一幅拓林设计、詹同绘画的连续画：《老鼠的一家》。这幅连续画分为八图。第一图为一个女孩子正在睡觉，半夜里几只小老鼠钻进了放在床前的她的鞋子里。第二图是女孩子第二天早上起来，发现她的一只鞋子里，有几只小老鼠。第三图是女孩子捧着那只住着小老鼠的鞋子，她妈妈抱来一只猫，要她把小老鼠"拿去喂猫吧！"她不肯。第四图是小女孩去端来一只铁丝网眼的鼠笼。第五图是小女孩把小老鼠送进笼子里，放在桌上看它们玩。第六图是一只大老鼠，也许是小老鼠的妈妈，来到笼子的前面，叫小老鼠们"快出来！""快出来！"小老鼠们在里面回答说："不！这里很好！"第七图是小女孩就把笼门打开，大老鼠也钻进笼子去了。第八图是大老鼠和小老鼠们一家子在笼子里一起玩踩轮盘，玩得很高兴，小女孩在一旁看着，也很高兴。

这幅连续画一发表，同年十二月二十三日《新闻日报》上，发表周兆定的文章：《这是什么画？》。周文指责杂志编辑部"为什么要画这篇连环画？""在应当教育儿童消灭老鼠的时候，为什么却相反教育他们去爱护老鼠？"

同月三十一日，严冰儿在《新闻日报》上，发表《这是给儿童看的画！》一文。严文认为《老鼠的一家》作品的主题是"对小动物、小生命的同情和爱护"，"主题是好的"。他认为："在童话中，一切动物是当作人物来描写的，如果谁把童话境界与现实生活混淆起来，那只有把自己弄糊涂。"

《新闻日报》上登了这几篇文章后，引起了广大老师、儿童文学作者、家长们的注意，纷纷投书报社发表意见，报上选登了十一篇文章。为此，上海儿童文学界在一九五八年一月十三日召开座谈会，讨论了这篇《老鼠的一家》，涉及"老鼠"等害虫可不可以在儿童文学作品中作为"正面人物"等问题。

讨论中，大家对这一作品，基本上是否定的，认为"主题思想是难以捉摸的"，"例如：研究小动物、不听妈妈的话、用计诱捕老鼠等等"。"它的体裁也是混乱的，可以看作童话，也可以看作生活故事，更可以看作童话和生活故事的凑合物。但是，说它是童话，幻想不够丰富；说它是生活故事，则又不够真实。所以说，在艺术上也是失败的。"

关于老鼠等可不可作正面形象问题，意见还是分歧的。一种是："在现实生活中，老鼠等七害是反面形象，是人民憎恨的对象。文学作品既然要反映生活，那么，把现实生活中的反面形象描写成正面现象，就是歪曲生活。"一种是："这些害物是可以作为正面人物来描写的，因为它们一写入童话，就成为童话中的人物，而非现实生活中的人物。"

这一场争论，关系到童话的拟人化与人们的习惯如何统一，拟人化的动物与生活中的真实动物如何统一等问题。

最后，这场争论，请了两位有关部门主管，分别以《文艺作品必须坚持以社会主义思想教育儿童的原则》《从〈老鼠的一家〉的争论谈到童话创作中几个特殊问题》为题，写了"结论"性的文字，刊于《儿童文学研究》第四期，这是一九五八年二月。这场论争发展到此，告一段落。报纸和刊物都相约声明"不再继续"。而新兴的童话，至此开始进入低谷期。

第二节　童话的扼杀

近年来，有不少童话作品，是动物拟人化的童话，以及写古代人生活的民间故事型的童话。这应该说是很正常的，动物拟人化是童话的一大手法嘛！古今中外这类拟人化的童话是很多的，其中有不少是极为优秀的珍品，在孩子们中传诵不衰。写古人生活的民间故事型的童话，这是按照民族传统来写的富有中国气息的作品，这类童话古往今来，各地都有，也有许多童话名著，属于这类作品。

这些童话，虽然是写动物，其实写的就是人物。这些童话，虽然是写古人，其实写的就是今人。

如果，在肯定动物、古人童话的前提下，说童话的路子还可以宽一些，品种和手法还可以多一些，应该增加一些直接反映儿童生活的童话，未始不可。

实际上，当时童话状况也并非"古人动物满天飞"的。应该说，反映儿童生活的童话还是不少的，如《不动脑筋的故事》所写的赵大化、《宝葫芦的秘密》所写的王葆、《"下次开船"港》所写的唐小西，不都是当时现实生活中的儿童吗？

应运而生的，出现了一些"大跃进"式的童话。

如写一个巨人，手举两座大山，一座是工业，一座是农业，迈着大步在前进，背后一个外国佬赶不上，气倒在地上了。

如写人与自然的斗争，一块乌云跑到东碰到高房，跑到西遇着大楼，最后被人制服，送进了炼钢高炉。

有人为当时的一些童话写照说："你讲玉米万丈高，我说玉米冲云霄；你写稻秆碗口粗，我说割稻用钢锯。"

这是些图解式的童话。有人说，这是图解了生活，图解了时代。实际上这是歪曲生活，歪曲时代。只是图解了政治口号，是童话的倒退。

于是，出现了许多反映建设面貌的童话。

自然，神仙之类，童话中是绝不允许再出现的了。

有一位作者，在一九五九年第五期的《读书》上，写了篇文章，题目就叫《现代的儿童何须仙人教育》，明白提出要把神仙从儿童读物中清除出去。这是篇当时很有代表性的文章。虽然在同年的第十期《读书》上，发了篇《写仙人何尝不可》，为童话作了解释，为仙人作了辩护，但已显得十分无力，因为当时的"大势"已趋于清洗童话中的一切古人和动物了。

这不是论争，而是批判，被批判者是没有发言权的，也不允许有其他人来发表不同意见。

《慧眼》的论争，各种意见可以充分地发表，谁也没有做结论。这是很正常的学术讨论。

《老鼠的一家》的论争，这一次，不同意见还可以发表，但因为已经跟政治斗争卷在一起，也很难发表，最后做的"结论"，则完全是根据政治斗争的需要。

"古人动物满天飞，可怜寂寞工农兵"，就不叫讨论了，因为是单方面一面倒的，是不许有不同看法的，这叫作批判。

童话前面的路，一条一条都被堵住了，童话作者面前，无路可走了。

那条童话写工农兵，反映工农兵的路，怎么走呢？

于是，在童话界又展开了一场童话前途的讨论。

一九六一年，《文汇报》上开展了"新童话"的讨论。

其实，关于"新童话"之说，早在一九五五年讨论《慧眼》和"鼠雀之争"时，就有人提出了。《儿童文学研究》一九五八年第四辑上，有位作者，就以《试论新童话的创作》为题，写过一篇文章。他说："随着社会的变革和发展，人们的意识、生活也将随之变化、发展。作为以特殊形式，结合幻想来反映现实，反映人们思想意识的童话，也必然随社会的变革和发展而在变革发展着。"那么"新童话"

是怎样的呢？他认为是"直接反映儿童生活的童话"。他提出了"新童话"的"三个特征"。"第一个特征：童话的时代背景是今天的现实，人物是今天现实中随处都可碰到的人。""第二个特征：童话有丰富的、诗意的幻想，把幻想溶化在现实之中，运用幻想来描写人物和环境，通过幻想来展开故事情节，又使人不觉其是幻想，而只觉其逼真。""第三个特征：新童话具有正确的思想观点。"他认为"《宝葫芦的秘密》就是这样的童话"。

殊不知那时对《宝葫芦的秘密》也是持否定态度的，因为这童话写的是一个"转变"孩子，而不是高大的"工农兵"。

严文井也谈了对"新童话"的看法。那是一九五九年在《小溪流的歌》序言《泛论童话》中。

他在这篇文章中，提到当前各方面对于童话的指责："现代生活很难产生童话，童话这种形式将要很快被别的文学形式所代替。""童话就要消灭。""有些人主张把仙女和巫婆从我们童话里赶出去；另外一些人还考虑，把王子和公主也驱逐掉；还有一些人则悄悄暗示，希望鸟兽少说话，或甚至不说话等等。"严文井驳斥说："今天产生不了新的神话，可还不等于今天产生不了新的童话。""我认为断言童话就要消灭，似乎还早了一些。事情还不是这样简单吧。""问题不决定于我们这几个爱好童话的成人。童话作者不写，童话却仍然要产生，而且天天产生，处处产生。""我提起这些，无非是想请你注意某些事实，希望你在给童话做结论以前，考虑一下孩子们的意见。因为，童话是由孩子们的需要而产生的，最初的创造者是孩子。""童话完全可以不跟仙女、巫婆、王子、公主共命运，虽然过去他们是在童话里常出现的角色。在新童话里，许多新的角色代替了旧角色，完全是合理的。但是，我觉得也没有必要制定法律来限制所有那些旧的角色的出场。我们还得辨别一下那些角色是在怎样的情况下出场的。"在这篇文章里，严文井还说："童话不是自古以来就只有一种模样，一成不变的；

它也不是靠吃仙女和巫婆这一类奇特的'食物'才能活命的。它的形式和内容看起来常常有些怪诞，但它最忌的是为怪诞而怪诞。所谓怪诞，例如时间的跳跃和颠倒，形体的变幻等，实际常常是和一种浪漫精神结合在一起的。童话虽然很多都是用散文写作的，而我却想把它算作一种诗体，一种献给儿童的特殊的诗体。这种诗体有自己所适宜于表现的一定内容，容纳了较多的幻想，但不是以幻想为唯一的特征。主要仍然是生活（孩子们的生活和孩子们接触到的成人们的生活），和孩子们的心理特征，决定了它的形式的特点。所以，有些所谓怪诞，又常常是由孩子们心灵的镜子的特殊的折光而产生的。生活有变化，孩子们接触到的东西有变化，幻想自然也有变化。没有仙女、巫婆、王子、公主，可以有童话；没有孩子，没有孩子的眼睛和心灵，没有美丽的幻想，没有浪漫精神，没有诗，哪怕有一个最奇怪的故事，则一定不会有童话。"所以他说："现在应该考虑的问题，不是取不取消童话和怎样取消童话；而是怎样抓住我们时代的特点，我们的孩子的特点，新的生活带来新的主题，写出新的童话来。"最后，他说："那么，新童话到底是怎样的呢？您别看着我，看着孩子们吧！"

一九六一年六月十日，《文汇报》上一下发表了两篇讨论童话的文章。

钟子芒的《童话的新主人》一文，提出了："今天的童话的主人就是'近在眼前'的社会主义时代的人物。写出他们创造的奇迹，写出他们高尚的精神品质，写出他们对美好未来的理想，这就是新童话吧。"

同时发表的魏同贤的《童话的拟人化手法》一文，对童话惯用的拟人化手法，作了辩解。他说："有的人认为拟人化手法，在新童话创作中是有很大局限性的，很难反映新人新事，从而便提出新童话的创作不提倡使用这一手法。""作为一种艺术手法，拟人化在任何样式的文学作品中都被广泛地运用着，但是，任何作品都没有像童话那样把拟人化作为自己的基本的艺术方法之一。不可能设想，童话创作中如果取消了拟人化，鸡猫狗兔不讲话，花草树木不具有人的性格，那将把童话创作挤进多么窄狭的胡同！"

这样，关于"新童话"的讨论，正式展开了。

陈伯吹在六月二十九日的《文汇报》，发表了《谈"新童话"》一文。陈文认为："时代在不断地进展，形势在不断地变革，童话是不可能安坐在'象牙塔'里千年不变，万年不动，一仍其旧。""童话变革的因素既在先天存在着，又在后天被要求着，不变不行。""有一点必须郑重地作为原则性来提出它：那就是童话的变革，如果不是在思想内容上有所革新，任何变革都将流于形式主义的改革，而不能出现真正的新童话。""问题在于新的思想内容和童话的特点，以及它的传统的体裁样式、表现的艺术手法，如何正确又和谐地统一起来，如胶如漆地结合着。"

贺宜在 7 月 2 日《文汇报》上发表了《童话从生活中来》一文，后又在十二月的《儿童文学研究》上发表了《漫谈童话》一文，进一步阐明和补充前一文的论点。他首先对"新童话"这一口号，提出批评和指责。他认为："新童话""这个口号的提法是含糊不清的，是容易引起误解的"。他的理由是："新与旧的概念是在比较中形成的。今天的旧的在过去曾经是新的，今天的新的在明天又将成为旧的。而且今天的旧的，由于立场观点的不同，在某些人心目中可能仍然被认为新的，而真正新的倒反而被他们认为异端或旁门左道而加以排斥。""如果我们在童话的前面加个'新'字，目的是要说明我们时代的童话跟过去的那些童话的本质区别，那么实际上并不能达到这个目的。"贺宜的这一见解，得到绝大部分童话工作者的赞同。他在文章中提出了"童话的三个因素"，即"夸张性""象征性""逻辑性"。他认为，"只要是真正的童话，就一定要包含这三个因素"。"但是，有这三个因素，只能说是有了童话，还不能说一定就有了好童话。"他又提出"好童话"具备的三个"条件"，即"真、新、奇"。

这场讨论，由于政治形势的急剧变化，童话的前途之争，道路之议，自然得不到什么结果。

但是，这一次讨论也是有一些益处的，因为大家都摆出了自己的观点，动机都是相一致，都要求童话有所改革，有所创新，都要求童话和当前时代相适应。对童话加强思想性和艺术性，也作了多方面的探索。

第三节　童话的恢复

一九七六年十月，文学艺术得到了解放。

一步一步，少年儿童文学的报刊陆续恢复了，出版社陆续恢复了。

大家开始想到这个少年儿童的好朋友"童话"了。

儿童们在呼喊童话了，童话在呼喊作家了。

一九七七年五月，即粉碎"四人帮"后第一个国际儿童节的前夕，在北京，由《北京少年》《北京儿童》两刊物牵头，召开了一个童话座谈会。这是"文化大革命"后第一次童话会议。严文井在座谈会中宣称："我们现在有充分条件写出比过去的童话更好的童话来。""从现在起，我们就应该敢字当头，努力为少年儿童写作品，写童话。我们这样的人不能搞出石油、钢铁等来，但是经过努力，是可以写出一点童话来的。"这篇讲话，也发表于同年六月号的《人民文学》。这一讲话，代表了所有童话作家的心声。自此，童话可算是进入了一个恢复时期。

童话作家们一个个从禁锢中解放出来。童话作家像一只刚出鸟笼的鸟，又看见这么广阔的天空，它不知道该怎样飞翔了。它多么想飞，和过去那样，在高空中，自由自在地扑着翅膀翱翔。可是它一振翅膀，又便摔落在地上。它没有灰心，它不断地飞，不断地飞，它会飞上高空的。这是那时候，童话作家们的写照。

很快，一些童话老作家写出了许多新作品。

报纸和刊物上，还大量地介绍外国童话作品，介绍外国童话作家。比较集中的是介绍安徒生和安徒生的作品。其次是格林的。一九七八年六月，叶君健翻译的《安徒生童话全集》，那十六册，包括他全部作品一百六十八篇，由上海译文出版社重印新一版也问世了。这都是童话恢复后的前奏。

上海教育出版社在一九七八年十月，印出了我国自"五四"以来的童话大型选本。选收了叶圣陶、贺宜、巴金、张天翼、金近、严文井、陈伯吹、何公超等四十多位作家的六十余篇作品。这些作品大多是早期的，但有少数是粉碎"四人帮"以后的新作。这本选集的出版，起了"承先"以"启后"、"温故"而"知新"的作用，成为当时童话创作的有力的推动。

一九七九年北京出版社编辑、出版了《外国童话选》和《民间童话故事选》。四川人民出版社在同年的十一月，也出版了《外国童话选》。这些选集，介绍了外国的童话和我国民间的童话，也是对于童话创作的推动。

一九七九年五月《少年文艺》第五期，首先出版了"童话专辑"。六月《儿童文学》丛刊第十期，接着出版"童话诗歌专辑"。七月《儿童时代》第十一期出版"童话专辑"。连续三个月，京沪三家少年儿童重要刊物，出版《童话专辑》，造成的声势和影响是巨大的。这些专辑里，严文井、贺宜、金近、包蕾、刘厚明、赵燕翼、宗璞等老中青作家都写了新的童话。童话以引人注目的新姿态，出现在小读者面前。

一九七九年八月，人民文学出版社出版了三十年来（一九四九——一九七九）的《童话寓言选》，由金近、葛翠琳主编。选收了严文井、陈伯吹、贺宜、包蕾、任溶溶、吴梦起、黄庆云、钟子芒、鲁克、陈玮君、张士杰、邬朝祝、方轶群等老中青作家的优秀作品一百篇。金近在"序言"中说："我们童话的题材比过去更要广泛得多，我们的幻想领域也更为开阔得多。我们需突破一些框框，使童话创作发展得更适应这个时代的要求，引起孩子们去追求更美好的未来，为中国，为全人类贡献自己的力量。"

一九七九年九月，贺宜的《小百花园丁杂说》出版，这本随笔式的儿童文学理论集，共有短论一百八十五则，其中很大一部分是论述童话的。

一九八○年五月，一本专门发表童话创作和童话理论的大型刊物《童话》丛刊问世。这本丛刊由童话作家叶圣陶、叶君健、包蕾、严文井、陈伯吹、张天翼、金近、贺宜、葛翠琳等任顾问。由天津新蕾出版社出版。创刊号上由茅盾题词："为童话之百花齐放而努力!"冰心、高士其、陈子君等写了笔谈。这是大陆正式问世的一本童话刊物。这个刊物的出版，象征着童话的恢复已进入了一个崭新的时期。

同月，少年报社、江苏人民出版社编辑出版的《中国现代儿童文学选》的"童话卷"问世。这本选集选收四十七位作家为儿童写的童话作品，是一本研究童话发展的资料参考书，由张锡昌、盛巽昌编辑。

一九八○年的儿童节前夕，第二次全国少年儿童文艺创作评奖，在人民大会堂举行万人参加的授奖大会。这是大陆儿童文学界规模最大的一次盛会。一大批老童话作家叶圣陶、张天翼、严文井、叶君健、陈伯吹、贺宜、包蕾、金近等，他们几十年来为儿童写作，成绩卓著，被授予荣誉奖。童话方面获奖的作家和作品是：洪汛涛的《神笔马良》、葛翠琳的《野葡萄》、黄庆云的《奇异的红星》、孙幼军的《小布头奇遇记》荣获一等奖。张士杰的《渔童》、陈玮君的《龙王公主》荣获二等奖。钟子芒的《孔雀的焰火》、吴梦起的《小雁归队》、杨书案的《小马驹和小叫驴》、康复昆的《小象努努》、杉松的《一群小金鱼》、郭大森的《天鹅的女儿》、芦管的《剪云彩》、顾骏翘的《丰丰的明天》荣获三等奖。共有十四位童话作家的童话分别获奖。这些获奖作品由新蕾出版社出版《获奖童话寓言集》一书收录。同时，还由评奖办公室编辑、中国少年儿童出版社出版了《儿童文学作家作品论》一册，里面收编了一部分童话作家作品的评论文字。这一次评奖，规模之大，影响之大，是过去所没有的。这次评奖对儿童文学创作的推动是极大的。此后，各报刊、各地出版社、各地作协等，都举办过各种儿童文学评奖，有不少童话作者和作品获奖。

这期间，《儿童文学》编辑部在北京举行了童话创作座谈会。《儿童文学通讯》第四期上发表了部分发言。

新蕾出版社编辑、出版了一套《作家的童年》丛书，其中选收了一部分童话作家童年的回忆文字。

中国是个多民族的国家，少数民族大都有他们自己的民族童话，这些童话开始得到重视。三十四个民族的一百二十四篇在各地民间流传的童话故事，编成《中国少数民族童话故事》一书，由四川人民出版社出版。

一九八一年，上海儿童时代社，举办大规模的本年度"童话征文活动"。公告发布后，收到五千多件应征稿，评选出盖壤的《小蹦豆儿流浪记》、孙幼军的《怪雨伞》等十二篇作品为获奖作品。这些作品由四川少年儿童出版社出版集子。

一九八一年七月，少年儿童出版社邀请部分童话作家在上海举行童话创作座谈会。各地的一些童话编辑也参加了讨论。《儿童文学研究》第九辑为此发表了"童话专辑"。

一九八二年，《少年文艺》别开生面地在刊物上举办了"童话新作展"，全年十二期，每期发表一位童话作家的新作品，并附作家作品的评介文字。

这一年，第一本系统论述儿童文学的《儿童文学概论》出版，是由一些大专院校儿童文学课的教师编写的，四川少年儿童出版社出版。本书中也对童话的起源、发展、地位、作用、特征、手法等基本理论作了全面的探讨，还对中外的一些童话作家和作品作了评述。这些探讨和评述，对建设童话理论是很有益的。同时，湖南少年儿童出版社也出版了蒋风编写的《儿童文学概论》，该书的第四章第一节，阐述了童话的含义、历史、特征、分类、作用等问题。对童话理论建设，也是有帮助的。

从一九八二年夏天开始，连续四年，先后在沈阳、成都、广州、南宁、长沙、西安、昆明，分别举办过华北、东北地区（包括北京、天津、河北、山西、内蒙古、黑龙江、吉林、辽宁）儿童文学讲习班。西北、西南地区（包括甘肃、宁夏、陕西、新疆、青海、四川、云南、西藏、贵州）儿童文学讲习班。广东儿童文学讲习会，广西儿童文学讲习会，湖南儿童文学讲习会，云南、贵州儿童文学讲习班，全国低幼文学讲习班，参加讲习班的学员有数千人。其中有不少是童话作者。多位童话老作家被聘邀为讲师团讲师，分赴各地主讲童话。这对培养童话新人，繁荣童话创作，是甚有收效的巨举。

一九八三年五月，中国少年儿童出版社和《儿童文学》编辑部，在安徽黄山，举行了一次童话创作会议。

一九八四年四月，浙江作家协会在杭州举行童话创作会议。

这些小型的童话讨论会，对童话如何提高质量，作了探讨。

一九八四年六月，在石家庄举行儿童文学理论会议。各地评论界、创作界、出版界、教育界的代表一百多人与会。会上也讨论了童话问题。讨论在肯定成绩的基础上，又对童话创作中的一些不好的倾向作了批评。在《会议纪要》中说："有些童话缺乏幻想，有些幻想又太玄，有着很大的随意性，表现形式和手法也比较老套；有些童话不够美，甚至过多地渲染不健康的脏话，在小读者中产生不好的影响。题材面也较窄，比较多的是写孩子们身上的缺点。在学习和借鉴西方经

记》，瑞典阿·林格伦的《住在屋顶上的小飞人》《小飞人又飞了》《小飞人新奇遇记》《长袜子皮皮的故事》，挪威埃格纳的《豆蔻镇的居民和强盗》，捷克聂姆佐娃的《聂姆佐娃童话选》，日本松谷美代子的《小百百》、中川李枝子的《不不园》等等。著名童话翻译家叶君健、任溶溶，都有新译作问世。

童话理论方面，近几年也开始活跃。

各种报刊上，发表了一些童话理论文字，包括作家作品的评述。张天翼、严文井、陈伯吹、贺宜、金近、包蕾、葛翠琳、叶君健、任溶溶等都有专文发表。从事儿童文学评论、研究、教学的陈子君、贺嘉、方仁工、张锦江、刘崇善、孙钧正、崔乙、钱光培、曾镇南、樊发稼、高洪波、吴继路、张锡昌、盛巽昌、刘晓石、汪习麟、叔迁、杨实诚、杨植材、陈丹燕、浦漫汀、蒋风、张美妮、梅沙、汪毓馥、张光昌、张锦贻、刘守华、张香还、李乡浏等，都写出了关于童话的研究和论述性的文字。

童话理论专著，就是贺宜在四川少年儿童出版社出版的那本《童话漫谈》。

这里还应提到，这些年，在港澳和台湾，也出现了许多内容上和艺术上都很有水准的作品。香港的何紫，是前香港儿童文艺协会会长，他发表在香港《新晚报》上的《呢喃和悠扬》，是一篇很有特色的优秀童话之作。他写过不少童话故事，近年来印成单行本的有《动听童话选》《26短篇童话集》等。香港儿童文艺协会现任会长吴婵霞，发表在香港《给小朋友的礼物》作品集中的《奇异的种子》，也是一篇有一定水准的童话佳作。她写过不少童话，散见于香港各报刊。

香港市政局于一九八一年首次举办了中文儿童读物创作奖，主要评选低幼儿童的读物，每年有一大批童话作品得奖，如《小鱼儿历险记》《太阳伯伯的生日》《爱工作的小猪》《熊猫小咪咪》《小紫花仙子的故事》等。香港儿童文艺协会从一九八三年开始，也举办儿童小说创作奖，所称小说评奖，实际上也包括了童话，获奖的作品中，不少是童话作品，如《一滴水旅行记》《猪八戒探案》等。

至于港澳介绍内地的童话，是不遗余力的。香港的三联书店，于一九八三年出版了以《英雄的石像》为集名的英文本中国童话作品选，选收了叶圣陶等十位童话作家的十篇作品。一九八四年三月，山边社出版了《中国童话选》，选收了丰子恺等八位童话作家的作品。山边社复于同年出版了《中华童话文库》一套童话丛书，介绍了内地童话大家们的作品。

另外，国光书局出版了《日本童话集》《朝鲜童话集》《德国童话集》《西班牙童话集》《意大利童话集》《埃及童话集》《印度童话集》《法国童话集》《荷兰童话集》。万叶出版社则出了一系列格林和安徒生的童话作品。日新书店出了《格林童话全集》。海鸥出版公司出版了《安徒生童话集》《格林童话集》《天方夜谭》《伊索寓言》等等。这些出版物，为介绍各国童话作出了努力。

到目前为止，童话的繁荣状况，可以说已大大超过"文化大革命"以前了。这主要是指数量。如果从质量上来说，短篇童话的质量，比以前有了很大的提高。中篇长篇童话虽然数量上有一些，但可能还没有能超过那时一些中篇长篇的水准。

这几年，童话的发展是迅速的，进步也很大。但是从童话历史发展的长河来看，这仅仅是一个新开始。童话现在还只能说是苏醒后的恢复时期。大病初愈，还需要调理，加强锻炼，她将慢慢恢复过来，成为一个健康者，然后，成为一个强壮者。

当然，她的通路，今后也不可能是一帆风顺，还会有阻难，会有波折。但是，童话的前途一定是美好的。

世界上必定有儿童，所以童话的生命是永恒的，童话一步一个脚印，前进着，不断前进着。

这就是大陆童话全部的历史了！

第三篇　童话的继承更新

　　童话，有一宗宝贵的遗产。

　　把这宗遗产，统统碰烂，这是笨蛋所为。

　　但死死抱着遗产过日子，也是个傻瓜。

　　我们的祖先，创造了中国的童话。

　　我们的祖先，以丰富的幻想力，在科学上，在文学上，在各个方面，都作出了卓越的贡献。自然，也包括童话上的贡献。

　　我们中国有着灿烂的文化，我们向来以作为炎黄的子孙而自豪。这灿烂的文化中，自然，也包括着童话这一属于儿童的文学品种的发展。

　　我国历史悠久，幅员辽阔，人口众多，这宗童话遗产是十分可观的。

　　这是我们的祖先们，世世辈辈，上一代用以哺育下一代，下一代用以哺育再下一代，先人后人，不断地创造、丰富、修改、加工而流传下来的。

　　我们从前人手上接受下来的是千千万万个童话作品，我们从这千千万万个童话作品中还接受了一个童话的传统。

　　这些童话是十分珍贵的，这个童话的传统更是历代前人的心血结晶。

　　前人交下来的童话，我们要好好地使它流传下去，不能在我们这一代人手上断送。

前人交下来的童话传统，我们要好好地去继承，这样才能好好地创造新的童话作品，丰富世世代代流传的童话作品。

当然，所谓继承传统，也不是说一切都要照搬，继承复古主义。那样，童话不能进步，童话必须有破有立。

我们的童话传统中，大部分是好的，是健康的，特别是口头童话中，应该说大多数是富有人民精神的作品。由于封建思想的桎梏，自由活泼的人民群众的思想，特别是天真无邪的孩子们的幻想，也受到无处不有的钳制，因此，在这宗大部分是精华的珍宝中，自然也会有一些糟粕。如有不少古童话、民间童话里，宣传因果迷信、转回报应，宣传封建伦理、愚昧落后。当然也还有一些野蛮的、恐怖的、低级的作品，以及一些艺术上粗劣的作品。我们在继承时要扬弃这些糟粕，而接受那些健康的、向上的、高尚的东西。

继承也必须更新。大家不能都钻到故纸堆中去研究那些古童话，到民间去记录整理那些口头传诵的民间童话。当然，古童话的研究工作是要做的，民间童话是要记录整理的。但我们的童话作家不能以此为终点，而应该在这个基础上去创造新作品，写出新的童话来。

还有，也要说清楚，我们所说的继承，是不是就是继承古代的呢？古代的，当然要继承。但继承的历史概念，应该包括前天和昨天，就是所有的过去。这样，历史才是连续的，不是断裂的。当然，它要值得继承。

我们的世界、我们的社会、我们的生活，正朝着日新月异大变化。但这不意味要我们割断历史，抛弃传统。我们应在历史的基础上，进行巨大的变革，更新。

童话，不变革是不行的。世界、社会、生活随着时代的潮流在前进，各种观念都在变化，童话停滞不前怎么行呢？童话一定得更新。

所谓更新，当然是在继承的前提下更新，也即是在前人的童话传统的基础上更新。

这更新，也必须是大胆的突破。童话要突破。但什么是突破呢？突破就是比以前大大的进步。突破，就是大幅度地快速地进步吧！是进步这个字眼的放大。童话上突破，是质量上，包括思想上和艺术上的突破，而不是否定过去的一切，不能割断历史。现在有的人把文学上的突破，说成就是要抛开和否定昨天的一切，要从零开始，或者从他开始，这是荒唐的。

我们前人贻予的这宗童话遗产，丰富了今天我们的童话创作，如果没有童话遗产的滋养，我们今天的童话，要提高也好，要突破也好，是不可能的。另一方面，也应看到，这宗遗产，又在一定的程度上限制着我们。我们还须在学习它的同时扬弃一些东西，改革一些东西。这样更新，才是有效的。

所以，今天我们童话的继承和更新，是这么一个辩证的关系。

有人认为继承就是排斥向外国学习，更新是否定向过去学习，这些说法都是错误的。继承，绝不是一味排外，不要学习外国的东西。只是反对把外国的东西不管好坏，生硬地照搬。更新，也绝不是否定自己，去把外国的东西移进来，而是推中国之陈，出中国之新。继承和更新是相连接在一起的，不应机械地将它们截然分开。

我国的童话界，在"五四"前后，掀起过一股向西方学习的热潮，这是必要的，是应该的，这对中国的童话创作界是起了借鉴和推进作用的。

于是，中国童话界吸收了西方童话的滋养，不断摸索，创造我们中国自己的新童话。经过了几十年时间，我们中国现代、当代的童话作家已经写出了许许多多优秀的作品，摸索出许多珍贵的经验，我们已经有一套有系统的童话理论。这些作品，这些理念，都是中国式的。这就是我们所提倡的继承和更新。

当然在童话界也还有一些人，一开口，"言必丹麦"，一提童话，只有一个安徒生。一篇理论里尽是安徒生一人如何如何说。报章上连篇累牍地介绍安徒生，而不提其他童话作家和作品。安徒生是一位伟大的作家，他的不少作品是世界人民所公认的儿童文学宝库中的珍品。这些作品，对中国童话的发展起过极大的作用。我们今天还是应该向他学习，我们学习他不是太深入，还是很不够的。我们绝不可轻视和否定安徒生的作品。但是安徒生的作品与中国的传统童话，并不等同，不可照搬。用安徒生作品作标准，或者以其他外国作家作品作标准，来衡量中国的童话，是不一定都恰当的。我们中国应有中国的童话传统，我们中国是按照中国童话的路子在前进着的。

如何继承，如何更新，对童话的创作、理论、研究工作者来说，是一个重要的问题。因为这关系到对过去和今天的童话如何评估，关系到今后的童话向什么方向发展，走一条什么样的道路。

童话的继承和更新，我们绝不可理解成童话的清一色。童话继承和更新的依据是绚丽多姿的生活，我们的童话也应是绚丽多姿的。

我们童话的继承、更新工作做得如何，其检验标准，最主要的一条，是童话百花齐放了。

因为童话的继承和更新，它的前途，就是童话的繁荣。

童话，一定是要繁荣的。

第一章 童话的民族化和现代化

第一节 童话的民族化

每一个民族，都有它本民族的特色。我们是一个多民族的国家，有汉族、满族、蒙古族、回族、藏族等五十六个民族，合称中华民族。

任何一个民族的文化，如果失去了它的民族特色，就失去了它存在的意义。

我们中国历史上不论哪一朝哪一代，文学事业发达，能够流传下来的优秀作品，可以说都是富有民族特色的作品。

世界上别的国家，情况也是这样。可以说，古今中外，一切优秀的文学作品，都是民族化的作品。

民族存在，文学的民族化存在，这是一条不逾的准则。

由于我国近代长期被帝国主义的势力侵占，沦为半封建半殖民地社会。虽然这个时代早已过去，但遗留在人民头脑里的残余意识，还是严重的，直到今天，持有崇外思想的还大有人在。

有的人，一听民族化，思想上就抵触、厌恶、反感。

当然，有的人，对于民族化还有种种不同的理解。

有的人，提出民族化，认为就是古色古香，是那些民间童话、民间故事型的童话。是那些写"从前""古时候""很早很早以前"的作品。

这些写"从前""古时候""很早很早以前"的作品，往往具有浓郁的民族味。

可是也不能反过来说，凡是写"从前""古时候""很早很早以前"的作品，都是民族化的作品。有一篇作品，题目叫《诚则灵》。在过去的庙宇里，我们常常可以看到善男信女们捐赠的，写着"诚则灵"三字的大匾额。这背景，显然是中国早年间。但童话里的古代老和尚，却被写成像神父和传教士那样的人，一个金发女孩做错了事，一只会说人话的夜莺飞来，变化成一个长翅膀的裸体的男孩，引她到庙宇里，跪在老和尚前面忏悔……这和尚、女孩显然不像中国人，也不像是发生在中国的事情。看得出这一童话是从《一千零一夜》那些阿拉伯的故事中，还有别的国家的故事中套过来的。这怎么能说是一个民族化的作品呢?

我们绝不能认为,凡民族化的童话,必定是写"从前""古时候""很早很早以前"。当然,写"从前""古时候""很早很早以前",往往也是写现在,写今天。但童话,不能只写"从前""古时候""很早很早以前",还应该写现在生活的题材、今天人们的题材。如果,童话成为只能写过去的事,不能写今天的事,更不能写明天的事,这还行吗? 童话不反映现实,不写现代的人,都写成民间传说型、民间童话型的,岂不是清一色了吗?

童话的民族化,绝非古色古香化。

所以童话的民族化,我们不可看成只是个题材问题。

大家常常说,童话要讲究民族形式。我们这里所说的童话民族化,绝不只是形式问题,只是表现手法问题。

有人一听民族化,就说那是"旧瓶装新酒",把民族化理解为"旧瓶",是旧形式,旧的表现手法。这和把民族化看成就是"古色古香",同样是不对的。

民族化,表现在童话上,应该是个综合体。它包括内容、题材、形式、人物、故事、细节、手法、结构、语言等所有方面。这一切都应该民族化。

《宝葫芦的秘密》,孩子们喜欢极了。许多国家把这个童话翻译过去了,外国孩子也很喜欢。这是什么原因? 主要的原因之一,是这一童话很有民族特色。外国有宝葫芦吗? 在中国的传统故事里,仙人总是带着个宝葫芦的,连老寿星这无所事事的老仙人,拐杖上端也挂着个葫芦。葫芦里有的装着仙丹妙药,有的藏着奇珍异宝。用葫芦来作为神奇的要什么有什么的宝器,也是我们中国人的习惯。外国的童话中,有神灯、神罐、神瓶、神坛,有魔毯、魔鞋、魔缸、魔盒、魔棍……但没听说有宝葫芦的。这纯是中国的民族特色。但这个童话,仅仅一个宝物民族化,行吗? 不行。童话主人翁王葆,他是一个中国式的孩子，他的家庭是个中国式的家庭，他的学校是个中国式的学校，他的同学和老师都是中国人，他所在的地方就是中国北京，发生故事的时间就是二十世纪五十年代，作者用的表现手法是中国式的，按照中国的习惯以时间为顺序的结构，语言用的是标准的普通话……这一切都是民族化的，是这民族化的一切，组合成了《宝葫芦的秘密》这一整个作品的民族化。什么是童话的民族化，可以好好去读一读《宝葫芦的秘密》，这可以说是一篇民族化范作。

当然，这不是说，民族化的童话只有《宝葫芦的秘密》，要大家都去写《宝葫芦的秘密》。民族化绝不能是一个样子，而应该是许多许多样子。

《卖火柴的小女孩》，是一个丹麦的童话，我们为什么喜欢它？很主要的一点，它具有丹麦的民族特色。如若我们中国的作家来写一个在风雪之夜想念亲人的小女孩，可去写卖花的、卖报的，或者拾荒的、乞讨的。这，当然没有卖火柴的那么好，因为卖火柴即卖光明，是和夜的黑暗相衬托的。可是我们不能去写一个卖火柴的，因为中国没有过提篮卖火柴的。

再拿形象来说，譬如老人的形象，我们中国人熟悉和喜爱的是老寿星，南极仙翁，而不是圣诞老人。我们中国人大都是过春节的，不过圣诞节。我们中国人过春节爱在家里贴上赐福天官。我们中国的孩子，也绝不会在圣诞节的夜晚，梦见圣诞老人悄悄降临，在他的袜子里放上礼物。

米老鼠是美国孩子喜爱的形象，他们的儿童乐园里，有人扮米老鼠。

阿童木是日本孩子喜爱的形象，他们的一些商业广告上，常常出现阿童木。

尼尔斯是瑞典孩子喜爱的形象，他们的书店橱窗里画着大幅的尼尔斯骑鹅的图画。

　　我们中国孩子也读过这些童话作品，也喜欢这些作品，因为有他们国家的民族特色。但这些并不是中国的，中国孩子要读中国童话，就是爱读具有强烈中国民族特色的童话。

　　我们中国孩子更喜欢中国的童话形象，如猪八戒、孙悟空、哪吒、渔童……

　　我们中国有一个童话，写了一只黑猫，用来代替"邪恶"力量，许多读者提出了意见，认为这是西方民族的习惯，西方人向来视黑猫为不祥之物。

　　我们常常在一些歌唱会上，见外国歌唱家穿起中国人的衣裙，换上中国人的鞋子，从头到脚全是中国人的打扮，在台上演唱中国歌曲。有的人咬字不准，虽是唱的中国歌，听起来却不像。有的人咬字很准确，抑扬顿挫、平上去入，都对了，我们听起来，还是觉得很别扭，不一样。这是什么原因呢？因为唱歌的中国化，不光是咬字的问题，还有他唱歌的感情、发音、声调、动作、手势，都有没有中国化的问题。我们中国人一下子就感觉到了。

　　联想到一些歌唱会上，中国人唱外国歌曲，有的歌唱家很能干，她能唱许多国家的歌曲，我们听起来也十分钦佩，觉得她唱得真不错。但是，如果她唱英文歌曲，让英国人来听，或者她唱日文歌曲，让日本人来听，恐怕和我们听外国人唱中国歌一样，总不是那个味道。

　　这和在外国电影里出现的由外国人扮的中国人一样，中国人看起来总不像，还有一些中国的作品被外国人翻译出版了，外国画家所画的插图，看起来总是很不舒服。

　　所以，民族化的这个化，也不是一件易事。

　　现在有一些外国影片，中国观众实在难以看懂。有一些外国的儿童文学作品翻译出来，中国儿童很不想看。这不是说这些作品不好，可也不能说是中国人的水准太低，欣赏、接受不了。

　　这主要是中国人和外国人民族欣赏习惯不同。而韩国的、日本的、印度的这些邻国的作品，似乎距离较小，这也是由于地区相近、民族欣赏习惯也比较接近的缘故吧！

一篇童话作品，要做到具有民族特色，并不是一件容易的事。要作者深刻地去认识生活，认识我们中华民族的生活，包括人们的种种爱好、兴趣、习惯等等。一个不爱中华民族，没有深入生活的人，是不可能写出具有民族化的童话作品来的。你不了解中国的孩子，你怎么能写出反映中国孩子生活的童话来？

所以，民族化，绝不是什么复古，也不像有的人攻击的，是因循守旧的老框框，是一成不变的陈腐教条，是呆板僵化的扫进垃圾桶里的破烂……

它是一种积极的创新，创新，再创新！

近年来，民族化这一问题，在文学艺术领域中普遍受到冲击。在音乐舞台上，以唱外国流行歌曲为时尚，民族音乐会听众寥寥。在戏剧舞台上，中国戏曲不论何剧种，卖座均不甚佳，西洋歌剧、芭蕾舞剧场场客满。中国影片，怎么也赶不上外国影片吃香。似乎已形成一种心理威胁。

这是前些年，大陆闭关自守、抵制西方文化的必然反应，经过一个阶段，自然会正常起来的。

中国童话也正在接受一场严峻的考验。这是难以避免的。

童话的民族化是一条正路，必须坚持，必须提倡。

没有民族化，中国童话得不到繁荣。

中国童话要前进，自然不怕走弯路。通向成功的路不会是笔直的，一定是弯弯曲曲的。

中国的童话，是在民族化的道路上前进着的。

一、童话的中国气派

一个童话，要民族化，首要的一点，是要具有我们中国的气派。

所谓气派，并不是加上一两句慷慨激昂的话，加上一些惊叹号，而是要从整篇作品中体现出来的一种使读者感觉到的东西。

犹如一个人，我们见到这个人很有气派，这气派不是这个人的几个动作、几句话就可以决定和表现的，而是从这个人的出身、家庭、阅历、素质、学问、修养、性格、外貌、穿着、举止、习惯、谈吐这一切综合起来给人的感觉。

看一个人要看气派，看一篇文学作品也要看气派。

作为一个中国人应该有中国人的气派，我们中国的童话也应该具有这种中国气派。

我们如何能使自己笔下写出的童话有中国气派呢？首先要想到自己是一个中国人，在为中国的孩子写中国的童话，处处立足于中国。对这点，应该有自信心和荣誉感。

所以，一个童话的中国气派，也可以说是从作品反映出来的作者对于自己祖国的自信心和荣誉感。

一个认为中国的童话，不是继承和更新的问题，而应该彻底抛弃，袭用外国的，这样跪着写童话的人，是怎么也写不出中国气派的作品来的。

当然，光有自信心和荣誉感，就一定能写出中国气派的童话来吗？这还有表达的艺术技巧问题。如果没有艺术技巧，这种自信和荣誉还是不能从作品中传达出来，还是引起不了读者的感觉的。

一篇童话作品，是不是具有中国气派，它是多方面体现的。

譬如人物是不是具有中国人的性格，他的精神状态是不是具有中国人必有的特征，他的道德标准是不是符合中国社会的普遍准则，诸如此类。

中国气派还必须具备中国的美。尽管近年来，东西方的美学正在沟通，审美观在逐渐接近，但不意味着一个民族、一个国家的独特美在消失。童话的中国美，应该给以强调。当然，童话的美，有内在的、外在的。内在、外在都必须有中国的美。

又如表现手法，中国人有中国人的习惯。我们中国人讲故事，总喜欢有头有尾，喜欢开门见山，喜欢条理清楚，喜欢层次分明，喜欢简明扼要，喜欢话题集中。我们最好尽可能用我们中国人所习惯的表达方式、表现手法，来为孩子们写童话。

我们中国民间童话中，有许多很好的传统手法。这类传统手法，在我们的童话中，常常被运用。自然，要运用得适当，要运用得巧妙，好好安排。不然，又会落入窠臼，成为公式框子。

如果要概括，究竟什么是童话的中国气派，是不是可以说，童话所写的：人物是中国的，有中国人的气质和性格，写出中国人的心理和愿望，沿用中国所习惯的方式表达出来，要中国孩子喜欢看，对中国孩子有教益。别的，还有什么呢？

至于，有人写的是一个外国的人物，一个外国所发生的故事，那当然，应该有外国的特色，不能把它写得不中不西，也不能写得又中又西，要符合外国的种种情况。至于，表现的手法，可以吸收外国童话的手法，但是至少要让中国的孩子看得懂，能理解。要是你用中国的手法来表现，也不能歪曲外国的生活真实。

也有些作品，写的是一个幻想的虚构的国家，或者动物、植物的世界，它既不是中国，也不是外国。有的写的是天堂仙境，根本不是世界上的国家。那该怎么办？这个幻想的虚构的国家，那要看，如果你是按照外国某个国家作为原型来写，当然不一定完全写成原型国家，但是要读者看得出这不是中国，是外国某些国家。如果你不是按照外国某一国家原型来写，你是针对生活中某些现象，或社会的某个时期状况，以幻想来虚构一个国家的话，你也得考虑这个作品的民族化，应具有中国特色。拿《秃秃大王》来说，秃秃大王这个国家是虚构的，但它不是外国。张天翼是按照一九四九年以前那时候中国的社会来虚构的，所以这作品是注重民族化的，是一个富有中国特色的童话。至于动植物世界，写动植物的拟人，目的也是写人，写社会生活中真实的人，当然也要民族化，要有中国气派。如《小溪流的歌》，它写的是一条小溪流，但它写出了中国孩子不怕困难、不断进取的精神，小溪流就是这样一个中国孩子的化身。这一支歌，是中国孩子的歌。这是一条中国的小溪流，一条流淌在中国土地上的小溪流。这也有个民族化、中国气派的问题。天堂仙境，更是中外有别。中国的神仙和外国的神仙是完全不同的。希腊神话中那样的神是外国的神，《西游记》里那样的神是中国的神。神仙世界也应民族化，也应有中国气派。

中国气派，是民族化中很重要的一个方面。但是如何才算民族化，如何才算是有中国气派，也不是订下一些条例，可用这些条例去套的，而只能各自去意会。有时候，也会有不同的看法。

二、童话的地方色彩

童话中的环境，都是虚拟出来的，是幻想的产物，所虚拟的地方只存在于童话里，是世界上所找不到的，地方既不存在，怎么又要地方色彩呢？

当然，童话是虚拟的故事，我们绝不能要求他写得很实，要求写明故事发生于何处何地。童话地方色彩的要求，绝不同于一篇小说和散文，更不同于剧本、报告文学、通讯、游记和特写。不需要向读者交代是什么省、什么县、什么镇、什么村。但是，一个童话是可以写出地方色彩来的。

拿《西游记》来说，作品中所描绘的花果山、水帘洞，当然是虚拟的，但是这山这洞，看得出它是"大唐国土"，在"大唐国土"上有它的真实原型。《西游记》的作者吴承恩是江苏淮安人。人们就在淮安邻近的连云港外，找到了这一块洞天福地。当然，这里，并不是完全像《西游记》里所描写的那样。但是可以看出作者笔下的花果山、水帘洞，是从这些真实的地方，通过幻想，虚拟出来的。《西游记》里的火焰山，也是有原型的，进新疆的火车，在吐鲁番附近，要经过一个叫"火焰山"的车站，不知道这是原来有的，还是后来加的名字。但是飞机在飞近乌鲁木齐时，可以望见那一大片山巅上红火火的大山脉，山上光溜溜的草木不生，和《西游记》里所描写的也差不多。这就是火焰山的原型吧。

自然，原型有时候不是一处，而是许多处，是许多处的总和。

这就是说，童话环境是虚拟的，但它是有原型的，是在真实的基础上加以虚拟的。这样，保留了地方色彩，虚拟了童话的环境，明明是假，却给人以真实感。

因为这些地方，是我们中国的地方，一个作品具有地方色彩，可以突出这是中国的童话。所以，具有地方色彩，是一个童话民族化的一部分。

有一篇童话，作者在童话开头对环境的描写是："城市郊区的黄豆地里竖了一根电线杆，上面安了一个广播喇叭，成天播送《流浪者之歌》，有的豆子染上了'流浪病'，还不到收割的时候，就纷纷逃跑了。"这开头很快交代了"时""地""人"，进入了童话幻想境界。这篇童话中的时代，可以知道是在到处大唱"到处流浪"的前几年。那一大片豆地，当然指的盛产大豆的东北平原。这短短的几行文字，已经很具有地方色彩了。①

东北阜新有一位童话作者，他在二十世纪五十年代写过一本童话叫《煤神爷爷》，以后一直在写以矿区为背景的童话。他的童话是有特色的，它的特色就是具有矿区的地方色彩。

他的童话，使人想起苏联的巴·巴若夫。巴·巴若夫一生写了五十多篇童话，都由翻译家李俍民翻译过来。他的这些童话，写的都是基拉尔矿区的故事。其中很有名的有《铜铜妈妈》《孔雀石箱》《宝石花》《大蛇波洛兹》等等。他的作品，是他们"广大领土上的每一个角落里的人，都熟悉而且喜爱"的。在他的笔下展开的故事，都发生

---

① 盖壤：《小蹦豆儿流浪记》。

在"有白色的晶石，有樱桃色的红石，有绿色的绿玉，还有黄色的黄玉"，"山上石头的颜色好像牛奶一般，拿来琢磨成宝石就会在阳光下发出红色、天蓝色、白色和黄色的光彩来"的这样美丽的乌拉尔山区，就是一个非常有特色的地方。他的童话里就充满了这种斑斓的地方色彩，读来叫人十分向往。

安徒生的许多童话，是非常富有地方色彩的。拿他的《海的女儿》来说，这是一篇很优美的故事。在这篇作品所虚拟的海底海皇的皇宫，显然是以陆地上的皇宫来作为虚拟的原型的。看看小人鱼托着王子要把他送到陆上去的那一段描写吧！"现在她看见她前面展开一片陆地和一群蔚蓝色的高山，山顶上闪耀着的白雪看起来像睡着的天鹅。沿着海岸是一片美丽的绿色树林，林子前面有一座教堂或是修道院——她不知道究竟叫作什么，反正总是一个建筑物罢了。它的花园里长着一些柠檬和橘子树，门前立着很高的棕榈。海在这儿形成一个小湾；水是非常平静的。但是从这儿一直到那积有许多细砂的石崖附近，都是很深的。"这不可能是我们中国的海滩吧！也不会是非洲的埃及，南美的巴西，更不是赤道以南的澳大利亚。只有作家自己的所在地丹麦，才具有如此的风光。这海滩、建筑是虚拟的，但是是按丹麦的海滩、建筑来作为原型的，它充满丹麦的地方色彩。

我们读《一千零一夜》，就好像行走在阿拉伯的大戈壁里，那一队队的骆驼，载着商人、教士，向我们迎面走来。

我们读《太阳东边·月亮西边》里的北欧童话作品，就好像看到一片冰天雪地白茫茫的世界，海豹、企鹅在海滩上慢慢走动，大海浪涛汹涌，渔民们在海上和风浪搏斗。

如果有一个童话，写的是渺无人烟的荒岛上，一个死里逃生、漂泊到了那里的水手，从小洞里发现了海盗们藏着一箱宝石，你一听这个开头，你就可以知道这是什么地区的童话。

任何一个地域的优秀童话作品，都是具有强烈的地方色彩的。

我国幅员广大，有海洋，有草原，有沙漠，有森林，有高山，有大河，有湖泊，有冰川，有泥沼，有奇特的岩洞、石林……

在我国的民间童话中，已经出现了许多地方色彩鲜明的海洋童话、森林童话、江河童话、冰川童话、湖泊童话……

我们的一些作家也在作这方面的努力。我们已经看到了赵燕翼写草原的《打酥油的小姑娘》、包蕾写海洋的《鲛人和夜明珠》、吴梦起写荒原的《小雁归队》、宗璞写湖泊的《湖底山村》、邹朝祝写锑矿山的《锑牛和锑孩子》、康复昆写原始森林的《小象努努》、金吉泰写壁洞的《莫高窟的纤夫》、陈士濂写山区牧场的《白唇鹿青青的故事》等这些地方色彩鲜明的童话作品。

这样说，绝不是强求单一色调，因为地方色彩是五光十色的，是千姿百态的，是千变万化的，作家们大有驰骋的广阔天地。

当然有的作品，它是将许多地方的特色拼凑在一起的，或者完全是出于自己头脑里的想象，或者写的就是一个完全虚构的地方，那只要能假地真写，写出给人以真实感的"地方"色彩来，当然也很好。

三、童话的民间风味

我国有许多口头传诵的民间童话，祖祖辈辈，一代一代相传下来，这些童话的艺术生命如此之强，可说是经久不衰。

譬如民间流传的《老虎外婆》这个童话，试问大陆十亿多人民，哪一个小时候没有听过《老虎外婆》这个故事？这故事，在我国不但汉族有，几乎好多民族都有。外国也有。虽然不完全相同，但一种吃人的怪兽（或虎，或狼，或熊，因地区不同而异），伪装成外婆（或者姥姥、奶奶）哄骗孩子（一般是姐弟俩），想吃掉孩子；最后，孩子们运用机智，有的还有大人帮助，有的是一些小动物或一些物品帮助，制服了这一种怪兽，故事的大关节几乎是相同的。为什么这故事能如此百听不厌，受到一代一代孩子们的喜欢呢？当然，老虎要装成外婆，坏人要装成好人，这一主题，任何时期，对孩子来说都是有教益的，所以这是一个永恒的主题。除此以外，恐怕更重要的是这故事富有民间文学的艺术性。因为这故事，是几代人不断雕琢过的，它像香火旺盛的庙宇门前的石狮子，过往的人们，你摸摸，他摸摸，千百年来，磨得精光溜滑，石狮子简直成了个美玉雕成的玉狮子。它在人物的塑造上，情节的安排上，语言的运用上，经过千锤百炼，早已成为文学的精湛的结晶。这一类童话，我国是很多的，我们一定要把它继承下来。

继承，一种是把流传的民间童话记录、整理出来，还有把这些流传的民间童话进行加工和再创作。这在童话史上是屡见不鲜的。例如《皇帝之新服》，这早先就是一个民间童话，在十四世纪西班牙作家堂·曼纽埃索的《卢卡诺伯爵》一书中就有文字记载。这早期的民间童话是说：从前，有三个骗子去拜见皇帝，说能织出一种奇布，这种奇布凡私生子都看不见。皇帝很高兴，因为他们国家的惯例，私生子是不能继承财产的，这样的话，皇帝就可以依靠这种奇布来认明谁是私生子。于是，骗子给皇帝用奇布做了一件礼服，皇帝就穿上这件私生子看不见的礼服，骑着大马，在市街上招摇走过，结果给一个没有财产继承权的黑人点破了。……这故事，还可以推得更早，在古代的摩尔人中早有流传，也是民间童话的记录和整理。到了安徒生时代，安徒生笔下的《皇帝的新装》，则是一个虚荣弄权的皇帝上了两个骗子的当，穿上一种所谓不称职的臣子们都看不见的新衣服，赤身露体上街去游行，在全城百姓面前出足了丑。最后，被一个小孩子点破。这就是根据民间作品的再创作。

至于后来叶圣陶的《皇帝的新衣》，则是一种故事新编了。他把安徒生的这个童话加以发展，那个皇帝最后遭到老百姓的痛骂和攻击，并把他的空虚的新衣撕掉了。

将《皇帝之新服》的几种本子作比较，可以看出它们之间的关系和发展。当然，《皇帝的新衣》，所用的故事新编法，只是一种童话的写作法，而不是说只有这种手法，也不是说提倡大家都去使用这种手法。

这个《皇帝之新服》故事，在我国古代也有文字记载。六朝梁慧皎《高僧传》中所援引的一则故事，大意和《皇帝之新服》甚类近。这则故事是："……如昔狂人，令绩师绩锦，极令细好。绩师加意，细若微尘，狂人犹恨其粗。绩师大怒，乃指空示曰：'此是细缕。'狂人曰：'何以不见？'师曰：'此缕极细，我工之良匠，犹且不见，况他人耶？'狂人大喜，以付绩师，师亦效焉，皆蒙上赏，而实无物。……"此一作品，要较之安徒生的作品，早出一千二百多年。

叶圣陶写作《皇帝的新衣》时，不知是否见过这篇《高僧传》。但他将安徒生的外国故事加以发展，移植到我们中国来，他写的《皇帝的新衣》则已经中国化了，变成一个中国的童话了。

举这个例子，只是说把外国的童话移植过来，也有个民族化的问题。

提继承民间风味，就是说我们应该从我国的这些民间的作品中，去继承它的风味。而不是要大家都去做民间童话再创作的工作。这和有的作者爱采用模仿民间童话的样式来写童话一样，只是童话样式中的一种。

从民间文学继承民间风味，这也不仅是向民间童话学习，除了民间童话之外，还有民间文学中的神话、传说、寓言故事、戏曲说唱、民谣儿歌，以及谜语、笑话、成语、民谚等等。

再广一点，还有民间艺术中的绘画、雕刻、塑像、音乐、舞蹈，以及习俗、礼节、口采之类。

这些都值得我们童话去继承和学习。它们之中，都有着我们中国民间大家所喜闻乐见的风味。

这是一种接近自然的朴实的风味，也可说是一种乡土味。

在国外，早些年盛行过一时的田园文学，近些年盛行乡土文学，其实，这都是差不多的。这些文学流派，有别于宫廷文学、殿堂文学。它不是注重人工的绮丽的矫作美，而是注重纯真的回归自然美。

近年来，从港台的文学来看，也倾向于乡土文学。他们已开始反对洋腔异味，已开始厌倦那种浓艳的、做作的、刻意雕琢的作品，转向崇尚具有朴实无华的、乡土气息的、民间风味的作品。

从他们的歌曲演出来看，近年来一般都采用自然的真嗓唱法，唱的歌曲也是一些明白如话，描写日常生活的作品。如那些校园歌曲都属此类作品。

大陆因为许多年来在文化上采取封闭政策，不准接触西方东西，现在一打开窗门，就感到眼花缭乱，以为外国什么都比中国的好。在心理上，产生一种自信的缺乏，以洋化为时尚，以民间风味为土气，认为这是过时的旧东西，应列入摒弃范围。

估计一阵目迷五色过去之后，短暂的新鲜感要迅速消失，人们取得了一些东西，一定会很快回过头来，看到自己中国也有好东西，而且是许多许多好东西。

从人们心理流向来预测，可说这是一条必走的弯路，非得要走一段时期的弯路，才能走到正道上来。

在童话创作上，目下也正面临着这个问题。

在这一点上，港台的儿童文学界就走在大陆的前面了。他们的今日，就是我们的明日。这时间不会太久。

我们也欣喜地看到，大陆的成人文学在眼花缭乱的眩晕中，已经有不少作家，他们"引进"了一阵以后，开始转过身来，把目光注向国内，他们正在积极地"寻根"探索。这一种新的文学萌动，在扩大和发展。

我们要我们的童话作品受到广大少年儿童的喜爱，能够经得住时间的考验，一代一代流传下去，立足于世界，受到各国孩子们的欢迎，我们的童话必须具有浓郁的民间风味。

这，可说是一条艺术准则。

拿外国的一些藏之名山、传之后世的文学经典著作来说，可说都是富有民间风味的作品。莎士比亚的《罗密欧与朱丽叶》《哈姆雷特》《李尔王》，巴尔扎克的《人间喜剧》，歌德的《浮士德》，雪莱的《解放了的普罗米修斯》，海涅的《德国——一个冬天的童话》，迦梨陀娑的《沙恭达罗》，及普希金、高尔基的不少作品等，很多很多。读来都可以闻到一股他们地域的民间风味。

我国古代的《诗经》，是古代民间流传的歌谣。屈原的《天问》中，有许多楚国当时的民间神话。中国有名的说部：《西游记》《三国演义》《水浒传》《聊斋志异》，则都是先在民间流传，然后有了文学作品。

我国的童话，从"五四"前后，一直都是向民间文学学习的。当代的童话作家写出这么多的好童话，都和他们的民间文学根底分不开的。

中华民族，是一块深厚肥沃的土壤，在这块土壤上可以培植出美丽而茂盛的童话的繁花来。

如果童话不植根于这块土地上，那是从别处采撷来，插在瓶里的无根之花，很快就要枯萎的。

我们的童话必须继承童话的优秀传统，使它具有强烈的中国气派、鲜明的地方色彩、浓厚的民间风味，这三者糅合在一起，形成作品的民族化特色，这是当前童话繁荣的重要前提。

目前，社会各方面正在大力地改革，对外开放。

我们更应注重童话的民族化。一个童话应具有中国气派、地方色彩、民间风味。

把对外开放理解为文化上取消民族化，一切西方化，把外国东西囫囵吞枣搬过来，这是大大错误的。

我们切不可把传统当成束缚，而把它丢开。

我们不是从零开始，我们是在前人的宝贵的实践基础上，建造我们童话的大厦的。

我们的童话有一个高起点。

第二节　童话的现代化

童话的继承，童话的更新，一定要相结合。如若没有继承，更新就没有基础。如若没有更新，继承就没有发展。

童话的民族化，童话的现代化，两者不可缺一。现代化应该是在民族化的前提下实现的，离开现代化的民族化是毫无意义的。

童话的民族化和现代化，看起来是矛盾的两个方面，实际上是对立的统一。因为如果纵向来看，民族化和现代化是时间的相连接，现代化是民族化的前展，有民族化才有现代化的延伸，这是童话的纵向发展。如果横向来看，民族化和现代化，不但是量的相和，也是质的同变。这是童话的横向发展。

可以说，童话的发展，是童话民族化和童话现代化同步的发展。

检验童话民族化的依据是什么？是当代的中国的社会的生活。检验童话现代化的依据是什么？也是当代的中国的社会的生活。

童话的民族化、童话的现代化，必须和当代中国社会的生活同步，因此童话的民族化和童话的现代化，可以说就是童话的当代中国社会的生活化。

所以，这里说的童话的现代化，是中国民族化童话的现代化，而不是其他，这不能含糊，也不能混淆。

有人一听说现代化，就去和那个"现代派"或者"现代主义"文学联系上了。认为现代化，就是西方化、外国化。这样的理解是不对的。我们所说的现代化，仍然是中国的现代化。

同时，也不能把童话的现代化和童话的民族化等同起来，说现代化就是民族化，民族化就是现代化，民族化和现代化是一个东西。这也是不对的。

童话的民族化，主要是指地域的，这童话是中国的童话。

童话的现代化，主要是指时间的，这童话是今天的童话。

所以，童话的民族化、现代化，就是我们的童话时空观。

如果可以列个公式，则是：童话的民族化加童话的现代化等于中国的今天的童话。

童话的发展，纵向是向传统学习。横向还有个向外国学习问题。现代化，不是封闭的，要多方面地吸收国外的好东西。童话一定要向国外的童话学习，向国外各种文学样式、各种文学流派、各种文学作品学习，我们不可偏废。纵向学习，横向学习，都是必要的。童话，如果可以画图来表示，它应在纵横的十字交叉点上。由"十"发展到"土"，再发展到"主"，再发展到"圭"……这就是童话的纵横观。

所以，关于童话的现代化不是西方化、外国化，也绝不能理解为不向西方学习，不向外国学习。闭关自守、故步自封、作茧自缚的时代应该过去了，在文化上，在文学上，在童话上，向西方、向外国学习他们的长处是十分必要的。

许多东西，只要对我们有利，是好东西，我们都要学习。

把西洋的、外国的东西，说成什么都好，良莠不分，盲目崇拜，生硬照搬，是不对的。但把他们的东西，当成洪水猛兽，认为它们一无是处，那也是不对的。他们有的作品那么受孩子欢迎，不是没有道理的。我们应该做好分析，不能畏若蛇蝎，洋是可为中用的。

譬如，乐器当中的胡琴，顾名思义，它来自外国，但是汉族人民把它拿来，加以改造，使适合我们的音乐；现在民族音乐会，民乐合奏，各种戏曲，都以胡琴为中国民族乐器了。

还有不少东西，实际上是我们中国自己的东西，而我们却一定不认这门亲，把它推到外国去，加以排斥，这是更不应该的。

譬如，有人很喜欢、很崇拜的印象主义、象征派的作品，当然这些名词是翻译过来的，但是我们中国有没有印象主义、象征派这样的作品呢？有，不少呢！像从桂林到阳朔去的那段漓江上，那一块"九马画山"的石壁，就是一幅天然的印象主义、象征派的作品。石壁上，岩石的颜色、斑纹，有的人看是九匹马，有的人看是八匹马，有的人看一匹马也没有，有的人看是别的什么东西。道理不就是一样吗？像云南石林中的一些石山，有的说它是看日出的老人，有的说它是抱孩子的妇女，有的说它是在点兵的将军，这都可算是这一类作品。我们有的童话，如果写成这样，也未尝不可。

其他，诸如什么"意识流""生活流"，我们童话完全可吸收它们的精华。实际上，大陆当代已有不少这种意识流的童话，一些描述孩子们头脑里奇特幻想的作品，都是这一类作品。生活流的童话也不少，什么非情节、反故事，那些散文体的童话，一味抒情，有的根本没有什么情节和故事。其实，我们中国古文学中，何尝没有这样的一些作品？

西方的、外国的好东西，童话完全应该吸收。不然，那就是过去大家批判过的国粹主义，是要不得的，也是妨碍童话进步的。

不过，话说回来，童话现代化的总精神，还是一个中国化的问题，是中国童话的现代化。发扬自己的东西是重要的，然后好好地吸收西方的、外国的东西。洋为中用和古为今用都是应该恪守的准则。当然，这还有一个如何理解的问题。

一、童话的时代精神

时代，是宏观的。它不知道从什么时候开始，也不知道它到什么时候结束。有的人说，时代没有开始也没有结束，一直这样流驶着。

时代，是世界性的。有世界必有时代，世界与时代同在。

时代是广义的。时代精神，就是世界精神。世界上思潮的倾向，也就是时代精神。

但是，这里所说的时代精神是指世界的一部分，我们自己这个国家的精神。

我们所说的时代精神，还有一个时间的概念，就是指现在或这一时期我们整个国家所表现的精神，这样一个特定的时间和环境范围的精神。

当前的文学，就是要为社会服务，为人民服务。这两个服务是一切文学都必须遵循的原则。当然，我们童话也不例外。

童话也应该为社会、为人民服务。说得具体一些，那就是童话应该以当前社会对儿童的要求，去为当前广大的孩子群服务，去反映他们，帮助他们，满足他们，给他们以教益和欢乐。

关于童话的时代精神，曾经有过这样两种倾向。

一种是童话不需要什么时代精神。以为一篇给孩子们看的童话故事，只要有点教育意义就行，时代精神不是孩子们的事，童话也讲时代精神是小题大做、赶时髦、凑热闹，不必要。他们对于当前人们（以及儿童）的思想，社会上的种种现象离得远远的，片面去追求所谓"永恒"的主题。当然，有的主题，如团结、友爱、互助、助人为乐、拾金不昧等，是永恒的，这种主题的童话作品，也是需要的，而且还是必要的。这种认为童话应该与时代精神走得远远的，写出来的童话，八十年代的作品和五十年代的作品几乎一样，如果作品的末尾未注明写作日期，读者往往会以为是旧作重登。这不是说旧作不可以重登，旧作重登，或汇集出版，作为研究材料，也是可以和必要的。若现在写的作品，和五十年代写的作品一样，那就不好了。有的人，提倡一种距离论，就是写的作品一定要和所发生的生活事件有较长的时间距离。自然，生活中发生的有些事，一时还吃不准，要再看一看，细细观察观察，让时间再考验一下，会有些什么变化，这是必要的。可不能认为童话不要去反映时代精神，那是不对的。我们拿早期的童话来看，童话一开始，就是反映时代精神的。《稻草人》《皇帝的新衣》《古代英雄的石像》《大林和小林》《秃秃大王》《阿丽思小姐》

《蛟先生和他的同盟者》《红鬼脸壳》，都是反映了当时人民心底的强烈呼声，触及时弊，鼓动受难者觉醒，这些童话作品反映了当时的时代精神，所以这些作品受到社会和人民的欢迎。

另一种，把时代精神理解成为当前政治，特别要童话为政治运动、为当前政策服务。譬如，除四害，就写除四害的童话；普查人口，就写普查人口的童话；宣传法制，就写宣传法制的童话，把童话当成某项政治工作的图解，以为这就是时代精神。这是很错误的。童话跟政治关系有分有合，童话和政治是不能等同起来的。当然，童话不应与政治相违背。我们既要反对童话和政治截然分开，又要反对把童话和政治混为一谈。

总之，对童话如何具有时代精神，大家的认识不可能会是那么一致的。有的人，对童话的时代精神，总爱看成就是政治。如果，童话不去反映时代精神，他便指责说童话怎么可以脱离政治呢？这是一种危险的倾向。但是，童话反映了时代精神，他又指责说童话和政治太近了，这是一种危险的倾向。在这种人看来，童话本身就是一种危险的倾向，要安全就把童话取消了吧！

童话是必须反映时代精神的，离开时代，童话就没有存在和发展的必要了。

如果一个童话不和时代精神相合拍，它怎么可算是现代童话呢！

二、童话的社会意义

文学，是社会的。它是社会科学组成的一部分。文学，必须反映社会，这就是文学的存在价值。

那么，童话和社会的关系怎样呢？

童话，要不要反映社会？历来是有争议的。特别一接触具体的作品，大家的看法就往往很不一致。

童话要反映社会，大多数人是赞成的，却有一部分人持否定态度。

持否定态度的人认为：童话是给儿童看的，儿童生活在家庭、学校，还没有踏上社会，思想还很单纯，不需要也不可能和复杂的社会发生太大的关系。又认为：童话是一种虚构的样式，是以幻想为特征的，它所描绘的是社会上不存在的童话世界，它不是小说、散文、报告文学，不需要反映社会。

这里要问：一个人，即使他是个孩子，他也是社会的一员，他能脱离这个社会而离群索居吗？

一个孩子，当然还不懂事的婴幼儿除外，居住于家庭，就读于学校，哪怕是幼稚园，能说家庭学校不是社会的吗？

父母、亲友、邻居、老师能不把社会影响带给孩子吗？孩子跟着家长或老师，上公园，看电影，穿街走巷，所见所闻，能不对他们产生影响吗？

父母的口角，姑姑的婚事，流氓欺侮小同学，公共汽车上的拥挤，医院里护士的态度……这些他们身边的社会琐事，无不通过他的眼睛和耳朵，进入他们幼小的心灵。社会上的一切，都直接或间接对他们产生影响。

儿童既然也在这样一个大集体的社会里生活，能拒绝社会对他的反映吗？

社会向儿童作出反映，是不以任何人的意志为转移的。既然，社会向儿童作出反映。文学，包括童话，怎么不可以去反映社会呢？

当然，社会向儿童反映，和文学，包括童话，对社会的反映，不是等同的，是有区别的。

这区别在于：社会向儿童作出的反映，是纯客观的，是无选择的。而文学，包括童话，对社会的反映，是主观的，是可以选择的。就是说，要选择有社会意义的。

童话虚构的产生，儿童幻想的来源，也是无法离开社会这个大综合体的。如果没有社会这个大综合体，儿童怎能有凭空的幻想呢？童话依靠什么去虚构呢？就是做个梦吧，也是日有所思，这思也就是社会形形色色在人的大脑里的反映。社会是童话的母亲，因为有社会，童话作家才能有虚构的依据，才诞生了童话。童话是社会所诞生的，社会无时无刻不在向童话提供题材、主题、形象、故事……童话你不去反映这些，怎么可能呢？

社会这个大综合体，五花八门，是极其错综复杂的，它不是用塑料薄膜遮盖着的恒温的花圃。它，是一块袒露的广阔的原野。它，有和煦的阳光，也有烈日的烤炙；有滋养的肥沃土，也有贫瘠的沙砾地；有清新的空气，也有黑烟和废气的污染……我们的儿童就是生长在这块原野上。不可回避，他们将看到这原野上袒露着的一切。

我们的童话如何去反映呢？

童话反映的自然是这原野上的种种，所谓种种，就是多得很，那就应该有所选择，选择一些必须反映的。

如果，我们一味去反映风暴、冰霜、雨雪，或者贫瘠、污染、严冬、酷暑，那孩子们还有信心去改造和建设这块原野吗？

如果，我们一味去反映阳光、雨露，或者清风、明月，或者富裕、繁荣，那孩子们也会觉得这块原野已经够好，不需要再去改造和建设了。

我们的童话应该真实地去反映这个社会，并且应该以锐利的剖析力去分析社会，告诉孩子要更好地面对这个社会，并鼓励他们去改造社会，建设社会。

现在有一种颇为流行的说法，认为儿童的心灵单纯得像一张白纸，有极大的可塑性。我们的童话，只能去描绘美好的东西；社会上的弊端，人们的缺点面，就不能写进童话里。当然，儿童是纯洁的，可塑性大，但童话只能写社会上正面的东西，是荒唐的。任何一个社会都不能说是完美无缺的。它总有进步和落后两个方面，有向阳处，也有阴暗角，它袒露在孩子们的面前。童话应该有选择地反映，但不能任意夸大光明面，或者任意掩盖黑暗面。反之，也一样。童话给儿童写光明和黑暗应该都可以，像父母对孩子说话，也要表扬他，也要批评他，实事求是，这才是为了孩子好，才能使孩子成为一个好孩子。当然，表扬什么，批评什么，是应该有选择的。

一株小树苗，应该让它在原野的土地上迎着冰霜雨雪，才能茁壮地成长，才能抗拒各种灾害和病虫。要是一株小树苗，被栽种在消毒过的土壤里，过滤了的空气里，再盖上一个与外界隔绝的玻璃罩，它恐怕再也难以成长为一株茂盛的大树了。

我们的童话，应该和社会紧密联系，面对社会，反映社会，这样才能教育小读者去改造社会、建设社会。这样的童话才有深度。这就是所要说的童话的社会意义。

自然，童话的反映社会，和成人文学的反映社会，有个对象不同的问题，要选择一个范围，不是有什么反映什么，还要立足于儿童的兴趣和接受能力这个立场。

当然，童话的反映社会，与小说、散文、报告文学都不相同。童话有童话的反映方式，这就不用多说了。

童话要现代化，必须强调童话的社会性，也就是童话的社会意义。

三、童话的生活本质

童话虽然是虚构的故事，但它是真实生活的产物。它，是把真实的生活的某一部分，加以夸张、幻想而成的。

童话绝不可以离开生活，而去作无边无际的没有约束的胡思乱想。

前面所提的童话民族化也好，童话现代化也好，两者结合在一起，实际上就是一个童话要反映生活的问题。

生活，是一切艺术法则的根据，是检验任何一种文学作品的标准。童话的民族化、童话的现代化，归根到底，还是一个生活化。

童话的民族化，要求它具有中国气派、地方色彩、民间风味等等，这中国气派、地方色彩、民间风味种种，来自何处？必定来自生活。

童话的现代化，要求它体现时代精神、社会意义、生活本质等等，这时代精神、社会意义，生活本质种种，来自何处？必定来自生活。

所以，童话之于生活，好像树和根、流和源的关系。

有人认为，写童话是不需要生活的，只要凭头脑想想，海阔天空地编个故事便行了。这样是写不出好童话来的。现在确实有那么些作者，他写小说不成，写诗难发表，写科学文艺没前途，便来写童话，而又不肯扎扎实实体验生活，浮在上边，靠一点小聪明，胡编乱造。

有人认为，童话是不可能反映生活的。在一次会议上，有人提出当前要多出版反映儿童生活的作品，希望作者们多写小说和故事，而把童话排斥了。说童话只能反映"神仙世界""幻想世界"，不能反映"现实世界"。这又是一种对童话与生活关系的误解。殊不知童话就是一种反映儿童生活的文学样式；殊不知童话的写"神仙世界""幻想世界"，就是反映"现实世界"。

大家知道，童话的产生，是因为世界上有了儿童。也就是说，有儿童的生活，才有了童话的。

要是离开生活，就没有童话了。

历来，一些著名的童话作品，都是很好反映生活的作品。

我们上面一举再举的《稻草人》《古代英雄的石像》《大林和小林》《秃秃儿大王》等等，都是反映生活的，反映那个时候的生活的。它是那个时候的童话体的生活史。

但，是不是把任何一段生活摘取下来，都可以通过夸张、幻想，成为童话的呢？

童话的反映生活，绝不是图解生活。早年间，商务印书馆出版过一本长篇童话叫《鸟国春秋》，作者生平不详，他用各种各样的鸟，写成一个国家，写鸟类的三个时期生活，这三个时期是军政时期、训政时期、宪政时期，实际上这成了一部童话体的三民主义党义。

所以，童话反映生活，必须抓住生活中本质的东西，生活是必须有选择的。

一篇好童话，是生活的解剖，童话作者要站得高，看得远，分析生活透彻，这样写出的童话才有深度，才有哲理味，才能指导读者去认识生活。

如果，我们的童话，不能或不去反映当前的现实生活的本质，我们的童话绝不会受读者的欢迎。虽然，有时也能以虚伪和肤浅，赢得一些读者的褒奖，那也是昙花一现，很快就要被生活所抛弃的。

生活对于一个童话作者来说，太重要了。抛弃生活，生活也要抛弃你。抛弃生活就是抛弃读者；抛弃读者，读者也要抛弃你。

事实证明，绝大部分童话作家，大都看到这一点，大家正在通过探索和实践，为更好地反映当前的生活，作出最大的努力。

第二章　童话的近况和前景

第一节　童话的近况

一、童话创作近况的检讨

这些年，童话创作，从题材来说，比以前广阔了；从手法来说，比以前多样了。从幻想来说，比以前大胆了；从内容来说，比以前深刻了。呈现出一派百废俱兴、欣欣向荣的景象。

一些老中青童话作家的优秀新作，被陆续编成了各种个人和众人选集。这些作品，代表了近几年童话创作的水平，也代表了近几年童话创作的成绩。

为了童话能按正常轨道求得不断的更大进展，在肯定成绩的同时，要多探讨一些当前创作上出现的倾向性的问题。

一种倾向是洋化。洋化，绝不是指向外国童话学习。而是指那种一味照搬，一味模仿。他们以洋为时尚，认为愈洋愈好。有一些作品，主人翁尽是国王、公主、王子、法官、教士、侦探；有的作品非偷即盗，除了盗贼，还是盗贼，写得好像是十八世纪欧洲的民间传说。什么W伯爵的假遗嘱，什么辛利亚斯荒岛上的宝藏，什么矮脚水手失踪案，什么大鼻子探长的保险箱，等等。我们的童话，虽然没有说一定要写自己国家，完全可以虚构某个地方，但总是让中国孩子读的嘛。一味追求洋化，中国人写的童话，却像外国翻译作品一样，有什么必要呢？

有的作者不了解童话逻辑的必要性。他们说："外国童话就不讲童话逻辑，我们为什么要作茧自缚呢？"有的人说："逻辑混乱就是童话的特征。"有的人说："童话逻辑捆住了童话的手脚，要求给童话松绑。"如有一个作品，写一株牡丹和一株兰花，为争做花园大王，竟然比起武来。一株牡丹花能一蹬跳起三丈高，一株兰花愤怒得从头顶上喷出火来，打来打去没个胜负。有一个作品，写一头牛，很忠于主人，要主人常常抽打它，主人愈打它，它愈感到舒服，要是不打它，它很不痛快。有一个作品，写一个孩子得到一种神力，使地球停止转动。但是下面的故事，地球上一点也没有停转的恶果，并且太阳还是东升西落。这都是缺乏童话的逻辑性。童话逻辑绝不是给童话上的绑，不存在松绑问题，绑，是要松的，但不能要松绑，把腰上的裤带也丢掉。

有的作品，概念混乱。如有个作品，把作业本拟人化了，它有一间房子，作业本的主人老将别人的东西搬到这间屋子里来，这样当然是可以的，就是说这孩子老抄袭别人的作业。但是，后来这拟人的作业本，又和它的主人孩子合为一体，去参加运动会，还得了个跳高冠军。这作品中第一人称的"我"，一会是孩子，一会是作业本，一会是房子。难怪那位插图作者看了说："你叫我怎么画？这'我'究竟画成什么？"是有那么一些童话，叫画家难下笔，无法画插图。

也有的童话，说为了学外国童话的"热闹"，故意摆小噱头，插科打诨，哗众取宠。当然，童话是需要趣味的，你要摆点噱头，引起读者兴趣，未尝不可，但是总得要按内容需要，不能是生硬加上。

有的作者在热衷写什么"朦胧童话""模糊童话"，不考虑童话对象是儿童。当然，朦胧、模糊是一种美，无主题或多主题的童话可以尝试。但雾里看花，总应该看到花，叫儿童雾里看雾怎么行！

有的作品为幻想而幻想。如有个作品写一把神奇的扇子只要悬在空中，自己会扇出风来，而且会跟着人走，人走到哪儿，扇子跟到哪儿，最后这把扇子被坏人抢去了。坏人把扇子往空中一丢，竟然扇出火来，把坏人烧死了。这样，幻想太任性了，要风有风，要火有火，成了无边的幻想。

也还有人认为幻想是万能的。有一个作品，写一个女孩子很爱吃糖，这糖拟人化为坏蛋，用锉刀和凿子，把这个女孩的一颗牙齿挖了下来。然后，这颗牙齿拟人化了，它恨女孩子吃糖，跳到女孩子额头上，划了几下，女孩子的额头上有了皱纹。牙齿又跳到女孩子的头顶上，和拟人化的头发打了起来，牙齿战胜头发，头发气得脸都发白。女孩子变成一个老太婆了。这样，样样都拟人，全篇都是幻想，也等于没有幻想。

也有人写童话在追求什么外国那种"超度大幻想"，于是就出现了一些原始恐龙以喜马拉雅山作床，天外怪物吸干了太平洋，外星超人把地球当乒乓打，银河鲨鱼一口吞下了太阳……这样不伦不类的作品。

有的人还把老童话作家的有关童话民族化的理论摘录出来，然后在他们的童话作品中找出不那么民族化的例子，将两者放在一起，以矛攻盾，说某某作家的理论早被他自己的创作实践所推翻，以证明童话民族化不可能。这是不对的。一个作家的理论，是他所追求的。在他的作品中，特别在他的早期作品中，出现一些和理论不一致的地方，那是必定会有的。任何一个作家，他的理论可能是正确的，他的创作实践未必一定能完全做到，这是可以谅解的。我们不能因为他的创作实践达不到他的理论要求，而以此为理由把他的理论推翻。

也有人拿美国的米老鼠来反对童话的物性，说："米老鼠有什么物性？却受到世界儿童的欢迎。"其实，物性是童话作家们一代一代摸索出来的童话的艺术法则，是客观存在，是好东西。运用物性，是童话的艺术手段，是不应该反对的，也是反对不了的。

这些作品的作者，口口声声说，他们写的这些作品，是向外国学习的。

向外国学习是必要的，外国的好东西是应该吸收过来，但有的明明是自己胡乱造出来的，也贴上外国的商标，用来唬人欺人，是很不应该的。

有的说得很具体，是向外国某某作家某某作品学的。首先，外国并没有童话这个品种，有这类作品，但和我们的概念不一样。再说，是学他们的精华呢，还是搬他们的糟粕？

我们的童话，必须讲民族化的问题。我们要向外国学习，我们不抵制洋货，但是我们应该提倡国货！

有人提出："儿童文学没有国界，童话应该走向世界。"童话要走向世界，是对的。但要走向世界，童话必得讲民族化的问题。如果要我们跟在外国人的屁股后头，去走向世界，恐怕这不是荣誉，而是耻辱了。

也有的人认为："现时的童话写得太实，虚得不够，幻想的成分太少，不妨矫枉过正，大家多写些过格的狂想作品。"并且说，"狂想越狂越有童话味，要创新就要狂想。"童话是应该创新的。不创新，童话墨守成规，没有发展，但是为什么只有狂想才是创新呢？再说，狂想这个词，各人的理解也不一定相同。如果是在符合童话逻辑的基础上，大胆幻想，那有何不可。

一种倾向是老化。童话是要发展的。虽然童话的读者，是在不时地变换，上一代儿童看过的童话，下一代儿童不一定看过。特别有一些童话可算是"保留节目"，或者一再传诵，似乎已成为人所共知的"民间童话"了，这些优秀童话还会一代一代再传下去。但有不少作品，已被时间筛了下来。不是说这些作品不好，很可能在写作发表时，是个不错的作品，有过一些影响；但是时过境迁，时代和社会在发展，这一代的儿童不等于是上一代儿童的翻版。他们的胃口、要求都有不同，他们希望读到新的童话，过去的一些童话不能满足他们。这就是一些童话的过时。他们称之为褪了色的童话，或老化了的童话。

的确，我们有一些童话只停留在模仿民间童话上。写来写去还是呆哥哥刁弟弟，或者寻法宝斗妖魔之类。当然传统的民间童话还需要大家去搜集、整理、改写，这是我们珍贵的遗产，不能让它湮没丢失。但是，我们今天来写童话，还是希望能够多多反映当前的生活。

应该指出，我们今天有的童话，是很陈旧的。不但思想陈旧，表现手法也是很陈旧的。有的作者还在写猪八戒登上巴黎铁塔、孙悟空和机器人比本事、唐僧第二次到西天取经。有的作者在写飞天遁地绿林英雄好汉的"武侠童话"。有家刊物，甚至于把《济公传》也抬出来，作为童话作品。济公的"法力无边"，这种"法力"，和童话的"幻想"，应该是两码事。

有的童话，几乎就是小说了。从开头看下去，到一大半，还尽是真实的小说描写，只是到了结尾来了个浪漫主义的收场。像《梁山伯与祝英台》那样来个结束时的化成蝴蝶，或者像《黄粱一梦》那样最后点出是做的一个梦。有个童话，开头写一个家庭祖孙三代，一个一个写他们的出身、经历、思想活动，写他们虽然贫穷，但还是很愿意帮助别人，写他们做了一件接一件的好事。最后，来了个要饭老人，送他们一把破镰刀，原来这是一把神奇的镰刀，老乞丐是神仙变的，从此这家人就变成富翁。这样的作品，且不论它艺术质量如何，恐怕也不能算童话吧！至多是一篇加上根幻想尾巴的小说吧！有的作者还在提倡什么"纪实童话""生活童话""报告童话""传记童话"，要写真人实事。

有一些作者，将人的故事，改成动物的故事，认为那就是童话了。这类作品是很多的。如有篇作品，写喜鹊妈妈非常宠爱它的儿子小喜鹊。这只小喜鹊因为是独生子女，被宠坏了；不肯好好学习，在家里也不肯帮忙做家务，吃东西尽拣好的东西吃。一次老喜鹊生病住医院了，小喜鹊独个儿生活，弄出很多笑话，还饿了肚皮，吃了苦头，最后它知道错了，成为一个爱学习、爱劳动的好孩子。这哪是写小喜鹊，而是一个叫小喜鹊的儿童罢了。这也是一种缺乏物性的表现。

有个作品，写一座猴山上，一群猴子争夺王位，有吹牛的，有拍马的，也有工于心计和玩弄权术的。写得完全是人事一般。动物有些事，确和人有相同处，但把它们完全人化，这也不是童话。

这种种写法，主要是缺乏童话的特征，写得太实了。

这些作品的老化，和童话作家的生活有关。一个童话作家，应该多接触少年儿童。了解他们各方面的生活，熟悉他们有些什么想法，他们最喜欢如何来表现生活，那童话作家笔下的人物就活了，不会再是十年前甚至于三四十年前的孩子了，而是当代的少年儿童。发生的事也是这样，是当前的事。这篇童话，就会有新鲜感。

有人把童话作品的老化，归为童话作家的年龄大小。这样，似乎年轻人写的童话一定是新型的童话，老年作家写的童话一定是老化的童话。这是不符合实际情况的。童话作家的老化，主要取决于作家与生活的距离，而绝不是作家的年龄大小。有的童话作家年龄虽大，但他写的童话还很年轻。有的童话作家年纪很轻，他的作品却显得老化。以上举的一些例子，很多是一些年轻作者写的作品，是由于他们刚刚着手写童话，儿童生活的基础还不厚实，对童话这一艺术的技巧还没有掌握，看的童话作品还不多。童话作家都是要老的，但是童话绝不可老化，童话应该是永远年轻的。

童话是一种较难掌握的文体，童话的虚实，要掌握得恰到好处。要有虚有实，虚实结合。如何结合得好，这是一个艺术技巧问题。

幻想，夸张，拟人，这些都要用得适当，不用和滥用，都是要反对的倾向。

童话的好坏，往往取决于这些手法运用的好坏上。

上面说了当前童话创作上的两种倾向，举了些实例，但这绝不是童话作品的全部，也不是童话作品的大多数，是能够纠正的。当然，这种倾向纠正了，可能会有另一种新的倾向产生，这也并不奇怪。童话创作，总是在一条曲曲折折的道路上前进着的。

再说，从另一方面来看，这些童话的产生，说明童话界的形势甚好，大家都在作各种各样的尝试，尝试总是有成功有失败的。应该允许失败。这种种尝试都是有益的。

今天，繁荣童话创作的使命，应该由老中青三代童话作家共同去完成。目下，童话创作不是太多，品种还很单调，童话创作正处于恢复期，童话作家应该不断地从各方面去实践，去探索，去创新，去努力开拓。

二、童话理论近况的检讨

童话理论和童话创作，应该先先后后前进着的。童话创作上去了，童话理论应该跟上去，总结童话创作的经验、教训，并走到童话创作的前面去，指导童话创作。童话理论上去了，童话创作要追上去，根据童话理论的要求去实践，获得了发展，又跑到童话理论的前面去。

童话理论和童话创作，始终必须保持这种波浪形的同步。它们的关系是相辅相成，彼此促进的。

但是，就目前的情况来看，童话理论已经远远落后于童话创作了。

先拿童话的理论专著来说吧！那是非常可怜的。大致就是前面提到过的。前后一起算，也只是寥寥十来种薄薄的小本子。因为少，这里就把书目汇集起来，展览一下吧！

《童话概要》（北新书局一九二七年版）。

《童话论集》（开明书店一九二七年版）。

《童话学 ABC》（世界书局一九二九年版）。

（这三种都是赵景深所作，其中有的是编译的，内容大都是介绍民间童话和介绍外国作品。）

《世界童话研究》（华通书局一九三〇年版）。

（日本芦谷重常著，黄源译，书中将神话、传说、童话合在一起介绍。）

《童话评论》（新文化书社一九三四年版）。

（赵景深把报刊上讨论童话的文章汇编而成的结集。）

《童话与儿童的研究》（开明书店一九三五年版）。

（日本松村武雄著，钟子岩译，这童话实际上是儿童文学。）

这六种专著，名称上都是童话，但说的都是神话、民间传说，或整个儿童读物，极少提到创作的文学童话。

《现代苏联童话的讨论》（中国青年出版社一九五六年版）。

（苏联布拉托夫等著，谭自强译，是苏联童话作家讨论童话作品的发言记录。）

《童话创作及其他》金近著（少年儿童出版社一九五七年版）。

《童话的特征、要素及其他》贺宜著（少年儿童出版社一九六二年版）。

《童话漫谈》贺宜著（四川少年儿童出版社一九八一年版）。

这十本书，可说是囊括全部的童话理论专著了。

当然，还有许多单篇的童话理论文字散见于历年各报纸杂志，几本儿童文学理论集子（包括个人的理论文字集子）中也有一些童话理论文字，这些只好另外编纂目录资料，这里无法——开列了。

童话理论这块园地，虽然不能算是空白，但是也够荒芜的了。

今天，童话理论可以说已经扯住童话创作的"后腿"了。童话理论跟不上，童话创作就不可能自觉地沿着正路迅速前进。

童话理论面临着一大堆工作要做。

第一，虽然童话创作的发展趋势很不错，影响也比以前大得多了。写童话的人多起来了，童话作品多起来了。**但是，应该说，童话还没有得到社会应有的重视。**童话还不被人们所认识和理解。社会各界对于童话还不够关心，不够支持。有些教育界人士、文艺界的人士，甚至于有的人是从事少年儿童编辑出版的工作，对童话还是不甚明了，还有各种的误解和不信任。

有人认为："童话不过是'小鸡小鸭抢虫吃'，没多大意思。"有人希望："儿童文学应该是现实主义的，不要去搞虚无缥缈的童话。"有人说："童话是捅娄子文学，多搞要倒霉，少沾为妙。"更有人责难："我们的生活被歪曲了，我们的孩子被丑化了。"还有人发闷："这是不是偏离方向，会不会将小读者引向歧途？"……总之，他们是一百个不放心，怕童话会使得天塌下来，无法收拾。这些人，大多出于好意，但说得不好听一点，是杞人忧天，他们对童话太无知，可称为"童话盲"。

他们不了解孩子们对于童话是多么需要，他们不懂得童话对孩子们是多么有益。

对于社会，童话要社会了解和承认、关心和支持，我们就要把童话的真实情况介绍出去，使人们了解童话，提高对于童话的认识水准。这除了要写出大量的好的童话作品外，还必须写出更多的童话理论文字，向社会介绍童话知识，普及童话，使得社会各界，包括家长们、教师们，都来关心童话和童话的发展。

这是给成人写的理论。

还有给少年儿童写的理论。许多少年儿童只读过那些英雄烈士的人物传记，那些写小兵、小战士、小游击队员的纪实小说，却得不到发挥自己的幻想的机会，去读那些被认为是"想入非非"的童话。

也有一些少年儿童不了解除了现实的世界以外，还有一个比现实世界更大更有趣的幻想世界。他们伫立在童话的窗口，对着那个五彩世界，目瞪口呆，不知所措。

也有一些少年儿童一接触上了童话，就迷上了童话。他们饥不择食地捧起童话来读。他们不管是优美和丑恶、文明和野蛮、精美和粗劣、高尚和卑下、营养和毒素，一股脑儿吞下肚去。他们缺乏分析力，缺乏判别力，缺乏选择力。

对于这种种少年儿童，我们的童话理论应负有责任。我们的童话理论，绝大多数是为成人写的。包括我们出版的童话书籍中，那些前言和后记、序和跋、内容提要和出版说明，大多数都是写给成人看的。包括我们报纸杂志上的童话新书推荐、童话新作介绍，也差不多都是为成人写的。我们有责任要向少年儿童介绍童话，推荐童话，要给少年儿童写出一些童话的常识书，培养他们对童话的兴趣，提高他们对童话的鉴别、欣赏水准和能力。

第二，除掉普及的童话理论，还有提高童话理论的工作要做。童话的那些基本的概念，童话的历史，童话的现状，都要去研究。特别有一些还不是很明确的问题，如童话的起源、古童话和民间童话的搜集、整理，童话的历史分期，童话的功用，童话的定义，童话的范围，童话的特征，童话的手法，童话的分类，童话的民族化，童话的时代精神，童话的幻想和现实，童话的逻辑性，童话的物性和人性，童话和生活，等等，都是很具体的，大家的看法也不是一致的。

这些问题都应该深入去讨论，讨论的文章一定要言之有物，切中要害。

第三，童话理论除掉普及和提高，还有对童话作家和童话作品的评论问题。

童话界不乏有成就的作家，他们不仅在国内有名，而且在国际上也有一定的影响。他们的许多作品，在过去和现在都起过巨大的典范作用。我们的童话理论工作者，就要认真地去研读这些作品，写出有分量的评论文章来。对于这些童话作家及作品，国外的不少专家都写了分析文章，而我们自己的童话理论界却保持缄默，这怎么说得过去？有的童话理论工作者，至今还说什么"中国的童话作家，还没有形成风格，谈不上流派"。这应该看成是我们童话理论工作者的失职和无能。我们必须做这些童话大师的评论工作，运用新观点，新的研究方法，写出像样的作家论和作品论来，写出像样的风格和流派论来，写出像样的评传来。一些相继去世的童话作家，应该大家来给他"盖棺定论"，总结他一生的童话。

这些年，童话界也涌现了一些很有才华的新人，他们写出了许多好的童话作品。有的人还很年轻，他们是童话创作界的新秀。他们的童话作品，要大家热情而中肯地去评论，指出这些作品好在何处，有哪些不足，应该朝什么方向去努力。这样，对他本人、对读者都有好处。这些新作者，开始成熟了，要一个一个去介绍，向广大的小读者群去推荐他们。

近年来，童话界也涌现一些歪风邪气，冒出一些格调低下、趣味庸俗的作品。有的童话，明知十分拙劣，报刊还滥加吹捧。有的少年儿童报刊，纯以牟利为目的，办得像"地摊小报"，刊登一些迎合读者不健康口味的童话作品，也无人过问。

我们的童话理论，就要针对这种现状，针对这样一些坏作品，写出有力的批评文字。

我们的童话理论，必须有褒有贬，有论有评，要以童话为己任，要有勇气敢说敢言。

第四，童话理论除掉对童话作家、童话作品评论，还要每隔一定时间，对一定时间的童话创作进行反思，总结出经验和教训。

童话创作，是童话作家们根据自己的想法、条件、可能而写作的。写作方式是分散的，是没有整体计划性的个体生产。

有段时间，一篇游记式的童话作品受到赞扬了，于是大家一蜂窝地都去写游记式的童话作品了。什么《白天鹅游珠海》《大雁来到长城上》《小黑鱼三过葛洲坝》，一下子都来了。

有段时间，一篇散文体的童话作品得了奖，于是就有许多篇《水底摄影师》《水晶宫里的月亮》《潜水员的梦》这一类童话作品，送进了刊物编辑部。

这就很需要童话理论工作者对童话现状进行分析，做调节工作，写些童话创作月评、童话创作季评、童话创作年评之类的论文。

当然，这可以是几个人来评，可以各人从不同的角度来评，也可以从相同的角度来评。要向读者和作者作调查研究，要征求编辑的看法，然后写出分析性的文字来。这种文章，可以是杂感式的，夹叙夹评。

写这样的评述文字，一定要把必须看的童话作品都看过，并作细致的分析，周详的考虑。这种文字，要站得高，看得远，要有指导性。

这种文字，切忌摆出"好为人师"的架了，大言压人。

有指导性，但不是做结论，应用商量的、讨论的口吻。

不能报喜不报忧，也不能报忧不报喜。不要耸人听闻，故作惊人之语。要不抱私人成见，务必实事求是。

第五，当前成人文学理论上，正在进行探索变革，这些理论，已在向儿童文学领域转移，自然也进入童话领域。这些论点，如何影响我们童话，需要大家好好来实践，要结合童话的创作实际，作出正确的判断。行之有效则行，行之无效则不行。我们童话绝不可封闭，封闭也封闭不了，**童话必须吸收新东西，童话理论的写作，童话的研究**

方法，都必须变革，童话才会有发展。这需要我们的童话理论工作者和童话作家们，理论、创作紧紧结合，共同去探索。

我们的童话理论工作者，应该有一个信息网。将通过各种管道获得的信息，加以集中，加以分析，写出评论文字，以此指导童话作家们创作；并把分散在各地各自写作的童话作家"组织"起来，使他们的创作接近一个总体的计划。

童话创作和童话理论，都是需要资料的。要研究古童话，就要有一大批古童话的资料放在你的手边。要研究一位童话作家，必须把他的全部作品资料都搜集到。要研究敌伪时期的童话，应该去翻阅敌伪时期的儿童书籍报刊资料。资料是任何一篇理论文字的基础。理论文字的观点从哪里来，是分析大量资料而来的。理论文字的引证、举例，更是直接来自各种资料。

但是，我们的童话资料工作近似空白。我们的有心人还不多。

童话作家的作品、原稿、自传、日记、信件、照片、评论，都没有搜集、整理和出版。

这种种资料工作，必须是未雨绸缪，现在已临渴掘井，愈早做愈好。

童话理论研究的资料工作，是刻不容缓了。

第六，童话理论应该进入阵地。

童话报刊，只登创作，不登理论。成人的理论刊物，也不登童话理论。童话理论的发表园地太少。

童话理论，应该有一份刊物才好。

童话理论印不成铅字，也可以用嘴巴去说吧！

请童话理论工作者，多出去讲讲童话。到各地文学青年当中去，到大学中文系和师范院校的师生当中去，多讲讲童话理论。

现在，许多教师不了解童话。他们无法给学生们介绍童话，分析童话。因为他们在学校读书时，没有接触过童话，那么请童话理论工作者多去讲讲吧！

讲，也是一种发表，也会产生效果。

当然，童话理论要从各方面开展起来。**童话理论文字要写，童话理论刊物要办，童话理论课要开。**……

童话理论工作面临的现实，是艰难的，需要不折不挠的开拓精神。

希望有更多的有志之士，来做这项困难的，但是非常有意义的工作。

事在人为，去做了，总是会有收效的。

三、童话翻译近况的检讨

每一个国家，每一个民族，都有他们的古童话和今童话。虽然，古代交通不便，不可能相互交流，但童话往往有很多相同之处。不少童话，中国有，外国也有，有早有晚，也很难考证清楚，是不谋而合，还是随着人类的迁徙而相传，还是后来交通发达了得到交流，已不易说得清楚了。因为这些童话，当时大抵没有文字记载，也无其他的蛛丝马迹可寻，所以无法得出任何结论。

至于近代，特别是"五四"前后，许多外国童话作品介绍到中国来，对中国的童话创作所起的影响是巨大的。

当前，世界各国的童话，尽管他们不一定有"童话"这个词，但是他们有这一类作品，和我们童话概念相合的作品，而且发展是迅速的。他们有丰富的古童话，也有很多的今童话。

我们发展童话，要继承我们民族、国家的优秀传统，要面对今天的现实生活，给予更新。但是，我们还要借鉴外国的这一类作品。

有人说，我们向外国开门，已经差不多了，够了，现在应该关门了。绝不能这样。向外国开门，还差得很远，还很不够，门还太小，应该开得更大一些。而且，这开门，绝不是今天开，明天关，要一直开下去。

这些年来，许多著名翻译家都曾翻译过外国童话作品。这些作品，对促进我们童话的发展，都起过历史作用。

我们翻译出版过许多国家许多作家的童话作品，也发表了许多国家童话作家、童话作品的研究介绍文字。

这些翻译作品，以及介绍文字、研究文字，对我国童话创作起了促进作用。同时也为广大少年儿童提供了优质的精神食粮，丰富了孩子们的幻想世界和知识世界。

粉碎"四人帮"以后，近年来出版的外国翻译作品是不少的。但是，很大一部分是"文化大革命"前译作的重印。这些重印作品，有的还作了修订，当然是必要的。但新译的童话作品似乎并不多，作为世界童话的介绍，还远远不够。

从近年来童话翻译的全面情况来看，不够平衡是最大的问题。

第一，早些年，翻译童话是以苏联为主，东欧国家次之，英美这些国家是绝无仅有的。这些年，虽然取消禁令，但是英美这些国家的童话作品介绍进来的还是不多，其他国家的也很少。

第二，偏重于古典。关于世界各国的古典童话名著，当然是应该介绍过来的。现在介绍得还不多，还有不少古典童话，中国还没有译本，应该都翻译过来。可是近年来的童话新作品介绍得更加少，特别是一些新作家的作品，在国外十分流行了，在中国都还瞠然不知。

第三，介绍的作家和作品都太集中。现在外国童话作家研究工作，还是集中在安徒生等几个作家。当然安徒生的介绍研究工作要做，而且应该做得更深入，但也应该研究其他童话作家，这样有点有面才行。

第四，有不少童话集只收民间童话作品，未选创作童话作品。有好几本什么国家的童话集，或者称作为世界童话选集。一看，大都是民间童话。民间童话应该翻译过来，但是要翻译更多创作的童话。

总的来看，翻译介绍外国童话的情况比较乱，只能是什么人翻译了什么童话，便是什么童话。缺乏有计划地、有步骤地、有系统地全面来考虑安排外国童话的翻译和出版。应该有个总体规划，来组织翻译和成套出版外国童话。

世界上的许多国家，都有他们自己选编的，诸如《世界童话名著选编》这类的大套丛书，一出几十册，甚至于上百册。把世界上古今各种流派的著名童话作家的作品，介绍给自己国家的少年儿童们。我们也应该组织力量为中国少年儿童翻译、出版一套《世界童话名著大系》，让中国的少年儿童从小受到世界童话名著的熏陶，也让中国的童话作家在写作童话时有所借鉴。现在许多出版社在出丛书，但很多是不完整的，出了两三本，便停下来了。

关于童话理论，更是少得可怜。除了前面提到的那本二十世纪五十年代的《现代苏联童话的讨论》以外，就没有再见到一本外国论述童话的理论书了。当前童话创作界迫切需要看到外国这方面的新理论。

这种种情况，原因是不少的。一种是社会上还不够重视童话的翻译工作。童话的翻译工作者还没有一支队伍，他们偶尔译上一本，对童话界人士缺乏交往，不了解童话情况，更说不上对童话做一番研究，所以童话的翻译往往处于放任自由的状况。有关部门也没有做组织工作，如成立童话翻译研究会，举行一些童话翻译工作讨论活动，制订出童话翻译的多年规划，等等。童话翻译大都是自发性的，出版社也拿到什么就是什么，零打碎敲，无长远和整体打算。这都说明社会对童话翻译工作的忽视。

自然，客观上也有原因，童话是一种较难的文体，好作品的确也不可多得。特别是国外没有童话这个文学品种，和别的样式往往混合在一起，很难区分出来。所以翻译者选择原文作品也的确不易，至于这方面的理论，更是尤其少。

外国童话，曾经是我们的奶妈，虽然我们有自己的亲生母亲，但我们吮吸过奶妈的乳汁。我们的孩子这一代，还要吸取她们的乳汁。

我们已结束闭关自守的愚蠢做法，向世界打开了大门；也应该把童话这扇窗户打开，开得更大些；让中国的少年儿童，能够和世界各

国的儿童一起，来接受这一份份众多的丰盛的童话礼物，让中国童话
和世界童话心心相通。

第二节　童话的前景

不少人，包括一些童话作者，对于童话的前景表示担忧。甚至于
有人还怀疑，童话是不是会消亡。

因为社会上，对于童话的无知者、误解者皆有之。

无知者轻视，误解者蔑视。无知者认为童话无用，误解者认为童
话有害。

童话面前的道路坎坷，那是一定的。童话工作者负重道远，要做
任劳任怨的精神准备。

不过，前途不是黯淡的，而是光明的。这不是一句空话。

拿当前农村的情况来举例。农民是要富裕起来的，这是大家的
愿望。

一户农民，他富起来的首要标志是什么呢？

农民富起来的标志，首先是从他们的孩子身上反映出来的。农民
有了点钱，便给孩子买穿的买吃的。孩子的衣着、饮食如何，是农民
有没有富起来的标志。

在文学上却恰恰相反。文学的发展，往往首先是成人文学的繁荣，
然后才出现儿童文学的繁荣。近几年，成人文学从数量到质量可说都
是一个很大的飞跃。成人文学发展了，儿童文学中的童话这体裁如
何呢？

若是做父母的大人们穿绸穿缎，吃鱼吃肉，让孩子们穿得破破烂
烂，吃的粗菜淡饭，做父母的大人们愿意吗？做孩子的愿意吗？

童话是孩子们最为喜爱的精神食粮，大人们有丰盛的精神食粮，
却让孩子的精神饥饿着，行吗？

从整个社会来说，不管有谁怎么指责、干涉，都是无法使童话衰

落和消亡的。

有人说，童话是在苦难中成长的。"野火烧不尽，春风吹又生。"正是野火，促成了春草的茂盛。童话经历了苦难，变得更苗壮了。

童话是不可压制的。它有暂时的低落，也有必来的高潮，它的发展是螺旋形的。

童话有三亿五千万少年儿童喜爱，它永远和孩子们在一起。孩子是童话的后盾和基础。童话的前途是乐观的。

一、童话的读者和作者

随着少年儿童生活日益丰富，整个社会对少年儿童日益关心，给少年儿童创造了大量的好条件，学校中在正课以外开辟了大范围的课外活动生活，孩子们精神天地的视野日益广袤。在家庭里，独生子女得到父母更多的关心，父母有充裕的时间用于子女们的教育和共同的娱乐。世界上科学日趋发达，地球上的、宇宙间的种种奥秘，都有人在深入探索，知识开始爆炸，人的思维活动显得更是重要。当前时代已是一个电脑的时代。这些信息，不断通过各种窗口和途径，传递到少年儿童们的脑海里。新一代的少年儿童，他们的精神幻想领域无比阔大。

这样，童话，这一少年儿童所特有的文学样式，愈来愈得到喜爱和需要。

少年儿童们的生活日益丰富，为繁荣童话创造了条件，童话的繁荣也反过来丰富少年儿童的生活。少年儿童的生活和童话，互因，互果，互促进，互发展。

由于童话成为少年儿童生活中所不可少的东西，童话从数量上和质量上都应得到较大较快的发展。

现在，的确有这样的情况。

大陆的专业童话刊物《童话》，是一个不定期的文学丛刊，印了一版，还印二版、三版。一般来说，一个丛刊都是第一次印多少就是多少，时间一过，再也不能重印的。唯独《童话》丛刊，第一期、第二期、第三期都重印了。

还有，不少少年儿童的报刊，一年两载，往往要出一期"童话专辑"，或者"童话征文专辑"之类。而几乎每出童话的"专辑"，销路总要增加，特别是零售数的增加。

在少年儿童的图书馆里，差不多所有的工作人员都反映，孩子们借得最多的是那些童话作品。如若你到图书馆书架前边去看看，架子上被翻阅得最破旧的书很可能是一本童话。

少年儿童们对于童话作家也是特别尊敬的。他们最喜欢跟童话作家见面，听童话作家讲话。少年儿童和作家见面的大场面上，介绍到童话作家时，掌声往往是最热烈的。

不少少年儿童非常喜欢自己编童话，讲童话，写童话。这都说明，童话拥有广泛的小读者。

现在，还有些成年人、老年人也很爱看童话。

童话是给少年儿童看的，但不排斥大人们看童话。

少年儿童们喜爱童话，并不能说他们都能欣赏童话。因为，一个好童话是少年儿童们喜爱的，但不等于说凡孩子喜爱的都是好童话。

从喜爱童话到欣赏童话，还有一个过程。

所以，作为童话作家、童话理论工作者，以及广大的教师、家长，还必须做少年儿童的辅导工作。

要向少年儿童介绍童话的常识，什么是童话，童话是怎样产生的，有些什么作用，它的特征是什么，等等。

要指导少年儿童如何去欣赏童话，弄清什么是好童话，分析它好在哪里，读它的时候要注意哪些问题，等等。

要向少年儿童推荐一些好童话，写童话有些什么作家，他们写了哪些好作品，等等。

这样，可以把少年儿童从喜爱童话，提高到欣赏童话。少年儿童欣赏能力的不断提高，必然促进童话创作水准的提高。

童话的读者是童话的销售对象，童话的发展，是应该包括读者这一方面的。如果读者只能欣赏下里巴人，童话就不能都是阳春白雪，因为它没有知音。

读者和作者是互相关联的需和供的两面，都是不能忽视的。

童话既然拥有广大的读者群，那相应必须有一个为数众多的作者群，就是说应该有一支童话的作者队伍。

如若没有一个可观的作者群，没有一支壮大的作者队伍，去写出足够数量和一定质量的童话作品，是不能满足广大童话读者群的需要的。

目前，大陆有没有一支童话创作的队伍呢？当然可以说，有。我们这支队伍，是由下列这样一些人组成的。

第一种，专门写童话的童话专业作家。这个"专业"，不是从多产或不多产来说，而是说，他的一生中，主要作品是童话。他从事创作，要写就是写童话。这样的作家，才是真正的童话作家。这样的真正的童话作家，还是不多的，大概十来个人吧！

第二种，他是儿童文学作家，有时写小说，有时写散文，有时写理论，各方面都有成就，有时候也写童话，可能某段时期内以写童话为主，从他全部作品来看，也写了不少童话。

第三种，他是成人文学的作家，是写别的成人样式的作品的，可能还很有名望。因为需要，或者兴趣所至，也写了一些童话作品。

第四种，少年儿童报刊社、出版社的编辑，他们编童话，也写童话。

第五种，教师，有幼稚园教师、小学教师、中学教师，他们熟悉各种年龄的少年儿童，熟悉少年儿童对于童话的要求。

第六种，从事其他职业的人员，或者大专院校的学生。

这些作者，他们大多数是在很困难的条件下，从事童话写作的。

有的作者已经年迈；有的作者健康不佳；有的还是残疾者；有的工作很忙，写作时间非常少；还有的写作环境也很差；他们排除困难，不断为少年儿童写作，是难能可贵的。

今天，我们还应该看到这支作者队伍也存在不少问题。

第一，这支队伍不能说是庞大的，写童话的和写过童话的不到三百人。而少年儿童却有三亿五千万。三亿五千万少年儿童所需要的童话，靠这一二百人的童话队伍来写作，能满足得了吗？并且这支不到三百人的童话作者队伍，其中，具有一定童话写作水准，能经常写作童话的，则为数更少了。近几年来，就北京、上海两地来说，从教师中培养了一批儿童文学作者，但是可以说绝大部分是小说或其他样式的作者，童话作者是极为少数的。可见培养一个童话作者的艰难。

第二，这批老的童话作家，有的一生是专门写童话的，是童话的专业作家。但是，他们却还是业余从事童话写作的。他们都有他们的本职工作，他们的业余时间是不多的。有的年事已高，身体不佳，业余时间用于写作童话的更少。我们有为少年儿童制造食品的专职工人队伍，有为少年儿童制造衣服的专职工人队伍，却没有一个专职的童话作者，更没有一支专职的写作童话的作者队伍，这是不合理的。这几年有专职的童话编辑了，专职的童话作家却还没有，这等于说有一批专职的炊事员，却还没有一个专职的农夫，是很不合理的事。

第三，一批新作者，必须很好地稳定下来。这些新作者，他们热心写作童话，但是他们的童话作品得不到指教和鼓励，有不少写得还很不错也发表不出来。就是发表了，也是无声无息。他们自生自灭，思想很不稳定，队伍也不巩固，流动性很大。一个作者写了一些童话，发表不出来，他觉得此路不通，自然要改写别的去了。也有的看到写别的样式更有发展前途，便以此为跳板，人往高处走了。这是一件非常可惜的事。要知道培养一个童话作者是何等不易，要重视这些已经取得一些经验的有志者，把他们当成宝，极应把他们稳定住，给他们一些条件，让他们得到提高，成长，成熟。他们的才能会得到发挥，很有可能成为一个毕生为少年儿童写作童话的作家。关注这些童话新人，希望有更多这样的新人来从事这项困难而必要的事业，将来他们当中一定会产生高质量的惊人之作。

也应该指出，童话界对一个童话新人的出现，必须加以爱护和扶持。现在有一种情况，就是一窝蜂地拥上去约稿，弄得年轻人只得疲于应付，去日夜拼命赶稿，出的作品质量每况愈下，把身体也弄垮。同时也把年轻人弄得昏昏然，听不得不同意见。这是一种"杀鸡取卵"之法，断断不能如此。

要扩大和巩固童话的作者队伍，不是办个什么童话学校，招收一批学生就能培养出来的。童话作者是要从生活中去培养的，是要通过实践来提高的，这不是说学校完全没有用，也是有作用的。因为童话的写作虽然没有秘诀和窍门，可以像有的艺术那样手把手传授，但童话还是有一些规律和法则，有一些基本原理可以介绍，举办一些讲习班、讨论会，或者短期集中学习，也是需要的。有的边远偏僻地区，人员分散没有这种机会和条件，出版社可以出版一些讲解童话常识的书，介绍童话的基本概念、作家谈童话创作的心得体会、优秀童话作品的欣赏分析等等，以满足他们的需要。

一个有才华的童话作者冒出来了，要帮助他学习、提高，给他发表作品的机会。一些好的作品要逐时期编童话选集。一个作者成熟了要给他出版童话专集，并要专家写出分析评论文字，把它推广开来。还要定期举办童话评奖，鼓励这些新作者。

自然，这是外因，是条件，而作为一个童话作者，本身还必须具备一些条件。

一个童话作者必须有一颗爱孩子的心，他要时刻想到少年儿童是我们的未来，应该爱他们。

除掉有一颗爱孩子的心之外，还要有一颗孩子的心。因为童话应该是孩子头脑里的精神状态的产物，你必须把自己想成也是一个和他们一样大小的孩子，写童话就是写自己，你的头脑里的想法才能和孩子的想法相吻合。

有了爱孩子的心也还不够，还要去了解熟悉更多孩子的心。因为一篇童话作品写出来，不是给某一个孩子看的，而是给许许多多孩子看的。孩子们的心有共同点，但更多是不尽相同的，他们有各种各样的想法。你要去和他们生活在一起，不只是了解他想吃什么，想玩什么，还要了解他们如何对待自己，对待周围人，对待学校、家庭及社会中的一切事物，他们是怎样想的。

孩子们的想法与成人是不同的。他们是富于幻想的，他们有丰富的幻想力。他们看自己，看人们，看社会，看自然，看世界上的一切所构成的种种印象，都是包括幻想成分的。童话的表现手法，就是幻想的手法。童话的结构，就是幻想的结构。一个不会像孩子那样去幻想的人，是成不了童话作者的。

童话有童话的特殊性。如果不了解和掌握童话的基本艺术规律，要写好童话怎么可能？童话，不是随便谁一上手就写得好的，也不是谁有生活就可以写出好童话的。因为生活中有的，可以写小说、散文、报告文学。童话，恰巧要写生活中所"没有"的，以"没有"来表现"有"。如果缺乏熟练的艺术技巧，是难以取得成功的。

要作为一个童话作者应该明了童话创作的行情。就是说，应该明了童话的发展历史，过去有哪些成功或失败的经验和教训；同时明了当前童话的写作、发表、出版状况。当前发表和出版的童话作品，包括翻译作品，以及童话理论文字，都应该找来看一看。这些，就是童话的信息。了解这些行情，才能知己知彼，才能写作顺利。

童话作者应该去学一学童话的理论。有的年轻作者竟然说："童话要什么理论？"有个作者索性说："没有理论就是童话的理论。"这种对于理论的虚无主义的态度，是不足为训的。这样对待理论的人，是成不了一个童话作家，也写不出好童话来的。

这些，是从童话这特定样式来说的。而作为一个童话作者，还应具备一个文学写作者、少年儿童工作者的一般要求，如思想素质、世界观、人生观，还有生活的敏感性、生活的激情、艺术概括力和表现力，以及各方面的知识，还有勤奋、谦虚、决心、毅力等种种品质。一个童话作者，他应该是才学渊博、有执着追求的学者。

作为一个童话作者，是不易的。发现一位有才华可培养的童话新人，应该像发现一座珍贵的宝藏那样，热诚地去爱护他。

发现和培养一个童话作者新人，相对来说，那比发现和培养一个别的样式的写作人才，要难得多。

这几年的状况，充分说明了这一点。看来这培养童话作者的工作，要从儿童时期做起。要大力提倡少年儿童来写作童话，幼稚园的小朋友不会写字，可以让他们自己来编童话，讲自己编的童话。小学生能够写作文了，作文课也可以让他们写童话。现在，各报刊都在大登孩子们的作文，其中就可以多登些孩子们的童话嘛。

儿童最富于幻想，让他们从小就多听童话、多编童话、多写童话，他们是童话的读者，又是童话的作者。我们要从这些小作者中，去发掘写作童话的人才，帮助他们。他们中间，一定会出许多童话作家的。

当前，童话界的朋友们除掉写作，还应该去帮助我们童话的小读者，去帮助童话的新作者。

童话的读者群是愈来愈扩大了，童话的作者群也应该愈来愈扩大。

童话的作者，当然，还应包括童话的理论研究工作者。童话迄今总算有一支创作的队伍，但童话的理论研究工作者还是寥寥无几的。

大专院校应该培养一定数量的童话理论研究工作者。童话的理论正在建树，童话学正在诞生。其他如童话心理学、童话教育学、童话比较学、童话结构学、童话语言学、童话美学等等，都还没有人涉足，有待童话理论研究工作者去探索，并写出有深度和分量的论文来。

二、童话的发表和出版

一个作者写了个童话要给孩子们，虽然可以用嘴巴讲，去讲给孩子们听，但那只能是给少数的孩子。一个童话，只能给十个、几十个、一百个、几百个孩子听，那自然太少了；还得要通过其他的形式，那就是发表和出版，包括在各种报刊上登出来，或者把它印成一本一本的书籍这种发表、出版的形式，还有不是文字的发表方式，譬如录音和广播，用的是声音；譬如拍成电视和电影，用的是画面和声音。

这些年来，我们从报刊中、出版物中、银幕上、收录音机里、广播里，所看到、听到发表和出版的童话，为数不算少，如果把近年来各报刊上发表的童话编成目录，数量还是很可观的。就是把这几年出版的童话专集统计一下，也很有一些吧！这许多童话中，有不少是好作品，深受小读者欢迎的好作品。

但是，目前在童话的发表和出版工作中，也存在一些问题，极宜求得解决。

现在，童话发表的园地确实并不多。除了《童话》丛刊是专发表童话的，其他报刊给童话的篇幅是很少的。《童话》丛刊，原旨是一年出四本，算是季刊吧！但是印刷周期相当缓慢，每年只能出一两本。而且愈来愈薄，中篇童话已经很难容纳了。其他少年儿童报纸，除了广州的《少年文艺报》、江西的《摇篮》儿童文学报等几家，因为从报名上已经定好，是文学和文艺报，所以坚持发一些童话作品；不少报纸已经转型，以登儿童作文、测验试题、知识小品为主。有的连个文艺副刊都彻底取消，索性不登文学作品了。刊物，有纯粹是文学性的《儿童文学》《少年文艺》《巨人》《未来》《幼芽》等还登一些童话外，有不少也已转型，热衷于刊登儿童作文、语法常识，很少登童话了。成人的报纸、刊物，能发表童话的可说是少之又少，有的在每年的儿童节前后，登上一篇童话，点缀一下，已算不错了。出版社也是这样，童话往往是作为"花色品种"，摆摆样子的。北京、上海的少年儿童出版社每年出版童话也只有寥寥几本，各地的少年儿童出版社当然更少。成人的出版社是不可能出版童话的。这是有关方面的主管和编辑部对童话并不重视，没有将童话放到应有的地位。所以一些童话作者，特别是近年才开始写童话的新人，都叹发表童话难，出版童话更难。发表、出版的路子太少，作品出不来，也影响创作的繁荣。发表、出版是应该为创作服务的，是为繁荣创作服务的。目前，因为发表少、出版少，限制了童话的创作，发表和出版直接影响了童话的发展。因为只有在一定的数量基础上，质量才能有保证，只有在一定的普及基础上，提高才有可能。

目下，报刊发表的童话质量参差不齐，有的报刊发表是很注重质量的，有的报刊发表的童话实在太差。有的作品恐怕还不能算是童话。也常常有这样的情况，一篇童话，在甲处遇到冷淡的退稿，在乙处又作重点稿很快发表了。这种情况，在文学编辑部发生是不足为怪的。一家报刊用过别家报刊的退稿，一家报刊也退过后来别家用的稿件。但是，别的样式，即使意见相左，还是比较接近的；截然相反的，不至于太多。童话，似乎仁者见仁，智者见智，意见相悖，理所当然。说童话本来就没有个客观标准，这说法，恐也过分了。出版社的情况也差不多。有的童话，实在太差，不应该发表、出版，但是却发表、出版了。发表、出版一个好童话，是为童话增誉，促进童话的发展。发表、出版一个实在太差的童话，是给童话毁誉，阻碍了童话的发展。社会上就拿这些坏童话指指点点，好像童话都是这样，就不该存在。这关键在编辑部，编辑同人总是希望登出好童话、退掉坏童话的。可是，除掉别的外因外，童话编辑的水准是一个重要问题。有的编辑，何者为好，何者为坏，也弄不清楚，加上工作态度武断、自信，极易把坏作品当成好作品发出去。作为一个童话作者是难的，作为童话编辑也不容易。目前，报刊、出版社负责童话的编辑（包括他们的上级主管），大多流动性很大，这样一些编辑，他们不可能专业化。缺乏童话的知识，更没有童话的鉴别力和欣赏水准，如果又处于一隅，童话信息闭塞，他怎么有可能发出好童话来？很多编辑部没有童话方面的专业编辑，都是附带发童话稿，可能他对别的样式非常在行，但不懂得童话，又不主动去钻研。有好的童话作者，没有好的童话编辑，一个好童话还是到不了读者脑子里的。童话的编辑各据一方，单独工作，也缺乏交流机会，你发你的，他发他的，有什么发什么，不发也未始不可，这样出不了好的童话。

童话发表、出版，也缺乏统筹安排，对繁荣创作、培养作者没有全盘去考虑。譬如近年来的系列童话，各报刊几乎都是一种模式。这些大同小异的连载童话，促使童话作者的集中、风格的划一，造成童话的清一色和一窝蜂。这对培养和扶植众多的童话写作新人是不利的，对繁荣童话创作也是不利的。应该从各地的大量的童话来稿中，去发掘童话写作新人，发表他们的作品。

一些报刊、出版社的童话编辑，应该认真研究童话创作现状，一些童话新人成熟了，就应该及时出版他们的作品集，介绍这些新秀走进童话作家的队伍，鼓励他们继续写出好作品。

希望各少年儿童报刊，都应有一定的篇幅刊登童话。童话只要写得好，为什么不可以发头条？认为童话总是应该放到后头，这观念要改一改。童话总是应该占一定的篇幅比例。每隔一时期，可以出一次"童话专辑"，或者来一次"童话征文""童话比赛"，提倡一下。成人报刊，也不应把发表童话的责任推得一干二净，说什么那是少年儿童报刊的事，与自己无关。殊不知，为少年儿童工作，是每一位成人的义务。每一个成人身边周围都有孩子，但愿成人报刊也是这样，把关心少年儿童的义务担当起来。过去的《大公报》《新闻报》《申报》等，都有过儿童副刊；许多重要的刊物《小说月报》《北斗》《抗战文艺》等，也登童话。今天北京的《北京日报》、贵阳的《贵阳晚报》也有儿童副刊，《人民文学》《上海文学》也发儿童文学作品。愿其他的成人报刊，也常常发一些童话，特别是儿童节前后，总应该给孩子们一些作品吧！

少年儿童专业出版社最好有计划地、有步骤地出版一套一套的童话，叫什么童话丛书都可以。可以说我们还没有出版过一套像样的童话丛书，这说得过去吗？不只中国自己的童话创作如此，外国的童话也要一套一套出版丛书，有计划地介绍到国内来。零零碎碎地出，或者出一本丢一本，那是很可惜的。

应该办一本童话的选刊。或每一个时期，把近期的童话好作品编成集子，介绍给读者。或者，出版各种各样的选本，如童话新作选、童话女作者作品选、童话新人新作选。还有以题材分的森林童话选、宇宙童话选、江河童话选、鸟兽童话选。还有以对象分的中年级童话选、低年级童话选、幼儿童话选……

童话的理论，出版得更少。应该积极创造条件，出版一些童话理论书、童话资料书、童话工具书。如童话作家论童话、童话手册、童话鉴赏、童话作家作品论、童话作家评传、童话研究资料汇编、童话年鉴、童话词典等等。

童话的繁荣与否，关键在作品。但作品是要通过发表和出版才能和读者见面的。

这应该敦请报纸、刊物、出版社、电台、传播公司、电视台、电影厂的编辑部门大力支持。

这些人是操"生杀大权"的，一个童话的命运如何，很大程度是决定在他们的手上。

作者和编辑应该密切地携手合作。童话是双方共同的事业，童话繁荣是大家一致的目的。

作者和编辑的努力是这一事业兴旺发达的主要保证。

三、童话的道路和展望

童话界的同人，正在一条坚实的道路上前进着。

尽管这是一条不平坦的道路，道路上有许多坑坑洼洼，还有种种人为的障碍，甚至于可怕的陷阱。各人的步子也有快有慢，有时候也许会向后倒退，或者走上岔道，其中也可能出现掉队者、离群者、落荒者。但是，这是一条正确的道路，是童话同人洒下汗血铺出的道路。前途是美好而无限的。

这条童话的道路，究竟是怎样的呢？

第一，儿童的。童话的对象就是儿童，我们写童话，就是为了儿童。如果童话的道路离开儿童，童话失去了对象，童话也就不能存在。我们写作童话，以及发表和出版童话，评论一篇童话，绝不能忘记或丢开广大的儿童，我们的心中要有三亿五千万儿童，一切要从三亿五千万儿童出发。

第二，文学的。童话是一种文学作品。它是文学这个大家族中的一个成员。它是以文学的方法去创造的，也是以文学的感染力去打动读者心弦的。它不是一篇社会科学的论文。它不是政治的说教，不是教育的图解。它尽的是文学所应尽能尽的义务和责任。它必须符合文学的法则和规律，而且要充分运用和发挥文学的法则和规律，去创造文学的效果。

第三，幻想的。幻想是童话的特征。没有幻想，就不是童话。当然，不能反过来说，凡有幻想的，都是童话。不过，可以说，凡童话都是幻想的。童话，就是我们生活的幻想化。如果有人说，童话可以离开幻想，那是掘了我们祖宗的坟，童话是会绝种的。童话的发展，就是幻想的发展。童话的艺术，也就是幻想的艺术。童话里的幻想，绝不能削弱。

第四，向上的。童话的对象是儿童，是文学中的一种。它隶属于儿童文学，它和儿童文学其他的样式一样，必须启迪和引导儿童向上。写作者应该有向上的动机，读者读了应该有向上的效果。整个作品要有向上的精神。当然，向上是广义的，和学校教育不一样，因为作家不等于教师，童话不同于教材，它是多方面的。童话绝不仅仅是无害于儿童，并且还必须有益于儿童。

第五，中国的。我们中国的童话，是我们中国独有的，它产生于中国，是写给中国的儿童所读，因而必须是中国式的。它具有中国的内容，要使得中国儿童能接受和喜爱。中国的童话，走中国童话的道路。一味模仿外国，那是一条岔道，不能离中国之经，叛中国之道，差之毫厘，谬以千里，会愈走愈远。

第六，当代的。童话要面向当代，要出新意。老一套不行。童话是反映今天生活的，它应该和当前的社会、人们紧紧贴在一起，具有针对性。昨天的道路，是我们接着前人走过来的，今天的道路就在我们的脚下，明天的道路需要我们去开创。我们继往开来，必须立足于今天。我们要写今天的童话，把昨天和明天连接起来。我们的童话如果写不好今天，把昨天的童话白白否定了，还会把明天的童话引向歧路。我们对不起前人，更对不起后人。

第七，趣味的。童话应该是有趣味的。趣味，也应该是广义的。叫人发笑，是趣味；叫人着急，是趣味；叫人气愤，是趣味；叫人悲伤，是趣味。能扣动读者心弦，就叫引人入胜吧！入胜，也就是趣味。一篇童话，不能使读者愿意看，怎么行？平淡无味，绝不是好童话。童话需要吸引力，把读者的情绪紧紧地吸引住，叫读者爱不释手，放不下来，非看完不可。童话是应该具有变幻莫测的迷人魅力的。

第八，优美的。读优美的童话，叫人心怡神畅。童话可以讽刺，但不要展览丑恶。童话可以揭露，但不要刺激生理。童话可以怒骂，但不要叫人恶心。童话从内涵到外表，都必须修饰、打扮。有的童话有天然美，有的童话有人工美。童话总是和美结合在一起。爱美是童话的天性。很多读者是到童话中来寻找美的。很多读者是为了找到美才来读童话的。很多读者要向童话请教什么叫美。童话学是孩子们的美学。童话作家是儿童美学的启蒙老师。

第九，多样的。儿童的幻想世界是广袤的，它五光十色，千变万化。童话绝不能是一个模式的。它应该像儿童的幻想世界一样，也是五光十色，千变万化的。各个作家可以写出各个不同的童话来。任何一位童话作家都不应该去规定一种风格，去否定另一种风格。应该让人人去变戏法，让人人的巧妙不同。如果世界上的魔术师只会变一种戏法或几种戏法，虽然十分高明，观众也会感到乏味。童话作家，应该去写出各种各样的童话来。

第十，发展的。童话的历史虽然是悠久的，但发展成有一大批作家，写出一篇篇一本本童话来，只是近代的事。童话作为一门学科来说，它还是很幼稚的，恐怕还只是一个牙牙学语、学步不久的小孩子吧！它爱看外边的世界，能在屋子里走来走去，可以搬动一条小凳子，能够吓走一只小鸡，但它正在成长中，它还有很大的可塑性，还会有很大的变化。我们看不到这一点是不行的。童话绝不能说一成不变，我们要看到它的变，引导它去变。变，是童话的发展；发展，是童话的提高。不断发展的过程，就是童话日趋繁荣的过程。

这儿童的、文学的、幻想的、向上的、中国的、当代的、趣味的、优美的、多样的、发展的种种要求，就是我们童话所要延展的通向明天的道路。

童话正是沿着这样一条道路，走向繁荣。

世界上，对少年儿童愈来愈重视。

我们的社会，也愈来愈认识到对少年儿童的培养，是一项重要的工作。因为少年儿童是明天国家的主人，是明天的建设者，我们的明天将怎么样，责任落在他们的身上。

随着少年儿童工作的重要性愈来愈得到社会的承认，童话也将愈来愈得到人们的关心。

少年儿童是童话的爱好者，童话拥有三亿五千万少年儿童的读者。

童话有三亿五千万少年儿童作为后盾。

三亿五千万少年儿童已经在大声呼喊：我们要童话！

我们的童话能不很快繁荣起来吗？

我们的童话作者队伍，将很快巩固壮大。现在童话作者不到三百人，很快要增加到四百人、五百人，将来一定会是一千人、两千人、三千人……那时候，不但有一个个童话研究会，还会有童话作家协会。

那时候，一套套童话丛书，将陈列在少年儿童书店里——有少男少女看的童话，有儿童看的童话，有幼儿看的童话，有娃娃看的童话，任凭孩子们挑选。

有童话的各种刊物，有童话的各种报纸，由邮差送到孩子家庭门口的信箱。

每个家庭，爸爸、妈妈都会说许多许多童话。孩子们自己也能写出童话向报刊投稿。

学校里常常举行童话比赛，优胜者被评为童话大王。

每一个城市，都有一座童话宫，里面陈列着一个个最美好的童话。每天有成群的孩子到童话宫去参观、游览。

我们的少年儿童生活中充满着童话。

我们中国是一个充满着欢乐的童话的国家。

中国的童话，还将传到世界各地少年儿童中间。

也许那一天，外国的孩子们会说：我最爱读的是中国的童话。

中国的童话将要走向世界，到全世界每一个有孩子的地方去。

这是我们写的童话，是中国童话作家的理想。

是中国童话界同人们奋斗的目标。

我们中国是一个童话的古国。中华民族的儿女是最富于幻想的，中华民族的少年儿童是最爱童话的。

我们有童话的志气，我们有童话的雄心，我们要拿出中国人的精神，写出可以自豪于世界的童话作品来。

目前，我们的社会正进入一个新时代，我们的童话也要进入一个新时代。

一个童话普及、童话振兴、童话起飞的新时代，一个繁花似锦、灿烂缤纷的童话新时代，就将在我们的面前展现！

后记——作者的话

我精力充沛的中年时期，正碰着史无前例的"文化大革命"。

粉碎"四人帮"后，我恢复正常的写作生活，我已经近五十岁了。

但是，为少年儿童提供更多的精神食粮的责任感和要把损失的时间补回来的紧迫感，有力地促动着我，要我不能停下手上的笔，快些写，更快些写。

粉碎"四人帮"后的四五年里，我大约写了四五十篇长长短短的童话。

由于写作的时间有限，我只希望能多写一些童话，写得好一些，在各方面作些尝试和创新，以满足少年儿童的童话需求。

虽然，早年间我也写过理论，一些关于诗歌创作、戏剧创作的理论，而且还出过好几本集子，但我并没有发生兴趣。

我深知，自己写一些童话，好坏不要紧，写好了就发表，写坏了就丢掉，从来没有想过去写童话理论。

周围的作家，有的写创作经验，有的为作品写序跋，有的到大学开课，有的参加什么讲座，我总是退避三舍，不去涉足。他们著书立说，我非常钦佩，但是我没有羡慕。当有的单位和报刊来邀请或约稿时，只要是谈理论、写理论，我都婉言辞谢了。似乎，这已成为我不逾的工作信条。

在"文化大革命"前，我的一个老同学，也是搞写作的，到上海来看我，说我写了那么些童话，又编了多年的刊物，看稿件，改作品，一定有很多看法、经验，为什么不写些理论？我坦率地跟他说："我不会写理论，也不想写理论。我以为搞创作的人不要去写理论。搞创作的人去写理论，笔是要写坏的。"我的意思，写作品的文笔和写理论的文笔是不一样的。如多写理论，写惯了，就写不来作品了。我的老同学竟把我的这句话，当作一个新见解，在后来见面时，还多次提起过。

那时，我确实不想搞理论，所以，什么也没有写。我编过《儿童文学研究》这个理论刊物，我从来没有发表过一篇理论文章。什么儿童文学理论选，都与我无关。

我不写理论的原因，除此以外，还有一点，就是那时的儿童文学理论，要写，就是照搬某一国家，套话连篇，成了天下文章一大抄，不能有自己的独特之见。拾人牙慧，人云亦云，又有什么意思呢！我不屑写那种"鹦鹉学舌"式的理论。所以，我不写。

"文化大革命"使我学会了写理论，但是我并不想写理论。我的志趣，还是想把这仅有的时间和精力，圈在写童话这个范围里。

一九七九年的秋末，八个单位联合举办第二次全国少年儿童文艺创作评奖，因为我一直在儿童文学岗位上工作（除"文化大革命"时期），要我参加筹备和参加主持评奖办公室的工作。我到了北京，开始只有我们一两个人，后来增加到七八个人。通知一发，各省市自治区很快送来了上千件作品。这样，我把一天的二十四小时，全用在评奖上了。首先要阅读这些作品，有的要看好几遍。因为这是一次最高级别的儿童文学大评奖，对每一篇作品都要负责，关系到这些儿童文学作家二十五年来的功绩，影响到今后整个儿童文学创作的荣衰，必须认真地对待，每篇作品都要在会上反复讨论。这样，我一连几个月，边看作品，边把意见写在笔记本上。到评奖工作完毕，我的笔记本已写满好几本。大概，这就是我写儿童文学理论的开始了。

一位编刊物的友人发现了我的这些笔记，便要我整理一些出来发表。这一下，我的这些笔记，便散开了，在各种报刊以《儿童文学杂议》《童话随想》为题名，陆陆续续，发表出来了。

发表多了，加以选择，索性编成《儿童·文学·作家》一集，由海燕出版社出版。也想不到这本书印出后，竟受到各界的瞩目，一下子初版售完了。于是，我又补充了一些内容，出版社印了增订二版。

这些笔记文字，虽然都是理论性的，但用的是散文诗的形式。那是因为我少年时代、青年时代写过诗，出过几本诗集，还有一点诗的根底，写起来也不太吃力。

这本书，便是我的第一本儿童文学理论著作。

这样，我不自觉地走进了儿童文学理论者的行列，想不到，我搞起理论来了。

在北京评奖时，正好新蕾出版社成立，他们想办一本童话刊物找到了我。我去天津，协助他们，一起筹备办起了大陆第一本专门性的童话刊物《童话》。我忝为这个刊物的顾问。要顾要问，这本刊物的作品都得看，并且总得发表一些意见。创刊以来，也说了不少关于当前童话创作的看法和建议。大概这些也就是童话的理论吧！

评奖结束，北京本来打算办一本大型刊物《中国儿童文学》，希望我留下来筹备。我觉得儿童文学园地太少，特别缺少中长篇发表的园地，很需要有本大型的儿童文学刊物。我觉得这工作应该做。但由于当时各方面的条件不成熟，这本大型儿童文学刊物始终未得出世。

那时，还筹备过一本《儿童文学评论》的理论刊物，我觉得这样一本刊物很重要，但是自己没有兴趣搞理论，在参加了一段筹备工作，编好第一期后，就回上海了。这本刊物，也因种种原因夭折了；一部分稿件后来收入《儿童文学作家作品论》，由中国少年儿童出版社出版。

回到上海，上海儿童文学界决定要办一本大型儿童文学丛刊，我就被推举为筹备人。经过一个多月筹备，就问世了。这就是后来由少年儿童出版社编辑出版的《巨人》。

不久，上海有六个单位联合举办"儿童文学园丁奖"评奖，要我来筹备这项工作。迄今已经举办好几届评奖了。同时，为这个奖创办了一种年刊性质的《儿童文学园丁奖集刊》，每年出版一本，也已出版了好几本。

评奖就是要看作品，要对作品发表议论，使我不得不去研究众多的儿童文学作品。

这样，我似乎成了"评奖"的专职工作者了。

后来，不少刊物搞评奖，搞征文，或者出什么丛书，常常来找我担任评委、编委、顾问之类。这无非是要我看作品，谈意见。

我不想搞理论，但无形之中我还是在搞理论。我在大家心目中，自然而然成了一个理论工作者。这就使我和理论结下了不解之缘。

那时，每年举办童话创作座谈会，要我去参加。我总得在会上发表我的看法。好几个地方还把我的发言印了出来。

就我来说，这些年，我没有正式写过一篇像样的理论文章。如果说我是一个口头评论者，那倒是。因为这些年我在各种评奖会上，各种座谈会上，发表过许多口头的评论。

一九八二年，在沈阳举办了华北、东北区儿童文学讲习班，在成都举办了西北、西南区儿童文学讲习班。以后几年，在广东、广西、湖南、陕西、云南、贵州等地举办儿童文学讲习班。我被招参加讲师团，去讲童话。我写了一份详细的提纲，先先后后，几经补充，在这些地方都讲了。

不少地区的作家协会，一些大专院校，要我去讲过童话。基本上也是用的这份提纲。

我本来想，我只是这样口头讲过就算了。想不到，现在非要我把口头讲话写成书面文字不可了。

因为，邀我去讲童话的地方，主办单位总说是大家的请求，一定要我写出来。

并且，有的地方根据记录和录音，把我的讲话整理成文字，作为讲义材料，打印发给大家。有的地方铅印成小册子，赠送给初学写作者。我看了一下，里面错舛不少，有的跟我的原意相径庭，有的因为过简，导致意思表达不清。我担心会引起一些误会。

再说，既然讲了，也很快传开来了。但传来传去往往走了样。传的人总要加上自己的看法，一引申发挥，说我某某论点是针对谁谁谁，有的把我没有说的话也添上了，说我反对什么什么。

这样，我一定得下决心，把创作搁下一时期，来写这部理论书了。

就是这样，我以我的讲课记录稿为基础，开始写作这部《童话学》了。

我知道，大家希望我把这部书写出来，这是对我的信任和关怀。我非常感激大家。

另一方面，我深深感到，童话这一样式，是少年儿童所最喜爱的文学样式，迄今往往为人所误解，而且不够繁荣，他们的喜爱得不到满足。为了广大少年儿童，为了童话创作的发展，很需要在理论上做些探索，我作为一个童话写作者，有责任来做这件工作。想到这些，于是，我毅然把这项任务承担起来。

既然要做这件工作，我想一定要把这项工作做好。为了做好这件工作，我把能找到的有关的童话理论、创作都细细读了。

所以，写这部书，我花去了好几年的时间。

我想，作为一本童话学著作，应该广采博闻诸家的好意见。

为写这部书，也有一些副产品。我把我所浏览到的各种报刊上的作品，编了好几种童话选本。我在这部书中所阐述的某些论点，也源自这些作品。从他们的创作实践中，我受到启示，把它提升为理论。

所以，这部书，在某种意义上也可以说是一部大家的集体著作。

因为这部书的前身，是一份份讲话记录稿，虽已重写，但还是没有完全改掉那个讲话话腔，也只好让它保留着吧！

请对童话有造诣的朋友，多多帮助，使这部书在有再版机会时，修订起来能顺利一些。希望在大家的支持下，共同实现童话学这门学科的建树。

近年来，我患眼疾，视物模糊。这部书是在目力不济的状况下写作的。虽然几年来已数易其稿，但总觉得还有不少地方想补充和改写，但因为眼底又在出血了，医生一定要我把工作停下，只好就这样交出来。

"书被催成墨未浓"，在艰难中写出来的作品一定会有很多缺陷。

本来，还有《童话大事记》《童话历届获奖作品目录》《童话理论著译书名篇目》《历年来引起争议的童话作品》等资料，以及《本书人名、作品名、术语名笔画序索引》等作为附录，印于书末。一些童话的作家手迹、历史照片、作品书影和配图，插印于各卷卷首。因篇幅过巨，只好付之阙如，容以后有机会再和读者见面了，祈能见谅。

我以歉疚的心情，把这样一本芜杂、粗糙、浅薄、差强的书，呈献在读者们的面前。

感谢为这本书的写作出版，给过种种帮助的众多朋友们。

作者小传

《童话学》修订台湾版终于呈献在大家面前了。

这是一部童话作家写的《童话学》。作者洪汛涛是大陆当前一位重要的、有影响的童话作家。因为本书是他写的，他没有也不可能谈他自己和他自己的作品。

一部系统的《童话学》论及许多童话作家和许多作品，而不提到他和他的作品，显然是一个欠缺。

洪汛涛，为大陆"童话十家"之一。浙江浦江人。一九二八年四月九日生。四十年代中期开始写作。至今已出版童话等各类著作八十多种。连同散于各报刊的文字约有五百万言。著名的童话作品有《神笔马良》《灯花》《望夫石》《鱼宝贝》《不灭的灯》《棕猪比比》《三个运动员》《白头翁办报》《苍蝇的诀窍》《乌牛英雄》《小芝麻奇历记》《神笔牛良》《向左左左转先生》《一张考卷》《花圈雨》《夹竹桃》《慢慢来》《半半的半个童话》《亡羊补牢的故事》《狼毫笔的来历》《天鸟的孩子们》《鸟语花香》《小信天翁的梦》《破缸记》等等。这些作品，具有中国的民族气派，又具有现代的时代精神。幻想和现实紧密而和谐结合，富有哲理味，深刻、隽永、诙谐、辛辣，民间乡土气息浓郁，善于从平凡习见的题材中写出奇特的新意，是他童话的特色。他的作品，有的被选入课本，有的拍成电影、电视片，有的改编成画册，不少作品被翻译成多种文字，在许多国家都有译本。他的作品在大陆和境外曾十多次获金质奖、第一奖、荣誉奖、最佳奖。海内外都有人专门研究他的作品，并发表许多评论文字。足见他和他的作品在读者群中影响之深广。

他在写作童话的同时，也进行童话研究，创办童话刊物，选编童话丛书，参加童话讲座，主持童话评奖，为建设童话理论、扶植童话新人、繁荣童话创作、振兴童话事业，作出了诸多的贡献。近年来，他对促进海峡两岸儿童文学界的文化交流，更是不遗余力。

他是一位有素养的童话作家，一位有造诣的童话理论家。他著书立说，写过不少饶有见地的童话理论文章。他从事童话学这门新学科的创建和开拓，成果丰硕。这部《童话学》的出世，可以说是童话界的一项巨举，表明童话发展进入一个新阶段，对童话将起相应的积极促进作用。这是全国第一部《童话学》专著，他是第一位童话学家。

修订台湾版跋记

去年，十月十二日，台湾儿童文学史料工作者邱各容先生来上海，我们会晤了。邱先生是第一个以台湾儿童文学工作者的身份到大陆来的，我们的会晤，成了一个有意义的日子。为了纪念这次会晤，我写了"首航"两个字送给邱先生。

在那次会晤中，邱先生告诉我，我的许多作品，都早已到台湾，像我的《神笔马良》等童话作品，还有我所主编的一些书，还有我这部《童话学》。我后来知道，那都是台湾的儿童文学工作者，从中国香港、日本、美国这些地方的书坊，托人搜求购买，藏在行箧中，偷偷带到台湾去的。这些书悄悄地在借阅，被复印。听说，我这部四十一万字的《童话学》，在台湾用影印机印的本子，那是多么厚厚一沓啊！我还听说，我这部《童话学》，在台湾一些开设儿童文学专业课的大专院校里，颇受教师和同学的欢迎，他们要作为教学的参考。我由衷地感谢这些读我作品的朋友。作为一个作家来说，没有比自己的作品受到读者欢迎再高兴不过的事了。"读者是上帝"，我信奉这一箴言。

热心两岸儿童文学交流的邱先生在上海的时候就说："我回去先把你的《童话学》印出来。"并要我按台湾的规矩，写下一份亲笔盖章的出版委托书。邱先生在台湾是一家出版社的总经理。

于是，我就花了几个月的时间，对这部书，作了仔细的修订。不仅是改正了原稿和排版上的一些错误，还删去了一些部分，改去了那些台湾读者不易明白的术语和词汇。所以，这部《童话学》，是一个新版，是一个修订台湾版。

重重的一包修订版原稿，是请年迈多病的台湾儿童文学老作家朱传誉先生从上海带到台北的，为此我深为不安，特专此一笔致谢。

这段时间，正好邱先生离开了那家出版社，自办起富春文化事业公司，这部书，就由富春文化事业公司来印行了。

邱各容先生第一次自办出版机构，我这部《童话学》是他新机构出版的第一部儿童文学理论专书吧！同时，这部书也是台湾出版的第一部大陆作家写的儿童文学理论专书。

那么多的"第一次"凑合在一起，真是好兆头，是一个极好的开端。

祝愿富春文化事业公司兴隆发达！祝愿海峡两岸的儿童文学事业繁荣昌盛！

这部《童话学》，虽然经过修订，算是个"台湾版"，但毕竟不是专为台湾写的，和台湾的童话实际一定有很大距离，只能说"仅供参考"罢了。

竭诚欢迎台湾的童话界和儿童文学界的专家们，大专院校的教师和同学们，儿童读物出版社的编辑们，以及众多的读者们，多多提出宝贵意见。

一九八九年炎夏于上海种德桥

第二部分

台湾儿童文学研究

台湾儿童文学轮廓勾勒

　　台湾儿童文学界，有一个儿童文学会。会址设在台北市复兴北路的一座大楼里。这个儿童文学学会是 1985 年成立的。会员有儿童文学作家、评论家、编辑、图书馆员、教师，还有家庭主妇，其中也有儿童画家、儿童音乐家。1985 年 1 月 13 日选出了第一届理监事。理事长为林良，是台湾某报社出版部经理。常务理事是马景贤、张水金、林焕彰、林春辉、曹俊彦、杨孝溁 6 人。理事郑明进、谢武彰、李雀美、简静惠、黄基博、桂文亚、许义宗、戴书训、蓝祥云、洪义男、蔡尚志、傅林统、陈木城、徐正平 14 人，还有候补理事邱阿涂、黄郁文、许汉章、孙小英、杜荣琛、温隆信 6 人。常务监事为林武宪，是台湾小学的教师。监事有林海音、潘人木、林钟隆、陈正治、洪文琼、张剑鸣 6 人，还有候补监事苏尚耀、郑雪玫 2 人。理监事会聘请林焕彰为总干事，林是台湾联合报副刊组编辑。邱各容、戴萤为干事，马景贤为研究出版组长，李雀美为服务组长，曹俊彦为事务组长，陈木城为会讯主编。

　　儿童文学学会的《会讯》从 1985 年 2 月起开始出版。16 开，面数 16 面到 20 面不等。每两月出一期。内容以通讯为主，也发表一些不长的学术研究专文。

　　研究出版组的工作包括：儿童文学理论与写作技巧之研究，儿童文学教育与儿童图书馆推广之研究，儿童文学研习、座谈会之举办，优良儿童文学作品之推广与鼓励，儿童文学研究书刊之出版。研究出版组的下面，设儿童文学理论研究小组，儿童诗歌研究小组（包括儿歌、儿童诗、歌曲等），儿童读物绘画研究小组，少年小说研究小组，童话研究小组，儿童戏剧研究小组（包括电视、电影），儿童图书馆推广研究小组，儿童文学资料整理出版小组。各个小组常常举办研习会、展览、出版等活动。

服务组的工作则是促进儿童文学工作者研究心得之交换；促进国内外儿童文学创作、研究之交流，及儿童文学工作者之联谊；举办有关儿童文学之旅游活动；筹办儿童文学资料中心，办理有关资料之交换服务；协助会员洽商购买或出版事项，承办本会各种活动之有关服务事项。

这个学会在台北市几个区都有小组，台湾其他一些市、县也设有联络小组。

在台湾一些地区也还有一些小范围的儿童文学的组织，各自分别开展一些活动。如高雄市就有一个儿童文学写作学会，已经开过两届两次会员大会，还颁发过五届柔兰奖，编印了 3 期《儿童文学》。宜兰是一个县，也有个儿童文学研习会，已经开过八届会了。

还有一些地方的教育部门和文化机构，也常常开展一些儿童文学活动。如新竹市教育局举行过为期 7 天的儿童文学创作研习会。台中市教育局举办了教师暑期童诗研习会。台中市立文化中心文英馆，曾举办儿童文学研究演讲及座谈会。台北市文化中心馆举办儿童文学师习活动，每周六一次，为期 12 周。台东县教育局主办了为期 1 周的儿童文学研习会。活动是频繁的。

台湾的儿童文学报刊，也是不少的。儿童文学理论刊物，除上面说的那本《会讯》以外，主要的是《海洋儿童文学研究》，1983 年 4 月创刊，社址在台东，主编是吴当。儿童文学理论和创作兼登的，有中坜的《月光光》，1977 年 4 月创刊，主编林钟隆；有屏东的《风等》，1980 年 1 月创刊，主编林加春。发表儿童文学创作的刊物，主要有台北的《幼狮少年》，1976 年 10 月创刊，主编孙小英；台中的《儿童天地月刊》，1962 年 2 月创刊，主编黄如荃；台北的《小树苗》1977 年 1 月创刊，主编吴幸玲等；台北的《少年杂志》，1975 年 10 月创刊，主编颜炳耀；台北的《好儿童生活杂志》，1981 年 5 月创刊，主编周秀吟；台北的《智慧》，1985 年 5 月创刊，主编陈煌；台北的《儿福家庭生活杂志》，1985 年 8 月创刊，主编吴幸玲；台北的《现代周刊》，1983 年 11 月创刊，主编陈钟文；台北的《童年月刊》，主编徐明；台北的《华一儿童杂志》，主编郑昆；高雄的《高市儿童》，1983 年创刊，主编苏登光；台北的《小作家》，主编黄劲连；高雄的《苗圃儿童杂志》，主编颜鼎伦；台北的《中国儿童周刊》，主编苏耕斌；台北的《快乐儿童漫画周刊》，主编李倩萍；台北的《今日儿童周刊》，主编林廷芳；还有把编辑小组设在九龙的《红苹果》，1977 年创刊，等等。

台湾有不少报纸，辟有少年儿童文学的副刊。台北某日报，辟有"少年版"，主编余玉英；还有"儿童版"周三、周六增刊，主编应平书；另外，还有《儿童文学周刊》，主编张剑鸣。台北的《民生报》，辟有"儿童天地"，主编桂文亚。台北的《台湾新生报》，辟有"新生儿童"，周二、周六、周日出刊，主编陈美儒。台北的《中华日报》，辟有"中华儿童"，周日出刊，主编吴涵碧。凤山的《台湾时报》，辟有"儿童乐园"，主编许振江。台北的《自立晚报》，辟有"学生园地"，周日出刊，主编刘还月。台中的《大众报》，辟有"儿童版"，周日出刊，主编陈笃弘。

台湾出版儿童文学方面图书的，除几家老书局外，有英文汉声出版社、长流出版社、锦标出版社、爱智图书公司、启元出版社、尔雅出版社、洪范书店、光启出版社、信谊基金会出版社、纯文学出版社、东方出版社、皇冠出版社、联经出版社、布谷出版社，等等。

台湾有一个"洪建全儿童文学创作奖"，是由洪建全教育文化基金会在 1974 年设立的一个常设奖，每年举办一次。评奖的宗旨是让儿童有更多、更好的读物，提高儿童文学的水准，培养儿童文学作家。他们公开征求未发表过的儿童文学作品。评选作品分为三组：少年小说组、儿童诗歌组、图画故事组。后来又增加童话一组。得奖作品，第一届为《妹妹在那里》《奇奇猫》《妈妈的心·春》《儿童诗集佳作选》；第二届为《金宝流浪记》《奇妙的紫贝壳》《多出来的一天》《有翅膀的歌声》《蝴蝶飞舞》《凤凰和竹鸡》《外婆家》《小布咕种稻记》；第三届为《飞向蓝天》《团圆月》《缺嘴鱼》《小泥人》《自己编的歌儿》；第四届为《玻璃鸟》《幻想世界》《小蚂蚁历险记》《秋天的信》；第五届为《春天来到嘉和镇》《升旗》《数字游戏》《我有一只狐狸狗》；第六届为《淘气的鼠弟弟》《寒梅》《明天要远足》；第七届为《绿色的云》《阿鲁的魔术》《奇异的种子》《越搬越多》；第八届为《跑道》《天使的歌声》《珊瑚潭畔的蓝天》；第九届为《石城天使》《鲤鱼跳龙门》；第十届为《小河爱唱歌》《奇异的旅行》《齿痕的秘密》《娃娃的眼睛》；第十一届为《龙吐珠》《天鹰翱翔》《童言》；第十二届为《顺风耳的新香炉》《心中的信》；等等。

这个文化基金会还经常举办"儿童文学巡回演讲"，近期的演讲会，有"童话写作""成人为儿童写诗的创作观""谈知识性读物的写作""谈儿歌的创作与欣赏""如何创作童话""师专生如何接近儿童文学"等等。

台湾的中山文艺奖是台湾地位最高、历来为文艺界所瞩目的两大文艺奖之一。这两项文艺奖，均有"儿童文学类"，作者可以自己提出申请，也可由别人推荐。

除这些以外，各地区、团体、报刊，甚至于慈善团体，也设立有各种各样的儿童文学奖。

台湾近期儿童文学界，也正在检视十年来儿童文学的发展。台湾儿童文学学会总干事林焕彰，在一篇叫《儿童文学十大建设》的专文中说，台湾"儿童文学的蓬勃发展，的确值得欣慰。但，环视我们整个社会的建设和进步，这一点点成就实在太微小了，就其深度和广度来说都嫌不足。我们期望一个全面性的儿童文学时代能够早日来临，恳切地呼吁我们的政府，我们的社会，有钱出钱，有力出力，共同来完成这个儿童文学十大建设的构想"。

林文所提出的"十大建设"，是：一、请每一位作家每年为我们的儿童认真撰写一篇儿童文学作品。二、请每一位画家每年为我们的儿童用心画一本图画故事书。三、请每一位出版家每年为我们的儿童出版一套国人创作的儿童文学作品。四、请每一位小学教师每月为他的学生推荐一本好书。五、请每一位家长每月为他的孩子买一本好书。六、请各大专院校在相关科系中增列儿童文学课程。七、请教育主管单位长期聘请儿童文学专家（传授写作经验和技巧）、学者（传授理论和教育方法）以驻校方式，指导有志于儿童文学创作或教学的小学教师。八、请企业家设立儿童文学基金会，从事奖励优良儿童读物之出版及有关活动。九、请各报文教记者主动报道有关儿童文学活动，包括演讲、出版等消息。十、请台湾地区的政府每年征收一人一元的儿童文学捐，来赞助推展儿童文学的创作和工作。林焕彰的这番话，不是他一个人的想法，应该说是台湾儿童文学界的普遍心理吧！这十大建议，虽然说的是台湾儿童文学界的未来，实际上也说了台湾儿童文学的当前和过去，含意是深远的。

近期台湾大规模的儿童文学活动，有在台北金石文化广场举办的一次"儿童文学大展"，按书的读者年龄，分成五个阶段展出：0到3岁幼儿，4到6岁学前儿童，7到8岁低年级儿童，9到10岁中年级儿童，11到12岁高年级儿童。这次大展还特邀了台湾儿童文学作家和家长共同开讨论会，讨论"如何为孩子选书"，取得广泛的影响。这些讨论记录已发表在《师友月刊》的"儿童文学专辑"上。

　　不久前，台湾图书馆分馆举办了大规模的"中国儿童读物回顾展"，除展出现代的儿童读物外，还展出了清代以前、清代、民国初、抗战前后各地出版的各类儿童读物，如早期的《十七史蒙求》《纲鉴易知录》《幼学故事群芳》，及以前上海商务印书馆、中华书局、开明书局、儿童书局出版的弥足珍贵的儿童图书。回顾展也邀请儿童文学界专家主讲"孩子与阅读"，并举行了"书与孩子"大型讨论会，对目前儿童读物的看法和应走的方向，展开广泛而深入的探讨。

　　今年台湾的儿童节，台湾的儿童文学学会与《台湾日报》《台湾时报》等副刊共同策划儿童文学专辑，鼓吹儿童文学，呼吁大众一起来关心儿童文学，颇受注意。某些报刊以《儿童文学的扎根》为题，连续两天推出两个全版。《台湾日报》以《开启儿童活泼开朗的心灵》为题，发表6位专家的署名文章。《台湾时报》推出"儿童节特刊"，发表7位儿童文学工作者的专题文章。《中国时报》副刊两天推出"幼年维特的烦恼"讨论专辑。《台中大众报》以全版篇幅3天连载台湾儿童文学理论家邱各容的有关台湾儿童文学读物发展的探讨文字。

　　近来，台湾儿童文学小说界，比较集中在讨论儿童文学作家赖西安的少年小说。结合赖西安的小说，研讨少年小说的发展，中外少年小说的比较、评析、取材、角色塑造、情节设计、写作技巧，等等。

　　台湾童话界不久前举办了童话研究讨论会，是以美国名作家 E. B. 怀特的作品《夏绿蒂的网》为主题。大家就作品语言、情节、写作背景、国外评论等方面加以研讨。台湾译出的怀特童话，除《夏绿蒂的网》以外，还有《小猪和蜘蛛》《神猪妙网》等。

　　目前，台湾儿童文学理论工作者，正饶有兴味地讨论"儿童文学研究的题材和方向"。特请这方面的专家主讲了"儿童文学研究论文写作"，举行了座谈。

　　台湾的儿童文学研究理论专著，已出版的，主要有《浅语的艺术》（林良）、《儿童文学研究》（吴鼎）、《儿童文学论》（许义宗）、

《谈儿童文学》（郑蕤）、《儿童的文学教育》（王万青）、《儿童文学》（林守为）、《儿童读物的写作》（林守为）、《童话研究》（林守为）、《儿童文学的认识与鉴赏》（傅林统）、《儿童文学》（叶咏琍）、《西泽儿童文学》（叶咏琍）、《儿童文学研究》（1、2集）等。

最近，台湾儿童文学家马景贤在《谈儿童文学研究的方向》一文中指出："最迫切的工作是提升儿童文学研究的层次。""儿童文学作品水准的提高，有助于消除一般人对儿童文学的偏见。""儿童文学的学术研究工作加强，有助于社会大众对儿童文学教育功能的肯定，也是突破儿童文学发展瓶颈最佳途径。"他在文中提出了12个方面的研究："一、中外儿童文学历史之研究。二、儿童读物中涉及社会问题的读物对儿童心理影响之研究。三、青少年刊物编辑及历史之研究。四、中外儿童文学作家作品分析之研究。五、儿童文学批评之研究。六、中国传统文化中的资料搜集与利用之研究。七、中国儿童读物插图风貌之研究。八、儿童文学中的语言之研究。九、儿童阅读之兴趣及阅读心理之研究。十、儿童文学与教学之研究。十一、儿童图书馆发展之研究。十二、中国文化本质与儿童文学发展方向之研究。"最后，他认为："文学理论的研究并不等于创作，但对儿童文学来说，学术性的研究是发展儿童文学扎根工作，是我们必须重视的工作。"

台湾的儿童文学界，是在做踏踏实实的推动儿童文学的普及、持续、深入的工作的，在努力地争取和谐、富足又有朝气的新景象的日子的到来。

为着我们崇高的儿童文学事业

——祝贺台湾《儿童文学家》季刊创刊

林焕彰先生创办的《儿童文学家》，要问世了，这里我写几句话，作为我的真切祝贺。

林焕彰先生的儿童文学事业心，是非常难能可贵的。他为繁荣台湾儿童文学，促进海峡两岸文学交流，开拓和建设世界华文儿童文学，都有很大的贡献。在时间上、精力上，乃至经济上，都作出了一定的牺牲。我和他有过较多的交往和合作，了解他在工作中，遇到种种困难，他从没有泄过气，都是任劳任怨、一往直前。他有一股子韧劲，他想干一件什么事，他总是千方百计要完成。确实，我所知道，他计划办的事，都是办成的。

现在，这本《儿童文学家》，不是出版了吗？虽然是薄薄的一本，但是这里面有着他几多辛苦，几多努力。

《儿童文学家》，我们也曾办过这一名称的刊物，是由海燕出版社（郑州）编辑出版的，那主要是刊登儿童文学创作作品的。出过两期，由于订数不大，停刊了。现在林焕彰先生办的《儿童文学家》，则是论述评介、创作、史料和资讯并重的。这样的刊物太需要了。我也曾发起创办一张《儿童文学信息》的小报，可是没有办成。现在林焕彰先生把《儿童文学家》付诸实现，成为事实。我可以想到，这一份刊物，对儿童文学的繁荣、交流，以至世界华文儿童文学事业的促进都是十分必要的。

最后，我想说的是，我深深觉得像林焕彰先生这样的作家，热心于事业，肯做无私奉献的儿童文学事业家，应该有很多，有很多很多的林焕彰。像《儿童文学家》这样的刊物，应该有更多更多的同人，来支持它，从各个方面来支持它。

新的一年来临了，在此向台湾儿童文学界相识和还未相识的朋友们敬祝新年儿童文学一家，为着我们共同的崇高的儿童文学事业，大家一起都来作奉献吧！

1990 年 12 月于上海种德桥畔目楼

儿童文学一家

台湾的儿童文学，大陆的儿童文学，都是中国的儿童文学。可是我们分开四十年了，我们之间，彼此都不了解，而且相当的陌生。你们不认识我们，我们不认识你们。

虽然，你们、我们，一样地为儿童写作着，一样地办儿童的报纸，一样地编儿童刊物，一样地举办一届一届的儿童文学评奖，一样地举行着各种各样的儿童文学讨论会……

可是，我们的儿童文学辞典里，没有收你们的任何一部儿童文学作品；你们儿童文学学会会讯里，也从未出现过我们任何一个儿童文学作家的名字……

我们写的儿童文学史，没有台湾的部分；你们写的儿童文学史，也只是台湾的一部分。中国的儿童文学史，被海峡切成了两部分。

这种局面应该结束了，我们应该把各自的半部儿童文学史合成一部了。

我们之间的窗户已经打开。你们开始看见我们了，我们开始看见你们了。

你们成立了"大陆儿童文学研究会"，我们也有了"台湾儿童文学研究会"。你们向大陆驶来了儿童文学的船只，我们也向台湾开去了儿童文学的船只。

让我们共同祝贺儿童文学的通航。

只是，船行毕竟是缓慢的，船载毕竟是有限的，愿我们很快在海峡上建造起一座儿童文学的大桥来，把两岸的儿童文学联结起来吧！

我们沿着了解、交流、合作的轨道，共同努力吧！

儿童文学一家。

1988 年 11 月

向台湾的儿童文学界
朋友们遥致敬意

　　1982年，一个偶然的机会，我见到了几篇台湾的儿童文学作品，写得非常之好，真可说是如获至宝一般高兴。这以后，我就开始搜集台湾的儿童文学作品了。那时，台湾的儿童文学作品在大陆是绝无而不是仅有的。我请香港儿童文学界友人为我搜集，但也很少。1983年我主编《中国童话界》童话大型选本时，第一次选收了台湾作家的童话作品。我在此书的前言中写道："希望能和台湾的童话作家们，围聚在一个桌子，交流童话创作实践的心得体会，一起探讨童话创作艺术上的种种有关问题。"此后，凡我所编或写的书籍、刊物，都包括台湾儿童文学作品。如《中国儿童文学十年》《低幼童话选》《童话选刊》之二之三，以及我写的《童话学》和经我审订的《中国儿童文学大事记》，一应都选收并提及台湾儿童文学的作家、作品和活动。后来，似乎成为一种惯例，关心台湾儿童文学的人士多起来了。发展至今日，我可以为出版社主编一本《台湾儿童文学选》了。

　　在台湾，据说情况也一样，过去我的作品，只能从香港买回去，再传阅，再复印。现在台湾的报上也开始登载介绍我的作品，刊出我的照片了。这发展应该说是很迅速的。说明台湾和大陆儿童文学界大家都有这个心愿。不过以上所说的交流，只是个别的，在朋友间进行的细微的交流。

现在，台湾成立了"大陆儿童文学研究会"，则是由个别的发展到集体的，细流汇合成大渠，交流面大大地扩大了。

台湾的儿童文学界同人们，为海峡两岸儿童文学的交流，迈出了十分可喜的一大步，我衷心地热切祝贺。

我们也成立了"台湾儿童文学研究会"。我们也有更多的人来研究台湾的儿童文学了，让我们的儿童文学之帆，双向对开吧！

为着我们亿万中华儿童，我们华夏民族的子子孙孙，提供美好而丰富的精神食粮，我们两地的儿童文学作家更紧密地携手合作，相互学习，共同努力，有许多事在等着我们一起去做呢。

台湾儿童文学界的朋友们，在这新年到来之际，我在海峡这一边的黄浦江滨，向你们遥致敬意。欢迎你们来信，欢迎你们来访，我展开双臂，欢迎你们。

关于台湾儿童文学

台湾海峡，从世界视角来看，并不算太宽，可是它把我们中国的儿童文学分成了两半，隔开了 40 年。40 年，就历史的长河来说，也不是个太短暂的时间，它走过了儿童文学几代人，一批批年轻的作家，进入了儿童文学的行列，写出了许许多多很好的新作品。

台湾是很注重儿童文学的，台湾的儿童文学事业是发达的，拥有一支不小的儿童文学创作队伍，写出了众多的优秀儿童文学作品。

因为隔阂了 40 年，彼此鸡犬之声相闻，老死不相往来，他们不知道我们大陆儿童文学作家如何在为孩子写作，我们大陆的读者也不知道台湾有哪些儿童文学作家，写了哪些儿童文学作品。

虽然，他们从中国香港、日本、美国这些地区及国家的书店里买些大陆作家的儿童文学作品，在悄悄传阅，在暗暗翻印，但数量极其有限。

我们大陆的读者，可说不能读到台湾的儿童文学作品。台湾儿童文学作家的名字，我们却一个也说不上来。

现在，我们开展了台湾、香港及海外华人儿童文学的交流活动，得到台湾儿童文学界的支持，一大沓一大沓台湾儿童文学作品进入了大陆。

现在，我们有可能把台湾的儿童文学好作品推荐给大家了，有可能把台湾当前优秀的儿童文学作家介绍给大家了。

于是，我们编辑出版了这本《台湾儿童文学》。

台湾的儿童文学专业作家极少，许多从事儿童文学写作的人，都有其职业。绝大多数是教育工作者，在各种学校教书。其次是在文教事业单位团体供职，在报社、出版社做编辑、记者，也有开书店的。有的是医生、护士，有的是机关的公务员。涉及各行各业。

特别，我们看到许多目前已经有名望，著作有影响的台湾儿童文学作家，他们一直在小学里做教师，没有离开过学校和孩子，有的还是学校的主任和校长，他们很安心于他们的工作岗位。所以，他们的儿童文学作品，富于浓郁的生活气息，他们的新作，一篇接着一篇，一本接着一本，络绎不绝地出世。他们的创作，没有枯竭感，有的作家年岁大了还在不断出作品，也毫无老化现象。这足以说明，生活确实是创作的源泉，一个作家在生活里，他就永远可以写作，而他的作品也永远年轻。因为他们一直在生活里，是孩子中的一员，所以在台湾的儿童文学界，没有"深入生活""干预生活""贴近生活""补充生活"这些问题。难怪一位台湾的儿童文学作家并不理解，他说："生活"怎么会发生"问题"，要不就是收入太少。生活就是生活，怎么还要去深入、干预、贴近、补充呢？

与他们的这些情况有关，台湾的儿童文学作家大都是业余的，而且大都是小学教师，所以台湾的儿童文学作品短小得多，浅显得多。

他们创办的儿童文学报刊，大部分是以小学三四年级的孩子为对象，所以报刊发表的儿童文学作品一般都在两三千字上下，甚至于更短一些。在五千字以上的就比较少了。中篇、长篇极少，而且最多最多是五六万字了。但这些长作品，他们称之为"少年作品"，如"少年小说""少年童话"等。其实即使是他们称为"少年作品"的小说或童话，也是以小学五六年级的孩子为对象的。自然，初中的学生也可以阅读，如果他们有兴趣的话。他们没有那种"青少年文学"，更没有提倡"老少咸宜文学"。他们那些作品的读者界限是极为明确的。

在台湾，儿童文学被称作"浅语的艺术"，所以他们的作品都明白好读。没有那种朦胧晦涩的作品。他们说得很清楚："儿童文学就是为儿童而写的作品。"

由是，台湾儿童文学所有的体裁中，最为发达的是儿童诗，他们称之为童诗。台湾儿童文学作品中，童诗是最主要的，数量也最多。台湾的儿童文学作家，大部分是写童诗的。恐怕台湾的儿童文学作家，没有一位没有写过童诗。台湾儿童文学界诗人很多，并且写得都很不错。台湾童诗作品不仅数量多，而且质量也是上乘的。

台湾写诗的人多，各种诗社也很多。许多学校里，教师学生都成立了诗社，有的学校里诗社还不止一个，印出了许多集子。许多小学生的诗写得很不错，在一些儿童文学报刊中，屡被选中发表。

台湾儿童文学出版物，也是以诗集居多。台湾有好几个专发童诗的诗刊，一些成人报纸的儿童副刊里也发众多的诗作。台湾诗人多，诗作多，自然诗的读者多。了解台湾儿童文学，必得了解台湾的童诗。台湾的童诗是台湾儿童文学之目，大家可以从这目中，看到整个台湾儿童文学之心。台湾的童诗，反映了台湾儿童文学的水平，台湾儿童文学作家写作的水平，台湾儿童文学读者的欣赏水平。

不了解台湾的童诗，是无法了解台湾儿童文学的。

台湾的童诗，自然也以短诗为主。一般四五节，最长的也是二三十行。超过五六十行的朗诵诗、叙事诗、童话诗，是不多的。

在台湾，童话的概念，并没有很明确的范围。有的小说、民间传说，还有一些神话故事，常常也被列入童话。而且，这种种概念，各人不一，也没有引起争议，而是兼容并蓄。在台湾，童话是不多的，专写童话的作家则更少。但一般作家大多也写些童话。台湾有许多童话作品是不错的。当今有一些作家正在努力开拓这块儿童所十分喜爱的童话领域。有的作家在孩子中推动写"童话日记""童话书信"，这种种尝试，对于普及童话、振兴童话，是大有益处的。对于启发儿童的幻想智力和提升儿童的欣赏水平，是大有益处的。

在台湾，儿童小说和故事是并不分的。儿童小说，和别的体裁一样，侧重小学中年级，由此向上下延伸。所以台湾的儿童小说，往往是被我们称为儿童故事的作品。这些作品，一般都较为浅显短小，着重写一个人，或一件事，生活的某一片段，字数也比较少。头绪纷繁的，描述复杂心态的，篇幅大一些的，他们就作为"少年小说"了。

台湾的儿童散文，绝大多数是写自身的经历，主要写自己小时候的生活片段。那种作为采访记述人事——我们称作"报告文学"的作品是甚少见的。一般的儿童散文，也比较短小。像散文诗那样的抒情写景散文有之，但大多是朴实无华的记述往事的文字。台湾的儿童散文，偏重朴素，注意真实。

台湾的科学是发达的，相应发展的是科学文艺作品。在儿童文学中有不少科学幻想故事、知识童话、科学小品，受到小读者的欢迎，也出现了写作这方面作品的一些专家。

台湾的儿童文学理论是很受重视的。台湾的许多大学和师范都开设儿童文学课。这些大专院校的儿童文学任课教师，几乎都有自己的理论专著。一些地方也办过儿童文学理论刊物，出版社也出版了不少儿童文学理论专集，报纸杂志上常有儿童文学评论文字。也有一些有志之士在从事儿童文学史料搜集、整理工作，报上多有刊载，也出过这方面的编著。

总而言之，台湾的童诗、童话、小说、故事、散文、科幻、理论，这种种作品，构成一个台湾儿童文学的灿烂全景。他们的作品，不仅在台湾受到孩子的欢迎，并已走出台湾，走向了东南亚，走向了世界。一些作品被译成了许多国家的文字，介绍给各地的儿童。世界各地的儿童文学作家也常去台湾访问，台湾的儿童文学作家也常去世界各地参加各种关于儿童文学的学术性讨论会。

下面，我们试把台湾的儿童文学的作家和作品向我们大陆的儿童作——的介绍。

首先，我们介绍台湾作家林焕彰。林焕彰今年 50 岁。早先他是写作成人文学的，是台湾一位知名的现代派诗人。在诗歌写作中已有声望和作为。后来，兴趣逐渐转移到儿童文学上来，改为儿童写诗。这些年来，他在童诗的写作上，作出了很大的成绩，出版了许多诗集。他研究童诗，写下了不少童诗的评论，也整理和编辑了一些童诗的史料。他是一位儿童文学的活动家、事业家和组织者。台湾当代许多活跃的青年儿童文学工作者，都是他的朋友。他扶植过他们，帮助过他们。他是那些年轻人的"老大哥"和"老师"。他看到台湾儿童文学界的写作力量，散在社会各个角落，就首先发起，在台湾成立那个今天已成为台湾唯一的儿童文学作家团体的儿童文学学会。他是这个学会的第一任总干事。他是儿童文学事业的热心人和实干家，而且是一个有凝聚力的人。他挑起了台湾儿童文学的担子，在他的苦干下，台湾绝大多数的儿童文学家团结起来。这个学会现已成为台湾儿童文学的中心。近来，他致力于大陆的儿童文学研究，筹划繁重的两岸儿童文学的交流工作。林焕彰先生虽年届五十，却童心不减，精神饱满。他还是一位画家，他的画富于童趣，线条简略，色彩鲜明，造型奇特，构图别致，自成一体。

他的作品主要是童诗。这个集子里选了他十几篇作品，也都是童趣盎然的诗作。

《公鸡生蛋》，短短十几行，却很有气势。一只公鸡，在天暗地暗的破晓前，就说要生个好蛋。太阳出来了，诗人把初升的太阳说成是公鸡生出来的"好大好大的金鸡蛋"。这首诗，诗人抒发了他宽大的胸怀和远大的抱负。这首诗，真是这位诗人的一个"好大好大的金鸡蛋"。诗绝不可以长短论高下，有的诗以大篇幅来写小，有的诗以小篇幅来写大，这首《公鸡生蛋》就是以小篇幅来写大的一个典型的成功实例。

　　林焕彰据说只读过小学，但他是台湾当代一位重要的诗作家。这完全是靠他的发愤图强、苦学自修而成功的。读读他那首《住在图书馆附近的小麻雀》，完全可以把诗中的小麻雀看成是林焕彰自己。小麻雀"很喜欢念书"，"经常飞到阅览室的窗前"，"啁啁地念着"。一天他对着一个孩子说："我们读过的字，已经比你还多。"这对今天所有的孩子来说，应该有启示。

　　勤奋、努力、向上，是林焕彰不渝的信念。这，从他的许多作品里，强烈地表现着。在他的作品中，找不到那种失败者的沮丧和叹息。他总是在为人们鼓气，用他的诗句，激励着人生。《椰子树》一首，写了椰子树想摘太阳和月亮。一般的写法，总是要批判椰子树的不自量力、痴心妄想等等，可林焕彰却写它"从不灰心的"，"每天都努力向上生长"，最后还充满必胜的信心说："我想，有一天，他想要的，都会得到。"这种坚韧不拔的自信自强精神，是极为可贵的。

　　诗人对于身边狭小的小天地有着一种不满足，他刻意执着地追求一个更大更广阔的大天地。《妈妈的话》一首，道出了他的这种要求冲出小天地的心声。妈妈告诫一个孩子，"小孩子不能到外头去"，但是孩子总是向往自然，向往外面那个比家里的屋子要大得多的大世界。孩子被关在小小的屋子里，他觉得窗外的鸟、树上的鸟、天空的鸟，都在叫他，他终于喊出了压在心底的呼声："我很想飞出去。"

　　诗言志，诗总是表达写诗者的志趣，诗人写的诗总是诗人的抱负和愿望。给儿童写诗也不例外。但童诗的写作者写诗，不同于一个普通人抒发自己的感觉和意念。一个为儿童写作的人，他的心必须和儿童的心捏和在一起，这样所表达的心声，是诗人和孩子一致的心声。以上所引析的诗作，充分说明了这个道理。诗言志，就童诗来说，必须引起孩子的共鸣，让孩子读了诗去共同追求这个"志"，有了这样的社会效应，才是一首好作品。林焕彰的这些诗，"我"和儿童融为一体，是好诗。

林焕彰的诗，充满形象和声音。他的诗，是很美的。读他的诗，是一种艺术享受。这是画家兼诗人的特长吧！在《鸽子》一首里，一个孩子看见鸽子，他却说"鸽子飞入我的眼睛"；鸽子看不见了，他却说"飞出了我的眼睛"。这么一改，孩子的天真稚气跃然可见。这样的诗，不是一个不熟悉孩子的人所能写出来的。《青蛙》一首，把青蛙"呱呱叫"，比喻为"像很多孩子在教室里，大声讲话，大声讲话……"《不要理它》一首，把风想象成"隔壁的小朋友"，爱捣蛋，前门后门乱敲乱闯。《拖地板》一首，把在洒过水的地板上乱跑的脚印，形容成沙滩上很多的鱼。《雾》一首，把雾拟化为蒙住大家的眼睛，硬要玩捉迷藏游戏的小孩。这种种描述，童趣盎然，亦诗亦画，一个个活泼可爱、顽皮淘气的孩子，蹦跳在眼前。这是要有一定的生活根底和艺术造诣才能完成如此创作使命的。

另外，读林焕彰的诗，还得说说他在语言文字上所作的努力。他的诗，大多节奏感很强烈。像"天暗暗，地暗暗"，"天亮亮，地亮亮"（《公鸡生蛋》），"池塘的水清清，池塘的水静静"（《小蜻蜓》），富有传统儿歌童谣的韵味，读来动听悦耳。《秋天的枫树》一首，其中"秋天来了，它们才会醒来；醒来了，它们才会叫；它们叫了，就有风；有风了，它们才会飞……"这衔接的重叠运用得何等自然巧妙。尤其是他那首《小猫走路没有声音》，五小节，每节重复用那几个词，那几个音，读它，真像四周静静的，有一只小猫，在你身边走过，那么轻轻的，没有声音。小猫轻轻地走过，没有声音。但我们仿佛听到，随着猫轻轻走过的节奏，诗人的吟咏，在我们的耳边，轻轻震荡着，抚摸着读者每一颗平静的心。多优美的意境，优美的声音。

林焕彰的诗，不是急骤的鼓点，不是喧闹的锣声，他的诗是充满感情的诗，是一首首好听的歌，一幅幅好看的画，很有感染力。

诗画童心，林焕彰的诗，真正属于儿童的文学。

谢武彰是台湾当代一位很有实力的儿童文学家，也是台湾当前唯一一位职业儿童文学家。他多才多艺，写的作品很多，可算是多产作家。他主要是写诗，他的诗写得非常好，出过好几本诗集。他也写小说、散文，出手都不凡。他创作态度严谨，凡拿出来发表的作品，都是有一定质量的。他写的幼儿文学作品，也极好，印过很多专供幼儿阅读的作品。他的散文，朴素、诚挚，富于乡土味。他的几本散文集，大多是他童年往事的回忆，写的是旧时乡村故事，淳朴的台湾乡村民风民情，读来历历在目，宛似欣赏一幅台湾风俗画长卷，叫人心旷神怡。可惜这个集子里，这些作品都无法选入，因为选了他一篇中篇童话《彩虹屋》。这个中篇字数较多，限于篇幅，别的作品只能割爱了。

这个中篇童话《彩虹屋》，可以说是台湾儿童文学宝库中的一颗明珠，是有光彩的优秀之作。台湾的童话，特别是中篇童话，为数是不多的。要选《彩虹屋》还有一个原因。我在读谢武彰这个童话的同时，正在读另一个中篇童话——台湾著名作家柏杨的《柏杨说故事——写给女儿的小棉花历险记》。这个中篇童话在台湾也是很有名的，虽然它的对象是儿童。这个作品是柏杨在狱中给他的女儿写的信。在书的扉页上，印着"写给八岁的女儿佳佳以及和她一样在快乐和不快乐中长大的孩子"。这确实是一部充满血泪和辛酸、爱心与悲心交织的作品，是一部值得一读的作品。其中，"有爸爸对女儿深情关怀，有谆谆教诲规劝，也有对人世的洞察和讽喻，充满了慈爱、善良、侠义的光辉，同时对阴险、凶残、邪恶，也有深入的刻画和象征"。这都是如实的评论，我完全赞成。但是，我觉得这部作品，如果作为"童话"艺术样式来说，它不是个合适的写作方向。因为这部作品里，"爸爸兔"代表柏杨自己，"妈妈兔"代表女儿的妈妈，"小棉花"代表女儿。这部作品，是柏杨在狱中，失去自由不能直抒情怀，而采用影射手法的曲笔之作，不能作为童话的方向来提倡。

谢武彰写的《彩虹屋》，就属于童话的正道了。他作品中的麻雀、黑猫等主人公，都没有代表什么人，或影射其他什么的。谢武彰为什么要写作这个童话呢？他曾自我描述道："有一年冬天，我服役的战舰，停泊在港口修护，直到整修得告一段落，船鸣笛出海试车，却从汽笛里飞出两只麻雀，一个鸟窝在汽笛口摇摇欲坠，鸟窝上夹织着塑胶绳和花绒线。试完车，我们小心翼翼把鸟窝放回汽笛里。因为还要再过一段时间，船才能完全修好，我们希望麻雀能跟我们住到第二年春天。我们经常冒着澎湖著名的强烈东北季风，爬上桅杆去看看鸟窝。有一天，那几个蛋终于孵出了小鸟，船上竟也洋溢着喜气。大家忙着送食物上去，却每次都把大麻雀吓走了。直到有一天，再上去桅杆的时候，麻雀都走了，再也没有回来。我们像失去了什么似的。我一直珍惜着这一段人和动物之间珍贵的友情。就动手搜集、研究资料，并且，访问船长和麻雀生态的实际观察者。终于，把这个故事，写成了这本书。"我抄下了这段"作者的话"，就是为了说明，这个童话完全来自生活，是作者的亲身经历，经过了作者的童话处理，作了幻想、拟人和夸张，反映了这件真实的事。"彩虹屋"，虽然作家将它描绘得真像是天上的彩虹编织成的那样美，但用塑胶绳和花绒线夹织的，是完全真实的。

这个童话，整篇作品中，处处都流露着作家对丁小动物的爱。所以，也可以说，这个童话就是作家的这种爱编织而成的。这种爱，和"彩虹屋"一样美丽。这是一曲人类和鸟类真挚的爱的颂歌。

这个童话里的麻雀是拟人的，有人的思想意识。它是人？不是，是麻雀。是麻雀吗？却有人的爱爱憎憎和喜怒哀乐。

这个童话也不仅是写了麻雀，写了麻雀的生活，如果仅仅如此，那是一个科学童话了。它的含意是深刻的，正如作家自己所说："但愿这本小小的书，能提醒人类对待自然和环境的态度，而让人与人、人与自然之间更加和谐。"这是一个富有哲理性的作品，将引起读者广泛的联想。

《彩虹屋》因为出于一位诗人的手笔，整个童话很像是一首抒情的散文体长诗，充满着诗真诗善诗美。看，作品写稻子结穗变颜色，是这样描述的："从绿色慢慢地换成黄色，早上一点点，中午又一点点，黄昏又一点点，好像有人拿着画笔，蘸着金黄色，画着风景画。虽然，画得很慢，但是，连夜里都不休息，让我们早晨一醒来就会觉得，稻子又成熟了一些啦，稻子的头又低下来一点点啦。"描述谷子的香味，更是别出心裁了："风背着一大袋谷子的香味，像报童一样，每家都送一份，想打瞌睡的人，读到这样的好消息，闻到谷子的香味，深深地吸了一口气，停了一下，再慢慢地吐出来，就不想再睡了，眼睛睁得好亮好亮，马上跑出来……"这是在写诗。整个中篇里，这样精彩的描写是很多的。

这篇作品，一些细节上，作家都经过悉心的安排。如麻雀先生给小麻雀起名字，叫：小米、小豆、小麦、小谷，也不是任意凑上一个算数的。对鸟儿来说，它最盼望得到的是什么？自然是小米、小豆、小麦、小谷，鸟以"食"为天，这和人们一直喜欢用福、禄、寿、喜、荣、华、富、贵这些字来作名字一样。

这里附带要插几句话。由于大陆和台湾40年的隔绝，在我们的一些生活语言上，存在着不同程度的差异。如这个童话中管小麻雀叫"男生""女生"。在大陆，"男生""女生"只是用于学校里的学生，即"男学生""女学生"，不用于指代一般的孩子，在生活中，一般都叫"男孩""女孩"，即"男孩子""女孩子"。这种不一现象，我看还会存在一个时期，随着两岸人民的交往，这种种文字上、语言上的不同习惯一定会慢慢得到认同。

谢武彰的这个《彩虹屋》童话，对象大概是小学五六年级的孩子，一定该称为"少年童话"吧！

这是一个融诗、散文、小说于一体的童话。它确实是一间色彩美丽如彩虹的、感情空间特别广阔的"彩虹屋"，是一个成功的童话作品。

　　黄基博在台湾是位有成就的作家，写作已多年，作品也很多。他写诗、写童话、写小说、写散文，也写理论。并且，在指导孩子写作上，甚有成绩。他一直在学校里任教，长期和孩子生活在一起。他熟悉孩子，爱孩子，所以他的作品，很有孩子气，在孩子中间通得过，受到孩子的喜爱。他似乎不喜欢抛头露面，而是孜孜不倦，默默地工作着。

　　黄基博以童诗和童话见长。他的童话，我见得最早，而见得不多。但就我见到的他的那些童话，都是写得很精湛的。我觉得他写的童话，有个很大的特点：大都是写孩子的心灵。如果童话要分门别类，黄基博的童话似可称之"心理童话"。他有一篇童话叫《大小刘阿财》，还有一篇童话《心里的声音》，和收在这集子里的《玉梅之心》，实际上异曲同工，都是这一类童话。

　　黄基博的童诗，也是别具一格的。

　　在我们常见的一些童诗中，颇多批评骄傲之作，说明孩子中有骄傲心理者甚多，但孩子中确也不乏自卑心理的人。黄基博十分了解儿童心理，能够"一反其常"，为自卑心理儿童写了一首《如果有一天》，他以小草、星星、沙子、小花、虫儿的排比，然而层层深入，引申出平凡的人的重要，可说"慧眼独具"的了。

　　《黄叶》一首，诗人以黄叶喻人，抒发了人间母子的情和爱，蓄意深邃，真切感人。

　　《"春"的话》也颇别致，人们都把"春"喊作"春姑娘"，黄基博却偏偏要称"春"为"春先生"，找出一系列的论证论据，为"春"的"性别"辩，可谓别出心裁了。

　　《换新装》一首，写了一个女孩要求换新装的一段"独白"，读者可以通过联想领悟作者写作此诗的真谛。《牵牛花》一首，又是用了姐姐和弟弟的一番"对话"，描述了孩子的天真顽皮和对父亲的爱。

　　《天空的心》赞颂博大和宽容。《下弦月》和《妈妈和我》都刻画了长辈对晚辈的爱和晚辈对长辈的敬，宣扬这爱敬的和谐。

《夕阳》一首，以奇特的构想，提出一种深情的批评。黄基博的作品，值得我们一读。

林武宪也是一位台湾资深的儿童文学作家，他也是做教师的，也是整天和孩子生活在一起，爱孩子、写孩子的作家。

他的散文《灯》，写得很美，这是一篇可以作为范读的作品。记灯之事，抒灯之情，说灯之理，都写得很透，可谓淋漓尽致了。这是台湾中小学校教师儿童文学创作比赛的得奖作品。得奖的评语写得也很好，就将它抄下了："这篇《灯》以相当单纯的色调而作适度的配合，全篇不脱离童年的心境，描述灯光的美丽、明亮，与烛光、萤火、星月太阳的相比，灯光夜景，提灯女孩'妈祖'，除夕与元宵，古时儿童入学的'开灯'，糅合在一起，表现出光与热的美、家庭的温暖、亲情的甜蜜，生活的祥和、向善向美的意愿。虽然为取材所限，可以看出作者曾特别在布局方面用力，以避免显出堆砌烦絮。最末一段的'结语'，借着'灯给我'什么什么，与'我希望'什么什么，使字句柔美，扩大意境而不流于陈俗说教，尤为难得。"

林武宪是一名童诗诗人，他的主要作品也是童诗，我们选了他的童诗九首。

《秋天的信》写得非常精彩。秋天，古今中外不知有多少诗人描写过，专为儿童写的童诗里也不会少。但林武宪的这首写秋天的诗，却写出了新意，而且十分富有儿童特色，真是大为难得。林武宪让秋天来写信，把落叶想象成信纸，请风当邮递员，这安排，太巧妙了！更巧妙的是写风，这位"邮递员"，把"信"乱"丢"。这短短十二行诗句，像是一个最有才华的画家，惜墨如金，只是寥寥几笔，为我们勾画出了这个广袤世界的秋天，是一张富有童趣和童话色彩的落叶、西风、池塘、草丛、松鼠、青蛙、归雁的迎冬图。

《小树》一首，写了人、蝴蝶、麻雀、微风，这许多好朋友，对小树的爱护，使得小树能在众多朋友的帮助下渐渐地生长，歌颂了孩子们纯洁的友爱。

《牵牛花和松树》一首，述说了一个向上看，还是向下看的平凡的真理。

《鸽子》一首，说的是鸽子，但意味是深长的。

《鞋》一首，也独具匠心。这首短诗，叙说晚上一家人聚在一起的乐趣。诗人写人，没有直接写人，却写了许多鞋，以写鞋来写人。以许多鞋聚在一起，来表现一家人的温暖，表现一家人的相亲相爱。这是一首趣作。

其他，《北风的玩笑》《萤火虫》《小鲫鱼和小麻雀》《井里的小青蛙》，一应是内容深刻，能引人回味的好童诗。

杜荣琛，也是一位教师兼作家。他的作品也很多，主要也是一位诗人。

他的童诗，写景写情，都有独到之处。

《春天被卖光了》，写得很奇特。全诗只有两节，首一节说春天是"彩布"，春天，大地姹紫嫣红，很好理解。可燕子，何以会是"卖布郎"呢？这一"包袱"，读了后一节方始解开，燕子尾巴很像是剪刀，东飞西飞，像用剪刀在剪布，春天在燕子飞翔中，时光渐渐消逝了，如同"卖布郎"把布卖完。全诗动中有静，静中有动，时空浑然一体，好诗绝妙！

《春雨》也是篇情景交融的好作品。湖上水花，路上伞花，老农心花，构成一幅生动的春雨情景图。

他的散文《缴学费的风波》，是一篇朴实动人的作品。童话《乖乖镜》，是一篇有趣的逗人作品，都值得一读。

陈木城是台湾当前一位活跃的儿童文学作家。也是一位童诗诗人、多面手。他的作品，有散文、小说、童诗、童话。他也是一位教育工作者。

他的作品也以童诗居多。他在童诗上做了种种有益的探索。他的作品有他的特色。

《大银幕》一首，即是通过联想将两幅不同却有关联的图画叠印在一起的画面。一幅是狂风暴雨图，一幅是武侠打斗图。以情生境，以境生情，情境交替。这两幅画，一隐一现，一现一隐，重复互换，确是采用电影的手法，用了"大银幕"三字为题，十分恰切。这种童诗的新尝试，是成功的。

《拉链》一首，写了天地家三者，用"拉链"一以贯之。飞机在蓝天飞过，留下一条白烟，很像拉链拉上。绿色的大地，火车来往，何等相似拉链拉上拉下。由天地及人，父母吵架，弟弟淘气，家庭气氛的变化，譬之拉链开合，十分巧妙。这是用儿童目光看世界，绝非一个不熟悉儿童生活的作者所能写出的。

《不快乐的想法》，是一首形体诗。台湾的诗作是直排的，这首童诗齐脚不齐头，有点形似蜗牛、寄居蟹在慢慢爬行。这种形体诗，大陆也流行过。台湾有一些诗人在尝试写这样的作品。台湾的童诗界也有，如写伞，将文字排成伞形；写滑梯，文字排成滑梯形；也有写鞋子，文字排成鞋子形；还有写倒影，把文字排成倒影形。这种诗，追求视觉效果。也有一些写得很成功的。陈木城在这方面做了一些很好的探索。

《凸与凹》，写了孩子和父母两代人的观念反差，在生活中发生了种种矛盾。此诗写得真实可信，生活气息特浓，反映了孩子藏在心底的声音。

散文《爸爸的算术》，作家记述自己童年时一些有趣的往事，读者读了也可以从中取得一些教益。

李潼是台湾一位有才华、有艺术造诣而又努力写作的儿童文学作家。他主要写小说，也写童话，还写过一些歌词。他的小说，当然写得不错，童话也写得很好，长的短的都有。但几乎大多是以少年为读者对象的。他写的歌词，据说在台湾校园里非常流行。这里，我们选了他一个中篇少年小说《再见天人菊》。这在台湾，是一个名篇，曾经得过好几个奖，是一篇有定评的作品。

这篇作品写的是台湾澎湖岛上所发生的故事。天人菊据说在澎湖到处可见，是一种开红色或黄色花的野生菊。《再见天人菊》，乍看题目，很容易误会为"再见，天人菊"，其实是"再见到天人菊"的意思，也就是"再次回到了澎湖岛"。

故事写的是"我"，一个 20 来岁的曾在澎湖上过学，现在加拿大的青年，履行二十年前的约定，中秋节的晚上，回到澎湖边老师的一间工作室，和以往的一群好同学、老师，作一次相聚。整个作品，通过"我"的回忆，一路见闻，学生时代往事的倒叙，及会见时的情景，来构成故事。时间跨度是二十来年，写了"我"和一大群人，一些同学、几位老师。这个作品里，既要写现在，又要写大量的往事，现实和往事，关联到这么许多同学和老师，二十余年的人人事事，情情景景，时今时昔，今昔交替，编织于这样一个作品中，这不是任何一个作家能信手拈来便成的，而是一个经过周密安排、慎重计划的大工程。李潼这位年轻作家，能够把这样复杂的人事情景，如此有条不紊、错落有间，填进了这个故事框架里，真大不易。整个故事，有伏笔，有悬念，有跌宕。一个个人物登场，形象的塑造，性格的设计，由此生发为种种纠葛冲突，人为的努力，命运的捉弄，生活的折磨，二十年的喜怒哀乐，风霜雨雪，都活生生地演将出来。这太艰难。

据说，作家不是澎湖人，也没有在澎湖上过学，只是 20 世纪 70 年代在澎湖服过兵役。他用了澎湖这个富有特色的美丽的地方作为故事的背景，把他小时在别处学校读书的生活以及服役中的生活，他在小时和服役时的周围一些人物的原型，移植到了澎湖这个环境里。故事是虚构的，生活是真实的。这就显示了李潼这位作家的艺术创作的基本功夫，到了家。

李潼写完这部作品，曾经说："这样回顾过去的老地方、老故事，是'不知长进'的眷恋情怀吗？却也不尽是。当我们还懂得谨慎地踏出未来的每一步，那些过去的脚印，其实就是调整我们、鼓舞我们的最好'版本'。缅怀过去是为了策励将来，而此刻我们抬腿将踩的脚印呢，你想深刻还是浮浅，想凌乱还是齐整，都有我们的选择。"这就是作家要写这个作品的宗旨。绝非提倡向后看，而是鼓舞读者不断向前。

台湾深孚众望的儿童文学老作家林良，曾把这部作品，誉为对少年读者所展示的一幅"温馨的人生图画"。他说："孩子进入少年期这个成长的历程，对'人生'和'生活'开始了探索的兴趣。对人生和生活温馨一面的描绘，正符合他们成长的需要。"这就是这部作品在台湾如此受到少年们欢迎的主要原因。

希望我们的读者，好好读读这部台湾作家的崭新的少年小说。

这部小说，侧重写情，有点缠绵悱恻，催人下泪，似可称之当代新的言情小说。其实，小说都应言情。只是"言情小说"这四个字过去用得太多，滥了，现在很少有人提了。读了这部小说，觉得受情所感染，脑际突然跳出这四个字，我想姑妄一提，因为这是个好字眼。

限于篇幅，这集子只能选收他这个中篇，诸如他的其他小说、童话等作品，无法再收了，十分遗憾。

陈玉珠是台湾知名的儿童文学女作家，她一直在台南做教师，写作的范围也很广泛。她的小说写得不错，也写诗，也写童话，还写过一些儿童歌舞剧。

她的小说《露珠里的妈妈》，写了大小两个女孩子，故事是围绕"妈妈"开展的。整个作品没有理的说教，只有情的感染。两个女孩子，一个有妈妈，一个没有妈妈，但两个女孩子对于妈妈的态度却不一样。有妈妈的讨厌妈妈管她，没有妈妈的却很想有妈妈管，形成强烈的反差。没有妈妈的小女孩对于妈妈的思念，终于感染了有妈妈的大女孩。自然也感染了读者。妈妈，是一个多么美好的名词。有妈妈是一种最大的幸福。这篇小说是一曲对妈妈的颂歌。妈妈的爱是永恒的，这篇歌颂母爱的作品，会是一篇一代一代孩子永远爱读的好作品。作家陈玉珠把那个没有妈妈的小女孩写得好极了，这是一个多么可爱又可怜的孩子啊！这是一篇成功的作品。

作家的另一篇童话《牵牛花和珊瑚藤》，文字干净，富有寓意，非常好读。

孙晴峰也是一位台湾知名的儿童文学女作家。她现在美国专攻儿童文学。她做过儿童文学报刊的记者。作品有童话，有科幻，有小说，有散文。

《甜雨》是篇小说，这篇小说写了孩子的意念。作品歌颂了真诚。写了儿童生活的某一片段，写了一个孩子，以及他周围的同学、老师和家长。

孙晴峰善于捕捉孩子的奇特的想法，恐怕这是得力于她作为一个记者所具有的敏锐的观察力。取材新颖，视角新颖，是她小说的特色。

孙晴峰的童话，写得也有特色。《时间的磨坊》，好像是一个关于钟表来历的传说。《狮子烫头发》，也是这样，好像是一个狮子的毛蜷曲来历的传说。其实，这都是作家编出来的，作品中插进许多新科学，也带有一些知识性。故事似乎是古老的，但又是新颖的。民族特色和现代意识结合得非常协调。

我觉得孙晴峰的小说和童话，都有独到之功，她是一位有鲜明风格的女作家。

我们希望读到她更多的作品。她是一位有事业心的儿童文学女作家，她一定会以一位女性的丰富的感情和细腻的爱，倾注于她的笔尖，为更多的孩子，写出更多的作品。我们拭目以待。

方素珍也是台湾近年冒尖的儿童文学女作家。她一出手，就显示她的才华。她写小说、童话、散文、诗，都不同凡响。她的起点高，有潜力，我认为她是一位颇有前途的作家。

散文《我的生日在过年》，写了我——一个少女的心态。全篇作品充满着童真和单纯，作者大胆袒露了当年自己心灵深处的种种意念。包括我们现在通称为"朦胧的爱情"的意念。少女时代有过的爱情意念，很多人只是把它埋藏在心底，不肯轻易把这秘密示人。方素珍却写了，读了叫人感动。这篇散文文字清丽，感情真挚，值得一读。

她的童话《小河飞天》《喳喳》，也很有诗意，结构严谨，流畅好读。

她的童诗，也颇多珍品，可惜不能多选了，也是一件颇为可惜的事。

她还很年轻，她会写出更好的作品来的。

木子，这位年过五十的女作家，她过去一直是做护理工作的，后来写过杂文，为儿童写作是近些年的事。因为她有颗童心，所以她仍然显得很年轻。不信，请读她的作品，真可谓：一颗童心，跃然纸上。

木子主要是写小说的。像收在这集子里的《阿黄的尾巴》《大雁与花雁》《小蚯蚓搬新家》《蟋蟋和蟀蟀》。其中后面这三篇，我认为应将它们作为童话。至少，也要归入"动物小说"，因为这些作品是带着幻想色彩的，所出场的动物是拟人的，即带有人的思维的。一些作品写了人和动物之间的丰富感情。

孩子是爱动物的，一个爱孩子的人，必然爱动物。实际上，许多动物，特别是动物小的时候，确实非常可爱。这就是我们的儿童文学作品中常常要出现动物的原因。童话也常常以动物作为主人公，自然这动物是拟人化了的。动物小说顾名思义必定是写动物的了。木子的这些人和动物的故事，很成功。原因还是一个，她爱孩子，爱动物。她是一个护理工作者，她在一篇文章里写道：经她手里接生的婴儿宝宝有五千以上。她年轻的时候，把这些可爱的小生命迎接来到世间，等到这些婴儿宝宝长大，她又以文学作品，去哺育他们。这就是木子可贵的奉献。

当然，一个爱孩子的人，并不就是一个儿童文学作家。木子成为一个作家，还赖于她"忙着读故事，写故事"。木子以她的那颗童心，勤奋地读着，写着，终于写出了许多优秀的儿童文学作品。

木子虽然现在移居美国，但她曾长期居住于台湾的乡间。她的作品里充满了乡间的泥土芳香。难怪台湾老一代儿童文学作家林海音十分称赞她的作品，称这些作品为"可圈可点的少年乡土文学"。

黄海是一位科幻作家。在台湾写科幻作品的作家中，黄海是佼佼者。他过去写过小说、散文，后来就决心在儿童科幻这块土地上定居下来，写出了二十多种科幻故事。我们这里选收他的《会说话的狗》《机器人擦眼泪》《不要我长大》三篇，这三篇是一个系列故事中的三个故事，可以连续但又单独成章的三个故事。这三个故事，主人公是相同的。情节十分有趣，估计小读者是很爱读这类科幻故事的。

科幻故事，是超越于现代科学的一种文学故事，写作者既要有科学知识，又应有文学水平，写作科幻故事是一种高难度的工作，必须加以提倡和扶持。

综读以上所介绍的作品，还有一些想法，特记述于下，以供同好们参考。

台湾的儿童文学也很注重教育，似乎每一篇作品，都阐明有作者所要阐明的意向。当然这些作品，有的意向较为明显，有的较为含蓄，有的可作种种理解和联想。但这种种意向，大多是通过作品中的人物和事件所构成的故事来阐述的。他们反对说教，反对图解，讲究艺术，讲究技巧。作家写作的态度是严谨而认真的。

台湾的儿童文学也很注重生活，保持了作品和生活的一致性。他们的绝大多数好作品，特别是一些优秀作品，都是写自己，写自己周围的人，写自己所经历过的事。作家写的和作家想的和真实生活是同步的。没有那种作家心底是厌恶的，笔下却去赞美，或者作家心底是赞许的，笔下却去抨击。所以，他们的作品富有真诚感。很少有那种靠苦思冥想编造出来的虚构和苍白现象。这和他们的作家，都是在生活中，和孩子在一起是分不开的。

台湾的儿童文学也很注重民族性。大多作品，富于乡土味，追求朴素和自然。他们笔下的孩子，是台湾土生土长的孩子，背景也是台湾这块美丽的土地。我所见到的台湾儿童文学作品，并没有那种洋得像翻译作品的东西。台湾儿童文学作家那种民族自尊精神，也是令人钦佩的。

我们和台湾的儿童文学界隔绝40年，现在开始有了交流，发现我们和他们所追求的目标，所争取的前景，竟是那样的一致。恐怕这是我们中华民族的民族性所决定的。或者说，我们同样继承和弘扬了我们中华民族优秀的文化传统。

我们这本集子，收了台湾12位作家的作品，我这篇论析文字也只能提到这12位作家的作品。自然，这12位作家在台湾是很主要的，著名而有影响的，是有代表性的作家。但绝不是说台湾的儿童文学界有成绩的作家只此12位。台湾的儿童文学作家队伍是不小的，每位作家都写过许多优秀的作品。特别，20世纪40年代、50年代……有一些作家，有的已经改干别的去了，有的年纪实在大了，他们也都写过许多很好的儿童文学作品。也还有一些不是专为儿童写作的作家，他们的主要成就在别的方面，他们有时也进行儿童文学创作，作品也很不错。我们都来不及去和他们联系，没有选收他们的作品。也还有一些儿童文学作家，我们和他们联系，他们觉得有种种困难，条件没有成熟，希望我们暂不选收和评述他们的作品，当然我们也恭敬地从命。总之，原因是多种多样的。

这是台湾儿童文学选集的第一本。40年来，海峡两岸的儿童文学是完全隔绝的，近年来，各种报刊上零零碎碎地发表过一些台湾儿童文学作品，也做过一些简单的介绍，这样编成一本厚厚的大书，集中而系统来介绍台湾的儿童文学作家和作品，这是第一次。这是中国儿童文学史上应该记述的一件大事。说它是第一本，也还有这层意思，有第一本，还会有第二本、第三本……我们介绍台湾儿童文学作家和作品，绝不会到此为止，因为确实还有许多该介绍的作家和作品，我们将陆续来介绍。而且台湾儿童文学也在随着时代的发展而发展，在日新月异的时代里，不断会有更多更新的儿童文学家涌现，我们也要介绍这些新来者，和他们带来的新作品。

当然，台湾的儿童文学和我们的儿童文学一样，也有他们的缺陷和不足处，由于这是第一本台湾儿童文学选本，分开了40年的兄弟们第一次相见，我们就来说亲人的缺陷和不足，是很不相宜的，所以还是多讲好话，当然讲的是从实的好话。

再说，我们编辑这本作品选，也有不少不当处。譬如，台湾的儿童文学主要是童诗，他们的童诗多而好，而我们却没有多选童诗，而且选得极少。我们却着眼于童话和小说。这是由于大陆的实际所决定的。

这些作品是台湾儿童文学界的同人们所提供的，我们按我们的欣赏习惯做了选择取舍，对于台湾的作家们来说，也是非常抱歉的事。

台湾的儿童文学界正在认真地研究我们的作品，他们的这种求索进取精神是令人感动的。而我们，3亿5千万孩子，儿童文学界的专家们，也都迫切地希望了解台湾的儿童文学，于是我们尽快编辑出版这本有一定分量的选本，以飨广大的读者。

儿童文学一家，大陆儿童文学作家和台湾的儿童文学作家，同是中华民族的优秀儿女。我们立足于本土，却放眼于世界，我们立足于今日，却放眼于未来。

我们的事业，是人类伟大的事业，我们手携手地一起共同去努力吧！

1989年盛暑于上海种德桥畔目楼

《台湾儿童文学》编者说

40年来，我们对于台湾儿童文学一无所知。我们说不上一篇台湾的儿童文学作品，也不知道一位台湾儿童文学作家的姓名。

前几年，两地实行"开放"和"解禁"。我们率先向台湾儿童文学界喊话，可是没有得到台湾方面的反应。

那时候，我们就想编一本台湾的儿童文学选本，将台湾的儿童文学作品，介绍给大陆的3亿5千万儿童。

因为台湾是中国的，应该让孩子们去了解。台湾的儿童文学是中国儿童文学的一部分，台湾的儿童文学作家是中国儿童文学作家。我们是一家人，应该携手共同为繁荣中国的儿童文学而努力。

但是，台湾的儿童文学作家并没有理解我们。因为这确实需要一个过程，正如当时我们不理解他们一样。

我们无法从台湾直接找到台湾儿童文学作品，只能通过香港、新加坡的热心朋友，复印来一些，购买来一些。

我们把找来的仅有的这些作品，加以挑选，编成了一份目录，抄了好几份，请来大陆探亲的台湾朋友们，送到台湾去，请台湾儿童文学界的朋友们过目，征求他们的意见。因为我们确实太陌生了。

这几份目录一份也没有反馈回来，后来知道，台湾儿童文学界不赞成这个选本出版。因为我们所选的作品，并不是台湾儿童文学的代表性作品。自然，这编定的选本原稿，我们就不用它了。

可能由于这份目录在台湾儿童文学界引起了关切，台湾儿童文学界，在香港儿童文学界朋友们的帮助下，许多作家与我们有了信件交往。

去年的秋天，台湾一些热心于两岸儿童文学交流的知名作家，展开了大陆儿童文学研究工作。

为了更好地开展双向交流，我们在差不多的时间里，也展开了台湾儿童文学研究工作，满怀极大的热情投入了充满诗意的两岸儿童文学的交流活动。

这样，台湾→大陆，大陆→台湾的儿童文学之帆，正式双向通航了。

重新编辑这本台湾儿童文学的选本，是我们一项很主要的工作，台湾的朋友们，不遗余力地为我们组织稿件，选择稿件，提供稿件。

今年春天，香港举行的沪港儿童文学交流会上，安徽少年儿童出版社的同志，与台湾来的作家们会晤，增进了相互的了解。于是这本台湾儿童文学作品选本，在他们回来以后，就决定由热心于两岸儿童文学交流的安徽少年儿童出版社来出版了。

这本台湾儿童文学作品选的出版，也得到国家新闻出版署的鼓励，没有他们的支持，也是难以印出的。

所以，这本书的编辑、出版，我们衷心感谢台湾儿童文学作家，感谢国家新闻出版署，感谢安徽少年儿童出版社。

我们也感谢帮助过我们的中国香港、新加坡、马来西亚、菲律宾的朋友们。还有我们周围一起努力的朋友们。

出版这样一本书，是相当艰难的。谢谢，谢谢大家。

这是一本有特殊价值的书，相信读者们会好好读它。

《台湾儿童文学》编辑组

1989 年 7 月

论海峡两岸儿童文学的交流

第一个台湾儿童文学之旅，访问大陆，时间是 1989 年 7 月 11 日，我们在合肥机场，迎接了台湾儿童文学界的同人们。1992 年 8 月 3 日，我们相聚在昆明，举行儿童文学讨论会，正好是三周年。

今天，我们在这里讨论海峡两岸台湾作家的作品、昆明作家的作品，我们互取互补，共同提高。台湾和昆明是遥远的，但儿童文学作家的心是相近的。随着这次讨论会，大家的心将更贴近，更贴近。

感谢东道主，举办了这样一个充满友情的、学术气氛浓郁的讨论会。

在这个会上，我想来谈谈海峡两岸儿童文学交流三年来的一点粗浅的看法。

这三年来，海峡两岸儿童文学交流工作，是很有发展的，成效和收益是显著的，大致可分下列几方面。

第一，台湾作家来大陆访问。

在昆明这次会议之前，台湾作家来大陆访问，可以说有过三个阶段：

一、1989 年 7 月，以林焕彰先生为领队的一大批台湾有实力的作家，首次访问安徽、上海、北京，与三地近一百位儿童文学界人士会见。

二、1990 年 5 月，在衡山举行首届"世界华文儿童文学笔会"，这次又有桂文亚小姐、洪文琼先生等许多有影响的作家加入了这一行列。

三、1992 年 5 月，这一次台湾资深作家林海音、林良、马景贤、潘人木等先生都进入交流的队伍，他们到了北京、天津、上海，参加各项活动。

大陆的儿童文学作家冰心、严文井、叶君健、陈伯吹、包蕾等重要作家，都曾参加了会见。参加各种会议的儿童文学作家不下二百人。

第二，资料的互相馈赠。

作家的会见，带来作品的交流。台湾作家来访带来一箱箱一箱箱的各种儿童文学作品的书籍、报刊。又带去了一箱箱一箱箱的各种儿童文学作品的书籍、报刊。

大家都从作品中去认识对方、了解对方。

第三，举行各种讨论活动。

台湾作家来大陆访问，大都举行会议活动，双方会见，交换看法。除此之外：

一、台湾举行过多次"大陆儿童文学"的研讨会（海峡两岸儿童文学比较、重要作家研究、主要作品研究等）。

二、台湾举行过多次大陆儿童文学作品的展出。

三、大陆举行过多次专题讨论会（幼儿文学讨论会、童话理论讨论会）。

四、大陆举行过多次台湾作家作品讨论会（上海、北京讨论林焕彰作品，江苏讨论舒兰作品，镇江讨论孙晴峰作品等）。

第四，开辟特辑、专刊、专栏。

一、大陆的《人民文学》《小溪流》《童话》《少年报》《我们一百万》《少年智力开发报》《春笋报》《幼儿文学报》《看图说话》等报刊，辟出特辑、专刊、专栏，介绍台湾儿童文学作品。

二、台湾《联合报》《民生报》《世界日报》《全国儿童》《小状元》等报刊，辟出特辑、专刊、专栏，介绍大陆儿童文学作品。

三、台湾各种《会讯》《会刊》及林焕彰先生创办的《儿童文学家》季刊，介绍了一系列大陆作家及作品。

四、两岸各报刊发表对岸单篇作品则很多，难以统计了。

第五，撰写专文评论和介绍。

一、台湾作家访问大陆后，写了许多专文。

二、大陆作家也写了不少评论和介绍台湾作家、作品的文章，还有序文之类。

三、台湾作家写了许多评介大陆儿童文学的专文。

第六，出版创作和理论集。

一、大陆出版台湾的作品选，作家的作品集。

二、台湾出版大陆的作品选，作家的作品集。

第七，各种方式评奖。

一、大陆作家在台湾获奖。

二、台湾作家在大陆获奖。

三、联合征文、评奖。

第八，书信交流及其他方式。

两岸儿童文学作家，曾见面或不曾见面，书信往来已十分普遍。

以上种种交流，说明海峡两岸的儿童文学交流，已有了很大的发展。

它，由个别的发展到集体的，由少数人的发展到许多人的，由感性的发展到理性的，由自发的发展到有组织的。

海峡两岸三年来的工作，它的进展，由于两岸热心于儿童文学事业，热心于两岸儿童文学交流的两岸儿童文学界同人的共同努力。

台湾儿童文学的同人们，所作的努力，很令人钦佩。他们做这项工作，在时间上、精力上、经济上都是一种付出和奉献。

回顾三年的历程，成绩是显著的。

瞻望明天，我们还有漫长的路，要走下去。

我想，我们的两岸儿童文学交流，要在目前的基础上求更大的发展。

交流的广化。

交流，希望有更多的人参与，全力地投入。我们首先要明确交流的宗旨，是弘扬我中华民族的民族文化，使两岸的儿童文学都得到提升，得益的是我们的儿孙，未来一代的社会建设者。我们的立足点是整个中国儿童文学，面向的是整个中国少年儿童。我们给自己定位，是中国的儿童文学工作者，而不是其他。我们的交流，是海峡两岸中国儿童文学作家的交流，而不是其他。我们的关系系带是亲密的兄弟般的情谊。

希望有更多的同人们，积极地参与，悉心地投入。儿童文学是纯洁的，我们的儿童文学工作者，都有一颗颗火热的爱心，奉献给我们的事业，奉献给我们的少年儿童。

"交流"是多方面的。"交流"的质量要提高，才能有很好的收效。

现阶段，海峡两岸儿童文学交流需要扩大。

儿童文学创作方面的交流，儿童文学理论方面的交流，儿童文学翻译方面的交流，儿童文学教学方面的交流，儿童文学编辑方面的交流，儿童文学出版方面的交流，等等。

希冀有更多的人参加到这行列中来。

交流的深化。

交流的发展，必然是由浅表进入深层，去进一步地求知、认知。

我们海峡两岸儿童文学有许多共识。

譬如，儿童文学是为儿童写作的。儿童文学的基础，是儿童的生活。儿童文学的教育性，艺术性（技巧），民族化，现代化（名词可能不一，但内涵似是较为一致的）。

两岸儿童文学的差异。几年来的接触，可能双方都发现两岸之间由于地区的不同，不论是欣赏标准、读者口味、行文习惯、措辞用字，甚至于标点符号，都有不同。

自然，差异有两种。

一种是乡土的特色，台湾儿童文学有台湾的特色，上海儿童文学有上海的特色，昆明儿童文学有昆明的特色。儿童文学应该保持这种特色。这种差异是永久存在的。

一种是发展中产生的差异，或条件上的原因，或主观上的原因，双方都应该坦诚地、率直地、友善地、尊重地向对方提出。有的，很可能是直觉的错误，也可作疑问提出，由对方解答或说明。

正因为，两岸儿童文学隔绝了40年，我们之间有差异，所以我们需要交流，需要更好地交流。

海峡两岸儿童文学，我们都要作深入细致的研究。研究发展，研究儿童文学的昨天和今天，研究作家，研究作品，深刻地去认识对方，理解对方，学习对方。这样，我们的"交流"，才会获得大家共同进步的目的。

所以，在交流面扩大的同时，我们的交流点要深入。

随着两岸人民来往的日益发展，和两岸儿童文学工作者的努力，两岸儿童文学的交流，必然日益更大发展。

我们在做将海峡两岸儿童文学史揉在一起的工作，我们要为我们的所有的孩子造福，我们要把我们最真挚的爱，留给我们的子子孙孙！

所以，我们在付出，付出自己的一切。所以，我们的儿童文学是伟大的文学，就因为我们在不断地付出，无私地付出，无畏地付出！

台湾的朋友们，你们来自台北，我来自上海，从地图上看，距离昆明差不多遥远。台北和昆明虽然同处一条纬线上，但隔着几多的山山水水。恐怕，此行，是三年来你们出行中最远的一次。应该说大不易，很难得！昆明的同人们，以如此的热情，欢迎你们。

你们第一次来，是空气发烫的夏天，此次又是红日当空的夏天，夏天是属于我们儿童文学的，我们海峡两岸儿童文学工作者的心都像夏天那样火热，我们会使得中国的儿童文学迎来一个又一个新热潮。

谢谢大家。

1992 年 7 月于上海

为《台湾儿童文学专辑》序

台湾的儿童，是中国儿童的一部分。台湾的儿童文学，是中国儿童文学的一部分。

四十来年，一条台湾海峡，把大陆和台湾的儿童文学分开了。

台湾的儿童文学是怎样的呢？大家都想知道，却无法知道。台湾的儿童文学充满了神秘感，成为一个解不开的谜。

随着海峡两岸形势的变化，这几年，台湾的儿童文学作品，在各地的报刊上，可以零星见到一些，为大家所密切关注。

现在，《小溪流》月刊，以较大的篇幅，推出了这一《台湾儿童文学专辑》，比较系统、比较集中地向广大读者推荐了台湾许多作家的儿童文学作品。儿童刊物编辑出版台湾儿童文学专辑，这是第一次。

台湾的儿童文学，跟大陆的一样，它是"为儿童而写"的文学。它，以儿童所能接受和喜爱为前提。

在台湾，儿童文学被称为"浅语的艺术"。它是用一种"浅语"来为儿童写作的。台湾儿童文学作品，确实写得比较"浅"。

台湾所说的儿童文学，似主要是指以小学四五年级、上下延伸到二三年级和六年级为读者对象的文学。在这界限之上的初中学生、有时也包括六年级学生阅读的作品，则称为"少年文学"了。就是说，在台湾，"儿童文学"和"少年文学"，区分得比较清楚。我们阅读台湾的儿童文学，必须考虑这一基本点，即了解他们和我们对于儿童文学读者对象范围的这一观念差别。

台湾的儿童文学，很注重民间乡土味，注重民族特色。我想，大家一定十分熟悉台湾的"校园歌曲"吧！很多读者也许都爱唱台湾校园歌曲。台湾的儿童文学大多具有这种"校园风味"。他们的作品，写了台湾的孩子，孩子们的学校生活、家庭生活、社会生活，背景就是台湾这块有特色的中国土地。

台湾的儿童文学作家，大都有各种各样的职业，更多的是教育工作者，教师占的比例极大。可以说，台湾的儿童文学作家队伍，基本上是由教师组成的。教师成天和孩子生活在一起，爱孩子，熟悉孩子，所以他们不存在"深入生活""体验生活"问题。台湾的儿童文学，也是主要写儿童的。

台湾的儿童文学很注重真实性，写孩子的优点也写孩子的缺点，这些孩子的身上有闪光的东西，但从不把他们提升成"英雄"。这些人物，只是让别的孩子去效仿，没有让别的孩子去崇敬。因为真实，就显得自然、亲切。

台湾的儿童文学，提倡朴素，往往不那么追求华丽，没有过分渲染的笔墨，不做大段大段的心理描述和环境铺叙。很少看见那种虚衍文字，大都较为精练。他们的作品，一般多是两三千字的。自然，上万字、数万字的长作品也有，但他们是把这些长作品隶属于少年作品的：少年小说、少年童话。

台湾的儿童文学，最发达的文学样式是童诗。就是为儿童而写、写给儿童看的诗。我们称之"儿童诗"，他们称"童诗"。台湾的儿童文学作家几乎都写过童诗，有的作家专门写童诗，有些作家的代表作就是童诗。台湾童诗的诗社很多，有专发童诗的诗刊，出版社出版的儿童文学书也以童诗集居多。童诗在台湾是最有读者的一种儿童文学样式。研究童诗，指导童诗写作的童诗理论自然也相应发达。然而，我们的情况，恰恰相反，我们的儿童诗，并不那么景气。我们的读者习惯于读童话、小说、散文。所以，我们这个专辑，也只好以台湾的童话、小说、散文为主。台湾的童诗，就介绍很少一部分了。这是一个缺憾，也是一件抱歉的事，当留待以后有机会时，再行弥补了。

由于台湾的教育界对于儿童文学的重视，台湾所有的师专以及一些有教育专业的大学里，都设有儿童文学的课程。所以，台湾一些学校的教师，都具有一定的儿童文学知识的基础。教育界经常举行教师写作儿童文学作品的征文评奖竞赛。这样，在台湾的学校里，孩子们儿童文学的欣赏水平普遍得以提高，孩子自己写作文学作品也是被提倡的。台湾的多数学校里，都有各种各样的文学社，自然更多的是诗社，他们编辑出版种种刊物，也以诗刊为多。这些孩子写的诗，不少是有相当水平的。其他，也有许多童话、故事、散文等等。这个专辑里就选了一组台湾孩子写的作品。

台湾和我们大陆之间还没有通航，但是台湾来大陆探亲的人已经众多。台湾和我们大陆的许多文化交流工作还没有得到开展，而我们的儿童文学却领先了一步。大陆—台湾，台湾—大陆的儿童文学之帆，已经对开。

现在呈献在读者面前的这个《台湾儿童文学专辑》，它带着台湾儿童文学作家和台湾孩子们诚挚的深厚的心意，来到了读者的身边。愿读者们细细读读这些作品，从中了解台湾的孩子，了解台湾的儿童文学作家，他们的生活，他们的努力，他们的心意。

这是第一个台湾儿童文学专辑，由于这是一次初航，运载量也有一定的局限，台湾其他许多儿童文学作家和他们的好作品，不能一一都向大家推荐。好在既然初航成功，航路已经通畅，陆续将有更大更多船只的再航。

让我们一起为海峡两岸儿童文学之帆的通航而庆贺！让我们一起为海峡两岸儿童文学的交流做更大的努力！

海峡两岸的儿童，海峡两岸的儿童文学作家，我们大家紧紧携手！

1989 年 8 月盛夏于南岳磨镜台

从海峡对岸飞来的金翅鸟

——台湾童话作家作品新论述

记得 1983 年 8 月出版的《童话》丛刊第 5 辑，发表了郑清文先生的《松鼠的尾巴》和晓风女士的《我希望我的房间是……》，这大概是大陆的刊物首次介绍台湾的童话。这以后，童话界编辑作品选集、选本，有些开始收有台湾的作品。在一些童话座谈会上，几乎都议论过台湾的童话。

随着形势的发展，海峡两岸的儿童文学界作家与作家之间开始有了交往，一些台湾童话作家来大陆探亲、访友，参加笔会，没有来的也和大陆作家有了书信往来，彼此能够在一间屋子里或长长的书信中，作交流，作探讨，切磋琢磨童话艺术上的种种问题。童话在海峡上架起一座宽阔的桥，两岸童话的交流、合作，开始进入一个新阶段。这样，我们有条件读到较多的台湾作品了。

为了向广大读者介绍台湾童话作家的作品，我们决定在《童话》季刊上推出整辑全部篇幅的"台湾童话专辑"。这是第一个台湾童话的专辑，必定将会引起童话界、社会各界及广大读者的密切关注。

专辑里，我们首先介绍了《花园里的故事》，作者黄基博是一位出色的童话作家，他是教师，熟悉孩子，作品以刻画人物的心态见长，似可称之为心理童话。他又是一位童诗诗人，写过不少童诗，所以他的童话也具有诗味。

《小黑子行医记》的作者方素珍，是年轻的女作家，也是诗人。她的童话、童诗，都很有笔力。《小黑子行医记》不落俗套，刻画了小黑子思想的发展，层层提升，丝丝入扣，脉络清晰，叫人可信。读来有一种真挚剀切感。

《灵鸟米利》出自台湾当前活跃于儿童文学界的青年作家陈木成之手。他主要写童诗和童诗评论，童话似不多见。这个童话民族色彩鲜明，结构和文字很别致，独具风味。

孙晴峰也是一位很活跃的年轻女作家，做过编辑和记者，现在美国攻读儿童文学。她写童话，也写小说。她的童话像小说，她的小说像童话，很难分清。《橘子手指》就是这样一篇作品。她的作品不事矫揉造作，追求朴素自然，富有生活感。

《彩虹精灵们》的作者夏婉云，除写童话外，还写童诗和散文，这位女作家从事教职多年，长期生活在孩子中间，她的作品讲究实际效应。这篇童话，从文学角度看，是写了精灵们的种种"好表现"，行文工丽，意境优美，大有欣赏价值。如果从语文教学角度看，可以启发儿童的想象力，指导儿童写作时如何运用恰切的形容去做种种描述。这是篇具有多功效特点的作品。

《天狗汪汪》的作者管家琪，在大学读的历史，毕业后做新闻工作，她爱孩子，所以她的童话中，一个个人物都十分可爱。《天狗汪汪》是从一个古老的神话传说引申出来的新故事。一个众所周知的传说为基础，要写出新意来，难度很高，足见这位女作家有相当的笔力根底。

《小呼呼》是作家、老教师傅林统所写，他的作品颇多，自己一概称为"故事"，所以台湾孩子称他"说故事的爷爷"。《小呼呼》写的是风，把风拟成一个既听话又调皮的孩子，是非常适当的。这样的孩子，在人们身边都可以找到，读起来很亲切。

《二号花生米》的作者冯辉岳，写过不少童话和儿童文学评论。

这是篇幼儿童话，那群小蚂蚁实际就是一群孩子。故事很有趣，写了小蚂蚁里里的好胜，也批评了它没有把聪明用到正当的地方。写幼儿童话立意、取材、结构，以及措辞用字，都要幼儿化。这在一般作家来说，很难做到。这篇作品，想来会给大家一些有益的启示。

李潼，原名赖西安。擅长写少年小说，在台湾甚有影响，得过好几个文学奖。他年盛有为，可誉称"台湾少年小说第一笔"，曾写有一部出色的中篇童话《顺风耳的新香炉》，由于篇幅太长，只得割爱。这篇《小榕籽》是幼儿童话，写得也很不错。

《十二生肖的故事》作者邱杰，现任报社记者，是从事儿童文学写作多年的作家，他的童诗、童话都写得很好，佳作颇多。《十二生肖的故事》是根据民间传说"再创作"的崭新的童话。作家在人物上作了细致的刻画，情节上作了精巧的安排，这是一个作家悉心构思用力写出的童话作品。

《小鳟鱼历险记》的作者萧奇元，是儿童文学老作家，是一位老校长，已七十高龄了，《小鳟鱼历险记》是篇精心之作，"人物"写得非常生动，故事紧凑有趣，充满跌宕，紧扣读者心弦，值得一读。

《鹅家班》的作者木子，真名李丽申，年轻时一直在医院做护理工作，后开始写作儿童文学作品。她努力写童话，也写小说。大都非常成功。她作品的读者对象大抵是小学三四年级的学生。她喜欢用白描手法来写人物和故事，《鹅家班》就是这样一篇作品。她的作品，文字流畅，娓娓动人，十分好读。台湾儿童文学老作家林海音很赏识她的作品，她的作品也曾在台湾多次获奖。

《象宝宝的鞋》的作者颜炳耀，是一位有成就的儿童文学老编辑，他经手编辑的多种儿童读物，在台湾都是一流的，很有影响。《象宝宝的鞋》构思新颖，故事生动，是一篇经过读者考验的优秀童话。

《穿红衣服的猴子》作者是邱阿涂，是一位热心于事业的儿童文学作家，作品有小说、童话、散文和评论。他的民间文学根底很深，这篇《穿红衣服的猴子》，富有民间乡土味，文字口语化，很有特色，是一篇优秀童话作品。

《金蝶和小蜜蜂》的作者黄郁文，也是一位写作多年的儿童文学作家，又是学校的校长。他了解孩子的心理，所以能把蝴蝶和蜜蜂这样一个许多人写过的题材，结合儿童实际，写成受孩子欢迎的新童话。

陈正治是一位师范学院的教师，从事儿童文学教学和研究，他的童话论述饶有见地，颇有影响。这篇《小泥鳅找工作》，把一条平凡的小鱼，写得活泼可爱，很精彩，可算是他的童话代表作。

《上学》的作者黄文进，是儿童剧作家，写过不少儿童剧和儿童剧理论，也研究童诗，写过童诗理论。童话在他的作品中，比重不大。这篇《上学》写得很有趣，大概是他从事戏剧创作的原因吧！

《猫和鼠的新故事》的作者范姜春枝，有时也写作范姜春之。她是一位女校长，因为她在教学工作方面有特殊贡献，所以被评为"特殊优秀教师"。在儿童文学创作上，她写过不少出色的童话和童诗，也是一位特殊优秀作家。《猫和鼠的新故事》虽然题材一般，许多作家曾一写再写，但在她笔下又是另一个新故事。结尾写猫和鼠同被驱逐，一起去寻觅一个新天地，这真是别出心裁的匠心一笔。

《捕鸟网上的青蛙》的作者廖明进，写过十多年童话，是老教育工作者。这篇童话写了一只为救助斑鸠而自我牺牲的青蛙，歌颂舍己为人的崇高品质，立意很好，也很有感染力。

《蜗蜗》的作者林立，真名林玉敏，写作童话和小说多年，很有成绩。《蜗蜗》写的是小蜗牛丢掉了自己背上的壳，吃尽了苦头，最后得到教训的故事。这是篇颇不错的幼儿童话。

《乌龟八代孙》的作者翁萃芝，供职教育界，是一位勤奋的女作家。这篇童话写的是龟兔赛跑的故事，这类故事我们看过不少，可是她笔下的这次赛跑赛法不同，它赛出了与众不同的新水平，值得一读。

这个专辑，还选收了儿童文学作家康子瑛的《奇异的花园》、蔡吐英的《春天来了》，各有特色，不再一一详析，大家各具慧眼去欣赏吧！

本专辑还收了《阿鲁伯的儿子》《大鼻国》两篇科学童话。

《阿鲁伯的儿子》是台湾知名儿童文学作家杜荣琛的作品，他主要写童诗和童诗理论，童话似不多见。近年来也致力于童话的研究。

《大鼻国》是著名科幻作家黄海的作品。黄海出版过许多科幻故事集，在台湾拥有一定数量的读者。他的作品是正宗的科学童话。

《小黄雀》是一篇古童话，由老资格作家苏尚耀译写。苏尚耀曾用笔名苏桦，是儿童刊物的编辑，他写作童话，研究童话，创作和理论著述都很多，后一直孜孜不倦地做古童话的改写工作，并作出了令人瞩目的成绩。

《屏山和寿山》是一篇民间童话，台湾的民间童话蕴藏量十分丰富，这些年台湾儿童文学家们在这个宝岛上开掘，也非常有成绩。限于篇幅，这里只选了一篇，想借一斑以窥全豹。蔡清波也曾写过许多童话和童诗的理论，是一位从事教育工作的儿童文学作家。

童诗在台湾是相当繁荣的，童话诗也非常多。这里只能选发一点短作品。

《邮筒》（外一首）的作者林焕彰，是台湾一位重要的儿童文学作家，他的作品主要是童诗，也写有一些优秀的童话诗，可惜都很长，限于篇幅，我们只挑出这两首小诗，以飨读者。

《海浪运动会》的作者谢武彰，也是一位著名的儿童文学作家，他的作品很多，也很不错。他的长篇童话《彩虹屋》，可算是当代台湾童话的杰作。也限于篇幅，只能选收一首小童话诗。

《秋天的信》的作者林武宪，也是一位资深的童诗诗人，作品甚多，研究童诗，还写有童诗理论。他的许多童诗，富于幻想，是一个个小小的诗童话。

《寓言五则》的作者帅崇义，是一位老编辑，写过一些童话和儿童剧。这五则寓言是他的新作品。

本专辑，只选收了上述作家的作品，虽然只选收了台湾部分童话作家的部分作品，但是各种各样的都选了一些。如果大家读过以后，能对台湾童话有个大概的了解，我们这个专辑的目的就算达到了。

本专辑总容量约计10万字，有31位作家的36篇童话作品。在一部完整的台湾童话选本未出世之前，这专辑也可说是当前最大规模的一本台湾童话选了。一本刊物，以它的全部篇幅来发表台湾的童话作品，这也是一次盛大之举。

本专辑能顺利编成，得感谢台湾童话界众多的同人们，全力给予支持。特别是台湾"大陆儿童文学研究会"的林焕彰会长，他不遗余力，在繁忙中代为邀约稿件，并设法一批批带到大陆来！使我们在许多的佳作中得有再次挑选的机会，可以将最为优秀的作品推荐给广大的读者。

台湾的童话作品，有很多方面值得我们学习、借鉴、推荐。这是大家有目共睹的。当然，台湾的童话作品，也总会有一些缺憾。大家读了，完全可以和台湾童话界朋友一起探讨。因为我们之间有许多东西是共通的，期望得以共同的提高。

从我们读到的这些童话作品来看，我认为台湾童话界蕴藏着的童话发展的潜力是巨大的，许多台湾童话作家的起点是很高的，幻想力是非常丰富的，他们会写出更多更好的童话新作品来的。让我们拭目以待吧！

目下，海峡两岸的童话交流正在不断地进展着。两岸童话大竞赛的热潮正在形成。

我们推出这一期专辑，可说是竞赛热潮中的一曲前奏。

大陆、台湾童话一家。以后，大家不要说"你们"，不要说"我们"。就一概说"咱们"吧！

咱们在童话竞赛中，紧紧携手，通力合作，共同前进，为咱们炎黄子孙、中华民族的儿儿女女，奉献咱们的童话新创作。

中华是个童话古国，咱们必将无愧于伟大的祖先，咱们要尽咱们的一切努力，为咱们的明天，为咱们的新一代造福。咱们一起来创造斗妍争艳、缤纷灿烂的童话繁荣新局面、新前景。

咱们有许多许多事要做，等着咱们去做。

可喜的新转折

——台湾儿童文学印象

随着海峡两岸儿童文学的交流日益发展，两岸儿童文学观念上的共识大大增进。两岸的儿童文学必将在相互共识的基础上，取得长足的进步，这是十分明显的。台湾的儿童文学建设，偏重于童诗，这是两岸的儿童文学界同人们所一致认为的，因为台湾童诗的发达是客观存在的。台湾从事童诗创作的作家多，出版的童诗集子多。报刊上也发表了大量的童诗作品，其中也有儿童自己写的。这些童诗中，颇多精致的精巧的精美的精湛的艺术精品。我很想编一本台湾的童诗选，推荐给广大的我们中华的子子孙孙。

当然，这并不是说台湾的童诗，已经到了登峰造极的地步。童诗既是一种艺术，应是没有止境的。

不过，童诗只是儿童文学的一大门类，必须受到重视和提倡。同时，我们还应以同等的重视和提倡，去对待儿童文学的另一大门类童话。某一地方，如若童诗即使极度发展而搁置了童话，此一地方的儿童文学事业还不能说是发达的。它不平衡，是一种可惜的欠缺。

相对来说，台湾的童话，和童诗相比，要逊色一些。

我十分注意台湾的童话作品。我认为台湾不乏优秀的童话作品，我读到过谢武彰先生的《彩虹屋》，我十分喜欢这个中篇童话作品。它写得像一篇优美的散文诗。我读到过李潼先生的《顺风耳的新香炉》，它是一个充满诙谐趣味的神奇故事。林良先生的《绿池的白鹅》等一些短篇童话，黄基博先生的《玉梅的心》《刘阿财的故事》等一些短篇童话，孙晴峰小姐的《小红》《狮子烫头发》等一些短篇童话，木子女士的《大雁与花雁》《小蚯蚓搬新家》《蟋蟀和蟋蟀》等一些短篇童话，我以为都是台湾童话中的佼佼之作，它在我们整个华文童话世界里，都是上乘的精品。这些童话作品在我们这里都先后发表了，介绍了。自然，除列举之外，也还有一些我所未能读到的童话好作品。

可以值得欣喜的，我发现台湾的儿童文学界的注意力，大家的兴味，近期来，正在向着童话方向转移着。

我们两岸儿童文学还在"不相往来"之时，听说我的那本《童话学》，已经到了台湾，还有我的《神笔马良》等一些童话。一到两岸儿童文学交流初初开始之时，富春文化事业公司即邀我在台湾出版《童话学》的"修订台湾版"。相继千华文化公司事前未经我同意，很快在台湾翻印了我的《童话艺术思考》，后来孩子王出版社又决定出我的一个早期童话集。

"大陆儿童文学研究会"的同人们，在一九八九年的五月还举行了"童话研讨会"。

大陆的童话创作和理论，引起台湾儿童文学界的关切。

特别令人瞩目的，是前不久台湾举行的全区省市立师范学院共同举行的"儿童文学学术研讨会"，几乎可以说是一次童话研究的讨论会。这次研讨会上，台湾资深儿童文学大家林良先生作了以《谈童话》为题的专题演讲，有系统有见地论述了童话艺术的种种。再看看他们所印出的《儿童文学学术研讨会论文集》，收有十二篇论文，其中竟有十篇论文是关于童话研究的论文。诸师院儿童文学课程教授及儿童文学作家陈正治、张月昭、黄郁文、郑蕤、林文宝、董忠司、洪文珍、蔡胜德、陆又新、李汉伟等先生，从各个视角，发表了有一定学术价值的童话新论。

我以前读过林文宝教授著作的《儿童文学故事体写作论》，林教授的此一重要著作近期又出版了修订本，我对照读了一下，原来此次充实了关于童话部分的新章节，使原书更趋于完整性。

出版过《童话理论与作品赏析》的陈正治教授，近期又出版了《童话写作研究》一书，详尽而全面论述了童话，具有贴近现实的针对性，可称之为一本新颖的童话教科书。

台湾的童话理论研究文字，过去很多是欧美童话的介绍，说来说去，是安徒生、格林，如何如何，未能结合和针对当前童话的创作现实，近来，台湾的童话理论和童话创作渐渐贴近了，所以童话研究有了实用价值，童话理论将指导童话创作的蓬勃发展。

台湾的童话创作在迅速发展中，有一些从来没有写过童话的作者，我看见他们也在写童话了。

这时期，我看到洪文琼先生编得很好的《儿童文学童话选集》，这是台湾童话四十年的发展史。邱各容先生的《儿童文学史料》中也记述了台湾童话的发展历史。儿童文学学会《会讯》出版了童话的专辑，那个童话导读座谈会，开得非常好，发在《会讯》上的记录，很精彩。

以前，台湾的学校里，有个别的学校，曾指导小学生写"童话日记""童话书信"等等，现在台湾的儿童报刊上和儿童的副刊上，出现了众多的孩子自己写的童话。《民生报·儿童天地版》等都出现了一个又一个孩子写的童话的专辑。

我这里也常常收到一些台湾爱好童话孩子的来信，问这问那，有的还附来自己写的童话作品。

所以，我说，我看到台湾儿童文学界，在悄悄地转折。

这标志着儿童文学事业的发展，一步一步走向繁荣。可喜，可喜。

愿此短文带去我真切的祝贺。

和林良先生见面

一九九二年五月十四日，晚上，天下着霏霏细雨。在长江南岸的上海，还有几分寒意。

这天，台湾的儿童文学学会第一任理事长、第二任理事长，林良先生和马景贤先生，由一九八九年访问过上海的台湾作家陈木城先生陪同，来到上海。感谢陈木城先生的安排，我们在上海过去跑马厅对门的国际饭店，见面了。

虽然，我和林先生、马先生，是第一次见面，但彼此一点也不陌生，一点也不拘谨，如同多时未见的熟朋好友重逢一样，气氛很是活跃、热烈、亲切、随便。

马先生首先开腔，提起那个在两岸都传开，都登了报的"故事"——马先生的"马"，林先生的"良"，两位理事长的姓和名，连拼起来，正好是我早年写的那个童话作品《神笔马良》中的主人公的名字"马良"。马先生说："今天'马'和'良'和'马良'见面了。"引得大家都大笑。这真是一次很有意义，也十分难得的会见。

我们一起谈开了。谈儿童文学，谈两岸交流，谈个人创作，也谈谈上海、台北。话题很散，谈到哪里是哪里。

林良先生的名字，我早就听香港儿童文学界的朋友们介绍了。开禁以后，我托人转去了我的作品，他托人带来了他的作品。通过作品，我们深深地认识了。

我最先谈到的，是林良先生那本《浅语的艺术》。我说："我读了您的《浅语的艺术》，我很喜欢这本书。"我认为这是一本作家写的理论书。它是用散文写的，有文采，有见地，有特色，有价值。我不爱读那种"经院式"的，"讲义式"的，枯燥的理论。我写理论自然也是这样，求尽量写得生动些、活泼些。我写《童话学》时也是这样。当然很不够，不如林良先生。我觉得那种理论可以有，学校里教师要用，学生要用。但作家写理论，应该像林良先生那样，用自己的话，自己的表达方式，写出自己所要说的话。

林良先生的理论，好像林良先生的为人。文如其人嘛。他写理论，没有摆出一副理论家的咄咄逼人的架势，这是非常难能可贵的。

林良先生是位宽厚的学者，听说一次台湾的儿童文学界为两岸交流，而争执不休时，林先生曾说过这样的话："两岸儿童文学工作者的交流，不要互相伤害，要互敬互爱。"（大意）这显示了一位老儿童文学家的博爱、谦让、爱人及己的崇高精神。我赞同这样的精神，能作为我们两岸儿童文学交流中的前提和准则。

我们没有谈童话，大概由于我们彼此很了解各自在童话上的见解，我们可以在文字上做讨论。没有谈童话，却讨论了儿童诗。

林良先生问起他的儿童诗："大陆的儿童喜欢吗?"我告诉他说："喜欢。我这个成人就喜欢。"我读过林良先生的许多儿童诗，我知道在台湾某报上那个不署名的儿童诗歌专栏"看图·说话"，想必都出自林先生的手笔。因为林先生的儿童诗，确实别有一功。我告诉他，上海有一位翻译家任溶溶先生，他写的诗也别有一功。读任先生的诗，不署名，也可以知道是任先生的作品。读林先生的诗也是这样，不署名，也知道是林先生的作品。任先生是一位语言学家，林先生也是一位语言学家。他的诗作，可真算是一门"浅语的艺术"。这说明，林先生对儿童语言艺术，很有研究，很有造诣。

我们谈了约两个小时，已经不早了，林先生他们旅途劳顿，明日要去杭州游览，不可多留。

陈木城先生还因这难得的会见，为我和林良先生拍摄下珍贵的有意义的照片，还有和马景贤先生的合影。这照片，已被此间一家刊物取走，说要发表。愿这张照片，能随同本文在台湾发表。

"后会有期。"

"后会有期。"

我们握手言别。当我步出国际饭店大门时，雨已停了，南京路上的霓虹灯，闪烁在一片薄纱似的雾气中。

夜风似乎不那么凉了，我踏上归程的车。……

（说明：此文为祝林良先生七十寿而作，主要写了林良先生。当时，未录音，也未做笔记，所写均是凭回忆所及，未经本人过目，如有讹误，请鉴谅。）

　　　　　　　　　　　　　　　　　　　1993 年 2 月于上海

童 心 跃 然

——序《长腿七和短腿八》

两岸儿童文学交流开始时，我就有幸读到女作家木子的《阿黄的尾巴》这本集子和她的另外一些作品。这些可爱的童话故事，是由林焕彰先生转赠给我的。

她的《大雁与花雁》《小蚯蚓搬新家》《蟋蟀和蟀蟀》，我认为确是很有水平的童话。在我主编的《台湾儿童文学》一书中，曾选收并介绍了她的这些作品。

《阿黄的尾巴》则是篇优秀的小说，应是木子的代表作吧！这篇小说，曾获台湾第一届东方少年小说奖，在大陆也得到评论界的推崇。

木子起始写杂文，继而写长篇小说，出版过《紫牵牛之歌》，后来就在儿童文学这块荒土上定居下来了。

台湾深孚重望的作家林海音先生，曾称誉木子的作品是"可圈可点的少年乡土文学"。这一语，实在说得很中肯。

木子，长期从事护士助产士的工作，她说，经过她的手迎接来到世上的婴孩在五千以上。这职业，培养出她对于儿童、对于人类的一份深情厚爱。一九九○年五月，她从美国来长沙出席第一届"世界华文儿童文学笔会"，我和她在机场第一次见面，她显得那样年轻，我几乎不敢置信她的年龄。这正因为她有着一颗纯真的童心，所以她年轻，不信，请读她的作品，真可谓：一颗童心，跃然纸上。

木子说，她的作品大多写她自己孩子的生活，或者以他们作为模特儿。她和孩子们一起养过许多宠物，对于鸟兽虫鱼，她都有很多感性的知识。所以，她笔下的孩子，栩栩如生，活灵活现。她笔下的动物，不仅有生命，并且很感性。我们从她的作品中，可以体会到木子的那种对于生活的热爱和真诚。

最近她从洛杉矶来信，说富春文化公司要出版她的作品集，让我为她写序，我就写下这些作为此书的序言。

1991 年 8 月盛暑于上海西郊种德桥畔目楼

它们飞过了太平洋

——读《滚滚和蹦蹦》

木子阿姨出生在新加坡，小时候在福建长大，后来在台湾上学工作，现在长期住在美国。木子阿姨学的是助产专业，经过她的手，迎接到世界上来的小孩有五六千呢！现在，她退休了，却拿起笔，来为孩子们写作。

这篇《滚滚和蹦蹦》，是木子阿姨特地为《幼儿故事大王》的小读者写的。大家都读过了吧！写得真好。

我们读的童话，有的老写什么外星人，结果人不人，机器不机器，莫名其妙地打来打去。这篇童话却给大家写了两颗小小的豆。

没有看过这篇童话的小朋友，恐怕会说两颗豆，有什么值得写呢？

不，木子阿姨却将两颗豆编成了一个有趣的故事，讲了个大道理呢！

这两颗豆，一颗叫滚滚，一颗叫蹦蹦，它们虽然一个爱滚，一个爱蹦，实际上，它们自己不会滚，它们自己不会蹦。木子阿姨写得很清楚，它们的滚，它们的蹦，都借助于外来的力量。滚滚的滚，第一次是借助于小丰的撒，后来是靠风的吹动和地势的高低不平。蹦蹦的蹦，第一次同样是借助小丰的撒，后来也是靠风，风吹草一动，就将躺在草丛里的豆弹了起来，最后一次还是因为过路自行车轮子挤了它一下，它才蹦起来。

可是这两个小家伙却自以为了不起。一个说它要蹦到月亮上去，一个说它要滚到大海边上去，还相互瞧不起，吵起架来。

实际上，它们却不行，闹了一晚上，它们却没有能离开那晒谷场，还掉进了弹珠坑，挤在一起迷迷糊糊地睡着了。

这告诫我们小朋友，不能以为凭吹牛，自以为是，就可以达到目的，要做什么事，都需要有真才实学，要拿得出过硬的真本领。

借助外力，只能看成是一种机遇，自己有真的本领，再借助外力，使你的本领发挥得更好。

要是这两颗豆，真能自己滚，自己蹦，又碰上这许多外力的机遇，自然它们会滚得更远，蹦得更高。

因为，它们毕竟是两颗豆，虽然木子阿姨将它们"拟人化"了，当它们是人，但"拟人化"，并不是将豆写成就是人，它是人，又是豆。它能说话，有思想，可是它没四肢，不会走路。它的身体还是圆圆的，只能借助于外力滚动和蹦跳。否则，将两颗豆写成就是人，滚滚和蹦蹦是两个真的孩子的名字，这就不是"童话"了。

童话的结尾，木子阿姨让孩子小丰将两颗豆作为种子，埋进泥土里，果然它们长成了两棵小豌豆苗，相互靠紧在一起，一块儿长大。告诉大家：物尽其用，人尽其才，这两颗不安分的小豆，后来是得其所哉，各自有了它们的前途和发展。

小朋友，你喜欢这个童话吗？木子阿姨的童话故事真多，下次你一定还会读到她的许多有趣的童话。

这个童话，寄自美国，它乘飞机，越过太平洋，现在送到你的手上，真不容易呵！

天竺筷的故事

　　台湾儿童文学作家萧奇元，七十多岁了，是咱们浙江杭州人；他十分思念故乡，怀念浙江杭州的山山水水，事事物物。可是一条台湾海峡，把他的乡思隔绝了四十年。萧奇元先生的这种赤子之心令人感动。我要说一个关于他的故事，一个真实的故事。这个故事，在台湾已传诵开来。我从许多台湾来的儿童文学作家口中听说过许多次。现在我要把这个故事介绍给《少年儿童故事报》的小读者们。

　　去年，或者前年，萧奇元以他的古稀之年，和台湾的儿童文学作家们，出访韩国，和韩国的儿童文学界的朋友们作学术上的交流。一天，在一个饭馆里吃饭，萧奇元拿起筷子一看，竟是家乡杭州的天竺筷。这勾起他无限的思乡之情，禁不住老泪纵横，这一顿饭也没有吃好。临走的时候，他向饭馆老板提出请求，允许他带走一双天竺筷。可是老板怎么说也不肯。因为老板要用这十分名贵的杭州天竺筷招徕顾客。与萧奇元同行的作家帮他求情，请求老板卖给他，萧奇元愿出高价买他们的一双天竺筷。可是这位硬心肠的老板凭他们出最大的高价也不卖这天竺筷。萧奇元知道毫无希望，只好抹着眼泪，怏怏地离开。

　　我听说这个故事后，很有感触。一个人，随着年岁的增加，故乡这两个字，在脑海里会愈来愈放大。一别故乡四十年呢！能不殷切思念吗？我读过萧先生的作品，知道他是一位终生从事儿童教育的人，很敬重他。趁杭州有熟人来上海之便，托他们代购来一把真正的天竺筷，想送给萧奇元老先生。

不久前，台湾的儿童文学作家代表团来大陆访问，我写了一封信，请他们将这一把天竺筷带给萧奇元老先生，并告诉他，故乡儿童文学界的朋友们，也思念他，欢迎他回家乡来看看。我还邀请他到灵隐茶室里喝茶，然后上天竺去玩玩。

但愿这能成为现实。

我带去的信和筷子，可能还没有收到，因为他们刚走，我却收到台湾别的作家转来的一篇萧奇元亲笔写的童话：《狼童风波》，特在《少年儿童故事报》上发表，连同这个天竺筷的故事一起推荐给大家。

1989 年金秋于上海目楼

《〈童话学〉读后》的读后

收到一些台湾朋友和一些不相识的台湾读者来信，都关切地问我：你看到台湾某报上那篇《〈童话学〉读后》吗？你为什么至今不搭理？

很感谢台湾朋友和读者们对我的关怀。

那篇长文，我很晚才看到。感谢主编张剑鸣先生应我的要求寄给我。

（后来，另外一位台湾的朋友又寄来了批评大陆《儿童文学辞典》的文章。嗣后，还发表过什么批评大陆儿童文学作家作品的文章，我就不知道了。如果有，我也希望看到。因为我正在写一篇论两岸儿童文学批评的文字。）

那篇《〈童话学〉读后》，我读过了。我觉得此文所说的《童话学》，并不是我写的那本《童话学》，因为此文批的那些观点不是我的。

如此文开头举的第一个例子：说二九页上写着"'童话'这个名称，有由中国传过去的可能性"。

我的《童话学》二九页的文字，是这样的："'童话'这个名称，传过来，传过去，都有可能性。"（洪汛涛《童话学》）

如此文批评："无论站在什么角度，说外国没有童话总有些牵强。"注明引文出处是《童话学》四二二页。

我的《童话学》四二二页的文字，是这样的："特别是国外没有童话这个文学品种，和别的样式往往混合在一起，很难区分出来。"其中，"这个文学品种"六字略去了。全书并无一处"外国没有童话"字样。（洪汛涛《童话学》）

我想也许这位先生将他自己的"童话学"错为我的《童话学》，拿来批评。因此，他批的《童话学》，与我无干系。

不过，他最后那个结论："童话，说穿了就是把人的事换一个形式演示。"倒是很明白地表达出了他对"童话学"的了解。

我很忙，不希望将精力和时间花在这种"讨论"上，只是因为受了朋友的敦促，谨此声明如上。

1993 年 7 月底于上海乐村

两岸儿童文学的比较就是
两岸儿童文学的进步

　　海峡两岸的儿童文学，有同一的儿童文学传统，可以说极大方面是一致的。

　　我最早读到台湾儿童文学作家们的一些作品，是一九八四年。我诧异于两岸的儿童文学工作者在隔阻的这四十年当中，大家"老死不相往来"，何以儿童文学竟然如此之接近和相同！

　　那时候，我在《童话的春天》一文中写道："我们就这几篇作品来看，可以知道台湾作家在童话艺术上的看法和我们相同，他们做着与我们同样的努力。"这是我为一部童话选本所写的序文，是我读到选本中几篇台湾作品的感想。

　　大陆"开放"、台湾"解禁"，两岸儿童文学开始有了交流。台湾的大量作品介绍到大陆来，大陆的大量作品介绍到台湾去。交流成为必趋之势。两岸的许多儿童文学界同人为此作出了最大的努力，最大的贡献。

　　自然，在不断的交流过程中，双方都可以发现，在"大同"的前提下，对于具体的某些作品，也会产生不少程度上不一样的"差异"看法。这是必然的，是完全正常的。

　　譬如，对一部作品，台湾的评论界说很好，而大陆的作家看了不以为然。或者大陆的一部好作品，而台湾的读者看了觉得不理想。这种例子可以举出多起。

一九八九年我在大陆第一本《台湾儿童文学》选本所写的序文中郑重介绍了这些台湾儿童文学作家作品以后，附了一笔："台湾的儿童文学和我们的儿童文学一样（请注意这个'一样'），也有他们的缺陷和不足处。由于这是第一本台湾儿童文学选本，分开了四十年的兄弟们第一次相见，我们就来说亲人的缺陷和不足，是很不相宜的，所以还是多讲好话，当然是从实的好话。"我认为大家刚刚见面，就来说你那个不当，他这个不是，这不符合中国人的道德规范。我所知道，没有一位儿童文学作家，没有一家儿童报刊这样做。

两岸的儿童文学交流，是不是只能一味称赞呢？当然不是。一九九二年，我在昆明的两岸儿童文学交流研讨会上，以《论海峡两岸儿童文学的交流》为题的发言中，也说了："几年来的接触，可能双方都发现两岸之间，由于地理和环境的差异，不论是欣赏标准、读者口味、行文习惯、措辞用字，甚至于标点符号使用，都有不同。"

现在，在台湾的儿童文学界，发起举行有大陆儿童文学界人士出席的海峡两岸儿童文学比较的讨论会，是一次非常及时和必要的会议。

这是一次在两岸儿童文学交流的道路上很重要的会议。大家知道，只有进行比较，才能发展，才能前进！

我深信，通过这次两岸儿童文学比较的研讨，我们两岸的儿童文学更能繁荣和进步！

祝两岸儿童文学
交流圆满、快乐、成功！

几次去到昆明的"金殿"，那里是吴三桂在云南的府殿，还放着一把吴三桂用过的大刀。这里总是人头攒动，游人很多。好像大家对吴三桂这个人物并不那么讨厌。我不是历史学家，并不想为吴三桂这个人物评述功过是非。我只是从文学作品中看吴三桂。吴三桂引清兵入关，那时候，明朝实际上已经灭亡，他已不必要忠于吊死煤山的崇祯皇帝。而天京的闯王李自成王朝，上层已经争夺权力白热化，抢走他的爱妾陈圆圆，说明大顺政权已经腐败得不成样子了。而关外满人的君主努尔哈赤正在励精图治，在吴三桂面前也只有让满人进关一条路了。汉满蒙回藏本是一家人，让满人进关，他们还是中华民族中的一族，不同于抗战时期投降日本的"汉奸"。如果明朝亡，清朝兴，在历史的宏观上看问题，还是一个进步的话，似乎吴三桂不失为一个有识之士。

现在，两岸有人把热衷于交流的儿童文学工作者，说成是"吴三桂"，自然，不同于我上述说的意思，这是不妥当的。

两岸儿童文学交流，我想也是要从宏观上来看对两岸儿童文学发展是不是有利来考虑。

如果将他们说成是"张骞"，我看两岸也是难以接受的。

如果要比喻，还是"唐三藏"较好。唐僧虔诚向西天取经，他终于取得了真经，修成了正果。唐僧的学习精神是可取的。

两岸儿童文学交流，双方向对方学习，这有什么不好呢？

我到台湾去，我不是吴三桂，更不是张骞，我比较喜欢唐僧。我带去一颗诚心，诚恳向大家学习。带去一颗真心，因为只有真心能换取真心。带去一颗爱心，我爱台湾儿童文学界的朋友们，我爱台湾的所有小朋友。

祝这次研讨会开得圆满、快乐、成功！

《童话学》台湾版
出版以后（上）

　　《童话学》台湾版由台北富春文化事业公司出版，近来在台湾发行了。不想，有很多台湾读者按书末的地址，寄来热情洋溢的信。这些信，大都是提出了有关童话创作和研究的一些问题，虽然我大部分回信了，但不可能每一封都回复，所以，我要借贵刊一方宝地，再次说说一些大家所共同关注的问题。

一

　　童话，是儿童文学中很重要的一个门类。这是海峡两岸儿童文学界人士的共识吧！确实，孩子天性都喜欢童话。这主要是孩子们的头脑里，都具有一种幻想的本能。幻想是一切创造的泉源，我们应该多途径去开拓和发展孩子们的这种十分可贵的幻想力。而童话的功能是极其重要的。所以我这些年来一直在提倡儿童文学作家多写童话，孩子们多阅读童话。

二

　　关于"童话"这个词的来历，众说纷纭。有的说，这是从日本传过来的。有的说，日本是从中国传过去的。但都没有足够的论据。我写《童话学》的时候，也由于缺乏资料，持两可态度。在书问世后，日本东京一位教授朋友特为我邮来《骨董集》的影印片，上面确有"童话"字样。据现有材料，可以说日本出现"童话"一词，较中国为早。自然，此一问题，尚须大家作进一步考证。

三

世界各国，虽然有我们所说那样的"童话"作品，但却都还没有和我们所说"童话"那样一个概念范围的名词。我们把我们的"童话"翻译成英文，大家还沿用 Fairy Tales（神仙故事）这样一个名词，是不切合实际了。因此，我建议我们的翻译工作者，"童话"两字就用英文的音译 Tong Hua 吧！

四

日本目前在用"童话"这个词，但他们所称"童话"的内涵，和我们所称"童话"的内涵，已不完全相同。不知台湾童话界近来意见如何，以我接触所知，恐怕台湾"童话"的概念和目前大陆童话界所认为的"童话"的概念也不尽相同。自然，文学概念，不是谁说了算的，而是要通过不断地交流、不断地探讨，才能渐渐融会贯通、约定俗成起来的。

五

当前，大陆的童话，如若和三亿五千万儿童的需求比较来说，是远远不能说发达的。我们正想大家经过多方面的讨论，共同来制订一个发展童话的规划，将分散的力量，凝聚起来，有目标有步骤地来做促进和推动工作。

六

海峡两岸童话的交流，是两岸童话作家的愿望，也是两岸童话读者的愿望吧。富春印我的《童话学》，在封面上印了一句话，说出版这本书，是两岸儿童文学交流的桥梁。确实，现在两岸童话的交流，首先是双方童话创作和理论的交流。目前，我也正在做两岸童话的交流工作。我最近已为《童话》季刊编完《台湾童话专辑》，选收了三十多位台湾童话作家的作品，并为每位作家的作品写了介绍文字。在我所主编的《中国童话界丛书》《童话选刊》《中国儿童文学年鉴》

中，每本都选发了台湾作家的童话创作和理论。我所见到的台湾儿童报刊上，近来也颇多发表大陆童话。不过，我要插说一句，我发现被介绍到台湾去的童话中，也有一些不是那么好的作品。譬如那种洋里洋气，写得像外国翻译过来，甚至连拟人的动物也是用外国名字的作品。自然，我们在介绍台湾童话时，也会有这一类问题。这是交流中我们双方都应该注意的。

七

关于台湾的童话，我的《童话学》中原有那么一段，因为那时根本不能读到很多台湾的作品，更无从研究起，所以虽然写上那几千字，并不能反映台湾童话的现状，因此，此次在富春印的台湾版，我就把它删去了。我认为一部《童话学》或者儿童文学，以及别的什么史论之类，如果没有包括台湾部分，那是欠缺的、不完整的。所以，在《童话学》能够再版的时候，我希望一定要增加上台湾童话这一章。这是颇为重要的一章。因为台湾确实有那么多的童话作家，为童话的创作和研究作出了贡献，优秀的作品可举的很多，都应一一写上。

八

关于台湾童话的研究工作，我从去年开始就在做。感谢林武宪、陈木城诸先生为我提供了《浅语的艺术》《童话研究》《儿童读物研究》（两册）等台湾重要的童话理论著作，台湾作家关于童话的论述甚多高见，对我大有启示。林焕彰先生和大陆儿童文学研究会的同人们，为我寄来了大量当代台湾童话作家的作品，桂文亚和赖西安诸先生，给我搜集了大量台湾儿童文学报刊，使我对台湾童话创作有第一手的资料。更早一些，邱各容先生为我所编制的"台湾童话创作理论书籍编目"，作了细致的校订。（此书目已收入《童话选刊》第三辑）我的对于台湾童话的研究工作能取得进展，是和这许多朋友们的支持分不开的。我由衷地感谢。

《童话学》台湾版
出版以后（下）

九

目前，海峡两岸童话交流工作有许多人在做。发展的进度是很快的，交流已经逐步在走向合作。这是必要的，也是必然的。交流的前景一定是充分的合作。我希望海峡两岸的童话作家、理论研究工作者、从事学校童话教学工作的老师们，很快能坐在一间屋子里，一起来研讨有关童话的种种问题。我希望有见地的出版家来创办专登童话的刊物，编纂童话的系列丛书。我希望热心于儿童事业的实业家，能出资来举办一个童话的专门奖。我们一起来为我们的下一代、我们可爱的孩子们造最大的福，使得有更多更好的新童话进入他们童年的生活。

十

我提倡我们的童话，更多地进入孩子的家庭、学校。我们每一个孩子，都应该给他一书架童话。我们的学校教科书，要增加童话的课文。台湾有的教师曾提倡小学生写"童话日记"，写"童话书信"，这非常好。我在湖南的凤凰，设立过一个"全国少年儿童金凤凰童话写作大赛"，在上海青浦做了个"童话引路"的教学实验。我在大力提倡让孩子从小就写童话，这也是对于少年儿童幻想智力的开发。不知道台湾的童话界、教育界是不是能赞同，想听到台湾朋友们的新见。

《童话学》台湾版的印出，引起台湾广大读者群的关注，说明台湾读者对于童话的喜爱。目前，在大陆最受欢迎、销售量最大的儿童书就是童话。看来，台湾也是这样子。

我为我们的孩子写童话，可说一辈子，在我六十岁以后的余年里，还能为台湾的孩子写童话，这是一件十分高兴的事。我爱孩子，我自然爱台湾的孩子，我应该也为台湾的孩子写童话。

《童话学》的台湾版，由于经过删节、重排，有一些错舛之处，我感到深深的歉疚，敬请读者鉴谅。当然，我很感谢富春文化事业公司，他们为两岸童话的交流作出了奉献。

最后，我还要谢谢为这本书的出版出过力，台湾儿童文学界的朋友们，以及更多关心本书的读者们。他们在这本书出版以后，给我写来亲切的信件。

大家是那样地关心童话，童话一定会很快地繁荣。童话事业是大家的事业，确实大家在不断地关心着。

大家在谢谢童话，童话在谢谢大家。

跨海峡的讨论

——并首次公开一份资料

1986 年，我的《童话学》一书，在安徽出版后，很快传到了海峡的对岸，据说先前在台湾的流传本是根据安徽的本子复印的，后来台湾的富春文化事业公司正式印出了《童话学》的台湾版。这台湾版的封面上印上了一行字："本书为海峡两岸儿童文学工作者搭起一座合作的桥梁"。

确实如此，台湾儿童文学界对此书表示了极大的关注。当然，我没有看到全部。台湾不少儿童文学研究学者，在他们的讲演中，在他们的论文中，在他们的专著中，每有提及《童话学》中的一些观念和论点。有的表示赞同，有的提出异议，有的加以引申，有的作了评析，这些学者都十分认真，所作议论也非常中肯，这些意见，我很受启发，对我很有教益，我衷心感谢。

当然，任何一场讨论中，也不可避免有一些意见，当事人不是都能完全同意的。

譬如，有几位学者，他们的论文和专著中，认为我"否定"了过去"大多数人"的说法："童话"这一名称是从日本传过来的。认为我"考证"出中国出现"童话"两字较日本为早。云云。

"童话"一词，由日本传入说，大多根据周作人在《童话评论》（1934 年新文化书社）一文中的论述："童话这个名称，据我知道，是从日本来的。中国唐朝的《诺皋记》里虽然记录着很好的童话，却没有什么特别的名称。十八世纪中，日本小说家山东京传在《骨董集》里才用童话这两个字，曲亭马琴在《燕石杂志》及《玄同放言》中又发表许多童话的考证，于是这名称可说已完全确定了。"

不同意上说的，主要根据日本上笙一郎著的《儿童文学引论》（1983 年四川少年儿童出版社），此书上说："所谓童话，是将现实生活逻辑中绝对不可能有的事情，依照'幻想逻辑'，用散文形式写成的故事。在日本，从大正时代到近年来，一直都把这种文学样式叫'童话'。"因为大正元年是 1912 年，比周作人所说的时间——《骨董集》写于 1814—1815 年，要晚得多。

我认为两说持有者，都是第二手、第三手的材料，我在《童话学》中是这样写的："肯定和否定的意见都有，但都没有充分、有力的证据。"（安徽版 12 页，台湾版 25 页）我还说："光有这些材料，也不能断定说'童话'这个名称是由中国传到日本去的。""'童话'这个名称，传过来，传过去，都有可能性。"（均安徽版 16 页，台湾版 29 页）我说："这还是一个悬案。"（安徽版 14 页，台湾版 29 页）我在 1989 年 12 月 31 日台湾某报"儿童文学版"发表《〈童话学〉台湾版出版以后》一文中，说："关于'童话'这个词的来历，众说纷纭。有的说，这是从日本传过来的。有的说，日本是从中国传过去的。但都没有足够的论据。我写《童话学》的时候，也由于缺乏资料，持两可态度。"

我很赞成有的台湾学者们的意见，在还没阅读更多日本文学资料之前，这不能成为定论。这些说法，都还没有找到充分的证据。

在治学上，我一向认为论说一定要有根据，有第一手的材料，写《童话学》，为时五载，许多有关书刊文章，我都尽一切可能找来，披阅一过，方始落笔。

关于"童话"这一名词的来历，我知道，首先必须找到周作人所说的那本《骨董集》。我曾为此花去了很多的时间和精力，要找这本日本江户时代、距今将近两百年的山东京传的《骨董集》，国内的大图书馆，几乎我都寻觅过，无一得获。后来，我托去日本的朋友，去过几个图书馆，没有找着。我也托过多位日本作家，他们大都不知道山东京传其人，更没人知道《骨董集》这书。我在写作《童话学》最后一稿时，只得写上："我们至今未能找到那本《骨董集》。"（安徽版13 页，台湾版 26 页）

1987 年夏天，我去长沙参加一个笔会，回上海的火车上，湖南省作家协会的几个作家，送一位女士上火车，正好安排和我同在一间包房。车开了，我们寒暄起来，始知她是一位日本文学评论家，在东京一个大学教书，她和同事们主办了一份研究中国文学的刊物。我们是同行，她中文非常好，因此，我们一直谈文学，谈到了上海才分手。

此后，我们成为好朋友，常有书信往返。我就在信上托她，请她代为找一找山东京传的这本《骨董集》。她就帮我去找，她问了许多专家学者，也跑了许多图书馆，来信说，仍无着落。从此我不抱任何希望。又经过很长日子，在 1988 年 9 月 5 日，她突然给我寄来了山东京传的《骨董集》的目录和"童话"两字出处的一篇《打出小槌·猿蟹合战》的复印件。

她的信上说："这本古籍是日本××图书馆的藏书，线装本，经过各种各样的麻烦手续才能看到。文章当然是日本江户时代的古文，字体又是很漂亮的平假名草书体。像我这样的人连看都看不懂。恐怕是上帝保佑吧！我看来看去忽然发现'童话'两个字了。希望这一资料对您有用。但是，如果您要在刊物上发表这一份资料的相片的话，请千万不要提到我的名字和图书馆的名字，因为这××图书馆规定是禁止别人复印和发表资料的。"

很感谢这位日本作家××××女士，但是遵她所嘱，我只能将她的姓名隐去了，而且永远隐去了，她为中国童话研究，作出了贡献。那个图书馆自然是不公开不对外的国家图书馆。我们只得也隐其名称，如果他们读到此文，也请他们看在孩子们的份上，不要追究了吧！

为了可供有志者作深入的研究，这里我将这份得来不易的珍贵资料，随此文字公之于众了。

恐怕，这是中国（可能包括日本）第一次发表日本江户时代作家山东京传的《骨董集》的有关影印片。

这影印片上的文字，除汉字外的日本江户时代的古文，平假名的草书体，据那位日本作家说，现在他们一代人都不认识了，我找过好几位精谙日文的翻译家，也不识得，故无法翻译出来（如果读者中哪位能译出，请寄我们，非常感激）。

我也只能看出其中有"童话"两字。我想，这可以说明：日本最早出现"童话"两字，是江户时代。大约是 1814—1815 年。

我们中国以目前资料来看，最早是 1909 年孙毓修编撰的《童话》。

这份山东京传《骨董集》资料的发现，使得我们对于这一问题的研究推进了一大步，是大有学术价值的。

我想，如果有人将这一印片上的文字翻译出来，也许会有一些更新的发现。

我希望能再找到日本曲亭马琴的《燕石杂志》和《玄同放言》，据说作者在这两部书中发表了许多童话的考证。未知日本何处能觅见此两书。在此呼请日本朋友们，给予帮助。

因为，我们还不明白，山东京传的"童话"两字，是他创造的呢？还是由何而来？

因为，我们还不明白，山东京传的"童话"两字的发现，是不是由此就可以得出定论，中国的"童话"两字，是由日本传过来的。照我的想法，也还不足以说明中国的"童话"两字就是从日本传过来的。中国段成式的《叶限》故事，比贝洛的《灰姑娘》早八百多年，不能就此说，外国的《灰姑娘》是由中国传过去的。我在《童话学》中说过："过去和现在，有一些文章都把何者文字记载出现最早，作为根据，断言别处都由此传播过去。那是一种简单化的推理法。"（安徽版224—225页，台湾版251页）

关于"童话"名词的来历，作为一个童话研究学者来说，是应该去探索，去考证，以求出"定论"来。但有的童话史论工作者，绕过这个问题，我觉得也是可以的。因为这仅仅是一个"名词"问题。我们中华民族有我们古老的悠久的童话传统，没有人说过，中国古无童话，是从外国传过来的，这是我们海峡两岸绝大部分童话工作者的共识吧！我想这是主要的。不知是不是这样？

关于"童话"一词的、跨海峡的讨论，如果大家还有新意见、新见解、新材料，自然还可继续讨论。

感谢参与这一讨论的诸多同行们、朋友们。

海峡两岸童话的讨论是交流、合作的开端，希望有关童话的各种问题的讨论，不断展开，不断深入。

使两岸的童话创作和研究能蓬勃起来，愿与大家携手共进！

1993年6月，我写的《跨海峡的讨论——并首次公开一份资料》，在《世界华文儿童文学》第一辑中发表了。

这篇文字和资料的发表，在海峡两岸引起强烈的反响。台湾的资深作家、儿童文学研究学者傅林统先生寄来一封信，对于这一问题的探讨大有裨益，爰作为附录，接印于后，供同人们参考。

附件：台湾作家傅林统先生的来信

洪先生：

您好！拜读大作《童话学》以及《跨海峡的讨论——并首次公开一份资料》后，对先生治学之严谨十分钦佩。我手头刚好有一本日本文学家——高木敏雄著《童话の研究》，第一章讨论的也是"童话"一词的由来，引证的也是《骨董集》，因为是印刷体的字，所以不会有日本女作家"现在他们一代人都不认识了"的感叹，兹试译如下：

《骨董集》上编中卷二十一条：

> 《异制庭训》有祖父祖母的故事，取其开头的语词，如很久很久以前作为名目。儿童的昔话是很古老的，我在二十四五年前，曾经探究过"童话"的出处，记录下来的，就有题为《"童话"考》的一本书。

这一小段记载出现两次"童话"，但旁注的"假名"却不同，先前是"むかしばなし"，等于"昔话"。后面是"どうわ"，也就是"童话"。

《骨董集》同条针对"猿蟹合战"起源的记载：

> 《义楚六帖》二十四根本杂事云：有隐人在果树下坐，被猕猴掷果破额，忍之不报，后有猎者与仙为友，来在树下坐，掷如前，猎者怒，射之致死，佛与天受。

寻之"童话"的根源，很多出自佛说，当然也有根据国史物语的，或是根据中国的故事的。乍看好像是很无聊的故事，但只要能够分解其理，就可以发现对儿女劝善惩恶，并不是没有帮助的。虎关和尚的《异制庭训》距今大约是五百年前的书。这样看起来，祖父祖母的"童话",也是很早以前就有的! 五百年前的"童话",由儿童的口头相传,而流传到现在,真是不可思议,我有意把我的考究,他日刻为《"童话"考》。

这里也有四个"童话",旁注的假名,前二是"むかしばなし"(昔话),后二是"ぞうわ"(童话)。

高木敏雄:生于一八七六,殁于一九二六,东京大学德文系毕业,曾任东京高师德文讲师、大阪外语学校德语部主任。著有《日本神话物语》《比较神话学》《日本神话传说研究》《日本传说集》等书。

《童话の研究》是一九一六年由妇人文库刊行的。我手上的版本是太平洋出版社一九七七年发行的。

很高兴在台东有见面的机会,先生的学问、丰采是我们所心仪的,尚望先生继续赐教,以上片段的试译如有谬误,恳请惠正。

傅林统敬上

1994 年 6 月 14 日

我对童话的认识

——应台湾《认识童话》一书之邀而作

关于童话，我设想过一个"定义"，那就是："一种以幻想、夸张、拟人为表现特征的儿童文学样式。"当然，这定义规定在当代的、创作的、文学的范围之内，并不是泛指。

关于童话，我探寻它的创作规律，试拟过一个"公式"。即"真→假→真"。那就是：童话是从真的生活出发，或是说以真的生活为依据，通过假的手段，即童话的艺术处理，达到反映真的生活，包括教育、审美、趣味、知识等目的。

关于童话，它与科学童话有区别。童话是文学的，科学童话是科学的。童话是以文学来解释世界，科学童话以科学来解释世界。童话的幻想情节是永远不可能实现的，科学童话是可以实现的。即童话中所描述的作为，不是可以真实发生的。（如《老虎外婆》，老虎任何条件下不可能装成外婆。）

关于童话，我强调民族化与现代化的密切结合。我觉得，我们应该创作中国童话，不可写得像翻译的外国作品。我觉得，我们应该在传统基础上创新，提倡探索，提倡超越。

关于童话，我主张童话应恪守童话逻辑法则。我不赞同那种把人的故事，以人去换成动物，将生活逻辑去替代童话逻辑的作品。我不赞成逻辑混乱的作品。（如老鼠已可以制作神奇的牙膏，却还怕猫那样。）

　　关于童话，我强调理论和创作的一致性。童话理论应该面向童话创作，反映创作，引导创作。童话创作，应不断提升为理论。把童话创作说得十分简易，不需理论，随意可写，这是有害的。相反，将童话理论故意说得玄乎，不可理解，也不足取。

　　关于童话，我认为，它应是儿童文学繁荣与否的标志。因为它是儿童所最喜欢的所特有的文学样式。在今天的世界上，童话这一样式还不是那么普及，今天世界上的儿童还没有足够的童话可供阅读，我们的优秀的童话作品，还不是很多，我们所喜爱的童话明星还只是那么几个。还需要大家更好地努力。

　　台湾的童话形势是可喜的。我看到台湾儿童文学家正在作着极大的开拓和建设。我读到的李潼先生的《顺风耳的新香炉》，是个充满诙谐味、富于哲理、十分有趣的童话。我读到的谢武彰先生的《彩虹屋》，是个优美感人的抒情童话。我读到的木子女士、黄基博先生、孙晴峰小姐、陈玉珠女士、管家琪女士、方素珍女士等一些作家的短篇童话，都是很为杰出的。在大陆也已十分熟悉。童话理论方面，我读过林良先生、林文宝先生、蔡尚志先生、陈正治先生等理论家的著作，都很有独到的见解。这都是台湾童话发展的例证。想必这次《研究论文丛刊·认识童话》的出版，将使台湾童话向前迈出最大的一步。

　　愿海峡两岸童话界紧密携手，共为中国童话的昌盛，作更大的贡献。

　　中国童话，将是世界儿童文学宝库中，最为光彩夺目的一宗。我们共同向这个目标前进！

1992 年 8 月于上海

当前童话学术研究的种种杂议

——与台湾儿童文学界同人共商讨

随着海峡两岸儿童文学的交流日益发展，大大增进了两岸儿童文学观念上的许多认同。

近年来，从我接触台湾的儿童文学开始，我发现台湾儿童文学界的注意力，大家的研究兴趣，正在向着童话方向转移着。

台湾儿童文学界，前些年的研究兴趣，似乎集中于童诗。台湾的童诗研究是热闹的，是作出显著成绩的。论童诗的专著接踵出版，在数量上和质量上都是可观的。散于报纸杂志的童诗专论，却是难以计数，读不胜读。

但是，应该说，童诗只是儿童文学的一大门类，必须受到儿童文学界研究工作最大的关注；而儿童文学界的研究工作不能不关注儿童文学另一大门类：童话。如若某一地区，即使童诗极度发展，而搁置了童话，此一地区的儿童文学的发展，还是不平衡的，是一种十分可惜的欠缺。

台湾儿童文学的专家学者们，是有见地的。目前，台湾有关报刊发表关于童话的研究文字多起来了，出版的童话理论专著多起来了。我欣喜地看到，前不久台湾举行的儿童文学学术研讨会，几乎是一次童话的讨论会，所出版的《儿童文学学术研讨会论文集》，印出了十二篇论文，其中竟有十篇是关于童话的研究论文。台湾众多师范院校儿童文学课程教授陈正治、张月昭、黄郁文、郑蕤、林文宝、董忠司、洪文珍、蔡胜德、陆又新、李汉伟等先生，从各个新角度，发表了很有价值的童话专论。

我还读到林文宝教授的专著《儿童文学故事体写作论》的修订本，此次修订充实了关于童话部分的新章节，全书更趋于丰富和完整。

台湾的童话理论研究的发展，必定大大促进台湾童话创作的发展：台湾儿童文学作家写童话的多起来了，孩子们自己写的童话也多起来了。台湾儿童文学研究工作的转折，是一种好现象。这现象将迎来台湾儿童文学的全面繁荣。

我十分高兴地看到台湾儿童文学童话研究工作上取得如此明显的新成就，这是对中国儿童文学，也是对整个华文儿童文学的贡献。我由衷地钦佩，并向为此作出努力的所有专家们学者们致以真挚的同行的敬意。

在近期台湾童话理论研究中，极为之鼓舞的，是台湾享有声誉的资深儿童文学大家林良先生，在儿童文学学术研讨会上做了一次专题演讲，这次演讲就是系统地论述了童话，以《谈童话》为题。

台湾童话理论家陈正治先生，继他的《童话理论与作品赏析》，近期又出版了《童话写作研究》一书，详尽而全面地论述了童话，具有贴近现实的针对性，可称之为一本童话教科书。

我是先见到陈正治先生的《童话写作研究》，从中得知林良先生的《谈童话》的专题讲演。尔后，才看到发表于台东师范学院语文教育系主编的《东师语文学刊》第三期上的《谈童话》全文。

林良先生和陈正治先生的文章中，在开头部分，都曾对"童话"这个词的来源，作了论述。非常感谢他们两位的论述中，也都提到我的论述。陈正治先生的论述，则是引自林良先生的论述。

关于"童话"一词的来源，我曾花过精力去作种种的努力求索。林良先生和陈正治先生对此极感兴趣，都发表了剀切而坦诚的见解，这对于"童话"一词来源的探讨，对于童话历史的追溯，对于童话理论研究工作的发展，都是非常有益的。

因为林良先生和陈正治先生有的议论，是由我的论述而引发的。我读了以后，好像觉得有些话要说。我要说的话，并不是批评两位的论见，因为我是赞同他们的观点的。我只认为：关于这个问题，可能我没有能把我所要说的话说清楚。所以我还要再说一说。同时，也有一些后来的新情况，和我后来的种种由此而产生的新想法，也想在这里说一说，提供给大家参考。

关于"童话"一词，究竟是从日本传到中国来，还是由中国传到日本去，我向来是持存疑态度的。

我在安徽少年儿童出版社一九八六年出版的《童话学》、一九八九年富春文化事业公司出版的《童话学》台湾版，以及希望出版社一九八八年出版的《童话艺术思考》、一九八九年千叶出版公司事先未经我同意翻印删节出版的《童话艺术思考》四种书中，都对此一问题作有一些阐述。

大家知道，最先提出"童话"一词是由日本传入的是周作人。我在《童话学》中说："周说的当时，未见有人提过相反的意见，也没有人写文章来证实这件事。只是近年来，才有人在一些文字中提及，肯定和否定的意见都有，但都没有充分、有力的证据。这说法究竟是否可靠呢？现在，从能找到的资料看，都还不能作出绝对肯定或绝对否定。"（安少版《童话学》第 12—13 页，富春版《童话学》第 25 页）

我说过："根据以上所述，如果上笙一郎在《儿童文学引论》中的说法确凿的话，那周作人的说法，就被否定。"（安少版《童话学》第 15—16 页，富春版《童话学》第 29 页）

我的这段话，开头有个"如果"，后面有个"那"。"如果……那……"，并不是肯定。

我还接着写道："光有这些材料，也不能断定说'童话'这个名称是由中国传到日本去的。……"（安少版《童话学》第16页，富春版《童话学》第29页）"'童话'这个名称，传过来，传过去，都有可能性。"（同上）

并且，我在前面开始时就已说明："这还是一个疑案。"（同上）

后来，我在《童话艺术思考》一书中，也论述过这一问题。

我说："我们和日本是一衣带水的近邻，两国之间文化上有许多交流，'童话'一词，由日本传过来，由中国传过去，都很有可能。"（希望版《童话艺术思考》第2页，千叶翻印版《童话艺术思考》第21页）

现在，林良先生的《谈童话》一文中写道："大陆童话研究者洪汛涛先生，曾经根据所能接触的资料，考出我国使用'童话'这两个字，至少比日本早三年。不过，在还没有阅读更多日本文学资料之前，这不能成为定论。"（《东师语文学刊》第三期第199页）

在陈正治先生的《童话写作研究》一书的结论部分，陈正治先生写得更为明白："林良先生对洪先生的考证，提出保留的看法。他说：'在还没有阅读更多日本文学资料之前，这不能成为定论。'"（第2页）

我完全赞同林良先生的意见，即陈正治先生引述的意见："在还没有阅读更多日本文学资料之前，这不能成为定论。"我认为：这是一个学者必须严格恪守的治学准则。在一切学术研究上，切不能有丝毫的武断和草率。种种定论一定要作在具有充分、有力的证据之后。

关于"童话"一词的来源，由于资料有限、证据不足，我只是反复论述了几种说法，更未作过"定论"。

在两文中，提到我的关于"童话"一词来源的观点时，没有能引用我的原文，而是作了一种概括，也不知概括我在何处所发表的讲话或文字。也很有可能两位没有阅读到我的那些原本文字。

我重新检查了我所有的关于这一问题的论述文字，包括发表的讲课记录。我似乎并未用过"定论"这个词。

或者由于我的文字写得不好，词不达意，使得误以为我作的是定论，林良先生持"保留的看法"，那也是应该的。

我和林良先生关于"童话"一词来源的观点，似乎是完全一致的。我认为林良先生和我一样，也是存疑论者，论述了一番以后，也未作出任何的定论。

感谢林良先生和陈正治先生，能认真提出对于此一问题的意见，对于童话学术上，开辟切磋讨论的风气，引导童话研究更趋于深入，是非常有益的。

林良先生，还有陈正治先生，是台湾儿童文学界举足轻重的大家，为当前台湾儿童文学界研究童话热，带了很好的头，作出了榜样。

对我这个大陆童话研究者来说，使我有了一次检讨自己理论文字的机会，是一种很好的勉励。感谢台湾儿童文学界同人们对我最大的信赖、关注、支持。

儿童文学批评随谈

——在两岸儿童文学交流发展道路上

　　海峡两岸的儿童文学，有着同一的儿童文学传统，可以说极大方面是相一致的。早在一九八四年我第一次读到台湾一些作家的作品时，曾在《童话的春天》一文中写道："我们就这几篇作品来看，可以知道港台作家在童话艺术上的看法和我们相一致，他们作着与我们同样的努力。"

　　大陆"开放"，台湾"解禁"，两岸儿童文学开始有了交流。台湾的大量作品介绍到大陆来，大陆的大量作品介绍到台湾去。交流已成为不可逆转的必趋之势。两岸的许多儿童文学界同人为此作出了最大的努力，最大的贡献。

　　自然，在不断的交流过程中，双方都可以发现这一方有一些公认为优秀的作品，对方并不欣赏；而对方所欣赏的这一方的作品，这一方又觉得并不怎么样。欣赏标准，存在一定的差异。

　　我有一本专给低幼儿童改写的童话《神笔》，早年在上海出版，大概印过几十版，每印一次，我都做过修润，自认为文字还是可以的。前不久台湾一家少年儿童出版社印了出来，我找来一看，已被改得面目全非，我以为改得极为糟糕。他们在书上也印着"洪汛涛原著"字样，我想请他们印上"××少年儿童出版社改写"字样，因为这已不是我的文字了。后来，我悟出来了，那家出版社的编辑，当然是认为我的文字不好才叫人改的，当然是认为他们改得比原来要好才改的。台湾和我们对于一个作品的看法，确实存在不小的差异。

一九八九年我在《关于台湾儿童文学》一文中，说了这样的话。这篇文章是我给我主编的《台湾儿童文学》一书写的前言。这文章介绍了台湾儿童文学作家们的作品。结尾处，我附了一笔："台湾的儿童文学和我们的儿童文学一样（笔者注：请注意这个'一样'），也有他们的缺陷和不足处，由于这是第一本台湾儿童文学选本，分开了四十年的兄弟们第一次相见，我们就来说亲人的缺陷和不足，是很不相宜的，所以还是多讲好话，当然是从实的好话。"

我认为：我们中国是一个礼仪之邦，暌隔多时，刚刚见面，彼此就相互指责，这个不是，那个不当，这不是中国人的习惯，不符合中国的道德规范。我所知道大陆没有一位儿童文学作家，没有一家儿童文学报刊这样做。

遗憾的，在前些日子里，在台湾的一家报纸上，连篇累牍地发表了一系列并不友好的文字。

两岸的儿童文学交流，是不是只能一味称赞呢？当然不是。我认为如果是真正的儿童文学批评，当然是需要的。一九九二年八月，我在昆明两岸儿童文学交流研讨会上，以《论海峡两岸儿童文学的交流》为题的发言中也说了："几年来的接触，可能双方都发现两岸之间，由于地理和社会环境的差异，不论是欣赏标准、读者口味、行文习惯、措辞用字，甚至于标点符号的使用，都有不同。"我说："差异有两种，一种是乡土特色，台湾儿童文学应有台湾的特色，上海儿童文学应有上海的特色，昆明儿童文学应有昆明的特色。儿童文学应该保持这种差异。一种是发展中产生的差异，或条件的原因，或主观上的原因，双方应该本着坦诚的、率直的、友善的、尊重的态度向对方提出。有的可能是直觉的错误，也可作疑问提出，由对方解答或说明。"我的意思，两岸儿童文学交流应该开展儿童文学批评。

我以为我们的儿童文学批评，是我们儿童文学自己的兄弟般的批评。我们两岸儿童文学同人都应以骨肉同胞兄弟之亲相待。我们切勿再做"阋墙"那样的蠢事了。两岸之内儿童文学同人皆兄弟，没有必要一方矮化另一方。

如果说儿童文学批评的目的，旨在沟通和帮助对方，我们的批评者，必须站在真诚的立场。真诚的立场，即自我的立场。就是说，批评应该是发自肺腑的由衷之言。如果是受指使，做"枪手"，那就不可能是真诚的立场了。如果是为了表示自己是"众人皆醉我独醒"的"智者"，或者表示自己是"别人褒誉我偏贬"的"勇者"，怀有野心和私念，也不能是真诚的立场。

儿童文学批评，必须是很认真的。要批评一部作品，首先要认真地读读这部作品，不能想当然，更不能随意捏造。因为这一作品，是客观存在，白纸黑字摆在那里的。中国有句老话叫"知书达礼"，我认为很适用于我们的儿童文学批评，可以解释成：要了解别人的书，并且有礼貌地提出来。你不了解这本书是在什么地方写的、什么时候写的、是为什么人写的、当时当地各方面的情况如何，连书的本身也不好好读，我想再自认为高明的批评家，也写不出好的批评文字来的。对这样的人只能说一句：你的先天不足，你的后天失调，你做不成儿童文学批评家。

作为一个儿童文学批评家，必须是负责的，至少应该是诚实的。你批评一本书，如果你批评的并不是书里写的，这就很不好了。如我的《童话学》中原文明明是："'童话'这个名称，传过来，传过去，都有可能性。"在一篇批评文字的引文中却被改成"'童话'这个名称，有由中国传过去的可能性"。如《童话学》中原文明明是："国外没有童话这个文学品种，和别的样式往往混合在一起，很难区分出来。"批评者有意略去了"这个文学品种"六字，拿来责备一通，说："无论站在什么角度，说外国没有童话总有些牵强。"和原文原意大相径庭了。至于断章取义，说这个和那个矛盾，那个和这个矛盾，更是不可取。

文学批评和医生治病的道理差不多。一个健康的人，你一定说他有病是不行的。一个患有胃病的人，你一定说他是肝病也是不行的。如果伪造和改动临床检查报告数据，硬说人家有病，那就不是医术问题了。要批评别人，怎么可以改动引文、捏造事实呢？这是批评界任何人不屑为之的事。因为改动引文、捏造事实，对于读者来说是欺骗，对于原作者来说则是一种栽赃和诬陷行为。所以，我认为这样不是儿童文学批评。在事实面前人人平等，也不是谁承认不承认的问题，也不是谁有权势就可以掩饰的问题。

儿童文学批评，切忌写得像判决书，一、二、三、四，罗列几十条罪状。并且也要写得明白，有的批评文字满纸生造名词，玩弄玄虚，吓唬别人。倒真像是"一团迷雾"，其实，没有一条说清楚，反对别人什么，自己主张什么。

儿童文学批评，切忌自我膨胀，强作人师。

有人说："童话，说穿了就是把人的事换一个形式演示。"这样，在他看来普天下的所有童话理论文字都不要了，只消他一句话就把童话的真谛"说穿了"。

儿童文学批评，希望能围绕在儿童文学这样一个范畴之中，不要涉及我们儿童文学以外而又难以解决的问题。儿童文学批评切忌政治的攻击。像将大陆的众多儿童文学工作者称为"闭塞的桃花源中人"，"崇拜××的文艺政策"，将大陆的作品读作"关老爷（笔者注：红脸）手上那册与事实不符的纸本线装春秋"，等等，这已超出一般的儿童文学批评范畴，似乎是一个××志士的谩骂了。儿童文学批评，切忌倚仗自己有权，有关系，有地盘，不问对象，不顾后果，发泄自己某种感情。

我许多次引用过台湾林良先生的那句名言："避免同胞与同胞之间的互相伤害，追求同胞与同胞的互敬互爱。"我想林良先生的话是有针对性的，但对我们大家也都适用。两岸儿童文学交流，需要批评，不要攻讦。批评对两岸儿童文学交流有益。攻讦对两岸儿童文学交流有害。两岸儿童文学交流，不允许任何一方矮化对方，我认为还要反对一方中自己矮化自己。

攻讦绝不能充作批评。如果，攻讦盛行，这种改动引文法、断章取义法、捏造事实法，谁都会做，可以对大陆，也可以对台湾，因为栽赃，对每位作家都能用。它干扰两岸儿童文学交流，扰乱两岸儿童文学发展。如果在台湾报刊上连篇累牍地发表攻讦大陆作家的作品，在大陆报刊上也将连篇累牍地发表攻讦台湾作家的作品，这又会是怎样一个局面呢？愿此戒不可开。我想，我们两岸任何一个有良知的儿童文学工作者，都不愿历史倒退，不应该把我们并不充裕的时间和精力花到这毫无意义的互相争执中去，我们要珍惜两岸儿童文学作家为两岸交流所作出的成果。因为大家付出了宝贵的时间、精力和最深沉的爱心。

台湾报上刊出一系列的"批评"文字，我收到很多台湾朋友和读者的来信。问我看到了没有，为什么不回答？我感谢朋友们、读者们的关心和支持。因为，我知道，这种"批评"，目的就是要你出来和他开没完没了的笔战。我很忙，决定不置理。

为不辜负台湾朋友、读者的盛情，我写了这篇文章谈两岸儿童文学交流过程中所开展的儿童文学批评、大要和大忌、我个人的看法。那些事，只作为例举说明，不是回答某些蓄意的攻讦。

"沉舟侧畔千帆过"，两岸儿童文学交流的前景是美好的，这趋势不是几个人能阻挡的。它，正沿着一条两岸同人所共同铺设的道路而前进着。

介绍台湾儿童诗教学

我国台湾小学教育很注重儿童诗的教学。在这方面工作很出色、很有成就的，是台湾屏东新园乡仙吉小学。这是一个很为偏僻的乡村小学，主持此项教学工作的是一位叫黄基博的老师。他是儿童诗教学的成功者。

黄基博老师，台湾屏东人，1935年生，1953年毕业于屏东师范，一直在仙吉小学教书，现是教学组长。他曾获得"首届屏东师院杰出校友""屏东十大爱心教师""国际狮子会爱心教师""全省特殊优良教师"等荣誉称号，及"彭桂枝儿童诗指导奖""少年儿童金羽奖写作指导奖""儿童写诗比赛指导奖"等奖项。

我们中国是一个诗的古国，《诗经》是最早的诗集，盛唐以来，历代都有甚多佳作传世。台湾在小学生中推广儿童诗教学，从小给儿童以诗教，是值得推广的一种做法。为此，我特地请台湾屏东小学黄基博老师，把儿童诗教学的教案寄来，介绍给上海市教师学研究会儿童文学教学专业委员会的教师们，也通过上海师专学报介绍给全国各地的小学教师们参考。

摘录自《小学教育理论与实践》1996年第2期

谈林焕彰的童诗

　　林焕彰今年五十岁。早先他是写作成人文学的，是台湾一位知名的现代派诗人。在诗歌写作中已有声望和作为。后来，兴趣逐渐转移到儿童文学上来，改为儿童写诗。这些年来，他在童诗的写作上，作出了很大的成绩，出版了许多诗集。他研究童诗，写下了不少童诗的评论，也整理和编辑了一些童诗选和有关的史料。他是一位儿童文学的活动家、事业家和组织者。台湾当代许多活跃的青年儿童文学工作者，都是他的朋友。他扶植过他们，帮助过他们。他是那些年轻人的"老大哥"和"老师"。他看到台湾儿童文学界的写作力量，散在社会各个角落，就首先发起，在台湾成立那个今天已成为台湾唯一的儿童文学作家团体的儿童文学学会。他是这个学会的第一任总干事。他是儿童文学事业的热心人和实干家，而且是一个有凝聚力的人。他挑起了台湾儿童文学的担子，在他的苦干下，台湾绝大多数的儿童文学家团结起来。这个学会现已成为台湾儿童文学的中心。近来，他致力于大陆的儿童文学研究，筹划繁重的两岸儿童文学的交流工作。林焕彰先生虽年届五十，却童心不减，精神饱满。他还是一位画家，他的画富于童趣，线条简略，色彩鲜明，造型奇特，构图别致，自成一体。

　　他的作品主要是童诗。我在《台湾儿童文学》（安徽少年儿童出版社，1990 年 8 月）这个集子里选了他十几篇作品，也都是童趣盎然的诗作。

《公鸡生蛋》，短短十几行，却很有气势。一只公鸡，在天暗地暗的破晓前，就说要生个好蛋。太阳出来了，诗人把初升的太阳说成是公鸡生出来的"好大好大的金鸡蛋"。这首诗，诗人抒发了他宽大的胸怀和远大的抱负。这首诗，真是这位诗人的一个"好大好大的金鸡蛋"。诗绝不可以长短论高下，有的诗以大篇幅来写小，有的诗以小篇幅来写大，这首《公鸡生蛋》就是以小篇幅来写大的一个典型的成功实例。

林焕彰据说只读过小学，但他是台湾当代一位重要的诗作家。他完全是靠自己的发愤图强、苦学自修而成功的。读读他那首《住在图书馆附近的小麻雀》，完全可以把诗中的小麻雀看成是林焕彰自己。小麻雀"很喜欢念书"，"经常飞到阅览室的窗前"，"唧唧地念着"。一天，它们对着一个孩子说："我们读过的字，已经比你还多。"这对今天所有的孩子来说，应该有启示。

勤奋、努力、向上，是林焕彰不渝的信念。这，从他的许多作品里，强烈地表现着。在他的作品中，找不到那种失败者的沮丧的叹息。他总是在为人们鼓气，用他的诗句，激励着人生。《椰子树》一首，写了椰子树想摘太阳和月亮。一般的写法，总是要批判椰子树的"不自量力""痴心梦想"等等，可林焕彰却写它"从不灰心的"，"每天都努力向上生长"，最后还充满必胜的信心说："我想，有一天，他想要的，都会得到。"这种坚韧不拔的自信自强精神，是极为可贵的。

诗人对于身边狭小的小天地有着一种不满足，他刻意执着地追求一个更大更广阔的大天地。《妈妈的话》一首，道出了他的这种要求冲出小天地的心声。妈妈告诫一个孩子，"小孩子不能到外头去"，但是孩子总是向往自然，向往外面那个比家里的屋子要大得多的大世界。孩子被关在小小的屋子里，他觉得窗外的鸟、树上的鸟、天空的鸟，都在叫他，他终于喊出了压在心底的呼声："我很想飞出去！"

诗言志，诗总是表达写诗者的志趣，诗人写的诗总是诗人的抱负和愿望。给儿童写诗也不例外。但童诗的写作者写诗，不同于一个普通人抒发自己的感觉和意念。一个为儿童写作的人，他的心必须和儿童的心捏和在一起。诗言志，就童诗来说，必须引起孩子的共鸣，让孩子读了诗去共同追求这个"志"，有了这样的社会效应，才是一首好作品。林焕彰的这些诗，"我"和儿童融为一体，是好诗。

　　林焕彰的诗，充满形象和声音。他的诗，是很美的。读他的诗，是一种艺术享受。这是画家兼诗人的特长吧！在《鸽子》一首里，一个孩子看见鸽子，他却说"鸽子飞入我的眼睛"；鸽子看不见了，他却说"飞出了我的眼睛"。这么一改，孩子的天真稚气跃然可见。这样的诗，不是一个不熟悉孩子的人所能写出来的。《青蛙》一首，把青蛙"呱呱叫"，比喻为"像很多孩子在教室里，大声讲话，大声讲话……"。《不要理它》一首，把风想象成"隔壁的小朋友"，爱捣蛋，前门后门乱敲乱闯。《拖地板》一首，把在洒过水的地板上乱跑的脚印，形容成沙滩上很多的鱼。《雾》一首，把雾拟化为蒙住大家的眼睛，硬要玩捉迷藏游戏的小孩。这种种描述，童趣盎然，亦诗亦画，一个个活泼可爱、顽皮淘气的孩子，蹦跳在眼前。这是要有一定的生活根底和艺术造诣才能完成如此创作使命的。

　　另外，读林焕彰的诗，还得说说他在语言文字上所作的努力。他的诗，大多节奏感很强烈。像"天暗暗，地暗暗"，"天亮亮，地亮亮"（《公鸡生蛋》），"池塘的水清清，池塘的水静静"（《小蜻蜓》），富有传统儿歌童谣的韵味，读来动听悦耳。《秋天的枫树》一首，其中有"秋天来了，它们才会醒来；醒来了，它们才会叫；它们叫了，就有风；有风了，它们才会飞……"。这衔接的重叠运用得何等自然巧妙。尤其是他那首《小猫走路没有声音》，五小节，每节重复用那几个词，那几个音，读它，真像四周静静的，有一只小猫，在你身边走过，那么轻轻的，没有声音。小猫轻轻地走过，没有声音。但我们仿佛听到，随着猫轻轻走过的节奏，诗人的吟咏，在我们的耳边，轻轻震荡着，抚摸着读者每一颗平静的心。多优美的意境，优美的声音。

林焕彰的诗，不是急骤的鼓点，不是喧闹的锣声，他的诗是感情的诗，是一首首好听的歌，一幅幅好看的画，很有感染力。

诗画童心，林焕彰的诗，真正属于儿童的文学。

第一届杨唤儿童文学
特殊贡献奖获奖感言

1989 年 5 月 21 日，洪汛涛先生荣获台湾第一届杨唤儿童文学奖的"特殊贡献奖"，也是第一位获此殊荣的作家。

一、缘起

为纪念诗人杨唤先生对儿童文学的卓著贡献，及鼓励儿童文学作者而设立。

二、评语

洪汛涛先生

一九二八年四月生，浙江省浦江县人。

抗日战争胜利前后开始文学写作。最初写作诗歌，后转为少年文学写作。

一九四九年前都在浙江从事教育工作，当过中学、师范国文教师。以后以做编辑为职业。

现年六十二岁，从事写作以来，写有儿童文学作品约五百万字，单行本八十余种。

主要作品为童话。早年写的《神笔马良》童话，已在世界各国流行。日本就有两种以上的译本。意大利、苏联、印度尼西亚，都有译本。曾获全国少年儿童文艺创作评奖一等奖。本人改编的电影，在东南亚及世界各地放映，曾获意大利第八届威尼斯国际儿童电影节八至十二岁儿童文艺影片一等奖、叙利亚第三届大马士革国际博览会电影节短片银质一等奖章、南斯拉夫第一届贝尔格莱德国际儿童电影节优秀儿童电影奖、波兰第三届华沙国际儿童片电影节特别优秀奖、第二届加拿大斯特拉福纪念莎士比亚国际电影节奖状等。马良已成为世界少年儿童所熟悉的童话形象，如米老鼠、白雪公主那样。

近年来，致力于理论研究，著有《童话学》一书，为儿童文学理论第一大书，全书四十二万言，行销世界各地。

近年来也致力台湾儿童文学研究和介绍、交流。正在主编《台湾儿童文学》一书，为台湾儿童文学研究会会长。当前正在发起组织世界华文儿童文学作家协会，筹备设立世界华文儿童文学最高级作家奖、作品奖。

三、得奖感言

感谢杨唤儿童文学奖评审委员会决定赠我"特别奖"。看来，台湾给一位大陆儿童文学作家发奖，这是第一次吧？我很珍视台湾朋友们赠予的这一项荣誉。

虽然，我在海内外已多次获奖了，但从来没有这样高兴过。因为海峡两岸的儿童文学分开了四十年。我的那些为儿童写作的作品，是在风风雨雨中，几经辗转，进入台湾的。这是何等的艰难和不易呵！

李潼先生来信向我祝贺了。还说他也得奖了。他得奖的那本中篇小说《再见天人菊》，我读过，写得情真意切，是一篇非常好的作品。也请代为祝贺他，祝贺他连年获奖，丰硕的果实累累。我觉得，几位评审委员，非常有眼力，能筛选出这么好的一篇作品来，可说乃真伯乐也，我很敬佩。

我想，杨唤儿童文学奖是第一届评奖，颁奖仪式一定是隆重的，也许会有许多儿童文学界的朋友们参加。借此难得之盛会向众多的相识和不相识的朋友们致意。

自然，我为未能亲自出席这盛会，而感到遗憾。最后，再次感谢大家的厚爱。

摘录自《第一届杨唤儿童文学奖特刊》

"海峡两岸儿童文学学术研讨会"发言稿题引

主席、各位女士、各位先生、各位新老朋友:

今天,大陆的作家能够在台湾,与台湾的在座的作家们坐在一起,讨论童话创作和理论上的诸问题,是我的心愿,也是大家由来已久的心愿。

我在1984年,《童话的春天》一文中,曾经写过:"我们多么希望能和港澳的、台湾的童话作家们,围着一张桌子,交流童话创作实践的心得,一起探讨童话创作艺术上的种种有关问题。愿这一天,尽快来到。"

感谢两岸儿研会和台湾的同人们创造了这样一个机会。我们大家知道,这机会是得来不易的,台湾的朋友们付出了极大的努力。

今天的时间是很宝贵的,大家要我交的是一篇论文,而不是一篇抒情的散文。所以,我只能这样在开头处,简单地表示一点对于大家的敬意、谢意、爱意、亲切之意。而且论文,已经印出来了,比较长,我不宣读了。这里,我就此篇论述文字,做一些说明,做一些注解,做一点补充。作为一篇"题引"。

编者注:"海峡两岸儿童文学学术研讨会"于1994年5月29日上午,在台湾某报社小礼堂举行开幕式,应邀到会者有洪汛涛等一百多人。会议宗旨为:"积极推动两岸儿童文学交流,提升创作与学术研究层次，增进两岸儿童文学工作者的了解和友谊，加速繁荣中国儿童文学事业，提高其国际地位"。会议主题则为"海峡两岸童诗童话比较研究"。会议连续两天进行七场研讨会，三场童诗研讨会，一场童话研讨会，一场综合研讨会。此间共有12位代表（大陆、台湾各6位）宣读了论文。这份《题引》是洪汛涛先生5月29日下午2时—3时30分发言稿的开头部分。整个会议开得紧凑热烈，做到了畅所欲言，各抒己见。

根据洪汛涛的日记编写

台湾作家论童话

　　台湾，也有许多作家在研究童话，评论童话。大陆的儿童文学界，自然也很想了解。现经多方努力，我们把台湾儿童文学理论家吴鼎教授和叶詠琍教授的关于童话的论述找来介绍给大家。

　　吴鼎教授抗日战争期间在重庆教育部供职。后在台湾政大执教，并在各地讲授儿童文学课程。在十余年时间，写有《儿童文学研究》一书。全书四十余万言，由运流出版公司出版，标明"社会科学大专用书"。现台湾师范专科学校皆列有此一课程，以此书为教本。吴鼎教授论童话部分，摘自《儿童文学研究》1985年10月第六版。

　　叶詠琍教授，先后曾在美国明尼苏达大学及马里兰大学修习儿童文学课程，现任台湾文化大学中国文学史及儿童文学课教授。著有《西洋儿童文学史》，1982年12月台湾东大图书公司出版。《儿童文学》，1986年5月台湾东大图书公司出版。叶詠琍教授论童话部分，摘自《儿童文学》1986年5月版。这些论述都是近年发表的、最有代表性的文字。

　　台湾童话理论家林守为，著有《童话研究》一书，这是一本童话理论专著。我们见到他1977年4月再版的版本，大概是他在台南师范专科学校开设童话课的讲义。林守为还著有《儿童文学》（1964年）、《儿童读物的写作》（1969年）两书，里面都有论述童话的篇章。将陆续向读者介绍。

　　台湾的童话创作作品，在《童话选刊》第一期上已选刊了一些，本期也选刊了一些，今后将逐期选刊一些。

　　本期特选刊了台湾作家关于童话的论述，大家可从这些创作作品和理论文字中，了解到台湾童话界的大致情况。

　　希望不要太久，我们能一起坐在一间屋子里，大家来做亲切的交流和研讨，为繁荣中国童话而携手合作、共同努力。

上海文化发展基金会图书出版专项基金资助项目

洪汛涛 著

洪汛涛文集

第一辑

卷二

中国出版集团 东方出版中心

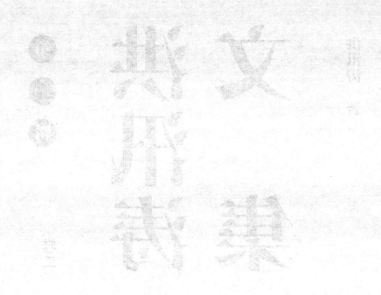

目　录

第三部分　童话教学议评

第四部分　童话序跋选辑

第五部分　童话艺术思考

第三部分

童话教学议评

《童话报》刊首寄语

爱幻想，是每个儿童的权利——

给儿童以童话，让他们的幻想插上翅膀，在广袤的天地之间，尽兴翱翔。

童话，是一只快乐鸟。

它，永远在孩子们中间飞，飞到谁的身边，谁就得到快乐。

童话，儿童生活之河上的桥梁。

这桥的彼岸，也许是数学，也许是物理学、化学、医药、生物学……

我们面前的世界，我们面前的时代，一切都在作巨大的变革。世界和时代，要求我们今天的少年儿童，必须是开拓型的，具备执着追求性格的、有拼搏进取精神的、富于创造力的新一代。

而幻想，是一切创造力的前端。它会顶着创造力，像火箭顶着宇宙飞船冲向太空一般，有着巨大的作用和威力。

对于明天社会的投资

看一个家庭是不是富起来了，看什么？我觉得，那首先看这个家庭孩子，吃些什么。因为一个家庭富起来了，首先要给孩子吃得好，花色品种多，有营养。即使最困难的时期，父母可以节衣缩食，甚至忍饥挨饿，但怎么也得要想法让自己的孩子吃饱穿暖。

如果有一对父母，自己吃好穿好，让自己的孩子缺吃少穿，这对父母就不正常了。这样的父母，世界上是有的，但是很少的。如果多的话，我们这个世界也难以发展，我们人类也难以繁衍了。

可是，在精神食粮上，我们某些父母，只求自己尽情满足，却不管孩子精神的饥饿。不懂得要为孩子提供充足、丰富、优质的精神食粮，这种父母，可就大有人在。

在一个文明社会里，精神文明和物质文明是并重的。所以，重视不重视孩子的精神食粮，是一个关系到文明不文明的大问题。这并不是夸大其词，而确实是如此。

儿童文学是孩子们精神食粮的一种，并且是主要的一种。孩子们吃好了，穿好了，还需要好的精神食粮。

孩子吃得不好，会影响他的发育，阻碍他成长。不提供足够和优质的精神食粮，这会对儿童的思想、性格、感情等各方面的发展，造成严重的恶果。

儿童文学是应该得到重视的，这是对于明天社会的投资，这是一项最基本的精神建设，我们每一个人应该看到这一点。

《春城晚报》创办《小桔灯》儿童文学副刊，我觉得他们是有远见的，这种见地是可贵的，应该引起各界的注意，加以重视和支持。

这是我们每一个人的义务和责任。

1985 年 12 月于上海

少年儿童幻想智力的开发

要开发少年儿童的幻想智力，提倡孩子们写童话！这是时代向我们提出的要求，是社会向我们提出的要求。

我们面向的时代，是一个改革的时代。我们面向的社会，是一个改革的社会。科学在起飞，知识在发展，种种新观念在更替旧观念。我们的少年儿童工作，面临着这样一个新问题：今天我们所培养的新一代少年儿童应该是怎样的呢？

这是一个十分重要的问题，关系到我们少年儿童工作最根本的方向问题。

时代和社会，给我们做了很明确的回答：

今天所要培养的少年儿童，应该是富于幻想的、具有创造力的、开拓进取型的少年儿童。

而我们过去的教育，往往注重少年儿童的现实适应力，而忽视培养少年儿童的幻想创造力。热衷保守，偏废开拓。

这和我国历史长期处于封建社会相关。中国自古重实学，黜玄学。我国古代那些富于幻想的神话，多被改为实史。我国古代那些反映少年儿童幻想的童话，多被贬为异端邪说，至今几乎湮没无存。

少年儿童文学中，由幻想分子构成的童话，仍被囿于一隅，而崇尚写实的小说故事。

少年儿童的教科书上，童话是难得一见的。

最为明显，少年儿童的作文课，教师出的作文题目可说全部是写实的，诸如："我们的学校""尊敬的老师""好妈妈""最高兴的一天""难忘的一件事""我的日记""给解放军叔叔写封信""一次社会调查""春天的公园里""教弟弟学游泳"等。当然，这些题目应该让孩子们写，初学写作，写各人自己周围的人和自己亲身经历过的事，都是必要的。这类记叙文是应该写的。但是看成唯一的，就不对了。不能忽视另外的一面，写幻想文的一面。绝对不写幻想文，也是不当的。

少年儿童除开他周围的现实世界，还有个第二世界，天地广阔的幻想世界。少年儿童的幻想力十分丰富，是我们许多成人所不及的。为什么我们不让少年儿童们去写他们的幻想世界——童话呢？

其实，所谓幻想世界，也是现实世界，有它的客观性。因为少年儿童的幻想，不是凭空来的，而是出自现实生活。所以，写幻想，在某种意义上说，也是写实，也是一种记叙文。

我在好几个学校调查过，找不到一个班级老师出过幻想性的题目。好多学生告诉我，他们的作文课，老师要求是写实，如果有谁写上一篇童话，是要受批评的。眼下，学校里普遍的情况，是学生不会写幻想性的文章，不敢写童话。教师不了解童话，不会教童话。有位教师说，学生作文写童话，我怎么批改？怎么打分？因为他们缺乏一般的童话常识。学生作文非是绝对写实不可，成为多少年来难以改变的戒规。他们说，他们在师范学校学习时，老师都是这样教的，根本没有讲过什么童话，连儿童文学课也不开。这都是事实。教育上，轻视幻想，不全面发挥少年儿童智力特点，应是一种弊病。我们谈教育改革，就要改革这种弊病。

幻想，是科学的先导。幻想，是一切创造活动的发端。列宁说过："没有幻想，甚至连微积分也发现不了。"

一个孩子离开幻想，去谈学习，那是不可能有大成效的。少年儿饥饿的中华民族的孩子们，他们要听童话，读童话，他们需要大剂量的童话，来填充他们的生活。

孩子们不满足于大人们给他们编童话，写童话。他们自己拿起了笔，他们头脑里的幻想，随着他们的笔，通过笔尖，流到纸上，凝聚成一篇篇美好的童话作品。

为了鼓励孩子们写作童话，开发他们的幻想智力，全国40余家报刊、单位于1988年联合举办了"全国少年儿童'金凤凰'童话写作大奖赛"。全国各地报刊同时公布竞赛启事，"金凤凰"这只神鸟很快便在各地孩子们中间飞开了。

这是孩子们自己写作童话的第一次评奖，在中国是第一次，在全世界也是第一次。

全国各地的举办单位，所收到的稿件，多得难以统计。不少报刊编辑部，每天收到的稿件，邮局是用大布袋装着送去的。有一家不是太大的报社，收到的作品就有10 000多篇。

全国数十万篇参赛作品，经过层层筛选，最后评出得奖作品100篇，其中小学一二年级18篇，小学三四年级31篇，小学五六年级35篇，初中一二年级16篇。

由于受种种条件的限制，我们不能说，凡好的作品都无一遗漏，肯定还有不少好作品，因为工作上的疏忽，而被湮没。尽管如此，我们也可以这样说，这100篇得奖作品，代表了当前我们中华民族孩子们童话写作的水平。

这是我们中华民族孩子们自己写的童话的一次成果大展览，是孩子们向成人们，向我们的社会和世界，呈递的一沓成绩单。

大家知道，中华民族的孩子，自己画的画，自己写的诗，都印成过精致的选本，送到了国外，有的还在国际比赛中得过奖。但是，我们的童话还没有。

现在，我们出版这些得奖童话作品，也是让看到过中华民族孩子的绘画、看到过中华民族孩子的诗歌的外国朋友们，看一看中华民族孩子们自己写的童话。

"金凤凰"已经起飞了，它的双翅大得很。孩子们，你们都跳到金凤凰的背上来吧！金凤凰将驮着你们，飞向世界，飞向明天！

湘西童话行

"到过张家界，从此不看山。"

这是我在张家界时，应张家界宾馆艺苑阁杜经理之邀，为张家界题的词。

我走了许多地方，去过许多名山，像张家界那样的山，如此奇特，如此集中，我没有见过。看过张家界的山，确实不想再到别处去看山了。张家界应称山之绝、山之观止。沿金鞭溪，一行数十里，真是一幅极为优美的大画卷。

湘西，何止一个张家界。整个湘西，风光旖旎，奇山怪洞，几乎无处不有。

湘西，是美丽的。湘西，是童话的。

许多人一踏上湘西这块土地，都会想起童话，不自禁地称叹："呵！多美丽，这真是一个童话的世界！"

对极了。湘西，是一个童话的世界。

湘西，是土家族苗族自治州。土家族、苗族、回族、汉族，还有其他民族，世世代代，聚居在这块美丽的土地上。你去问这里的任何一位老人，他们对每一座山，每一个洞，每一道沟，每一条水，都可以说出许多优美、动听的童话来。

湘西，是童话的，是一个童话的世界。

不仅仅因为这里有童话般的山山水水，不仅仅因为这里蕴藏着大宗民间童话财富。

湘西，有一座并不太高但很出名的凤凰山。这山像一只振翅起飞的凤凰。凤凰山下，有一座历史悠久的古老小县城，叫作凤凰。

这凤凰县，明山秀水，不少影片、电视片在这里拍摄。许多外地的美校学生来这里写生。凤凰县，地灵人杰，历代都出文人。现代文学大家沈从文、当代绘画大家黄永玉，都在这里出生。

这里，有一个不大的学校，叫箭道坪小学。这箭道坪小学里，有一位苗族年轻女教师，叫滕昭蓉。

滕老师能画、能写、能说，她从小十分爱童话。

她当上教师，和孩子接触，发现孩子们都非常爱童话。于是就和他们一起读童话，编童话。她渐渐发现童话给孩子们帮助太大了，童话和孩子们的关系太密切了。她慢慢摸索创造了一套"童话引路"教学法。这一实验，很快得到县里州里省里教育领导部门的注意和支持，她的实验，有了发展和提高。他们在统编教材之外，自编了一种童话补助材料，在不增加课时的前提下，让孩子们多听童话，多说童话，多读童话，多写童话。

这一项实验，进行四年了。去年曾举行过一次有国内各地专门家参加的研讨会，经过科学鉴定，一致肯定了这一项实验。

今年举行了第二次研讨会，并在自治州首府吉首举行有八百名小学语文老师报名参加的讲习班，开始全州推广箭道坪小学的经验了。

我是在他们实验进行的第二年和他们联系上的。滕老师、州教科所余主任，还有箭道坪小学的孩子们，常常给我写信，我回过他们许多信，对他们的实验大致是了解的，也帮助他们出过一些主意和建议。

去年他们派人来上海邀我去凤凰县参加第一届研讨会，因为我已应文化部之约去兰州讲课，所以没有去成。

今年第二次研讨会，我是非去不可了。六月下旬，我冒着酷暑，从上海千里迢迢来到这边远的凤凰山城。

到了凤凰县，我就一头栽进箭道坪小学，天天和孩子们在一起了。

他们学校里，有一个"小小童话作家协会"。滕老师把协会的主席、秘书长、理事，一个个介绍给我。

起始，我以为是大人们为了引起孩子们的兴趣，做的一个有名无实的好玩的游戏而已。因为这类空名目，许多地方都有。什么"童话王国"，封了"童话大王""童话军师""童话宰相"……也有什么"童话迷联谊会"，其中有阿童木迷、一休迷、米老鼠迷、唐老鸭迷……

不，他们这个"小小童话作家协会"，正规得很，认真得很，是要有一定的作品才能入会的。协会的干部，都有相当的写作和组织能力，是会员们推选出来的。

一个叫田永的孩子，滕老师出了个题目，"假如我有一支神笔"，他在全班同学面前，在我们这些文学界、教育界、出版社、新闻界的大人面前，不慌不忙，边想边说，做着手势表情，可以把故事编得头头是道，使听的人钦佩、赞美不已。

可我这个可算是童话"里手"的人，并不那么信服，因为这个题目，不少报刊上都用过，有不少这一类的作品，也比较好做。我心里忖量，会不会事先有准备。

第二天，大家一商量，由我临时出题，请他们当场写作。

我出的题目是"金凤凰"，前后可以加字。我在黑板上把题目一写，教育界的专家们就认为这题目太难了，说，世界上是没有凤凰的，孩子们谁也没有看见过。

我坚持要用这题目。我认为，正因为凤凰谁也没有看见过，才好铺开幻想，才是写童话的题材。世界上没有真的凤凰，但是在孩子们的头脑里一定有，不只有，而且各有不同，形象很具体。

可我一看，站在课堂门外的滕老师，也面露难色，大概她担心孩子们会出洋相。我心里颤动了一下，也有点犹豫起来。

我一想，索性走上讲台，直率地问孩子们："同学们，如果这题目，大家觉得太难，我们就换一个题目吧！"

出乎意料的，孩子们迅速、干脆地大声回答："没有困难！"

孩子们有信心，我也有信心。

滕老师脸上泛起了放心的微笑。

而我们同行的成人们，却仍然忧心忡忡。

四十分钟过去了。许多孩子交卷了，有几个孩子提出，请求延长十分钟。我同意，因为有的人写得很长，有十来张作文纸。

我翻看了讲台上那沓交上来的作文。每一份，字都写得端端正正，标点都写在格内，顿逗分明，虽然个别字有增删涂改，因为他们都是打好腹稿，直接写上去的。我做过编辑工作，缮写得这样清楚的稿件，完全合格，编辑是欢迎的。

全部交稿后，我把这沓稿带到研讨会会场，一下，都给那些报刊的编辑拿走了。你几篇他几篇看起来。看完，便不肯示人，说要拿回去发表。结果，我反而没有看到几篇。

我看到有一篇作文，是民间故事型写法的，作者给主人公，一个爱帮助别人的少年，起了个名字叫"福来"，我觉得这名字起得就很好。凤凰是一种幻想中的吉利鸟，主人公起名福来，鸟、人的外在内涵就很平衡。没有沾染上时下童话主人公全是外国名字的流行病，而崇尚朴实的乡土味，这点上就应给他以高评分。

这一次当堂测试，使得大家都信服了。

他们还举行了一次表演会，节目有童话剧、童话联唱、童话舞蹈、童话朗诵、童话相声，一应是他们自己编写的。他们在学校大操场中央那块树林带，架起一张木屋布景，利用原有的山坡、树木、花草、岩石等自然环境，孩子们装扮成各种动物，在这里穿来穿去，童话气氛显得很是浓郁、和谐。

最使人惊讶的，是他们的"小小童话作家协会"，开了一个作品展览会。

那可真叫是"琳琅满目"的了。

你想想，他们每一个会员，都办有一份童话报，有的一天要出一期，算算那该有多少！这些报，他们都装成合订本，每种报纸，都有厚厚的一大沓。

他们的协会，办了两个协会级的刊物，一个叫《奇趣》，一个叫《带露的花》。会员们都争取把自己认为最满意的童话作品往这两个刊物上投。有的这个刊退了，那个刊用，也有那个刊退了，这个刊用。当然也有两个刊都不用的。他们会员中的"观点"也常常有分歧，有的作品也有争议。协会还编辑出版了一些作品选。选稿可说是相当严谨的。

他们办起了很多出版社，出版自己的作品。反正谁都可以办，所以只要自己认为还拿得出去的作品，都可以出版。他们出版了大量的众人集和个人集。

也还有一些系列童话，一集一集出下去。也有一些长童话的单行本，厚厚的一大本。

他们的出版物，还是挺像样的。有本叫《罗金奇遇》的中篇童话，是仿《西游记》的笔法写的。白话文中加上几个"之乎者也"。这本书，出得很漂亮，五彩的封面、环衬、里封、题页、封底、书脊，都经过精心的设计，书后也有版权页，还有责任编辑的名字。

当然，这些书、报、刊，有的是油印的，有的是复印的，更多是手写的。彩色是颜料涂上去的。插图者、装帧者、责任编辑，虽会是一些陌生的名字，但估计大多数是文字作者自己的化名。有的孩子还有很多的笔名呢。

他们的作品，在省内外一些报刊上也发表了不少。他们都剪下来，贴在一本本簿册上。有的作品，还在各类比赛中，获得过各种奖。

　　他们也常常开会讨论作品。对一些不好的童话进行真诚的批评。有个孩子写了一篇《比本领》的童话，其中有钢笔吃树叶、蜡笔喝凉水的情节，大家就指出说："钢笔只会喝墨水，哪能吃树叶呢？""蜡笔会画画儿，怎么写成喝凉水了？"他们是很注重童话逻辑和童话物性的。看来，他们并不赞成时下流行的什么"童话逻辑突破论""童话物性淡化说"的。

　　为了祝贺他们这些小小童话作家的进步，我这个老童话作家和他们一起合影留念，并为他们写了会牌。

　　他们这个实验班，46 名学生，所订阅的报刊竟然有 296 份，平均每人 6 份。滕老师说，他们是哪种报刊童话多，就订哪种报刊。至于要问他们看过多少童话，有多少童话藏书，那是很难说清楚的事。有个孩子在两个月里，就读了 176 篇童话，因为她每读一篇童话都写一张卡片。几乎每个孩子家里都有图书箱，有的用麻袋一袋一袋装着，他们收藏的童话书是很多的。

　　孩子们读童话、写童话，得到家长们的积极支持。大家知道，家家都有孩子，孩子一有事，就会在家庭得到反馈。学校，是牵动着千家万户的。孩子们有了童话热，也一定影响到孩子家庭，出现了相应的家庭童话热。家长反映说，起先，是孩子逼着家长讲童话，有的家长苦于没有童话讲。后来，倒过来了，孩子高兴地要给家长讲童话，家长也乐于听自己孩子编的童话。至于家长到外地去，千方百计为孩子去买童话书，都是十分愿意的事。现在，家庭的种种生活，也往往成为孩子们编童话的题材来源了。有个孩子的父亲是邮电局工人，文化水平不高，有一次看电视，要看排球比赛，而他老伴不让他看，把电视机关掉，她一手关，他一手开，他一手开，她一手关，老两口就吵了一架。谁知他们的孩子受到启发，把这件事写进了童话，叫《电视机的麻烦》，其中有这样的话："一个主人要我休息，一个主人叫我工作。刚休息，又工作；刚工作，又休息。唉，真烦恼！"父母知道，都笑了。

在凤凰县，童话不只进入学校的课堂，进入孩子们的生活，并且进入家家户户，一个个的家庭。

这里，是名副其实的"童话之乡"。

近来，凤凰县的童话热，已向全州传播。滕昭蓉的童话和教育相结合的经验，正在向全州各小学推广。

湘西，是童话的，它真是一个童话的世界。

我在凤凰县逗留了五天，我看到了童话的威力。

箭道坪小学实验班的学生，不仅他们语文听说读写的水平提高了，由于孩子的向来被约束的幻想智力一旦得到开发，他们也得到了快速的全面的发展。

幻想力是创造力的前端。他们的大前提，就是要培育崭新的开拓、进取的一代。这是一条正路，这是一条大道，他们走对了。

我希望凤凰县的这只金凤凰，能飞向全国各地区，飞到所有孩子的中间。我在凤凰县，倡议设立一个"金凤凰奖"，鼓励各地的少年儿童写童话。我希望所有的少年儿童的幻想智力，都得到最大的开发。

这一倡议，首先得到凤凰苗族女县长吴桂珍同志的赞同，她代表凤凰县表示热烈的欢迎，并愿意尽力资助。到会的专家、学者、报刊出版社的编辑记者，一致响应，共同签署了一项发起信，已寄向了全国各地。

凤凰，是人们头脑里所幻想出来的美丽的吉祥神鸟。凤凰来仪，是人们所盼望的好兆。

童话，是一种幻想所编织成的美丽的文体，孩子们最喜欢童话，谁和童话在一起，谁就得到启示和教益，快乐和幸福。

凤凰呵，就是童话。童话呵，就是凤凰。今天，凤凰县成为"童话之乡"，在凤凰设立"金凤凰"少年儿童童话作文奖，是一种多么美好的童话般的巧合呵！太有意思了。

金凤凰——童话，将在童话这块美丽而有意义的土地上，拍击它五彩的双翅，腾飞而起了。

我到过许多地方的学校，我接触过数不清的爱童话的少年儿童，我读过难以计数的孩子们写的童话作品。但是，我没有看到过凤凰县孩子们那样对童话的狂热喜爱，我没有看到过凤凰县具有童话写作才能的孩子那样的集中。当然，我不能说凤凰县是童话之绝，童话之观止。但是，我承认，这是一个真正的童话之乡。

凤凰县，打开我的思路，把我曾经有过的那种童话寂寞感，一扫而空。

我应一位和我同行的记者同志之邀，在他的采访本上，写下了两句话，叫："到过凤凰县，我始识童话。"

《小溪流》1987 年第 10 期

少年儿童们，都来写童话吧！

　　编辑部转来马璇的童话《美丽的花环》，一个十岁的孩子，能写出这样的童话，我由衷高兴。近年来，常常有一些少年儿童把自己写的童话习作寄来给我看。我很有启发，将一些想法写在下面，供大家参考。

　　面前，是一个眼花缭乱、知识在"爆炸"的时代。

　　使人愈来愈意识到幻想对于建设的起飞愈来愈重要。发展少年儿童的幻想力，已成为人类进步的推动。要成为一个科学家、发明家、政治家、企业家、文学家、教授、医生、工人、农民，都离不开幻想。幻想，是任何一门科学的基石和起点。

　　作为幻想的文学样式——童话，应该成为明天的建设者——少年儿童的必修课程。

　　少年儿童们，都来写童话吧！

　　教育在改革，作文课也要改革。提倡少年儿童写真实的记叙文，写自己的经历和身边的人和事，这是无可非议的，是主要的。但，不能是唯一的。

　　少年儿童富于幻想，也应该让他们在作文中去写幻想世界。幻想世界虽然是虚无缥缈的，但在少年儿童头脑中所有又是真实的，应该让少年儿童去写出来。

　　要充分运用和发展少年儿童的幻想力，让少年儿童在作文上，写自己头脑里对于客观世界的幻想。

少年儿童们，都来写童话吧！

"文革"结束后，童话以飞跃的姿态，繁荣过一阵。但近年来，似乎有些停滞。

究其原委，主要是，写童话的作者太少。

因为童话和其他文学样式相比较，有它更多的特殊性。培养和扶植一个童话新人，较之培养其他文学式样的作者要难得多，无怪童话被叫作"美丽而困难的文体"。

近年来，我国儿童文学界培养和涌现了一批写小说的，写散文的，写诗的年轻作家，但写童话的年轻作家太少。

看来，童话作家得从少年儿童时期培养。童话是一种幻想体的文学样式，少年儿童是最富于幻想的，让少年儿童的幻想力，从小得到发挥，并发展，至于发达。

明日的大童话家，很可能是今天就爱写童话的少年儿童。

少年儿童们，都来写童话吧！

《童话报》1985 年 5 月 7 日创刊号

和少年朋友们谈童话

少年儿童朋友们，希望你们看童话，写童话；各地有不少小朋友来信，我在回信中都这样告诉他们。

大家都知道，我们面前这个世界，是一个科学和技术迅速发展的世界，我们面前这个时代，是一个一切都在产生巨大变革的时代。

世界和时代，要求我们今天的少年儿童，必须是开拓型的、具备执着追求性格的、有拼搏进取精神的、富于创造力的各种专业人才。

而幻想，是一切创造的前端。没有幻想，什么创造，以及所有的发明，各方面的种种成就，都是不可能的。

但是，许多年来，我们一向着重注意实际的适应，而忽略幻想功能的发挥，这是长时期普遍存在的情况。

童话，是一种反映少年儿童幻想力的文学样式，也是一种推动、促进少年儿童幻想力发展的文学样式。

它是少年儿童文学当中负有特殊使命的一种样式，是少年儿童文学中重要的一部分。

可我们并没有去注意这一事实。我们的少年儿童文学偏重于写实的革命故事、传记小说、抒情散文和报告文学，而忽视那种虚构的、隶属于少年儿童第二世界——幻想世界的、通过折光反映客体事物的文学——童话。

这就和我们的时代、社会、生活要求，并不那么同步了。

我觉得，为了我们的明天，我们应该清楚、深刻地看到这一点，并迫切地看到它的重要性、紧急性。

我们所说的幻想，绝不是那种抛开生活的乱想。幻想，来自生活。比如，我们幻想飞，那是根据有天体这样一个大空间，有在空间飞的鸟类。谁也不会幻想我们在海底飞、地下飞，因为海底、地下没有空间，没有鸟类，不能飞。所以，幻想的童话，是从生活基础上发展起来的，也是一种客观存在。

当然，童话的反映现实，和故事、小说、传记，报告文学、散文等，是并不相同的。童话，它是用的曲笔，透过折射来反映生活的。

我曾经给童话定过一个公式，叫"真→假→真"。怎么解释呢？就是说，童话是从真的现实生活出发，通过假的虚构、夸张、变形的幻想处理，来反映真的现实生活。

前面那个"真"，是基础，不能脱离那个基础。后面那个"真"，是目的，不能没有这个目的。

关键是在当中那个"假"字上。不能没有这个"假"，不"假"就不是童话。童话的"假"要假得新奇，假得巧妙，假得合情合理。所以，童话可说就是一门"假"的艺术。

譬如叶圣陶爷爷写的《稻草人》，作家根据当时农村真实的生活，通过一个虚构的能思考有感情的假的稻草人，以它的所见所闻，来反映当时农民真实的苦难。这就是童话。如果作家不是通过假的稻草人，去写了一个真人的见闻，那就不是童话，而是小说、故事了。

这是一条从童话创作实践中概括出来的内涵规律。但不能理解成，反过来要大家按这个公式去创作。

少年儿童的头脑里，是充满幻想的，是最富有幻想力的。我们不但不能无视，以至于遏制这种幻想力，而应该尽一切可能去促使这种幻想力得到发挥。

这种幻想力，是少年儿童一代聪明才智的一部分。请我们的家很多观念，正在更新。小朋友们的幻想，应该得到充分的发挥，首先是在写作上。所以，应该提倡小朋友们自己写写童话，因为童话这种写作形式主要靠幻想，它对于培养创造能力是大有好处的。

《小学生报》1986 年 9 月 26 日

要培养少年儿童写童话

——给《少年月刊》编辑部的信

《少年月刊》编辑部：

　　祝贺学生写作与小记者培训函授中心成立。这是一件好事。因为要繁荣儿童文学创作，必须让广大少年儿童从小就爱好文学创作。这对少年儿童来说，不论他们长大以后，成为科学家、政治家、医生、战士、工人、农民，都是很必要的。从什么角度来说，爱好文学写作，都是一种收益。

　　特别是近年来，我总觉得，培养一个童话作者，十分困难。我深深感到，培养童话作者，得从少年儿童开始。学校里的作文课，老师提倡学生多写写实的记叙文，这我是赞成的。但是，我觉得少年儿童时期，他们的幻想力量是十分旺盛的；如果我们不充分发挥他们的幻想力，这是非常可惜的。因之，我认为少年儿童也应该提倡他们写童话这一幻想体裁的作文。我希望你们举办的函授中心，能够注重这一点：培养少年儿童写童话，从中发现有童话写作前途的少年。不知你们以为如何？

　　这是我的一个建议，提供给你们做研究工作时参考。

　　编辑部的同志们又增加了函授中心这一工作，负荷是很重的，但是，这是一项很有战略意义的工作，是一项向未来的投资，一定会得到各界的大力支持。

祝愿工作顺利！

洪汛涛

《小记者报》1985 年 5 月试刊号

给小记者的信

许勇小朋友：

你喜欢童话，想写童话。这理想很好。

你问我"怎样写好童话"，这问题，我收到过不少小朋友来信，都这样问我。

其实，写童话没有什么秘诀和窍门；有门道，也是一些很普通的门道。

譬如：多观察生活，童话来自生活。写童话，也是一种反映生活。像张天翼的《不动脑筋的故事》，他就是写了生活中那号不肯想一想，粗心大意的孩子，批评了这样的孩子。其次，是运用幻想。幻想，是童话的一种主要的手法。生活中，有不动脑筋的孩子，但不能有童话中那样粗心大意、健忘的孩子，是作家把生活夸张了，幻想化了。所以，这不是一篇小说，而是一篇童话。当然，写童话和写别的文体一样，还要有很好的文字功夫，如果你想得很好，表达不出来，或者表达得不好，也是白搭。是不是这样？

信不可能写得很长，只能告诉你这些，请原谅。

祝

进步！

洪汛涛

1985 年 12 月 20 日

鲍臻小朋友：

你的信，收到了。

你把我的名字中的一个字写错了，要知道给别人写信，把别人的名字写错，这是一件不礼貌的事。你有点粗心，是吗？这个缺点好改，就改了它吧！

你要跟"强者"比，而且"下了狠心"，太好了。做好一件事，的确一定要"下了狠心"，这"狠心"是起步点，起步落后了，往往跑起来也要落后。你的作文受到老师表扬，说明你的"狠心"下得好。

你要写一篇《比比后传》童话，你下了"狠心"没有？

当然，光有"狠心"也还是不够的，还要扎实的基本功，要想得好，表达得好，才能完成一篇好童话。对吗？祝你如愿！

洪汛涛

1985 年 12 月 20 日

聂江波小朋友：

你好！

你的信，还有照片，我最近才看到。因为这几个月，我大部分时间不在上海。迟复了，请原谅。

你说，你想写一部"童话巨著"，这理想太好了。要成为一个童话作家，一定要从小就爱童话，多读童话。要看许多许多童话作品。先学着写些短童话，短童话写好了，再一点点写长的。也就是说，要刻苦锻炼基本功，基本功不是一天能炼出来的，要花很多时间，所以还要有毅力，耐心。是这样吗？

如果做到这样，你一定会写出这部"童话巨著"来。预祝你成功！

洪汛涛

1985 年 12 月 20 日

刘伟小朋友：

　　你的信，我看到了。你说，你妈妈不让你看童话书，被妈妈骂了，还被没收了。我想妈妈是心疼你，看见你做完作业，还躺在床上看书，她怕你明天早晨起不来。大概是这样吧！

　　要是真的不让你看童话书，认为孩子不应该看童话书，那是你妈妈不对了。是不是可以这样：当你妈妈高兴的时候，你说个最好听的童话给你妈妈听，且看你妈妈愿不愿意听。我想你妈妈小时候也爱听童话，也会讲童话。一定会听得很高兴。以后不会再不准你看童话了。是吗？

　　祝你一切顺利！

洪汛涛

1985 年 12 月 20 日

重视作文，办好《花朵》

——洪汛涛同志七月十三日在《花朵》编辑部座谈会上的发言（摘要）

作文这个东西，很重要。一般说，从事写作的人，在学校里都是喜欢作文的。我在中学念书时，作文就是全校闻名的。我上的中学，是杭州宗文中学，一下课，就往新民路的省立图书馆去看书。我是个穷学生，买不起那么多书，只好跑图书馆。我如饥似渴地读了很多新文学的作品。因为我的作文好，老师特别喜欢我。

作家冯雪峰，他是浙一师的，他在读书时，作文非常好，国文老师李叔同，就是弘一法师，有一次在他的一篇作文上，批了个120分，说他写得特别好。冯雪峰后来就成了我国伟大的作家。

所以，我说作文这东西，很重要。广西教育学院办起这个作文刊物《花朵》，是一件很有意义的事，应该得到大家的支持。

近来，有那么一种倾向。各地出版社都在抓作文这块肉。不少出版社出了作文选，也办起作文刊。说明，大家重视，这当然很好。有不少少年儿童文艺报刊，在后面都要附上许多页作文。说是这样刊物就好销。成人、作家们写的作品不叫座，靠孩子的作文卖钱，这就不正常了。我的意见是，文艺性刊物，登些少年儿童的习作是可以的，但不要搞语文教学那些东西，一个文艺刊物，夹杂一些语文教学的

东西，就显得不伦不类。我认为，作文应由作文的专门性的刊物，像
《花朵》这样的刊物去登嘛。

所以，我建议《花朵》编辑工作要加强，多作调查研究，提高质
量，要以天下作文为己任，把这项任务很好地担当起来。

现在有不少语文教师，对作文的要求，也不是那么一致。有的
教师，观点比较陈旧。他们要我去讲作文，先拿一些学生的作文来给
我看。有的作文，内容空洞，但堆砌了一些美丽的辞藻，可能是从
别的地方抄来的，老师认为很好。而有些作文，写得很朴实，有生活
气息，老师却认为不好。所以，在作文中，提倡什么，反对什么，是
大有学问的。你们《花朵》这样的刊物，就要注意这个方向性，要把
少年儿童的作文引向正确的道路，要反对那种陈腐的作文腔和作文
八股。

这有一个原因。我们的不少师范学院，也不开儿童文学课。前
年，我在北京，有人反映，有些教师，"只知道叶永烈，不知道张天
翼"。作为一个教师，连张天翼这样一位老作家的名字也不知道，怎
么教学生。我觉得，每个师范大学，都应该开起儿童文学课。什么样
的作文是好的，什么样的作文是不好的，在师范学习期间，就应该有
这个常识和水平。

这也牵涉到课本问题。课本，需要不断更新才行。现在有的课
本，显得比较陈旧。作品，知识，都有一个现代化的问题。朱自清
的《荷塘月色》是个好作品，可以让孩子读。但不是说现代作品就
是这样子的。现在语文界，分析来，分析去，老是这几篇作品，就
不好。

时代在前进，知识在更新。现在来看，这些作品内容上，文字
上，都比较老。

课本的确要更新。当然，课本也可以有一些成人文学作品，但主
要应该是儿童文学作品。有些成人作品，写得很好，但是感情是成人

关于写，要是一学期中，只靠学校里老师出的题目，写几篇作文，那不管你是如何认真，作文写得再好，进步不可能很大的。

写，如同我们平常说话。常常说，说起来就流利。要是一个人很长一段日子不说话，恐怕再说起话来也是很拗口的。

所以，我认为你们除了作文课一定要写好老师命题的作文之外，还得多写写。这可以请老师给你多出些题目，也可以自己出题目。

洪汛涛

关于"作文"的一点意见

现在，有许多少年儿童文学报刊，非常热衷于登孩子的作文。据说作文登得越多，报刊的销售量就增加得越多。这样，有的报刊，几乎拿一半以上的篇幅来登作文。有的报刊，接二连三出全部是作文的专辑。一个文学报刊，登一些少年习作是可以的，但是这样连篇累牍地登作文，好吗？有人提出这样的问题：少年儿童写的作文，算不算是儿童文学作品？这问题值得我们研究。我们中国还没有对这一问题展开过讨论，在日本是有争议的，比较一致的意见是，认为儿童文学是"成年人"为少年儿童所写的文学作品，少年儿童自己写的作文则不算是儿童文学。我希望少年儿童文学报刊，不要把发表孩子们的作文当主要工作来做，这不利于儿童文学创作的繁荣。有一位作者，他写了七八年儿童文学作品，寄出去的稿件，常常被退稿，但他孩子在学校里的作文，却常常被一些报刊采用。当然，如果他孩子的作文的确写得好，而父亲的作品实在写得差，父亲退稿、儿子采用，这是完全正常的。可这位作者把稿子寄给我看了，并不是这样。这位作者在信上慨叹地说："现在，成人的作品，不如孩子的作文值钱！"这种现象是不正常的。

我不是说少年儿童的作文不应该发表，当然可以发表，发表也是一种鼓励，可以相互交流，共同提高。但是，我认为这工作，应该交给几本专门发表少年儿童作文的刊物去做。因为，他们对少年儿童如何写好作文有专门的研究，他们能够掌握哪一种作文应该发表，哪一种作文不应该发表，当然，这是个专登作文的刊物，应该加强调查，研究实际问题，提高刊物质量。

现在这样，大家争发作文，有点滥，对提高少年儿童写作水平是不利的。

第一，有的报刊，把对作文的要求，和对成人写的作品的要求等同起来。譬如，作文主要应该以写真人记真事为主，作品则可以有更多的虚构。要少年儿童作文过多去讲究剪裁、概括、典型化，是太早了一些。诸如此类，放在一起很不好。

第二，孩子作文，是练习表达能力，提高文字水平，不是都要求他们写文学作品。他们长大，有的可能当作家，或者对文学有兴趣，从事业余写作；有的则要做其他的工作，各种各样的工作。他们要写的是其他样式的东西。不能一律以文学的标准去要求作文。

第三，少年儿童作文，是一种练习；练习可以发表，但发表那么多的作文，对少年儿童有什么好处呢？似乎作文只有发表才是好的，使刚练习作文的孩子热衷于投稿，也不好。作文可发，但多发就不好。

第四，发表那么多的作文，让少年儿童去读。一个孩子读了那么多作文，能提高写作水平吗？就拿提高文学修养来说，光读作文是不够的，还得读很多很多文学作品。头痛可以医头，脚痛可以医脚，一个孩子作文写不好，光要他去读作文，是提不高的。作文不好光读作文，这是功利主义，目光太短浅了，事实上是不行的。这对一些以提高孩子写作能力为目的的报刊来说，也有这个问题，不能光登些作文。光登作文，光读作文，能提高孩子的写作能力吗？

我以为，这些问题，目前都应该好好研究，请教育界的、语文界的、文学界的、报刊界的、出版界的同志们一起来讨论讨论这些问题。

怎样才能真正有收效，真正能提高少年儿童的写作水平，这是大有学问的。

我是外行，抛砖引玉，提出一些粗浅的看法，供讨论参考。

关于阅读种种

人，离不开阅读。阅读，是人的生活的一部分。

阅读，各人有各人不同的阅读习惯。但，这种阅读习惯，往往是从小学时代就养成的。

我的小学时代，是在抗日战争时期。由于家境贫困，没有钱可以添购自己喜爱的书籍。我所能阅读到的书籍，来源大抵是这么几种：一种是向学校图书室借的，一种是向同学们家里借的，还有一种是到书店里去翻书。向学校借的书，或向同学们借的书，因为书少，要借的人多，是必须在最短的限期内归还的。一个孩子到书店里去翻书，随时要遭到店主的呵斥和驱逐，必须很快翻好就把书归还到书架上去。

这样，我看书很少有选择的余地，只能有什么就看什么，并且得学会很快一阅而过。不少书，我是一目十行，跳跃着看的。当然，其中的重要处，我也放慢速度细看，如果还不明白，也有回过头来再看一次的。

有些重要的书，包括课本等等，我是一定要读的。阅，可以知道个大概。读，则是一字一句，必得一丝不苟。读过一遍两遍，方能深刻地记住。

当然，阅和读在许多时候是交替的。一本书，这部分一阅而过，那部分发声朗读；或先一阅而过后发声朗读，自然，阅和读也不能机械地分开。阅，也有粗阅、细阅读，也有默读、朗读……

　　我至今还保持小学时代养成的阅读习惯。一些只消知道大概的书，我就很快翻阅过，只要求在脑子里留下一个粗浅的印象。但一些重要的书，我还是要关起门来逐字逐句地朗读。而且有的不是读一遍，要读许多遍，以求深刻地理解。

　　我在写作时，也是这样。我每写好一篇作品，总是先阅上几遍，看看大致可好，要增加些什么，要删去些什么；而后，又读它几遍，边读边修改，一直改到自己不能再改为止。

　　现在，小朋友们阅读的条件，跟过去不好比了。

　　今年我到湘西边远的山城凤凰去看那里的"童话引路"的教改实验。那个实验班，孩子们家里几乎都有图书箱。其中有个孩子，两个月里就读了 176 篇童话。并且她每读一篇童话，就做一张卡片。他们班里 46 名同学，所订的报刊竟然有 296 份，平均每人订 36 份。这真是个可观的大数目。

　　现在全国有那么多的少年儿童报刊，一册册书，一张张报纸，一本本刊物，呈现在大家的面前。这就有一个选择的问题，究竟要看哪一些，不看哪一些，先看哪一些，后看哪一些，要大家做很好的安排。这些必须阅读的书籍报刊，也还得分出轻重缓急，安排好时间去阅读。何者粗阅，何者细阅，何者默读，何者朗读，也还有个方向问题。

　　阅读，是为了取得学问。但如何阅读，本身就是一门学问。

　　现在，吉林省为全国的小学生们办的这份《小学生阅读报》，我想，就是为了指导大家怎样去更好地阅读吧！

　　希望大家能在《小学生阅读报》这位好老师的指导下，好好去阅读，一定会获得阅读最大的收效。

　　我预祝大家！

《小学生阅读报》1988 年 3 月 25 日

要学点儿童文学

——给一个即将做母亲的女同志的信

小兰：

去年草长莺飞的春天，我参加了你们在上海举行的婚礼。你记得吗？我在第二天你们小家庭的家宴上，提出过希望你们学点儿童文学。

你们不以为然，似乎搞儿童文学，是我们这些专业儿童文学工作者的事，你和永明都是学理工的，和儿童文学并无关系。

转眼过去一年多了，听上海的来人说，你很快要有孩子了。我远在北京，不能去向你们当面道贺，只能写这封信。不过，除了表达我的祝贺之意外，还得提提要学点儿童文学这个问题。

我想，凡是做父母的，都爱自己的孩子，也都希望自己的孩子将来是一个有远大抱负、有高尚情操、有良好气质、有文化素养的人。但孩子是不是能够这样，这跟从小的教育很有关系。

父母，是孩子最早的教师。一个孩子将来成为什么样的人，很重要的是取决于孩子阶段所受的是什么样的教育。

而文学，对一个孩子来说，是非常好的教育手段。在国外的不少国家中，是非常注意这点的，许多父母，给孩子从小就讲述安徒生的童话，朗读普希金的诗歌等世界名著，而且让孩子复述和背诵。

阅读这些文学作品，不但可以提高他们的语言水平，丰富他们的知识，更重要的，是通过这些作品，来培育他们的情操、气质，使他们获得种种教益。

可是，今天，我们有些父母，不但不会讲述和背诵这些文学名著；很多父母，连哄孩子入睡的摇篮曲都不会。

儿童多么需要朗朗上口的儿歌，可是有的父母一句也哼不出来。儿童需要游戏歌，需要绕口令，需要猜谜语，需要听笑话……

儿童们的要求是很多的，父母要是腹中空空，拿什么去满足孩子的需要呢？

随着孩子年龄的增长，他们要听民间故事，要听童话，父母对儿童文学一无所知，只好临时抱佛脚，借本书，看一段，讲一段，现买现卖，孩子能有那样的耐心吗？

孩子再长大一些，慢慢自己能看书了，那就要父母给他去买书，你知道应该介绍些什么书给他看最合适呢？

有的父母，对于孩子要吃什么，百依百顺，样样都满足孩子。对于孩子精神上的需求，他们却一点不给，而让孩子长期处于"饥饿"状态。

有的父母，特别注意孩子的营养。鸡蛋、牛奶、鱼肝油、钙片，唯恐孩子不吃，拼命往孩子嘴里塞；可是孩子的精神"营养"，却什么也没有给。

他们吝啬钱吗？绝不是。而是他们不懂得什么叫精神"饥饿"。他们只认为肚皮要填饱，肚皮不饱，是要饿瘦的，要饿死人的。殊不知，精神饥饿，也是要饿"瘦"的，也是要饿"死"人的。

不少从小精神饥饿的人，长大了，往往缺乏美好理想，没有远大抱负，变得怯弱、无能、平庸、愚昧、不动脑筋、不求上进；更严重一些，不文明、野蛮，相继而来。

我见过，有的父母有时也给孩子买几本小画书，但他们的目的，只是用小画书哄孩子，把孩子"关"在家里，避免孩子出去惹祸。这样的父母，往往不是用文学书籍来教育儿童，有时还会买来一些不适合儿童阅读的书，反而贻害了孩子。

所以，我认为，做父母的，要是不懂得一点儿童文学，他就不懂得如何去培育自己的孩子。范围大一点来说，做父母的都应该关心儿童文学，那是为了教育和培养我们的下一代；范围小一点来说，是为了自己的孩子健康成长。

你就要做妈妈了，而永明又不在你身边，那你的担子更重了。因此，我还是再次建议你，学点儿童文学。我写这封信的目的就是这个。

不知现在你的意见怎样，欢迎你来信谈谈。要是需要我帮助你做些什么，也请尽管来信。

祝你快乐！

洪汛涛

6 月 10 日于北京

写童话日记

施民贵老师：

两次来信，都收到。

你们学校在提倡学生写童话，这非常好。

我在南浔"首届全国童话夏令营"上说，大家可以写写童话日记。目的是提高他们的童话写作能力，开发他们的幻想智商。

写童话日记，是一种很好的童话作文的练习。可以说，童话有不少是日记型的。

我国童话大师叶圣陶先生的《稻草人》，大家都读过吧！我看，也是一个稻草人的日记，写了它一天一晚所见所闻，身边所发生的许多事情。

另一位童话大师张天翼先生的《不动脑筋的故事》，也是大家所熟悉的。我看，这更是赵大化这个有名有姓孩子的日记。

如果要写篇文章，可以举很多很多例子。

我写的那个《狼毫笔的来历》童话，也是黄鼠狼一天天的日记。我是怎样写出黄鼠狼日记来的呢？可以告诉大家。我有这方面的生活经历。我的小时候，捕捉过黄鼠狼，长大了我爱用黄鼠狼的毛制作的笔写字。我也有黄鼠狼当时所处的、自然是人的环境。我有过黄鼠狼那样的遭遇。

我们提倡学生写童话日记，要引导他们多多观察生活，分析

洪汛涛谈日记

我在上小学三年级时，就开始写日记。我觉得写日记好处很多。我的级任老师知道了，就鼓励我，希望我坚持下去；并在我的日记本上写上"开卷有益，勤笔勉思"八个字。我天天记自己的想法，自己所做的事。这样，我对每星期两节的作文课，一点也不害怕。老师出任何题目，我都能从自己的日记本上找出题材，而且写得很详细，很具体，常常受到老师的表扬。我的外祖父，是位读书人，读过很多书，许多孔孟的书，他随口能背出来。他常常给我讲述孔孟修身之道，多次要我学孔子的学生曾子，每日"三省吾身"，要我每天临睡时，将一天所做的事，好好再想一遍。（现在，雷锋说的"过电影"，就是这个意思吧！）所以，外祖父见我写日记，很赞成，要我一定坚持天天记，不间断，同时，要经常拿出来自己看看，想想。所以，我一直坚持写日记。

稍稍长大，便是战乱，日寇占领了我的家乡，我负笈到没有沦陷的偏远的山乡找学校继续求学，经常要给在家乡的母亲和弟妹们写信，他们很挂心我生活的一切，我的日记又和书信结合了，我向他们报告，我在想什么，在做什么，让他们放心。

我从小就爱好文学，我在家乡上学时，或在外地漂泊时，我爱听故事，把听来的故事，记下来，逐日记，这样，成年累日就记录了不少。这些故事，不只是锻炼了我的笔力，并且许多成为我后来一些作品的素材。其中有的故事，我因为记过一次，印象很深，所以后来写作时，一些故事，包括其中的一些人物，或一些细节，会突然主动从我的脑际跳出来，写进作品里。

由于我们这一代，青少年的黄金时期，大都处于动乱中。如今我所有日记已荡然无存，十分心痛。好在这样的时代，已经完全过去，不会再来。伤痛渐渐平复，我又开始记日记了。

失去的岁月，我正在写一部《我和童话》的回忆文字。记述我消逝的往事。这也可以说是倒回去写的日记吧！

我觉得，作为一个人，生活着，学习着，工作着，都是在写一部自己的历史。一个光明正大的人，写着光明正大的日记。一个心术不正的人，写着卑鄙可耻的日记。虽然他自己不愿意去记载损人利己的事，我想他周围人的心里会记下他的日记。人，应该记日记。所以，我也很希望大家做一个光明正大的人，希望大家记日记。

写日记，对一个文学作家来说，太重要了。上面我已说过一些。我认为，一部好的作品，写好一个人，那往往可说是这个人的一段或一生的日记。有的是自己的日记，经过一定的艺术润色，或者就是代别人、自己所熟悉的别人写日记。一个作家的功底，可说就是写日记的功底。

不久前，我已写完一部长篇系列童话《神笔马良传》，交由河南的海燕出版社出版，我想大家很快就能看到。这部作品，其中有许多细节、故事，都是我的日记里曾经记录过的，听来的故事。整个故事，有头有尾，我也是按马良的思想、行为的发展，写下他的日记。这部《神笔马良传》也可以说就是一部神笔马良的日记。我想，你们以后看了我的这个长篇，会同意我的这个说法的。将来，如果你们踏上文学写作道路的话，会想起我的这番话的。

当然，一个科学工作者，一个政治工作者，写日记，何尝不重要，太重要了。我想，这些就让科学家、政治家他们来谈吧！

一句话，希望青少年们都来写日记！

谈童话阅读

　　童话，是属于孩子的，是孩子所独有的。孩子们都喜爱读童话。有所学校，在几个班级作过调查。不爱童话的孩子是"零"。

　　我也到一些学校去看过，在图书室里，被翻得书皮破旧、出借次数最多的书本，往往是童话。

　　童话是什么？我认为童话应该是："一种以幻想、夸张、拟人为表现特征的儿童文学样式。"（《童话学》）

　　其实夸张和拟人都可以包含在幻想中。幻想是童话的核心。

　　说幻想也好，说幻想、夸张、拟人也好，都来源于生活。

　　中国童话名作《稻草人》（叶圣陶著），稻草做的人，能有思维、有情感、能看见周围事物、能听懂人们说的话吗？不能。但童话中的人就能做到，这是童话的拟人的幻想手法。但是，童话通过稻草人所反映的社会现象，却是真的，实实在在有。像这一稻草人那样正直、富有同情心、对眼前不平等的社会表示强烈愤慨的人，也是真的，实实在在有。童话名作《宝葫芦的秘密》（张天翼著）也是如此。天底下有那样要什么就得到什么的宝葫芦吗？绝不可能有，永远不会有。但是，像王葆那样想不通过自己的努力，就能够获得自己想要获得的东西，这样的孩子是有的。

　　所以说：童话，是"真—假—真"，以真实的生活为依据，从真实的生活出发，通过幻想、夸张、拟人的童话处理，来反映和表现真实的生活。

一个好童话，要能正确地反映生活，就是说，一个好童话应该有强烈的时代气息，很好地表现社会。

并且，在反映生活的同时，还应该让读者得到某种启示，或感悟到某种道理。

或者，包括通过童话的阅读，让读者从中领略到一种美的感受，一种健康向上的身心的愉悦。

总之，一个好童话必须给读者以教益。

要是一部作品宣扬暴力、野蛮、丑恶、腐朽、堕落、庸俗等，那绝不是一个好童话。

当然，如若一部作品，你怎么也读不懂，或者是作者故弄玄虚，或者是表达不清；如若一部作品，读来平铺直叙，毫无趣味；如若一部作品，想到哪里，谈到哪里，胡编乱造，颠三倒四，那就不是好童话。一个好童话，应该有它强烈的吸引人的艺术魅力。

我们爱读童话，自然要选择那些好作品，摒弃那些太差的作品。我们要有鉴别力。我认为，在阅读这些作品的同时，也可以写写读后感，对这些作品加以评论和分析，谈谈自己的看法。这对提高自己的欣赏水平是大有好处的。

所以，阅读，应该有个"学以致用"的问题。读童话，也不例外。阅读要投入，要认真，从中汲取营养。但还是要用，如果阅读而不用，等于白阅读。

我们从童话的阅读中，获得精神的熏陶，情操的陶冶，素质修养的提高，知识的丰富充实，等等。这就是童话阅读的正确态度和方法。

致用，也有个读和写的问题。爱童话的小朋友，在阅读童话的同时，是不是也可以自己拿起笔来写写童话呢？现在，自己动笔写童话的孩子愈来愈多了。上海市实验学校曾有几个班级的小朋友自己将童话编成剧本自己来演出。青浦县朱家角中心小学的孩子们也成立了"小作家角"，自己来写童话。虹口区临平路小学，出版了自己编写的一期期《小童话报》。他们的做法很值得推广和学习。

童话是我们的好朋友，陪伴着你成长和进步！

洪汛涛谈办特色学校

××同志：

信收到了。听说上海师资培训中心历届的小学校长班，成立了联谊会，祝贺你们！

目前，小学界正在提出如何和国际接轨、传统接轨，如何建立有本身特色的学校，诸多问题，这是我们国家改革开放的新形势，必然要提出的问题。

我多次撰文提倡学校中加强童话教学，开发少年儿童幻想智商。我参加过湖南湘西为首的"童话引路"教革实验研讨会，进行过实地调查，深深觉得他们的路子走得对。我写过论述文章，在报刊上介绍过他们。在上海青浦朱家角的镇中心，也试办过这类名称为"童话先导"的实验活动，我也去参加过他们的研讨会。由此，我倡议举办过由全国四十余家报刊参加的"全国少年儿童'金凤凰'童话写作大赛"，后来出版了《中国孩子写的童话·金凤凰》一书。这些我在美国的《世界日报》，新加坡的《联合早报》，中国台湾的《民生报》《全国儿童杂志》都介绍过，近来在台湾普遍提倡孩子写童话，在台湾的儿童报刊上，已有孩子写童话的专刊。我最近已将台湾统编的小学语文课本收集齐全，想从教材中了解台湾学校中的童话教学，并和我们大陆统编语文教材，就童话课程，作一个比较和研究。

这就是我在做的工作的一部分。希望得到你们教育界的同志们，特别是小学校长们的帮助。自然，如果有哪位校长和哪个学校，愿意就童话教学做研究，做实验，欢迎和我联系，我们一起来推进和完成这项工作。

请代向你们联谊会的所有的校长同志问好！也可以将我的这些想法告诉大家。愿大家在各自的努力下，发挥各学校的特长，将各学校办成各有特色的学校，在改革开放的大潮中，各呈异彩。

此致

敬礼！

洪汛涛

1993 年 7 月 20 日

"童话引路"在海外

——著名儿童文学作家洪汛涛答问录

我省湘西土家族苗族自治州特级教师滕昭蓉的"童话引路"教学实验,1991年曾获省教育教学科研成果一等奖,并在全省重点推广。最近笔者从著名童话作家洪汛涛处获悉:"童话引路"已走到了海外。对此,我们特写信请洪老就如下问题作答。

问:听说您最近访问了马来西亚,可以详细谈谈吗?

答:去年10月中旬,我应马来西亚华人教师总会和儿童文学界的邀请去讲学,在吉隆坡、麻坡、居銮各讲了一场。马来西亚方面的主持单位和听众都很热情,此行我也了解了不少情况,实际上是一个文化交流互通的活动。

问:您这次讲学的主要内容是什么呢?

答:我讲的内容,是他们出的题目,但都是要我讲童话写作。讲学中我向他们介绍了一些中国孩子童话写作的情况。

问:他们对中国童话教学和写作反映如何?

答:我在介绍时自然要讲到"童话引路",还有《中国孩子写的童话·金凤凰》那本书,和那次"全国少年儿童'金凤凰'童话写作大赛",还有《金凤凰童话报》。谁知马来西亚的听众中,有不少人对"童话引路"教学很熟悉，也买到过湖南教育出版社出的《金凤凰》那本书，有带来请我签名的。我出示那份《金凤凰童话报》，他们却没有见到过，感到十分新鲜。我又作了详细介绍，听众纷纷向我要报，我只带去一份，他们便借去复印，说各学校要学着办。

问：想不到马来西亚对我国童话事业还有所了解，他们是如何知道"童话引路"的呢？

答：事后，我问起邀请单位的主持人，马来西亚华教界为何对"童话引路"这么熟悉、有兴趣。他说，早在 9 个月前，马来西亚一份大报《新通报》上发过关于介绍中国"童话引路"的文章和我写的那些关于"童话引路"的介绍文章，有人买到辽宁出版社出版、由我作序的滕昭蓉的那本《童话引路》的书。"金凤凰"评奖和作品集早都在美国的《世界日报》和中国台湾的十多家报纸有介绍，他们很熟悉。目前，马来西亚也有学校在作"童话引路"实验。听华文教育界的一位负责人说，他们认同儿童写作童话、开发儿童幻想智商的重要性，已计划在明年举行一次"全国华教学校儿童写作童话大赛"。你看，我国的"童话引路"在海外的知名度和影响力还不小呢！

童话和科幻故事区别在哪里?

我写了一些作品,自己认为是童话,可老师说我写的是科幻故事。难道童话幻想和科学幻想有什么不同吗?

湖南读者　杨小城

杨小城小朋友:

童话的幻想,是文学幻想。文学幻想和科学幻想是不相同的。譬如,嫦娥吃了一种灵药,悠悠忽忽飘上天去,这是文学幻想。稻草人能够有思想有感情,这是文学幻想。如果让科学博士用新技术造了个稻草人,能走路、说话,那是科学幻想。区别在于前者是假的,是不能实现的;后者是真的,是可以实现的,至少也是作了可以实现的科学解释的。有位小朋友写道:"我希望我爸爸的手在打我的时候,变得很小很小,打在我身上一点也不疼。"这是文学幻想,因为爸爸的手变小是不可能的。还有位小朋友写道:"我希望有一种裤子,有弹性,爸爸打我屁股的时候,我一点不疼。"这种裤子是可以做成的,这就是科学幻想了。希望大家多想想,多分析分析,这两者之间是能够区别的。

洪汛涛

做一个精神文明的孩子

——在一次少年宫集会上的讲话

什么是精神文明呢?

有个小朋友说:"我不和别人打架,也不说脏话,我该算做到精神文明了吧!"

当然,打架、说脏话,确是精神不文明的表现,确是不好的。但精神文明,只是不打架,不说脏话吗?

精神文明,范围很广,内容很多。也不是一下子能说完的。不过,我想,主要的,是不是可以从下列三方面来说呢?

第一,要有远大的理想。

我们做任何一件事,都要先有一个"志"字。有"志"者事竟成。做人也一样,要有个"志"。这个"志",就是理想。

今天,我们不仅要有理想,而且还应该有远大的理想。

听说有的小朋友,一天一天糊里糊涂过日子。家长叫我上学,我背了书包只好去。学校里老师上课,愿听就听,不愿听思想就开小差。放学铃一响,忙着回家。晚上马马虎虎做了作业,就看电视,电视看完了睡觉。他们还认为这样已经很不错了!

听说有的小朋友,一门心思等父母退休后顶替。他觉得学习和不学习一个样,反正一到年龄,就去父母单位报到。

他们,对于自己应该做个怎样的人,将来如何为祖国、社会的建设出一分力，从来都没有去想过。

这样的小朋友，他们的精神则不文明。我们今天的小朋友，就是明天祖国的建设者，是国家未来的主人翁。国家建设得好不好，要靠你们如何去工作。所以，你们一定要有这样的志向，这样的抱负，这样远大的理想才行。

第二，要有高尚的品德。

我们每个人都生活在一个集体之中，我们应该时时考虑我们这个集体，处处想到这个集体中的许多许多人。不能老是只为自己，一切为自己打算。更不能为了自己得利而有损别人。譬如，进校门大家都排着队，只有你一股劲往里冲，这像话吗！譬如，你开电视机，把音量开得很响，你不想想邻居是不是在睡觉，或者在做需要安静的工作；学校里粉得雪白的墙壁，你拿木炭或泥块在上面乱写乱画；在公园里，你看见好看的花木，就任意把它采摘下来，带回家去。这样，事事为自己打算，缺乏公德，思想境界很低下。我们要讲精神文明，不但不应该做这种缺乏公德的事，还应该发扬为公的精神。我们要尊重别人、关心别人、帮助别人，像雷锋叔叔那样助人为乐，关心别人比关心自己为重，为公不惜作出一切牺牲。一个精神文明的人，必须是这样的有高尚道德的人。

第三，要有良好的习惯。

我们每个人，都有习惯。久而久之，习惯成自然，往往自己不那么注意。有习惯，并不坏，但是，我们不能有不良习惯。诸如，有的小朋友爱随地丢果壳，边走边吃东西；有的小朋友爱常常往地上吐口水，过一会儿，吐一口；有的小朋友爱把手伸在嘴巴里啃指甲，或者伸到鼻子里挖鼻屎；有的小朋友打牌赌钱；有的小朋友学抽香烟。这些都是不良习惯，都应该改掉。我们提倡精神文明，还应该从小养成良好的习惯。像有的小朋友，从小爱读诗歌，有的小朋友从小爱拉琴，有的小朋友从小爱书法，还有的爱体育、绘画、航模、刺绣、集邮、养小动物等。这些习惯，可以增加智慧，锻炼体魄，陶冶性情，丰富生活。不良的习惯，许多是从小就养成的。一个从小爱发脾气、骂人打架的孩子，长大了往往是个鲁莽、粗野的人。当然，良好的习惯，也可以从小养成，一个从小懂礼貌尊敬长辈的孩子，长大了往往是个明智、讲理的人。如果小时候，养成不良习惯，年深月久，积习就难改了。如果小时候，养成优良习惯，往往以后就能一直坚持下来，成为一个精神文明的人。

小朋友，我想，你一定很愿意做一个精神文明的孩子。文明的对立面，是野蛮。一个野蛮的孩子，该多不好啊！

我想，你一定会成为一个精神文明的孩子。愿你努力！祝你成功！

浦江孩子写童话　赞（一）

要开发少年儿童的幻想智商，提倡孩子写童话。这是时代的需要，社会的需要。

我们面临的时代是改革的时代，面临的社会是改革的社会。科学在起飞，知识在扩展，观念在更新。今天，我们所要培养的少年儿童，应该是富于幻想的、具有创造力的、开拓进取型的少年儿童。

自古以来，我们的教育，一向侧重于培养少年儿童的适应力，而忽视少年儿童的幻想力。热衷实际保守，偏废开拓进取。

我国历史长期处于封建社会。向来尚实学，黜玄学。我国古时那些富于幻想的神话，多被改为实史。我国古时那些反映少年儿童幻想的童话，并没有引起人们的重视。少年儿童文学中，由幻想构成的童话，常被圈于一隅。少年儿童的课本中，童话甚是稀罕。作文课上，很少有让孩子写童话的。

任何一个少年儿童，除开他周围的现实世界，还有一个更广阔的幻想世界。少年儿童的幻想世界丰富而多彩。为什么不能让少年儿童也去写写他们的幻想世界呢？所谓幻想世界，并非凭空而来，它出自现实生活。写幻想，也可说是写实。童话也可说是记叙文的一种。

幻想，它是科学的先导。幻想，是一切创造力的发端。有一句名言说："没有幻想，甚至连微积分也发现不了。"足见，少年儿童幻想智商的开发应是何等重要。

提倡孩子写童话，开发少年儿童的幻想智商，是我们当前具有重要意义的一件事。

浙江省浦江县浦阳镇中心小学的校领导和老师们，很有见地，将这一项目列入教改和科研计划，在学校中推行童话教学的实验。得到各级领导部门的大力支持和全体师生的悉心投入，现在已取得一定的成绩。

他们在两年前，师生们组织了一个"马良文学社"，开始写作童话，最近给我寄来孩子们写的许多作品。

这些年，我都在倡导孩子自己写童话，曾主持了中央人民广播电台少儿部等四十多家单位、报刊、出版社合办的"全国少年儿童'金凤凰'童话写作大赛"，也参加了湘西凤凰箭道坪小学的"童话引路"实验，等等。现在，我看到浦江孩子们在写童话。我赞成他们将这些作品编印成书，和各地的小朋友交流。我希望浦江少年儿童的童话愈写愈进步，浦阳镇中心小学的童话教学经验得到推广。

近年我去海外讲学，我都在当地报刊和电台等传播媒介上，倡导少年儿童写童话，反响很是强烈。现在各地写童话的孩子愈来愈多。我高兴地看到浦江的学校，在开展童话教学，提倡孩子写童话，重视他们的幻想智商的开拓，与全国各地同步，与世界各地接轨。

这是一本小书，但蕴藏着希望。愿有更多的孩子拿起笔来写童话，愿有更多的学校和家庭，将开拓少年儿童的幻想智商放到应有的重视位置上。

我们的时代，我们的社会，应有更多更多的富于幻想的、具有创造力的、开拓进取精神的新一代。

我们很快要跨过这个世纪的门槛，进入了崭新的 21 世纪。今天的少年儿童，应都是新世纪中的佼佼者、创造者。

明天的世界将会是怎样的，那就要看我们今天的少年儿童怎样。

愿我们共同努力，去争取最美好的明天。

1995 年 8 月于上海

浦江孩子写童话　赞（二）

五年前，浦江县浦阳镇第一小学（那时是浦阳镇中心小学）建校校庆 90 周年的时候，曾经印出了一本《我们都有一支神笔》（浦江孩子的童话），"马良文学社"的小社员们的童话作品选。

我为这本童话作品集写过一个序言：《浦江孩子写童话　赞》。

桌上的日历已换了第六本，迎来了新世纪 2000 年，浦阳镇小学 95 周年校庆的前夕，他们编写了第二本《我们都有一支神笔》。

他们的"马良文学社"，成立已经许多年了，他们小作者的作品，在各地的报刊上不断露面，收入种种集子，在一次次评奖中，屡屡获奖，为各界所瞩目。一些传媒上常看到评论和介绍文字，可说已经名声在外。

这学校是县里一所综合性的小学，开展童话教学是这个学校的特色，童话教学给学校的素质教育和学生的全面发展，带来了一体的进步，这项实验是成功的。

这第一本集子，第二本集子，印在那里的作品，是最好的证明。这不但在数量上，并且在质量上很明显大大跨前了一步。

现在各地写童话的孩子多起来了，学校印出的作品集子也多起来了，这是个好现象，因为大家看到了，开发和引导孩子幻想智商，对于人才的培养，文化、科学建设的发展，具有战略意义的重要。

愿浦阳镇第一小学的童话教学能更上一层楼，马良文学社再出版第三本《我们都有一支神笔》，更出色，更精彩，永远处于领先的地位。

也期待各地有更多的学校，老师和同学能加入童话教学实验的行列，共同前进。

这是我为浦阳镇第一小学马良文学社印出的第二本《我们都有一支神笔》写的序，题目请允许我再用"浦江孩子写童话　赞"。

2000 年 8 月于上海

孩子写童话，好！

我们面前的时代是改革的时代，我们面临的社会是改革的社会。科学在起飞，知识在扩展，观念在更新……

今天，我们所要培养的少年儿童，应该是富于幻想、具有创造力、开拓进取型的新一代。

自古以来，我们的教育，一向侧重于少年儿童的适应力，而忽略少年儿童的幻想力。热衷实际保守，偏疏开拓进取。

不久前，我见到一份儿童智商的调查报告，我国不少儿童推理智商强，而幻想智商弱，左右大脑发展并不均衡，亟须引起注意。

幻想智商是非常重要的。幻想，是各门科学的先导。幻想力，是一切创造力的基础。大家应该记得那句名言："没有幻想，甚至连微积分也发现不了。"

提倡童话与教育结合，这是开发儿童幻想智商的一项十分有效的举措。

这一见地，得到愈来愈多教育界人士的认同。一个时期以来，全国各地有许多学校开展了"童话教学"，有的侧重和素质教育相结合，有的为语文教学作先导，有的与多种学科挂上钩……让童话从课余进入课堂。读童话、写童话，蔚为风气。有的学校还成立了童话社团，他们写出许多童话，办起了童话黑板报、墙报，印出了一本本作品集。

童话教学成为一些学校的教改科研项目，积累了不少有益的经验。

我们从我国开展"童话教学"的三所学校中的三个童话社团的上千篇作品中，选出了有代表性的两百七十篇作品，编成了这本集子。虽然这些作品水准参差不齐，也显示了我国"童话教学"中获得的实绩。

出版这本集子的目的，是想告诉大家，中国有不少学校在从事"童话教学"这一项改革实践，中国孩子在积极写作童话。其次，也希望有更多的学校开展"童话教学"，有更多的学校成立各种童话的社团，有更多的孩子来写童话。

我们期待着我们每一个孩子的幻想智商得到更大开发，我们期待着我们每一个孩子都成为拥有高智商、高能力、高素质的一代建设者，为世界、为人类造福！

1997 年 12 月于上海乐村

写童话的孩子会多起来

二十多年前，我常常带着童话下学校，发现我们的童话和学校教学脱节，童话进不了课堂，而孩子的幻想智商，得不到开发和引导，为此曾在一些报刊上撰文呼吁，希望引起大家的关注。

不久，湖南湘西的凤凰县箭道坪小学首先开展了"童话引路"教学法的实验。我两次到那个学校，参加他们的实验研讨会，得到了很多的启示。

1987年，我在湘西凤凰县的一次会上，倡议举行"全国少年儿童'金凤凰'童话写作大赛"，得到全国四十多家报刊的支持，联合举办了一次规模宏大的征文活动。这次活动，评出一百篇优秀作品。我为这一百篇作品逐篇写了"点评"，编成《中国孩子写的童话·金凤凰》一书出版。此书印了数十万册，行销海内外。中国台湾、香港的报刊上都发表了评介文章。新加坡、马来西亚、泰国、美国等一些国家的华文报刊上也转载过这些作品，产生很大的影响。在一些国家和地区，也掀起一股孩子写童话热。许多外国人看了，都称赞中国孩子写的童话很好。

自然也有一些人不那么服气，说中国孩子多，百里挑一，千里挑一，万里挑一，不稀奇。

于是，这次我找了三所学校三个童话社团的小朋友们所写的作品，来看看我们中国孩子所写的童话的状况。

第一个是浙江省浦江县浦阳镇中心小学的"马良文学社"。浦江县坐落在浙江中部，北有仙华群山，南有浦阳江，仙华山是个童话气氛浓郁的地方，相传"中华第一少女"轩辕黄帝少女元修居于此。这里风光秀丽，代出人才，文事兴盛。这里的孩子喜爱童话，于是这个学校就有了一个"马良童话社"，他们办起了《太阳花》不定期刊物，出版了孩子们的作品集《我们都有一支神笔》。

第二个是浙江省杭州市下城区游泳巷小学的"马良童话社"。杭州市的西湖，被称作人间"天堂"，西湖是美的童话，杭州的孩子爱美爱童话。游泳巷小学是个普通的学校，由于成立有"马良童话社"，出了名。有人将它叫"马良小学"，也有叫它"童话学校"的。已故童话老作家陈伯吹为他们题了社名。许多童话作家去过他们学校。他们已经出版了《我们都是马良》两本作品集，自然还要一本一本出下去。

第三个是安徽省合肥市望江路小学的"神笔马良童话社"。它是不久前新成立的，一切正在起步，这些孩子们写出了不少好童话。他们办起童话黑板报，出版了好几本《小神笔》作品集。

这三个社团都是以"马良"命名的，自然找到我这个童话《神笔马良》的作者。我也多次去他们的学校。这些孩子确实很会写童话，他们都是"马良"，他们都有一支"神笔"。

这次成书，得到这三所学校师生们的大力支持。浦阳镇中心小学的前任校长张剑雷、现任校长于锡阳，以及主持"马良文学社"的副校长黄志明；游泳巷小学校长孙士芬，教导主任聂淑萍；合肥望江路小学主持创立"神笔马良童话社"的老师金恩泽，他们选送来那么多的孩子们写作的童话作品，并组织专家、教师撰写了"点评"，金恩泽老师还敦请作家莫幼群先生帮助做了部分稿件的整理工作。编辑整理审定全部书稿的是在童话界有影响的作家野军先生。在此，我要向他们表示感谢。

书呈现在大家面前了，我希望写童话的孩子多起来。

中国的孩子人人都是"马良"，中国的孩子人人都有一支"神笔"。

今天，他们用"神笔"写出最新最美的童话；明天，他们用"神笔"为国家画出富强，为人民画出幸福，为世界画出繁荣和进步！

　　　　　　　　　　　　　　　　1997 年 12 月，时年七十

编 者 的 话

我们把这本孩子们自己写作的童话——全国少年儿童金凤凰童话写作大奖赛获奖作品集《中国孩子写的童话·金凤凰》，奉献给广大读者。这是儿童们少年们幻想轨迹的记录，幻想智能的结晶和成果。

我们的孩子，未来的建设者，如若是囿于守旧、怯于开拓的平庸者，怎能担当起民族和国家振兴的重任呢？

我们鼓励儿童们少年们写作童话，旨在开发他们的幻想智力，培育进取、改革、求索、创造的崭新一代。

请教育界的专家，读读这些作品，特别是请教师们，读读这些作品。请社会各界人士，读读这些作品，特别请孩子的家长们，读读这些作品。

让童话回到所有孩子的学校和家庭，去充实所有孩子的学习和生活……

请把童话和教育改革联系起来，和培养下一代联系起来，和国家的建设与民族的振兴联系起来。

请把这本书，送给我们的每一个成人和孩子。

请把这本书，送给国外的孩子们，让不同国家、不同民族的孩子，幻想的心流得到沟通，一起奔向世界的明天。

请把这本书，送给关心我们的外国朋友们，请他们看看中国孩子们写的童话。这些作品中反映着我们民族和国家明天的蓝图。

童话，和人类在一起，和世界在一起，人类和世界将更美好。

摘录自《中国孩子写的童话·金凤凰》

湖南教育出版社 1989 年出版

致 小 读 者

孩子，世界未来的主人翁。

希望我们的孩子，是具有创造精神的新一代。

孩子们富于幻想。幻想是孩子们的本能，非常可贵，因为幻想力是创造力的前端。我们必须很好地去开发孩子们的这种幻想智能，使每一位孩子的幻想力能获得更大的发展。

所以，幻想的文学体裁——童话，应该在孩子们中特别提倡。让孩子们多读童话，让孩子们自己也来写童话。

湖南教育出版社曾和全国四十多家报刊，联合举办"全国少年儿童金凤凰童话写作大赛"，从数万篇作品中，评选出一百篇得奖作品。

这些孩子们写的童话都非常好。现在，湖南教育出版社又从这一百篇得奖作品中挑选出一些最好的作品，配上彩图，出版了这一套丛书。

希望孩子们能喜欢这些作品，并且也拿起笔来写童话。

洪汛涛同志来信

滕昭蓉老师：

我躲到浙江莫干山去写作了，昨天回家才见到您的信，我看已搁了不少时日，很抱歉。

你们在进行童话的实验，是屈剑翎同志写信告诉我的。我对这项实验很高兴，很感兴趣。因为近来，我也在考虑和探讨这方面的问题。我写过好几篇文章，发表于《童话报》创刊号、《小记者报》（西安）创刊号，还有《小伙伴》（上海）。

《湖南教育》杂志社重视这次讨论，说明他们很有创见，抓住这一个新问题，推动了教育改革，是起了积极作用的。

关于这场讨论，我因为看不到讨论文字，不知道有些什么争议，如果合适，我这篇文字也可作为一种意见，让他们发表。

我的意见，湖南教育杂志社可把这次讨论，一部分讨论文字，你们学校实践经过，写一个小结性的调查报告，建议出一本集子，把这一改革的经验推向全国。此事，你们这次会议上可协商一下。

你们七月十二日的会，今天已是七月五日了，没有收到他们的来信，估计是经费方面有一定的困难，那么我就不去了。在你们的开幕式上，就提一句，代我向这次会议祝贺一下，你们这次会会开得很成功的。

你们学校的吴勤武、左宇帆、田永、满旭、田小东五位小朋友寄来的信、照片，我都收到了，因为，我刚从外地回来，来不及一一给他们写回信，请您代我谢谢他们对我的问候，他们的信写得都很好，我很高兴，希望他们不断学习，不断进步！

你们这个班，在您的教导和扶持下，已经出成绩了，加以推广，您和同学们的经验、心得、收获，会走向全国。你们将出更多更大的成绩，那是一定的。

如果有什么事，尽管来信。

不多写，就此祝工作顺利！

洪汛涛

还有：

（1）你们实验，还有个读什么童话的问题。（就几位小朋友的来信看，如我的作品，他们只读过很少一些，而且还是一些次要作品。我手头又无存书可送。）许多书，估计你们县里不一定能买上。不知长沙能买到否？现在买书是一件难事。最好，你们能通过跟出版社联系，把这些年出版的主要童话书，都买到。可否通过这次会，请有关领导部门，投一点买书的经费，把材料收集起来。否则，你们有什么书，就看什么，对你们的实验，是一种限制。

（2）我正在为童话界编一本《童话选刊》，你们的实验，报刊上的讨论文字、这次会，是否写一个报道来，可编入《童话选刊》。重要的讨论文章（或发言），可摘录刊登。

（3）我曾为几家出版社主编几本童话选，你们有否？辽宁少儿社出版《中国童话界·新时期童话选》、江西少儿社出版《中国童话界·低幼童话选》。这两本书，这些童话，是经过挑选的。

还有河南少儿社的《童话十家》等等。

如果需要，我可开个书目给你们参考。

滕昭蓉同志：

我到西北去了，走了西安、兰州两个地方，还去了郑州，这是很早就定好了的。才回来，见到您七月十九日的信，得知你们开会的情况，非常高兴，你们的工作，得到那么多专家的肯定。这条路走对了，望你们能坚定地走下去。以后，你们有什么新打算，新发展，随时告诉我，我是关注着的。如果以后有机会，我路过湘西，会去你们那里看看的。你们的这次活动，决定作为童话界的一次重要的事，写入"大事记"，我主编的《童话选刊》创刊号，想介绍你们的这次活动。这样便推向全国了。你们要我开书单，我开了一批。有的可能已买完，有的即出，你们可去预订。现在是出书难，买书也难。

现在是暑假，湖南大概很热，您好好将息，保重身体。不多写，祝顺利！

附：书单

《童话学》（安徽少年儿童出版社）

《童话选刊》（安徽少年儿童出版社）

《儿童·文学·作家》（河南少年儿童出版社）

《中国儿童文学十年》（河南少年儿童出版社）

《中国童话界·新时期童话选》（辽宁少年儿童出版社）

《中国童话界·低幼童话选》（江西少年儿童出版社）

《海洋童话选》（北京海洋出版社）

《洪汛涛童话新作选》（陕西少年儿童出版社）

《快乐的鸟》（陕西少年儿童出版社）

《神笔马良》（人民文学出版社）

《童话十家》（河南少年儿童出版社）

《半半的半个童话》（湖南少年儿童出版社）

《神笔牛良》（广东少年儿童出版社）

洪汛涛

1986 年 8 月 16 日

昭蓉同志：

九月十五日信收到。

得知你们实验班已经四年级了，很高兴。我觉得你们既是实验班，就可以一直实验下去，直到小学毕业。选的童话作品，可以由浅及深嘛：实验童话，也不意味排斥其他。它们之间，是相辅相成的。是吗？

实验班已在州里推开，说明州领导很有见地，有改革更新的开拓精神。这是可贵的。我是支持你们这一做法的。我觉得你们还有这样一件工作要做，那即是全州参加童话实验教学的教师，须作一短期培训。如若，你们在明年暑假，可搞一教师短期培训班，我可代邀一些既懂童话又懂教育的同志去你们那里讲课，并研讨这项实验、改革工作。这样，你们的经验，可进一步得到肯定和推广。

谢谢您对我的祝贺。

教安！

洪汛涛

1986 年 9 月 22 日

师范生要具有儿童文学知识

　　儿童文学是少年儿童的精神食粮，对少年儿童的德育、智育、体育和美育起很重要的作用，但现在一些中小学教师还不了解儿童文学对少年儿童教育的必要性，也缺乏这方面的爱好和常识。这也和当前培养师资的师范院校未设儿童文学课有关。我认为一个师范生除了学好专业课，还应该具有一定的儿童文学的基础知识。我在许多会议上呼吁并在《人民日报》的一篇文章中也提到了这个问题，建议师范院校开出儿童文学课，从选修发展为必修。有条件的可以设儿童文学系甚至成立儿童文学的研究机构（室或所）。据悉北京师大、浙江师院等已经有了儿童文学教研组，还招收了儿童文学的研究生。并听说上海师院已经有了这方面的打算，这是一件大好事。让我们共同来为少年儿童提供更多、更好的精神食粮吧。

摘录自 1982 年 5 月 25 日《上海师院》第 68 期

一项不容忽视的工作

——为开展儿童文学教学进言

因为参加儿童文学评奖工作，常常到学校去，了解孩子们阅读儿童文学作品情况。

孩子们说来说去，举的书名，几乎都是些成人文学作品。而其中不少书，那些爱情故事，那些侦探故事，并不是适合少年儿童们阅读的。这些作品，孩子们看了，从中得到些什么呢！

当然，今天出版的儿童文学作品数量还太少，质量不够好，缺乏吸引力，是原因之一。但这些年来，毕竟也出版了一些优秀的儿童文学作品，为什么看过的孩子们并不多呢？

我认为，有一个很重要的原因，是与学校教师缺乏指导有关。我接触的教师中，有不少人，他们自己从不看儿童文学作品，自然也不可能指导学生去阅读儿童文学作品，培养学生阅读儿童文学作品的兴趣和习惯。

甚至于，有的教师竟不知道成人文学与儿童文学有什么区别；更不知世界上有安徒生、格林这样一些伟大的儿童文学作家；也不知道我们中国有《稻草人》《大林和小林》《小溪流之歌》这么一些著名的儿童文学作品。在我向一位教师谈起儿童文学主要样式童话的时候，想不到答复是："我们教的初中学生，他们不需要看童话。"

很难想象，这些为数不少的年轻的师范院校毕业生，几乎是"儿童文学盲"。

他们说，他们在师范院校读书时，学校里根本不接触儿童文学，更没有学过儿童文学课程。所以，对儿童文学缺乏知识，也缺乏感性。

师范院校不开儿童文学课，看起来是小事，却影响了广大少年儿童，应该是一件不容忽视的大事。

据我所知，目前，全国有北京师大和浙江师院两家正式设了儿童文学教研组，开起了儿童文学课。北京师大正在举办儿童文学专业教师培训班。浙江师院招收了儿童文学专业研究生。全国还有四平师院、曲阜师院等十余所学校有了专职的儿童文学教师，开了儿童文学选修课。

上海，拥有许多家全国知名的培育师资的学府，有师范大学，有师范学院，有教育学院和好几所中等师范学校。不知是不是已经把儿童文学教学工作，放到应有的位置上呢？

我觉得上海的教育部门，应该尽快将这一项工作，提到议事日程上来。

我觉得这些师范院校，应该建立起一个儿童文学教学班子，把儿童文学列为师范院校学生的必修课。有了条件时，可以招收儿童文学研究生，成立儿童文学研究室，设儿童文学系。

要孩子们养成阅读儿童文学作品的爱好，就要求教师们去很好地指导。

所以，造就师资的师范院校，必须重视儿童文学的教学，这是最根本的。

是为建议。

关于童话胎教的论证

下面，我特意要说说成人与童话的关系。就从未来的妈妈，和在母体里的孩子说起吧！

当一个孩子的小生命开始孕育在母体里，做母亲的，除了在营养上供给体内的胎儿，还自然而然地在培育着体内胎儿的性格。如果有意在这样做，这就叫"胎教"。虽然，胎教的科学解释，我们还没有见到什么可靠的数据。但是关于胎教的论证，古代和今天已有不少文字发表了。

常听人说，这孩子先天不足，"先天"还是很重要的。如果先天不足、后天失调，这孩子就糟糕了。

童话，给孩子调理后天，这是很清楚的。那么跟"先天"关系如何呢？

我们的女同胞们，当你们怀有小生命时，你们不但要进摄钙片、各种维生素、鸡蛋、牛奶这些营养品，我还要建议你们去挑选一些童话来读。挑选那些恬静的、优美的、富有诗情画意的，文字上刻意雕琢的，或充满自然情调的童话来读。

你在明静的室内，拉上乳白薄纱窗帘，使光线显得格外柔和，茶几上插几株素雅的发着芳香的花枝，你安详地坐在舒适的沙发里，翻开童话书，一页一页细细读来。

我为海峡两岸姐妹盟欢呼

这几年，我一直在研究在少年儿童中，如何提倡写作。我觉得，要培养和提升一个人的文学素质，必得从孩提时代做起。

就在我觉得此项研究工作孤单无援的时候，上海青浦区朱家角镇中心小学，出现在我们面前。

我在许多报章杂志上发现了青浦区朱家角镇中心小学这个名称，他们学校里孩子所写的作品，我一一读过，我发现这个学校中，确实有着一个具有慧眼的教师和一群具有天赋的学生。

朱家角邻近淀山湖风景区。这里河流交错，树木葱茏的长堤，拱形石头大桥，比比皆是，我曾无数次经过。这次，我专程去访问了。这小学里有一位沈熙钊老师，在孜孜不倦地教诲孩子们写作。他们的学校里组织了一个写作团体，叫"小作家角"，作家角就是朱家角的谐音。确实，这个学校里有许多小小作家。目前，他们学校正在进行一项叫"童话先导"的教育改革科研实验。

我被这个学校所吸引，我就在这个学校里"深入生活"，常常和教师、同学们在一起。我也成为他们学校不拿薪金的顾问。我把我的头脑里的这些东西，奉献给了孩子们。孩子们也以他们的才华和成绩，给了我。我和他们在一起，我觉得我的研究工作很充实。我离不开他们。

这些年，由于海峡两岸的文化交流，又有一所学校走到了我的视野里。那就是台湾屏东县新园乡仙吉小学。

这个学校里有位黄基博老师，我早几年就读过他的作品，而且选入我主编的丛书。他在台湾是位有名的作家。后来，我和黄基博老师通信了。他也把他学校里学生的作品介绍给我。那么多，集子有十来本。而且黄基博老师在提倡孩子写作上，确实很有一套经验和办法，使我很钦佩，也很感兴趣。

他们学校里那些孩子，确实写了许多不错的作品。那年我在主评"全国少年儿童'金凤凰'童话写作大赛"征文中，他们学校就有一位学生的作品得奖。

这两个学校，在重视学生写作上，何其相似。应该说千里有缘，还是所见略同呢？而恰巧被我们发现了。而且，学校里，这两位教师，恰恰都成了我的朋友。

于是，我想到了，两个学校，都在做同一目标的工作，而且都各有相当的成绩。何不在一起相互交流，合作来做这一工作呢？两个学校在一起做，总比一个学校做要好得多。

再巧的，这两个学校都是很有名望的学校，一在大陆，一在台湾，而又都巧是乡村学校。

于是，我来做这个"媒"了，我征得朱家镇中心小学朱洪生校长的同意，并把想法告诉仙吉小学孙世昇校长，不想双方非常之乐意。

这样，朱家镇中心小学与仙吉小学，缔结成姐妹学校。姐妹结盟，也要有个证盟人。我这个介绍人，又成了证盟人。

在这海峡两岸第一张的结盟书上，我要恭恭敬敬签下我的名字。

姊妹情，骨肉亲，这情，这亲，是一股股热流，在我们大家的血管里畅通地流着，流着……

你喜欢童话吗？

幻想，是人类的本能，当你初来到这个世界，你感到新奇。你对周围的万物，都渴望知道。可是，万物不能回答你所有的问题。于是，你必将按照自己的想法，用假设去代替对万物的解释。

你小时候，看见太阳，你是根据你自己爷爷的形象来假设它的形象，所以你称太阳为"太阳公公"。月亮，你是根据你自己婆婆的形象来假设它的形象，所以你称月亮为"月亮婆婆"。这都是些童话的胚芽。你回想一下，是不是这样呢？

随着你的年龄的增加，随着你的知识的丰富，你对童话的需求就越来越高。你不仅想了解世界上的自然现象，更想了解世界上的社会现象。你对物产生兴趣之外，也对人产生了兴趣。这样，童话也就趋于发展了。

我们现在所见到的童话，当然大多数是帮助你认识社会的。

童话的解释社会，与其他文学样式，有不同之处。如杂文，它是说理的；如通讯，它是直接叙述的；如诗歌，它是抒发感情的方式。而童话，则是通过夸张的手法，好像一面凹凸镜一样，透过折光，把某一部分的社会现象，使之变形，让你从这变形的事物中，更深刻地去认识它。

譬如说，童话作家张天翼的《秃秃大王》这个作品，不就是新中国成立前那个社会的集中写照？而他的另一个童话《宝葫芦的秘密》，则写于新中国成立之后，却是对现实生活中在儿童头脑里那种"不劳而获"错误思想的揭露和批判。

再拿你们课本中，童话大师安徒生的《皇帝的新装》来说。要是用别的文学样式，来刻画一个皇帝的专横跋扈、愚蠢无知，当然可以。而安徒生却用了实际上不可能存在的"新装"这样一个夸张的故事，不是就把皇帝的丑恶本质揭露得更深刻一些吗？

童话，能使你从作品中明白许多道理，除此之外，还能启迪你的幻想能力。幻想力，对于任何一门科学，都是绝不可少的。如果没有幻想力，一个科学家就不可能有所创造发明，一个医生就不可能治疗疑难之症，一个政治家就不可能励精图治……恐怕于任何一行都不行。

我希望你多读一些童话。在儿童文学的宝库中，有很多优秀的好童话。其中有很大一部分，不是幼小儿童所能理解的，而是属于你们少年的。

你如果对童话有兴趣，不是也可以练习写写童话嘛！

我想，多读点童话，学习写童话，对于你增强形象思维和逻辑思维，对于你丰富幻想力，对于你的写作水平的提高，必将大大有好处呢！

我希望你喜欢童话。

读童话，写童话

在毛主席的客厅里，摆着几本《安徒生童话集》。有人问毛主席。毛主席回答说："写得好的童话，往往包含着许多哲理，能给人以启示。"毛主席还说："凡是有价值的书，我都喜欢看。"（见江苏文艺出版社《特殊的交往》一书）毛主席知识极为广博，古今中外的书，他读得非常多，毛主席那么忙，还抽出时间来看童话。

少年儿童朋友们，你们一定爱看童话吧！童话是属于你们的，是你们所独有的。

爱幻想，是我们少年儿童的权利。幻想，是任何一门学科的起点。

我们面前的世界和时代，要求今天的少年儿童，必须是开拓型的、具备执着追求性格的、有拼搏进取精神的、富于创造力的新一代。幻想是一切创造力的前端，幻想力会顶着创造力，像火箭顶着宇宙飞船冲向太空一般，有着巨大的作用和威力。请多读童话吧！

少年儿童朋友们，不只是要多读童话，并且也要学着写童话。

因为在少年儿童朋友们的头脑里，不仅有眼前的现实世界，还有一个比现实世界更广阔的幻想世界。

我们要学会记叙现实世界的种种，还要学会记叙幻想世界的种种。

幻想世界，它无奇不有，它无所不包，这就是我们的童话。

今天，我看到许多少年儿童朋友，写出了许多许多好童话。这些童话，很有意思，也很有趣。

你爱读童话，写童话吗？

1995 年 7 月于上海

提倡写童话

孩子们的头脑里有一个广袤无边的幻想世界，孩子们的作文课应该提倡写童话。

我在湘西凤凰县箭道坪小学的"童话引路"实验鉴定会上，倡议举办"全国少年儿童'金凤凰'童话写作大赛"，得到全国40多家少年儿童报刊等单位支持，评出了优秀童话作文100篇，我逐篇写了点评文字，后来由湖南教育出版社出版了一本《中国孩子写的童话·金凤凰》。这一次大活动，在海外影响也很大。海外一些华人学校，纷纷在提倡孩子写童话。有的报纸刊出一个接一个的童话作文专栏，有的地区在举办孩子写童话征文比赛。很快传开一个孩子写童话热。

在浙江，也有两个学校，在提倡指导孩子写童话，开展童话教学，已取得可喜的成绩。

其一，是浙江省浦江县浦阳镇中心小学。这是个有九十年历史的老牌学校。他们成立有一个"马良文学社"，两年来，他们写出了数百篇作品。最近，他们自己编辑、出版了厚厚一本童话集《我们都有一支神笔》用作和别的学校交流。我为他们写了一个序，鼓励他们。这些童话，我看了一部分，觉得很有乡土味，而且很有时代气息。如有的童话，反映了当前商品经济大潮中的形形色色，从电话听筒里流出牛奶，用种树绿化办法在山上做大广告，等等，立意都很新。

另一，是杭州市游泳巷小学，这也是一个老牌学校。他们在学校中开展童话教学的实验，成立了"马良童话社"。一个月里就自己编辑出版了一本集子。这个学校，将以童话教学作为教改和科研的特色。他们还准备将学校也叫"马良小学"，决心将这一教改项目坚持下去，深化下去。

这两所学校，都是他们找到我这里的，主动性很大，积极性很高。我都是他们的"顾问"。也是我做的"媒"，最近两所学校在杭州举行了结盟仪式。以后，有一些活动可以两校联合起来办。譬如，在下一个暑假，准备举行一次"童话夏令营"，地点定在风景秀丽的浦江仙华山下，那里有一座马良的铜像。可以在马良铜像前，举行童话朗诵比赛、童话音乐会、童话游艺演出……

前年我去了马来西亚，马来西亚有一所华人小学，也在开展童话教学。去年我去了台湾，台湾有一所乡村学校已在推展孩子写童话，还编印了好几本童话集。

我准备再次做"媒"，想让海内外有志童话教学的学校都成为姐妹学校，让所有的爱好写作童话的孩子们都拉起手来。

我不知道国内还有哪些地区，哪些学校，在进行童话教学实验，成立有童话社团，我希望这些学校和社团，大家认真交流经验，写出好作品。

童话是属于少年儿童的，童话是少年儿童所独有的精神食粮。

爱童话吧！少年儿童们，拿起笔来写童话吧！

爱好童话写作的孩子，都是我的好朋友。我欢迎你们。

作文有秘诀和窍门?

和少年朋友们在一起的时候,我常常听到大家这样的提问:怎样才能写好作文?怎样开头呀?怎样结尾呀?怎样描写呀?怎样剪裁呀?言下之意,好像写作是十分神秘的,而作家们总有什么秘诀和窍门似的。

有时候,我也想过,我到底有没有什么秘诀、窍门,或者连自己也不知道的秘诀、窍门呢?

我想来想去,觉得的确并没有什么秘诀、窍门,可以告诉少年朋友们的。

可是,我也想出一些意见来,如果少年朋友们认为这就是秘诀、窍门,那就算是作文的秘诀、窍门吧!

第一,作文一定要写你真实的思想。

举个例来说,你的爸爸是一个工人,他在工厂里工作得很好,每年都被评为先进工作者。你们学校里,语文老师出了个题目《我的爸爸》。你怎么写呢?

如若,你真的感到你的爸爸很了不起,废寝忘食,一心扑在工作上,许多事都是先公后私;或者,教育子女很严格,生活上很俭朴。你真的这样想,你把你所见到的爸爸平时的行动写出来,一定会是一篇好作文。

如果不是这样。你觉得自己爸爸不如别人的爸爸会赚钱,或者觉得自己的爸爸是工人，不如别人爸爸是干部神气；或者你觉得爸爸严格要求你，是啰唆，很讨厌。但是，你知道自己的真实想法不能写出来，偏偏硬要说自己的爸爸怎么好，可以断定，你这篇作文怎么也写不好。

因为，你自己就没有说服自己，写出来能说服别人吗？

所以，作文最主要的一点，就是你怎么想，就怎么说，就怎么写。把你真实的思想写出来。

想、说、写要一致。那么，是不是想的就等于说的，就等于写的呢？想得好的就是一篇好作文呢？

当然不能等于。因为你想的，变成说的，说的变成写的文字，也还要有一个过程。

有的少年朋友，想得很好，却不能用语言表达出来；或者想得很好，说得很好，可就是不能用文字表达出来。

这有一个表达能力问题：要是你没有表达能力，你想得好，也是写不好的。

要提高表达能力，这是写好作文的第二个条件。

怎样才能提高我们的语言、文字的表达能力呢？学好语文课，就能提高大家语言和文字的表达能力。有的少年朋友爱写作文，但是对语文学习却十分淡漠，认为枯燥乏味，上课也不好好听，平时也不钻研，这样，要写好作文，也是不可能的。所以，希望少年朋友们，一定要认真学好语文课，提高自己的表达能力。

少年朋友们，要是你具有一定的文字表达能力，把你自己真实的思想写出来，那十拿九稳，一准儿会写出好作文。

你要问作文的秘诀和窍门吗，这就是了。

不信，请你试试。

作 文 语 丝

- 作文提倡一气呵成，但不是不要修改。
- 作文没有想清楚，不要马上落笔。
- 作文求快，也要求好。快要快在好的基础上。
- 你自己还不知道，怎么告诉别人？要写自己所知道的。
- 作文写什么？写你所想的、所知道的、所经历的、所感受的人和事。
- 作品的高境界是：多一字太多，少一字太少。初学写作自然不能如此要求，但应该注意，这是个努力的方向，要学会补上必要的描述，删去可省略的话。
- 重复、啰唆和记叙不清，同为作文之不可取。
- 写前，多想想，应该有个腹稿。心里有个大纲，落笔才顺利。
- 写的时候，还要想着写，对腹稿作修正和补充。
- 写好，一定要读一遍，自然，最好多读几遍。不能朗读，可以默读。要修改的还是要改。
- 作文，说清楚是第一重要，第二重要是说得好。
- 作文不能吝啬，该说的一定要说，不能少说。但也不可浪费，不该说的就不要说。
- 作文不可有套子，要放得开，被套子套住，那就成了"八股文"。

● 有人说开头难，有人说结尾难。要说难，作文都难，要说易，都易。要不断练，多写。

● 对生活，要多观察，要多分析。此外，还要加想象。

● 记叙文，切忌空泛，要具体，要从微处见大，但不是记流水账。

● 要练好文字功，措辞用字要准确，要巧妙，但不是堆砌一些美丽的辞藻。

● 作文中，要有自己的喜怒哀乐，有自己的个性，有自己的感情。

大胆实践，不断练笔

我上初中，是在抗日战争初期。那时，语文课所用的课本，是由各大书局自行聘请专家编纂而成，各种各样的都有，学校采用什么课本，由学校教师自行决定。

我们的语文教师张先生，爱好文学。他选的语文课本，是"纯"文艺的。所选的课文，大都是一些风花雪月的文章，和当时的形势、气氛不协调。

那时候，战线已经渐渐南移。祖国的东南，正激荡着一股强大的救亡浪潮。一些抗战救亡团体办的文艺刊物，陆续内迁到浙东一带来。人们都在大唱《大刀进行曲》《松花江上》《游击队员之歌》……

日本飞机经常来我们县城上空骚扰、扫射、投弹。成群结队的难民、伤兵，从我们居住的浦江县城过境。

我们当时虽然年纪还小，但痛恨日本侵略者和汉奸走狗，不愿做亡国奴，所以，对当时张先生所选的课本和讲授的内容，很不满意。对他出的作文题，我们也不感兴趣。他出的题目，大致是《塔山景色》《学堂之晨》《仙华山记游》之类。我当时常常写抗战救亡的文章，张先生倒并不责备我，有时还用红笔写一些赞扬的评语。

尽管这样，我总觉得压抑，好像有许多话要说，而且必须说出来。于是，我放学回家就写，几乎每天都要写几篇。当时用的是一种红格的毛边纸，写了一本又一本。

后来，我又不满足了，就邀了一些志趣相同的同学，办起壁报来。我记得，我们最先办的壁报叫《烽火》。

我们买来几本作文簿，拆开来，抄上自己的文章，由我抄好题目，画上报头、题图和小插图，贴到醒目的墙壁上。

壁报文章的内容，几乎都是控诉日本侵略者的罪行，抨击汉奸卖国贼，激励抗日救亡爱国情绪这一类的。

我们怎么想，就怎么写。我觉得，当时，我们心里想的，嘴上说的，笔下写的，都是一致的。我们这样做了一段时间，写作水平得到了很大的提高。

如果说经验，这就是一点儿经验：要学好语文，光靠在课堂上听老师讲，光靠读课本上那几篇范文，光靠一学期写老师命题的十来篇作文，是断然不够的。要靠自己大胆实践，不断练笔。特别重要的是：要带着自己的感情去写。

愿小朋友都是坚强者

在我旧居的书房里，曾经摆设过一盆养在清水里的石头。这些石头，并非拣自涧溪或海滩的那种经过流水磨光的鹅卵石，它们来自高山，是一块块多角尖利的青山石。这些石头，曾引起许多对此感到奇异的来客的询问。

这些形状个个不同的石头，质地非常坚硬，是粉碎"四人帮"那年的初冬，我为了修改一部小说，一个人来到绍兴，转道余姚，进入四明山区，在梁弄附近的大山上拣得的。

我是浙东山区长大的，我喜爱山区的性格，我觉得山区人倔强，多角，犹如这一块块四明山上的石头。四明人民的性格，就是这些石头的性格。

我将这些山石置诸几头，因我总是想起家乡先辈鲁迅先生的杂文，秋瑾女士的诗词……它们带给我山区人的坚定和气概。

1989 年 5 月于上海目楼

第四部分

童话序跋选辑

走进美的世界

——《中华美优秀作文精萃》总序

我们疆域辽阔的中华大地，有着壮丽的河山、丰富的物产，她是很美的。

我们古老纯朴的中华民族，有着 5 000 年光辉灿烂的文明史，她是很美的。

我们地处全国各地的家乡，有着各自独特奇丽的风光，她是很美的。

我们遍布天南海北的学校，有着各自育才的斐然成就，她是很美的。

美，就在你眼前，你看得见吗？

美，就在你耳边，你听得见吗？

美，就在你身旁，你摸得着吗？

美，就在你心中，你知得道吗？

一个不善于看见美的儿童，他不应该是聪明的儿童。

一个不善于听见美的娃娃，他不应该是机灵的娃娃。

一个不善于捕捉美的孩子，他不应该是杰出的孩子。

一个不善于思索美的学生，他不应该是优秀的学生。

从这个意义上讲，"中华美"全国少儿作文赛（也包括书画赛）是一项重要的工作，一项光荣的任务，一项艰巨的工程，一项伟大的事业；她的重要，是在于对少年儿童进行爱国主义教育；她的光荣，是在于她对少年儿童进行智育、美育尤其是德育教育的极好形式；她的艰巨，是在于她要普遍提高成千上万的中小学生的写作水平；她的伟大，是在于她旨在培养跨世纪的一代社会主义新人。

一切富有远见卓识的学校领导和老师，应该充分认识到这一点，积极组织你们的学生参加"中华美"作文大赛，这实际上是对辛勤的园丁们进行语文教学和美术教学的最好辅助。

我浏览"中华美"作文赛的征稿通知，宗旨十分明确："歌颂美好的世界，歌颂可爱的万物，歌颂祖国大好河山，歌颂中华民族灿烂的文化，歌颂哺育我们成长的家乡，歌颂美丽的校园，歌颂幸福的家庭，歌颂我们身边一切可爱美好的东西，弘扬爱国主义精神和民族文化，激发少年儿童们的创作热情，鼓励、发展艺术新人，繁荣和发展少儿文艺事业。"他们的征稿内容包括"祖国山水、家乡美景、江河湖海、人物动物、怪思异想、千奇万谜、轶闻趣事、风土人情等"。换句话说，就是什么内容都可以写，就看你写得好不好了！

他们的评奖面放得很宽，所有参赛者都可以获奖，这种"重在鼓励"的做法，令人赞赏。不管怎么谈，鼓励学生写一篇比较好的作文的意义是深远的，总比支持他打一次电子游戏好得多。

他们把入选集的可能性放得很大，好的、比较好的、较好的作文都有入选集子的机会。这是不是说，他们的集子就一定要粗制滥造了，好在他们把大赛的着眼点放在请作家亲笔为少年儿童修改作文并使之得以发表上，参赛者的水平大多有限，但作家的写作水平一般都高，底子较差的作文一经作家"画龙点睛"，就会出现好的效果。凡属写作者，一般都有这样的体会，他们写作水平的提高，一般都与自己某篇文章经人修改后有所顿悟，尔后才有大的提高。而最最重要的还在于，假若这篇文章再经正式发表，称之为他的"处女作"，其意义自然就非同凡响了。"中华美"大赛的组织者就瞅准了这一点，他们要提前几年、十几年发表成千上万的中小学生的处女作，真可谓甘露滋润禾苗，机会难得，千载难逢。

我认识大赛的主要组织者袁银波同志，他是一位卓有成就的富有创见的作家尤其是儿童文学作家。他虽然文化程度不高，但至今已著书 20 余部，在各类报刊、出版社刊文 700 余万字，其中有 4 部长篇小说和十几部儿童文学集以及其他各种形式的文学作品集，这一切，都不是从天上掉下来的，而是他一本本看书一字字爬格子写出来的。他原本可以一心写作以求个人功成名就，但他是个"不安分"的人，是个儿童文学事业家，所以他创意并发起了"中华美"大赛。继成功地举办了"中华美"书画赛后，又举办"中华美"作文赛，一心培养成千上万的小艺术家、小作家，这不能不是一个壮举。

协助袁银波编辑《中华美作文精萃》第一卷的主编周海峰我也熟悉，我早在 1983 年在西安由文化部举办的全国儿童文学讲习班讲课时就认识了他。他早年从教，多年从事儿童文学创作，在全国各类报刊发表以儿童文学为主的各类文学作品 100 多万字。他为《精萃》第一卷的编辑出版付出了很大的精力和时间，这是很值得赞赏的。

也可能有人会说："现在都到啥年头了，高科技，快节奏，电视一扭出来图，电脑一按出来字，电话一拿就通话，画可以不画，字可以不学，信可以不写……"其实，这便大错而特错了。一个没知识，没文化，不懂艺术和写作的人，是一定要落后于我们这个时代最终会被淘汰的人，一切在学生阶段轻视语文基础知识训练的人，他最终都必须饱尝因自己不慎轻视而带来的可悲的后果，必将为自己的轻视付出惨重的代价，除非他以后不想成为栋梁抑或有用之才。

也可能有人会说："我怎么就捕捉不到一些美的东西呢？现在社会风气不够好，腐败分子屡见不鲜，环境污染严重，等等，这能叫美吗？"须知，我们处在一个大变革的时代，一切善良的、美好的、正确的东西最终必将战胜邪恶的、丑陋的、错误的东西。不管什么时候，美总是主流，丑总是支流，否则社会就不会进步，科学就不会发展，人类就不会前进，只有以敏锐的目光观察社会和生活的人，才能善于捕捉美的东西，抒写美的东西，弘扬美的东西。

看重她吧，看重"中华美"，她是促人成才的阶梯！

看准她吧，看准"中华美"，她是培花育苗的园地！

关心她吧，关心"中华美"，她是关心自己的未来！

支持她吧，支持"中华美"，她是支持我们的事业！

1998 年仲春于上海

《快乐鸟》序言

在上海东北角，一条很普通的老式街道上，有一个远近闻名的"童话学校"。

这个学校，校舍简陋，貌不惊人，但他们却作出了喜人的成绩。

他们在学校中开展"童话教学"的科研实验。让童话进入了课堂，让孩子们听童话、读童话、看童话、写童话。通过"童话教学"，使得孩子们增加了各门学习的兴趣和自觉性，使孩子们头脑里的幻想智商得到进一步的开发和正确的引导，使孩子们的性情得到陶冶，素质修养得到提高。在德智体美全面发展的基础上，造就一代新人。

这个学校，成立了一个童话社，开展了各种童话活动，他们写出了许多许多童话。他们自己办墙报，出刊物，很投入，很认真。现在，又印出了这样一本颇具模样的作品集。

我没有读过他们的全部作品，不能说出他们这些作品是如何优异，或者还有什么缺点和不足，但是我要说他们的这种向上的、执着的、富于创造的改革精神，一步一个脚印，脚踏实地的求是态度，是难能可贵的。

这成绩，是他们自己干出来的。是校长，带领老师们和全校的同学们共同努力的结果。

这里面，有上级部门、新老领导的多方指导，家长们和社会各界的种种支持。大家都为之倾注了不少的心血，寄予了最大的希望。

一个人，一个集体，做一件什么事，还是容易的，但要长年累月，坚持不懈为一个目标而默默努力着，是大难的。他们这个学校可贵的"童话教学"已经坚持四年多了，但他们说这才是个开头，跨的步子还太小，他们还要向前作更大的努力。

这是他们童话社的第一本集子，我们拭目等待看到他们的第二本集子、第三本集子……不断地问世。

我在介绍这个"童话学校"的同时，也希望我们上海，我们中国各地，这样的具有特色的"童话学校"多起来。

现在介绍的这个"童话学校"，大家都知道，它是——上海市虹口区临平路小学。

1998 年春于上海

雨后天晴　彩虹横空（代序）

胥口，在太湖东面的口子上。湖光山色，风景如画，是个美丽的古镇。它，隶属于苏州地区的吴县。"上有天堂，下有苏杭"，苏州地区一些著名的旅游胜地，诸如：光福寺、香雪海、灵岩山、枫桥、木渎、行春桥、七子山、东山、西山，都在它的邻边。胥口恰好位于这些风景区的中心点。

水秀山明，地灵人杰。胥口中心小学是个很有成就的学校。

学校里，建有儿童时代社的一个记者站。学生们常常给《儿童时代》写稿。儿童时代社的编辑们常常去学校为学生们作辅导。这个学校爱好文学、爱好写作的同学很多。文学写作，已成为一种风气，成为胥口中心小学的一大特色。

那年，上海作家协会儿童文学委员会曾组织儿童文学作家们在胥口举行过一次创作讨论会，我和一些作家们去过这所学校，和老师、同学们有过广泛的接触、了解和交流。

这所学校很重视人文教学，特别是学生们的写作。这里的学生，似乎倍有文学的天赋，他们写出了许多优美的"作文"。当时，大家都读到过一些，给大家留下甚是深刻的印象。

近日，儿童时代社编辑王薇同志受他们学校的委托，送来了他们学校学生们一大沓"作文"。并告诉我，上海的百家出版社将出版一本他们学校的顾维新、徐善荣老师主编的优秀作文选本——《雨后

彩虹》，要我写一篇序文。我知道，各地有许多学校印刷过学生作文
选，但由出版社正式出版一个学校的作文选本，我没有见过，似乎这
是第一次。这也足以说明胥口中心小学已经创造和具备了各方面种种
条件，开好了这个头。真是难能可贵。

这些"作文"，多是学生们写自己经历的真实的生活，出现或发
生在他们自己身边的人和事，他们所想的、所接触的、所感受的生活
中的一切。是一篇篇很好读的小散文。因为序文限在千字，不可能逐
篇一一去作评析了，只能说说我总的感觉，那就是他们能从生活中去
捕捉"美"，抓住一个"美"字。这并不是一件容易的事。

江南是美的，太湖是美的，胥口中心小学学生们的"作文"是
美的。

我看见一场蒙蒙的细雨过后，太阳从云隙露出脸来，水波潋滟、
雾气氤氲的太湖湖面上，升起一座七彩的由人间通向"天堂"的长
虹。湖边的大地上，一色油绿油绿的幼苗，吐着新芽嫩叶，在茁壮地
成长。

这就是胥口中心小学的学生们和他们所写的一篇篇优秀的"作
文"，也就是百家出版社出版的《雨后彩虹》。

在这本作品集出版的同时，愿胥口中心小学接连不断有下一本再
下一本作品集的面世。

21 世纪第一春写于上海乐村

祝愿（代序）

去年夏天，我和《少年报》的编辑同志，一起去佘山参加一个小学生的夏令营。在营地见到了浦东新区龚路镇中心小学的顾老师和他们学校一部分孩子们。

龚路，我到过。那还是"文革"前，是坐小火车去的。当然，那时的龚路，是个古老的可以说是荒凉的农村小镇。

顾老师向我介绍了龚路近年来的变化和发展。龚路已是浦东新开发区的一个要镇，因为浦东新区，已是全国人民和世界人民所关心和瞩目的新视点。

龚路的教育事业得到了蓬勃发展，龚路镇中心小学为建设事业培育着一批又一批有用的人才。

龚路镇中心小学是个有特色的学校，我在一些报刊上见到过介绍。知道他们从1994年就成立有一个"蓓蕾文社"，顾老师是他们这个文社的指导教师。他恳切要我能再次去龚路，上他们学校看看。

我至今还没有去，非常抱歉。

顾老师已经委托《少年报》的同人，将他们文学社小社员们所写的作品送来了。他们准备编印一本叫《小荷初露》的集子，要我为这些作品，写点什么，作为这集子的序文。

在这两百来篇作品里，故事、散文、童话、科幻、诗歌，都有。真像是一个"小荷初露"的荷池，一池都是荷花、荷叶，粉红和翠绿相间，叫人目不暇接。

这两百篇作品，在全国全市全区性的比赛中曾获得过各种奖励的占到几近一半，在各地各种报刊上公开发表和被推荐的就有一半以上。这多么了不起！

这些作品，富有生活气息。他们写的是自己身边发生的事，或者是自己头脑里想象的将要发生的某些事。作品中的人物，不就是自己家里的人，或者就是左邻右舍，学校的同学，伙伴们，以及常常见到的人。这些事，这些人，都是孩子自己所最熟悉的。他们写得自然、朴素，有真情实感。确实，我们小学生的作文，最忌那号"八股腔"空洞无物、通篇套话；还有那种"文艺腔"，矫揉造作，是一些美丽辞藻的堆砌。所以，我赞美这些孩子的作品。他们是正路子，方向对头。

就一个文学社团来说，当然可以培养出一批文学写作人才，极有可能在将来某几位会成为专业作家。虽然我们也这样说，文学社并不是要社员都造就成为大作家，但应该肯定说任何一个孩子不论将来从事何种职业，不论在何岗位上发展，从小获得很好的文学素养和一定的写作能力，都可以受益终生，这是非常需要的。我祝愿龚路镇中心小学的蓓蕾文学社能愈办愈兴旺，有更多的同学参加，有更多的好文章出世。

愿"小荷"早日绽开，开出一池火般艳丽的荷花来。

"小荷才露尖尖角"是宋人杨万里的诗句，杨万里还有诗曰："接天莲叶无穷碧，映日荷花别样红。"应是蓓蕾文学社明日的写照。

当然，龚路镇中心小学的文学社办得如此红火，不仅仅是师生们的努力，还应该归功于学校和教育部门的领导，没有他们的支持，是做不成这件大事的，他们具有远大目光和卓越见地。

今年九月，是龚路镇中心小学校庆，他们要邀我一定去看看。我想，我应该去的，我会去的。

　　今年是新世纪的第一年，浦东新区的新龚路，龚路镇中心小学一定以新面貌，蓓蕾文学社一定以新成绩，来迎接这喜庆的一天。

　　这篇短文，是我衷心的祝贺！

2000 年 2 月 22 日

《我们都是马良》序（一）

中华民族是一个富于幻想的民族。

中华民族的孩子们，拥有极其旺盛的幻想智力。但是中华民族历史上的封建统治者，历来施行思想禁锢，使这种活泼的、充满朝气的幻想，受到压制，因而童话这一富于幻想的文体，得不到应有的重视和发展。

随着时代的进步，科学的发达，教育的变革，越来越多的有真知灼见人士，开始认识到开发孩子们幻想智力的重要。

世界和时代，要求我们今天的少年儿童，必须是开拓型的、具备执着追求性格的、有拼搏进取精神的、富于创造力的新一代。

而幻想，是一切创造力的前端。我们必须积极地去开发它。

幻想力，是少年儿童一代才智的一部分，它是很珍贵的。人们的幻想力，得到开发，它会顶着创造力，像火箭顶着宇宙飞船冲向太空一样，有着巨大的作用和威力。

我们的孩子，未来的建设者，如若是囿于守旧、怯于开拓的平庸者，就无法承担起民族和国家振兴的重任了。

所以，我认为杭州游泳巷小学的领导和师生们，是很有见地的，他们在学校中开展童话教学，作为教育的改革和科研的一项目标，办起了"马良童话社"，鼓励和指导学生们读童话，写童话。

他们之提倡孩子们读童话、写童话，旨在开发孩子们的幻想智力，培育他们成为进取的、求索的、创造的、全面发展的新一代。

游泳巷小学的这一做法得到杭州市区教育部门各级领导的重视和关注，他们已经开展了一系列的工作和活动。

现在又将孩子们自己写作的童话近六十篇，编辑成集。

这是本薄薄的小书，是他们学校师生们努力的一份心血和汗滴。

不要小看这本小书，它显示着我国教育改革、发展的一个方向。

童话，是孩子们最喜爱读的一种文体，很快也会成为孩子们最爱写作的文体。

游泳巷小学的孩子们，从神笔马良的手中接过了神笔，他们每一个孩子都有一支神笔，他们人人是马良，将来这些"马良"，会用他们手上的"神笔"，为社会，为人民，为世界，为人类，画出最美好的最幸福的建设和生活。

童话的发展，幻想力的开拓，是人类和世界文明，进步的标志和阶梯。

我预祝大家取得最大的成功。

1996 年 5 月 4 日于上海

《我们都是马良》序（二）

在世界地图上，无法标出我们中国的西湖，但在世界人民的心目中都有这个童话一样美丽的西湖，它使多少人向往。

在中国的西湖之畔，有一个游泳巷小学，也十分出名。

游泳巷小学的出名，由于它开展了童话教学，办起了"马良童话社"，学校里的许多孩子们，自己拿起笔来，写出一篇又一篇童话来。这些中国孩子自己写的童话，在全国各地的报刊上陆陆续续发表了，他们自己也出版了一本又一本集子。他们的作品，被介绍到了海外，受到海外人们的瞩目和关注，特别是少年儿童朋友的欢迎和钦慕。

游泳巷小学的童话教学，是在他们上级领导部门大力支持和有关专家的指导下进行的。他们的目标是"创特色学校，造世纪人才"，他们的做法是"从素质教育着眼，从开发学生智力入手"，在全校师生的努力下，取得了出色的优异的成绩。

游泳巷小学马良童话社的作品集第一本出版时，我为它写了序，这次编印的是第二本。从第一本到第二本出版，其中所选收的作品不仅数量上大有增加，主要在作品质量上有大提高。特别本集增加了指导老师的点评，不论是对阅读者和作者本人都是很有帮助的。

我祝贺也祝愿游泳巷小学马良童话社不断取得长足进展。

　　西湖是童话的，游泳巷小学也是童话的。西湖是中国版图上一颗璀璨的明珠，游泳巷小学也会是中国教育事业上的一颗闪光的明珠。

1997 年 10 月于上海

《我们都是马良》序（三）

　　浙江省杭州市下城区游泳巷小学最近举办了一次盛大的童话节。我去杭州参加了他们种种有趣的活动。

　　我一跨进这座用飞翔的蝴蝶风筝叠起来的学校大门，一股童话气息便迎面扑来。童话教学，是这个学校最主要的教学改革和科研项目。枯燥的知识，通过童话的形式就变得愉快。

　　这所学校还成立了"马良童话社"。同学们读童话、评童话、讲童话、写童话，极大地丰富了课余生活。

　　他们常常走出去，到风景区，到动、植物园，揣摩一石一木，一鸟一兽的种种特征，结合自己，结合社会，采撷童话素材，寻找真、善、美，编写童话作品。

　　有一个三年级孩子，个子小小的，我见他写的一篇童话，说一个孩子在竹园里打盹时，将帽子戴在旁边的竹笋上，一觉醒来，便拿不下帽子，因为竹笋长高了。这篇童话非常有趣。

　　学校的领导对我说：这样重视童话的目的，是想通过童话培育全面发展的、具有开拓进取精神的、富有幻想力创造力的新一代。

　　他们学校里四（1）班有个不幸的女同学，双脚和右手都瘫痪了，吃饭、上厕所都不能自理。"马良童话社"的同学们发扬马良"助人为乐"的精神，把照顾她的工作包下来，并以马良那种"刻苦学习"的精神去鼓舞这位同学，希望她能"站"起来。他们以童话育人，师生间充满了爱，因而学校被评为"爱心学校"。

游泳巷小学从事童话教学实验有几个年头了，"马良童话社"五个字还是已故童话老作家陈伯吹爷爷题写的。

游泳巷小学的孩子们最爱说："我们都有一支神笔，我们都是马良。"游泳巷小学有人将它叫作"马良小学"。

杭州游泳巷小学已是童话学校的实验基地，这是一所"童话学校"。

希望有更多的饶远

　　童话南天的星空，有一颗明亮的星星，特别耀眼，那是饶远。

　　饶远读的是师范，毕业以后就做教师了。他爱孩子，所以他为孩子写作，也由于他富有幻想文学才华，所以他为孩子写作童话。

　　以他对于孩子深沉真挚的爱，以他饱满洋溢的幻想文学才华，加之他孜孜不倦的勤奋和努力，他这些年来写出了一篇又一篇好童话。

　　我和饶远认识，是在1982年的夏天，文化部少儿司在广东举办儿童文学讲习班。我忝为这个班的讲师，而他则是到会这群年轻作家的"班长"。因为我是讲童话课的，他是写作童话的，我们便很快非常熟悉了。以后，他常常来信，他发表的童话作品，出版的集子，几乎都寄给我。

　　他的童话，我大都读过，我所主编的童话选本中，曾收入他的《黎明的童话》《春天，一叶白帆失落了》《焦礁》。他的童话，充满激情，浓郁的抒情味，写得像诗，很美。读他的童话是愉快的。

　　饶远已经写了十几年的童话了，大概也有几十万字的作品了。他的作品不仅在广东省里得过奖，而且已在全国范围有了影响，他是一个有一定知名度的有成就的童话作家了。

　　他已调到了文联工作，不但自己仍不停地写作童话，不断地发表新作品，并且他似乎仍然担任着广东童话界的"班长"，在热心地辅导年轻人写作童话，扶植童话的新人成长。他真是个童话的好班长。由于饶远的努力，他所在的韶关地区，童话新人辈出，一代代年轻童话作家在陆续出现，他所在的单位韶关市文联，已成为童话新人摇篮。

我想，我们中国童话界，要是有更多的饶远，十个饶远，二十个饶远，三十个饶远，该多好！

饶远现象，是值得我们思索的，值得我们推广的。

现在广东的评论界，就他的代表作品，进行了分析，写出了这一本书，这是一件有价值的工作。

希望关心童话的大人和孩子，都读一读这本书。

愿我们的童话，能够广为普及和振兴，有一个更大的发展。

1989 年于上海目楼

野军和他的作品（代序）

作家＝作品＋作品＋作品……而不是其他。

我认识野军时，他还是个戴红领巾的学生。那时，他已爱上了儿童文学，对童话发生了兴趣。后来，他也开始儿童文学的写作了。如若从他少年时代的习作算起，他的文学创作生涯已经三十多年了。

他的工作单位，不是文学部门，与儿童文学也无关系。但他这些年来，一直笔耕不辍，为儿童写了大量的童话作品，可以说是一个儿童文学创作队伍里的多产作家。

一个作家能这么些年，坚持儿童文学写作，是大不易的事；能这么些年，坚持为低幼儿童写作，更是大难特难。

让一个成人文学作家写几篇供大一些儿童阅读的文学作品，他或许能做到，但他不一定能为低幼儿童写作。

给低幼儿童写作，需要有一套特殊的功力。

社会上有些人，以为写低幼儿童文学作品，短短千把字，太容易了，这显然是一种误解。

在我们身边，有些父母对孩子说话，内容贫乏，语言枯燥，和孩子怎么也谈不到一块儿去。

给孩子说话是一门艺术，大有讲究和学问。给孩子写作，当然要求更高更多。

首先，要知道孩子们的心理，选准故事的题材；要有个巧妙的构思，生动的情节；要新鲜，要奇特，不能老一套。这样才能写出孩子们喜欢的作品。

同时，在故事中，还要给孩子们一点教益，或是非、好坏的判别，或生活哲理的启示，或做人的品德准则，等等。这种种教益，必须寓于故事之中，要深入浅出，起潜移默化的陶冶作用。

野军做到了这些，所以他能写出许多低幼儿童文学的好作品。

他很了解孩子的心理。他的作品都是从孩子的生活中撷取和提炼而来的，并以富有幽默感的情节和语言，将一个个孩子的形象描绘出来；通过人物，通过故事，告诉读者一些有益的东西。他的作品很有趣味，很有意义。有的作品，让孩子读来莞尔一笑；有的作品，让孩子读来捧腹大笑，笑后一想，也都能获得某种启发。这就是野军作品的特色。

在低幼儿童文学作家群中，野军是一位佼佼者。这些年来，他辛勤耕耘，已经发表了六百余篇作品。

野军写作很认真，可说是一丝不苟。他每写好一篇稿子，总是要放上一些日子，在这些日子里，一改再改，改定了，他才誊抄得清清楚楚，然后寄出去。

我向来认为，儿童文学中主要是低幼文学，而低幼文学中主要是童话。

我觉得，我们的作家队伍中，像野军这样专事低幼童话写作的作家太少。

我推荐野军和野军的这些作品，也就是希望有更多的人，和野军一样，来写作低幼儿童的童话。

当然，也希望野军川流不息，一浪高过一浪，写出更多更好的新作品。

1995 年 6 月于上海乐村

《红房子搬家》序

野军，是我国大家所熟知的一位低幼儿童文学作家。

他已步入中年，从事低幼儿童文学写作有很长时间。收在这个集子里的短篇故事，共有 78 篇之多，自然这不是他的全部作品。他的全部作品要比这个数字多得多。

他有好几篇作品，得到各种奖，有的已在海外的报刊发表了。至于选收入各种合集或选本的作品，则不胜枚举。他，为低幼儿童文学，作出了很好的成绩。

可以举他那篇《牛奶将军》为例。这篇作品，许多人都把它看作是他的代表作。那年，上海评奖，我们讨论了这篇作品，一致通过，决定授给它"上海 1986 年优秀作品奖"。这确是一篇精彩的童话。一个将军，竟然和牛奶联系在一起，真是大奇事。这个将军，出去打仗，一定要带上一大罐牛奶。结果被一个孩子发现了秘密，用弹弓打破了牛奶罐。将军没有牛奶喝，便打了大败仗。这虽然写的似乎是一位古代的将军，但实际上说的又似乎是一个今天的孩子。在今天"独生子女"的社会里，这个作品很有针对性，具有普遍的现实意义。这就是这篇作品的生活性，社会性，时代性。这篇作品，很像是一个民间传说故事，又好像就是发生在当前。它是民族的，现代的。一个低幼故事，短短数百字，却能写出一个重要主题。低幼儿童文学好写吗？太不好写了。这个故事，受到孩子们的喜欢，太不容易了。同样，野军的其他作品也充满情趣，牢牢地吸引着孩子们。如他写的《长长的花袜子》《会滚的"汽车"》《长鼻子和短鼻子》《糖房子》等童话，都十分新奇有趣。他写的低幼生活故事也很有特色，如《小火炉》《小魔术师》《小绕绕》《吵架》等，都很贴近孩子们的生活，对孩子们起着潜移默化的教育作用，因此也受到家长们的欢迎。如今，野军写的童话和故事已广泛进入许多幼儿园、学校和家庭。孩子们喜欢听他写的故事，许多孩子会讲他写的故事，并在讲故事比赛中得了奖。

低幼儿童文学，并非像有的人想的那样：没有多少字，故事也简单，写起来很方便。这是一种误解。不要说给低幼儿童写文学作品，就是和低幼儿童去说话吧，我发现有许多人就不会，包括有的父母亲。这是一门专门的学问。写作低幼儿童文学，需要一种特殊的艺术修养、特殊的艺术技巧。写作低幼儿童文学，并非那些成人文学作家，一拿起笔，就可以成篇的。它，选材、结构、表达、措辞、用字，等等，另有一功，都大有讲究。

近年来，社会上许多人提出了这么一个新问题：在低幼儿童教育中缺乏那种男子汉的阳刚之气。这样，对孩子们的成长和培育，有不足的一方面。确实，正常的家庭应是父母双方共同组成的，一切亲子活动，也必须有孩子的父母亲参加。我们的低幼儿童文学，也是这样，应该有许多女作家，也应该有许多男作家。如若男过于少，恐怕也会出现像低幼教育事业中的那种种现象。

在野军的作品中，我认为就很有那种阳刚之气，在他的笔下出现的人物形象大多是些"淘气而可爱"的孩子，即使是写动物，也是这样。这是我国当前低幼文学中难能可贵的，也是他的作品之所以会受到孩子们和家长们喜欢的原因。

诚然，像野军这样一位作家，坚持写作低幼儿童文学，一写十余年，从未辍过笔，在当前这儿童文学低于成人文学、低幼儿童文学又低于一般儿童文学的社会世俗眼光里，真不容易！他安于不被人注意的低幼儿童文学的创作，并乐于此道而不疲，默默地孜孜不倦地写着，写着……

他为人耿直，表里一致，刚正不阿，是个挺着腰杆子写作的硬汉子。我想，他用的笔名"野军"，确实名如其人。

我认识野军，很早了。他少年时代就酷爱文学、艺术。后来，除写作外，还搞过美术创作。他从小就显示出他出众的文学艺术才华。我和他是在上海北郊一次市少先队夏令营活动中相遇的，他是那一期夏令营的中队长，我去参加他们的文学活动。后来，他来邀我去他们学校，和一群爱好文学的同学举行过座谈。这以后，我们就有了很多的来往。

他在中学毕业后，由于他父亲，一位四明山区的"新四军老战士"，因为莫须有的罪名，被人栽诬了，他也因此受到株连，在"大跃进"年代进厂工作，一直到现在。

野军走过的道路，是坎坷而又曲折，饱经风雨。他是一位自学成材者。他的成功，靠的是他的那份对孩子们的挚爱，以及对低幼儿童文学事业的热诚。他，是一个强者，充满自信而又执着，以顽强意志发愤努力，不停笔地为孩子们写作着。

我谨向大家介绍野军这一位作家，并推荐大家读一读他的作品。

因为，作家的许多事大家不一定知道，我多说了一些，作品则在后面印着，我就少说几句。

写了这些，也算是篇序文吧！

1991 年 11 月于上海种德桥畔目楼

不起眼的文学　不起眼的作者

——兼评纪家秀和她的幼儿文学作品新篇

纪家秀同志送来一大包作品，要我看看，谈点什么。

对幼儿文学，我正有许多话要说，拿到纪家秀同志的作品，太好了，我要趁这个机会对幼儿文学议论一番。

这一包纪家秀送来的作品，并不是她的全部作品吧！但是这里面，我数了数就有单行本三十六册，散发在报刊上的剪报一百余篇。我想，如果她开起著作目录来，有些颇有名气的作家未必比她多。可是，她在文学界名不见经传，还不是作家协会会员，任何报刊没有介绍过她。

纪家秀是一个初学写作的年轻人吗？不，她从山东大学中文系毕业，走上工作岗位开始，三十多年来，一直坚持在幼儿文学岗位上，没有越过雷池一步。她刚开始做这项工作时，是个年轻的姑娘，如今已是五十开外抱外孙的老奶奶了。

为什么这样一位老资格的文学工作者，人们对她是那样不关注呢！

那是因为，她所从事的低幼文学，是一门不起眼的文学。

儿童文学在整个文学部门中，是不被重视的，一向称之为"小儿科""二等文学"。低幼文学，在儿童文学中又更低下一档，真是成了"低下文学"。不知从何而来，文学中竟然产生了如此鲜明、如此不公平的森严等级！

轻视幼儿文学，我想，大概是我国封建道德"父尊子卑"传统的因袭，是属于我们民族的缺点。我们的国家，在许多方面进展是迅速的，改变是很大的。但是在这个问题上，虽然有所进步，而在某些人的头脑里，在社会的习惯势力中，还是根深蒂固的，是一个很难根绝的旧观念。

问题的症结何在呢？自然有外在因素，也有内在因素。探其究竟，我觉得内在因素是很重要的一个原委，在于我们儿童文学的侧重点，一直没有摆正、摆准。

在世界上许多科学发达的国家，他们所说的儿童文学实际上绝大部分指的是低幼文学。他们印得装帧最为考究的、数量最多的，都是低幼文学。但是，我国这些年来，一直把儿童文学侧重放在初中学生的少年文学上，现在还一直在上升。我们的儿童文学评奖比例如此，儿童出版社的布局如此，儿童文学作家的队伍组成如此，儿童图书馆的工作方向如此，就拿我们现有的几部儿童文学的"概论""史料"来说，都如此。儿童文学的侧重，从这种种方面都有连锁的反应。这种状况是不对的，可是没有可能把这颠倒的情况改正过来，因为大家还没有意识到。

这几年，虽然文化部少儿司、国家出版局，也举办了低幼文学讲习班、低幼文学座谈会，但只是"呼吁"一下，要各方面"重视"起来而已，并没有从整个儿童文学，从儿童文学的方向，提到"重点转移"这个战略高度来看待，所以收效不大。

儿童文学侧重于少年文学，自然儿童文学的理论也侧重在少年文学。儿童文学的理论可以说是很微弱、可怜的，居于儿童文学之一小角的低幼文学哪还有什么理论可谈呢！近年，儿童文学理论热衷于讨论"打破儿童文学和成人文学的界限""推倒儿童文学与成人文学之间这道人为的墙"。这讨论是有效的。许多儿童专业出版社已开始向这个方向在行动，将儿童出版社改变为青少年出版社。一些报刊也有了表示，将儿童报刊改变为青少年报刊。当然，这未始不可。因为儿童文学中的少年文学，与成人文学中的青年文学，是相接壤的，这一段文学本身就是"模糊"的，它不可能像国界那样能够画出一条界线来。

但，接壤的文学，总只是一部分，儿童文学是多层次、多对象、多程度的文学，是一种广泛性的大概念文学。低幼文学，怎么可以去打破与成人文学的界限呢？因为低幼文学和成人文学并不接壤，它筑不起什么人为的墙，所以也不存在推倒的问题。

低幼文学是一种很有特征的特殊文学。许多成人文学作家，写过成功的儿童文学作品，但是不见得能写出成功的低幼文学作品，如果有，也是鲜见的。写作低幼文学，必须具备有这方面的种种条件，譬如熟悉幼儿的生活、心理、兴趣、爱好、教育要求，以及他们的语言，这是一种专门的学识。认为"幼儿文学人人皆可为之""一天可以写很多篇"那样的人的确不少。这样说法，是来自那种从未实践过，只看到文字稀少，由此产生一闪而过、潜意识的错误印象而信口胡诌者。

在我国创作界，多少年来的因循习惯，向来是，文以深为好，文以长为好。这种习惯从小学生"作文"时代就养成了。文深，则哲理性强，文长，则面面俱到。低幼文学浅和短，自然会被目为简易、粗糙、低下。

难乎，易乎，由于各自条件不同，犹如《小马过河》，水深，水浅，马和耗子，说法自然不一，是无法比较的。幼儿文学究应如何，抽象来说，也是说不清楚的。

我手头有着纪家秀的这一大包作品，就拿这些作品来说话吧！我翻开这些作品，从这些作品出发，夹叙夹议，来说说一些低幼文学的具体问题吧！

纪家秀的作品，绝大部分是童话。我全部都看了。比较一下，我以为她写得最好的也是童话。

她的童话中，我最喜欢的是"小熊"的系列童话，一共有十来篇。都是以"小熊"作为主人公。但这"小熊"不是一只小熊，而是许多小熊，每篇一只小熊，它的性格都不相同，背景、时间，也不一致。所以又是一些相对独立的单篇的童话。这个系列童话，我觉得以《小熊舀水》(《好儿童》)写得最好。

《小熊舀水》写小熊的妈妈生病了，小熊去山里舀山泉水来给妈妈喝。路上遇到一只小鸟，要喝它舀来的山泉水，小熊给它喝了；又遇到一只兔子，要喝它舀来的山泉水，小熊给它喝了；又遇到一只公鸡，要喝它舀来的山泉水，小熊给它喝了。小熊把山泉水拿回家，妈妈喝了山泉水，病就好些了。小鸟送来了草药，它妈妈含在嘴里病就好了；小兔送来大萝卜，它妈妈吃了就有精神了；公鸡送来鲜花，它妈妈一闻就起床了。这个短短的童话，以简疏的笔墨，塑造了小熊这一纯真、善良、热忱、乐于帮助别人的可爱的美好形象。故事虽然简单，用的是中国民间童话的三段法，但是整个故事非常完整，前后呼应，无一缺漏，一层一层往下发展，是饶有艺术性的。这一小熊的系列童话，我觉得写得不错的还有《小熊不不》《小熊娇娇》《小熊开开》(均由河南少年儿童出版社出版)。《小熊不不》写一只小熊，因为它老是说"不不"，所以大家都管它叫"不不"。一天，妈妈叫它送蜂蜜到外婆家去，它害怕，说"不不"，不肯去，它妈妈一定要它去，只好去了；但一见到高山，它就说"不不"，不敢上去，后来朋友们帮助它爬了上去；下山山很陡，它又说"不不"，不敢下山；要过河了，它怕桥倒塌，又说"不不"，不敢走桥。在朋友帮助下，终于来到外婆家。在外婆家玩得很开心，它不再说"不不"了。《小熊娇娇》则写小熊娇娇跟妈妈到森林里去玩。妈妈要去给它找果子，还没走远，娇娇就叫："妈妈来呀！"妈妈回来一看，说是一粒草籽粘在身上。妈妈没走远，娇娇又叫："妈妈来呀！"妈妈回来，说是一只小蚂蚁咬它。妈妈走了，它一会儿采鲜花，一会儿追飞鸟，追呀追，跌进一个土坑里，大叫："妈妈来呀！"妈妈知道没有什么大事，没有睬它，它只好自己想办法，后来，在妈妈帮助下，终于爬出土坑，它开始懂得要学会照顾自己了。《小熊开开》是写叫开开的小熊妈妈带它去参加森林联欢会，邻居小猴也很想去，要开开妈妈也带它去。开开不肯，把小猴踢开。它们在前面走，小猴跟在后面。开开还不许它跟。一路上，开开碰着了许多麻烦和困难，都是小猴帮助它，到了森林里，它独个儿玩，玩得很没劲。只好去跟小猴它们一块玩。大家一起玩，开开玩得很高兴。纪家秀在这一系列童话中，刻画了一个胆怯的小熊，一个娇气的小熊，一个自私的小熊。这是几种不同的小熊的形象，又是几种孩子的典型。他们虽然性格、表现各异，但在我们的周围，我们的身边，都可以找得到。

这些小熊，明明是孩子。但是，为什么不直接去写孩子，而要去写小熊呢？当然，童话并不是等于把孩子改成动物，如果只是把孩子改成动物，那这童话也过于拙劣。而应该，它是动物，又是孩子。这就是我们童话的拟人处理。

在生活中的确是这样：如果我们直接写一个孩子去帮助别人，给别人喝水，或者直接写一个胆怯的孩子、娇气的孩子、自私的孩子，绝没有能如写小熊那样受到孩子的喜爱。试问，我们身边的孩子，谁愿意跑到马路上去看人们骑自行车呢？可是孩子们都愿意买票去杂技场看小猴骑小自行车兜圈子。孩子们为什么那么爱看木偶戏、动画片呢？这是有孩子的特殊原因的。

孩子们的幻想力是很丰富的，随着判断力的增强，幻想力是会慢慢衰退的。在孩子们的头脑里，世界上的任何物，都和人一样，有生命，有感情。他们乐于为布娃娃办家家，给布娃娃吃东西，叫布娃娃睡觉，就是这个道理。这就是我们童话的由来，以及赖以发展的原因。

儿童文学应该重视低幼文学，低幼文学应该重视童话。

但是，我们的儿童文学没有重视低幼文学，低幼文学的侧重也没有放在童话上。

童话在低幼文学中还是置于被忽视的地位。

我听见有位宣传部门的领导，曾经在一次儿童文学界的集会上，批评说："小狗和小猫没多大意思，应该让孩子们从幻想世界中出来，回到现实世界中去。"也有一位领导同志在一次低幼读物出版工作会议上指出，"今后低幼读物应该多出版儿童生活故事"。这都是把童话看成是脱离现实的错误见解。殊不知，童话来自儿童现实生活，通过幻想手段，反映现实生活。

纪家秀还写了其他许多童话，我认为《神奇的蔷薇花》（《好儿童》），写得也很好，这是一个幻想丰富、趣味盎然的作品。她给更小的幼儿写的《跌倒自己爬起来》（《娃娃画报》），也是一个富有生活气息、很有意思的小童话。

纪家秀还写过一些幼儿生活故事。我喜爱那篇《好哥哥和弟弟》（《青岛日报》）。故事是写一个大孩子，看见隔壁小弟弟爬阳台，小弟弟的妈妈出去了，家里没有其他人，大孩子就把小弟弟带到自己家里来，哄他，并痛痛快快和他玩了一场非常有趣的游戏。他们玩得那么认真，快乐。两个孩子的游戏，写得活灵活现，充满生活情趣。我以为幼儿生活故事，必须写得自然、真切，必须有情，有趣。《好哥哥和弟弟》就是这样一篇成功的作品。

虽然我认为童话是低幼文学的重要组成部分，但绝不可反过来说生活故事应该忽视。写幼儿生活故事还是很需要的。要写好幼儿生活故事也不是那么容易的。我们所见到的好的幼儿生活故事不是太多，而是很少。幼儿生活故事难写在哪里呢？我认为这是由于幼儿生活是十分平凡的。幼儿一般不是在家里，就是在幼儿园里，他们不可能卷到社会上各种重大冲突的风波中去，他们不关联错综、纷繁的世事的种种纠葛。而我们的作者，就要从他们的平凡生活中，找出不平凡。这是很有难度的，局限性是很大的。所以，写作幼儿生活故事的作者，必须很细致深入到儿童生活中去，观察他们，分析他们，捕捉和发现他们的不平凡。纪家秀从一个大孩子和一个小孩的游戏中，发掘出来这么一个生动有趣的故事，是她熟悉生活的结果吧！

纪家秀的有一些作品，是用韵文写的。我觉得，应该提倡给低幼儿童看的童话、故事，用韵文来写作。韵文易念，易记，可读，可唱。孩子一生下来，他所最先接触的文学作品，就是有韵的儿歌吧！他躺在摇篮里，妈妈唱的催眠曲，也是韵文吧！所以，我主张幼儿文学中，凡是可以用韵文表现的，请尽可能用韵文。这对儿童语音练习很有好处。当然，这不是排斥散文。低幼文学中也应该有散文。但不管韵文、散文，都要注意语言精练，注意音节自然，切不可写得佶屈聱牙。

我认为纪家秀同志把青春和毕生精力都献给低幼文学，数十年如一日，坚持在这个不被注意的工作岗位上，默默工作，是极为难能可贵的。

这样的同志，是不多的。在上海，老一辈的有方轶群、黄衣青、阳光等几位同志，现在都已退休了，但还坚持为幼儿写作。纪家秀比他们晚一辈，但她是目前在出版社里为低幼文学工作时间最长的一位了。她忙忙碌碌为幼儿交出了一个 365 天，又一个 365 天，三十多个 365 天过去了。

她写了那么些低幼文学作品，和所有的幼儿文学作品一样，没有受到应有的重视。所以，我把低幼文学称为"不起眼的文学"，把写作幼儿文学的作者称为"不起眼的作者"。纪家秀是这些"不起眼的作者"中的一个。

我觉得我们应该为这"不起眼的文学"大声疾呼。如果有机会，我是很愿意为这些"不起眼的作者"一个一个写传，推荐、介绍他们的作品的。

我很希望这篇文章发表的不久，受到指责，说："低幼文学已经受到重视，低幼文学作者已经受到重视，你不应该把他们称为'不起眼的文学''不起眼的作者'。"

那时候，如果事实真是这样，我一定心甘情愿，向指责我的同志道歉，并作检查！

1986 年 4 月于上海

康复昆的童话

1980年，我去北京参加第二次全国少年儿童文艺创作评奖。这次评奖，是儿童文学规模最大的一次评奖，时间跨度25年。主办单位是中国文联、中国作协、教育部、文化部等八个国家级的单位、团体，也可说是中国最高级的儿童文学创作评奖。我们是极其慎重地来开展这项工作的。

各地区推荐来的作品，达一千多件。这些作品是各地区从以万计的作品中，层层筛选，才送到北京来的。我们经过反复认真地阅读、讨论，选出了二百一十二件作品，作为得奖作品。

这二百一十二件作品中，童话是十四件，十四件得奖的童话中，就有一篇《小象努努》，作者叫康复昆。

康复昆，这个名字，大家是陌生的，他是一位新作者，《小象努努》，是他写的第一篇作品。这些都是后来才知道的。《小象努努》发表于北京的《儿童文学》杂志，据当时《儿童文学》编辑部的推荐材料上所介绍，《小象努努》发表之后，得到读者的很大欢迎。

所以，可以说，康复昆这位作者，《小象努努》这篇作品，是广大小读者推荐出来，才评上奖的。

《小象努努》中的努努，写得非常可爱，它天真、善良，它为了找寻爸爸和妈妈，落到了猎人的手中，并被卖到了马戏团，它在危难中和一个叫岩木朗的孩子结下深厚的友谊，后来它在一次机会中，甩死了坏人，给父母报了仇，它和岩木朗逃出了戏院，躲到一个海岛上，解放军又救了他们……童话写了小象的一家，以及它一段惊险的经历。

这一篇童话评上奖，使得康复昆这位作者一举出了名，他对写作童话有了更大的兴趣和爱好，于是，他不断地写童话，而且越写越好，如今，也是我国著名的童话作家了。

我见到康复昆是在他获奖后的第二年。那年夏天，文化部在四川成都举办西南西北地区儿童文学讲习班，我忝为讲师团讲师，去成都讲课，康复昆则是云南省推荐来的代表。我们共同生活在一个招待所里十来天。

康复昆是昆明师院中文系毕业的，曾分配去思茅工作，一直在西双版纳的阿佤山区生活，后来调回昆明，在一所中学里教书，还担任教务主任。课余从事儿童文学写作，并兼任那里《春城儿童故事报》的副主编。

以后他写作了许多童话。其中《礼花》《最美的歌儿》，也曾获奖。我所主编的《童话选刊》上，也选发过他的《好娃寻梦》。听说他还写过一些儿童小说。

康复昆历年来发表的童话，我大部分读过。他熟悉滇南热带森林的生活，那郁郁苍苍的种种植物，那充满活力的种种动物，都是他童话中经常出现的主人公。他的童话中充满着那种南国风情美，那种少数民族人民的真切朴素的感情。在诗情画意中叙述了一个个激动人心的故事，给读者带来真、善、美，芬芳的泥土气，淳厚的民间味，和耐人寻思的哲理意义。

康复昆的写作态度是严谨而认真的，他反对童话赶时髦。有一度各地不少报刊上充斥那种洋里洋气的粗俗作品，什么"热闹派"，什么"新潮派"，走"红"一时，康复昆曾站出来，撰文批评这种不负责的现象。

康复昆是一位有思想的，艺术上有执着追求的童话作家。

我深信，他在今后的岁月里，会为少年儿童写出更多更好的童话来。

1991 年初夏于上海种德桥畔目楼

大孩子朱奎

我认识朱奎有许多年了。

他是北京人，在北京念完中学，就被分配去遥远的黑龙江，进了一个建设兵团。二十出头，他开始写作了。小说、散文都写，后来，被吸收进黑龙江省的《北方文学》编辑部，做一名编辑。不知怎么，对儿童文学发生兴趣，也写起儿童文学作品来。

1980年，我从北京参加第二次全国少年儿童文艺评奖工作回上海，筹备创办大型儿童文学丛刊《巨人》。他寄来几篇稿子，这样我们就有书信来往了。他写的一篇童话《足球皮皮》，不知是不是他写的第一篇童话，在《巨人》上发表了。自此，他一面写儿童小说，一面写童话。后来童话愈写愈多，愈写愈好，印出了《小蜡船勇敢号》等好几本集子，成为大家所熟知的童话作家。

他有机会来上海出差，总是上我家来看我，我们常常一起探讨童话创作上的许多问题。

1982年，暑期，文化部少儿司在沈阳举办华北、东北地区儿童文学讲习班，朱奎便是黑龙江省推荐来的代表。我忝聘为这个班的讲师，去沈阳班上。我们就在那个并不凉快的东北古城，一块度过一段时间的日日夜夜。朱奎在班上创作了不少好作品。

朱奎，是一位头脑敏捷并富有幻想又很快乐风趣的年轻人。他下笔甚快，一些作品，想好了，一下子就出来了。他不大能喝酒，却爱喝，喝几口就醉了。一醉，话多了，像个小孩子，净说傻乎乎的天真话。

他是个大孩子，一直保持着孩子的童心。他一和孩子在一起，很快就和孩子打得火热，一起玩，一起闹，成了孩子中间的一员。

因为他和孩子同喜怒哀乐，他的作品能够反映孩子们的种种心态，所以他的作品，十分受到孩子们的欢迎。

朱奎的童话幻想是丰富的，特别是他善于用夸张的笔法来反映生活，不论是孩子生活的童话，或者是拟人的动物或别的物的童话，都运用和发挥得很好，充分，得体，这非常难能可贵。

他的童话大多是讽刺性的，或者说是闹剧性的。但这种兴味，绝不是外加的，硬凑的，而是从人物和故事的发展中自然出现的一个个小细节。孩子看了会发笑，从笑中获取某一种思索和教益。

朱奎的童话，在以前有一段时期，有的作品，也沾上过那种洋味儿。但是随着他各方面的成熟，那种气味就很快抛弃了。现在，他这本集子里的作品，我们再也闻不到这种不舒服的气味了。朱奎的童话，注重我们中国的民族味，是有我们中国特色的童话。

朱奎是中国的童话作家，他的童话是中国的童话。

他目前在德国进修。德国的格林童话大家很熟悉，还有著名的童话作家豪夫的童话、霍夫曼的童话，还有那本《吹牛大王敏豪生》……愿朱奎多多吸收德国童话的好营养，继续不断为中国的孩子们写童话，写出更多更好的中国的童话。

1990 年冬日于上海西郊目楼

朱效文的童话集《冰雪摩天大楼》序

　　上海已开始出现年轻的童话作者群，这是令人欣慰的事。因为童话到了需要承上启下的时候了。应该有一代新人，踏上这个岗位，接过担子，为广大的小读者写出许多许多好童话来。童话，在"文革"期间，出现了"断层"。一代儿童，没有童话，带着饥馑，度过他们本应是充满金色幻想的时光。

　　随着我们的童话老一辈作家渐渐离我们而去，大家也曾担心，会不会再出现一个"断层"呢？不会的，因为我们的童话新一代作家已一个又一个在出现和成长。

　　他们一个个从丰沃的生活土壤中，像树木那样，在空气、阳光、雨露里，向上生长着，伸出苗壮的枝丫，覆盖一大片一大片的绿荫。

　　新一代童话作家，由于各自的努力，一个个趋向成熟。

　　朱效文，就是上海年轻的童话作者群中，趋向成熟的佼佼者之一。

　　他，在农村插过队，回上海后做过工人，后来考进大学；大学毕业，当了出版社的编辑。他在生活中磨炼过，他有丰富的阅历，这些都是成为作家的必要条件。

　　一个在生活中打过滚的人，总希望对我们的世界说点什么吧！于是，他写作了。由于，他被安排在一个为着儿童而工作的岗位上，他爱上了儿童文学。这样，他开始为儿童写作了。

他，像所有的写作者一样，开始时兴趣总是广泛的。他写小说，写童话，写诗歌，写散文，写故事，写幼儿文学……

写作的兴趣，往往是金字塔式的。先铺开广阔的面积，然后一步步收缩、集中，最后主攻一个尖端。

朱效文，好像许多体裁都写，但是看他的全部作品，写得最多的就是童话。这明显表示了，他的兴趣在向童话集中。他说："我之所以偏爱童话，是因为我天性喜好幻想。相信童话既能取悦于儿童，也能蕴含深广的内涵。"

我很赞成他的说法。童话是人人好写的，但要写出好童话，成为一个童话作家，不是人人可以做到的。这取决于一个人的幻想力如何。有人在写童话时，不敢放开大胆去幻想，幻想了也要加上许多科学解释。有人在写童话时，不是在现实的基础上去幻想，而成为胡思乱想。这样的人，都是缺乏幻想力，也可说是缺乏创作童话的才华吧！这样的人，是写不出好童话的，也是成不了童话作家的。

确实，童话是可以取悦儿童的，如果儿童对一个作品读来不悦，这童话就失去了它存在的价值和意义。但童话，它的价值和意义，仅仅是取悦儿童吗？也不是，童话绝不是文学游戏、书本玩具，所以它不能就是"快乐的工具""娱乐的工具"。它，蕴含深广的内涵。童话，是生活的反映，虽然这种反映，采用了折光的幻想处理，但终究是反映生活的。生活，何其丰富多彩，我们的童话也应是灿烂缤纷的，五光十色的，多姿多彩的。我们的童话，既是反映生活的，如何反映生活，也必有个倾向性、诱导性；所以，我们的童话，也必须是时代的、社会的。

这，是朱效文的第一个短篇童话集，共收他的童话作品十六篇。

我们从他的这些作品中，可以看出他在按他的想法，努力地探索着，执着地追求着。

他为儿童，为童话，做着奉献。

我们期待朱效文能源源不断写出众多的好童话来。

童话的园地是辽阔的，但还是荒漠的。希望有更多的人，来这里"插队"；有更多的人，来这里"落户"。永远在这块土地上开拓、建设、耕耘和播种……

我们期待着童话的金秋到来，那时将是一个大丰收！

大家一起来迎接吧！

1990 年阳春三月于上海西郊种德桥畔目楼

她就是黄一辉

——《小儿郎·小儿狼》序

在台湾一本刊物上，读到一位台湾作家对于黄一辉的印象描述："四川来的黄一辉，是个跳傣族泼水舞舞姿曼妙的电焊工，容貌清丽，仪态高雅，实在很难想象她和过去工作过的铜铁铝，是如何凑合在一起的。她说起童话创作的动机，为的是补偿惊恐莫名的童年生活。"

我和黄一辉并没有见过面，只从照片上看见过她。的确，黄一辉像台湾那位作家所描述的那样。

我最先读到她的作品，是她发在上海《少年文艺》1986 年 3 月号上的《小提琴姑娘》。料不到这小提琴姑娘写的正是黄一辉自己。因为那时，我不知道黄一辉是女性。她的名字太男性化了。我读了这篇作品，惊异于一位男性作者，竟能写出如此柔和、绚丽、细腻的童话作品。我想，如不知道黄一辉是女性的人，见面时，一定不相信黄一辉竟是她，或者她就是黄一辉。由此，我对黄一辉的作品分外注意。我一共编过五期《童话选刊》，有三期选用了黄一辉的作品。第一篇就是上面说的《小提琴姑娘》，第二篇是《梦湖》，第三篇是《小星球·蓝星球》。（后两篇均原发《儿童文学》）

这样，我才从发表她作品的刊物上，作者介绍栏里知道：黄一辉是一位女性，职业是成都一家大学附属工厂的工人。

1991年，她的第一本集子《梦湖》在四川文艺出版社出版了，送给我一本。自此，我们就开始通信了。她的信，有时写得很长，又写得很真挚，很坦诚，她是一位单纯而善良的人。

黄一辉有一个艰难的童年时代。

她出生于川南名城宜宾的一个书香之家。由于那个时代特别强调家庭出身，她偏偏属于"出身不好"那一类，因此，在上小学时，受尽同学的歧视，被围追、吐唾沫、揪头发是常有的事。被同龄人所抛弃使她走向大自然、热爱大自然。向有"长江第一城"美称的宜宾市依翠屏山，傍长江、岷江、金沙江水，山川草木皆灵秀，大自然用它美丽宽阔的胸怀接纳了这位孤独的小姑娘，河滩、卵石、草坡、野花成了她童年生活亲密的伙伴。

这时，童话也进入了她的生活，《拇指姑娘》《海的女儿》这些熔铸着人类美好情感的童话给她带来了光明和欢乐，《灰姑娘》的故事带给她希望和力量，童话成了她心中的一片圣地。

走进中学时，由于她的艺术天赋，加入了校文工团。她能编，能导，能演。她在乐队拉小提琴，在舞蹈队跳领舞和独舞。她也能绘画，唱歌。她梦想过长大了当作家，当演员，当画家，自然她也想过要写童话。

可是，冷酷的现实让她的梦，一个个，都像肥皂泡那样破灭了。中学毕业，她不能升学了，由于"家庭出身"这只拦路虎，艺术团体来招生，她连报名的条件也没有。

她爱好艺术，可是偏分配她做一个与艺术绝缘的电工，她修过汽车，修过轮船，修过机床……到现在还是个工人。

这位才艺出众的"灰姑娘"，果然和"王子"结婚了，她的先生现在是电子科技大学的一位年轻教授，他们有一个可爱的儿子。

她想到童话了，她丈夫鼓励她，她重新拾起旧梦，写出第一篇童话。她一开始，就走向了成功。从此她继续不断地写童话。

　　现在她的第二本童话集子《小儿郎·小儿狼》，又要出版了。

　　她的作品得了奖，四川作家协会文学院聘她为名誉创作员。她不停地在写作。

　　她的童话是有特色的。拿这本集子里以此为书名的《小儿郎·小儿狼》来说吧！

　　这篇作品很有民间风味。似乎有点像各族都有的传说《狼外婆》，但又不是。《狼外婆》说的是一只老狼，要吃两个小孩子。而这篇童话，却是写了一只小狼，和一个老人做了朋友。正好相反其意。《狼外婆》里的狼，凶恶又愚蠢，这篇童话里的狼，却是天真又可爱。这个狼故事独创新意，难能可贵。这只小狼写得非常好，它到老猎人那儿去，是装成人的，但一说两说，却把它是狼全说出来。这似乎已是一个充满童稚之气的孩子了。可是，这小狼不仅很天真，而且还有一颗善良的爱心，它很敬重老猎人，看见老猎人睡在一堆树皮上，它回去就拔下自己身上的毛，给老猎人做了个睡觉的"窝"，这种舍己助人的精神就更是可贵了。

　　狼是一种凶残暴戾的动物，我们读过许多写狼的文学作品，从没有见过有把狼写得那样好的，但是黄一辉的《小儿郎·小儿狼》却这样写了。

　　因为在传统观念里狼都是一种祸患，名声不好，老猎人是个以捕杀狼类这等害兽为职业的过来人，他遇到了这只小狼，他也被它的行为所感化了，观念也改变了。本来要想将小狼一家一网打尽的想法，也由此打消了。作品结尾，静寂山林木房之夜，哪里是人和狼的对峙，却是一个好老人和一个好小孩相聚在一起，他们之间没有多少对话，只有烟锅里的火焰一闪一闪地发着声音。这是一个多么美好、和平、恬静、温馨的夜晚！

　　这是一个充满真，充满善，充满美，以炽热的爱编成的童话。

　　从整个作品，我看到作者是在赞美和平，呼吁和平，世界需要和平,人类需要和平。和平是文学的永久主题,儿童文学更不能例外。这篇作品故事是简单的,篇幅也是短小的,作者却写出了这一个崇高的主题。

海外评论一个作品,往往拿作品和这一作品的写作者的经历来相比较,相对照。因为,任何一个好的文学作品,其中都可以找到作者自己的影子。可以说,许多好的文学作品,往往都是在写自己。当然,不是完全写自己,更不是所有细节都是真实的。但是,我们许多年来常常忌讳这一点。海外,许多作家都有传记出版,他们的传记,不管自己写的,别人写的,都要求真实,各方面都写。而我们没有那个条件,许多传记并不那么真实,似乎也都只是那么一个方面。

这篇《小儿郎·小儿狼》,我们可以从作品中,找到作者的影子。

作者孩提时,她天真,纯洁,善良,美好,可是她"出身不好",身子后面有条"尾巴"。别人就是要揪住这"尾巴",将她看成是"狼",骂她,打她。她多么想把这"尾巴"遮盖掉,要向人们大声喊叫,她是人,不是"狼"!可是,那年代,不论你怎么不承认,你越辩解,越是把你当"狼"看。她觉得,光不承认,光辩解是没有用的,只有奉献自己赤诚的爱,以爱去换取人们的信任。像小狼被老猎人信任一样。她那时,多么企望她笔下那个山林木房静寂的夜晚出现。她取得人们的理解,与人们进行心灵的沟通。狼和猎人可以坐在一个屋子里,人与人为什么要相互猜忌,排挤,争斗呢?人与人应该相互理解,相互沟通,和平地生活,这才是一种幸福啊!

这篇《小儿郎·小儿狼》,写出了黄一辉的童年苦难生活,写出了那峥嵘岁月里一个小女孩的执着追求。富有时代性,社会意义,哲理味。

黄一辉的童话,她偏重于刻画个性,写心态和感情的变化。她的童话是生活的,艺术的。她的童话几乎各篇都有一个美好的结局。正如她自己从苦难的童年过来，最终获得了幸福一样。她的童话，能激励小读者去迎接更新的生活。

读黄一辉的童话，我想起我们老一辈女作家葛翠琳。她和她的风格很是相近。她们的作品里一样有着女性的细腻，母亲的挚爱。她们的作品，是童话中的"工笔画"。

黄一辉在音乐、舞蹈、戏剧、绘画方面的才华，在童话这一广袤的天地里，也得到了充分的施展。她的作品是属于大自然的，其中有音乐的韵律，有舞蹈的节奏，有戏剧的故事，有绘画的色彩。如果说音乐，是那种扣人心弦的小夜曲，不是喧哗的交响乐。如果说舞蹈，是那独舞和双人舞，不是史诗般的大型群舞。如果说绘画，是那种颜色淡雅的水粉画，不是那种浓墨重彩的长卷画。

黄一辉她决心写一辈子童话，将自己奉献给童话。希望她能更好地保持和发扬她自己的特色，形成自己那种乡野的、民间的、自然的、朴实的、抒情写意的风格。

我高兴地看到，又一颗童话的新星，它发着金黄色的一闪一闪的光辉，从中国大西南的山水之间，冉冉上升。

这就是我们的黄一辉。

1993 年寒冬于上海乐村

谢乐军的《魔术老虎》序

　　世界上许多国家，许多民族，都有他们本国家、本民族的"童话明星"。中国是一个童话古国，中华民族具有优秀民族童话传统。随着形势的发展，少年儿童对于童话的需求愈来愈高。童话的历史发展到今天，迫切要求我们创作出更多的童话精品，树立起更多无愧于新世界、新时代，能在少年儿童心目中占据一定地位的童话新形象。

　　谢乐军写信来，说要为塑造中国的童话新明星而作努力。

　　我们的童话作品，确实不少了。近年我在编《童话选刊》，报刊上发表的童话作品，我绝大部分看到了。各出版社出版的单行本，有出版社送的，有作者送的，在我的书架上陈列着。如果将这些作品摊开来，会是一个很大很大的广场。

　　这些作品，许多是很不错的，它们散发着奇光异彩，受到孩子们的欢迎。

　　但是，我们检阅一下，这些作品中，站立起来的形象，可称为童话明星的形象，还是不多的，应该说相当少。

　　我们看孩子们表演的节目，和童话明星联欢，所出场的几乎都是外国"人"。我们的孩子说话了："为什么没有我们的中国童话明星呢？！"

　　中国的童话历史，写到今天，下一个章节，要有一定篇幅，来介绍中国的童话明星了。希望我们的童话作家，都像谢乐军那样，把塑造童话明星制订进自己的计划，将塑造童话明星作为自己努力的方向。

谢乐军告诉我他要写作的打算：这部作品叫《魔术老虎》，暂定写150集，一集就是一个小故事。这是一部由150个小故事组成的大故事。在这部作品中，作者将推出一个崭新的中国自己的童话形象——魔术老虎！我相信小读者看了后会欢呼的。

谢乐军，1965年生，资质聪颖，他能写能画，富于幻想，从小爱读童话，古今中外的童话读了不少。后来，还在学校里做过十年教师。他爱孩子，熟悉孩子。生活基础扎实，也有民间文学根底。这些对于一个童话作家来说，都是非常需要的。1985年开始写童话，至今已经发表50多万字的作品了。还出版有中短篇童话集《营救星空行动》《挨打保险公司历险记》两部。他的作品，拥有广大读者群。

他现在长沙一家少儿刊物做编辑。经常下学校，和孩子在一起。他写作勤奋，业余时间全部投入童话创作。他出手快，多产，正是出作品的黄金时期。

他是我们童话创作队伍中的新生代，是有希望的一代。一个个中国童话新明星，将在他们这一代童话作家的笔下诞生。

创作童话新明星，是童话事业发展赋予我们的新使命。诚然，一个童话明星的树立，不但需要作者的努力，还要靠广大少年儿童读者认同及新闻、出版界的共同扶持。同时，我们希望更多作家为儿童写作，以更大的努力创作自己的童话明星形象，为繁荣儿童文学创作作出新贡献。

　　　　　　　　　　1995 年 6 月于上海种德桥

《调色盘市长和绿毛驴》序

葛冰的许多童话，我看过。

去年，我住在医院里度过元旦，手术还没有做，我在病房里编《童话选刊》。葛冰的童话，我最早看到的一篇，是他和另一位同志一起写的《灰灰和花斑皇后》。

葛冰以前一直在北京做中学教师。他是很熟悉孩子，熟悉孩子们的生活的。早年，他写过一些剧本，对戏剧颇有造诣。他的生活新基础和他的戏剧素养，对他后来从事儿童文学创作，写小说，写童话，都是大有益处的。

我和葛冰见面，是他调到《儿童文学》编辑部做童话编辑以后。他到上海来组稿，上我家来看我。此后，我们就有更多的接触，我们之间通过许多信，他到上海多半到我家里来谈谈童话创作，我们就很熟悉了。

葛冰，现在也有四十出头了吧！高个子，说话不多，爱思索，很稳健，是位朴实无华的标准北京人。如果你初次见到他，根本看不出，他会是个幻想力丰富、能写出如此一些出奇童话的童话写作者。

我在病床上读葛冰的童话。1986年是葛冰进入童话多产期的头一年，一年之中就发表了有相当分量、比较长的童话十多篇。我从这十多篇童话中，选出他发表在江苏《少年文艺》上的《皮克和牙科医生》这一篇，编入《童话选刊》的第一期，并且列为卷首第一篇。

　　我觉得葛冰大概是搞过戏剧的缘故吧！很善于安排故事，他编的故事总是那么新奇。

　　这使我想起老童话作家包蕾同志。我在写作《童话学》一书时，读了包蕾的全部童话。我在评论包蕾的童话时说过，包蕾是一位戏剧家，以戏剧家的身份走进了童话的领地。他的童话作品，富有戏剧味，构思出奇，引人入胜。现在，则有葛冰，他从戏剧中吸取滋养，读他的童话，有点像看戏，情节变化多端，一幕一幕在我们的面前展开。而且充满跌宕、悬念，紧紧扣动读者的心弦。及至结尾，冲突进入高潮，会来一个意料之外的解决。

　　拿他的《皮克和牙科医生》来举例吧！一只小老鼠，从迁入玻璃店邻近的新居，听到一种"吱啦——"声开始，它发现了划玻璃的金刚钻石，偷去两颗，又找到旧邻牙科医生，让牙科医生给它安装在牙床上，这样，一件离奇的事情便发生了。它偷盗食品，啃破牛奶箱，是小试牙锋，得到成功，便大干起来。它要医院为它造长寿丸，又咬断中心广场大厦的柱子使大厦坍塌，还限时限刻要市长辞职由它来做市长。事态发展，一步紧张一步，最后扬言要咬原子弹，毁灭整个城市。故事进入高峰，读者心绪给紧紧抓住了。最后笔锋一转，写牙科医生想出一个办法，弄掉了全城所有香烟，使小老鼠去吸那支藏有麻醉药物的烟卷，小老鼠一吸烟就失去知觉被牙科医生拔去金刚钻石牙齿，小老鼠的威胁和破坏就不存在了。稀疏几笔，使这作品有了一个新奇而让人满意的转机和收场。整个结构是何等巧妙！

　　这是一个有趣、奇特的故事。但是，我们有不少童话，它插科打诨，乱加噱头，为有趣而有趣，为奇特而奇特，这有趣、奇特，是外加的"作料"，算不得高明。

　　葛冰不是这样，这个有趣、奇特的童话，是有深刻意义的，是发人思考的。《皮克和牙科医生》中，小老鼠愈有本事，愈要使人遭殃，但最后，始终是人的正义、智慧、觉悟，战胜并制止了邪恶，教育了小读者。

童话，它是娱乐的，又是教育的。

过去那些年，我们的童话，以"教育"排斥了"娱乐"。

现在，我们的童话，有的却以"娱乐"在排斥"教育"。

这也是当前童话值得注意的又一种倾向。

葛冰，他长时期做过孩子的老师，他理解教育，理解孩子，他的作品注意到教育和娱乐的关系。这种理解，就是对于童话的理解。

现在，葛冰把这本集子的原稿寄来，他要我写序，本来我想把他1987年发表的作品再细细看看，由于我的结石症复发，又要进医院去动手术，无法再看了，就说说我以前想说的以上这番话。

当然，葛冰在童话创作上，取得一定的成绩，但应该说还是一个新兵，还需要锻炼，用多种笔法，写出更多样更绚丽的童话来。他的作品里，也还有一些瑕疵，诸如在民族化的努力上是不够的。我觉得我们的童话中，不能是太多的米索、哈克、唐克、赛克、华克……这样也显得单调。

我想，葛冰在他的第二本童话出版时，一定会改去这一类容易改去的弱点。

我郑重推荐他和他的这些童话。

1988 年元旦于上海

《孔雀的焰火》编后记

你看完了这本童话，亲爱的小读者，先别忙把书合上，我还要向你介绍这本书的作者哩！

这位作者——大家知道，他是钟子芒伯伯——不久前，已经去世了。

钟子芒伯伯，原名叫杨复冬，是湖南长沙人。一九二二年十二月十六日生在南京。幼年迁到上海。

钟子芒伯伯少年时代就爱好文学创作，一九三七年，他才十五岁，就在中国儿童救亡协会编的《中国儿童》十日刊上，发表了第一篇儿童小说《逃到哪里去》。

那时候，写儿童文学作品，是很少有地方发表的。他写了许多杂文和散文。直到新中国成立后，才有可能专门为儿童写作。他在上海少年儿童出版社做编辑，近三十年中，写了大量的童话和许多以国际儿童生活为题材的小说。

钟子芒伯伯的童话，受到广大少年儿童的欢迎，在读者中有一定的影响。他的《孔雀的焰火》《竹杯》，已被收入《建国三十年童话寓言选》和"五四"以来的《童话选》。

他的小说，在他去世后，由少年儿童出版社出了选集，和这本童话选集同时出版，书名叫《强盗的花园》。

他还为少年儿童写过一些美术片电影，有《谁唱得最好》《等明天》《湖上歌舞》，都很受儿童观众的喜爱，现在都在电影院上映。

钟子芒伯伯为儿童写作，是极其勤奋和努力的。他长期生病，坚持上班工作，这大量的作品是他抱病在业余时间写的。他每天都要工作到深夜，假日也很少休息，常常是一个人坐在屋子里为儿童写东西。他曾经说过，他是一个儿童文学工作者，他的时间和精力，是属于广大的儿童的，哪怕一点时间、一份精力，都要用在广大的儿童身上。

一九七八年四月，他病情恶化，住进了医院，但他还惦记着没有做完的工作；就在去世前一天，还带口信出来，要看一看一份刚刚复刊的儿童刊物。

就在四月十二日这天，钟子芒伯伯与世长辞了。他的笔记本上，还留下了许多他来不及写出作品的童话题目，便和小读者们告别了。

钟子芒伯伯去世了，浙江人民出版社要我把他的童话选编一下，并为他写一个这样的后记，将钟子芒伯伯的生平向小读者作个简略的介绍。

钟子芒伯伯为少年儿童留下了这么些作品，我想小朋友们一定不会忘记他；看到他的这些作品，就会想起他。

钟子芒伯伯人已经不在了，但他的作品，还在"工作"着，广大的少年儿童还在读它，从中得到一些教益，如果钟子芒伯伯能够知道，他将会是很高兴的。是吗？

1979 年春天

黄水清和他的童话

"文化大革命"早已经过去，成为"历史"了。

这十年中，大家知道，童话是一片空白。

不过，那个年头，也有一位教师，却在悄然地写童话。写了一个又一个，用学校集体创作的假名字，在上海的报上发表。

那就是江苏武进县晨光中小学的教师黄水清。时间是1973年的暑假，第一篇作品是《金鸡的故事》。1974年1月，上海的一张报纸，登载了这篇童话。署名是他们学校的名字："晨光"。

那时，我已被"下放"到上海的一家小工厂去当工人了，也没有可能去看报上的童话。

"文革"结束后，我回到原来的出版社，等候安排工作，有位年轻编辑给我看一部童话稿，要我提点意见。这部童话稿的作者就是黄水清。

黄水清的这些童话，大概有二十来篇吧！我觉得大部分都不错。在"文革"那样的气候里，坚持写童话，而且能顶住，不"紧跟"，这大不易。自然，其中很大一部分是在"文革"结束以后写的。

黄水清这本以《金鸡的故事》为书名的童话集，1979年7月，由上海少年儿童出版社出版了。

这是"文革"结束后，最早出版的童话集吧！是不是第一本，我没有查考过。但在当时，《金鸡的故事》是产生了一定的影响的。黄水清这个名字，也为童话界所熟悉。

这也是"历史"了。随着岁月的消逝，渐渐又为大家所淡忘。

我恢复工作了，童话界的人人事事，我好像有责任去了解，去关心。

自然，我记着这位写过《金鸡的故事》的童话作者黄水清。他情况怎样？还写不写童话？碰到什么困难没有？我也问过江苏来的作家和编辑们。

我觉得，为孩子们写童话的作者太少了，只要他写过童话，对童话有贡献，我们都应该记住他，关心他，在遇到有困难的时候，帮助他。这样，我们的童话创作队伍才会壮大，我们的童话事业才能兴旺发达，我们的少年儿童才有丰盛的童话食粮。

一晃，十多年过去了。这十多年中，童话界的变化很大很大。许多许多年轻人涌进了童话创作队伍，许多许多童话新作品送到了小读者的手上。自然，也有一批老童话作家先后离我们而去，也有一批童话作家离开了童话。

我觉得，压在我肩上的担子，愈来愈重了。我由一个童话作家，渐渐变成为童话研究工作者、童话评论工作者，我感到惶然，但似乎有一种使命，有一种推动力，有一种道义感，非要我这样做不可。我骑在马上，也由不得我，只得一往向前了。

1990 年 7 月，我去浙江的南浔开童话理论研讨会，我是这个会的倡议者，由浙江的有关方面所举办。

因为到会的代表很多，居住很分散。我住在运河北边的利达饭店，而许多代表则住在河南面的招待所。我一住下，已是暮色苍茫，我踏上那座横跨运河的南浔大桥，去看望各地来的代表们。不想，他们一群人也寻来看我了。我们在这座新建的长桥上相见了。这一群代表中，就有黄水清。我们第一次会面，我提起那本《金鸡的故事》，他很高兴，我也很高兴。

当时，人很多，我和黄水清来不及详谈。

　　第三天傍晚，我们约好一起沿着运河的公路散步。缓缓地走，缓缓地谈。我们说了很多。

　　他是江苏武进人，1940年生。家里现有四亩责任地，家属务农为生。他读过十多年书，爱童话，想做童话作家。1959年当上教师，教过小学，教过中学，爱给学生讲童话。除了那本《金鸡的故事》，还出版过《调皮的小数点》《兔兄弟上姥姥家》《迷人的数学乐园》《O妹妹笑了》《狼孩和王子》。

　　这本《52个周末童话》是他的第七本集子了。他要我为这个集子写个序。

　　那天，我们一直走到很远很远，天色暗黑，看不清路面，他送我回到下榻的饭店。

　　会结束，我返上海，他回武进，大家都忙，没有写信。前几天，我正从北京归来，家里书桌上已放着他的长信，和这部书稿的清样。等着我写序呢！因为时间已耽误了许多天，出版社急着出书，我只得把别的工作先放下，来读他的这些作品。

　　这本集子，一共是52篇童话。因为一年365天，正好52个星期。每星期的周末，给一个童话，52个童话正好是一年。孩子们学习，确是相当紧张的，平常每天都有繁重的功课，晚上要自修，还有众多的作业。他们很少有空暇去读童话。365个童话，那是为幼儿编的。中高年级的学生，哪能365天，每天读一个童话呢？

　　黄水清最了解这些，他为中高年级的孩子们设计了这一本书。让紧张了一星期的孩子，在周末的晚上，或者星期日的白天，躲在家里，或去到郊外，痛快地读上一篇童话，从童话中得到快乐、陶冶、知识、教益，使紧张的神经得到松弛和休息，使身心摆脱疲劳，然后又更好地投入下一周的紧张学习中。

　　黄水清长期和学生生活在一起，他非常了解少年儿童的心理和需求，他一铺开纸，一提起笔，就会有一群群的少年儿童向他走来。他的童话，充满生活情趣；他的童话可称之为"教师的童话"，是一位老教师，在循循有序地给学生们讲故事。

自然，这些作品中，也会有黄水清自己。那篇《银发作家》，很可能就是写他自己。他为少年儿童写作，少睡眠，挤时间，眼熬红了，人累瘦了，一头秀发，没几年都白了。虽然，他的头发愈来愈白，他写的故事，却一个接一个地飞进了孩子们心里。他就有说不出的舒坦了。

还有那篇《一块丑石头》，这石头挺丑，挺硬，伙伴们也曾嘲笑它。可是它从来没有动摇。虽然山洪来时，它栽来栽去，撞得差点粉碎。可是，却让一位雕刻家发现了，果然，它成了一座自然的、粗犷的、质朴的、极美的雕像。这就是黄水清和他作品的写照，或者说是他的希望和理想。

黄水清的这52篇童话，有的长些，有的短些，有的像寓言，有的像传说，有的像杂文，有的像小品，——不同，但可说都是自然的、粗犷的、质朴的，富有那种可贵的民间味、乡村味。

这就是黄水清这位童话作家和他的作品的特色。

黄水清是七十年代起步写童话的，起点很高，一下就写出《金鸡的故事》那样在当时产生相当影响的童话来。

当然，黄水清的童话，也有不足的一面，有的作品比较粗略，缺乏耐人的寻味，有待更进一步地去提高。同时，黄水清的写作面，过于宽。其实，能集中仅有的时间和精力，去专攻一点为更好。去突破昨天的自己，跨越以往的水平，长足向前，写出更精彩更有分量的童话来。

大家等着读黄水清老师的新作品，我也是其中的一人。

就写这些了，也算是篇序文吧！

1990 年 10 月于上海种德桥畔目楼

需要更多的短童话

——读邝金鼻的《全拔精光》及其他

在《澳门日报》的《新儿童》副刊上，辟有一个栏目，叫"童话故事"。这个专栏，发表了很多邝金鼻的童话作品。

邝金鼻的这些童话都很短，大抵千把字，少的不到 1 000 字。

港澳的儿童文学都有这个特点，短的东西多。可能由于港澳的小读者和作者，时间都比较紧，小读者习惯读短作品，作者也多写短作品。

我们不能将短作品看成是很容易写的。我觉得短作品要写得好，是相当困难的事。

现在，我面前放着的，邝金鼻的发表在《新儿童》上的 20 多篇童话就是一个很好的说明。

我逐篇读了，我觉得其中有不少精湛之作。

像那篇《全拔精光》，说猪在森林里开了家猪鬃牙刷店，他以"一毛不拔"这个成语作广告语，因为广告语与他的出售商品相符，所以他的生意很好。专做鸡毛掸子的公鸡老板眼红了，也以"一毛不拔"这个成语来做广告语，因为他出售的商品与广告语并不相符，所以使得顾客们很生气，将他的招牌砸烂，还拔去他身上的毛。

在这商业大潮中，伪劣商品充斥，所以这样一篇童话是很有现实意义的。它告诉读者，不可弄虚作假，一定要名副其实。投机取巧，哗众取宠，到头来是自己吃亏。这篇短短不到 1 000 字的短童话故事，却有如此含量的丰富内涵，这大为不易。

"一毛不拔"作为牙刷的广告语，这是早有的事实。在中国的过去和现在，都见到运用中国的成语，来为中国的商品做广告。这个商业广告也是很不错的。作者邝金鼻运用了这个传统的事实，但是作者在传统的事实上作了发展，就是公鸡老板将这一成语用于他生产的商品鸡毛掸子，这是前所未有的，是作者十分巧妙的创意，作品的成功处也就在于此。

结尾，也是很有趣的。这做鸡毛掸子的老板身上的毛，给大家全拔精光，成了一只赤膊鸡。这真是一个痛快的"大曝光"。小读者一定可以从这结尾，得到最大的满足。

所以，我说这是一篇很短但很好的童话故事。作者写这篇作品是花了功夫的。

我觉得这些作品写得不错的，还有《友谊第一》《活乐徽》《小馋鬼行乞》《开红花的仙人掌》《瓷企鹅》《可悲的寄生鱼》《木叶蝶和凤凰蛾》等。

邝金鼻除写童话，也擅写寓言，也写过许多科普故事。所以，在他的这些童话中，有的很像寓言，有的介绍了科学知识。童话和寓言的结合，童话与科普故事的结合，他都结合得很好。这些童话，不妨作为寓言来读，有的不妨作为科普故事来读。

邝金鼻的这些短童话，我想不只是小读者喜欢读，也许成人读者也会非常喜欢读。

我们的童话领域，既要那些气势磅礴的大部头童话，也需要这种短小精巧的作品。两者不可偏废。

我希望邝金鼻的这些短童话能结集出版，也希望邝金鼻能在《澳门日报》这个专栏里一直写下去。

1994 年新春于上海

《文字国奇事》序

　　中国文字是世界上使用人数最多的一种文字。学习中国文字不是一件容易的事。因为它在使用上，有许多许多繁复的规范和法则，还加上许多许多只能意会难以言传的习惯。要向少年儿童介绍文字的使用方法，恐怕就更为艰难了。

　　要向少年儿童介绍文字的使用方法，须将这些规范、法则以及习惯，演绎成趣味性的故事，通过故事来阐述这些枯燥的门门道道、条条框框，怎样用对了，怎样用错了，这样才能收到应有的效益。

　　广大的少年儿童们、教师们、家长们，多么需要有一本深入浅出、富于趣味的介绍文字使用方法的书！

　　办在浙江杭州的《少年儿童故事报》，是一张专供少年儿童阅读、学习的报纸。报纸的第三版，一直是给少年儿童介绍语文知识的。因为它的读者对象是少年儿童，它的名称是故事报，所以介绍的知识，也常以故事的形式来表现。几年来，这家报上登载过许多许多语文知识的故事，受到广大少年儿童的欢迎。许多读者、少年儿童、教师、家长，纷纷向报社写信，希望能把这些文章集中起来，印成一本书。

　　现在，《少年儿童故事报》的编辑部，决定这样做了。

　　这本《文字国奇事》，是《少年儿童故事报》丛书中的一种。

　　这些文章的原始作者，大都是各地的教师，他们在课堂上指导少年儿童关于文字的使用，指导少年儿童阅读和写作。这些文章中所枚举的事例，都得之于学校教学中的实践，富有针对性。它来自少年儿童，所以它能够指导少年儿童，提高少年儿童的文字使用水平和能力。这是一本知识性的书，一本有实用价值的工具书。

因为，在报上发表时，没有整体的计划，写法上自然不可能一致，体例也各个不同，现在，由该报三版的编辑《少年儿童故事报》的副主编严雪华同志，将这些文章逐篇改写，成为一个个既连贯，又分开，是一个整体的，又单独成篇的系列故事。

严雪华同志在农村插队期间，创办过两所耕读小学，她自任教师，整日与少年儿童在一起。大学毕业后，又当过十多年中学语文教师。她是一位了解少年儿童，又熟悉语文教学的专门家。《少年儿童故事报》创刊后，她为这个语文知识故事专版的建立、发展，是作出贡献的。

严雪华同志近期来上海，告诉我上海教育出版社要出版这本《文字国奇事》，我表示支持，欣然答应她为此书作序。

她还告诉我，这本书中那么些篇章，她是"借用"我写的童话《神笔马良》中马良这一童话人物"串"起来的，希望我能"同意"。

这些年来，马良似乎在电视中，舞台上，画册中，屡有出现。甚至于还被用于商业广告，也有人以"续"为名编绘了大量跑马书。他们没有征求过我的"同意"。自然，那种庸俗低下的改编品以及续作，有损在广大少年儿童心目中已有固定印象的马良形象，我是碍难同意的。像严雪华同志这样事先来征求我的意见，严肃认真对待，是难能可贵的。我不但同意，并深深感谢她。

这是一本知识读物，就让马良去当一回讲解员吧！

少年儿童们，这本书应该对你们大有用处，请好好读读，希望你们从书中得到很多关于中国文字的使用知识。

1990 年春日于上海西郊种德桥畔目楼

《语言大厦的风波》序

　　语文和数学是小学生的两门主课，不学好这两门课是不行的。但是偏偏有的孩子就是觉得这两门功课学起来枯燥、乏味。上课听讲，没有那份耐心，不知怎样听不进去，听进去了，却又记不住。说：学习语文、学习数学太难。有的教师，也是同样，教语文，教数学，看见孩子们那个模样，也挺着急，但又不知该怎么办。

　　面对这种种现象，我们一些有探索精神的老师，他们创造、试验种种教学新方法。有的想到了受孩子们最欢迎的童话，这种童话教学法，一称"童话引路"，也有一称"童话先导"，不论叫什么，总之一句话，是以童话开路，作为引导。让教学和童话结合。这童话教学法，是一种可喜的改革，一种有效的改革，也是一项有意义的科研，一项有价值的科研，取得了相当的成功，丰富的经验，为大家所瞩目。

　　我在近十多年来，参加过不少学校的"童话教学"的改革和实践以及许多"童话教学"的研讨会和鉴定会。和教育界的、心理学界的、文学界的专家们共同探讨过。也在好几所在"童话教学"实践中取得成效、作出贡献的学校中，向教师、学生、家长做过调查。虽然各学校做法上并不相同，但大家的目标是一致的。我认为"童话教学"的方向、道路是正确的，各种做法，都有各自的特点和侧重。当然还应该有进一步的交流、提高和深入。

我认为必须欢迎有更多的学校，更多的教师，来投入这一项先进的"童话教学"的科研和改革的实践，以取得更大更好的发展。

我觉得社会各界都应该配合和协助这一项崭新的工作。上海教育出版社出版这本《语言大厦的风波》，是一种大力支持。

这本书将枯燥的费解的语文知识、数学知识，通过童话形式，介绍给孩子们，寓知识教育于童话之中，使知识童话化，是"童话教学"一个重要的方面。

这是一本富有实用价值的书，我觉得教语文和教数学的教师，都能好好读读，直接或举一反三，应用于教学，应用于课堂。当然，孩子能自己看，更好，不但能学到许多语文、数学知识，还能引发起对于语文、数学的学习兴趣。当然，也希望孩子的家长能看看这本书，了解更多的知识和教学方法，以补学校教学之不足。

本书作者黄水清同志，原本是一位教师，又是一位童话作家，他能将语文知识、数学知识和童话捏在一起，奉献给广大的学校教师和孩子们，以及家长们，做了一件很有意义的工作。

我写这篇短文，目的不仅是推崇这本书，同时希望有更多的学校、教师来投入"童话教学"的改革、科研的实践，希望有更多的教师、作家来写这样的寓种种知识于童话的书，希望出版社出版更多这样有实际功效的教育应用书。

1997 年年尾于上海乐村

《第三只眼睛》序

认识张铁苏同志已经有许多年了。他一直在金山县少年宫，编一份《金丝鸟》的儿童文学报。他先是写童诗和儿歌的。记得有一年，市少年宫的《小伙伴》杂志社等好几个单位举办童诗、儿歌比赛，他得了奖。我被邀去参加颁奖典礼。主办单位要我写过一张书法，也作为奖品，送给他。自然，这不会是我们第一次见面。因为他是作家协会的会员，我们见面的机会是很多的。

铁苏同志，长期生活在少年儿童中间，他是少年宫文学班的老师，又为少年儿童编报，他十分熟悉少年儿童。他是文学教师，又是文学编辑，他接触儿童文学的各个门类，所以他在创作上又是一位"多面手"。

他写童诗、儿歌，在各种报刊上发表的有三千多首，这可不是一个小数目。成集出版的有《童谣》两册，《儿童潜能诗画》两册，《金山农民画·歌谣集》两册，《海浪花》儿歌磁带两盒，讽刺童诗集《没耳朵变尖耳朵》一册。可说，硕果累累。

近年来，他写童话，成为我们童话作家队伍中的一员。

这是一个十分可喜的现象。这些年，童话界的创作队伍扩大得很快，有写科幻的作家，有写诗的作家，有写小说的作家，有写动物故事的作家，有写散文的作家，不断加入童话创作的行列，他们带来了别的文学样式的长处。譬如写诗的作家投身童话创作，他们给童话带来深沉的、优美的、抒情的诗的意境，使得童话中又多了一种色泽，变得益发绚丽多彩。

铁苏同志就是这样，他用他写作童诗、儿歌的基本功和艺术技巧，来写作童话，他的童话作品，是有他的特色的。

他出版的童话有《怕晒的小芽芽》《又像老鼠又像猫》《蜗牛坐火箭》《会飞的耳朵》《飞来的苗苗》等集子。

这本《第三只眼睛》是他和常秀玲合作创作的童诗集子。

这些童话，通过有趣的故事，向少年儿童介绍知识，是很有意思的。少年儿童可以从中获得很多的教益。

我钦佩铁苏同志在创作上孜孜不倦的执着进取精神。他曾在童诗、儿歌上出现过一个高潮，现在又在童话写作上创造一个高潮。

1996 年 1 月于上海乐村

《太阳系警察》序

    大约是三年前，一位浙江的童话作者来看我，同来的还有个年轻人。他就是彭懿。

    他个儿高大，说话声音洪亮，是东北小伙子的模样；脸色白皙，戴副眼镜，却有南方青年那种秀气。

    一问，他果然是沈阳人，在东北插过队，后来考上上海的复旦大学生物系，毕业后，分配在上海科教电影制片厂当编导。

    他话不多，稍稍有一点拘谨，可能是初次见面的缘故吧！

    他告诉我，他在插队时，就学着写了些科学文艺作品，后来对童话发生了兴趣，便开始学着写童话。

    自那以后，我们便熟悉了。有时他上我家来找我。今年，他调到《童话报》当编辑，见面的机会更多了。

    彭懿写童话是近年的事。他起点高，进步快，接连不断写了近一百篇长长短短的童话，大部分都发表了。这几年，冒出来的童话新人不多，彭懿的出现，是引人注目的。

    彭懿二十八岁，很年轻，他是个大孩子。他常常到孩子中间去。听人告诉我，彭懿和孩子在一起，他有说有笑，孩子就围着他闹，勾着他头颈，有的趴在他背上，有的摸他的头发，有的拿下他的眼镜。他边想边编，给孩子讲故事，说笑话，逗得孩子们笑得前俯后仰，乐得支不住身子。

起始，我不信，这个腼腆的年轻人能这样吗？我读过他的作品以后，不再怀疑了。

从他的作品中，我看得出，他有一颗童心，他理解孩子，能够和孩子们同喜怒哀乐。所以，他的一些童话作品，能和孩子们的心灵、情感相通。孩子们喜欢读他的童话。

我向来认为，我们的童话可分两种：一种童话的作者主体是成人，是作家自我，是以大人身份为孩子写童话，是用俯镜头写的；一种童话的作者主体是孩子，是大人变成的孩子，是孩子自我，是以孩子身份为孩子写童话，是用平镜头写的。这两种写法，应该同时存在。因为，在现实生活中，孩子的周围，有大人和孩子，有和大人们的对话，也有和孩子们的对话。

彭懿的作品，绝大多数是属于后者，孩子自我这一种。

以孩子为作者主体的童话，孩子感到亲切，作者自由，行文活泼，有相对的灵活性和随意性，可以根据孩子们的情绪，加以发挥，作品有较大的可读性。

我曾经为童话大师张天翼的童话写过一篇论述文字。我读了他的全部童话作品，做了比较，得出这个论点。我认为他的早期作品《大林和小林》《秃秃大王》，是孩子自我为作者主体的，后期作品《宝葫芦的秘密》《不动脑筋的故事》，是作家自我为作者主体的。两者都是绝好的童话作品，但作者自我主体不同。

彭懿同志的一些童话，我觉得他是学习了张天翼的《大林和小林》《秃秃大王》以后，在这个优秀的传统基础上，作出的探索性的实践。

彭懿是学自然科学的，在读大学时是攻昆虫学的。这对写童话是有用的。因为拟人化的生物，常常是童话的主人公。

他是从写科学故事开始，走进童话领域的。我做过一个粗粗的调查，我们今天童话界的作者队伍里，有很大一个比例，是从写科学故事转过来的。（请不要误会，我丝毫没有轻视这些同志和贬低科学故事之意。因为样式和写作何种样式，是没有什么高下之分的。）所以，这样不可避免要出现一个童话科幻化的倾向。也有人在提倡童话与科幻故事结合发展成一种新的既非童话又非科幻故事的边缘作品。

近来，我想研究一下童话科幻化这个问题，探索探索童话和科幻故事界限划分的理论问题。这需要读大量的作品，作出分析来。但是，不管怎样，童话和科幻故事是两种不同的文学样式。哪里不同呢？我觉得首要的一点，童话幻想和科学幻想是不同的。科学幻想基于现科学，童话幻想基于现生活。科学幻想始自可能，童话幻想始自需要。科学幻想是以未来实现为目的，童话幻想是以变革现实为目的。这是我考虑的初步想法。

我支持有人对童话和科幻故事结合创造一种边缘样式的新尝试（当然那不是童话了），祝愿他们取得成功。因为任何一种文学，都在发展和进步。这发展和进步，必然包括样式的分裂和组合。

但是，我不赞成童话的科幻化。童话是文学的，有它自己的艺术道路，童话必须按自己的艺术规律去继承和创新。

童话是一门独立的艺术，它必须单独存在于文学大花园中，它一定要永久存在于孩子们的生活天地中和心灵世界中。

彭懿虽然是从写科学故事的道路上走过来的，他的个别篇章带有一些科学幻想的影子，但基本上是文学的，他努力在按照童话的路子前进。我想，随着实践的不断进展，他的步子会愈来愈坚实的。

当然，彭懿的作品，还不能说是完美的，它有这样那样不足。不过他是努力的，在他认识到自己的作品有哪些不足的时候，他会严肃认真去对待。他是一个虚心好学求上进的人。

彭懿的写作道路刚刚开始，他是顺利的。他爱孩子，爱童话，有才华，有毅力，他是我国当前童话界年轻而很有发展前途的新秀，让我们拭目以待，这位年轻人会对童话作出贡献来的。

　　这是彭懿的第一个童话集子，我写下这番话，祝贺他，向广大读者推荐他。

　　就作为一篇为这个集子写的序文吧！

1986 年 6 月于上海种德桥

《马大哈和马小哈的故事》序

　　1989 年，我浏览全年童话报刊的时候，从《东方少年》上读到《马大哈和马小哈的故事》这篇作品。这篇饶有趣味的作品，引起我的注意。我开始知道黄孝喜这位作者。这篇作品，我推荐编入了《童话选刊（四）》。

　　一个偶然的机会，我收到黄孝喜的信。他没有收到这本转载他作品的刊物。嗣后，我们就通起信来了。

　　我知道他是一个农村师范毕业，在农村做教师的年轻人。

　　在中国偌大国土上，农村教师从事童话写作的人，相对来说，是不多的。有的农村教师写作童话，发表几篇较好的作品，便被城市里的什么报刊找去做编辑了。童话作者，教师占的比例太小，这是不正常的，带来的后果，会使童话脱离了生活：孩子和学校……

　　黄孝喜能一直坚持在教师岗位上，和孩子生活在一起，教余写作童话，这是难能可贵的。

　　我们的教师，生活很是清苦，经济上和社会地位上都不如人意。特别一个农村教师，要向报刊投稿，要出版作品集子，要成为一个作家，是相当艰难的。

　　这是我注意黄孝喜这位有志写作童话的年轻农村教师的原因。

　　我们的童话，必须紧紧贴在孩子的生活上，愿黄孝喜能恪守清苦，坚持在教师岗位上，为孩子写出更多更好的童话。

黄孝喜的童年生活是困苦的。父母都是农民，兄弟姐妹八个，饥饿和他们全家在一起。他打柴，放牛，艰难地上了学。

他在学校里爱上绘画，想过成为一名画家。但由于种种原因，他在画事上没有什么发展和成绩。但他找到了美。很快，他移情写作，他和别的年轻作者一样，先是写诗，然后开始童话。绘画基础，对他有了很大帮助。

不知道是他找到了童话，还是童话找到了他。他一边写，一边思考，似乎悟出些道理，发觉他的生活，他的思维，最适合于写作童话这一文体。

于是，他写着，想着，想着，写着，写出了20多万字的童话了。

现在，他从中挑选了10多万字，编成了这个集子。这是他的第一本集子。

黄孝喜是富有灵气的，整天泡在孩子堆里，业余执着地写着童话。

他这本集子里的童话，我没有全部看。从我看过的这部分童话来说，他童话的基调是快乐的。虽然其中有讽喻的，但也写得很讲究趣味。用现在的时话来说，他追求"热闹"。他的童话来自生活，反映了生活，所以受到孩子们的欢迎。

当然他的童话，我也有不赞许的地方，我觉得有几篇显得不协调。他的童话，有着他家乡的泥土气，但有些主人公的名字则叫克拉克、达布留、吉米、迪斯，读起来总觉得不舒服。不过，我也留意查了一下，这几篇洋味重的作品都是他前期写的，后来写的就不是这样了。这是他的进步。

黄孝喜有一定的艺术功底，如果他坚持努力写作，我可以预料，他的第二本集子，一定会比这一本集子更出色。他是个不断要求上进的人。

我拭目以待读到他的新作品。

1993 年金秋时节写于上海乐村水年居

《超级宝贝古力丁》序

近日，收到罗丹寄来的，他和他女儿罗甸一起写成的长篇童话《超级宝贝古力丁》。

罗丹是我国大家所熟知的、有成就的儿童文学作家。数十年来，屡有佳作问世。其中不少作品，在各种评奖中获奖。有的已被译成多国文字，流行海外，为我国的儿童文学事业赢来了光荣。

罗丹生活在湖南，工作在湖南，写作在湖南。他是颇负盛名的儿童文学湘军中重要的一员。他不仅自己连续不断为广大少年儿童读者奉献新作品，他写的寓言，他写的童话，都有所创新，为广大读者注目和喜爱。他曾和大家发起成立了"湖南省寓言童话文学研究会"，还发起设立"张天翼童话寓言奖"。对繁荣童话寓言创作，扶植童话寓言创作新人，作出最大的努力，为我国童话寓言文学的发展作出了贡献。

他的女儿罗甸，从小受父亲这种热爱儿童文学的精神所感染，也早早跟着父亲写起儿童文学作品来。罗甸16岁时，就发表了相当不错的儿童文学作品，获得过"青年诗歌奖"。后来去过海外留学，现在南方工作。父女俩一起讨论，一起写作，现在拿出来这个大部头的长篇童话《超级宝贝古力丁》。不知道这个长篇，是不是他们父女合作的头一个作品。我想，不论是不是合作的头一个作品，以前女儿的作品中，也一定有她父亲的"一半"。

罗丹最先是写寓言和科幻小说的，后来又写童话，再后来，他将童话和寓言糅在一起，写出了一种新的寓言童话。

现在，他和他女儿合写的这个《超级宝贝古力丁》，他们又将小说的手法引进了童话，他们又在作着一种新的尝试，或叫"小说童话"问世了。

童话，从二十世纪初，有"童话"这个名词开始，今天已经到了二十世纪的最后一年，这一百年中，童话可以说都是在传统的基础上，不断创新。我们的童话作家，都在为童话的创新，而探索着，实践着。当然，其中有的失败，有的成功，更多的是从中取得了经验，由失败走向成功。我们的童话，便是这样一步步向前发展。

罗丹将寓言和童话结合是一种探索，是一种发展；罗丹父女将小说和童话结合，也是一种探索，也是一种发展。

我们的童话就是这样，在许多许多、一代一代作家的探索中，取得了发展。

我们很欢迎罗丹父女这种将小说手法运用于童话的创新。

我觉得从罗丹、罗甸的这个长篇童话《超级宝贝古力丁》的出版，应该看到这种意义。

《老狼柯克传奇》序

寓言和童话，自古本一家，

它中应有你，你中原有它，

亲密是兄弟，一藤两个瓜，

昔曾共患难，今又同开花。

放在我面前的罗丹同志的童话寓言集《老狼柯克传奇》，就是这样一部作品。

罗丹同志是写过童话的，湖北少年儿童出版社出版过他的《鸵鸟小莎莎》，也写过科幻小说《神奇的海岛》《奇鸟之谜》《银鲁鲁和金贝贝》等书，都由湖南出版。这本由大连出版社出版的《老狼柯克传奇》是他的又一本童话寓言集。

这本集子收选他的近作100多篇。其中有写得很长的寓言，他自己叫作"系列寓言"。寓言向以短小著称，他写得那么长，吸收了童话的表现手法，而且成为一个个系列，这是一种大胆的探索。

在这本集子里，有一些寓言故事，是介绍新科学、新知识的，可算是科学寓言。

也有一些写的人物轶事，有点像传记故事。

这种童话型的、系列小说型的、科幻故事型的、知识小品型的、人物传记型的寓言故事，吸收了种种文学样式的长处，将它融合于自己的寓言创作中，这是新的尝试，对繁荣童话寓言创作，是十分有益的。

　　这本集子，各种形式，各种内容的童话寓言故事兼备，可以说是五彩缤纷，琳琅满目。我深信，它一定会受到广大少年儿童的欢迎。

　　就一位作者来说，罗丹同志写作寓言，不是囿于一种样式的寓言，他在继承传统寓言的基础上，做了很好的开拓工作。这种开拓工作，就是一种建树。我们的儿童文学创作，像罗丹同志那样勇于开拓的还不多，希望有更多的同志来做这样的工作。

　　我认识罗丹同志，是他在《诗刊》发表《兔子和乌龟第二次赛跑》这篇作品时。1980 年，举办全国第二次少年儿童文艺创作评奖，我在北京主持评奖办公室的工作，中国作家协会湖南分会推荐了他的这一作品，后来获了奖。罗丹同志也因此而出了名。

　　罗丹同志早年是优秀教师、先进辅导员，他深深地热爱孩子，理解孩子，也酷爱文学。他懂得儿童教育中，多么需要儿童文学，搞好教育，得把文学捏在教育里。所以，他在教学之余，开始创作儿童文学，并陆陆续续写出了许多的儿童文学作品。

　　《老狼柯克传奇》是他在童话和寓言的艺苑里辛勤耕耘和探索所捧出的硕果，我向儿童文学界，向广大少年朋友推荐这本书和罗丹同志这位作者。

愿大家写出更多好童话

近来，童话创作界的总行情似乎有点"看跌"。创作的数量不算少，而质量却未能迅速提高。因而，提高童话作品的质量，已是我们童话界的急务了。《儿童文学选刊》本期以卷首篇幅推出童话栏，看来也有促进创作、提高质量的意思吧！

周锐的《鸡毛鸭》，是一组系列童话。这五则小故事，主角都是一只聪明但又幼稚、淘气但又热心的鸡毛鸭。鸡毛鸭是只经过"童话处理"的"童话化"了的鸭子。各篇中出现的"配角儿"，不论是医生、光头、台长、摄影师、警察、小偷，可说一应都是"童话化"了的人物。正因为主角和配角，鸭子和人们，都具有各自的"童话个性"，所以鸭子和许多人在一起，显得协调，所发展的故事，读来自然。写人和动物在一起的童话是最困难的，因为写得不好，往往是生硬勉强，读来使人感觉格格不入。这五则小故事，幽默、有味，反反复复，出乎意料，可以引起种种联想，这太不易！这些精巧别致的小童话，也展示了周锐这位青年作家的童话才气和他成熟了的艺术造诣。我知道《鸡毛鸭》作者还在续写，这个形象有可能成为孩子们喜爱的"童话明星"。

田犁近年来也写了不少童话好作品，这篇《金色鸟》写的是小树叶和鸟的故事。它们都向往外面宽广的世界，都渴望展翅高飞，这写出了当前少年儿童的心愿和志气。作者让小树叶和鸟联系在一起，是一种别具匠心的好构想，意境深邃。

钟宽洪的童话，都富有民间特色，这是他的见长。他这篇《彩色的雨》也不例外，是一个既秉承民间传统也具有创意的作品。

童话新人肖定丽，近年写作努力。她的《奇遇》，写一只狐狸扮作老太太，拿野栗子换鱼皮花生吃的故事，可说是一篇新的《聊斋》故事，算是笔记体的童话吧！看来这是她的一种探索性的新尝试。

王晓晴也是近期写作甚勤的年轻女作家。她的《最后的花儿》，写了花儿对一个病孩的爱，作品以情感人，写来颇为细腻，这是她作品的特色。

黄一辉也属童话新人中的佼佼者。这篇《小儿郎·小儿狼》写一只小狼和一个猎人成为好朋友的故事，似乎也是她的一种新探索吧！童话要提高质量，就要大胆去作多种多样的探索！

祝愿大家超越自己，提高自己，一起来争取童话创作的新繁荣！

繁花似锦念园丁

钟子芒同志是大家所熟悉的儿童文学作家。我和他同在一个出版社工作过二十多年，特别有几年，我们又在一个"牛棚"里，批他的时候，我陪斗；批我的时候，他陪斗。难兄难弟，我们彼此之间，是很了解的。

子芒患有严重的肾脏病，但是他一直坚持工作。他在出版社当编辑，看稿、改稿的任务是很繁重的，但是他还是花了很多业余时间来为儿童写作。他写杂文，写小说，但更多是写童话。他在新中国成立后，写过《邮票上的孩子》等好几个童话集子。我最喜欢的，是他在《五个月亮》这本集子里的一些小童话，他自己把这些童话称作"童话小品"。我觉得这些小童话，每一则都是一篇散文诗，想象丰富，意境优美，他把散文、诗、童话糅合为一体了。

子芒写作是十分勤奋的。假日，我去看望他。他总是伏在案头上写东西，或者读别人的作品。他很爱他的两个女儿，但是即使是大好春光的假日，他也不带孩子到外面去玩玩、走走，总是一个人在书桌边度过。他曾经多次跟我说过，他说，我们这些人，既然被安排作为一个儿童文学工作者，那我们的时间、精力都是属于广大儿童的，我们应该尽一切可能为儿童们工作。自然，他的话，也作为我们所应该记取的座右铭。由于子芒的勤奋，在我整理他的遗作时，粗粗统计，他在新中国成立后写了二百多篇文章，其中童话就有一百多篇。这些都是他抱病，在业余时间，一字字写成的！

他是一个很爱儿童，很爱儿童文学的人。不少作家，开始写儿童文学，后来渐渐去写成人文学了。但是，子芒是以写成人文学开始的，后来转到写儿童文学上来。一直坚持写儿童文学，直到去世。

去年，他已病得很重，就在去世前三天，他还从医院带口信出来。要我弄一本出版的《儿童时代》复刊号，给他送去。他在去世前两天，还看了这本刊物。

子芒死时才五十七岁，按说还可以为儿童再写上十几年，但是他的记事本上，只为我们留下了几十个童话的题目。这些童话永远不能出世和小读者见面了！

童话星空中一颗耀眼的新星：周锐

继几位新作家出现之后，又有一颗耀眼的新星，闪烁在我们童话的星空中。

这颗新星，我指的是周锐。

周锐写作童话的时间不长，可他有才华，勤奋，像他的名字一样，有那么一股"锐"气。这几年，几乎每年都有一些好作品出世。已经出版过《勇敢理发店》《拿苍蝇拍的红桃王子》《阿嚏大夫》等好几个集子。

他写过诗，写过小说，后来又找到了童话，并在童话这块土地上定居下来。

1988年，不是周锐发表童话最多的一年。这一年中，他发表了《逼命的牙刷》《酿酒人》《立体香电台》《无姓家族》《生日点播》《一百棵树》《记忆毁灭枪》《千里追蚊记》《双Ａ机器人小传》《森林手记》《速效开心器》《表情广播操》《秃画眉和哑画眉》。

1988年，就全国发表的童话来看，周锐也并不是写得最多的一位。但可以说周锐是很有成绩的一位。

发表于《儿童文学》上的《森林手记》，可以称之为优秀之作。发表于《少年文艺》上的《表情广播操》，写得很出色。发表于《少年文艺》（江苏）的《酿酒人》，发表于《童话报》的《千里追蚊记》，都具有一定的水平。

读过周锐近年来发表的作品，我有这么个印象：周锐成熟了。

周锐，在西双版纳插过队，在苏北务过农，在长江油轮上当过轮机工，又在上海一家钢厂的驳船上做水手。

他的生活道路是坎坷的。他打着滚，一步一个脚印地颠簸前进着。也许是这种种艰辛，成了周锐成熟的催化剂。

他的《森林手记》《表情广播操》等作品，都和生活很贴近。具有一定的力度和深度，对社会，对人生，他作了执着的追求。

周锐曾经写过一篇短文，他把童话理解为孩子们的"点心"。当然，这并不错，我没有丝毫批评和否定这个比喻的意思。我们为孩子写童话，确实要像为孩子制作点心那样，既要美味可口，又要容易消化，而且还要讲究营养。

1988 年周锐又写了一篇短文，说他的童话是"被蚊子咬出来的"。这似乎可称之为周锐童话写作上的一个转折。

"点心"说，终究那是作家"为"孩子写童话，作家是在读者以外；"蚊咬"说，童话是作家的心声，作家和读者是一体的了。

童话，确实不应只是"给"孩子什么，而应是和孩子一起呼喊着什么。

童话，历来都是紧紧贴在现实生活上的。童话史上所提及的，为后人所称颂的，具有生命力的作品，几乎都是当时社会生活的真实写照。这就是我们童话的传统。

周锐的作品，继承了中国童话的优秀传统。他真诚地反映着今天的现实生活。

周锐的童话是传统的，又是创新的。

传统和创新，绝不是对立的两码事。传统是前人和今人共同努力创造的。犹如赛跑，今人接受了前人传递过来的接力棒，跨出了他们的步子，所以取得很大的成绩。不知道为什么，我们童话界偏有些傻年轻人，他们说，要把前人交过来的接力棒，通通甩掉，自己却硬要退到零的起点上去从自己开始。其实，他还是在前人跑过的那条跑道上跑着，却闭起眼睛，高叫"与传统迥异"。实际上，那是一种鸵鸟式的因循。

周锐，他在传统的基础上起跑，他是聪明的。

童话，总是在一条承前启后、继往开来、继承创新的道路上前进着，这是不可逆转和改变的规律。

要完全抛开传统去创新，是做不到的。像拉着自己的头发要升天一样。传统很像是血缘，任何一个孩子，总是有血缘的，不管是私生子、混血儿，哪怕是试管婴儿。没有血缘的孩子是没有的，没有传统的文化、艺术也是没有的。所以，什么"与传统迥异"的童话是不存在的。

在传统的基础上创新，绝不能理解为只是一种创新。昨天的新，就是今天的旧。今天的新，就是明天的旧。所以创新绝不能是重复。创新，再创新，不断创新，创新是多元的。如果重复传统，怎么能说创新呢？

童话是反映现实生活的，生活是多色彩、变幻乃至无穷的。我们的童话作家必须从多视角去汲取生活，剖析生活，用多副笔墨，写出多种多样的童话来。

周锐的童话，很追求新意。许多习以为常的事物，经过他的构思，皆成新章。人们丢弃的蜂窝煤渣，挤公共汽车，刷牙的牙刷，蚊子叮咬，过生日，都作为写作的题材，写成富有新意的童话作品。

他没有追求那种天体行星与行星搏斗的所谓"大幻想"，也没有去求助什么科学博士作为"救世主"，没有用"九九八十一个喷嚏"那样的话来哗众取宠，更没有用满纸"蓦然""须臾""尔后""倏地"这类文字来炫耀文采，他的童话常常是淡淡地叙述，不作惊人之笔，朴实无华，从自然中显示出一种耐人寻味的思索。确实，一个好的童话，应该引起读者一次又一次去咀嚼的。我赞成周锐那样的创新。

周锐带着他众多的好作品向我们走过来。他是从一条十分艰辛的道路上向我们走来的。

我们希望有周锐这样的年轻人，一个接一个地向我们走来。

1989 年初春于上海目楼

为郑允钦的第一本童话集作序

　　童话，这块辽阔又荒凉的土地上，虽然不乏有志之士的开拓、耕耘，在这里种上了树木、庄稼。金秋时节，也有成片的稻浪，树上挂着丰硕果实。但是比起别的地方来，还是显得很冷漠、贫瘠，它还是人烟稀落，未被开垦种植的荒地还大块大块地连绵存在。

　　这里的严冬，是寂寞的。有的人耐不了这里的寒冷，刚来又匆匆走了。有的人以为这里是避风港，不想这里的风那么大，住了些日子，赶快离开。有的人满希望在这里稍微劳动，便可轻而易举地获得丰盛的收成，但不多久终于失望地走了。有的人只在这块土地的路口张望了一眼，被风沙吹了一脸，就掉过头转身便走，再也不来了……

　　童话这块土地，多么需要有毅力肯献身的人们来耕作！

　　郑允钦同志写信告诉我，说他非常喜爱孩子，喜爱幻想。他说写童话是一种最富于创造性的劳动。他说他愤世嫉俗，希望用他的笔来写一个纯真的美好的世界。他愿用生命来拥抱童话，用心血来浇铸童话。他还说童话将能够净化自己的灵魂，极大地释放自己的幻想力，使得生活放出异彩，变得非常有意义。

　　他在江西作家协会召开的儿童文学创作会上，起誓般地表态说，他一定要为少年儿童写一辈子的童话。

　　这是一位多么好的童话写作者啊！

　　童话，太需要这样铁下心来的有志者；童话，太欢迎这样一位有志者了。

郑允钦同志是业余写作童话的，本职工作很忙，写作条件并不好，但是他没有去经商，没有去谋求当什么公司经理，却选中了写童话这劳什子。这种精神是很可贵的。

我知道，他写作童话的时间不长，在童话界还是一位刚露头角的新人，但是他的作品一出现，就引起童话界人们的注意。我看过他的一些作品，我喜欢他写的《幸运儿亚陶》《反光镜里的世界》，这两篇童话都发表于《儿童文学》，分别收入《童话选刊（二）》《童话选刊（三）》等作品。

有志者事竟成。我觉得郑允钦同志决心如此之大，一定会出大成绩。

现在，他的第一本童话集子《吃耳朵的妖精》要出版了，我也很高兴，特地为这本集子写了这篇短文，祝贺他。

愿郑允钦同志继续写出第二本童话集，并且在质量上比第一本更好，一本比一本好，越来越好！

当然，也很希望我们有更多的郑允钦这样的同志，到童话这块辽阔又荒凉的土地上来定居。

大家共同努力，一起把童话这块土地，建造成一个三亿两千万少年儿童都乐于来涉足遨游的大花园吧！

1988 年冬天于上海西郊目楼

邝金鼻和他的童话集《白藤仙子》

　　我认识邝金鼻同志已经许多年了。那年文化部在广东、广西、湖南、陕西同时举办儿童文学研习会，我忝为讲师团成员，去了广东。我在广东的会上，见到了邝金鼻。由于邝金鼻的不少作品，我事先读过，加上他的名字特别，好记，所以他给我的印象很深。那时我们不住在同一个旅社里，并且赶场子似的，广东讲完课，急着要到广西去，日程排得非常之紧。我们一起拍过照，聚过一次餐，其他就没有更多接触了。只是记着他的名字，从那张集体照里还能辨出他。我巡回讲完课，回到上海，就没有去广东。

　　去年5月，全国童话研讨会在粤北韶关举行，他从粤南斗门赶来参加。这样，我们又见面了，有充分的时间畅谈了。有一个晚上，我们谈得很晚很晚。

　　由于邝金鼻的普通话说得不够标准，我只能听懂五六成，得借助于笔谈。所以，我们谈的话还是不多的。

　　邝金鼻是位多才多艺、在很多方面都有才华的人。他能写能画，是作家协会广东分会等几个协会的会员。他从20世纪50年代开始写作，许多样式的作品都写过，有的在全国或省里得过奖。

　　邝金鼻的创作虽然是多方面的，但他主攻的却是寓言和童话。早些年，他以寓言为主；这些年，则重于童话。

　　他的寓言已结集出版，那本《长颈鹿和上帝》，我也读过了。这次，他把将在新世纪出版社出版的童话集《白藤仙子》的原稿寄给我，要我看看，提些意见。我读了好几天，才把一厚册童话读完。

邝金鼻这本童话集，是按写作的年月先后排列的。第一篇《小白兔报雨》写于 1979 年，最末一篇《天成佳藕》写于 1989 年，时间跨度恰好整整 10 年。所以这本集子是邝金鼻 10 年童话作品选。从头一页一篇一篇顺序读下去，可以了解邝金鼻 10 年中，如何一步一个脚印在童话创作的道路上迈进，如何在艺术上探索着、尝试着、积累着、发展着……

确实，从第一篇读起，直读到最末一篇，那是非常有意思的。我希望读者们都这样做。读完它，再来谈对这本书的看法和感想。

我读完了，先来谈谈我的看法和感想吧。

我觉得邝金鼻的童话有很多特色。这种特色，是渐渐地，不断地形成的，并且愈到后来愈为鲜明。

邝金鼻的童话有强烈的民族特色，有浓郁的民间风味。其中有的作品，是根据民间传说整理改写的，这一类再创作作品有《牛仔王》等；有的作品，是仿民间故事的，这类民间故事型的作品有《老猎人和白马》等。此外，其他的作品，可以说都具有这种民族特色和民间风味。这是由于邝金鼻很有古诗词的根底，接触大量的民间文学，使他具备了古代文学和民俗学的基础。这种基础对于写作童话确是非常有用的。

邝金鼻的童话，又具有鲜明的地域色调。这些作品没有写出故事发生于何地，但是看得出它所表现的背景，是滚滚热浪拍击着海岸的南国。童话，是反映生活的，生活是因地而异的，生活中的人物，生活中发生的种种故事，也是因地而异的。一篇作品的地域色调鲜明，也就是说明这一作品贴在生活上。邝金鼻的童话是富有生活气息的。《白藤仙子》《天成佳藕》读后，好像跟随着作者在南天水国、富有诱人魅力的仙幻境界中遨游。

邝金鼻的童话也是多样的。有的人对民族化抱有怀疑态度，总是拿多样化来否定民族化。这完全是一种曲解，民族化怎么会是单一化呢？邝金鼻的童话足以说明这一点。这本集子有《蝙蝠、老鼠和猴子》这样一类动物故事，还有《带答案的童话》这样一类科学故事，有《丁财贵寿》这一类再创作的民间故事，有《仙驴》这一类仿民间故事以及一组新编的阿凡提故事。这些故事类型多样，无一雷同。

邝金鼻的童话，大都带有幽默感。他写的那几篇阿凡提故事，原以为是他从新疆搜集来的，事实并非如此。这一组阿凡提故事写得诙谐、有趣、耐人寻味，何等的幽默。这可能与邝金鼻是一位漫画家有关联吧。邝金鼻本人确是个很风趣、幽默的人。童话，和一切儿童文学一样，很需要幽默。幽默可以让小读者深思、发笑，带来快乐和教益。应该提倡童话中有这种幽默感。

邝金鼻的文字很好。这自然是他有诗词、曲艺功底的缘故。集子中许多作品的文字，简练明白，绝少虚衍之词。有的作品，讲究声韵、节奏，可说，可唱。目下，有的童话作品，一个句子长达百余字，有的通段不加标点，读来十分拗口，实在叫人生畏。好作品，应该是好读好念的。

邝金鼻是勤奋的。他的专职是文化馆副馆长，搞群众文化工作，写作是在业余时间进行。这 10 年来他写了那么些不错的作品，可说十分的难能可贵，我想少年儿童们一定会感谢他作了这么多这么好的奉献。

1990 年 2 月于上海西郊目楼

我推荐一位童话作家

袁银波，在我国的儿童文学界，不是一个陌生的名字了。他主要写童话，是一位童话作家。《袁银波童话寓言故事集》不久前由陕西人民出版社出版，厚厚上下两大册，532页。这是他的短篇结集。现在，他的中篇合集又要出版了，大概也有十万字吧！

他是一位多产的作家，是一位勤奋的作家。

他是陕西一家农民的孩子。他1952年出生在这块西北黄土地上，童年一身黄土，放羊担粪，是他全部的生活。他现在虽然是个作家，但他仍保持着农民的质朴，没有丢开种种犟憨的农村气，他不善言辞，却爱孜孜苦干，若遇挫折，总不灰心，要做一件事，一定要把这件事做成，是个实干家。他的这些作品，也是靠这种坚毅的牛劲来完成的。他说他没有先天的文学细胞。因为他的父母，都是贫穷的农民，一字不识，连时钟上的数字拆开来就不能分辨。不过，这样一块古老而偏僻的土地，往往是民间文学艺术的蕴藏十分富足的深层。幼年的袁银波，可说得天独厚，耳濡目染种种民间文学艺术：故事、传说、神话、戏曲、俗谚、笑话，以及民间的音乐、舞蹈、绘画，等等。哺育和滋润袁银波小小的心田。尔后，在袁银波的众多的作品，透出来那一股股浓郁无比的黄土高原的乡土味、民间味，这便是由来。

他没有上过大学和什么专科学校，那是被十年浩劫耽误了。他总共读了十年书，是在他们沟下的神庙改建的学堂里上学，他只上到了中学毕业。在他上学期间，正是黄土地上自然灾害深重的几年。那困苦的岁月，给了袁银波以种种对于世界美好的向往和希望，他幻想着未来。这样，袁银波爱上了文学，他读文学作品。

1969 年，他进入了部队，当了一名伞兵。这种既严峻又充满激情、富于联想的在蓝天白云间翱翔的生活，使他提起笔来从事文学写作了。

因为袁银波在写作中出了成绩，引起了省作家协会领导和前辈作家的注意，便被吸收到作家协会里来从事写作了。

我和袁银波认识是在 1982 年。那年夏天，文化部在沈阳举办东北、华北儿童文学讲习班，在成都举办西北、西南儿童文学讲习班。我被招为讲师团讲师，并要我提早赶到成都去。我赶到那里，陕西代表们也提早到了，他们向班部提出要求，要我先和他们座谈一次。就在那个座谈会上，我认识了袁银波。

大概是那之后，袁银波开始专门从事儿童文学写作了吧！他一直坚持到今天。成都那个儿童文学讲习班，有一百多名西北、西南各地来的代表，像袁银波这样坚持在儿童文学创作岗位上的不是很多了。像袁银波这样不仅坚持下来，并不断提高自己，作出成绩来的，更是少了。这就是袁银波的难能可贵。

第二年的夏天，文化部在西安举办全国低幼儿童文学讲习班，我去班上讲课，再次见到袁银波，那时，袁银波是这个班上的联络员。那时，袁银波的写作渐渐倾向于童话了。他愈写愈多，愈写愈有兴趣，写了许多许多。

他在童话写作上，取得了成绩。许多作品，被收入各种选刊选本，有的还评上奖。如今，袁银波已是少年儿童们所熟知的童话作家了。

我在童话创作上，一向提倡童话的民族化和现代化结合。我觉得，袁银波的童话创作也正是在向着这样一个方向努力着。

袁银波的许多童话，是民族的，也是现代的。它具有中华民族的民族气质、民族特色、民族风味，是发生在西北这块黄土地的人人事事。它联系着今天，反映了今天的世界、社会、生活，有着今天的时代精神。

我读了他收在这集子里的《秦始皇帝陵奇遇记》，故事明白地写着发生在骊山脚下，在秦俑馆，一群孩子也是西安城里唐城小学的学生，还有秦俑馆里的兵俑们，甚至于那死了已千年的秦始皇。整个故事，由骊山上的猫头鹰、小松鼠，萤火虫，以及唐城小学小学生小勇、小林、小丽三个孩子在深夜进入秦俑馆，和一群秦俑们的相接触而发生和开展的。这是中国的故事，是今天的故事，民族化和现代化结合得非常好。推荐这个童话，首先要推荐的是这一点。

《金衣女王和她的家族》，写得也不错，是一个发生在蜜蜂王国的故事，有知识性，更大的程度是科学童话。

《金色的花彩色的梦》，可以说是一个带有幻想色彩的故事吧！很优美，也是一个不错的作品。

两个中篇可说各有特色，各有所长。请读者细细去品味，去评说吧！

袁银波，作为一个作家，他是尽了他的努力的。他力求他的童话写得更好些，他奉献了他全部的心血、时间和精力，写出了众多的受小读者爱好的作品。

袁银波不仅努力写作，奉献作品，他还在创作之外，尽了一个作家的另一种责任，他这几年，默默地不遗余力地在做着儿童文学事业的开拓和建设工作，这是一份艰苦的工作，袁银波他承受着。他和众多的儿童文学作家一起，办刊物，办讲座，办评奖，办研究团体，任重而道远，不懈地努力着，他已将自己融合在儿童文学事业的大我里，集体里。他是个儿童文学的事业家。

袁银波正处于精力和才华旺盛的壮年，愿袁银波百尺竿头，更进一步，写出更多的好作品，为儿童文学事业、童话事业，作出新贡献。

1990 年 8 月炎夏于上海西郊种德桥目楼

湖南冒出个庞敏来

我和湖南，不知有什么缘分，近来每年的暑天炎夏，都要上湖南一趟。

湖南有一支很好的儿童文学创作队伍。可惜这几年有点青黄不接，新人不多。儿童文学界的朋友们都这样说，我也是这样想。

不过，现在，我可以欣喜地告诉大家：湖南，最近冒出了一位颇有前途的新人。

今年的七月下旬，我上了衡山，参加湖南作家协会的刊物《小溪流》编辑部举办的南岳笔会，和这位年轻人相处了一个星期。

因为大水冲垮了铁路的一段路基，上海南行的火车行车时刻表打乱了，我到南岳，已经迟了。这位年轻人，听说也是迟到的。所以，也没有人介绍，我并不认识她。在让我讲课的那个上午，天很阴暗，挤挤的一屋子，我顾自讲着，也没发现这位新来的陌生人。

天一放晴，笔会的主办单位就安排我们一部分迟到的人上山游览了。一辆面包车，把我们十来个人送到了山上的南天门，车便被横木挡住了。我是最不能爬山的，我到过许多名山，从来没有一处到过顶峰。我本想在南天门找个地方坐下来，看看远处的风景。不想，在我的身边闪出个头上戴顶金黄色遮阳帽的女孩子，说："老师，我扶着您上山。"我问："这儿离山顶有多远？"她回答说："近，很近。"其实，她并没有来过，而是鼓励我上山。我信以为真，就让她陪着走了。因为这次来南岳的，除了湖南和外地的作家、编辑们外，还有一批搞刊物发行的，一批得奖的小作者和家长。我不知这年轻人，是干什么的，也未便问她。

她头颈里挂着个相机，在景点上，总要给我拍照。给我拍完了，我就给她照。那是雨后的第一个晴天，山上雾很大。我在给她拍照时，从朦朦胧胧白雾中，看清这是一位娟好的姑娘，明眸皓齿，五官安排得端正，身体壮实健康，但服饰并不太讲究，似乎是来自乡村。由于山道行路艰难，我也顾不得诘问姓名，后来只知道她是沅江县人。

她，时在我前，时在我后，有时并排行走，说说笑笑，也不拘束。有些险道上，是她拉着我上去的。她的手冰凉，因为她衣裳穿得很单薄，一身花布的连衫裙。许多上山的人裹着毯子，有的在山下租了棉大衣。山上，视线只能看到二三米内的人影子，空气中都是细小的水珠子，我的头发像洗过那样，淌着水。她几次把她那顶金黄色帽子摘下，要给我戴。我觉得这是一个心地很好的姑娘。

我终于登上了南岳的最高峰，海拔一千二百九十多米的祝融峰。我和她都非常高兴，在祝融峰的最高点上拍了个照。由于雾大，那照片大概报废了。

这天，我们有幸在老圣殿里遇到一队朝圣的行列。他们从遥远的贵州来，在山上三步一叩、五步一拜，唱着经，在殿前行起祭拜的礼仪来。

她看了一会，突然问我："老师，你说，他们在想什么？"

我反问她："你说，他们在想什么呢？"

她侃侃地说了："这些朝圣者各人有不同的生活经历，各人有各人的生活缺陷和精神痛苦，但他们来朝圣的希望是相同的，只是祈盼神的解救。"她还说："神自然不能解救他们，但他们的虔诚，使他们的抑郁得到宣泄。他们归去，似乎是带去了神的应诺，所以他们也带着快乐回去。"

这年轻人，很有思想，很有见地呢！她注意着周围发生的一切，揣度着身边人们的种种心态。她具有一定的观察力和判别力，探索着人的个性和共性的相成。

我们常常说，某个人有文学的才华。才华是什么呢？我想，应该包括这种观察力和判别力吧！

此后，她常常到我住的那栋三号楼里来找我。我们成了熟朋友。

我才知道，她叫庞敏。她说，她不喜欢这个姓和这个名字。我说，这名字并不错，应该喜欢它。庞，大也。敏，智也。我出了个谜语，谜面是"大智"，谜底打人名。她高兴地笑了，央我把这个谜语用毛笔写出来，赠她。我满足她了。我告诉她，要成为一个伟大的作家，要大智，还要大勇。应该具有勇气，去披荆斩棘，开创一条自己的路。要经得住扑面而来的世俗偏见的攻讦、嫉妒，种种烦恼。要善于听坏话，要善于听好话，要谦逊，但要有主心骨。

这晚上，我忽然想起，庞敏这名字，我见过。在《小溪流》上，还有在我们上海《儿童文学选刊》上，有她的简历、作者的话，因为她是一个小镇物资购销站的营业员，她的职业，怎么和儿童文学联系起来的，我当时曾经思考过。但是我没有读过她的作品。

第二天早餐时间问她，果然不错。《小溪流》发的，后来《儿童文学选刊》选的，是一篇叫《淡淡的白梅》的小说。

不过，她现在已不是那小镇上的物资购销站营业员，而被分配到当地乡政府去当一名办事员。

由于换了工作，《儿童文学选刊》她没有收到过。稿费大概也被别人领去了。

她把她的身世和经历，都告诉我。不想她小小年纪，却也走过一条泥泞坎坷的路，尝过人生的苦辣辛酸滋味。她很小时，就没有母亲了，留下她和比她更幼小得多的弟弟。不久，照料他们的奶奶也谢世。她父亲是个商人，长年累月，在外面忙碌。她像个母亲一样，把她的小弟弟拉扯大。这些年，生活好些了，她父亲已经找到人，要结婚了。

我问过她："你父亲要结婚，你反对吗？"她说："没有。父亲待我很好，那阿姨也不错。"我问她："过去，你反对过吧？"她笑了。

后来，我读到她的小说《淡淡的白梅》。这作品，写了"我""父亲""阿姨"三个人物。我看，基本上是写她自己的童年生活吧！由于是她亲身的经历，写得可谓情真意切，十分动人。这作品写父、姨、女三人的心态，真是跃然纸上，栩栩如生。

这篇作品的文字，活泼，流畅，颇有儿童味，乡土味。这种特色，应该说非常难能可贵了。而在当前许多年轻人中已经失落，写不出这一手生动漂亮的文字来。

有一天晌午，太阳西斜，凉风习习，我们散步去福严寺看尼姑们做佛事功课。不少香客，花十块钱，在一条黄表纸上写了先辈亡灵的姓名和自己的姓名，供到墙上去，算是听经超度。不想庞敏一下掏出钱来，求我用毛笔在买来的那黄纸上，写上她母亲的名字、地址，具上她的名字，又想起要我加上她弟弟的名字。自己高兴地拿去贴在墙上了。我和庞敏他们一起去过山上的许多寺寺庙庙，从没有见过她买香点烛、顶礼膜拜过。我知道她纯净的心眼里不信这些。此时，她为什么要出钱为她母亲立一香位呢？我问她，她说："为了求得心理上的平衡。"她非常思念她母亲。

后来，我读到还是在《小溪流》上发表，又是上海《儿童文学选刊》选载，由石干（周晓）写《好一个庞敏》评论的，她的又一篇小说《忆母亲》，得到了证实，庞敏的母亲虽然去世多年了，但没有母亲的孩子的苦痛一直盘踞于她的心头，无法驱走。她对于母亲的爱，深深印在心壁，愈久愈深刻，不可能再抹去。

爱，对于一个写作者太重要了。如果庞敏没有对于母亲深切诚挚炽烈的那种爱，能写出《忆母亲》这样扣人心弦的好作品来吗？

这篇作品写了"我""弟弟"和一些好好坏坏的乡亲近邻。这篇小说中写的"我"的哀乐喜怒，难道不就是庞敏真实生活和心灵的写照吗？

所有失去母亲的孤儿和有着母亲的孩子，我想都可以从这篇作品中，获得共鸣和同情。因为庞敏的这篇作品，歌颂了伟大的母爱。母亲，我想从有人类以来，都是一个崇高而可敬的字眼。这篇作品以庞敏她这一个不相同的生活视角，赞美了人们所共同的感情。这篇作品将获得时代和地域效应，也就是这篇作品的价值和成功。

庞敏写作是勤奋的，她有她一定的深厚功底。

她的家乡，在洞庭湖边上，风景十分秀丽，但由于交通不很方便，那里的乡村还是十分古朴的，还保留早前渔村的淳厚风味。她说，她的童年生活是充满野趣的，她称自己是个野孩子。她离开童年还不久，才二十出头。生活和文学，促使她早熟。她在笔会上装得像个大人，似乎不屑和那些得奖的小作者在一起。小作者对她不那么服气，说："哼，庞敏没比我们大多少！"可是庞敏曾说，她在家乡和许多孩子都很谈得来，她说："我喜欢小孩，所以就常常写他们。"其实，这话还是带着那种大人的架子口气说的，似应该改成："我喜欢和孩子们在一起，常常为他们写东西，这些东西写的往往都是我自己。"这样就真实亲切多了。

我问过她："你的童年故事写完怎么办？"她不在意我的提问，说："故事多着呢！可以写很多很多。"她说："为儿童写作，也不尽是写儿童，还有和儿童有接触、儿童眼里的大人，一起所经历的故事，和现在发生的故事。"

她的作品，是生活的，所以她写不完。她认为她是一个"生活的富有者""激情的富有者"。

一个写作者，确实，要是离开"生活"，失去"激情"，那就无法写作了，这是许多年轻作者昙花一现、瞬即枯萎的原因。此属老生常谈，可却是一条颠扑不破的真理。

庞敏告诉我，她的外祖父开中药铺，是个读书人，家里藏书很多，她得能博览这些书籍。她确实很聪颖，至今能背诵许多唐诗，竟然还能背出那一段段难念难懂的楚辞。传奇、说部、笔记这些闲书，自然读得更多。这都是今天我们许多年轻人所缺乏的。这几年，她又读了许多外国的各种各样流派的文学作品。有生活，多读书，这对于一个写作者来说，太重要了。

有个傍晚，我们许多人到附近的灵芝泉、麻姑仙境去散步。这地方水曲林密，十分清幽。她十分喜欢这地方。她说："以后，每天早晚我都要到这里来。在这里一个人走着走着，可以构思许多作品。"我不知道她后来是不是真的去了。我仿佛看到，庞敏一个人，低着头，在山间小径上踱着，沉思着。我知道这个个性强的姑娘，说到会做到的。不过，她在笔会期间，确实写了许多作品。

我鼓励她，多写一点吧！写多了，挑选一下，印个集子。

她说，她曾经多次拿了她新写的作品来找我，要我看看。不巧，却没有碰上。后来，她把这些作品都交给《小溪流》编辑部的老师们去看了。我感到深深的抱歉。

庞敏很感谢《小溪流》编辑部的老师们，她的作品都发在《小溪流》上，《小溪流》的老师们给她的帮助太多太大了。确实，是宽阔的洞庭湖给了她丰富的写不完的生活，而这条潺潺流淌的小溪流，却不断地为她送去了丰富的文学滋养。

庞敏如果能成为一个很有成就的儿童文学作家，她先天受益于洞庭湖畔的这片家乡的美好的土地，后天则受益于《小溪流》编辑部的老师们，洞庭湖帮助出人，《小溪流》帮助出作品。她永远不会忘记它们、他们。

笔会结束了，那是一个晴明的早晨，庞敏和我同车离开了南岳。

近中午时分，她中途下车，转乘长途汽车回家去了。她没有向我道别，只向我扬了扬手，提着包，默默地走了。我则到长沙停了一宿，第二天坐火车回上海。

庞敏，是有才华的，有生活，有素养，有功底，还有，强烈的个性，纯真的童心，诚挚的爱，丰富的情感，是这些，构成她一篇篇受到大家注意和称道的作品，是这些，促使她成为近来在儿童文学界冒尖的一位有前途的、为人瞩目的新人。

我和庞敏，虽然在南岳共处了一星期，接触也不是很多，那时我也没有想到要写篇文字介绍她，不曾有系统地去采访她、了解她。所以，这篇文章，只是写了我见到听到所知道的庞敏，勾勒了她一个粗粗的轮廓。是一张笔墨不多的速写画，也不知抓住她特征没有，像不像她。

好在，她有不少作品摊在大家面前，她的作品中，常常有个小女孩的"我"，告诉大家，这个"我"，大致上往往就是庞敏，是她自己的自画像。你们如果要认识她，就读她的作品吧！

　　　　　　　　　1989 年中秋前夜补写于上海西郊目楼

《嘟嘟糖和小雪灯》欣赏

当前，散文是儿童文学诸门类中的一个被冷落了的文学样式。屠再华《嘟嘟糖和小雪灯》散文集的出版，无疑是一种提倡。

虽然，这是一本才7万字的薄薄的小书（其实，在儿童读物中7万字的书不算是一本小书）。这一本小书，首先给人以一种"新"的感觉，它，给读者带来一份喜悦。犹如大家注视着，广袤无边的白云蓝天上，突然出现一朵五彩的云片，叫人惊异，叫人兴奋。

这些散文，写人、写事、写物、写景，无不有之，可说丰富多彩，能带领读者进入那个欢乐的童真天地。如果读者是成人，它可使你回到那个离你而去的眷恋不已的孩提岁月，勾起你种种美好的回忆。这些散文，展示了作者童年江南水乡的一幅幅充满诗情画意的风俗画。字里行间，有一颗颗纯洁的净化的童心在跳动，像有一串音符在琴键上扬起，是一支带着泥土味清香的乡村孩子的歌。

目前，成人的散文，不少显得十分做作，有的故意深奥，一副八股腔，自命趋附风雅。但是这本散文，文字朴实、流畅。像山间潺潺流淌而下的小溪水，清澈、晶透。像田间阡陌上自生自长的小野果，嚼之酸甜，满口清香。

我推荐这本儿童散文集，希望孩子们，也希望逝去童年的成人，找来读读。

张锦江和他的理论作品

1980年，我去北京参加第二次全国儿童文艺创作评奖，曾以评奖工作班子，筹备过一本《儿童文学评论》理论刊。因为儿童文学理论作者很少，我广请各界朋友推荐。记得当时复旦大学分校（今上海大学文学院）负责人、儿童文学作家翁世荣同志，给我推荐了一批作者名单，第一位就是他们学校开儿童文学课的教师张锦江同志。经过联系，他寄了一篇《略论贺宜近作中的童话人物》来，这篇评论文学写得很好。后来《儿童文学评论》没有办成，用评奖办公室的名义，印了一本《儿童文学作家作品论》（中国少年儿童出版社1981年版），这篇文字收在这集子里。出版后，各方面反映都不错。我回到上海，好像是少年宫的一次什么活动中，我第一次见到张锦江同志，他还很年轻，彬彬有礼，于是我们相识了。

他是江苏泰州人，最早毕业于水产学校，在海洋渔业公司工作过，后来参军当过水兵，代文化教员。1965年进入上海戏剧学院，读戏剧文学。毕业后，下过厂，也在出版社工作过。1979年到复旦大学分校教书。

不久，他邀我去他们学校给学生讲过童话创作课。1981年中国少年儿童出版社在成都开中长篇小说创作讨论会，我们都去了。他在会上的发言，引起了大家的注意。后来，他发表了一系列儿童文学理论文字，也获得大家的好评。他很快成为我国儿童文学界所瞩目的理论队伍中的一员。此后，文化部少儿司在各地举办儿童文学讲习班，邀请他去讲课。他的课，也很受学生们的欢迎。

　　1983 年上半年，我和他都住在吴淞某部的一个招待所里写作。过去，我只以为他是一位有才气的作者，这次我发现他的才气是加上他的勤奋，方取得成绩的。我住在他隔壁的房间，常常半夜醒来，看见他屋子里还透出灯光。第二天早上问他，他总是告诉我又开夜车了。他几乎每天写作十多个小时。

　　起始，我觉得张锦江同志写作出手并不快，每天写的字不很多。原来他有个习惯，不想得很好，就不落笔写，所以，他写作不打草稿，写好，最多在原稿上修改，有时也涂涂抹抹，贴贴补补，改完，就是交出去的定稿。这样连续十天半月，成绩是可观的。他的原稿是很好读的。他写在稿纸上的字，一律都是他那近似隶书和魏碑体的端正的小楷，一笔一画，从不潦草，足见他写作的认真。

　　1984 年，我去了郑州、新疆，同行的有他。1984 年、1985 年在石家庄和昆明开全国儿童文学理论会，他也去了，很巧我们被安排在一个套间里。这样，我们更相熟了。

　　张锦江同志除开写儿童文学理论外，大都精力是在写小说。儿童小说，成人小说都写。儿童小说有：《谁最喜欢小钢琴》《小海娃和小飞鱼》《沉船记》《追雷记》《失踪的鱼鹰》等，其中的《逮蛰记》还得了《少年报》1983 年"小百花奖"，《小海娃和小飞鱼》获《儿童时代》国庆三十周年小说征文奖。成人小说有中篇《第三代水兵》《将军离位以后》《海蛇》等（他的中篇集《海蛇》收了这些作品，重庆出版社 1985 年版）。

　　因为张锦江同志在创作上的成就，他被中国作家协会批准为会员。

　　今年《儿童文学评论》理论和创作，他被聘为编委。

　　张锦江同志的创作，主要是写部队生活、海洋生活，因为他有这方面的生活根底。他给儿童写的小说，大多数也是这方面的题材。

他的工作是教书，他开讲"儿童文学创作研究"选修课，热心于儿童文学理论研究，写作儿童文学理论是他的重要工作，他在这方面的成绩是突出的。

他写作儿童文学理论文字，有他的长处，也就是他这些理论文字的特色。因为，他是一位作家，他有自己的创作体会，所以他的理论文字，不是那种泛泛空谈的经院论文，而是有见地，针对实际，说在点子上的指导性文字。同时，他熟悉成人文学，熟悉儿童文学，成人文学理论上的新进展，他能够很快运用到儿童文学理论中来。他思路敏捷，善于吸收新事物，不像有的文字，用的是多年前的陈旧套子，说来说去是那些老本话。有的文字，引这个说，摘那个讲，几乎通篇是别人的话，他的理论文字中很少见到引文，都是通过自己的话把道理说出来。他是作家，他的理论文字，很有文采，不像有的理论文字，干枯得实在叫人难以下读。在儿童文学理论中，我觉得应该提倡张锦江同志这样的好文风。

所以，我很愿意为张锦江同志即将出版的这本《儿童文学论评》，说一番话，写这篇短文。

这本《儿童文学论评》，选收了他论评文字十四篇，当然他这几年所写的论评文字远远不止这些。

我写这篇短文还有这重意思，因为这是张锦江同志的第一本儿童文学理论集，除了向他祝贺之外，还向广大读者介绍张锦江同志这位作者和他的作品。

希望不久读到他的第二本集子，第三本集子……

相信张锦江同志会在儿童文学理论这块新地上，更多地耕耘、播种，取得更大的收获！

1985 年 8 月于上海

《月色溶溶》序

　　浙江，是我的故乡。我的童年，是在杭州度过的。

　　今天，我回到了这"春来南国花如绣，雨过西湖水似油"（元·卢挚）的杭州。

　　我是为寻觅童年来到西湖之滨的，我是到杭州来寻觅童年的。

　　浙江少年儿童出版社的同志，因我来杭之便，邀我为他们的散文集《月色溶溶》写点什么。

　　晚上，我在下榻的招待所，读这18篇不是很长的散文。这些散文的作者，都是浙江各地区的，是我所熟悉的朋友们。这些散文，写得清新、活泼，童趣盎然，十分好读。

　　我生于浙东小县城，在杭嘉湖平原长大，去浙西、浙南上过学。我曾在水乡的桑林踯躅，曾在石头古城里蜗居，曾在连亘的山岭之间跋涉，曾在海边的沙滩上行走……这些散文作品，有的写明地区，有的未写明地区，我也知道所写为何处。因为浙江的许多城城镇镇、乡乡村村，有着我的足迹。我熟悉这些山，熟悉这些水，熟悉这些人人事事。

　　这些散文里所描述的种种风习游戏，我几乎都经历过，参加过。我的童年，也是在这些散文所渲染的种种欢乐中度过的。

　　这一幅幅风习画，连起来，是一轴浙江早年儿童欢乐的大游戏图。

我读着，读着，我不知不觉，自然而然地融入一篇篇作品的此情此景中。我呵，我从这些洋溢着诗情画意的作品中，找到了我的童年，我童年的欢乐。

今天，为了寻觅我的童年，我去了我的故居，去了我的母校，去了我生活过的一些地方。我希望从街街巷巷中，找到我的童年。一切的一切，都变化了。我消失的童年的记忆，没有被唤回来。我头脑里破碎的幻象，再也拼凑不起一个我完整的童年。

现在，我读着这一篇篇散文，我骤然发现，我失落的童年找到了。我感受到，在这些作品中，不只是我的童年在，而且被放大了。我的童年，和许多人的童年汇聚在一起。我看见了一个大我，一个回归于自然，真实的，完整的，大我的童年。

这些散文中，所记述的种种风习游戏，有一部分，今天似乎很难见到了。

时代变了，儿童的游戏也在变。我小的时候，玩骑竹马，因为那是骑马的时代；我的孩子小的时候，玩开汽车，因为那是汽车的时代；今天的孩子，玩乘火箭，因为现在是火箭的时代。今天的孩子，恐怕谁也不知道竹马是什么玩意儿，还以为是竹子扎成的一匹马呢！谁也不会相信，那竟是一根光杆的竹竿。

可是，这一根竹竿，和这本散文中所记述的种种风习游戏，却千年百年存在过，丰富过无数代人们的生活，带给许许多多孩子以快乐和满足。它没有消失，它记载在人民文化生活的史籍里。有的，也不能说消失，应该说它随着人们文化生活的发展而发展了。

这些，都是我们所珍贵的中国文化传统的一部分遗产。

就文学视角来看，世界上的文学，乡土文学正在崛起。各国的文学愈来愈趋向民族的个性化。中国的文学，不是正在兴起一个寻根热吗？我们的儿童文学，出现这些反映乡土风习的散文，受到大家的关注，绝非偶然，有它发展的必然性。

浙江少年儿童出版社编辑出版这套系列散文集，提倡乡土文学，是有识的作为。

这套系列散文集的出版，有它的重要的意义，因为它表明，儿童文学的寻根，在悄悄地开始，在深刻地进展。

这些散文，作者以自身经历的欢乐去感染读者的欢乐，以自身产生的感情去激发读者的感情，向读者呼喊，要热爱家园，热爱故土，热爱传统，热爱人民，热爱生活。它的宗旨和主题，是发扬中华民族的爱国精神。

它，虽然写的是旧人旧事，但它却是儿童文学中一股新流。

这些散文，记时记事，情景交融，有色彩，有声音，它把读者带进一个泥土馨香、风尚朴实的江南乡村城镇，和江南人民共同享受美和欢乐。

相信，这些散文，不只是少年儿童爱读，一些成人也会爱读。

窗外，是"烟柳画桥，风帘翠幕，参差十万人家"（宋·柳永）的杭州街坊，此时一片灯火辉煌。

我读着这些散文，似乎一下年轻了许多，已回到了童年时代，沉浸在童年时代的欢乐里。

呵，江南，家乡，孩子，童年！

1988 年 4 月 5 日（60 周岁生日）深夜写于杭州

台湾少年小说第一笔

——推荐李潼和他的作品《再见天人菊》

　　李潼是台湾一位有才华、有艺术造诣而又努力写作的儿童文学作家。他主要写小说，也写童话，还写过一些歌词。他的小说，写得很不错，童话也写得很好，长的短的都有。但几乎大多是以少年为读者对象的。他写的歌词，据说在台湾校园里非常流行。这里，要我介绍他的一篇中篇少年小说《再见天人菊》，这是一篇极为优秀的作品。

　　这篇作品写的是台湾澎湖岛上所发生的故事。天人菊据说在澎湖到处可见，是一种开红色或黄色花的野生菊。《再见天人菊》，乍看题目，很容易误会为"再见，天人菊"，其实是"再见天人菊"的意思，也就是"再次回到了澎湖岛"。

　　故事叙述者是"我"，一个二十来岁的曾在澎湖上过学，现在加拿大的青年，履行二十年前的约定，中秋节的晚上，回到澎湖边老师的一间工作室，和以往的一群好同学、老师，作一次相聚。整个作品，通过"我"的回忆，一路见闻，学生时代往事的倒叙及会见时的情景，来构成故事。时间跨过了二十来年，写了"我"和一大群人，一些同学、几位老师。这篇作品里，既要写现在，又要写大量的往事，现实和往事，关联到这么多的同学和老师，二十余年的人人事事，情情景景，时今时昔，今昔交替，编织于这样一个作品中，这不是任何一个作家能信手拈来便成的，而是一个经过周密安排、慎重计划的大工程。李潼这位年轻作家，能够把这样复杂的人事情景，如此有条不紊，错落有致，填进了这个故事框架里，真是不易。整篇故事，有伏笔，有悬疑，有跌宕。一个个人物登场形象的塑造，性格的设计，由此而产生种种纠葛冲突，人为的努力，命运的捉弄，生活的折磨，二十年的喜怒哀乐，风霜雨雪，都活生生地呈现出来。

据说，作家不是澎湖人，也没有在澎湖上过学，只是20世纪70年代在澎湖服过兵役。他用了澎湖这个富有特色的美丽的地方作为故事的背景，把他小时在别处学校读书的生活，以及服役中的生活，他在小时和服役时的周围一些人物的原型，移植到了澎湖这个环境里。故事是虚构的，生活是真实的。这就显示了李潼这位作家的艺术创作的基本功夫真到了家。

李潼写完这部作品，曾经说："这样回顾过去的老地方、老故事，是'不知长进'的眷恋情怀吗？却也不尽是。当我们还懂得谨慎地踏出未来的每一步，那些过去的脚印，其实就是调整我们、鼓舞我们的最好'版本'。缅怀过去是为了策励将来，而此刻我们抬腿将踩的脚印呢，你想深刻还是肤浅，想凌乱还是整齐，都有我们的选择。"这就是作家要写这个作品的宗旨。绝非提倡向后看，而是鼓舞读者不断地向前。

老作家林良曾把这部作品誉为对少年读者所展示的一幅"温馨的人生图画"。他说："孩子进入少年期这个成长的历程，对'人生'和'生活'开始了探索的兴趣。对人生和生活温馨一面的描绘，正符合他们成长的需要。"这就是这部作品如此受到少年们欢迎的主要原因。

这部小说，侧重写情，有点缠绵悱恻，催人泪下，似可称之当代新的言情小说。其实，小说都应言情。只是"言情小说"这四个字过去用得太多，滥了，现在很少有人提了。读了这部小说，觉得受情所感染，脑际突然跳出这四个字，我想姑妄一提，因为这是个好字眼。

李潼写有一系列少年小说，他出手不凡，几乎篇篇都是佳作。他在台湾儿童文学界是位出类拔萃的作家，似乎应称之为"台湾少年小说第一笔"。

《香樟》序

刘羽，我没有见过。

她出生于 1982 年，用现在时尚的说法，正是"花季年华"。

我看了刘羽的这三十多篇作品，很高兴。被誉称为《小溪流》"金花"的几位小作者，她们的作品，我大都看过，确实不错，有的我还写过介绍和评论文字。今天，我看到了刘羽的作品，又一朵"金花"，在湖南这块土地上茁壮成长，含苞竞放，那样充满生机，美丽和芬芳，真叫人高兴。

刘羽的这些作品，在学校里，可以说都是很"正统"的"作文"，它都是记叙文。我叫它"散文"，实际上是一个意思。写的全是小作者本人日常的所见所闻所感的人和事。当然，有主要写人的，有主要写事的，每篇都是第一人称，也是说每篇中都有她——小作者"我"的存在。这些作品取材都是真实的，如实地反映了小作者她认为值得写出来的生活。在她所描述的许多地方，我都到过，她所写的人物，在我们周围都可以见到。由于她写得"真"，朴实而生动，读来很感亲切。

她到了这些地方，接触了一些人，遇到了一些事，她也不只是介绍和叙述，而都发表了自己的见地，或者寄予了她某种感怀，这样就使得这些人和事，使得这些作品，有了内涵和深度，有的也确实悟出点道道来。这样，对自己来说是一种对于事物认识的提升，别人读了也可以引起更多的思考，给人以种种有益的启示。这对自己，对别人，都有一定的获益。这就是"善"吧！

她的这些作品来自生活，记叙了生活，但她不可能也没有必要去全面反映生活，她只是撷取了生活当中的某一部分，其中的一些片段。这除了要有意义，有自己的触动，很重要一个标准，就是"美"。就是说，她的这些作品，是她在生活长卷中，她抉择和写出了自己认为最美的这一部分。当然，这美，不只是生活的本身美，而要求从取材到细节，从感情到文字，也即是说从表到里，或者说从内容到形式，无一不要求美。一篇"美"的作品，我们不论写它，读它，都会让人心旷神怡，带给你一种愉悦和欣喜。

我在刘羽的三十多篇作品中，看到了这位"花季年华"少女的对于"真""善""美"的执着追求。

刘羽这女孩子，具有一定的文学才华，一定的文学根底，我相信，如果她有志于在文学创作道路上发展，愿意在这条道路上作更大的努力，她会成为一位成功的很出色的女作家的。

我写这篇短文，一些文学创作上的"常谈"，是鼓励刘羽在这条道路上继续不停地前进。

同时，也希望有更多的像刘羽那样的少男少女们，在你们的"花季年华"里，将你们丰富的多彩的生活，一篇篇，一本本，写出来。为你们自己，为你们这一代人，为世界，多增添一份份"真""善""美"的光辉。

我们文学创作这个大花圃中，希冀不断有"金花"出现。

我以期待的迫切心情，注视着，寄希望于大家，并祝福大家。

> 1998 年早春 2 月写于上海乐村水年居

《"捣蛋小队"的小队长》序

  我和宗介华同志相识比较早，那时候他还在北京丰台区文化局工作。他不时寄些他的作品来，我们便开始通信了。见面，则是以后，他出差到上海，上我家来看我。

  后来，他调到文化部少儿司工作，我们接触的机会就多了。文化部少儿司在沈阳、广州、南宁、长沙等地举办儿童文学讲习班，他是工作人员，我被邀参加他们组织的讲师团，我们总有好一段时间一起相处。

  他写小说，写散文，也写科学童话、儿童电视剧本。他出版的集子，几乎都送给我。我在给一些出版社编什么选集时，也选收过他的作品。

  这本集子，据我所知是宗介华的第二本小说集。所收入的作品，都是他最近期间写出来的，可以说是他的一本新作选。

  宗介华的小说，是有特色的。他的作品有浓郁的生活气息。宗介华是在北方平原的农村长大的，他长时间在那里学习、工作、生活。拿这集子里的许多作品来看，这些人物，只能出现在北方，不论成人或孩子，都有北方人那种粗朗、憨直的性格。所展现的故事，也只能发生在北方。

  对于在北方住惯了的人，或许不是太能觉察，而在我这个向来住于南方的人，就极容易感觉出来。一翻开他的作品，似乎就有一股北方的乡土风迎面扑来。读他的作品，像走在北方土地上，或者像在观赏一幅幅北方的风情画卷。究其原因，不是别的，主要是宗介华长期生活在当地群众中间，他了解那些人，熟悉那些人，并热爱他们。他有扎实的生活根底。

宗介华的小说，善于刻画人物。当然，这是凡写小说者都该恪守和遵循的原则。但宗介华善于觅取一个新的角度来写人物，这便是他的作品的特色了。我看他的一些作品，因为角度选准了，寥寥几笔，就把人物刻画出来了，所以他的小说，笔墨都比较简洁经济，有明快的节奏感，读来给人以鲜明的印象。

宗介华近年来，一本接一本，出了好几本集子。他为什么能写出这么多作品？我想，除了上面所说，他有丰富的生活积累，还应该提一提他的勤奋。

宗介华是很热爱少年儿童的，他的事业心很强，立志终身要为少年儿童写作。我知道宗介华的工作是很忙的，业余时间也很少。但是，他不舍得把这不多的业余时间花在别的什么上。他几乎天天要写作到深夜。凡见过他的人，从他那发黄的脸色、瘦削的两颊、充满血丝的眼珠，就可看出，他为写出这些作品，是付出了休息和睡眠这些代价的。他是不顾自己的健康在为少年儿童写作的。我每次见到他时，都劝他注意身体，节制写作，应该细水长流……

宗介华同志的作品和本人，是有许多长处的。他和我相处或信件来往，都以"老师"称我，其实，我真是应该向他的许多长处学习的。

《动物儿歌》序

儿歌，就是儿童歌谣吧！

在古代，儿歌叫"童谣"。要说童谣和儿歌有区别，那就是，童谣指古代在民间口头承传的儿童歌谣，儿歌指后来大家为儿童所创作的歌谣。

儿歌的起源，应该说很早很早了，我想，天地间，有孩子开始，母亲抱着孩子，逗乐孩子，或哄孩子安睡，母亲嘴上咿唔唱着的，大概就是最早的儿歌了。我推想，儿歌，兴许与人类的语言同来，兴许有可能先于语言。

一个孩子呱呱坠地，最早接触的文学，该是儿歌吧！因为，一个孩子来到世上，最先听到的声音该是母亲轻柔的吟唱吧！儿歌，是温馨的，是美妙的，充满着亲子之爱。渐渐，儿歌，成为母亲教育自己孩子的第一册课本，向自己的孩子讲解着眼前这个神奇而新鲜的世界，介绍着周围的人人、事事、动物、植物，种种，这盒《动物儿歌》里的一百首作品，虽就只写了兔、猫、猴、羊、牛几种动物，而这几种动物，却是孩子们常见的，也是孩子们所喜爱的，这些动物，每种二十首作品，能以不同的视角来写它，能够做到无一重复，无一雷同，此大不易也！

作画的田原先生，是一位资深的艺术家。他书法、绘画皆有建树和贡献。他的画作，富有民族特色，欣赏他的作品，犹如欣赏我们中国的民间年画、民间玩具、民间灯彩，具有极为浓郁、淳厚、朴实的民间风格。

儿歌用以塑造和引导孩子的性格和感情，可称作是一部幼儿世界的百科全书。

一个人的幼年，应是一个儿歌的时代吧！

儿歌过去、现在、将来都是儿童文学中非常重要的一家。试设想，一个幼儿，在他的生活中，如果没有儿歌，那他将会是何等的寂寞，对他的成长是多么的不利。不过，我相信，世界上，凡是孩子都有母亲，都会有儿歌。母亲在，儿歌在，母亲总是和儿歌密切联系在一起。

请世界上，尊敬的母亲，给自己的孩子以更多的儿歌，以更好的儿歌吧！

光复书局的同人们是有见地的，他们不断地向母亲们，向孩子们，推出了一盒盒配以精美图画的儿歌套书。

现在，他们又向广大母亲和孩子们奉献了这一盒崭新的优秀的《动物儿歌》了。

这一百首动物儿歌的作者，儿童文学作家李光迪先生，专门从事儿歌创作，他创作的儿歌作品大概有近千首了吧。他这许多年来，一直孜孜不倦地为儿童创作儿歌。孩子们非常喜欢他的作品，因为他的儿歌作品，充满着向上的童趣，意境优美，读来都朗朗上口，富有诗的韵味。收在他的画作也不拘古，造型夸张得体，构图别致新颖，又颇有现代气息的装饰味。在这本《动物儿歌》里的一百幅动物画，这些小动物，各具情态，且妙趣横生，乃大手笔也！

一本书，要做到文图并茂，已属难为，而此书，文图交融，文图一体，更是难能可贵！读此书，无论是母亲，无论是孩子，都应是一种高尚而美好的艺术享受。

这是一套值得推崇的好书，愿它能进入许许多多有孩子的家庭，为亲子之间带去爱，带去欢乐，带去知识，带去种种收益！

1992 年初春于上海

《童话选刊》"纪念童话大师贺宜"专栏引言

一代童话大师贺宜同志于 1987 年 8 月 20 日的凌晨，在上海离他美丽园寓所不远的华东医院，谢世了。

贺宜同志生于 1914 年 11 月 24 日，金山县亭林镇人。他是一个地地道道的童话作家。他的一生是写童话的一生。他的一生历史，是写作童话的历史。他给少年儿童留下了一百二十多篇，加起来一百万字以上的童话。他是童话的巨人，为我国的童话作出了巨大的贡献。他和他的作品，都将载入童话的史册。

他的童话代表作《小公鸡历险记》《鸡毛小不点儿》，已成为我国童话的传世佳作，受到一代代少年儿童读者的欢迎。

他在童话理论研究上，也颇有建树。童话手法，分为拟人体、超人体、常人体，就是他的创见。他的《漫谈童话》一书，是我国第一册有系统的童话理论书。

为纪念这位童话大师的逝世，我们选刊了谷斯涌同志的悼念文章《童话家的童话》，以及他的作品《古董先生》《鼻子》。

贺宜同志的这两篇作品是 1946 年写的。我们选发这两篇童话，是为纪念这位大家。同时也说明一个深刻的童话作品，在多少年以后，还具有它的作用和影响。

希望大家读一读，一定能从中得到一些启示，引起大家的种种思考。

我印象中的"童话大王"

——悼念张天翼同志的逝世

这几年,我在写一本《童话学探索》的书,正写完《张天翼和他的童话》这一章,传来了不幸的消息,张天翼同志逝世了。

我想起和张天翼同志最后的一次见面。那是一九八〇年的初春,团中央、教育部、文联、作家协会等八个单位,联合举办全国少年儿童文艺创作评奖。我参加了这项工作。天翼同志数十年来为少年儿童写作,有卓著的贡献,评委会决定授给他荣誉奖。这是一次全国性的大评奖,是我国最高的儿童文学奖,并且荣誉奖是终身奖。我去崇文门北河沿他的寓所看望他。

北京的初春,天是明朗的,阳光和煦,室内温暖,他家客厅里的花卉植物已经碧绿欲滴,生意盎然。一盆攀爬在竹圈上的令箭荷花,开始吐露出金黄的花苞。一屋子是春天。在内室休息的天翼同志迎了出来。那时,他已经患病了,步履艰难,是拖着脚走的。说话发音不清,需要他夫人翻译才行。他的右手提不起来,得靠左手来帮忙。

但他坚强地和疾病作斗争。他夫人说,这段日子,他还给福建的《榕树》等一些刊物写过儿童文学的短论。一些少年儿童来信,他也写了回信。

天翼同志说,江西有个孩子,从没有见过他,给他寄来一张"我心目中的张天翼爷爷"画像。他拿了出来,说,这还有些像呢!说得他自己也大笑起来。

他拿出一本新出版的《宝葫芦的秘密》精装本，用左手握笔，在扉页上签上他的名，送给我。这本书，我一直珍藏着。

他还谈了一些关于当前童话创作的看法，和培养儿童文学新作者的意见。

当我把获奖的喜讯告诉他，他非常高兴，但也有些不好受的样子，他觉得这几年因为生病，没有能多为孩子们写作，感到发急。

我和他夫人都劝慰他，也是祝愿他，他的病会一天天好起来，好起来就能多为孩子们写作了。他会心地笑了。

我告辞走了，他坚持站起来，送我到客厅门口，要我有时间再去。想不到这一别，再也没有看见他了。

授奖会，是在人民大会堂举行的。他行动不便，不能去，但还是叫人打电话来，要他的夫人和家人去出席大会。

他的荣誉奖状和作品，是我们评奖办公室的一位同志送去的，他接到奖状，很是兴奋，还请同车去的新华社记者，在奖状前拍了一张照片。这张照片，后来不少报刊上都登了。

评奖结束，我回到上海，我一直惦念着他的健康状况。我也曾给他寄些书去，让他能了解当前儿童文学的创作状况。

天翼同志的童话作品，可以说每篇都写得很成功，都受到少年儿童的喜爱和欢迎。他不愧为我国有成就的童话大家。在我们的童话史里应该大大地写上他。他是一位伟大的对国家和人民有贡献的儿童文学家。

张天翼同志是一位富有声誉的小说家，他的《包氏父子》《华威先生》是非常出名的作品。他在成人文学上已有相当影响的盛年，转过身子，来写当时人们所不愿写的儿童作品。他是文学界有重任的领导，加上他孱弱多病还孜孜不息地为少年儿童写作，这是难能可贵的。

张天翼同志离开了我们，但他留给大家的作品：《大林和小林》《秃秃大王》《宝葫芦的秘密》《不动脑筋的故事》，以及《罗文应的故事》《蓉生在家里》《大灰狼》等等，是永生的。他可以称得上是我国的"童话大王"。张天翼同志，他活着。

1984 年 4 月 28 日于上海

别具一格的童话作品

我最近才细读这篇《兰草花》。因为它短小，不起眼，所以我没有注意这一朵小小的草花。一位也是写童话的朋友，告诉我，要我去好好看一看，我才去把这篇童话找来，细细地看了。

我看完这篇童话，首先我觉得它新，别具一格。所以，我有许多想法，有许多话要说。

因为它不长，我将它全文抄下来：

山洼里一棵很小的兰花草，慢慢地走过来了，她翘着小嘴，轻巧轻巧地说个不停：

"我是百花中最香、最香的花儿，谁敢和我比。"

望春花微笑着，没有作声。

兰花高兴了，头向左一歪，对桃花说："你有我香吗？"

桃花儿微笑着，没有作声。

兰花儿更得意了！头向右一歪，对杏花说："你也没有我香吧？"

杏花儿微笑着，也没有作声。

兰花儿快活极啦，摇着头，头发摇乱了；翘着小嘴，小嘴翘尖了。

兰花儿乐得直打战，她到处跑啊讲啊。

她跑到竹林旁边问："竹大姐，你闻到我身上香吗？"

竹子点点头。

她跑到松树旁边问："松大爷，你闻到我身上香吗？"

松树点点头。

她跑到柳树旁边问："柳大哥，你闻到我身上香吗？"

柳树点点头。

小兰花儿高兴极了，娇滴滴地跳起舞来啦。

一阵风从山顶上吹下来。

突然，小兰花儿浑身抖动了一下愣住了。咦，这阵风怎么这样香？！比兰花还要香！不，不，不会的……

但春风还是不断地吹来，望春花、桃花、杏花、翠竹、垂柳、青松异口同声地在说："哎呀，好香好香！"

兰花儿越听越急，越急越气。她要上山去看看，到底是什么花这样香。

她沿着小溪，沿着山沟，一步一步往上走，问遍了野花，寻遍了野草，大家都只是向她摇摇头，笑笑。

"是看见我就摇头，就取笑吗？"小兰花难过极了。

前面是高高的悬崖，她爬不上去！只好仰着脸，哝着嘴向上瞧。啊，看见了！一棵秀丽的月桂站在那里，叶子绿油油的，花儿白闪闪的，像满天碎小的星星。

"怎么同小米一般大的花，会这样香呢？"小兰花儿不好意思仰面去问，只是低着头轻轻地说："月桂姐姐，你真香……"

月桂朝下望了望，便客气地回答说："我不怎么香啊，兰小妹，你是很香的哩！"

兰花儿很聪明，她看到月桂这样谦虚，这样诚恳，羞得低下头，眼泪唰的一下滚了出来。惭愧地说：

"我家住在小山洼，春天只有巴掌大，望春姐姐原谅我，
莫把小妹骂。我家住在小山拐，从来没有见过海，桃花姐姐
原谅我，莫把小妹怪。我家住在小山缝，眼光只有一两寸，
杏花姐姐原谅我，莫把小妹恨。"

从此以后，大家都可以看见，兰花儿总是低着头，她还
在后悔哩！

（作者方君默、张子仪，刊于《儿童文学》1984年1月号）

这篇童话新在哪里呢？很明显，它新在大胆摆脱了童话旧传统的
"物性"枷锁。

什么是童话"物性"？我不知道是什么时候提出来的，也不知
道是谁提出来的。但是我翻阅了许多过去写的童话理论，都提到这
个"物性"。有的不叫这名称，或叫别的什么名称，如"物的自然
性""东西本有的性能"，等等。但都把"物性"说成是天经地义不
可逾越的规矩。不过，我翻看了这些"物性"论倡导者自己写的童话
作品，却可找出很多并不符合他们的理论之处，并且还是违反他们的
所谓"物性"规矩的。

有位老童话作家说过："一只好客的兔子在招待客人的时候，也
并不请人家大吃'红烧牛肉'和'鱼汤'，因为它一向是素食的。"
（《儿童文学讲座》第69页，少年儿童出版社。）

不久前，我见到有一位作者，用童话批评了这位作者的说法。他
在童话里写了一个童话作家，孩子们要他编个"兔子吃肉"的童话，
童话作家"大感意外"，"脑子里像糨糊似的"只说了个"蹩脚的开
头"，就说不下去。而是孩子代他说了，这孩子的童话是这样的：

兔子阿花是森林里的邮递员，可她的身子只有老鼠那么

大，跑来跑去真费劲呀。于是她就去向狗大哥求教。狗大哥说，你的耳朵也灵，腿也跑得快，我没什么可教的。要不，你就跟我学吃肉吧。兔子阿花在狗大哥那里吃了十天肉，身体就长到猫那么大了。狗大哥说，行啦！这回你再去送信吧，我保证你跑起来劲头大多了。兔子阿花撒腿一跑，嘿！真的比过去有劲多了。后来，兔子阿花就成了森林里最出色的邮递员。

于是，那童话作家"忍不住，终于大叫一声，沮丧地蹲下身子，垂下头"。"完了，我的天！""惭愧啊！我算个什么儿童文学作家呀！"

作者把这种现象——"兔子不吃肉"的"物性"论，认为是撞在孩子们"心心乐园的无形弹性大围墙上了"，意思就是不了解儿童，"物性"是自己设置的与儿童隔绝的一座"无形弹性大围墙"。今天应该推倒"物性"这座大围墙。（作省周基亭，刊于《东方少年》1985年6月号。）

当然，这篇作品，毕竟是一篇童话，而并非一篇针对性的理论文字，作者用了嘲讽的手法，是可以原谅的。作者借此来说明"物性"是人为的障碍。儿童并不欢迎，也是可以的。

童话，是儿童思维的反馈，孩子们怎么想，童话就可以怎么写，有哪一个孩子的幻想，还要去考虑是不是符合"物性"呢。幻想，就要无拘无束地想，否则，怎么叫幻想呢？

这篇《兰草花》，作者大胆地让兰草花"慢慢地走过来"，"到处跑啊讲啊"，"跑到竹林旁边"，又"跑到松树旁边"，再"跑到柳树旁边"，然后"娇滴滴地跳起舞来"，接着又"上山去看看"，"她沿着小溪，沿着山沟，一步一步往上走"，可是"前面是高高的悬崖，她爬不上去！"……这种种描写，是过去任何一个童话作者所不敢的。

这是一篇充满"虎气"的童话作品，写作者具有一种敢于和旧传统开战的"小老虎"精神。

当然，这一篇作品一定会遭受到某些"物性"卫道者的攻击，但是这种攻击是徒劳的，因为这篇作品受到小读者的欢迎。"物性"陈腐的旧框框，已经受到冲击，它已开始动摇，将和一切束缚文学的僵死的教条，统统被彻底扬弃。新和旧的斗争，最后总会是以新获胜，而取代旧的。

如果，有人还以为"物性"是好东西，兰花不会走路、爬山，请他们去看看外国的童话作品。

前些日子，我看过一个英国的动画电影，写了三株树，一株雄性的树，向一株雌性的树求爱，而雌性的树却爱另一株雄性的树。这些树，会追逐，会拥抱，会跳舞，走来走去，自然得很。

其实，外国的童话作品，根本就没有"物性"的约束。大家可以想一想，米老鼠总是一个扬名世界的童话形象吧！请问除了外形有点像老鼠之外，它有哪点"物性"呢？美国新作品《芝麻街》，即是在中国放映过的美国童话电视片《大鸟在中国》，其中的大鸟，有什么"物性"呢？意大利革命作家罗大里，他的名作《洋葱头历险记》里面那些蔬菜瓜果，又有什么"物性"呢？

看来"物性"是我们中国的土特产，也许在童话发展开始阶段，有过一些作用，但现在科学已进入一个新时代，世界上的一切观念，日新月异，都在变革，世界上已发现能上树做窝的鱼，也有敢吃猫的老鼠，童话已无须再用"物性"来作茧自缚了。

《兰草花》的发表，是童话"物性"开始解体的信号钟。

我为《兰草花》的问世，大声喝彩，因为这是一次成功的童话"新爆破"。

1985 年 11 月于合肥南郊

我认识的女作家李瑶音和
她的儿童文学作品

　　一个金黄色的秋天，江南连片的稻田，都成熟了，等待着人们去收获。

　　我乘坐汽车，风尘仆仆地赶到著名的佛教圣地宁波阿育王寺风景区。浙江作家协会正在这里举行儿童文学创作会。

　　浙江很重视儿童文学，每年都要举行一次创作年会。所以浙江儿童文学事业发达，出人、出作品。我是浙江人，他们每一届都邀我去，和大家讲点什么。由于那几年，文化部每年暑期都要在各地区举办儿童文学讲习班，我忝为讲师团成员，把一整个暑期时间都排满了。因此浙江的会，我年年想去，答应去，但到时就是去不成。这一次，也是中午刚从广州飞上海，当晚就上船去宁波的。

　　到了阿育王寺，他们的会已经开过几天了。我急匆匆地讲了一个下午，晚上便是参加他们的聚餐会。到会的作家，我多数是认识的，但也有相当一部分年轻人，我是头一回见面。

　　聚餐会上，会议主持人逐个儿向我作介绍，但这种介绍方式，是很难记住他们的名字的。

　　李瑶音这个名字我知道，我读过她的作品，但没有见过这位杭州姑娘。李瑶音和张婴音（女作家张抗抗的妹妹），当时人们称之为"杭州两音"。已经颇有些名气。

　　李瑶音坐在最边上的一桌。在这种场合，她不像别的年轻人那么活跃，似乎怯生生的，目光中显着几分矜持和冷峻，文文静静地坐着，不说什么话。我读过她的作品，她的作品写来娓娓动听，充满炽热的青春激情。见到她的人，和她的作品，和我从作品中所获得的印象，怎么也联系不起来。

聚餐结束，各自回房洗完澡。有的三三两两结伴到外边山野间溪涧旁的小路上去散步。我一天奔波，感到有些疲乏，屋里很是闷热，便去到楼房的平台上吹一会儿凉风。

月色朦胧，四处虫鸣。有的人赶来赶去，在扑流萤。有的人静静坐着，用扇子拍打蚊子。在黑暗里，也看不出谁是谁。

我在一角拣了只空椅子坐下。不想李瑶音正坐在我旁边。她认出我，这样我们就随便谈起来。

她用她那地道的杭州话语告诉我：她从浙江师范学校毕业不久，分配在当地一所学校做教员。她学的是音乐和美术，也爱好文学。她和少年儿童在一起，她爱他们，所以她写了些儿童文学作品。不过，她还是很想搞音乐艺术，打算报考中央音乐学院。

后来，她接着谈她的生活，谈家庭，谈工作，谈友谊，谈感情，谈她周围的人，谈她的一些她高兴的事，也谈一些她不愉快的事。她侃侃而谈，谈得很多，很久。

她给我的印象是：她是一个坦诚、善良、充满热情、执着追求美好人生的人。她是一个敞开着心扉，没有城府和设防，保持着童贞天性、胸襟纯净的人。

谈着谈着，在我的脑子里，面前这个李瑶音，和读她作品所产生的印象，重叠了，统一了。

这样，我们相知，成了很好的"老师"和"学生"，或者说是成了可信可交的"朋友"。

以后，时常收到她的信，或者电话，更多是她寄来的作品。儿童文学的一些聚会，我们也有见面深谈的机会。

这段时间，她写的作品主要有：《百灵鸟歌唱了》《冬天里的小花》《冰城美术家》《银色的指挥棒》《小溪边的四重奏》《酸葡萄甜葡萄》……

她曾经真的独自去北京，去考中央音乐学院，记不得是什么原因，没有考就回来了。她的音乐才华，没有得到施展。我听别人说，李瑶音唱歌很有天赋，嗓子好，音色美。可惜我从来没有听见她唱过歌。在一些聚会的联欢活动中，她总是坐在后面，离场子中心远远的地方，从不曾看见她唱歌、跳舞或表演点什么。她曾答应过送我一盘她唱歌的磁带，但一直没有收到过。我想，也许是有什么原委曾挫伤了她那颗酷爱音乐事业的心。她不想再唱歌了。

我也没有见过她作的画。她从来不曾向我说过她的画是什么水平。她不是个爱随便炫耀自己什么的人。

不过，我们从她的作品中，听到她唱的歌。她作品的特色，是情真意切，没有虚伪的矫揉造作，她娓娓写来，朴素感人，如同聆听山野之间溪谷里流淌的泉水，生动悦耳。

我们也从她的作品中，看到她画的画。她作品的特色，结构力主自然。有的地方用的是浓墨枯笔，勾画个神似的大轮廓。有的地方用的是工笔重彩，精巧点染，描绘十分细腻。总之，密疏浓淡有间。一幅幅江南都市、江南乡村风景，那是她的写生画。

李瑶音在人生道路上，在写作道路上，所追求的是真善美的高境界，由于她在这方面所作出的不小努力，取得了可喜的成绩。

李瑶音趋向成熟。这段时间是李瑶音儿童文学写作的高峰期。主要作品有：《再坐一回乌篷船》《何日再见菱角花》《岚岚出山》《岛上，有棵老树和小树》《吃蝌蚪》《茜茜的花绸衫》《酒瓶与花瓶》《点点圈圈》《打赌》《鞋王》……

后来，她从教育工作岗位转向新闻工作岗位了。先进湖州电台做记者和编辑，不久进杭州一家省报做记者和编辑，编过副刊，邀我为他们副刊写过东西。

嗣后，她只身去了南方，进《深圳特区报》，仍是做记者和编辑。那年，我去台湾访问，过深圳时，她来机场接我，翌晨她送我过了罗湖桥。她告诉我，由于工作关系，接触少年儿童生活的机会太少，她在工作之余，写了许多青年文学作品。

我知道她对于少年儿童，对于儿童文学，怀有深厚的感情，我希望她有时间多和少年儿童接触，作为一位女作家，更应该多给少年儿童写东西。

近来，听说她有了孩子，做了母亲。李瑶音表示，一定要多为孩子写东西。少年儿童是我们共同的希望，我们的明天，我们的未来。为我们的新一代多多写作吧。

李瑶音为儿童写作的作品不算太多，在她的全部创作中却是付出了相当劳动的。这次聚集起来，其实并不少，也有几十万字了。而且，她还是一个多面手，她写儿童小说，写童话，写儿童诗，写儿童散文，也写了一些儿童剧。得过一些大大小小的奖，许多重要选本、集子都收了她的作品。

现在，她从这些作品中精心挑选一部分，编成这一本《李瑶音作品选》，是她自己，是儿童文学界的同人们，也是小读者们期待已久的事。

李瑶音在从事写作这么多年后才印出这本选集，我觉得只能以这是李瑶音的性格来解释。不管人生的道路有多曲折、岁月有多变幻莫测，但她似乎总在不紧不慢、不慌不忙地走着自己的路，这也许就是一个始终充满童真的女作家那独具的风格吧！

眼前正是盛夏，迎面而来的又是一个稻穗飘香的金秋收获季节。

1999 年 6 月于上海

和低幼儿童的家长、教师说几句话

有的人，一见面，大家就觉得这个人很有文学素养。有的人，没说上几句话，便觉得这个人缺少文学素养。

有文学素养的人，是受人尊敬的，是受人欢迎的。

那种以大老粗、野蛮、不文明为荣耀的时代，早已过去了。文学素养，已成为一个人所必须具备的条件。

这种文学素养是从哪里来的呢？它，不是外加的东西，而是一个人从他很小的时候开始，受家庭、学校、社会的熏陶而成的。

所以，我们每一个孩子的家长，或者老师，都应该在孩子很小的时候，有意识地去影响他。

怎样去帮助孩子获取这种文学素养呢？

很重要的一个方面，是要让孩子多读一些文学作品。

有的家长、老师，往往忽视这些文学读物，认为孩子看的书嘛，只要有个故事能吸引住他就好了。

能吸引孩子，这是一本儿童读物最起码的要求。如果孩子读来索然乏味，那怎么行呢？

给孩子看的书，必须引导儿童进入作品中的文学境界，沐浴在文学的阳光和空气中，从中得到光照，作深深的呼吸，去接受文学的滋养，那是非常重要的。

我读了张光昌同志写的这些儿童诗和儿童故事，我觉得他的作品，是"文学"的。孩子们读了这些作品，可以引起文学的思考，获得文学的快乐、文学的教益。

　　所以，我要向广大的低幼儿童的家长和教师说这几句话，推荐张光昌同志的这些作品。

1985 年冬天于上海

可爱的 "土豆儿" 小老鼠

这只小老鼠，可真小，不然，怎么会叫 "土豆儿" 呢！

可是，这老鼠虽然个子小，却 "很聪明"。

小老鼠土豆儿，为了避开大黑猫的麻烦，在别处找到了一间房子，和伙伴们一起住。特别，他为房子装上 "圆圆的玻璃门"，这玻璃门实际上是一块放大镜。这多好！他们可以避开大黑猫的麻烦了。大黑猫透过放大镜看他们，他们成了 "大怪物"，"吓得逃走了"。这小老鼠土豆儿可真聪明。

小老鼠土豆儿和伙伴们住进捡破烂老头的家，把他家里打扫、整理得 "干干净净"，竟然叫这个捡破烂老头认不出来，哭着叫 "我的小屋怎么不见了？" 等捡破烂老头跨进家门，小老鼠他们又离开了这儿。

这小老鼠土豆儿能帮助人，多善良啊！

这两篇童话虽然短小，却塑造了 "土豆儿" 这么可爱的 "老鼠" 形象，是成功的。

两篇作品，措辞用字，都很 "幼儿化"，可供识字幼儿阅读，可供家长讲述。给幼儿写童话，就应该是这样。

摘录自《幼儿故事大王》2001 年第 7 期

闪光的钥匙

——评《小钥匙丛书·兴趣作文系列》

辽宁教育出版社最近推出的《小钥匙丛书·兴趣作文系列》是一套内容丰富多彩，形式新颖活泼，装帧精美独特的好书。这套书问世以来，在全国各地反响强烈。来信者纷纷称赞该书新颖、独特，学生爱读。

这套书的编辑是一位有过20多年教龄的语文教师，她深知教师、学生、家长们需要什么样的书，她给该套丛书规定的编辑宗旨是：一改以往说教式的作文指导，从引起小学生的兴趣入手，使其在快乐的玩耍之中，在日常生活里，在学习各种知识时，生发出写作的欲望，从而轻松愉快地写出各类文章。所以，《作文趣话——小学生兴趣作文指导》一书是寓作文指导于饶有兴趣的故事之中，使学生在引人入胜的故事情节中，在愉快轻松的气氛中受到启发，从中学到写作文的种种方法。有趣，教知识，能启迪学生们的智慧是它的特点。《小学生课外活动写作指导——小学生开放作文》一书里，鼓励教师、家长放开手脚，给学生一个自由作文的天地。

青少年是极富于幻想的，可惜在以往的教育中，对此挖掘、培养不够。"提倡写童话，开发少年儿童的幻想智力，是我们当前具有重要意义的一件迫切的事，希望能引起各界的重视。"这是一位老童话家中肯的告诫，诚挚的希望。滕昭蓉老师正是为实现这一希望，才在自己的教学中训练学生们听童话、读童话、讲童话、编童话、写童话，并写成《童话引路——小学生写童话指导》这本书，献给那些不能听她讲课的学生们。

学生们觉得平时作文难，考试中写作文更难。《考场作文——小学生应试作文指导》一书则把考试作文的特点、一般规律和学生们应试前及应试时会遇到的疑难问题等，结合实例，用解疑答难的形式一一做了回答。

正如专家所说："谁想得到一本理想的书，就如同得到一把通向智慧殿堂的钥匙。"我说：《获奖征文选》这把钥匙，就很闪光。我敢说，每个故事都会使你懂得一个道理，学到一定的知识。因为那一个个活灵活现的人物，也许就是你，也许就是他；那一个个童趣盎然的故事就发现在你们身边。我相信，这本书的读者，绝不会仅是小朋友。对于广大教师、家长以及儿童工作者，它也一定会是很有用的。因为，它不但能帮助小读者获得聪明才智，也使大读者寻到教育新一代的良方。小朋友和大朋友们爱它吧！一把熠熠闪光的钥匙。

当然，这套书也有不足之处。整套丛书的内容还有待充实，如写人、记事方面的作文怎样才能在愉快的境地里完成？《应用作文》中还缺少仿写部分等。各册书因为不是同时付印，从总体设计上看还不够统一。虽然，这些问题不影响整套丛书的完美和总体实用价值，但也有待再版印刷时进一步完善。

摘录自 1992 年《博览群书》

永无止境的追求

——为吴晓惠第一本童话集作序

在粤北，有一个写作童话的群体，他们办报刊，搞活动，红红火火的，既出人，又出作品，我曾称之为童话的"韶关现象"。

1989 年 6 月，我们全国童话界的朋友们，云集于韶关，举行"全国童话理论研讨会"。

我在这个会上，认识了吴晓惠。其实，说认识，应该更早一些，我在许多报刊上读过吴晓惠的作品。1989 年 6 月，我是第一次见到她。

我刚到韶关的那个晚上，吴晓惠到我下榻的招待所来看我。

吴晓惠看上去是个很文静的女孩子，年纪很轻，但是她已在学校执教了十多年，是个很老练的教师。她在 1974 年师范毕业后，就开始做教师了，兼做学校的少先队辅导员。一面她还参加大专本科的函授学习。

她生于上海，我们算是半个同乡。虽然后来离开了，但她还是可用上海方言和我交谈。

她是 1985 年开始童话创作的，至今已写了近 70 篇作品，许多作品编入各种丛书、选本，还得过各种奖励。

我在主编《童话选刊》的时候，最早选收了她作品的是那篇《裸鸟》。这是篇讽刺作品，是嘲讽那好高骛远，但求虚名，不切实际的人。裸鸟原是只乌鸦，但它换上鹧鸪的羽衣，成了鹧鸪博士，它换上画眉鸟的羽衣，又成了画眉歌舞明星，最后终于被别的鸟剥去伪装，露出乌鸦的本来面目。这是篇富于时代性和社会意义的作品。它揭示了今天现实生活中,有这样一种不做实事,能说会道,去靠招摇撞骗,捡便宜,拿好处的痞子。这篇童话教育孩子,一定要学好本事,脚踏实地,做一个诚实有用的人。

另一篇《大笨象钻针孔》,也同样是一篇针对性很强的童话作品。金丝猴捡到一枚绣花针,它从针孔里看过去,正好有一只大象经过。这一件事,给兔子记者一写,写成真是一头大象从针孔里钻过,闹出了许多笑话。现在,有的人不实事求是,喜欢哗众取宠,耸人听闻,误人又误己。这一作品,也是教育孩子,切不可道听途说,要学会分析,切不可夸大其词,言过其实。

作品如人。我和吴晓惠在韶关相处一周,我觉得她是一个行动大于言语的人。她说话不多,但是给研讨会做了许多事情。

她当时是一个普通的教师,普通的辅导员,因为她做了许多工作,工作很有成绩,现在已调到韶关市教委工作,并被聘为全市的少先队总辅导员。她的实干作风,赢得了上上下下同事们的称赞。

她没有因本职工作而影响文学创作,也没有因文学创作而影响本职工作。

她在文学创作上也很有成绩。现在已经可以出版第一本集子了。

1994 年 11 月,我在广东珠海参加一个儿童文学的研讨会,饶远也去了,他告诉我吴晓惠要出版第一个集子的消息,我很高兴,就写这些,祝贺她。

在写这篇序文之前,我读到了一份当地介绍她这位市总辅导员事迹的材料。这份材料的题目是《永无止境的追求》,我认为非常合适,就借用这题目来作为本序文的题目了。

1995 年 1 月于上海

推荐"汉语注音读物文库"

　　上海教育出版社为了让小学低年级学生复习拼音、巩固识字，特别是让注音识字试点班的孩子加快识字速度，提高读写能力，编辑了一套"汉语注音读物文库"。这套文库，至今已出版 30 种，其中，以童话为主。

　　童话反映的是现实的孩子们的生活。因此，在低幼儿童文学的范畴里，那些生活故事、诗歌、知识故事等，常常多以童话的形式去表现。低幼儿童的文学，向来应该是把思想教育、美育教育、知识教育，糅合于一体，寓之富于趣味的幻想的童话体裁中。这犹如给孩子制作菜肴，要包含多种孩子发育成长的营养要素。

　　例如"文库"中《捉迷藏》通过漫不经心却带点小聪明的猴子捉迷藏游戏，引出了鸡和鸡冠花、刺猬和仙人球等一些动物、植物的知识来。这绝不是生硬的凑合，而是把知识融合到整个作品里。这是一个文学的拟人手法的童话，但它不只具有思想教育性，还有形象的知识教育内涵。它通过一个富有生活气息的、孩子读来饶有兴味的故事，将寓于快乐之中的思想教育、知识教育内容释放出来。

　　这类童话，可说是带有甜味的、富有多种营养的，孩子所需要所乐于食用的精神食品。

　　给低年级学生阅读的作品，字数不能多，故事要简略，这就给作者、编者带来相当的难度。以最经济、短小的篇幅，来容纳大量的内容，还要照顾到儿童的识字范围和常用字，具备作品的可读性，和低年级孩子的口语化，何等的不易！

孩子们阅读的作品，切忌赤裸裸的说教，还要杜绝过去那种图解化的做法。

这套文库就此作出了努力，其中的不少作品，可说是很有艺术价值的。

例如曹冲称象这个故事是人所皆知的。但"文库"中的这本《称象》，是在老故事的干子上，添枝加叶，写成了一个文学故事。这个故事，是细腻的、完整的。脉络清晰，层次分明，一气呵成。曹冲这一少年形象，更是鲜明、可信。可以说有了这本《称象》出来，过去那些改写的"称象"读物，可以退避矣！

这套文库中，还有《老橡树下的布袋》《瓷狗乔克》《长了腿的芒果》《小白和小黑》等，都具有一定的水平，在今天的儿童读物中，可算是佼佼者。

这些作品，文字简洁，朗读有声，加上注音，配以精美插图，想必会受到小朋友的热烈欢迎。

仅此以向广大低年级小朋友作推荐。

摘录自 1987 年 12 月 28 日《书讯报》

中篇童话和《中国童话界·中篇童话选》

我们编完《中国童话界·新时期童话选》，就说应该编一本中篇童话选。这是好几年前的事了。

几年来，短篇童话选本，出了不少，你编我编他编，不断重复，有的只顾篇目的数量，不讲质量，令人担忧。

但是中篇童话选呢？几年来，却仍然未见有人编选。还是我们来编吧！我们把这项工作看作是我们的"责任"，不但要编成，并且下决心，一定要编好。

中篇童话，可说属于少年童话的范畴。读者多半是小学高年级孩子，初中孩子，也有一部分小学中年级的孩子。少年们非常喜爱童话，特别是长一点的中篇童话。可是，当前少年童话中，长一点的可称中篇童话的作品，非常少。特别，近年来，愈来愈少了。中篇童话的需要和供求的矛盾，愈来愈突出了。我们编中篇童话选，首先是看到这样一个现实状况。

中篇童话，何其少呢？我们作了一番调查、分析。

究其原委，第一，中篇童话确是颇难写作的。写童话难，写中篇童话更难。一个童话作家，要写好中篇童话，那需要有很好的根底，有一定的艺术素养和造诣，还要有相当的文字表现的笔力功夫。有的作家写短篇童话，可以信手拈来，似乎游刃有余。但要写一个中篇童话却不那么方便了。有位童话大家，他一生写过许多优秀的短篇童话，但没有写过一个中篇童话，有一次他写了一个中篇童话，拿出去给别人看，别人提了不少意见，这位老作家就一直没有把这个中篇童话拿出去发表和出版，并且此后也没见他再写过中篇童话。这说明这位老童话作家创作态度之严谨，也说明中篇童话的难写。我们看过好几位年轻人写的中篇童话，开头都还不错，也有吸引力，使你能够看下去，但看着看着，到了后半部，发现作者有些力量不足，一到近结尾处，似是颓然"败"下阵来，虚提几枪，草草收笔了，叫人十分惋惜。这就是根基不深厚的缘故。我们的一些童话作者，特别是年轻作者，一定得把基础打扎实。写出一篇有分量的好童话，特别是长一点的可称为中篇童话的作品，光凭志趣，只靠聪明和才华，是不够的。必须把自己的根底，扎得结结实实。文章千古事，得失寸心知。我们要学习，不断地充实自己。中篇童话写作难，出好作品更难，这是童话作家本身的主观上的原因。自然，还有许多客观上的原因，我们的大部分童话作家，都有各自的工作岗位，写作是业余的。有的家务繁重，写作更是业余的业余。而写作中篇童话，需要大量的时间和精力，这方面也有许多客观的限制。使得许多人，无法去从事中篇童话的写作。

原委之二，中篇童话发表的园地实在太少。前几年，先后出现过《朝花》（北京）、《榕树》（福州）、《巨人》（上海）、《未来》（南京）、《儿童文学界》（郑州）、《明天》（济南）、《牵牛花》（福州）等一些大型儿童文学刊物，有可以发表中篇童话的篇幅，可是曾几何时，由于各种不同的缘故，一个个夭折了。我们童话界的《童话》（天津），一再削减篇幅、压缩印张，后来，也难以容纳长一点的童话了。中篇童话已很少有机会在报刊上发表了。而出版社，采用中篇童话的可能性，原因很多，也是十分难以得到的。中篇童话无安身立命之地，出路渺茫，作家写作童话的兴趣自然锐减。

原委之三，童话理论界对于中篇童话的评论介绍，显得颇为冷漠。本来童话的理论不是那么发达，几年来，一些理论工作者却在热衷于短篇童话中的什么"热闹派"，什么"新潮童话"的"探索"，在名词上和提法上重复兜圈子，刻意求"新"。而对一些真正优秀的中篇童话，缺乏热情去介绍，去评论。使得中篇童话，无声无息地自生自灭。这些年来，没有一个出版社想到要出版一本中篇童话选。这种种原委，造成了中篇童话没有达到应有的发展和繁荣。

所以，要出版这本中篇童话，已是刻不容缓了。这，并不是为锦添花，而是雪天之炭，非出不可。为了满足广大少年读者喜爱读长一点的童话的需求，也为了提倡大家多写些中篇童话，有更多的好中篇童话出世，我们就这样开始工作了。

编中篇童话选，这是第一次，是一项尚无先例的开拓性的"探索"，自然难度甚大。

有许多问题，确实不易解决。如短篇童话和中篇童话，还有长篇童话，如何区分？如中篇童话和系列童话是怎样的关系？中篇童话是否包括科学童话和低幼童话呢？早期的那些中篇童话，是否过时了？等等。

按理说，短篇童话和中篇童话，中篇童话和长篇童话的区别，应该是内容上，结构上，然后是字数上的区别。中篇童话，一般来说，似乎必须包括一定的人物头绪，相当的时间跨度，较大的内涵容量，表现社会生活的某个侧面，等等。只有在这些上，和短篇童话、长篇童话，作出比较，才是科学的。再就是字数篇幅了。短篇童话一般大概是万字以下的，当然也会有超过万字的。中篇童话和长篇童话的字数差别，也应与成人文学不一样。中篇童话似应在五万字以下。五万字到十万字，可作为中篇童话和长篇童话的缓冲交叉地带。十万字以上的算长篇童话。不知这样划分，是否合理。当然，字数不是一个绝对的划分标准。有的字数在万字之上，但结构各方面仍是短篇，也是短篇。当然，三五千字的一个童话，无论如何算不上是中篇童话，虽是中篇的结构，恐怕也只能说是中篇童话的故事梗概罢了。中篇童话与短篇童话难分，中篇童话与长篇童话更其难分。由于这本选集，在研究选题时，出版社就定下全书不超过六十万字，所收作品每篇在一万到五万字左右。编辑时，只能限制在这个字数的框框里，去挑选作品了。

严格说，中篇童话与系列童话是有区别的。中篇童话，一般来说，诸如必有完整的人物，主人公大多要始终贯串全故事。有一个完整的框架，有转折，有发展，有低落，有高潮，起起伏伏，情节一个紧扣一个，后面出现的事，前面均有伏线，前面出现过的事，后面必有交代，衍展成一个有头有尾、头尾衔接的故事。而系列童话，虽然，用一个人，或一件事，或一地方，或一时间，贯串起来。但故事，必须是一段一段，可以单独成章，也可以连接一起。一个个小故事，可以不断地写下去。所以，两者是比较好分的。近年来，由于中篇童话写作较难，发表不易，不少童话作家转向改写系列童话了。所以，目下童话创作的状况，是中篇童话日益减少，系列童话日益增多。这样，我们原计划中篇童话归中篇童话编，系列童话另外编一本的设想，打破了。因为如果专收中篇童话，近年来就没有多少中篇童话可供我们挑选。另外出书艰难，再编一本系列童话选的想法，也不易实现。于是，我们只能将系列童话也包括在中篇童话里，以五万字以下这个尺码来取舍，合在一本一锅端了。好在五万字左右的系列童话作为中篇童话，似乎也在道理上说得过去。

中篇科学童话，确实有一些好作品。但也有不少是"阿童木式"的，"骑鹅旅行记式"的，"大鸟式"的，"变形金刚式"的。有的还得了奖，也颇受儿童欢迎。但，那不应属于我们所说的"童话"，不敢掠美。那些写太空历险、天外来客、星球大战、宇宙探秘的作品，似以归入科幻故事为好，所以我们一概没有收。

我们不提倡给幼儿写作中篇童话。从幼儿的生理心理、接受能力等各个方面来说，给他们的童话似以简单、短小为好。太长太复杂的中篇童话，留给他们长大了自己认字能阅读的时候再去读吧！有的作者有兴趣，为幼儿园孩子的老师和学前孩子的家长，写一本中篇童话，让成人欣赏或让教师和家长去讲述给幼儿听，当然也是一件好事。我们提倡幼儿童话应保持幼儿文学的特点。

童话，应该具有时代性。特别是中篇童话，应该是时代的最强音，它记录时代，反映时代，所以它有时代的讴歌，也有时代的批评。一个童话愈有时代性，它的生命力愈强，这是童话，也是一切文学作品的法则。诸如《水浒》《三国演义》《西游记》，写的都是前朝早已过往的旧事，但对刻书的当时，直至今天来读，都有其巨大的意义。我们有许多童话，写的是过去的"文化大革命"旧事，有一些写得肤浅的，那种棍子帽子的童话，那种出角长刺的童话，那些三雄一雌螃蟹的童话，随着时过境迁，已杳无踪迹了。而一些写得深刻的，有艺术质量的精品，却没有"过时"。今天来读它，多少年以后来读它，都还是新鲜的，有启示和教益的。

收在本集子中的十六篇中篇童话，每篇都有它的时代背景，它反映了各个时期的社会和生活，都有一定的艺术水平。其中有老作家在离去前的绝笔之作，留给我们的典范珍品。其中有中年作家才华旺盛时期的得心应手之作，是他们全部心血的结晶。其中也有青年作家崭露头角时的进门之作，是他们给予广大读者的见面奉献。由于作家的年龄不同，经历不同，生活不同，作品的风格也各个不同，这些中篇童话是五光十色的，以满足广大少年读者各种喜好。

自然，全书五十万字。作为一本书来说，是一本掷地有声的大书，但作为一本中篇童话的选本，特别是作为1976年到1990年15年来的中篇童话选本来说，显得有些菲薄了。

十五年中的中篇童话是歉收的，但也绝不会只是这十六篇，五十万字。歉收，我们是和短篇童话相对比较来说的，也是和三亿五千万小读者这个庞大的读者群相对比较来说的。

我们对那些写过中篇童话而没有能入选的童话作家们，是怀着极大的歉疚之意的。洛阳纸贵，为了定价不至太高，小读者能购买得起，我们只能限在五十万字这个约束里。五十万字是容纳不了多少个中篇童话，这是大家有数有目的。我们明知挂一漏万，但也深感无奈。请大家多多海涵。

我们说这本选集菲薄，是说作品的数量。所收作品则经过多次反复筛选，是一个精选本，许多作品具有代表性，在质量上，是有一定分量的，它掷在读者的书桌上，恐怕也是铿锵有声的。

我们十分感谢作家们，收进的这些作品，大都由作者作过一番认真、细微的校订，增删，润色。特别有的作者还为适应这个文字的数框，割爱作了删节，我们又感到深深的抱歉。因为大家知道为就履而削足，是一件很痛苦而不得已的事情。

本书作品的排列，大致上是按时间的先后顺序。如果读者能顺序从头到尾读完，可以看出这十五年，我们的中篇童话，从怎样的一条路上走过来，荣枯得损，兴衰成败，倾向，教训，都能一目了然。

中篇童话选，这是第一本，希望过一定时期，能有第二本、第三本……一本一本出下去。

我们竭诚敦请所有的童话作家们，能为孩子写出更多的中篇童话。

《中国童话界·中篇童话选》校读再记

这部《中国童话界·中篇童话选》的校样，摊在我的面前，我总是觉得冬木同志就坐在我的身边。

六年前，我们在沈阳北陵一个部队的招待所里，也是这样寒冷的春天，一起编完了《中国童话界·新时期童话选》。冬木就是这样，坐在我桌子的对面。

那时，冬木就和我说定，等新时期童话选出来了，再编一部中篇童话选。他说，中篇童话选仍由他们辽宁少年儿童出版社来出版，他还做责任编辑。

我南回上海后，要做的事很多，并没有把此事放在心上。另外，我也知道，编辑出版这样一部规模的书，是个大工程，出版社会列入计划吗？

此后六年中，冬木和我在烟台、西安、昆明，多次相遇，他总是提起中篇童话选的事。他过一段时期，要给我来几封信，信上也总是提起这件事。后来，什么评奖，《中国童话界·新时期童话选》得了奖，他也见到这选本在报刊上有很好的评论，这选本所选的作品，一次一次为各种选本所多次选收，被推荐，他很高兴。说中篇童话选一定要打出这水平，希望能再得奖。

我知道，这六年中，他都在争取，不懈地争取，积极地争取。

去年的年初，冬木来信了，告诉我他们出版社已讨论决定，中篇童话选列入 1990 年度的发稿计划，并且说得很具体，多少篇数，多少字数，等等，都定下参改数字。

冬木的这份热忱，对于儿童文学事业的挚爱，使我很感动。我立即放下别的工作，找了几位年轻同志帮助，一起来编这部大书了。

尽管去年事特别多，夏天又是南方百年未有的高温，大家埋头苦干了几个月，自然，童话界的同人们都很支持，编纂工作总算进行得还顺利。

九月初，我突然收到沈阳一位友人的来信，说冬木肝病复发，在医院抢救。我想冬木年岁不大，体质还不错，一定能逃过这一关。我似乎对冬木的恢复健康很有信心。

果然，不多久，冬木从病房里寄来一信，说他经过治疗，危险期已过，现在一切正在恢复正常。他的信写得很长，主要是关于中篇童话选的事，他说此稿年内一定要发排，这是年度计划早订定的。要我们一定在九月底前编定，以快件寄给他，因为他还要做责编应做的工作。

我以为他是急病，发作一次，很快就恢复了。我们如期将稿子寄去了。

他收到稿件后，来过一信，问了几件事，说等我回信去，便可发稿了。他还说，他仍在医院里，他是在医院里为这部书稿做责编工作的。他说他已基本恢复，要我放心。

我很快复信给他。他没有再来信，我想他一定是在抓紧时间处理责编工作。等他正式发了稿，一定会来信告诉我的。

不想，元旦一过，我等来的，却是辽宁少年儿童出版社寄来的一张"讣告"。冬木同志已于 1991 年元旦逝世。他在年底做完了这本《中国童话界·中篇童话选》的责编工作，急急向新走来的 1991 年送去这他最后签字发出的稿件。他，却在新的 1991 年，只匆匆地待了一时又三十分钟。

他六年争取、六年筹划的这本中篇童话选，送到了印刷厂，他却闭上了眼睛。

一位战士放出了最后一枪，一位编辑发完了最后一部稿。

他是尽了最大"责任"，尽了最后"责任"的"责任编辑"。

冬木同志，原名佟乃林，辽宁少年儿童出版社副编审，是一位发过很多书稿的富有经验的编辑家，同时他还是一位勤奋的写过许多作品的儿童文学作家，他主要写儿歌和研究儿歌，海内外都有一定影响。他对儿童文学事业是有贡献的。他走得太早了，才五十六岁。

我想，像冬木这样把一生都奉献给儿童文学事业的同志，是十分难能，十分可贵的。我们应该敬重他，纪念他。

我想，请读者一定读读我这篇《校读再记》，当你们知道有一位为此书的出版、编辑，做了六年的准备、企划，在医院病床上，在去世前一刻，一直在为这本书操心的好编辑冬木同志，一定会从心里生起一种感谢之意吧。

冬木同志走了，永远离开了。但是这部书，已完遂他的心愿，出版了，送到广大读者的手中。

他走的时候是冬天，冬天的树木凋零枯萎，可是冬木，一到春天，就要抽青发芽，迎来夏日的一树绿茵。可是我们的冬木同志，他不在了。眼下虽然天气还冷，可已是春天，冬木同志却不能一起来通读这部《中国童话界·中篇童话选》书稿的校样了。

我以沉痛的心结，写下这篇再记。

　　　　　　　　　　　　　　　1991年初春于上海西郊目楼

低幼儿童的一宗财富

——《中国童话界·低幼童话选》序言

一

现在，"低幼童话"已成为一个专门名词了。其实，幼儿园里的孩子，和小学低年级的儿童，是两个具有不同特点的年龄阶段。

一个孩子，从家庭进入幼儿园，可说是一次飞跃的发展。大部分孩子在没有进入幼儿园之前，他们都在父亲母亲身边，或者和爷爷奶奶、外公外婆在一起。生活在分散的一个个家庭里。有的孩子还是那个家庭里的"中心"。一到幼儿园就不同了，和许多许多孩子在一起，生活在一个集体里。环境变化了，孩子本身也一定要起变化。一个孩子性格、品德的形成，往往就从这段时间开始。这阶段，对于一个孩子的影响太重要了。

一个孩子，从幼儿园进入了小学低年级，这又是一次生活的突变。在家庭，在幼儿园，是以游戏为主的，教育也要通过游戏这种轻松的形式来进行。一进入小学，不相同了。他得要规规矩矩坐在课堂里，把课本摊在桌子上，面对着老师，集中注意力听老师讲课。他开始认字，有系统有步骤地学习知识。严肃的学习，成了他生活的主要内容。

幼儿园孩子和小学低年级儿童虽各具特点，却也有许多共同的地方。

幼儿园的孩子和小学低年级儿童，都喜爱童话，这是完全一致的。当然，就不同类型、不同内容的童话而言，因为年龄阶段的不同，孩子们的喜爱也会有所不同：甲孩子喜爱这样的童话，乙孩子则喜爱那样的童话……

即使阶段一样，年龄一样，由于孩子们的基础不同，条件不同，对童话的喜爱也会有所不同。

一个童话，甲孩子听得津津有味，乙孩子听了木然不解，这是常常有的事。

童话，对象不划分一下也不好，那么多的童话作品，叫儿童自己去选择，是有困难的。

不过，像课本那样，把童话划分成幼儿园小班的童话、中班的童话、大班的童话，小学一年级的童话、二年级的童话，似乎又太死板，太绝对，给孩子们选择的余地太小了。

自然，还是划成幼儿园童话和小学低年级童话较为适宜。只是目前这本选集，还做不到这一点，就依照俗成，把幼儿园童话和小学低年级童话放在一起，作为"低幼童话"来出版了。

二

童话，是儿童自己的，也是儿童所独有的，如母亲的奶水，为孩子所有一样。

儿童有一种天性，或者说是本能——爱好幻想，富于幻想。他们要求文学作品能带领他们到无边无际的幻想世界中去驰骋，去翱翔。他们追求神奇、优美、快乐、惊险……

特别是低幼儿童，他们正处在幻想力最旺盛的时期，他们特别喜爱这种幻想的文体——童话。

低幼儿童都是喜爱童话的，在低幼儿童中不喜爱童话的孩子是没有的。

我们绝不能无视或忽视这一点，要充分地、足够地重视这一点。必须给低幼儿童以更多更好的低幼童话。

我们应该在低幼儿童中普及童话。

这对低幼儿童本身来说，对今天社会的要求来说，都是必要的。

低幼儿童虽然年纪小，但社会对他们并不是密封的，社会上形形色色的信息，无时无刻不在向儿童传送。他们正处于正确和谬误的十字路口，寻觅着自己的方向。我们就要以童话去指导他们，帮他们分辨什么是好的，什么是坏的，什么是对的，什么是错的，指引他们朝着正确的方向走去。

低幼儿童的性格正在形成，他们的性格是模糊的，近朱者赤，近墨者黑，我们应以童话，如烧陶冶铁一般，去影响他们，去感化他们，把他们陶冶成为有可爱性格的人。

低幼儿童的求知欲是强烈的。他们对于面前的社会和世界，感到很陌生，也很新鲜。他们对于已经发生和即将发生的一切，都感兴趣，都想知道。我们的童话就要把正确的知识介绍给他们。

低幼儿童所具有的幻想力因人而异，各不相同。一个高尚的人，一个有成就的人，他在孩子时代往往是一个幻想力很强的人。一个人，在孩子时代缺乏幻想力，长大了，往往是个平平庸庸、无所作为的人。童话是幻想的产物，但反过来，童话也促进幻想的发展。童话应该很好地去培养和发展低幼儿童的这一重要特殊智能。

低幼儿童的生活，绝不应该是平淡的、单调的、刻板的，而应该是生动的、丰富的、活泼的。他们爱好童话，童话是他们生活中所不可缺少的必需品。我们应该以众多的童话去充实他们的生活。

对于低幼儿童来说，童话，是他们精神食粮中的主食。我们必须有大量的美味而富于营养的童话食粮去供应给他们。

让我们广大的所有的低幼儿童，都有一个多彩的、灿烂的、开阔的、快乐的精神世界！

三

低幼童话，是一种重要的必需的文学样式。

为了发展低幼童话，我们编出了这本新中国成立以来童话界的优秀的低幼童话作品选。

这本童话选，当然是奉赠给在幼儿园里，以及上小学一二年级的孩子们的。

有的小朋友认得字，可以自己拣着读。

有的小朋友还不认识字，或者识字不多，那么，就请你们的家长和老师，挑来讲吧。

这本童话选，又是为做家长和做老师的成人而准备的。这本书，可以作为家庭的故事本，可以作为幼儿园的辅助教材，也可作为小学低年级的课外阅读书。

这本集子，也是给童话作者们编的，希望作者们多为低幼儿童写童话。

常常有人问，低幼童话该怎么写？那么，请你细细读读集子里的这些作品，很可能，这些作品会回答你的问题，或许多少给你一些有益的启示和借鉴。童话作法书是不会有的，读别人的作品，从别人的作品中去汲取他们的经验和教训，似乎也可说是一条捷径。这样说，是希望有更多的人来写低幼童话。

这本童话选，也选了几篇台湾的低幼童话。台湾是我们中国领土的一部分，台湾的童话，自然也是中国的童话，台湾的童话作家，自然也是中国的童话作家。愿这次选编，是一次童话的沟通，希望能看到更多更精彩的台湾童话作家的新作品。

这本童话选的出版，意味着中国的童话界向社会呈递了一份成绩单。

中国童话界向社会汇报工作，请社会来作一次检阅吧！

这本集子，可以说是一本童话的名家名篇选。

这本选集中，有许多负有盛名的童话大家的作品，有的作品还是他的代表作。这些童话，经过时间的冲刷，经过实践的检验，已经流传下来，成为低幼童话中众所周知的名篇了。这些童话，像永不枯竭的清泉那样，已经滋润过几代儿童的心田了。这些童话，不只是成功之作，而且是楷模之作，也可以说是低幼童话中的不朽之作。

这本童话集子，也是一本新人新作选。

有些现在已是两鬓斑白的老作家，但在写作这些作品的当时，却还十分年轻。

从这本集子中，可以看到低幼童话创作队伍中一代代新人的涌现。因为有新人不断进来，所以低幼童话有生气，有发展，有提高，有突破。

如果从这本集子开头第一篇一直看下来，你将像读着一本低幼童话发展史，可以看出低幼童话是怎样一步一步延展前进着。这一篇篇作品，就是一个个脚印。

你将看到：低幼童话取材愈来愈广泛了，手法愈来愈新颖了，风格愈来愈多样了。

我们低幼童话的未来，一定会更加繁荣。

愿不要过太长的时间，我们再一起来编第二本低幼童话选！

　　　　　　　　　　　　　　　　　1984 年春天写于上海吴淞

我主编《中国童话界·低幼童话选》的缘由

中华民族，是一个富于幻想的民族。中国，是一个童话古国。

炎黄子孙，孩提时代，谁没展开过幻想的双翅，在浩瀚无边的童话太空中翱翔过。

幻想，是一把开启一切知识大门的金钥匙，人类的任何创造力，总是连接在幻想的前端的。

童话，是一切学科的启蒙教科书，世界上的任何一门科学，可说是建立在童话的基础上的。

面临当前知识爆炸、科学起飞的新时期，童话对于儿童的必要性，愈来愈显示出来。儿童不能离开童话，童话应该渗透我们每一位儿童的心田，童话应该填满所有儿童的生活。

于是，我为江西少年儿童出版社主编了《中国童话界·低幼童话选》。

这部书，对儿童来说，可算是一部大书了。

这部童话选，是为儿童中的一部分低幼儿童编的。是供给幼儿园（幼稚园）和小学低年级（一二年级）的儿童阅读的。

一个孩子，从家庭进入幼儿园，是一次飞跃性的发展。因为在上幼儿园之前，分散在各个家庭里，和父母在一起，进入幼儿园，他就开始生活在集体里，和阿姨、许多小朋友在一起——环境变化了。

一个孩子，从幼儿园进入小学低年级，又是一次生活上的突变。在幼儿园是以游戏为主的，进入小学低年级，学习就成了他主要的生活内容。

这两个阶段，是任何一个儿童一生中非常重要的阶段。性格的形成，志趣的培养，能力的锻炼，大多是在这一阶段初步完成的。

供这一阶段儿童阅读的文学作品，是儿童文学的重点，童话则是这一阶段儿童阅读的主要作品。

因此，我们从新中国成立三十多年来发表在全国各地各种书刊报章上的千万篇低幼童话中，精选了一百篇最佳作，编成了这部《中国童话界·低幼童话选》。

其中，有许多是享有盛名的大师们的作品。他们的童话，已成为当前低幼童话中众所周知的名篇，因此，这部集子，也可说是一部童话的名家名篇选。这些作品，是每一个儿童非熟读不可的。

其中，也有一些童话出自童话新人的手笔。他们的作品，富有生气和活力。

其中，也选了台湾的低幼童话。编选台湾童话，这是第一次。愿这次选编，是一次童话的沟通，希望很快能有童话的交流。

集子，是按发表的先后排列的，所以，这也是中国童话界低幼童话的编年发展史，为研究者提供了一份完整的资料。

希望所有的小朋友们喜欢这本书，愿这部书带给你教益、欢乐和充实。

希望儿童的家长们，学校的老师们，能重视这本书。有的儿童还不识那么多的字，需要大人去朗读给他们听。

希望各种图书馆，都能备上这部书，让没有买到这部书的儿童也有机会读到这部书。

《中国童话界·低幼童话选》，我打算还要编下去，过一些年，再来编一本。

　　这部书，是我主编的，我愈读愈喜欢其中的这些好作品，所以我认为这些童话是低幼儿童的一宗财富。

《江西书讯》1985 年第 6 期

童话的春天

——《中国童话界·新时期童话选》序言

三月。窗外院子里的白杨树，已经开始萌芽。站在阳台，可以摸着那臂膀似伸展过来的枝丫上，长满了一个个青绿色的小苞苞。这小苞苞充盈着生机，显示着春天的到来。它，很快就要变成比巴掌还大的油绿滴翠的树叶子了。

我在这屋子里，为我们这本《中国童话界·新时期童话选》写序言。我想，放在我面前案头的这些作品，不正是体现我们童话的另一个春天么！

在春天到来的日子里，我无法忘记冬天，我们童话所历经的那一串灾难。

"动物"不让写了，说"我们社会的孩子怎么去向动物学习呢"。"古人"不让写了，说"那全是帝王将相和才子佳人"。写"儿童生活"吧，说"今天的儿童难道是这样的吗"……

幻想被扼杀，夸张被否定，拟人化被取消。

童话奄奄一息。

为了求童话生存，童话作家们开始为童话找出路。

有的作家建议童话"向科学发展"，去写登月，去写探海。有的作家提出了"社会主义新童话"，要求直接反映工农兵生活和建设面貌。这些路，当然都不可能走通。

起先，有人光给童话"对号"，说这个童话里的什么"影射"什么，说那个童话里的什么"代表"什么。

后来，索性把"童话作品"一律都叫成"毒草"，把"写童话"一律都当作"放毒"，把"童话作家"一律都定为"牛鬼蛇神"。

童话死亡了。

冬天，总是要过去的。

春天，总是要来临的。

我们伟大的党，又给中国人民带来了一个春天。

我们的国家进入了一个新时期。拨乱反正，百废待兴。一切又是一个新开端。

童话复苏。

春天来了，童话这株枯死的小树，又伸开它的枝丫，枝丫上吐露出嫩绿的新叶。

放在案头的这一大沓童话，不正是在初春时节，吐露出来的嫩绿的新叶吗？

这许许多多新叶，有的梭子形，有的椭圆形，有的菱形，有的近似三角形，有的带点方形……有的浅绿，有的深绿，有的绿中带黄，有的绿里泛紫……有的枣子那么大，有的碗口那么大，有的鞋底那么大，有的扇子那么大……

这形形色色、大大小小的新叶，向人们宣告：

童话的春天到来了！

童话进入了一个新时期！

童话新时期，是童话从"复活"走向"复兴"的时期。

那些年，童话彻底从人们的生活中排除出去了。我们的孩子，学校的课本上没有童话，书店里买不到童话，报刊上不登童话，家庭里父母也不敢给孩子们讲童话。这一代的孩子们，从没有看过童话，从没有听过童话，他们说：童话是什么呀？

有童话啦！

孩子们欣喜若狂。他们对这个既陌生又新鲜的朋友，可欢迎了。

一封封信，飞进了编辑部，他们向编辑叔叔说，他们爱看童话。

一只只小手，伸向书店的柜台，他们向营业员阿姨说，他们要买童话。

孩子们欢迎童话，童话多起来了，写童话的人多起来了。

这些年来，发表的童话已不下五六千篇了，在常常写童话的作者也有一二百人了。

童话，引起人们的瞩目，受到大家的重视。

于是，我们中国有了新的"中国童话界"。

于是，产生了这本《中国童话界·新时期童话选》。

在这本《中国童话界·新时期童话选》里，我高兴地读到了一些老作家的童话作品。其中，有的老作家是我国现代童话的开拓者、奠基者。他们不断给少年儿童写下优秀的童话作品，为我国童话的繁荣作出卓著的贡献。他们负有盛誉，是我国当之无愧的童话大师。他们的这些新作品，我们是应当作范文来读的。有些老作家，虽然不能称之为童话作家，因为，他们更大的成就在别的文学门类，在文学界，或在儿童文学界，有影响，有名望。他们阅历多、功底厚，他们的童话作品，艺术上很有造诣。读他们的作品，是一种极好的享受。

也高兴地读到了一大批中青年作家的童话作品，这些中青年作家，有的写了好多年童话了，已经有一定的成绩。有的写了许多别种样式的好作品，现在也来写童话。他们思维敏捷，动笔勤快，敢于大胆创新。他们应该是今天我们中国童话界的中坚力量。这个集子里，选了他们近年来写的具有代表性的童话作品。这些作品，都是非常有特色的。

更高兴的，是我们这个选集里，收了一些很年轻的新人的作品。他们写童话还不久，但才华横溢，作品充满着蓬勃的朝气和向上的活力。虽然还不能说，他们的作品很成熟，但他们却具备了一定的基本功力，正在迅速地成长。

选集里的作者，年龄最小的是二十七岁，最大的是七十九岁。其中，二十到三十岁的五位，三十到四十岁的十九位，四十到五十岁的十六位，五十到六十岁的二十一位，六十到七十岁的十五位，七十岁以上的二位。

我们童话队伍里的年轻人，还太少。

其中，女作者只有十七位，不到四分之一。

青年人和女同志是最接近儿童的，这是他们写作童话的有利条件。希望有更多的青年作者，希望有更多的女作者，进入我们这个童话创作队伍里来。我们急切地盼待着。

特别要提的，这本选集里还收了几位港台作家的童话。由于作品不是直接收来的，我们也无从得知是不是他们的代表作。不过，我们就这几篇作品来看，可以知道港台作家在童话艺术上的看法和我们相一致，他们作着与我们同样的努力。我们多么希望能和港澳的、台湾的童话作家们，围聚着一个桌子，交流童话创作实践的心得体会，一起探讨童话创作艺术上的种种有关问题。愿这一天，尽快来到。

收在这个选集里的童话，是各具风格的，如同春天的千姿百态的新叶一样。大家按各自的目光、口味、需要、喜好，尽情去欣赏吧！

我们在赞美它的形状、色泽、神采之余，是不是需要更进一步去探索探索它们的内涵规律呢！

我们应该从这些作品中看到，我们的童话作者们，这些年，以自己不断地认真地创作实践，已为童话的发展，积累了很多的经验，并正在沿着这些成功经验所铺设的道路，健步前进着。

也就是说，我们的童话已经走了漫长的路了。继往开来，有那么些人接连在这条路上行走，给后来的人留下了许多脚印。是到把这些创作实践提高到理论研究上来的时候了。

这些作品，都是研究童话现状的最好资料。我们还在书的末尾，印了几个附录，把近年来的童话各种状况记记账，一并供童话研究者参考。

这本《中国童话界·新时期童话选》，很快要和广大读者见面了。

愿这本选集，能反映这些年我国童话界的同志们所作的努力和成绩。

愿这本选集，能促进我国童话创作队伍的巩固和壮大。

愿这本选集，能推动我国的童话走向更大的发展和繁荣。

愿这本选集，能给广大的少年儿童带去美的享受、快乐和教益。

愿这本选集，能成为一座中国童话界和世界各国童话界相沟通的桥梁。

我希望这样的童话选集，过些时候再编一次，把这次没有编进的好作品，把以后陆续发表的好作品，一本接一本，编下去。

应该说明，近些年，有的作家，致力于中长篇童话和系列童话，写出了一些成功的中长篇童话和系列童话；有的作家，他们热忱地为低幼儿童写童话，他们的使命是崇高的，作品是很有价值的；也有一些作家，他们写作科学童话，以童话的形式，向广大小读者传播科学知识，为我国的四化建设作出了贡献。因为除了《科学童话选》已经出版，《中国童话界·低幼童话选》和《中国童话界·中篇童话选》也同时在选编，几个选本应有侧重和分工，所以，这些作家的代表作品，分别选到那几个选本里去了。

这是一篇序言，我不能写得太多。我也该到阳台上去舒舒身子，松一口气，去摸一摸白杨树枝丫上的嫩绿的新芽，那给人们带来春天信息的新芽。

　　在屋子里，我读了那么多充满春意的童话新作品。我要到阳台上去看一看那另一个春天。

　　我和春天在一起，我的心中充满着春天的快慰。

1984 年春天写于沈阳北陵

谈童话和环境保护

——《绿太阳》序

我们只有一个地球。

近几年来，环境保护、环境建设，已成为我们人类共同关心的新课题。今天联合国在巴西里约热内卢召开了有102国首脑参加的"环境与发展"大会，通过和签署了有利于保护全球生态环境和生物资源的文件和公约，全世界各国家各地区的人们都十分关心这件大事。人们认识到：人类的生活环境、生态环境，不仅关系着今天，而且关系着明天；不仅关系着我们这一代，而且关系着我们的下一代。它是一项具有全球性战略意义的大工程。

我们作为儿童文学工作者，更是责无旁贷，应该积极参与。

特别是我们这群从事童话写作的人，更应认真地投入。我们的童话作品，是很讲童话境界的。这境界是什么？我想，就是环境吧！

我们来到一座名山，或者来到一条大川，或者来到一处溶洞，或者来到一座建筑物，我们为它们的雄伟、奇异、美妙所感染，会情不自禁地出声叫起来：这真是一个童话世界！

我们看到许多孩子的作品里，他们写春天，常常是："一片嫩绿的草地上，开放着三三两两的五色小花，蜜蜂在忙碌地飞来飞去，金色的阳光，和煦的风……"他们写秋天，常常是："天穹蔚蓝蔚蓝，晶莹得如同镜子，朵朵棉絮般的白云，慢慢地移动着，似乎将天空擦拭得更加明净了……"他们写森林，常常是："茂密的树林，覆盖着一大片一大片浓荫，鸟在树梢头叽叽喳喳地叫，这里的空气十分清新，使人心旷神怡。"他们写海洋，常常是："蓝色的海，白色的浪，海浪一阵阵洗刷着海边的岩石和沙滩，它每爬上海岸一次，总给人们带来小玩意。小海螺，小螃蟹，小蛤蜊，小乌龟……"我不是说孩子们写的是老一套，而是说他们的心目中，春天和秋天，森林和海洋，就是这样的。这是他们的理想环境，这就是大自然。他们希望这种理想环境永远保住，能越来越美。这也就是他们所需要的地球、地球环境。

反过来说，如若我们的生活环境、生态环境，变得很恶劣，很肮脏，到处黑烟滚滚，遍地是丢弃的垃圾，尖厉噪音刺耳，毒烟臭味扑鼻，孩子们愿意吗？人们走进这样一个环境，能有童话世界之感吗？

童话应该反映孩子的心声、他们的理想和希望。孩子们爱美、爱美的环境，我们的童话就应该写得美，写美的环境。这环境美的题材，是我们童话的永久的、广泛的题材。我们的童话作家应该多去写作这一类作品。

我们看到中国环境科学出版社首先推出了这本26万余字的《绿色世界童话故事丛书·绿太阳》。

我们在这本集子里，看到我们的童话作家们，已经写出许多这方面的童话好作品。有写金蝴蝶，有写森林里的"医生"，有写"绿色的"太阳，有写挺直的小树，有写快乐的小河，有写松鼠的一家，有写小梧桐和牵牛花，有写唱歌的渠水，有写荷叶船，有写梨子提琴，有写高房子和矮房子，许多许多。这些作品写出了环境之美，歌咏了大自然和人协调、和谐的关系，也介绍了许多关于治理污染、保护环境的知识。

现在，世界各地在提倡"环境文学"。我想，我们的童话，应该是"环境文学"中很重要的一宗。

环境保护、环境发展，是人类赖之生存、生息的基础工程，是一项千秋业绩，关系到人类的子子孙孙。爱护地球的环境教育，更应从儿童一代做起，我们的童话，自然应该主动承担起此项任务。

本书主编邱在国先生，副主编邓文剑、陆林森先生，是有见地的，他们首先编出了这样一部大书。这不仅是一册儿童文学优秀作品选本，也是一种培养环境保护意识的非常好的儿童读物。

我高兴地、郑重地向各学校、家庭、广大小朋友们，推荐这本书。

我希望我们的儿童文学界的同人们，写出更多更好的有关环境保护、环境发展的童话，以及其他样式的文学作品。

地球，只有一个，大家都来关心它，保护它，建设它，使它成为更加美好的、真正的童话世界，我们共同来分享它给予的欢乐、幸福、美和爱……

1992 年六一节前夕

《百家童话选》序

　　未来出版社要编辑出版一本收有 100 位作家 100 篇作品的《百家童话选》，这是大好事。

　　在儿童文学大范围中，童话是极其主要极其重要的一部分。童话是儿童特有的独有的文学样式。可以说凡是儿童，都喜欢童话；也可以说，不喜欢童话的儿童是没有的。我们到儿童书市去看看，那些最抢手的畅销书，就是童话，我们到儿童图书馆去看看，那些最先翻烂翻破的书，就是童话。

　　中国的儿童文学是繁荣的，其中最引人注目的，是童话。

　　中国童话已经走向世界。中国童话在世界儿童文学宝库中，是光耀夺目的一大宗。许多中国童话，已陆续地进入世界儿童文学的殿堂，闪发着炫目的光芒。

　　中国童话，历史悠久。中国是一个童话古国，童话的历史源远流长。从古童话、民间童话，及至现代童话，一直到当今。中国的一部儿童文学史，可说主要是一部童话史。中国一代一代有成就有声望的儿童文学作家，几乎大多是童话大家。

　　由于一代一代童话作家的努力，中国童话的好作品在不断得到积累，愈积累愈多，已成为中国文化的大宗财富。由于一代一代童话作家们的努力，中国童话正在大步走向一个璀璨的童话全盛时期，今天，我们承上启下，继往开来，推动着中国童话的发展前进。

这是从儿童文学的全局这个宏观来说的。

中国童话，一直是在一条童话民族化和童话现代化相结合的道路上，一步一个脚印地前进着。

这是一条正道，虽不平坦，却是宽阔，它通向繁荣的明天。

童话民族化，指童话应是中华民族的，它植根于中国的黄土地，反映中华儿女们的生活，是为炎黄子子孙孙们而写作的。

童话现代化，指童话应是当前时代的，它紧密贴于儿童们的现实生活，和今天社会的脉搏共同跳动，反馈出当前孩子们的心声。

童话民族化和童话现代化相结合，是我们童话的时空观。

这"童话民族化和童话现代化相结合"，并不是谁灵机一动，提出来的"口号"，而是我们中国童话界，创作工作者，理论研究工作者，一代一代人，许多许多人，不断地实践，不断地探讨，得来的一项"经验"。我们都很重视这项珍贵的经验。

可是总有人不理解，也不断有人把这经验视作"框框"，不断有人将童话当成一种说教的工具、一种逗乐的工具，使童话失去自身的价值。不是把童话写得洋里洋气，就是把童话写得古里古板。这样，倒真才是将童话塞在一个既定的"框框"里。

自然，这不是中国童话的主流。中国童话的主流是在童话民族化和童话现代化相结合的河道上滚滚向前，不断泛起一朵朵美丽的浪花。这就是中国童话的真正的新潮。

近来，有人在提童话的世界化。中国童话，应该走向世界，并且已经在走向世界。这正是由于中国童话的童话民族化和童话现代化相结合，才得使中国童话走向世界。如果，要以童话的世界化，来反对童话民族化和现代化相结合，把它们之间的关系对立起来，这是荒谬的。

也有人担心，童话民族化和童话现代化相结合，会不会使童话单一化呢？这也是一种误解。童话来自生活。今天的中国的儿童生活是丰富多彩的，我们的童话民族化和童话现代化相结合，绝不会是单一化，而应是多样化。

未来出版社不是要编辑出版一本《百家童话选》吗？这100位作家，天南地北，男女老少，各行各业，都有。这100篇作品，各有各的风格，各有各的特色，可说是千姿百态，五光十色，应有尽有。这真是中国童话的百鸟争鸣，百花竞放！

同时，我们绝不能以此为满足，这只是中国童话征途中的第一个里程站，在我们这样一个童话古国，有十一亿人口，三亿五千万儿童，童话百家，百篇，还少得很，算不了什么。我们希望未来出版社，在不太久的未来，能够编辑出版一本中国童话千家千篇选，是现规模的十倍，厚厚的十大本。

祝未来出版社编辑出版《百家童话选》取得最大成功。

1991年早春于上海西郊目楼

《海洋童话选》序言

　　海洋是神秘的，海洋着实迷人，海洋充满幻想，海洋富于童话。

　　我的童年，在浙东的山区度过。那里，只有春夏涨水、秋冬干涸的小溪河，我没有看见过大海。

　　我只是从常识课本里读到，我们的大陆以外，还有很大的海洋，比大陆还大的海洋。

　　我搜集过海洋的图片，蔚蓝明净的海水，从海水里沐浴而出的旭日，掉落在海水里五光十色的晚霞，海水里千奇百怪的游鱼，海面上犁过的喷烟的大轮船……我从那些图片中，窥见了海洋的美丽。

　　我对曾经漂洋过海，领略过海洋风光，从异国归来的大人，由衷地崇敬和佩服。在我的心目中，看见过海，很了不起。

　　当我第一次知道海水是咸味的，在我们盐价很贵的山区，觉得这是一个很难理解的疑题。海洋，它哪来这么多盐呢？要把偌大海洋的水变成咸味，那该化多少盐啊！到过海洋的大人，并不能回答我的疑题，只给我讲了个"神石磨"的故事。说天上的神仙，为了世界上的人们有盐吃，就给人们送来一副石磨，这石磨只要转动，就能磨出盐来。太不巧，这石磨掉到海里去了。于是，海底有那神奇的石磨，天天转动着，不停地磨出盐来，这样海水就变咸了。

　　稍大一些，我认识了很多字，能够自己看书了。我从《西游记》里，读到孙悟空到东海龙王那里讨兵器，找来那天河定底的神珍铁，重一万三千五百斤的如意金箍棒。我十分羡慕孙悟空那神奇的闭水法，一念诀，扑入波中，水路就分开，一直可通到东洋海底。海底真有龙王吗？真有那能大能小的神珍铁吗？

往后，我读到安徒生的《海的女儿》。那些水底的描述，更是令人心醉和神迷。那里，生长着最奇异的树木和植物，它们的枝干和叶子是非常柔软的，水轻微流动一下，它们就摇动起来，大小鱼儿在这中间游来游去，宛如天空的飞鸟。海王的宫殿，墙是珊瑚砌的，窗子是用最亮的琥珀做的，屋顶铺着黑蚌壳，蚌壳随水波一开一合，每个蚌壳里都藏着许多晶亮的珍珠。当然，还有那个美丽的、善良的、温柔的、富于情感、向着人类的小人鱼。这些，都给我幼小的心灵里，刻下了深深的印象。

我的童年，无法见到海洋，但是我从这些美妙的童话故事中，认识了海洋，了解到海洋，使我对海洋产生无限的眷恋的深情。

长大以后，我来到上海。按说，上海，顾名思义，它和海密切联系在一起。它，在东海之滨，是一个沿海城市。其实，生长在上海的孩子，也是很难见到海的。

上海的孩子，要看海，总是由父母把他们带到吴淞去，指着黄浦江汇入长江处那远方一片白茫茫的水面，告诉孩子们：那是海。

我现在，正住在吴淞海军部队的招待所里写作，每天傍晚，我总在黄浦江和长江汇合处的石砌的长堤上散步，看着那一群群海鸥，驮着霞光，追随着进出的轮船，拍击白色的翅翼，上下飞翔。

可是，你打开地图一看，在吴淞所看见的，只是那宽阔的长江，离正式可称为海的海域，还远着呢！

所以，上海的孩子中，很多是没有真正看到过海的。

至于其他内陆城市和乡村广大的孩子们，要看到海更不容易了。

我相信，没有看见过海洋的孩子们，和我小时候一样，多么想认识海，多么想了解海，向往海，思念海；一定和我童年时代一样，对海洋有着神秘感，充满悬念、憧憬、幻想。

海洋出版社现在要出版一本海洋的童话选，这是太好了。

这集子里，有四十篇童话，给小读者们，展示着一幅幅关于海洋的美妙而神奇的图画。

海洋大着呢，你通过这些童话，尽兴地驰骋你的想象，去领受海洋的深情吧！

海洋太大了，它蕴藏着数不尽的童话，你完全可以随心所欲地去掇拾，每一滴海水，每一朵浪花，每一根水草，每一条游鱼，都是一个好听的童话，它真是一座童话的宝库。

我说，海洋，是一个童话的海洋呵！

愿大家都来聆听海洋诉说的童话。

愿大家都热爱伟大而丰富的海洋。

1984 年夏天写于上海吴淞

《中国古代童话故事》序

　　二十多年前，我收到过一位少年朋友的来信，她在信上说："……我读过《中国古代寓言》《中国古代笑话》《中国古代诗歌》……可就是找不到一本《中国古代童话》。我问过图书馆里的一位老师。这位老师去查了一些书，说几本书上都记载着，童话是'五四'以后才有的，是从日本传过来的，我国古代没有童话。我非常失望。但是，我也不相信书上的记载。我想，中国古代的孩子，他们有寓言，有笑话，有诗歌……怎么会没有童话呢？……"

　　我写了一封回信，答复她。我的信上这样写："……你提出了一个很重要的问题。那些书上的记载，应该是错误的。你说对了。那些书上，把'童话'这个词和童话混同起来了。'童话'这个词，是近代才有的，根据现有资料，我国最早用'童话'这个词，是一九○九年。当时，上海的商务印书馆出版了一种丛书，书名叫《童话》。这比五四运动要早十来年。这个词是不是由日本传过来，没有什么确凿的依据。当然也有中国先有'童话'这个词，由中国传到日本去的可能。因为日本的'どうわ'（童话）这个词，和中国的'童话'这个词，声音相同。'童话'这个词是近代才有，但不能说童话是近代才有。正如'空气'这个词，也是近代才有，能不能说在古代没有空气呢？童话，是很早很早就有的。世界上有儿童，有语言，就有童话了。当然，那时的童话，是口头童话，是用话在民间口头流传的。虽然那时没有叫'童话'。有了文字以后，有口头的童话，也有文字的书面童话了。不过，那时候，不重视儿童，也不会重视童话。所以童话没有一个名词，没有把它作为一类文学作品，用文字将它写出来印成书。有的写出来，印出来了，也是用别的什么名目。我国古代有一部很出名的书叫《山海经》，如果你没有读过，可以找来看看。鲁迅先生小时候，就非常喜欢这部书。这部书，幻想非常丰富，还有许多奇奇怪怪的图画。其中，有不少就是古代的童话。我国古代那一些正经八百的书，书中常常要援引一些故事，这些插在其中的故事，有的就是童话。还有古代许多说部，如《西游记》《封神演义》等，有些章回，也应是极好的童话。还有大量的数不清的古代笔记小说，里面记的童话着实不少。那部《聊斋志异》，其中的童话多着哩！我国古书中记载的《吴洞》《虎媪传》《高僧传》，较之外国童话《灰姑娘》《小红帽》《皇帝的新装》等都要早得多。怎么能说中国古代没有童话呢！……"

从那以后，我立志要编一本《中国古代童话》，给少年儿童阅读。我要用这些作品，告诉孩子们，我们中国是一个童话古国，我们的灿烂古文化中，也包括童话这一宗。

我也想以这样一本书，来敦请那些儿童文学家修改他们著作中的那些错误的记载。

三年前，上海少年报社（现在中国福利会儿童时代社）的张锡昌同志和上海图书馆（现在上海社会科学院）的盛巽昌同志来看我，我们谈到了这件事，他们两位很有兴趣，愿意来做这一项工作。

这项工作是十分有意义的，是重要的，但也是很艰巨的。古籍浩瀚如同沧海，要从这大海中去捞取童话之针，是何等的不易。何者是珍珠，何者是鱼目，不致混淆，也是件难事。

他们翻阅了大量的古籍，先是搜集誊抄资料，编了一本丰富的资料本：《中国古代童话资料》。又从中挑选了一些，将它改写成白话，有的原作过于简略，还要在原作基础上适当加些创作成分，使合乎少年儿童们作为一本文学书来阅读。

这样，这一本《中国古代童话故事》出世了。

这是我国第一本中国古代童话本，当然有许多不够完善的地方。听听各方面的意见后，请他们两位再来作一番修订和增删吧！

这本书与少年儿童见面了，了却了我多年的夙愿。

我自然要想起那位给我写信的女孩子，恐怕她早该做妈妈了。如果她见到了这本她所希望读的书，已经陈列在书店的架子上，她一定会将它买回去，在灯下和她的孩子一块儿读起来。

愿大家分享她那一份甜美的喜悦吧！

1985 年 8 月于上海

童话，沿着一条艺术的正道前进着

——《童话新选》前言

　　一个时代，一个社会，它的文化发达与否，很重要的一个标志，是它的儿童文学发达程度。它的儿童文学发达与否，很重要的一个标志，是它的童话发达程度。

　　童话，是儿童文学中主要的一个部分。

　　童话，和许多文学组成部分一样，是跟时代、社会休戚攸关的。它们，都是时代、社会的产物。

　　创作童话，不能脱离时代、社会。研究童话，必须了解时代、社会。

　　童话的繁荣与衰落，停滞与前进，都是时代、社会的文学现象。

　　我们常说，文学是时代和社会的寒暑表；或者说，文学是时代和社会的百科全书。童话，是文学中的一种，我们应从这一视点，来看待我们的童话。

　　翻开一部文学史，扑面而来的是秦汉散文，唐人诗，宋代词，元时曲……为何秦汉以散文胜，唐以诗著，宋盛以词，元兴以曲呢？这是一种偶然么？绝不是。一个时代，一个社会，何种文学繁荣，是该时代、该社会种种条件、因素综合而成的反映，是遵循文学规律而出现的现象。

　　范围小一些来说，诸如电视节目，"文化大革命"结束后，一时间大家很爱听说唱，相声备受欢迎，接着是流行歌曲，刮过一阵西北风，眼下热衷的，似乎是那号风趣逗人的戏剧小品了。这许多不断变化着的现象，应有规律可循，也是时代、社会种种条件、因素综合而成的反映，绝非偶然。

上海教育出版社出版的这册童话选本，是近十五年中国童话作品的选本。我们从这册童话选本中，可以看到我们面临的时代、社会，在童话上留下的深深印记，可以看到我们的童话，面对着时代和社会所作的反映。童话是幻想的，都是虚构的，但它真实地反映了时代和社会，服务于时代和社会。

十五年来，童话的发展是迅速的。这十五年中，出现了众多的童话新作家，出现了众多的童话好作品。上海教育出版社出版的这册童话选，为大家作出了很充分的例证。

我们说，这十五年童话发展的历程，是我们的时代和我们社会的反映，时代和社会的反映自然包括人的因素，因为时代和社会不是抽象的。这十五年，童话的发展，有赖于我们的童话作家，我们的童话读者，还有各方面有关人士，都作出了最大的努力。

天时，地利，人和，童话才能获得发展。

童话，要紧紧贴住时代和社会，如果脱离时代，脱离社会，去追求童话的发展，那会是适得其反的。

童话是时代的，童话是社会的，时代和社会制约着童话，童话反映了时代，反映了社会，作用于时代，作用于社会。

"新潮"这个词，这十五年中，也在童话创作中出现过；有人曾经热烈地提倡，有人曾经强烈地反对，后来又悄悄地消失了。

其实，新潮，不是一件坏事，应该是一件好事。如果我们的理解是：童话新潮就是童话的创新，那我们的童话，无时不在新潮中，凡是有所创新的童话，都可以说是"新潮童话"。

我们应该这样来认识"新潮"。新潮，是我们童话发展的趋向，必然的结果。新潮，是倒退的反义词，自然也不应是停滞。

可是，有的人把"新潮"理解错了，说"新潮"完全否定过去和传统。有的甚至于以作者的年龄来划线。如果这样，不仅不符事实，而且也不科学。

既名为"潮"，就可以自然界的潮为例。潮是如何形成的？是海水受了引力，后浪推前流，自此而形成的。如果没有海，没有后浪，新潮能从空中而来吗？

哪里会有"与传统迥异"的童话呢？大家也许看过那些标明为"新潮童话"的童话吧！实在也看不出那些童话的"与传统迥异"来。

童话的传统，是客观存在的，创新都是在传统的基础上创新的。

再说，新和旧都是相对而说的。过去的新，今天的旧；今天的新，明日的旧。一浪推着一浪，不断前进，不断创新，应该是这样的"新潮"。我们必须为童话的"新潮"正名。

这册童话选本所选收的作品，自然是经过反复挑选的，可以说都是在传统的基础上创新的作品，似都应称作"新潮童话"。

这些童话，选自十五年中的各报刊，以今天来说，它是过去的童话；以明天来说，它也是传统童话了。

在童话的历史长河中，我们的童话作家，不断写作，不断创新，不断在前人和后人之间，做承前启后、继往开来的工作，这一册童话选，就是一本童话作家们的继承传统、大胆创新的成绩簿。

童话是一种非常特殊的文体，可以说它还在发展之中。我们的童话理论体系，刚刚建立，还很粗糙，只能说初成雏形。对于它的法则、规律，我们的认识还非常肤浅，还不能更好地用于指导创作。所以，在我们所见到的发表在报刊上的童话作品，优劣并存，有的特好，有的很差，良莠不齐。

我们的有些作品，存在着很大的随意性，以致社会上有人把童话看成是哄孩子的胡编乱造的东西；有的家长、教师不准孩子读童话。

有的作者还在宣扬童话不需要什么理论，我爱怎么写就怎么写。自然，为了鼓励初学写作者写童话，增加他们的写作信心，这样说，是可以的。但是，不能将写童话过头地说成那样随便，好像任意怎样写都可以写成一篇好童话，那就不妥当了。

在某些人的观念中，童话反正是虚构的，便可以随意去写了。这是对童话的最大误解。

童话是虚构的，但不是随意的，虚构要符合童话的规律、法则，因为童话是以虚构来反映真实的。

以虚构来反映真实，这就是童话艺术。虚构和真实是截然相反的两个词，以反来表现正，是很艰难的。

不论是哪门艺术，这一点是一致的，它愈是艰难的，就愈是艺术的。

那些随意性很大的作品，不是艺术，自然不是童话。

一位童话作家，要具有童话的才华，要具有童话的造诣，就要热爱儿童，熟悉生活，要了解时代，了解社会，要付出艰辛的劳动，不断去努力，无止境地努力。

我爱怎么写就怎么写，不是一条童话作家走的路。

上海教育出版社出版的这册童话选本，为大家展出了十五年来中国童话作家们，沿着一条童话艺术的正道，大步前进的足迹。

收在这册童话选本中的作品，有一部分是有声望的童话大家的作品。其中包括已经离去的老作家叶圣陶、贺宜、金近、包蕾、何公超留下的佳篇。他们为童话艺术作出过卓著的贡献，童话界不会忘记他们。也有许多当前最为活跃的中青年童话作家的作品，中青年童话作家们生气蓬勃，为中国童话带来更多的新机。这十五年，中国童话界老中青三代作家，都作出了努力和贡献，这一选本，把大家的成绩捏在一起。这册选本，是整个中国童话界累累硕果的一部分。限于篇幅，自然不可能将所有的童话佳作都收进书来。欠缺的是，这册童话选本未能选收我们台湾、香港、澳门童话作家的作品，他们这些年来，也写出了许多好童话。

应该感谢上海教育出版社，是他们，在"文化大革命"结束后，最先出版了第一本《童话选》，为童话的复兴作出贡献。过了十五年，又来出版这第二本童话选。这两本童话选，是有连续性的，都应记载于童话的史册。愿上海教育出版社，过若干年，再来出版第三本童话选。希望能三本、四本、五本出下去。

1992 年阳春三月于上海

童话，呼唤童话明星群

——《中外童话》发刊词

童话，经过 10 年的恢复期，而后 10 年，是童话的探索期。

在这探索期间，我们迎来了一个童话创作的高潮，出现了众多的童话好作品；迎来了一个童话理论的高潮，出现了一系列童话新论著。创作丰富了理论，理论推动了创作。

我们的童话，已经从一条教育的、娱乐的道路上，进入了生活的童话新阶段。我们的童话富有时代性、社会性，紧紧贴在生活上。我们的童话，以生活为基点，通过幻想，反映了生活。

童话进入了社会、家庭、学校、课堂……丰富孩子们的生活，指导孩子们的生活，让孩子们的生活中充满着童话，让孩子们从童话中学习生活。童话带给孩子以教益，带给孩子以欢乐。我们的孩子，已拥有前所未有的众多的童话。

童话，已拥有一支空前壮大的队伍。一批写小说的作家转向写作童话，他们带来形象塑造和故事编织。一批民间文学工作者参与写作童话，他们带来乡土味和民族化。一批寓言写作者改写童话，他们带来含蓄和哲理。一批科幻作者转业写童话，他们带来新科学和新知识。一批动物故事作家加盟童话，他们带来拟人手法的深化。一批诗人和散文家参加写童话，他们带来韵味、意境和美……童话富有魅力，童话有幸吸收了多种文学的长处，招罗来众多写作的高手，童话一步步走向繁荣。

我们童话的系统建设工程，已初见成效。我们童话界同人的努力，已获得一定的成绩。

但是，展望明天，我们前面的路还很遥远，不允许我们稍作停顿。

我们的童话，即将从 20 世纪跨进 21 世纪。新时代，新阶段，童话向我们提出更新的目标、更新的要求。我们要看到我们童话的不足。

我们应该看到童话这个广袤的天宇中，我们的明星还显得寥落，显得黯淡。我们应该有为数众多的强光夺目的童话明星闪耀于童话苍穹的中天。

我们应该看到我们的童话创作队伍中，虽然有许多佼佼者，他们写了许多优秀的童话，拥有广大的读者群，但是我们的行列中还应该有更多的出类拔萃的童话作家明星。我们不仅希望他们有脍炙人口的"成名作"，还希望他们有众口铄金的"代表作"，每位作家为创作自己的童话明星形象这个新高峰进军。我们希冀更多的童话作家携带你们的作品，进入童话历史的新篇章。

我们看到我们已具备众多的作品、众多的作家、众多的经验这样优越的条件。童话发展规律告诉我们童话已经到了有众多童话明星登场的时候了。也就是说，我们的童话历史写到目前这一笔，接着应该是童话明星群这一章节了。创造童话明星，是时代赋予的、社会赋予的、孩子赋予的、童话赋予我们童话界同人的新使命。

我们的作家，请悉心创造和选择一个最有发展的童话形象。它可以是人，也可以是拟人的物，将它写成一个个既是连续又独立成章的系列作品，或者可以一气读完，也能分开连载的长童话。请每一位作家，创造出代表自己的童话明星来。

要创造童话明星，需要作家和画家的合作。也需要评论工作者，以及老师、家长和社会舆论界、宣传界的合作。

当然最重要的，也是最根本的，还需要广大少年儿童们的合作。

树童话明星，不是一个人或几个人，或少数人，说这是童话明星就是童话明星。这是童话建设中一项非常繁复的配套工程，是非常艰难的。

我们创办这本以推进童话走向繁荣为宗旨的刊物，现阶段的任务，就是希望能够为童话呼唤创造童话明星尽一分力量。

这一项树明星工作，我们大家一起来做。在工作中，一定会有不少失误，但力求最大成功。

这是我们刊物的主攻方向。我们欢迎各种风格，各种样式，长长短短的优秀童话新作品，这是相一致的。因为有时候，童话明星会出于意外，从一篇极为平常的作品中脱颖而出。

我们在树童话明星的同时，还要树明星作家。我们计划通过一个个作家的专辑来完成。作家专辑，主要看作品的质量，凡提供具有一定质量的作品，够出一个专辑的，我们都出。

因为，童话是属于少年儿童的。树明星，欢迎少年儿童来参加。我们也留一定篇幅来登少年儿童的作品。

我们的刊物主要刊登中国的童话。作者和读者，自然包括香港地区、澳门地区、台湾地区和侨居世界各地的华人和华人孩子。

同时，我们的童话也要向外国童话学习，吸收他们的好东西，所以我们将这本刊物，定名为《中外童话》。我们也刊登一部分外国的童话翻译作品。

特别，我们要刊登在世界各地、属于别的国籍的华人用华文所写的童话作品。没有这个"外"字，就难以把他们包括进来了。

我们的刊物是本普及大众刊物，我们唯恐有的读者承受不了，定价尽可能低廉，所以开本篇幅都作了限制。如果大家欢迎，各方面给予一定支持，我们在适当时候会改成半月刊，或者周刊。在各方面条件成熟时，还考虑出版音像版，可以让更多的少年儿童从电视荧屏上读到有声有色连续画面的童话作品。

我们急切希望童话一天比一天繁荣，让我们的广大少年儿童们拥有更多更好的童话。

我们期待着和海内外所有的童话作家、画家和广大教师、家长、社会各界有关人士，以及每一位少年儿童朋友们携手、合作。

大家一起来为童话事业的建设而努力吧！

《童话世界》创刊词

在中国的大西北，古都西安，现在，这个《童话世界》问世了。

这刊物，虽然她诞生在大西北，但她是中国童话界大家族中的一员。

我们中国童话界，原来有上海的《童话报》、天津的《童话》、安徽的《童话选刊》，现在又有了陕西的《童话世界》，已形成了我国童话专业的一报、一刊、一丛刊、一选刊的十分合理的构想布局了。

谁也没有事先规划过这个童话建设工程的蓝图，我想，那是文化规律运行所起的作用吧！

这报报刊刊，交叉发行，可以在全国形成一个童话网，使我们的爱好童话的少年儿童都有精美的童话可以阅读，使我们的童话作者都有广阔的园地可以发表作品。这一份份报，一本本刊，将读者和作者，像桥连接着两岸那样联系起来。通过桥，读者和作者，相互携手合作，将促进童话走向繁荣。

现在，呈现在大家面前的这本《童话世界》，属于中国每一位少年儿童，属于中国童话界每一位同人。每一位中国的少年儿童，每一位中国童话界的同人，都可以，都应该，把这份刊物称为"我们自己的《童话世界》"。

她是一个刚刚诞生的婴儿，希望我们中国童话界的同人们，都来扶植她，让她迅速地茁壮成长。它是一朵刚刚绽开的花苞，希望我们广大的少年儿童，都来爱护它，让它开放得更芳香和艳丽。

《童话世界》创刊了，我们大家来深深地祝福它，这颗西北高空上的明亮的星。愿它的光芒，闪耀整个童话的天穹！

《中国民间童话丛书》总序

有民族，必有民族文化。

中国是一个多民族的国家。每一个民族，各有它自己独特的文化。

童话，是各民族文化遗产中重要的一宗。

童话与儿童同在。哪里有儿童，哪里就有童话。不论哪一个民族，不管它有没有文字，或者文字发达程度如何，它都是有童话的。因为流传在各族民间的童话，并不是依靠文字记载，而是在人们的口头，依靠语言，一代一代传承下来。

这些作品，创始者可能是一个人，或几个人；但是经过口头流传，已成为许多人所共有的作品。

这些作品，在人们中间，我说给你听，你说给他听，每个口述者必定会在说的时候，加上一些自己的主观因素。有的增添了一些东西，有的省略了一些东西，有的强调了某一点，有的则作了种种改动。有时作品的主人公也会变化，有时这个作品的情节会移到那个作品中去，有时开头会越来越具体，有时结尾会变得和原作品截然不同。这些作品，没有定稿，没有蓝本，你说你的，他说他的，虽然脉脉相承，它的大关节不变，但却在加工、修改、发展……

随着时间的推移，随着社会的发展，这些集体创作的童话，一部分受到了扬弃消失了，一部分渐渐趋向定型，越来越生动，越来越精彩，成为各民族自己的文化遗产，成为一代又一代孩子们和成人共同享用的精神食粮。

这些作品，常常是全民族世代流传的全民文学。但随着民族与民族之间的交往，有的作品从这个民族传到那个民族去，有的作品从那个民族传到这个民族来，所以有的作品，虽各具特色，但也有相似的。

各民族的这些具有民族特色的童话作品，过去被称为"民族童话"。又因为这些童话是在各民族民间口头普遍传诵的，所以又叫"民间童话"。

民间童话与古童话（指古代那些已有文字记载的作品）、创作童话（就是现代和当代作家们创作的作品），是童话的三个组成部分，隶属于儿童文学。所以，民间童话也是儿童文学中的一类。它是一种为儿童所有的文学作品。

民间童话也是民间文学中的一类。民间文学有以成人为对象的作品，也有以儿童为对象的作品。民间童话，自然是属于儿童的。

有人以为，民间童话就是民间传说、民间故事，这是不对的。不过，在民间传说和民间故事中，确实有一部分民间童话混于其中。只要我们从作品的选材、构思和表现手法等诸方面稍加注意，是不难区分的。

民间童话的每一篇作品的来源，是难以弄清楚的，第一个作者是谁，也不可能查考得出来。它们都有悠久的流传历史，是许许多多无名氏陆续创作而成的。

犹如一块大石头，经过不知多少位工匠的雕琢，你一刀，他一凿，刻成了精巧的石像；这石像，又经过了不计其数的人抚摩，它显得那样光洁和滑腻。

民间童话的思想性和艺术性，都是很高的。它具有鲜明而强烈的人民性，表现了广大人民群众的无比的智慧和精湛的文学技巧。

它，一件件可以说都是经过无数次的洗刷淘汰，历经考验，千锤百炼，而留传、发展下来的一份十分宝贵的艺术遗产。

这些光芒四射的文学珍品，是各个民族的自尊和自豪。因为一个民族的民间童话的繁荣，意味着这个民族的发达和文明。

今天，我们读到这些经过搜集、记录、整理而成文字的民间童话，使我们由衷地喜爱这些绚丽灿烂的艺术品，也使我们更加热爱我们的民族。

我们的国家是由许多民族构成的统一的国家。我们中华民族的文化是由许多民族文化构成的，属于中华民族的、屹立于世界高峰的伟大文化。其中，包括了这一些各族的民间童话。

我们读这些民间童话，也可以说是在读民族的历史。因为，民间童话反映了本民族的社会、生活，它是这一民族社会、生活的真实的图卷。它记述了一个民族的伟大的民族性，人们的道德、行为、理想和希望。我们从这些作品中，看到了朴实、真挚、开朗、奔放、正义、智慧、勤劳、勇敢、坚韧、刚强的一个个民族的性格和由性格产生的力量。当然，我们从这些作品中，也可以看到一个民族历史上深重的灾难，痛苦的历程。这些作品，是各族人民沿着历史长河跋涉过来的一个个扎实的脚印。这是十分有意义的。这些作品，歌颂了一切美好的事物，也揭露了一些丑恶的东西。

我们的读者，可以从中获取种种的教益，它是一部部形象的生活教科书。

愿我国的少年儿童们都饶有兴趣地来读它。

民间童话，是我们今天创作童话的基础。今天的创作童话是在民间童话这个高起点上发展起来的。综观现代、当代一些有成就的童话大家，可以说无一不是在民间童话方面有着深厚的艺术造诣。现代、当代那些为读者所久读不衰的童话名篇，可以说无一不是洋溢着民间童话气息的。

一个童话作家应该具有民间童话的根底，一篇童话作品必须奠基于民间童话。这是大家多少年来从实践中摸索得来的艺术法则：童话的民族化。

近几年来，有些童话作者，轻视民间童话，标榜自己的作品"迥异于传统"。创作童话是应该创新的，但创新不是割开传统。一篇童话"迥异于传统"，恐怕那不是褒词，而是一种贬词了。

我们的创作童话，一定要从民间童话中去获取滋养。我们的创作童话之花，才能根深叶茂，才能绽开不败的繁花。

民间童话是丰富多彩的，创作童话也应该是丰富多彩的。如果我们把民间童话理解为单调、划一，那是错误的。

各个民族的民间童话作品，是我们童话写作者所必读的，是我们童话理论研究者所必读的。我们的儿童文学工作者，也应该从民间童话中去汲取养料，开阔自己的艺术视野。

民间童话，还为一些民族学研究者、民俗学研究者、民间文学工作者，提供了翔实生动的资料。这些作品中，内涵非常丰富，我们的科学家可以从各个角度去挖掘、发现一些有用东西。在民间童话里，可以说其中大有学问，等待人们去取得。

这些年来，我国童话界已经创作了众多的为广大少年儿童读者所喜爱的童话作品，也出现了一系列的童话理论文字，取得了一定的成绩。

中国的古童话，近年来受到注意，已经有一些有志之士在做这方面的搜求、选辑、分析、改写等工作，选本和研究文字在络绎问世。

民间童话方面，新中国成立三十多年来，各地有不少同志在孜孜不倦地做着搜集、记录、整理工作。他们是很有成绩的。各地出版社也陆续出版了一些，同时还有不少研究文字。但是缺乏系统的通盘计划，而且近年来又有些冷落了。去年，我们高兴地见到了《中国民间童话概说》的问世。

现在，云南少年儿童出版社要为各民族的民间童话编辑出版一套"中国民间童话丛书",这是一项很重要的建设工程。中国各民族的民间童话,将一个民族一个民族,一本一本出下去。每一个选本,选收这一民族民间童话的代表性作品,各民族的民间童话都有一本选本,那就是一部庞大的中华民族民间童话大系选本编成了。这是一项惊人的盛举。

我赞颂这一盛举,祝愿这一盛举早日成功。

谨为此一丛书序。

1987 年 3 月于上海

在传统基础上努力创新，
在创新道路上开拓传统

——《百年童话精品》序

> 童话，有一大宗宝贵的遗产。把这宗遗产，统统砸烂，这是笨蛋所为。但死死抱着遗产过日子，也是个傻瓜。
>
> 一代一代创新，一代一代积累，一代比一代进步，一代比一代繁荣……这就是我们的童话发展史。
>
> ——《童话学》

中国，是一个童话古国。

古代童话、民间童话，浩瀚如烟海。虽然有后人搜集、整理过，作为一份宝贵的遗产，留了下来。但是这个工作，是大量的，十分可惜，我们做得还很不够，我们还须继续努力。

20 世纪，童话进入"现代童话"时期。大家公认，现代童话是从孙毓修在上海商务印书馆创办《童话》丛书开始。迄今，已有近百年的历史。我们面前的时代已是 20 世纪的末尾，即将进入下一个新世纪，21 世纪。

从童话历史的客观来俯视，这一百年，只能说是"现代童话"的奠基期和建设期。不论创作，还是理论都是这样。只是个开始。

在 20 世纪近百年中，孙毓修为我们取下了"童话"这个确切、美好、诱人的"名字"，使一代代的孩子着迷。

茅盾翻开了现代童话创作的第一页。一篇《寻快乐》，给童话带来哲理和教育的充实的内涵。奠定童话以拟人、假设为艺术手段，这成为后人写作童话的准则。

叶绍钧为现代童话开辟了一条创作的大路。《稻草人》一锤定音：童话要贴在人民的生活上，它必须有现实性、社会性。

之后，我们有不少人，现代许多著名的杰出的作家、学者，不论创作上、理论上，在现代童话这本书册上留下了他们的手迹。如郭沫若、郑振铎等都曾为这座初建的大屋砌砖盖瓦。其中，有的就在童话这一摇篮中度过他的文学创作褓褓期。有的在这跑道上传递过接力棒，跑出过光辉的一程。有的在这新开垦的处女地上翻过土，施过肥，播下过种子。当然，有的就在这块荒凉而贫瘠的土地上，建立起家园，定居下来，春耕秋收，作为一位忠诚于童话的好园丁。如叶圣陶（叶绍钧）、张天翼、陈伯吹、严文井、贺宜、金近、包蕾、何公超、叶君健、任溶溶、葛翠琳、钟子芒、方轶群……我们都崇敬他们。

现代童话是从历史故事、民间故事的改写开始的。到今天，我们已拥有上千名写作童话的大队伍，写作出难以计数的童话作品。

我们今天的童话，已走在一条宽阔的大道上。我们不能忘记为开创这条道路，曾经披荆斩棘、填坑补洼、造基铺石的先驱们。

童话，是在前人的优秀传统上，不断探索、创造、前进着的。一切后人，不管你承认不承认，都是继往开来者。传统必须创新，创新是在传统的基础上创新的。传统和创新，是基础和发展，它不应是矛盾的双方，而应是一种永远连接一致的向前。

浩浩荡荡的长江水，一浪推一浪，前浪，后浪，后浪，前浪……永无止休，滚滚向前。我们的童话，也是这样。

童话的大江，它流了一百年。也就是这样，永远地流下去。

为了记录这一百年的童话历史，盛巽昌先生、朱守芬女士两位童话史学家合编了这部童话选本，将它交给下一个新世纪的少年儿童们。

因为这是一件很有意义和价值的事，我为这部书的编纂和出版，写下了我的一点看法。给锦添花，作为序，何如？

1996 年 10 月于上海

为微型童话的繁荣而努力

童话是儿童最喜爱的文学样式，它是儿童文学中一种很重要的样式。

看一个地区是否兴旺、发达，可以看这个地区的儿童文学是否兴旺、发达。看这个地区的儿童文学，首要是要看童话。童话反映了时代、社会、生活和孩子们的昨天、今天、明天。

中国的童话是兴旺、发达的。它，已拥有一支不小的队伍，创作出一定数量的好作品。它，具有强盛的生命活力，不仅在大陆是这样，香港、台湾童话的发展，也是这样。中国童话的发展，近年来已开始走向世界。

由于我们童话事业，还缺乏一个全面的长远的发展工程规划，在发展过程中自然也会产生种种的偏颇。

譬如：这些年，我们侧重于少年童话。儿童童话，特别是低幼童话，往往被忽视。短小的童话愈来愈少。

中央人民广播电台、希望出版社、《小学生拼音报》的有关同志，他们具有深远的见地，发起了这次全国性的微型童话征文大奖赛，推动了我国低幼童话创作的繁荣。这是一件很有意义并取得一定影响的好事。

征文、评奖，并非目的，而是一种促进和推动。五千多篇作品寄来了。五千多篇作品，在我们十一亿人口的国家里，算不了一个大数目，但应该看到这是第一次，仅仅是一个开头。以后，将有第二次、第三次、第四次，将有更多个五千篇作品问世。

为低幼儿童写作是件难事。要写好一篇低幼儿童所喜欢的优秀童话，并不比那写五千字、一万字的作品容易。这次征文，限定字数是三百到五百字，但不少还是超过了。不过，它也不可能超过一千字吧！

在这短短的篇幅中，有的描述了一个活生生的"人物"，有的安排了一个完整的故事，有的深入浅出地介绍了一个哲理，有的抒发了真挚动人的一份感情，多有难度啊！

其中，有许多是非常优秀的作品，堪称低幼童话的佳作。自然，也有一些作品，还存在这种那种不足，似乎还可写得更好一些。

我在阅读这些作品的时候，一面读，一面把自己的意见写下来。自然，这是我所获得的直感和印象，是我个人的初步意见，写得匆促，定有欠妥之处。现在一起印出来了，仅供参考，如此而已。

我想，我们有千千万万的低幼儿童等着读童话，以及他们的家长，还有教师，都需要童话。我们提供得太少太少了。

我恳切希望大家多来写作微型的童话，微型童话多出些好作品，每隔一定时期，再来一次征文评奖，出上这么一本。

微型童话是很有前途的，因为它拥有广大的读者。

但是前途并非自己能来到的，还要我们的作者、读者，共同地去努力争取。

感谢一切支持微型童话发展的人们。

也祝愿一个微型童话繁荣的大好前景早日来临。

1991 年盛暑

愿更多更好的微型童话出世

　　微型童话，不是一个专有名词，只是说它短而小罢了。它的对象主要是小年龄的儿童，当然也包括年长一些的少年，甚至于成人。

　　由于小年龄的儿童，识字不多，理解能力较弱，给他们看那号几千字几万字的长童话是不适宜的。孩子一进入少年时期，学校的功课很多，升学考试的压力很重，大多数同学无时间去阅读中篇童话和长篇童话，这是一件十分可惜的事。这样，微型童话便应运而进入这些孩子的生活。

　　所以，我们在提倡长长短短、大大小小的童话创作同时，很重要的一环，要促进微型童话创作的繁荣，以满足广大孩子们的需要。因为童话是反映孩子生活的文学样式，是哺育孩子成长的精神食粮。孩子的生活中，不能没有它。

　　为孩子们提供优秀的童话，是我们的社会，是我们的学校，是我们家长的天责。我们要尽力地，毫不懈怠地，去完成这一重大的使命。每年要给不同年龄的孩子，创作出足够数量的童话新作品。

　　由《小学生拼音报》牵的头，和中央人民广播电台、希望出版社，曾主办了第一届"中国微型童话征文大奖赛"（1990—1991），现在又和语文出版社、语文音像出版社举办了第二届的"中国微型童话征文大奖赛"（1993—1994），为繁荣微型童话创作，作出了贡献。

　　通过评奖，一大批优秀的或比较优秀的微型童话出世了，现在又有这 106 篇崭新的童话，由语文出版社出版，呈现在广大小读者的面前了。

孩子们的课余，又有许多新童话好读了。这些童话，将带给广大的孩子许多教益、快乐和思考。孩子们会感谢这些为他们写作、编辑、出版、发行，为他们提供童话作品的人们。

由于孩子们的需要，由于大家的努力，微型童话的发展是迅速的。第一届评奖，收到的稿件是 5 438 篇。这次收到的稿件是 8 345 篇。数量上增加了许多，在质量上也明显提高了。在阅读这些稿件时，我逐篇随手写下我的意见。自然，这些意见是不成熟的，是即兴写成的，不妥之处一定很多，只能作为大家的参考。

从微型童话创作的整体来看，微型童话创作正沿着一条健康的正道在前进着。

许多作品都具有一定的思想性和艺术性，两者结合得比较好。当然，其中也有少数作品未能很好地寓教于乐，主题过于显露。有的缺乏童话的特征：幻想，如果将动物改成人就是生活故事。有的某个情节，或开头，或结尾，安排得欠考虑。我们的微型童话创作，还有待提高。

相信在我们举办第三届"中国微型童话征文大奖赛"的时候会有更多更好的微型童话作品出世。

让我们共同努力去争取，去迎接吧！

关于"第三届全国微型童话大奖赛"

全国微型童话大奖赛，已是第三届了。它，愈来愈受到各界人士的关注，影响也愈来愈扩大。每一届都有一大批新老作者的热情投入，每一届都有一大批的优秀的微型童话送到广大读者手中。

微型童话的"微型"，是从篇幅来说的。现代社会，不论是城市或乡村，学习、工作、生活的节奏，日益加快。学校里的功课负担都很重，都在说要"降压"。我们的读者，广大的孩子们，十分需要有一批精短的高质的优秀童话，来供他们阅读，或者说是充实和调节他们的生活。

微型童话的读者对象，主要是孩子、是小学生。目前，学校十分注重素质教育，开发孩子的幻想智商，不少孩子他们自己动笔写作童话，很需要找到更多更好的微型童话作品，作为他们写作的启导。

为适应各方面需要，微型童话必得长足发展。说明"全国微型童话大奖赛"的举办者《小学生拼音报》的同人们，是有见地的。每届不惜投入许多人力、财力来做好这项工作。

《小学生拼音报》的同人们，办事是很认真的。他们经过反复挑选，从来稿中筛选出了40多篇作品，重新打印，不署作者姓名，送交诸评委评议、投票，然后慎重评定。

由于本届评奖来稿及来信很多，特别还得到海外作家、读者的关注和支持，大大出于预计。情况变化了，奖项等方面也相应有所调整。

这次评奖，增添了一项荣誉奖，赠予大洋彼岸享有盛名的儿童文学作家冰子先生、木子女士。冰子先生现在美国新泽西州。1939 年生于上海。一直从事童话写作，主要作品有《天蓝色的小鸟》《小蛋壳历险记》《彩色的梦》《没有牙齿的大老虎》《骄傲的黑猫》等。木子女士现在美国洛杉矶。1933 年生于新加坡，祖籍福建，长于台湾。出版的儿童文学作品集主要有《阿黄的尾巴》《妈，求你答应我》《长腿七和短腿八》《阿瘦找野果》《小子阿辛》《莉莉的花篮》《安顺宫风波》等，其中不少是童话。感谢他们从遥远的西半球寄来他们的作品。这些作品都是为参赛而新创作的。

获荣誉奖的还有台湾著名的童话作家陈启淦先生。陈启淦先生1944 年出生于台中，是台湾不多的专写童话的一位作家。他出版有童话集《小邮筒》《鱼儿水中游》《再见，长尾巴!》等。他写的《鸽子小灰》是个很优秀的童话中篇，受到两岸孩子的欢迎。

张继楼先生，1927 年生，江苏人，现在重庆。新中国成立初就开始儿童文学写作，起先写诗，后也写童话。鲁克先生 1924 年生，浙江人，现在上海。一直写作童话，有《鹿的勋章》《望娘》等。新中国成立后出版的童话集近四十余种。他们两位老作家，对童话都作出了贡献。历届微型童话大奖赛都收到他们的稿件，得到他们的大力支持。

以上五位作家，我们决定赠以荣誉奖。他们的参与是本奖的荣誉，也是我们童话大家的荣誉。凡是对童话、对童话读者作出贡献的，都应该给以奖励。任何一种任何一届童话评奖，都应该抱有这个宗旨。

本届评奖，获佳作奖的有康复昆的《泡泡熊》。幼小的孩子谁都玩过吹泡泡这玩意儿。可是有谁见过一只小熊不留意将肥皂沫舔进了嘴巴，从此它的嘴巴一张就能吹出彩色的大大小小的泡泡来? 这个作品就是写了一只能吐泡泡的"泡泡熊"。泡泡熊吹出的泡泡愈来愈大了，蝴蝶、黄莺什么都可以钻进泡泡里，在公园上空飞。后来，泡泡载着一个个想飞的孩子，飞上天去了。这许多许多很大很大的五颜六色的大泡泡，带着动物和孩子，在公园的上空飞，多美多有趣，又多惊险啊！在生活中是绝对不可能的。但在童话中却可以。这个不满400字的短童话，它充满幻想、美丽、欢乐、新奇、友谊、冒险，写得太好了！如果请画家配上画，或拍成动画片，就更好了。孩子们是多么需要这样的童话作品啊！

经绍珍的《画月亮》，题材并不奇特，但好在它是一篇平稳中见功夫的作品。三个鼠娃娃去画月亮，一个画得像字母C，一个画得像字母D，一个画得像字母O，这象形多好！但作者不只是介绍月亮圆缺变化的自然知识，而是将主题点在时间变化形状随之变化这个既深刻而又简明的道理上。这一作品将这一题材写足了。文字精要，读来流畅。它可以作为一篇童话课文，收入教材。

彭万洲的《寄吻》。吻，是一种爱的亲切表达。在外地的小兔想妈妈，要请邮局寄一个吻去，可使邮局为难了。是丹顶鹤帮了它的忙，让小兔的嘴巴在它的头顶按一下，将沾上的红颜色印在信纸上。这个吻就这样寄出去了。本来寄吻可以用印泥或别的红颜料，那就是个生活故事了。而作者巧妙地用了丹顶鹤的丹顶，使这个故事进入了童话。这一细节安排，为这一作品抹上了奇特的光彩。这是童话的一笔，为它叫好！

袁秀兰的《啊一嚏！》是一个运用夸张成功的童话。河马伯伯的喷嚏病一直治不好，这是一种破坏性的病，不但破坏自己的生活，而且也破坏别人的生活。后来由于一次它将喷嚏用于帮助他人，把一辆陷入泥坑的大卡车推出来，它的病就好了。夸张，是童话的重要手法，但是一定要运用得体。是不是可以从这篇作品中得到一些启发呢？

胡纯琦的《蓝精灵过生日》，这个生日，是童话的。请看，生日吃的荷包蛋，是从湖水里捞出来的"太阳"，扯了几把"雨丝"作寿面，真够童话的了。还有，他又剪了几片风当纸，写信给雷和闪电，邀请他们来过生日。雷来了，放起爆竹祝贺他。闪电来了，给他拍生日照片……这一连串幻想的比拟，安排得太好了！

这次评奖收到的好作品还很多，其中周锐的《巨人的眼泪》、北董的《宝石》、秦裕权的《老是上当的乌鸦》、野军的《还童石》、常福生的《魔力眼镜》，以及钟宽洪、张彦、杨谦、安武林、魏锡林、胡鹏南、王兰、张先震、李春来、闵小玲等 15 位的童话，都是很优秀的作品。徐焕云、文日新、王淑梅、孟庆艳、王林、窦植、刘丰、颜丽、宋玉坤、罗洁、顾莉风、胡霜、柯晓莉、林锡胜、孙树松的作品，也都具有相当的水平。这些优秀作品、入围作品恕不一一作介绍了。

还需一提的，有好几位作家和好几位老师，从海外或遥远的边区，寄来了很不错的童话，由于参赛截止日期已过，只能请报社安排在以后的报上陆续发表，深感抱歉。

全国微型童话大奖赛每届评奖都要出版一本作品集，本届也要出版的。上面的作品都将收在内，还有那些过了截止日期的好作品，也一应收入，以弥补这个大家都感到很惋惜的遗憾。另外，还有一些参赛者寄来的参赛作品不止一篇，而入围作品只能是一人一篇，另外的作品也有很不错的，也将收编在这个集子里，与广大读者见面。

第三届全国微型童话大奖赛，就此画上了一个分号，希望在第四届有更多的作者参加，有更多的好作品展现在读者面前。

2000 年 3 月于上海

她，为中国童话界作出了贡献

——"《童话》作品选"专栏引言

《童话》，是天津新蕾出版社创办的。出版至今已经有十年的历史了。

这是我国专门发表童话作品的刊物。这样的刊物，台湾、香港没有，世界各国也还没有。正因为这样，这本《童话》，在海内，在海外，都是很受瞩目的。

《童话》，所肩负的责任是重大的，所起的作用是巨大的。它需要在继承童话的优秀传统的基础上，不断创新，去开拓，去建设，引导童话发展和前进。

她，必须代表今日童话的新潮，汹涌澎湃，流向童话的明天，她，应该是一个方向。

十年来，《童话》是尽力的，是作出一定的奉献的。

它发表了众多老中青三代作家的好作品，这些作品在少年儿童读者中，起了很好的作用，为他们提供了丰富的美好的精神食粮。在童话界，为更多写作者，提供了可贵的经验，培养和扶植着一代又一代童话的新人。

《童话》为童话的创作和理论，为过去和未来，为作家和读者，为海内和海外，架起一座宽阔的桥梁。因为有这座桥梁，童话才能顺利地迈步，不断向前。

中国童话界以有《童话》这一刊物为骄傲。《童话》以是中国童话界的刊物而自豪。

《童话》十年来，为中国童话界而工作，为广大童话读者而工作。际此十周年之时，我们特辟此"《童话》作品选"专栏，选发《童话》1989年发表的众多作品中的部分作品，并撰《〈童话〉十年》一文，以飨读者，志推崇之意。

愿新蕾出版社，将《童话》越办越好，深孚大家的重望。

当然，为童话事业作出贡献的，在《童话》之外，还有很多报刊在为童话不断努力着，以后本专栏，应当陆续来作介绍。

凡对童话事业有贡献，我们希望都一笔不漏地记载下来，并致以敬意。

童话的"韶关现象"议

——"韶关童话小辑"专栏引言

　　在粤北,有一个重要而繁华的中等城市,叫韶关。这里有一群年轻人,他们聚集在文联的领导之下,成立了一个"韶关市儿童文学创作研究会",办起了一份定期出版的报纸《蒲公英》。

　　他们这个儿童文学创作研究会,活动经费是自筹的。这份报纸,也是自己筹钱印刷的,大家聚起来开个讨论会,也是自己付车钱。办事的人,谁也不拿一分报酬。包括在《蒲公英》发表作品,也没有稿酬,因为这份报是完全赠送给需要者,连邮费也不收的。

　　可是,他们这样一个团体,一群可爱的年轻人,却做了许多许多工作,对儿童文学有很多的贡献。

　　他们这个研究会里,大部分会员都是写童话的,创作的作品大都是童话。他们那份报上,登的自然以童话为主。

　　他们印过多册童话集子,搞过多次征文和评奖。他们常常聚集起来讨论某一位会员的童话作品,评论便发在他们的报纸上。

　　这些年来,他们的许多童话作品,被国内外许多报刊转载过,评论过。小小的《蒲公英》早已飞向全国和海外各地,摊在许多作家书房的案头。

　　韶关的电视台还特地为他们拍摄过一个纪录片。

　　广东的作家们,关注着他们。全国各地的作家关注着他们。

他们也关注着他们的四周。他们团结了众多的爱好写作的年轻人。他们的团体，联系着韶关地区的众多的学校中的文学社团，许多教师，许多爱好文学写作的学生。他们推动着韶关地区的儿童文学创作。

他们也把自己融合在整个中国的儿童文学之中。大河里涨水，小河里满；小河里涨水，也汇流到了大河里。心脏的跳动，牵动着全身的脉搏；脉搏的跳动，也影响到了心脏。1989 年 5 月，他们筹备举办了全国童话研讨会，这是中国第一个童话理论的研讨会。全国许多童话界知名的重要的专家、学者、评论家、作家、教授、编辑、记者都千里迢迢地来了，相聚在韶关。

韶关的童话讨论会，不仅在大陆产生了很大影响，也引起海峡对岸台湾童话界的密切关注。他们赶不来韶关，只能分在两地开，他们在同时间里在台北举行了相同的童话研讨会。

一时间，韶关成了大家所瞩目的童话的中心。韶关童话研讨会，记入了童话史册。

韶关的党政领导，很重视童话，了解振兴童话的意义，韶关的年轻人为振兴童话作出了很大的奉献。

韶关和童话结了缘。于是，有人提出，韶关可称为"童话之城"。

随着童话和韶关结缘，愈来愈发展，它，会是一座闻名于世的"童话之城"的。

为什么韶关能如此重视童话，童话在韶关得到如此发展呢？——这已成为大家所密切关注的一种"韶关现象"。

"韶关现象"，神秘吗？是一个谜吗？欢迎有志者去求索，去解释，去推广……

为了向大家介绍韶关的童话现状，特以此专栏，选出韶关作者

1989 年所发表的众多的作品中的一组童话作品，给想了解"韶关现象"者，一些作为参考的信息资料。

我们希望在别的地区，更多的地区，出现"韶关现象"的新效应。

我们的目标

——《金凤凰童话报》发刊词

童话，是儿童的。

喜欢童话，这是儿童的天性和本能。

每一位儿童的生活中，不论在家庭，在学校，都应该充满童话。

读童话，那真是儿童们很快乐的事。写童话，也使儿童们发生极大的兴味。

儿童富于幻想，幻想是儿童珍贵的智商。阅读和写作童话，可以使儿童的幻想智商得到充分的开发。

幻想力——创造力的前端。儿童时代幻想智商的开发，将使所有的儿童将来都成为优秀的创造家。

我们提倡今天的儿童，爱童话。

一九八八年，我们和全国四十余家儿童报刊共同举办了"全国少年儿童金凤凰童话写作大奖赛"的第一届评奖，全国各地有数以千万计的儿童寄来参赛童话，全国各地的学校、家庭掀起了一股童话热。

中国孩子写的童话，得奖作品一百篇，已经出版了。可是一在书店露面，就被买完了。许多国家、地区的人们，看过中国孩子画的画，听过中国孩子唱的歌，读过中国孩子写的诗，可他们没有欣赏过中国孩子写的童话。如今，中国孩子写的童话，进入了这些国家、这些地区，许多人都想要这本书。

可是，儿童们反映说：金凤凰评奖两年才一次。发表我们儿童童话作品的机会太少了。

这样，我们全国少年儿童金凤凰童话写作大奖赛委员会，决定办起这份《金凤凰童话报》。

这份报，是应千千万万儿童对于童话的需要而创办的。它是儿童自己的。它将把童话带给儿童，也将把儿童带给童话。

儿童们，你们写的童话，都寄到这份报纸的编辑部来吧！

有的儿童，还不会写童话，那么就读报上的童话吧！读多了，你也一定会写出童话来。

报上，还将告诉你一些读童话和写童话的知识和心得，也要登一些童话作家写的童话，供大家学习的参考。

或者向大家介绍一些童话新书，告诉大家一些关于童话的信息。

我们为儿童而办报。儿童在家长、教师和社会各界的关注下成长，我们也是为广大的家长、教师和社会各界而办报。

我们的这份报，将为儿童所欢迎，也将为广大家长、教师和社会各界所关注。

我们这份报，将是所有儿童，所有家长、教师和社会各界人士的好朋友。

我们将朝这个目标努力去做。

童话是"想象作文"吗？

问：现在有一家刊物，将孩子写的童话叫"想象作文"，有一家报纸举行孩子童话比赛也称"想象作文"大赛。你认为以"想象作文"来代替"童话"的说法对不对？

李莺

答："想象作文"不能等同"童话"。童话的核心，是幻想，这是大家都知道的。可以说是一致的。但是，有的人把"想象"和"幻想"混同了，以为"想象"和"幻想"无差别。有的老师，称赞一篇孩子写的童话，说这一作品"想象"如何丰富，这就不够确切了。

因为，"想象"和"幻想"有它的不同。"想象"则是将真实生活推进一步，带超前性的意思。"幻想"不只是超前的，而且是真实生活量变到质变，它是变形的。一般的小说故事，需要"想象"，但不一定要"幻想"。而童话，则非要"幻想"不可。

所以，我认为"想象作文"和"童话"不能是一回事。我不主张以"想象作文"来代替孩子写的"童话"。

不知你能同意否？供你参考。

童话与动物故事

问：我们是山区的学校，我的学生常常写一些以动物为主人公的童话。但是有的老师说，这是动物故事，不是童话。请问童话和动物故事有什么区别？

吉林长岭　俞桑

答：动物故事和以动物为主人公的童话是应该不相同的。虽然都是写动物，但写法不一样，目的也不一样。如果一篇作品，写的是动物自然习性、自然行为，以介绍动物的常识为目的，那就是动物故事了。童话里的动物，是拟人的，就是将它拟成人来写。它虽是动物，却有人的思想，能说人的话，做一些人的事，目的是通过动物拟人的故事，来表达人的某种意愿。目前，在儿童文学的范畴里，兴起一种动物小说，这种动物小说也一样，其中有一些是童话。动物小说和童话的区别，也在于前者是以动物的故事写动物，后者是以动物的故事来写人。童话，可以动物来拟人，还可以植物或其他什么物，甚至无生物来拟人。自然，拟人化，也不是将我们人的故事中的人换成动物就是一篇童话了。反过来，拟人化，还得在一定程度上考虑这一动物（或植物，或其他物）的"物性"。我们有的作品写动物，将动物完全写成人，一切人的事它都做，这也失去拟人的意义了。和上述的将人去换成动物的做法，一样是对于童话的误解。

巨人的脚步

——《中国童话界·中篇童话选》前言

在儿童的心目中，童话是一个神奇的巨人。

童话是属于儿童所有的。儿童们爱读童话，我们要把最好的童话给他们。我们还要提高儿童的童话欣赏力和鉴别力。儿童们爱写童话，我们要鼓励他们，指导他们，帮助他们。一个好的童话作家往往是从小得到培养。在这些小童话作者群中，就有着未来的大童话家。于是，童话与教育相结合，童话进入学校，进入课堂，进入教学，又成了一项科研新项目，童话界和教育界有了认同的共识，合作一起去完成。我们的报刊，发表了大量孩子自己写的童话，举办大规模的少年儿童写作童话评奖大赛，出版社出版了孩子写的童话作品……这些年来，出现了许多优秀的童话作品。其中有短篇，有中篇，有长篇。绝大多数是短篇童话。近年，中长篇童话显得有些稀落，系列童话却渐渐趋于兴旺。系列童话质量有待提高，需要实地研究一下。中长篇童话非得要振作起来，做些促进工作了。

童话已初步形成一项崭新的系统的自己的"童话工程"构想，大家在作种种努力，去完成各个方面的工作。童话开始形成自己的、明天的、整体的发展蓝图和构想，大家的努力，有了方向和途径。

这就是童话巨人的脚步。

童话是"教育"的，这观念一直为童话作家所信奉。确实，童话离不开"教育"，如同儿童文学是"教育"的一样，中外皆如此。俄罗斯，教育部分管儿童文学；欧美，儿童文学是隶属于教育系的科目。我们的童话，负有"教育"的使命，是天经地义的。

但由于种种原因，童话与"教育"的关系，渐渐被强调得过了头，夸大到很不恰当的地步。说成童话即"教育"，唯"教育"论，童话是"教育"的"工具"。在童话创作上，出现了那种图解式的乏味说教作品。

这样，备受儿童欢迎的童话，变得为儿童所生畏，儿童抵制这样的童话。

童话作家们自然都不满意这种状况，主张要寓教于乐，提倡童话要有趣味，增加童话的"娱乐"性。

也有一些童话作家认为寓教于乐的说法也不尽妥当，"教育""娱乐"两功能要并重。

童话从"教育"的，走向了"娱乐"的，这是童话的必然发展，是一种可喜的进步。

确实，我们的童话，讲究"教育"，也讲究"娱乐"，出现了一大批富有意义和趣味的好童话。儿童们欢迎这种思想上、艺术上相一致的作品。

可是，慢慢地，我们有的人又把"娱乐"强调过了头。有的理论一直停留在"要娱乐不要说教"上，原地踏步，无休无止地提倡"娱乐"，"娱乐"至上。

矫枉一过正，童话创作就过多地出现了一些不讲"教育"，片面地单一地追求趣味，以"娱乐"为全部目的的作品。有的作者说自己就是为逗乐才写童话的，有的作者一味追求那种所谓热闹效应，让孩子乐一乐。几篇作品一带头，几篇理论一帮腔，一时间，一些故作憨态的，或插科打诨的，或乱放噱头的，或洋里洋气的，质量和格调都很低下的东西，都出来了。

这样，把童话降低为魔方、游戏机、扑克牌那样，使得童话又成为一种"娱乐"的工具。

作为一个童话作家，我们不可去一味迎合，而应该多作种种积极的有益的引导。正如一本童话的高销售量，有时会是童话质量的负值一样。

这种倾向，很快已为一些具有真知灼见的童话作家所反对，也愈来愈为广大读者所不满，一些曾经写过这类作品的童话作者也不再去写这样的作品了。

随着时代、社会、生活的大变革，我们的童话也在作着显著的转折。

我们众多的童话作家，以生活作为第一性，和儿童同喜怒哀乐。真诚地参与生活，反映生活，成为今天童话作家们的执着追求。我们童话作家正在以冷静的、深沉的、犀利的、发展的目光，看待我们的世界和人生，看待我们的孩子，看待我们的未来，直面生活的昨天、今天、明天，写出反映现实的童话作品。也即是说，将我们的儿童和作家本身放在时代、社会、生活的大背景中，放在国家、民族、人民的大命运中，去进行思考，写出以激励儿童长足进步的，以培育国家、民族建设的未来新人为主旋律的童话作品来。今天的童话，是"生活"的，幻想和现实紧密结合，这是当前童话发展的新走向。提倡童话真诚地反映"生活"，绝不是排斥"教育"，也不是排斥"娱乐"。因为"生活"中，它应该有"教育"，有"娱乐"。"生活"，是五光十色的，多姿多彩的；童话也应该是五光十色的，多姿多彩的。大家反对童话"娱乐"工具论，也绝不是否定那种以高尚的、健康的趣味为主旨的作品，更不是说童话不要快乐，让大家再回头去写大家所反对过的说教作品、图解作品。近年来，我们欣喜地读到许多真诚反映"生活"的，幻想和现实紧密结合的童话新作品。童话作家们不断地实践，不断地探索，不断地发展，不断地进步着。"教育"

的—"娱乐"的—"生活"的，童话正沿着这条"教育""娱乐""生活"相融合的道路前进着。童话，摆脱了"教育"工具论、"娱乐"工具论，踏上了这一条新道路。我们的童话巨人，像散花的天女那样，在祖国的大地上，在孩子们中间，播撒着最美的优秀童话之花。他把童话送进了学校，送进了家庭，送到了城市，送到了乡村。

也曾迷失过路径，也曾被荆棘扯破衣衫，也被石头绊倒过，也陷进过泥沼，甚至于被攻击，给冷箭所中伤……童话巨人，就是在这样一条高高低低、弯弯曲曲的道路上，坚韧不拔，勇往直前，昂首阔步，走过来了。

他走遍了全国，走向海外，走向亚洲，走向世界。

在孩子的心目中，童话巨人高大而伟岸，如同喜马拉雅山的珠穆朗玛峰！

奇哉，伟哉，中国童话巨人！

　　　　　　　　1990 年年尾于上海种德桥畔目楼

给《中国童话界·低幼童话选》责编的信

吴维华同志：

　　信及其他，都收到了。

　　想不到这本《低幼童话选》"生命力"如此顽强，十年来一直在销售、印行。也许，还能跨世纪，可以长期印下去。因为，这是我国头一本低幼童话选，所选都是各时期有定评的精品。这是我们合作的成绩，是双方的努力所取得的。遗憾的是，我和江西少儿社也仅有这一次的合作，仅仅出了一本书。但一本书的成功，我也是很高兴的。

　　我们十几年未见了，您身体好吧！家里好吗？祝您健康，祝您长寿，祝您幸福！

　　你们的社长火生同志，我们很熟悉，也是许多年未联系了。见时，代问他好！

　　我退下也有十年了，明年七十了。但写作仍是很忙。

　　有机会来上海，欢迎来玩。

敬礼！

洪汛涛

编者注：吴维华，二十一世纪出版社编辑，《中国童话界·低幼童话选》责任编辑。

《中国童话》前言

20世纪将要走完它最后的里程。

中国童话在这100年里，从有"童话"之名，发展到今天，它已走过了好几代人，当下成千上万的作品。

我们从这个开垦、播种、施肥、除虫，获得大丰收的大花圃里，采撷了33朵最美的花，奉献给下一个新世纪，迎面走来的21世纪的新人们。

这33朵花，虽然形态不一，但各呈芬芳和绚丽，应是我们20世纪童话作家们诚挚的馈赠。

它也作为我们民族文化的宝贵的遗产，上一代人留给下一代人。这也是前人的"传统"，交付与"后人"，让后人去继承和创新。

它是20世纪人，以童话的形式，为20世纪某时期的社会所作的记录。它是20世纪某时期人们生活和希望的反映。童话总是有它的时代性、社会性。因为这些作品，经过时代、社会的洗礼和挑选，考验，遗留下来。相信我们的下一个世纪人也会高兴地接纳它们，欢迎它们，专读它们。

代代承传，代代创新，我们中国童话将有更大更多的发展和繁荣。

《名家名篇赏析》序

在很多场合，听到反映说：现在作文范文选，出了不少，有的少年儿童报刊，作文几乎占了大部分的篇幅，孩子们、学生们，看了这些作文，按理他们的作文水平，应该大有长进。可是，教师们、家长们却发愁而焦虑地说，近几年，孩子们、学生们的作文水平普遍下降了。

问题的原因何在呢？

前不久，我在上海一个区的几所学校深入生活，曾经向一些教师、学生做过调查，发现孩子们看儿童文学作品很少，有一个班，四分之三的学生，一个学期中，课外没有读过一本儿童文学作品，他们除开读课本上的那些短小作品外，就是看看电视和连环画。看过儿童文学作品的学生，也只能说出个书名，许多人讲不出内容，说忘记了，很可能也没有好好看。家长见孩子作文水平低，只顾买些作文选本给他们读。学生写作文时，常常就拿作文选里的作文来套，有的索性一字不改大段大段地抄。批改的教师，没法把所有的作文选都看完，所以有时抄袭来的作文还加以夸奖，说写得好，在课堂上宣读，引起了哄堂大笑。

这都说明了，要提高孩子们、学生们的作文水平，光读课本上那几篇作品，或者读些作文选，那是不行的。应该要他们去好好读些儿童文学作品。

　　为此，我们编辑了这一部《名家名篇赏析》。我们从众多的优秀儿童文学作品中，选出了一部分小说、散文、童话、科学文艺等样式的作品来。这些作品的作家，大多是我国颇负盛名的文学大家，在文学方面有重要的成就，有的还是专写儿童文学作品的专门家，为少年儿童们所熟知。这些作品，写自各个时期，也在不同时期的报刊上发表过，有的出过书。这些作品经过时间的考验，都是有定评的，为少年儿童所喜爱。

　　这不仅仅是一个儿童文学作品选，儿童文学作品选也出过许多本了，但那是为促进儿童文学创作的繁荣、检阅儿童文学的成绩等目的而编选的。现在的这个选本，则是以向广大少年儿童提供课外阅读材料、增强学生们的文学欣赏能力为宗旨的，目的在于帮助提高少年儿童们的作文水平。

　　孩子们、学生们作文水平低，主要是文学根底太薄，这是基本，要提高，必须从这个基础工作上去着眼。

　　这本书，每篇作品都请专门家写出了分析文章，附印在一起，学生们读了这些名作以后，再来读一读后面的分析文章，那就可以进一步领会这篇作品好在哪里，应该从哪些方面去学习。经过多读、多分析，自己的文学欣赏能力就会增强，作文水平就会提高。

　　所以，这一本文学书，也可以说是一部工具书。希望广大的少年儿童，重视它、应用它。

美好的设计　精心的安排

——为《睡前故事》序

近年来，科学的飞跃，也带来了文化结构的巨大变革。

在城市，在乡村，电视机、录音机，陆续进入了广大少年儿童的日常生活。音像艺术丰富了广大少年儿童的精神世界。这是世界和人类的文明进步。今天的少年儿童一代是幸福的。

但是，在这进步中，也给人们添加了一些忧虑和困惑。

有人以为，眼下，电视在渐渐取代书本，文字语言的文学作品将开始走向消亡。

确实，这样的现象普遍存在：有的孩子，一闲下来，就要打开电视机，不管什么节目都看，一直看到上床，闭住眼睛睡着了。

很多家长，自己想看什么，不管对少年儿童是否适宜，也让孩子在一起看。他们只要孩子不吵不闹，不往外跑，就不顾别的了。

有的家长好一些，让孩子看的电视节目、录像片，有选择，并且作了时间上的种种限制。看的时候，或看完以后，也有适当的指导。

可是，也确实有很多的家长，忽视了这一方面：即在看电视之外，还应有一定的时间，让孩子看书，欣赏优秀的文字语言的文学作品。自然，一些年龄较小的儿童，还不识字，或识字不多，他们还不会看文字书，那就要父母亲，拿着书，讲述给孩子们听。

现在，生活中，确有许多少年儿童，他们只看电视，不看书。这是很不好的。认为看电视和看书一个样的说法，是错误的。

我们细细想一想，看电视和看书，是一码事吗？并不是。

看电视，确比看书省事，也很形象直观，一看，就明白了。看书，形象不是一次完成的，要通过文字，甚至于一个标点符号，等等，传达到大脑，经过大脑的组织，才能构成明白的形象，但是这形象还是很模糊的。譬如，少年儿童们喜爱和熟悉的"济公"，电视里某一演员扮演的济公形象，通过视觉，到了孩子的大脑中枢，孩子头脑中的济公就是那么一个形象了。它是一次完成的。书本上的济公故事，还有众多的景物描写、心理描写，需要读很多文字。而电视，景物随着在画面上一一显示，心理也从人的表情、语言、动作上表现出来。这就是电视较之文字语言作品为优的地方。但相对来说，这又是电视较之文字语言作品的弱点。文字作品中的济公，文字上多有描述，如破帽、破鞋、破扇之类，心态种种，也颇详尽，但读过这作品的读者，个人头脑里，都有一个济公形象，恐怕是各不相同的（排除电视、戏剧、绘画等给人先入为主的形象）。又比如拿我早年写的《神笔马良》来说，海内外有百来位画家都画过马良，没有一个是完全相同的（临摹不算），和我自己写作当时所设计的马良，也都不相同。我想，在广大的少年儿童读者中，更是这样。所以，文字作品，是间接的，可称为间接艺术。读文字作品，接受的形象讯号，须多次完成，就是说，读文字作品，要动脑筋，去捕捉，去汇总，才能化文字符号为具体形象，也就是说，有读者更大的参与性、创造性。

这种参与性、创造性，对于一个成长中的少年儿童是十分需要的。

如果一个孩子，只是看电视，不看文字作品，尤为偏食，会造成营养不良，有过之而无不及，似对孩子的身态心态的发育，危害莫大焉！

这就是电视绝不能取代文字作品，取代书本读物的事实根据。

请我们所有的孩子家长，都关注这一点，选择一定数量和质量的书本读物，优秀的文字语言作品，给孩子去阅读。如果孩子幼小不能阅读，就请家长去念，去说给孩子们听。

书本读物，文字语言作品绝不会消亡，并且还要得到相应的大大发展。

这是本文的第一个论点。

有的父母，孩子还很小，电视中可供选择的节目是不多的，而孩子又没有到能自己阅读文字作品的年龄。孩子处于精神食粮饥饿之中，常常要父母亲给他说故事。而父母亲或忙，或不重视，或其他原委，无法满足他们，便去买来一些作品的磁带，让录音机放给孩子听。这虽然是一种方法，不妨行之，但不是一种根本的长时间可用的好方法，因为，录音机放的磁带，说得再好，也取代不了父母亲自己说故事。

我们应该看到，父母亲亲自和孩子们说故事，是一种亲子间感情的最佳交流。父母亲说故事，孩子听故事，产生着一种强烈的爱的相互效应。同时，从说故事中，通过孩子的表情、插话或发问，可以了解孩子头脑中的种种想法，而加以更多的关切和引导，更好的帮助和纠正。说故事，也不应是照本宣科，可以边说边修改，紧紧扣住孩子的心弦。这是孩子迫切的希望，最快乐的时刻，也是父母亲的责任和义务。这是亲子交融的最好途径和机会，我们怎可轻易放弃，去让给录音机和磁带呢！录音机和磁带，是无法取代父母亲给孩子说故事的。

这是本文的第二个论点。

基于以上的两个论点，可以说明二十一世纪出版社将要出版的《睡前故事》一书，是必要的，是重要的。

从众多的儿童故事中，选出了400余篇适合3岁到6岁孩子的短故事，让孩子的父母亲在孩子睡前说给孩子听，让孩子带着甜蜜快乐的故事，进入安恬的梦乡中。

　　这是一个美好的时刻。这是一个美好的设计和安排。

　　故事有中国的，也有外国的，其中有的是童话，有的是寓言，有的是生活故事，但都比较短小，富于趣味，为幼儿所能接受的，所乐于接受的。

　　全书两册，上册（中国部分）林碧珍、张秋姑主编，下册（外国部分）程逸汝主编。他们是知名的儿童文学写作者、研究者，又是出色的教育工作者。他们还是好父亲，好母亲。他们不仅细微、认真地做了作品的挑选工作，还在每篇作品的文前写了"讲读提示"，文后写了"给宝宝的话"。这又是本书的一个特点，提升了本书的使用价值。

　　这可算是一部实用书，希望它能到更多更多有好宝宝的家庭中。在安谧而宁静的夜晚，明亮而柔和的灯光下，轻轻地翻开它，翻开它……

　　　　　　　　　　　　　1990 年初冬于上海种德桥畔

要立足于付出，不断地付出……

我生于 1928 年，戊辰年，生肖属龙。生我那天是闰二月十九日，相传这天是观世音菩萨生日，所以这个日子很好记。这天清晨卯时，我呱呱坠地。

我的出生地，是浙江省浦江县，浦阳江的上游，隶属于金华府。浦江县城位于浙赣线的西侧，四面环山，是个偏僻贫穷的小山城。我生在这座小山城东街，那时的门牌是 24 号的一座古老的宅院里。

我的祖上也是书香门第。父亲是个中医学校出来的新派中医生。母亲也是蚕桑学校毕业的，但一直没有去工作过。

幼时，我父亲在杭州挂牌行医，我随父母居住于杭州。抗日战争爆发前夕，我随母亲返回浦江故里。先就读于城区浦阳小学，后上了浦江战时中学。因为战火南飞，我远离沦陷的家乡，去建德的中山中学、缙云的安定中学等南迁学校读书。抗日胜利那年，我从杭州宗文中学正式毕业。

由于车祸和贫穷，我辍学了，后曾做过小学、中学、师范学校的教师。

后来，我到了上海，就在浦江之滨定居下来。我生于浦江，居于浦江，此浦江，彼浦江，虽然不是一条江，但都叫浦江，我一生与浦江结缘。我有一方章，内容就是"浙江浦江洪汛涛"，直写行书，则可以一行贯之，七字都是水旁，这也是一种难得的巧合。

解放初做过短时期的新闻工作和戏剧工作，便转向出版界。一直在上海新成立的少年儿童出版社做编辑，编过《少年文艺》《儿童文学研究》《巨人》等刊物。

此间，一度被诬陷，被贬到一家小厂去做工人，为时八载，才恢复儿童文学工作。

我从小爱好文艺，向报刊投稿，搜集过大量民间文学艺术作品，还学过绘画、书法、篆刻、音乐，也编过副刊，办过杂志。

开始写作，是在 20 世纪 40 年代中期，抗日胜利的前后。早期写诗，也写过一些诗理论，也写小说、散文、剧本和儿童文学作品。作品散见当时报刊，出版的诗文集有《天灯在看你》（青年作家月刊社）、《尸骸的路》（活力出版社）等。

解放初，写过一些报告文学和戏剧评论，出版过散文集《和平的乡村》、理论集《戏曲艺术欣赏》等书。

后来，我到少年儿童出版社工作，就专心致力于儿童文学了。

童话《神笔马良》是我早期的作品，发表于 20 世纪 50 年代初期。想不到发表以后，在儿童文学界产生那样的影响。世界各地，几乎各种文字都有译本，被收进了国家统编的教科书，作为小学生必读的课文；被编成各种戏剧，拍制成电影、电视片；被改编成种种文本和画本，有百余种。拍制成的影片，曾在意大利、叙利亚、南斯拉夫、波兰、加拿大等国举行的国际比赛中获奖，在国内也曾获文化部优秀影片编剧一等金质奖章。此篇童话作品还获全国少年儿童文艺创作评奖一等奖。

这些年来，我写的童话，还有《灯花》《望夫石》《鱼宝贝》《不灭的灯》《棕猪比比》《三个运动员》《白头翁办报》《苍蝇的诀窍》《乌牛英雄》《小芝麻奇历记》《神笔牛良》《向左左左转先生》《一张考卷》《花圈雨》《夹竹桃》《慢慢来》《半半的半个童话》《亡羊补牢的故事》《狼毫笔的来历》《天鸟的孩子们》《鸟语花香》《小信天翁的梦》《破缸记》《小蓬草》等。小说集则有《一幅插图》《紧急任务》《蛇医传》《天外飞来一只鞋》，长篇小说有《不平的舞台》等，剧本集则有《大奖章》等。其中有的作品，也曾在海内海外得奖。

我的书室中，挂着我的座右铭："儿孙应有儿孙福，乐为儿孙作马牛。"这是我早年改的两句俗谚。不想成为谶语，后来，我先后出过两个综合性的文集，一是《神笔马良》（人民文学出版社），一是《神笔牛良》（新世纪出版社），我真的为儿孙作"马""牛"了。

近几年，我致力于儿童文学的研究工作。这方面的著作有《儿童·文学·作家》（海燕出版社）、《童话学》（安徽少年儿童出版社）、《童话艺术思考》（希望出版社）等。其他散见于各报刊。《童话学》《童话艺术思考》也出版了海外版。《童话学》曾获全国首届儿童文学理论优秀专著奖。

近几年，还主编了一些书刊，主要有《中国儿童文学十年》（海燕出版社）、《中国童话界·新时期童话选》（辽宁少年儿童出版社）、《中国童话界·低幼童话选》（江西少年儿童出版社）、《童话选刊》（年刊（一）（二）（三）（四），安徽少年儿童出版社）、《中国孩子写的童话·金凤凰》（湖南教育出版社）、《台湾儿童文学选》（安徽少年儿童出版社）、《新加坡儿童文学（华文）选》（重庆出版社），等等。

近几年，曾参加几项重要评奖工作：第二次全国少年儿童文艺创作评奖、全国少年儿童"金凤凰"童话写作大赛等。

文化部举办各省市自治区儿童文学讲习班，各届均忝为讲师团成员，主要讲述童话理论。

近几年，我主要从事童话事业的开拓和建设，以及致力于台湾、香港及海外华人儿童文学研究和交流，致力于世界华文儿童文学事业的开拓和建设，但愿对我童话事业，对我中华民族儿童文学有所奉献。

我是汉族人，老祖宗来自敦煌。年轻时，信佛信神，后来都不信了。我现在没有任何宗教信仰，是无神论者。我小时族名叫洪信铎。信，是我的辈分，出自洪氏族训："孟仲继祖，兆以忠信，尔其思之，易世大昌。"求学时，也用过洪天一、洪涛等名字。以前写诗时用的笔名是田野，写戏剧理论时用的笔名是田多野。有些文章发表时，署名是随便掇拾的，随用随丢，有了的、吕榆、慕容子、上官工、水年、龚泰等。

参加的文学社团有中国作家协会、中国民间文艺家协会、中国电影家协会，都是一般的会员，从未担任什么职务。

我一生和儿童在一起，把自己奉献给了儿童文学事业。儿童文学的繁荣，儿童读者的满足，是我最大的快乐。为振兴童话，为振兴华文儿童文学，我将工作到我还能工作的最后一个小时。

我奉行的信条是：别人没有做的事，我来做。我希望在贫瘠寂寞的荒原上，默默地耕耘、播种。到收获的季节，我又默默地离开，去到另一个荒原……

作为一个作家，特别作为一个儿童文学作家，我时刻记着，要立足于付出，不断地付出……

1990 年年初于上海目楼

《洪汛涛作品选》后记

儿孙应有儿孙福

乐为儿孙作马牛

——我的座右铭

在文学道路上，如果从发表的第一篇作品算起，我已经走过五十个年头了。

早年，写过儿童文学，主要从事成人文学创作。我是从写成人文学转向写儿童文学的。此后，我一直在儿童文学的土地上，耕耘着，播种着。……

这块儿童文学的土地上，有阳光、雨露，也有风暴、冰雹；有春花、秋月，也有酷暑、寒冬；我获得欢乐，也承受了苦难。

我和同时代的少年儿童——我的读者——同喜怒哀乐。……

这五十年间，写了大约五百万字的作品。这些作品，大部分是在晚上、星期天、假日写成的。遗憾的是，在我创作力旺盛的黄金年华，几度失去拿笔的权利，还毁去了一大摞历年未能印出的作品。

这五十年间，陆陆续续，出版的单行本，大大小小，厚厚薄薄，不过八十余册，至于散发在各地各种报刊、书籍中的文字，也未曾收集整理，难以统计。

国内比较有系统的综合性作品选本，出版过两本。一本是1980

年人民文学出版社（北京）出版的《神笔马良》，一本是 1984 年新世纪出版社（广州）出版的《神笔牛良》。所以有位评论家的朋友说我的儿童文学创作道路，是从《神笔马良》到《神笔牛良》，我的座右铭竟成了我创作的谶语，我真是"为儿孙作'马''牛'"了。《神笔马良》和《神笔牛良》都写作于"文化大革命"之前，前者是 20 世纪 50 年代初期，后者是 20 世纪 60 年初期。

感谢中国少年儿童出版社，要出版我这本《洪汛涛作品选》。这是我继《神笔马良》《神笔牛良》后的又一个作品选。

他们建议我，这个作品选专选童话作品。由于这些年来，我主要从事童话创作、童话研究、童话评价、童话活动，我所写作的作品中，童话占的比例也最大。我接受了这个建议，本书选收的作品，全是童话。因为选本的容量也有限定，经过悉心筛选，选定了这些篇目。其中有写给高小、初中少年的，也有写给幼儿园、低年级儿童的。以各种年级读者为对象的篇目都选了一点。

所选作品，写作和发表的时间，跨度四十余年，各个时期都有。曾有人评论我的作品，谈《神笔马良》是我早期童话代表作，《狼毫笔的来历》是我后期童话的代表作，并称为"两'笔'"。征求我的意见后，这两篇作品都收进这一选本了。也许，这两"笔"恰好先后在全国最高级的评奖中，得了奖。我不知该如何说。不过，我是这样想：我力争不断长进，希望以后写的比以前写的都要好，写出真正能代表自己理想水平的代表作来。

我对于童话的"理想"，在我近年所写的童话理论中，一再阐说了。我追求童话的"民族化"和童话的"现代化"的结合。我主张童话应该从"真"的生活出发，通过"假"的艺术手段，以反映"真"的生活。我觉得童话虽然是幻想的，但一定要紧贴现实，直面生活，不论是写过去、写未来，不论是写动物、写植物，还是写别的什么。我认为童话有时代性和社会性，才能有恒久的价值，才能走向世界。

时间是冷峻的，地域是严格的，它们一直在洗炼我们的童话作品。我提倡"生活"的童话，我们的生活是五光十色的，我们的童话也应该多风格、多样式。

这是我这些年来形成的童话观，是我的追求。至于我的童话作品，我不断地探索，不断地实践。我按照自己的"理想"目标努力着，但绝不是我童话"理论"的"实例"或"范证"。在我的童话创作上，我要求自己写出自己的风格，但绝不是要求大家的童话写得和我的一个样。

童话的花圃里，需要有各样品种、各样形状、各样色泽、各样香味的花卉，这样的花圃才是美丽的、可爱的。

近年来，我的大部分时间和精力，都花在童话的理论研究、创作评论和童话发展繁荣的推动上。我有不少童话要写，有的童话早已写好提纲，就是没有将它写出来。我一定要把想写的童话，都写出来。

我在童话的领域里，从创作走向理论，现在又要从理论走向创作。这不应是回归和重复，应是前进和发展，从创作开始，以创作结束。我还要作最后的进取。

我的一生，我的一切，给了童话。最后我将写出一本《我和童话》，对自己在文学道路上年复一年的跋涉、行进中留下的那渐渐湮没的斑斑足迹，作一个坦诚而剀切的自我评析。

世界给了我许多。我奉献了一些粗陋的作品和一份真挚的爱，对于少年儿童和世界的未来。

1991 年 9 月于上海种德桥畔目楼

《中国童话》后记

我很喜欢童话这一样式，在我为少年儿童写的作品中，童话是较多的一种。

这本集子，第一辑《八哥鸟》，是我在老革命根据地跋涉采访时，写下的。那里的一草一木、一景一物，都伴随着我们的红军战斗过，它们都是革命斗争的见证。我用散文形式，写了这些童话。

第二辑《灵芝草》，这些童话，有的是根据民间传说写成的，当然原来的传说不是这样子的；有的只是模拟民间传说的形式而已。这类作品，许多人把它当成民间故事，其实是一种误会。

第三辑《花圈雨》，一般人似乎只认为这样的作品是童话。自然，这是童话。这类童话，能更直接反映当前的生活。

这三十篇童话，此次编集时，都作了修改，有的实际上是重写了。

昂首仰望，展现在我们前面的是祖国繁荣昌盛。今天的少年儿童们，对未来充满着希望和幻想。一个崭新的奇迹层出的童话时代就要开始。

这集子的出版，我把它当作是一个起点，我要在这个起点上，学习，不断学习，为伟大的童话时代，写出新的童话来。

1979 年于上海

《世界华文儿童文学·洪汛涛童话选》后记

大家知道，童话是少年儿童最为喜爱的文学样式，是儿童文学中重要的一宗。我们要建设世界华文儿童文学，童话建设是必不可忽视的一环。

童话是幻想的。幻想是一种智商。在少年儿童的头脑里，一般都富有这种幻想智商。童话的功能，除了教育功能、审美功能、娱乐功能等，还有个开发和导引少年儿童幻想智商的功能。

这种幻想智商，十分可贵。它是种种创造的前端。没有幻想力，就不可能有创造力。各行各业，一切学问，创造力是最最需要的。

而我们的童话，应是少年儿童幻想之门得到开启的钥匙。所以，古往今来，不论何地，一个孩子来到世上，必先哺育以最优秀的童话。起始，童话是口承的，那是民间童话了。渐渐地，有了文学记载。后来，又从民间童话发展到由作家来写作的书面文学童话。

孩子是在不断成长的，有婴孩、幼儿、少年各个不同的年龄阶段。因之，童话也有婴孩童话、幼儿童话、少年童话之分。

收在这本集子里的十二篇童话，是我专为少年写作的少年童话吧。它的读者对象应是小学高年级、初中的学生。

因为这些童话，是在中国写的，也发表在中国的各种报刊上，并且所写的时间有先后，可能新加坡少年儿童读起来，会感到有些陌生。确实，背景不同，理解起来，或许会有一点困难。但陌生有时也有好处，如果它能转化为新鲜的话。

新加坡的少年儿童们，如若能读完它，我就很高兴了。有什么意见和想法，都可以给我写信。一个作家，收到读者的来信，哪怕是批评，都是非常欢迎的。

感谢新加坡的儿童文学界、出版界、新闻界的朋友们为世界华文儿童文学事业的发展，为童话的繁荣，向新加坡的少年儿童们推荐这册有十二篇童话的作品集。

这一本书，是我奉献给新加坡少年儿童的菲薄礼物。

这一本书，是一座世界华文儿童文学沟通彼此的桥，这样的桥多了，世界华文儿童文学就愈来愈兴旺发达。

这一本书，是一只信鸽，把我对于新加坡少年儿童真挚的爱，把我对于新加坡朋友们真挚的友谊，送到了大家的身边。

这一本书，是一名使者，带去了我的祝愿，祝愿新加坡的少年儿童们能更喜欢童话，不只是爱读童话，同时自己也拿笔写童话。

但愿新加坡的作家们，有更多的新童话反馈回来，让这里的少年儿童也读到新加坡童话。

我们同是炎黄子孙、中华民族的儿女，不分彼此，紧紧携手，大家一起来为繁荣世界华文儿童文学，为繁荣童话，而作努力吧！

世界每一个国家，每一个地区，都有我们华人的足迹，也必有我们华人少年儿童的身影。愿我们每一位华人少年儿童的生活里，都有我们华人自己的儿童文学、我们华人自己的童话。

1990 年金秋时节于上海

《神笔牛良》后记

从初学写作，到现在有四十多年了。

早期，我是写成人文学的。写诗和散文，还写过小说、剧本、杂文、理论，也写过一点儿童文学，出了几本集子。

解放后，我在儿童文学这块土地上定居下来，成为一个儿童文学作家了。

因为我写的作品中，童话占的比例大一些，所以又被称作童话作家。

但就我的兴趣来说，我对文学各种门类，都想写写；可我不敢过多涉猎，我感到精力和时间太不够了。

有时候，我有种种写作的冲动，我都加以克制，要自己把写作的精力和时间，集中在儿童文学上，特别是童话上。

当然，如果要反映自己这些年的创作情况，还是应该把我写的各种门类的作品，都选收一些。

我的综合性的作品选集，人民文学出版社曾经出过一本。那时，正是"文革"结束不久，每本选集的字数限定在十万左右，所以只选了我的童话、小说两个门类中很少一部分作品。

此后几年，我又写了一些新作品，由于人民文学出版社的少儿室已经撤销，不但无法补进新作品，而且连再印的机会也没有了。

现在，新世纪出版社出版的我的这个集子，是我的第二个综合性的作品选集。

这个选集，自然比过去出的那个选集，容量要大得多了。

现在的这个集子，包括了这么一些门类的作品：

第一辑，是诗。在解放前，我写过诗，印过集子。后来，因为我写童话了，诗写得很少，但还是写了一些，那是报刊编辑部的朋友们，知道我有这么一段历史，指定要我写的。这里，选收了五首诗，是一种少年儿童喜爱的样式，今后我也许还会写一些。

第二辑，是短篇小说。我写过好几个中长篇小说。短篇小说也写了一些，出了几个集子。我对写小说还是有兴趣的，但因为我已把主要精力放在童话上，有的题材，凡是可以写成童话的，我尽量将它写成了童话。在"文革"前夕，我写的小说。这个集子里，选收了其中的七篇。

第三辑，是童话。童话的数量多一些，选收了三十二篇。近期，因为我在写一部童话的理论作品，所以童话创作就暂时放一放，一等这部理论脱手，当然我是要继续写童话的。

第四辑，是剧本。写影视剧本，命运不掌握在自己的手上。有时，拍成了，也往往和自己原来的意愿大相径庭。可是，我还是写了一些。选收在这集子里的五个剧本，都是在一些熟朋友怂恿下，遵命写出来的。

第五辑，是散文。我写过一些散文，因为对象不一，长长短短，凑合不到一块儿。这集子只收了五篇作品。这五篇散文，都是写我自己的过去，可算是自传体的散文吧！我是很不善于写回忆文字的，但有时，一些报刊命题作文，推辞不掉，还是写了好几篇。

这些年，我还写了一些儿童文学的理论，也写了一些低幼文学作品，这些就不选收进这个集子里来了。

这集子里的三十四篇作品，我希望作为我在解放后各个时期创作情况的汇报，反映我在儿童文学一些门类所作尝试和努力的成败，表达我对于广大少年儿童们的一份爱的心意。

愿得到大家更多的指教。

1984 年 6 月于上海吴淞

我学着为低幼儿童写童话

——《快乐的鸟》后记

一个孩子，来到世界上，最先接触的文学是童话和诗歌，或者是童话和诗歌的合成体。

所以，童话可以说是儿童的一种启蒙文学。

它，像母亲甘甜的乳汁一样，滋润着孩子幼小的心田。孩子吸收它的营养，慢慢发育长大。

随着孩子的成长，他们对于文学食粮的要求，必将愈来愈强烈。

孩子到了上幼儿园的年龄，他们不满足父母临时瞎编的"故事"了，他们要求老师和家长们讲述比较完整的故事。

上了小学一二年级，他们认识了一些文字，又通过图画的帮助，便要自己来阅读故事了。

一个孩子进入幼儿园，进入小学一二年级，他们由狭小的家庭，转到宽阔的学校，这是一个生活的突变，也是他们知识的飞跃。对孩子们来说，这是他们一个很重要的时期。我们必须用又多又好的文学作品，去满足他们的求知欲望，去启发他们的思想。

这段期间，孩子们的幻想力是最旺盛的，他们需求的文学作品是具有丰富幻想色彩的作品，童话就是一种他们所最为欢迎和喜爱的文学样式了。我们应该创作出大量的童话，去供他们选择。

但是，这些事实历来不为人们所注意。

低幼童话，一直不被人们所重视。

有的人，还不屑为低幼儿童们写童话，认为它短小、简单、印在报刊上不起眼，出成书也是薄薄的一本；还认为低幼童话是哄小人，可以随意编造，容易得很。

这是对低幼童话的误解，是一种偏见。

低幼儿童是具有特殊的幻想能力的，你用那些平淡无奇的故事去搪塞，他们根本不爱听。

写低幼童话，还要适合他们各方面的接受能力，深了不行，浅了不行，要恰如其分，恰到好处。

要新鲜，要有趣味，要有变化的情节，要有生动的故事。

语言要活泼，句子要短，字数要少，不能有一句废话。

当然，思想性和知识性，要完全正确无误。

所以，给低幼儿童写作童话，犹如给孩子们做菜，既要有营养，又要好消化，还要可口好吃，要色香味俱全，样样都考虑到。

我是写童话的，也给低幼儿童写童话，但常常为写一篇小童话，花去十天八天的，有时候写得很不顺手。

这集子里，收了我为低幼儿童写的二十篇童话，是从我近年写的作品中挑选出来的。不过，我并不认为这些是我很满意的作品。

今后，我要学着为低幼儿童写更多的童话，希望自己能够有进步，写得好一些。

1983 年初夏于上海

《大奖章》后记

不知怎样，我和电影结了一段姻缘。

我写过好几个电影剧本，当然都是儿童片，而且还都是童话片。

写这些电影剧本，大约是这样两种情况：一种是电影厂的朋友，指定题材，怂恿我写出本子来；一种是我发表的某篇作品，电影厂的同志看中了，要我改成电影剧本。

虽然是这样，但这些剧本不是最后都能拍片的。有的写出来，在刊物上发表了一下，有的写出来，电影厂打印了一下，便由于各种各样的原因，搁下来了。并且，就是拍片了，剧本一交到导演手里，到拍出影片来一看，和剧本已经有很大的出入。所以，我感到，写电影剧本，要能够拍摄很不易，要和导演的思路统一得很一致，更是一件困难事。

我是怕写电影剧本的。可尽管怕，有时考虑到少年儿童的需要，考虑到电影这一样式比书籍更能深入群众，我还是写了，而且写了不少。

因为少年儿童十分喜爱童话片，而童话片太少了，我选了这四个本子，编成一册出版，就是希望起点"引玉"的作用。

今年是新中国成立三十周年，是少先队建队三十周年，又是国际儿童年。《神笔》《大奖章》这两个老片还在各地放映，再加上《一张考卷》《胖胖》这两个新作品，一并作为我这个儿童文学工作者，送给在祖国阳光雨露下茁壮成长的少年儿童们的一份薄礼。

1979 年儿童节于上海

《鱼宝贝》后记

这个童话，是许多年前写成的。

那一年，某电影制片厂的一位导演同志，想要个儿童片的本子，我在他的鼓励和帮助下，写了一个电影剧本；接着，我又把剧本改写成儿童读物，就是这个童话。

在全国人民为实现四个现代化进行新的长征的形势面前，我们每一个人，都有着这样的抉择：

像二娃那样，运用自己的智慧和勇敢，取得外力的支持和帮助，克服重重困难，历经种种艰险，急流勇进，争取胜利。

当然，也有像大娃那样，坐在木筏上，让别人带着前进，还给集体招来大小麻烦。对于这样的人，我们就要像二娃那样帮助他，带着他一道前进。

如果这个童话能对今天的现实，起一点这样的作用，我是非常高兴的。

本着这样的愿望，在出版社的支持下，我将这本童话作了一些修改，现在印出来了。

今年，是新中国成立三十周年，我怀着兴奋的心情，将此小书作为一份薄礼，献给我故乡的少年儿童们。

1979 年春于上海

《望夫石》后记

　　小时候，谁都在故事的大河里游泳过。

　　当清凉的夏夜，月亮照亮了整个院落，或者在大冷天，屋子的炉火烧得正熊，我常和小伙伴们一起，围着农民伯伯，听他从天上的火凤凰，说到深山里的蛇郎精，又从森林中的怪石磨，说到海底的神仙树。往往，月亮偏西了，或者炭火熄灭了，还不肯去睡。

　　农民伯伯的故事，可真多！一声咳嗽，也能咳出个故事来。这许多故事，弯弯曲曲，像高山上的小路。有的一天只能说完一段，把后面的一段搁在枕头底下，明天再续下去。它们要你笑，你会笑得下巴咯咯吱吱吱地响；要你哭，你会哭得鼻子里酸溜溜地疼。这些故事，好像都发生在我们周围。这些故事中的主人公，和我们都非常熟悉，只要一想起他，他就会从你的脑子里跳出来。

　　长大以后，我离开了农村，但这许多故事，却仍然和我在一起，我常常掏出来说给别人听。

　　这时，我渐渐知道了，这些故事代表着广大农民的心愿，是他们对骑在他们头上的作威作福的地主、官吏、商人的诅咒和讽刺，是他们对正义、善良、敢于反抗恶势力的英雄人物的赞颂。它们反映了他们的劳动生活中的喜悦，反映了他们对于幸福、光明的渴望。我也知道，这些故事由于受封建思想的影响，里面或多或少，夹带着一些不健康的因素，正如一粒明亮的珍珠，落在泥土里，沾上一些灰尘一样。于是，我在讲故事的时候，也做了些选择：有的部分，我将它丰富了；有的部分，我把它删节了。

《望夫石》是这些故事中较好的一个。这故事，在我的家乡，非常流行。当然，原来的故事要简单得多，也并不完全是这样的。

这类故事，在我的口袋里还有不少，我准备一个一个陆续都将它写出来。上一辈人把这些故事交给我们，我们就有责任，把这些故事整理出来，让它们一代一代流传下去。

1959 年 1 月补记

《不平的舞台》后记

这部长篇是二十多年前，早就写成的。

我是浙东人。越剧，是我的家乡戏。可以说，从我一懂事，就和越剧生活在一起。不只是在我的周围有很多的越剧艺人，而且少年时，学校里宣传抗日，我也曾在几千人的广场上，粉墨登台，演过越剧。后来，家乡沦陷了，我曾和一些越剧艺人流浪在一起，共同度过那艰难、困苦、颠沛的岁月。……

想不到，解放后，又一度让我去做类似的工作，这使我有机会接触众多的像柳青枝那样的越剧新人。

于是，我就有打算，要写一部以越剧年轻演员生活为题材的小说。

我花了一年多的业余时间，写出了这部《不平的舞台》。写成后，听取各方面的意见，反复修改，写了四稿。

本来，我这个作品是想写给青年人看的。由于，我是一个儿童文学工作者，各方面都希望我把它改成儿童文学作品。我接受这意见，略去一些刻画其他人物的笔墨，减去一些纷繁的线索头绪，删去一些男女间爱情的描述，集中写了柳青枝这一女孩子的成长。

因为这部作品写作于解放初期，又变换了读者对象，陈年烙印，刀斧痕迹，在所难免，敬请读者见谅。

作品中的主角柳青枝，我开始写她时，她站在我面前，还是个梳长辫子的女孩子。由于"四害"的贻误,她最宝贵的青壮年华,平白无辜地虚度了。今天修改时,柳青枝出现在我眼前,已经是两鬓斑白、眼眶凹陷的中年妇女了。

我的这个作品,命运也是相同的,搁了那么些年月,才得和读者见面,虽然我为它作了最大努力,恐也遮掩不了它的"苍老"之态。

今天,大家可以从收音机里听见,可以从电视荧光屏里看见,柳青枝同志又登上了不平的舞台。她焕发青春,重放歌喉,她扮演的佘太君又出场了,她再次唱起了:"整乾坤,还看杨门。"

今天,越剧又在百花坛上竞放它的异彩,在少年中,有许多女孩子,她们爱好越剧入了迷,让她们读读这本描述解放初一个少年越剧演员成长的小说,也许会使她们得到一点小小的满足,也希望她们能从中得到一点小小的帮助。这就是我把这本旧作印出来的原意。

最后,还想作个声明。这是部小说,虽然写的是越剧,但不仅是越剧的事,其中有许多是其他剧种的事。务请不要把作品中所描述的和越剧的真实情况去比较、对照。作品中出现的人物,虽都有模特儿,但绝不就是某某人,请不要去作各种臆度和猜测。作品的背景也是这样,我写的是南方某城市,希望不要将它看成就是上海。时间,我写的是解放初,并不是其他时期,更不是现在。

至于作品的好坏,则请读者读后,给我多多提出修改意见。

1982 年春于上海

《洪汛涛童话新作选》后记

小时候，喜欢听大人们说童话。识了字，读过一些童话。后来，自己学着写童话。慢慢，慢慢，童话写多了，不想被人也叫作童话作家了。

这样，自己的命运就和童话的命运，系在一起了。

粉碎"四人帮"以后，我回到原来儿童文学岗位上，才又获得了写作童话的权利。

这几年来，我为不同年龄、不同文化程度的孩子，写了大约近五十篇童话，发表在各种报刊上。

感谢出版社，使我能从近年来所写的童话中，选出二十多篇，编成了这本新作选。

出版这本集子，我还有这层意思：将近年来写的一部分作品合在一起，听听读者们的批评，认真小结一下。

我认为，当前，我们的童话应该强调的一是民族化，一是现代化。也就是说，童话要有民族特色，要有现实意义。

主观上，我尽力在这样做。这集子是我近年来摸索、探求、实践的一份记录。这份记录是粗糙的，但是真实的。客观上，效果如何，请读者们来给这些作品作检验吧！

编完这本集子，我要作小小的停歇。停歇，是为了前进。我将以此为下一个新进程的起步点。

　　这几年，童话的形势是喜人的。消失多年的童话，又回到了孩子们的生活中间。渐渐地，写童话的人多起来了。渐渐地，童话好作品多起来了。出版社编了各种童话选本。许多报刊出了童话专辑，发起了童话征文，又办成了专登童话的刊物。几乎每年都要开那么一次童话讨论会。……

　　童话已从"复活"阶段，正在走向"复兴"阶段。我预料，一个童话繁荣的新时期，不久将会到来。

　　中国是一个童话古国，中国人民是富于幻想的。我想，我们的童话创作，一定能出现许多夺目于世界的新篇章，为人类儿童文学宝库增添珍品。

　　我对童话的前景，充满乐观和信心。

　　当然，我们童话前进的道路，不会是平坦的，一定有很多坎坷，等着我们去跨越。

　　童话的繁荣，是需要我们去争取的。

　　愿有志于童话创作的同志们，我们一起，为童话这一儿童最喜爱的独特文学样式的兴旺，作出应有的努力。

　　使我国为数众多的少年儿童，能从童话中，有所得益。

1983 年春天于上海

《和平的乡村》后记

> 伙伴们在游戏，歌唱，我从没有见过这样的村庄，连做梦也不会想着过，太阳在松树梢上红得如火，欢乐和农民结了友情，像每夜挤在天板上的繁星。
>
> ——伊萨柯夫斯基

踏上以粥汤喂我长大的土地，竟是那样陌生。我像乡巴佬第一次来到城市似的，感到出奇的新鲜。四年没回家，家乡变得不认识了。

当我离开家乡的时候，家乡有灾难袭击着，饥饿、贫困、凌辱、疾病、死亡，像冰雹似的降落在每一个敦厚善良的农民的身上，倒下的埋不进土，活着的说不如死的好。村落里烟囱不冒烟，没米下锅。田地上长满焦黄的野草，没籽下种。家家背起仅有的家具和孩子，像灯蛾似的，从东村扑向西村。（但这年头村村都一样啊！）自己是逃荒行列中的一个，我从乡村流浪到城市里来。离开家乡后，我一直不会想念家乡，因为提起家乡我就害怕，我爱我的家乡，但我不敢想念她啊！

今天，正是相反的，我的家乡是一张明朗的欢乐图，头顶是蓝色的天，脚下庄稼是一片蓝色的海洋，勤劳而勇敢的人们，在这块蓝色的土地上建设、创造、收获、欢腾，村村盖起了白白的房屋，家家升上了黑黑的炊烟，仓仓堆满了黄黄的粮食，人人笑容洋溢在红红的脸上。河都开通了，路都填平了，特别在劳动的态度上，日常生活的风气上，都有一百八十度的显著的变化，连他们世世代代传了几百年几千年的这副犁杖，也改变了原来的面貌。今天，幸福的种子已在农村里萌芽，新的希望的波涛在农村里汹涌，向着集体农庄的道路，迅速地前进着。

在家乡住上一些日子，要写的东西真是太多了，收在这集子里的许多短文章，只是我在家乡时所作的一部分日记，以及给我在朝鲜前线作战的秋妹所写的一部分信稿，大都用其他笔名在上海及北京几张报纸上发表过。

这些文章，大部分是记事性质的，对人的刻画较少，只能是几幅简单的素描画似的，给没有去过解放后特别是土改后农村的人们，先看个今天新农村的轮廓。

因为我的家乡是千万个江南乡村中的一个，今天，江南各个乡村和我的家乡一样，充满着和平的气息，所以这集子我给它定名为"和平的乡村"。

1952 年 8 月记于上海

《一幅插图》后记

　　这集子里的七个短篇，写的全是我在宝山农村时和我整天生活在一起的孩子们。我们一起挖河泥、割麦子、放羊、种菜……劳动的余暇，我帮他们复习功课，讲故事给他们听……不过没有用真实姓名罢了，有几篇的主人公还是同一个人。

　　农村的生活是丰富多彩的。这里，我只是想从孩子们新品质的成长这一角度，来反映公社化后农村的变化。故事是速写式的，因此集子就以"一幅插图"为名了。

　　这幅"插图"，当然"画"得很拙劣，和丰富多彩的生活是不相称的，希望得到大家的批评和指正。

1964 年的第一天于上海

《天外飞来一只鞋》后记

孩子们的生活，是平凡的。

我们的儿童文学作家，应该从孩子们平凡的生活中，去写出不平凡。

我不赞同一个作家只做生活的猎奇者。当然，不平凡的生活可以写成不平凡的作品。但如果为猎奇而猎奇，往往把不平凡的生活，写成平凡。这就弄巧而成拙了。

应该弄拙成巧，绝不可弄巧成拙。

化平凡为不平凡，这是我一贯努力不渝的信条，为这个目标，我实践着、摸索着。

《天外飞来一只鞋》里的十个系列故事，是我所作努力的一种新尝试。

今年，由于种种原因，我家搬到这栋新大楼里来住一段时期，搬家的劳累、世俗的纠葛，使我无法坐下来写童话。

而一家儿童刊物却在这时候，找我写儿童生活系列小故事。

因为刚到新大楼住下，感觉是新鲜的，材料也是现成的，所以我就写了这十个可以连续，也可以单独成篇的小故事，以反映孩子们的一些生活断面、他们的喜怒哀乐，供这个儿童刊物连载。

这些故事，我在新大楼的一些孩子、大人中征求过意见，也在别处新大楼的一些孩子、大人中征求过意见。

因此，我把这一份份生活的记录，一篇一篇重新整理、改写，拿来印成一本小册子。

这小册子，是奉献给小学低年级、中年级年龄的小朋友的，是专为他们写作的。我觉得为他们提供的儿童文学作品太少了。

为低年级、中年级儿童写作，我一向以为不是一件省力的事。我写这些故事，虽然是一口气写出来的，但陆陆续续反复地修改，也花去三个多月的时间。

至于写得怎么样，请读者们给我评论吧！

《神笔马良传》台湾版后记

我是浙东山城浦江人。作品里的笔架山，就是我家乡的仙华山，我就是这座大山的儿子。作品里的古塔，就是我家乡的龙峰塔，我的家就在这塔的附近。作品里马良的身上，会有着我的影子，但马良不是我，这作品，请不要看成我的自传。

这部作品，我写得很早，有许多种稿本，我也没有停止过修改，也曾中途丢失，失后又复得，重写再重写，经过也是一个曲折的坎坷的历程。

记得初写它时，我不到二十岁，改改写写，跨度近半个世纪，算来已在四十五年之上了。这部作品，可说我写了一生，改了一生。但至今，我要说，它还是一部没有写毕、没有改完的作品。

神笔马良这个人物，已为大家所熟悉，特别是孩子们都喜欢他。这个故事，我写的是一个普通的中国孩子的希望和理想，他在屈辱、苦难中成长，为希望和理想而奋斗着。他的努力，有成功，有挫败。他跌倒过，又爬起来，不断跌倒，不断爬起，任重而道远，却一往直前行进着。……

我写这个故事，是想弘扬光大我们中华民族的浩然正气、刚正不阿的大无畏精神。我写的时候、改的时候，都想不断向着这个目标靠拢、贴近。虽然，这作品，我不知写了多少遍，不知改了多少遍，但我认为它与"盛名""其实难副"。

我深深知道读者们那样垂爱马良这个人物，也为这一作品提出了一个更高要求。我必得像一个跳高运动员那样，不断升高横竿的高度，所以我继续写，我继续改。……

"生有涯而艺无涯。"我觉得一个作品的写作和修改，是没有止境的。

这个"未定稿"又要在台湾出版了，我有些不安。

这几年，我在与台湾儿童文学界的交往接触中，发现两岸儿童文学隔绝四十年，彼此间的观念、口味，乃至行文习惯上，都有着差异。

这个作品的出版，也是一种"交流"吧！

请大家将它看成"交流本"。期待台湾儿童文学界的同行们，台湾的少年儿童们，多多提出意见。

1992 年初春于上海种德桥

致读者

之一

马良，这一文学人物，早为大家所熟悉和喜爱。它是中华儿女智慧、善良、勤奋、正义、刚强的化身。

神笔，是中华民族文化和炎黄子孙博大理想的象征。它是大家所喜好的吉祥物。有一支神笔，是人们真切的希望和对于亲人的良好祝愿。

这部《神笔马良》作品，描述了中国少年人马良有志气、有抱负、热爱生活、热爱人民、挺着腰杆、勇往直前行进着的艰辛历程。用爱和憎，以血和泪，写下了一章章自己成长的历史。

愿一代代人都来读它，从中获得为争取美好明天的信心和力量，使得这种民族精神永世薪传长存，并不断发扬光大。

神笔马良所想的、所做的一切，是一个普通而平凡的神州少年人的千年梦。

有人将神笔马良称作"中华第一文侠"，也许是大家读多了那么些"武侠小说"，有些倦怠了，现在请大家来读读这部"文侠小说"吧！

之二

马良，这个有一支神笔的少年人，早为大家所熟悉和爱戴。他是中国孩子善良、勤奋、刚强、正义的化身。他的一身正气和自强精神，当发扬光大、薪传长存。

神笔是我们民族优秀文化和博大理想的象征。它是人们所喜爱的吉祥物。有一支神笔，是少年儿童真切的希望，也是大家对于孩子的良好祝愿。

《神笔马良》是中国童话的代表作，也是世界儿童文学宝库中一颗璀璨的中国明珠。它激励和陶冶一代一代孩子们，为一代一代读者带来真善美，从中取得为争取美好明天的信心和力量。

童话《神笔马良》成稿于 20 世纪中叶，作者是作家洪汛涛先生。它一问世，很快风靡了全国，传向了世界各地。在海内海外，相继掀起一浪接一浪的"神笔马良"热，至今不衰。

半个世纪以来，海内海外，《神笔马良》不知道已经印行过多少种版本——改编本、缩写本、翻译本，不知印行了多少次、多少册。读者之多，影响之广，似乎应说是中国童话之"最"。

由于不断地流传，在海内海外书坊，出现的文本众多，各个不一，已使读者难以辨认。

为此我们请洪汛涛先生提供初期的原稿本，并作了一次校订和修润。现在出版的，就是这个原稿本的新订本。

同时，我们在本书的后部，附印了洪汛涛先生20世纪90年代在"神笔马良"铜像前所写的随想录百余则，这是他在数十年后对于"神笔马良"这一人物的继续塑造。也附印了洪汛涛先生近前所写的早年往事回忆散文三篇，这三篇记事散文虽然未谈到他写作《神笔马良》的经过，但似乎都与写作《神笔马良》有某种关联，一并印出，以飨读者。

根据洪汛涛先生建议，插图采用第一位为《神笔马良》作插图的已故名画家张光宇先生的作品。名作名画，在50年后的今天，能完整地合印于一书，图文并茂，相得益彰，也是一件佳事。

为志庆童话《神笔马良》面世50年，我们印行了普通版和豪华版两种，以满足不同读者的需求。

普通版，希望在一般正规的书店都能陈列，让需要此书的读者都可以买到。这本原汁原味的《神笔马良》的普及推广，也是为《神笔马良》这一作品正本清源，使这颗耀眼于世界的中国童话明珠永远闪光发亮。

豪华版，不仅在印制上力求精美，同时也将请作者洪汛涛先生为每本书亲笔签名留念。豪华本限三百册，编码预约供应。

本书是《神笔马良》的作者洪汛涛先生亲自交由我社出版的，中国童话经典《神笔马良》的原本、真本、正本、足本、定本、新本，富有欣赏价值、学术价值、纪念价值、收藏价值，可说很是珍贵。

如果你是少年儿童，愿这本珍贵的《神笔马良》，和你作伴，一同成长。

如果你是成人，愿这本珍贵的《神笔马良》，唤起你童年美好的记忆，永葆童心。

《神笔马良》永远是你的好朋友。这个有一支神笔的少年人马良，永远和你同在，为你带来欢乐和幸福。

这是我们出版此书的衷心旨意，谨向每一位读者致以真挚的祝福。

《童话面面观》序言

看一个国家、一个地区的未来怎样，似乎应该去看这个国家、这个地区的儿童怎样。

要看这个国家、这个地区的儿童怎样，似乎应该去看这个国家、这个地区的儿童文学怎样。

要看这个国家、这个地区的儿童文学怎样，似乎应该去看这个国家、这个地区的童话怎样。

童话是儿童文学中最有代表性的一种文学样式，是儿童文学中最为重要的一种文学样式。

所以，我们必须了解童话。我们中国人必须了解中国的童话。

遗憾的是，在我们中国，许多人并不了解童话的情况，他们是一批"童话盲"。他们那么可怜，正同一个可怜的父亲，或者一个可怜的母亲，他们有了自己的孩子，却一点不了解孩子一样。

所以，我提出过"普及童话"这个口号，我也就这一口号，举办过讲座。我力图大声地喊叫，引起大家的注意，让大家来关心童话，振兴童话。让童话进入每一个学校，每一个家庭。

有许多有见地的人，开始和我一起行动着。这一工作开展得很好，有了很显著的收效。

眼下，我们又向社会奉献了这本《童话面面观》。这本书为广大读者介绍了我们的童话，审视了这十年来童话的变化、成绩和失误，并翔实地提供一份份可供进一步研究的资料。

通过这本书，你将可以了解一个比较完整的中国的童话了。

这本书，不是一个人编写的，而是许多人一起来编写的。可以告诉大家，这本书的编写者所署的姓名"李丽"和"颜舍"，并不是两个人，而是许多人的集体笔名。"李丽"是"立里"的谐音，"颜舍"是"言舌"的谐音，合起来便是"童""话"两字了。

我根据大家所编所写的，作了一番审订工作，比较起来，我做得太少了，所以决定不署上自己的名字。

如果这本书能在普及童话、振兴童话的工作中，起一些作用，对大家有帮助，我们就非常高兴了。

编者注：这篇序言是洪汛涛先生为台湾版《童话面面观》撰写的。书中收录了洪汛涛的《序言》《童话的继往开来》《童话纪事》《童话作家作品评价理论篇目》四篇文章。台湾版因故没有出版。2015 年，本书由北京教育出版社出版。

作者说

之一

童话《神笔马良》，是我50年前所写的作品。半个世纪以来，承蒙广大读者的厚爱，得能在海内海外如此广泛流传，获得大家如此炽热欢迎。

在50年的流传过程中，不论是国内，还是国外，转载、改编、翻译，所出现的文本，愈来愈多，不尽相同，几乎每转载一次，改编一次，翻译一次，都有各个文本出现。这已使读者难以适从，究竟何者为正本？

我也曾多次设想，在这一通行的基础上，定出一个本子来，未料文稿一经转手，出现的仍不是所改定的那个文本。

此次，接力出版社为纪念童话《神笔马良》面世50年印行的，是《神笔马良》现存的最早一份原稿，约成于1949年，可说是《神笔马良》最老的一个文本。印出前，我作了一番全面修订，也可说是《神笔马良》最新的一个文本。

童话《神笔马良》面世50年，我衷心感谢海内外所有的《神笔马良》的热心的读者们，也感谢这许多年来曾为《神笔马良》作出支持、关注它方方面面的各界人士们。

20 世纪即将过去，新世纪正迎面走来。在这时候，重新印行《神笔马良》，也表示了将这个产生于 20 世纪的童话，奉献给下一个世纪的读者们这一层意思。

50 年的岁月是漫长的，我这个《神笔马良》的作者，已经从青年进入老年，但是童话应该是年轻的，永远年轻的。

《神笔马良》也应该是年轻的，永远年轻的。

之二

《神笔马良》，是我 50 多年前所写的作品。一个作品，从酝酿、写作、修改、定稿到发表，都有一个不短，也许相当长的过程。这是我一向坚持的写作习惯，也常常是一个普通写作者自己不可能变动的客观模式。《神笔马良》在发表之前，一稿、二稿、三稿……我已记不得写过多少稿了。

《神笔马良》发表以后，被转载，被改编，被缩写，50 多年来一直没有停止过，也一直在改动中。

其中，有我自己不满意而请求修改的，也有别人不满意要我修改的，但更多的是经我同意，或者我根本不知道，别人作了改动的。我也记不得或者说不清楚，这 50 多年来，《神笔马良》我改的和别人改的有多少次了。

流行于国内国外的《神笔马良》，大大小小，长长短短，各种各样的版本，多矣哉！有的大相径庭，有的可说面目全非。有的索性不署原作者姓名，将它说作"民间传说""神话故事""历史传记""古典作品"，更有索性本末颠倒过来："根据连环画改写""参考电影故事写成"，还有什么"从记忆中的儿时故事写出"，或者就证明"儿童故事"就算完了，等等，这已不是缺乏常识，而是一种盗版行为了。

但愿这种事情，以后不要再有发生。

《神笔马良》前言和后记

前言

在丹麦首都的海滩上，有座美人鱼的雕像，十分出名。美国造起了米老鼠乐园，吸引着各地众多的游人……

我们中国也有一座4米多高的神笔马良铜像，矗立在浙江浦江儿童公园的草坪上。

神笔马良塑像是中国第一座童话人物的铜像。浙江浦江是《神笔马良》童话作者洪汛涛的故乡。

马良，是中国少年儿童非常熟悉的文学形象。他是中国孩子智慧、勇敢和正义的化身。

神笔，是我们中华民族优秀文化和博大理想的象征，是大家所喜爱的吉祥物。有一支神笔，是少年儿童们的向往和希望，是人们对于孩子的最良好的祝愿。

神笔马良，在中国，不论成人或孩子，可说很少有人不知道。

《神笔马良》这一作品，它是中国童话的杰出代表作之一，也可说是世界儿童文学宝库中一颗熠熠闪光、异彩夺目的中国明珠。它于20世纪50年代初问世，很快风靡了全国，并传向世界各地，在海内外掀起一个神笔马良热，被拍成了电影，改成了戏剧，各类改编本在二百种以上。

1980年，由中国人民保卫儿童全国委员会、共青团中央、中国文联、中国作家协会、全国科协、教育部、文化部、国家出版局等单位联合举办的全国少年儿童文艺创作评奖中，《神笔马良》获一等奖。由作者改编的影片《神笔》，曾在意大利、叙利亚、南斯拉夫、波兰、加拿大等国家举行的国际比赛中，荣获各种国际奖。

现在，作者根据新作长篇童话《神笔马良传》在文字上再次改定，配以精美的插图，作为唯一的定本出版。应该说，这是当前《神笔马良》的最新版本。

为便于儿童阅读，或校正语音朗读练习之用，我们加上汉语拼音。这又可称为注音本。

为配合少年或青年学习外语，我们附以日文，便于和中文相对照。这样也便于本书流通到世界各地去，让世界各地少年儿童能直接阅读，也为有意学习中文的外国人作辅助文学读本。这又称中日文对照文本。

插图为我国著名画家所绘，是民族风格和时代气息相融于一体的精湛之作。如果每面插图独立来看，都是一帧绝好的单幅画，富于欣赏价值。这又是一本图文并茂的彩画本。

这本书，装帧和印制都十分精良，可以作为收藏本和礼品书。

这本《神笔马良》，是一部多对象、多作用、多功效的书。出版这样一部书，本身就是一种创新。

20世纪将要过去，21世纪将要来临，我们出版这本《神笔马良》新版本，和大家一起迎接下一个崭新的世纪。

亲爱的读者朋友，不论你在国内还是国外，不论你是孩子还是成人，不论你是中国人还是外国人，我们都紧紧地携手。

愿大家在这本书中获得教益和欢乐。

后记

《神笔马良》由海燕出版社出版了。

《神笔马良》这次出版，我作了较多的修改，应该说是最新的版本。特别配以彩画，加上注音，附以日文的对照，这些都是第一次。

《神笔马良》是我早期的作品，但是我一直在改在写，断断续续，可说我一生在改，我一生在写。

大家读了这本《神笔马良》，如果觉得意犹未尽，请读读也是海燕出版社出版的《神笔马良传》。这已是个长篇了。

如果感到还不满意，告诉你们，我正在写《神笔马良传》的第二部、第三部。

《神笔马良》系列，是个"三部曲"，第一部是《神笔马良正传》，第二部是《神笔马良外传》，第三部是《神笔马良新传》。

等"全传"出来了，我们再来出彩画的、注音的、中外文对照的版本，那可是个更大的工程。

大家如果有什么意见和建议，请给我写信。

谢谢。祝福大家。

1995 年 1 月于上海

《十兄弟》① 后记

这集子里的两篇童话，都是根据我国广泛流传的民间传说写成的。

其中《十兄弟》一篇，本来是一个电影文学剧本。因为摄制技术有困难，没有拍成。因此，我将它改写成童话了。虽然已经重写过一遍，但一定还有很多剧本的痕迹。

其中《问三不问四》一篇，收在这集子里的只是它的上半部。下半部因为觉得不是很适合儿童读者，便把它留下了。准备加以改写，将来或者有机会和大家见面。

把民间传说写成童话，在我是一种新的尝试。在写作过程中，曾碰到过不少困难，也有很多同志提出过意见。

两篇东西，从脱稿到现在，已经好几年了。大小修改，总要在十次以上。如果这样的东西还受儿童欢迎的话，我今后想试着多写一点。

1956 年 9 月于上海

---

① 《十兄弟》，洪汛涛著，程十发绘图，少年儿童出版社 1957 年出版。

《洪汛涛童话新作品》跋

这本集子，是专为台湾的少年读者而编的。

收在这本集子里的十八篇作品，是我在近年来写的童话中选出来的，自认为比较适合台湾读者阅读。

我写童话，追求的是：童话的民族化，童话的现代化。

民族化——我主张，我们的童话必须有我们中华民族的特色，有乡土味。

现代化——我主张，我们的童话必须有新意，有时代感。

童话是紧密和生活相联系的文学样式，所以我给它定过一个公式：真→假→真。即童话来源于真实的生活，通过假的幻想，从而反映真实的生活。

我就是这样在探索着，实践着……

孩子们是最喜欢读童话的。因为别的文学样式，孩子还可以从成人的文学中去寻觅，选择他们所喜欢的作品。唯独童话，是孩子们自己的文学样式。童话是属于孩子所独有的。

因为孩子们爱好，我才不停地写童话。

所以，我也很希望有更多的作家来为孩子写童话。

世界上的孩子在成倍地增加，我们的童话显得太少太少了。

我抛出了这一块粗劣的小小的砖石，愿在台湾这口文字的池塘里，飞溅出众多的水花似的玉珠来。

第五部分

童话艺术思考

童话的名称

问："童话"这个名称是从哪里来的？外国有"童话"这个名称吗？"童话"介绍到国外去怎么称呼？

（一位儿童图书馆工作者的来信）

童话，也可以说是"童"和"话"的相加。因为，有儿童，有语言，就有了童话。当然，这童话，是口头的，是口头童话。

但是，有童话，不等于有童话名称。

中国有"童话"名称，根据现有文字资料，始自 1909 年，就是清末宣统元年。

有人认为"童话"这个名称，是从日本传过来的。

日本的"どうわ"一词，读音和中国的"童话"相同。

音相同，不足以说明中国的"童话"从日本的"どうわ"音译过来，因为也可以说明日本的"どうわ"从中国的"童话"音译过去。

我们和日本是一衣带水的近邻，两国之间文化上有许多交流，"童话"一词，由日本传过来，由中国传过去，都很有可能。

但是日本的"どうわ"一词，和我们中国现在的"童话"，概念是不相同的。他们的"どうわ"和我们过去的"童话"概念一样，是儿童文学的总称，包括小说、散文、剧本、诗歌和童话。我们则早已不是了。

"童话"这个词，虽然没有什么依据证明是由中国传到日本去的。但这是一个中国式的词，是可以肯定的。当然也有可能日本先有"どうわ"，我们中国翻译过来，称为"童话"。即使这样，我以为"童话"这个词，翻译得极好，音和意都与日文"どうわ"相同。

我说"童话"这个词是中国式的，依据有三条：

一、中国文体分为韵文体、散文体两类。中国自古即有"童谣"之名，那是韵文体的。散文体的不叫"谣"，而叫"话"。有"童谣"，便可有"童话"，一谣一话，同为儿童之文学作品，只是韵文、散文的区别。

二、中国古代小说称"评话""话本"。童话，即儿童之评话、话本。

三、我国最早那些称作"童话"的作品，几乎都是沿用宋元评话、话本的写法。前面全有长长一大段楔子式的论述文字，而后始进入故事的正文。

根据这些，也非常有可能，日文的"どうわ"是中国"童话"两字的音译。再说，日文的"どうわ"，除音译中国的"童话"外，似别无其他的意思和解释。

在英语里，是没有"童话"这个词的。他们有个"Fairy Tale"，我们把凡叫"Fairy Tale"的故事，统统称作"童话"，当作童话翻译过来。这个"Fairy Tale"，如果拆开直译的话，"Fairy"是神仙，"Tale"是故事，整个意思是神仙故事。

我们的童话，虽然其中有出现神仙的，但童话不能就是神仙故事。

英语中，也出现过"Fantasy Tale"这个词，意为幻变故事。我们也把这类故事，译为童话。

英语中，还有个"Fable"，这个词有时我们也译作童话，有时也译作神话、寓言，其实译作寓言较为恰当。

还有的，叫奇异故事、魔法故事、动物故事。

因为在国外，神仙故事、幻变故事、奇异故事、魔法故事、动物故事，名称繁多，我们一股脑儿翻译过来都叫"童话"了。

也有，他们把神话、传说、民间故事、寓言搅在一起。如英语的"Myth"，可译作神话，我们有时也作童话译了。如英语"Legend"，可译作传说、民间故事，我们常常当作童话译过来。

他们没有童话这一个门类，所以也没有一个很恰切的名称，更没有和我们的童话相同的概念。

俄语的"Ckaзka"，虽然和我们的童话概念接近，但不能说等同。

外国和我们中国早期一样，没有童话这个名称、门类，但不能说他们没有童话作品，他们这一类作品是不少的。

现代童话的概念，是我们中国所独有的。应该可以说：童话是中国的。

近年来，我们中国的童话，常常被翻译成各种外文，介绍到国外去。也有许多外国报刊、出版社，把中国童话翻译成他们的文字发表、出版。

我作了一番了解，关于"童话"这个名词的翻译，各种文字都很困难，因为各种文字中都没有那么一个对口的恰切的名词可用，所以十分混乱，也很欠妥当。

我们把"童话"译成英语，几乎都仍用"Fairy Tale"。我们的现代童话，有动物、植物和各种物拟人的故事，有现实生活的故事，有人和动物、植物和各种物写在一起的故事，再叫"神仙故事"怎么行呢？

再说，我们中国"童话"是个总称，还有民间童话、古代童话、科学童话、低幼童话，分门别类，名目繁多，统叫"神仙故事"，则更风马牛不相及了。

现在，外译中的情况，也是混淆不清。如我们近年出版的《希腊童话》《法兰西童话》《意大利童话》，实际上都是民间童话，书名应该叫《希腊民间童话》《法兰西民间童话》《意大利民间童话》较为合适。有的，也不是民间童话，而是供成人阅读的民间故事。

我们的翻译工作者，请对中国童话的名称、分类、概念，作一些了解，不要把"民间童话""民间故事"，甚至于"动物故事""科幻故事""神话""寓言"，一锅儿往"童话"里端。

请多把外国那些和我们童话的概念相合的作品，作为童话翻译过来。外国有不少和我们童话的概念相合的作品。我们太需要看到外国的这一类作品了。这几年，我们在各少年儿童报刊中见到的标为"童话"的作品，可以说绝大多数是那些国家的"民间童话"作品。希望翻译界的同志们，能多翻译一些各个国家的、现代的、创作的童话作品。

此外，中国的童话介绍到外国去，是不是不要再用"Fairy Tale"了，这个词太古老陈旧，太不恰切了。

词不达意，是很不好的。"神仙故事"这个名称，不能反映我们中国的、现代的、创作的童话的概念了。既然找不到一个恰当的词，那么，我们就用"童话"两字的英语拼音"Tonghua"吧！中国童话就用"Chinese Tonghua"吧！

我们中国文字中有许多外来语，外国文字中也有外来语。我想应该是可以的吧！

日本一向用中国"童话"同音的"どうわ"，这不是给了我们很大的启发？

中国的"Tonghua"一定能走向全世界。

童话的定义

问：你在《童话学》中，为童话下了21字定义，是否可请你解释解释，说明一下：为什么要这样定？为什么不那样定？你定的时候是怎样考虑的？

（一位在师范学校开儿童文学课的教师的来信）

童话是什么？不少专门家作了解释，但那是说明，长长的一大篇，不能说是定义。要问定义，只有去查辞书，因为辞书里总得要有"童话"这条词目，并且不会说得很长。虽然它不说是定义，但它也应该是接近定义的解释了。

可是，我找了许多辞书，各个时期、各个地区的，各种各样的辞书。不少辞书中，都有"童话"这一词目，却没有一条是"实副其名"的。当然，这不能责备辞书的编写者，因为世界上知识科目繁多，要辞书的编写者，门门都有深刻的研究，这是不可能的。他们都是某方面的专门家，但对童话是不熟悉的，又没有什么文字资料可作依据参考，只能凭借自己头脑里的印象和概念来编写，自然不可能会那么准确，那是完全可以理解的。

关于童话的定义，虽然在近年来的几次童话讨论会上，都有人提过一些建议，但那也只是即兴的发言，没有经过深思熟虑，也不曾写成过文字。

目前，我们儿童文学界正在编纂《儿童文学辞典》，"童话"一词如何恰切解释，它是不能回避的了。并且，也不能随便写上几句，或作长篇说明。

因为要写《童话学》，这下童话定义的事，我非得去作周密的思考不可。要用最少的字数来说清楚童话这一艺术样式的特征，是相当困难的。

我根据童话创作的客体资料和童话理论的客体资料，以自己的主观判别，试着作了种种的提炼和概括。

我不知写出过多少种文字，但一次次自己把它推翻了。几番上手，几番停下。有时把句子倒装顺装，都觉不合适。有时填进一些附加语，后来仍把它去掉。

最后，拣出了一条，一字一字斟酌、琢磨，留下 21 个字。这 21 个字是——一种以幻想、夸张、拟人为表现特征的儿童文学样式。

我认为童话首先是"一种""儿童文学样式"。因为，童话为儿童所独有。它是包括在"儿童文学"中的许多门类中的"一种"门类。当然，门类太广泛，因而用了"样式"这个词。它不能是一种"文学样式"，它的对象应规定在"儿童"范围内。这意思是说，童话，它是"儿童"的，是"文学"的。说在一起，是"儿童文学"的。

那么，它是一种什么样的"儿童文学样式"呢？它不同于小说、散文、诗歌、剧本和其他。这种种"儿童文学样式"的不同，区别何在？我认为主要在于它们表现生活的方法、手段、形式的不同。这不同，应该就是童话的"表现特征"了。

童话的"表现特征"又是什么呢？用哪几个词来概括它呢？

本来，我想过就用"幻想"这一个词来概括。因为"幻想"，在童话艺术这一特定样式范畴中，它包括"借替""假定""夸张"这三种表现方法。这些，我在《童话学》中，已作了比较详尽的叙述。但考虑到，所谓定义，不是仅供童话界同行们用的，它还有向社会介绍童话的任务，它必须具有一定的社会普及性。所以，我必得考虑社会上的历史习惯，照过去约定俗成的说法，"幻想"作为表现的特征之一，并把"幻想"中的"夸张"列上，"拟人"也从"幻想"中单独出来，"幻想、夸张、拟人"三项并列作为童话的"表现特征"。我想，这样较易为大家所能理解，所能接受。

虽然，马是四条腿的，四条腿的不都是马，但我想，一个定义，如果既适用于童话，要尽可能避免适用于别的什么样式。

我拿神话、传说、寓言、科幻故事来套用过，虽然有一些近似，有一些相通，但与它们是有区别的。首先一点，它们都不是"一种儿童文学的样式"。童话是儿童的，神话、传说、寓言、科幻故事，只能说其中有一部分是儿童的，它们基本上是成人的。

至于童话诗、童话剧、童话影片，它们分别是童话艺术和诗艺术、童话艺术和戏剧艺术、童话艺术和电影艺术的合成，虽然是童话的，也运用"幻想、夸张、拟人"的"表现手法"，可在后面，得改为"一种儿童的诗体"，或者"一种以儿童为对象的戏剧"，或者"一种以儿童为对象的影片"此类。

至于那种荒诞小说、神魔故事，就更不是"一种儿童文学样式"了。

这21个字的定义，我虽然曾在许多场合听取过许多人的意见，得到了大家的赞成和肯定，并写进了《童话学》，但我绝没有说，这定义就是结论，以后就不能改动。

我很希望有更多的童话理论研究者来探讨童话的定义。

童话的任务

　　问：你说童话的任务可以概括为五个方面，其中关于
"发展儿童幻想"方面，请你详细解释一下，好吗？

（讲课时传递上来的字条）

　　童话任务，也可以叫作童话功能吧！

　　我看主要是这五个方面。前面几个：启导儿童思想、陶冶儿童性情、增长儿童知识、丰富儿童生活，也适用于儿童文学其他艺术样式。儿童小说、儿童散文、儿童诗、儿童剧、儿童电影都适用。唯有发展儿童幻想，是童话这一门艺术独有的功能和任务。儿童文学其他样式，可说没有这样的功能和任务。

　　所以，这里着重谈谈童话艺术所特有的这方面的功能和它的任务。

　　这是一个和儿童心理学密切相关的问题。

　　幻想，是孩子的天性。

　　孩子们都具有幻想思维的能力，这种幻想力，一个正常的儿童，虽然有强有弱，各有差异，但可以说是人人有的。它是一种智力。

　　这种幻想智力，中外许多心理学家做过各种各样的测定。

　　我也曾多次做过试验。有一次，我在黑板上画了一个圆圈，我问成人们，他们的回答，几乎是一致的："圆圈"。有人回答得非常之

准确，如"白色的圆圈""白粉笔画在黑板上的圆圈""直径二十公分左右的白粉笔画的圆圆""白粉笔顺时钟方向画在黑板左上角的圆圈"……

然后，我又到一个幼儿园，找许多孩子来问，这一下，答案就多了。有的说"皮球"，有的说"汽球"，有的说"太阳"，有的说"月亮"，有的说"镜子"，有的说"车轮"，有的说"盘子"，有的说"饼干"，有的说"蛋糕"……就是没有一个说"圆圈"的。他们按他们的特有思维，把他们生活中所接触的圆形物都联系上了。

这说明，孩子的思维和成人的思维，显然不相同。但是，我对他们的回答是不满意的，他们的回答，只是思维浅层的联想，没有用深层思维的幻想来回答。于是，我说："小朋友们，你们回答的皮球、气球、太阳、月亮、镜子、车轮、盘子、饼干、蛋糕……都很像，但是我画的并不是。你们再动动脑筋，想一想，你们一定会想得出来。有谁能回答，请举手。"一下，大家又都举起手来，抢着要回答。

经过启发，他们开始进入幻想了，一些奇特的想法都出来了。有人说"布娃娃的脸"，有人说"老师的眼睛"，有人说"妈妈的裙子"，有人说"太阳戴的帽子"，有人说"外星人的飞碟"，有人说"大红花"，有人说"天上的云"，有人说"大象下的蛋"，有人说"大炮的炮弹"，有人说"大海"，有人说"黄浦江"，有人说"爸爸骑自行车上班的路"……

他们嘻嘻哈哈，乐开了。有的不举手也大声叫喊，有的做起鬼脸，有的索性走到黑板前瞄一瞄……他们的幻想力得到发挥，情绪极为活跃。

最后，教室里乱成一气，我就让他们安静坐下。我问那个说是"大炮的炮弹"的孩子："为什么大炮的炮弹是这样的呢？"他侃侃地回答："大炮把炮弹打出去，要是那里没有坏人，不是白打了吗？圆的炮弹，会滚，那里没有坏人，就往有坏人的地方滚。滚呀，滚呀，滚到坏人背后，轰——！坏人就被炸死了。"

有个小朋友插嘴："坏人不会逃跑吗？"

他认真地回答："坏人没有看见。后来，坏人看见了，跑，炮弹会滚。坏人跑得快，炮弹滚得快。"

我又问那个说是"黄浦江"的孩子。那孩子回答得很快，说："地球是圆的，黄浦江也是圆的。"

小朋友们都笑了，他却严肃地又说："是妈妈带我去的。我看见过，黄浦江是圆的。我们坐船兜了一圈，还拍过照片。"

我又问说是"爸爸骑自行车上班的路"的孩子。他也是一本正经地回答，说："我爸爸每天一早骑自行车去上班，傍晚又骑自行车回家来。如果路不是圆的，我爸爸怎么从家里出去又回得到家里来呢？"

这些孩子，他们奇特的幻想，不是信口雌黄，胡编乱说，他们都是有"根据"的。这根据就是他们幻想思维的逻辑。

我觉得孩子们的这种幻想力是很重要的，很珍贵的，我们应该去开发它，不应该去束缚它，这是一种少年儿童时期的特有智力。

可是，我们孩子头脑里的这种幻想智力，长时期以来，并不被重视。

我在那个幼儿园做实验时，陪着我的老师，一次一次纠正那个把黄浦江说成是圆的孩子，说："黄浦江不是圆的，是长的。"还发动其他的孩子一起来纠正他，他问其他的小朋友："黄浦江是圆的，对不对？"小朋友们划一地回答："不对。"老师又问："黄浦江不是圆的，那么是什么样的？"小朋友们划一地回答："长的。"

这个孩子幻想中的黄浦江是圆的，当然不是事实。但这事实，他到一定的年龄，能够看上海的地图，或者能够沿黄浦江去走上一段，他自己会说，黄浦江不是圆的，而是长的。我们不能以为，好像他这么一说，黄浦江真要变成圆的了。不用担忧，这孩子不可能一辈子把黄浦江当作圆的。这孩子说黄浦江圆，也绝不会影响所有的孩子都把黄浦江说成圆的。

还有一回，有一个幼儿园老师让孩子们做填色作业。其中，有一个孩子，把太阳涂成了蓝颜色。老师问她了："太阳是什么颜色的？"她回答："太阳是红颜色的。"老师说："那么，你涂的是什么颜色？"她回答："蓝颜色。"老师纠正她："太阳是红颜色的，你为什么要涂上蓝颜色呢！"她回答得好极了，她说："天是很蓝很蓝的。刚才下了一场雨，天不蓝了，蓝颜色都褪到太阳上去了。"我觉得这回答得太好了，问她为什么会有这样的想法。她说，昨天她爸爸把自己的蓝裤子和她的白衬衣放在一起洗，结果爸爸裤子上的蓝颜色褪到她的白衬衣上了。她想，天是蓝的，一下雨，也要褪颜色，就把太阳也染成蓝的了。

而这位老师又在谆谆教育孩子了，她讲了关于太阳和地球的距离、太阳为什么是红的和天为什么是蓝的的道理。其实，孩子们无法理解。

天怎么也不会褪色的，太阳永远是红颜色的。我们的老师忧心忡忡，却不知这样操之过急，会束缚孩子们可贵的幻想力，遏止孩子们那颗天真的童心去作无边无际的幻想。

我们的教师是好心的，但是他们并不了解孩子，了解孩子们的幻想智力的作用。

他们说："一个进过幼儿园的孩子，竟然画出了蓝太阳，连太阳是红的这个概念都不明白，还要我们这些老师干什么？家长们把孩子送到幼儿园里来干什么？"其实，孩子说得很清楚，她知道太阳是红的，染上蓝颜色是她根据生活中蓝衣服遇水要褪色这一现象而产生的幻想。

老师不理解幻想的重要性，这不能怪一个老师、两个老师。我们要看到，这是由我们中国几千年来崇实的教育思想所决定的。几千年来，我们的教育思想，一向以孔孟为代表的儒家思想为基础。提倡知天命、安现状，以不变应万变的保守教育。它培养的人，要求只是能够安身立命，处世有方，对环境有适应力。

可是，时代在飞速发展，当前的时代，我们所要培养的是进取的、探索的、开拓的、创造的一代新人。

如果看不到这一点，我们的民族，我们的国家，都要落后于时代，落后于世界。我们期求小康，却无法改变贫穷。

所以，我们在文学上、教育上，都要有所改革。不改革，我们就难以富裕，难以发达。

童话是一门艺术，一种幻想的体裁。它是孩子们幻想思维的产物，却又反过来启迪和开发孩子们的幻想力。

幻想力，是一切创造力的前端，它能够像火箭顶着宇宙航天器一样，顶着创造力起飞。幻想力是一种极为可贵的智力。

每个孩子的幻想智力都有他的发达高峰，是有期限的。各人也不同，有的时间长，有的时间短。每个孩子都有那么一段幻想智力的黄金期，我们要珍惜他们的这段黄金期，去开发它、发扬它。

我们应该紧紧抓住他们这一段宝贵的时期，让他们多和童话接触，谈童话，写童话。让孩子们的幻想智力得到充分的发展和发挥。希望他们永久保持这种旺盛的幻想智力，以利于社会、国家、世界、人类的建设。

儿童需要童话，时代需要童话。我们要为儿童写作童话，我们要为时代写作童话。

让童话为造福显示它的威力吧！

童话的性质

　　问：童话和科幻故事，有什么不同？有人说，科幻故事就是童话。有人说，童话正在向科幻故事方向发展。有人说，童话已经和科幻故事合成一体，成为一种新童话。有人说，今天的童话，就是应该写天外来客、宇宙飞行、机器人、科学博士，还有各式各样的什么机、什么器，这种种新科学。这样一些说法，你以为对吗？

（一位童话作者的来信）

　　这牵扯到我们童话的性质问题。

　　有张少年儿童报纸，出了个"我希望……"这样的题目，让孩子来回答。听说，孩子们来稿很多，大家对这个题目非常有兴趣。后来，挑选了一些，发了一大版。

　　其中，有一组是关于房屋的。因为上海住房很紧张，大都狭小拥挤，学习、工作、生活都有困难。孩子们的"希望"，完全都是出于内心对于房屋的迫切渴求。

　　有一个孩子写道："我希望我家的房屋是泡沫塑料做的。人再多，挤一挤，也不会破。"

　　有一个孩子写道："我希望有一种能够隔音的薄纸，把我们的房间分隔开来。奶奶看电视，不会影响我做作业。我朗读课文，不会吵扰我做夜班的妈妈睡觉。"

有一个孩子写道："我希望房屋下面有轮子，汽车一拉就能拖跑。暑假里，我们把房子拉到海滨，可以天天捡贝壳、游泳、抓鱼。寒假里，拉到外婆家隔壁，可以和外婆、舅舅、阿姨一起过新年。开学了，就拉到学校的对面，晚上可以到学校里做功课，节省上学乘车的时间。"

这几个孩子的"希望"，写得都不错，想象很丰富。

最后一个孩子，他写道："房子实在太小了，我希望我们家里的人，一个一个都变小，那么我们的房子就宽敞了。"

我觉得，最后一个孩子，写得最精彩。我说他写得精彩，并不是他这几句话带有嘲讽的味道，或者抒发了心里的牢骚。我说他写得精彩，我着眼于他不是以说房子来说房子，而是以说人来说房子。以说房子来说房子，这不算什么奇特，以说人来说房子，就显得内涵深刻了。这就是表现艺术。

如果，从童话的幻想来说，这最后一个孩子所写的希望，就是我们童话的幻想了。

前面几个孩子所写的希望，恐怕那属于科学的幻想，不是文学的童话的幻想。

科学幻想和文学幻想，区别何在呢？首先一点，前者，是可以实现的，或者已经实现了，或者即将实现。至少也是道理上可以实现的。

譬如，泡沫塑料房子是可以造的，现在不是已经有了充气房屋了吗？譬如，隔音板、消音板，好像都早有了，隔音纸将来可能也会有，至于厚薄是很难说的。譬如，活动房屋，可以拉来拉去，似乎也已成为事实了。这种种希望，实际上都是着眼于"科学"的，是一种可以作科学解释的科学幻想。

最后那个孩子的希望，没有从科学上去考虑房子如何改变，而转过来写人，写人的改变，这就巧妙了。人变小，是不能用科学来解释的，因为人是绝不会变小的。当然，多少多少年以后，地球上的人种或许会有变化，但不会因房屋变成小人。这在我们童话里完全可以，因为童话中的情节是不需要用科学来解释的，不是因为有科学根据才安排的。并且恰好相反，凡是可以用科学解释的，就不是童话幻想了。

我注意到，我们有的儿童文学工作者，包括童话界的同志，对什么是童话幻想，不甚了了。

不少人将童话的文学幻想和科学幻想混为一谈。正如把童话和科幻故事混同起来一样。

我很关注报纸上登的那种被称作"童话"的短小的"幻想"作品。

如有的写："我希望发明一种裤子，有弹力，爸爸打我屁股，我一点儿不痛。"

如有的写："我希望有一种笔，笔尖上能装上小灯泡，晚上不用亮光就可以写字。"

如有的写："我希望有一种枕头，到了早上该起床的时候，会摇醒我。"

如有的写："我希望有一种衣服，永远不会肮脏，因为我最怕洗衣服。"

如有的写："我希望有一种自行车，可以折叠起来放进书包里。"

这些，我认为都不能作为童话的幻想，因为这些，孩子们都是从"科学"逻辑思维去假设的。

当然，这种科学逻辑思维，是很需要的。但是，我们所说的童话的"幻想"并不是这一种。

一个不懂得平上去入的人，是写不好古诗词的。

一个写童话的人，如果不能区别童话幻想、科学幻想，也是不可能写好童话的。

特别是童话的编辑，更要懂得，不要童话幻想、科学幻想一锅煮。童话幻想和科学幻想的区分，应该是一个童话编辑的常识。

这一点，希望引起童话界作者和编辑的注意。

还有，除了科幻故事，还一些作品，称作科学童话。

童话和科学童话，也要分清楚。童话和科学童话，不是一码事。科学童话是为了给孩子以知识，引起孩子的阅读兴趣，而借用童话形式写的一种作品。

这类科学童话也是孩子们很需要的艺术样式，绝不可轻视这种样式。

我也绝没有说科学童话不要有文学性，科学童话有许多文学性很强的好作品。但科学童话和童话的要求、目的都不一样。

我希望科学童话不要和文学的童话重叠在一起。

不久前，我到一所学校去，一位教师告诉我，他也在鼓励孩子们写童话，鼓励孩子们写了许多童话作文。他拿了一大叠作文本子给我看。竟然大多是一些《细菌的自述》《血液的秘密》《铅笔的亲友们》《小露珠到哪里去了》《雾是从什么地方钻出来的》《长颈鹿是个哑巴》《地球公公讲故事》……可以说都是一些科学童话。原来这位老师本人就是一位科普工作者。

科学童话，是成人写给孩子看的作品。作者应该是成人，孩子是读者。这是由科学童话本身的目的所决定的。让孩子来写科学童话，似乎不那么合适。

科学童话和科幻故事，又是两回事，但合称为"科学文艺"。科幻故事，一般来说，写的是未来。科学童话，一般来说，写的是过去和现在。

孩子可以写科幻故事，不必提倡写科学童话。当然，个别孩子特别有兴趣，愿意写，那也未始不可以。

写科学童话，并非一件易事。作者要有充分的科学知识，还需要有一定的童话的表达能力。如果要求高一些，他应该既是一个科学家，又是一个文学家。我不赞成像现时有的作品那样在一般的童话里加点科学知识，或者在科学介绍里加点文学色彩，便算是科学童话了。

童话是童话，科幻故事是科幻故事，科学童话是科学童话，是可以分得开的，也是应该分开的。

因为，它们各自的性质不一样。

童话的规律

问：童话是一门艺术，我想它应该有它的规律。它的主要规律是什么呢？你能给我说说吗？

（一位初学童话写作者的来信）

问：我听见有人说，过去的童话旧规律，都被冲破了。现在童话又有了崭新的规律。请问过去童话有哪些旧规律，今天又有哪些新规律？

（一位初学童话写作者的来信）

童话是一门艺术，凡艺术总有许多艺术的规律。这些规律不是谁创造出来的，也不是某几个人制订的。它，是客观存在。所以，童话规律无旧规律、新规律之分。

规律也是一种制约，你必得按这制约去做。

世界、宇宙、天体，都有它的规律，有它的制约。八大行星总是绕着太阳转。地球上有春夏秋冬。飞机总得按一定的航线飞行。人都有生老病死。……

任何一种艺术，都有规律的制约，所以才有艺术质量，才有艺术价值。

如果有人说："童话就是瞎写写，你爱怎么写就怎么写。"这是对童话的误解。

好像童话是没有什么规律的，可以不受任何约束，这是大大的错误。

因为，童话学是一门新兴的学科。我们童话的理论研究工作还很薄弱，其中，许多方面，只看见种种现象，而未能从中去发现它所具有的规律。

不过，我们童话前辈作家们，他们从心得和经验的积累中，也发现了许多很重要的规律。如童话的逻辑性，如拟人化的人性物性等等都是。

近年来，我在研究什么是童话、什么不是童话这一系列问题时，我发现凡是童话，必有一条内涵的规律。不符合这条内涵规律的，就不能算是童话。

我把这条童话的内涵规律，列作一个简单的公式，那就是——

$$真 \rightarrow 假 \rightarrow 真$$

这怎么解释呢？

前面那个"真"字，那就是从真实的生活出发。这可说是任何一个童话的基础。凡童话，必得来之于生活，它是以真实生活为基础的。有人说："童话来自幻想。"幻想何来？幻想也应是来自生活，不过它是一种折射式的反映。有人说："童话来自意念。"意念也是从生活而来的，没有生活实际，哪还有什么意念呢？生活是一切艺术的基础，童话绝不例外。我们看一篇作品，它是不是童话，是不是一个好童话，首先要以这个"真"字来检验，也就是以真实生活为准则，看这篇作品，是不是来自生活，是不是有真实生活这个基础。

当中那个"假"字。童话是一种幻想的艺术，幻想是假的，必须是假的。这个"假"字是童话唯一的独有的艺术处理手段。其他文学样式，都不用也没有这一手段。一个作品是不是童话，成功与否，关键就在这个"假"字上。"假"字是童话与非童话的试金石。童话必须是"假"的，不"假"就不是童话。一个好童话，它就是要"假"

得好。所以童话艺术处理手段，一定要这个"假"字。不信，你去检验任何一个童话，它的幻想必是不可能实现的，现在不可能实现，以后不可能实现，永远不可能实现，是"假"的。可以实现的，那不是童话，而是小说或其他了。作了科学解释的，那是科幻故事了。举些具体的作品来说吧！叶圣陶《稻草人》中的稻草人真能思维、有感情、会说话吗？假的。张天翼《宝葫芦的秘密》中的要什么能有什么的宝葫芦真有吗？假的。严文井《小溪流的歌》中的小溪流真能和树桩、鸟类、沉船对话吗？假的。如果，把稻草人换成真的人，那是小说了。如果，把宝葫芦换成真的电脑，那是科幻故事了。如果，把小溪流写成"好像他在说""仿佛他在说"，那是散文了。童话与非童话之别，就是假、真之别。即使像"巧媳妇""呆女婿"那样的童话，把世界上的最巧最巧都堆在一个媳妇身上，把天底下的最呆最呆都安在一个女婿身上，也是一种"假"。"假"就是童话艺术的特征。童话，必须童话处理，就是幻想处理，就是假处理。所以，我们可以把童话称之为"假"的艺术。但是，这"假"绝不是可以随心所欲的假。要知道，这"假"字的前后还有两个"真"字，"假"字是夹在两个"真"字中间的。这"假"是受"真"的制约的。

后面那个"真"字，便是目的了。动机、手段，最后还得以是不是达到目的来检验。一个童话作品，它必须在"真"的真实生活基础上，通过"假"的童话幻想的艺术处理，最终反映"真"的真实的生活，它的艺术创作过程，才算真正的完成。一个童话作品，如果不能很好地反映真实的生活，恐怕不能算为童话，或者说不能算童话。任何文学样式，都是要反映生活的，如果不反映生活，就失去了存在的价值。当然，最后一个"真"字，各种文学样式，要求、标准是不一样的。童话是通过"假"处理来反映真实生活的，它是一种折光式的，不是反射式的反映真实生活。它所反映的生活，在表面上，似乎并不像真实的生活，而它的内在却揭示了真实生活最本质的深层。它应该使真实的生活得到更大限度的升华。

这就是这一规律的大概了。

凡是规律，是应该经得起检验的。

要是我们把这规律改动一下：

$$真 → 真 → 真$$

从真实的生活出发，通过真实的艺术处理，达到反映真实生活的目的，那就是小说、散文、诗歌（童话诗除外）、戏剧（童话剧除外），或别的样式。

要是改成：

$$假 → 假 → 假$$

不从真实的生活出发，这"假"缘何而来？它是无根之木、无土之花，就无从"假"起。不达到反映真实生活这个目的，"假"有何意义呢？为假而假，盲目地假，都是不行的。

至于其他的改动：

$$真 → 假 → 假$$
$$假 → 假 → 真$$
$$真 → 真 → 假$$
$$假 → 真 → 真$$
$$假 → 真 → 假$$

恐怕都不好解释，无法说通的。所以，也不去逐一分析了。

$$真 → 假 → 真$$

这三个字是相关联着的，构成了童话创作艺术的一条完整的规律。

当然，这是一条从童话里发现的艺术规律，是不是童话所独有，就不清楚了。

我也想过，是不是某些"神话"也适用？某些"传说"也适用？某些"寓言"也适用？这就请这方面的研究工作者去考虑了。

如果它是规律，那就是客观存在，你发现它也好，不发现它也好，你承认它也好，不承认它也好，它总是在起着作用。童话就是依照种种艺术规律，按艺术规律所指定的路线、轨迹发展着。

我听说，有人提出要写"真实的童话""传记童话""报告童话"，那都是不成的，即使写成了，也是另外一种东西，而并非童话。

凡是规律，是不可能改变的，也是突不破的。

有童话在，就有童话规律在。人们创造了童话，童话创造了规律。

我希望更多的同人，通过不断的实践，去发现童话中种种未被发现的艺术规律。

使这些艺术规律为我们所掌握、为我们所运用，使童话这一少年儿童最喜爱的文学样式，迅速顺利地走向发达和繁荣。

童话的手法

　　问：你刚才在发言中说："童话的手法就是弄虚作假。"
你还说："童话在生活中进出，走的是'歪门邪道'。"我觉
得这些提法颇为新鲜，很感兴趣，能否请你详细谈谈。

　　　　　　　　　　　　　　　　（一位报社记者的提问）

　　在生活中，谁"弄虚作假"，就会受到批评。谁走"歪门邪道"，
恐怕还要受到处罚。

　　可是，在童话特定的范围里，这两个词，就不是贬义的了。这是
由童话这一特殊的艺术形式所决定的。

　　先说"弄虚作假"吧！

　　因为童话就是一种"虚"的"假"的文学。"虚"和"假"是童
话的艺术手段，如果不"虚"不"假"，那就不是童话。

　　"虚"和"实"、"假"和"真"是一种截然的对立，但童话就是
要以"虚"去反映"实"，要以"假"去反映"真"，要用对立的一
面去反映对立的另一面，这的确非常难。

　　但，艺术就是要难，难就是艺术，如果信口开河就是一篇童话，
随手拈来就是一篇童话，童话还能是一种艺术吗？

　　譬如贺宜的《鸡毛小不点儿》，作家用了"虚"的"假"的许多
鸡毛，来反映"实"的"真"的生活中的芸芸众生相。"实"的"真"

的生活中的芸芸众生相，按理作者应该写"实"的"真"的人，以"实"的"真"的人来反映，可是作家偏偏要难的，用"虚"的"假"的鸡毛们来反映，并且取得了相当的成功。这就是作家的"弄虚作假"弄得好，作得好。

在童话范围里，这"弄虚作假"的"弄"和"作"，是一门学问。它，必须有深厚的生活根基和艺术根基。

我们童话界有许多大师，他们都是"弄虚作假"的行家高手。他们如何弄的"虚"、如何作的"假"，我们可以从他们的作品中学习到。

童话艺术以虚为实、以实为虚、以真为假、以假为真，这虚虚实实、假假真真，奥妙得很，要弄得好、作得好，诚大不易！童话艺术的高难度在此，童话艺术的高价值在此。

我多次说过：童话是一门高品位、高层次的幻想的艺术和科学。

再说说"歪门邪道"吧！

任何一种艺术，必是生活的反映。任何一种艺术，必是从生活中来，又回到生活中去。

童话艺术也是这样，它一定要在生活中进进出出。

既然要在生活中进出，那必得穿门走道。生活是一座无穷大的高楼大厦。你是从正门大道进进出出呢，还是从边门小道进进出出？

一般的艺术，它可以走正门大道。譬如绘画，它可以直面生活，直接把生活反映到画面上。譬如戏剧，它可以直面生活，直接把生活反映到舞台上。

而童话，它不是直接反映生活，生活不能直接反映到童话上，必须通过另外的一扇门、另外的一条道，经过变形的（借替、假定、夸张）幻想处理，进入生活，或者从生活中出来。这一扇门，这一条道，非得是"歪门邪道"不可了。

举例来说，《皇帝的新衣》这个童话，古今中外的皇帝，无一不

是尊严无上的化身。巍巍皇宫，庄严肃穆，如果从正门大道进去，见
到的皇帝，当然是仪表堂堂、气象万千、威严无比，如果要写他，必
是以历史的真实去描绘他。可是童话，它通过"歪门邪道"所看见
的皇帝就完全不一样，他贪婪、自信、昏庸、愚蠢。《皇帝的新衣》
中，两个普通的骗子，几句谎话，就能使他上当，脱光衣服，赤身裸
体上街游行出丑。童话不仅从"歪门邪道"进去看到这些，还把皇帝
从"歪门邪道"里拉出来，放在世世代代广大读者面前示众。这就是
"歪门邪道"的好处。

因为童话，它总是在生活的"歪门邪道"进出，所以它具有特异
的摄取力、选择力、解剖力、表达力。这种种力，往往是别种文学样
式所无法具有的。

"弄虚作假""歪门邪道"不论在哪本辞书里，都是贬义词。

我们童话，为了形象有效地说清楚它所特有的艺术手法，借用了
这两个词。根据特定的对象、范围、用途，变动了一下这两个词的词
义。当然，我丝毫没有认为辞书上对这两个词的词义，要作一点任何
修改的意思。

童话的逻辑

　　问：许多童话作家都说"童话逻辑"如何如何，但究竟什么是"童话逻辑"呢？能划定个范围，订出几条来吗？我们初学童话写作者，对"童话逻辑"的看法，不太一致，有的反对，有的赞同，有的觉得无所谓，总之大家思想上很混乱。

（一位大学文学社社员的来信）

　　童话逻辑，是童话这门艺术的规律。任何一种艺术，都有它的特殊规律。无规矩，不能成方圆，无规律不能成为艺术。

　　童话，必须有童话逻辑。如果没有童话逻辑，那就没有童话这门艺术了。

　　童话逻辑，它是一种客观存在，是内涵于童话本身而起着作用的东西。童话作家，只能去运用它，而无法去否定它。因为童话逻辑，不是某个人说"它限制了童话，我要取消它"，它就会被取消的。

　　童话逻辑，是什么呢？

　　童话逻辑，是一个童话写作时作者取舍材料、结构故事、发展情节的一种根据。

　　童话是一种幻想的体裁。童话艺术是幻想的艺术。童话处理就是幻想处理。所以，童话逻辑，也就是幻想逻辑。

　　我想，如果有人要写一部《童话结构学》，将也是一部《童话逻辑学》。

这是一门很重要的、很有趣的、大有讲究的学问。确实需要童话界的同志们去寻求，去探索。

童话逻辑，虽然有许多门门道道，但也不是玄之又玄、毫无边际、难以捉摸的东西。

它，基于生活逻辑。人，都在生活着。生活中的种种逻辑，虽然还没有一本《生活逻辑学》，但通过生活的实践，人认识了种种生活逻辑，生活着。

童话逻辑也是这样。一个有童话创作实践的作家，他虽然不一定懂得他是在按童话逻辑写作童话，甚至于反对有童话逻辑，但他在写作童话时，总是依照童话逻辑的约束和轨迹在写着童话。

当然，这是指一个有功底的童话作家，因为只有按童话逻辑去写作，才能写出一个好童话来。

有的童话作者，他还不具备一般的功底，他写童话，可能是自觉的，或不自觉的，也是按着他头脑里潜意识的童话逻辑轨迹在写作着。如果他运用童话逻辑很得当，他写的童话可能会是个好童话。如果他运用童话逻辑不得当，他写的童话一定不会那么好。

童话逻辑，不是以作者意志为转移，而是在客观地起着作用。

童话逻辑来源于生活逻辑。生活逻辑是千变万化的。童话逻辑也是千变万化的。

特别是童话逻辑不仅来源于生活逻辑，而且还是一种超生活逻辑。有的和生活逻辑相一致，有的和生活逻辑相对立。所以，生活逻辑是复杂的，童话逻辑更加复杂。

但，这不打紧，人们没有一部《生活逻辑学》，通过生活实践，也能够慢慢掌握生活的逻辑。写作童话的人，我们也还没有一部《童话逻辑学》，我们通过写作的实践，也能够慢慢掌握童话的逻辑。

说了这么多，恐怕还没说清楚童话逻辑究竟是什么。因为从理论到理论来抽象地解释童话逻辑，是个很笨拙的办法，还是举些作品例子来说明吧！

比如说，我们走在太阳（或者月亮、灯光）下，都有一个连着我们身体的黑影。根据童话逻辑，可以让影子拟人。让影子成为一个能有思想感情，能说话和行动的独立体。这在生活里是没有的，所以这不符合生活逻辑。但是在童话里却完全可以。这就是童话和生活的不一致，童话逻辑和生活逻辑的不一致。影子拟人的童话是很多的。影子不听人的话，和人闹矛盾，有的写影子不好，有的写人不好，这类作品见得很多。有的童话，因为影子和人吵了架，影子悻悻地离开人。有的人讨厌影子的存在，用刀把影子割下来。这都违反生活逻辑，却符合童话逻辑。

但我看到有一个童话，写人错怪了影子，影子一气之下离开了人，这都符合童话逻辑。但后面，这个童话写道，影子一离开人，这人回到家里一看，桌上自己照片上的人影子也没有了，只留下背景和一块人模样的空白。他打开照相簿一看，所有的照片上，都没有自己的人影子。这就违反童话逻辑，也违反生活逻辑了。

人在光下的"影子"和在照片上的"人影"，虽然都是影，但此影非彼影。光下的"影子"气走了，和照片上的"人影"完全是两码事。你可以写光下人影子离去，但不可叫所有照片上的影子同时都没有。反过来，你可以写所有照片上的影子因故而离去，但不能叫光下的人影子也跟着一块走。一是光投下的黑影，一是摄在照片上的人影，性质上，形状上，都不一样，怎么可以连在一起呢！这个作品，逻辑就混乱了。

当然，黑影可以说话，可以生气跑掉，但不能叫黑影无缘无故变成一只斑斓大虎向你猛扑过来，或让黑影变成一座硬邦邦的石头雕像。

童话逻辑和生活逻辑关系是极为密切的，有很多作品，既违反童话逻辑，又违反生活逻辑，而且首先是违反生活逻辑的。

前不久，我看到一个童话，写的是峨眉山，说峨眉山有只狐狸，它从山沟里挖到一坛金币。峨眉山在中国，中国的山沟里怎么会挖出一坛外国的金币来呢？

我问那位发稿的编辑，他解释说：中国的山沟里为什么不可以有外国的金币呢？峨眉山是风光秀丽的名山，外国人来游览的很多，或者是归国华侨埋下的。

若是一个童话需要注解"外国旅游者或归国华侨留下的"，岂不笑话？

再说，这注解，还需要再注解的，因为读者还有疑问：外国旅游者或归国华侨，为什么要在峨眉山埋下一坛金币呢？这又得编出一大段故事来，才能自圆其说。

这个童话，狐狸在峨眉山挖出一坛金币，是不违背童话逻辑的，却违反生活逻辑，因为中国不流通使用金币。

并且，这个童话里有狐狸，有狼狗，有豹子，有黑熊，都是"拟人"的。它们会思考，能说话，这是符合童话逻辑的。它们发现狐狸挖到一坛金币，有的来讨，有的来骗，有的来争，有的来夺，这也是符合童话逻辑的。但这个童话里，这些"拟人"的动物，它们仍居住于原始森林的洞穴，以抓小动物茹毛饮血为生，这里并无街市、商店、人们，动物之间不通用金币，更不可能用金子去制成首饰，或变成果腹的美味食品，如此拼出性命打斗抢夺金币，也是毫无道理的。这也是违反生活逻辑的。

一个童话，它总是有它的童话逻辑和生活逻辑约束着，起着种种作用，不是可以随意写作的。

童话逻辑，它是包罗万象的，不是划个范围，订上几条，可以概括得了的。

可是，如果一违反它，就非常的明显。童话一违反童话逻辑，读的人一眼就可以看出来。

请写童话的人一定要注意这"童话逻辑"。

童话的物性

问：你是很注重童话物性的，在你的《童话学》里，非常强调这一点。关于童话的物性，我听到有人有不同意见，认为这是旧框框，应该冲破，不知你听见过没有？

（一位出版社编辑的来信）

童话的物性，大家有些不同意见，这也是很正常的。很多人给我写过信，反映这些不同意见。

物性，是童话逻辑性中的一种，就是拟人化童话中的拟人物，是不是应具有原来物的特性问题。

拟人化童话中的拟人物，譬如一只羊，拟成了人，它应该既具有羊的物性（如素食、温顺、长胡子等），又具有人性（如能说话、有感情、会思考等）。物性和人性相结合。这结合，绝不能说是一半对一半，或三七开、四六开。这要看具体作品的需要。

持不同意见者认为，物性可以打破，羊拟人了就是人，何必要素食等等。

他们的一个论据，就是"外国现代新童话"都不讲物性，例子就是米老鼠。

米老鼠似乎不应说是老鼠的"拟人"，它完全是一个孩子，可说从外表到内在都看不到老鼠的任何一方面的"物性"。

其实，这问题是很好解释清楚的。米老鼠是"卡通（动画）形象"，不是"童话形象"，米老鼠是六十来年前问世的，也不是现代"新"童话作品。

现在，的确有不少人，一提米老鼠就认为是"童话形象"，有的画面上还把它作为世界名著童话形象和海的女儿、快乐王子、匹诺曹等放在一起，这是错误的。

卡通片（动画片）和童话，是两码事。卡通片（动画片）是"绘画"的，童话是"文字"的。

海的女儿是安徒生童话《海的女儿》中的主人公；快乐王子是王尔德童话《快乐王子》中的主人公；匹诺曹是科洛迪童话《木偶奇遇记》中的主人公。都是有书有作家的。米老鼠至今没有人将它写成过"童话"，作者迪士尼是一位"画家"。

尽管米老鼠风行六十余年，在世界儿童中间已家喻户晓，它的知名度已大大超过有些"童话形象"，可是它绝不是"童话形象"，也从来没有人会把迪士尼称作"童话作家"的。

所以，把米老鼠拿来作为取消物性的依据，是不甚合适的。

现在，社会各界，对童话了解太少了。常常有人把不是"童话形象"的形象，拉来充作"童话形象"。如阿童木、一休、好兵帅克，以及中国的孙悟空，还有那个三毛。阿童木是科幻卡通形象，一休也是卡通形象，好兵帅克则是小说人物形象，孙悟空是古典小说人物形象，三毛是漫画形象。怎么可以随便拉来，充作"童话形象"呢？

我读过外国有些作品，也确实不讲物性。那种乱七八糟、随心所欲的作品也有。但是，洋为中用，我们也应该有所选择。

再说，外国尚无童话这一门类，作家们没有相互交流的条件，各归各写，也没有专门家从事这类作品的研究，没有人写这方面的理论作为指导。所以，许多国家虽然有童话作品，有的也非常不错，但童话总不是那么发达。

拿近邻俄罗斯、日本来说，这些年这方面的优秀作品也是不多的。

中国台湾、香港地区，童话创作也并不那么景气、繁荣。

没有研究，没有讨论，各人爱怎么写就怎么写，所以在外国就不可能突出这个物性问题。

中国是一个童话古国，我们的前人为童话开辟了路径，已经走出一条宽阔的道路。现在我们有一支童话写作队伍，有专门的童话报刊，出版了大量的童话单行本，以及各种童话丛书、选本，童话理论工作也在积极开展。所以，中国的童话，将会影响全世界。

我们的童话理论日趋系统化，而且有越来越多的童话学专有名词，如物性。我想在外国的任何辞典里，恐怕是查不到"物性"这个词的吧。

童话是中国的，所以物性这一童话艺术法则，也是中国的童话艺术家发现和总结出来的。

其实，不管有没有"物性"这个词，物性总是客观存在的。古今中外，凡拟人的作品，都有物性这一法则在起作用。

譬如民间童话《老虎外婆》，有的地方叫《狼外婆》《熊外婆》，把老虎换成狼，换成熊。我看还可以换上狐狸，叫《狐狸外婆》。但是无论如何不能换成《鸡外婆》《兔外婆》《狗外婆》《猫外婆》。我看甚至于换成《马外婆》《牛外婆》都不行。

为什么不行呢？任何一个孩子都可以回答。其中没有什么深奥的道理。

有的人会说："我偏要写一个《鸡外婆》看看，信不信？"我相信，一定要写《鸡外婆》当然也行，把两个孩子换成什么小虫嘛。可是，一个正常的人，一个没有别的目的的人，绝不会去写《鸡外婆》的。再说，你这个强词夺理写出来的《鸡外婆》，有多少孩子愿意读？能够和《老虎外婆》这故事相比，一代一代传下去吗？

前面我说羊有素食的物性，有人偏来写一个羊荤食，也未始不可。不过，可以让羊吃荤，但是无论如何不能写羊吃人。羊不可能吃人，这就是物性法则的作用。

物性，不只我们童话要讲物性，凡文学作品拟人都讲物性。

前不久，我在一处看到一副对联，抄了下来。这对联是：

> 绿水本无忧　因风皱面
>
> 青山常不老　为雪白头

这对联，绿水能皱面，青山会白头。可说把绿水、青山拟人了。因为有风吹，水起波浪了；下雪了，山头变白了。这对联，很讲物性。要是不讲物性，把它颠倒过来：

> 绿水常不老　因雪皱面
>
> 青山本无忧　为风白头

那是不行的，水怎么因雪皱面呢？山怎么为风白头呢？或者改为：

> 绿水常不老　为风白头
>
> 青山本无忧　因雪皱面

那也不行的。水怎么为风白头呢？山怎么因风皱面呢？你怎么改，都不行。为什么？因为这有个物性问题。

最近，看到有人提出要"淡化物性"。我想，可能是这样，说取消物性，怕人说"偏激"，说尊重物性，怕人说"保守"，于是想出个"淡化物性"来。不过，要不，讲物性，要不，不讲物性，物性怎么个"淡化"法呢？

物性，是不能不讲的。物性，不只是所有拟人童话必须遵循的艺术法则，而且还是拟人童话的有效有力的艺术手段。我们要运用并发挥物性这一艺术手段，借以创造出更多更好的拟人童话来。

《老虎外婆》的选择老虎，是多少代人的智慧选择而定的，选得太好了。

那副对联，选物，取情，也很巧妙，把环境、天时、气象、感情、哲理，融合一体，准确地发挥物性，我认为作者也是精心构思的，对联未落款，也不知出诸何人手笔。

现在，还有人在反对物性，我看过他们的创作作品，他们倒是很注重物性的。

我想，他们很可能是把物性概念理解错了，和现在大家对物性概念的理解，不是一个东西。如果把物性说成是一成不变、僵死的东西，要绝对的真实、科学，我也不会赞成。可现在大家所说的物性，并不是这样。

如果有人理解的物性，和大家所说的物性概念不同，争下去也无益，而且不可能有什么结果。

我认为拟人童话拟人物是不是应该有物性的问题，不要再讨论下去了。如果还有人觉得不同意，可以写出几个取消物性的拟人童话来，以证明物性乃是多余之框框，可以突破。

如果并非这样，而是为反对物性而反对物性，或者你说有物性我偏要反对物性，似乎这就更无讨论的必要了。

童话的传统

问：前几天遇到一位编辑，我问他们发不发童话。他说，他们不要"旧童话"，要"新童话"。我问怎样叫"旧童话"，怎样叫"新童话"，他说了一通，也没有说清楚。知道你在做童话的理论研究工作，想听听你的意见。

（一位老年童话作者的来信）

近年来，这股"旧童话""新童话"的风又刮起来了。有的人虽不提"旧童话""新童话"，而提今天的童话"与传统迥异"，说今天的童话"和过去的童话完全不一样"。其实，意思还是"旧童话""新童话"。

我问过热衷提"新童话""旧童话"的几位同志，问他们旧童话旧在哪里？新童话新在哪里？界限何在？与传统迥异，异在何处？有何不同？也是说不清楚，其实只是随便说说，也没有好好去思考过。

我是不赞成把童话分成"旧童话""新童话"的。这不只是过去有过教训，并且很不合理，很不科学。

因为童话是一种艺术，艺术只有优劣之分，没有新旧之分的。有人说，如果艺术分新旧，那么希腊神话是旧艺术还是新艺术？中国的敦煌壁画是旧艺术还是新艺术？至于安徒生的童话，照此推论，都应该称之为旧童话了。

如果，旧童话新童话以作者的年龄分，老年作者写的都是旧童话，青年作者写的都是新童话，则更加荒唐了。

当然，也不能说，凡传统都是完美无缺的。我们的童话传统中，确有不少的糟粕。有的童话，是政治的图解、旅游的说明、科学的演绎、课堂的教案。有的童话，艺术质量极为低劣，只是把孩子的故事换成动物的故事，或者逻辑混乱，不讲物性，是些不伦不类的下乘之作。这类作品，在无情的历史中，已被洗刷、涤荡，这是很公正的。这些作品，有的是无名作者的初作，也有知名作家的作品。

但是，童话的传统，主流是很好的。我们许多作家，当年写的童话作品，今天的确还可以重印（有的修改后可重印），不论从内容上、艺术上来说，都是佼佼上品。这些童话，当时是闪光之作，今天它们还熠熠照人。如果要举例，可以举出许多许多。

如若童话传统真是"一堆垃圾"，那童话就不可能有今天的发展，早被清扫无存。我想，历史是公正的、无情的，读者是清醒的、明智的。

今天，童话能受到社会的重视，受到读者的欢迎，正因为童话有这么个很好的传统。

我们童话要发展，完全可以从童话传统的基础上去发展嘛！干嘛要把传统推倒，从零开始，从我开始呢！

现在，有人热衷于讽刺童话的写作，强调作品的趣味，这些人的执着追求，非常好。

但是，这方面，我们的传统童话，有很多好作品，许多作家都有这方面很有成就的典范之作。

已经谢世的张天翼，他的讽刺童话就写得非常好，他善于运用幻想的极度夸张，讽刺入木三分，他的童话，都是趣味洋溢，使小读者捧腹大笑，但又绝无庸俗低级的插科打诨，格调很高。今天一些讽刺童话，恐怕都还不能出其右，没有谁能赶上这位大手笔。他的《大林和小林》《秃秃大王》的艺术成就，今人所写的讽刺童话，似乎还难以与之相比拟。我们正是应该在这个好传统上，去研究它，学习它，在高基础上去发展和提高，写出可以比过、超出《大林和小林》《秃秃大王》的讽刺童话来。

讽刺童话，叶圣陶、严文井、陈伯吹、贺宜、金近、葛翠琳都有一些很好的作品。都是我们童话的优秀传统。我们可以举出一大批作品的名字来。

我看，在文化上，"与传统迥异"，那是一个贬义词。标榜自己的童话"与传统迥异"，并不是那么光彩的事。

请写童话的同志，读一读童话的历史，读一读过去的作品，了解一些传统，对写作童话，是有好处的。

如果，不了解童话传统，就在那里提什么"旧童话""新童话"，提什么"与传统迥异"，是无益的。

提传统，绝不可理解为倒退和保守。提传统，是为了在高起点上更好地前进。

没有过去，就没有现在。

没有童话传统，就没有童话创新。

童话创新的勇士们，在童话传统的接力位点上起跑，你将取得更优异的名次。

童话的美学

问：童话是美的，但究竟什么是"童话美学"呢？当前西方美学与童话的关系如何？能谈谈你的看法吗？

（一位选修儿童文学课的大学生的提问）

一篇童话，在某些读者眼中，以为甚好；但在某些读者眼中，以为极差。这种欣赏趣味和鉴别能力，不仅在小读者中，孩子与孩子之间存在差别，在儿童文学工作者中，甚至于作家、编辑之间，也往往有各自不同的看法。

作家总是以为"童话是自己的好"，不然他不会拿出来发表。可是常常有这样的情况，甲报退了稿，在乙报作为重点稿发出来了。或者甲报作为重点稿发的，却是乙报退的作品。

这种情况，其他儿童文学样式，如小说、散文、诗歌，虽也有，但不那么多。而童话，可举之例，比比皆是。

当然，一篇稿的用或不用，退或不退，还有许多主客观的因素。但童话何以如此之特别？看法何以如此之悬殊呢？

这说明，人们对于童话的鉴别力、欣赏力，大有差异。何者为美，何者为丑，难分清楚。

虽然，美和丑，是相对的，又有绝对的。世界上没有一个凝固的、不变的美和丑的标准。但有个求同的问题，就是有个提高欣赏、鉴别能力的问题。

这就要说到"美学"问题上来了。

小说、散文、诗歌，是人们多少年来日常所接触的文学样式，耳濡目染，在人们的头脑中已经存在着一些以生活为依据的美学的基本的传统的习以为常的观念。

而对童话，人们还没有这种观念。如果说有，也是相当的模糊和混乱，或者说是很朴素的。因为它是超生活的。虽然它也以生活为依据，但表现出来却是生活的夸张和变形。

童话中有美，童话中有美学，犹如自然中、生活中、社会中、世界中、天体中有美，有美学。

美在童话中，人们可以有直觉的感知。而美学在童话中，就如我们许多童话的规律蕴藏在繁多难以计数的童话中，没有被发现，没有被驾驭一样。

譬如，孩子写的字，歪歪斜斜，直不直，横不横，一边轻，一边重，很不规则，我们要教他们如何运笔，如何结构，等等。但孩子写的字，具有一种童真美，有的书籍，封面就采用孩子写的字。因为它美，才把它印在封面上。人们把这种字，称为童体。我们的许多书法家，他们的书法艺术在达到登峰造极的地步时，往往在他们的作品中会出现这种童真美。

为什么孩子写的字有这种美呢？是不是所有的孩子写的字都有这种美呢？怎样的字才有这种美呢？……

这就要以美学去解释这些问题了。

美学，究竟是什么？

"美学"这个名词，是近代从外国传过来的。但不能说中国古无"美学"之名，中国古代无美学。

中国古代许多文学作品，诗词歌赋，还有种种艺术，无一不涉及美学。虽然，美学的起源，有的认为始自劳动，有的认为始自生活，有的认为自有人类开始，也有的认为还要更早一些……各有各的说法。

因为，美有客观的，有主观的，或主客观相结合的。

天体、世界、自然、社会、人类、生活、情感、劳动……美无处不在，无时不在。

中国古无"美学"这个名词，但在古代许多文论中，都提到"美"。

我们这个"美"字，就是"大羊"的意思。许慎的《说文解字》中解释"美"，字义就是"甘"。也有一种解释，"美"就是"羊肉的羹"。总之，这个字起始于味的感觉。

西方"美学"这个词，最早始见于 1750 年，德国启蒙哲学家鲍姆加登（Baumgarten）写了一本书叫 *Aesthetic*。以后就把这个词正式作为"美学"的名词了。鲍姆加登被人们称作"美学之父"。这是"美学"这个名词的来历。

当然，美学思想，不论是西方东方，早在两千多年前就萌发了。只是从鲍姆加登以后，成为一门学科，得到发展。

西方美学数百年来盛兴不衰，论述美学的著作非常多，可说诸子百家，各有各的观念和说法。大有莫衷一是之感。

虽然，美学是从哲学派生的，但它的主要对象是文学艺术。它和其他社会科学、自然科学，诸如生理学、心理学、社会学、伦理学、医学等，都有密切的关系。但当前西方流行的那些美学流派：完形心理学美学、心理分析美学、自然主义美学、实用主义美学、新自然主义美学、表现论美学、现象学美学、新实证主义美学、分析美学、符号论美学，等等，我觉得很大一部分是从本学科的方位来论美学，本学科和美学纠缠在一起，虽然颇具创见，但还没有像有的学科已形成系统的完整的理论。其中有的还停留在抽象的概念上兜圈子。这些别的什么学科的科学家，兼美学理论家，各在文学艺术领域里作了精辟的论析，在文学艺术事业上有很大的影响和贡献，但毕竟不是文学艺术家在文学艺术实践的基础上所作出的论述，总受到一定的局限。

西方美学是繁荣发达的，对西方文学艺术创作，起了很大作用。对我国文学艺术，也在发生着影响。

我国美学理论的研究工作才刚刚起步。西方的美学，如何结合中国的文学艺术创作实际？人们正在做种种探索。我们中国古代的美学思想，还有待于总结和继承，写出一整套的理论来。我国已出现了一批对美学发生兴趣和有研究的理论工作者，他们写过一些关于美学的论文和专著，有相当的成就。特别在一些高等学府里，美学已作为一门学科来修读。美学理论研究工作，一定会很快发展起来。

至于我们童话，如何向西方美学借鉴，如何从古代美学思想中继承传统，只能说还没有起步。我们还没有看见关于童话美学的论述文字发表。不知道是不是有人在专门从事童话美学的研究。

我们童话，应该有童话美学，否则我们的童话创作就不能很好地繁荣。

我们的童话美学如何建立呢？我认为应该从我国古代美学思想继承中、西方美学的借鉴下，以儿童美学、文学美学为基础，以我们自己的童话艺术创作的实践为材料，来建立我们的童话美学。

我以为，童话美学即幻想美学。

按当前西方美学宣称，美来之于人的视、听、嗅、味、触。后来，五官以外，又有人增加了运动感官、筋肉感官。

我以为视、听、嗅、味、触之外，还应该增加一项"想"。想，指"幻想"。

幻想，当然跟视、听、嗅、味、触有密切关联，由视、听、嗅、味、触，而产生种种幻想。

但幻想，本身就是一种美。一个孩子，他坐在课堂里，对着黑板、教师、枯燥乏味填鸭式的教学法，头脑在"开小差"，在无边无际的神奇世界里遨游。他不一定有目的地去想，却得到很大的快乐。当然，我们并不赞成孩子这样做，上课头脑不可"开小差"。但不能不承认，幻想是一种美。

幻想，是美的。

童话艺术是一种幻想的艺术，童话艺术本身就是一种美。

西方美学，对于幻想，非常强调。在西文中，"幻想"（Phantasy）和"形象思维"（Imagination）是同义语。

西方"心理分析美学"学派的代表人物西格蒙德·弗洛伊德（Sigmund Freud）认为，艺术的满足是由幻觉来获得的。艺术家借助于一定的艺术形式使幻觉变成了一种有形的现实，因为有了这种形式，幻想凝固为一种可供鉴赏的对象，从而与一般日常生活中的梦幻相区别。

当然，弗洛伊德说的艺术是泛指，不是指童话。但童话却真是这样。童话，是通过幻想来获得艺术的满足的。童话作家，借助于童话这一艺术形式使幻觉变成一种有形的现实。（虽然它是变形的，但它却以变形来反映不变形的现实，变形也是有形的。）因为有童话这种艺术形式，幻想凝固为一种可供鉴赏的对象。童话自然不同于一般日常生活中的梦幻。

我没有读到那些西方美学的原文本，不知道他们对于"幻想"这个词，在两种文字转换时（西文转换成中文），有没有差异。

自然，弗洛伊德不了解童话，他所说的"幻想"的概念，和我们中国今天的童话的"幻想"的概念，不一定会完全相同，但也不排斥也许会有那样的相同巧合。

不过，我知道西方对于科学名词的运用，是很严格的。比方，"幻想"和"幻觉"，他们是分得很清楚的。是两个互有联系，但不相同的概念。"幻想"是 delusion，"幻觉"是 illusion。

我们有的人，就是"幻想""幻觉"不分。"幻觉"那是潜意识的闪念，而"幻想"则是有意识的复杂的思维。是应该有区别的。

我们有的人，不但"幻想""幻觉"不分，而且"幻想"和"想象"也不分。有的童话理论文章里，时而"幻想"，时而"想象"，好像"幻想""想象"就是一个东西。概念混乱，这是写理论文字的大忌，做研究工作的大忌。

童话艺术，它是儿童的，是文学的，尤其，它是幻想的。它不是所有的一般的作家，包括一般的文学艺术理论家，都懂得的。要一般的美学理论家，来谈"童话美学"，是不可能的。童话美学，看来必得"自己的事自己做"，要由我们童话的理论研究工作者来做。

另外一位"心理分析美学"学派的代表人物，瑞士的 C. G. 荣格（C. G. Jung），在他的《分析心理学》一书中说道：幻想式的创作则因为供给艺术家表现的素材是潜藏于艺术家心灵深处的幻想，它是一种深不可测的原始经验的曲折分析反映，所以不容易解释。

C. G. 荣格的这番话，虽然不是对着童话说的。但童话确是一种幻想式的创作，供给童话作家表现的素材正是蕴藏于童话作家心灵深处的幻想。它可以说是一种原始经验的曲折分析反映。

但是，我们的童话，今天已拥有众多的作家和作品，我们手上已有了一把犀利的经验和理论的解剖刀，可以剖析童话的种种难题，童话已不是"深不可测""不容易解释"的了，已到了我们去"测"去"解释"的时候了。

童话，不是不可知的。童话的幻想，不是不可知的。

童话美学，是特殊的美学。但也不是特殊得和所有美学都毫无关系。

童话美学，是美学整体的一部分，一个章节。

美学论述的自然美、社会美、生活美、艺术美，和童话美学都有密切的关联，都有共同性。

遗憾的是，我翻看了许多美学的专著，却没有一本论述过童话美，没有一本有童话美学的章节。

在西方美学中，有一种"移情说"，也译作"感情移入说"，还有叫"情感对象化""情感客体化"。

这移情说，有的赞成，有的反对，大家的概念也不一样，所以一直有争论。

移情，德文名词是 Einfühlung。移情作用，又称观念联想。就是说人在全神贯注地观照一个对象（自然或者是艺术作品）的时候，忘记自己是我是物，达到的一种物我一体的感觉，把自己的生命投射或移注到对象里去，使本无生命和感情的物，好像有了人的生命和感情。

弗洛伊德认为：借助于转移，他就能使他的幻想变成一种持久的，甚至于永垂不朽的作品。事实上也只有一条小径才能使幻想重新回到现实，那就是艺术。

这移情说，和我们童话艺术中的"拟人作用"是很相吻合的。

童话，常常要写一些动物、植物、无生物。这类童话的特点，就是把自己糅合进去，赋予动物、植物、无生物以生命和感情。把人性、物性结合为一体。它是动物、植物、无生物，但又有人性，有喜怒哀乐，会用话来表达感情。

这种人物"移情"的童话很多。

当然，"移情"在一般的文学艺术作品里也有。如一些诗歌中，散文中，我们常常看到"移情"的运用。诸如：风在吼，海在叫，鸟在语，花在笑。诸如：天在哭，云在逃，月光抚摸人的头发，秋虫在嘈杂地说话。……

当然，我们童话不仅是"移情"，而且是物人合一的"拟人"。

以上说的几乎都是西方美学与我们童话的关系。

当然，我们要谈童话美学，更多要从中国传统的文学艺术的美学思想中去汲取东西。

就拿我们京戏里的打仗来作为例子吧。

打仗就是战争，战争要死人，它是残酷的。但战争有美和丑的两面。侵略的一面是丑的，反侵略的战争是美的。所以，我们中国京戏的艺术祖先们，他们在舞台上表现的战争，竟是那样的美。舞台上，充满着美的身段，美的舞蹈，刀光剑影，五彩缤纷，富于艺术技巧。

我们常常看的《白蛇传》，白娘娘取仙草，和天兵天将开打，剑拨刀枪，脚踢刀枪，那天花乱坠、扑朔迷离、闪电般的动作，何等优美。

《三岔口》中刘利华、任堂惠的摸黑打斗，在桌底下钻来钻去，在椅子上滚来滚去，那滑稽唐突、妙趣横生的动作，使人百看不厌。

《罗成叫关》里罗成的陷沙而死，死得何其漂亮。《挑滑车》里高宠挑到第十二辆车时被压死，也死得十分潇洒。

战争、打斗、死人，真会这样吗？京戏的老祖宗们根据美学的审美观，把这些都美化了。

如果以政治机械论来看，那可是不得了。"美化战争"岂不反动透顶吗？其实，这些戏演了多少年，人们看了戏，会变成"好战分子"吗？

童话，是美的。不知大家注意没有，有一些童话大家写的童话，不但正面人物写得很美，环境美，结构美，节奏美，语言美，连反面人物写得也很美。比如有个童话，写一个皇帝，写他长着拖地的长胡子，一走路，脚踏在长胡子上，就摔跤，摔跤了，就大哭。有个童话，写一个敌人的大元帅，口袋里还带着香烟牌，一空下来就玩香烟牌，还瞒着老婆偷偷攒一点体己钱。这是童话的特殊手法，把反面人物儿童化，写得有趣好笑，以美来丑化。这在别的文学样式中，恐怕是没有的，也可算是童话美学的一个方面吧！

童话，是儿童的文学。儿童，特别是小年龄的儿童，他们幼稚，幼稚也是一种美。

不是吗？刚会说话的孩子，牙牙学语，说出几句不合语法的话，多好听。

孩子们画画，他们不懂透视，不懂章法，那直来直去的线条，涂得不准确的颜色，有的嘴巴要占半个脸，有的双手长在脖子上，难道不美吗？

我们在电视荧屏上，看孩子唱歌表演，有的缺几颗门牙，唱起来漏风，咿咿呀呀，是很有趣的。可有的孩子，被成人一遍一遍"导演"，稚气全消，显得做作，多不舒服。

童话，特别是幼儿童话，必须具有那种幼稚美。

因为童话是儿童的，儿童不专心，什么事都容易忘记，所以有的童话，常常重复一次、二次、三次，具有那种重复美。

童话的语言，应该是很美的。许多童话大家写童话，是像写诗那样来写童话的，诗意浓馥，朗朗上口，铿锵有声，有的还是有律有韵的文字。有的童话，语言十分做作，一副洋里洋气的文艺八股腔，或者一副故作憨态的娃娃腔，或者连篇成语的冬烘腔，也有拗口难懂的怪味腔，这就不美了。

近年来，童话美太不讲究了。前几天我看到一个童话，写一个孩子嫌吃饭麻烦，请医生在肚皮上装了一条拉链，饥饿了，就把拉链拉开，把菜把饭倒进去。这童话美吗？不但不美，我觉得叫人读了恶心。有这样写童话的吗？

童话必须是美的，童话有童话美学。

我想，我们的童话美学，太需要了，它应该出世了。

童话的探索

问：我看见报上登了几篇"探索童话"，很感兴趣，买回来一读，可总是读不懂。后来，我问我们的语文老师，他也读不懂。我也问过我爸爸、妈妈，我爸爸是高级工程师，我妈妈是大学历史系讲师，都说读不懂。只好写信请教你这位童话专门家，这样的"探索童话"好不好？你对"探索童话"的看法怎么样？

（一位中学生的来信）

我是提倡探索的。当前，是个探索的时代。"文化大革命"结束后十年，这十年，我认为是儿童文学的恢复期，从现在开始，我们将进入一个儿童文学的探索期。我们已完成从恢复到探索的过渡。这一论断，是我在贵州黄果树举行的儿童文学新趋向讨论会上提出的，童话也是这样，我们面对着童话探索的时代。

我认为，凡是艺术创作，它的创作过程，就应该是一个探索的过程。

这和前面的说法，并不矛盾。前面是就时代这个宏观来说的。后面是从具体的艺术创作这个微观来说的。

我们每写一篇新作品，总是希望有所发展，有所进步。如果，每写一篇作品，只是在重复自己，或者重复别人，这哪能算是艺术创作呢！

当然，创作会有停步不前，或者失误倒退，但一个作家的主观上，总是想在某一方面、某一角度，对自己有所突破，有所跨越。哪怕是一点点。

后者，这是"探索"成功，前者，可以说是"探索"失败。

探索自然有成功，也有失败。但不论成功或失败，都应该称之为"探索"。

我们从事于艺术创作的人，都有这样的经验，创作创作，立意就在这个"创"字上。

创者，开始也，就是一种探索的意思。

所以，我以为凡艺术创作，都是探索。凡创作出来的作品，都是"探索作品"。

我们创作童话，也都是探索，我们创作出来的童话，都是"探索童话"。

我们的报刊上所发表的每一篇创作童话作品，都可以说是"探索童话"。

既然，报刊上每一篇创作童话都是探索童话，那就没有必要在每一篇童话作品上，冠以"探索童话"的名目了。

现在，有的报刊上，把某一篇或几篇童话冠上"探索童话"的名目，这不好。这样一冠，好像只有这一篇或几篇童话是"探索童话"，其他的童话都不是探索的。有的人会想得很多，没有冠"探索童话"的作品，也许会是一些因循守旧的、墨守成规的低档作品。这说不通，而且会产生一些人为的消极因素。

所以，我是不赞成在报刊上单独列出一些作品，冠出"探索童话"这个名目来。

我认为，童话都是童话，凡创作都是探索，不必要再将一些作品列作"探索童话"。

因为眼下，在成人文学的某些报刊上，还有"探索作品"的栏目，所以儿童文学的某些报刊上的"探索童话"一举，暂时还会继续下去。

但，童话不设"探索童话"名目，绝不可认为童话不要探索。

童话创作的发展，历史是不长的，而且国外还没有童话这一文学门类，基础不是很扎实，一切都有待于开拓和建树。

童话作为一门艺术，也只能说初具规模，还不能说已经很成熟。

因此，童话艺术，十分需要大家去从事探索。

探索是多方面的。对于童话的性质、定义、功能、范围、分类、特征、手法……我们的理论还不是很完善。特别是我们还没有童话心理学、童话教育学、童话美学、童话逻辑学、童话语言学等方面的专论专著，我们多么需要有更多的有志者去作种种的探索。

在创作上，童话的民族化和现代化的问题、童话的幻想和现实的问题、童话逻辑问题、童话物性问题……也都需要作家们去探索。

在翻译上，把外国童话吸收过来，如何取舍，如何为我们所用？还有把中国童话介绍到外国去，中国童话如何走向世界？诸如此类，都亟须探索。

至于成人文学中的"现代派"手法，在童话中如何运用，也不是不可作探索的。

当然，探索，是童话的探索，童话的对象是广大的少年儿童，我们要明确是为广大少年儿童而探索。这是大前提。

也就是说，我们童话的探索，首要的，应该明确是为少年儿童而探索，少年儿童所能接受。

我向来主张，儿童文学作品，应介于读者对象的懂与不懂之间，这样可使小读者产生一种思考、求索的愿望。不要一目了然、一览无遗。道理很简单，让孩子跳一跳，把果子采下来。

但是，我们不能过分。果子高得很，孩子怎么跳也采不到，这样，他就索性不去跳，你的童话作品就收不到应有的效果了。

我们不能把孩子这个对象丢开。我爱怎么写便怎么写，就不好了。

我们现在有的挂上"探索童话"名目的作品，也还不是上面所说的那种情况。而是一种"故弄玄虚"，摆出架势，借以唬人。前不久，有个报上发了一篇"探索童话"，一位童话作家寄来给我看看，她说她看不懂，问我如何？她知道我在写童话评论文字，要我评论一下。委实，我也看不懂。评论文字我没有写，却打了个电话给那位发这篇稿子的编辑。编辑也说不出名堂，最后承认他也看不懂，但他说因为觉得新鲜、奇怪，会引起大家注意，所以发了这篇稿子。现在，确实有这样的人，故意把童话写得前言不对后语，文句不通，意思不明，颠三倒四，落掉几个标点符号，自己注上"探索童话"字样，投到报刊编辑部去，钻编辑的空子。这就不是什么探索了。

当然，有的人爱把童话写得过于含蓄一些，我想也是可以的。因为含蓄也是一种美。这种童话，时下称之为朦胧童话、模糊童话。但怎么含蓄，也应该让孩子能够捉摸，它说的是什么，故事情节也要连得起来。

近来，许多孩子、教师、家长，还有作者、编辑，向我反映过，说："你们那种探索童话看不懂。"

探索和"看不懂"联系在一起，"看不懂"成了探索的代名词，可不是好话啊！

就拿当前新兴的"接受美学"的理论来说，文学作品的存在是作品和读者的相互交融。作品只相对于阅读它的读者而存在。如若，一个童话，读者都看不懂，那就不是童话，只是在白纸上印着一行行乱七八糟黑字的东西。

探索是一件好事，而且还要大大探索下去，请有关方面，注意一下"探索"的声誉，如果再这样下去，以后"探索"这个词，就不大好使用了。

探索，应该是多渠道的，应该有各个方面、多种多样的探索。现在，那些"探索作品"几乎清一色，都是那一种。那么许多探索者，大家挤在那一条小道上"探索"，干什么呀？能那样"探索"的吗？

探索，应该是一种独立性的创造性的探索，不能是许多人挤在一起故作姿态赶时髦。

探索，不需要你吹我唱的热闹，而应该是冷冷静静的思考。

它，必须是脚踏实地的，讲求效果的。

我希望我们的童话能繁荣起来，这就必须在童话创作上更多地探索，更好地探索。

我写这篇短文，也可以说是一种"探索"，是为"探索"而探索的探索。

童话的幻想

问：听说你反对童话写"做梦"，不知是什么意思。做梦，是不是幻想？

（一位专写幼儿童话的作者的来信）

问：我爱做梦，我也爱童话。我有时做的梦，很像一个美丽的童话。我想，如果我把它记下来，可以算童话吗？

（一位十三岁女孩子的来信）

就从做梦说起吧！

大概是"文化大革命"刚结束那几年，我曾经在一个会上说：现在社会上对童话还很不理解。童话是幻想性的作品，它必须通过变形来反映生活。一个童话出来，总有一些人提出责问："我们的生活难道是这样的吗？"或者直截了当地指出："这歪曲了今天的生活。"确实，童话中所描述的事，是生活中所没有的。任何一个童话作者要写童话，必得要这样去"歪曲"生活。因为那时"文革"刚过去，大家心有余悸，是必然的。所以童话作者在写完童话以后，往往要加上一根尾巴，说这是主人公做的一个梦。因为是做梦，别人就不好以生活真实来要求了。我是就这种情况，来分析当时童话作者心理和一些童话作品的，介绍这种现象，把事情说穿。其实，我说话的意思，是同情作者，说他们这样加上一根做梦尾巴也是不得已，是为了避免种种麻烦。

　　我记得几年以前，东北童话作家吴梦起写的那篇名作《老鼠看下棋》的童话，结尾也是加了一个说明。我理解作者的苦心，所以有不少编辑要删掉它，我是一向主张让它保留的。所以，这篇童话，凡是经过我的手转载或编入集子，都保留着这一说明。

　　我觉得童话最易被曲解，有时作者希望加个说明，加个注，应该同意他。有时作者想说几句话，而这几句话在作品中又说不进去，让他在文末说明一下也好。

　　就是这样，后来落得个"反对童话写做梦"的冤枉。这可能是传话的人，当时记录太简略，传错了。

　　童话是可以写做梦的，有时必须做梦就做梦，不需要做梦，就不要为做梦而做梦。看需要，做个好梦。

　　把梦记下来，是不是就是一个童话呢？

　　确实，有的梦，记下来，加工一下，可能会是一个童话。

　　梦，也是一种生活的反映。日有所思，夜有所梦。

　　梦，也有梦的轨迹。生活中没有的事，它不会在梦里出现。譬如飞，我想谁都做过飞的梦吧！年轻时做，到了老年有时也会梦见自己飞。这是因为生活中有飞的鸟，有飞机，所以做梦人也会飞。但是从来没听说有人做梦在海底飞，在地下飞的。因为飞，需要空间。海底有水，没有空间，只能游，不好飞。地下也没有空间，不能飞。做梦，好像不会违背这一规矩似的。

　　梦虽然也有它的规律性可循，但不是所有的梦都是童话。梦绝不等于童话。

　　梦也有超生活的，像人的飞行、出现鬼怪、动物变成人、死去的人复活，但一般来说，都是实生活为多。童话则很注重幻想，必得是超生活的。

　　童话，有现在的，有过去的，有未来的。但梦，则不能，它都是现在，进行着，发生着……

童话，有纯客观的，不是所有的童话中，都出现我。但梦，这我，自始至终，是梦的中心。离开我，就没有梦。

童话是一种艺术创作，它是主动的，有目的的。梦有它的随意性，不是你想要怎么做就怎么做的。它毫无目的。梦不是创作，更不是艺术。童话艺术，有它一整套完整的要求、条件、规律。它不是在梦中所能完成的，需要很清醒的头脑，从生活中觅取题材，要经一番艰苦的艺术劳动的。

现在，有的人把梦写成童话，也有人把童话当作梦那样来写，恐怕，那不会是童话，而仍然是梦话。

童话和梦，不可以同语。

梦是大脑皮层在白天所经受刺激的自我反映。只能说是一种幻觉。人没有主动性。大脑处于被动状态，不能指挥梦该如何发展。所以，谁也不能说，今晚上我一定要做一个好梦，或者说，今晚上千万别再做噩梦了，更不能说，我昨晚的梦很有趣，今晚上接下去做吧！所以，梦不是童话。

幻想完全不同。幻想，人是主动的，可以通过大脑去控制并展开幻想。幻想是人从生活获得的印象的变形和发展。譬如，一个孩子，在海滩上嬉戏，海浪打过来时，把他的一只鞋飘走了。这孩子可以把那只鞋幻想成一只船，变大又变大，他坐上船到海里去捉大鱼了。这种例子是很多的。譬如孩子们的游戏，早年间，一个孩子拣到一根竹竿，他可以幻想成一匹马，跨上竹竿，走了一圈，他说是从南京到北京了。现在的孩子，几把小椅子接起来，他可以幻想为火车，嘴上嘟嘟叫了几声，他说到了天安门。梦就不能了，梦不由己，幻想却完全由自己安排。幻想是一种思维，梦就不能说是思维了。幻想，孩子们具有一种幻想力，它是一种智力，梦就没有什么力可谈了。

幻想经过整理和改造，它可以成为童话。

梦则和童话是两码事。

童话的人物

　　问：我孩子订的一本儿童刊物，我每期都看。发现一个问题，就是那些童话作品的人物，还有鸡、狗、猫、兔，统统都是起的外国名字，我觉得很不好，是不是可在你们报上批评一下？

　　　　　　　　　　　　（报社转来一位家长的信）

　　童话作品中，人物或拟人物，起个什么名，本来不是大问题。

　　一篇好童话，并不完全取决于那些人物或拟人物起的什么名。

　　当然，一篇童话，往往会因为人物或拟人物的名字起得不好，而影响到全篇作品。

　　有时候，也有这样的情况，一篇童话的人物或拟人物名字起得非常好，和内容相得益彰，使这篇童话添色不少。

　　我们的许多著名的古典文学作品，如《水浒》中的人物，那一百零八将，他们的名字，连绰号，起得都大有讲究。一听他们那些名字，好像一条条性格不同、形象各异的英雄好汉虎虎生威地挺立在你的面前。名字，可说是人物塑造的组成部分。一部《红楼梦》，众多人物，众多名字，一个个都是经过精心设计的。名字中有的镶嵌着人物的身世，有的透露了人物的命运，有的以物借替，有的以声谐字，都大有学问。

所以，今天有人专门研究姓名，而且已有了一门姓名学。起名，也是一种创作，一种艺术，忽视不得。

我早期写那篇《神笔马良》的时候，主人公的名字，是经过许多斟酌，听取各种意见后定下的。它不只要求叫得响、记得住，还要与人物恰如其分，要和人物有某种内涵的联系，并发挥名字有助于塑造人物的作用。当时，我想过从"笔"、从"画"有关的词汇中去觅取。记得我从"梦笔生花"典故中，从有五彩笔的江郎故事中，从黄鹤楼的诗句中，起过许多名字。还把这些名字都写出来，请教师和孩子们去投过票。

最后，定下叫"马良"，果然，马良这名字，一下就在孩子中传开了。

当时，我也听到一个同行说过："你这故事写得不怎么样，就是'马良'这名字起得好！"

这说明，《神笔马良》后来能受到广大孩子欢迎，与"马良"这名字，不是没有关系的。

所以我在写作时，为人物起名字，是要花去一番功夫的。我搜集有各种时代各种职业的各种人物名单。这些名单，对我写作起名很有帮助。

起名是作家塑造人物的第一笔，也是基本的一笔，切勿等闲视之。

我觉得起名，虽然要跟具体人物有某方面的联系，但也不可脸谱化。

当时，有一些文艺作品，凡地主资本家，一律叫"钱富""金贵""莫善人""刁剥皮"；凡劳动人民孩子，大都是苦丫、苦娃、苦孩、苦伢子、苦妹子。

现在，我们童话界，有人在提"非主题""非人物""非故事""非情节"，也有提"非姓名"的。

这"非姓名"不是不要姓名，说的是："姓名嘛，不过是个符号，叫什么都可以，你爱叫什么就叫什么嘛！不要那么多框框了，连起个什么名，也还要那么些规矩吗？"其实，他们也并不是叫什么都可以，也是处心积虑经过选择的。

但是，选择了一些洋名字。不但童话中人物用洋名字，连童话中拟人化的动物也都用上洋名字。

有位读者很气愤，给我来信说："为什么中国的狗、猫、鸡、兔，都不及外国的狗、猫、鸡、兔那么有趣了！"

打开有的刊物看看，那些童话，几乎都是些小狗比克、灰猫伊丽特、母鸡哈尼、黑兔拉斯，还有狐狸露丝、黑熊卡贝、狮子布洛、大象弗里普……

为这事，我曾到学校去作过调查，把一年级到六年级的几个班级学生名册找来，我发现只有极个别女生的名字中，带个"玛""妮""娜"这类有点洋味的字眼，没有一个叫比克、哈尼、拉斯之类洋名字的。我想，小学的孩子是前些年出生起名的，也许这股风还没有刮到。我又到过幼儿园和托儿所调查。情况和小学相同。我可以完全肯定地说："我们中国孩子的名字，没有洋化。"

我们文学作品中的人物，都来之于现实生活。文学作品中人物的名字也应来之于现实生活。大家记得吗？解放前，那些文学作品中写到国民党军队士兵，名字很多叫"张得胜""李得标"的，因为当时生活中当兵的确实有许许多多的张得胜、李得标。

抗日战争胜利那年生的孩子，有许多起名叫"王胜利""张胜利"。新中国成立那年生的孩子，有许多叫"周建国""赵建国"。朝鲜战争那几年生的孩子，很多叫"李抗美""孙抗美"。所以，孩子的名字，是和生活有密切关联的。

我们的孩子姓名没有洋化，为什么我们童话却走得那么远呢？

我不反对，个别的童话中老鼠叫米加。外国老鼠可以到中国童话里来，但是不能凡老鼠都要到外国去"引进"，把那么些洋老鼠"引进"来干什么呢？我们的童话是要"开放"的，但开放不是"引进"一些外国名字。

近来，确实有的童话作者，不用外国名字，就写不成"童话"了。好像这就是一种"风格"似的。有一个作者，写了个童话，连中国传说中的龙、凤，也叫作"恩普雷斯""埃林格丽娜"了。

我觉得太可怜了，一个写童话的作者，竟连童话中人物的名字都不会起，这是一种悲哀。

眼下，童话中的人物、拟人物一窝蜂地都用外国名字，情况是严重的，使得童话显得太枯竭和单调。我在各种场合，说过好多次，请作者、编辑们注意一下这个问题。可是有位编辑还是想不通，说："我们发的童话，新就新在这里。用外国名字有趣，孩子喜欢。"我记得就是这位编辑，前几年提出"拟人化的童话是旧童话"。现在，可能他觉得找到一条新路，"拟人化童话里用外国名字就是新童话"。看来童话界刮起这股外国名字风，和一些编辑的关系很大。

起名字是童话塑造人物很重要的一种艺术手段，请不要忽略这手段，应努力正确地去使用和发挥这一手段。

童话是要从各个方面，使用和发挥各种手段，来塑造人物的。

但请写好这第一笔。

童话的形象

问：我们班级里有一个童话文学小组，最近办了一个刊物，刊名叫《小跳蚤》。同学们说他们给你写过信，得到你的支持。可教师里面，有的很赞成，有的很反对。我们在班主任会议上、语文教研组会议上，争论了好几次，也没有结果，学校领导说，让我给你写封信，听听你的意见。

（一位中学教师的来信）

记得大约半年前，有位中学生寄来一篇叫《小跳蚤》的童话，要我看一下。故事我记不全了，大概是写一只小跳蚤，骄傲得很，它说做什么都行，它去航过海，差一点淹死，它去上过学，却老是坐不住，干了很多行，都不成。后来谁叫它要发挥自己的特长，它就去学跳高，结果在运动会上拿到金牌，成为一个优秀的运动员。我觉得这个童话，写得还可以，写过一封回信给他，肯定了他这篇《小跳蚤》。大概情况就是这样。至于他们文学社团要办个刊物以及刊名叫《小跳蚤》的事，我不知道。

关于童话刊物刊名，在过去似乎没有成为问题的，不知近来为何弄得意见纷纭？关于这个问题，我收到过好几封信，对一些童话刊物的刊名有意见。

这问题，是一个童话中的形象问题。

在"文化大革命"前夕，童话界曾经有过一次声势很大的"老鼠能不能在童话中作为正面形象出现"的争端。北京、上海不少作家都发表过文章，阐述了各自的看法。

大家比较一致的意见是，童话中的动物，应该和生活中的动物区别开来。

这不是这次讨论的新见解，而是古今中外屡见不鲜的事实。

生活当中的老鼠，是个坏东西，形象也很丑恶，叫人憎厌。真是"老鼠过街，人人喊打"。我看任何一个人都不会喜欢老鼠。

但是外国却有《拔萝卜》《聪明的小耗子》这样一些把老鼠写成正面形象的童话。

美国卡通形象米老鼠，也大受欢迎。美国还有个迪士尼乐园，中心形象就是米老鼠。在美国街头，米老鼠的形象到处可见，很多商店用它来做广告，招徕顾客。听说，米老鼠在商店柜窗里一出现，就得付出一大笔钱，但是老板们还是很愿意。

无独有偶，中国也有《老鼠金巴》《老鼠嫁女》这样的民间童话。我记得早年"老鼠嫁女"有幅很好看的年画。那老鼠女儿穿红衣红裙红鞋，打扮得花枝招展，坐在花轿里，形象煞是可爱。一群老鼠，抬轿的抬轿，吹打的吹打，捧礼物的捧礼物，洋洋喜气，一派欢乐。一些农民很愿意把它买回去，贴在墙上，好像是图个什么吉利。

我觉得这些老鼠是艺术家笔下的形象，是经加工重新创作过的艺术形象，虽然它还保留老鼠的名称、老鼠的样子，但不是生活中的老鼠了。

两者分开来，就好说了。

现在上海有的里弄，谁抓到一只老鼠，奖励几毛钱，我想要是奖励一包米老鼠糖，也不矛盾。画家不会去画漫画，说这是绝妙的对照，就是画了，我看也是一张很好的幽默画。

我认为把生活中的老鼠和艺术中的老鼠分开来，这是一种高水平的文明表现。

相反，把生活中的老鼠形象和艺术中的老鼠形象纠缠在一起，好不好这样，好不好那样，搅混不清，却是显得多么幼稚和无知。

过去，有段时期，在文艺作品里，老鼠作为正面形象不行，作为反面形象也不行，总之不让文艺作品中出现老鼠的形象。

在生活中，要消灭老鼠，谁都很赞成。可要把文艺作品里的老鼠消灭掉，谁也不会同意。

当然，当社会上正大张旗鼓，要除四害，在开展灭鼠宣传时，你去写一篇好老鼠的童话，你的动机，就很难说清楚了。

当然，我们写老鼠，也是必须写老鼠，非用老鼠形象不可时，才写老鼠的。

如果你们说老鼠不能成为正面形象，我偏要写个好老鼠给你看看。这种写作法，也是不好的，不是一个搞艺术的作家的态度。

以上说的是老鼠，我是借说老鼠来说跳蚤。因为跳蚤的情况和老鼠差不多。

我肯定那位中学生的《小跳蚤》的童话，也就是已把生活中的跳蚤和童话中的跳蚤分了开来。前者是生活中的一种有害的小虫，后者是借跳蚤的身体创作为文学作品中的艺术形象。是不同的。

当然，我肯定这篇童话，不是希望大家都来写跳蚤，更不是希望大家尽去找那些人们所憎恨、讨厌的动物、昆虫来写。因为童话有一个美的要求。生活中，动物、昆虫多得很，一本动物大词典、一本昆虫大词典，包括多少动物和昆虫，尽可以去找别的动物、昆虫来写，何必偏要找害兽害虫来写呢！

为害兽害虫翻案吗？那不是我们童话作家的职责。

关于作为刊名的问题。我认为老鼠可以写成正面形象，但如果有人说，拿《小老鼠》作为刊物名，可不可以呢？

我知道俄罗斯有一个很有名的讽刺性的漫画刊物，刊名叫《鳄鱼画报》，我对鳄鱼的模样是憎恶的，如果叫我办一本画报，我绝不会用"鳄鱼"来作为刊名。不知别人以为如何。这有个民族习惯问题，不知俄罗斯人是不是很喜欢鳄鱼这动物，或有别的什么原因。

一个刊名和一篇作品名是有区别的。一篇作品，它有一些故事、情节可以给读者以这个小老鼠是好的的印象。作为刊名，是不是得每期都出现一篇好老鼠的作品呢？否则，光是刊名，这"小老鼠"没有从生活形象变成艺术形象，怎么能叫读者喜欢它呢？

作为一个刊名，还有影响问题。因为刊名是一种提倡，是一种鼓励。

你们办个《小老鼠》，我们办个《小跳蚤》，他们办个《小蚊子》、办个《小臭虫》，还有《小白虱》《小苍蝇》都一齐来了，怎么办？

所以，《小老鼠》这个先例不宜开，这个头不宜带。不要为突破而突破，更不要为"赌气"而突破。

你要赌气办个《小老鼠》，我看"跳蚤""白虱""蚊子""苍蝇"都来了，那真是"四害闹童话"，把童话界搞得乌烟瘴气一团糟，读者会原谅你吗？

还是那句话，动物、昆虫多得很，刊名尽可能起个好的，何必"凡是大家说坏的，我就偏说好，凡是大家说好的，我就偏说坏"，专门去找老鼠、跳蚤、苍蝇、蚊子呢？

以《小老鼠》《小跳蚤》为刊名，不是"可不可"的问题，而是"好不好"的问题。

尽可能去觅取最好的形象来作为一个刊名吧！

这是我对童话形象的一点思考和建议。

童话的意境

问：常常听人说，童话的意境如何如何，什么叫"童话意境"呢？请举例说明之。

（一位初学童话写作者的来信）

童话，应有"童话意境"。

所谓"意境"，顾名思义，是"意"和"境"的相加。

那么，什么是"意"，什么是"境"呢？

"意"，是人的主观，一种头脑里的想法，或者说是一种感情吧！拿我们文学创作来说，是作者自己的感情，通过作品中人物的感情，去点染读者的感情。是作者、作品人物、读者三位结合一体的感情。

"境"，是客观的环境，即事的发生时间和地点。具体来说，包括天、时、地、物。天是气候，时是时间，地是处所，物是景物。

我们说的"意境"，是"意"和"境"的相结合。不能是"想法""感情"和"处所""环境"的割裂。

这是一般文学作品的"意境"，那么，童话的"童话意境"呢？

我想，很多人去过各种各样的溶洞吧！

在那些溶洞中，不同成分的钟乳石，有的如柱子，有的如竹笋，有的如珊瑚，有的如遮伞，有的如钟鼓，有的如栏杆，有的如亭台，有的如宝塔，千姿百态。有的乳白，有的墨黑，有的蜡黄，有的绯红，有的碧绿，有的靛青，五彩缤纷。有的透明，有的光洁，有的细腻，有的粗糙，有的巍然庞大，有的小巧精致，有的自然发光，有的扣之作声，变化无穷。真是天工造物，何奇不有。进到洞里，拂人凉意，沁入肺腑。环视这奇观景象，真是美不胜收，应接不暇。有时行走于蜿蜒小道，前面尽是峭壁，疑已尽头，无路可通，可一转身，跨过一个小洞，又豁然开朗，竟是一个可容万人的大厅。俯身穿过一条长廊，又是一架登天般的云梯，到达云梯顶点，几番羊肠小道迂回，拾级而下，又来到一个地下低谷。洞内，滴水有声，也有溪河，水清见鱼。陆路既尽，登上小舟，由水道而出……许多人流连忘返，不想离开这人间的神仙洞府。在这洞天里，人们无不感到松舒，超脱，陶醉，忘情。美和乐在心里交融，许多人赞叹："啊，这真是个'童话世界'！"

我们来到一个地方，偶然听到有人说，他们那里，一个小偷偷了别人的东西，他反诬被偷的人偷了他的东西，把被偷的人打了一顿，捆了起来。人们也把小偷当成了抓小偷的英雄，称颂他，写了表扬信，送到他的工作单位，工作单位把他评为先进个人，加了工资，还颁发了奖状和奖金。那个被偷的人，被送到了公安机关，因为认罪态度不好，说是对抗审查，判了刑。我们听到这种颠倒是非的事情，心里一定会觉得太荒唐，愤愤不平，会说："真要这样，那简直成了'童话世界'！"

前者是说，环境之优美，已非真实的世界所能有，美得人间所无，成为神仙世界。

后者是说，事物之颠倒，已非真实的世界所能发生，荒唐得人间所无，成为虚幻世界。

这是一种由境生意。

有一个孩子，接连遇到了许多非常快乐的事。学校里考试得了满分，在全校同学面前受到了表扬。正好是生日的前夕，收到一份从海外寄来的十分珍贵的礼物。他写了一篇散文，在一家刊物上被登了出来。他奔回家去，告诉爸爸、妈妈。这一路上，他见到的，树枝上的小鸟在向他道喜，家门口跑出来的小狗在欢迎他，他觉得老奶奶今天特别年轻，窗户里透进来的阳光格外柔和，今天窗台上的花异常的香。觉得一切都变得很美好，似乎在叙说着一个欢乐的童话。

另外有一个孩子，他和同学打了架。同学抢走了他的作业本，还逼着他磕响头道歉，他不肯，就挨了一拳头。他去报告值班老师，值班老师却听信那同学的话，他受到老师的批评。放学走出大门时，那同学找来几个大同学，扬言要和他比"武艺"。他赶紧跑回家。走过大街，迎面的汽车、自行车，按着喇叭，响着铃，他感觉到汽车和自行车都在威胁他。一个行人擦着他身体，他认为是有意向他寻事挑衅。院子里的乌鸦哑哑叫，是在嘲弄他。眼皮也在跳，灾祸要来到。他回家要经过的小巷，变得那么阴暗，似乎地面会开裂，喷出火焰，整个世界要烧起来。他觉得一切都叫人失望，好像掉进了一个恐怖的童话。

前者是说，人物心情之快乐，已非真实的世界所能获得，幸运得似乎世界已变成一块乐土。

后者是说，人物心情之愤懑，已非真实的世界所能遭遇，不幸得似乎世界已变成一个噩梦。

这是一种由意变境。

当然，由境生意也好，由意变境也好，在一个童话里，往往是错综的、交替的。

在美学界有个常常举的例子，说有座建筑，四面都是柱子，上面是大屋顶。有人，或有时，看见这屋子和柱子，觉得这屋顶重重压在柱子上，柱子已经支撑不住了，快要折断了。有人，或有时，看见这屋子和柱子，觉得这柱子有力地撑着屋顶，屋顶虽重，想压垮它，但它已无以为力了。

这是由境生意，也是由意变境。

童话之境，引来童话的意；童话的意，构成童话之境，相辅相成，合为一体，是为"童话意境"。

周总理逝世的噩耗传来，得悉北京人民齐集天安门广场，写下许多悼念周总理的诗章。

于是，我就写童话了，像天安门广场上的人们写诗一样，我写了一个《花圈雨》的童话。

这个童话的"意境"，我是这样描述的：

这是一个很冷很冷的夜晚，四周的空气似乎像水珠子那样，一颗一颗都凝聚住了。

焦急，像是一只手在不停地抓挠着她的胸口。

天，黑乎乎的，绷着脸，重重压盖在城市的上空。空中，飞扬着天哭泣的眼泪化成的雪片。风，打着寒噤，大声地号叫着。路两旁的房屋，所有的窗户，都痛苦地阖上了眼皮。人行道上惨绿的路灯，湿漉漉的，噙着泪水。街心花园里成排的红梅，朵朵像哭肿的眼睛，充满着血丝。远方往常喷着火星的烟囱，屏住呼吸，没有大口大口地喘气。平时爱大叫大嚷的汽笛，也都哑了喉咙。……

我虽然写的是一个小女孩的感觉和心情，实际上完全是我自己当时的感觉和心情。

我虽然写的是那个小女孩所处的环境，实际上完全是我自己当时所处的环境。

我当时所处的时和地，确实是一个空气会像水珠子那样可以冻结起来的大冷天。我的心被焦急抓得难受。会绷脸的天，会哭泣的雪片，会打寒噤的风，会阖上眼皮的窗户，会泪水汪汪的路灯，会充满着血丝的梅花，会屏住呼吸的烟囱，会嘶哑的汽笛……我周围的一切景物都和我一同悲伤、愤怒。

　　我悲伤、愤怒的意，构成了悲伤、愤怒的境。悲伤、愤怒的境，引来了我悲伤、愤怒的意。悲伤、愤怒的意，悲伤、愤怒的境，错综交织于一体，也就是这篇童话悲伤、愤怒的"童话意境"。

　　这是童话艺术手法所表现的意境。因为在真实的生活中，哪有这样的空气、天、雪片、风、窗户、路灯、红梅、烟囱、汽笛？它是被幻想处理的，是夸张的，是拟人的。

　　写实小说是不会也不能用这样的表现手法去写意境的。当然，有的荒诞小说，也许需要借用童话艺术的这种表现手法，那是另外一件事了。至于境表现意，意融入境，是所有艺术通用的法则，不能说是童话所独有的法则。

　　童话，是有童话的"童话意境"的，"童话意境"是超生活的。它基于真实生活，又不是真实生活。

童话的构思

问：我很想学着写童话，但是我不知该如何"构思"。我问过一位编辑同志，他说："你觉得怎样构思好，就怎样构思吧！"我要是懂得如何构思，就不会去问他们了。你说呢？

（一位刚从师范学校毕业的小学教师的来信）

过去，有一些专给报纸写连载小说的作家，他们写作一个长篇，不一定事先想到一个完整的故事，只是列了个人物表，按人物的发展规律，每天写上一段，就送去发表一段，下一段该怎么写，人物的命运怎样，结局如何，不一定去想过。下一段怎样写，只是在写下一段的时候，把前面登出的故事，再细心读几遍，顺着过去的故事，发展出下一段故事来。

这样写作的作家，解放前在上海、北京、天津这些大城市中都有一些，今天的香港、澳门，也有不少这样写作的作家。

这样的写作方法，解放后，我们的文学界，是持否定态度的。认为这是"爬格子""稻粱谋"，意思是卖文混饭，不是搞艺术。而提倡全部想好，写出一个完整的故事梗概。不少出版社约稿时，要先看过作者的作品故事梗概，而且要许多人看过，领导上批过，通过了，才订入选题计划，让作者去写出来。这样全部想好再写，也是一种写作法，一位作者欢喜这样全部想好再写，谁也不会去否定他。因为这样写作的作家，出来过许多好作品。

前面说的想一段写一段的作者中，自然有一些是为了养家糊口的作文匠，并不是在搞艺术，出来的作品，粗制滥造、质量低下的不少。当然，其中也不乏精品和成功之作。

我提这两种写作法，无意于来判别写作法的高下，不是提倡何种写作法。

因为我这篇短文，不是写作方法的论述，我只是从写作法谈起，说目下有的人写作，先定好一个"结局"，然后用种种人为的、不从生活规律出发的细节，去证实和促成这个结局的实现。

我们看有些作品，譬如，作品的主人公完全没有必要，而且非常不可能，要去跳海自杀。但是，作者为了既定的"结局"是主人公跳海自杀，便千方百计，胡乱填充一些情节进去，硬要主人公去跳海自杀。

结局先行，其实就是主题先行，造成了作品的图解化、概念化。

我们有的童话作者，写作童话，也有这个毛病：结局先行。

譬如，写一个孩子懒惰的童话，作者让他最后的结局是变为一个勤快的人，于是就在这开头和结局的中间，填进了大量的让这个孩子吃点懒惰的苦头的情节，或虚构一个懒惰国，或虚构一个勤劳城，让他进去受受教育，最后达到转变成勤快孩子的结局。

这种结局先行，然后通过一些人为的手段，拼凑上一些勉强的细节，再添上一些无关的笑料，然后达到预定的结局的写作法是当前童话创作的通病。

我觉得前面说的那一种写作法，也有好处，那就是说，人物命运的安排，故事情节的发展，必须是在前面生活的基础上，按照人物、故事的必然趋向，去安排人物的最后命运，去发展故事的最后结局。

我们的许多童话，质量太差，是因为作者以为童话是幻想的，就可以不按生活规律，想怎样写，就怎样写，人为的味道太重，勉强的成分太多。

　　写作童话，绝不能随心所欲。绝不能靠自己的一点小聪明，去作故事开端和结尾中间的生活空白的填充。

　　最近，见到有个童话，叫《馒头山》。写一个孩子，他邻居的老爷爷病了，他去请了一位医生来看病。医生看了老爷爷的病，却说："要治好老爷爷的病，必须吃村外路边那棵梅子树上的梅子。"而且"一定要第三天的早上吃"。

　　为什么要吃梅子？为什么一定要吃村外路边那棵梅树上的梅子？为什么要在第三天的早上吃？吃桃子行吗？市上买的梅子行吗？第四天的早上吃行吗？

　　这就是费解了。是医生的故弄玄虚、卖弄关子吗？是医生蓄意刁难、恐吓病人吗？是神仙下世、帮助凡人的吗？其实，这是作者不高明的安排。

　　下边，作者继续写道："那棵梅子树，有九万九千九百九十九米高，谁也上不去。"

　　为什么这棵树是九万九千九百九十九米高呢？人都上不去，怎么量的？难道那时候，已经有人用现代科学方法来测量过了？而米又是现代才通行的长度测量单位。

　　按理，要攀上这样高的树去，总得要想个巧妙点的神奇点的办法。可是作者让童话中的主人公想出了这样一个笨办法："动员了全村人"，"从各人家里拉来一车车的白面粉和发酵粉"。"又挑来一桶桶的水，七手八脚在梅子树的底下和起面来，揉成一个像山那样高的大面团。"作者已忘记，这个村里，"家家揭不开锅，有了上顿没下顿"。老爷爷"饥寒交迫"，"满头白发还替财主打短工，累得生了一场大病"。大家怎么拿得出这么多的面粉？七手八脚能做得起一个"山样大的馒头"吗？

　　面团揉成了，"孩子爬到面团上面去。太阳一晒，面团愈长愈高，成了一个和梅子树一样高的大馒头"。孩子"把梅子采下来了"。

怎么下来呢？"孩子跳一跳，人就陷进了馒头里。""跳一跳，陷进馒头更深了。"他就是"这样不停地跳，跳到了九万九千九百九十九米深的馒头底下"。这孩子又没有魔力，可以不停地跳，从那么高的地方陷进馒头里。

到了馒头底下，还是出不来，作者没有更好的办法，只好让"孩子不住地吃"，才算"啃穿了馒头山"。时间正是"第三天的早上"。孩子把梅子送给老爷爷吃。当然，"老爷爷吃了梅子，病好了"。"大家都夸这孩子，是个好宝宝。"

这完全是作者关起门来，在那里"瞎编"。整个童话在写什么呢？给人的印象是：一群愚蠢的大人在受一个孩子的折腾和戏弄。

我觉得，这位作者，从面粉发酵后，太阳一晒，会胀大，着眼于这一有趣的生活中的科学，并把它用到童话中来，这是好的，可以构思成一个很精彩的童话。

但是哪能这样来构思呢？安排一个老爷爷生病，最后结局是老爷爷病好了，其中，要写一个孩子来"帮助"老人，所以又加了一个医生开的奇怪的药方，制造困难，由孩子去解决。于是这样编出了这个《馒头山》的故事来。

现在不少人，以为童话的构思，就是给童话中的人物，制造一个莫名其妙的"困难"，然后，由一个聪明的大人或孩子去想出一个奇怪一点的办法，解决"困难"，帮助前面的人物，达到目的。

这篇《馒头山》，作者安排那位医生开的只是一味药，一个困难，要是开两味药、三味药，就是一个中篇，要是开七味药、十味药，那就是个长篇。如果再开三十六味药、七十二味药，那就可以无穷无尽地写下去。

确实我们有的系列童话，就是这样一难、两难、三难……没完没了的"困难"，一直写到自己不愿意再写。

有一位初写童话的年轻人，拿着一篇童话来找我。我一看，这篇作品就是罗列了三个人为的困难，最后结局三个困难解决了。他告诉我，他是向《西游记》学的，因为《西游记》写唐僧上西天取经，历经八十一难。

我想，《西游记》确实是写唐僧他们一路上遇到许多困难，一个个解决，最后到了西天。

我告诉他，第一，《西游记》虽然是一种神怪小说，但它充满着生活气息。作者写了天上、妖怪、人间，实际上都是人间。大闹天宫、火焰山借扇、高老庄招亲、三打白骨精，都是人间生活的描述。一难复一难，这么许多难，读来毫无重复之感。整个故事，起起伏伏，十分自然，毫无人为做作的虚假感觉。第二，《西游记》的构思，是创造性的，是新颖的。《西游记》的故事虽然在成书前已流行，但成为文学巨著的只有这部《西游记》。要是有一个后人，采用《西游记》的构思，再写唐僧西天取经，遇上众多困难，这些困难一个个都换成新的，不和《西游记》一样，这部小说出来，我看恐怕是没有人要看的。

所以，构思，一要基于生活，二要新鲜。

我们写童话，应该各有各的"构思"。绝不能弄出一些"套子"来，大家按模具去填充。

对于构思，有的人说："我们写作童话，我想怎么写就这么写，根本不必去考虑如何'构思'。"好像童话写作就不需要"构思"。这是不对的。任何一个童话，作者写作时都应该是经过"构思"的。为什么要这样开头，某一人物什么时候出场，何处用何样的细节，哪些材料可以删去，故事怎样进展，写到什么地方结束，整个故事说明什么，等等，都要好好考虑一番，这就是"构思"。当然，我们的构思，应该按照人物情节的发展去编排下边的故事，绝不是按既定的故事去添设情节。一篇童话，没有很好地去"构思"过，信手写来，即使很有才华的作家，也是不行的。一个作家是不是有才华，很重要的一点，就是他是否有构思的才华。创作艺术，可以说是一种"构思"的艺术。我们的童话创作也是这样。如果一个童话作家不善于"构思"，他肯定是写不出好童话来的。

也有人说，"构思"这么重要，是不是请哪位童话作家，写一本童话如何"构思"的书，列出一些条条款款来，大家一条条一款款把它背出来，总会"构思"了吧！前面说过，"构思"切不能变成套子模式，让大家来模仿。"构思"来自生活，你如何取舍，如何剪裁，如何表达，都是各个不同、千变万化的。再说，"构思"不能照搬。童话写作就是一种创造，就要自己去创造。依照生活去创造。那么，如何去创造呢？我想基本措施有两条，一条是多读，读古今中外的优秀的童话作品，多读，就会得到比较，得到对照，得到启发。哪一篇童话，作家是这样构思的；哪一篇童话，作家是那样构思的，慢慢读多了，你不但能欣赏它，而且能剖析它，你可以辨别，这样构思很好，那样构思不好。一条是多写，不怕失败，不停地练习写。练习写，学着"构思"。写好了，或者请人看，也可以读给孩子听，自己也多读几遍，看看自己这篇作品，构思得好不好。有时候，一篇作品写完了，自己觉得构思很不错，但也别忙拿出去，放上几天，有时往往过几天一看，自己也觉得太差劲，不能再投寄给报刊了。

前面说的，可以说是一般的"构思"，但这一般的"构思"，童话也是适用的。

当然，童话的构思，还有特殊的要求。这特殊的要求，就是童话它有它的一些特殊的规律，如童话逻辑、童话拟人、童话物性、童话夸张，等等。

好在，你多读童话，多写童话，一个好童话，在"构思"时，都是很注意这些特殊的要求的。你会像发现奥秘似的，发现这些东西。

构思，是我们童话艺术的基本功，多读，多写，我们会提高自己的童话艺术的构思能力的。

童话的鉴赏

问：我的孩子，读了一些乱七八糟的"童话"书，整天胡思乱想。学习成绩门门下降，他自称是"童话迷"，说要去参加一个"童话迷"协会，选举童话迷大王。他一门心思想做"童话迷大王"。我总觉得他这样下去不好，但没有办法说服他。你们能出出主意吗？

（报社转来一位小学高年级学生家长的来信）

孩子们喜欢童话，这是好事。

有的孩子太喜欢童话，叫他"童话迷"也未尝不可。

但是，近来忽然"童话迷"成风了。一些孩子自称是"童话迷"，好像"童话迷"光荣得很。有个刊物，甚至于倡议成立起"童话迷"协会，搞什么"童话迷"串联、"童话迷"擂台赛活动选举"童话迷大王"。听说，还准备成立"童话迷"中心。这样，未免有点过头了，该引起大家注意了。

社会上，也确有一些"球迷""影迷""戏迷"。如果都组织起什么"协会""中心"，选举出"大王"来，那恐怕不是一件好事。我们的童话，不要带这个头。

有一个地方戏剧种，着实红过一时。不少著名的演员，各人都有一批女工、女学生、家庭妇女崇拜者，这些崇拜者自称某某迷。这些某某迷，虽然还没有组织"协会"，搞什么"中心"，但她们之间大抵相互认识，也有一些联系。每次演出，甲演员上台，一批甲迷，凡甲演员一唱一白，都要报以热烈掌声、喝彩声。乙演员上台，一批乙迷，热烈鼓掌，喝彩。开始则各自捧场，后来发展到相互喝倒彩，弄得台上戏演不下去。后来竟发展到在剧场里相互谩骂、围攻、扭打，弄得秩序大乱。这些戏迷，也处理过一些，但她们被罚款、拘留，也毫无怨言，可说沉湎已深，迷而至信了。这情况反映到剧团本身，一些年轻演员则不是根据自己条件去创造发展表演艺术，只是一味去模仿某一演员唱腔调门，乐于自称是某派嫡宗传人，借以博得这批某某迷的拥护和捧场。这样，弄得这一剧种日趋衰落，艺术地位大大降低。

我们童话，恐怕亦应以此为鉴。特别是我们的对象还是处于身心成长阶段的少年儿童。

对于这些年轻的童话爱好者，我们应该培养他们的艺术兴趣和修养，提高他们艺术鉴别能力和欣赏水平，怎么可以光让他们入迷、着迷呢？

因为童话，有优有劣，珠沙混杂。何者为优，优在哪里？何者为劣，劣在何处？如果不从提高他们的欣赏力、识别力、判断力着手，而是让他们成为一个连什么是童话、什么不是童话也分不清的"迷"，他们怎么能以正确的健康的态度，去领受崇高的童话艺术？

他们必然是不分皂白，囫囵吞下，这不是坑害他们吗？

我们童话需要的，是清醒的读者，而不是那种浑浑噩噩的"童话迷"。

我们要开拓少年儿童的幻想智力，反对提倡少年儿童无稽的胡思乱想。

我们也不要搞"大王"那一套。现在儿童文学界，有许多刊物，叫"大王"。有两个刊物，为争"大王"还闹起矛盾。因为，如果只有一个

"大王"还没有什么，那么多的"大王"就不好了。"大王"毕竟是一种封建意识，有的"大王"刊物，内容尽登些"布洛""比克""贝卡"这样的洋东西，无怪有人很有意见，说："这不成了一块半封建半殖民地！"

须知作为一个童话的读者，是高尚的，作为一个"童话迷"，是不光彩的。

如果真有一些孩子已成为"童话迷"，我们也应该积极帮助他们从迷津返航，摆脱迷惑，成为一个清醒的童话读者。

既有一些孩子成了"童话迷"，就应该让他们迷途知返，怎么可以还要去成立什么"童话迷"协会、"童话迷"中心，一直执迷下去？哪能这样！

"童话迷"的支持者，把童话的幻想看成就是胡思乱想，把童话职能贬低为一种庸俗的取乐，童话只是满足孩子的兴趣，认为孩子能够"迷"上，就是童话的目的、童话的成功。

我们有些人，写文章爱写上什么"科学迷""革新迷"，但这是一个夸奖词，如果真正迷住了，他能做科学实验吗？他能大胆革新吗？"童话迷"是孩子，他一迷上，真是着了魔似的，你要摆脱这个"迷"，也还着实不容易呢！

有那么几个孩子成了"童话迷"，还不要紧，经过老师开导、同学帮助，他能清醒过来。而今天，不是几个"童话迷"的问题，是有意地提倡要在孩子们中间造就一大批"童话迷"，并组织协会、中心，事情就严重了。

童话，绝不可提倡"童话迷"。

我们应该写出一系列童话艺术鉴赏的书来，提高少年儿童阅读童话的鉴别、欣赏、分析能力。我们的老师要指导孩子正确地去阅读童话，我们的出版社要杜绝出版那种质量低下的"童话"出版物，使那些沉湎于胡编乱造的低劣童话的"童话迷"们成为一个优秀的童话读者。

童话的读者

　　问：我早已经是一个大人了，而且快要做妈妈，可是我还是很爱读童话。我们厂里的一个小姐妹说，童话是娃娃们看的，读童话会使人变得幼稚，快别看了。会真是这样吗？

　　　　　　　　　（一家妇女杂志社转来一位女青年的信）

　　童话的读者对象，顾名思义是儿童。不然，它不叫童话。它是儿童文学样式的一种，成人文学里是没有童话这一门类的。

　　现在，童话的对象，已从零岁开始，就是孩子一生下来，就要让他接触童话。然后，是托儿所、幼儿园、小学低年级、小学中年级、小学高年级、初中一二年级。以后，便和青年文学接上了。因为少年到青年，没有一个明显的交接点，所以，不少初中三年级学生、高中学生也爱看童话。

　　这对象的划分，是童话性质所决定的。只是说，童话是为这么一些阶段的少年儿童准备的，丝毫也没有排斥成人去阅读童话的意思。

　　因为，童话虽然属于少年儿童，但不是与成人无关，正如成人和少年儿童的关系一样，是无法分开的。

　　下面，我特意要说说成人与童话的关系。就从未来的妈妈，和在母体里的孩子说起吧！

　　当一个孩子的小生命开始孕育在母体里，做母亲的，除了在营养上供给体内的胎儿，还自然而然地在培育着体内胎儿的性格。如果有意在这样做，这就叫"胎教"。虽然，胎教的科学解释，我们还没有见到什么可靠的数据。但是关于胎教的论证，古代和今天已有不少文字发表了。在邻邦日本，近年来还出现了胎教的专门家，写出很多研究文章。

常听人说，这孩子先天不足，"先天"看来还是很重要的。如果先天不足，后天失调，这孩子便无希望了。

我们童话，给少年儿童调理"后天"，这是很明白的，那么跟"先天"有什么关系呢？

我们的女同胞们，当你怀里有了小生命时，你们不但要进摄钙片、维生素 C、牛奶、鸡蛋这些营养补品，我还要建议你们去挑选一些童话来读。挑选那些恬静的、优美的、富于诗情画意的、文字上刻意雕琢的，或充满自然情调的童话来读。

你在明静的室内，拉上乳白薄纱窗帘，使光线显得格外柔和，茶几上插几株素雅的发着芳香的花枝，你安详地坐在舒适的沙发里，翻开童话书，一页一页细细读来。你不只是看故事，应该把自己沉浸在故事的氛围里，成为故事中的一员，倾注你女性细腻的柔情，去和主人公一起进入无边无际的艺术幻想世界，尽情去汲取，尽情去吮吸，尽情去采撷世界上这至纯至真的爱和美。

这是多好的时刻，你和你丈夫的血肉结晶、你们未来的孩子在一起，一起享受这美好的童话。我想，你会感到很充实，你是一个富有者。

这不仅会使你的精神境界得到净化，你的艺术修养和素质得到提高，而且你的母亲的爱也会显得更深沉，你会相信自己变得崇高起来。

更主要的，你的孩子一个美好的性格，在这不知不觉的、无声无息的自然陶冶中，淡淡的美和爱的交流中，会得到哺育，得到塑造。

为了母体中的孩子，也为了母亲，我要向怀孕的女同胞们推荐，大家多去读童话。

我们的社会，有责任要保护妇女儿童，我想，提倡孕妇们读童话应该是其中工作的一项。

十月怀胎，我们的妇女应该从柴米油盐中挤出时间来，从家庭的杂务纷繁禁锢中解放出来，排开生活中的种种不快和烦恼，让她们能有一些时间来读童话。

读童话，是一种有效而高尚的排解。因为童话本身具有一种女性般的美和爱的诱人魅力。读着读着，会使你的注意力、你的情绪，高度地贯注和集中。

当然，你也可以看图画，听音乐，练书法，读诗，读小说，读散文，看戏，看电影，领略种种艺术。但读童话，是很重要的，因为童话是最能使母亲和孩子的情感相沟通的。

如果有条件，我倒是很想专门从古今中外的童话名著中，选出一些最优美的童话，配上最优美的插图和装帧，来献给所有的明天的母亲们。

童话是为孩子们写作的，也应该是为母亲们所准备的。如果只有前面一句，是不完整的，必须加上后面这一句。

愿天下所有的女同胞，在你出嫁的时候，都带上童话，这是你最富有的嫁妆。有人给你送礼，最好的礼物是童话，这包含着最吉利最珍贵的幸福祝愿。新房里放上几本童话，这是最美的装饰，它象征着未来、希望，向来宾们诉说着高雅的理想。

更愿凡怀孕的妇女，都有权利读童话。

那么，也应该给作为丈夫的男子汉说几句话。当你的妻子在读童话时，你如果显得那么木然乏味，不对劲，不耐烦，那太不合适了。你不但应该和妻子一起到书店去挑选满意的童话，在你妻子读童话时，你应该靠在她身边，和她一起读，一起进入美和爱的世界。让父亲和母亲的感情交织成的爱流，随着童话故事情节的开展，缓缓注入妻子怀中的小生命。

十月过去了，小生命顺利来到了世上。慢慢长大了，从懂事开始，你就要按部就班，常常给他讲童话。

有的父亲，脑袋里空空，没有童话的储存，过去听过的童话都忘掉了，只好去买一本童话书，按书上的童话讲。讲的时候，自然要添枝加叶，有所增删，这也是创作。有的就自己编。有的编得很好，可算是一篇即兴体童话。有的自然是瞎编，乱七八糟说一通，这是有害的。有的就花点钱，到外面去买几盘磁带来，孩子要听童话了，打开录音机就放。

这不光是对做父亲的说，母亲也应该是这样。一个好父亲，一个好母亲，都应该是童话创作家，至少也应该是童话讲述家。

也有更无知的父母，什么童话也不会讲，觉得孩子只要吃得胖胖，无病无痛，便算尽完父母责任。还要管童话什么事！殊不知一个孩子除了吃饭喝水以外，还要有精神食粮的。

我也很不赞成，有的父母，为了自己省事方便，孩子要听童话，买磁带来放的做法。

父母给孩子讲童话，是一种父母和孩子之间感情的交流。这样一个个多珍贵的共叙天伦、融会感情的机会，给白白错过，多可惜！

随着孩子的长大，他们的要求愈来愈高。一天讲一个，还不行，要"再来一个"，多次的"再来一个"才罢休。如果父母没有足够的童话储存量，这日子也是很不好过的。

孩子上学了，识字了，你们就要给孩子买童话书，选择好童话，引导他如何读童话。

等你们孩子长大成人了，你想松一口气，可不要太久，你们的第三代很快要来到人间，爷爷奶奶，或者是外公外婆，还是跟童话在一起，童话离不开你们，你们离不开童话。

　　这是说有子女的家庭。我到好几个养老院去参观过，发现他们的阅览室中，备有许多童话。而且一翻，凡包皮最旧最破的必是童话。我一询问，原来那些无儿无女的老人，都爱读童话。有的说，读童话好像自己回到了儿童时代，重温起那些往事来，似乎自己一下年轻起来了。有的说，读童话好像自己跟孩子们在一起生活，显得不冷清、不寂寞，那种孤独感给驱走了。

　　童话是儿童的，但是成人也离不开童话。正如世界上没有孩子不行。

　　童话是儿童的，也是成人的，是我们大家的。

童话的流派

问：有人说：童话分成"热闹""抒情"两大派。现在以"热闹派"居优势，所以有一些人称自己是"热闹派"。请你说说你对"热闹派"的看法。

（一位报社编辑的来信）

问：童话界一会儿出现一个"小老虎派"，一会儿出现一个"热闹派"，现在听说又出现一个"新潮派"。这是怎么一回事？你了解吗？听说一些童话作家对此都沉默，这有什么不好说的呢？你说说吧！

（一位写文学评论的作家的来信）

关于"热闹"和"抒情"，近来成为童话界常常议论的话题。不但是口头议论，而且见诸文字。

这"热闹"和"抒情"，是 1982 年夏天文化部在成都举办西南、西北地区儿童文学讲习班时，一位儿童文学翻译家在一个学员座谈会上即兴发言时随意讲的。当时，另外一位翻译家和几位儿童文学作家并不同意这说法。不想，一下传开来了。有人便认为，当前童话分为"热闹派""抒情派"两大派。还有人开了个名单，把所有写童话的年轻人都圈进"热闹派"。我想，这些年轻人可能有的承认，有的自己还不知道，知道了也不一定会承认。开始，说"热闹派"是宗法张天翼的作品，后来又不承认张天翼是"热闹派"了。说他们的"热闹派"童话与过去所有的童话"迥异"，有的甚至说，过去没有童话，童话是从"热闹派"开始的。这种种说法，的确前一阵颇为"热闹"。

于是，我去问那位最早提出"抒情""热闹"的翻译家。他说："现在他们说的'热闹派'，和我说的'热闹'完全是两回事，毫无关系。"

那么，我想试就"热闹""抒情"来谈一点我粗浅的看法吧！

第一，我认为，我们的生活是千变万化的，少年儿童的生活是丰富多彩的。如果承认我们的童话，是生活的反映，是儿童生活的写真，那么，我们的童话也应该是千变万化的、丰富多彩的。生活绝不是只有"热闹""抒情"这两种，我们的童话怎么可以只有"热闹""抒情"这两种呢！就说只有这两种，那么为什么又要扬"热闹"而抑"抒情"呢？我们的童话，应该反映千姿百态的万花筒般变化着的生活，就要百花齐放，我们怎么可以归纳为两种，再抑一种，成为一花独放呢！要是我们的童话，只有"热闹"一种，能反映千变万化的生活吗？只有"热闹"一种，孩子们不是会感到单调、乏味吗？

第二，如果说，我们的生活只有两种，这两种总得是对立的。像世界上人有两种，一种是男人，一种是女人。不是男人便是女人，不是女人便是男人。可是"热闹"和"抒情"并不对立。"热闹"的反义词不是"抒情"，"抒情"的反义词不是"热闹"。"热闹"是一种生活现象（热闹的场面，热闹的气氛，等等）。"抒情"是一种表现手法。一种现象，一种手法，既不对立，又不交叉，又不连接，这两个互不相干的单词，根本连不到一起，能说我们的生活，不是"热闹"便是"抒情"，不是"抒情"便是"热闹"吗？再说，在某种意义上，热闹也是一种抒情，抒情也可以热闹。所以，把童话分成"热闹""抒情"，说不通。

第三，童话是一种多对象多形式的文体。有的幼儿童话短短几十字，你说是"热闹"的，还是"抒情"的？有的长篇童话，章节很多，有的部分"热闹"，有的部分"抒情"，那该如何说？按说，凡文学作品，都应该是"抒情"的，童话也不例外，"热闹"童话但求热闹，而不抒情，能有这样的作品吗？

第四，一个童话作家，应该有几副笔墨，这就是艺术根底，应该学会反映各种各样千奇百怪的生活。如果这个童话作家，只能反映生活中的"热闹"，只会写生活中的热闹场面、热闹气氛，这位作家光彩吗？我觉得，"热闹派"这个词，是贬义的，我认为"热闹派"这顶帽子，以不戴为好。我想，也许有人已经意识到这点，准备把"热闹派"换成"新潮派"。如果一定要成个什么派，我倒很赞成换成"新潮派"，要比"热闹派"好。因为童话是要"新潮"的。当然，切不可为"新潮"而"新潮"，要真正的"新潮"。

第五，被圈在"热闹派"里的那些年轻人，我都是很熟悉的，而且都有种种往来，他们的生活经历、创作道路，我是很了解的，可以说是各个不一的。他们过去的作品、现在的作品，我都看过，可说是各不相同、各具特色的。绝不是一个"派"，可以把他们捏在一起的。他们的作品更不是"热闹"这两个字，可以概括的。这是明摆着的事实，他们的作品，没有一个人是专写"热闹"的，不少作品并不那样"热闹"。不知道为什么竟然弄出个"热闹派"来。我认为那份名单上的童话作者，没有一位，可以以"热闹"称派的。我要武断地说一句，现在热闹一阵的"热闹派"，实际上是不存在的。当然，这是我的看法，要是有人出来说"我就是'热闹派'"，或者说"某某就是热闹派"，也完全可以。因为这不是学术问题，不需要争鸣的。我要说的是，这些年轻人，是有才华的，是有前途的，如果要说"派"，我希望他们每一个人自成一"派"。现在把他们说成一个"热闹派",非常不合适,他们过去不是一"派",现在不是一"派",将来更不会是一"派"。现在,他们还很年轻,才二十岁、三十岁,个别也有四十岁、四十多岁的。艺术创作还刚开始,虽然写了不少优秀作品,但更成熟的作品还在后头,来日方长,前程远大,说他们是什么派,似乎为时还早一些。许多作家是什么派,往往是在他的晚年,创作道路快走到头了,或者在他百年以后,人们来给他论定的。我们的老童话作家,有的八九十岁了,有的逝世了,有的长期卧床了,他们写了那么些童话,对童话是大有贡献的,也没有给他们做"论定"的工作。才二三十岁的人,何必就急于立"派"呢?一个童话作家成就如何,那主要看作品影响如何。安徒生没有什么"派",格林没有什么"派",但世界上公认他们是童话大师。有的人才写了十来篇童话,还稚嫩得很,就来个"派",对自己也不好。

第六,派,有两种,一种是流派,一种是帮派。当然,我们这里说的派,是流派之派。流派,是文学上的一种流派。它是别人对一些作家客观的评定。说他们的作品,同具有某一特色,或风格相近。被称作流派的,有同时代的,相互也不认识的作家;也有不同时代,相隔许多年的作家。绝不是一批志同道合的人,大家谈得来,自愿聚在一起。这自愿组织起来的怎能算什么"派"呢?确切地说,是一种文学社团。作为一个文学社团,应该也有共同的文学主张,成员为共同的文学主张的实现而写作出作品,而绝不是以年龄划线。因为文学社团是有章程、有宗旨、有目标的,只要同意主张,不论年龄、性别,都可以参加。

所以,我的意思,许多事应该从历史的宏观来看。那个"热闹派",以不要再提为好。这是我的建议。

童话的引进

问：现代派已经悄悄进入中国的童话。你认为现代派能够在童话界立足吗？不知你对现代派童话持什么看法，能回信说说吗？

（一位团干部的来信）

世界上的事物，往往是这样。你禁止它，便接踵而来会有个风行、狂热。你任它风行、狂热。一阵风行、狂热过后，你不禁止它，它已销声匿迹，你要找也找不到它。物极必反，这是一切事物的规律。

现代派文学就是这样。那些年，现代派文学，横批竖批，说它如何如何反动、堕落，似乎是一种非常可怕的洪水猛兽、精神毒品。

近几年，"开放"定为国策，现代派文学，就像水闸把门打开，真可说以极猛之势，涌进了文坛。

中国文学立即以仿效现代派为新潮，竞相推崇。童话界的一些青年作者，不甘落后，抢先把现代派引进了童话。于是我们也有了叫"现代派童话"的作品。

其实，有的人，对现代派也不甚了了，只觉得这三个字时髦，自己随意写一通，就往现代派这边挂靠。

殊不知，在外国，现代派也不是新东西，而且在不断变化。所谓现代派，每个时期，都有它一些代表作家和作品。他们都说他们是现代派的，但他们的主张和作品，也是各人各异的。现代派，没有一个固定的定义和范围。你说你的，他说他的。所以，现代派这顶帽子，谁都可以拿来给自己戴上。它没有正宗邪门之别，也无真实假伪区分。一块陆稿荐招牌，只要是卖肉，谁都可以挂用。因此，现代派的时髦，人人可学。于是，拜倒的信徒甚多，趋附风雅的也甚多。

在童话上，那种"看不懂"的称为现代派探索童话的作品，流行了没多少天，近来已经冷落，因为童话毕竟是给儿童看的，儿童冷淡，是无法存在下去的。

现在在童话中，叫得最多的，无非是"生活流""意识流""黑色幽默"等。

这些东西，至今可说还没有进入童话作品，还停留在口头上、名词上。

要知道，进入作品，是十分不易的事。

口头上、文章中，用几个现代派名词，这是极为容易的。

再说，这些所谓现代派的东西，也并非外国独有的。中国文学艺术中，有些今天列为现代派的手法，其实早就有所运用，而且还颇为盛行。

如我们的中国戏曲中，那张低矮小桌，可以象征床、柜台、山坡、城楼、点将台……一条马鞭，挥了几挥，兜了个圈，便是骑马从家门到了京都。节奏何等明快，时空跨度多大。

中国的敦煌石窟，不少壁画，初看是单幅画，但细一琢磨，却是一幅有故事情节的连环系列画，多么巧妙，节奏也极明快，时空跨度更大。

其实，中国的童话本身，在某种意义上来说，它就是中国现代派的一种样式，因为它是超现实的、超生活的。

目前，有些受到赞美的成人文学作品，其实就是童话，运用童话手法，只是以成人为对象，不叫童话罢了。

如小说《减去十岁》，这种年龄变大变小的手法，在童话中是极为普通的。

如戏剧《潘金莲》，古今人物同时出现，对话争论，也是童话中常见的手法。

可是前者称为"荒诞小说"，后者称为"荒诞戏剧"，都可算是现代派作品。

还有中国古典小说《西游记》，中国向来称为"志怪小说"，但也有人把它挂上现代派，称为"荒诞小说"了。

我认为，有些名词，早就有了，并且已有约定俗成的丰富内涵，就不改了吧。何必一定要往外国的现代派上靠呢？

中国童话中，有许多名词，是好的，就保存它，继续运用它，不要眼下现代派时髦，把现代派的名词硬要搬进来替代它。

童话故事情节，几条线同时进行，交叉进行，这是很多的，不要去换个新名词叫"双向轨迹""三向轨迹"……

"构思""结构"，在文学上，在童话创作上，已经用了很多年，大家也很熟悉，就不要去换用"排列组合"了。

有些旧名词，不能运用了，当然可以换新的，绝不要为赶时髦而换新名词。换换名词，是无助于推动童话发展的。

近年来，凡童话论评文字，我必找来一看。我发现似乎大家都立足于"新"字。文学一定要求"新"。如果我们的童话论评文字，都是陈词滥调，有什么意思呢？但是也不可为新而新。看得出，有的人非常想新，但实在新不出来，所以只新了一些名词。满篇新名词，读完却空空如也，一无所得。这种新而空的文字，近来已经泛滥，成为一种八股。这种言之无物的新空文字，再多也无益于童话。这样的新空文字，实际上也是一种陈词滥调，不足为训也。求新，非易事，那是需要一定的艺术根底，要了解生活实际和童话实际，要下一番刻苦功夫的。不是光有新的动机，就可以写出新论评来的。

以上说法，我丝毫也没有贬现代派的意思，只是说我们中国有中国的不叫现代派的现代派。我们的童话艺术便是。

当然，我也绝不反对我们的童话也要从外国的现代派吸收新东西、好东西。让外国现代派的新东西、好东西丰富我们的童话，这也是必要的。

但是，如何吸收，用之于我们的童话，还是个问题。

写作童话的作家们，我们不闭关自守，但也要独立思考，根据我们童话读者对象的要求，按童话的种种艺术规律和法则，去写作吧！

我们要在潮流中做弄潮儿。

在各种潮流中，该激流勇进的时候勇进，该激流勇退的时候勇退。

应该有这个信心，童话是在风浪颠簸中前进的。

童话的类别

问：你是怎样写《神笔马良》的？这一作品的主题是什么？你对这篇作品，有些什么话要说？

（一位记者的提问）

问：《神笔马良》是童话还是民间故事？童话和民间故事的区别是什么？

（一位小学语文教师的来信）

问：童话有哪些类型？请简单介绍一下，好吗？

（讲课时递上来的字条）

《神笔马良》是我早期的作品。

关于它是童话还是民间故事，从这篇作品发表以后，特别是编入小学语文课本以后，一直有许多读者来信询问，其中很大一部分是教师。于是我在上海教育出版社 1979 年 12 月的《语文学习丛刊》上，发表过一篇答问。这是一个在小学语教界很有影响的刊物。

我以为，童话是一种题材广阔的文学样式，它可以给动植物、非生物，乃至某种精神概念，赋予生命。天地间的万物，人们头脑里的意识，均可取作童话的题材。童话，自然可以写"从前"。正如其他的文学样式，小说、散文、诗歌、戏剧可以写从前一样。

至于童话以民间传说为素材，或者在原传说上加以发展，或取其一点加以发挥，中外古今，屡见不鲜。这样的童话，在童话中有相当大的一部分。有不少著名的优秀童话，都是这样的作品。有的人称之为一种"再创作"，有的人把它叫作"仿传说童话"，我则认为可以说是"民间传说型童话"。

但有一些人，往往把这种写"从前"的作品，不分情况，统说作就是"民间故事"。

民间故事，我以为，应该指那种群众集体口头创作的、在民间口头广泛流传的作品。这是要经过广大人民群众所公认的。绝不能谁写了一个故事，只要是"从前"，就可以说成"民间故事"。

童话与民间故事，不能任意画上个等号。

民间故事，包括范围很广，除了其中民间童话这部分外，其他的故事，并不完全是说给儿童听的。童话则不然，虽也有专给大家看的童话，但它主要是为儿童写作、供儿童阅读的，是儿童文学中一种独有的、特殊的样式。

至于童话与民间童话的区别，上面说过，民间童话，首先必须是民间创作、民间传诵的。

《神笔马良》中，某些情节取自民间传说，但是，民间故事中，并没有《神笔马良》这样一个故事，也没有"马良"这样一个人物，因此，不能说《神笔马良》就是民间故事。

这篇短文好几家报刊转载过，也收入一些语文教学参考书。

可还是不断有人来信。这说明有不少教师对童话和民间故事还分不太清。就是有些儿童文学工作者，有些儿童文学报刊的编辑也分不太清。因为我常常收到这样的一些约稿信："请你再创作一个像《神笔马良》那样的民间故事吧！"

"民间故事"，首要的是民间的集体创作，怎么能让某一个人来"创作"呢？反过来说，如果是一个人的"创作"作品，又怎么可称作"民间故事"呢？

有的报刊发表一篇"民间故事"，文末却有个人署名"×××写"，这是不对的。是"民间故事"，后面的署名只能是"×××搜索、整理"，或"×××记录"，或"×××改写"。

将童话硬说成"民间故事"，这牵扯到一个著作权问题。童话，是有作者的，改编转载必须先征得作者本人的同意和授权，要署上原作者的姓名，等等。所以有的侵权者，就是要将童话硬说成是"民间故事"，想钻这个空子。

《神笔马良》问世以来，颇多这样一些纠葛发生，不胜受其干扰。

近期，××少年儿童出版社出版的《民间传说故事》竟公然将《神笔马良》收入其中。

更其荒唐的，还有××人民美术出版社新近出版的《彩图小学语文课本故事》，将《神笔马良》收入，作为历史故事一栏，和司马光、李时珍、詹天佑、黄道婆列在一起。还有××师范学院某教务长主编的S版小学语文课本，竟然也会将《神笔马良》说成是"神话"。还有更可笑的，陕西的××文艺出版社，将《神笔马良》当成是"古典童话"，还强词夺理说"古典"是褒词，有什么不好。由是可见，轻视儿童文学，对普通常识无知的大有人在。当然，其中不乏蓄意歪曲、搅浑的别有用意者。

关于《神笔马良》的主题是什么，我认为，主题这东西，可以因人因地因时因种种条件而异。有人以为这篇作品的主题是马良勤学苦练，终于获得一支神笔。有人说是赞扬马良有志气，不怕利诱威胁，为穷人画画。有人说是受压迫者与压迫者的斗争。有人认为是说神笔只有掌握在人民手中，和人民在一起，才能发挥力量。有人认为是说笔具有威力，文化是重要的。

当然，这不是说《神笔马良》是写自己，马良就是我。我多次声明：不是。不过，我不否认，《神笔马良》中有我的影子。因为一个文学作品其中的某些故事情节，往往和作者的经历，会有某种类同和相似。确切的说法，马良这个人物是我心中的偶像，是按我的做人准则、道德规范的理想、追求，去设计、塑造的，是我努力的目标。

我所写的马良，我要求他是一个中国的孩子，他应具有中国人的性格和气概。他承受着贫穷、愚昧，各种各样中国人所遭受的磨难。他被欺凌、愚弄、压榨、奴役过。他负荷沉重，道路坎坷，一次次跌倒，一次次爬起来。他从屈辱、吃亏、失望、麻木中，开始觉醒。他横眉怒对，不肯低头、折腰、下跪。他大无畏，一身正气，自尊，自爱，自强。他担着自己揽来的大任，捧着泪和血，一步步艰难地开着道，默默地不断向前，迎接着明天。这就是我所希望刻画的马良，也是我所设想的这一作品的主题。我尽了我的努力，做不做到这一点，自然要请广大的读者来评说。这只能供大家一个参考。

童话，可以写"从前"。写"从前"，往往是写"现在"。我们不能一见到写"从前"，就说"老一套""过时货"，这种题材机械论，是不对的，应该引起我们思考。

童话的类型是很多的，有的接近小说，有的接近散文，有的接近寓言。可以采用对话形式，可以采用书信形式，可以采用日记形式。有长篇，有中篇，有系列……

《神笔马良》这一种民间传说型的童话，是众多的童话类型中的一种。

我写的童话中，有这一类型的作品，但也并不都是这一类型的，而绝大多数不是这一类型的。

一个童话作家，不能只写一种类型的童话或几种类型的童话，而应该写多种类型的童话。

我们的生活是多类型的，我们的童话也应该多类型。

童话的语言

　　问：我写了好几篇拟人化童话，对拟人的动物、植物，一律用"他"，可是在发表时，编辑将"他"全部改成"它"了。后来，我一律写成"它"，可另一刊物的编辑又将"它"全部改为"他"。我不知道该怎么办好，写童话在语言文字上，还要注意什么问题，你能给我指点指点吗？

　　　　　　　　　　　　　　　（一位初学童话写作者的来信）

　　一个"拟人化"的童话，所谓"拟人"，就是把物"拟"成人来写。但这物，并不完全是人，还保留着物的本身的性能。这就是我们一再说到的"人性"和"物性"的相结合。

　　如果像《聊斋志异》的一些故事中，那狐狸成精，可以变成美女，既无狐臊臭，也没有尾巴，完全是一个人，并不存在狐狸的"物性"，那不是"拟人化"，我是称之为"变人化"的。"变人化"，在童话中是极少的。"变人化"，画起来，美女就是美女，书生就是书生。"拟人化"画起来，兔子还是要画成兔子的样子，不过可以直起来走路，还可以穿上人的服装。

　　也有人变成什么物的。如果变成物，像民间童话《望娘滩》里那个青年，他变成了一条龙。他虽然有人的思想、人的感情，要回头来看望老母亲，可他已完全是龙的样子，这种和"拟人化"反过来的

"反拟人化"，没有合适的名称，只好称之为"拟物化"。

如果，像有的民间童话里，一个人干了坏事，被神仙惩罚变成了石头、土堆、猪狗之类，完全是物了，一点人的性能都没有了，这种和"变人化"倒过来的"反变人化"，该叫作"变物化"。

不论是拟人化、拟物化、变人化、变物化，都是人和物的综合物。或既是人又是物，或先物后人，或先人后物。我认为"他""它"都可以用。如果有别，一个具体拟人作品，大都是一开头就已拟人，如以物性为主，以用"它"为好；如以人性为主，以用"他"为好。拟物作品，大都一开头是人，然后是物，可以"他"字到底，也可以先用"他"，到拟成物时改用"它"。变人化，可先"它"后"他"。变物化，可以先"他"后"它"。当然，这也要看具体作品，灵活掌握。如："他变为一条癞皮狗。它到处受到人们的讨厌。"如："他终于变成一座石像。他永远看望着海里驶过的船只。"

有的编辑爱用"他"，有的编辑爱用"它"，这种情况是有的。只要改得对，是可以改的。

当然，有的编辑，为了全书的统一，把一本短篇童话集中，拟人的"他""它"，逐篇统一起来，就没有必要了。

拟人化童话中，有些措辞用字，是应该注意的。

如一篇叫《森林里的宴会》，小狐狸去得太迟，熊、虎、狼、豹都吃饱走了。小狐狸一到就问："咦，他们人呢？"并且还加了一句："怎么一个人也没有？"正说着一个猎人出来了，说："人在这里呢。"小狐狸说的"人"，究竟是指猎人，还是指熊、虎、狼、豹？熊、虎、狼、豹，尽管拟人了，但是叫"人"总不好吧！并且混淆不清。有的作品，常常可以见到这种败笔，这是不可疏忽的。

拟人化童话中，有的语言文字不注意，是会破坏整篇作品的。

如："老麻雀伸出它的双手迎上去，一把将小麻雀举上了头顶。"老麻雀怎么有"手"呢？双手是指它的双翅还是双脚？

如："苍蝇一下脸红了，心怦怦跳着，显得手足无措起来。"苍蝇怎么会脸红心跳、手足无措呢？

这一类，恐怕还不光是语言文字问题，而且牵扯到拟人物的物性问题。

写童话，措辞用字，都要慎重考虑。这是在进行一项艺术创作劳动，不能随手写来都是文章。

要是大家把写童话当作一种最容易的事，我看童话是会消亡的。经过千锤百炼不易改动的唐诗宋词，何以流行至今不衰？这是诗人们付出巨大劳动，一字一句，都经过细细斟酌推敲的缘故。

童话也是一种艺术，艺术都是严肃的，也要认真地一字一句细细斟酌推敲。

一个写童话的人，如果他的语文基本功不过关，肯定他是写不成好童话的。

请童话写作者切勿忽视语文基本功。

童话的传播

问：四年前，我写了一个中篇童话，投寄给一家出版社。他们看过后，一次一次写信来，要我修改这篇作品。大大小小，我修改了七次。可是到了今天，突然接到出版社的退稿信，说我的童话内容已经过时，无法出版，把稿寄回来了。我不明白，一个童话怎么算过时呢？出版社的这个理由，站得住吗？

（一位童话新作者的来信）

常常听人说，这篇童话"过时"了，那篇童话"过时"了。

时，时间，时代。说明一篇童话有时间性，有时代性。

过时，就是说一篇童话，事过境迁，已经显得陈旧，不适用了。

童话有两种，一种，它能够十年，几十年，甚至于百年，几百年，世世代代流传下去。如《老虎外婆》《十兄弟》《马莲花》这一类，父父，子子，孙孙，一直可以讲下去。也有一种童话，它只能在一定的时间里起作用。如讽刺某一现状的，歌颂某一事物的。如抨击"四人帮"的三雄一雌螃蟹的童话，棍子、帽子拟人化的童话，赞美人民公社、"大跃进"高产的童话。这一类童话，现在就没有人愿意再读了。它在当时起过作用，有过影响，但已完成任务，"速朽"了。

"速朽"的童话，也是需要的，但不能说"速朽"是个方向，童话必须都是"速朽"的。

"速朽"童话，写的时候，有的自己知道，只求一时期的作用和影响。有的并不知道它会"速朽"。

"速朽"与否，往往取决于一个童话出来后的事和境。

这事，这境，主要是政治之事，主要是社会之境。也就是说，这个童话，与今后的政治形势、社会环境，是不是相适应。如果不相适应，此一作品，即被客观所淘汰。

在我们童话历史的长河当中，就是这样。一些人在不断写作童话，新的童话源源问世，而时间、时代，一页一页在翻读着，留下一批，丢掉一批，留下一批，丢掉一批……

所以，我们的童话作家，就必须有锐利的目光、敏捷的判别力，去研究政治，了解社会。

在童话中，也有一些主题被称为"永恒的主题"。如写爱，写美，写快乐，写学习，写进步，等等。

但是，爱、美、快乐、学习、进步，等等，是一个抽象的大范畴，成诸童话，必须化抽象为具体。写怎样的爱，怎样的美，怎样的快乐，怎样的学习，怎样的进步，都是大有花样，很有讲究的。不是凡写爱、美、快乐、学习、进步，等等，都是永恒的。其中，还有一个艺术技巧，也就是质量的问题。如果你的艺术技巧缺乏基础，恐怕写什么都不可能成功。

在这一点上，童话和所有文学作品一样。有的童话，只是历史上的匆匆过客。它的问世，像一粒沙掉在急流里，激不起一丁点浪花，曾几何时，不知这沙飘落何方。

我们读中国文学史也好，读世界文学史也好，记载着的作品不是太多，也不能说少，可每一时代，甚至于每年每月，匆匆而来，匆匆而去，"过路"的文学，何止千万倍。中国的唐诗宋词，恐怕可以万数计，而留至今天，大家所乐于传诵的，不过数百耳。

这里，牵涉到文学和政治的关系问题。

前些年，文学特别强调和政治的关系，说文学从属于政治，是政治的工具。童话也是这样，要突出政治，政治挂帅，为政治服务，为当前政策服务。

童话，不但被规定题材，规定主题，连人物、情节、对话，都要按规定的模式去写。

这样写出来的作品，是一种图解，实际是一个模具里浇出的铸件。你写和他写，都是一个样子的。

这样的童话，确实很快"过时"了，"速朽"了。

于是，童话界，又出现了一种"距离论"。什么事，都要看一看，过段日子，再来写作。

当然，这种"距离论"不是没有道理，也有它的必要。你的头脑里，连想都没有想清楚，用时兴的话来说，"还没有吃透"，你怎么写出来告诉别人呢？

我不反对"距离论"，但也不赞成不作具体分析的"距离论"。

其实，写古写今，写过去，写现在，一应可以。

大诗人李白、杜甫，留下大量诗歌作品，写的都是当时现实生活，至今盛传不衰，毫不"过时"。《水浒》《西游记》《三国演义》《红楼梦》，这些作品，写的是从前的故事，也都成了传世的经典之作。

可见，古往今来，不论写的何年何月，一应写的是"现在"。虽然作品中明说是"前朝旧事"，实际上应读作"今人新事"。

还有，和我们童话很接近的笔记小说《聊斋志异》，谈狐说鬼，地府仙山，无不涉足，恐怕全是现世人间。

我们童话，可以写从前、古时候、早年间，可以写还没有到来的2000年、3000年、4000年，或者不写明年代，都是允许的。但是都要干系现在。不能是为写古而写古，不能是为写未来而写未来。

写古而论今，写未来而论今，和写今论今，应该是一样的。

不能凡写古，一律是"过时"的旧童话。凡写今的，一律是新童话。这是一种形而上学。

写古论古者有之，这样的作品，如果是童话，那是民间童话。因为民间童话除了为今天小读者直接所用之外，还有一个民俗学的问题，从中获取间接知识，了解社会历史的功用。当然，民间童话型的创作童话，可必得要写古论今的。

写未来论未来者也有之。那是科幻小说，告诉读者未来的科学将如何如何。这和我们童话却是不相及的两码事了。

所以，凡童话，都有个时代性的问题。

这就是说，我们写作童话，不论写古，写今，写未来，写无时间，都必须具有时代精神。

这时代精神，是童话所必须具有的。

当然，有的强一些，有的弱一些。

例如，供低幼儿童看的童话，可以弱一些。像《小马过河》，老牛说河水很浅，松鼠说河水很深，小马自己去试试，才完全知道河水的深浅程度。这童话说的是亲自参加实践的重要性。那么，它的时代精神何在呢？我认为也是有时代精神的。这就是这一作品的写作、发表和受到推荐，是在一个重视实践、要求亲自参加变革的时代里。虽然，这个时代并不能准确表达这一时代背景，是在中国，是在中华人民共和国成立初期的时间里。但是，可以说明这童话不产生于封建社会，甚至于半封建半殖民地的社会，因为那个年代，唯心主义作为正统哲学思想，统治着中国。那年代，是不可能用唯物的实践观念去教育儿童的。当然，这类低幼童话作品的时代性，不是很强烈的。

至于写给少年们看的，或者大一点年龄儿童看的童话，就应该很强调这个时代精神了。

大家熟悉的《稻草人》《大林和小林》，一看就明白，那是一个农村凋零、破产，劳动者无衣无食、民不聊生，统治者骑在人民头上作威作福、奢侈享乐，欺压穷人的旧中国。

我觉得，早些年，我们的童话，偏重于政治和教育，后来发展到以政治来替代童话，以教育来替代童话。童话成了政治、教育的工具，而排斥了娱乐性。童话成了耳提面命的说教和训斥。

但是，这几年，由于要纠正童话作为政治图解、教育方案这一倾向，矫枉过正，又出现了另外一种倾向。

现在，有人以"童话与政治太接近了""童话不是教育工具"为由，否定童话的社会性和时代性。认为童话与政治无关，童话和教育历来有矛盾，而走向娱乐唯一、趣味至上的道路。

其实，就是这些人，那时候，说童话"离政治太远了"，批童话"脱离政治"，要童话和政治合二为一。现在又一反其常，说童话"离政治太近了"，要童话"不要触及政治"。

其实，这两种说法，都是偏见。童话不能等同政治，但也不能脱离政治。

童话，和政治还是要密切相关的。

于是，现时童话界，一大批脱离现实，脱离社会，脱离时代，脱离政治，脱离生活的作品源源出现。

他们追求趣味，许多童话中，没有主题，也不讲究构思，只求笑料，充满外加的噱头。他们把童话的作用，认为就是一个"娱乐"。只要孩子读了好笑，爱看，根本不提及思想性、艺术性。有的作品索性已降低成为一种"游戏"。

这些童话，不知道是讲过去，还是讲现在。他们认为愈是没有时代性、社会性，就愈有永恒价值，就不会"过时"。

这样的童话，和孩子的生活是格格不入的。因为除了笑料，还是笑料。笑过以后，什么也没有了。有的孩子说，这样的童话，看一两个还可以，看多了，就不要看了。因为，所谓笑料，不过是那几招。

这类作品，是说不上什么时代性、社会性。这叫作"为写童话而写童话""为永恒而永恒"。

这样的童话，能"永恒"吗？

有个喜欢童话的大孩子说，过去的童话，他透过作品，看到的童话作家，是一个板着脸、爱训斥指责人的冬烘塾师。现在的童话，他透过作品，看到的童话作家，是一个逗人发笑的马戏团里的小丑演员。

这个比喻，我觉得虽然有点偏激，因为这不是全部，但是，却道出了前后的两种倾向。

童话不能和政治、教育重叠、等同，但也不能排斥政治和教育。

"娱乐"是要的，但不是唯一。

今天，我们的童话，还是应该强调时代性、社会性。

"过时"与否，绝不是因为童话具有时代精神、社会意义。"永恒"倒是因为童话具有时代精神、社会意义。

祝愿大家写出好童话，在小读者中永远流传。

童话的实验

问：从报上见到湘西"童话之乡"的介绍了，说你在那里搞了个童话和教育相结合的实验，这太有意思了，能详细介绍介绍吗？

（一位童话作家的来信）

湘西土家族苗族自治州的凤凰县，有一个箭道坪小学。他们发现孩子们太喜欢童话了，孩子与童话有一种天生的必然联系，童话在孩子生活中有过去所没有估量到的巨大的威力，童话教育对孩子非常适用和有效。于是，他们搞了个叫"童话引路"的童话和教育相结合的实验。这个实验，是学校自发的。后来州的教育领导部门知道了，在这里作了各方面的调查，取得了一些科学数据资料，又在这里召开了一个有全国各地教育界专家学者参加的鉴定会，肯定了这项实验。我是在他们进行了一年以后，才插手这件事的。我觉得这项实验是教育界的，也是童话界的，是一件新事，很有意义，所以我就参加进去了。最近，我去了那里一次，作了一些实地的考察，出席了他们的第二次研讨会。现在，这实验，已在全湘西自治州推开。我在他们州有八百名小学语文教师的集会上，议论了这项实验。

这项实验，就是在统编语文教材的基础上，在不增加语文课时的前提下，让孩子们多听童话，多说童话，多读童话，多写童话。

　　这个实验班的孩子，问他们看过多少童话，是说不清的。个个孩子家里，都有许多童话书。有的用箱子装着，有的用麻袋装着。他们说得出中国有哪些童话作家，外国有哪些著名的童话作家，他们都写过哪些童话。有时，他们也会对这些作家、作品，评议评议，说说他们的看法。

　　他们编有两册童话辅助材料，这是课堂上用的。

　　他们家长反映说，过去家长苦于不会讲童话，满足不了孩子听童话的要求。现在反过来了，他们不仅不要家长讲，还要家长坐着听。他们看过的童话很多，就一个一个接着讲。自己编的也不少。有的已经写出来，读给家长听。有的还没有写出来，先给家长讲。也有一面编一面讲的。

　　生活中的事，常常被孩子编进童话。有个邮电工人就是爱看电视里的球赛，他老伴烦得把电视机关掉。一个关，一个开，老两口吵了一大架，双方怄气不说话。他孩子编了个童话《电视机的烦恼》。其中有这样的话："一个主人要我工作，一个主人要我休息，我听谁的呢？"老两口听了孩子编的童话，相视而笑，气也都消了。

　　那里成立了一个"小小童话作家协会"。他们开了个展览会。

　　他们的会员每人都办一种童话报。我看见的是复印的合订本。是每个人自己手抄的。大部分是他们自己的作品。版面也很活泼，有花边，有栏目，有题花，有插图。作品有长有短，其中还有童话知识、童话名言、童话评论、童话智力竞赛、童话测试题等。小小童话作家协会办有两本会刊，一本叫《奇趣》，一本叫《带露的花》。要求也很高，会员们都拿最好的童话来投稿。编辑看不中，也是要退稿的。

　　他们"出版"的单行本则非常多，有个人集，有多人集，有很长的童话，也有系列童话。有一个中篇系列童话《罗金奇遇》，是用《西游记》的笔法写的，白话文中加上几个之乎者也，也挺有趣。这是一本很完整的"出版物"。五彩的封面、封底，书脊、书名、作者名、出版者名都做过美工设计。里面有里衬、环衬，还有题页、版权页，还署上责任编辑的姓名（大概是他本人的化名）。我想，一个初进出版社做编辑的大学生，恐怕还不懂得这么多门道呢！

这个小小作家协会，还经常讨论会员的作品。有个会员写了一个童话，其中有钢笔吃树叶的情节，许多人说："钢笔只能喝墨水，哪能吃树叶？"有个会员写了一个童话，说拔河比赛时，"绳子仿佛在说：'加油，加油！'"大家认为"仿佛说"不是童话。他们对童话的幻想、对童话的逻辑性，还挺讲究的。

这些孩子，因为"童话引路"，他们不但识字用词、读写水平提高得很快，而且也有助于品德教育和其他学科的全面发展。开始时怀疑"童话引路"会使孩子偏食，现在这种怀疑打消了。

学校是连系着许多家庭的，学校一有事，牵动了万户千家，现在那里不仅是学校里掀起了童话热，而且几乎每个家庭都吹进了童话的风。家长们要忙着到别处去为孩子买童话书，订童话的报刊。而且还得每天挤出一定的时间，全家集中听孩子讲童话。所以，这里的家长们也懂得点童话，不然他们应付不了孩子的要求。

别的穷乡僻壤，恐怕连"童话"这个名词都没有听见过的大有人在。而这里，童话已进入了人们日常的生活。不少家庭，你跨进门去，谈起童话，就有了话题。

这里有一位苗族女县长，就是这个实验的领导组长，和她一说起童话，就来劲了，对童话非常热心。

这是名副其实的"童话之乡"。

现在，"童话之乡"凤凰，正在筹备一项"金凤凰奖"，发动全国少年儿童来比赛写童话。

凤凰的"金凤凰"，正在起飞，它驮着童话，正在飞向全国各地孩子们中间。

这项实验的意义，我认为它将表明：童话是儿童最喜爱的文学样式。它除了教育功能、冶情功能、审美功能、增知功能、娱乐功能以外，还具有很重要的开拓幻想智商的功能。

童话应该进入学校，进入教育，进入课堂内外。过去认为童话只是一种"课外阅读"的文学作品，是不全面的。

必须提倡少年儿童听童话、说童话、读童话、写童话。作文课不可排斥童话。

童话要普及每一个孩子，以及教师、家长。

童话的发展

问：你的《童话学》问世，新华社发了新闻，国内外都很关注，有人认为这是在童话界刮起的一阵"旋风"，不知你有些什么想法？你以为"童话学"的发展前景如何？

（一位报社记者的提问）

我在 1980 年写的《童话随想》中，说了："童话，是一门科学。应该有人来写一本《童话学》。"确实，我希望有人来好好研究研究童话的历史和现状，研究研究童话作家和作品，从而整理出一套童话的系统的理论。但是几年过去了，并无反响。儿童文学界，特别是童话界的同人们，怂恿我，说这个写《童话学》的人，非君莫属，于是我勉为其难，试着写起来了。

《童话学》出版，印了八千本，这是我意料以外的，想不到各界对这本书的反映那样强烈。

这说明童话的理论是很需要的。也说明，童话是很有发展前途的一种儿童文学样式。

这几年，我跑遍了大半个中国，都是讲童话学的有关部分，估计听的总有数千人。这数千人中，有的写过童话，当然其中也有一些已在童话创作上取得成就，发过不少东西，出版过集子，得过奖。但绝大多数是想写、学写的童话爱好者。

《童话学》的出版，或许能对他们起些启示的作用、参考的作用、引路的作用。

我是个童话作家，是要写童话的，我在 1984 年出版的《洪汛涛童话新作选》的《后记》中，写过："编完这本集子，我要作小小的停歇。"不想，这一停歇，停了那些年。原来我只是想，就自己的童话创作，作一些反思，不想竟然为了整个童话作了一番回顾和检讨。

《童话学》一印出，我松了一口气。我想，我已把我要说的话，大都说了，有了这本书，以后也不用东西南北到处跑了，我要说的，都写在这本书里了。

我觉得自己已完成任务，尽到一个童话作家的责任了。我该从理论研究战线上撤下，解甲归田，重操旧业，写童话了。童话的理论研究工作，应该由其他的年轻一些的同志来担当了。因为做这样的工作，不仅需要一种乐于付出、乐于奉献的精神，坚毅的意志，倔强的勇气，而且还需要敏捷的头脑、健康的体魄、充沛的精力……

我多么希望近期至少有一两位或三四位年轻人来做童话理论研究工作。可是我收到许多读者的各种来信，却一直没有收到这样的一封信，说"我很愿意做童话理论研究这项工作"。我也十分注意有关报刊，但都没有从字里行间发现这样的有志之士出现。

我觉得一些大学的中文系，特别是师范大专院校，应该开包括童话学在内的儿童文学选修课，以培养儿童文学专业的教师、理论研究工作者。中等师范，包括普师、幼师、艺师，儿童文学（包括童话学）应该设专修课。因为小学教师、幼儿园老师，是必须具备儿童文学（包括童话）的知识和素养的。

我不是"教授"，我无法带童话学专业的研究生，但是我多么希望在我们中国的某一所大学（或师范），出现童话学专业的研究生。

现在国外，不少地方，已表现出对"童话学"这门新学科的兴趣，正在想法翻译（在翻译上有许多难度）。可是，我们自己对于童话理论的研究工作，何其寂寞！

物以稀为贵，这是指商品。可是在学术研究上，目前还不是这样。有的学科，大家挤在一起做重复劳动，重复外国，重复过去，重复别人，重复自己。有的学科，无人问津。有人还是以为研究儿童的玩意儿，没多大意思。我们有些人，抢热门，赶时髦，目光非常短浅，搞学术哪能这样呢！

我不信，童话理论研究工作会一直寂寞下去。

社会在发展，时代在发展，儿童，明天世界的主人，他们和他们的童话，以及相应的童话理论研究工作，一定会得到同步的发展。

我希望很快出现有志者，来到童话学这块刚被开垦的处女地上耕作。

上海文化发展基金会图书出版专项基金资助项目

洪汛涛 著

洪汛涛文集

第一辑

卷三

中国出版集团 东方出版中心

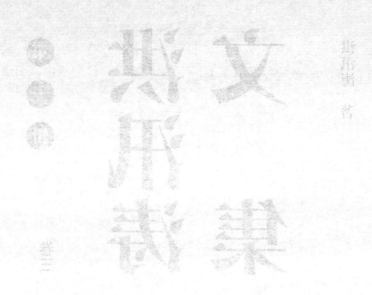

目　录

第六部分　儿童文学散论

第七部分　童话巨人脚步

第八部分　华文儿童文学研究

第九部分　儿童·文学·作家

第十部分　戏曲艺术欣赏

第六部分

儿童文学散论

第六辑

儿童文学教程

少儿文艺评奖有感

这次我去参加全国少年儿童文艺创作评奖工作，在北京半年。

由于各地区的重视和支持，送来了推荐作品七百多件，连同其他一些单位和个人的推荐作品，共有一千多件。

有幸读到这么多作品，对我来说是一次很好的学习机会。

读了这些作品，给我最深刻的想法是，我们这么些年来（这次评奖是评从 1954 年到 1979 年 25 年来的作品），我们的少年儿童文艺创作的成绩，无论是数量和质量，都是不错的。这些年来，我们已经有了一支也不是很小的创作队伍。

我在读着一部部作品，我的眼前总是仿佛有一支队伍走来，从我身边擦过，又向前走去。

我看见，走在前面的，是许多老作家、老艺术家。他们是我国少儿文艺创作的先驱，为后来人作出了榜样。他们卓著的成绩，得到党和国家以及广大少年儿童的肯定。

后面，有一大批中年作家。有的新中国成立前已开始写作，但在新中国成立后，在党和国家的培植下，写出了有影响的作品。他们虽然现在也许双鬓已经斑白，但写出那些有影响的作品时，恐怕还是二三十岁的青年人。经历了这二十多年的磨炼，他们的作品受到了时间的考验，他们已经渐渐成熟。现在，他们是少儿文艺创作队伍中的主力。他们已经接过前辈传递下来的接力棒，跑在最前面。

我也看见了一批数目不少的青年人。他们刚刚进入少儿文艺创作的大门。他们有惊人的才气。他们已写出了一些优秀作品。他们的前途是无量的。

这支队伍是可观的。由于党和国家的重视，正在发挥它应有的作用。

我和不少的同志都这样欢乐地估计，通过这次评奖，我们的这支队伍将更扩大。一个少儿文艺全盛的黄金时代将要到来。

永远感谢他们

——怀念逝世的曾为儿童写作的作家们

在我的书桌上，放着一份作家的名单和一大沓作品。这是我们全国少年儿童文艺创作评奖委员会办公室的一位同志整理的。这名单上的这些作家，都是近年间去世的。他们在生前为少年儿童写过作品，给少年儿童留下了一宗宝贵的财富。其中，有的还是专门为儿童写作的儿童文学作家。

我看了这份名单和这一大沓作品，心里很不平静，我不得不把我手上的工作搁下，来写这篇短文。

名单上，第一位就是郭沫若同志。郭沫若同志对儿童文学是十分热心的。过去，我们在工作上常常跟他联系，在我的印象中，郭沫若同志对我们的请求，几乎是"有求必应"的。凡是少年儿童的事，请他题个字，写篇诗，我记得他总是很快满足我们。就在他去世前，我们正在编一本三十年儿童文学的选本，选了他的一首诗，征求他的同意，并请他为书名题签。那时，他已在病中，自己不能作书，他也让秘书很快给我们回信，同意选收他的作品，并表示因不能提笔，向我们致以歉意。郭沫若同志那些为儿童写作的诗篇，大都是应我们的邀请写的应景作品。但每一篇写得都是非常认真，字字经过推敲的。绝不像一般急就而成的作品。如现在收入《沫若诗词选》里的《新中国的儿童》《孩子们的衷心话》《刘胡兰赞》，都是一些少年儿童的喜读之作，有的还已谱成曲，成为他们爱唱的歌。不久前，我参加了一个少年儿童的联欢会，孩子们还在朗诵郭沫若同志的诗作，并且收到很好的效果。

老舍同志也是我所敬爱的老作家。他一生写了那么多著名的长篇、中篇、短篇小说，还有剧本、曲艺。但在他的晚年，也为少年儿童写下了《宝船》和《青蛙少年》这两个很精彩的大戏。我记得这两个剧本在《剧本》月刊、《人民文学》月刊一发表，北京和上海的儿童剧团很快就上演了，受到了孩子们的热烈欢迎。后来，他还将《宝船》改成了低幼读物，可惜因为"文化大革命"开始了，一直无法印出，到去年才能出版，只是老舍同志自己无法见到了。

冯雪峰同志是第一次全国少年儿童文艺创作评奖的获奖者，他的《鲁迅和他少年时代的朋友》，被评为一等奖。他写过不少寓言，那些寓言中，有一些是为少年儿童写的。后来，他多次表示，要再为少年儿童写作，但是因为别的原因，他无法完成自己的计划，一直到去世，他没有能把想写的儿童作品写出来。

周立波同志，在 1957 年和 1958 年，发表的儿童小说《伏生和谷生》《腊妹子》，当时我就读过了。虽然这两篇作品并不长，但是作品中的人物伏生、谷生、腊妹子，十分引人喜爱。他们是儿童，不是那号叫人看了惹气的"小大人"。这两篇情趣盎然的儿童小说的发表，我记得那时在儿童文学界引起了强烈的反响，有过热烈的讨论。

杨朔同志既能写小说，又写得一手好散文。但人们不应该忘记他曾给少年儿童写过一本很出色的中篇：《雪花飘飘》。我记得这个小百岁千里寻父的故事在电台一播出，立刻受到广大少年儿童读者热烈欢迎。他先是在《解放军文艺》月刊发表的，后来出版了，也是一本畅销的印数很大的书。这次评奖，出版社也给评委会推荐了。

魏金枝同志在新中国成立后也写儿童文学。在他的晚年，几乎可以称他作儿童文学作家了。他为少年儿童写了不少作品，小说《越早越好》，历来是向少年儿童推荐的好作品。他还为少年儿童编写了厚厚几册《中国古代寓言》《中国古代笑话》。这种为孩子们改编作品，是一件很花气力的难事，很多人是不愿干的，但是魏金枝同志却热心地做了。

李季同志是我们这一次评奖委员会的副主任。就在他去世的前几天，我们去邀请他来出席评委会的正副主任会议，他欣然应诺，并且作了安排。不料就在开会前一天去世了。李季同志生前对儿童文学事业极其关心。他每隔几年总要为少年儿童写点什么，他的长叙事诗《三边一少年》《小羊羔》《借刀》，都是很受儿童欢迎的佳作。下面要说的，是几位近年来去世的儿童文学作家。

钟子芒同志是童话作家。他一生中为少年儿童写了几百篇童话。他的代表作是《孔雀的焰火》，许多选集，都选收了这篇优秀之作。他在新中国成立后，陆续写了一些把童话、诗、散文糅合在一起的童话文体，他自己称之为"童话小品"，是一种大胆的创新。他是一位有见地的童话作家，他的一生是有成绩的。他除了写童话外，还写了《谁唱得最好》《等明天》《湖上歌舞》等电影剧本，都已和少年儿童在银幕上见面了。他还写了许多国际题材的小说，去世后印了一个集子叫《强盗的花园》。

张士杰同志是一位很勤奋的同志。以他的多病之身，为少年儿童写了许多优美的民间童话。上海给他出的《红缨大刀》，是这些童话的选集。他的代表作《渔童》，被拍成了电影，是一部很受少年儿童欢迎的好影片。他去世时还很年轻。他曾经打算写很多作品，但这些却给病魔所抢夺了。

郭墟同志是以写抗联故事著名的。他的《杨司令的少先队》，曾在第一次全国少年儿童文艺创作评奖时，荣获一等奖。他后来继续为少年儿童写了不少东西。所知道的有《接关系》《挖人参》这两个中篇。

　　再过几天，一个盛大的全国少年儿童文艺创作评奖授奖大会，就要在北京举行。当我们齐集在人民大会堂里喜庆欢乐地开会时，我们将不会忘记那些为少年儿童们贡献过自己力量、为少年儿童们留下了好作品而已经去世了的作家们的。他们将永远激励我们这些生者，更好地、更多地为亿万少年儿童创作精神食粮！

童话与幻想

——在山西省儿童文学创作会议上的发言摘要

儿童文学中，有许多门类。如小说、散文、诗歌、剧本等。这些样式，儿童文学中有，成人文学中也有。

只有童话，成人文学中，是没有的。尽管，有的童话是写给成人看的，或者写给儿童看而成人也爱看的，但是，作为一个样式来说，它是儿童文学中所特有的样式。它，像母亲的奶汁一样，完全属于孩子所有。

少年儿童是十分喜爱童话这种样式的。你到孩子中去调查，可以说不喜爱童话的孩子是没有的。

列宁说过，"儿童的本性是爱听童话的"（列宁：《关于战争与和平问题的报告》）。确实，儿童之需要童话，乃是一种天赋。

童话，是从遥远的亘古时代开始有的，而发展成拥有一大批作家，专门写作成诸文字作品的童话，是近来不到一百年历史的事。

现在，我们已经有了许多闻名于世界的童话大师，我们已经有了许多可以传之后世的童话杰作。

百来年的时间，在历史的长河中，是十分短暂的，但以人类的生命来计算，却已经是走过几代人。这百来年的时间里，几代人的童话作家，在前人的基础上，继续努力，从事于作品写作，从事于作品研究，实践，实践，不断地实践，渐渐地积累了许多成功或者失败的经验、教训。这些经验、教训，写成了文字，就是理论。

童话，必须具有幻想性。

我们常常把童话比喻为在天上飞行的鸟，把幻想比喻为鸟的翅膀。这比喻是很恰当的。童话是要飞行的，要飞行就得靠幻想这对翅膀。童话如果没有幻想的翅膀，它就飞不起来了。没有翅膀就不成其为鸟，没有幻想就不成童话。幻想，对童话是太为重要了。

幻想，是一种虚幻的想法。它虽然是难以捉摸的，是人们头脑里的东西，但，它是人们天生就有的，或者也可以说是一种人的本能。

但是，幻想力，每一个人并不相同。它，因人而异。有的人比较发达，有的人不那么发达。有的人对这一事物发达，对那一事物不发达；有的人对那一事物发达，对这一事物不发达。有的人这时期发达，那时期不发达；有的人那时期发达，这时期不发达。总之，存在着差别和变异。

我们的童话，就是借助于孩子的幻想，顺着孩子的幻想，发展孩子的幻想，而写出来的作品。

所以，幻想是童话的依据，童话是附在幻想上，而充分运用幻想的一种文体。

有的童话作家说，幻想是童话的核心；有的童话作家说，幻想是童话的基础；有的童话作家说，幻想是童话的灵魂；有的童话作家说，幻想是童话的根本；有的童话作家说，幻想是童话的要素……不管大家怎样说，说法不一样，有十种、二十种，都是对的，因为意思是一个，就是幻想对于童话是重要的。

童话它是幻想的产物，反过来童话又丰富和发展了幻想。所以，可以说童话是幻想的手段，也可以说幻想是童话的手段。它们两者，不等同，却是相依相靠，相辅相成，互为因果，谁也不能离开谁。

幻想对童话的作用是什么呢？

一个童话，因为它具有幻想性，可以更集中更概括地反映生活。

幻想，本身就是一种不存在，就是一种虚构，或者说是一种假设，一种象征，一种比喻……所以，一个童话所描述的，也是一种不存在，一种虚构，或者说是一种假设，一种象征，一种比喻……

而我们就是要用这种不存在，来反映存在，要用虚构来反映真实……

用假来反映真，这是一种艺术手段，是一种艺术上的法则和规律。

在《稻草人》这样一篇作品中，用作者的"我"来反映当时苦难的农村现实，和用稻草人的"我"来反映当时苦难农村的现实，效果是不相同的。用稻草人的"我"，比之用作者的"我"，要有力得多，有感染力得多。因为作者的"我"，是应该具有正义感的，看到农村中种种苦难，应该作出强烈的反应。而稻草人，是木然无知的，连这样木然无知的稻草人的"我"，都感到不平和忿懑，这说明情况何等严重。这在读者心坎里，想法就不一样了。

跟孩子说不劳而获是不对的这个道理，《宝葫芦的秘密》用了宝葫芦这样一个幻想性的故事，就比其他的说法，要强有力得多。

《渔夫和金鱼的故事》是讽刺贪得无厌的人，作者用了一个幻想性的故事，更生动地反映了老渔夫妻子那贪婪可耻的心理。

所以，幻想的目的，是为了更好地反映真实生活。

这就是幻想的存在价值。

童话这一文学样式的特殊性和重要性，也在这里：具有幻想性。

人，都具有这种幻想能力。但这种幻想能力，必须和生活同在。

人一出世，进入生活，他有了思维，就有了幻想能力。

幻想力有大有小，却是人人所有；而幻想的内容，却是因为人的生活不同而不同的。

生活在古代的孩子，与生活在今天的孩子，幻想的内容不同。生活在海边的孩子，与生活在山区的孩子，幻想的内容不同。男孩子与女孩子，大孩子和小孩子，等等，幻想的内容都不同。

关于幻想，有几种说法，是难以苟同的。

一种，认为今天孩子的幻想，与原始时代孩子的幻想，是完全一样的。这从孩子的幻想力，一种本能来说，都是从无知到有知，过程是一样的。但是，这种本能的强弱，反应的快慢，应该是不相同的。原始人的大脑，远远没有现代人大脑发达，是不相同的。特别是幻想力，所包括的内容，生活在荒漠的大自然中的原始人孩子，和生活在科学发达、物质文明社会中的现代人孩子，他们目见耳闻，所接触的生活是不相同的，所以他们的幻想内容是绝不相同的。如若，把幻想说成古今一般，永无变化，那么我们的童话，就无须不断更新。只要有那么一些童话，一代一代的儿童都可以满足。没有新陈代谢，也不用发展进步了。

一种，认为今天的儿童，随着年龄的增长、知识的丰富，幻想力会愈来愈发达的。这和前面那种说法有某些共同之处，将幻想力和幻想内容混为一起，并作了机械的理解。如果说，一个人的幻想力，是随着他的年龄、知识，一直直线上升的，那么，愈到老年，岂不是幻想力愈强了？随着年龄增长、知识丰富，幻想内容在不断变化，因为他生活中接触的事物多，幻想的内容也变得更多，这是对的。可是幻想力这人的本能，到了一定的年限，却是要陆续地慢慢地消退的。往往是这样的情况，一个小学毕业班学生，他的幻想力，不如才进小学的一年级学生。幻想力对一个孩子来说，也是因人因时而异，有很多变化。但如以为年龄愈大，幻想的幅度愈大，幻想幅度似乎要以年龄的大小而大小，这也是不切合实际的。

我们常常在一些理论文字中看到，说今天的世界科学如何发达，我们的孩子的幻想力也大大发展了。这和上面说法小异大同，也是把幻想力和幻想内容等同起来了。似乎成了世界上科学愈来愈发达，人类的幻想力也愈来愈发达，水涨船高，我们童话的幻想太落后了，也要愈来愈发达。好像我们童话的幻想，是在跟科学发展比速度似的。这样观点的延伸，就是小狗、小猫的童话可以取消，神仙、宝物的童话可以取消，大家都去写机器人、宇宙人，满纸原子、电脑、科学博士、智慧老人，好像这才是符合时代科学、现代化的童话，其他都是幻想贫乏的旧童话，这都是不对的。

从前几年《铁臂阿童木》这个童话（日本并不走红的电影系列片，其实也不是什么童话片），介绍到中国来以后，阿童木式的童话，已经充斥了我们的童话园地。

应该分清楚，这种科学的解释和假想，和童话的幻想是两码事。

现在确有那么一些不伦不类的科学故事，正在挤进我们中国文学童话中来，而且像寄生藤似的，生长在童话大树的边上，绕着大树向上爬，愈爬愈高，愈爬愈多，长此以往，童话这株大树很可能会被绞死缠倒的。

童话的幻想，不同于科学的幻想。当然，童话的幻想，不能违背科学的法则。

童话里的一杯水，可以化成一块神奇的冰，却不能让它变成一块硬邦邦的铁。

一个人，可以穿上快靴，一天神行千里，却不能让他倒立用手走二三十分钟。

幻想，还得要有科学的依据。

童话，不是写科学，不是宣传科学，但是不和科学闹矛盾，唱对台戏。

童话要顺着科学的性子，按照它所铺设的道路走。

童话是科学听话的朋友。

但是，童话绝不是科学叫它怎么做，就怎么做，它有强烈的个性，有自己的主见和习惯……

童话所做的事情，不一定是在科学上完全做得到的事情。因为幻想，不要求它都是在明天、后天实现的。

童话的幻想，从来没有，也不需要去想，明天、后天，能不能成为事实。

动物会说人的话吗？动物有动物的语言，将来人可能听懂动物的语言，但要动物都会说人话，那是永远也不可能的。动物会帮助人做事，拉车、送信，这些是可能的。但要动物来帮助人抄笔记、写作文，那是永远也不可能的。童话和科学的关系，就是这样。

下面再来说幻想和生活的关系。

现在常常听见有人这样说，我和孩子接触少，不熟悉孩子的生活，写小说不行，所以改来写写童话吧！

也确实有一些作者，他是认为不需要熟悉儿童生活就可以写童话的。

他们以为童话的幻想，是凭自己小聪明，苦思冥想出来的。

他们以为幻想是一种与生活无关的思维。他们说，反正是童话嘛，你爱怎么幻想，就怎么幻想。

这是一种对童话幻想的误解。可以说，带着这种想法来写童话的人，十个有十个是要失败的。

前面说过，童话中的动物，实际上是人，植物是人，神仙是人，魔鬼是人，一切都是人，都是人的化身。

有人把童话作家比之魔术师，叫童话作家为"生活的魔术师"。一个魔术师，能够点石成金，指鹿为马，缘木求鱼……

魔术师在台上变戏法，如果他没有真的金，能点石成金吗？如果他没有真的马，能指鹿为马吗？如果没有真的鱼，能缘木求鱼吗？……

一个再高明的魔术师，要是没有真金、真马、真鱼，他怎么也变不出这些东西来。

童话作家就是这样。

因为童话的幻想，来之于生活，反过来还要表现生活。

没有生活，就失去了幻想的基础。那产生的不是幻想，而是瞎想……

主张为幻想而幻想来写童话的人，不是没有。他们不要生活，靠自己凭空去胡思乱想。这种胡思乱想，既不来之于生活，也不需要表现生活，也无法表现生活。

这种唯心主义的胡思乱想，是出不了好作品的。

童话的幻想，必须植根生活，从生活中去产生幻想。

譬如我们写动物，要了解生活中的动物。牛是勤劳的，猪是懒惰的，猴是聪明的，熊是笨拙的，象是温驯的，狮是暴躁的，虎是凶残的，狐狸是狡猾的，狼是阴险的……当然，这不是说要一成不变，一定得照这个定论去写，这是说我们应该去细细观察动物的习性。

有人提出问题，长颈鹿是没有声带的，不会发声，在童话里可不可以也让它说话。长颈鹿，虽然没有声带，但总有它表达的方法，如用动作呀，用目光呀，等等。如果这个童话里，需要它说话，可以说话嘛！在童话里，要是把长颈鹿幻想成一个哑巴，岂非更好吗？

你写一只羊，你把它写成很凶猛，想吃人，这就违反生活了。

写植物，也一样。比如含羞草，一碰它，叶子就闭上，那就应该是一个腼腆害臊的女孩子。如果你给它写成粗野、鲁莽、泼辣、大胆的妇女，就不符合生活特征了。

要写含羞草，既要是含羞草，又要是人，这都要熟悉生活。

写神仙鬼怪，幻想到哪儿去找生活依据呢？

前面说过，神仙也好，鬼怪也好，都是人的化身。还得去熟悉人的生活。

当然除掉人的生活，还得去熟悉神仙鬼怪的各种掌故、传说。如果你叫观音大士去做月下老人，叫老寿仙翁去代送子娘娘，那是不行的。

幻想，和生活是分不开的。

幻想，可以说是这个作品的思想、感情、形象、事件、情节的升华。

用来自真实的虚构来表现最大的真实——这就是童话的幻想。

童话的艺术成败在这里，写作童话的高难度也在这里。

童话的幻想，应该是整个作品的幻想，绝不是作品某个局部的幻想。

我们有的童话，幻想是其中割裂开来的一部分，所以，这个童话，幻想像贴在身体上的膏药、缝在衣服上的补丁，看上去不舒服。

一个作品，我们从头看起，看到一大半，都是生活真实的描述，是一篇小说，但一直到后面，出来个幻想的细节，这很不调和，绝不可能是一个好童话。

幻想必须密布和渗透于一个童话的全部。从开头到结尾，从人物到故事，从结构到布局，从用句到措辞，一应是幻想性的。

一个好童话，必须是无数个童话细胞构成的。这童话细胞，就是现在说的幻想。

童话这座大厦，是由幻想的砖石所砌叠而成的。

如果你不会幻想，缺乏幻想，你是个徒想造所高房子，而没有建筑材料的人，你是无法建造童话大厦的。

一个初学写童话的人，常常提出这样一个问题，幻想如何和现实结合呢？

幻想来之于现实，反过来又为现实服务，这个关系，大家是明白了的。但是，一些活真的现实，怎么能一下子变成虚假的幻想呢？这作品中，真真假假，实实虚虚，怎么个安排法呢？

这个问题，就是一个如何提炼生活，如何使生活幻想化的问题。

幻想要生活化，生活要幻想化，这是童话必须遵循的规律。

一个童话，所反映的现实，必须经过童话处理——幻想化才行。

我们拿最近电视里放映的三个哑剧来作例说明。

第一个哑剧，是《淋浴》。一个人在浴室里，脱光衣服，去转动莲蓬头开关。从莲蓬头里喷出的水，一会儿全是冷水，冻得他受不了；一会儿全是热水，差些把他烫伤了；一会儿一点水也喷不出来，他浑身涂满肥皂，只好在旁边急等……这些情节，完全是真实的，是在生活中可以遇见的，只是把冷水、烫水、无水集中在一起。这可算之是"概括"。

第二个哑剧，是《煎蛋》。一个男人，妻子没有回来，想吃饭，没有菜，只好自己来煎蛋。他点上煤气灶，在锅里倒下油，开始煎荷包蛋。蛋快熟了，他正要盛起来吃时，也可能由于锅里油太多了，煎蛋爆了起来，爆得太高了，竟碰上天花板，粘在天花板上了。后来，煎蛋掉下来，恰好落在他头顶上，他就把蛋拿来吃了。这些情节，生活中是可以发生的，如煎蛋，蛋可能从锅子里爆出来。但绝不会爆得那么高，竟然粘在天花板上，这把蛋爆出来的高度增加了，这可算之是"夸张"。

第三个哑剧，是《看电视》。一对年轻夫妻，晚上看电视，男的要看足球比赛，女的要看京剧表演。男的把电视机开到播放足球比赛的频道，女的又把电视机开到播放京剧的频道……两个人谁也不让，我开去，你开来，我开来，你开去，争个不休。最后，夫妻两人想出个办法，把电视机一锯为二，一人半个，各看各的，一个看足球比赛，一个看京剧表演，两人都快乐。一台大电视机去卖掉，再买两台小电视机，这是有的，但是不可能把电视机一锯为二，把电视机锯成两半还能看吗？而这对年轻夫妻却把电视机锯成两个，两人都看得津津有味。这是不真实的。这不真实（电视机一锯为二），是来之于真实（电视机可以换成两台）的，又反映了真实（电视机可以一人一台），这情节可算是"幻想"了。

由此可见，幻想，一定要来自生活，却并非生活，但又要表现生活。

如我们众所周知的《嫦娥奔月》，月可奔，这是真实的。但是吃了一种药，身体就轻盈了，能够飘飘忽忽地飞向月球，这是不真实的。（如果写嫦娥制造一种工具，乘坐一种工具，到月球上去，那是科学幻想。）这种不真实，却反映了可以到月球上去这个真实。

五十年代，广东有位作家写过一个作品，叫《慧眼》，引起了一场争论。《慧眼》写一个孩子，有一对神奇的眼睛，看得出别人胸腔里的心是什么颜色的。有的是红的，有的是黑的。这个孩子的环境又是很真实的，他 1954 年生，父亲是合作社生产队长。周围的人物也是真实的，有公社社务委员，有青年突击队队员，等等。大家的意见，认为这作品幻想和现实，格格不入，糅不到一块去，看起来幻想归幻想，现实归现实，两者像油水之不相融。

有个童话剧，叫《鸟类审判会》，是写保护鸟类的。一个孩子打死了小鸟，小鸟组织了审判会来审判他。其实，这可以构成一个很富于幻想的故事。可是这个作者，没有把生活幻想化，按鸟类的特点，来组织鸟类的审判会，而是用我们今天的那一套审判程序，来审判这个孩子。结果，人们看了说，这在宣传怎样诉讼、怎样开庭、怎样宣判，成了法制教育的图解。这个童话剧失败了，就是幻想和现实两者没有结合好。

如写得好的《宝葫芦的秘密》这个长篇童话，他写的也是我们现在的学校、现在的孩子。主人公王葆周围的背景也完全是真实的。但这个童话，一开始，就创造了幻想境界，就有了浓厚的童话气氛。这个宝葫芦的出场，事先作了许多铺垫。让奶奶给讲故事，通过奶奶的故事，把宝葫芦一些些介绍出来。先讲"撞见了一位老神仙，得到了一个宝葫芦"，再讲"游到了龙宫，得到了一个宝葫芦"，又讲"得的一个宝葫芦——那是掘地掘来的"。最后，是王葆"格咕噜"一声，从河里，用钓竿钓上来的。这作品中，幻想和现实，结合得天衣无缝，融为一体，一气呵成，贯穿在整个作品中，何等自然、服帖。

当然，我们要求把幻想满布、渗透、贯穿、融合于整篇作品之中，要求生活幻想化，并不是一个童话中，每出现的物，每出现的事，都要"幻想"，都要生活中所没有的。这样，通篇幻想，通篇神奇，通篇是假话，也不妥当。如果一篇童话里，主人公是个幻想化的人物，于是他穿的鞋，必是幻想化的神鞋；他吃饭用的碗，必是幻想化的神碗；他住的屋子，必是幻想化的神屋；他门前的树，必是幻想化的神树；他家里养的狗，必是幻想化的神狗；天上飘着神云，空中吹起神风，地上长出神草，水里游的神鱼……

这样机械地理解童话的幻想化，其实也还是贴膏药，不过是贴了许多许多膏药，也还是缝补丁，不过是缝了许多许多补丁。

童话的公式，不能是幻想＋现实＝童话。

幻想和现实两者的关系，不是油之和水，油浮于水，水托着油。而是水之和乳，水和乳交融于一起，水中有乳，乳中有水，也分不出何是水，何是乳。

它们之间的作用，不是物理作用，机械地拼凑；而是化学作用，自然地合成。

童话绝不是幻想和现实结婚，而是它们结婚生下来的孩子。

幻想要生活化，就是幻想要有童话的逻辑性。幻想来之于生活。它必须符合生活，但又不是生活，却要它来反映生活。生活与幻想的关系中，有一些不是作者随意可转移的规律可循，这规律就是童话的逻辑性。

童话的逻辑性，来之于生活的逻辑，但又不等同生活逻辑，这正如我们前面举的锯电视机一例，电视机可以一分为二，这是生活的真实；电视机可以用锯来锯成两半，这也是生活的真实，但锯成两半的电视机能播放节目，这就不等同于生活了。两台电视机，各人各看一台，这又是生活的真实。通过锯电视机，分成两台，来反映两台电视机各看一台的真实，这就是童话的逻辑。

有人把童话的逻辑，说成就是孩子思维的反映。这话对了一半，错了一半。童话的思维逻辑，要适应孩子的思维，这是对的，我们的童话逻辑是不能脱离孩子的思维的。错的是，孩子的思维本身也有个逻辑化的问题。孩子有非非之想的思维，有胡思乱想的思维，这种思维是不符合逻辑的，我们的童话作者，是不是也跟着孩子混乱的思维，去写作童话呢？

这是不行的。因为童话是文学作品。它，不能只是儿童思维的追随，还应是儿童思维的引导。我们追随它，某种意义上说也是为了引导它。

因为儿童思维，有的是幻想，但不等于童话的幻想，更不等于童话作品。

要是，我们把童话降低为儿童思维活动的记录，那就没有童话了。

所以，童话的幻想，必须高于孩子的思维，甚至于必须高于孩子的幻想思维。

我们必须讲童话逻辑，讲幻想的逻辑性。

你可以叫一部汽车，长出翅膀，开到天上去；但不可叫汽车变成一条鲸鱼，在海里游。

你可以叫月亮变成一座宫殿，让孩子们去居住；但不可能把月亮，当成海龙王的家。

德国有本童话叫《敏豪生奇游记》，是一个个连续性的系列童话。它里面的那些故事，幻想是非常奇特的，但是每一个故事，每一个故事的每一个细节，都是符合生活逻辑的。

如其中《奇妙的行猎》这个故事，说敏豪生用一块生猪油，缚在长长的绳子上，把它丢到湖水里，去钓野鸭子。结果，一只野鸭子把生猪油吃下去，就从肛门里滑出来。第二只又是这样，第三只又是这样，第四只又是这样……把湖里所有的野鸭子都串在他这条绳子上了。

这种事情，生活中是不可能会有的，却符合童话的逻辑，因为真实的生猪油，确实是非常滑的。

幻想，绝不是胡思乱想，我爱怎么就怎么，一定要符合幻想的逻辑。

幻想，是童话的特征。童话，必须是幻想的。没有幻想，就没有童话，幻想对于童话，真是太重要了。

目前，所见的童话，对于幻想，有两种情况。

一种情况，是不会幻想，或者不敢幻想。作品写得很实，完全像一篇真实的小说。这种作品，大多是一些本来是写小说的，现在来改写童话的人写的，他还是用写作小说的办法，来写作童话。有的人，提倡童话小说化，必然导致童话幻想的贫乏。有的作品，幻想很不够。幻想是童话的翅膀，如果翅膀太小，无力，它也是飞不起来的。当然，我们也不赞成，童话的好坏，取决于幻想幅度的大小。有的童话幻想是大幅度的，有的童话幻想是小幅度的，等于有的图画，用浓墨大泼大抹，有的图画，用淡墨疏疏几笔，浓墨、淡墨，只要画出精神来，那就是好画。有的鸟，爱在高空翱翔；有的鸟，爱在低空盘旋。当然，在地上爬行，那不是鸟；没有幻想，就不是童话。童话一定是要有幻想的。

另外一种情况，是胡思乱想，不仅写得太虚，而且写得太玄。里面充满庸俗、肤浅的噱头，文字失之油滑，插科打诨，要怎么想就怎么写，不讲什么幻想的逻辑性，逗乐一阵，取笑一阵，胡闹一阵，孩子读后不能留下一点什么。纯属信口开河，以荒诞取宠，乱而不实。这种作品的作者，往往强调当前童话的倾向是太实，什么矫枉应该过正，可以来些所谓超奇特作品，把童话逻辑说成童话旧框框，要加以突破。殊不知，童话要是这类作品泛滥，会败坏读者们的胃口的。这样一些作者，大多是脱离儿童生活的人，他们为幻想而幻想，为童话而童话，在那里粗制滥造，瞎编乱写。

这两种倾向，都是应该反对的。两种倾向对童话的发展和繁荣都是不利的。

我们一定要坚持健康的正当的幻想，发展这种健康和正当的幻想。使童话得到不断的繁荣，使少年儿童能从童话中取得更多的教益。

在《儿童文学》童话创作
座谈会上的讲话摘录

　　童话三十年来走过的道路是辛酸和艰难的。我今天主要谈关于童话创作的有关问题。

　　（一）童话是儿童文学中主要的文学样式

　　童话是写给孩子看的、最受孩子喜欢的一种文学样式。孩子富于想象力，孩子对世界的认识有他特殊的想象。但这次评奖中的作品，有些比较成人化，不管是情节、人物、故事和语言，都缺乏儿童的特点。

　　有的人说，"童话不能反映现实"，这是不符合实际的。张天翼同志写的《大林和小林》，贺宜、金近、包蕾同志写的作品，时代感就很强烈。童话是教育孩子的重要样式，但是往往并不被人重视。

　　（二）三十年来童话所经历的曲折道路

　　新中国成立前，许多儿童文学作家，如张天翼、贺宜、金近、包蕾等，写了许多反对旧社会统治者的童话。新中国成立后，第一篇被反对的是《老鼠的一家》，他们把童话中的动物和现实中的动物等同起来了。第二个波折是上海提出个口号，叫作"动物古人满天飞，可怜寂寞工农兵"。因此，童话被取消了。动物、植物拟人化的童话出不来了。只能写工农兵的生活，当时都是象征性的童话，如左边一个巨人，右边一条龙，棉花里能住孩子，等等，这些作品被认为是反映祖国建设的面貌，实际上是浮夸的东西，是口号和政策的图解。这种作品没有生命力。当时那种"燕子迷路""兔子搬家""游历记"等游记式的童话，没有刻画人物，没有生动故事情节。当时童话创作的道路越走越窄。童话作家的处境也很困难，没法写，没法出。当时提出"社会主义新童话"的口号，直到现在也不能完全理解和解释清楚。当时也提出"把童话引向科学的道路"，我认为是不对的。童话主要是反映人的精神面貌，而不是反映科学如何。有的人说童话是旧时代的产物，现在新社会可以说话了，童话可以消亡了。以上是"文革"前的情景。现在童话的作品已面临着复兴繁荣的局面，大家都在积极写出质量较高的作品，童话创作大有作为。

（三）童话的生活问题

创作中有一种倾向：不写自己熟悉的生活，有些青年人写红军故事，有些人认为"童话可以瞎编"。我认为如果不了解儿童的生活，根本就不可能写出好的童话。孩子心目中没有"死"和"长寿"之类的概念。但是有一篇童话却写"长寿果"，因此不受小读者欢迎，因为这篇作品不是从生活中来的，而是主观臆造的。

写出好童话，要深入生活，作者要和孩子们打成一片，从生活出发，在现实生活中提炼童话作品中的主题、人物、情节和语言。

在童话发展道路上

——《儿童文学》童话座谈会发言纪要

  童话是儿童文学的特殊的样式。孩子是富有幻想力的。幻想是儿童的天性，没有一个儿童不在幻想的天地间尽情遨游过。

  今天，我们回顾一下童话的发展道路，它经历了哪些曲折，有些什么教训值得吸取，这对当前童话创作可能是有帮助的。

  自从童话大师叶圣陶发表了《稻草人》《古代英雄的石像》，开创了我国作家童话的道路以后，许多写童话的作家，写出了一大批优秀的童话作品。如张天翼的《大林和小林》《秃秃大王》，如陈伯吹的《阿丽思小姐》，如贺宜的《凯旋门》《隐士的胡子》《木头人》，如严文井的《南南和胡子伯伯》《丁丁的一次奇怪旅行》，如金近的《红鬼脸壳》，如包蕾的童话剧本。这些童话作品，都富有那个时代的特色，反映了当时社会现实，获得了读者的欢迎。

  新中国成立后，许多老童话作家写出了新作品，著名的有张天翼的《宝葫芦的秘密》《不动脑筋的故事》，严文井的《三只骄傲的小猫》《唐小西在"下一次开船港"》，陈伯吹的《一只想飞的猫》，贺宜的《小公鸡历险记》《鸡毛小不点儿》，金近的《狐狸打猎人》，包蕾的《猪八戒新传》等。这期间，也涌现了一大批中、青年童话作家，写出了很有特色的作品。如任溶溶的《没头脑和不高兴》、葛翠林的《野葡萄》、黄庆云的《奇异的红星》等。

这期间，老作家欧阳山写了童话《慧眼》，引起了对童话中现实和幻想如何结合的争论。这场争论，虽然大家意见不一，但这是一种正常的理论上的探讨。

我以为童话的第一个曲折，是对《老鼠的一家》的批判。《老鼠的一家》，发表于一九五七年第二十一期《小朋友》杂志上，也并不是一篇童话。当时，儿童文学界组织了多次讨论会，报刊上发表了一系列文章，其中，有的意见，认为老鼠是"四害"之一，这样的作品是和"爱国卫生"运动相抵触的，是一篇坏作品。这讨论，涉及广泛的童话创作各方面的问题。要童话作品去配合政治口号，要童话为政治运动服务。这次讨论后，不但好老鼠，而且所有的老鼠，都不让在儿童文学作品中出现了。而且还把一大批动物，列为"坏动物"。最可笑的是麻雀，一会儿算它坏动物，一会儿又算它好动物，这样，把写童话的人弄得很苦。其实，童话中的动物，并非生活中真的动物，写童话也不是真要写动物，而是写人。众所周知的《白蛇传》这个故事，说了多少年，我们这辈人，从小不知听过多少遍，还有书，还有戏，在座的同志也一定都听过、看过。有的戏中，白娘娘端午吃雄黄酒现原形，那蛇出现在舞台上是够恐怖的，但我们看了戏，大家都爱白娘娘这个人物的形象，她的善良、多情、美丽、宽容，叫人尊敬和喜欢。从来没有听说过，有那么一个人，看了《白蛇传》，去爱蛇，去把蛇喂养起来，等着它变人。我想恐怕连神经错乱的疯子也不至于想娶蛇做妻子。说老鼠吧！美国的画师华特·迪士尼，画制了《愚蠢的交响乐》这部水墨影片，创造了"米老鼠"这个童话形象，米老鼠风靡一时，掀起一个米老鼠热，服饰、建筑、器皿、糖果、玩具，米老鼠充斥，我想，美国人不见得因此在家里大养起老鼠来，衣服、家具、食物，听凭老鼠咬啮。我们中国古代作家，也可以说是童话作家的蒲松龄，他的笔下有多少好狐狸，有男有女，有老有少，他（她）们和善、正义、明理，可是有谁去迷恋狐狸，希望他（她）变人。就在《老鼠的一家》讨论后不久，出现过一部美术片《一只鞋》，是根据川剧的一出小戏改的，这个片子写了一只很讲义气的好老虎。片子一出来，听说有的部队里就不许放这个片子，说这个片子要引起战士思想混乱。我们的战士，如果连这样一个好老虎的电影都看不得的话，他在战场上怎样能经得起敌人宣传，怎样能在枪林弹雨中冲锋陷阵！

　　第二个曲折，那要更严重得多了。那是一九五八年之后，在上海儿童文学界的一场思想批判中，提出了这样一个口号："动物古人满天飞，可怜寂寞工农兵。"这个口号是对前一时期的儿童文学创作情况的否定。接着这场批判以后，儿童文学界又出现了"三大力"的口号，那就是"大力反映社会主义工业建设，大力反映社会主义农业建设，大力反映革命传统斗争"。有人甚至于提出"儿童文学主要写工农兵"。把儿童形象从儿童文学作品中驱逐出去，或者降低到附属地位。童话自然是首当其冲。因为，童话有很大一部分是拟人化的童话，主人公是动物，或者植物，或者其他物，这样统统不行了。童话有很大一部分是民间童话型的童话，写从前，古时候，早年间的，这样统统不行了。动物不行，古人不行，留下的只有写今天人，可是写今天人写儿童还是不行，得写工农兵。于是，放在童话作家面前的，只有写以工农兵为主人公的童话这条路了。那时候的诗歌，为童话引了路。诗歌是："天上没有玉皇，地上没有龙王，喝令三山五岳开道，我来了！"童话紧紧跟上，一个巨人，顶天立地，象征工农兵，用脚踢开一座大山，这大山是困难之类；从平地涌现出高烟囱的工厂，积满五谷的粮仓，一个高鼻子的外国人气死在他身背后。或者是一条很大很大的鱼，鱼背可以开汽车；或者是一朵棉桃很大很大，花心可以睡一个孩子这类童话。还有燕子迷路、兔子搬家的童话就更多了。什么游历记、旅行记，用一个动物，或者一个泥娃娃，去人民公社，去油田，去水库，去铁路隧道，去小高炉群，去矿山，一路没完没了游过去，写过去。这些童话，不是去反映人的精神面貌，不是去反映社会现实生活中的冲突，而是代替散文、报告文学，去反映建设面貌，这样的童话，只是一篇蹩脚的游记，只是一些口号的图解，是没有生命力的。当然，童话应该有时代的特征，但主要还是要写人，写人的思想和精神，要有人物，有形象，有冲突，有故事。那种游记式的童话，既无人物，又无形象、冲突、故事。严格来说，它不能算是一篇童话。要说明，这种游记式的童话，到现在，还有人在这样写，还有刊物、出版社在发表、出版。童话作家应该写什么样的童话呢？当时有的童话作者为了童话不就此绝种，提出创作"社会主义新童话"的口号。究竟"社会主义新童话"是什么样的，大家讨论过一阵，也没有能讨论出什么结果来。有的人认为这口号提得不必要。因为别的文学形式也没有这样提。没有什么社会主义新小说、新散文、新诗歌、新电影、新音乐的。我觉得大家应该更多地去致力于童话创作的探索，通过实践来认识什么样的童话是我们需要的，路子怎样走才走得通。

北京《北京少年》《北京儿童》召开了童话创作座谈会，一些老童话作家讲了话，影响很大。接着，很快，上海教育出版社编辑出版了"五四"以来的《童话选》。这是一本很有质量的选集。选了童话诸家的代表作，而且编辑严谨，插图、装帧都很讲究。对"五四"以来童话创作的成绩予以肯定，促进了童话创作的繁荣。后来，人民文学出版社又编辑出版了新中国成立三十年《童话寓言选》，收入的作品范围更广泛，对童话作者起了极大的鼓舞作用。天津新蕾出版社很快办起了专门的刊物《童话》，第一期上，前辈作家叶圣陶题了字，茅盾题了词，冰心、高士其、张天翼、严文井、贺宜等许多著名作家写了文章和作品。这次《儿童文学》编辑部，接着第二次全国少年儿童文艺创作评奖授奖大会，举行了童话创作座谈会，受到了各方面的重视和关注。粉碎"四人帮"以来，可喜的是许多老中青童话作家都写出了许多有分量的好作品，如严文井的《浮云》、贺宜的《像蜜蜂那样的苍蝇》、金近的《想过冬的苍蝇》、包蕾的《能说会道的狐狸》、葛翠林的《会翻跟斗的小木偶》、孙幼军的《小贝流浪记》，在反映时代精神、艺术特色的创造等各方面，都有一定的突破。我们面临着一个童话复兴的新时代。我是很高兴的，我想大家也是很高兴的。

　　我相信，通过这次座谈会，童话创作，会更前进一步。

　　编者注：本篇由《儿童文学》编辑部根据洪汛涛先生会上的发言记录整理而成，发表于《儿童文学》编辑部的内刊《通讯》上。

我的童话观

——《儿童文学》创作讲习所童话教学大纲

世界上有了人类，便有孩子，有了孩子，便有童话在。

有人说，中国古无童话，这不对。

有人说，童话是从外国传进来的，也不对。

有孩子，有语言，就有童话了。可以说，童话是"童"和"话"的相加。

中国是一个古国，在这块土地上，很早很早就有童话了。

世界上，每一个民族，每一个国家，每一块土地，应该都是这样。

童话，是全人类的，童话是全儿童的。儿童，离不开童话。人，离不开童话。成人，儿童，童话，一同共在，一同永在。

童话，这个名称，是近代才有的。有人认为童话这个"名称"是从日本传过来的。中国的"童话"，和日文的"童话"（どうわ）同音。其实，这只能说有此可能，也可以说，很有可能，是由中国传到日本去的。

不过，不管怎样，童话这个"名称"，是中国的。

一、中国古有"童谣"。"谣"是韵文体。散文体的不称"谣"，该称"话"。童谣、童话，同为儿童的文学作品，只是韵文、散文的区别。二、中国古小说，有"评话""话本"之称，童话，即儿童之评话、话本。三、从我国早期那些称作"童话"的作品来看，可说都是沿用宋元评话、话本写法的，前面都为长长一大段楔子。

童话，分古典童话、民间童话、现代童话三类。

古典童话，是指古书籍中所记载或引用的童话。当然，那时，还没有"童话"这个名称，不可能叫童话。这些作品，有的撷取自民间，有的是作者创作的。自然，古代这些作品，并不是供儿童阅读的。这类作品，历代各种古籍中，特别是后来兴起的笔记集子中，大量存在，很需要有人去做汇集和整理工作。海燕出版社出版这一本《中国古代童话故事》，但只是浩瀚大海中的几叶扁舟，工作是十分初步的。

民间童话，是指历年来，在人民群众中间口头流传的童话作品。我国在民间流传的童话作品是很多的，也比较受到注意。除古籍中记录了一部分外，"五四"以来，特别是新中国成立以来，记录、整理了不少。如果拿出版的集子来看一看，数量也是相当可观的。但是，我们还缺少一本比较齐全的、有分量的我国民间童话代表作品的集子。现在是，你出你的，我出我的。有的作品，文字还显得相当粗劣。

现代童话，是指现代作家们为少年儿童创作的童话作品。本文所要论述的，就是这一类现代童话的创作。

根据现有资料，1909年，即宣统元年的三月，上海商务印书馆的孙毓修，编辑出版了《童话》丛书，这是我国第一次使用"童话"这个名称。这叫"童话"的丛书，第一本是《无猫国》。

自此，童话逐渐发展成作家创作的一门文学样式。这就是现代童话的由来。

童话，发展到今天，它已成为"一种以幻想、夸张、拟人为表现特征的儿童文学样式"。这就是童话的定义了。

童话，发展到今天，已定下明确的性质和范围，具有自己的概念和规律。

我们的童话，已经拥有叶圣陶、张天翼、严文井、陈伯吹、贺宜、金近、包蕾、葛翠琳等堪称童话大家的作家，也拥有《稻草人》《古代英雄的石像》《大林和小林》《秃秃大王》《宝葫芦的秘密》《不动脑筋的故事》《小溪流的歌》《"下次开船"港》《浮云》《阿丽思小姐》《一只想飞的猫》《小公鸡历险记》《鸡毛小不点儿》《"神猫"传奇》《狐狸打猎人》《一篇没有烂的童话》《火萤与金鱼》《猪八戒新传》《野葡萄》《翻跟头的小木偶》《一支歌儿的秘密》等堪称童话名作的作品。

我们童话，不但有一支创作队伍，有许多优秀作品，而且有了比较系统、完整的理论。

世界上，各个地区，各个国家，都有和我们童话概念相同或相近的童话作品。有格林、安徒生、科洛迪、王尔德等许多杰出的童话大家，有《白雪公主》《小红帽》《海的女儿》《野天鹅》《丑小鸭》《木偶奇遇记》《快乐王子》等著名童话范作。但是，目前，世界各国童话创作上，似乎发展并不那么明显，甚至于可说是停滞不前。拿安徒生的故乡丹麦来说，童话创作远远无法和安徒生时代相比拟。

首先，他们还没有很突出的童话创作作品，更没有一套系统、完整的童话理论，并且还没有一个和我们"童话"相同的名词。

我曾提议，童话这个词，介绍到国外去，还用"神仙故事"——Fairy Tale，是不恰当的；应该用"童话"两字的译音 Tong Hua。

我认为，目前，中国童话的发展在世界上是领先的。这并非自誉，我深信事实确是如此。

童话，是儿童文学中很有发展前途的文学样式，是一种最为广大少年儿童所欢迎的文学样式。从社会这个角度来说，它是一种很需要且重要的文学样式。

我们每个人都有过童年时代，我们童年和现在的孩子一样，是富于幻想的。我们对于这个陌生的又是新鲜的世界，产生过种种奇特的幻想。我们热衷于如何去创造世界和改造世界。

我们带着这种种幻想，踏上这个光怪陆离的社会，我们把幻想用之于工作、事业、生活……由是，出现奇迹般的建设、发明、成就……

而童话，不只是反映了少年儿童一代的幻想，并且有效地带动、引导、开拓、促进、深化、发展了他们所具有的幻想智力。

当然，童话的功用，不仅仅是发展儿童的幻想，还有启导儿童思想、陶冶儿童性情、增长儿童知识、丰富儿童生活这些功用。

我们的社会，要造就创新、探索、改革的新一代，童话是必须繁荣的。

童话，是一种幻想的体裁，幻想和童话是一个不可分割的整体。

幻想之于童话，犹如我们做面食，把水和发酵粉揉在面团中。

没有幻想，就没有童话，所以一部童话学，就是一部幻想学。

现在，我们有的人，对于童话的幻想认识还很不足。有的人，一会说想象，一会说幻想，好像幻想和想象是一码事。其实，想象是想象，幻想是幻想。我们一般的文学作品，都需要有想象，但是童话仅仅有想象是不够的，童话需要有幻想。许多人把童话比喻为一只飞鸟，而幻想是鸟的双翅，没有双翅，鸟是飞不起来的，没有幻想是不成其为童话的。

什么是童话的幻想呢？在童话这个特定的范畴中，幻想可分成——

一种是借替。童话和许多文学样式一样，要写人。而童话的写人，不一定就是写真的人，往往借替别的什么物来写人。有的写动物，有的写植物，鸟兽虫鱼、树木花草，都可以写。也可以写无生物，山川土石。也可以写自然现象，风雨雷电。也可以写人的头脑里的意念，自私，勤劳，勇敢。把它们当成人来写，赋予它们以人的性格，人的感情，会思想，会说话。这就是大家常说的"拟人化"。

物之拟人，就有一个人性和物性相结合的问题。有的童话作者，以为物既拟成人，那就是一个人，可以完全和人一样去写，这样的作品，就成为一个个分别叫狗猫鸡兔的孩子的生活故事。让兰花发起火来跳得一丈高，让松树去和榆树比赛跑步，无论如何总不行。所以，拟人的作品中必须讲人性和物性的结合。我们写作童话，不只是要很好尊重童话的人性和物性的结合，而且还应该很好去发挥这个结合。

一种是假定。假定，望文生义来说，它是真有反义。就是说，它在真实的生活中是没有的，或者不能发生的。这种幻想，它是超生活的，是神奇怪异的，常常以一种魔法形式出现。其中，有的是异人，赋予某个人，或身体的某部分，具有超人的魔力。有的是异物，赋予一物具有某种超物的魔力。有的是异事，假定一件不可能发生的事。有的是异地，这地是假定的，在真实生活中是不可能有这样的地方的。

这异人、异物、异事、异地，都是假定的，不可能发生。但是，它异，也还是人、物、事、地。所以，也得在人、物、事、地的真实的基础上去"异"，去假定。随心所欲，离开人、物、事、地的真实去"异"，去假定，那也不是童话的幻想。我们还得讲童话逻辑性。

一种是夸张。其实，许多文学门类中都应该运用夸张。所以，"夸张"这个词，用之于童话，恐怕得是一种夸张的夸张，一种超夸张。一般的文学作品，夸张主要是集中、概括的意思。童话的夸张，不只是把生活中的某一部分放大开来，而且要放大到了变形的地步。因为童话的夸张，往往用于一般的生活故事，所以这种童话，也又叫常人体。其实，童话的夸张，不仅用于常人，有时也用于物、时、事、地的夸张。

夸张，须按事物的本身来夸张，为作品的需要而夸张，一切不可为夸张而夸张，脱离事物本身去随意夸张。

借替、假定、夸张，同属于童话的幻想这一特征。但它们常常交错运用。

不论借替、假定、夸张，幻想总是一种不存在，一种虚构。这种不存在、虚构，来之于存在、真实。并以这种不存在来反映存在，以这种虚构来反映真实。这就是童话的幻想，就是童话的生活观。

幻想来之于真实生活，通过幻想，反映了真实的生活。

所以，我曾经给童话列过一个公式，那就是：真→假→真。

这"假"，就是生活的幻想处理。要化"真"为"假"，要以"假"来反映"真"，这就是童话的高难度，也就是童话本身的存在价值。

我也说过，童话是一门"假"学，它的艺术就是弄"虚"作"假"。

但是，我们的童话作者，在弄"虚"作"假"之时，千万别忘了"假"字前后的两个"真"字。

"假"是童话的手段。反过来，也是童话的一项测定。凡童话，必须是"假"的，是生活中所不存在的无法实现的。要是，一个作品，它在生活中是存在和可以实现的，那就不是童话了。当然，也不能这样反过来说，凡作品写的生活中不存在或无法实现的，都是童话。那也是一种为"假"而"假"，不足为训。

关于当前的童话创作，我提过十个要求：

第一，儿童的。我们写作童话，要明确这个对象。我们是在为广大的少年儿童写作。我们不能光顾发表自己的什么意念，光强烈表现自我的这样那样的个性，去写那种自己也说不清，广大少年儿童更看不懂的作品。为我而写，在儿童文学中是行不通的。我们为少年儿童写作童话，必须心中有少年儿童。我们要了解少年儿童的生活，理解少年儿童的心态。熟悉他们，爱他们，才能描写他们。

第二，文学的。童话是一种文学作品。应该以文学的方法去写作，以文学的感染力去扣动少年儿童读者的心弦，引起他们的共鸣。

它不能是政治的说教、课堂的教案，更不是政策的图解，自然也不是新科学的通俗说明。童话是一种艺术，不是什么工具和代用品，要以文学艺术的法则，去创造文学的效果。

第三，幻想的。童话艺术是幻想的艺术。离开幻想，就没有童话，这是个童话的准则。在某种意义上说，童话就是生活的幻想化。当然，我们要充分运用和发挥幻想的有效手段，也要防止为幻想而幻想。孩子怎么想，我怎么写，也是不行的。童话要引导孩子的幻想。

第四，向上的。童话有它严肃性的一面，即它必须教育少年儿童向上。但是，这并不是要童话去头痛医头，脚痛医脚，代替教育的作用。我们既不赞成童话作家板起脸来训斥孩子们，也反对童话作者成为马戏团的小丑，插科打诨，把写童话当作做游戏，纯为孩子们提供一点笑料。我们也切不可去把少年儿童造就成什么"童话迷"，在"迷"字上下功夫。我们希望我们的小读者能从我们的童话中获取教益。

第五，中国的。我们中国的童话，首先是为中国孩子写作的，是中国式的。中国的童话，必须走中国童话的道路。一味追求洋味洋腔，连猫狗鸡兔非得要起上外国名字，把童话全写得像外国翻译过来的作品，总是不好的，这样也不可能走向世界的。半封建半殖民地的时代早已过去，可是半封建半殖民地式的童话，近年来却流行起来了。应该引起童话界的密切注意。

第六，当代的。童话要面向当代，要有时代气息，要出新意。我们要提倡童话民族化的同时，提倡童话现代化。童话的民族化，不是古色古香化。民族化和现代化，要有机地结合。童话要反映当前的生活，要和当前的少年儿童心贴心。童话要立足于今天，继往开来。我们要写好今天的童话，把昨天和明天连接起来。我们的童话，如果写不好今天，把昨天的童话盲目否定，把明天的童话引向歧端，我们对不起前者，更对不起后人。童话要有真正的新潮。

第七，趣味的。趣味，是广义的。叫读者发笑，着急，气愤，忧伤，打动读者感情，引人入胜，都是趣味。童话要小读者愿意读，有吸引力。当然，趣味应该是健康的、高尚的。不是为趣味而趣味。趣味不能看成就是手段，趣味也应该是童话的目的。

第八，优美的。一篇优美的童话，可以叫人心旷神怡，振作鼓舞。童话，切忌展览丑恶，叫人恶心。童话，应该和美在一起，很多读者渴望从童话中汲取美。美，是童话的本性。童话中，应该渗透美，洋溢美，童话是美的饱和。

第九，多样的。儿童的生活是千变万化的，儿童的幻想天地是广袤的，童话也应该是五彩缤纷、千姿百态的。不要一个人写了这样的童话，就一齐都去写这样的童话。谁也不可以规定说，只能写这样的童话。童话人人好写，但必须巧妙不同。赶时髦，是我们的劣根性。一窝蜂，是我们的致命伤。要独立去创作，探索。提倡多样，不可单一、雷同。

第十，发展的。童话不可能是一成不变的，它需要变革，在传统基础上变革。我们不能满足于现在的成就，我们的童话，和现实，和时代，还有许多矛盾和距离，等待我们去作探索。只有发展，才能有一个接一个高潮的繁荣。

作为一个童话写作者，任重而道远。中国童话，正以它的雄姿出现在东方，瞩目于世界。但是需要大家的共同努力。

希望大家来为普及童话、振兴童话，作出贡献吧！

以上所述，节选于拙著《童话学》（安徽少年儿童出版社出版）、《儿童·文学·作家》（海燕出版社出版）、《童话艺术思考》（希望出版社出版）。关于详细的论述，请参看这几本书。

另外，也建议读一些童话作品：《中国童话界·新时期童话选》（辽宁少年儿童出版社出版）、《中国童话界·低幼童话选》（江西少年儿童出版社出版）、《童话选刊》第一期（安徽少年儿童出版社出版）。另外，关于童话十年来简况，请参看《中国儿童文学十年》（海燕出版社出版）。

　　希望大家都来写童话，祝愿大家在童话创作上写出好作品。

《儿童文学通讯》1988 年第 1 期

童话创作的三个"相结合"

——《儿童文学园丁奖集刊》笔谈

对于童话创作，我想说一下三个"相结合"。

民族化与现代化相结合 我们的童话，我想应该有强烈的中国气派，有鲜明的地方特色，有浓郁的民间风味。民族化，有人以为只有那些民间故事型的童话才是民族化的。这是一种误解。童话的民族化不只是形式问题，民族化表现在童话上，应该是包括题材、主题、人物、故事、细节、手法、结构、语言等各个方面，是一个童话整体的民族化。童话的现代化，就是说今天的童话，必须反映今天的时代精神，和今天的时代脉搏同跳动，和今天的时代步伐相一致，必须反映今天的社会特征。社会是一个袒露的原野，而不是密封的实验室，各种信息都在反馈，我们的童话必须正确地反映、引导。童话虽是虚构的，但是离不开生活这个基础。虚构，要从生活基础去虚构，然后才能反过来反映生活的本质。民族化也可说是空间的概念。现代化也可说是时间的概念。我们的童话必须是民族化和现代化时空的相结合。

幻想和现实相结合 童话是幻想的。幻想是一种不存在，它是虚的、假的。现实是一种存在，它是实的、真的。童话就是要虚和实、假和真，和谐地结合。我们不能为幻想而幻想，幻想是为了反映现实。所以，我们的幻想，它并不是毫无边际的乱想，它是受现实这个基础所约束的。如果一篇童话没有幻想，全是实实在在的事儿，那等于取消了童话。当然，要是爱怎样想就怎样想，连童话逻辑性都不要，这也不可能是一篇好童话。

人性和物性相结合　这里说的人性，不是人性论的那个人性，而是指人的性能。物性，是指物的性能。一篇童话，把某种物拟人化了，必须赋予这物以人性。如果不赋予人性，物还是物，那不能说是拟人化。写的是动物，就是动物故事，而不是童话。但如若一篇作品，把物写成完全就是人，丢掉物本来的性能，那也不是拟人化，而是人化。人性、物性，两者不可偏废，必须相结合才行。

近几年，童话出现了一些好作品。但从儿童文学整体来看，童话还是比较冷淡的。大家对童话还不是很了解，需要做童话的普及工作。童话的创作队伍、编辑队伍还很小。希望有更多的人来从事这一项工作。

不过，儿童是最喜爱童话的，这是童话必然要繁荣的基础。

我们大家去努力争取，童话一定有一个很美好的明天。

编者注：本文见《儿童文学园丁奖集刊》（五）（1987 年 4 月）。

谈安徒生研究

一

一个从事于童话研究的人，如果没有研究过安徒生，他的童话研究，不可能作出成果。我因为要写《童话学》，自然，我也对安徒生作过一番研究。

不过，我不能说我是一位安徒生的研究家，因为我只能躲在我的小书房里，读过他的全部168篇童话作品，以及我能够找来读的他的传记和对于他的作品的评论；自然都是翻译过来的文字。我的研究，没有什么新进展，更没有什么新价值。

不过，我认为"安徒生是世界上最有成就的童话作家，是世界上最有影响的童话作家。他是童话的一面大旗，一说童话就要提到他。我国现代童话的开拓和发展，受他和他作品的影响最大"（《童话学》）。这完全是事实。

我在写《童话学》，梳理童话发展历史的时候，我有一个新发现。即，每遇童话处于低落，在度过一段艰难时日后，总有人把安徒生抬出来，发表一系列的关于安徒生的论介文字，出版社开始出版安徒生的作品，这种先兆后，接踵而来，是一批批创作童话出世了，童话一步步走向繁荣。好像这现象，是一种规律，因为在我们这儿已重复多次。

目前，我国台湾地区对于安徒生的研究"热"起来了，我似乎预感到台湾的童话创作，必然将会出现一个新的飞跃、新的局面。

二

安徒生是位伟大的作家，他的作品也是伟大的。他为世界作出了卓著的贡献。这是大家所公认的。

但是，在我们安徒生的研究中，也有种种不好的倾向。即把安徒生"神"化，说成是童话的"顶峰"。有人认为安徒生以后没有再出现安徒生童话那样的好作品。世界上童话并没有进步，而是倒退。自然，今天的许多童话作品，还没有能像安徒生的童话那样产生世界性的轰动效应，其实安徒生童话的轰动效应，除了作品本身的成功因素外，还有许多其他的种种的客观条件。绝不能说，世界上童话创作不是在发展，没有出现优秀的成功的作品，恐怕也不是事实，这说法也是不科学的。有的人，把安徒生的全部作品，说成是典范作品，都得继承，这似乎也是偏颇了。安徒生的许多作品，是成功的，但也有一些作品，例如他后期的作品，我想至少不能说是儿童所适合阅读的作品吧！我们的研究工作，必须作科学的分析，不能是盲目的迷信。我看过有的童话理论研究著作，连篇累牍的是安徒生的童话如何如何，而不提当前当地的童话创作如何如何，这就不好了。安徒生的精华，我们应该继承，但不是没有应该扬弃的部分。我们的童话理论研究文字，可以和应该从安徒生那里接受遗产，但也不能言必安徒生，一篇论文中尽是安徒生如何如何说，而没有自己如何如何说，这是不能算好论文的。

三

前不久，我在报上见到一篇文章，说丹麦历史学家扬·约更森最近提出：安徒生的身世，并非像众所周知的是一位鞋匠和女佣所生的孩子。扬·约更森是安徒生就学过的学校的现任校长。他认为安徒生是后来成为丹麦国王的库利斯八世和一位叫埃利赛的贵族小姐所生。他提供了许多证实的材料。还有著名的安徒生传记的作者埃利阿斯·布莱兹多夫也曾说过："安徒生所谈的家庭背景，纯属虚构。"

这篇文章，对童话研究者来说，是震动的。因为我们一直都认为安徒生出生于贫苦的鞋匠家族。但是震动尽管震动，却无法证实。因为我们只能看到第二手，甚至第三、第四、第五手的材料。我只是将这则短文剪下，又发在我主编的《童话选刊》上，提供给广大读者参考。

台湾的儿童文学界，不知是不是知道安徒生身世的这一新说法？

前些日子，在台湾某报上刊载了我们《童话选刊》编辑小啦小姐写的那篇通讯：《丹麦行——访安徒生中心约翰·迪米留斯教授》。在这篇文章中，这位研究安徒生的教授说："事实上，在安徒生的童话和故事中，有相当的数量是专门为成人写作的；一部分童话是为儿童的，但至少同时也是为成人的。"这又是一个新发现。

这个发现，如果成立，那会牵扯许多关于儿童文学童话、儿童文学作家等等一系列问题。过去的许多传统论点和观念，将受到冲击和修正。

小啦是不久前去丹麦安徒生研究中心深造的。今年八月将在奥登塞举行首届国际安徒生会议，林焕彰先生也将赶赴丹麦参加这个重要的会议。

在这个会议上，取得的材料，当然是第一手的，有它的"权威性"。

这样的研究，才是真正的研究。研究安徒生，就应该这样研究。

四

谈起安徒生，自然会想到那个以安徒生命名的世界性的儿童文学奖。但是这个奖，并没有将我们华文儿童文学放在恰当的位置上。首先，他们没有我们华文儿童文学作家参与的评审委员会，他们那些评审委员没有一位懂得华文，他们更不了解华文儿童文学实际。而用华文写作的儿童文学，必须要译成英文才能接受评审；用已经翻译过的

作品，来评审华文作品，有多少准确性就值得怀疑。我想，以安徒生
命名的这个儿童文学奖，这样在华文儿童文学世界，也会失去它应有
的声望和作用。

安徒生是丹麦的，也是世界的。安徒生儿童文学奖应该是一个真
正世界的儿童文学奖。

编者注：本文见台湾《儿童文学家》1991 年 7 月秋季号。

童话《慧眼》之争

　　这时期，广东作家在《作品》1956年1月号上，发表了一个作品，题目叫《慧眼》。欧阳山本人并没有把这篇作品称为童话，刊物上也标明是小说，因为这篇作品里运用了幻想的手法，许多人把它看成是童话。这样，儿童文学界便开展了一场论争。

　　在童话的看法上，大家存在着分歧。这种分歧是正常的，过去存在，今天存在，将来还是存在。因为有分歧，就有争论，有争论，就有提高。

　　《慧眼》之争，开创了新中国成立后童话讨论的前声。

　　《慧眼》的故事是说：1954年，农业合作社生产队长的孩子周邦，从小就有一双漂亮而奇异的慧眼。他能够看透别人胸膛里的心是什么颜色的，诚实的人，心是红颜色的，说谎的人，心是黑颜色的。他帮助合作社和大伙儿做了好事，但由于他自满骄傲了，便失去了这种神奇的力量，并且被地主和合作社里的懒汉所欺骗和利用。后来，经过父亲的教育和大伙儿的帮助，他的双眼又恢复了慧眼的功用。

　　作品发表以后，在1956年第九期的《文艺报》上，发表了舒霑的《幻想也要以真实为基础——评欧阳山的童话〈慧眼〉》一文。舒文首先提出：《慧眼》这篇作品是"失败"的。"因为运用童话的形式反映我们时代的生活，在我们儿童文学的创作实践中至今还是一个没有很好解决的问题，需要有更多的作者勇敢地大胆地来尝试。但是，

《慧眼》这篇作品表明：作者的这个尝试失败了，并且走上了形式主义的道路。这主要表现在作品的现实内容和童话形式的脱节上。"舒文着重指出："这篇童话中，周邦这个形象恰恰是缺乏生活的真实依据的，是脱离了儿童的性格特征和心理特征的。""作者把童话的背景过于'现代化'，而不是在充满着奇幻的漫画气氛中展开情节，因而画得读者愈加怀疑童话故事的真实基础，愈加尖锐地感觉到童话形象和现实环境的冲突。环境是具体的、现实的，人物是幻想的、神奇化了的，两者之间的矛盾在读者的印象中是很难抹掉的。"舒文还说："这篇童话在艺术上也是枯燥无味，既缺乏丰富的令人生趣的幻想，也缺乏优美的情调和幽默感。"舒文认为"失败的原因"是"没有把握到生活的真实，自然也不能从生活中产生合理的幻想，不能把童话的幻想建立在真实的基础之上"。

舒文提出了对于《慧眼》的争议，一场童话界的论战，展开了。

贺宜在《人民文学》1956 年 8 月号上发表的《目前童话创作中的一些问题》中，提出他的看法，基本上是和舒文的观点相一致的。他说："作者在一个现实生活中的人物身上，赋予一种不可思议的神奇力量，而这个非同寻常的神童又和我们这一时代的普通人生活在一起，并且以他的神奇力量来影响生活，这样就造成了幻想和现实的脱节，这种离奇的'幻想'就不能不使人觉得是对生活的歪曲。"

紧接着，广东发表《慧眼》的《作品》月刊，在九月号上，发表了一组讨论《慧眼》的文章，有加因的《童话中幻想和现实结合问题》、黄庆云的《从儿童文学创作的要求看〈慧眼〉》、陈善文的《关于童话〈慧眼〉的一些问题》。三篇文章从不同的角度分析了《慧眼》这一作品。《作品》1956 年 12 月号上，陈伯吹发表了《从〈慧眼〉谈童话特征与创作》一文，参加这一讨论。他也认为《慧眼》"没有能够写得成功"，是一篇"失败"的作品。关键是"在于幻想和现实结合得不协调、不谐和，破坏了童话传统的体裁特征。"并且，他在此文中提出了对于童话的三个要求："首先'童话'是要有诗的美感"，"其次，'童话'是要有夸张和幻想"，"最后，'童话'要有幽默和快活"。

金近也在《作品》1957 年 1 月号，发表了《文学的特殊形式——童话》一文。

欧阳山本人没有对《慧眼》发表意见，又发表了《慧眼》的续篇：《亲疏》《比赛》。

《北方》1957 年 2 月号上发表了黄贻光的《从童话创作角度看〈慧眼〉》。

在《作品》1957 年 3 月号上，又发表了齐云和瑞芳的文章《谈〈慧眼〉〈亲疏〉和对它的批评》，此文主要的论点是说《慧眼》等作品不是童话，而是小说，把《慧眼》当童话来讨论，是弄错了对象。

《作品》1957 年 6 月号上，又发表了胡明树的《谈谈〈慧眼〉及其所惹起的》。

讨论并不到此结束，1958 年 5 月，《儿童文学研究》第五期上，发表了肖平的《童话中的幻想和美》一文，他认为"在名字上费口舌是无谓的，重要的、不可更改的是作品的内容和形式的特征。如果齐云、瑞芳同志一定要把《慧眼》叫作'小说'的话，那么，这样的'小说'，就其内容和形式的特征来看，也可以和童话放在一起来讨论的，因为它很像童话"。肖文认为"《慧眼》也是一篇不好的童话"。但是不好的原因是什么，他不同意贺宜的"没有现实基础"说法。他认为《慧眼》的问题，在于"是一篇没有美的童话"。他的说法是："童话中的美是完整的、和谐的、独特的、突出的。它是童话的灵魂，是童话的基本特征。"他还说："幻想也是童话的基本特征。但它只是童话的手段，而不是童话的目的。由于有幻想，童话中才能有特殊的、非人间的境界，才能给人物安排下特殊的遭遇和命运，才能表现出人物的非凡的力量和品质，美才能在童话中得到独特而完满的表现。""没有表现手段，也就没有了内容；取消了童话的幻想，也就取消了童话独特的美，童话也就失去了灵魂。""我们的某些童话作者，他们把追求幻想当作目的，因此，尽管他们的童话中有着大胆的出奇的幻想，但却不给人以美感，也就谈不到教育意义。"

肖文发表后，又把童话引向另一问题的争论，贺宜在 1958 年 10 月《儿童文学研究》第六期上，发表了《不许把童话拉出社会主义儿童文学的轨道》一文，指出："'有现实基础的幻想是有益的，没有现实基础的幻想是有害的'这个原则肯定是不能取消，而且我们也不能容许谁来取消的。"他认为"童话的美主要决定于是否真实地反映了生活；决定于是否巧妙地运用童话的幻想来真实地表现出或者暗示出客观事物的本质和规律，或者是表现、暗示出这些规律和本质的若干方面"等等。

这一场从《慧眼》引起的童话论争，是 1956 年开始的，这一场童话讨论，虽然也没有谁出来引导，但涉及童话的许多问题，如幻想和现实的关系，童话与小说的关系，童话的特征，童话的表现手法，童话与生活，童话与美学，等等。虽然大家没有取得一致的意见，但经过讨论，把问题摆了出来，大家各自表明了意见，经过讨论，有些意见大家比较接近了，有的意见保留分歧。所以这一次讨论是十分有益的。

近年，欧阳山的《慧眼》和续篇，仍收在他的集子里，继续出版。贺宜在编自己文集时，也把他写的《不容许把童话拉出社会主义儿童文学的轨道》一文抽掉了。

这都说明这一次讨论，有很大的影响和收获。

编者注：舒雳是束沛德笔名。束老曾任中国作协书记处书记、儿童文学委员会主任、创联部主任。《慧眼》之争，是文学界的一件大事。

迎接儿童文学的新十年

——儿童文学从恢复走向探索的思考

中国的儿童文学是伟大的文学。

中国的儿童文学作家是伟大的作家。

十年浩劫，结束了。

迎来了十年恢复的儿童文学新时期。

儿童文学作家首先想到儿童，儿童应该有小说，有散文，有童话，有诗歌……作家们不停笔地写小说，写散文，写童话，写诗歌……他们把一篇篇文学作品、一本本文学书籍，送到了儿童的小手上。

儿童有文学了。中国有儿童文学了。

儿童文学作家们，不只自己写，还积极培养年轻人来写。因为他们知道，靠少数作家昼夜不停地写，也满足不了那么多儿童的需求。

中国有儿童三亿呢！他们太需要文学滋养了。他们嗷嗷待哺，饥不择食，向作家们乞求着文学。

儿童文学作家们一面挥动笔，一面握着接力棒，写作品、编刊物、发评论、做演讲，要把一大批一大批年轻人带进儿童文学队伍里来。

一大批老作家，心不老，笔不老，走在队伍的最前头。

一大批中年作家，成熟了，他们接过老作家手上的旗帜，走到队伍前面去了。

一大批年轻作家，走进队伍来了，他们要超越老作家，要赶上中年作家，要走到最前面去。

这十年恢复期，充分体现了儿童文学老中青三代作家的通力合作。

十年的前期，我们的老作家带领着中年作家做开拓、重建工作。老作家就把中年作家推上了第一线。我们的中年作家，一面在老作家的帮助、支持下，运筹着整个儿童文学创作，一面和新涌现的更年轻的作家，共同活跃在儿童文学的文坛上。这十年的后期，青年人渐渐崛起了，儿童文学的重任，将由青年作家去联合老年作家、中年作家，共同担当起来。

这恢复的十年，是继往开来、承上启下的十年，是老中青三代作家一起艰难创业的十年。

如果说，这十年恢复，已取得预期的成绩，这成绩是属于老中青三代人的。因为三代人在这十年中，作出了最大的努力。历史是很公正的，要是写这十年的儿童文学史，一定要写三代人。

三代人共同走过了十年恢复期，三代人正共同走进从 1987 年开始的下一个新十年。

生聚和教训

儿童文学这十年，称为恢复期，是根据我们儿童文学历史这一长河来说的。

就儿童文学历史的宏观来看，十年，是很短暂的阶段。这十年，只是儿童文学的复活，还不能说达到繁荣的复兴时期。我们的儿童文学虽然有不少，但还没有能满足三亿儿童的需要。在质量上，我们虽然有许多好作品，但可以经受时间洗礼，富有生命力的，受广大儿童衷心挚爱的优秀作品，还不多。

可是，十年恢复，从微观来看，这段时间，也可以说是某种程度的繁荣。因为这十年，是进步的十年，发展的十年，是儿童文学通向高繁荣目标的十年。

恢复，何尝不是成绩。儿童文学从绝境中恢复过来，是最大的成绩。

有人把近年称为儿童文学的黄金时代。黄金时代，就是宝贵的时代，就是说这些年取得的成绩是巨大的。

十年恢复，首先是创作上，一大批作品，如《小兵张嘎》《鸡毛信》《神笔马良》《金色的海螺》《马兰花》等，现在给予了重新肯定。

一大批停刊的儿童文学刊物、儿童文学报纸，复刊了。

一大批新的儿童文学刊物、儿童文学报纸，创办了。

这些刊物和报纸上出现了大量的儿童文学作品。

少年儿童专业出版社，一个接一个建立起来，几乎各省、自治区、直辖市都有了。它们出版了大量的儿童文学书籍。

国家出版局为了儿童读物出版事业的发展，在庐山、泰山开了会。

作家协会和各地分会，纷纷相继设立儿童文学组织，儿童文学作家队伍得到发展。

儿童文学二十五年全国大评奖举行了。近三百位作家，两百多篇好作品获奖。在人民大会堂召开了万人授奖会。这是我国儿童文学第一次大规模大声势大影响的盛会。

全国各地掀起一个儿童文学评奖热，各种各样的奖，谁也说不清这十年来有多少儿童文学作品得过奖。这个评奖热，一直延续到今天，还是方兴未艾，要不断继续下去。

前几年，从东北、华北到西南、西北，从沈阳到成都，还有广东、广西、湖南、陕西、云南、贵州、浙江、安徽、江西、河北、新疆、甘肃……办了一系列的儿童文学讲习班，一大批著名的资深的儿童文学作家、理论家组成了讲师团，分赴各地讲学，一群一群青年儿童作家由此冒出来了，他们活跃于今天的儿童文学界，成了一支有能量有作为的生力军。

有了一大批作家，随之而来的是一大批作品。其中不乏好小说、好散文、好童话、好诗歌……

作家们渐渐不满足现状了，他们要超越过去，要超越别人，要超越自己，他们开始作种种探索、创新的实践。

有人问，十年恢复过去了，下一个十年还是恢复期吗？

下一个十年，估计会是一个探索期。因为在这十年恢复期中，同时酝酿着一个大探索的因子。

过去的十年，未来的十年，完成从恢复到探索的过渡，那多么好。

这是一种预言，这是一种推测，这是一种希望，这是一种祝愿。

随着儿童文学创作的发展，相应得到发展的是儿童文学理论。

创作和理论，是儿童文学的双腿，它们一前一后，一后一前，向前行走着。

石家庄、昆明，两次大规模的儿童文艺理论会，把儿童文学理论推到了创作的前面。

烟台的儿童文学创作座谈会，又把创作推前一步。一批年轻作者，抢上讲台，作了一些刺激性的发言，儿童文学沉不住气了，一场大竞争开始了。作家们是以创作来说话的，许多作家以新创作在作发言，阐述自己的观念。

儿童文学理论界又在贵州黄果树开会，把儿童文学视线引向明天，引向下一个十年。下一个十年儿童文学的趋向将是如何的呢？

十年浩劫过去了，十年恢复过去了，大家最关心的下一个十年，已经来到了。

下一个十年将如何？那取决于我们儿童文学界的每一个同人，愿大家以最大的努力，去创造，去争取。

结构和布局

十年恢复，解决了许多儿童文学上的问题，但也遗留或者暴露出来一些问题，要延伸到下一个十年解决。

第一个问题，是儿童文学的规划问题。当前，儿童文学是多领导的。中国作协、文化部、团中央、全国妇联、国家出版局、教育部等等。这些部门，都关心过儿童文学，有的部门也有人兼管分管，也做过许多工作。这些工作大大推动了儿童文学创作。但是却没有一个部门长时期地全面地来关心和研究、指导儿童文学。儿童文学界有人说，我们婆婆多，但没有一个亲婆婆。儿童文学的确很需要有一个"亲婆婆"，来通盘考虑、筹划、安排儿童文学。有的事，大家都来抓；有的事，谁也不过问。应该有一个部门能统筹全局，来研究儿童文学现状，创作现状、人员现状、发展现状，并作出方向性的规划和引导。中国这样大一个国家，儿童这么多，儿童文学这样一项重要的事业，竟然没有一个儿童文学研究所，也竟然没有一张儿童文学评论报。儿童文学工作者，散居各地，各自为政，你说你的，我说我的。有时还会造成一些完全没有必要的矛盾，出现各种各样莫名其妙的内耗。这是非常可惜的。儿童文学的统筹安排，是繁荣创作的基本条件，是必须要有的。

第二个问题，是儿童文学的概念问题。儿童文学是时代的文学。由于时代的发展，世界科学的进步，我们儿童文学那种狭窄的平面的凝固的概念，已不适应于已变化了的社会和生活的客观需求了。如拿战争来做个不恰当的比喻，今天的战争是海、陆、空一起来的立体战争，是物理、化学、生物、数学、气象等等科学都用上的立体综合战争。今天，我们的儿童文学，也愈来愈需要和声音、节奏、光线、色彩、线条、形态、动作等等综合而成立体儿童文学了。我们的儿童文学，不能只是那些报刊、书籍上的文字作品了，范围应该包括电影、电视、广播、戏剧等等方面，我们还应该有儿童电影文学、儿童电视文学、儿童广播文学、儿童戏剧文学……我们的儿童文学要扩大儿童文学的世界，扩大儿童文学的辐射面、覆盖面，让我们的三亿儿童，都和儿童文学紧紧相贴在一起。

第三个问题，是儿童文学的结构问题。儿童文学的对象是多层次的，有各年龄阶段的读者。小到初生的婴儿，大到将近青年期的少年。包括幼年、童年、少年诸时期的儿童。儿童文学可说是全儿童文学，是属于各阶段儿童的文学。由于各个阶段儿童的年龄、智力、兴趣、爱好、需要的不同，各个阶段都应该有与众不同的文学。但是，作为儿童文学的整体来说，我们儿童文学的侧重点应该放在哪个阶段呢？现在，从全国儿童文学结构现状来看，我们的侧重点愈来愈移向少年与青年交替的接壤处了。事实是，我们近年来儿童文学的争端，出版社的科室以及出书选题的安排，报刊的创办，包括社会的注意焦点，儿童文学工作者的自我意识，以及评论、评奖、教学等，都表现出儿童文学的侧重，愈来愈走向高年龄层次。这一种儿童文学心理流动、发展定向，是儿童文学的逆反。儿童文学的特点趋于消失，儿童文学将和成人文学重叠。儿童文学框架产生倾斜，是一种危险的趋向。儿童文学的侧重点，是脱位、错位了，似应移位于儿童文学的年龄层次的中点，即最有儿童特征，最迫切需要儿童文学，还不具备去成人文学范畴中索取营养，而已具有阅读能力的小学中年级、高年级儿童，以这部分儿童去带动少年与幼儿两头的延伸。

这三个问题，涉及我国儿童文学整体结构和社会布局。这与儿童文学发展的系统化、工程化、科学化，都密切相关。我们常常说，生产关系一定要和生产力相适应。儿童文学的生产关系和生产力并不那么一致。生态不平衡是不行的，儿童文学亟须调整。这就是当前我们儿童文学首要的改革。

这是十年恢复中存在的问题，应接受的教训。

取得教训，这当然也是成绩。

大我和小我

儿童文学是伟大的文学，儿童文学作家是伟大的作家。

但是，我们还缺乏那种"大我"感。

因为，儿童文学长期、普遍地不受社会和人们的重视。在我们儿童文学界的同人中，很多人都有一种或多或少的自我卑微感。总是觉得搞儿童文学抬不起头，总觉得别人在歧视自己；和成人文学作家站在一起，总觉得矮人一头；一起走路，一起开会，总是畏畏缩缩，生怕别人冷淡自己。这种表现是潜意识的，是一种心灵深处的、习惯性的压抑。有自觉，也有不自觉的。我们有的刊物，明明是儿童刊物，非要请几个成人文学作家来作主编、顾问不可，好像不这样，光靠几个儿童文学作家压不住阵脚似的。明明是儿童文学评奖，也要去请几个成人文学作家来作为评委，似乎这会提高评奖的威望似的。不妨找一些儿童文学作家为自己集子写的前言、后记来看，那种"自谦"的精神，叫人读来受不了，是跪在那里写的。也有一些儿童文学作家，采取不承认的态度，一说他是儿童文学作家就不高兴，认为是贬低他。有的儿童文学作家，刚写出了几篇不错的儿童文学作品，就赶紧去写成人文学作品，好像不这样，他的才华得不到发挥，陷在儿童文学泥沼里永无出头之日似的。当然，今天有人看不起儿童文学，这是事实。儿童文学的社会地位低，也是事实。也确实有些成人文学作家年少气盛，那副傲慢架势，是叫人受不了的。但我们儿童文学作家，也用不着气短。那么卑躬干什么呢？别人看不起儿童文学，看不起儿童文学作家们，那不可怕。可怕的是，儿童文学工作者自己，看不起儿童文学，看不起自己。这叫"自作孽"。你自己都看不起自己，别人怎么看得起你呢！我们必须树立起这样一种观念，我们为儿童写作，是一种很崇高的事业，是一种对人类、对未来的贡献。儿童文学，是高层次的文学。儿童文学，别人看不起，不愿做，我来做，做它一辈子，凭这一点，就了不起，就值得自豪。一个儿童文学工作者，不仅是口头上，而且要在思想深处，必须有自我良好感。这样，才能振作精神。我们应该庄敬自重，要昂着头，挺起胸为儿童写作。这种精神，虽然大家都会说，但在儿童文学作家心灵深处却不是都有。有人有时候有，有时候没有。所以，我们在建设儿童文学的同时，也要来一个儿童文学工作者的自我心理建设。这种高亢的、振奋的，自信、自爱、自重、自豪、自敬、自强的心理建设，就是今天我们儿童文学工作者应具有的现代意识。那种低下的、消沉的，自疑、自怨、自轻、自卑、自弃、自弱的旧意识，必须抛开。儿童文学作家们要把心中的"我"字写得大些，再大些，要有一个"大我"。我们要用"大我"的精神，去为广大儿童写作。希望在下一个十年里，我们能向社会呈递出一份真正的"伟大的儿童文学"。

儿童文学创作，和别的文学创作一样，都有个作者主体位点的问题。

成人文学的作者主体位点是成人。是成人作者写的以成人为主人公的供成人阅读的作品。当然，成人文学未尝不可用儿童的主体位点来写成人主人公，以一个儿童的口吻来叙说成人，但这种第一人称是儿童的成人文学是极其罕见的。这样的作品，很有可能是儿童文学了。因为我们几千年的封建意识，向来认为"童言"不足为训，成人文学是不会用儿童的视角去给成人写文学作品的。所以成人文学的作者主体位点，从来没有成为什么问题，也没有人去议论过。

而我们儿童文学的主体位点，是必须讲究的。成人文学，它的作者是成人，读者是成人。我们儿童文学，作者是成人，可读者是儿童。这是我们儿童文学的特殊性。儿童文学的作者主体位点，历来是两种。一种是成人自我位点，一种是儿童自我位点，即作者成人自我改变为儿童自我位点。成人自我位点，就是作者是成人，是成人和儿童对话。儿童自我位点，就是作者是儿童，作者已由成人改变为儿童，儿童和儿童对话。在我们日常生活中，这两种对话都是客观存在的。有小伙伴们和同年龄的儿童的对话，也有成人，包括家长、教师及社会上的一切成人，和异年龄的儿童的对话。儿童生活中存在这两种情况，在儿童文学中必然也存在这两种情况。两种情况既然都存在，生活中是不会有太多的偏废的，这个儿童只有儿童的对话，那个儿童只有成人的对话，都是不可能的。所以，我们儿童文学也绝不可偏废，两种作者主体位点的作品都应该存在。

但是这些年来，以成人为主体位点的作品增多了，以儿童为主体位点的作品减少了。

有一部分儿童文学作者，他们没有和儿童在一起，或者和儿童疏远了，他们不熟悉儿童，不了解儿童，对儿童没有作过切实的研究，他们的思想感情、思维逻辑，甚至于用语措辞，都是强烈的成人自我。这样，随之而来的，必定就是成人化的干巴巴的说教、赤裸裸的讲理、教案图解式的作品的产生。

儿童文学和成人文学的共性增加了，儿童文学的特性减少了。儿童文学中，稚气少了，天真少了，趣味少了，他们的耳朵边，听到同龄人的声音少了。儿童文学中，成人的烦恼多了，成人的忧伤多了，成人的议论多了，他们的耳朵边，充斥一大片大人们的各种各样的声音，这是不正常的。

儿童文学作家们，你们为儿童写作，请把你心中的"我"，缩得小些，再小些，要变成一颗小小的儿童之心，和儿童的同样大小的儿童之心。这样，你和儿童对话，儿童会感到更加亲切，你的作品会得到儿童的共鸣。

过去的这十年，如果落实到今天我们的儿童文学的每一位作家来说，这十年中，有的是从 20 岁到 30 岁，有的是从 30 岁到 40 岁，有的是从 50 岁到 60 岁，有的是从 60 岁到 70 岁。还有 70 岁以上的。也还有现在才 20 来岁，是十年的后期走进儿童文学队伍里来的。

这些儿童文学作家，是十年儿童文学的当事人，是参与者，是开拓者，是建设者，为儿童文学作出了贡献。当然，他们都是十年儿童文学变革、发展的见证者。说十年的儿童文学，他们最有发言权。他们十年的工作，是十年儿童文学史的一部分。

十年恢复，是艰难困苦的，一个人的生命是短促的，能有几个十年！一个作家的创作才华更是有限的，才思敏捷的盛年，更是短促的。十年，过去了，成了昨天的历史。我们不能忘记在这十年中把时间和精力奉献给儿童文学的众多的年老和年轻的作家们。

是这些年老和年轻的作家们的努力，使得儿童文学获得了恢复，正常地通过了这十年恢复期。

恢复期过去了。恢复的起点是从零开始的，现在我们已经不是零，而是十；但是十，并不是我们的目标，我们不能满足于十，要超越十。

过去的十年，是美好的。朝着我们走来的新十年，将更加美好。

我们会有更多更好的新的小说、新的散文、新的童话、新的诗歌……

举起双臂去迎接吧！

《中国儿童文学十年》编委会

编者注：本文为《中国儿童文学十年（1976—1986）》（洪汛涛主编，海燕出版社 1988 年 10 月版）一书的"前言"，曾收入《中国儿童文学论文选（1949—1986）》（浙江少年儿童出版社编选出版）。原为作者 1986 年 10 月在贵州黄果树举行的"全国儿童文学新趋向讨论会"上的讲稿。1976 年"文化大革命"结束，至 1986 年，中国儿童文学经历了十年的努力。

儿童文学一年瞥

一个国家儿童文学的兴旺发达与否主要是看低幼文学和童话。世界各国皆作如是观。但在我国，一向是把少年小说放在第一位的，因为我们着重"反映现实"。儿童文学应该反映现实，这不错。文学就是生活的写照嘛。但是，将低幼文学、童话视作不"反映现实"，却是一种错误的看法。恐怕这样是我们忽视低幼文学和童话的由来。

这一年来，相比较而言，我国的童话创作，在老中青三代童话作家的悉心尽力下，取得了可喜的成绩，一度回落的童话，开始上升。

低幼文学，虽然还说不出有很成功的作品，但近年来已有一支不算很小的队伍，她们大多数是幼儿园和小学低年级的老师。大部分省市地区几乎都办有低幼文学的报刊。低幼文学繁荣在望。

小说，处在探索之中，有点像在十字街头彷徨的样子。如何反映当前和平社会中的少年生活，对作家来说是一个新课题。虽然我们看到一些很有新意的作品，但都有这样那样的争议。争议是好事。有争议表示大家关心。争议会带来提高。争议是希望。

报告文学还算不错，出现了一些有实力的新人。儿童诗仍然处于劣境。虽然上海每年都在搞"十月诗会"，仍然是读者少，要重振雄风，相当的困难。

儿童文学各个门类都在作种种创新的尝试。但许多创新，只是在形式上、技巧上，作各样的努力。这是不够的。主要的还应是作品的灵魂。一篇作品不能反映这个社会孩子的心声、他们的喜怒哀乐，再好的生花妙笔，也写不出孩子们爱读的作品的。

不久前，上海儿童艺术剧院上演了一出儿童剧《我一点也不快活》。刘厚明原著，任德耀编剧。这个戏，取得了很大的成功。

这个剧目，歌颂了真诚，抨击了虚伪。为当前儿童文学提出一个重要的问题。

儿童文学，要不要"写真实"？

这些年，我们的儿童文学，一味在追求"我快乐，我非常快乐"。出现连篇累牍的，可说是粉饰快乐的虚伪作品。

这些作品，和社会现实生活脱节，和少年儿童的情感不一致，虽然打的是"亲切""针对性"的旗号，但少年儿童读者不愿意读它。

我们的童话，近年颇多这类无病呻吟的抒情，插科打诨的热闹，与时代精神和社会生活远离的作品。这样的作品，趣味就是一切，逗乐就是一切。虽然也有人"鼓掌"，但那都是"罐头笑声"，也是虚伪的。

我们的儿童文学作家，应该具有艺术的良知，首先自身应该是一个清醒者。我们的时代，我们的社会，我们的生活，赋予每一位儿童文学工作者的神圣使命，是真实地反映少年儿童生活。不能沉湎于虚伪的一片快乐声中，而无视少年儿童心底的真实的喜怒哀乐。

当前，我们的社会上，有一些人的民族意识在淡化，自然也会影响我们的孩子。我们儿童文学是去弘扬民族精神，还是反之去削弱这种民族感情，正面临着儿童文学作家的抉择。

我们的儿童文学的主旋律，应该是在孩子中提倡民族的自尊和自爱，应该去树立民族光荣感。

我们的儿童文学作品，在这个问题上，有的确实存在着欠缺。

这一年中，我们的出版界，过分热衷于改编，而忽视创作。有的出版社不愿出版创作作品，而花大成本去印那些根据古典作品和外国作品缩写、节写，或绘制的作品。当然这样的作品也是需要的。但重改写，轻创作，应该说是一种本末的倒置。

这一年中，儿童文学的评奖越来越多，究竟有多少评奖也数不清。一家企业拿出三五千块钱，请了几个当官的做评委，也算是个什么奖。有的这样的奖，也冠上全国的名称。有的奖就是按出版社出钱的多少分配奖额，造成奖的贬值。这种评奖太多了，对繁荣创作是不利的。

这年，中国儿童文学研究会举行"中国儿童文学理论评奖"，应该是中国头一回。但获奖者除了一份获奖证书以外，什么也没有。也显出了我们对于儿童文学理论的重视不够的程度。

这一年中，我们的叶圣陶先生去世了。这是儿童文学界的大损失。他是我国童话的先驱者，他的作品是我们童话的传统。但是我们没有开过一次会，来研究研究这位一代宗师留给我们后人的文学财富。自然，对于前些年谢世的大家张天翼先生、贺宜先生，我们也没有这样做，这不是一个很大的遗憾吗？

这一年的儿童文学，在极其艰难的道路上，跨出它沉重的步伐，前进着。

编者注：此文发表于 1989 年 5 月 30 日《光明日报》，是作者应该报迎接六一国际儿童节专版而写的。见报时，报社编者作了改动。现据作者原稿印出。

论儿童文学的"生态平衡"

在自然界，山川，树木，昆虫，鸟兽，有个"生态平衡"问题。如果不能平衡，便会出现一系列的连锁的破坏效应。这是科学的法则。

要繁荣儿童文学创作，也有个"生态平衡"问题。

做任何工作，必须有人去做，才会成功。

儿童要穿鞋，必须有一支做鞋的人的队伍。儿童要穿衣，必须有一支做衣的人的队伍。因为我们有一支制鞋人的队伍，我们的孩子才有鞋穿。因为我们有一支做衣人的队伍，我们的孩子才有衣穿。

儿童需要精神食粮，我们有专业的出版社。但是我们却没有一支专业的创作队伍。这和我们有一支从事炊事的专业队伍，却没有一支从事种粮食的专业队伍一样。做饭的是专业的，生产粮食的却是业余的，这"生态"就不那样"平衡"了。

模糊儿童文学界限

近来，儿童文学不那么景气。一些儿童文学报刊，停的停，转向的转向，自然影响儿童文学创作，数量和质量都上不去，有的甚至于下降了。

在这样的状况下，大家来对儿童文学进行一番反思，是非常自然和必要的。

"模糊儿童文学"，并不是谁提出来的，而是一种客观存在。

"模糊"两字，绝不是贬义词，不能理解为"稀里糊涂"，或者甚至于"乱七八糟"。为了"模糊儿童文学"这个概念不致被混淆和误释，所以还得加上注解"儿童文学界限的淡化"。

儿童文学的界限，就是儿童文学和成人文学接壤的地区，历来是有争端的，也就是儿童文学所包括的范围问题。

在国外也有两种意见。美国儿童文学作家美格斯认为儿童文学并不是"特别为儿童们所写的文学"。他说："儿童文学在长久的年代以来，儿童们接受的文学的巨大总体，有的是跟成人共享，有的是他们所独占的。"他的思想就是儿童不只具有"大人给予"的被动地位，同时儿童还应有"自己选择"的主动性。

日本儿童文学作家坪田让治却认为："儿童文学是为儿童而写的文学，虽然儿童们自己写的作文或儿童诗也是的，但还是以成人写给儿童们的童话、童诗、小说等为主。"

我们中国的历来主张，是和坪田让治的意见较接近，近年也有持美格斯那样主张的。

不管怎么说，成人为儿童提供文学作品，是一个方面，而儿童自己去选择作品来阅读，也是一个方面。这都是客观存在。我国作家们专为孩子们写了许多好作品，如《稻草人》《小橘灯》《不动脑筋的故事》《小溪流的歌》《鸡毛小不点儿》《狐狸打猎人》《猪八戒新传》等等，可以举出许多许多。这些作品，是作家仍具有为儿童写作这个"动机"，也具有儿童受到教益、为儿童喜爱这个"效果"。这些作品，都是儿童文学作品，那是无疑的。有不少儿童，他们爱看《铁道游击队》《林海雪原》《红岩》，有的儿童还爱看《水浒》《封神演义》《三国》《包公案》《济公传》这些作品，作者"动机"不是为儿童而写，却也获得不同的收益，受到欢迎的"效果"。这也是无可讳言的事实。这些作品，当然是地道的成人文学作品，我们绝不能把这些作品，说成是"儿童文学作品"。说得准确一点，可以称之为"儿童喜爱看的成人文学作品"吧！

"模糊儿童文学"，则是指儿童（少年阶段）与成人（青年阶段）相交错相连接的那段时期的作品。

模糊儿童文学的产生，是由于这段时期的儿童是模糊的，他具有某种少年的特征，也具有某种青年的特征，他们的特征是模糊的。

在儿童到成人这一条连续线上，是难说出一个明确的接点的。儿童是作为一个人的开始阶段。在法律上，年满十八周岁，过了生日的零点，就是成人了。满十八周岁和未满十八周岁，犯罪定刑的依据是不同的。但是，作为一个人的特征来说，是没有办法在某年某月某日某时划下这一条界限的。人不能划分，而作为人学的文学，怎能一刀切得崭齐呢？

儿童文学和成人文学在阶段上是难以划分的。儿童文学与成人文学交接处，有一个缓冲阶段。这个缓冲阶段，是一个模糊的阶段。这个模糊阶段的儿童文学，就是我们所说的"模糊儿童文学"。

阶段是模糊的。模糊，在某种意义上说，那就是复杂。这一阶段的文学，既有成人的特征，也有儿童的特征，要符合这种种特征，是复杂的。

这一阶段的文学，我们不能一概以"成人化"了，或"儿童特点"不足，这类尺码去衡量它，可以有一些不"成人化"、具有"儿童特点"的作品，也可以有一些"成人化"的、不具有"儿童特点"的作品。

主要，这一阶段的文学作品，要具有这一阶段的少年和青年之间缓冲年龄的特征。模糊儿童文学，来之于模糊的儿童生活、心理特征。

这一阶段的儿童，生活是多彩的，心理是复杂的，我们的文学也要是多彩的、复杂的。

现在，我们有的好心同志，要在儿童文学与成人文学之间，筑上一道墙，挖下一条沟。在现实生活中，儿童和成人之间，不可能筑墙挖沟的，所以要在儿童文学与成人文学之间筑墙挖沟也是做不到的。

在文学作品当中，有成人文学、儿童文学之分，但是也有可算之成人文学和可算之儿童文学的作品。

就作家来说，儿童文学作家与成人文学作家之间，有分得清的，也有分不清的。有儿童文学作家，有成人文学作家，也有既是成人文学作家又是儿童文学作家。

儿童文学的界限，以淡化为好。

但是，不能反过来说，儿童文学都应该模糊，儿童文学界限淡化，就不讲儿童特点了，不能反对"成人化"了。儿童文学作家和成人文学作家不分了，一律都叫作家得了。

模糊儿童文学毕竟是阶段文学，是指那后一个阶段而言的。我们给幼儿园的儿童、低年级的儿童、中年级的儿童、一部分高年级的儿童写作，还是应该具有他们不同年龄不同程度的儿童特点的。"成人化"了还是不行的。是不能模糊的。虽然，这些阶段的儿童也会去选择读一些成人文学作品，还有的儿童爱读古诗词，但毕竟是个别的，特殊的，而且也是有所选择的，选择一些具有儿童特点成分的成人文学作品。

儿童文学作家可以去写成人文学作品，成人文学作家也可以写儿童文学作品，但繁荣儿童文学，为广大儿童提供精神食粮，还是儿童文学作家的责任，儿童文学作家应该尽这个责任，我们的儿童文学作家可以尽到这个责任。

《文艺报》1987 年 3 月 21 日

儿童文学的倾斜

　　儿童文学是一种多对象、多程度、多阶段的文学。三岁的儿童和五岁的儿童，五岁的儿童和十岁的儿童，文学需求、欣赏水平、接受能力，都非常不同。儿童文学向来划分为婴儿文学、幼儿文学、低年级文学、中年级文学、高年级文学、初中文学。简单些，也得分为幼年、童年、少年三个阶段吧！

　　每一个阶段，都有相当数量的儿童，缺少某一阶段的文学，都不行。儿童文学不可顾此失彼，也不可顾彼失此，各个阶段的各种程度的各类对象，要兼而顾之。

　　可是我们的儿童文学，近年来悄悄地在走向不平衡。

　　因为儿童文学这座楼房的建筑，它没有一个周密的工程计划，更没有现成的蓝图可以索骥，而是一种各有各的积累方式自发地建造着的。

　　在建造过程中，会出现这种那种不平衡，是一定的。可是，需要我们去发现它，纠正它。

　　让我们站在一个客观的高度上，细细地审视一下目下这座儿童文学楼房的总体吧！

　　我们看到，这些年，大家所最为倾力的儿童文学作品是怎样一些作品呢？可以报上许多篇名，大多是那些接近成人的以青少年为对象的作品。儿童文学报刊的重点稿，也是这一类作品。出版社的重点书，也是这一类作品。儿童文学的选刊在卖力推崇这类作品。儿童文学的选本收的大抵是这些作品。儿童文学的理论也在饶有兴趣地议论介绍这些作品。儿童文学的那些评奖也使这类作品得到高名次。一些儿童文学笔会的讲坛上谈创作经验的大多是写这类作品的作者。

这些年，儿童文学界潜意识地把注意力集中在：可不可以写朦胧的爱情、八十年代少男少女的心态和生态，儿童小说的男性化女性化，儿童文学应该描写更多的成人，要填没儿童文学和成人文学间的那道河，儿童文学的对象要延伸到高中，儿童文学作家和成人文学作家无差别，等等。

一个儿童出版社，科室的划分，编辑力量的配备，选题的比例，作品的推荐，似乎都在受着这种潜意识的指导。有的出版社已经不满足叫少年儿童出版社，而改为青少年出版社。一些儿童报刊也是那样。

儿童文学理论研究工作，不遗余力，在向成人文学贴近，弗洛伊德与儿童文学、悖论与儿童文学、黑色幽默与儿童文学、性格组合与儿童文学，竭力要拉儿童文学去和这些成人文学理论挂钩。生活流、意识流、印象派、象征派、非情节、非故事、模糊、朦胧，儿童文学里也尽有。

儿童文学的探索，热衷于向成人化的道路探索。一些叫"探索作品"的作品，大多是一些让儿童看不懂的作品。

儿童文学的教学，几所大学、师范在开选修课，而众多的普师、幼师都说很难安排儿童文学的教时。似乎儿童文学只是那些出来做中学教师的学生应该学的，将来的小学教师就无须懂儿童文学。

儿童文学侧重于少年和青年接壤、交叉的阶段上去了。而且侧重的移位，越移越上，开始移向儿童文学和青年文学重叠的阶段。有的儿童文学就是成人文学了。

儿童文学和成人文学的重叠，在十多年前，有过一次。那是"文革"前夕和"文革"初期。当然，两次的表现并不同。那时，是要儿童文学"大力反映工农业建设，大力塑造工农兵英雄形象"，这样，儿童文学只好直接写成人，写儿童也要把儿童写得完全是一个大人。这样，把儿童从儿童文学中挤出去了，结果是"文革"中儿童文学的消亡，以成人文学来替代儿童文学。这些情况，儿童文学界的老年作家、中年作家应该记忆犹新。

历史在重现吗？今天的儿童文学又以另一种表现形式悄悄走向成人化，儿童文学这座楼房的总体构架在严重地倾斜。

这样说，并非否定上列的那些工作和做法，少年与青年接壤和交叉的文学是必须有的。这种种讨论、安排，是必要的。这不是指责有人厚此，而是认为不可薄彼。当然，也反对这种完全成人化的走向。

因为，从儿童文学整体来看，儿童文学应该立足于最具有儿童特点的年龄阶段。这阶段的儿童，他们还不具备到成人文学中去选择作品的各种条件，他们只能阅读属于他们的儿童文学。他们的感情、兴趣，与儿童文学最为吻合、合拍。他们非常需要儿童文学，儿童文学应该很好地为他们服务。他们是儿童文学忠实的读者，儿童文学是他们生活中所必不可缺少的一部分。

现在，儿童文学在悄悄地离他们而去。

儿童文学终究是儿童的文学，儿童文学必须永远和儿童在一起。

我们的儿童文学作家，请多为这部分儿童写作。我们的儿童文学理论家，请多从儿童的文学作品中，去作分析、评论，多关心儿童的文学创作的发展和变化。

儿童文学的出版社，儿童文学的报刊，请加强儿童文学的编辑机构和力量的配备。各种儿童文学评奖，请明确这样的思想，来制订评奖的标准。

儿童文学的各方面的探索请首先想到是为儿童探索。

儿童文学教学的侧重，应该是普师、幼师，让陆续走上岗位的小学教师，都具有儿童文学的素养和智能。大专学院是培养儿童文学研究人员的地方，普师、幼师应把儿童文学列为必修课。

儿童文学不能单提文学特点，一定还得提儿童特点。儿童文学是文学的，是儿童的。儿童文学的儿童特点不应是要去突破的"旧框框"。儿童文学的儿童特点需要我们根据实际去作新的认识。儿童文学是有儿童特点的文学。少年与青年接壤的文学只是儿童文学中的一个部分，不是儿童文学的全部。儿童文学与成人文学有交叉，但不可完全重叠。儿童文学与成人文学有共同的规律，但儿童文学有更多的特殊规律。

一些成人文学的作家、理论工作者、编辑，愿意为儿童文学工作，儿童文学非常需要，非常欢迎。但请把成人文学中的好东西融合到儿童文学中来，请不要把儿童文学带到成人文学的轨道上去。

儿童文学，是儿童的。

《文艺报》1988 年 1 月 25 日

儿童文学改革一议

　　儿童文学越来越得到社会的重视了。但是，趋于重视，不等于儿童文学已取得很大的成绩。应该说，儿童文学的发展是不平衡的，较为普遍地存在着盲目性和自发性。

　　我认为需要加强对于儿童文学的领导。儿童文学，有许多部门在领导。作协有一个儿童文学委员会，文化部有一个少儿司，团中央有一个少年部，妇联、教育部、出版局可能还有一些部门。大家都在管，但是又好像都没有管，或者管得不够。有的部门，只有一个名义，没有开展工作。有的部门，也只是有所侧重，管那么一部分，如妇联偏重于关心幼儿文学，团中央少年部偏重于关心高小、初中少先队员的那一截。教育部、出版局当然也偏重于自己的业务范围。这样，有的部门只能作一些抽象的原则指示，有的部门只能抓非常具体的业务工作。我认为，大家管，是好的，当然希望这些部门更好更多地管起来；的确，儿童文学离开他们是不行的。但是，大家管，没有一个部门牵头也不行。作为一个儿童文学工作者，我建议：全国的儿童文学工作，还需要有一个切实从事研究工作的研究机构。这机构，不能从属于哪家出版社，而应该从儿童文学的全局上来研究儿童文学的现状，为儿童文学的整体服务。这机构，应该在主管部门的领导下，对各种现状进行分析，提出问题、建议，成为主管部门参谋部。现阶段，可以从小规模搞起。我想，儿童文学有了主管领导部门，有研究机构，许多事就好办了。逐步发展，可以成立儿童文学研究所，建成一个研究、理论、设计合一的儿童文学中心。使儿童文学有目标、有组织、有计划、有步骤地蓬勃发展起来。

得益的是三亿儿童，也是我们每一个成人。因为儿童的利益就是我们全民的切身利益，是为一议。

关于繁荣儿童文学的几点意见

怎样才能进一步繁荣儿童文学创作呢？这里我想提出几个具体的建议。

科研、理论要跟上

儿童文学是一门科学。

各种门类的科学，都有研究机构，而儿童文学的研究机构在哪里呢？

儿童文学理论，写的人很少。往往一个儿童文学作家，写了几十年的作品，出了几十本书，但是对他作品的评论，哪怕是批评文章，却一篇也没有。

写儿童文学理论的人这样少，原因之一是缺乏发表儿童文学理论的园地。

全国专门性的儿童文学理论刊物，只有上海《儿童文学研究》一家，而且从发稿到出版，印刷周期甚长。一些文章，等到和读者见面，往往已成为"史料"。

我想，要是能在别的地区再办上一本，大家争鸣争鸣，也许会有一番热闹。

成人文学，出来一篇好的作品，会有不少文章来评论，而儿童文学的作品评论，一般报刊却不太重视，除掉六一儿童节，平时是很少发儿童文学作品评论的。

没有园地，何来园丁？没有儿童文学理论发表的地盘，也很难建立起一支儿童文学理论队伍。

希望能成立一个儿童文学研究机构，建成一支儿童文学理论队伍。希望有关出版社、报刊，多给儿童文学理论一席之地。

开设儿童文学课

儿童文学的繁荣与否，和中小学的教师是否重视儿童文学的作用，有很大关系。

有的教师很重视儿童文学，以儿童文学作为配合教育的有力助手。但也有一部分教师，对儿童文学一无所知，儿童课外阅读文学作品，不但不提倡，反而阻止，认为是看闲书，妨碍正课学习。

所以，要繁荣儿童文学，很重要的一项，就是要让中小学教师对儿童文学有正确的了解，重视它，充分运用它来作为教育儿童的手段。

但是，对儿童文学的爱好、重视和了解，绝不是旦夕间可以解决的事，必须追溯到教师的求学时代，在师范院校读书的时候，就应该打下这个基础——每一个师范院校，都应开设儿童文学课。

今天，我们的一些师范院校里，对儿童文学课的开设重视不够。建议已开设了选修课的可改为必修课，收研究生，还没有开设的，希望能尽快把选修课开起来。

师范院校不开儿童文学课，是不可思议的；师范院校学生没有学过儿童文学，也是不可思议的。

关于电影、电视、戏剧等

儿童文学作家写的儿童电影剧本，电影厂往往以成人电影的要求去要求。虽然，电影领导部门规定每个制片厂每年要拍一定数量的儿童电影，但这个规定，仍无法付诸实现。

儿童戏剧的情况比儿童电影要好些，它还有几个剧团。但是，好的剧目还很少。有的剧团演出的某些剧目，还不能算真正的儿童剧。

儿童电视观众的数量很不少，但受到小观众欢迎的作品还不多。儿童电视剧的创作队伍还没有形成。

地方戏曲，似乎不是演给儿童看的，很少见到演儿童剧目。这些地方戏剧种都有学馆，学馆的学员都是少年儿童。为什么不可以先让他们排演些儿童剧呢！

《人民日报》1981 年 7 月 15 日

低幼文学种种

——在"全国低幼文学讲习班"上所讲

全国低幼文学讲习班，今天是最后一天讲课了。为了避免重复，我就从自己写过低幼文学作品，做过低幼文学编辑工作，来谈谈。

一、低幼文学的任务和现状

低幼文学的任务，就是低幼文学有哪些功能？它的作用是什么？

世界上有人类，必定有低幼儿童。有人类，必定有文学。有低幼儿童，必定有低幼文学。

为什么有低幼儿童，就必定有低幼文学呢？因为有低幼儿童，需要有低幼文学。

这需要，可从两方面来谈。一是主观的需要，一是客观的需要。

先说主观的需要。

一个孩子离开母体，他需要奶汁，他要吃东西。可是，除了这些，他还需要有另外一种食物。孩子躺在摇篮里，母亲摇着摇篮，嘴上轻轻哼着摇篮曲，这孩子就感到舒适和满足，他慢慢安详地睡着了。大一些了，就要妈妈给他念儿歌，讲童话。他听了这些儿歌和童话，觉得很快乐。到了他进幼儿园，上了小学一、二年级，这种需要更强烈了。哪一个孩子，不是天天逼着爸爸妈妈讲故事的。大人不讲，要大人讲。大人讲了，还要再讲。没完没了地要求讲故事。到了识字年龄，许多孩子对父母那号现炒现卖讲出来的故事，已经不满足了，他们就要自己看故事书。现在，有的孩子藏书是不少的。有的孩子宁可把买零食的钱省下，去买故事书。这可见得文学的重要，精神食粮嘛！食粮，那就是说人人必需，是不可缺少的。这，就要我们的低幼文学工作者，写出来，编出来，去满足他们。我们怎么能让可爱的孩子饥饿着呢！

再是客观的需要。

每个孩子，都是社会的一员。今天是孩子，明天就是我们国家的建设者。我们的社会，对孩子有要求嘛！我们要让孩子健康地发展，按照我们社会的要求来发展。我们要在他们很小的时候，就告诉他们，什么是对的，什么是错的，什么是好的，什么是坏的。大一些了，还要指导他们怎样去做，什么事应该做，什么事不应该做。要培养他们革命的志气和理想。要他们逐步建立起正确的人生观。这个作用，也是我们文学应起的作用。一个孩子进了幼儿园，在孩子来说，是一次生活的突变。他从家庭，进入了集体。他在家里，只是和妈妈爸爸在一起，最多和邻居的孩子们有一些接触。但一进入幼儿园、学校，他就汇聚到同学们这个有组织的集体中来了。客观上，对他提出更多的要求了。因为生活上的突变，他对于新生活感到陌生，他渴望知道新的知识，所以他的求知欲特别旺盛。他本身需要文学，而社会也需要文学去塑造他们。

孩子需要从文学中去获得满足，快乐兴趣的满足，求知欲望的满足。

社会需要通过文学去启迪孩子，引导孩子。

娱乐和教育，是我们低幼文学的功能和作用，也是低幼文学的任务。

有人问，娱乐和教育，何者重要呢？我认为，这不能说何者重要，何者不重要。两者都是不可偏废的。特别，两者应该很好结合。我们要通过娱乐去教育，教育必须寓于娱乐之中。

有人问，娱乐是手段，教育是目的，我们就是通过娱乐来达到教育要求，这样说，对吗？我以为，这样还是把娱乐和教育割裂开来看了。前些年，我们在低幼文学中，的确是这样认为的，经验和教训告诉我们，这样，很容易把娱乐性排斥掉，往往成为教育唯一了。我觉得，低幼文学，应该给低幼儿童以快乐和教育，这样比较好一些。

我们中国，是世界上儿童最多的国家。低幼儿童多，就需要大量的低幼文学作品。因为低幼儿童，从进幼儿园起，小班、中班、大班，小学一年级、二年级，幅度是很大的。加上我国幅员广大，南方的儿童与北方的儿童，沿海的儿童与内地的儿童，城市的儿童与乡村的儿童，他们之间有很多共同处，但也有很多差别，这就要求我们的低幼文学十分丰富多彩，去供他们选择。我们要做到因材施教，因势利导，因地制宜。根据不同的要求，来发展我们的低幼文学。

这些年来，低幼文学已引起社会各界的重视。现在，我们来办这个全国低幼文学讲习班，就是说明，文化部很重视，陕西省的省委宣传部、文化文物厅、共青团、妇联，还有教育部门、出版社、作家协会，等等，许多方面很重视。因为这不仅是各家各户的事，而且是整个社会，整个国家的事。

当然，这也不是说，没有人不重视了。

我看有的孩子家长，对这项工作就很不重视。

这要分开来看，有各种各样的情况和原因。

有的家长是不懂。低幼文学，以为这不是他们的事，或者是幼儿园或学校老师的事。他们忙于工作，忙于家务，也有人忙于玩儿，哪有时间去管孩子的文学阅读。有的只是把钱花在孩子的吃上。买糖都是巧克力，买饼干都是夹心华夫，买蛋糕都是奶油蛋糕，还给孩子吃各种各样名贵营养补品。但就是不懂得孩子需要精神食粮，不舍得花钱给孩子买几本低幼文学书，订一份低幼儿童报刊。有的家长，自己出去了，把孩子关在家里，给他买一本书，也不管是什么书，供孩子消磨时间，目的就是不让他野到外面去。他们不懂，文学作品对孩子来说是那么需要，只知道孩子穿暖吃饱玩好，哪还有个精神食粮问题。

有的家长是无能。当前这一代孩子的父母，大部分，青少年时代是在十年动乱中。他们中，有的没有好好学习，也没有多少知识，有的还是半文盲，怎么谈得上文学修养。有不少母亲，孩子睡觉前，连个摇篮曲都不会唱。我住的那幢房子里，有个新做母亲的，孩子躺在摇篮里，只会哼"摇呀摇，摇呀摇……"，下面就没有词儿了，更不会说故事。做家长不会说故事，孩子缠起来，日子也不好过，所以现在有的故事书畅销，家长买回去，照本宣读，方便省事得很。现在，又更进一步，许多出版社都在卖故事录音磁带，听说也有摇篮曲的录音磁带。我认为家长太忙没有时间，让孩子放个故事录音，未始不可。但是，这只能作为补充，偶尔为之。我总以为，讲故事，唱摇篮曲，还是母亲（或父亲）亲自来讲来唱为好。这样不仅是可以有表情有声调，可以有针对性，这还有个交流感情的问题，母爱（父爱）问题。男女青年谈恋爱，总得要亲自当面谈才好。绵绵情话，是要面对面，配合表情，轻轻絮语的。如果放个录音，能表达双方的感情吗？当然，孩子的文学需要，不只是听几个故事而已，这应该是多方面的，是贯穿在全部生活中的，不是平面的，而是立体的。

所以，实际上，低幼文学，是普及文学，除了孩子外，家长、老师都应该具备。

外国的一些专家们，到一个国家去访问，首先就要看看儿童文学，特别是低幼文学。因为从这里可以看出一个国家的发达不发达，文明不文明，可以看出一个国家的未来。在外国，所谓儿童文学，主要是指低幼文学，那些大开本的，花花绿绿、形形色色的低幼文学读物。我们中国儿童文学的重点，好像主要放在高小程度的少年文学上。这个重点，我觉得应该转移。少年文学、儿童文学应该把重点放在儿童文学。儿童文学的重点应该放在低幼文学。这说法不知道对不对，大家可以考虑。

再从作品来说，许多伟大的作家，如高尔基、普希金、托尔斯泰、马雅可夫斯基，都为低幼儿童写了不少好作品。欧美许多国家也是这样。如果要具体举例，一下就可以举出许多作家作品来。

我们中国就比较少了一些。

幼儿文学，只能说从新中国成立后，才逐步得到重视。

庐山会议、泰山会议（指国家出版局召开的少年儿童读物出版工作会议），都提出了要繁荣低幼儿童读物。现在几乎全国各地出版社都出版低幼文学作品了。全国来说，也已经有了一支低幼文学创作队伍了。有的同志，如上海的方轶群、黄衣青同志，北京的金禾、林地同志，等等，他们写出了许多有质量有影响的低幼文学作品，一直到现在退休，可能还在继续写。这些同志为低幼文学献出了毕生精力，勤勤恳恳、默默地为低幼儿童写作，这是难能可贵的，是值得我们学习和尊重的。

一九八〇年，中央八个领导部门联合举办了第二次全国少年儿童文艺创作评奖，评了二十五年的儿童文学作品。其中就有十七种低幼文学作品获奖，《小蝌蚪找妈妈》（方惠珍、盛璐德）、《萝卜回来了》（方轶群）、《小马过河》（彭文席）荣获一等奖。今年六月，上海儿童文学园丁奖评奖，首奖就是低幼文学作品。

这是低幼文学的光荣，是低幼文学的作者、编辑们的光荣。

二、低幼文学的几个具体问题

泰山会议以后，在全国掀起了一个"低幼文学热"。这个热，热得好！这标志着低幼文学开始蓬勃发展了，也表示了我们国家和社会的文明、进步。

许多出版社出版了很好的低幼文学作品。有的一套一套出，一盒一盒出；有的按年龄出，几岁的几本，几岁的几本；有的按国家出，中国的，日本的，美国的，法国的；有的按内容出，领袖故事几本，历史故事几本；有的按样式出，童话，故事，诗歌，科幻；有的按作家出，一个作家几本；等等。有的出能活动的，设计成房子能开门，树上鸟能飞下来，孙悟空能七十二变，火车能够开驶；有的是塑料印的，脏了可以洗；有的还会变颜色；有的还有香味儿；有的可以发声音。总之，八仙过海，各显神通。这些都是成绩，是有目共睹，明摆在那儿的。

那么，有没有问题呢？

当然，一件新的工作，怎么会没有问题呢！我想，前面的讲课中，一定提出了很多问题，你们在讨论中，也一定提出了很多问题。学习，学习为什么？学习就是把问题摆出来，来解决嘛！

这里，我也来谈几个问题。这是我在写作中和编辑工作中，碰着的问题。

1. 数量和质量

对当前低幼文学创作和出版工作的估价，是有争议的。有的说，现在低幼文学读物已经饱和了，书店里不是没有书，而是卖不出去。以后不能多出了。低幼文学书，是一个质量问题，不是数量问题了。有的说，离饱和还远着呢，现在低幼文学书，既是质量问题，也有数量问题。以后我们要出得好一些，还要大量地出。

我是倾向后一种意见的。我觉得这要作具体分析。我们在城市里，那儿童柜台上，确实五彩十色，琳琅满目，摆满了低幼文学书。特别在北京和上海这些大城市的书店里。但是，我们到中等城市，小城市，县城，偏僻的小县城，农村，边远的农村去看看呢！那些地方的幼儿园、小学，就是县城的新华书店，哪有什么低幼文学书！去年下半年，我路过浙江，到我离开三十多年的家乡去看看，那在浙东是一个中等的县城，那里小学校，也就是我早年读过书的母校，孩子们要我去见面，我想买些自己为各种程度孩子写的书，去送给他们，可那里的新华书店，就是没有。那么，别的作家写的呢？也没有。只有几本早年出的劳作手工书，其他的就是连环画了。我站在孩子们中间，他们给我献花，戴红领巾，我心里难受得很。

我们的低幼文学作品，为什么深入不了这些地方呢？不管什么原因，是作品写得不合要求，是发行工作做得太差，总之，书到不了这些广大的地区，这是事实。饱和，在大城市里可能是饱和了，可是广大的农村，是没有饱和的。我们的低幼文学作品，远远没有普及到广大边远偏僻地区，还没有把低幼文学作品送到孩子们的手里。我觉得，我们的低幼儿童们，每一个孩子，或每一个家庭，有十本低幼文学书，这要求不算多吧！可我们目前离这样的指标，相距还很大呢！我想，就是达到了这个指标，还不能说是饱和呀！因为还有个新陈代谢的问题呢！

这些年，低幼读物的确多了，我还听到有一种意见，说，现在低幼文学滥了。甚至于有人把文化部这次办全国低幼文学讲习班，说成是要纠偏了。这更是没有根据的。这次文化部办这个班，我领会，是为了低幼文学更趋向繁荣，使更多的低幼儿童有好的文学作品读，得到更精美的精神食粮，更多的教育和收益。通过办班，培养更多的低幼文学的作者和编辑，把低幼文学创作、编辑、出版工作更推前一大步。

问题有没有，有。有问题，也不等于说滥吧！泛滥成灾，我看低幼读物绝不能说到了成灾的地步吧！

这些年来，所见到的低幼文学作品中，确实有的质量不高，它还不能算是一个文学作品，或者不是以低幼读者为对象的作品。有的品种也比较单调，也有重复现象。

但这些都是前进中存在的缺点，是可以克服改正的。

我们在数量和质量的问题上，一定要坚持两分法，这样才能更上一层楼！

2. 低幼文学和连环图画

当前，低幼文学读物有一个倾向性的问题，那就是低幼文学读物的连环图画化。

我这几年，一直都在做儿童文学评奖的工作。一九八〇年我在北京参加第二次全国评奖时，从各地送来的低幼文学作品来看，就觉得这是一个问题。有的出版社送来的，画得很好，印得也很好，但是它不是低幼文学作品，而是连环图画。连环图画是不属于这次文学评奖范围的，所以这些作品，初评时就筛了下来。我绝不是否定连环图画这一样式，连环图画有很多好作品，这些作品很受广大群众欢迎，包括少年儿童读者，取得巨大的成绩。因为我们这个班是低幼文学班，讲的是低幼文学，所以，我们主要是从低幼文学这个角度来谈。着重谈两者之间的区别。

先从名词概念上看。

低幼文学，它是文学的，但这种文学是属于低幼儿童的。

连环图画，它是图的，但这种图画是带有连环性质的。

可现在，有不少人却把两者混在一起，统统称之为"小人书"。我们常常听见社会上人们这样说："你在看小人书？""这小人书多少钱？""这本小人书借我看看好吗？"于是，把低幼文学作者，也统统叫"编小人书的人"。

这种把连环图画和低幼文学作品，混在一起叫，在社会上并不稀奇。可是在我们行内，也有这样叫的。有的新华书店的营业员也这样叫。有的出版社编辑、领导也这样叫。有的作者自己也这样叫。那就觉得太不合适了。

这种事情，竟也有发生在一些大城市里。北京、上海的新华书店，有一些门市部是把连环图画书和低幼文学书，放在一个柜台上出售的。那别的地方，是可想而知了。

连环图画和低幼文学，在读者对象上，也是有区别的。

连环图画，虽然有专给儿童看的，但到目前为止，还是极少数，而主要是给成人看的。这些以成人为读者对象的连环图画，其中有一部分，也可以让儿童去看，但它不是儿童读物。其中，有很大部分，是不适合儿童阅读的。所以，连环图画，应该说，它的读者对象基本是成人。

但是，低幼文学的读者对象，则严格规定是低幼儿童。它绝不需要去照顾成人读者的阅读兴趣和爱好，而应该完完全全去考虑如何更好地为低幼儿童服务。

连环图画，虽然也讲文学性，但它主要是图画的，是以图画为主的。

低幼文学，却是文学的，虽然伴有图画，但以文字为主。

因之，连环图画，文字是图画的说明。

然而，低幼文学，图画是文字的说明。

大家常常讲，低幼文学，要文图并茂。可连环图画，则是图文并茂。总有个主次吧！

正因为，连环图画以图为主，低幼文学以文为主。连环图画则连图不连文。就是说，连环图画的图必须连起来，读者可以从连环的图画中，领会整个作品的故事。而文字，可以不连贯。

低幼文学则应连文不连图。就是说，低幼文学必须是连环文字，要把文连起来读。从连贯成通篇的文字中，去领会整个作品的故事。而图画则随文字需要来连贯。

所以，如果把连环图画的文字，放在一起，不是一篇文章，是不好读的。

而低幼文学，如果把文字放在一起，应该是好读的，是一篇文章。

由于这样，连环图画，如果画面上已经表达出来了，文字上就可删去。譬如，图画里已经画出来，这人戴着一副墨镜，则文字上如果有"这人戴着一副墨镜"这样的句子，就可以删去。

低幼文学，不管图画上已经画了没有，都不可删，要保持这篇作品的完整性。譬如，文字中写着："她穿条花裙子。"我们不能因为图画中已经画了她穿条花裙子，而删去这段文字。

为什么这样说呢？因为，我们的幼儿文学，并不是光让低幼儿童听了一个故事，还应该有文学的、语言的这些方面教育。

以上所说的，是低幼文学和连环图画的区别原则。

有区别的，还有一些地方。

连环图画的文字写起来的时候，是一条一条写的，没有写成一通篇的。

低幼文学却相反，应该通篇来写，是不能一条一条去写的。

连环图画，是按照文字的一条一条去分面画图的。

低幼文学怎么个分面法呢？情况也多种多样。有的作者自己把一通篇文字，分好面，交给了绘画同志，绘画同志按作者的分面去画图。有的作者自己不分面，把一通篇文字交给绘画同志，让绘画同志去分面画图。因为这牵连到出版、印刷上的许多技术问题，这分面还得征求出版社编辑的意见，所以也有由编辑分面的。

正因为连环画的文字是一条一条的，所以连环图画的文字前面，总是有①②③④……第几条、第几条的编码，以此来代替书册的页码。

低幼文学是通篇的，分了面，也和连环图画一条一条的文字不同。所以，就不应有①②③④的编码。

再是，连环图画每面都是一图一条文，所以字数多少，每面，也即每条，要差不多，不能一面太多，也不能一面太少。

低幼文学，文字可以分在每面，也可以一面全是文字，也可以一面全是图画，也可以一面文字很多，一面文字很少，根据情况安排。

连环画的版式，一般都是画外文，也就是一幅完整的图画，外边有一个框，文字排在框的外面。

低幼文学，一般都是文配画。以文字为主体，文字以外的地位画图。一般文字包围在图画之中，所以也叫画套文，文字套在图画的中间。

连环图画的文字，称为连环画脚本。

低幼文学，则叫作低幼文学作品，不能叫低幼文学脚本。

所以，我觉得，低幼文学应该正正名，要弄清楚是怎么一回事。这不但我们低幼的作者要弄清楚，编辑要弄清楚，画家要弄清楚，书店同志要弄清楚，还应该让读者也弄清楚。

连环图画有它的特点、范围、规律，低幼文学有它的特点、范围、规律。绝不能把两者混同起来。应该各自发挥各自的长处。

有的出版社出的低幼读物，就是连环图画。有的低幼报刊，除掉登连环图画，就不登低幼文学作品。

我们对低幼孩子的培养，必须要他们全面发展，绝不能没有文学教育、语言教育等多方面的教育。

希望出版社既出连环图画，也要出些低幼文学作品。希望低幼报刊既登连环图画，也要登些低幼文学作品。

当然，也不是说，因为提出要多登多出低幼文学作品，而挤掉那些图画作品，那些类似连环图画的图画故事和完全没有文字的无文图画。

它们在儿童读物中也是很重要的，也是低幼儿童普遍欢迎和喜爱的。

我们要在低幼儿童中提倡百花齐放，绝不能从一种倾向到另一种倾向。

3. 创作和改编

创作和改编是不一样的。

创作是根据生活写出来的作品。改编则是根据他人的作品写出来的。改编是第二手的。

创作也叫写，改编也叫编。

连环图画脚本，是改编的。（也有创作的。）

低幼文学作品，是创作的。

有些出版社的编辑，把署名看得很随便，说，编就是写嘛，写就是编嘛！

其实，这不是一字之差，是有严格区别的。

有的出版社，不管低幼读物是创作的还是改编的，一律叫"编文"，也是不对的。

目前，我们所见到的，大概有这么一些。

一种叫创作，×××创作。这就是前面说的，是这位×××作者，根据生活写出来的作品。

一种叫"著"，×××著。这和前一种情况一样。但有些出版社认为"著"对低幼儿童来说太深，不用这个字。

一种叫"写"，×××写。和前面两种情况一样。这大多数用于低幼读物。

一种叫"文"，×××文。和前面两种情况差不多，也就是说这书的文章，是×××写的。不过文比较笼统。有一些并非创作，而是改编的作品，也有叫文的。

改编，×××改编。也就是前面说的，是根据他人作品改编的。

编文，×××编文。和改编大致差不多。

编写，×××编写。就是说这作品是根据他人作品改编，但也不完全是改编，其中也包括一些部分，是自己创作的。

编著，×××编著。情况和编写一样。但一般不用于低幼读物。

编画，×××编画。这是指画图同志根据他人的作品，自己改编自己画图的。

名目繁多，但我们弄错了，是不好的。这一定要实事求是，是创作就是创作，如果创作的作品，你把它说成是改编的，那么作者是要提抗议的。是改编就是改编，如果把改编的作品，去说成是创作的，那原作者可以去告你抄袭或剽窃。

改编，当然是可以的，有人把改编提得很高，说，改编是再创作，改编比创作还难。

但作为文学，自然是指创作。我们说的低幼文学、低幼文学作品都应该是创作的。

有些文学名著，或者翻译作品，原文给孩子看，看不懂，改编一下，当然是好的。但是也必须注意，一要慎重，不能歪曲原著意图，不要使原著精神走样；二要尊重，要是原作者活着，尽可能请原作者过目一下，在出版物上，也要写上"原著×××"，或者在文末注明"根据×××的作品改编"。

当然，如果原作者同意，尽可能请原作者去改编。

总之，我们低幼文学，它是文学，应该是创作的，不是改编的。

为低幼儿童写作，是一项十分光荣而严肃的工作，我们应该深入生活，从广大低幼儿童的丰富的生活中去汲取素材，为他们提供新鲜的精美的精神食粮。

我们要走自己的路，不能老跟在别人后面走别人走过的路。

我们要创作，要创新！

4. 文字和图画

低幼文学，因为是文学作品，当然是文字的东西。但不是与图画无关，因为低幼文学作品，要发展，要出版，要有图画才行。要文图并茂。所以，文字和图画，要很好地配合。

先说说对低幼文学文字的要求。

前面说过，低幼文学的任务，有一项是教育低幼儿童。

因为低幼文学要起教育作用，所以最基本，也就是最起码，必须要做到内容健康，知识无误。

内容健康，就是教育思想要正确。每一篇低幼文学作品，一定要有积极的主题。有人说，可不可以没有主题？无主题的作品，我认为是没有的。有的作品，描绘一段儿童生活，说明儿童生活充满活泼和朝气，这也是主题嘛！有的作品，描绘了一幅儿童肖像画，看得出儿童天真的神态和儿童的可爱，这也是主题嘛！有的作品给儿童以快乐，快乐也是主题。有的作品让儿童笑，笑也是主题。当然，主题，我认为不一定是可以用一句话说出来，让孩子一看题目就知道主题所在。主题突出，有时是褒词，有时也是贬词，可以含蓄一些，让孩子去想一想。教育不应是说教，一篇低幼文学作品，不能是主题的图解。主题应该是积极向上的。题材也要选择一下。低沉的、伤感的主题，在低幼文学中尽可能要避免。

知识无误。低幼文学作品，不论是故事、童话、散文、诗歌，作品中所写到的知识，都不能有错误。虽然低幼文学不一定是以介绍知识为主，但牵涉到的知识弄错误了，这是很不好的。如猫是吃鱼的，你如果把猫说成吃青草，哪怕是虚构的幻想体裁的童话里，也是不允许的。我们成人当中，有些科学问题，有各种说法，都可以介绍，百家争鸣。但是在低幼文学中，在知识问题上，去百家争鸣，把有争议的知识，去介绍给低幼儿童，就不合适了。

根据当前低幼文学创作情况，有许多问题，值得注意。

低幼文学，作品必须有文学性。如果没有文学性，怎么可说是低幼文学呢！我见到有一些作品，就是讲一个故事，干巴巴，十分平淡。一个文学作品，总得要有文采，要美，要写出感情，要有动人的形象，要有生动的情节，等等。我最近看到一个日本低幼童话，写一个螃蟹理发师。这是绝妙的。螃蟹有两只钳子，那是理发师的理发推剪，它还能左右开弓一齐来呢！螃蟹每边各有四条腿，这是理发师用的梳子。更妙的是螃蟹嘴巴里吐泡沫，这被想象成理发时洗头发的肥皂泡沫。这童话想象力多好啊！不久前，我也看见过一篇上海一位作家写的低幼童话，写植物举行运动会。写动物举行运动会，那好写，因为动物是动的，可植物是植在那儿不动的，怎么开运动会呢？你总不能让月季花越野赛跑，让冬青树去撑竿跳高。可是这篇作品，却写了牵牛花的登高，向日葵的转体操，石榴树的举重，这是一篇很好的作品。大家看过法国电影《红气球》吧！这电影的对象，大概也是低幼儿童，那个红气球，没有说一句话，完全依靠它的动作，表达了气球与孩子的感情，多好啊！我们的低幼文学作品，就是要有这样水平的作品。

低幼文学，要根据读者对象的年龄、特征。低幼文学不能是少年文学，更不能是青年文学，也不能是婴儿文学、娃娃文学。不能过深，不能过浅，要恰到好处。这火候是不易掌握的。有人以为，凡是低幼儿童能看懂的作品，就是合适的。其实，并非如此。一个低幼文学作品，要低幼儿童看了处于懂与不懂之间，才算是程度合适的。因为全部不懂，是不行的，全部懂了，也不行。要留有孩子想象的余地。果子，让他跳一跳，摘下来好嘛。孩子看完了作品，他有一些疑问，要问几个为什么，这作品才算起到了积极的作用。我们给低幼孩子说话，要弯下腰去说，但是蹲得比孩子还低，那也不行。写好低幼文学，这是难度。

低幼文学，还应该新鲜。但现在有的作品老一套，没有时代感。我们不能老写勤劳的蜜蜂和蚂蚁，贪玩的蝴蝶和知了，狡猾的狐狸去骗老实的山羊上当。这几年，孙悟空写得实在太多了。让他去和科学家比赛，让他去和解放军比赛，让他去跟少先队员比赛，而且一定得让孙悟空输。或者让孙悟空去游历城市、农村、水库、工厂，为孩子们做讲解员，说如何如何好。难怪有一张漫画说，孙悟空已累得生病住进医院里了。这是作者脱离生活的结果。今天的孩子和解放初的孩子不一样，和"文革"前、"文革"中的孩子也不一样。就拿孩子的名字来说，现在的孩子和过去的孩子也不同。不信，你可以找个小学，把现在的学生名册，和过去的学生名册来比比看看。可以看出都有时代的特征。低幼文学作品，新鲜感是很重要的。

低幼文学，一定要有趣味，趣味不能外加，像烧菜加味精那样。当然趣味要健康的趣味，不是低级趣味。没有趣味，孩子们是不爱看的。现在，低幼文学中，也有一些写儿童，但不是为儿童而写的作品。像妈妈们相聚在一起，互相说自己的孩子，或者说别人的孩子。那是妈妈说给别的妈妈听的。所以它仍应是成人文学。低幼文学不能是这样的，妈妈们和妈妈们在说孩子，孩子是听不进去的。但是，趣味，也不是一味满足，孩子喜欢什么，就写什么，还要引导。我们也要用作品，去引导孩子的兴趣。现在，有的出版社编辑，一篇作品好不好，唯一的办法就是拿到低幼儿童中去读。这是一种办法，但也不是唯一的，更不是绝对的。因为孩子兴趣的因素是多种多样的，和听的是些什么孩子，什么人读，等等，都有关系。

低幼文学，因为是写给低幼儿童的，在措辞用字上，都要注意。有一些作品故事很好，但文笔太老气，也不行。例如，我们用形容词，要考虑能为低幼孩子所能领会。如形容红颜色，说红得像玛瑙；形容绿颜色，说绿得像翡翠。城市里的低幼儿童也不一定知道玛瑙、翡翠为何物，在农村里就是问父母，他们也不见得看到过玛瑙和翡翠。有的作品，受外国文学影响，句子倒装，这也不行。低幼文学，要尽可能用短句子，最多十来个字一句，切不可有二十来个字一句的。我们要注意，一定要有民族特色，我们中国自己的特色。有的低幼文学作品，读起来，像是外国的作品，那不好。要口语化，朗朗上口。尽量用常用字，少用偏僻字、冷门字，当然也不是不用难字。

低幼文学要多种多样。现在一味提倡生活故事。当然儿童生活故事，是重要的。现在好的儿童生活故事还不多，希望大家多写。但是，在低幼儿童来说，童话这一样式是很重要的。低幼儿童幻想力很强，我们要用童话去满足他们、启迪他们。目前，大家对低幼童话还很不重视，认为它不是反映儿童生活的，这是对童话这一样式还不熟悉。目前，写低幼童话的作者还很少，好作品也不是太多。我觉得提倡儿童生活故事的同时，也应提倡童话。除掉生活故事、童话，其他样式也需要。儿歌对低幼儿童来说，也是一种重要的样式，近年来好的儿歌也不多。

低幼文学，还要注意一个动的特点。如果，一篇低幼文学作品，有大段大段静止的心理描写，或者环境描写，那都是不行的。低幼文学，是动的文学，要动作多。鲁迅先生在《社戏》那篇作品中，说到一些孩子去看社戏，碰巧见着台上是老旦坐在那里唱，不断地唱，孩子们希望她快下去，可老旦还是在那里唱，孩子们看得都生气发急了。我们带孩子到公园里去，对人们坐在茶馆里静静喝茶，或者在草坪上打那种慢吞吞的太极拳，孩子是不感兴趣的。他们喜欢去乘坐会飞转的火箭，或者到广场上去追逐。这是低幼儿童的特点。

低幼文学，总是要配上图画的。所以一篇作品，写的时候，还得要为图画考虑，给画图的同志留出创造性的余地，要考虑画面的变化。如果老是在一个地方，老是一个背景，老是这几个人，老是在说话，画面要变化就难了。写文字时，要考虑图画，但也不能是削足适履，为画图而画图，生硬地去照顾画面变化也不好。

下面再说说对图画的要求。

低幼文学的图画，风格应该多样。国画、油画、水彩画、水粉画、钢笔画、铅笔画、木炭画、蜡笔画、剪纸、木刻、摄影，等等，都需要。现在有些样式，很少用。如国画，有的人认为国画低幼儿童欣赏不了，我认为欣赏不了也要画，画多了，看多了，就能欣赏了。一个中国孩子欣赏不了中国画，这怎么行。还有，一些单色的木刻、铅笔画、木炭画也很少见，说是孩子都喜欢大红大绿的、五彩的，不欣赏黑白的、单色的。当然，应该让孩子看大红大绿的、五彩的，但黑白的、单色的，也要让它们看。大红大绿的、五彩的，有大红大绿的、五彩的味道；黑白的、单色的，也有黑白的、单色的味道。当然，用什么风格的画，要和作品内容、文字相统一。一个外国的故事，用国画，或者用剪纸，就不合适。

还有，现在一些低幼文学书的图画，何者该写实，何者该夸张，也不注意。如果是一个现实性强的生活故事，那还是写实的图画为好。如果是一个童话，内容手法很夸张，图画也要夸张、变形。有一些低幼文学书，一律都是大头小身体的人物，也不好。

还有，低幼文学书的图画，它是印在书上的。有的画家画的是放在展览馆里远看的画，远看效果很好，而印在书上则不好了。因为书总是拿在手上看的，不可能挂到墙上去远看的。

还有，给低幼文学书画图，也不宜过于复杂，特别一些给小年龄孩子的，要简单，要突出主体，背景不要喧宾夺主，要循序渐进。

总之，一本优秀的低幼文学书，必须是文字好、图画好。那就要作者、画者，通力合作，共同商讨，才能有好质量。

5. 作者和编辑

要繁荣低幼文学，是需要有一支作者和编辑的队伍，没有人去做，低幼文学是繁荣不起来的。

文字作者队伍。就全国范围来说，儿童文学作者并不多，而低幼文学作者更少。今天，坐在这课堂里的，都是各地推荐来的，有经验有成就的低幼文学的作者，是拔尖的佼佼者。但是点一点数，也不到一百人吧！还不能说是济济一堂，更不能说是一支庞大的队伍吧！

作者少，我们的作家协会、出版社，就应该大力来培养。这是基本建设，因为要繁荣低幼文学，要让低幼儿童有更多更好的精神食粮，作者是最重要的保证。我们要向低幼文学投资，就先应该为低幼文学作者投资。

现有的这支作者队伍要巩固下来，希望在座的同志，再怎么困难的条件下都要坚持为低幼儿童写作，要提高自己的水平，将来成为低幼文学作品的专门家。

我们还应该培养更多的新人，来充实和壮大我们的队伍。现在有许多幼儿园老师、小学教师，拿起笔来，为低幼儿童写作，应该欢迎他们，帮助他们。低幼儿童还有许多家长，父亲母亲，爷爷奶奶，不论在什么工作岗位上，他们熟悉儿童，也希望他们提起笔来，为自己的儿孙们写作。有志之士一天一天多起来，我们这支创作队伍会日益扩大，出了人，也出了作品。

儿童文学作家是义不容辞的。我认为中国儿童文学作家虽不多，但每人每年都给儿童写一点，数量也是不少的，而且质量也有保证，可以推动低幼文学水准不断提高。我国还有许多成人文学作家，我们必须去做争取工作，请他们尽可能也为低幼儿童写一些。

图画作者，情况还好一些，这是和文字作者相比较而说的。我国有一批专画低幼画的画家。在儿童画画家中看起来，重点还是在低幼上。不像作家，重点是在少年上。儿童画画家，这几年也出了不少新人。但是如果从画家他们很忙这一情况来看，说明画家的队伍还是很不够。上海不少儿童画画家，已经排好几年的画画任务了。

编辑队伍，可以说也初步有了一支队伍吧！全国各地出版社大多有低幼读物的编辑。但是专业化还很不够。这支队伍还很不稳定。而且老弱病残特别多，新人特别多。新人特别多，是正常的，因为这工作是最近新开展的嘛！低幼文学是一门专门的学问，低幼文学的编辑，也应该是专家。我们应该爱一行，专一行。我们的文字编辑、美术编辑这支队伍，都应该壮大和建设。有的出版社，低幼部门没有图画编辑，有的出版社，低幼部门没有文字编辑，都是欠缺的。有的出版社，把低幼文学读物给美术编辑室去编，有的出版社，把低幼文学读物交给几位美术编辑同志去兼管，这是不当的。因为要一位美术编辑既懂画，又懂文学，目前还是做不到的。正如目前要一位文字编辑也懂美术一样。现在，只能是文字编辑与美术编辑的很好的合作，才能使低幼文学得到发展。这几年，我因为参加评奖工作，看过许多低幼的作品。许多作品，画得非常有特色，但是文学性很差，文字也不那么好，这是非常惋惜的事。一打听，原来这都是没有文字编辑，是美术编辑同志在抓这项工作的缘故。所以，我认为应该特别强调文字编辑和美术编辑的合作。

三、低幼文学的前景和希望

低幼文学的前景是十分美好的。

党和政府的重视，社会各界的重视，大家的重视，办起了这个低幼文学讲习班。这不但我们中国是第一次，世界上有吗？

在座的同志都是我国低幼文学的骨干。因为限于各种条件，不可能有更多的同志来学习，那就要靠你们，你们要像种子一样，回去，在各地开花、结果。使得低幼文学之花，开得更茂盛，开遍各地。

现在几乎每一个省都出低幼读物了，大部分省都有低幼刊物了。北京、上海，低幼的报刊有好几个。

这次办低幼文学讲习班，也是一次呼吁。一呼百诺，西安一呼，各地百诺，事情就好了。

对作者来说，希望多写出好作品。对编辑来说，希望多出版好书。

一定要改变过去那种翻报刊，找原作，先画图，后配文的状况。

低幼文学一定会很快繁荣的。

这次低幼文学的讲习班，是第一次，希望有第二次这样全国性的低幼文学的会，再来和同志们见面。那时候，我们都拿出成绩来，在大会讲坛上大家汇报自己的成绩。

1983 年 7 月 27 日

多为低幼儿童写童话

一个孩子来到世界上，最先接触的文学，是两种。一种是童话，一种是儿歌，或者是童话和儿歌的结合体。

童话，可以说是文学的基础文学，是一种儿童的启蒙文学。

童话，像母亲甜美的奶汁那样，滋润着孩子的幼小心田。孩子从中取得营养，逐渐发育长大。

随着孩子的长大，他们对于童话的需求是愈来愈大的，因为他们愈来愈渴望知道他生活周围的一切。对于生活周围的一切，他们用孩子所特有的幻想力，提出了种种疑问，他们盼望用幻想方式的童话来回答他们。

孩子到了上幼儿园的年龄，他们的幻想力随着理解力的增长而丰富了。他们便要求老师和家长，或者通过图画，得到比较完整的童话。

上了一、二年级，他们认识了文字，便需要在图画的帮助下，自己来阅读比较浅显的童话了。

所以，我们的儿童文学作品当中，就必须有一种给学前、学龄儿童写的低幼童话。

做老师和家长的一定都有切身体会，孩子们对于童话的需求是很大的。有时候，不论你讲什么童话，哪怕是一个临时瞎编的童话，他听了，总是要缠着你"再讲一个"。

因此，我们的低幼童话，如果没有一定的数量，是不行的。我们不但难以满足他们，更无法让儿童有所选择。当然，我们对童话不只要求数量，还要求从数量中去提高质量。光有数量还是不行的。

但是，低幼童话历来并不为人所重视。因为它短小、简单，印在报刊上不起眼，印成书也是薄薄的。有的人，把写作低幼童话推给幼儿园的老师们、低年级的老师们，好像为低幼儿童写童话就是他们的事。当然，应该从低幼老师中培养一些童话作者，应该鼓励低幼老师写童话，但毕竟需要有一支队伍，来研究，来探索，来实践，才能不断地写出更多更好的低幼童话来。

有的人，至今还认为给低幼儿童写童话，是一件很方便的事。其实，这是一种误解。

低幼儿童对周围事物的不少认识，处在正确与错误的十字路口，你必须很好地指引他。思想教育和知识教育都要完全正确无误，来不得半点含糊。

他们的幻想是很丰富的，他们最讨厌平庸无奇、枯燥乏味。低幼童话作品一定要针对他们的特点，要具备艺术性。

他们究竟是低幼儿童，接受能力还比较差，写的童话还要适合他们理解能力的水平。

为低幼儿童写童话，我觉得像给孩子们烧菜一样，应该很有讲究，要可口好吃，要色香味俱全，要有营养，又要易消化。

我也常常学着为低幼儿童写童话，我感到并不太容易，有时候，一篇短短几百字的小童话，会花去十天八天时间，写得很吃力。我的低幼童话当然还写不好，我学着写，力求能写得好一些。

希望大家多为低幼儿童写童话。

《解放日报》1983 年 5 月 31 日

从"低幼热"谈起

——兼论《故事大王》画库第一辑

在儿童文学界,近年来,掀起了一股"低幼热"。低,低年级儿童。幼,幼儿园儿童。低幼儿童读物,过去一直被大家所忽视。低幼读物写的人少,出版社出的少,书店里幼儿读物少。很多家长,特别是广大农村的家长,很难买到低幼儿童读物。这样,"热"一下,我觉得很有必要。我双手赞成这一股"低幼热"。

在这一股"低幼热"中,的确有不少出版社重视低幼读物的出版了。除中国少年儿童出版社、上海少年儿童出版社外,上海教育、天津新蕾、四川少儿等出版社以及北京、浙江、广东、贵州、江西、安徽、陕西等省、市的人民出版社都出版和正要出版一些优秀的低幼读物。这是可喜的。

最近,看到新蕾出版社出版的《故事大王》画库第一辑,这第一辑,一共是五本,有领袖故事,有生活故事,有中外童话,有笑话。装帧和印刷都很精美。

我首先感到一点,编者的态度是严谨的。这表现在所选的故事,大都新颖、别致,适合低幼儿童阅读。特别是看这一辑中,动员了那么些画家来作画。我把五本看完,感到故事题材和绘画风格都很协调,说明编者组织稿件的慎重。什么样的内容,应组织什么样风格的画家来画,这并不是一件容易的事,《故事大王》画库的编者是动了一番脑筋，事先很好研究过这些个问题的。就这些画家来说，画得也都很认真，画出自己的水平来的。这，作为一个"画库"来说，非常重要。再一个，是版面的安排。一面上要安排几幅图，这版面是很难设计的，大小要得体，疏密要适当，既活泼，又要求统一，这方面《故事大王》画库的编者，应该说考虑得很周到。所以，我说这套书的编者的态度是严谨的，这是一套严谨的低幼读物。我觉得，今天，在我们低幼读物的出版中，应该提倡这种态度。

也应该指出，在"低幼热"中，有的出版社就不够严谨。他们把编写、绘画、出版的任务，交给几个绘画的编辑去完成，也不安排个文字编辑去配合工作。这样弄出来的低幼读物，往往文学性甚差，文字只是图画的说明，文句不通的地方，错字的地方，一本书就有好几处。也有出版社，纯为赚钱的目的出发，他们把低幼读物的本子缩得很小很小，其中字也很小很小，也不考虑小读者的视力健康。也还有胡编乱改的，也还有变相剽窃的。种种坏现象都有出现。

当然，我向大家推荐这一辑《故事大王》画库，也不是说这套书已经十全十美。我认为，其中改编的作品较多，文学性尚不足。不过，我认为，由于编者态度是严谨的，他们一定会花功夫去努力改进和提高的，会愈出愈好的。

在"低幼热"中，我觉得，要使这股"热"能经久热下去，一定要介绍一些好作品，指出一些较好作品的不足，也还应该批评一些粗制滥造的差作品。

《儿童文学作品选读》出版说明

儿童文学作品的选本，出过好几种。那些选本，多数是为繁荣创作这个目的而编的。而这个选本，主要是为儿童编的，并且特定是为小学中年级学生而编的。确定以提高小学中年级学生的阅读水平和写作能力为目的。

任何一位家长都关心自己孩子的学习成绩，老师则对提高学生的学习成绩负有更直接的责任。近年来家长和老师普遍反映，不少儿童对语文学习不够重视，阅读和文字表达能力都较差。所以，如何提高今天儿童的阅读水平和写作能力，已成为培养社会主义"四化"建设接班人的一个很重要的项目。

要使语文学习成绩有较大的进步，光靠在学校里听老师讲解语文课本的课文，显然是不够的。必须找一定数量的课外补充读物来读。可文学书籍浩如瀚海，究竟该找哪些作品作为补充读物呢？

在书店里，也可以找到一些标明为语文课外阅读材料的书，但那些语文课外补充读物，内容多半是成人文学作品。这些作品，艺术上，包括文字上，都很有造诣。可是，因为这是写给成人看的，作品中的感情是成人感情，与孩子的感情往往不易相通，不少作品是孩子们所难以完全理解的。这些作品孩子们可以学习和借鉴，但收效受到一定的局限。

儿童文学作品，是为儿童所写的文学作品。大多写的就是儿童自己的同代人，写的是儿童自己身边发生的事情，为儿童所熟悉，所喜爱，是属于儿童自己的作品。

所以，本书立意要选一些优秀的儿童文学作品，供儿童课外阅读，作为他们的语文补充学习材料。

这个选本，精选我国儿童文学十六位作家的作品十六篇。这些作品都有定评，是三十年来我国儿童文学中的优秀作品。分别为小说四篇，散文两篇，童话七篇，科学文艺三篇，以此序排列。

为了达到能提高儿童的阅读水平和写作能力这个目的，在入选的每篇作品之后，逐一附了讲析文章，用以辅导儿童读者如何学习这一作品。

讲析文章是邀请一些对儿童语文教学工作有实际经验，而本人又有儿童文学创作实践的同志来撰写的。

讲析文章力求写得深入浅出，让儿童读来，如同在课堂里听老师上课。所以，本书可充作小学中年级学生课外自学之用。当然，也可作为小学中年级语文老师辅导学生的学习材料。

由于出版这样的选本，还是第一次，缺乏经验，不妥之处一定难免，请大家多多提出宝贵意见。

为儿童文学事业作出新贡献

——贺《中学生文艺》创刊号问世

前年春天，在成都参加儿童文学中长篇小说创作座谈会时，就听到大家的呼吁，希望四川少年儿童出版社办一个儿童文学刊物。去年夏天，在成都参加西南、西北地区儿童文学讲习班，又听到大家希望办儿童文学刊物的呼声。

现在，这本面目崭新的《中学生文艺》问世了。

虽然，数一数，全国的儿童文学刊物，已近十种了。但比较起成人文学刊物来，还是少得多。特别，拿全国儿童人口比例来说，我们的儿童文学刊物，更不是太多，而是很少。儿童文学，是儿童们的精神食粮，我们一定要尽最大的努力，去满足他们。

我们的儿童文学作者队伍，这些年，也不断有了扩大。我们应该有相适应的发表园地，热情地去扶植有志的年轻作者的成长。

四川少年儿童出版社成立以来，为繁荣我国的儿童文学事业，做了很多工作，这是大家有目共睹的。现在，创办了《中学生文艺》，又为儿童文学事业作出了新的贡献。

《中学生文艺》的创刊，是全国儿童文学界的大事，是全国儿童文学界的喜事。因为，这本刊物，虽然编辑部在成都，但它不只是四川一个省的，不只是西南一个地区的，而是面向全国的作者和读者的。

　　相信，全国各地的儿童文学工作者都会支持《中学生文艺》，《中学生文艺》一定能办得很有特色，一定会受到全国广大小读者的热烈欢迎。

1983 年春天于上海

祝贺《童心》一百期

　　《贵阳晚报》的《童心》，已经出到一百期了。这是一件叫人高兴的事，应该热烈地向这个副刊祝贺。

　　我记得，在粉碎"四人帮"以后，地处西南的《童心》，却以崭新的蓬勃姿态，引人瞩目地出现在少年儿童们面前了。

　　《童心》一出现，很快得到各地少年儿童读者的支持。很快，《童心》不仅是贵阳的，不仅是贵州的，不仅是西南地区的，而且成了属于全国各地少年儿童的。

　　因为孩子是社会的，孩子的欢迎，也得到社会各界广泛的支持。

　　现在，可以说，《童心》是《贵阳晚报》的一个特色。

　　由于《贵阳晚报》这个头带得好，现在全国范围，已有不少家报纸，有了儿童副刊。据我所知，北京的《北京日报》，办起了《小苗》。山西太原的《太原日报》，办起了《苗圃》。上海的《新民晚报》，也辟出了《娃娃天地》《讲故事》《一分钟童话》三个专栏。也许还有其他我所没有见到的。

　　总之，《贵阳晚报》的《童心》，是第一家。

　　我翻看了手头并不齐全的《童心》，我认为就作者来说，不仅贵阳市的、贵州省的许多儿童文学作者为它写作，而且已拥有一大批全国性的作者为它写作。我国许多第一流的儿童文学老作家，都曾为它题词和供稿。这说明，《童心》已成为我国儿童文学所共有的园地，获得我国各地作家、作者的广泛支持。这不是一件简单的事。

《童心》取得如此的成绩，除了出力很多的编辑同志以外，我觉得还应提到贵阳市和贵州省的领导部门，对于儿童文学的重视和关心。

贵州的儿童文学事业，在西南地区是很引人注意的。有《童心》这么一个副刊，还有《幼芽》这么一个刊物，出版社也出了很多好书。一报、一刊、一社，在全国都有一定的影响。

我祝愿《童心》愈办愈好！我也祝愿贵州儿童文学事业日趋繁荣！

《贵阳晚报》1983 年 5 月 13 日

说说《人参娃娃》这个副刊

有的人，文化水平不低，可能还是大学毕业生。但是，开会时，可以看见他们在众目睽睽之下，顾自用手指伸进鼻孔挖鼻屎。至于看书，在指尖沾上一点唾沫，去翻开书页的动作，更是常常所见。有的还从电视里表现出来。他们不明白鼻屎里有许多细菌？那他们早知道。他们不明白翻书的手指上很肮脏？他们当然都知道。他们明明知道为什么还要这样做呢？很显然，这是他们养成了习惯，从少年儿童时代就这么做了，久而久之，习以为常。鼻孔里有点痒，也不管什么场合，会下意识地把手指伸进去挖几下。看书的时候，手指每翻动一页之后，都会不自觉地伸进嘴巴去蘸一点口水。习惯就是这样可怕，积重难返，那是必然的。至于在大庭广众下抓脚丫那是更其丑恶了。如果你在开会时抓了脚丫，会议结束，你还去和人家告别握手，人家怎么伸得出手来！这种种都是从小养成的不卫生的坏习惯。

我时常去学校，和少年儿童接触，发现一、二年级的孩子，嘴巴很喜欢咬东西。写字时咬笔杆，女孩子咬手绢，也有咬辫子的。有一次我和孩子们围在一起讲故事，发现有一半孩子嘴上咬东西，有的咬书本，有的咬书包带子，更多是把手指伸在嘴巴里。我跟老师说，这个咬东西的习惯，估计是家里养成的，到了幼儿园，老师不注意，没有让他们改掉，现在又带到学校里来，如果在小学里改不掉，可不行了。我第二次去学校，这些孩子就没有一个嘴巴咬东西了。

所以，我说，卫生习惯一定要从少年儿童培养起。这是非常重要的。

培养卫生习惯要从小培养，那就要对少年儿童很好地宣传卫生、介绍卫生知识。

给孩子宣传卫生、介绍卫生知识，还有一个方式方法问题，最好的方法，是通过文学形式。

我的父亲是个中医，可是堆在我家里的那些医书，我没有兴趣去看它。但是，我约略懂得一点医药的常识，这常识是从哪里来的？最早给我医药常识的，可以说是一本古代的童话，叫《草木春秋》。这本书，是我上小学三四年级时，不知从哪里借到的，也记不得是出于何人手笔，是何时期作品。这是一本石印本，大概是民国初期上海哪家书社翻印的。这作品，把许多中草药都拟人化了。甘草、当归、熟地、桔梗、苏叶、麦冬，统统是人，构成了一个复杂的故事。这作品，其实，也可说是我国古代的一个拟人化童话的长篇。说不定上年纪的老中医们也许曾目涉过这一作品。今天，我相信，也会有人去写以医药、卫生为题材的儿童文学作品。

《卫生报》的副刊《药王山》的编辑同志，是有见地的，辟出这一块《人参娃娃》栏目来，其用心是很可贵的，我极力赞成这种有深远意义的改革之举。

《卫生报》1985 年 10 月 26 日

祝陕西儿童文学研究会成立

陕西省儿童文学界的同志们、朋友们：

去年冬天，我到西安参加全国普师、幼师儿童文学教学研究会第一届年会，知道你们正在为开拓和发展儿童文学事业而努力。在不到一年的时间里，你们取得了很大的成绩。

你们编辑出版了《少年月刊》儿童文学增刊，内容是琳琅满目的，小说、童话、散文、幼儿文学、诗歌，各类作品不少是颇有水平的佳作。特别要提的，是那篇《迎接花的世界》，序文能够写得这么真挚、恳切、深刻、优美，是不多见的。想必会得到读者强烈的反响，孩子们的热烈欢迎。

今天，忽又传来喜讯，陕西省儿童文学研究会成立了。我由衷地欣喜，我从心底欢呼起："陕西省的儿童文学是大有希望的！"

陕西省儿童文学研究会的成立，是一件重大的事，不但能促进全省儿童文学工作的繁荣、发展，并且将在整个大西北，以至全国儿童文学界，产生难以估量的影响，那是一定的！

从事儿童文学工作，是一种付出。道路是曲折、坎坷的，你们克服种种困难，作出种种牺牲，你们任重道远，不懈努力，向社会无私地奉献，这种坚韧的毅力，我深深感动。

全社会会感谢你们的。

广大的少年儿童尊敬你们，他们会把一条条红领巾（现在还有绿领巾），系上你们的脖颈，系在你们的心上。

同志们，朋友们，儿童文学是一家。各地所有的儿童文学工作者和陕西的儿童文学工作者同甘共苦。全国的儿童文学工作者和你们同在，和你们在一起开今天的大会。

我，虽然此刻在祖国的东海之滨给你们写信，但我想，在这封信到达你们手上的时候，我也到达西安了。我坐在这个会场里，和大家挤在一起，分享儿童文学取得成绩的喜悦。

一点不假，此刻，我不就是坐在你们中间的座位上吗？你们为我倒了杯茶，我说声"谢谢"。我们多久不见，热烈地握手，我们初次见面，便拉起家常，跟老熟人一样。

我在聆听大家的发言，我们在一起设想儿童文学事业的未来。

你们在大声地说话，我也在大声地说话。

你们在欢笑，我也在欢笑。

你们在哭泣，在流泪（欢乐的哭泣，欢乐的眼泪），我也在哭泣，也在流泪。

最后，我提议，请在场的所有的同志们、朋友们，为陕西省儿童文学事业取得的成绩和儿童文学研究会的成立，和全国儿童文学界的同志们、朋友们一起，和三亿少年儿童一起，来一次鼓掌。请热烈鼓掌！请更热烈鼓掌！请再热烈鼓掌！

洪汛涛

1987 年 5 月 8 日上海急就

为儿童提供丰富的精神食粮

看到了"六一"《快乐鸟》专刊，我很高兴。这一期稿件，质量是不错的。

两篇小故事，我很喜欢，我看在上海、北京的一些报刊上，也完全可以发表。

婷婷的《阳台上的天桥》，是一篇没有对话的生活画，采用一个个动作来表达两个小孩之间的感情，手法新颖。结尾，两个孩子亮出来的画都是桥这一笔，很高明。把通篇的中心要旨突出表现出来了。这两幅图画上的桥，是孩子们心灵上的桥，是孩子们的友谊之桥，是孩子们的希望之桥。这桥富于象征，写得好。这故事短小，但是意味深长，像个优美的动画片短片文学剧本。它是动的，是画的，是美的，是诗的。可说是一篇完整的微型小说。

另一篇小故事是魏文瑞的《冬天的画》。冬天，雪白的银色世界，是美的。但这篇作品中，却在一片雪白之中，增添上小红点、小黄点、小蓝点……这一群远距离的孩子，这一幅冬天的鸟瞰图，就显得五彩缤纷，更其美丽了。此文之末，作者采用浪漫主义的一笔，以童话手法让操场也出来说话，表达感情，是别出心裁的可喜一着。操场上的雪，因太阳出来而融化，作者写成"默默淌着泪"，和全文的感情是贯通的，和文首写操场的"长大"是相呼应的。这也是一篇有诗意有画面的优秀微型小说。

　　吴抑西的小童话《小猫咪咪》，富于生活情趣。小猫咪咪就是一个顽皮但是可爱的孩子。起始它撞上了镜子，还以为是镜子里的小猫撞它，很生气。到它看见镜子里的小猫头上长包了，哭了，它又去给它擦眼泪。最后，"窗门"打开了，小猫不见了，它很伤心。这一连串细节，把小猫咪咪这一"人物"写活了，读来趣味盎然。

　　袁嬿的小童话《晶晶出远门》，是一篇富有民间童话风味的作品。一个孩子帮助三种动物，后来三种动物帮助了孩子。看得出作者在着意追求民族化。晶晶这一孩子写得也很可爱。

　　薛烽的《一篮大蘑菇》，作品截取了日常生活中的一个片段，写了小猴既机智聪明，又肯帮助别人，也是可喜的。

　　晓愚的小散文《两个小姑娘》，把孩子游戏和尊敬老人结合起来，是很有意思的。

　　专刊园地虽小，但是品种齐全，有质有量，变化而多样，可算之为一个精美的小花圃。

　　从稿件取舍来看，看得出编者在刻意追求美，追求诗的意境，追求健康的趣味和纯真的感情。我觉得这是对的。今天，我们的儿童文学应该提倡这些。

　　可喜的是嘉兴市有这么一些年轻的新作者。希望这些作者多多写作，不断提高，为少年儿童提供丰富的精神食粮。

　　祝《嘉兴报》的儿童文学专栏《快乐鸟》越办越好。

为繁荣儿童电影进言

一

在儿童文学创作中，有一类作品，其中也出现儿童，也以较多的笔墨来描绘儿童，但不是儿童文学作品。如最近我读到的一篇，写父母草率结婚、离婚，给一双子女带来种种苦痛。这作品，虽然对两个孩子的心灵作了细致的描写，人物也很有性格，但是，这作品主要是给成人看的，因为它主要是教育做父母的要严肃地对待婚姻问题。这类写儿童但不是为儿童而写的"儿童文学作品"，我们常常可以读到，特别是每年的"六一"节，成人报刊常常发表此类作品。这实在是由于有些作者并不熟悉儿童文学、不了解儿童的生活所致，或者本意就不是专为儿童写的。

上述情况，在儿童电影创作中，也是普遍存在的。譬如作为儿童片的《兰兰和冬冬》，它写了兰兰、冬冬姐弟俩，被火车列车员从上海带到北京，一路上所发生的故事。影片虽然把小姐弟俩写得很有趣，但是它主要写列车员同志如何关心小旅客，想尽一切办法，把孩子平安地送到父母身边。当然，这样的影片，孩子也可以看，但是不是这就是儿童电影呢？还有前几年拍的《啊！摇篮》，最近拍的《苗苗》《琴童》，几乎都是这样一类影片。我举这些影片为例，不是说这些影片不应该拍。这些影片，在思想上、艺术上，都各有特色。但如果把这一类影片，当成地道的儿童影片，那就不对了。

我觉得儿童影片，还是应该具备儿童影片的特点：即以儿童为主要对象对儿童进行教育。

二

这些年的儿童影片，我觉得不但题材太狭窄，样式太单调，而且太实。当然，我们应该有反映儿童生活的写实作品。但儿童不同于成人，很突出的一点是儿童有丰富的幻想，所谓太实，主要是指这些影片缺乏幻想。

一提到幻想，不少人会想到科学幻想，其实儿童对各方面的生活，都充满着幻想。他们幻想未来，也幻想现在。在儿童的视野里，天地间的万物，都涂着一层幻想的色彩。他们不爱平庸的叙述，欢喜让思想无边无际地漫游。所以，我想到那种"意识流"的手法，很适于儿童影片中运用；那种切入、切出，时间、环境快速度的跳跃，也符合儿童观众的心理需求。各种各样变化无常的神奇的特技表现，对儿童们是最有诱惑力的。

可是，我们的儿童影片，在发挥儿童的幻想，也正是电影艺术最易表现的特点这方面做得很不够。

近几年，在儿童文学中，出现了不少幻想样式的作品，有童话、民间故事、寓言、科学小说，但在儿童影片中却"绝无仅有"。拿童话片来说，前些年还有过《宝葫芦的秘密》《小铃铛》，虽然寥寥，但还有几部。近年来，除了美术片很有儿童特色外，作为故事片，却是太少了。

儿童的幻想天地是十分广阔的，电影界的同志们为什么不进入这广阔的天地去觅取题材呢？

幻想是儿童的特点，是电影的长处，而在儿童影片中，舍弃了这些特点和长处是很可惜的。

三

儿童文学有别于成人文学，儿童电影有别于成人电影。因之，儿童文学书籍的出版有儿童出版社，儿童报刊的编辑有儿童报刊的编辑部，演出儿童戏剧有儿童艺术剧院，儿童音乐、儿童美术都有专业机构，广播电台也有儿童节目组，连近年来新兴的电视，电视台也有一个少儿节目组。

唯独儿童电影——这教育儿童的重要文艺样式，原来全国竟然没有一个儿童电影制片厂。最近听说才新成立了儿童电影制片厂。

今年三月，中央书记处发出号召，要全党、全社会都来关心少年儿童的健康成长，这是一件非常重要的大事。少年儿童是我们祖国的未来，是我们共产主义事业的继承人。可是目前，少年儿童大部分在看成人电影，而拍出的很可怜的几部儿童片，儿童们也并不太欢迎。可以说，在这方面，今天的三亿儿童正处于饥饿状态，这不是耸人听闻，事实就是这样严重。

每年的"六一"节，几个电影报刊也发一点关于儿童电影的笔谈，但过了"六一"，也就无声无息。对儿童电影的重视，只停留在这一年一度的呼吁和表态上！年复如此，不是一种自我嘲讽吗？

我们三十多年来，已建立起一支儿童文学的创作队伍，大家一定很愿意为繁荣儿童电影创作出力的。我想，如果电影领导上重视起来，是能够调动起这支队伍的积极性的。目前，我认为比编剧更缺乏的，是我们还没有对儿童电影进行专门的研究以及创作上的各种尝试和探索。我觉得，有的老导演，偶尔对儿童题材有兴趣，来"客串"一下，拍个戏，这当然是很好的，要表示欢迎。但不能老寄希望于"客串"。总得要有一批人、一支队伍，来从事这一专门性的重要工作。在中青年导演中，是否可以争取一些有志于儿童电影的同志来从事这一工作呢？给他们条件，使他们能把儿童电影的专门知识熟悉起来，成为一个儿童电影的专门家。我想，特别是一些中青年的女导演同志，她们在家庭中是妈妈或者大姐姐，热爱儿童，熟悉儿童心理，是不是引导她们其中的一些同志向儿童电影专业方面发展呢？在电影学校的学生中，也希望有一些同学，在学习时就立志于儿童电影的创作，向这一目标努力，将来成为这方面的专业人才。总之，儿童电影，在电影工作中是"缺门""冷门"，需要许多的同志来对它发生兴趣，来探索，来工作，来为少年儿童服务！

儿童电影断想

儿童电影，是儿童文艺中最广泛的样式。

它是"读者"很多、"印数"很大的"书"。不要太久，最有影响的儿童文学作家，会是儿童电影的编剧者。

儿童电影，绝不能是儿童生活的照搬。它，必须有所选择。

儿童电影剧作的技巧，是选择的技巧。

儿童电影，应该是孩子们的一面镜子。让孩子们照见自己的面容吧！

当然，我们的孩子是美丽的、可爱的，镜子应该真实地反映他们。

但是，我们的孩子，也有肮脏之处，镜子不应该说谎，要坦率地告诉他们。

儿童电影，也是一个窗口。

应该让孩子真实地看到他们生活以外的生活。看看别人是怎样生活的、别人生活得怎样……不是让小观众看后一笑了之，而要带动孩子去作更多的思索。

请儿童电影工作者，多去表现今天儿童一代丰富多彩的"精神"世界。

不要停留在反映今天儿童如何幸福，停留在表现今天儿童的"物质"世界上。

儿童电影，请把小观众的同代人放在"主角"位置上来写。

要使小观众觉得电影中的小主人公，和自己非常接近，他们才能受到教育，才想去学习他。对于那号超乎常情的理想化了的"英雄"，儿童们是不那么崇敬的。

在成人电影里，切忌把人物"神仙化"。

在儿童电影里，切忌把儿童"成人化"。

从概念出发的"拔高"，肯定导致"成人化"。

儿童电影，前几年，一窝蜂都写战争题材：小八路、小游击队员、小红军……

后几年，一窝蜂都写科学题材：航空模型、船舶模型……

近几年，一窝蜂都写教育题材：两位教师两种教育态度、三位家长三种教育方式……

最近趋向，一窝蜂在写失足儿童、工读学校……

不要"一窝蜂"。

儿童电影，应该有较多的"幻想"成分。

因为儿童的生活中，充满着"幻想"。他们幻想未来，也幻想现在，而且还幻想过去……

他们不爱平庸的描述，却喜欢漫无边际的遨游。

这几年，我们的儿童电影，在发挥儿童特征——幻想这一点上，做得很不够。我们缺乏幻想样式的作品。

近年来，我们的儿童文学中，出现了众多优秀的幻想题材的作品，为什么我们的儿童影片中，却绝无仅有呢？

儿童的幻想，是非常丰富的。

我认为，如试用意识流的手法来写儿童的幻想，会是十分有趣的。

儿童的幻想，是千变万化的，是快节奏的。

尽可能运用电影的切入、切出的跳动手法吧！

不要一提幻想，就以为是科学故事和神话故事。

孩子们的幻想之野宽阔着呢！他们的生活天地，处处都有着幻想。

不能跟着孩子们幻想而幻想的人，不可能真正了解孩子。

儿童文学有小说，有散文，有童话，有诗歌……

为什么我们的儿童电影那么单一呢？现在，我们的儿童电影，似乎只有"小说"，写实的"小说"。

现在，我们的一些儿童电影作品，通病是：内容太虚假，手法太写实。是"虚假"和"写实"的合成。

一部好的儿童片，应该以情取胜。

记住：此情，不能是"成人"之情，必须是"儿童"之情。

儿童电影，要注意儿童特征。

但是，注意儿童特征，不要错误认为它就是成人精神世界的简化。

儿童特征，绝不是对成人做减法，减去某些东西。

儿童的精神世界，虽不复杂，但很丰富。

他们很纯真，却充满着矛盾。

有的儿童影片，儿童们不喜欢，过错在于电影工作者对于儿童的陌生。

儿童电影，可以充分运用电影的特点，时间、空间，大幅度地跳跃。

因为儿童的意识，常常是大幅度跳跃的。

不能用外加的美妙的色调、动人的音乐，去替代儿童本身多彩的生活和多变的心理活动。

不是凡电影里出现儿童，就是儿童电影。

请那些写评介文字的人，不要硬把它当成儿童电影。

如果这是部儿童片，请成人演员不要在镜头前跟孩子演员抢戏。

请成人演员多把镜头让给孩子演员吧！

儿童电影，这个导演来"客串"一下，那个导演来"客串"一下，但很少有导演这样说："我就在这块新地上定居下来吧！"

儿童电影的拍摄者——

请记住，你是在为孩子拍戏。你的摄影机的镜头，就是小主人公的眼睛或者小观众的眼睛，不可把它提到成人的高度。

我们有儿童文学的专门家，有儿童美术的专门家，有儿童音乐的专门家……希望有儿童电影的专门家。

我们对新成立的儿童电影制片厂，寄予无限的希望。

多给儿童好电影

　　手头，有一份儿童电影的统计资料。一九四九年到一九五四年，全国几家电影制片厂，所拍制的儿童故事片电影，总共是三十多部。当然，这统计数字可能不是最准确的，因为在这资料中，我看，有的影片，像《如此爹娘》，显然不是儿童片；还有一些影片，像《兰兰和冬冬》，可不可以称作儿童片，也是有争议的。

　　前些日子，由于工作关系，看了大量的儿童电影，这里说一点很粗浅的意见。一九四九年后，我国儿童故事片，恐始自《小白兔》《鸡毛信》。我以为，张骏祥、石挥合作编导的《鸡毛信》，是一部很有水平的儿童故事影片，这为以后儿童故事片的发展，创造了一个好开端。这影片中海娃形象的塑造，是成功的。紧接着，从一九五五年到一九六一年，拍摄了《祖国的花朵》《两个小足球队》《阿福寻宝记》《红孩子》《地下少先队》《马兰花》《英雄小八路》，我以为都是不错的儿童片。一九六二年，不知是什么原因，全年全国没有拍出一部儿童片。一九六三年拍制的徐光耀、崔嵬、欧阳红缨合作的《小兵张嘎》，我以为是继《鸡毛信》的又一巨作。电影中的小嘎子，成为广大儿童们所喜爱的英雄形象。这一年，还产生了第一部童话故事片《宝葫芦的秘密》，这部影片虽然还有一些缺点，未能充分发挥童话的特长，比较实，但仍不失为受儿童欢迎的影片。到下一年，一九六四年拍制的谢添、陈方千合作的《小铃铛》，此一缺点得到了补足，我以为这是一部想象丰富、具有儿童特色的优秀童话片。一九六五年拍制的《小足球队》，我以为也较好。

这些年来的儿童电影，我以为，题材大致可以分成这么几类：

一类是革命传统题材的。这类影片数量比例较大，以《鸡毛信》《小兵张嘎》为代表。后来，这类题材的影片虽然多，似乎都没有能超过这两部影片的水平。不少影片把儿童们"拔高"到不可信的地步。即使像《两个小八路》那样的影片，似乎也存在着这个问题。

一类是直接反映当前儿童生活的。这类题材的影片为数也较多，这是好现象。作为儿童片，当然主要应该反映当前儿童们自己的生活。但是写这类题材，确实没有像革命传统题材那样"讨巧"。所以，特别成功的影片，还举不出来。像《阿福寻宝记》这样的作品，我以为算是不错的了。应该说，不少作品，由于热衷去直接配合当时的政治任务，像《人小志大》《好孩子》，里面的儿童实在不像儿童，故事也十分虚假。

一类是童话故事题材的。这一类作品，数量很少。按理说，幻想是儿童的天赋，也是电影表现手法的特长，这类题材大有作为。但恐怕是由于不少成人们，对儿童的幻想，有种种误解，缺乏正当的认识，清规戒律多，使这类题材影片的出现，增加了困难。我国优美的传说是很多的，精彩的童话、寓言故事也不少，儿童们特别喜欢这种幻想的、夸张题材的作品，可惜我们的电影没有能很好地满足他们。这真是十分遗憾。

一类是反映成人生活的。在儿童电影中，是不是可以写成人？当然可以。写成人的电影就不可能成为儿童影片吗？也不是。但是，这一类影片，虽然电影里出现了儿童，但主要是描写成人，主题也是告诉成人如何教育儿童，是为成人而写，是供成人对象看的。当然，像《如此爹娘》《兰兰和冬冬》这样的影片，不是不可以给儿童看。可是，如果说，这就是儿童片，拍儿童片就是拍成这样的片子，那恐怕不妥当了。

党和国家十分重视少年儿童工作，规定每家电影制片厂，每年都要拍制一定数量的儿童片，我认为这是十分英明的决定。另外，儿童片除了数量之外，我以为还有一个质量问题。我们得拍出既有教育意义，又有艺术质量，具备儿童特点，受儿童欢迎的作品。同时，我们的儿童兴趣爱好面是广泛的，我们的儿童电影的题材也应该是广泛的。我以为，除了要特别加强反映儿童现实生活——学校生活、家庭生活、社会生活题材的作品，还要有童话、幻想传说、历史、传记、游记、探险、惊险、推理、武功等多方面题材的作品。

事情要人去做。我希望电影界能尽快建立起一支儿童电影的编剧、导演、表演、研究、理论队伍，来更多更好地做这件不容再迟缓的工作。

文坛小识（一）

什么是作家？

作家等于作品＋作品＋作品……

而，不是其他。

已经有人在叫：稿酬太高了，大家都要去当作家了。

不知一个为稿酬去写作的人，能否成为作家？

再说，有更多的人去当作家，有什么不好呢？

作家的荣誉，不是升官，不是发财，而是拥有众多的读者。

作家的天平上，一边是作品，一边是人品。

一个作家应该有作品，也应该有人品。

作家应该有人格，作品应该有风格。

文坛上，要的是流派，不要别的什么派。

现在，应该是文人相"亲"的年代，文人相"竞"的年代。

作家可以去经商。

但，写作不是经商，作品也不应是商品。

有的作家死了，作品却活着。

有的作家活着，作品却死了。

文坛小识（二）

你要成为作家吗？

在你的周围，会有无数的"嫉忌"的大炮，对准你，一触即发。

你必须经受住。

各行各业都在改革，提倡承包。

但有的人仍把作家的写作，看成是"自留地"，念念不忘要取消。

养尊处优，会使一个作家失去才华。

作家不应该先富起来，作家应该和人民一起富起来。

作家的要求：一、充裕的时间，二、一小间安静的书室，三、生活在人民中间。

作家也是要"老化"的。但是，作家的"老化"，不是作家年龄的增加，而是和人民距离的增加。

作家的队伍，请不要以"老中青"来划分，更不要以年龄来贬褒作家。

请站惯了的作家，坐下来。

请跪惯了的作家，站起来。

作家，请你以作品来发言。

人民因为你写了作品，才承认你是作家的。

我崇敬那位一向不拿工资，也没有级别和职称的作家。

有的作家，作品里没有写"社会主义"，却宣传了社会主义。

有的作家，作品里写满了"社会主义"，却没有宣传社会主义。

在作家的笔下，骗子是骗子，英雄是英雄。

有人说：经济上实行开放政策，文学上就不要再提民族化。

应该说：经济上实行开放政策，文学上更要提倡民族化。

　　　　　　　　　　　1985 年 8 月抄自手记，上海

与洪汛涛先生谈童诗

■王伟明（香港《诗双月刊》执行编辑）

◎洪汛涛（上海儿童文学家）

■：海外儿童文学界很关心中国童诗的发展，您是位老诗人，四十年代就出版过多册诗集，您也曾在出版社、报刊做过诗歌编辑，对童诗状况很熟悉。您可否谈谈中国童诗的近况？

◎：那是过去的事，眼下我没有更多精力去写诗了；虽然我还是很爱诗，也很想写一点。因为做研究工作，读了许多诗。不过，要我正经八百地来谈诗，我知道那不行。

■：您认为这些年来，大陆的童诗界，有哪些有代表性的作家和作品？

◎：这题目太大了，不好回答啊！举谁的例子好呢？我们儿童文学界，写诗的作家非常多。我想，我们的儿童文学作家，大抵全有这么个特点，许多作家都会写诗。以老一辈儿童文学作家来说，叶圣陶早期写过诗，贺宜、金近就没有停止过写诗。包蕾早期也写诗，现在健在的冰心、陈伯吹都写过诗。稍晚一些的郭风、袁鹰，也是著名的儿童诗作家。往后，写儿童诗有成就的有柯岩、田地、任溶溶、圣野、张继楼、于之等作家。以上几位目前年岁都在六十开外了。年轻一些的：中年诗人、青年诗人，还有孩子诗人，如果再包括写成人诗的诗人所写的儿童诗，那是难以算计，太多太多了。我实在难以向你列名单，报数字了。希望出版社出版的《中国儿童文学大系·诗歌卷》，这两册儿童诗是专家们编的，收在里头的，自然都是好诗。你看一看，就知道我们这些年儿童诗的成绩和发展概况了。

■：我们说童诗，你们说儿童诗，是否有什么明显的区别呢？

◎：我们说儿童诗，你们说童诗，我想没有什么区别。海外有人主张将成人写的称为童诗，儿童自己写的称为儿童诗。这样分开来，也未尝不可。我以为儿歌和童诗，也是分开来好。儿歌对象主要是幼儿，童诗对象主要是大一点的儿童。儿歌偏重于听觉，童诗偏重于视觉。儿歌，包括摇篮曲、拗口令、游戏歌、谜语诗种种，似比童诗更注重流畅、顺口、音节、韵律等。每句字数不能太多，整篇不能太长，不能太深奥。什么朦胧派、现代派、先锋派，要到儿歌领域来施展才华是行不通的。这几年儿歌的状况比童诗要好一些，但是总觉得难以有进一步的提高和超越。有的儿歌作品，太淡了，似乎总好像在别处看见过。近年来大家一致推崇的，是黄庆云那首《摇篮曲》："蓝天是摇篮，／摇着星宝宝，／白云轻轻飘，／星宝宝睡着了。／大海是摇篮，／摇着鱼宝宝，／浪花轻轻翻，／鱼宝宝睡着了。／花园是摇篮，／摇着花宝宝，／风儿轻轻吹，／花宝宝睡着了。／妈妈的手臂是摇篮，／摇着小宝宝，／歌儿轻轻唱，／宝宝睡着了。"

■：这些年来，童诗似乎有点一蹶不振，是否创作与理论未能配合呢？

◎：儿童诗自然是有成绩的，这些年出了些新人，也出了些好作品。不然，编得出这两大本《诗歌卷》吗？这是选的，是一部分，不是全部。不过，相对来说，和儿童文学其他门类比较起来，问题还很多，困难还很大。诗作品不是那么受欢迎，出版社不大愿意出诗集，书店说诗不好销，孩子们不喜欢读诗。这样一连串连锁现象，叫写诗的人泄气。近来有些写诗写得不错，有一定影响的儿童诗诗人，像张秋生、王宜振、金波等似已不大写诗，改去写童话了。有的诗人搁笔了，很久没有看见他们的作品了。这么多儿童，没有一份儿童诗的诗刊；香港也没有吧！台湾有一家。儿童诗的理论研究工作也没有开展起来。儿童诗理论专著的单行本，就是刘崇善写过一本《儿童诗初步》、圣野写过一本《诗的散步》、汪习麟写过一本《儿童诗散论》，再不就是樊发稼他们编过一本《论儿童诗》。试看《大系》的两册理论卷，厚厚的两册，其中竟没有一篇论儿童诗的。这种种情形，亟须改变了。

■：您认为症结在哪里呢？

◎：说几种现象吧！我常常去学校，和各种年龄的儿童都有接触。我觉得他们对诗不够了解。我们，包括教师、家长的引导很不够。我见过不少教师和孩子，他们只知道诗是供文艺晚会和联欢活动时作朗诵用的。一位学校图书馆管理员对我说，孩子们平常很少有人借阅诗集的，快到某个节日，或搞什么活动，各班级要出节目了，便会有一些学生，跑到图书馆来借诗集，寻找配合形势宣传的诗作品，好拿到会上去朗诵。我觉得诗是应该好朗诵的，但不是能朗诵的才是诗。我不是反对这种朗诵诗，在晚会上活动时让孩子们来朗诵诗，这也是很好的。我是说，这种对待诗的功利主义，是不能提倡的。也有这样一种现象，有的孩子们将诗看成是一种应酬。一位老师退休了，或者某个同学过生日，或者一个朋友去国外定居，孩子们便往往会想到诗，在他们赠送的礼物上、贺卡上，写几句诗。他们自己写不好，便跑到图书馆去借诗集，挑选那类《献给老师》《我的母亲》《好同学》《生日快乐》的诗作品，孩子要找这种应酬诗也无可非议的。这类诗作有的也很不错，具有真情实感，格调高雅。但有人认为这就是"诗走进了儿童生活""儿童生活中充满诗"就不对了。因为这也只能是把诗当作一种"应用"的"工具"。

■：那么，您认为怎样才能提高童诗的质量呢？

◎：很对。儿童诗的作用是什么，益智、审美、添趣，归根到底，是陶冶孩子的情操，净化孩子的精神世界，提高孩子的修养和素质。要小读者从中得益，培养孩子成为一个高尚的人。所以，我们的童诗，必须是高质量的。自然，这还得出版界、报刊界、评论界，包括书店、学校以及教师、家长们的通力大合作。因为这是一个社会现象，要蔚为风气。中国是一个诗的古国，中国的儿童，应该有最好的儿童诗。

■：您能否谈谈当前童诗创作时所面对的困难呢？

◎：我觉得我们有些儿童诗，当前最主要的毛病是虚假，缺乏那种真诚的激情。有的作品，看得出是在玩弄技巧，以技巧去掩盖苍白、空泛的内容。我以为，儿童诗主要是反映生活。有人说"诗言志"，有人说"诗抒情"，我想，儿童诗之言志应是儿童之志，儿童诗之抒情应是儿童之情。儿童之志，儿童之情，也即儿童的生活吧！所以，我以为儿童诗应该是艺术的生活真实的反映，也即今天时代的社会的孩子的声音。这里有一首《小人国的居民》："我想变成小人国的居民，／跑到妈妈身上去打滚。／到了妈妈手上，／碰巧她的手划了个口，／血流出来，／我以为火山喷发了，／这是岩浆。／吓得往上爬，／爬到妈妈的眼睛边，／呀！这是一口井。／正要喝水，／眼皮眨了，／我差点掉下去。／我又爬到头上，／把头发当成树，／头是原始森林。／一只虱子跳出来，我以为老虎来了。／便喊，救命呀！想到这，我在小床上咯咯笑起来。我给妈妈念了这首诗，／结果并没有得到赞赏。／反而被认为是什么'荒诞派'。／而且还要我声明，／她从来没有长过虱子。"作者以为是很有技巧，但这技巧也很拙劣，而内容更是乱七八糟。这样一首实在太不像样的作品，竟然会进入江西出版的《八十年代诗选》和这本《中国儿童文学大系·儿童诗歌卷》里。

■：您编过一厚册《台湾儿童文学》，也给几个报刊编过《台湾儿童诗专号》，您对台湾童诗也有很多了解，能否谈谈两岸童诗的比较？

◎：我不作比较，只谈谈我对台湾童诗的印象。台湾儿童文学以童诗见长，这是大家的共同看法。从总体来说，台湾的童诗，在整个华文儿童文学世界，也是很显著的。写童诗的作家多，并且童诗比较普及；台湾小读者对诗欣赏水准，一般都较高。在许多学校里，教师、学生爱诗，写诗的非常多。出版社印的，自费印的，各种诗集，也很多。就童诗作家黄基博所在的那个屏东仙吉小学，近年来就印了好几本诗集。读的人多，写的人多，互为因果，诗的质量就能提高了。台湾儿童文学界的那些主将，林良、马景贤、林焕彰、谢武彰、陈木城、林武宪、杜荣琛等，都是童诗作家。林良的童诗，接近于儿歌，别有一功，语言很有特色。我们这里的儿童诗诗人任溶溶也是这样，光看作品，就知道是谁写的，他是个文字学家。台湾的童诗，很有生活气息，因为童诗的作者大多是教师。也比较浅，但浅中有深，讲究意境，读起来有那种诗味，经得起咀嚼。诗文字追求朴素，不做作，不用那种"美丽"的书面辞藻，也没有那种洋洋洒洒的文艺腔。台湾的童诗，那些大家喜爱的有定评的作品，大多是一些精致的小摆设，精工细雕，不断琢磨、推敲，确是颇具光彩。但是以少年为对象的童诗比较少，有气势的，有时代社会特征的作品也比较少。样式、品种，似也可丰富一些，如散文诗、童话诗、叙事诗、朗诵诗，也应聊备一格。还有，台湾童诗的理论研究工作，我看做得相当出色。童诗的论文、童诗的理论专著不少，他们的研究较有系统。目前，两岸童诗的交流已经开展起来了，一本合写的童诗史，一本总结两岸经验的童诗论，应该很快出版了。我想，两岸的童诗作家的交流和合作，将推动整个华文的童诗世界。童诗的前景是乐观的，很乐观的。

■：您和林焕彰先生倡议举行了世界华文儿童文学笔会，这对世界各地的童诗创作有何影响？

◎：现在很多人提出中国的儿童诗走向世界的问题。我觉得这"世界"，也可说是华人儿童的"世界"。因为诗作品，是极难翻译成另一种文字的。犹之唐诗宋词，我不知翻译到外国去效果如何。我们读外国的诗也是一样。早些年，我们这里"一面倒"的时候，大量的苏联儿童诗翻译过来，马尔夏克的、巴尔托的、米哈尔科夫的，等等，大家读得很多，读起来也很有趣味，因为翻译得好。但是较之原作如何，不得而知了。我们的儿童诗，要翻译成别种文字，要传神，要不走样，我认为大不易，即使翻译得好，恐怕也是七折八扣的。我也以为，我们童诗，可算是走向世界了，如果这个世界，指的是华人世界的话。当然，还不能说很普遍。有些华人地区，还没有华文儿童文学，还赖于今后的开拓和建设。但有一个事实，即有华文儿童文学的地区，他们创作的样式，一般首先都是童诗。所以，可以这样说，世界华文儿童文学中最发达的是童诗。近的新加坡、马来西亚、菲律宾、泰国、印度尼西亚、斯里兰卡、日本、韩国、朝鲜，远至美国、加拿大、英国、法国、澳大利亚，等等，华文儿童文学作家中，多数是写童诗的。这次笔会，是第一次，但对世界各地华文儿童文学的促进，包括对童诗的促进，那是一定的。笔会以后，我在筹备一份为世界各地华文儿童文学作家提供发表园地的丛刊《世界华文儿童文学》，发出了大量的约稿信，寄来了大量的稿件，几乎十之八九是童诗，使我又欣喜又为难。欣喜的是童诗如此的发达，为难的是没有其他样式的作品，就编不成刊。我想，随着这一丛刊的推出，世界华文儿童文学的发展，将又向前迈出一大步，包括世界华文童诗的发展。

■：您可否谈谈新加坡、马来西亚、菲律宾等地的童诗发展情况呢？

◎：新加坡的华文儿童文学，还是很不错的，主要是儿童诗吧！我读过他们的许多诗人的作品，如周粲、雨青、文恺、洪生、陈彦、辛白、南子、秦林、康静城、谢清、贺兰宁、林臻、希尼尔、林中月等许多诗人的作品。其中多有佳篇，如雨青的《燕子》："一把把锐利的黑剪刀／一心想把一大片蓝布／裁剪成一件件衣服／啊／为什

么裁来剪去 / 还是一大片蓝布。"都是很有儿童情趣的作品。马来西亚的儿童诗（华文）也是颇为发达的。我读过年红、白扬等作家的作品，如年红那首《肥皂》："从我掌中 / 跳进了水缸 / 像一条黄鱼 / 我捉它不着 / 缸水呀气得 / 冒出千百个泡泡。"疏疏几笔，生动地将一个孩子拿肥皂洗手的有趣情景都写出来了。菲律宾写儿童诗的人不少，他们的作品可惜未能读到。我所知道，新、马、菲这些地区的儿童诗状况和台湾的很相似，可能是受台湾儿童诗的影响吧！近来，大陆、台湾、香港、澳门及海外华文儿童文学界开始有了联络和交流，在"世界华文儿童文学"这面旗下，共同提高，争取走向繁荣，前途是颇为乐观的。

邝志诚、易子整理

这地方有这么一群人

在粤北，有一个重要的繁华的中等城市，叫韶关。这里有一群人，他们成立了一个"韶关市儿童文学创作研究会"，办起了一份定期出版的报纸《蒲公英》。

他们这个儿童文学创作研究会，活动经费是自筹的。这份报纸，也是自己募钱印刷的。大家聚起来开个讨论会，也是自己付车钱。办事的人，谁也不拿一分报酬。包括在《蒲公英》发表作品，也没有稿酬，因为这份报完全是赠送给童话爱好者，连邮费也不收的。

可是，他们这样一个团体，却做了许多许多工作，对儿童文学有很多的贡献。

他们这个研究会里，大部分会员都是写童话的，创作的作品也大都是童话。他们那份报上，登的自然也以童话为主。

他们印过多册童话集子，搞过多次征文和评奖。他们常常聚集起来讨论某一位会员的童话作品，评论便发在他们的报纸上。

这些年来，他们的许多童话作品，被国内外报刊转载过、评论过，（大家还记得吗？我们《岭南少年报》也曾经刊登过他们写的《雪夜敲门声》等童话作品。——编者注）小小的《蒲公英》早已飞向各地。

韶关的电视台还特地为他们拍摄过一个纪录片。

广东的作家关注着他们，全国不少地方的作家关注着他们。

他们也关注着他们的周围。他们联系了众多的爱好写作的年轻人；联系着韶关地区的众多的学校中的文学社团；联系许多教师、许多爱好文学写作的学生。他们推动了韶关地区的儿童文学创作。

他们也把自己融合在整个中国的儿童文学之中。大河里涨水，小河里满；小河里涨水，也汇流到大河里。1989 年 5 月，他们筹备举办了全国童话研讨会，这是中国第一个童话理论的研讨会。全国许多童话界知名的重要评论家、作家、教授、编辑、记者都千里迢迢地来了，相聚在韶关。

一时间，韶关成了大家瞩目的童话中心。韶关童话研讨会，记入了童话史册。

韶关和童话结了缘。于是，有人提出，韶关可称为"童话之城"。

我们希望在别的地区，更多的地区，出现更多的韶关这样的"童话之城"。

《快乐鸟》，它一岁……

《北京日报》办了个儿童副刊《小苗》，带了头。你们《嘉兴报》副刊有一个《快乐鸟》的栏目，已经办了一年了，好得很。《北京日报》是有远见的，你们《嘉兴报》也是有远见的。

大家都知道，有家庭，就有孩子。有人类，必有孩子。孩子是我们家庭的未来，社会的未来，国家的未来，也是世界和人类的未来。孩子本身就是一种发展，一种进步。

现在人们愈来愈懂得这一道理了，对儿童愈来愈重视了。

过去有人说，我们从菜篮子里看人民生活水平的提高。今天，我们可以通过一个孩子嘴里吃的、身上穿的，看一个家庭富起来的程度。

谁家父母，不是把最好吃的东西送进孩子的嘴巴，拿最漂亮的衣裳给孩子打扮。

孩子们的物质条件满足了，就要考虑满足孩子们的精神生活了。你们的《快乐鸟》，就是负有这一使命的小鸟！在成人拿到报纸的时候，也带给孩子们一篇好故事、好童话、好散文、好诗歌……这些故事、童话、散文、诗歌……让孩子快乐，从快乐中获得教益。

尤其高兴的是，我读到了你们这一期的专刊原稿，全部稿件，都来自嘉兴市的作者，写得那么好，应该祝贺嘉兴市开始有了一支自己的儿童文学创作队伍。

鸟是人类的朋友，《快乐鸟》是孩子们的好朋友。

人们是爱孩子的，也爱这只《快乐鸟》。

六一儿童节到了，让孩子们和《快乐鸟》一起度过这个欢乐的节日吧！

努力培养作者　积极提供园地

——上海儿童文学创作欣欣向荣

在儿童文学园丁们的努力下，近年来，上海儿童文学创作有了较大发展。

近年来，上海积极培养了一批儿童文学作者，目前，已拥有一支不小的儿童文学作家队伍，出现许多优秀的作品。

上海作协的儿童文学组有四十二名会员，该组活动已经常态化，有时讨论作品，有时参观访问，有时举行讲座。这些活动也吸收了一大批非会员作者参加。上海经常写儿童文学作品并作出成绩的作者有一百多人。低幼文学方面，近两年来也培养了一大批幼儿园老师参加写作。这支儿童文学作者队伍，不少是中青年，他们和老作家一起，对推动儿童文学的发展，起了很大的作用。

上海的报刊和出版社为儿童文学作品的发表提供了广阔的园地，促进了儿童文学创作的繁荣。

上海的少年儿童出版社，从 1980 年到今年四月，共出版了新书四百三十九种，重版书一百五十八种，为全国少年儿童送去各种图书一亿余册。其中文学作品新书七十三种，如中篇小说《少年爆炸队》（王一地）、《这里是恐怖的森林》（李迪）等优秀作品，很受小读者的欢迎。低幼读物，两年来出版了新书一百十八种。其中《365 夜》已印了三百多万册，还是供不应求。

《巨人》是一本以登中篇为主的儿童文学季刊。已出版的六期中，发了三十三部中篇，其中十六部是上海作者的作品。该刊的不少作品，在"儿童文学园丁奖"第一届评奖时，得到了奖励。如童话《老鼠看下棋》（吴梦起）获"上海 1980—1981 年童话奖"。小说《纯洁的地方》（陈丽）、《湘湖龙王庙》（任大星），诗歌《春的消息》（金波）等也被评为优秀作品。

少年们熟悉的《少年文艺》，在加强文学性的基础上，一直坚持着与少年思想实际紧密结合的特色。1982 年发行量已达一百零六万册。它们刊出了《勇气》（余通化）、《大春与小春》（邱勋）、《烛泪》（肖育轩）、《老师好》（王不天）、《流星》（王云生）等许多为少年们所爱读的小说、童话和诗歌。

于 1922 年创刊的《小朋友》，到今年四月已是六十周年了。现印数已达到一百十多万份。另外，从去年开始，还为三四岁的幼儿办了一份《娃娃画报》，也发行了三十万册。

《儿童文学研究》自 1979 年复刊以来，已出版了十期。这十期中共发表了廿个省市地区作者的二百六十七篇作品。

中国福利会办的《儿童时代》，发行数也已超出百万大关。近年来，他们连续举办了小说、剧本、童话三次征文，出版了八种《儿童时代丛书》，发表了小说《"欢乐女神"的故事》（程乃珊），童话《风的故事》（詹岱尔）、《棋盘国上的"小卒"》（韩静霆），剧本《"妙乎"回春》（方园），诗歌《绿袍姑娘》（乌兰齐日格）等一大批受小读者称赞的优秀作品。

上海《少年报》发行数达一百二十万份。不但受到上海少年们的普遍欢迎，在全国各地也拥有众多的小读者。副刊《小百花》，撰稿者遍及全国，联系了大批作家。《少年报》社出版的供中、低年级儿童阅读的《好儿童》，发行量达六十万份，也很受小读者的欢迎。

在上海出版的许多报刊上，如《解放日报》《文汇报》《文学报》

《新民晚报》《上海文学》等，也发表了一些很好的儿童文学作品。

目前，上海正努力加强对中青年儿童文学作者的培养，巩固与提高儿童文学作品的质量，积极开展评论和研究，以进一步促进儿童文学的繁荣与发展。

摘录自 1982 年 5 月 27 日《文学报》

《儿童文学园丁奖集刊》（三）
编后记

《儿童文学园丁奖集刊》在各方面的支持下，每年六一节前夕出版一本，这是第三本了。

不少同志的意见，希望把这本丛刊，编成一本儿童文学的年刊，我们很愿意这样做。从本期起，先行刊登一年的《儿童文学纪事》。以后一年一年地刊登下去。

至于以前的纪事，我们也正在撰写中。我们想在下几期集刊中，分段把它刊登出来。登全了，就是一部完整的《儿童文学纪事》，也可说是一部儿童文学的编年史。

当然，现在刊登的，只能说是一份试稿，挂漏和错舛，一定不少。请各界多多指正。

今后每年各地儿童文学有些什么事，也希望各地写成几行文字，寄给我们。我们可以编进每年纪事中。

丛刊内所登载的作品，都是儿童文学园丁奖获奖的作品。我们把它编纂成集，目的是推荐给广大的少年儿童读者们。所以，这丛刊，也可说是每年一本的上海地区发表的优秀儿童文学作品选。

每篇文末的评论，主要是想帮助读者，分析这篇作品好在哪里；当然，也想帮助学习写作的人，增加一些写作的常识。

本期，除发表获奖作家们的简传、照片外，还增加了"作者的话”一栏，让作者来发表一些意见。

我们也热切希望广大的读者发表一些意见。欢迎大家来信。

1984 年 6 月

集刊已经排印，传来我们儿童文学园丁奖委员会主任委员钟望阳同志因病逝世的不幸消息。钟望阳同志就是儿童文学老作家苏苏，新中国成立前曾长期在上海从事儿童文学工作，为少年儿童写有许多小说、童话作品。新中国成立后，忙于行政工作，但他对儿童文学事业的发展，一直非常关心。他的逝世，是儿童文学事业的一个损失。我们来不及在集刊中增加这一内容的专文，谨在此补上一段，以表示儿童文学园丁奖委员会同人们，及本集刊的作者、读者们的悼念之意。

1984 年 10 月再记

《儿童文学园丁奖集刊》（四）
编后记

不知道大家注意没有，本期的评论文章，有一点不同。我们不敢说突破，只是说作了一点变革吧！我们在组织评论稿件的时候，希望作者谈得深刻一些，要求他们不就事论事，对着一篇作品说作品。那只是一篇书评。因为除了帮助读者阅读分析之外，还要求能给另外一部分读者以艺术的启发。我们希望是一篇论文式的书评，或者就叫书评式的论文吧。所以，本期好几篇评论文章，分析了作品，又以作品为例，生发开去，并上升到理论，来探讨一些儿童文学创作实质性的问题。做到有针对性，又有一定的指导性。当然，这样有评有论，深入浅出，谈何容易！我们做得还不够，还要争取提高，使刊物编得一期比一期好。

关于所收的获奖作品，那是经过层层比较，挑选推荐上来的。当然，有的作品，大家的意见也不可能一致，甚至于有过较大的争论，但经过讨论，最终还是取得一致或比较一致的看法。我们认为，这些作品，还是能够反映一年来儿童文学的水平，至少是上海的水平。这些作品评上奖，也不能说是十全十美的。有的作品还有这样那样的不足。所以，我们希望我们的评论文章，不一定一味说好话。当然好话是要说的，因为是有许多好话要说。有时候说好话，也是一种对于某些作品的批评，因为那些作品为什么不能说这样的好话，总是有欠缺吧！但是也不能尽说好话，因为任何作品不见得会是一切完全都好。所以，我们对这些获奖作品，有的也说点批评的话，指出它的不足和缺陷。总之，是要实事求是的态度去对待。

近年来，成人文学可以说已经起飞。新人辈出，拔尖的作品不少。但儿童文学的总水平如何呢？众说纷纭，褒贬不一，有的说大有突破，有的说有所进展，有的说停滞不前，这很值得大家来议一议。

这本集刊要在明年才能和大家见面。当大家把这本书拿在手上的时候，正是我们儿童文学园丁奖设立五周年。五周年虽然不是大庆，也是重要的生日。

我们十分希望有机会和大家一起来回顾回顾儿童文学这几年的历程，使儿童文学能够迅速地起飞前进。

也希望大家对儿童文学园丁奖的五届评奖，对于儿童文学园丁奖的四期集刊，议论议论，提些批评，也提些建设性的意见。

大家赞成我们办成一本儿童文学年刊，我们正在努力一步一步去做。

关于《儿童文学纪事》，我们正在一年一年地编。感谢已有不少单位和热心人，将各种儿童文学的动态及时见告。但是还不多，我们地处上海一隅，对各地的情况不可能都清楚知道，希望大家不断把信息告诉我们。

我们这本集刊，从各方面都需要得到大家的援助。

1985 年 7 月

《儿童文学园丁奖集刊》（六）
编后记

许多儿童文学工作者的家里，书架上几乎都陈列着一排五本《儿童文学园丁奖集刊》。

这是第六本了，竖立在一起，厚厚的一沓，整齐的书脊，还是很起眼的。

目下，各种各样评奖，也实在太多了。但是能够坚持一届二届三届……持续评下去，却是不多的。各种得奖作品集、得奖作品评论集，也出过不少，但一直能一本二本三本……持续出下去，却是少见的。

我们儿童文学园丁奖，由于各方面的关注和帮助，坚持下来了。每年六一节前夕，在上海举行的儿童文学园丁奖的授奖会，已经成为每年上海儿童文学界的一次热闹、欢乐的聚会，成为六一节上海儿童文学界的中心活动，这样已经持续了六年。

我们这本《儿童文学园丁奖集刊》，开始时，只是为了反映一下儿童文学创作的成绩，介绍一些作者，推荐一些作品。但是，随着时间的推移、各界的关心和希望，它，逐渐在向"年刊"，或者叫"年鉴"发展着。因为我们中国，三亿两千万少年儿童的儿童文学，有那么多的读者，有那么多的少年儿童出版社，有那么多的少年儿童报刊，有那么多的少年儿童文学写作者，每年有那么多的小说、童话、散文、诗歌、科学文艺作品问世，却没有一本记述工作、反映进步的年刊、年鉴，来汇总其成，这实在是太需要了。这样，我们有了"以天下为己任"的想法，渐渐把这些任务接下来。我们也登一些专题性的理论文字、信息介绍文字、史实资料文字。这本集刊，现在已不只是登优秀的作品和求实的评论，它增加了学术性和实用价值。我们将沿着这条路子走下去。希望能不时听到大家的意见。

关于刊名，我们听到一些意见，因为上几期的刊名，出版社或先或后出版了同一书名的单行本，书名相同，给大家带来了一些小小的麻烦。我们研究决定，以后本刊所用刊名，为不与单行本相同，将采用得奖作品中最合适作为刊名的篇名，来作为刊名，其他别无用意，特此说明。

本期集刊，我们发表的一组笔谈，是"儿童文学如何走向世界"这一专题的。因为不久前，在上海举行了"沪港儿童文学交流会"，在交流会上，不论上海或香港的儿童文学作家，对这一题目表现出莫大的关心和热情，所以我们就请大家再来谈谈这个问题。

本期集刊也向大家介绍了 IBBY（国际儿童读物联盟）和安徒生儿童文学奖，世界各国重要的儿童文学奖，还有我国香港、台湾地区的儿童文学简况，等等。我们想，这些都是大家所希望了解的。因为中国参加了 IBBY 这个国际性的组织，作为会员国，是儿童文学界的一件大事。香港的儿童文学、台湾的儿童文学，和我们是休戚相关的。本刊特向大家提供了这些信息。

当我们正在编本期集刊时，传来著名儿童文学作家，我们的贺宜同志去世的噩耗，深深哀伤，记此一笔，表达悼念之意。

同时，也想到去年，我们的老儿童文学作家、编辑家何公超同志，已与世长辞，我们写进了《儿童文学纪事》，谨志哀悼。

编后有一些话要说，就这样都写上了。

1987 年 9 月

我为什么要写《不平的舞台》
这部小说

　　问我为什么要写《不平的舞台》这部小说，这得从我和越剧的关系说起。

　　我是浙东人。我的家乡离越剧的发祥地嵊县，不过百多里地，经常有越剧戏班，到我们家乡来演出。

　　我有一个叔父，拉得一手好胡琴，他常常被请去帮越剧戏班拉琴。那时，越剧还叫的笃班、髦儿班，后来又叫嵊剧、绍兴女子文戏。我常常跟他到戏班的后台去玩。这样，我也学会了拉和唱。记得在上小学时，学校里组织学生宣传抗日，我自编自导自演过越剧，还去了几十里外的市镇上巡回演出。

　　我小时候，常常住在外婆家。外婆家有几间关着的破房，到我们家乡来演出的越剧戏班，找不到地方住，常常住到我外婆家的那几间空房里。那些艺人们，和我是很熟悉的。

　　家乡沦陷后，我为了找学校读书，奔波于浙东敌后，在穷乡的小店，在荒郊的破庙，经常和一些流浪人相聚，其中有不少是越剧的艺人。

　　解放后，领导分配我去做戏改工作，也恰好让我分管越剧。我和越剧界的同志们，一起改制、改戏。我参与了他们培养年轻演员的工作。我自己也写过越剧剧本，也写过不少戏评，还出版过几本关于论述越剧的书。……

我和越剧有这么些"姻缘"，有一段段这样的生活，所以我产生了将越剧演员生活写成小说的念头。

也因为工作关系，我认识了很多年轻的女孩子。她们是中学生。

她们喜欢越剧入了迷。你翻翻她们的课本，课本里夹着她们心爱的越剧演员们的相片。有的女孩子，自己去照相馆，拍了穿上越剧戏装的相片。如果她们能买到越剧戏票，可以丢下功课去看戏。她们多么渴望到越剧团去学戏。她们觉得学戏，很有趣。她们羡慕和憧憬越剧演员的生活。但她们在学校里受到老师的批评，在家里受到家长的责难。她们感到苦闷和烦恼。在我们的交往中，有的来找我，有的写信给我，提出了这方面的种种问题，希望我帮助她们解决。

我也很想对她们说说我的意见。这样，我决定为这样一些年轻人，写这样一部书。

开始写时，既写越剧演员新生活，也写她们的旧生活。后来，看到写演员旧生活的作品，已有不少。我就索性着重来写解放后越剧演员的新生活了。这样却使这部作品的写作、修改、出版，都增加了未能估量的难度。一次又一次，这部作品陷入了难以自救的困境。

这部小说，从动笔到出版，已有二十多年了。这二十年，历经了难以计数的大变革，作品死死生生，几起几落，也一言难尽了。详情一并写于书末后记。这里就不再重述了。

如果我们的读者读了这部小说，能从中取得一点借鉴，取得一点启发，取得一点力量，我会感到十分高兴的。

《神笔马良传》写作经过和说明

我小时候，家境贫寒。念小学时，在我们那个浙东山城，钢笔还很稀少，是颇为名贵之物。有的同学衣服的口袋里插一支闪亮的钢笔，那是非常神气、叫大家羡慕的事。少年的我非常想有一支那样的笔，可是我没有。

一次，在都市里做事的叔父，给了我一支用过的钢笔。那是一支真空管钢笔，淡紫色的笔杆，当中一截是透明的，看得见里面那根细如铅笔芯的吸水管和灌注在杆子里的墨水。虽然这笔尖早已磨粗，笔杆子也漏水，一写字，中指的硬茧上全是墨水渍，有时不小心还把衣服的口袋也滴上墨水了，可写起字来还是很流利，我仍然非常喜欢它。有一回，跳远比赛后，回家发现这支笔不见了，急得立即赶到学校，在操场的沙坑里，用手翻掏，手指都擦破出血了，才找回那支笔。这支笔，一直跟随我在浙东山区流浪、漂泊，帮助我写出一篇篇粗陋的习作，寄给报刊去发表。它陪伴我从小学、初中，到高中毕业。高中毕业那年的夏天，我从家乡出来考大学，在途中遇着汽车覆车，我从车上掉下桥去，汽车从桥上翻下来，砸在我的腿上。我受重伤昏迷过去时，那支笔被人乘机连同我的行李窃走了。从此，它永远离开了我，可它那模样儿，却永远刻印在我的记忆里，此后一直至今，我只要一拿起笔，常常会想起，仿佛我拿着写字的就是那支笔。

　　我和笔，可说有一种特殊的深厚感情，虽然我不是笔的收藏家，但是我买过许多许多各种各样的笔。朋友们知道我喜欢笔，也不时有人送我一些笔，我都一一珍藏着。自然，有时也拿出来使用。

　　我爱笔，我搜集过许多许多各种各样关于笔的故事。以后，自己也写起笔的故事来。

　　我和笔有缘。

　　小时候，很爱看书，也喜欢听故事。

　　我听过许多许多各种各样的神怪故事。识字以后，便将它们记载下来，我写完了一本又一本簿子。等我有整理的能力了，曾整理过一些，投寄给报刊发表。

　　除了《西游记》《水浒》《三国演义》《聊斋志异》这些文学名著之外，我看过许多许多各种各样的传奇故事，尤其是武侠故事。那时流行的武侠小说，我几乎看遍了。我喜欢看，但总有些不满足，因为它们的故事有个套子，人物印象不深，功夫也是那么一些招数。言情小说，大抵是花前月下，卿卿我我，如同是戏班演出的文戏，一个好动的少年看起来也未必太有劲。我看过不少公案小说，我钦佩那些清官，我憎恨那些贪赃枉法、鱼肉百姓、草菅人命的恶官吏。我最喜欢的却是《济公传》。我看过的济公传有三十多册，什么续济公传，再续、三续、四续。自然它的文学价值不怎么样，故事愈续愈离谱。但是我喜爱济公这个穷和尚，他无拘无束，不趋炎，不附势，不谄世，不媚俗，敢于戏弄权贵和恶棍，嘲笑他们，讽刺他们，给压在底层的人民大众一种满足和痛快。当然，我不喜欢济公那种游戏人间、玩世不恭的油滑，我认为生活是严峻的，对待生活的态度也应该是严峻的。

　　抗日战争胜利，我高中毕业，没法上大学，便到一个学校去教书，成天和孩子们在一起。我不满意自己只是老师怎么教我，便把老师教我的东西，传授给我的学生，我要结合当前时代，给学生们以新的东西。我立志文学创作，我萌发了要为孩子们写一个新说部的想法。

因为我爱笔，搜集了很多有关笔的故事，我便想到了要写一部以笔为主线的说部。写一个少年有一支神笔所发生的一切的故事。

可是那几年，由于战事的影响，社会愈来愈动荡，生活愈来愈艰难，大家正处于焦虑、困惑、怨恨、愤怒之中，感到窒息，透不过气来。虽然我多么想把关于这个笔的传奇写出来，可是我无法将这个笔的故事写出来。我曾几番动笔，几番撕碎，我无法定下心来，坐在桌子前，一个字一个字地写下去……

四十年代末，我随身携带的行李中，装着一大沓笔记本，还有当时构思的许多情节和粗略的故事大纲，进入这座大城市。

由于工作和学习都十分紧张，整个写作几乎全部停顿了，自然没有可能再写这部很花时间和精力的大篇幅作品了。

后来，一个偶然的缘故，有家电影制片厂要我写个儿童短片的剧本，我就想起原先构思的那个笔的故事。我从中撷取一些主要情节，先写成一个四五千字的作品，起名《神笔马良》，给了他们。他们一看就要我赶快将剧本写出来，一面将这篇作品寄给一位画家请他给影片人物造型。我很快就将电影剧本写出来了，片名为《神笔》。那位画家在一家文学杂志社工作，见到我的那篇作品，就画制了好几幅插图，来信要我同意交给他们的杂志发表。

不想，那位画家在寄我样刊时，附来了一信，说由于我知道的原因，此作品发表时，不署真名，并作为"民间传说"了。不久，影片拍成放映了，编剧也变成别人的名字。我确实不知道什么原因，我问我的单位领导，领导也不知道，即由组织向刊物和电影厂上级部门交涉，总算澄清了事实。原来刊物是电影厂私人给那画家去的信，而电影厂这位当事人，也是根据听说的无中生有的传闻而定的。这样才得到道歉和改正。但由于当事人并不负责，后来人事又几经更换，至今在电影院、电视台放映和播出时，常常沿用未经改正的老片子。所以，我常常收到不明情况的读者来信询问。直到今天，还一直有人将这个故事，当是可以随意转载和改编的"民间传说"。我每次到书店去翻翻出版物，都能找到好几起。所以，在这一作品写作的经过里，我不得不写上这一笔大家都不愉快的事实。

虽然这篇作品和影片的出世，竟有如此之多的纠葛和不幸，但是一经和少年儿童见面，就受到了热烈的欢迎，因此，也受到各界的注意，这使我受到了很大的鼓舞和鞭策。

紧接着，统编的教科书也将此作品收进去作为课文，它的读者更多了。

《神笔马良》出版单行本的同时，因为这篇作品是以中年级和高年级的儿童为对象的，出版社又要我再为低年级和幼儿园的小朋友，写一篇只有千字左右的低幼文学本《神笔》。

后来在国内外所流行的文本，就是这两种。但每次重印时，我都有一些文字上的修润和改动。

《神笔马良》一发表，就引起了各方面的效应，我觉得怎么也得将这个多年前一直想写而未写成的笔的故事，尽快全部写出来了。我花去大约一年多的夜晚和假日、星期天，终于写完我在二十来岁前构思、要写的这个笔的传奇故事了。

原计划，这部作品写四十多万字。由于业余写作，时间毕竟有限，加上懂得了为少年儿童写作不能过于细腻，要偏重于故事，所以只写了十万字。但我想，这作为第一部，以后可以一部一部连续写下去。因为一支神笔，一个马良，可以讲出许多趣味的故事来。

写的时候，我定了个原则，整个故事，除掉神笔，它是神奇的，其他所有的人、事、景、物，则一应写实，自然是夸张的写实。马良是人，不是神。不是孙悟空，不是济公，不是那号侠客义士，他是个普通的穷苦人家的孩子。神笔之神，只限于画画，它没有被拟人，不会思想，不会自己行动。它不能画人，不能画各种法道宝器。我想过，如若孙悟空一筋斗翻出如来佛手掌，这就写不成一部《西游记》了。

为示区别，用名《神笔马良传》。

《神笔马良传》，我总想尽量写得好一些，因为在大家的心目中早已有了神笔马良这一人物形象。我必须使他更丰满，更真实，更可爱。因此我没有将它马上拿出去发表。我一有时间，就一改再改。改多了，就重写。前前后后，写了三稿。一稿约十万字，二稿约八万字，三稿约十二万字。

在写作《神笔马良传》的稍后，我还计划写童话系列《神笔牛良》，将一个现代的孩子和马良凑在一起，古今两少年的思想行为相碰相合，可以生发出许多诙谐、有趣的故事来。

"文革"过后，我一直想把《神笔马良传》和《神笔牛良》系列重新写出来。可是一无底稿，事隔多年，很难回忆，迟迟未能写成。一次，忽从"材料"里，见到记述着其中一篇《神笔牛良》的故事梗概，我将这篇童话很快重新写出，发表了。另外，又应一个学校里一些孩子的邀约，写过一首诗作《愿你也有一支神笔》。《神笔马良传》则几次动笔要写，都未能完成。

不想，去年在整理搬家后没有解开的物件时，从一只装瓷器花瓶的箱子里，找到了这个作品的草稿，它被揉成一个个皱皱的小团，填塞在花瓶里和箱子的四周。自然也缺了一些页码，但看到这份残缺的草稿，我却能回想起散失段落的大致内容。当年的笔记本里的构思的故事大纲，早已荡然无存，但我还是花了几个月的时间，将这份草稿整理出来了，写得还很顺利，可说一气呵成。是为四稿，约十万字。

这部十万字的《神笔马良传》，虽然只是薄薄一本，但从构思写出提纲，到现在交付出版，已经走过四十五个春秋，风风雨雨……它的跨度是我的大半生，近半个世纪。我在这部稿子写完时，曾经感慨地说过：这个故事我写了一辈子，我一辈子写了这个故事。

这部作品，应是写马良这一个少年人的成长。他的思维、性格、情感不断延伸、持续发展。神笔，应是人们所殷切企望的那种理念的提炼、凝聚、结晶、升华。整个故事应是歌颂中国的、民族的、人民的、世代相传的浩然正气和不屈精神。至于是不是做到了这样，请广大读者来评说吧！

因为在初稿写作时，也曾想将这个《神笔马良传》，就作为一个系列电影的文学剧本，所以，现在看来，它的表现方法上，或多或少有电影文学剧本的痕迹。

关于神笔、神画、神工、神匠之类的故事，确是很多的。这个作品中，融合了不少民间故事、古典文学、笔记小说、神话传说、成语俗谚的一些成分，但不是改写和整理。凡转载、改编、翻译、续写，请事前和我联系。

这部《神笔马良传》是为小学高年级、初中，甚至于一些更年长的读者写的。与《神笔马良》《神笔》的读者对象不相同，要求也不相同。我绝没有想以《神笔马良传》来取代以前发表的《神笔马良》《神笔》的意思。希望大家也不要去作任何方面的比较。

为了便于读者了解写作过程，我将和《神笔马良传》有关作品，择要作为附录，接随此文刊出。刊出前，我读了一次，部分作品有一些修改。以后凡转载、改编、翻译这些作品，以及评论、引文，均请以此文本为准。至于有关的评论文字，散见各书刊报章，数量较多，就不能同时收印在这本书里了，敬请原谅。

这是《神笔马良传》的第一部，如果假我以良好的健康和安定的生活，我也许还能写出第二部、第三部，以及我十分想写出来的《神笔牛良》系列。

这部《神笔马良传》是一部传奇，它的写作道路，曲曲折折，经历了许多坎坷，似乎也是一部传奇。

1991 年夏

洪汛涛：和马良做着同样的梦

孩提时，我有个大姑丈在县城里做事，长年住在我的家里。他的字写得很好，远近来找他写字的人很多。他应该算是个书法家。我最钦佩他的，是他会用鸡毛做笔。我们家每宰一只鸡，他总要来挑毛。做笔的毛很难挑，有时要好几只鸡，才能挑出他需要的做一支笔的毛。

我很羡慕，也拾一堆鸡毛来挑毛做笔，可是挑了又挑，做了又做，一次也没有成功过。我没有这份耐心了，就将鸡毛拿出去换糖吃。我们那里，吆唤鸡毛换糖的小贩是很多的。

我没有笔，向姑丈要。姑丈很固执，说："这笔都很大，而且鸡毛笔你用不来。"他不肯给我。我心想，姑丈也太小气，他的笔筒里插着四五支这样的笔，有大有小。大的他写中堂，中的他写对联，小的用来落款。

有一天，他不在家，我进到他屋里，磨起一砚台墨，将大笔、中笔、小笔都写过了，一个字也写不成。因为这鸡毛笔十分柔软，没有什么弹性，一笔弯过来，就一直弯着，无法再写第二笔。字没写成，不但糟蹋了好几张连史纸，并且将他的案桌淋得全是墨水。

我姑丈回来，知道是我干的，也没有骂我，也没有到我母亲那儿告状。他将案桌收拾好，还来叫我去帮他磨墨，要我看他写字。

只见他运笔十分自然，笔毛弯过来弯过去，很听话。一个字一

个字写得很好看。原来，他的那种字体，就是需要这种鸡毛做的软笔
来写。

我想，大概这种鸡毛软笔，也只能写他那种粗一笔细一笔，胖
瘦不一的字体。因为我们学校里，老师教我们学写大字，是影格或描
红，大概是那种接近颜真卿体、柳公权体的标准楷书，不允许我写我
姑丈那种字体的。所以，我不敢向他学。不过，我很欢喜我姑丈那种
独创一格的字体。我常常去看他写字。他还有一支茶盅口那样粗的鸡
毛大笔，我见他拿出来用过，是给一家店铺写招牌。我觉得这大笔很
好玩。他收藏得很好，很宝贝，不轻易拿出来。我要去摸一摸，他也
不肯。他说：等我长大了，他不会写字了，就送给我。

我十岁那一年，生日的前一天，姑丈叫我到他屋里去，他从省
城买来一支小楷笔和一支大楷笔送给我。姑丈送给我的笔是黄褐色的
笔毛，我以为又是鸡毛。姑丈说："这是狼毫笔，是黄鼠狼的尾巴毛
做的。"

我们县城离省里有两天路程，省城买来的东西是极为名贵的，因
为我们那里的孩子很少有人去过省城。

我非常喜欢这两支笔，笔毛很硬，弹性足，我写起字来使得出
力。我天天用它们写小楷大楷，得心应手，用来十分自如。我的书法
大进。我的字常被老师贴在黑板上，让大家看。我好得意。

但是，后来我又不安分了，用狼毫笔来画画。又是写字，又是画
画，这两支笔就损坏了。我十分痛心。当时，我还不觉得懊悔，因为
我写字、画画的成绩大有提高。

我知道，要写好字、画好画，笔是非常重要的。没有好的笔，是
写不好字、画不好画的。

可是，我的母亲却不同意我的说法。她说：只要你好好练，功
夫到家、基础扎实，再差的笔也能写好字、画好画。其实，她是为省
钱。所以，她总是从小摊上买那号三个铜板一支的羊毫笔给我，叫我

使用。我说服不了母亲，也知道母亲的苦衷和难处，看看同学们都是这样，也只好凑合使用着。其实，这笔有的连笔杆都是弯曲的，使用才半个星期，笔头掉了，笔尖开岔了，写字画画，多别扭。

不幸的是，我的大姑丈生病，家人接他回家去了。

我十分怀念我姑丈给我买来的那两支狼毫笔。

我像怀念一个死去的亲密伙伴那样，怀念那两支狼毫笔。我做梦也想。

不久，传来更不幸的消息，我的大姑丈病死了。我大哭一场。

我翻箱倒箧，找到大姑丈送给我的那两支已经不能再使用的狼毫笔，在院子里花坛上，沿墙根挖了个小坑，将这两支废弃的笔埋葬在小坑里，上面还垒了堆泥土，做起一个小小的坟。为了纪念它，也为日后有个记号，我在坟边种下了一株木笔树。

的确，后来有一天，我在梦中见到过老神仙，也许是我那已经死去的大姑丈，送给我一支茶盅口那样粗的大笔。

我想，那大概是一支神笔吧！

谈《神笔马良》

——论童话和民间故事的区分

《神笔马良》是我早期的作品。

关于它是童话还是民间故事，从这篇作品发表以后，特别是编入此间小学课本作为教材以后，一直有许多读者，其中大部分是教师，来信询问。为此，我写过好几篇文章，阐说了这件事。

我向来以为，童话是一种题材广泛的文学样式，它可以给动植物、非生物，乃至某种精神概念，赋予生命。天地间的万物，人们头脑里的意识，均可取作童话的题材。童话自然可以写"从前"，可以把"从前"的人物，作为童话的主人公，正如其他的文学样式，如小说、散文、诗歌、戏剧、影视，可以写"从前"的人物一样。童话无新旧。童话更不以题材论新旧。如果说写"从前"就是旧童话，写"现在"就是新童话，这样的理解太偏颇了。因为童话不论是写"从前"，或者是写"未来"，或者省去时间概念，一应是写"现在"。

童话以民间传说为素材，或者在原传说中加以发展，或各取其一点引申发挥，中外古今屡见不鲜。这样的童话作品在童话中也占有相当大的部分。有不少著名的优秀童话，都是这样的作品。

但仍有人把这种写"从前"的作品，不分情况，随便将它说作"民间故事"。

民间故事，我以为，应指那种大众集体口头创作的、在民间口头广泛流传的作品。这是要经过广大群众公认的。绝不能谁写了一个故事，只要是写"从前"，就可以说它，或自称：这是个"民间故事"。

民间故事包括范围很广，除了其中民间童话这部分外，其他的故事，并不完全是说给儿童听的。童话则不然，虽也有专给大人看的童话，但它主要是为儿童写作、供儿童阅读的，是儿童文学中一种独有的、特殊的样式。

所以，童话与民间童话也应有区别。民间童话不是某位作者所创作，而必须是民间创作、民间传诵的。它和创作童话同属于童话范畴，也属于民间故事的供儿童所欣赏的那一部分。

《神笔马良》中的某些情节取自民间传说，民间传说中神笔、仙笔、魔笔的故事是不少的。但是没有一个叫"马良"的人物，也没有"神笔马良"这样一个故事。因此，我不敢掠美，一再声明：《神笔马良》是童话，不能算作"民间故事"。

一九八九年，台湾有家书局要出版我的《神笔马良》，我作了说明，刊在书上。同年这家书局发行的刊物发表我的《神笔马良》全文时，我也作了说明，并且刊登出来。想不到近期，就是这家书局所印行的《神笔马良》一书中，竟然又将它列作"民间故事"，编入那套丛书。我想，如果不能征求我这个作者的意见，也应该查看一下自己出版的书和刊物。

我想，童话与民间故事，还是应该区分出来才好。所以，我又写下了这篇短文，向台湾儿童文学界的朋友们请教。

1991 年 8 月于上海

谈课文《神笔马良》的修改

童话《神笔马良》（部编五年制第五册）是我早年的作品，发表于 20 世纪 50 年代初期。这篇童话问世不久，就收入人民教育出版社编辑出版的小学语文统编教材。

在收入教材时，小学语文教材编写组的同志们根据语文教学的要求，对文章进行了压缩和改写。这些同志是在语文教学上很有经验的专家。由于他们的压缩和改写，《神笔马良》这一文学作品成为一篇课文。这样的压缩和改写是很成功的。我感谢他们。

可是，《神笔马良》收入课本后，大家却仍是认定我这个《神笔马良》童话的作者，每个学期，我都要收到许多学生、教师、家长的来信，对课文提出一些问题、意见和建议。

他们的来信，我几乎一一作复，尽管这样花去了我不少的时间，我觉得也是应该的。

后来，我综合大家的意见，对这篇课文作了一次全面的修改，并把修改稿寄给了人民教育出版社。这些修改得到他们的重视和采纳，于是，小学语文课本在再版时，《神笔马良》就根据我的修改稿重印了。这就是以前课本中的《神笔马良》，和现在课本里的《神笔马良》有所不同的缘故。

下面，我把这次改动的地方分别加以说明，供大家参考。

从前（这里似应加个逗号较好）有个孩子叫马良。他从小就（前面既是"有个孩子"，似不必说"从小"。"从小"两字可删。"就"字改为"很"）喜欢画画，可是家里穷，连一支笔也没有。一天，他放牛回来，路过学馆，看见里面有个画师，拿着笔在给大官画画。大官和他的随从在旁边看。（画师"在给大官画画"时，大官在画师旁边。后文中"大官和画师说""大官和画师听了哈哈大笑"等话都可佐证。"大官和他的随从"一句中"随从"，后面无一点活动，更不必提。所以，"大官和他的随从在旁边看"可删去）

马良看得出神，不知不觉地走了进去。他对大官和画师说："请给我一支笔，可以吗？我想学画画。"

大官和画师听了哈哈大笑，说："穷娃子也想学画画？"他们把马良赶了出来。

马良气呼呼地说："我偏不信，穷娃子连画画也不能学！"

从此，马良用心地学画画。他到山上去打柴，用树枝在沙地上画天上的鸟。他到河边去割草，用指头（打柴时用树枝在沙地上画，那么割草时就以草根代笔作画为好。"指头"改"草根"）在河滩上画水中的鱼。他见到什么就画什么。

有人问他说："马良，你学会了画画，也去给那些大官们画吗？"

马良摇摇头说："我才不呢！我专给（马良也是穷人，此间宜加一"咱"字）穷人画！"

日子一天一天过去，马良画画进步很快。可是他依然没有笔。他多么盼望能有一支笔啊！

一天晚上，他躺在床上。忽然屋里闪起一道金光，一个白胡子老头儿出现在他面前。老头儿给他一支笔，说："马良，你现在有一支笔了，记住你自己的话，专（"专"字可改为"去"。"专"只表示马良的决心，"去"有将决心化为行动和立刻去做的意思）给穷人画画！"

马良真高兴啊！他立刻拿起笔在墙上画了一只公鸡。奇怪，公鸡活了！公鸡（前面有"公鸡"两字，此"公鸡"可改为"它"）从墙上飞下来，跳到窗口，"喔喔"地叫起来。原来老头儿给他的是一支神笔。

马良有了这支神笔，天天给村里的穷人画画。要什么就画什么，画什么就有什么。

一天，他走过一块地边，看见一个老农（"老农"似改成"老农民"好念一些）和一个小孩拉着犁耕地。泥土那么硬，他们（"他们"两字可省去）拉不动。马良拿出神笔，给他们画了一头大耕牛。"哞——"耕牛下地拉犁了。

大官听说马良有一支神笔，带着兵来捉他，把他带到衙门（"衙门"似改为"官府"好懂一些）里，要他画金元宝。马良恨透了大官，站着一动不动，大声说："我不会画！"大官气极了，就把他关在监牢里。

到了半夜，看守监牢的兵睡熟了，马良用神笔在墙上画了一扇门，（逗号似改句号为好）一推，门开了。马良说："乡亲们，咱们出去吧！"监牢里的穷人都跟着他逃出去了。

大官听说马良逃了，就派兵去追。可是马良早已画了一匹快马，骑上马跑远了，哪里还追得着！

一天，他走到一个地方，那儿的地（似加上"里"字较顺口）挺干，农民们没有水车，用木桶背水，"吭唷吭唷"真够吃力。马良说："我来给你们画几架水车吧！"农民们有了水车，都很高兴。这时候，人堆里忽然钻出来几个官兵，拿铁链往马良颈上一套，就（改"又"为好，因是第二次）他抓去了。

大官坐在大堂上，不住地吆喝着，"把马良绑起来！""把他的神笔夺下来！""快去叫画师来！"

画师来了。大官叫他画一棵摇钱树。画师拿起马良的神笔，就画一棵摇钱树。

大官欢喜得很，急忙跑过去摇，不料头撞在墙上，额角上起了个大疙瘩。画仍旧是画，没变成真的摇钱树。

大官走过来，给马良松了绑，假装好声好气地说："马良，好马良，你给我画一张画吧！"

马良想夺回神笔，就（下面有一"就"字，此"就"字可改为"便"）一口答应说："好，就给你画一回吧！"

大官见马良答应了，非常高兴，把神笔还给他，叫他画一座金山。

马良不说什么话，用神笔在墙上画了个无边无际的大海。

大官恼怒了，说："谁叫你画海？快画金山！"

马良用笔点了几点，海中央出现了一座金山，金光闪闪，满山的（"的"字改"是"较好）金子。

大官高兴得直跳，连声说："快画一只大船，我要上金山运金子去！"

马良就画了一只大船。大官带了许多兵，跳上船就说："快开船！快开船！"马良画了几笔风，桅杆上的帆鼓起来，船直向海中央驶去。大官嫌船慢，在船头上大声说："风大些！风大些！"马良又加上粗粗的几笔风，大海涌起滚滚的波涛，大船有点儿倾斜了。大官心里害怕，讨饶（大官此时不是"讨饶"，应是"着急"）地说："风够了！风够了！"马良不理他，还是画风。风更猛了，海水咆哮起来，山一样的海浪不断地向大船冲击（"冲击"改为"压去"更能表现浪大）。

大船翻了，大官他们沉到海底去了。

马良又回到穷人那儿（"穷人那儿"改"村里"），随时（此两字可删去）给他们（可改为"穷人"）画画。

这样一改，大家似乎都比较满意了。1987年，我在湘西和小学语文教师的接触中，又发现课文第九、十两段中，一连出现三个"老头儿"。一位多好的白胡子老神仙，把一支神笔送给马良，怎么可称他为"老头儿"呢！不论在什么地方，"老头儿"都不是一个对老人的尊称。我觉得，课文《神笔马良》得再作一次修改了，该把这三处"老头儿"全改成"老公公"。

关于课文后面的提示，最早是把这一作品称作"民间故事"。为此，许多读者来信询问："《神笔马良》是民间故事，还是童话？"我就这个问题，写过一篇答问的文章，解释民间故事和童话的区别，发表于1979年12月《语文学习》（小学版）。后来修改课文时，教材编写组把课文后的提示作了改动。

说到课文的主题，我想应该是落实在"每一位小朋友都是马良，每一位小朋友都有一支神笔"上。

至于马良为什么能有一支神笔，我认为也应该引导孩子们去作深一层的思考。

如果读后出作文题，是否可以让孩子们写写"如果我有一支神笔"，或者接着课文写写"神笔马良后来的故事"。因为《神笔马良》是一篇童话，所以我认为教学这篇课文，应该着眼于发挥儿童的想象力，去开拓这一十分有益的智力。

如果广大教师和学生在教和学的过程中，对《神笔马良》有新的问题、意见和建议，欢迎继续给我来信。

我和《童话学》

　　我是一个童话作家，我的本分是写作童话。1982 年始，文化部举办儿童文学讲习班，我任讲师，主讲童话理论。参加讲习班的大多是各地有一定文学写作经验的拔尖的青年作者。虽然我的创作时间比他们长，也许创作经验教训也多些，但是我的这些东西都在自己脑子里，缺乏系统性，也不曾提到理论高度。我非常希望有一本"童话学"。当时，我找来 1929 年世界书局出版的《童话学 ABC》，但是读后，觉得只有它的书名叫"童话学"，而其内容全是讲民间风俗、习惯之类，是一本介绍民俗学的书；所举的例子，都是外国的。编者自己说明，这是据西人意尔斯莱的《童话与民俗》一书译编缩写而成的。其一书中说的"童话"是西方早时的神话和传说，不是我们现在大家所说的童话；其二作者是西人，图书是翻译的，讲的是西方的传说和风俗习惯，不是我们中国的。我不知道这书为什么要叫《童话学ABC》，很可能是出版者世界书局为了凑那套"ABC 丛书"之数，才用了这个名称的。

　　于是，我便多次在报端疾呼"希望有人来写一本'童话学'"，一本由中国人来写，写中国童话的中国童话学。等待多时，未见有人响应，只好将我所能找到的童话创作作品都找来，研究这些作品，从中摸出一些道道来，就那些理论的东西加上自己数十年来写作的心得，我写了一个又一个提纲，讲了一课又一课。每讲一回，我都根据学员的笔记和录下的音带对照，整理出一份份讲稿，开始写立足于中国童话的《童话学》。历时五载，躲在上海吴淞口一个部队的招待所里，度过一个个酷暑寒冬。终于在 1986 年，一部 41 万字的《童话学》由安徽少年儿童出版社出版面世了。这部作品问世，许多报刊都作了介绍。很快被传到了台湾。据说台湾的有些学者，买不到这部书，是用复印机一张一张印出来的，一部 556 页的书，复印件该是多么厚的一大沓。不久，我们"开放"，台湾"解禁"，两岸儿童文学界同人有了往来，台湾出版了我修订的《童话学》台湾版。这是台湾儿童文学界推出的第一本大陆童话理论著作。他们在封面上印上两行字："全国第一部童话学专著"，"本书为海峡两岸儿童文学工作者搭起一座合作的桥梁"。于是《童话学》问世，我没有认为它是一本完臻的定本。因为我认为这是一项极为艰难的创业，光靠认真和执着，还是不行的。欣慰的是，1986 年《童话学》出世后，我看到有一系列的童话方面的理论著作接踵出版，1989 年出版了黑龙江少年儿童出版社的《童话辞典》，1990 年东北师范大学出版社出版了《中外童话大观》。尔后，1992 年又有江苏少年儿童出版社出版的《中国童话史》。新近得知，一部《中国童话美学》即将面世。

我自己也不敢有辍，《童话学》面世后，又写了一本 25 章的《童话艺术思考》，1988 年由希望出版社出版。我在后记中写道："这些问题，大部分是《童话学》中所没有写进去的，有的是无法写进去的，有的是后来想到的，有的《童话学》中虽曾提及，但过于简略，这里再作一详细的阐述……可把它作为《童话学》的一种续本和释本。"这部书，很快在台湾也印出了台湾版。另外，我在各地各种报刊上也发表了一系列与童话有关的理论，现在正在收集和整理。

今年是《童话学》出版 10 周年。这 10 年中，童话已有飞速的发展，也出现了若干新问题，因此它有不少地方需要增订。我已与北京一家出版社签订合同，将我的关于童话学的全部理论著作，包括《童话学》《童话艺术思考》以及还有一些散杂的童话理论文字，作一番修改和补充，大约有 70 万字，合成一集出版。

我写《狼毫笔的来历》

孩提时，我家院子后面的菜园里，曾经出现过黄鼠狼。我的叔父们，抓住过一只，将它活活打死，剥下皮，换钱。

那黄鼠狼临死前，苦苦哀鸣的神态，一直刻印在我的记忆里。后来，我听说黄鼠狼的胃里并没有鸡，却是一些老鼠，我更觉得黄鼠狼的可怜了。

在我们山乡，人与黄鼠狼世代聚居，都说黄鼠狼是偷鸡贼，打死的不知有多少。黄鼠狼的冤魂，常常在我的身边冥冥出现。

"文革"结束后，我回到原工作单位。我接触到许多孩子，有小学生，有中学生，他们有着被"谣言"纠缠困扰的苦恼。

是时，《少年文艺》编辑同志来邀我为《童话十二家新作展》写一篇童话。我提起笔来写作的时候，我就想起孩提时见到那将被打死的黄鼠狼，想到社会上那种"谣言"风，想到自己不断受到"谣言"的陷害，我仿佛自己就是那只黄鼠狼，一口气愤愤地写出这篇一万多字的《狼毫笔的来历》。

我是流着热泪写的，写作时掷过笔，敲过桌子，用一天的时间，写完这篇作品。

这篇作品发表以后，收到不少读者的来信，其中有孩子，也有成人，他们一应是"谣言"的受害者。东北某地有一位女医务工作者，她被"谣言"缠得十分痛苦，难以解脱，很想自杀，说读到这篇童话，好像我是专为她写的，给她吐了一口气。

这篇童话是为一切罹"谣言"灾祸的孩子、大人写的，自然也包括我自己。

作品的故事是虚构的，但作品中的"人物""兽类"是真实的。我的周围有这样的人，许多人的周围也有这样的人。

这篇作品，是沉重的，悲壮的，但不是低沉的，悲伤的。我希望在故事中，伸张那种坚持真理、忠于职守、无私奉献的，虽死实生、虽败实胜的浩然正义之气，以这种浩然正气，来鼓舞读者，也激励自己，生存下去，更好地生活，更好地工作。

鄙劣的手，能蒙蔽住一些人的眼睛，但它无法遮盖太阳。谣言终归是谣言，真理终归是真理，历史会作出公正的判断。

这本身就是真理，让孩子们从小懂得这个真理。

真理必将战胜一切谎言、谗言、诽言、诬言……

这是我写作这篇《狼毫笔的来历》的经过。

（再说明一点：此童话流传在外有两种版本。一种是原本，一种是《少年文艺》刊登时，因篇幅所限，征得我同意的删节本。此次提供的，则是经过我再次修订的原本，请以此原本为正。谢谢。）

乐于为儿孙造福

我有两颗印章，刻的是"儿孙应有儿孙福，乐为儿孙作马牛"两句话。

这两句话是我的"座右铭"，我不只将它刻成印章，而且还写成屏条，悬在我的书房里。

说来，这有一段往事呢！

我是浙江省浦江县人。那里水绿山青，是个美丽的山城。民风敦厚淳朴，人们大多以务农为生。在我们山城里，有家茶馆，有一年门口贴出一副对联，上写"儿孙自有儿孙福，莫为儿孙作马牛"。这原是两句俗谚，一些老年人相见时，常这样互相劝慰，年岁大了，该享享清福，不要再拼死拼活为后一辈操劳了。

我那时还小，才十来岁，正上小学不久，每日上学放学，都走过这茶馆门口，看见这副对联，心里老嘀咕，总要站住看一看，想一想。

我想，如果人们不为下一代人多着想，自己顾自己享福，不是太自私了吗？人们如果目光都这样短浅，世界还会进步吗？

想多了，我觉得这两句俗谚，应该改一改。我把第一句的"自"字改成"应"字，把第二句的"莫"字改"乐"字。我觉得人们都应该乐于为儿孙去工作。

后来，我长大了，能够写作了，我就想到，应该为儿童写作。我渐渐明白，为下一代，为我们广大的子子孙孙造福，是我们的天责。

再往后，我成了一个作家，我就决定专心为儿童写作。

我的心里一直记得这两句改字俗谚，我就以它作为我的座右铭，将它挂在墙上，也刻成印章，盖在我赠送友人的书法作品上。

为儿童写作，会遇上种种困难，在我困惑时，我就以这两句话来勉励自己，为儿童写作，要克服种种困难，成为一个一往直前的强者。

有些儿童文学界的年轻朋友在创作道路上受到委屈和波折时，我常常写这两句话赠他们，以为共勉。

说来也太巧，后来，人民文学出版社和新世纪出版社，先后出版了我的综合性文集，前一本叫《神笔马良》，后一本叫《神笔牛良》，我真是为儿孙们做"马牛"了。

关于《神笔马良》

　　以浦江乡土为背景，以浦江人为模型写成的《神笔马良》，包括《神笔马良正传》（长篇）以及系列作品，面世已半个多世纪了。在解放初由国家统编并沿用至今的课本中，《神笔马良》一直作为教材内容，所以在我国，《神笔马良》是家喻户晓、人人皆知的。电影《神笔马良》一为上影所制作，一为日本所制作，以及美国拍摄的电视片《神笔马良》，在世界各地放映和播出，已风靡了世界。《神笔马良》在国内不知道有多少改编本、选本、画本、兄弟民族文字本、盲文本、拼音文字本，各种外文本，难以统计了，包括在中国香港、台湾，都有各种文本，以及海外华人地区出版的种种文本。世界各地所翻译出版的各种文字的版本，英文的、法文的、日文的、俄文的、德文的、意大利语的、印尼语的，等等，几乎都可以找到。在美国规模极大的国会图书馆，及一些著名大学图书馆，都有收藏，还包括一些音像作品。中国著名绘画大家，如张光宇、万籁鸣、张乐平、程十发、缪印堂、杨永青等，以及美国、加拿大、日本、意大利、苏联等国家一些很有声望的大画家，都曾为《神笔马良》绘制插画，这些画都已成为很是珍贵的藏品。国内好多次将之改编为舞台剧，在各大城市剧院演出。历来崇尚高雅艺术的法国北方一城市市长亲自任剧团团长，改编演出了《神笔马良》木偶剧，以招待前去该市访问的高贵宾客。日本有两家剧社曾演出《神笔马良》皮影剧、人偶剧。

《神笔马良》曾在我国文化部、教育部、团中央、中国作家协会、全国妇联、中国文联等国家最高级评奖中获一等奖、金质奖。在威尼斯、大马士革、贝尔格莱德、华沙、斯特拉福的国际比赛和评奖中，获荣誉奖、第一奖、金质奖、特别优秀奖。台湾曾赠予其特别贡献奖。香港回归，香港商务印书馆新编的课本，以《神笔马良》作为课文，为每一位少年儿童所必读。中央国际广播电台早年以各种语言向世界各地专题介绍过《神笔马良》。上海电视台曾来浦江摄制电视片《神笔马良》系列一二三，在上海台、中央台播出，通过卫星传送到世界各地。浙江省台也拍制和播放了专题片。《神笔马良》不仅是中国童话的经典作品，还是世界公认的名著名作、中国童话的代表作，为中国、为浦江带来了光荣。五年前，有见地的浦江县委书记郑宇民、县长陈昆忠等领导同志注意到这点，决定筹划在浦江建造"神笔马良"铜像，这是中国第一座童话人物塑像。落成典礼上，海外作家称贺这一铜像和丹麦的"海的女儿"铜像，东西文化相互辉映，是世界两大著名童话塑像。浦江历来是"书画之乡"，它是"神笔马良"的"故里"，两者巧妙联系，有着更深层的内涵。这一盛举，是英明的，为国人与世界所瞩目，对提升浦江教育、浦江文化、浦江经济、浦江书画、浦江旅游、浦江知名度，都有不可估量的意义和效应。这也是我们浦中（浦江中学）人的一份殊荣。

　　编者注：本文是洪汛涛先生为母校六十周年校庆写的。

第七部分

童话巨人脚步

巨人的脚步

——童话十五年得失谈

在儿童的心目中，童话是一个神奇的巨人。

他一拳能把天捅个窟窿，他一脚能踩出个湖泊，大山他可以从东搬到西，江河他可以折成曲曲弯弯，他吹口气就刮大风，他眨眨眼就闪电光，他拿月亮当镜子，他用云片代毛巾擦汗……

童话巨人，这十五年是怎样走过来的，经过怎样一个历程？

"文化大革命"结束了，童话开始复苏。

我们的童话作家，没有安好家，工作问题没有解决，率先写出许多童话。

他们在童话会议上大声呼吁，儿童报刊推出了童话专辑，出版社出版了童话选本，办起了童话刊物，开展了童话评奖活动……

中国有童话了，中国孩子有童话了。童话历史翻开了新的一页。

过去的一些优秀的童话，得以重新评定，一批一批修订再版，开始在书店的架子上复出。

新创作的童话，一批一批陆续出现，送到小读者的手中。

被断裂了的童话，跳过"文化大革命"这一大段时间，又衔接起来。

孩子们有了童话，他们要求更多，要求更好。我们的童话，仍是供不应求。

写童话的人太少了，童话创作队伍需要新人来充实。童话作家一面不停笔地写作，一面又把培养、扶植童话新人的工作提到日程上。一系列的童话讲座、讲习会、进修班……在各地办起来，童话作家去讲课，手把手地帮助年轻人写童话。

一批一批写作童话的新人，涌进了童话创作队伍。童话界出现了许多新作家，出现了许多新作品。

童话创作发展了，童话迫切要求探索，更提高一步。

于是，童话研究、童话理论，已是当前一项重要的课题。一次次的童话专题研讨会，一本本的童话专论著作产生了。童话创作带动了童话理论研究工作，童话理论研究工作的发展，引导童话创作的健康前进。

为了推动童话创作和童话理论研究发展，为了推荐优秀童话新作品和优秀童话新作家，为了汲取古童话、民间童话、外国童话的精髓，出版界编辑了一册册童话选集、童话选刊……

十五年中，几位为童话事业作出巨大贡献的童话老作家，不幸相继逝世。童话界出专辑写专文、开会纪念，论定他们在童话上的成就，继承童话的优良传统。

童话前进着，它留下了一串串脚印，这就是童话的历史，需要拾掇它。童话界要不断地审视自己的脚印，以便作出反思，获取教训。童话界开始有计划地搜集、整理童话的史料。一份份大事记、一份份编目和年鉴、简史出世。

童话是属于儿童所有的，童话界已经看到我们的读者。儿童们爱读童话，我们要把最好的童话给他们。我们还要提高儿童的童话欣赏力和鉴别力。儿童们爱写童话，我们要鼓励他们，指导他们，帮助他们。一个好的童话作家往往是从小得到培养。在这些小童话作者群中，就有未来的大童话家。于是，童话与教育相结合，童话进入学校，进入课堂，进入教学，又成了一项科研新项目，童话界和教育界有了认同上的共识，并合作一起去完成。我们的报刊，发表了大量的孩子自己写的童话，举办大规模的少年儿童写作童话评奖大赛，出版社出版了孩子写的童话作品。……

这十五年来，出现了许多优秀的童话作品。其中有短篇，有中篇，有长篇，但绝大多数是短篇童话。近年，中长篇童话显得有些稀落，系列童话却渐渐趋于兴旺。但系列童话质量有待提高，这需要实地研究一下。中长篇童话非得要振作起来，做些促进工作了。

童话，已从无到有，从有到多，从多到好，正在朝着更多、更好的方向前进。

在"文化大革命"结束时，童话事业由零开始，现在可说是比较全面地铺开了。

童话已初步形成一项崭新的系统的自己的"童话工程"的构想，大家在作种种努力，去完成各个方面的工作。童话也开始形成自己的明天的整体的童话建设的发展蓝图的构想，大家的努力，有了方向和途径。

这就是童话巨人的脚步。

大陆童话的初步繁荣，也影响到了香港，还有台湾。香港、台湾都介绍了我们的童话作品，还举行了专题的讨论会，有的童话作品被评上了奖。

我们的童话成绩影响也到了新加坡、马来西亚、菲律宾、日本、韩国、朝鲜、越南、泰国，还有美国、苏联、法国、英国、德国、澳大利亚、加拿大……

如今，中国童话已推向世界，世界华文童话得到了振兴。我们的许多童话被翻译成各种文字发表和出版，在世界的一些国际比赛中获奖，受到世界各地儿童的欢迎。

今天，CHINESE TONGHUA（中国童话）在世界儿童文学宝库中，是珍贵和受瞩目的一家。

这是我们童话十五年工作的鸟瞰，粗粗勾勒的轮廓，先介绍个大概吧！

我们的童话巨人，走向全国，走向亚洲，走向世界了。

我们再将十五年童话的种种现象，作一番剖析吧！让我们把种种现象理一理头绪，深一些，透一些，来看看这十五年的童话历史吧！

童话是教育的，这观念一直为童话作家所信奉。确实，童话离不开教育，如同儿童文学是教育的一样，中外皆如此。在苏联，教育部分管儿童文学。在欧美，儿童文学是隶属于教育系的科目。我们童话，负有教育的使命，是天经地义的，是毋庸置疑的。"文化大革命"结束后，这观念自然被继承下来。

但由于童话与教育的关系，渐渐被强调得过了头，夸大到很不恰当的地步。童话被说成即教育，教育唯一，童话是教育的工具。在童话创作上，出现了那种图解式的乏味说教作品。

这样，备受儿童欢迎的童话，变得让儿童生畏，儿童抵制这样的童话。

童话作家们自然都不满意这种状况，主张要寓教于乐，提倡童话要有趣味，增加童话的娱乐性。

也有一些童话作家认为寓教于乐的说法也不尽妥当，"教育""娱乐"两功能要并重。

童话从教育的走向了娱乐的，这是童话的必然发展，是一种可喜的进步。

确实，我们的童话讲究教育，也讲究娱乐，并出现了一大批富有意义的、趣味的好童话。儿童们欢迎这种思想上、艺术上相一致的作品。

可是，慢慢地，我们有的人又把"娱乐"强调过了头。有的理论一直停留在"要娱乐，不要说教"上，原地踏步，无休无止地提倡"娱乐"，"娱乐"至上。

矫枉一过正，童话创作就过多地出现了一些不讲"教育"的现象，片面地单一地追求趣味、以"娱乐"为全部目的的作品。有的作者说自己就是为逗乐才写童话的，有的作者一味追求那种所谓热闹效应，让孩子乐一乐。几篇作品一带头，几篇理论一帮腔，一时间，一些故作憨态的，或插科打诨的，或乱放噱头的，或洋里洋气的，质量和格调都很低下的东西，都出来了。

这样，就把童话降低为魔方、游戏机、扑克牌那样，使得童话又成为一种娱乐的工具。

反对童话教育工具论，提倡童话娱乐工具论，这绝不是一种进步。

这种作品，虽然曾使得一些小读者"入迷"，一批孩子被称为"童话迷"，而一些有鉴别和欣赏能力的孩子，却觉得读这样的作品太无聊。

作为一个童话作家，我们不可去一味迎合，而应该多做种种积极的有益的引导。

这种倾向使童话脱离时代和社会，脱离孩子，脱离生活。因为这样的作品，它常常不是从真实生活出发的，不来自生活，它是虚假的，是作者关起门来，苦思冥想，编出来的。它没有文学光彩，没有艺术价值，没有持久的魅力。这种逃避现实的倾向，早在叶圣陶童话《稻草人》问世的时期产生，《稻草人》童话的开头就批判过这种倾向，是一种很旧的思潮。

这种倾向，很快已为一些具有真知灼见的童话作家所反对，也愈来愈为广大读者所不满，一些曾经写过这类作品的童话作者也不再去写这样的作品了。

随着时代、社会、生活的大变革，我们的童话也在作着显著的转折。

我们众多的童话作家，以生活作为第一性，和儿童同喜怒哀乐。真诚地参与生活、反映生活，成为今天童话作家们的执着追求。我们童话作家正在以冷静的、深沉的、犀利的、发展的目光，看待我们的世界和人生，看待我们的孩子，看待我们的未来，直面生活的昨天、今天、明天。写出反映现实的童话作品，也就是说，将我们的儿童和作家本身放在正在变革的时代、社会、生活的大背景中，放在正在变革的国家、民族、人民的大命运中，去进行思考，写出以激励儿童长足进步，以培育国家、民族建设的未来新人为主旋律的童话作品来。

今天的童话，是生活的。幻想和现实紧密结合，这是当前童话发展的新走向。

提倡童话真诚地反映生活，绝不是排斥教育，也不是排斥娱乐。因为生活中，它应该有教育，有娱乐。

生活是五光十色的，多姿多彩的；童话也应该是五光十色的，多姿多彩的。

大家反对童话娱乐工具论，也绝不是否定那种以高尚的健康的趣味为主旨的作品，更不是说童话不要快乐，让大家再回头去写大家所反对过的说教作品、图解作品。

近年来，我们欣喜地读到许多真诚反映生活的、幻想和现实紧密结合的童话新作品。童话作家们不断地实践，不断地探索，不断地发展，不断地进步着。

教育的—娱乐的—生活的，童话正沿着这条"教育""娱乐""生活"相融合的道路，前进着。

童话，摆脱了教育工具论、娱乐工具论，踏上了这一条新道路。

"山重水复疑无路，柳暗花明又一村。"

这是一条大路、正路、宽阔的路。

我们的童话巨人，从没有路的荒原上，披荆斩棘，跨过一个个坎坎坷坷，大踏步走过来了。

童话的道路，是很不平坦的。我们必须审视到这一点。

童话，不断地受着种种外来的和内在的思潮的冲击。

我们看见，有的作品写得像是外国翻译过来的，连主人公（有的是人物，有的是动物），一应是洋名字。提倡什么"淡化传统"，以什么"与传统迥异"为光荣。把那种前言不对后语，整节不用标点符号，作为一种"新探索"。

我们看见，有的作品尽是探长、警官、杀手、怪盗、骑士、公爵、王子、公主，还有大王。上千年的封建思想灌输，使得社会上孩子们的头脑里的"大王"意识已相当严重，可我们的童话里"大王"竟是那么多。今天医生和家长都主张少给孩子吃巧克力，可我们的童话，充满着巧克力：巧克力女士、巧克力小姐、巧克力太太……

我们看见，有的作品尽是太空探秘、宇宙历险、星球大战，一些人不人、兽不兽、面目可憎的怪物，用各种奇怪的武器，打来打去，说是放射式的宏观童话。有的索性说"科学童话、文学童话无差别"。

我们看见，有的作品大写打屁股、拖鼻涕、掏粪坑、挖肠子，或者施些小计，叫对方出些洋相，热闹一通，不美，不雅，读来叫人难受，迎合低级趣味，还说很有"可读性"。

我们看见，有的作品说是"表现自我"，大写什么玄之又玄的"感觉"，或畸形变态心理的"潜意识"。实是矫揉造作，无病呻吟，却装出一副温文尔雅，貌似高深的模样，叫读者不知所云，实际上连自己也说不清楚。

如此等等，童话的洋化、老化、科幻化、庸俗化、成人化等种种倾向，竟然被命名为"现代童话"的"新潮"。

有的出版社竟然专出这样的"新潮书"，有的地区竟然专开这样的"新潮会"。

真正的童话新潮，应该是在传统的基础上创新的作品，是童话的民族化与现代化结合的作品，是幻想和现实融合一体的作品。

童话是儿童的。童话不能离开儿童读者。创作童话是一项严肃的工作，应以能陶冶儿童的高尚情操为前提。

童话创作，离不开童话的理论。童话创作与理论必须在矛盾中求得统一。童话理论要从童话创作中去提取，首先要了解童话创作，然后才能指导童话创作，才有针对性。

十五年的童话理论研究，虽然成绩斐然，出版过许多有分量的专文和专著，也评过奖，有许多童话理论获奖。一些优秀童话理论也受到海外学者的欢迎，进入世界童话理论的殿堂。

无须讳言，童话理论研究上，也有一些叫人担忧的现象。有的理论为求新而新，致力于换换名词，变变说法，而内容陈旧苍白，读后不是意思不明，便是一无所获，成为"新"而"空"的东西。有的理论文字，作者不看作品，或极少看作品，只是从外国文学或成人文学中，搬来一些套子、调子，强拉硬拖到童话上来，没有例证，又无法演绎，在名词上兜圈子，从概念到概念，对童话创作一无帮助。有人批评我们童话界的这种现象为"创作'洋'了'名字'，理论'新'了'名词'"，我们应该引以为戒。

有的童话理论，说中国童话界分成"热闹派""抒情派"。那是并不存在的。有的童话理论，说中国童话界分成"创新派""传统派"，那也不是事实。文学上不能以作家年龄来划"派"。

这种种现象，寻根问源，是"月亮外国的圆"已成为某些人的一种信仰。电视里放外国卡通《阿童木》，我们就有"阿童木式童话"。电视里放外国卡通《变形金刚》，我们就有"变形金刚式童话"。外国有了"甲壳虫"，我们就有"大灰狼"，外国有了"七只狼"，我们就有"一群小老虎"。外国的好东西，我们要吸收，但是我们必须摒绝这种毫无意义的"照搬"。

这种种倾向，冲击着我们的童话。这不小的冲击波，也波及了海外，日本有的翻译家专找这一类作品介绍，中国香港、台湾也受到一些影响，有的出版商专门以低价收买这一类作品去翻印。

这都应该引起大家的重视，大家应该看到问题的严重性。

我们要正告国外一切关注我们童话的人，那不是我们童话的主流，我们的童话不是那样子的。

这种种倾向的形成，原因是非常复杂的，除开我们童话界自己的内因外，社会上的因素也很多。诸如成人文学的"理论"和"做法"的推销和感染，电视荧屏上卡通的传播和影响。与其还有很大关系的是我们的玩具公司，我们没有意识到那些玩具潜移默化的作用，进口和仿制大量的不伦不类的玩具，渗透儿童的日常生活。还有，我们有一些糖果食品厂，他们也在刮那股崇洋风，起着改变儿童习惯和观念的作用。这是当前社会带给我们童话的污染，我们的童话界必须有清醒的头脑和敏锐的目光，应该增加自己的抗疫力，砥柱中流应以严肃的态度去写作，抵制种种不良风气的侵蚀，这是十分重要的。我们不仅要抵制这种种不良风气，还需要用我们的童话去批评这种种不良风气，改变不良现象。

童话十五年，有得也有失。要问比较起来，是得多失少呢，还是得少失多？我想，可以说：得比失多。这是明摆着的，童话十五年，出了那么多作品，做了那么多工作，童话作者队伍扩大了，童话走向世界了，应是得大于失。何况，失被克服，失也是得。失小得大，得莫大焉！

我们的童话巨人，像散花的天女那样，在祖国的大地上，在孩子们中间，播散着最美的优秀童话之花。他把童话送进了学校，送进了家庭，送进了城市，送进了乡村。

也曾迷失过路径，也曾被荆棘扯破了衣衫，也被石头绊倒过，也陷进过泥沼，甚至于被攻击、给冷箭所中伤……童话巨人，就是在这样一条高高低低、弯弯曲曲的道路上坚韧不拔、勇往直前、昂首阔步地走过来了。

他走遍了全国，走向海外，走向亚洲，走向世界。

如今，全世界都看得见我们这位童话巨人。

在孩子的心目中，童话巨人高大而伟岸，如同喜马拉雅山的珠穆朗玛峰！

奇哉，伟哉，中国童话巨人。

1990 年年尾于上海种德桥畔目楼

童话纪要十五年（1976—1990）

这一份童话编年大事记，就从"文化大革命"结束的1976年写起，写到现在1990年，正是15年，所以定名"童话纪要十五年"。

——题　引

1976 年

"文化大革命"结束了，人们浸沉在欣喜里，人们开始有了希望。大家也想到了童话。

孩子们需要童话。

可童话的创作队伍，七零八落，童话，还是一个冥冥幽灵，尚在大家的希望的理念中游戈。

但童话本身，它有着坚定执着的信心，它一定要很快重生，来到我们所有的孩子的生活中间。

1977 年

报章上开始发出鲁迅翻译童话这类往事，还有介绍安徒生、格林这些外国童话作家，为童话的复出，作舆论的开路。

在六一儿童节的前夕，北京举行了一次"童话座谈会"。这次会，由《北京少年》《北京儿童》编辑部主持。严文井在会上作了以"童话漫谈"为题的发言。这发言说了所有童话作家的话，说了所有童话读者的话。这次会，向社会宣布童话的复生。

一大批优秀的童话被"平反"，如《鸡毛小不点儿》（贺宜）、《一只想飞的猫》（陈伯吹）、《猪八戒吃西瓜》（包蕾）、《神笔马良》（洪汛涛）……

一些童话作家开始向社会呈递新作品。贺宜抛出了《像蜜蜂那样的苍蝇》、金近抛出了《一篇没有烂的童话》、洪汛涛抛出了《一张考卷》、葛翠琳抛出了《翻跟头的小木偶》……

这些引起儿童文学界和广大读者的瞩目和共振。

1978 年

报刊发行，出版社跟上。一批优秀的外国童话作品，如《安徒生全集》（叶君健译）等，重印出版。一本本优秀的民间童话的选集，陆续上市。

上海教育出版社编辑的大型童话选本《童话选》推出。第一篇作品是写于 1922 年的《稻草人》（叶圣陶），最末一篇作品是写于 1978 年的《一张考卷》（洪汛涛）。贺宜写了长篇序文。

童话作家钟子芒逝世，举行了颇具规格的纪念活动。

童话，为社会各界所关注。

1979 年

重要儿童刊物《儿童文学》《少年文艺》《儿童时代》相继出版"童话专辑"，发表了严文井、贺宜、包蕾、洪汛涛等著名童话作家的新作品，满足了广大读者的童话需求，造成童话发展的声势。

人民文学出版社出版金近、葛翠琳主编的《童话寓言选》（1949—1979）和一些童话作家的作品选集。

贺宜的主要评论童话的《小百花园丁杂说》在上海出版。洪汛涛的童话散记《童话随想》在各地报刊上开始陆续发表。童话创作得到发展的同时，童话理论同步向前跨出。

1980 年

我国第一本童话刊物《童话》创刊。这是童话从复活走向复兴的

标志。叶圣陶、叶君健、包蕾、严文井、陈伯吹、张天翼、金近、贺宜、洪汛涛、葛翠琳等童话作家担任顾问。茅盾为创刊号题词："为童话之百花齐放而努力！"自此，《童话》即成为我国童话发展的窗口、我国童话作家发表新作品的主要园地。

童话史料整理工作相继开展。新蕾出版社出版《作家的童年》丛书，发表了一系列童话作家怎样走上童话创作道路的回忆文字。上海《少年报》也编出一部《中国现代儿童文学选·童话卷》。

跨度二十五年的历史上最大规模的全国儿童文学评奖，在北京人民大会堂举行盛大的授奖典礼。这次评奖是由中国人民保卫儿童全国委员会、共青团中央、中国文联、中国作家协会、全国科协、教育部、文化部、国家出版局八家单位联合主办的，是最高的国家级的评奖。叶圣陶、张天翼、严文井、叶君健、陈伯吹、贺宜、包蕾、金近等童话作家获荣誉奖。这是国家对于童话作家工作的肯定和成绩的表彰，是整个童话界的荣誉。《儿童文学》编辑部借此机会，举行了一次童话研讨会，有一大批青年童话作者参加。培养童话新人，提上了议事日程。

1981 年

《儿童时代》社，举行大规模的"童话征文"。叶圣陶、叶君健、包蕾、严文井、张天翼、陈伯吹、金近、洪汛涛、贺宜、葛翠琳等童话作家为评委。评出盖壤、韩静霆、程乃珊、詹岱尔、刘兴诗、孙幼忱、孙幼军等作者的一大批优秀作品，为繁荣童话、培养新人作出努力。

出版社先后出版了各种童话选本。中国少年儿童出版社出版的《儿童文学作家作品论》，对童话作家、作品作了评论。

上海大型丛刊《巨人》问世，创刊号发表了郭明志的处女作《Q女王的魔法》，引起广大读者的注意。

贺宜的《漫谈童话》出版。这是目前唯一的童话理论专著。阐述了童话的基础常识。这是童话理论建设奠下的第一块基石。

上海举行童话座谈会。新露头角的童话作者郭明志、郑渊洁、杉松、孙文圣、康复昆等参会。辽宁也在大连举行类似的座谈会，程乃珊、缪士、朱奎等新作者参加。

1982 年

上海《少年文艺》举办"童话新作展"。每期发一篇有分量的童话新作品，附以评介。贵州《幼芽》也推出一期"童话专辑"，发表了赵冰波处女作《大海，梦着一个童话》。

《儿童文学研究》出版"童话专辑"。陈伯吹的《儿童文学简论》增订本出版，洪汛涛的《儿童·文学·作家》出版，《儿童文学概论》出版，其中都包括关于童话的论述。

上海举办"儿童文学园丁奖"评奖，首届得奖童话作品《老鼠看下棋》（吴梦起），是近年优秀的童话作品。

文化部在沈阳和成都分别举办华北东北片儿童文学讲习班、西北西南片儿童文学讲习班。叶君健、陈伯吹、洪汛涛、葛翠琳、黄庆云等童话作家为讲师团讲师，主讲了童话理论问题，童话新作者参加讲习班的有郭明志、詹岱尔、张明照、朱奎、杨向红、金吉泰、康复昆、张康群、袁银波、束蕙、彭万州、饶运、赖天受、肖丁山、海代泉等人。这次活动对培养童话新人，促进童话队伍的壮大，做了大量工作。

1983 年

香港三联书店出版英文本童话选本，有叶圣陶、严文井、贺宜、包蕾、洪汛涛等著名作家的代表性的童话八篇，将中国童话推向海外。

湖南少年儿童出版社出版的《童话欣赏》，是一本向少年儿童讲述童话作品的教学书。

文化部在广东、广西、湖南、陕西分别举办儿童文学讲习班，各省市童话作者参加进修。在陕西同时举办全国低幼儿童文学讲习班，各地低幼童话作者参加进修。

中国少年儿童出版社在黄山举行童话创作会议，研究了童话的概念、童话与生活诸问题。

1984 年

香港山边社推出《中华童话文库》，第一辑为洪汛涛童话四册，发行中国港澳地区及东南亚。香港各报发表评述文字。

海燕出版社出版《童话十家》一书，选收叶圣陶、叶君健、包蕾、严文井、张天翼、陈伯吹、金近、洪汛涛、贺宜、葛翠琳十位童话大家的新作品，及论述他们作品、介绍他们写作历史的文字。本书是一本有价值有分量的中国童话的作家作品论著。

杭州举行童话讨论会，讨论童话的任务作用与艺术技巧诸问题。

全国儿童文学理论会议在石家庄举行。洪汛涛就童话创作状况，作了《童话民族化和童话现代化》的发言。会议中，大家在肯定成绩的同时，也对童话创作中一些不好的倾向作了批评。

1985 年

《中国童话界》丛书陆续出版。辽宁少年儿童出版社出版的《中国童话界·新时期童话选》，是当时选收作品最多、最齐的大型童话选本。这一选本第一次选收港台童话作品，各种选本选收港台作品自此始。这一选本附有童话历年大事记，童话历年评论文字篇目，为童话欣赏和研究提供资料。《中国童话界·低幼童话选》由江西少年儿童出版社出版，这是第一本低幼童话选本，反映了低幼童话发展的历史，并介绍了一百多位为低幼儿童写作童话的作者生平，也是一部有价值的选本。以后《中国童话界》丛书，陆续编辑出版。

《中国民间童话概说》（刘守华）由四川民族出版社出版，对我国民间童话作了详细论述。

上海创办《童话报》，这是中国第一张童话专业报纸。

金近在《人民日报》上撰文，对当前童话创作中不良现象提出尖锐批评。

童话大家张天翼逝世，是童话界的一大损失。

1986 年

洪汛涛《童话与少儿幻想智力的开发》一文发表，提出少年儿童读童话、写童话的新见解。此文引起文学界、教育界的注意，许多报刊一再转载。

湘西凤凰县箭道坪小学推出"童话引路"教育改革的新实验。这一项童话与教育结合的科研项目，经专家们鉴定，已予推广，很快就在全国各地区铺开。

在烟台举办的全国儿童文学创作会议上，童话作家作了交流。在贵州举办的全国儿童文学新趋向研讨会，提出了"文化大革命"结束以来这十年，是"完成从恢复走向探索这过渡的十年"的新论断。

海燕出版社出版《中国古代童话故事》，这是第一本古童话的译写本。中国古童话与中国民间童话，都是今天童话应继承的传统，应引起童话界的重视。

洪汛涛的《童话学》出版。这是第一部系统的童话学专著，全书四十余万言，分基本理论、发展历史、作家作品、继承革新四大编。是童话论、史、评的集成。此书的出版，表明我国童话进入一个新阶段，童话理论研究攀上一个新高点，将迎来童话的新繁荣。此书在海内外产生很大影响，大大提高了童话在文学和社会上的地位。

1987 年

金近的理论专著《童话创作及其它》增订本出版。

《儿童文学》《少年文艺》等刊物推出"童话专号"，并在上海举办"童话节"。大家希望定下一个日子，每年都有"童话节"的活动。

全国各地四十余家报刊及单位，联合举行"全国少年儿童'金凤凰'童话写作大赛"。全国各地出现少年儿童写作童话的热潮。

一百篇作品获"金凤凰奖"。在湘西"童话之乡"凤凰县举行授奖大会。得奖作品及评语收入由湖南教育出版社出版的《中国孩子写的童话·金凤凰》一书，行销国内外。海外多家华文报纸辟出专栏介绍了这些作品，带动了世界华人儿童童话的写作。

童话大家贺宜逝世，是童话界的又一大损失。

1988 年

江西、湖北、河南编出了童话选本。

中国作家协会举行首届儿童文学评奖。洪汛涛、葛翠琳、宗璞、赵燕翼、路展、孙幼军、吴梦起、郑渊洁等作家的童话获奖。

《童话选刊》，经一段时期筹备，由安徽少年儿童出版社出版。选刊暂为年刊，除选优秀作品及争议作品外，还选民间童话、古童话、台湾童话、海外华人童话、翻译的外国童话、孩子自己写的童话；设有童话论坛、童话人物、童话巡礼、童话信息等各种专栏，每期有论述一年童话创作的编辑手记，可说是一部童话一年的年鉴。至此，童话已完成刊（《童话》）、报（《童话报》）、书（《中国童话界》丛书）、选（《童话选刊》）的整体布局。

海燕出版社出版《中国儿童文学十年》一书。其中，《童话：继往开来》一文对十年童话所经历的种种作了评述，是一篇中国童话十年的史略。

洪汛涛的《童话艺术思考》一书，由希望出版社出版。本书作者对童话各个方面都作了缜密的思考，提出他的新见解。此书可作《童话学》的释本和续本，和《童话学》产生同样的影响。

中国作家协会在烟台举行儿童文学创作讨论会，会上对目前童话的某种倾向，提出批评，也有不同意见。

童话大家叶圣陶逝世，是童话界的又一大损失。

1989 年

海峡两岸童话作家共作努力，实现双向交流。台湾童话作家陆续来大陆访问，互相交换童话创作上种种看法。两岸报刊上都已发表对两岸童话作品和作家的介绍。两岸童话隔绝四十年，现已得到沟通。

在韶关，举行了1989年童话研讨会，四十多位童话作家相聚一处，讨论了童话的继承与革新诸问题。强调了童话的主旋律与多样化，童话作家应深入生活，等等。会上讨论争取童话界能有一年一会、一年一奖。

同时，在韶关举行了首届"全国童话书展"。童话研讨会与童话书展同时举行。这是很好的经验。

台湾童话界因无法来韶关，同时在台北举行了童话的讨论会。

《童话辞典》由黑龙江少年儿童出版社出版。这也是一项童话的重大工程。虽属初创，但也颇具规模。这是第一部童话辞典。童话研究已有一论（《童话学》），现有一典（《童话辞典》），尚缺一史（《童话史》）。

新蕾出版社出版《中国现代名家童话选》，希望出版社出版《中国儿童文学大系·童话卷》为童话研究提供资料。

金近、包蕾两位童话大家先后逝世，是童话界的又一大损失。

1990 年

海峡两岸童话界的交流、合作，已开始扩大到了整个华文世界。首届"世界华文儿童文学笔会"在南岳衡山举行。各地的童话作家进一步携手，共为世界华文童话的建设和开拓而作努力。我们的童话被推向世界。

《童话选刊（四）》，推出"周锐童话作品专辑"，介绍这位新一代的年轻童话作家。

在浙江湖州的南浔举行1990年童话研讨会。有十余位来自全国各地的童话作家对当前童话创作、理论研究，交换了自己的看法。

同时在太湖之滨、运河之岸举行童话夏令营。这是第一个童话夏令营。少年儿童在营期间，写了许多童话作品。童话作家们为小营员们讲了有趣的童话课。童话研讨会同时举办童话夏令营，是一个好经验。

童话十五年，就是从这样一条路上走过来了。这条路不是那么平坦，充满坎坎坷坷，是我们童话界的作家们，年老和年轻的作家们，以及许多童话的编辑们，还有所有热爱童话的人们和广大的读者们、少年儿童们，把童话扛在肩上，驮在背上，举在头顶，一步一脚印，跋山涉水，摔摔滚滚，走过来的。

让我们回头一看，我们是从那个死气沉沉的小山谷里走出来的，现在我们来到了这广阔的绿茵繁花遍地的生机盎然的大平原，我们能不感慨万分吗？

向前看，路漫漫，我们不能坐下来休息片刻，童话的灿烂前景，正在遥遥的远方。我们要上路前进，不停脚地向前走。

十五年，在童话的历史上只是一个小逗号，十分的短暂。可在一个童话作家的一生中，能有几个十五年？一个童话作家，能为童话工作十五年，可说他为童话作出了很大的奉献。这十五年，我们的童话事业，走过了整整一代人。从1976年到1990年这十五年，我们的童话，从复生走向了复兴，是童话历史中很重要的十五年。

童话：继往开来

——1976—1986 中国童话总评述

童话是儿童文学的主要样式。少年儿童最喜欢读童话，童话是少年儿童最要好的朋友。

"文化大革命"一结束，童话率先一跃而起。

1977 年的 5 月，在首都北京，由《北京少年》《北京儿童》编辑部，举行了一个"童话座谈会"，这是一个在童话史上有重大意义的会。童话作家严文井作了讲话，他宣称："我们现在有充分条件写出比过去的童话更好的童话来。"他的讲话，是代表所有童话作家的心声的。

我们的许多童话作家，几乎在差不多的时间里，向社会抛出了优秀的童话新作品：《像蜜蜂那样的苍蝇》《一篇没有烂的童话》《一张考卷》《翻跟头的小木偶》……

童话以崭新的冲刺姿态，宣布它的存在和发展。

北京、上海，为一大批优秀童话作品平反。

上海教育出版社的"五四"以来的《童话选》出版了。接着，北京人民文学出版社的新中国成立三十年以来的《童话寓言选：1949—1979》出版了。洋洋大观，厚厚两大册，陈列在书店的柜台上。

少年儿童们欣喜地读到了《稻草人》《大林和小林》《神笔马良》《野葡萄》《小溪流的歌》《猪八戒吃西瓜》《狐狸打猎人的故事》

《一只想飞的猫》《小燕子万里飞行记》《奇异的红星》《渔童》《铃铛儿》《湖底山村》《星星小玛瑙》《石子小粒粒》《"没头脑"和"不高兴"》……

复刊不久的《少年文艺》出版了"童话专辑",《儿童文学》也出版了"童话专辑",《儿童时代》还举办了"童话征文"。还有其他的一些儿童报刊,也发表了不少童话作品。一大批新创作的富有时代气息的童话问世了。

孩子们读到这些童话作品,爱得入迷,放不下手,在家庭,在学校,掀起一股童话热。童话书成了书店的畅销书,被一抢而空。报刊出版"童话专辑",大大增加了报刊的零售数。童话作家成了孩子们最爱戴、最尊敬的作家,他们把一条条鲜艳的红领巾,系在童话作家的脖子上,请求童话作家为他们多写童话。

童话进入了千家万户,进入了三亿少年儿童的心扉。

1980年,全国举行第二次少年儿童文艺创作评奖会。这是我国儿童文学史上最大的评奖活动,也是我国国家级的最高奖励。举办单位是中国人民保卫儿童全国委员会、共青团中央、中国文联、中国作协、中国科协、教育部、文化部、国家出版局等。授奖仪式是在人民大会堂举行的,评了25年的作品,盛况空前,是儿童文学界的一次壮举。我们的许多童话作家参加了这次大会,有的还坐在主席台上,有的十分光荣地获了奖。

在童话作家中,获荣誉奖的有叶圣陶、张天翼、严文井、叶君健、陈伯吹、贺宜、包蕾、金近;获一等奖的有洪汛涛、葛翠琳、黄庆云、孙幼军;获二等奖的有张士杰、陈玮君;获三等奖的有钟子芒、吴梦起、杨书案、康复昆、杉松、郭大森、芦管、顾骏翘。这不仅是这次获奖作家的荣誉,也是我们童话的荣誉。

童话作家都得到大大的鼓舞,童话创作也得到了大大的促进。

这次评奖,推动了全国各地的评奖活动,各省、市、自治区也开展了本地区的评奖，各儿童报刊也设立了每年一次的评奖。一大批童话作品获奖。

全国第二次大评奖，评奖办公室曾编了一本《1954—1979 第二次全国少年儿童文艺创作评奖·获奖童话寓言集》，由新蕾出版社出版。

各地区各报刊的得奖童话作品，也有编辑出版的。

1981 年 5 月，上海设立"儿童文学园丁奖"，每年都有一些童话作品获奖。首届获童话大奖的是《老鼠看下棋》，在全国范围内产生了影响。

童话界有不少人建议，可以设一个童话的常设奖，每年评出一些优秀作品，这对繁荣童话创作有更大的促进。

1980 年，天津新蕾出版社成立不久，就创办了《童话》丛刊。解放前，华华书店在上海办过《童话连丛》，那是广义的童话，也登一些真实的故事。60 年代，在上海筹备创办过《童话丛刊》，由少年儿童出版社出版，编成《童话一集》，准备二集、三集，连着编下去。由于"文革"来了，就此中断。新蕾出版社的《童话》丛刊聘请叶圣陶、叶君健、包蕾、华君武、任溶溶、严文井、陈伯吹、陈子君、张天翼、金近、郑文光、贺宜、洪汛涛、黄庆云、葛翠琳为顾问，《童话》丛刊正式问世。这是我国第一本专门性童话刊物。这一本刊物的出版，引起国内外儿童文学界的注意。第一辑和第二辑，还再版了多次。丛刊再版是罕有的事，足见这一刊物的影响。

这本丛刊的编选出版，对童话创作不仅提供了发表园地，并且培养了一大批新的童话作者。

当然，近年来《童话》丛刊印刷周期特长，几乎一年见不到一两本，这是很遗憾的事。但愿《童话》丛刊能振作精神，以崭新的面貌，定期和小读者见面。

嗣后，我们看到了山西青年报社办的《童话大王》、河北少年儿童出版社办的《大童话家》、上海少年报办的《童话报》。

这些童话报刊上，还有其他一些儿童文学报刊上，也越来越多地发表童话了，这是好现象。

近年来，童话报刊多起来，童话新人络绎出现，他们都写出了有质量的童话作品。

童话创作讨论会，自1977年5月北京那一次以后，陆续举行，规模大小都有。

1980年5月，《儿童文学》编辑部乘第二次全国评奖众多童话作家在京之机，举行了一个童话讨论会。这个会的参加者大多是在京的童话青年作者。会上，大家对童话的功能、构思、意境、形式、语言等问题作了发言。这次会议主要探讨了童话的一些基础理论问题。

1981年7月，少年儿童出版社在上海举行童话座谈会。这次会议主要是作家们畅谈童话创作体会，交换了对当前童话的看法。

1983年5月，《儿童文学》编辑部在安徽屯溪举行童话创作笔会。这次会议讨论了童话的概念、童话与生活等问题。

1984年4月，浙江作协在杭州举行童话创作会议，浙江童话作者和京津沪童话书刊编辑参加。座谈童话的任务作用、童话的艺术技巧诸问题。

这一类童话专业讨论会，各省、市、自治区也曾举行，特别在北京、上海，童话作家经常聚会，或讨论某一作品，或讨论某位作家作品。逢安徒生、格林等世界童话大师纪念日，也举行专题报告会。

至于全国性的儿童文学创作讨论会、理论讨论会，也必然讨论到儿童文学的主要样式——童话。

1984年6月，在河北石家庄举行了全国儿童文学理论会，会上代表们在肯定童话创作取得成绩的基础上，也对当前童话创作中的一些倾向问题，提出了意见。

1986年5月，在山东烟台举行了全国儿童文学创作会议。童话组对当前童话趋向作了议论。

这些童话专业会议，一些全国性和地方性的儿童文学会议，也都讨论了童话的继承与革新。针对现状，探索明天，这种种讨论都是十分有益的。

可惜的是，这些会议缺乏系统性、连续性，会期都太短促，不能很深入地来发掘一些专题进行交流，常常流于泛泛而谈。

童话发展，要出作品，要出人。现今的童话创作队伍还是不大的，与三亿童话读者是极不相称的。

这几年，儿童文学界，由文化部少儿司牵头，全国各地举办过一系列的儿童文学讲习班。规模之大是前所未有的。计有北京、天津、河北、山西、内蒙古、黑龙江、吉林、辽宁、甘肃、宁夏、陕西、新疆、青海、四川、云南、西藏、贵州、广东、广西、湖南等省、市、自治区，在连续三四年中都联合或分别举办了这类讲习班。一些有成就的童话老作家、理论家被聘邀为讲师团成员，赴各地讲学。参加的大多是该地区中青年儿童文学作者。加起来已有千余人参加过讲习班学习，其中有不少是童话作者。这些童话作者，很大一部分，近年已活跃于文坛，写了一些有影响的优秀童话作品。

这些班都取得了优异的成就，对培养童话新人，振兴童话，起了一定的作用。

希望这样的讲习班，各地都能举办，而且隔几年办一次，使更多的新作者进入童话创作队伍中来。

童话这一样式，有它很大的特殊性。童话向来是被称为"美丽而困难的文体"。这几年，童话出现了一些新人，但比起儿童小说来，要少得多。这几年出现的儿童小说新人，可说是成批成群的。但童话新人是以个计算的。童话作家曾撰文认为，培养童话作者，要从儿童时代做起。多方呼吁并倡议少年儿童多读童话，在课文中增加童话，也鼓励孩子在写作文时写童话，大力开发儿童的幻想力。

这倡议，得到各界的重视。有不少学校已在这样试验。湖南湘西凤凰县箭道坪小学，成立了一个读童话、写童话的实验班，1985年6月开了一个鉴定会，全国各地去的专家们肯定了这一做法。目前，他们的经验正在推广。

当然，培养童话新人，应该多渠道进行。

大专院校中文系应该开童话选修课，师范大学、师范学院更应开童话选修课，至于中等师范、幼儿师范、艺术师范，更应把童话作为必修课。

我国在1925年就曾在上海大学由赵景深教授开设过童话课，而到了六十年以后，却没有一个学校开童话课，这不是太不应该了吗？

这些年，童话作家出版的童话专集、选集是不少的。其他一些童话作家也出版了各种童话作品集。如果收集在一起，也是很可观的。

如果再把散见于报刊的童话作品统计在内，那数量就更多了。

有人想做做十年来童话书目篇目索引，终于没有能完成，因为数量太多了。

就是这个缘故，促使这几年出版了许多童话选本。把这众多的散于各书籍报刊的童话，择其佼佼者，汇聚在一起出版，这工作是很有必要的。

十年来的童话选本，除了上海教育出版社的《童话选》、人民文学出版社的《童话寓言选》、新蕾出版社的《获奖童话寓言选》外，还有中国少年儿童出版社编辑出版的《中国优秀童话选》（1922—1979），共收五十多年来各时期童话代表作33篇；以及江苏人民出版社出版、少年报社编的《中国现代儿童文学选·童话》，这一选本，则是中华人民共和国成立前的童话资料本，书后附有《"五四"以来三十年童话简述》一文，介绍了我国童话发展的概况。

辽宁少年儿童出版社出版的《中国童话界·新时期童话选》，是目下最有分量、具有代表性的一本童话选本，选收各家新作80多篇，其中还有港台童话作品选。书末附有童话大事记和童话论文篇目索引，显示了选本的特色。全书近 60 万字，可算当前最大规模的选本。江西少年儿童出版社出版的《中国童话界·低幼童话选》，是我国第一本低幼童话选本，选收中华人民共和国成立以来 100 位作家的 100 篇童话作品，从本书可以看出低幼童话发展的大致面貌。

前不久，在中国作协于烟台举行的全国儿童文学创作会议上，代表们提出，希望创办一本《童话选刊》，已在筹备中，可于 1987 年问世。

童话选集、选本、选刊的出版，是童话创作的汇报，也可说是一次次评奖，把优秀的童话作品推荐给了少年儿童读者。

这些选本都是发行国内外的，它们代表了我国童话创作的水平。

童话理论研究工作，在十年中大有发展。童话创作上去了，必然促使童话理论研究上去。童话理论发展了，也促进童话创作的发展。童话创作与童话理论，是你前我后，我前你后，相辅相成的，是童话前进的两条腿，缺一不可。

一份十年童话论文目录索引，也是长长的一大篇，估计散在各报的篇章，还会有遗漏。

这些年，童话老作家们以及评论家们都写过理论性的童话评述文字。有的还写了一些有童话理论见地的序跋。如果把这些文章收集起来，完全可以编一本很有价值的《童话作家论童话》了。

这十年中写了童话理论文字的，还有许多中青年作家、理论家，他们的童话理论研究评述文字，都是有价值的。

十年中出版的儿童文学理论集中，收入的童话论文也有一些，如《儿童文学简论》《小百花园丁杂说》《儿童·文学·作家》，以及其他一些儿童文学概论、史话、论集中，都有一些很有新见地的童话论述。

童话理论专集是不多的。

1981 年 4 月，贺宜的《漫话童话》由四川人民出版社出版。此书共分为什么是童话、童话的体裁和表现手法、童话的根本特征和要素、童话和生活、作为好童话的条件等五章。全书 4 万字。

1984 年，方仁工编著的《童话十家》由河南少年儿童出版社出版，选收叶圣陶、叶君健、包蕾、严文井、张天翼、陈伯吹、金近、洪汛涛、贺宜、葛翠琳 10 位大家的新作 20 篇，逐篇写出分析文字，从作品谈艺术欣赏，阐述了童话美学、童话心理学、童话社会学等主题，是一本有研究价值的学术著作。全书约 23 万字。

湖南少年儿童出版社也出版了一本《童话欣赏》，是专为少年儿童读者编写的。它写得浅显、通俗，为少年儿童所爱读。

四川民族出版社在 1985 年出版了《中国民间童话概说》，对民间童话作了系统的论述，全书 28 万字，资料丰富，对创作界了解民间童话，是有很大帮助的。

近年来，童话作家洪汛涛一直在做童话的研究工作，他将他童话创作的心得、研究童话的成果，著述成《童话学》一书。全书 40 多万字，论述了童话各方面的问题。该专著由安徽少年儿童出版社出版。洪汛涛的另一本童话论著《童话艺术思考》也已写完，有 10 多万字。

童话理论专著应该源源不断问世，希望童话概论、童话史、童话辞典、童话年鉴、童话美学、童话心理学等，一本接一本出来。

我们的童话应该不断地多出好作品，也多出好理论。

十年的童话创作，是在弯弯曲曲的道路上前进的，总趋势是向前发展的。

及后，兴起了抒情的童话。这些作品追求美，追求感情，追求意境。它们美丽如诗，富有韵律，耐人咀嚼，哲理意味深长，如《浮云》《气球、瓷瓶和手绢》《歌孩》《沼泽里的故事》《不泄气的猫姑娘》《南风的话》《春夏秋冬》，等等，可说是一篇篇幻想体的优美的散文。

这类作品还有《冰的画》《大海，梦着一个童话》《风的故事》《星星湖》《红霞飘落的地方》，等等。

品德教育的童话，一向被视为童话的正统，历来盛行不衰。有的主题虽然经人一写再写，但由于艺术构思精巧不同，有的题材习见，经作家生花之笔，一作点缀，便出新奇之意。这一类上乘作品甚多。很多童话作家都有这方面的例作可举。前几年的新篇中，如《聪明牌铅笔》《神笔牛良》《小贝流浪记》《车马炮》《奶奶的怪耳朵》等，都是这一类佳作。

近年来，有的年轻作者在提倡"热闹派"童话。关于"热闹派"的提法，至今还是颇多异议。因为"热闹"只是生活的一种现象，一种形式。而生活是五光十色、变化多异的，一个童话作者如果只表现生活中的一小部分"热闹"，那小读者是不会满足的。再说，热闹和抒情，一是现象，一是手法，两者并不对立，宇宙之大，天地之广，世事之纷繁，也绝非热闹和抒情两者可概括。再说这一类童话，实际上向来有之，《大林和小林》《秃秃大王》是，《"下次开船"港》是，《一出好险的戏》是，《没头脑和不高兴》《一个天才的杂技演员》是，《一张考卷》《半半的半个童话》是，《半边城》《会翻跟头的小木偶》是，而且就是那种喜剧型、闹剧型的讽刺童话吧！这样的童话，是童话门类中颇为重要的，是必不可少的。近年来，热衷于写这一类型童话的作者有几位二三十岁的年轻人，他们在这方面，继承了过去的优秀传统，并多有创造和发展，他们的作品受到小读者的欢迎，他们出手快，作品多，这是一种可喜的现象。

童话光继承，不创新是不好的，我们不否定过去，却要放眼未来。我们童话作家的责任应该是承上启下。

我们不折断童话的历史，不能使童话有断裂层。同时，我们要脚踏在童话现实的土地上，作种种新的探索。

童话不探索、不创新，就无法反映我们的时代。崭新的时代，要求我们创造出崭新的童话来。

目前，有人在提倡什么"朦胧童话""模糊童话"。由于何谓"朦胧童话""模糊童话"，概念不清，理解不一，很难说对或不对。如果是一个童话的多主题，或者说无主题，只是记述一段有趣的故事，没有什么思想意义，或者采用时空交错、跳跃，快节奏的手法，或者故事淡化，用儿童的意识流动手法，这都未尝不可。要是故作玄虚，随意乱想，使小读者读来不知所云，这恐怕是行不通的，因为童话是给儿童读者读的。如果在作品中增加一道纱幕，显示一种朦胧美、模糊美，是完全可以的，雾里看花，也别具一番风味。但雾里看花，总得要孩子看见花，如果看来花非花、雾非雾，不知看什么，却是不好的。

有人在提倡童话的"非故事""非情节"。如果有一些童话，就是抒情写景，没有多大故事情节，这是可以的，但童话毕竟不是散文，而是小说，总是有情节的好。要是有一个"非故事""非情节"的稍长一点的中篇童话，送给孩子去看，他有那份兴趣耐心读下去吗？童话，还应该考虑儿童读者的心理，童话艺术是不能与儿童心理相违背的。童话可以不写人物，单写故事，因为对儿童来说，故事比人物更重要。但这不能反过来说，童话不需要写人物。童话写人物，总比不写人物好。童话不同于成人文学，对象不同。有些成人文学中的观念、手法，可以搬到童话中来为童话所用。有些观念、手法搬到童话中来，是不能被童话所用的。

童话是要开放的，但开放不等于就是向成人文学开放，更不是把成人文学当中的种种观念、手法，全搬到童话里来。

所以说，童话应该有童话美学，应该有童话心理学，这是非常必要的。

探索是好事。但探索的结果，一定有成功的，也有失败的。因为探索不等于成功。探索是应该允许失败的。探索一次不成，可以二探、三探、四探、五探……直至成功。

探索，眼下也有一种不好的风气，就是不以创作实践，不以作品为基础，而是找到一个什么观点（有的是从成人文学那里搬过来的，有的是从外国理论里摘取来的），然后找童话的例子去引证，这样的理论研究的探索，是很少有好处的。探索，应该在客观的事实上去探索，去作认真、严肃、踏实、艰苦的探索。

探索，也切忌一窝蜂，要各人走各人的路。现在，一说探索，常常大家一齐往一条路上挤，这种探索风气也不好，是难以出成果的。

童话探索的路，不应该是一条，而应该是许多条。

近年来的童话创作倾向，大致有以下两种：

一种是如何对待幻想问题。近年有人提出童话"非幻想"化，认为童话应该"和生活贴近"，要从"虚无缥缈的世界回到真实生活中来"。童话是应该反映生活的，但是童话要有童话的反映法。童话的幻想，原是来之于生活，而反过来反映生活，但是它是通过虚假的幻想处理来达到这目的的。幻想是童话的双翅，如果没有翅膀，鸟是飞不起来的，它也就不是鸟了。没有幻想，就不是童话。所以一切否定幻想的说法，一切抛开幻想的做法，都是取消童话。反过来，也有人提出"超幻想"化。幻想，本来就是一种超想象。提幻想，是恰如其分的。不知道为什么要提"超幻想"呢？如果是说"富于幻想"，那就是"富于幻想"，不必去提什么"超幻想"。要是有人认为"超幻想"还不够，是不是来一个"超超超幻想"呢？所以，这个"超幻想"，内涵并不明确。如果有人把它理解成为随意乱想，那就很不好。幻想绝不是随意乱想，它仍以生活为依据。

一种是怎样区别幻想问题。这些年，有些人提倡"科学童话和文学童话无差异"，把童话和科幻故事混同起来。出现这一情况的原因是前几年各地都涌现了一大批写科幻故事的作者，他们写了些很好的科幻故事；但也有人写的一些科幻故事不那么好，有种种问题。于是报刊上发表了较多的批评文字，有的报刊不大愿意再登这类作品，于是这些作者便相继转到童话界来了。他们对童话不是太了解，有意识无意识地把科幻的那套东西带进了童话。他们也把外国那种种科幻故事当作童话来引进。于是童话里大量出现了天外来客、宇宙飞人、星空大战那一类科幻故事。这股风，至今还在蔓延。当然，童话和科幻故事可以结合，也可以同在，但不能让童话去走科幻化的道路。因为童话的幻想和科幻故事的幻想，终究是有区别的。童话的幻想立足于生活，科幻故事的幻想立足于科学。童话幻想目的是反映生活，科幻故事幻想目的是反映科学。童话的幻想是不能实现的，科幻故事的幻想是有可能实现的。这种种理论问题，有待于专家去作研究，有人会写出精辟的理论文字来的。

有人认为童话界十分平静，没有什么争议，这是不明真相。

童话界是有许多争议的，争议也是激烈的。

有争议，这是好事，童话是在争议中向前发展的。

主要的一个争论，是关于童话的"童话逻辑"问题。

童话逻辑性的争议，表现的焦点在拟人化童话的"物性"上。

一种意见认为："'童话的逻辑性'是童话创作所应具备的艺术因素之一"（《小百花园丁杂说》第 96 页）。认为"童话的逻辑性是幻想与现象相结合的规律"（《儿童文学讲座》第 69 页）。

一种意见认为："'童话的逻辑性'，就很有些值得研究处"，是"设框框来束缚自己的手脚"，是"妨碍着童话的发展"的（《人民文学》1983 年第 5 期）。

前者认为，"一只好客的兔子在招待客人的时候，也并不请人家大吃'红烧牛肉'和'鱼汤'，因为它一向是素食的"（《儿童文学讲座》第 70 页）。

后者认为，"那里的论述完全脱离开孩子的特点，只以成人认识的尺度，罗列出许多禁忌，诸如童话中的人物如属素食的动物，就决不可以吃荤腥之类"（《人民文学》1983 年第 5 期）。

由于童话理论太少和其他一些原因，这一争议没有得到展开和深入。

当然，这一争议中，有的是大家对于"童话逻辑性""物性"的概念理解不一，有的确实是看法上有分歧。

这是童话创作和理论研究中的十分重要的问题，要是能更进一步地使得讨论深化，那就更有其益了。

童话上的争议是不少的。如童话的民族化问题，童话的现代化问题，童话和生活的关系问题，童话的开放和引进问题，童话的改革和创新问题……

希望童话界的同志都来参加这种种争议，把争议的幕布揭开，把不同意见端出来。

这几年，童话出现了众多的好作品，这是童话的主流，但是也有一些作品不那么好，或者很不好。1984 年 6 月在石家庄举行的全国儿童文学理论会的会议纪要中指出："有些童话缺乏幻想，有些幻想又太玄，有着很大的随意性，表现形式和手法也比较老套；有些童话不够美，甚至过多地渲染不健康的脏话，在小读者中产生不好的影响。题材面也较窄，比较多的是写孩子们身上的缺点。在学习和借鉴西方经验方面，出现了过多的模仿，而成为不中不西，或者干脆就是洋化了的东西，甚至连主人公的名字都是洋化的。"确实，有的作品格调低下，不伦不类，写得还很丑恶，希望引起大家的注意。童话作家金近在 1985 年 9 月 10 日《人民日报》上《为童话说几句话》一文中写道："有的把童话当作万能工具，怎么变都可以。比如，在一个完全现实的环境里，突然出来个动物昆虫之类跟人对话的场面，弄得不伦不类；有的把童话当作玩具，认为向小孩逗乐就是写童话的目的；有的干脆宣布写童话不要生活，可以任意胡编乱造；有的认为童话只要幻想就够了，幻想是单纯为了发展孩子的智力，偏偏撇开了人的道德修养和社会生活来谈智力。""把童话创作当作变戏法的玩艺儿，以想入非非地乱追求形式为满足，不仅把童话庸俗化了，也败坏了童话的声誉。"这番语重心长的话，引起了童话界的震动。当然，金近的话，不是针对某个人说的，而是针对一种现象说的。这种现象应该加以注意，敲敲警钟很好。我们应该多给童话生色添香，切不可给童话带来坏声誉。

童话应该是高格调的，是严肃的文学，绝不是那种游戏文字。

我们要为童话开拓一条宽阔的正道，披荆斩棘，使童话健康地向前发展。

金近在此文的末尾写道："孩子们喜欢童话，我们更要努力写出为他们所喜爱，又对他们有教益的童话来。童话是以美见称的，是可口的精神食粮，是最受孩子们欢迎的朋友，但愿我们的童话能多给孩子们一些生活的启示和美的享受。"

由于童话作家的努力，使得童话和十年前的童话传统衔接起来，并使童话得到发展，推向了下一个新十年。

这十年，是童话继往开来的十年。

编者注：本文是海燕出版社出版、洪汛涛主编的《中国儿童文学十年》中的一篇。"1976—1986 中国童话总评述"的副标题是编者加的。

童话 1988

　　1988 年，从宏观来看，儿童文学正在滑坡，往低谷滑行着。童话也不可避免，比起前几年，那股蓬勃的活力和锐势，似乎有所削弱和疲挫。有的童话作家，这一年中几乎没有发表过作品，或者发表得非常少。有的少年儿童报刊，这一年中发表的童话作品，质量很差。就全年所能看到的童话作品，非常突出的，也很难举出多少来。我们这一年中的童话作品，和拥有三亿五千万少年儿童读者的实际状况，不是相称的。

　　自然，就微观来看，相对说，童话在儿童文学的大整体中，还是发达的一部分。这一年中，北京的《儿童文学》《东方少年》，天津的《童话》，上海的《少年文艺》《童话报》，这些主要的报刊上，还是发表了一些很好的和较好的童话作品，这些童话作品受到广大少年儿童读者的欢迎。

　　读这一年的作品，叫人心情沉重的，是我们老童话作家的作品愈来愈少。继童话大师张天翼、贺宜的先后离世，1988 年我们的童话先驱叶圣陶又别我们而去了。现时还健在的童话老作家，或病，或忙，他们的新作品很难读到了。但是他们仍然关心着童话，他们或在对童话作研究，或在给童话新人作扶持和指导。他们有许许多多宝贵的经验和教训，要无保留地提供给后来人，免得继往开来的年轻人再走他们走过的弯路。我们的年轻人，自然需要更多的谦虚，不要多提什么"代沟"和"反差"。童话一家人，三代同一堂，大家共同为繁荣童话，去作最大的努力吧！今天童话的这份成绩，是我们老中青三代作家一起开拓，一起耕耘所撷取得来的新硕果。

读这一年的作品，心绪也是欣悦的，因为我看到一批批年轻的童话新人在成熟。他们写童话，已不是信手拈来皆成文章。他们写作一篇作品，经过深思熟虑，他们已能够熟练地驾驭童话艺术的马车了。他们的童话作品，开始有深度，经得起细细咀嚼，读后可以给人以启示。

这可举上海的周锐为例。我读了他这一年所发表的全部童话作品。比起前几年，他的创作数量是减少了，但他的这些作品，几乎每篇都不错，这都是这位童话新作家成熟了的依据。

在《儿童文学选刊》上，周锐曾写过一篇他对于童话的见解的短文，在那篇短文里，他把童话比喻为"点心"。写童话，就是为儿童制作"点心"。这一比喻，没有错。给孩子写童话，是应该像给孩子制作点心一样，要好吃，要易消化，还要有营养。给孩子写童话，也是要孩子喜欢读，要读得懂，还要有意义。确实，周锐是按他的"点心说"来写作童话的，他的许多童话作品，是"点心"式的，甜滋滋，他像一位点心厨师一样为孩子写了许多好作品。

1988年，他发表在《儿童文学》上的那篇《森林手记》，却有些辛辣了。我觉得再把它称之为"点心"式的童话，并不那么贴切了。这篇童话写的是一位兽语大学的学生，给森林里的动物俘获了，动物们将他"关"在森林中，让动物们参观，并向人们提出释放动物园动物的请求，要求动物回归森林，后来终于达到了目的。这童话显然并非只是说明人们不应设立动物园，让动物们回到森林里，而是在呼唤一种失落的东西，主题是深刻的。它给读者以启示，让读者去作多方面的思索。

1988年，他发表在《少年文艺》上的那篇《表情广播操》，也是一篇具有强烈生活气息、强烈社会性和时代精神的作品。

在读周锐这些童话的同时，我又读到他在 1988 年中发表的一篇他对于童话见解的短文，他说他的童话是"被蚊子咬出来的"。周锐的生活道路是坎坷的，他有在基层的生活中打滚的经历。确实，蚊子的叮咬，对于作家也有益处，周锐写出了一些真诚反映生活、发自肺腑、时代感强烈的童话。

我以为周锐从"点心说"到"蚊咬说"，是认识上的一个飞跃，是他童话创作上的一个飞跃。点心说，作者是置身于读者之外，写童话是一种"供给"，是"为"孩子写童话。蚊咬说，作者是置身于生活之中，写童话出之于本身的心声，作家、读者合于一体。点心说，是说祖国的花朵们，我爱你们，请吃点心吧！蚊咬说，则告诫孩子们，别以为我们经过了无数次的爱国卫生活动，可还有蚊子叮咬呢。

也有人会说，点心说，是比喻儿童文学，蚊咬说则是成人文学的主张。我以为，我们面前的社会，任何的社会，总是一块开放的坦露体。孩子的视野，是很难有一道幕布掩遮的。社会上的形形色色，都会反映在我们孩子的头脑里，也会从他们的行为上反映出来。我们的童话怎么办呢？采取虚无的掩盖，还是真诚地引导？我们正面临着抉择。

我们的童话，一向被称作"快乐"的文学。童话应该给儿童带去快乐，但是这"快乐"被强调过头，或作了片面的理解，成了生活的粉饰，那是会离开儿童，离开社会和时代的。

我们有一些童话作者，把自己和孩子都泡在糖水里，或风花雪月，或插科打诨，或无病呻吟，以制造趣味而趣味，这种童话只求博得读者一笑，笑过以后什么也没有留下。这种童话是苍白的，苍白得使人发笑，笑多了，也是难受的事。

我这样说，并不是指责那种逗人发笑的轻松的童话，更不是说童话应该回到过去那种板着脸说教的年代去。而是说，童话总得应该给读者留下什么。童话有它的严肃性，应该真诚地去对待生活。童话是反映生活的，它应该和社会和时代紧紧贴在一起。

我们的童话作家应该有责任感，真诚地生活，真诚地写作。我们要写出真诚的童话来。用现代流行的术语说，恐怕这就是童话良知的觉醒吧。

我们的童话，在早些年，是强调生活真实的（当然要通过幻想），但那时的生活真实，却被扭曲为政治的说教。生活真实成了政治的附庸。在前些年，为了改变这一倾向，强调了童话的趣味性，又走到了另一个极端，成了唯趣味，粉饰欢乐，矫揉造作，装腔作势的作品，浮嚣尘上。1988年，童话这一趋势，已在悄悄地转折。这一转折，估计将使1989年的童话会有更大的改观。

葛冰发表于《儿童时代》上的《"意想不到"牌啤酒》，是葛冰众多优秀童话中的一篇。虽然不能说在艺术上非常出色，但可说这篇作品是葛冰童话写作上一个明显的超越。在这篇作品里，葛冰蓄意另辟蹊径，写了一只小狐狸偷了神奇的药酒，这三盅酒构成了一个新颖奇特的"意想不到"的故事，这是一个富有民族色彩的童话作品。

关于童话的民族化问题，随着一些人的民族意识的淡化而淡化。近几年，市面确实流行"洋"童话，以"洋"为时髦。有一些童话，如果不看署名，会以为是从哪个国家翻译过来的。几个人这么写，许多人跟着效仿。有人把民族化贬为"土"，说这是童话上的"新旧洋土之争"，还说"土久必洋"。竟还有说童话民族化是一种"崇洋"思想，说外国人喜欢中国土味的作品，提倡民族化，乃投外国人所好。

这是当前社会上那股否定民族文化的思潮在童话领域里的反映。民族意识淡薄的危机，也正在威胁着我们的童话。

民族化不是复古化，不是重复古人。对童话的民族化，须作正确的理解。

猫、鸡、狗、兔，也是外国的好，这种意识是不健康的。尽是公爵、警长、侦探、水手的作品，孩子们也该看腻了。

许多写童话的作家在执着追求在自己的作品中反映自己的"性格"，这是很好的，但是也应该在各自的作品中反映我们民族的"性格"。

模仿、重复，是没有出路的。前些年，阿童木热，出现了许多阿童木式的作品，后来是米老鼠和唐老鸭热，出现了许多米老鼠、唐老鸭式的作品。1988年是变形金刚热，又大量出现了变形金刚式的作品。我想，应该把这种变形金刚现象，看成我们的耻辱和无能。社会上，包括新闻、出版、影视界，连我们的儿童文学界、童话界，许多人把阿童木、米老鼠、唐老鸭、变形金刚，都列作"童话形象"，这是缺乏常识。自然这也怪我们童话界没有写文章宣传和解释。尤其是《变形金刚》，实为商业广告，粗制滥造，在艺术上并无可取之处，竟也混迹童话作品之中，造成童话的混乱。

1988年，童话的民族化，有一定程度的进步。一些好作品，大部分是很具有民族特色的。同时出现了一些重复洋人的作品，在民族观念滑坡的社会思潮影响中，童话是难以避免这一思潮的冲击的。这情况，看来还会延续一个时期。

1988年，童话作家们都在进行种种新探索。有的很成功，有的失败了，有的引起了争议。大家对《少年文艺》上金逸铭的那篇《长河一少年》，意见纷纭，各执一词，也各有各理。这篇作品，作者试图把诗的表现手法引进童话。这些年，我们的许多童话，诗味太少，应该多向诗汲取滋养。童话可以有童话诗，自然可以有诗童话。这篇作品写了大河，写了大河文化，写了大河少年，提出了民族意识的思考，这些都是应该肯定的。当然对小读者来说，运用诗的象征手法，还要有个如何使一般的少年读者能够理解和接受的问题。我赞成童话诗化的探索。可是，诗和童话的融贯，并不是一件太容易的事。希望作者能把这一探索继续下去。

　　写童话应该有一种探索，有探索才会有超越。我们有的童话作者，刚冒出来时，确实出手不凡，起点很高，才华洋溢，作品很有光彩。但几年一过，就显得笔力疲软，写来写去，离不开那个固定的调调，老是重复自己，作品提不高，就只得以量取胜，自己也非常焦急和苦恼。这是什么原因呢？有人认为，一位作家才华总是有限度的，出好作品也不过是那么几年，之后便要每况愈下了。自然，这也有一定的道理。我认为，除此以外，还有个根底问题。那就是生活和读书。现在，我发现，有的童话作者，离生活愈来愈远了，连别人的作品都不看的也大有人在。这是一种危险的现象，会造成自己作品的"陈旧"和"老化"。

　　探索，绝不能是一种探索。也不能仅仅是形式上的探索。探索应该是多元的。这些年，有的人爱把那种"看不懂"的童话，标上"探索童话"的字样，借以引起读者注意。其实，这是帮了倒忙，好像别的探索，就不是探索，只有"看不懂"才是探索，把"探索"的名声弄坏了。这样就使得有的读者一看是"探索作品"，就丢开不看了。确实有标明"探索童话"的作品，不问对象，不知所云，把成人的那种搔首弄姿、自作聪明、自我卖弄的所谓"感觉"，乱写一气，以糊弄读者。这种脱离儿童、脱离生活的东西，不管贴什么标签，那都是一种浪费。

　　有人也在作如何把新科学写进童话的探索。我觉得这提法不恰切、不妥当。童话要反映现实，当然要写进新科学。但不是为写新科学而加进新科学。新科学和现实生活是一体的，不是外加的。有一篇童话，写人和动物园里的兽类对话，这完全可以。但是这作品，偏要插上一个科学博士，送来一只小圆罐，挂在铁栏栅上，说这是一个什么最新科学的"电脑人兽转话机"，有这个电脑，人言可译成兽语，兽语可译成人言，人和兽就对起话来了。其实，这一"注解"式的说明，反而把这童话的幻想给破坏了。我发现，去年一年的童话中仍有不少这样的"多此一举"。1988 年的童话中，尽写什么机，什么器，着眼于奇特"发明"的故事太多了。那是"科幻故事"，不是"童话"。童话得防止这种"科幻化"的倾向。童话的现代化，并不是看一个作品中加进了多少新科学。无怪有人批评我们的童话，过去是"戏不够，神来凑"，现在是"戏不够，科学博士凑"。我们童话中各种各样的科学博士愈来愈举足轻重了。童话要"现代化"，但童话的现代化，是整个童话从内容到形式的现代化。童话的现代化，首先是它的内涵，反映了什么，并不是加进去什么新科学。

当前，有一些童话，缺乏幻想。幻想是童话的核心，缺乏幻想，便不是童话。有一些作品，它完全是人的生活故事，一个侦破故事，一个打斗故事，只是把故事中的人物的名字一一换上动物或别的什么物的名字。什么冰激凌太太失踪、泡泡糖探长破案、番木瓜大盗抢劫购物中心、西红柿元帅远征 T 星球，乱七八糟、不伦不类的东西常可见诸报刊。

1988 年，有一些作者在严肃认真地探索，写出一篇一篇好作品，也有一些作者却一味在迎合低级趣味，写那种庸俗、丑恶的东西，什么拖鼻涕、拍马屁、打屁股、粪坑茅厕、剖肚挖心，都被写成童话。童话的幻想功能，是必须和审美功能相结合的。童话的幻想，是美的幻想。童话的美，是幻想的美。童话有童话的美学。童话是一种美的文学，它虽然也是一种通俗文学，但它是严肃的、是高雅的。我们的报刊出版物，绝不能和地摊小报同流。

1988 年，我也阅读了大量的少年儿童自己写的童话。由于有关方面的重视和支持，报刊上发表的孩子写的童话多起来了。童话进入了教育，进入了课堂，少年儿童的幻想智商得到了开发。1988 年第一届全国少年儿童"金凤凰"童话大赛的征文，发掘了许多很不错的童话。小作者从小学一年级到初中二年级都有。

　　这里我还想谈这么一点，看来，我们有一些童话作者，幻想老是放不开，有一些教师和编辑对幻想就是难理解。我想，这和他们孩提时代缺乏童话的素养有关系。在他们的幻想力旺盛的童年，童话（包括口承童话）绝迹，幻想被压制，他们成了"先天不足"的一代、童话断裂的一代。过去是过去了，来时可追，这一代的后天应该很好地调理，应帮助这一代人提高。同时，我们不能再忽视当代少年儿童幻想力的开发，不能不在他们的孩提时代，提高他们的童话艺术素养。我为此大声疾呼过，这是一项很重要的基础工程。因为一个童话真正大繁荣的黄金时期，将会在这一代少年儿童成长的那个崭新的时代出现。

　　1988 年的童话，我作如是观，个人意见，想到就说，欠当之处，请多谅宥。

　　1989 年的童话将如何呢？这有赖大家各方面的努力，但愿能有所回升，有所发展，有所长进！

　　当然，世界有儿童在，必有童话在。童话是要大大繁荣的。

童话十件大事

小时候，喜欢叫大人们说童话。识了字，读过一些童话。后来，自己学着写童话。慢慢地，慢慢地，童话写多了，不想被人也叫作"童话作家"。

这样，自己的命运就和童话的命运，系在一起了。

这几年，童话的形势是喜人的。消失多年的童话，又抛头露面，回到了孩子们的生活中间。渐渐地，写童话的人多起来了。渐渐地，童话好作品，多起来了。

我以为，粉碎"四人帮"之后，标志着童话发展的，有十件大事。

第一件，《北京少年》和《北京儿童》编辑部，在北京举行童话座谈会。（1977年）

第二件，上海教育出版社编辑、出版"五四"以来的《童话选》。（1978年）

第三件，人民文学出版社编辑、出版新中国成立三十年来的《童话寓言选》。（1979年）

第四件，《儿童文学》《少年文艺》等刊物，出版"童话专辑"。（1979年）

第五件，新蕾出版社创办《童话》丛刊。（1980年）

第六件，第二次全国少年儿童文艺创作评奖，一大批优秀童话获奖。（1980年）

第七件,《儿童文学》编辑部,在北京举行童话创作座谈会。（1980 年）

第八件,《儿童时代》社举办"童话征文"。（1981 年）

第九件,少年儿童出版社在上海举行童话讨论会。（1981 年）

第十件,《少年文艺》编辑部举办"童话新作展"。（1982 年）

童话,已从"复活"阶段走向"复兴"阶段。我预料,一个繁荣的童话时期,很快就要到来。

我以为,当前,我们的童话,应强调,一是民族化,一是现代化,也就是,既要有民族特色,又要有现实意义。

中国是一个童话古国,中国人民是富于幻想的。我想,我们的童话创作,一定会出现许多夺目于世界的新篇章,为人类儿童文学宝库添增珍品。

我对童话的前途,充满乐观和信心。

愿与有志于童话创作的同人,共同加倍努力,为童话——这一儿童最喜爱的文学形式的兴旺,作出应有贡献。

让为数众多的孩子,能从童话中,有所收益。

1982 年冬于上海

《童话》十年

我和钟子芒同志曾在上海少年儿童出版社编过一个童话丛刊，叫《童话一集》，想一集、二集、三集地办下去。

"文革"结束后，童话是最先苏醒的。钟子芒同志已经谢世。我多么想能把童话刊物办起来。

正在想时，天津新蕾出版社的编辑柯玉生同志出现在我家门前。他回出版界不久，就想着这件事，而且他们还有具体的打算，要办一本童话的刊物。

我们想到一块去了。说办就办了。

这就是这问世已经十年的《童话》丛刊的来历。

消息一传出，童话界的同人都十分的支持。新蕾出版社敦请了各方面代表性的童话作家、理论家、翻译家、画家：叶圣陶、叶君健、包蕾、华君武、任溶溶、严文井、陈伯吹、陈子君、张天翼、金近、郑文光、贺宜、洪汛涛、黄庆云、葛翠琳（以笔画为序）十五位为顾问。

德高望重的童话前驱叶圣陶，为《童话》写了刊名，我国最早写童话的大家茅盾题词致贺："为童话之百花齐放而努力！"

柯玉生同志是位很有组织才能的老编辑，很快约了许多名家的作品。

1979 年，那个很冷的冬天，我在北京为全国少年儿童文艺创作评奖，新蕾出版社邀约我去了天津，在一家旅社的床铺上，摊开了众多的稿件，我和柯玉生同志编出了《童话》的创刊号。

《童话》创刊号，除了叶圣陶、茅盾两位老人的题签、题词外，笔谈中，有冰心的《我的祝愿》、高士其的《插上幻想的翅膀展翅飞翔》、严文井的《童话的题材很多》等。

作品中，最为瞩目的是张天翼的长篇连载《秃秃大王》（分两期登完）。《秃秃大王》，是张天翼的童话力作，和他的《大林和小林》一样影响深远，是我国童话宝库中的一颗明珠，虽然写于1933年，但解放后从未发表过，许多人想读而难以读到，其更可贵的是张天翼当时已生病，但还是逐字逐句地作了修订。《童话》所发表的《秃秃大王》，是这一名作的最后定稿。《童话》发表的《秃秃大王》，配上名画家缪印堂的精美插图，不知吸引了多少爱好童话的小读者。今天，活跃于童话界的不少青年作者，他们热衷追求讽刺、夸张、趣味、热闹的效果，我认为大多得到《秃秃大王》这类作品的启示。

中篇童话还有葛翠琳的《半边城》，是对极"左"思潮的有力嘲讽；吕德华的《莲花姐妹》，是一个优美的传说型的故事；还有我的《半半的半个童话》，是一部童话片的剧本。

短篇童话则有包蕾的《车马炮》、胡景芳的《泉水姑娘》、沈寂的《大大小小》等，一应都是精彩之作。

有如诗如画的郭风的童话散文《草丛间的童话》，孙毅的童话相声《"龟兔赛跑"里的秘密》。

民间童话则有董均伦、江源的《三槐变三坏》，陈玮君的《鲛人泪》，肖甘牛、潘平元的《能哥哥》，赵燕翼的《寻宝记》，还有郑万泽编译的古童话《大罗刹国》。

科学童话有郑文光的《失去的天国》，叶永烈的《照片里的鲸鱼》。

寓言有何公超的《三峰驼》，金江的《从岩缝里长出来的小草》，等等。

翻译童话有戈宝权译的《脏玛纳什卡》,叶君健译的《破匣子》,任溶溶译的《月亮不止一个》。

柯玉生写了采访记,介绍了北京童话大家叶圣陶、张天翼、严文井、金近、葛翠琳的近况。

这期还有方仁工和鲁克写的童话选本的评介。

这一辑《童话》,由于网罗了我国当代第一流的童话名家的新作品,作品风格、样式、品种多样,它是十分有分量的,厚厚350页,真可谓"掷地有声"。《童话》的出版,在儿童文学界是一件震撼人心的大事。当时国内的许多报刊,都介绍了这本丛刊,而且影响也到了国外,国外研究中国儿童文学的学者要了解中国的童话,都要找《童话》。

《童话》有了好的开端,就有好的第二辑、第三辑、第四辑、第五辑……至今已经走过了十年,出版了十八辑。

这十年中,《童话》发表过叶圣陶、张天翼、严文井、叶君健、陈伯吹、贺宜、金近、包蕾、葛翠琳、任溶溶、郑文光、方轶群、梅志、黄庆云、宗璞、吴梦起、黄衣青等等老一辈童话作家的作品,还发表了大量中青年一辈童话作家的作品,如孙幼军、秦裕权、郑渊洁、郭大森、束蕙、冰夫、王凤长、倪树根、彭万洲、周开雾、王兴、李学中、周基亭、方圆、杨楠、康复昆、杨书案、高洪波、魏锡林、张秋生、赵冰波、夏辇生、周锐、彭懿、蔡振兴、武玉桂、饶远、王业伦、明照、李瑶音、张之路,等等。我从《童话》的目录中摘取这份名单,是为了说明《童话》这十年来,它既发表了老童话作家的作品,也十分注重中青年的作品,它以培养童话新人为己任。现在,上面列举的这些新作者中,十年来,有的发表了许多很有质量的童话,在小读者中颇有影响;有的在《童话》上发表的还是童话处女作,现在在童话界已拥有一定的读者群。《童话》十年来一直能在童话报刊界居于首要地位，这是其中的原因之一。它很重视老作家的重大影响，也没有忽视新作家的培养。它发了众多饶有威望的童话大家的作品，但每期都要发一些还不出名的新作者的作品，这样就把新作者也带出来了。这样，童话新作者一批一批，渐渐多起来了。慢慢地，新作者也逐渐成为有一定影响的老作者了。当然，《童话》没有像有的报刊，说要培养年轻新人，把老的作家都抛开，以新人来挤旧人，又偏到另一个极端去。

非常抱歉，后来，我这个《童话》顾问，便很少过问刊物的编辑事务。我和柯玉生同志虽然常常见面，几乎一年都有那么两三次，但是没有再就《童话》刊物的事，作过细致探讨。只是，他寄来的刊物，我每期都看的。后来，我要写那本《童话学》了，还要编《童话选刊》。《童话》我是逐篇细读过的。最近我就细读了新出的《童话》十七辑和十八辑。

前面我谈了《童话》的第一辑，现在就谈谈最近出的十七、十八辑，以两头来窥《童话》的全貌吧！

十七辑里，王亚伦的中篇童话《小黄狗费卡》是写得不错的，作者把那只小黄狗，写得很有"性格"，既可怜，又可爱，也可敬，因为它善良、正义、倔强。虽然它一再受屈辱，但它没有同流合污，它具有强烈的反抗精神，是一个弱小的叛逆者的写照，颇值得一读。（只是那个当警犬的"尾巴"有点"添足"了。）

邓小秋的《我遇到了卓别林》是篇妙趣横生的讽刺童话。康复昆的《娃娃寻梦》，确实是个无比美好和欢乐的孩子梦，读来赏心悦目。饶远的《焦礁》，叙述了一块焦石的经历，是一个含意深刻的喻世之作。夏辇生的《蚂蚁桥》、刘志平的《吃梅花鹿的大灰狼》、于春志的《小草》，都各呈特色，有一定的艺术效果。

孙树芳、孙树松的那一组天津民间童话，和明照的蒙古民间童话，地方风味浓郁，文字洗练明快，也是十分难得的好作品。

十八辑里，发了一组"全国少年儿童'金凤凰'童话写作大赛"的征文，一共十篇作品。其中林金琼的《洁白的月光》、师金石的《白尖漫游记》、张超的《智除狐狸》这三篇孩子自己写的童话获首届"金凤凰奖"。《洁白的月光》写了两个孩子洁白的纯真友情。《白尖漫游记》写得很有地方特色，是一篇天津味的童话。《智除狐狸》写了一群小动物用聪明智慧战胜了残暴的敌人。这三篇作品，我都写了详细的评析文字，编进了湖南教育出版社出版的《中国孩子写的童话·金凤凰（一）》。

夏辇生的《开满鲜花的小伞》、李瑶音的《杂技团的熊猫大明星》、龚治臧的《鸵鸟闯进猎犬世袭领地》，都是很好读的耐人寻味的童话佳作。

至于十九、二十辑，都已发稿，当我这篇介绍文字发表时，一定可以出来，可是现在我没有看到，无法来作具体的议论了。

十年来，《童话》一直是一本严肃的刊物。这里说的严肃，是指《童话》编辑方针和态度的严肃，并不是说《童话》所发表的作品板着面孔，一脸教训孩子的严肃，而是和当前有的少年儿童报刊的"趋时媚俗"这一现状相对而言的。我们回顾十年中，当日本科幻卡通《铁臂阿童木》风靡之时，我们就出现了大量的模仿阿童木的作品。后来卡通《米老鼠和唐老鸭》走红起来，我们看到了众多米老鼠和唐老鸭式的作品。最近，又出来一个《变形金刚》，变形金刚那一类的故事又成了一些人写作的效仿对象。童话借鉴是可以的，但是照搬，而且照搬成风是不能赞同的。何况，《铁臂阿童木》是童话吗？《米老鼠和唐老鸭》是童话吗？《变形金刚》是童话吗？有的作品，写得像外国翻译过来的，认为这样才够味，才是新童话。有的作者连作品中的人物（或动物）非起个洋名字不可，不起洋名字就写不了作品。有的童话，连篇是"蓦然""须臾""倏地""尔后""嗍啾""悱恻""呢喃""彷徨""忐忑"，这类孩子听不懂的陈旧词语，卖弄斯文。有的前言不对后语、大段大段不用标点，糊弄小读者。市上还流行一些巧克力警长探案，泡泡糖小姐失踪，黄瓜大王和西红柿骑士打仗，W星球入侵B星球，瞎七搭八的胡闹作品，也还有一种拖鼻涕大奖赛，肚皮上装拉链，放屁大王打擂台，屎壳郎作寿，连题目都不堪入目的"肮脏"作品。这些作品，随着强调"经济效益"的风潮，正在败坏我们童话的声誉，污染少年儿童读者的心灵。有的报刊已经挡不住了，也有意无意地在刮这样的歪风。而我们的《童话》，十年来，它没有登过这样的作品，所以我说它是严肃的刊物。它十年来，一直是把广大小读者的利益放在首位，扣住质量关。它十年来一直都是高格调的。它追求美好，追求健康。它是一个向上的艺术刊物。

《童话》的讲究质量，我认为具体表现在它实行的是一条童话民族化和童话现代化相结合的办刊方针。《童话》秉承着童话的历史和传统，在历史和传统的坚实基础上，不断地探索和创新。它走的是正道，承上启下、继往开来，坚持童话的中国气魄，坚持童话的时代精神，为童话的发展、繁荣振兴，砥柱中流，作出了一定的贡献。

我是很推崇《童话》所持的宗旨和态度的。

我觉得一份童话的报刊，和一个童话作家一样，应该在我们的广大小读者心目中，树起一个很好的形象。我觉得这形象既不应该是一个面目可憎、毫无笑容、索然乏味、一副训斥别人面孔的人，但也不是故作憨态、插科打诨、乱施噱头、一味逗人取乐的人。他应该是一个有中华民族气质的，具有现代意识的，既严峻认真，又活泼可亲，是孩子乐于接近的严师益友。他有时是一个风趣的长者，有时也是亲切的同龄人。

《童话》是一本严肃的刊物，是不是严肃的刊物就不受小读者的欢迎呢？事实回答是，不。《童话》的创刊号，一共已经再版过三次，印数达十四万册。第二、三、四、十五、十七辑也都再版过。在当前，哪有刊物还重印的。这种现象在当代报刊史上实属罕见，也说明广大小读者是有眼力的，是有欣赏水平的。《童话》是具有见地的。

《童话》是一流的文学刊物。它得到广大少年儿童的如此欢迎，我祝贺它十年的成功！愿它愈办愈好！

当然，《童话》也有它的不足之处，个别的、不是那么好的作品，也可以举出一些。还有它的印刷周期太长，读者不知道什么时候出版。现在决定一年出四本，最好能把它固定下来。当然，如果能够改成双月刊则更好。封面、版式也可以设计得更新颖、活泼一些。我想，这些缺点，如果能够引起他们的重视，《童话》是很快就可以改进的。

《童话》是我国第一本童话专门性的刊物，中国童话界对其寄以很大的希望，世界关心儿童文学的朋友们也看着你们，广大小读者更眼巴巴等待着你们，希望你们为中国的童话的发展，负起更大的责任。

当然，我作为《童话》的顾问，要尽我的责任。

《童话》1989 年第 21 期

欢迎孩子们到瑰丽、神奇的童话宫里来漫游

　　新蕾出版社成立伊始，就办起了《童话》丛刊，把童话介绍给大家。

　　童话，给孩子们带来了道理，告诉孩子们什么是对的，什么是错的，应该爱什么，应该憎什么，引导孩子们去思考一些重要的问题。

　　童话，给孩子们带来了丰富的幻想。带着孩子们一起上天下地，在广袤的天地间遨游，尽情地和日月星辰、山川林木、花鸟虫鱼对话、交往。

　　童话，给孩子们带来了一把把钥匙，让孩子们去开启各种知识宝库的大门。

　　童话，给孩子们带来了美和快乐……

　　童话，她是多么慷慨和无私呵，她愿意把一切美好的东西都交给孩子们。

　　这究竟是些什么呢？——

　　请你把一本本《童话》丛刊打开吧！

　　我们在这些《童话》丛刊中，可以读到我国当代著名的童话大师们的作品，如叶圣陶、张天翼、严文井、陈伯吹、贺宜、金近、包蕾、葛翠琳的作品，儿童文学翻译大家叶君健、任溶溶的翻译作品，著名科学童话家高士其、郑文光、叶永烈的作品，儿童文学名家郭

风、陈模、黄庆云、赵燕翼、胡景芳、陈子君等人的作品，还有众多的新涌现的童话作者的作品……这是一次次童话老中青作家的大聚会，这是一曲曲各种童话交响乐章，这是一期期各种风格童话的大展览。

《童话》将带着大家进入一个瑰丽的、神奇的童话宫，宫里是五彩缤纷的，是光怪陆离的，欢迎孩子们到这个具有魅力的童话世界漫游吧！

孩子们都是爱好童话的，一定也会爱这本《童话》丛刊。

"全国童话理论研讨会"纪要

　　一九八九年五月二十一日至二十八日，来自全国十多个省、市、自治区的童话界专家学者四十余人，其中有理论家、作家、编辑和大学教师、研究生，参加了在粤北名城韶关市迎宾馆举行的"全国童话理论研讨会"。

　　筹备会的《致到会的童话理论家作家书》上说："这十多年，童话走过了一条弯弯曲曲的路。我们该放下笔，花几天时间，大家一起来回顾回顾、研讨研讨了。面临当前商品经济风暴的冲击，童话正处于非常严峻的时刻，我们该怎么办呢？社会改革开放，带来种种的变化，赋予我们童话作家的任务是什么呢？童话，正在呼喊着：要发展，要振兴。我们应该做哪些工作呢？"

　　这次研讨会，可以说是一次理论家、作家、编辑、读者四者的对话。大家在会上畅所欲言，各抒己见，虽然也颇多争议，有些问题大家的看法也并不一致，但充分保持着执着追求、严肃、探索、认真的和谐友好气氛，经过讨论，增强了团结。会议主持人在最后诙谐地评论说，这次讨论会"感性大于理性"，引起满堂的掌声。

　　这次会上大家比较一致地认为，童话理论应该具有超前意识，走到创作的前面，指导创作。特别是许多童话作家，他们虽然不写理论文字，但可以说他们每一位作家写作都有理论在指导着。这种理论虽然没有形成文字，没有完整的体系，却存在于作家的每一篇作品中，包括成功的作品，也包括失败的作品，以及不好不坏的作品。这需要童话理论家去剖析和发掘，并把它提炼成理论文字，进行研究，用以推动童话的普遍的创作实践的前进。一个童话理论家，要不断地去开拓和创新，绝不能老是重复自己，更不能去重复别人。要超越别人，超越自己。这是每一个童话理论工作者都必须做到的。大家也赞扬由作家自己来写作理论的新现象。

这次研讨会认为童话理论的许多基本建设工作都还没有做。童话美学、童话心理学、童话社会学、童话逻辑学、童话史学等，都需要有人去做这些基础工作。

对于童话的传统，大家都比较一致地认为应该肯定，而不赞成否定传统的说法；但也提出对于童话传统应该重新认识。大家都提到了已故童话家叶圣陶的《稻草人》，这篇作品的开头说："田野里白天的风景和情形，有诗人把它写成美妙的诗，有画家把它画成生动的画。到了夜间，诗人喝了酒，有些醉了；画家呢？正在抱着精致的乐器低低地唱，都没有工夫到田野里来。那么，还有谁把田野里夜间的风景和情形告诉给世间的人呢？"作品中回答说："有，还有，还有稻草人。"大家认为这就是我们童话应继承的好传统。童话作家就应该像稻草人一样"直挺挺地站在"生活里。

大家认为"直挺挺地站在"生活里，就是童话作家的时代使命、社会使命。一个童话作家应该具有这种使命感。

那种"小说是反映生活的，童话必须离生活远一些"的说法，受到大家的批评。

大家对过去那种把童话当作"教育的工具""政治的工具"的观点作了批评，但也指责了现时把童话当作"快乐的工具""娱乐的工具"的说法和做法。童话是一种艺术，高层次、高难度的艺术，大家不同意把它降低为一种玩具和游戏。一个童话作家不应是训斥人的冬烘垫师，也不应是马戏团的小丑。

大家批评了当前一些为快乐而快乐的毫无深度的作品，认为这种粉饰生活的虚假童话，对小读者、对社会都是有害的。应该提倡真诚，提倡童话真诚地反映生活，不赞成那种风花雪月、无病呻吟的东西。和其他文学样式的作家一样，童话作家也应是一个时代的鼓手、号手。童话应该有所激励。这才是今天童话的主旋律。

这次会上，新一代的童话作家们畅谈了他们创作童话的心得和体会，他们的作品，首先表现了直面生活和时代的转折，受到童话理论界极大的关注和赞扬。

大家对当前那种满纸新名词，但读后一无所获的童话理论表示不满，反对这种华而不实的文风。因为理论十分陈旧，只追求名词特别新颖，这样的"创新"是毫无益处的。

有许多理论文字，都还停留在七十年代，甚至于五十年代的水准上，大家迫切希望改变这一现状。欢迎理论界的"后语不对前言"，这样才是进步。

这次会议，对童话理论界提出了要求。要求理论家切实到生活中去，到最底层的人民中去，了解孩子的心理、生活和学习，不要浮在生活上面，凭一点小聪明苦思冥想，闭门造车，写那种远离时代、不切实际的东西。要求理论家和作家多交心，多通气，多读作家的作品。了解作家、熟悉作家，才能剖析作家。现在的理论是想当然的太多，瞎子摸象的多，这样出不了好评论。有的理论家读的书太少了，写出的评论文章没有理论色彩，缺乏说服力，更没有感染力。有的任意捧场，结果成了蹩脚的广告文字。

这次会议也讨论了童话的交流，特别是海峡两岸童话的交流。会议介绍了台湾童话界的现状和所做的努力、作家和作品。大家认为海峡两岸童话的交流已到了非常迫切的时候了。有人建议成立"中国童话学会"邀请台湾和香港以及海外华人童话作家参加，共同来商讨繁荣童话大计，为童话的建树携手努力并肩齐进。大家对本会结束之日，五月二十八日在台北接着举行的"中国当代童话研讨会"，十分感兴趣。希望把韶关研讨会的纪要寄到台北去，把台北研讨会的记录要过来，在大陆、在台北，一起发表，作为两地童话界合作的好开端。

会议期间，在韶关还举行了首届"全国童话书展"，与会理论家、作家、编辑，在书展厅里与小读者见面，为小读者签名留念。书展展出近年来各地出版的童话创作和理论作品，其中也有香港的出版物，遗憾的是还没有能展出台湾的童话作品。

会后，与会代表还参观了邻近的南华寺和丹霞山。有人说南华寺是一个含意深邃的寓言，丹霞山是一个富于幻想的童话。大家都说这比喻太确切了。

这次"全国童话理论研讨会"的举行，将在中国童话界产生巨大影响，一定会把中国童话创作和研究工作推向一个新阶段。

1989 年 5 月于广东韶关

编者注：此文发表于《全国童话理论研讨会会刊》和台湾《大陆儿童文学研究会会刊》第三期（1989 年 8 月）。

童话五年综述

——建设工程的开始

"文革"之后，三个五年过去了。

第一个五年，是童话的恢复期。它带着浑身的创伤，艰难地站起来，颠簸着走向了儿童。

第二个五年，是童话的探索期。它在寻觅童话的自我，寻觅行进的道路，有过困惑，有过迷惘，它在追求着，在前进着。

第三个五年，是在前两个五年完成从恢复到探索过渡的基础上，进入了一面探索一面建设的又一个过渡。这似乎可称为建设期吧！

童话的发展，是一项建设工程，有它的系统性，加上本来基础比较单薄，第三个五年，童话在它的历史上，写着十分艰难的一章。

它是艰难的，但是光荣的，无数的童话工作者为它奋斗着、奉献着。

童话的建设工程，没有一个主持中心，也没有一份计划蓝图，而是顺着童话发展的规律，以读者需求为轨迹，在不断得到调整，得到理顺，得到纠正，向前发展着。

童话的河，潺潺地流淌着。童话的河床，并不是一道用机器挖通、水泥灌注的笔直的沟渠，它弯弯曲曲、坎坎坷坷。一路伴着巨石、恶礁、深潭、险滩，这条河呼啸着，冲击着，涤荡一切污浊，攻开所有阻拦，飞着水花，泛着浪涛，滔滔滚滚，奔腾向前。

它，诉说着它的胜利，诉说着它的困难和快乐。

五年。

童话在不平衡中发展着。它跨出一大步又一大步，留下一大串深深浅浅的脚印。

这不平凡的五年。

童话进入了儿童生活，孩子喜欢童话。童话已不再陌生。

人们到了一个优美的环境，爱赞叹说："这真是个童话世界！"将童话和美联系在一起。人们对于一件事感到不可思议时，也会惊叹说："这是个童话吧！"将童话和奇异联系在一起。

美的、奇的是童话，这一点得到了人们的一致肯定和证实。

童话书，在书店里成了畅销书，出版社热衷出童话书。

这样，童话作品多起来了。数量大大超过了"文革"之前的任何一年。多中求好，其中好作品不少。

总的来说，这五年中，童话的质量普遍不错，有相当的水平，但非常杰出的作品却也不多。从童话的历史来看，这些年的童话创作，只能说开始趋向繁荣。

这不寻常的五年。

我们的童话创作，正沿着一条教育的—娱乐的—生活的正道发展着。

教育，童话是教育的。大家历来主张童话具有教育性，童话负有教育使命。

有一段时期，我们把教育强调过头了，变成教育唯一，出现了一些板着脸说教、不平等训话、先行的主题强加于人、教案图解式的作品，引起了读者的反感和童话工作者的不满。

我们开始重视童话作品的娱乐性了，重视作品的趣味，做到寓教于乐。

后来，娱乐性又矫枉过正了，出现了一种娱乐唯一、趣味至上的倾向，也就是童话的教育工具论一变为童话的娱乐工具论。这仍是抹煞了童话创作艺术的本身价值，从一种倾向跳到了另一种倾向。出现了那种施放庸俗噱头、小丑式的插科打诨、矫揉造作、无病呻吟的作品。虽然这些作品的可读性曾赢得过孩子们的喜欢，因为就是那么几下子，不断重复自己，喝彩声就很快稀落了。这是一类昙花一现的作品。

童话创作的两种倾向、两种工具论，都是将教育和娱乐对立了起来，以教斥乐，或以乐斥教。

近几年，有人提出"童话的游戏精神"。童话应该有"游戏精神"，但不可说成童话就是一种"游戏"。

所以，我们不赞同写作童话是"玩童话"这种说法。

"真—假—真"，我曾给童话找到了一条规律。即从真实的生活出发，通过幻想的手段，达到反映真实生活的目的。

童话应该来自生活，走向生活，即面向现实，面向时代。生活是童话的根本和基础。今天，我们的童话一定要紧紧贴在生活上。

一个要写出好童话的作家，必须是深入孩子中打过滚，和大家同甘共苦，有同样喜怒哀乐的人。

童话，是生活的，所以写童话，也就是说生活的真话。童话作家也应该是一个真诚者，一个真诚生活的生活真诚者。

我们孩子的生活中，离不开教育，也离不开娱乐；生活的童话，也必然是教育的、娱乐的。教育、娱乐，包容于生活。生活的童话，绝不是不要教育，不要娱乐。

生活的童话，是当前童话的趋向。

今后某个时候可能会有一些偏离，这是难免的。但童话绝不该离开生活。如果离开了，那恐怕就是童话的死亡。

有儿童在，童话必然同在，童话是不可能死亡的。

再说，童话的生活化，也并非今天的新提法。

从有现代创作的童话始，我们就提出了童话的生活化。叶圣陶的《稻草人》，就是一篇倡导童话要"直挺挺地站在"生活里的典范之作，那是十分明白的。我们今天的童话，就应该反映今天我们孩子的生活。

童话反映生活，不是直接的，而是一种透过折射现象的变形的却更集中、更概括的真实的童话。

过去那种为教育而教育的作品、为娱乐而娱乐的作品，却是先有概念，主题前行的，不是从生活出发的，所以这种作品最后注定终将被淘汰。

童话的生活化，也并非生活怎样我就怎样写。生活有个典型化的问题。童话还应有童话艺术的规律。所以，生活和艺术必须很好融合。我们在鼓励大家写作，说写童话不要设置过多的、不必要的条条框框，这是对的，但在具体指导写作时，说得那么方便，好像谁有孩子的生活，一上手，写来就是一篇好童话，这也未必是事实。写童话，特别写好童话，应该有它的高难度，童话是一门高品位的艺术。

我们在提倡童话的生活化，不是简单地将生活搬入童话。有的作者，只是简单地将人物改成动物，以为这就算童话，其实这是一种错误的理解。

童话从教育演进为娱乐的，从娱乐的演进为生活的，是二十世纪中国童话按照它自身规律的一种演进。

这是这些年来童话创作发展道路的概括。

近几年来，我们的时代正在面临着严峻的考验。我们的社会正在经历着伟大的变革。爱国家、爱民族、爱人民的观念正在加强，正在弘扬。另一方面，一种非国家、非民族、非人民的意识潜流，也在冲击着人们。我们看见，在儿童生活领域里，种种崇外崇洋的思潮，正在影响着童话。最明显的，大家可以见到，我们的儿童玩具、儿童食品，是怎么一个现状了。童话，这几年不也出现一些洋味十足的作品吗？连小狗、小猫、小鸡、小兔都得起上外国名字了，并将此称作"新潮"。

所以，我们要像中流砥柱，抵制这种现象，我们提倡童话的民族化。

我们的民族化，绝非古老化，不是提倡"长袍马褂"。童话民族化，不光是指童话形式，而且是从内容到形式的民族化。特别是要提倡我们中华民族的优秀的民族意识、民族精神、民族情操、民族气节，等等。

在提倡童话民族化的同时，也提倡童话的现代化，将两者很好地结合。也就是说，民族化是现代化的民族化，现代化是民族的现代化。

这几年中，民族化受到过排斥，现代化也曾被曲解，但民族化和现代化的结合，事实上已经站住了。那种淡化传统、淡化民族的论调，渐渐销声匿迹了。

这些年，我们的童话工作者，作过种种新探索，有的取得了成功，有的失败了，大家都在不断探索着。不管他们的成或败，都对童话是很有益的，我们不能以成败论英雄，他们都是勇者，都是好汉，他们都有一份功绩。

我们希望一切从事童话探索的同人继续不懈地探索。

这几年中，十分不幸，我们痛失了一批前辈作家。这些在海内外久负盛名、德高望重，可称为一代宗师的童话大家：叶圣陶、张天翼、贺宜、金近、包蕾，被称作"童话十家"的十位大师已经去世了五位。这几年去世的，还有对童话甚有贡献的赵景深、钟望阳（苏苏）、何公超、严大椿等老作家。这都是我们中国童话界最大的损失。我们应该举行各种讨论会，来研究他们，继承他们身上的优秀传统。

这期间，也还有一些年岁不算大，或正是盛年的童话作家、理论家、翻译家、编辑家刘厚明、刘晓石、安伟邦、冬木、胡大文（细雨）、张光昌、李学中，先后去世。我们对他们的过早离去，深深惋惜和哀悼。

这些对童话作出过贡献的作家，我们不能忘记他们，希望我们的出版社对他们的作品都能编成集子出版，对他们的成绩作出定论，广为介绍。

让人欣喜的是，我们还拥有严文井、陈伯吹、叶君健、洪汛涛、葛翠琳等童话大家，他们宝刀不老，或从事童话写作，或从事童话研究，或从事童话活动，密切关注着童话，扶植童话新人，使得童话能在他们的关怀和引导下，健康地发展。老作家郭风、秦牧、黄庆云仍见有新作问世。这几年活跃在童话创作战线上的老中青三代作家，有赵燕翼、吴梦起、路展、邬朝祝、鲁克、孙幼军、郭明志、周锐、冰波、郑渊洁、吕德华、孙文圣、康复昆、杉松、金吉泰、秦裕权、倪树根、王业伦、李仁晓、唐鲁峰、嵇鸿、钟宽洪、程逸汝、绍禹、刘兴诗、陈秋影、朱庆坪、周基亭、高洪波、葛冰、张之路、朱效文、夏辇生、李瑶音、似田、李凤杰、袁银波、聪聪、汪习麟、黄修纪、束蕙、常瑞、方圆、庄大伟、武玉桂、罗丹、李少白、饶远、邝金鼻、吴晓惠、郑允钦、郑春华、金逸铭、王建一、盖壤、野军、小啦、戎林、明照、王东、黄一辉、王铨美、方崇智、朱日丽、孙继忠、屠再华、王晓晴、陆弘、王莳骏、肖定丽、许延风、陈苗海、任霞苓、洪敬业、管乐、寄华、戴臻、魏滨海、曹菊铭、陆家荣、张彦、黄水清、宋雪蕾、李想等一百多位，他们写出了童话好作品。他们有扎实的生活基础和丰厚的艺术造诣，是当前童话创作中的主力。

这些年中，还有写小说的罗辰生，写诗的张秋生、金波、王宜振，写成人文学的顾工、钟璞等，都写了些优秀的童话作品。

特别要提的是，目前童话创作队伍中，以周锐等人为代表的年轻童话作家群，近年来已经日趋成熟，他们富有才华，锐意进取，有一定的古典文学和民间文学的根底，在生活中滚打过、磨炼过，他们出手不凡，不拘于一格，他们的作品各具特色，他们谦逊好学，刻苦写作，我们可以从他们的身上看到童话的明天。他们是中国童话界的接力者。希望他们继续努力，不断进步，取得更多、更大的成绩。

以上作家们的大部分优秀作品被收入了《童话选刊》。

这些年出版的作品选，最大的一部是《中国当代优秀童话选》，柯玉生主编，新蕾出版社出版。其他还有未来出版社的《百家童话选》、湖南少儿出版社的《20世纪世界儿童文学名著精粹·童话卷》、上海少儿出版社的《上海童话选》，等等，都是不错的选本。

也应该指出，这几年各地出版社印出的童话选本非常多，有的质量甚差，既未征得作者同意，而且随意改写，纯是为了牟利，既贻误了读者，又糟蹋了童话。

自然，这些选本所选收的几乎全是短篇作品，短篇童话是童话中十分重要的组成部分。但是童话的繁荣，应该是全面的繁荣。我们绝不能忽视长童话，有见地的辽宁少儿出版社，已在编印一部《中国童话界·新时期童话选》，以示提倡，促进中篇童话创作的发展。

鉴于童话创作的构架，近年已有些倾斜，在渐渐向深长的方向移动，短小的童话、低幼的童话少了，希望出版社就此考虑出版一本"中国微型童话"的选本，不久也可以上市，以促进短童话的发展。

在我们的童话界，大家就是这样在作着创作格局的自我调节，使得童话事业有条理地向前发展。

关于童话理论研究，这几年，可说是进入童话有史以来的高峰，一个闪光的黄金时期。

1986年，《童话学》的出版，对中国的童话创作进行了一定的总结，一些童话作家和作品得到了论定，童话理论体系得到了加强，童话理论研究得到了进一步的促进和发展。《童话学》的问世，使童话研究进入一个新阶段，不仅具有时代性，并且具有世界性。在海内外引起一定的效应。台湾出版了台湾修订版，海外已有人在翻译为英文本。作者接着又出版了《童话艺术思考》一书，是《童话学》的续本和释本，也有了台湾修订版。

往后，1989年，我们又有一部《童话辞典》问世，张美妮、金燕玉、汤锐主编，黑龙江少年儿童出版社出版。共收辞目905条，分童话理论、中外著名童话作家、中外著名童话作品、中外著名童话形象四大部分。这是中国第一部童话辞典。

接着，1990年，东北师大出版社又出版《中外童话大观》，郭大森、高帆主编。这部著作规模更大，收有1762个辞条，分童话理论知识、中国童话作家、中国童话作品、中国童话人物形象、中国童话报刊及其他、外国童话作家、外国童话作品、外国童话人物形象八个部类。

在此同时，金燕玉在写中国童话史、马力在写世界童话史，最近都可问世。

我们也见到浦漫汀写的《童话十六讲》，孙建江写的《童话艺术空间论》。

童话理论，可说进入童话史中一个全盛时期。

童话理论研究工作，远远走在前面了。这对儿童文学其他门类的理论研究，也是一个有效的促进。

童话的理论研究，自然并不能到此而终止，我们还应有童话美学、童话心理学、童话社会学、童话逻辑学等童话的许多基础科学。

我们也没有一本童话理论的刊物。童话理论除《儿童文学研究》《童话选刊》《文艺报》《浙江师范大学学报·儿童文学专辑》能发表一些外，很难找到发表园地。

我们的这五年，虽然可称之为"童话理论年"，但我们还有许多工作没有做。自然，童话理论工作，随着童话的发展而发展着，必须细水长流，一步步跨出去。

《童话学》正在修订。一些从事理论教研的同人，也都有写作的新课题。一些出版社也制订了有关的计划。这个童话理论黄金时期估计将会持续一些年，并会有一个个新高峰出现。

这几年，童话讨论会多起来了。这不能不提到 1989 年 5 月在韶关举行的"全国童话理论研讨会"。这时期，《童话学》已经出来，举行这样一次理论讨论会是必要和及时的。全国各地的童话理论研究工作者、教学工作者和作家们聚在一起，交流、探讨、规划，将我们的童话理论工作，再推前一步。

这次会的参加者有洪汛涛、蒋风、张锦贻、金燕玉、刘晓石、周锐、方圆、饶远、钟宽洪、张明照、绍禹、郑春华、陆弘等四十余人。讨论了中国童话的传统、当前童话的主旋律、海峡两岸童话交流等问题。许多不同的看法，经过讨论，有的变得比较接近，有的取得一致的认识。这次会议对发展童话理论，繁荣童话创作都有重要作用。

在举行会议的同时，还在韶关举行了首届"全国童话书展"，与会代表参加了与小读者见面活动。

1990 年 7 月，在太湖之滨的南浔，举行第二次的"全国童话讨论会"。参加会议的有陈伯吹、洪汛涛、葛翠琳、刘晓石、倪树根、郭明志、周锐、冰波、方圆、孙建江、夏辇生、李瑶音、康复昆、戎林、柯玉生、郑允钦、袁银波、王晓晴、许延风等五十余人。

在举行会议的同时，还在南浔举行了首届"全国少年儿童童话夏令营"，与会代表参加了夏令营的活动。

前者，是韶关儿童文学研究会举办的；后者，是浙江《少年儿童故事报》举办的。

这些会议和活动都取得了成功。

台湾是中国的一部分，中国童话包括台湾童话。1985 年，我们呼吁海峡两岸童话界进行交流，直到 1989 年才得以实现。1989 年在韶关举行的童话讨论会，台湾童话界代表因当时交通受阻，未能前来，他们同时在台北举行了童话的讨论会，会后做了书面交流，我们大陆已介绍了台湾许多作家的童话创作作品，为林海音、林良、马景贤、苏尚耀、林焕彰、谢武彰、李潼、陈木城、陈玉珠、黄基博、杜荣琛、孙晴峰、林钟隆、管家琪、李雀美、罗枝土等同人的作品，也介绍了台湾吴鼎、叶泳琍、林守为等学者的理论文字，还编制了一份详尽的台湾童话创作和童话理论的书目。台湾也发表了大陆的童话作家们的作品和理论。在交流进程中，大陆童话作家向台湾童话作家学习到许多东西，台湾的童话创作和研究工作，受到大陆童话的影响，也得到相应的发展。我们高兴地看到他们这一可喜的转折。海峡两岸童话交流工作方兴未艾，将逐步地、更全面、更深入地开展下去。

与香港童话界的交流更早一些。香港出版过一些大陆童话作家的作品，大陆也发表过何紫、严吴婵霞、东瑞、柯文扬、潘全英、潘明珠等不少香港作家的童话作品。但香港的童话不那么景气，亟须大家出来作多方面的努力。

首届"世界华文儿童文学笔会"于 1990 年 5 月在中国南岳衡山举行，《小溪流》杂志推出了《世界华文儿童文学专辑》，发表了一些海外华文儿童文学作家的作品，其中有不少是童话。世界华文童话进入大家的眼帘，我们中国童话界的同人面临一项新课题，要关注散于世界各地的华侨华裔们创作的童话作品。我们介绍过美国的陈永秀、木子（李丽申），英国的张宁静，澳大利亚的崔鲜，新加坡的杨秋卿、南子、洪生、孟紫、陈尘、万里光、筝心、李建，马来西亚的年红，菲律宾的林婷婷等作家的童话。我们的童话，也在日本、韩国、新加坡得到介绍。这都是近年所开展的童话交流。

我们说，我们的童话要走向世界，我们应看到这个事实：我们的童话已经开始走向世界各地。

这几年的评奖，主要是 1988 年 4 月中国作家协会举办的首届儿童文学评奖，获奖的有路展、诸志祥、葛翠琳、孙幼军、宗璞、吴梦起、赵燕翼、郑渊洁、洪汛涛等老中青三代作家的童话作品。

其他各地或报刊都有许多评奖，也有一些童话作品获奖。

这几年，海峡两岸的儿童文学交流已经开始。有台湾作家在大陆得奖，也有大陆作家在台湾得奖。其中，有颇多童话作家和童话作品。

这几年，古童话的搜集、整理工作，主要是张锡昌、盛巽昌在海燕出版社出版的《中国古代童话故事》。后来《童话报》《童话选刊》发表、转载过一些，数量并不多。近来上海少儿出版社出版了一本《中国神怪故事大观》，其中有一些是颇为精彩的古童话。

民间童话的搜集整理改写工作，这几年有一些停滞。但我们看到云南少儿出版社出版了一套《中国民间童话丛书》，这一套丛书是按民族分册出版的。云南少儿出版社做了一件很有意义的事。

我们中国是一个多民族的国家，但十分遗憾的是，我们的文学史，包括童话史，都没有包括少数民族部分。各民族都有本民族的文化，包括儿童文学。

当前我们要了解各民族的童话，首先要了解各民族的民间童话。我们必须重视各民族民间童话的搜集工作，要好好地整理和研究。

我们童话工作者，应很好地学习古童话、民间童话（包括少数民族的民间童话），必须有这方面的知识。对童话研究工作者来说，这尤为重要。

这几年，对外国童话的翻译工作做了一些，但还是不多。新中国成立以来，我们所翻译介绍的当代童话，可说主要是苏联的，以及东欧诸国的。我们对欧美西方发达国家的童话翻译介绍得并不多，并且大都是他们的民间童话。这几年，译介的日本童话多起来了，有很多作品值得我们借鉴。

前几年，北京《儿童文学》曾举办过一次儿童文学翻译作品的评奖，其中也包括童话，这一做法，很值得推崇。今后可否举行一些童话翻译的评奖呢？

提倡孩子自己写童话，也是近年提出的新课题。这几年，湘西凤凰箭道坪小学、上海青浦朱家角镇中心小学、上海师范大学附属实验小学等学校，都开展了"童话引路""童话向导"等一类科研和教改活动，取得了一定的成绩。他们的经验，得到各有关方面的肯定和教师们、同学们的支持，经验正在推广。他们不但从小读童话，而且从小写童话。他们写出了许多很不错的童话作品。

于是，举办了"全国少年儿童'金凤凰'童话写作大赛"。

1988 年 7 月，在湘西被称作"童话之乡"的凤凰县举行了盛大的颁奖仪式，有一百名少年儿童获得了"金凤凰奖"。嗣后，湖南教育出版社出版了《中国孩子写的童话·金凤凰》一集，行销海内外。海外许多报刊选载了得奖作品，并作了介绍。中国台湾少年儿童报刊也纷纷开辟孩子写童话的专辑版面，在台湾的少年儿童中间，掀起写童话的热潮。

在此同时，湖南湘西办起了一份《金凤凰童话报》，是专登海内外少年儿童自己写的童话的专业报纸。

中国童话报刊在这几年已形成合理的格局。我们已有一报一刊一选刊。一报，是上海的《童话报》，周报。一刊，是天津的《童话》，季刊。一选刊，是安徽的《童话选刊》，年刊。

《童话报》《童话》是专发童话作品的，是童话作者发表作品的园地，它们发表了许多优秀的作品，作出了一定的贡献。遗憾的是《童话》的出版周期太长，说是季刊，有时一年才出一两本。

《童话选刊》，也有这个问题。《童话选刊》，因为它是选刊，负有提倡什么、反对什么的导向使命，因此它在童话创作上、理论研究上，是有很大促进和推动作用的。它的读者，不仅是少年儿童，而且还有一部分成人，如童话的作者、童话的研究工作者、童话教学工作者。它在近几年中，所起的积极作用是重要的。

我们童话界，也还有几份以低幼儿童为对象的童话报刊，办得也都不错，受到低幼儿童和家长、老师的欢迎。

《金凤凰童话报》的问世，也弥补一个方面的空白。

我们还有许多少年儿童的报刊，以及有一些妇女、家庭的报刊，也发表一些童话，一年中童话总共发表的数量是不少的。

虽然我们拥有如此之多的园地，但较之众多写作者、众多少年儿童读者，这些出版物是远远不够的。

我们还需要有一份童话的月刊，我们还需要有一份专门刊登童话作品和理论的报刊。我们现在还没有，我们希望下一个五年能有。

香港、台湾没有一家童话的专门报刊，我们很希望香港、台湾的同人，能够办起来。我们共同携手前进！

前几年，有人写文章，说中国童话界分为两大派，一派是传统派，一派是创新派。这样将传统和创新对立起来是不对的。因为死抱传统不创新，童话是没有出路的；如果创新抛开了传统，童话的创新也是难成功的。我们认为这几年童话创作的矛盾，主要在于将传统和创新对立起来了。其间，有的比较保守，有的比较开放，在程度上存在差异，那也是事实。但更多的是大家对于"传统""创新"的理解并不很一致，甚至存在种种误解。有的认为只有题材古老，才是"传统"，将"传统"误认为"老一套"。有的认为只有用洋名字，加新科学就是"创新"。如此，在形式上，争论不清。而实际上彼此间意见并不那么悬殊。现在也没有人依照斗争学说提那种"不打倒童话的传统，就不能有童话创新"的论调了。

发表于《少年文艺》上的童话《长河—少年》的论争，热闹过一阵，最终在《儿童文学选刊》上，发表了一些讨论文字，也告一段落了。

大家埋头于"探索"，标上"探索童话"而少年儿童看不懂的作品，没有再见到了。

童话的传统，很主要的是贴在现实生活上；童话的创新，主要应是贴在现实生活上的创新。这已是大家一致的看法吧！

现实生活是丰富多彩的，大家尽情地去探索、去创新吧！现实生活的天地是广阔的，我们的童话探索、童话创新的天地也是广阔的。

现在，我们的童话，走过了第三个五年，迎来了第四个五年。

在我们童话这片土地上，这里在砌墙，那里在盖瓦，这里在种树，那里在挖河，此起彼落的是号子声、是机器声，大家正在建设，一片繁忙景象，一切都在开始。

因为我们的工程没有一个建设指挥所，我们的工程没有一张建设设计图，如果有，那是我们读者——广大少年儿童读者对于童话的需求。

所以，我们必须一条心，抛开那些其实并没有什么意义的不愉快，以小读者为"上帝"，团结一起，按"上帝"的意旨去创造，去建设一座崭新的童话大厦，让我们千千万万计的小读者，都住进这最愉快的、最美丽的、最神奇的童话大厦。

我们的童话工作者，尽力为所有的少年儿童读者造福！

愿在第四个五年结束的时候，我们再来回顾大家共同取得的新成绩。

请大家把握下一个新五年！

创办《童话选刊》的意向

为向少年儿童提供美味而富有营养的精神食粮，开发少年儿童幻想智能，振兴童话，繁荣童话，我们创办这本《童话选刊》，打算一直出下去。

它是一本童话作品选，以选收近期的优秀童话作品为主，并兼收有争议的作品。这些作品，可附关于作品或作家的介绍、分析、评论的短文，或作者要说的话。所选作品的范围，包括各民族的作品，包括香港、台湾以及各地华侨们写的作品，还有近期翻译过来的、可资借鉴的外国童话作品。深浅、长短不等，各种年龄对象的童话都收。还包括一组少年儿童自己写的童话、整理改写的民间童话，古童话也收。系列童话选收其中若干章节。长篇、中篇童话收故事梗概。另外，还要选收一些童话理论文字，以文摘、提要的形式刊出。

它又是一本童话的年鉴。有近期童话的评述、综论，有童话的大事记，有各报刊上发表的童话作家作品评介理论篇目索引，各出版社出版的童话书目索引，以及童话的信息、动态，童话专有名词解释，童话人物介绍，等等。

它应该是一种供阅读欣赏的文学书刊，又是一种提供研究资料的学术著作，也是一种备置案头供查考用的工具书。希望它能对各种读者有用。

愿以此书反映童话作家们所作的努力和成绩。

愿以此书促进童话创作、理论队伍的巩固和发展。

愿以此书为童话写史写论者、儿童文学教研工作者提供翔实的材料。

愿以此书带给童话作者、编者、读者新信息、新论点。

愿以此书给广大少年儿童带去美的享受、幻想的启迪、快乐和教益，让更多的孩子都结交上童话这个好朋友。

愿以此书充作广大父母家长们、学校老师们的得力助手。

愿以此书作为中国童话走向世界、各国童话介绍到中国来的相互沟通的桥梁和使者。

《童话选刊（一）》编者说

童话是一种特殊的文学。它属于儿童所有，它受到儿童的极大欢迎。

童话在儿童文学里，是一种非常重要的样式，应该占很大的比例。

但是，童话还没有得到大家应有的重视，不少人对童话不了解。

我们创办《童话选刊》目的之一，就是宣传童话、介绍童话、普及童话。

现在儿童报刊不少，也发表了许多童话，一年下来，数量是可观的。但这些作品，往往良莠不齐，有的很不错，有的一般，有的实在太次，也有极不像样的。

我们办这本《童话选刊》，是想向广大儿童们介绍一些值得一看的童话，一来满足儿童们的阅读要求，再则也想借此提高儿童们对童话的鉴赏力。

确实，写童话的人多起来了。可是，他们写的好童话得不到推荐，一些不好的作品却充斥市场，这样好坏不分，对于繁荣童话创作是很不利的。

于是，办一本《童话选刊》，是广大的儿童们、家长们、教师们、作者们的迫切的需要，在各种场合，都听到这一强烈的呼声。

1986年春天，文化部和中国作协在烟台举办儿童文学创作会议，童话作家们聚在一起，又议论了这个问题。

安徽少年儿童出版社首先表示愿意把这一工作承担下来，并推定童话作家洪汛涛来筹备、主持这项工作。

这一工作，就这样上马了。很快制订出编辑方针，向各地有关编辑部以及个人，发出上千封征文函件，并阅读了大量的近年来发表、出版的童话作品。在大量的作品面前，作出抉择，第一本《童话选刊》编出来了。

这一本《童话选刊》，前面部分选收了五十三篇作品。这是《童话选刊》的主要部分。

这五十三篇作品，有长有短，有简有繁，有深有浅，因为考虑到它的读者对象是包括从识字的幼儿到小学低年级、中年级、高年级及初中这一个长阶段的所有的儿童。本来想把这些童话分成低幼童话、中年级童话、高年级童话、中学生童话等四辑。但这是一件十分难办的事，因为儿童阅读兴趣、能力大有不同，作品也很不易划分，于是就把所选作品笼统地编在一起。让各年龄阶段的儿童，以及家长、教师们自己去选择了。

因为读者对象不一，我们编选的标准也应该不一。我们试图以各年龄阶段读者的要求来作为取舍的标准。请读者在阅读这些作品时，也能够这样。

还有，我们所选的这些作品，也不能说百分之百都会受到儿童们的绝对欢迎。因为，选收的作品，有的我们认为很不错，有的还有种种缺陷，其中也有一些我们知道是有争议的。我们编选时，大家的意见，也并不都是一致的。

所以，请不要把所收作品都当成童话范文，因为十全十美的作品是很难找的。大家看了，如果对某些作品还有这样那样的意见，希望提出来，寄给我们。

这些作品，我们是按发表时间为次序的，而且每位作者选收一篇。也有少数童话作家或者童话新秀，一篇没有收入，这可能是我们看得不全，有些作品没有发现，也可能这一时期这些作者没有写出较多的作品可供选择，有了挂漏，我们感到深深抱歉，但是《童话选刊》将陆续出下去，我们可以在以后编选的各期中加以补偿。

也还有一些作者，我们给他发信，请报刊编辑部转去，但一直等不到回音，这样我们也无法擅自把他们的作品收进选本。现在收在这选本里的所有的作品，都是经过作者本人来信同意，绝大部分作者还认真再次作了修饰，寄来了改定稿。

这本《童话选刊》里，设了"早年的童话"栏目，这期发的是革命先烈柔石的两篇遗作，这是两篇有艺术质量的童话作品。我们选这两篇作品，不光是政治上的原因，还有艺术上的原因。这个栏目，我们是想让今天的读者和作者，看看早年的童话有些什么可以借鉴。我们也想过，可否附上一些欣赏、介绍之类的分析文字。但一想，还是让读者们自己去思索，会更有得益。这"早年的童话"，我们是指新中国成立前的现代童话。大约是 1909 年到 1949 年这四十年间的童话作品。今天的童话，是从现代童话这个高起点上一步步发展过来的。我们认为，今天童话的创新和探索，是在昨天这个坚实的基础上进行的。

民间童话，这几年有点冷落下来。我们绝不能轻视这一宗珍贵的遗产。自古以来，民间童话一代接一代在人们中间口传，封建统治者不论怎样蔑视它、扼杀它，都没有使民间童话消失死亡。它像烧不尽的野火，一直在民间蔓延燃烧，因为它是民间的，人们喜见乐闻，所以它具有强烈的生命力。早些年，民间童话的搜集整理加工工作蔚有成绩，也有一支队伍在做，但近年来有点寂寞。我们设了"民间童话"这一栏目，以示提倡。希望童话的作者们，也做做民间童话的搜集整理和加工工作，以便从中获得许多有益的艺术滋养。

古童话，却是一个新课题。这些散见于古籍的童话作品，是要花费时间和精力去寻觅的。说部、传奇、笔记、话本、经史、文集等等古籍浩瀚如海，从中选取童话作品，何等不易。我们特设这一栏目，向广大读者介绍，希望有更多热心的有志之士，来做这一工作。

香港、台湾是中国的领土，香港、台湾的童话是中国的童话。可是我们很难看到他们的童话作品，我们只能通过一些关系，找来一些资料，从中选出港台各五篇作品，以一管去窥全豹，显然是不会全面的，这些作品只能说是他们全貌上的一斑罢了。这个栏目，亟盼有关人士帮助我们。

我们这个选刊，也想给读者和作者介绍一些外国当代的创作的童话，以资借鉴。现在，大家似乎对外国童话颇具兴趣，我们很想设立一个栏目，辟出一个可供浏览的窗口。可是，非常意外，我们翻遍了报纸杂志，竟是那样罕少。几乎绝大部分是一些古典童话和民间童话，当代的创作的童话，翻译得太少了。我们希望翻译工作者，多做做外国当代童话的翻译工作，将一些好作品推荐给我们。

儿童的面前，有一个现实世界，他们的头脑里还有一个幻想世界。这个幻想世界是眼前这个现实世界在儿童头脑里的特殊的反映。提倡儿童在写作现实世界的同时，也应该写写那个幻想世界，这对开拓他们创造智力是十分有用的。所以，应该提倡儿童读童话，写童话。一个童话作家是应该从儿童时代就得到培养的。这里，我们选发了主编洪汛涛的《少年儿童幻想智力的开发》一文。这篇文章在好几个报刊都转载了，他就这一问题写过好几篇呼吁文章了。本期也发表了湘西自治州的童话教学的经验。现在不少儿童文学的报刊都开始注意发表儿童写的童话作品了。这是一个转折，是一种好现象。本期我们从各儿童报刊上选来了九篇作品，以后我们很想把"孩子自己写的童话"这栏目扩大，选发他们更多的作品，也盼望大家多多推荐。

"童话人物"本期介绍了一位低幼童话作家，说是选来的，其实一年来也只见发了这么一篇。以后我们想每期介绍一位童话作家，或许是一位童话编辑、童话画家，看来要选载是困难的，我们只得请人去采写了，也欢迎有这方面的来稿。

"童话信息"太需要了。信息时代嘛！童话读者、童话作者、童话工作者都要有大量的童话信息。这期，就是那么一条。希望下期不是这样。我们僻处一隅，见闻有限，请大家广为推荐。

"童话议论"栏，是供大家对于当前童话现状说说意见、提提建议。要求开门见山，直道其事，尽量不要吞吞吐吐，转弯抹角。都是参考意见，说错无妨。童话一家，关起门来，议论家常，绝不会有伤和气。当然立论但求公正，不要偏颇。本期选发了十多篇，一文一议，提供思考。

《童话纪事》《童话作家作品评介理论篇目》两份资料，都是从1984 年做到 1986 年的。前面 1976 年到 1983 年部分，同刊于辽宁少年儿童出版社 1985 年 9 月出版的《中国童话界·新时期童话选》一书。避免重复，就与上书所附纪事、篇目相接。这两份资料中，《童话纪事》1976 年以前的已在补做，《童话作家作品评介理论篇目》1976 年以前的，上海少年儿童出版社 1961 年已出过《1911—1960 儿童文学论文目录索引》一书，虽然还缺十余年，并不衔接，但这十多年，包括"文化大革命"十年，论文不多，我们就不再补做了。至于1986 年以后，将陆续在各期发表。

也有一些学校教师、孩子们的家长以及许多童话爱好者、写作者在来信中提到，希望我们介绍一些童话的理论或选本给他们。我们请人列了一个书目，介绍了十年来各地出版的童话理论著作和作品的选本，提供给大家参考。但请与有关出版社、书店直接联系购买之事。关于童话理论，一些儿童文学理论结集中，也有选编。选本，我们介绍的都是一时期的多人集，还有一些个人的童话选集，就不一一介绍了。

童话资料还有哪些方面需做，也请大家广提建议。

因为这是头一期《童话选刊》，我们虽有许多设想，但限于人力物力，各种条件限制，没有能做到。有的做了，也做得不那么好，非常抱歉。

我们这本《童话选刊》是第一本，中国过去是没有出过《童话选刊》的，外国估计也没有。总之，缺乏借鉴，希望得到大家帮助。你能在哪方面帮助我们，就请你在哪方面帮助我们吧！

如果不能和大家合作，《童话选刊》是办不下去的。我们急切希望和大家密切合作，紧紧携手！

1987 年 6 月

童话1987和《童话选刊（二）》

《童话选刊（一）》问世以来，我们收到许多读者、作者的来信，可说反响十分强烈。

现在，我们又编出了《童话选刊（二）》。因为种种原因，还是不定期出，大约一年一本。所以，这一本《童话选刊（二）》，仍是童话一年的年刊。

本期，是1987年一年的童话年刊，或者就是1987年童话年鉴。

我们确实是按年刊、年鉴的路子，来编这本《童话选刊》的。

我们很希望这本《童话选刊》，成为童话的"多功能"的百科书，对各种读者有用。我们力图从"多侧面""多视角""多层次"去反映我们童话的创作、理论、翻译、资料、人物、活动，孩子的、成人的，以不完整去反映完整，以不系统去反映系统。

所以，这一期《童话选刊（二）》，应该是1987年童话的"面面观"，反映1987年我国的童话工作、状况和水平。

我们从1987年各种报刊上发表的大量的童话作品中，选出了五十篇长短不一的作品。我们以为，这些童话在1987年中具有某种代表性，是值得大家读一读的。

在选编过程中，也广泛征求了各方面的意见。感谢许多报刊编辑部、各地作家协会、一些出版社，还有专家们和许多并不相识的热心的读者们，其中有孩子、有教师、有家长，还有别的工作者，他们来信建议，把好作品寄给我们，使我们能在一两个月内，顺利编出这有数十万字的选刊来。

当然，所收的作品，并不是说篇篇都尽善尽美，有的也有争议，有的也有这样那样的缺陷。

首先，本期所选有的作品，在报刊上发表时，是作为小说，或者动物小说，或故事，或寓言，甚至于作为散文、杂感的，显然这就是不同意见了。

其中，也有一些"洋气"颇重的作品。我们并不赞成把童话都写得像是从外国翻译过来的，但没有排斥个别作品用一些洋名字。正如我们中国人以为黑头发是美的，但也不会去阻挠街上个别人把头发染成金黄色。当然，我们反对满街都是黄头发。确实，我们有的作者写童话不用洋名字，已经写不来了，正如有的人用惯刀叉，就不会用筷子吃饭一样。中国的狗猫鸡兔，不如外国的狗猫鸡兔有趣？！这无论如何是说不过去的。

近年来，童话里，大王、公主、公爵、骑士、侦探、水手、警长、大盗，也着实太多了。似乎童话非请这些封建时代的、十八世纪的"人物"出场不可。当然绝不是说，这些死人、洋人就不好出现。但不能泛滥，不能老写这些，要创新。童话以多样为好，不要搞得那么单调。

儿童文学都是通俗文学，童话也是通俗文学。但通俗文学的这个"俗"字，不可以变成庸俗之"俗"。童话，总要写得美一些，或者说雅一些，格调高一些。但当前，有的作品，写得实在欠美，欠雅。推理童话、侦破童话、滑稽童话，名目立了许多，什么拍马屁擂台、放屁比赛、拖鼻涕大王、猪八戒脱裤子、茅厕里的金戒指，都成为童话。确实太不好了，应该引起大家的注意。

童话是要走正路的，但有人走了一点弯路，那也不可避免。童话是要发展、前进的，有人后退几步，摔上一跤，是很可能发生的事。

有的读者，寄来一些童话，要我们发表一下，说《童话选刊》也可以选一些坏作品。我们考虑，还是不选了吧！写童话的作者不是太多，而是太少，愿意为孩子写作，都应该热情欢迎，他们写出了一些不好的作品，失误谁都会有的，可能现在自己认识不到，相信过些日子，会自己觉察到的。当然，我们很愿意看到他们的长进和提高。

《童话选刊》是面向广大少年儿童的，面向社会的。在昨天的基础上，立足今天，面向明天。我们希冀我们的童话作品，绝大多数，或比较多数，经得起时代、人民、社会、艺术，特别是少年儿童读者的洗练和考验，得以传播开来，流传下去。

我们在编选作品过程中，许多报刊是长期赠送给我们的，有的是去图书馆借阅的，但有的报刊就是找不到，我们希望同各报刊编辑部建立起密切的联系和合作，共同为繁荣童话创作，作出一些贡献来。

我们所选作品，对象不一，深深浅浅，长长短短，都有。因为对象不一，所以掌握的标准也不同。

1987年的金秋八月，我们的童话伟人贺宜，在天明前，不知道是几点几分，悄悄地离我们而去。童话界没有开会，报上发的消息也只是那么一点点。即将到来的1988年8月，童话界能不能有一次周年祭呢？

贺宜大师留给人们的很多很多。他是一位在童话上有杰出贡献的作家和评论家。他在童话的殿堂里，享有盛誉和地位。在童话的历史书册中，有关于他的一章。

为纪念这位我们童话界所崇敬的大家，我们特辟了一个占一定篇幅的专栏。

民间童话，这一年发得甚少，大多写得很干枯，只选了这两篇。民间童话的整理、改写工作，近几年有些冷下来了，不像前些年那么热火。是什么原因呢？是发掘得差不多了，还是其他原因？古童话的搜求、整理、改写，工作量很大，也颇艰苦，发的地方少，看来有志者寥寥。

港台童话，本期继续发表一些。香港的这几篇童话，全是得奖作品，作者都相当年轻。台湾童话，收集不易，见到甚少，不知是不是有代表性的作品，作者情况不详。

本期辟出海外华人童话一栏，介绍了新加坡一位华侨童话作家的作品。新加坡华人甚多，沿用华文，而且也是简体字，所以也有华文的童话。我们选用这一位作家的作品，让读者了解海外童话创作的状况。

港台童话、海外华人童话这两个栏目，我们盼望大家能多多帮助，推荐作品，推荐作家。也欢迎中国香港、中国台湾和海外华人作家，把你们写的童话作品，寄给我们，通过《童话选刊》，介绍给广大的读者。

外国童话，是许多来信中，读者最感兴趣的，希望能够多登些。可是，翻遍了各种报刊，所见到的并不多，而且大多是民间故事、科幻故事，要不就是些质量不高的老一套的拟人故事。我们从翻译界了解到，外国童话，向来十分少，可供翻译的更少。这期我们选刊的外国童话也只有很少的几篇。

第一期，我们发表了一组孩子自己写的童话，引起了各界的注意。教育界、心理学界、文学界，都有反响。因为，孩子写童话，历来是不提倡的。这在教育学上是一个突破，必将推动语文教育的改革。心理学界很赞成这一创举。这对儿童文学也是一个促进。在国外，他们对中国孩子自己写的童话，都有浓厚的兴趣。他们欣赏过中国孩子自己画的画、自己写的诗，却还没有见过中国孩子自己写的童话。

由于各报刊，发表孩子自己写的童话甚少，所以我们无法把他们写出的作品，来一个全面的、科学的选择。

这一期所选的作品，比上期要多一些。

目下，已经开始举办全国少年儿童写作童话的"金凤凰"大奖赛。随着竞赛的开展，少年儿童写童话的新潮，会持续地波浪式地形成。可以预料，下一期这一栏目一定会更丰富些。

孩子写童话，也面临一个优劣难分的状况。一些学校的教师反映说，因为对童话不了解，童话界有些作品也影响他们，以为这样就是好童话，引导孩子写这样的童话。提倡童话，却贻误童话，也贻误了孩子们，这样反复循环。所以，这还得从普师、幼师的培养未来教师的童话赏析水平做起。台湾师专是有童话课的，大陆的大学里早期开过童话课，但现在许多幼师、普师不要说童话课不开，连儿童文学课也没有。

本期"童话人物"，介绍广东的一位童话作者。童话作者介绍得很少，报上几乎见不到童话作者的专访之类文章，希望一年一年多起来。

"童话巡礼"，介绍湘西一所学校的一个关于童话实验的集体及一大群爱好童话的孩子们。

"童话议论"，本期节录了台湾作家对于童话的论见。让大家了解台湾童话评论家们的童话主张。我们要使《童话选刊》成为海峡两岸童话作家、童话评论家相互交流连接的桥梁。

童话资料两种，都是 1987 年一年的，与上期相衔接。

上一期提到，要多发一些童话信息，由于出书过程很长，等印出送到读者手上，信息都成为历史，有的就编进资料里了。

1987 年童话的大活动，就是全国童话艺术节和全国少年儿童"金凤凰"童话写作大奖赛这两件事吧！我们在空白处，写上几笔，立此存照。

第一期根据征订数印了一万二千册，在当前出版图书中是个不小的数字，并且一出去，很快就卖完了。我们收到不少来信，是要求买书的。很抱歉，我们都转到出版社邮购部，请他们代办，不知是否能够满足。我们没有能一一回信，请原谅。

各界欢迎这本《童话选刊》，我们很高兴。

感谢童话界的作者们、朋友们和广大的读者们，感谢你们的关心、支持、合作、帮助。

我们希望大家就拿在你手上的《童话选刊（二）》，多多提出意见。

过段时间，我们就要编《童话选刊（三）》了。

1988 年 1 月

童话 1988 和《童话选刊（三）》

《童话选刊》在大家的支持下，又编出了第三期。

童话，虽然在儿童文学诸门类里，最为"卖座"，最有读者，但毕竟洛阳纸贵，出版部门也是困难重重。唯愿这一状况，能很快改变。

我们感谢各报刊编辑部赠送报刊给我们，使我们能够读到全年所发表的童话。

我们也感谢各单位和个人推荐来大量的童话，说明这些作品拥有众多的读者，使得我们的编选工作方便不少。本期所选的童话，很大一部分是各方面推荐来的。

我们浏览了 1988 年全年的童话。当然也有一部分报刊我们无法找到，但是可说绝大部分看过了。

这一年中发表的童话，较之去年，数量上有所减少。

1988 年，大家都说是儿童文学"滑坡"的一年，童话自然也"滑坡"了。由于这一年发表的童话，许多是去年所写作的，一篇作品，从写作、投稿、采用、刊出，再收入选刊，经过的周期非常之长，所以从这期的选刊，反映不出童话明显的"滑坡"现象。

1988 年，京津沪的大报大刊，还是发表了一定数量的、一定质量的童话好作品。这些作品，比起往年的不但并未逊色，有的还超越了去年的水平。

可是，从整体来看，1988年的童话形势，似乎没有往年那种盖过儿童文学其他样式的骄子般的锋锐之气，显得有点疲困、萎顿。

这一年，有个很明显的情况，就是老作家的童话非常少。张天翼、贺宜、叶圣陶三位童话大师相继告别我们而去。健在的老作家，恐怕也不是那么很健康了，或忙于社会活动写得很少，可说新作难得一见了。他们虽然年迈，但对于童话的发展仍然十分关心，特别是关心着年轻一代的成长。本期我们高兴地选刊了叶君健、包蕾等几位老作家的新作品。

年轻的作家，一个个在成熟。这几年，确实冒出了不少年轻的童话新作家。他们创作力旺盛、多产、勇于探索。他们是我们童话的希望。本期选刊所选的作品，很大部分出自这些年轻作家的手笔。

上海的周锐，是其中引人瞩目的一位。1988年他发表了众多的童话，其中有不少是不错的。他在童话创作上出了一些好作品，是当前年轻作家中具有代表性的一位。本期选刊，破例选登了他的四篇作品。本刊主编、童话评论家洪汛涛还专门为这些作品写了评价和介绍文章，向广大读者郑重推荐了这位已经成熟的童话年轻作家。

当然，我们不是说有成就的年轻作家只是周锐一位，也不是说周锐的这些作品完美无瑕，更没有说他的作品篇篇都是典范之作，我们是希望大家注意周锐的作品，读读他的作品，了解周锐所作的种种努力，了解他写童话的新走向。

这样的专栏，我们想开下去，谁写出好作品，我们就高规格地推荐。这原是我们这本选刊发刊的宗旨。只要有利于童话创作的繁荣，我们就应该不遗余力地去做。

我们的社会，正在流行"优化组合"，我们童话创作队伍自然也在"优化组合"。有一些童话作家为童话留下了一些好作品，但是他们离开了，有的远渡重洋去了，有的经商去了，有的改写成人文学作品去了。人各有志，他们有他们的情况。我们虽然无法欢送他们，但是我们感谢他们。一批走了，我们又看到一批批的新人进来。有的作家过去是写成人文学的，或别的文学样式的，现在有兴趣写起童话来。有的一拿起笔就开始写童话了，爱上了童话，表示愿意在童话这块土地上落户。我们一应欢迎他们。童话是儿童的，不论是谁，写出童话好作品，都会受到广大儿童读者的欢迎。

童话，没有什么"圈子"，童话无门，有门也是敞开着，谁都可以进来。我们不希望有人离开，离开了也希望他们回来。我们更欢迎有更多的年轻人，到童话这块还是人烟稀少但幅员辽阔的漠土上来开垦和耕耘。

1988 年，一些地方的儿童报刊上，似乎好童话愈来愈少，"滑坡"现象就明显了。1988 年的低幼童话，也难找到一些很有质量的童话，也在往下"滑"行着了。童话的平稳发展希望有许多作家和编辑们来支撑。童话有很大的读者群，他们是我们的后盾。

这一年中，童话的民族化问题，好像成为论争的热点。个别的刊物，似乎无视于大家的批评，仍在接连不断发表那种洋味洋腔的东西，好像摆出一副要决一雌雄的架势。但总的来说，洋里洋气的作品大大减少了，中国童话写得像翻译作品那样，引起众多读者的反感，有的作者也一反那种写拟人动物名必亚玛、哈琪了。大部分的报刊上，公爵、绅士、侦探、水手不那么招摇了。这是十分可喜的发展和进步。

自然，还有一些现象，很叫人不安。那是跟我们童话并无关系的米老鼠、唐老鸭，以及最近特别走红的变形金刚，正在侵入我们的童话。米鼠唐鸭式的、变形金刚式的作品，在往童话这屋子里挤。我们有的作者，抗拒不了这旋风的冲刮，也大写起那种不伦不类、十分随意的作品来。有的报刊竟然还在连载，也有的报刊在捧场。

这一年中，童话的现代化问题，虽然没有引起大家的争议。但是却有两股潜流，在悄悄地交叉着、冲击着、变动着。以前那些年，童话和政治绞缠在一起，童话和政治成为一个相连体，写童话就是写政治。为了纠正这种童话即政治的倾向，大家作了很大的努力。但是，不多久却又从一个倾向走向另一个极端。风花雪月多了，无病呻吟多了，为趣味而趣味，为快乐而快乐，最终发展到越来越虚假，童话成为一种缥缈虚无的、五彩的水泡泡。而近年来，严峻的现实，严峻的生活，又考验了童话，童话的"良知"开始缓缓觉醒。这一年中，童话作家们开始正视现实，开始直面生活，写出了一些真诚的具有真知灼见的作品。童话正在悄悄转折，童话现代化道路，愈走愈宽阔。

当然，宽阔并不等于平坦，童话的道路仍是坎坷不平的。一位童话作者需要真诚和正直，也需要毅力和勇气。

生活的火焰，正在锻炼着童话作家，锻炼着童话文学，兴许生活板块的大撞击，会出现一些振聋发聩的童话好作品。

童话是宽容的，现实是严峻的，读者是认真的，时间是无情的。

为了纪念叶圣陶大师的逝世，本刊"早年的童话"栏特选刊了他在 1922 年写的童话《稻草人》。这篇作品，虽然非常有名，恐怕有的人就未必好好读过。今天重读这篇作品，应该可以引发大家的许多有益的启示和思索。为什么这篇作品，今天来读它，还很有意思？是什么原因，使这篇短短的童话，传之后世？

"民间童话"选收了四则。一则是内蒙古的，三则是天津的。前者加工较多，恐怕几近改写了，其实可称之创作。后者，较忠于原传说，保存口承的特色。就民间童话而言，这两种做法，在我们儿童文学领域，都是允许的。这些作品还有一个特点，都体现了浓郁的地方色彩。民间童话的整理、改写工作，大家必须加以重视，给予支持，近年来显得太冷落了。

本想登些"古童话"的整理、改写作品。1988 年仍然不见有报刊登载，这里提一笔，希望引起大家关注。

"港台童话"，一年中报刊上发表甚少。所以香港童话只有一篇，台湾童话只有三篇。香港写童话的作家是不多的，香港童话也不多见。台湾儿童文学作家颇多，但主要是童诗，童话作品也并不是那么多。台湾的儿童文学理论甚发达，童话论著较少。港台童话虽不多见，但仍有一些佳作，值得介绍。我们盼望着港台童话界的合作和支持。

"海外华人童话"三篇，仍都是新加坡的。新加坡华人多，华文作家多，所以新加坡的华文童话也是相当发达的。这期所发的三篇作品，都出之新加坡知名作家手笔，是从很多作品中选出来的佳篇。至于海外其他国家的华文作品，如菲律宾、马来西亚、泰国、印度尼西亚等国家的，我们都希望作介绍。我们正在尽力寻觅，希望得到作家和读者的帮助。

"外国童话"，本期特地多选了一些，因为许多读者和作者来信，都希望读到更多的外国童话作品。大家对外国童话充满新奇感，这是完全可以理解的。近年来，关于外国童话如何如何好，我们的童话如何如何不好的话，听得太多了。我们也非常想多选一些，可是非常抱歉，各报刊登的外国翻译童话实在太少了。我们编完每一期童话选刊都这样慨叹一番，呼吁一番，也再希望新的一年中有更多翻译的外国好童话，可供我们选登。愿成诸事实。

"孩子自己写的童话"，这期所发的六篇作品，可说是过硬的拳头童话。因为这是从1988年全国少年儿童"金凤凰"童话写作大赛第一届评奖的一百篇作品中挑选出来的尖子作品。这些作品，如果说是一位童话作家写的，似乎也完全够水平入选选刊的。话说回来，要求今天的孩子们都写出这样水准的童话来，是不可能的。这是几万里挑一的。我们发表这样一些作品，是想说明少年儿童也能写出这样的童话来。但愿不要把小读者吓唬住，不敢写童话了。由于举行了全国少年儿童童话评奖，写童话的孩子愈来愈多了，报刊上发表孩子自己写的童话也多起来了，这大大引起了广大教师、家长和社会的注意和重视。这是一次全国性的童话在孩子生活中的普及活动，使更多的少年儿童去读童话、写童话。这一专栏，这六篇作品，估计大家都是愿意很好一读的。每一篇文后的"点评"，是这次评奖主评洪汛涛在评奖时写下的，随同作品一同刊出了。

1988年的童话活动不多，最有影响的要算少年儿童"金凤凰"奖这一项。童话的出版工作也并不景气，童话理论只有希望出版社出版的《童话艺术思考》这一本。报刊上童话评论文字很少，翻遍所有大学全年学报，找到的童话评论只有一篇。由于活动少、评论少，本刊连续发表的"童话纪事"及"童话作家作品评介理论篇目"这两种童话资料，也显得异常的单薄。童话理论的"滑坡"现象，是十分显著的。童话资料工作自然也是这个样子了。

本期童话资料，还印出了一份台湾童话的创作和理论的书目汇录。这是一份当前最为全面的台湾童话书目，是在台湾方面的专门家协助下编成的。本书目以出版时间编序，所以本书目不仅可以反映台湾这些年来童话理论和创作的全貌，也可以看出台湾童话理论和创作发展的沿革。我们还希望发表香港、澳门童话书目的汇录和海外华文童话书目的汇录，盼有关专门家给我们提供资料。我们感谢默默地搜集、编纂童话资料的有心人。他们长年累月为寻觅童话资料，到处奔波、写信，埋头于书报、卡片的汪洋大海之中。恐怕编一份书目所花的精力和时间，会大大超过创作同样字数的作品。我们对他们致以崇高的敬意。

本来，我们在上期选刊里登有一则评奖的启事，我们想举办一项全国性的童话评奖，在国内外的报上也作为新闻透露出去了。由于评奖征稿截止期已过，而印有启事的刊物还没有出来，给延误了，以致来了一部分推荐稿，更广大的读者还没有看到启事，所以无法评选。只得临时决定，把启事抽下，评奖工作延缓开展了。童话评奖工作，我们还是想举办的，究竟如何举办还没有定下。我们也听到一些意见，说目下我们各种评奖实在太多了，大家对于评奖的兴趣淡漠了，评奖一多，评奖就失去价值和效应，起不了多大作用，主张采用别种鼓励办法，但究竟如何为好，希望听到大家的意见。

就说这些了，并随同此书捎去我们对您的问好！

1989 年 3 月

童话1989和《童话选刊（四）》

　　《童话选刊（四）》，踏着蹒跚的步子，又来到你的身边。第三辑，出得晚了一些。估计这第四辑，到你手上的时候，也是1991年的盛夏了。《童话选刊》现在还只能是年刊，出版周期一长，大家感到有些陌生，是吗？这是一个问题啊！自然，我们编辑部和出版社都要作努力，使它快些和大家见面。上一年的年刊，一定要在下一年的"六一"节前后，让你们看到它。

　　《童话选刊（四）》，选的是1989年一年里发表的作品。这一辑，我们编得很吃力，也耽误了许多时间。一年的童话作品，是很难搜集齐全的。有的报刊，连此间少年儿童专业的图书馆也没有。我们只能为无觅处而兴叹。一些主要的少年儿童报刊，我们都浏览了。我们每年都这样浏览全部报刊上发表的童话。1989年的诸多报刊上，童话显得有些稀落。我们抉选时，前前后后，一翻再翻，唯恐有疏漏。有的报刊，我们从年头到年尾，翻过许多遍。一些好作品，我们选了，一些比较好的作品也选了。一些推荐来的作品，包括自荐作品，我们更是认真研究，再三考虑，选了许多。就是这样，似乎从数量上来看，较之往年仍是少了一些。

　　至于质量，我们不想再说什么，读者读后，自己会作出评论的。我们只想就童话一年来的发展现状，谈一点意见。

　　童话，这些年来，从教育的—娱乐的—生活的，这样一条正道上走过来，童话自然应是教育的，儿童文学离开教育绝不行。我们的童话，向来注重教育，不赞成取消教育。可是，后来教育被强调过了头，成为教育唯一，这样便出了那些教育图解式的"作品"了。

在那时候，那样一个状况中，提倡童话的娱乐性，希望增加童话的趣味和快乐，是必要的。这是童话的进步和发展。有人称之为"热闹童话"的作品，便是那个时期的产物吧！可后来，强调娱乐又过了头。有人认为写童话就是给孩子逗乐，寻欢作乐式的，或插科打诨式的，或故作丑态式的作品，于是成为快乐唯一。童话应该快乐，应有娱乐功能，但绝不能从一种工具，变成另一种工具。遗憾的是，有些童话理论还是停留在那个时期，还在呼吁"不要图解，要快乐"，重复时过境迁的论点。值得欣喜的是，1989 年这样的陈旧理论文字大为减少了。

童话近年来，有了较明显的转机。童话在教育、娱乐的基础上，扑向生活。许多童话作品，主旋律鲜明，直面时代，直面社会，直面人生，给童话带来清新气息。这些作品是真挚的，是坦诚的，是时代的号角，生活的最强者，激励着广大孩子。更新的童话一代在崛起，更新的童话作品面向广大的少年儿童。

今天，我们的童话作者，虽然讲究教育，讲究娱乐，但绝不是板着脸一味说教的塾师，也绝不是马戏团里光为逗乐的丑角，而是少年儿童真挚亲密的好伙伴、好朋友，写童话是一种平等的亲切的对话，和读者是喜怒哀乐的感情的交融。

这教育的、娱乐的、生活的童话的发展道路，也可说是童话近年的发展历史。教育、娱乐、生活糅合在一起，向前滚动着。虽然滚动的路上，会沾上许多灰尘和沙土，那是微不足道的。我们应该看到这一主流，其他都是次要的。

这也是我们童话的传统。童话，有意识或者无意识地在主观愿望和客观规律一致性的这条道路上发展着。这是童话新潮流，真正是童话新潮流。

《童话选刊》，希望反映和记录这种新变化、新转折、新走向。我们努力在这样做，我们尽力追随童话真正的新潮流前进，并尽力和童话界一起推动这样的新潮流前进。

《童话选刊》作品的取舍根据，自然是大家向来注重的思想性和艺术性，同时我们坚持提倡童话民族化和现代化的结合。

童话民族化，有的人往往误解为"古代化"，认为那是僵死的老框框。童话民族化，就是童话的中国化。一个童话民族化，应是从内容到形式、人物、故事、取材、结构、措辞、用字，都要有中国自己的民族特色，有中国的民间味、乡土味。我们不是反对作品吸收洋东西，洋东西是可以借鉴的。《童话选刊》不是每一年每一辑都选了那么多的外国童话吗？就是希望从外国童话中得到借鉴。但是，模仿是没有出路的，重复更是毫无前途。我们有的作品，太像外国翻译作品，就不好了。有的人为什么非要给拟人动物起个洋名字不可呢？并且有的童话，那动物本来就是不需要给它起名字的。大概认为洋名字很新、很美、很有趣罢了！我们收到有的作者的信，发觉似乎把新旧、美丑、有趣乏味都颠倒了。看来，有的人是缺少应有的民族文化的素养，古学、民间文学的根基又薄，读过一些外国翻译童话（或仿外国童话），便来写作了。他们不知民族化为何物。在童话界，甚至于出现过这样的论调，说谁喜欢民族化了？只有外国人喜欢我们的民族化，提倡民族化，还不就是投洋人所好？当然，童话民族化的问题，已引起童话界的注意。许多作者在努力向民族化的方向跨出大步，在改进自己作品的"形象"。1989 年，有很大的进步。

现代化，就是今天化，童话的内容、形式等各个方面，一应都要现代化，表现出今天的时代和社会生活。如果我们的童话，还是巫师、海盗、水手、警长等种种凭空冥想出来的历险记、侦破记、探宝记，远离时代、远离社会生活的东西，就不好了。有的人认为童话写新科学，就是童话现代化，童话自然可以写新科学，但写机器人、宇宙人、天体航行、星球大战的，也不能说就是童话现代化。其实，有的就是科幻故事，也不是童话。近年，我们的童话中，大量出现科学博士、知识老人，这是不是说明我们的幻想太贫乏了？去年童话界有人对童话中太多的药丸、药水、这个器、那个机的，提出了异议，也值得注意。目前，这情况，有了一些改变。现在，似乎写梦的又多起来了，不知大家注意到没有？梦，是可以写的，应该写的，但不要一窝蜂。过去，童话界常常出现把故事中的人物改成动物，这样的作品近年来还是常常有见到，这类作品缺乏幻想，只是把人改成为朱古力小姐、泡泡糖公主、西红柿法官、保龄球探长。种种现象表明我们的童话现代化，不是那么容易的。其实，童话的现代化，就是童话的生活化。童话从我们的生活中来，以童话的手段，去反映今天的时代、社会。童话的幻想和今天的现实紧紧联系在一起。

民族化是地域概念，现代化是时间概念。这两者结合应是我们童话的时空观。我们童话如何继承，如何创新，都要结合童话的民族化和童话的现代化来把握。

这是我们选稿的标准，我们尽量按这个标准去做，但是不是做得好，请大家提出意见。

以上主要议论了童话的创作。

一年来童话的理论，还是有发展的。大家对许多问题，作了有益的探索。1989 年中国童话界的两件大事，一是《童话辞典》的出版，一是韶关举行童话理论研讨会。《童话辞典》，本刊作了简介，但是还没有见到评析文字，以后选发吧！韶关的会，本刊选载了会议报道。

80 年代末期，大家周知，童话界出现了两种现象：一曰"探索童话"，一曰"热闹童话"。有的报刊上连连推荐，说"探索童话"是一种"雅"童话。由于它是超前的、高层次的新颖作品，阳春白雪和者寡，现在的读者还缺乏超前意识和习惯，可能接受不了，但却是方向、是先锋、是未来的读者的。"热闹童话"是一种"俗"童话，它拥有今天极大量读者，已使孩子如醉如痴地入迷。它具有强大的生命力、反射力，覆盖面甚大。这两种现象却被认为是童话的新潮。

有一位童话作者说，这样把雅和俗，未来的读者和今天的读者都"覆盖"了，那么不属于"探索童话"，不属于"热闹童话"的童话怎么办，不是一无容身之地了？我们要为不属于上两类童话的童话呼吁，请能留一些"余地"。

关于"探索童话"，上进的特定的作品 1989 年可说已经不多见了。本刊第三辑，曾选载了一篇《长河一少年》，应是"探索童话"的代表作。1989 年《儿童文学研究》上，曾刊出就这篇"探索童话"提出不同意见的质疑文章两篇，现本刊选登了其中一篇。至于"热闹童话"的讨论，还没有开展起来，以后再选登吧！

童话创作都应该是探索，我们提倡探索，自然也允许探索有失败。童话作品可以写得热闹一些，写得热闹一些的童话，也是不应非议的。不过，我们的主张是童话创作总是以多种多样为好，千姿百态才算是繁荣。童话理论各种意见都能发表，有争议是好事。我们应该尽力去拓宽童话创作的道路。

本刊"童话讨论"还选载了《童话的美》一文。这是我们《童话选刊》编辑部代表出席 1989 年在香港举办的"儿童文学研讨会"的发言稿。香港、台湾的报刊都转发了这篇论文。这里转发，供我们的读者参考。

1989 年，翻译童话发的还是不多，可选的甚少。

虽然港台的童话作家，我们已经可以坐在一起面对面地讨论了，但是交流作品，还是很困难的。"港台童话"所选的作品，也并不多。

"海外华人童话"情况也是这样。世界华文童话亟待大家努力去开拓和建设。

"民间童话""古童话"在 1989 年的报刊上似乎已经绝无仅有了。本辑只选载了朝鲜族的民间童话一篇，是由朝鲜文译过来的。

孩子自己写的童话，各种报刊上渐渐多起来了，这是好现象。提高少年儿童的童话欣赏水平和写作能力，与我们童话界休戚相关。因为这也关系到我们童话的兴衰。童话，是少年儿童自己的。但是看来这一工作也不是没有问题。如何引导、报刊上选登什么样的作品，这些却值得大家去关注、去帮助。建议多举办些童话夏令营、冬令营等各种童话活动，也可以开办一些引导教师的讲习交流班之类的活动，我们自然也希望"全国少年儿童'金凤凰'童话写作大赛"能一届接一届办下去。

本期开设的专栏有"《童话》十年作品选编""韶关童话小辑"，我们把两类作品抽出来，集在一起，以提请大家注意，向大家介绍《童话》和韶关对童话所作的努力和贡献。我们将陆续开辟各种专栏，介绍童话界的人与事，推荐应该推荐的童话作家和作品，以及有关的报刊、出版社、团体……

"童话人物"选载了日本童话作家寺村辉夫访问记，他的作品也同时在本辑刊发。

1989 年，我们相继失去了金近、包蕾两位童话大师，这是我们童话界极大的损失。我们选发了他们的"早期的作品"各一篇，也是一个专栏，以纪念两位作家。近几年我们已经失去叶圣陶、张天翼、贺宜、金近、包蕾五位前辈作家了，我们童话界应该好好地开个研讨会，研讨一下这几位大师给我们留下的丰盛作品和宝贵经验。

资料和索引，我们到一定时期打算整理出版，请有关方面和个人给我们指正和补充。

童话插图，由于都是以报刊制版的，印刷效果欠佳，以后敬希各地报刊编辑部为我们提供画稿的原件。

《童话选刊（四）》和大家见面的时候，我们正在编《童话选刊（五）》，希望能比这一辑更丰富些。

《童话选刊》的读者们、童话界的朋友们，我们又一次合作了，谢谢大家的支持和帮助。

1990 年 6 月

童话 1990 和《童话选刊（五）》

《童话选刊（五）》，迟迟来到读者的身边。或许你盼得已久，等得不耐烦。或许你久久未见，已将她忘却。但是，她，终于出现在你的眼前了。

1990 年的作品，我们早就选出了，因为要征得作者的同意，我们花去很多时间。但还是有几位作者，没有回信，或信被返了回来，十分遗憾。

童话的道路，总是呈起伏的波浪状，有高有低。浏览全年作品，作品数量不少，不少作品也都还过得去，但是可称之为精品的似也比较少。

1990 年，我们所选的作品，体现了这一年中非常突出的一个现象，就是短童话多。这些短童话，大多数应是低幼童话吧！

其实，世界各地所谓儿童文学，主要是低幼文学，童话也是这样。因为少年，特别是接近青年的少年，他们能够从青年文学中找到自己爱读的作品，儿童则没有这个可能。

所以，我们的童话，出现众多浅显的低幼童话，是一种好现象，一种正常的现象。这一期《童话选刊》，可以说是一个短童话的专辑，短童话的比重很大。

现在，时代和社会的节奏在不断增快，作者和读者的写作和阅读时间都不充裕。因为我们的绝大多数童话作者是业余的，工作很忙，一天很累，写作时间不多。读者学校功课重，家庭作业多，阅读文学作品的时间也很少。加上报刊的篇幅有限，园地不多，很少有报刊愿意接受长篇作品的发表，除非是故事性特别强的系列童话，可以分期连载。这样，短童话便应时而发展了。

自然，短童话也不尽全是以低幼儿童为对象的。有的短童话，富有哲理味，寓意较深，也适合大一些的儿童少年阅读。一些短童话，虽然一读即完，但却很值得细细咀嚼，甚有回味。所以许多大一些的儿童少年也很爱读。

短童话的流行，是 1990 年童话创作的新趋向，估计往后几年将时兴短童话，短童话将一领风骚，愈来愈发展。

就童话发展工程的总体来说，强调短童话，并不意味着排斥发展长童话。中篇童话、长篇童话尤其少，都应该得到大力提倡。绝不可以长短论童话好坏。

童话前些年曾和报告文学相交，后来曾和科幻故事含混，现在又和寓言接近了。有人说：眼下，寓言愈写愈长，童话愈写愈短，分不清何为童话，何谓寓言。其实，童话和寓言应该说是好分的。

近年来，童话文学样式中兴起一种动物小说，动物小说又和童话碰在一起了。因为，目下发表、出版的那些动物小说，其中有的可以说就是童话。照以前的概念，动物小说是介绍动物生活知识的故事，隶属于科学文艺类。外国这类作家作品也很多。这些作品中的主角，动物还是动物。而目前，我们有些动物小说中，动物已经人格化了，借以写动物来写人，反映的不只是动物世界，而是人的社会，这何尝不能说是童话呢！这里只能提上一笔，希望引起童话研究同人们的注意，做进一步深入研究。这是童话研究领域中的又一个新课题。

总的来说，我们童话的领域在不断扩大，我们的观念在不断更新，童话的路愈走愈宽阔。这就是童话的探索和发展。

我们的童话在民族化和现代化结合的前提下，更贴近生活，面向生活，挺立在生活的园地里。这是童话的趋向和潮流。

　　童话是孩子的，童话是社会的。我们的社会面临着伟大变革，我们的孩子也处于这伟大变革之中，我们的童话也将在变革中，为反映变革，推动变革，不断地获得自身的完善。

　　港台童话，我们介绍得还很不够。香港儿童文学似以故事、散文为重，台湾儿童文学似以童诗、儿歌见著。香港出版物中，童话是甚为稀少的，童话作家的队伍可说尚未形成。很希望香港的儿童文学界能鼓动、促进一下童话创作的繁荣。台湾的童话形势，正在出现可喜的转折，近几年来，童话创作开始有了发展，势头很好，关心和写作的同人多起来了，应该说在创作上、理论上都有显著的建树。我们拭目以待读到更多的好作品。

　　海峡两岸儿童文学的交流，已进入一个新阶段，我们在相互学习的同时，开始在寻找相互的差异。台湾的儿童文学似偏重于"游戏精神"，我们的儿童文学似偏重于"时代精神"。不断沟通、交流，互取互补，想必将会促进两岸童话之大发展。

　　海外华人童话，可说正处在开拓、建设之中，世界各地都有一些华人华文儿童文学写作者，其中许多是写成人文学兼写儿童文学的，所以华人华文童话的数量还不多。他们大都从事各种职业，儿童文学作品的写作更是业余的业余，加上发表的园地甚少，得不到鼓励和支持，分散于各地，也缺乏彼此间的联络和交流、发展是艰难而缓慢的。他们多么需要国内同人们的帮助。我们这一栏目就是为此而设立的。我们希望海外的华文写作者能见到我们的《童话选刊》，我们很愿意、很欢迎读到他们的作品。请广大读者能将这一选刊，介绍给海外的文友们。

　　古童话，最近有些作者在做搜集和改写工作。希望古童话的搜集和改写工作能再进一步开展，有更多的有志者，从大量的古籍中，从那些浩瀚的古人笔记小说中，去寻求古童话，我们应该有一部按朝代编的古童话集成，我们应该有人去研究中国古童话。我们的童话史研究者，不能只从周作人的那些著作中取得材料和观点，我们研究工作要走出前人的框围，去发掘更多的新资料，从新资料中去提取新观念。我们要舍得下功夫。做学问必须下功夫。

民间童话，所选的两篇，都是云南兄弟民族的。我们的儿童文学，应该包括各民族的儿童文学。各民族都有各自的口录童话，应该花功夫去搜集，去整理，去研究。

外国童话，选了9篇，各国各地区的现当代童话确实不多。我们希望各国各地区的童话都能繁荣起来。因为不论哪个国家，哪个地区，孩子们都是十分喜欢读童话的。

孩子自己写的童话，有一些确实不错，但愿有关方面多多帮助他们，将来他们有可能成为新一代童话作家，在童话创作上取得成就。希望我们的老师、家长能重视童话教学，多多指导他们阅读、写作童话；我们的儿童报刊，能更多发表他们的习作。

这一辑中，我们也选发了三篇台湾小朋友的作品。我们主张开发儿童幻想智力，提倡孩子写童话的做法，在台湾的报刊上介绍了并且在台湾已产生了相当的影响，台湾孩子中已出现了一股"童话热"，台湾儿童报刊几乎都已辟出儿童自己写作童话作品的专栏，出现了许多很不错的作品。两岸孩子自己写童话来一个大竞赛吧！

童话插图选，这些作品可说一应是上乘之作。由于原稿、印刷、纸张等条件所限制，未能尽如人意，十分抱歉。为童话画插图，有许多门道，大有讲究，大有学问。有的插图使原作生色，有的插图则达不到这个效果。我们有童话的专业作家、编辑，还要有专业的童话画家。

童话巡礼，发表小啦的一篇访问记，访问丹麦的一位研究安徒生的专门家。这位教授的那番论述很有创见。对于安徒生，对于童话，对于儿童文学，都有启示，愿大家读读。小啦研究安徒生，到丹麦去进修，取得第一手材料，愿她的研究获得成功。

童话论述，本来想选收几篇介绍新作家、评论新作品的文字，因为篇幅有限，只能割爱。所刊三题，都涉及过去从未涉及的新问题。他们提出了一种新见解，披露了一种新资料，想会引起大家的兴趣和注意。

童话资料，我们请人编辑的纪事和篇目，已经连续五年，现在和《中国童话界·新时期童话选》一书所附的相衔接，一共是十五年了，即从"文革"结束的 1976 年到 1990 年。虽然资料中挂漏和舛错一定会有，但总是一份比较完整、比较系统的十五年史实。对读者、对研究工作者，都是有参考价值的。

《童话五年综述》是本刊的特稿，这五年是"文革"后的第三个五年。前两个五年的综述，已见《中国儿童文学十年》一书中《童话：继往开来》，这是续篇。中国童话界的同人们，又努力了五个年头，我们来说说大家这五年来的历程和成绩吧！这第三个五年，又是我们《童话选刊》的五年。第四个五年，已经来临，我们希望童话会更好。

《编者说》，我们每期都说，而且都说得那样多。请原谅我们的饶舌。想不到许多读者来信说，他们爱读我们的《编者说》，说我们的《编者说》，言之有物，言之成理，开门见山，不落俗套；说这是《童话选刊》的一大特色。他们一拿到《童话选刊》，总爱先读完《编者说》。确实，我们编完一期选刊，读了一年童话作品，有许多话要说。感谢读者们的鼓励。……

《童话选刊》五年来，推荐了一大批新作家，推荐了一大批新作品。我们也曾对一些倾向，提出过不同意见，甚至于批评过，但针对的是事，是泛指，绝不牵扯任何人，如果有谁误解了，请多多原谅。

童话五年，在童话的历史上，只是一个小小的逗号。在童话的历史长河里，只是小小的浪花。但对一个童话同人来说，五年也不是太短的一截。《童话选刊》的五年，我们所耗费的精力，所遭遇的困难，是不少的。我们的工作如果能对童话的承前启后有那么一些些作用，我们就觉得十分快慰。

童话的发展，光靠作者、编者是不行的，还应有广大读者的支持。《童话选刊》的五年，就是童话作者、编者、读者的一次大合作。

1991 年 6 月

《中国童话研究资料》
编纂出版缘起

中国的童话，是世界绚丽多彩的文学宝库中的一颗熠熠闪光的明珠。中国童话，不同于外国的幻想故事、动物故事、神仙故事、魔法故事，而是一种中国所独有的、自成体系的文学样式。

这一中国所独有的文学样式，历经中国一辈一辈作家们的努力创作实践，不断取得经验，发展到当代，不仅有了大量的优秀的作品，并且有了一套日趋系统、日益完整的理论。它，在世界文学史上、中国文学史上，都有一定的地位。特别在世界儿童文学史上、中国儿童文学史上都该有相应的篇章。

为了发扬童话这一样式，亟须开展童话的研究工作。

该套丛书，就是为发展童话这一新兴的、重要的、特殊的文学样式的研究工作，提供资料而编纂出版的。

该套丛书，主要是编纂出版中国当代童话创作上有代表性的、在国内外有影响的童话作家的专集。

专集包括作家的生平历史、创作思想、重要文学活动的介绍，以及对作家和他主要作品的论述，也就是传和评两大部分。

这些资料，有作家自撰的和他人撰写的。

童话是一种新起的文学样式，历年来各处发表的可作为研究资料的文字是不很多的，并且也不系统，不全面。所以，编纂时，拟约请专家特为该套丛书撰写一些新稿，以补充资料的偏缺和不足。

该套丛书，按完稿先后，先完稿先出，陆续问世。

该套丛书为大三十二开本，每本字数不一。明年出两本，暂定五年内出完第一辑。

我们呼唤"童话明星"

——代征稿启事

世界上许多国家、许多民族，都有他们本国家、本民族的"童话明星"。中国是一个童话古国，中华民族具有优秀的民族童话传统。我们的童话创作是繁荣发达的。我们的童话历史有着为数众多的光辉篇章。我们的少年儿童拥有为数众多的童话好作品。其中，有不少可以为一代一代广泛传诵的传世之作。在这些作品中，就有一些为海内外少年儿童所熟悉、所喜爱的童话明星。

随着形势的发展，少年儿童对于童话的需求愈来愈高。童话的历史发展到今天，迫切要求我们创作出更多的童话精品，树立起更多无愧于新世界、新时代，能在少年儿童心目中占据一定地位的童话明星新形象。创作童话新明星，是童话事业发展赋予我们的新使命。诚然，一个童话明星的树立，不但需要作者的努力，还要靠广大少年儿童读者反馈的认同。一个童话作家一生写出许多优秀的童话，而创作出一个童话明星形象，则是他毕生的追求。

我们希望更多的童话作家，以最大的努力创作自己的童话明星形象。

为给广大童话作家塑造童话明星新形象提供一个园地，我们决定于近期内出刊《中国童话》。《中国童话》以发表塑造童话明星形象的长篇、中篇和系列童话为主，也刊登一些优秀的短篇童话、小童话、低幼童话，并为优秀作品的结集出版提供方便。

　　《中国童话》恳请您的帮助和支持，请您赐稿，谢谢您。

《中国童话》编辑委员会

1993 年 8 月 15 日

繁荣童话创作，培养童话创作人才

　　童话是儿童文学的一种式样，是适合儿童的文学形式，不提倡童话创作是不行的。粉碎"四人帮"后，我们儿童文学界办了十件大事，《童话》丛刊的诞生就是其中之一件。我们要看得远一些，重视培养作者队伍，要以天下为己任，办刊的宗旨要看得远些，要看到未来。要从培养共产主义接班人上考虑，要从对少年儿童进行共产主义教育考虑。

　　《童话》丛刊的读者对象要再明确一些，以小学三四年级为主，还要照顾到五六年级的孩子。要把以培养作者，繁荣创作，满足儿童文学作者的需要与供儿童阅读、对青少年一代进行共产主义教育统一起来。童话理论文章还是应当重视的，建议把《新蕾之友》改善一下，搞成儿童文学评论报，不只登推荐评论新蕾的书，要立足新蕾，面向全国，公开发行。

摘录自《新蕾之友》1983年六一专刊

提倡童话明星意识

又是一个新年来临了。面对着迎面而来的 21 世纪，又是欣逢走近的新中国成立 50 年大庆，要做的事太多太多了。我们的现代童话，将走完 100 年历程，应该有一部《中国童话 100 年》(或《20 世纪中国童话》)。

当前，中国童话界要提倡一种"明星"意识，孩子们多么需要有一大批他们所喜爱的"童话明星"。爱写童话的孩子多起来了，学校中的童话文学社团也多起来了，要设一个少年儿童写作童话奖，鼓励未来童话大家们的成长。

我打算出版一本《童话论》，修订十年前出版的《童话学》。过去陆续写下的散文《我和童话》《心中的偶像》要整理成集。《神笔马良童话传奇系列》出了"正传"，还有"别传""新传"须最后完稿。另外，已写好提纲的中篇、长篇童话《八仙下海》《超天大圣孙悟空》《多多的童话》(《半半的童话》续篇)，等等，都要完成。愿 1998 年是一个新起点，如果健康允许我跨过这世纪的门槛，我将以三年的时间来完成。愿望如此。向大家祝贺新年，共勉共励。

摘录自 1998 年 1 月 7 日《童话报》

中国童话一百年

——二十世纪中国童话概说

一个世纪，一百年，在人类历史上，只是一个逗号。如果将撕下的日历，一页一页叠在一起，三万六千五百张，似乎还不到一丈高。

我们的童话，整个二十世纪，一百年，如果一本一本叠在一起，那恐怕是一座不小的书山了。

当然，我们这里说的童话，是指中国的、现代的、创作的、文学的童话。

古代有童话，但是没有"童话"这个名称。童话有"童话"这个名称，是我们这一百年，二十世纪的事。

根据现在能见到的文字材料，中国最先用"童话"这个名词的，是 1909 年，上海商务印书馆的孙毓修。孙毓修之前，有没有童话这个词？是不是从日本传过来？……

因为，大家都没有充分的根据，我这是认定孙毓修是中国童话的命名者，命名的时间是 1909 年。

其实，中国早有"童谣"，有"童谣"必有"童话"，这是顺理成章的事。

那时，离五四运动已经很接近了，社会开始流行新学，在那样的文化氛围里，"童话"脱颖而出，也非常自然。

据考证，中国有"童话"其名，也先于"儿童文学"。当时所说的"童话"，实际上等同"儿童文学"，小说、故事、散文等等，一应全包括在童话里。

孙毓修是中国童话的命名人，他编出了中国童话的第一本刊物《童话》，他写的《〈童话〉序》是中国童话的第一篇童话理论。

稍后，周作人和赵景深对"童话"作了广泛探讨，写出了一系列"童话"的理论文字。他们为童话理论发展，是起了很大作用的，周作人认为："中国虽古无童话之名，然而古有成文之童话。"赵景深认为："我们研究童话的，最要紧的还是研究用什么童话供给儿童。"这些见地，对认识童话、发展童话，是大有裨益的。

如果说，孙毓修的"童话"概念，还是模糊的，浑沌如一块大石头，他所说的"童话"和"儿童文学"是同义词。他所推出的"童话"作品，是些历史儿童故事的改写或译述。那么，他的接替人，《童话》的第二任编辑茅盾，在这块浑沌的大石头上，凿下了第一刀。他创作了《书呆子》《寻快乐》《一段麻》《风雪云》《学由瓜得》等童话作品。一开童话创作童话的先例。茅盾是中国现代童话创作的辟经人。

综览茅盾的创作童话，这些作品，十分明显地接受了中国评话和民间文学的优秀传统，为童话今后的发展，定下了民族化的总基调。

孙毓修为童话命名，茅盾为童话定性，从此，童话正式宣称：童话是创作的，童话是文学的。

郑振铎这位作家，他接编《童话》后，又创办了《儿童世界》，他不仅写作了不少的童话，还做了大量的推动工作，对童话的发展，有不可磨灭的功勋。

童话的巨星——叶圣陶出现了。他的代表作《稻草人》问世，一锤定音：童话要贴在人民的生活上。这是一幅中国苦难农村的浮世画，那个时代，那个社会，中国最大多数人民——农民生活的真实写照。

这是一篇掷地有声的作品。这篇作品，也批评了当时只看见"田野里白天的风景和情形"，而无视"田野里夜间的风景和情形"的诗人和画家们。

倡导童话作家要"总是直挺挺地"站在生活里，去关心人民的生活，去反映人民和生活。

叶圣陶的《稻草人》是时代的，是社会的，他提倡什么，反对什么，歌颂什么，抨击什么，态度十分鲜明。

《稻草人》向童话和童话作家，作出了表率，并提出要求：必须具有人民的立场，人民的视角。

童话是人民的，这是童话还在雏形阶段早就决定的，且一直延展着。诸如：五四运动前后，人民要求反帝反封建，要求民主与科学，我们童话的主旋律也是反帝反封建、民主与科学。抗日战争时期，人民要求一致抗日，反对侵略，我们童话的主旋律也是一致抗日，反对侵略。……

我们的童话就是沿着人民的这样一条宽阔的道路开步前进着。

这里所说的人民，包括我们的少年童话，并且主要是少年儿童。童话如果偏离了少年儿童的主轨道，这不是前进，而是倒退。

我们的童话作家，倾向性十分鲜明，写作出一个又一个童话新作品。

《大林和小林》《秃秃大王》是张天翼的被称作"两大"的两部杰作，是我国童话史上两部熠熠发光的长篇。它记录和反映了那个时代，那个社会，人民心底的声音和孩子们心底的爱憎。它富有思想性，又具有艺术价值，这是当时童话的两座艺术丰碑。

陈伯吹的《阿丽思小姐》和巴金的《长生塔》《能言树》，贺宜的《凯旋门》《木头人》都是很成功的童话，代表那个时期的重要作品。

这期间，贺宜写的姐妹篇《古董先生》《鼻子》值得大家注意，因为它们反映了当时环境大文化的两种极端思潮。

我们中国现代童话的发展，一是汲取古代童话的滋养，一是汲取外国童话的滋养，结合中国社会生活，不断丰富着，出现了许多好作品。但也有人进入倾斜的误区，汲取古代童话滋养，成为泥古不化之人；吸取外国童话滋养，成为迷洋崇外之人。贺宜捍卫了现代的民族的童话的健康发展。

包蕾这时期写出了《石头人的故事》，要求在传统上创新，倡导树立新思想、新观念。

童话，沿着这样一条道路，发展着。……

先后在童话这块领地上，从事过耕耘、播种的作家，为创业作出卓越贡献的，还有耿式之、胡愈之、徐志摩、黎锦晖、洪为法、严既澄、吕伯攸、燕遇明、刘大白、敬隐渔、高长虹、汪静之、顾均正、郭沫若、费孝通、潘汉年、董纯才、丁玲、应修人、沈从文、孙佳讯、夏丏尊、洪深、苏苏、凌叔华、丰子恺、梅林、周文、徐讦、欧阳山、陈白尘、许地山、聂绀弩、老舍、施蜇存、胡明树、冯雪峰、欧外欧、何公超、严大椿、仇重、吕漠野、范泉、钱歌川、华嘉、黄谷柳、陆静山、胡伯周、黄衣青、方轶群，等等。他们都为孩子写出一系列的好作品。童话，是一大群作家，你一刀，我一刀，在浑沌的童话巨石上，凿出了各式各样的美好奇妙的花纹，使之成为一件能够传世的艺术珍品。

五十年过去了，半个世纪过去了。童话，现代童话，进入成长期。

后五十年，另半个世纪开始，中华人民共和国建立了。

我们童话的元老叶圣陶、张天翼、陈伯吹、贺宜和延安过来、在延安开始写童话的严文井，以及金近、包蕾，继续在新中国的童话土地上耕作。

叶圣陶虽然没有新童话问世，但他重写了他过去所写的童话。

张天翼后劲仍足，不遗余力，写出了《不动脑筋的故事》（短篇）、《宝葫芦的秘密》（长篇）。他所创造的赵大化、王葆这两个富有典型性格的孩子，使小读者们感到亲切，好像故事就发生在他们身边。

严文井唱出了《小溪流的歌》，这是一支清新而明快的鼓舞人们永远向前的进行曲，一直绕缭在读者们的心间。他的长篇《"下一次开船"港》，主人公唐小西已成为少年儿童的好朋友，风趣、幽默、热闹、戏谑，逗乐了所有读这个作品的孩子们，使他们从中获得教益。

陈伯吹写出他后期的代表作《一只想飞的猫》，一篇学者型的范作。

贺宜则推出他的"两鸡"：《小公鸡历险记》《鸡毛小不点儿》。特别是后者，作者以入木三分的犀利笔力，刻画了当时社会的芸芸众生相，把一根鸡毛，写得如此活生生，真是大手笔，大不易。他在病故前不久，写出了他自称为"写作提纲"的《"神猫"奇传》。这是贺宜蘸浓墨留给世人的最后一笔，写出了他的觉醒新意识。

金近精心设计的一系列讽刺短篇《狐狸打借人》《骗子骗自己》《想过冬的苍蝇》《一篇没有烂的童话》，针对时弊，扬善惩恶，是留与后人的童话精品。

包蕾的诙谐之作《猪八戒新传》系列，获得孩子们一致的称道和赞誉。及后，他写的《石狮子的梦》，画出中国历史上一幕幕的成败兴衰，为此他作出了种种新尝试。

前一辈的童话作家在后五十年中大部分已先后离去。但自有后来人，继往开来，将接力棒传下去。

写作起于四十年代中期的洪汛涛，给童话世界和世界童话奉献了名著《神笔马良》（以及"神笔马良传"系列）和一个正义倔强的中国孩子的形象马良。在中华国土上，在世界孩子的心目中，树起了一尊中国孩子的铜像。马良的负重道远的大无畏的精神和民族正气鼓舞了一代又一代孩子们。及后，他写了《狼毫笔的来历》等一系列带几分忧患、几分悲壮的童话。

女作家葛翠琳，她以《野葡萄》《金花路》著称。她的作品多是抒情的、优美的，富有诗的意境。

这后五十年中，我们的老中青三代作家，作出了最大的努力，出现了众多的好作品。散文大家郭风为孩子们送来许多优美抒情的童话。此后又有写诗的张秋生、金波"加盟"童话创作。他们为童话增添了许多散文和诗的韵味。而在南国开创童话蹊径的黄庆云，为读者写过许多很有光彩的童话。本来写小说的吴梦起，一篇《老鼠看下棋》，又使他成为一位著名童话家。钟子芒曾将童话、诗、散文糅合于一体，创造了一种新颖的"童话小品"。诗人、翻译家任溶溶写童话不多，他的童话如《没头没脑和不高兴》，都是妙趣横生，又富于教益的好作品。陈玮君和赵燕翼两位作家，极为注重民族特色，陈玮君的《龙王公主》、赵燕翼的《五个女儿》，都是逐字逐句，琢磨推敲，文字功力可说甚是到家，堪称范文，鲁克、乌朝祝他们作品的特点，是偏重于知识性。路展一生写童话，作出奉献多多，《雁翅下的星光》可作他的自传来读。难得宗璞这位写小说的女作家，她给小读者送来富于哲理味的《风庐童话》。孙幼军的成名作《小布头奇遇记》，曾得圣陶老人的称道，近年又有"怪老头"系列获奖。孙文圣数十年如一日，孜孜不倦，连连写出好童话，郭明志从画坛转入童话写作行列，一篇《阿Q女王的秘密》打响，嗣后佳作连珠。王业伦笔下的"有劳先生"，是近年不可多得的童话人物形象。郑渊洁创办了发表他一人作品的刊物《童话大王》，拥有众多读者，他有些俏皮的妙趣横生的作品，曾使不少读者入迷。周锐和冰波是近年成熟的童话尖子，周锐才气洋溢，写作认真，且有文学根柢，出手皆成佳篇，他的"阿乎猫""鸡毛鸭"，有可能成为中国卡通大明星，冰波起点高、进步快，出手不凡，近年致力于低幼童话，他的《梨子提琴》是一篇无可挑剔的作品。昆明的康复复、张家口的武玉桂、无锡的方圆、西安的袁银波、嘉兴的夏辇生、韶关的饶远、成都的黄一辉、南昌的郑允钦，都有各具风格的佳作面世。这些作家，在这些岁月中，为童话都作出了各自的奉献。

这些年来，为童话作出贡献的作家很多，本文不能一一点到，敬请鉴谅。

我们有许多年轻的童话作家，他们不仅是二十世纪的作家，也是二十一世纪的作家。他们在二十世纪末期崭露头角，写出了一些优秀作品，但他们更大的成就可能还在下一个世纪。他们是带着二十世纪的成绩，跨过世纪的门槛，走向二十一世纪，他们奔跑着，将二十世纪的童话接力棒，交付给迎面而来的新世纪。

二十世纪的童话作家，他们是拓荒者，是奠基人，是开来者，是后继人。他们在童话这块土地上，披荆斩棘，刀耕火种，开辟出一条条道路，盖起了一幢幢房屋，在这里定居，度过一个个丰收喜庆。……

这丰收，表现在作品上，这一百年，一个世纪，作家们写出了这么许多，已经无法数点的大大小小的童话作品。这些作品哺育了万万千千、千千万万的孩子们。现在，这些作品要交给下一个世纪的孩子们。

这些作品，都烙有二十世纪的印记，我们生活在二十世纪，也反映了二十世纪。我们希望下一个世纪的人们，以历史的眼光来阅读这些作品。

下面，我们也来谈谈童话理论研究上的一些事，因为这丰收除掉创作，也表现在理论研究上。

这一百年，是现代童话的创业，也是现代童话理论研究上的创业。

在二十世纪的前五十年，我们的童话理论研究是从无到有，我们的理论研究是从没有路的地方走出一条路来。让童话从民俗学中，回归到儿童方面来。

在介绍国外童话时，立足于建立中国自己有童话。往后，又从儿童文学这大范畴中独立出童话这个门类来。我们的理论界和作家们一起，像雕塑家那样，一块泥巴，一块泥巴，将"童话"从概念"塑造"成立体的造像，让"童话"有一个面面观。为"童话"是什么？写出答案。

我们的理论界和作家们写过一篇篇论文，也出版了《童话概要》《童话论集》《童话体论》，及译述的《童话学ABC》等集子。

新中国成立后，我们的童话理论专著，有金近的《童话创作及其他》，贺宜的《童话漫谈》；散见于各种文集中，还有陈伯吹、严文井等作家的论述文字。

大家对童话是"幻想"的，"幻想"是童话的核心或要素这一基本概念，取得一致的理解。陈伯吹对童话的"拟人"作出种种科学的阐述，贺宜将童话分成超人体、拟人体、常人体三种类型，严文井提倡童话的诗化等等，都是对童话研究的一大进展。

80年代，一部系统论述中国童话的《童话学》出版了，洪汛涛将前人和他自己研究的收获，捏在一起，"童话"的"塑造"完成了。这是一本中国童话概论、中国童话史、中国童话作家作品论的合成。尔后，他又写了《童话艺术思考》，作为前者的补本和释本。将童话理论研究推向了一个高潮。

不久，两部颇具规模的童话辞书《童话辞典》（张美妮等编）、

《中外童话大观》（郭大森等编），前后问世。再后，又有金燕玉的《中国童话史》问世。在差不多的时间里，面世的童话专论散论，还有浦漫汀的《童话十六讲》、孙建江的《童话艺术空间论》，都为中国童话理论建设作出了贡献。

散载于各报刊书籍中的童话理论也不少，不能一一提及，祈谅。

这都是二十世纪童话研究者们的成绩。

一百年童话的创作实践和理论研究，我们所获得的，对于童话的认识，主要有：

其一，民族化和现代化结合。中国童话应该具有中华民族的特色，必须民族化。我们要向外国童话学习。学习它们，是汲取它们的精华，绝不是模仿它们，更不是搬用它们。如果我们的童话写得像外国翻译作品，全盘西化，是没有前途的。

这种种迷洋观念，一百年来断断续续，一直在冲击着中国童话。今后也一定还会有。我们一定要坚持中国童话的民族化的正确方向。但中国童话的民族化，也不能变成复古化，民族化绝不是凝固的、僵死的，它必须和现代化相结合，也就是和当前的时代相结合。

童话民族化和童话现代化相结合，童话才能充满生机和活力，才能使中国童话永远立于不会衰亡之地，才能发展，才能前进。

其二，传统和创新结合，传统就是过去，也就是我们的传统。二十世纪前五十年，就是后五十年的传统，二十世纪是二十一世纪的传统。我们绝不是抛开这个传统，只是扬弃传统中一些不好的东西，创造一些新的、好的东西去取代。传统中的一些好的东西，平白无故地将它丢了，岂不太可惜。所以，我们中国童话的好传统，包括古代童话，包括民间口承童话，我们要继承。这样，我们也就有个高起点。但在继承传统的基础上，我们还必须创新。如果死抱住传统，不去创新，那童话就不可能发展，不可能进步，一代一代继承，一代一代创新，继承—创新—继承—创新……两者相交替发展，就是我们童话的历史。二十世纪的童话作家们在写二十世纪的童话历史。二十一世纪的作家们就要翻开童话历史新的一页，去作更大的创新，一定能有更大的进步。

其三，教育和娱乐结合。童话是教育的，但绝不能是说教式的，更不能像旧学塾师那样板起脸训斥人。教育必须和娱乐相结合，那就是说，应该有趣味，寓教于乐，还不能说明问题，因为这表明，教育是目的，娱乐是手段。正确地说，童话的教育作用、童话的娱乐作用，都是目的。我们不断在走弯路，有时强调教育第一，将童话作为教育的工具，有时强调娱乐第一，将童话作为娱乐的工具。这种种顾此失彼，顾彼失此，都是错误的。教育和娱乐应该是相加，而不是排斥。

其四，幻想和现实结合，童话必须是幻想的。这幻想，并不能和想象等同，绝不是胡思乱想。童话不是爱怎么想就怎么写。童话幻想必须和现实相结合。幻想自何而来？不是关着门在家里玩魔方，随便想一阵。它必须受现实的制约。童话的幻想应该来自现实的生活，要能反映现实生活，我们常常说，童话的逻辑，来自生活，童话的逻辑，是从生活逻辑中提炼而来的，童话的幻想就是如此。写童话的作家们，一定要到孩子生活中去，和孩子们在一起，生活的现实会给你许多童话的素材，以及告诉你幻想——如何将素材写成童话。

其五，物性和人性结合。童话作品的很大一部分是物的拟人化。这物，主要是动物和植物，当然还有别的什么物。物，必有它自己的本来性能。这物的本来性能，就是物性。我们将某物拟人了，要是失去了本物的物性，那便是变人化。一物变成了人，那并不是童话的拟人。拟人化，只是"拟人"，就是说它拟成人，还保留它本来的物性。所以，拟人化，也就是人性和物性的结合。光有物性，没有人性，物就是物，它自然也不是拟人化。人性和物性结合，这结合应该是一致的，在一篇作品中，不能一会儿是人，一会儿又是物。再说，强调物性，这物性不是固定的，也不是绝对不变的，也有因情况不同，在不同的作品中而有变异。但人性和物性的结合，是一个不渝的原则，童话拟人化不可改变这个原则。

其六，高雅和通俗结合。童话是一门以假反映真，以虚反映实，以幻想反映生活的艺术。一个动物拟人化的童话，需要作家了解熟悉掌握人的生活，同样地也还要去了解熟悉掌握动物的生活，并且思考如何将幻想和谐地融于作品的整体。它要求真、善、美，要求富含哲理陶冶孩子们的性格情操。童话写作大不易，有它的高难度。难度愈高，愈有艺术价值。童话是一门高雅艺术。但由于童话的读者是广大不同年岁、不同程度的少年儿童，任何一个童话都必须让孩子们经过思索能理解，所以它应是一门通俗艺术，高雅和通俗两者必须兼而得之。童话是通俗的，但又不是庸俗的。童话中，那种陈列丑恶，刺激感官，插科打诨，乱加笑料，以及血淋淋的暴力描述，应一概排除。

其七，创作和理论结合。这句话，和上述的几个结合一样，都必须再一次反过来读。童话创作要和童话理论相结合，童话理论要和童话创作相结合。我们的童话创作要总结出理论来。童话理论要来自童话创作，再进一步推动童话创作发展。那种从事童话创作的作家不关心童话理论，也不读童话理论，不以童话理论来指导自己的童话创作；而童话理论作者，缺感性知识，只是从概念到概念，有的概念还是从成人文学中套过来的，或者从外国搬过来的做法，都是不正常的。童话创作和童话理论必须紧密合作，童话事业才能发展、进步。

其八，作家和读者结合。童话作家必须了解少年儿童读者，他们在想什么，在做什么，需要什么，这是前提，作家必须和读者同喜怒哀乐，才能出好作品。一个童话作家要处处从读者想。童话的创作，切忌凭自己的"感觉"走，不管读者看得懂，有没有兴趣看，推销给少年儿童，这样的作品必然要受到孩子们所摒弃。一个读者也要关心作家，了解作家为什么这样写，不那样写。要是一个作家写的童话倾向不那么健康，读者也应该提出意见，反映意见，作家和读者要多创造接触机会，提倡作家读者交朋友。

　　时间，像河水那样，从我们身边流过。童话，一百年过去了，我们写这篇短文，回顾了一百年的历史，借马良的神笔，画下一个偌大的醒目的逗号，来纪念这过去的童话一百年。纪念在这个一个百年中付出过的心意和劳动，写过童话作品、写过童话理论作品的人们。我们以欢快的心情送走二十世纪的最后一年，最后一月，最后一日，最后一分一秒钟。……

　　愿迎着我们走来的新世纪，又一个一百年，我们民族的、时代的、社会的、人民的、生活的童话，更加繁荣，更加昌盛！

　　也让我们为新世纪的童话作家们、理论家们以及广大的童话读者们，常常祝福！

　　　　　　　　　　　　　　　　　　苏嘉正著　洪汛涛修订

《中国儿童文学十年》
一书的"内容提要"

这本《中国儿童文学十年》，是中国儿童文学十年的史实、十年的成绩、十年的教训、十年的经验、十年的争议、十年的回顾、十年的审度、十年的检阅、十年的汇报、十年的奉献。……

1976—1986 这十年，在中国历史上是重要的十年，在中国儿童文学历史上也是重要的十年。《中国儿童文学十年》，是中国儿童文学的专家们，对这一重要的历史阶段所作的忠实的记录、恳切的反思、公正的评说。……

可以把它当作十年的中国儿童文学简史来读，可以把它当作十年的中国儿童文学年鉴来查阅，可以把它当作十年的中国儿童文学资料来检索。……

它是一本有分量的有特定价值的学术专著，它是一本实用的应备置案头时常查考的工具书。

《中国儿童文学十年》是一本新颖的、多功能的、许多人需要的书。

《中国儿童文学十年》
一书的"编后记"

中国儿童文学，已经有一支人数不少的作者队伍，一支人数不少的编辑队伍，他们散于全国各地，兢兢业业为少年儿童工作着。他们的工作很出色，很有成绩。

中国儿童文学，有三亿小读者。有为他们工作的许许多多书店工作人员，许许多多图书馆工作人员，有许许多多教师、保育员，还有更多的数倍于儿童的家长们。他们，都在关心着儿童文学，和儿童文学打交道。各地的师范学校师生们要教要学儿童文学。有一大批人要研究儿童文学。世界各国的有关人士，也想了解中国的儿童文学。和儿童文学发生关联的人，是众多的。

儿童文学，是社会的，是世界的。

所以，我们决定编辑这部《中国儿童文学十年》。

因为，"文革"结束到今年，正好足足的十年。

中国儿童文学从来没有编辑出版过年鉴，这部《中国儿童文学十年》，就算是中国儿童文学十年的年鉴吧！

现在，把这部书的内容，作一说明——

专稿，是我们邀约儿童文学界的有关专门家专为这本书写的。撰稿者有的是作家，有的是评论家，有的是编辑，有的是教师，总之和专稿的内容范围有密切的关系，大部分是十年间这一工作的参与者，他们熟悉这十年的工作发展、变革。这次他们为写这些专文，查看了大量书籍和各种资料，有的还约开了各类的座谈会，交换了看法，力求全面和系统地来论述十年的工作。但这些专文，包括我们所写的序文，毕竟不是总结，不是定论。我国儿童文学还没有一个专门性的研究机构，能够观照全面，高瞻远瞩，写出周密的评论文字来。我们的撰稿者，各处一隅，所见所闻，掌握资料，都有局限，这些专文，不可能很完整，挂漏和舛错肯定都会有，有的可能还相互矛盾，希望大家仍当一家言来看。因为我们今天也只能做到这样。

本来我们在专稿这一辑里，还计划有一篇关于儿童影视的文字，由于儿童影视数量甚少，也乏人研究，找过一些人都说难以成文，只好付之阙如。

至于儿童文学中还有一些门类，如寓言、曲艺、历史故事、小品、杂文等等，在组稿时请撰稿者捎带上，可是有的提到了，有的仍未谈及，只能请大家原谅。

原计划中还有"作品选刊"这一辑，想将十年来各门类优秀作品、有争议作品，转载一部分。篇目都研究定了，一算字数，大大超过原定计划。洛阳纸贵，怕成本过高，只好抽下。好在近几年各门类选本不少，优秀作品大多选出来了。

理论文字原本也要转登一些的，也是由于十年理论很多，稍稍一选，就是几十万字，后来想过采用"文摘"和"提要"的办法来解决。但也由于涉及面太广，非常难以概括，没有做下去。

"作品评奖"一栏，也只能收全国性的文学性的评奖。那些各地区各报刊、出版社的历年的评奖，因为非常多，也只能从略。

"逝世人物"一栏，主要是收儿童文学作家，或者与儿童文学很有关系的人士。至于那些写过儿童文学作品，或对儿童文学有过贡献的文学大家，如郭沫若、茅盾、丁玲等，都不收了。

"儿童文学事录""儿童文学理论目录索引"，工程十分浩大，困难甚多，两稿均已三易，作者和我们是尽了最大的努力的。资料部分，计划中还有"十年儿童文学书目""儿童少年报刊出版社介绍"，在征集资料过程中，曾得到很大一部分单位的热情支持，由于少数单位未将资料寄来，这几份资料没有做成。我们把已知的一部分情况，写在儿童文学事录里。

还有插图选登，以及有关图片，考虑到在普通白报纸上印刷效果不佳，加好纸插页要提高定价，一概免去了。

这部《中国儿童文学十年》，我们是作为一种"工具书"来编的，供各界人士备置案头，随时查阅用。虽然我们竭尽全力，争取要把它编得好一些，但由于缺乏经验，限于条件，其中必有这样那样的缺点错误，请大家多多教正。

童 话 纪 事
（1977—1990）

1977 年

5月 《北京少年》《北京儿童》编辑部在北京举行童话座谈会。童话作家严文井在会上作了以"童话漫谈"为题的发言。（刊《人民文学》1977 年 6 月号。）这是"文革"结束后第一次童话会议。这次会议的意义，是说明儿童文学重要样式——童话已经开始苏生，童话进入恢复时期。

1978 年

4月 12 日，童话作家钟子芒在上海去世。钟子芒，1922 年生。湖南长沙人，世居上海。1937 年开始发表儿童文学作品。解放后，写过很多童话作品，其中《孔雀的焰火》是他的代表作。他的童话遗作集，由洪汛涛编选、陈伯吹写序出版。

6月，翻译家叶君健翻译的《安徒生童话全集》十六册，包括全部作品一百六十八篇，由上海译文出版社新一版重印。

9月，中国作家协会上海分会儿童文学组和少年儿童出版社，联合举办儿童文学讲座，共十四讲。其中，童话作家贺宜、包蕾讲了童话创作有关问题。

10月，上海教育出版社出版我国"五四"以来各时期重要童话作品的选集：《童话选》。选集分解放前、解放后两辑，收有叶圣陶、郭沫若、应修人、巴金、张天翼、金近、严文井、陈伯吹、贺宜、何公超、丰子恺等作家的作品六十六篇。这是粉碎"四人帮"后，第一本童话选集，对童话的恢复，有一定的促进作用。这本集子是由鲁克编选的。茅盾为选本题了书名。贺宜以"童话创作面临着重大任务"为题，写了序文。

1979 年

2 月，北京出版社出版《外国童话选》。由叶君健作序，选收法国贝洛尔、德国格林兄弟、德国豪夫、丹麦安徒生、德国至尔·妙伦、苏联比安基等作家的童话二十二篇。

4 月，北京出版社出版《民间童话故事选》。本书由中国社科院文学研究所民间文学室主编，内收《鲁班学艺》《长发妹》《巧媳妇》《咕咚》等民间童话六十二篇。

5 月，《少年文艺》1979 年 5 月出版"童话专辑"。发表了严文井的《沼泽里的故事》、贺宜的《乌龟上天》、金近的《念不完的第一课》、包蕾的《国王登上了飞碟》、洪汛涛的《神笔牛良》等一组童话新作品。

6 月，《儿童文学》丛刊第 10 期出版"童话·诗歌专辑"。发表了严文井的《寓言四则》、贺宜的《乌云的故事》、金近的《书柜里的故事》、刘厚明的《启明星之歌》、赵燕翼的《打酥油的小姑娘》、康复昆的《小象努努》等一组童话新作品。

7 月 16 日，《儿童时代》1979 年第 11 期出版"童话专辑"。发表了金近的《骗子和宝镜》、洪汛涛的《白头翁办报》、宗璞的《露珠儿和蔷薇花》等一组童话新作品。

8 月，人民文学出版社出版了新中国成立三十年（1949—1979）的《童话寓言选》。本书由金近、葛翠琳主编。共选收严文井、陈伯吹、贺宜、包蕾、洪汛涛、任溶溶、黄庆云、吴梦起、钟子芒、鲁克、陈玮君、张士杰、邬朝祝、方轶群等作家的优秀童话、寓言作品一百篇。金近写了序言，茅盾为封面题字。

9 月，贺宜的《小百花园丁杂说》，由少年儿童出版社出版。这是本随笔式的儿童文学理论集，共一百八十五则。其中，很大部分是论述童话创作的。

1980 年

5 月，新中国成立以来第一本专门发表童话创作和评论的丛刊，由新蕾出版社编辑出版，在天津诞生了。这标志童话在恢复时期的一大新进展。《童话》丛刊由叶圣陶、叶君健、包蕾、华君武、任溶溶、严文井、陈伯吹、陈子君、张天翼、金近、郑文光、贺宜、洪汛涛、黄庆云、葛翠琳十五位童话作家、翻译家、评论家、画家任顾问。刊名由叶圣陶题签。茅盾为创刊号题词："为童话之百花齐放而努力！"冰心、高士其、贺宜、陈子君写了笔谈。创刊号发表了张天翼、包蕾、洪汛涛、葛翠琳、郭风、赵燕翼、何公超、叶永烈等作家的作品。丛刊责编柯玉生写了《童话作家近况》专访文字。

5 月，由《少年报》编辑、江苏人民出版社出版的《中国现代儿童文学选·童话卷》问世。这本选集选收从"五四"时期到新中国成立前夕，郑振铎、赵景深、郭沫若、应修人、丁玲、白兮、巴金、叶圣陶、张天翼、老舍、丰子恺、陈鹤琴、吕漠野、仇重、冯雪峰、夏阳等四十七位作家的童话作品，这是一本研究童话发展的资料参考书。本书是由上海《少年报》张锡昌和上海图书馆盛巽昌选录的。

5 月 30 日，在首都人民大会堂，举行第二次全国少年儿童文艺创作评奖授奖大会。这次评奖，是由中国人民保卫儿童全国委员会、共青团中央、中国文联、中国作家协会、全国科协、教育部、文化部、国家出版局八家单位联合举办的。授奖大会由评奖委员会主任委员康克清主持。大会上，给对儿童文学事业作出卓越贡献的叶圣陶、冰心、高士其、张天翼、严文井、叶君健、陈伯吹、贺宜、包蕾、金近等十三位老作家、老画家、老艺术家颁发了荣誉奖状。获奖的童话作品，一等奖有洪汛涛的《神笔马良》、葛翠琳的《野葡萄》、黄庆云的《奇异的红星》、孙幼军的《小布头奇遇记》；二等奖有张士杰的《渔童》、陈玮君的《龙王公主》；三等奖有钟子芒的《孔雀的焰火》、吴梦起的《小雁归队》、杨书案的《小马驹和小叫驴》、康复昆的《小象努努》、杉松的《一群小金龟》、郭大森的《天鹅的女儿》、芦管的《剪云彩》、顾俊翘的《丰丰在明天》，等等。

5月—6月，作家协会辽宁分会儿童文学创作研究室举办了儿童文学讲习会。童话作家吴梦起在会上以"浅谈童话"为题，讲了童话的发展历史、现况和基本的理论。

6月，新蕾出版社编辑的《作家的童年》出版，先后收有童话作家张天翼、陈伯吹、贺宜、何公超、金近、肖甘牛、洪汛涛、叶永烈、赵燕翼、黄庆云等人的童年回忆文章。

6月4日—11日，《儿童文学》编辑部在北京举行童话创作座谈会，到会的有《儿童文学》部分童话作者。童话作家、翻译家严文井、陈伯吹、金近、洪汛涛、葛翠琳、任溶溶、黄庆云等，分别对童话的构思、意境、形式、语言等问题，谈了自己的见解。《儿童文学通讯》第四期上发表了部分讲话记录稿。中国少年儿童出版社、北师大儿童文学教研室、中央人民广播电台少儿节目部等单位的同志也参加了会议。

8月，翻译家叶君健应丹麦外交部和安徒生博物馆邀请，去丹麦访问安徒生故乡。

11月，《中国少数民族童话故事选》由四川人民出版社出版。本书收三十四个民族在民间流传的童话作品一百二十四篇，是由中央民族学院李耀宗编辑的。

12月，由童话作家严文井为团长的中国儿童文学工作者代表团，应菲律宾儿童文学协会的邀请，访问菲律宾。代表团成员尚有童话作家金近、童话翻译家任溶溶等。在菲期间，参加了亚洲太平洋地区儿童文学协商会议，并在马尼拉等六城市进行参观访问。

1981 年

1月—12月，儿童时代社本年度举行"童话征文活动"。聘请叶圣陶、叶永烈、叶君健、包蕾、刘金、严文井、沈功玲、张天翼、陈伯吹、金近、郑文光、洪汛涛、贺宜、高士其、葛翠琳十五位童话作家、有关领导、教师代表，组成童话征文委员会。公告在各报刊发表后，得到各地广大作者的热情支持。在半年多时间里，收到五千多件应征稿。由编辑部从中挑选出三十篇作品，在刊物上登出。后经评委会评定：王仲绳的《山胡椒花儿》、盖壤的《小蹦豆儿流浪记》、韩静霆的《棋盘国的"小卒"》、杨楠的《胖子学校》、程乃珊的《摩登娃娃的故事》、王琴兰的《歇口气吧，跳蚤》、詹岱尔的《风的故事》、金逸铭的《大树的泪》、刘兴诗的《阿雪的世界》、孙幼忱的《五九六十八》、王瑞的《挑邻居》、孙幼军的《怪雨伞》，共十二篇童话为获奖作品。这些作品由四川少年儿童出版社出版，贺宜为集子写了序文《进一步提高童话创作水平》。

2月，中国少年儿童出版社出版了《儿童文学论文选：1949—1979》。其中，收有严文井、金近、陈伯吹、贺宜、叶圣陶等童话作家论童话创作的专论，还有孙钧正、李俍民、孙佳讯等评介中外童话作家作品的专论。本论文集是由锡金、郭大森、崔乙主编的。

4月，由第二次全国少年儿童文艺创作评奖委员会办公室编辑的《儿童文学作家作品论》出版。这是我国第一本儿童文学作家作品的评论文集。集子中，有宋庆龄、康克清、周扬的关于儿童文学的重要讲话，有对张天翼、严文井、陈伯吹、贺宜、金近、包蕾、洪汛涛、葛翠琳等童话作家以及他们的作品的分析和评论。本书由中国少年儿童出版社出版。

4月，贺宜的童话理论专著《漫谈童话》，由四川人民出版社出版。此书共分"什么是童话""童话的体裁和表现手法""童话的根本特征和要素""童话与生活""作为好童话的条件"，共五章。这本书是目前唯一的一本有系统的童话理论专著。

6月，第二次全国少年儿童文艺创作评奖委员会办公室编辑的《1954—1979第二次全国少年儿童文艺创作评奖获奖童话寓言集》问世。本书由新蕾出版社出版。

7月14日—23日，少年儿童出版社在上海举行童话座谈会，邀请各地新老童话作者吴梦起、杉松、路展、孙幼军、郭明志、火苗（孙文圣）、郑渊洁、康复昆、方园参加。上海的陈伯吹、包蕾、洪汛涛等童话作家也参加了座谈会，其他还有中国少年儿童出版社、新蕾出版社、儿童时代社、少年报社的有关编辑。

7月31日—8月4日，辽宁《文学少年》编辑部在大连举办儿童文学座谈会，新老童话作家陈伯吹、洪汛涛、任溶溶、程乃珊、缪士、朱奎等参加了会议。

1982 年

1月—12月，《少年文艺》编辑部从1月号开始，举办"童话新作展"。每期发表我国有代表性的童话作家新作品一篇，后附有作家和作品的介绍。全年发表了贺宜、洪汛涛、金近、宗璞、包蕾、陈伯吹、叶永烈、葛翠琳、郑文光、孙幼军、任溶溶、叶君健的童话新作十二篇，由少年儿童出版社合辑成《童话十二家新作展》出版。该刊童话责编刘崇善以《一种献给儿童的特殊的诗体》为题写了前记。

1月，童话作家肖甘牛逝世。肖甘牛1905年6月生，广西桂林人。他的主要作品有《一幅壮锦》《长发妹》《红水河》《画眉泉》《龙牙颗颗钉满天》等。其子肖丁山在《儿童文学研究》第12辑上，发表《一生丹心育新芽——回忆我的爸爸肖甘牛》一文悼念。

2月，《儿童文学研究》第9辑出版。本辑为"童话专辑"，发了陈伯吹、包蕾、葛翠琳、吴梦起等十多位童话作家的论述和笔谈。

2月，洪汛涛的《儿童·文学·作家》出版。这是一本散文诗体的儿童文学理论。其中第二部分为《儿童·童话·童话作家》。这些论述曾先后在《人民日报》《人民文学》等报刊上以《童话随想》发表过。本书由河南人民出版社出版。

2月，湖南少年儿童出版社成立，邀请部分儿童文学作家前去参加成立典礼，并为当地青年作者讲学。葛翠琳以《热爱生活·勇于实践》为题，讲了当前童话创作上诸问题。

4月，童话女作家葛翠琳随康克清率领的中国妇女代表团，赴日本访问，和日本童话界举行座谈。

4月，陈伯吹的《儿童文学简论》增订新版本，由长江文艺出版社出版。其中，有八篇关于童话创作、教学、研究的专论文章。

5月，我国第一本系统论述儿童文学的《儿童文学概论》由四川少年儿童出版社出版。本书是由北京师大、华中师院、河南师大、杭州大学、浙江师院五院校儿童文学教师浦漫汀、张美妮、梅沙、汪毓馥、陈道林、张中义、张光昌、蒋风集体编写的。本书中对童话的起源、发展、地位、作用、特征、手法等基本理论作了全面的阐述，还对叶圣陶、张天翼、陈伯吹、贺宜、严文井、金近、洪汛涛、葛翠琳等童话作家和作品，作了评论，也介绍了外国童话作家安徒生、科洛迪、罗大里等人的童话作品。

5月，蒋风著述的《儿童文学概论》，由湖南少年儿童出版社出版。本书的第四章第一节，阐述了童话的含义、历史、特征、分类、作用等问题。

5月24日，《儿童文学》编辑部为张天翼的《大林和小林》发表十周年举行庆祝活动。童话界知名人士严文井、叶君健、金近、梅志，以及《大林和小林》1956年本插图画家华君武等，前往祝贺。参加纪念活动的还有北京二中和史家胡同小学的少先队员代表。

5月，由作家协会上海分会、上海出版者工作者协会、少年儿童出版社、儿童时代社、少年报社联合举办的儿童文学园丁奖，在上海举行第一届评奖授奖大会。吴梦起的《老鼠看下棋》获"上海1980—1981年童话奖"，童话《风的故事》（詹岱尔）、《棋盘国的"小卒"》（韩静霆）被评为"上海1980—1981年优秀作品"。得奖作品和优秀作品，已编成《儿童文学园丁奖集刊（一）：老鼠看下棋》一书出版。

6月，《儿童文学》编辑部为叶圣陶的《稻草人》发表六十周年举行纪念活动。《稻草人》原写作于1922年4月，六十年后作者作了重新整理，在《儿童文学》6月号上重新刊登。

6月，贵州少年儿童文艺双月刊《幼芽》，1982年第3期出版"童话专辑"。发表我国新老童话作者新作近二十篇，以及外国童话译作数篇。其中，有贺宜的《荞麦皮》、赵冰波的《大海，梦着一个童话》等。

6月—7月，文化部少儿司和辽宁、四川地方有关单位，在沈阳和成都分别举办了华北、东北地区（包括北京、天津、河北、山西、内蒙、黑龙江、吉林、辽宁）和西北、西南地区（包括甘肃、宁夏、陕西、新疆、青海、四川、云南、西藏、贵州）的两个儿童文学讲习班。讲师团中，童话作家黄庆云、洪汛涛、葛翠琳，童话翻译家叶君健、任溶溶，童话评论家浦漫汀、方仁工，在班上分别讲了童话创作、外国童话，童话作品评论诸问题。

7月26日—8月3日，广东人民出版社举行儿童文学创作会议，应邀参加的童话作家有洪汛涛、叶永烈、孙幼军等。本省参加会议的童话作家有黄庆云、岑桑、郁茹等。

12月，《儿童文学新人新作选》（1981）出版。其中选收的童话作品有杨书案的《小马驹和小叫驴》、顾俊翘的《贝贝和他的木偶》、刘斌的《山的回声》三篇。本书由《儿童文学新人新作选》编委会编，四川少年儿童出版社出版。

1983 年

本年，香港三联书店出版英文本中国童话作品选：《〈英雄的石像〉及其它》，选收洪汛涛的《神笔马良》、包蕾的《猪八戒学本领》、贺宜的《镜子的故事》、叶圣陶的《英雄的石像》、任溶溶的《天才杂技演员》、吴梦起的《小雁归队》、严文井的《小溪流的歌》等作品。

3 月，《茅盾童话选》由四川少年儿童出版社出版。茅盾是我国早期的童话作者，他自 1917 年写了《寻快乐》第一篇童话以后，一气写了二十八篇童话。这个集子，收录他的这些作品。这些作品，也是茅盾最早期的作品。本集子，为我国童话研究工作提供了宝贵的资料。集子编者范奇龙。

5 月，中国少年儿童出版社编辑出版了《中国优秀童话选》（1922—1979）。本书选收"五四"以来，各个时期，有代表性的作家的代表性作品，共三十三篇。

5 月，《儿童文学》编辑部邀请部分童话作者，在安徽屯溪，举行童话创作座谈会。到会的有金近、钱光培、孙幼军、郑渊洁等。中国少年儿童出版社、少年儿童出版社、少年文艺编辑部、儿童时代社都派了童话编辑参加讨论。

5 月，上海儿童文学界为童话作家陈伯吹从事儿童文学创作六十年，举行庆祝活动。各界人士数十人参加茶话会，外地有关单位发来贺电、贺信。

5 月，天津人民美术出版社《童话宝盒》第一辑问世。他们有计划地将我国的童话名家名作改成连环画册。第一辑有叶圣陶、严文井、何公超、吴梦起、苏苏的作品，以后将陆续出版老舍、叶君健、贺宜、秦兆阳等作家的作品。

5 月，儿童文学园丁奖第二届评奖授奖会举行。本届评奖，童话作品获奖的有：《富翁乔克》（郑渊洁）被评为"上海 1982 年优秀作品"，《白脸狐狸先生》（天戈）、《白妞儿和竹脑壳》（孙幼军）被评为"上海1982年推荐作品"。

5月20日，新蕾出版社出版的《新蕾之友》，刊登《童话》丛刊顾问谈童话创作的笔谈，有严文井的《要写得深入浅出》、叶君健的《加强儿童情趣，丰富精神生活》、贺宜的《让童话创作五彩缤纷》、陈子君的《儿童文学的半边天》等等。

6月—7月，文化部少儿司和广东、广西、湖南地方各单位联合，先后分别在广州、南宁、长沙举办儿童文学创作讲习会。讲师团中，童话作家洪汛涛、葛翠琳、黄庆云等赴各地，在班上讲童话有关创作问题。

7月，《〈儿童文学〉二十年优秀作品选》出版，内选收金近、葛翠琳等的童话作品十九篇。

7月—8月，文化部少儿司和陕西地方各单位联合，在西安举办全国低幼文学讲习班，以及西北地区儿童文学讲习班。讲师团中，童话作家、翻译家、评论家叶君健、黄庆云、洪汛涛、尤异、浦漫汀等，在班上讲了童话与幼儿文学等各方面的问题。

9月，上海儿童文学界为童话作家贺宜从事儿童文学创作五十周年，举行庆祝活动。各界人士数十人参加茶话会，外地有关单位发来贺电、贺信。

9月，《给少年们的童话——〈少年文艺〉创刊三十周年童话选》出版。

12月，四川少年儿童出版社出版童话大师安徒生著的《我的一生》一书。

12月，由中国社科院文学研究所现代文学研究室编的《中国文学作品年编（1981）儿童文学选》出版。本书选收了1981年在各报刊发表的童话二十余篇。

12月，湖南少年儿童出版社出版《童话欣赏》一书。本书对中外童话作家叶圣陶、张天翼、严文井、贺宜、包蕾、葛翠琳、洪汛涛、盖达尔、安徒生、格林的代表作品作了欣赏分析。

1984 年

1月，时事出版社出版《台湾的童话》一集，收台湾童话三十篇。

2月，香港编辑出版《中华童话文库》，第一辑为洪汛涛童话四册，向港澳及东南亚地区推出。香港《文汇报》《明报》《双报》等发表专文介绍作家与作品。该文库将陆续推出其他童话大家的作品。

3月30日，上海童话界举行童话创作讨论会，二十余位童话作家、编辑、画家参加。会上就童话逻辑性、物性等问题，展开讨论。画家举出某些童话为例，由于逻辑混乱无法绘制插图，提出批评。

4月13日—18日，中国作家协会浙江分会在杭州举行童话创作会议。浙江童话作者倪树根、赵冰波、夏辇生、李瑶音等三十余人参加会议。《世界童话研究》一书译者、老作家黄源到会讲话，童话作家洪汛涛应邀作了专题发言。京津沪杭等地出版社、报刊，及上海美影厂都派了有关编辑参加。

4月24日，《大众电影》杂志在上海邀请童话界和教育界人士二十余人，座谈美术片创作问题。

4月，叶君健著《不丑的丑小鸭》由湖南少年儿童出版社出版，这是作者关于安徒生论述文字的结集。同月，四川少年儿童出版社出版浦漫汀著的《安徒生简论》，本书对安徒生作了系统的介绍。

5月，《儿童文学讲稿》一书出版。这是文化部等部门在沈阳、成都分别举办东北、华北儿童文学讲习班和西北、西南儿童文学讲习班的讲课稿结集。童话部分有黄庆云、洪汛涛、葛翠琳、方仁工、浦漫汀等讲师的讲稿。本书是由辽宁少年儿童出版社编辑出版的。

5月，《牵牛花》儿童文学丛刊创刊，创刊号发有郭风、李小文等五篇童话作品。另有浦漫汀等译的外国童话作品和童话剧。这本丛刊是由中国作家协会福建分会和福建人民出版社编辑的。

5月，陈伯吹的序跋集《他山漫步》由广东人民出版社出版，其中有不少序跋，表达了他对于童话的见解，可作童话理论研究文章来读。

6月3日，童话作家陈伯吹随上海出版界代表团访问香港。香港儿童文学界举行"欢迎儿童文学家陈伯吹先生聚会暨港沪儿童书刊面面观座谈会"。

6月16日—29日，全国儿童文学理论会在河北石家庄举行。这是我国第一次儿童文学理论的专业性会议。会议代表们在肯定童话创作取得成绩的基础上，也对当前童话创作中一些倾向问题，提出了意见。《会议纪要》指出："有些童话缺乏幻想，有些幻想又太玄，有着很大的随意性，表现形式和手法也比较老套；有些童话不够美，甚至于过多地渲染不健康的脏话，在小读者中产生不好的影响。题材面也较窄，比较多的是写孩子们身上的缺点。在学习和借鉴西方经验方面，出现了过多的模仿，而成为不中不西，或者干脆就是洋化了的东西，甚至连主人公的名字都是洋化的。"

8月18日—25日，新疆儿童文学界邀请上海童话作家陈伯吹等一行三人去乌鲁木齐、哈密等地与新疆儿童文学作者见面，并作了专题报告。

8月24日，老童话作家钟望阳（1910—1984），即苏苏，原名杜也牧，也用过白兮、柯荻、陈雷等笔名，在上海因病去世。他在1933年就发表了童话《雪人》，在当时是一位有影响的童话作家，他的代表作是长篇童话《新木偶奇遇记》。

8月26日—9月3日，江西少年儿童出版社在庐山举行儿童文学讲习班，童话作家葛翠琳、沈寂等到会作了辅导报告。参加的有江西儿童文学作者二十多人。

　　8月，《童话十家》出版（方仁工编著）。本书是我国童话十大家叶圣陶、叶君健、包蕾、严文井、张天翼、陈伯吹、金近、洪汛涛、贺宜、葛翠琳（笔画序）的近作选。编者对这十位大家和他们的作品写了分析评介文字，指导读者去认识这些作家，去欣赏这些作品。集子中附有十位作家的肖像、简历，以及他们对于童话的论见。本书是由河南少年儿童出版社出版的。

　　9月，《儿童文学十八讲》由陕西少年儿童出版社出版。这是文化部在西安举办的全国低幼文学讲习班的讲课稿汇编。其中有叶君健、黄庆云、浦漫汀等讲师关于童话创作研究的文章。

　　10月，《儿童文学》以卷首篇幅发表童话老作家叶圣陶的改作童话《富翁》，庆贺叶圣陶九十岁生日。文前《编辑的话》中说："感谢他勤恳的工作。祝颂他健康长寿。"

　　10月，《贺宜文集》第一卷出版，这一集收贺宜解放前的童话作品五十篇。全集共五卷，陆续由少年儿童出版社出版。

　　11月14日，童话作家黄庆云访问香港，香港儿童文学界在龙腾阁酒家举行招待会。

　　11月25日—30日，山西举行第一届儿童文学创作会议，四十余儿童文学作者与会。这次会是由中国作协山西分会和山西少年儿童出版社联合举办的。童话作家洪汛涛等应邀莅会作专题发言。

　　11月，《少年文艺》编辑部编的《童话十二家新作展》问世。本书选收我国著名童话作家贺宜、金近等的十二篇新作，每篇作品都附有短评，介绍作家和作品。

　　12月，香港儿童文艺协会编辑出版《给小朋友的礼物》一书，这是香港写作人为响应"香港儿童文学节"而发起的"一人一篇"写作活动的作品汇编集。其中有梁昭娴、东瑞、林似华、杨贾郎、吴婵霞、陈弃疾、薛兰茵、周兆祥、张弄潮、柯文扬等作家童话十二篇。

1985 年

1月1日，《儿童文学》杂志编辑部在北京京西宾馆举行茶话会，招待在京参加中国作家协会代表大会的儿童文学作家一百多人。童话作家陈伯吹、黄庆云、任溶溶等应邀参加。

1月7日，作家赵景深（1902—1985）因病在上海去世。赵景深从1919年就开始翻译童话，1922年即从事童话理论研究，他写作过许多童话理论研究文字，写作和翻译了大量童话作品，在现代童话的开拓和探索上，是有建树和成绩的。他还是最早在大学讲授童话课的教授。

2月14日，儿童画家乐小英因病在上海去世。乐小英生前曾画了大量的童话插图，是一位有文学素养、幻想丰富的画家。

3月2日，《儿童时代》社举行童话作者座谈会，到会有鲁克、唐鲁峰、周开雾、周锐等十余人，讨论童话如何培养新人，童话如何富有民族特色和时代精神问题。

4月2日，本日为安徒生诞生180周年，上海童话界举行纪念报告会，王石安、盛巽昌作专题发言，介绍安徒生的生平，以及他的作品、在中国的影响等。到会的有叶永烈、黄衣青、方轶群及大专院校儿童文学课教师近二十人。

4月10日，香港儿童文艺协会副会长、童话作家吴婵霞来沪访问，同任溶溶、洪汛涛、孙毅等童话作家举行了会谈。

4月13日，香港儿童文学界举行"《格林童话》与香港儿童文学研究会"。

4月28日，童话大师张天翼（1906—1985）因病在北京去世。张天翼从1932年发表童话《大林和小林》开始，又发表了《秃秃大王》《宝葫芦的秘密》《不动脑筋的故事》等著名的优秀童话作品，为孩子们塑造了王葆、赵大化等鲜明的童话人物典型形象，是我国有贡献的童话作家。

5月7日，上海《少年报》社出版的《童话报》（半月报）创刊。陈伯吹写了代创刊词：《努力促进童话创作的发展》。

5月17日，上海儿童文学界举行茶话会，庆祝何公超、黄衣青、严大椿、方轶群从事儿童文学创作和编辑五十年。这四位老作家，五十年来，为创作、翻译、编辑童话，作出了卓著的成绩。

5月，"儿童文学园丁奖"第四届评奖授奖会举行。本届评奖，获奖的童话作品有：《窗下的树皮小屋》（赵冰波）、《白色的乌龟》（叶永烈），被评为"上海1984年优秀作品"。

5月，洪汛涛主编的《中国童话界·低幼童话选》出版。这是新中国成立三十多年来的第一本低幼童话选，选收优秀作品一百篇。其中包括童话大家严文井、金近、包蕾、陈伯吹、葛翠琳、贺宜等人的作品。洪汛涛为本书写了题为《低幼儿童的一宗财富》的序文。本书是由江西少年儿童出版社出版的。

5月，未来出版社出版《儿童文学作品选读》（小学中年级版），选收张天翼、严文井、贺宜、洪汛涛、葛翠琳、任溶溶、刘厚明的童话七篇。方仁工为这些作品写了评析文字。

7月20日—25日，全国儿童文学理论研究规划会在昆明举行。这是石家庄举行的全国儿童文学理论会的继续。一些童话理论研究的项目，在这次会议上得到落实。

同时，云南、贵州两省在昆明举办云贵地区儿童文学讲习班，有中青年儿童文学作者三十多人参加。洪汛涛应邀在班上讲了童话艺术表现手法诸问题。

8月，《中国民间童话概说》一书，由四川民族出版社出版。作者为华中师院中文系副教授刘守华。本书资料丰富，是一本研究我国民间童话的工具书。

8月，《周作人与儿童文学》一书，由浙江少年儿童出版社出版，编者王泉根。周作人是我国现代童话早期的理论家。本书第三辑收录了他的童话论文十余篇。

9月10日，老童话作家金近在《人民日报》发表专文《为童话说几句话》，对当前童话创作中的不良倾向提出批评。全文认为当前有些童话作品"败坏了童话的声誉"。

9月，洪汛涛主编的《中国童话界·新时期童话选》出版。这是我国最大的一部童话选本，选收八十三位作家的八十二篇优秀作品。其中也有香港和台湾作家的作品。书后还有《童话纪事》《童话作家作品评介理论篇目》两个重要附录。洪汛涛为本书写了以《童话的春天》为题的序文。本书是由辽宁少年儿童出版社出版的。

10月25日—29日，《儿童时代》在苏州举行笔会，分小说、童话两组讨论。

10月，《1983年中国儿童文学理论年鉴》出版。本书是浙江师范大学儿童文学研究室编辑、浙江少年儿童出版社出版的。内收有周立波《关于童话的论述提纲》、严文井的《答问》、贺宜的《拟人化童话人物的对话》、方仁工的《试论童话与现实生活》等童话评论文字十余篇。

10月，香港儿童文艺协会会长、童话作家何紫到北京、上海等地访问，与国内儿童文学界举行座谈，何紫在会上介绍了香港童话创作诸情况。

11月7日—11日，安徽召开少儿读物创作、出版工作座谈会，交流少儿读物编创经验，互通信息。童话作家洪汛涛、任溶溶在会上分别介绍了中国和外国童话创作、理论状况。出席的有全省儿童文学工作者六十余人。

11月29日，香港儿童文艺协会举行改选，由童话作家吴婵霞任会长，阿浓（朱溥生）任副会长。

11月，《广东儿童文学获奖作品选》（1979—1985）出版，其中收有秦牧、饶远、陈海仪、杨倩青、陆镇康、马翠萝的童话六篇。

1986 年

1月，安徽少年儿童出版社出版《中国童话界·童话百篇》，选收1984年发表的童话作品一百篇。本书由柯玉生主编，洪汛涛任顾问，陈伯吹写序言。

1月，洪汛涛、鲁克主编，海洋出版社出版的《海洋童话选》问世。本书选收中外海洋童话四十篇。

2月，童话作家陈伯吹等，赴印度参加"印度书籍展览"，这一活动是联合国教科文组织举办的。

2月，由童话作家金近主编的《中国新文艺大系（1976—1982）·儿童文学集》出版，其中收有童话三十九篇。

2月，童话作家洪汛涛应《小伙伴》月刊读者之请为该刊撰写了《童话与少儿幻想智力的开发》一文，对童话的教学提出了新见解。《报刊文摘》摘要发表了这一论点，引起各界的注意，以后有多个报刊转发此文。

3月，《儿童文学家》丛刊问世。创刊号有童话作家严文井、洪汛涛等写的贺词、贺诗，并发有杨书案的《五彩笔》等童话作品。还有康志强写的散文《猫和严文井》，等等。本丛刊是由海燕出版社编辑出版的。

4月11日—6月15日，上海"儿童世界"基金会举行"一分钟童话"征文，优秀作品在《新民晚报》《童话报》发表。

5月5日—13日，由文化部、中国作协召开的全国儿童文学创作会议，在山东烟台举行。到会代表二百余人。参加童话组讨论的有叶君健、金近、洪汛涛、黄庆云、任溶溶、吴梦起、赵燕翼、孙幼军、杨书案、路展、邬朝祝、杉松、郭明志、郑渊洁、郭大森、刘斌、朱奎等老中青三代童话作家。会上讨论创办《童话选刊》一种，由安徽少年儿童出版社出版。

5月10日，上海《童话报》举行"未来大童话家"童话创作比赛发奖会。

5月20日，《中国儿童报》举行首届"小天鹅"文学奖发奖会，金近的童话《哈哈笑的小喜鹊》获奖。

5月24日，儿童文学园丁奖第五届评奖授奖会举行。本届评奖，童话作品获奖的有：《雪猫说"瞎话"》（黄衣青）、《亚历山大不愿吃煎饼》（吴梦起）、《九十九年烦恼和一年快乐》（张秋生），被评为"上海1985年优秀作品"。

5月27日，青年童话作家郑渊洁随中国儿童文学作家代表团访问菲律宾。

6月，甘肃《故事·作文月刊》举办的小学生"幻想故事"征文活动，收到全国各地少年儿童应征稿三千多件，刊物选用23篇，在获奖的作品中，有8篇童话作品。

7月13日—16日，湖南教育界在凤凰县箭道坪小学举行"童话引路，发展学生听说读写能力"实验和鉴定研讨会。该学校近年来开办了一个童话实验班，教师滕昭蓉在《湖南教育》杂志上撰写了介绍文字，引起大家兴趣，并在刊物上发表了十多篇讨论文章，开展讨论。童话作家洪汛涛为此撰写了专文，肯定了这一做法，并提出进一步的意见。

7月，辽宁少年儿童出版社出版《东北民间童话选》，收有作品七十四篇，由钟宝良编选。辽宁少儿社还将继续出版《东北动物故事选》等民间童话选本。

8月5日—25日，甘肃省作家协会等单位在兰州举办省第一届儿童文学讲习班，由文化部少儿司邀请童话作家洪汛涛等前往讲学。洪汛涛在班上作了童话的功能观、童话的艺术观的讲演。

8月6日，儿童文学老作家何公超（1906—1986）在上海逝世。何公超一生为少年儿童写了众多作品，其中以童话居多，印有《龙女和三郎》等童话集多册。他生前自己编定的《何公超童话寓言选》正在印刷中。

8月18日—22日，童话作家严文井、陈伯吹等一行，在东京出席国际少年儿童读物委员会（IBBY）第二十届会议。这是中国儿童文学家第一次出席国际少年儿童读物委员会，并宣布成为会员国。香港儿童文艺会会长、童话作家严吴婵霞也出席了大会。

8月22日，广东童话界组织"广东省童话作者联谊会"。选举饶远为会长，李国伟、潘克力为副会长，黄庆云、郁茹为顾问。它的宗旨是"通过各种活动，以培养一支有创作活力的童话作者队伍，为广大少年儿童不断创作出质量较高的童话寓言作品"。编印有《广东童话简讯》一种。

9月3日—5日，中国作家协会、文学研究所、中国少年儿童出版社、《中国少年报》社、《儿童文学》杂志社等单位，举行张天翼学术讨论会，讨论了张天翼童话创作上的成就等问题。

9月，第一本中国古代童话选本《中国古代童话故事》出版。这是张锡昌、盛巽昌从古代各种史集中撷取出来，逐篇改写而成的。共选收古童话五十八篇。由洪汛涛写序，并作校订。

10月22日—29日，中国儿童文学研究会在贵州黄果树举行全国当代儿童文学新趋向讨论会。到会专家、学者五十多人。童话作家洪汛涛在会上对当前童话创作形势作了分析。

11月28日—12月2日，外国儿童文学座谈会在四川成都举行。会上也讨论了外国童话如何翻译介绍给中国小读者的种种问题。这次会是全国少年儿童文化艺术委员会委托四川外语学院外国儿童文学研究所召开的。

12月，洪汛涛著作的《童话学》由安徽少年儿童出版社出版。全书四十多万字，共分基本概念、发展历史、作家作品、继承更新四编。这是第一部童话学著作，它的问世是童话界的一件大事，标志着我国童话理论研究工作进入一个新阶段。

1987 年

1月，《童话创作及其它》增订版问世。本书是童话老作家金近的理论文字的结集，其中很大一部分是论述童话的文字。

2月，安徽少年儿童出版社出版高洪波著的《鹅背驮着的童话》，这是一本儿童文学理论集，其中有十二篇是论述童话作家和作品的。

2月，《中国童话界·1985年作品选》出版。书名《童话新作》，柯玉生主编，金近写序言，洪汛涛为顾问，收有叶圣陶、陈伯吹、贺宜、金近、包蕾、葛翠琳、黄庆云、郭风、宗璞、吴梦起、赵燕翼、郑渊洁、朱奎、束蕙、周锐、冰波等老中青童话作家作品六十二篇，其中有香港和台湾作家的童话各四篇。

3月，日本儿童文学翻译家、日本中国儿童文学研究会会员石田稔来华访问，6日在上海拜会了童话作家洪汛涛等人。

3月，由洪汛涛主编的儿童文学《名家名篇赏析》问世。本书中选有巴金、严文井、贺宜、钟子芒、吴梦起、赵燕翼、陈玮君的七篇童话作品，由童话评论家方仁工写了评析文字。本书是广西人民出版社出版的。

4月17日，沪港儿童文学交流会在上海举行。香港参加的童话作家有吴婵霞、阿浓、何紫等，上海参加的童话作家有陈伯吹、洪汛涛、任溶溶等。这次交流会是由上海市作协、儿童时代社和香港儿童文艺协会联合举办的。

4月27日，天津新蕾出版社《童话》编辑部在上海举行童话作家座谈会，上海童话作家包蕾、洪汛涛、任溶溶、方轶群、黄衣青、沈寂、唐鲁峰、周锐等到会。

4月，全国少儿文化艺术委员会和中国儿童文学研究会主编的《儿童文学评论》试刊号在重庆出版。本期有刘崇善、颜石、王卉等人写的童话评论文章，香港吴婵霞论述童话的文章，还有金石家刘焕章为"童话十家"刻的印章。

5月4日，哈尔滨儿童艺术剧院根据洪汛涛原著改编的童话剧《神笔》，在上海演出。洪汛涛观看了演出，并和主要演员见了面，出席了招待会。

6月9日，上海童话界在上海市作协西大厅举行寓言文学讨论会。

6月，在湘西凤凰县举行"童话引路"第二届研讨会，全国各地教育界、文学界、新闻界、出版界的二十多位领导、专家、学者、教授、编辑、记者出席会议，讨论了开展童话和教育相结合的方针和方法。

6月，童话作家洪汛涛在湘西凤凰倡议举办全国少年儿童童话写作大奖赛，设立"金凤凰"奖。这一倡议得到中央人民广播电台少儿部、中国福利会儿童时代社、《童话》季刊编辑部、《童话报》编辑部等四十余家单位响应，这些单位成为发起单位。活动在全国各地推开。

8月20日，凌晨，我国著名童话老作家、儿童文学理论家贺宜，因久病医治无效，在上海华东医院逝世。贺宜一生从事儿童文学写作，主要写作童话，他的著名作品是《小公鸡历险记》《鸡毛小不点儿》《"神猫"传奇》。他被誉为中国童话十家之一。他的逝世，是我国童话界的巨大损失。

9月，新蕾出版社出版《世界童话名篇欣赏》一书，介绍了法国贝洛尔，德国的格林兄弟、豪夫，捷克的聂姆佐娃，罗马尼亚的克里昂格，丹麦安徒生，英国卡罗尔、王尔德，印度安纳德，苏联盖达尔，日本小川未明，意大利罗大里，埃及台木尔，美国辛格，南斯拉夫贝洛奇，中国叶圣陶、张天翼、洪汛涛、宗璞，共二十位童话大家的名篇二十篇。本书是杨实诚选编的。

11月17日，山西希望出版社在北京邀请儿童文学专家学者举行讨论会，研究中国儿童文学大系的编辑事宜。童话作家叶圣陶（叶至善代）、叶君健、洪汛涛等出席会议。其中，中国童话寓言卷，由北师大儿童文学教研室编。

12月24日，浙江《少年儿童故事报》举办少年儿童作文大赛，数十位少年儿童得奖，其中有童话作文。童话老作家陈伯吹、洪汛涛、葛翠琳莅杭为小作家们发奖。

12月，《童话报》《儿童时代》《少年文艺》《东方少年》《小朋友》《幼儿文学》《小白杨》《文学少年》《小学生》《少年文艺》（江苏）联合举行首届童话节，在各自的报刊上推出一期童话专号，集中发表一批童话作品。这是由童话作家洪汛涛在上海提出的倡议。

1988 年

1月，陕西省儿童文学研究会主编的儿童文学刊物《宝葫芦》，在西安创刊。《宝葫芦》辟有"童话世界"专栏，本期发有袁银波等人的童话五篇。

2月16日，我国童话大师叶圣陶在北京逝世。叶圣陶即叶绍钧，从1921年写出第一篇童话《小白船》之后，陆续有童话佳作问世。他写的《稻草人》《皇帝的新衣》《古代英雄的石像》等作品，已成为后来童话的典范之作。他的童话一变过去童话的那种改写味、翻译味，使童话成为中国的独创的一种艺术形式。他给中国的童话开了一条自己创作的路。他是中国现代童话的前驱。他的逝世是我国童话界的巨大损失。

2月，中国儿童文学研究会主编的《儿童文学评论》由辽宁少年儿童出版社出版。本期收有张锦贻论当代童话美学、方仁工评洪汛涛童话作品和理论的专题文章。

2月，张锦江的论文集《儿童文学论评》由新蕾出版社出版，其中收有论陈伯吹童话《骆驼寻宝记》、论洪汛涛童话的艺术特色、论贺宜近作中的童话人物三篇专文。

3月，江西人民出版社出版《童话宫》一辑十本。为《紫薇童子》（宗璞）、《带轮的小房子》（郭明志）、《三条腿的猫》（鲁克）、《乌鸦吹笛子》（金近）、《飞翔的花孩儿》（葛翠琳）、《小燕子和它的三邻居》（赵燕翼）、《安琪儿夜游记》（陈伯吹）、《两个小石像》（黄庆云）、《明年春天见》（叶君健）、《乌牛英雄》（洪汛涛）。

3月，湖北少年儿童出版社出版《童话佳作选》，收有1978年至1986年的童话佳作70篇。陈模写有序言《让孩子们和童话交朋友》。本选本是由陈模和汤锐编选的。

3月，海燕出版社出版《低幼童话佳作选》（葛翠琳、谷斯涌主编），本书是按小读者的年龄阶段：三四岁，五六岁，七八岁而编的。共选近一百位作者的一百九十篇童话小故事。

3月，浙江少年儿童出版社出版《浙江老作家儿童文学佳作选》和《浙江中青年作者儿童文学作品选》，前者收有吕漠野、陈玮君、倪树根等的童话作品，后者收有冰波、肖然山、夏辇生等的童话作品。

4月9日，中国作家协会首届（1980—1985年）全国优秀儿童文学奖获奖篇目揭晓，童话获奖的有路展的《雁翅下的星光》（中篇）、诸志祥的《黑猫警长》（中篇）、葛翠琳的《翻跟头的小木偶》（中篇）、孙幼军的《小狗的小房子》、宗璞的《总鳍鱼的故事》、吴梦起的《老鼠看下棋》、赵燕翼的《小燕子和它的三邻居》、郑渊洁的《开直升飞机的小老鼠》、洪汛涛的《狼毫笔的来历》共九篇作品。

4月，浙江少年儿童出版社出版《中国儿童文学史（现代部分）》（张香还著），其中也记述了中国现代童话的历史。

5月，童话女作家葛翠琳受聘为"儿童书籍国际奖"评委会本届委员。受聘委员的还有瑞士、法国、意大利、西班牙、联邦德国、美国、日本等国家的专家学者。瑞士的玛丽·贞妮·叶露蒂任主席，韩素音为名誉主席。18日在瑞士日内瓦大学举行授奖仪式，选自二十四个国家的一百部作品中，英国女作家阿妮塔·哈珀的拟人童话《等一会儿》获奖。我国葛翠琳的童话作品《野葡萄》也被选入"优秀作品"。评委们赞扬这一作品，从文字到插图都"具有卓越的民族文化特点，值得鼓励"。

5月，全国"热爱儿童"荣誉奖章评选揭晓，童话老作家陈伯吹荣获荣誉奖章。

5月，洪汛涛的《童话艺术思考》，由希望出版社出版。本书以对话形式，阐述了童话的名称、定义、任务、性质、规律、手法、逻辑、物性、传统、美学、探索、幻想、人物、形象、意境、构思、鉴赏、读者、流派、引进、类别、语言、传播、实验、发展诸方面问题。可作他的《童话学》一书的续本和释本。

6月1日，《童话选刊》创刊号今日出版。内收有童话佳作53篇，还有古童话、民间童话、早年的童话、童话议论、港台童话、翻译童话、孩子自己写的童话、童话人物、童话信息等栏目，并有童话纪事，童话理论介绍篇目、书目等资料附录。本日，安徽少年儿童出版社在合肥举行新书发布会，本书主编洪汛涛专程赶赴合肥和小读者见面。

7月18日，全国少年儿童"金凤凰"童话写作大赛，自去年11月发布公告以来，全国40余家报刊连续发出大量少年儿童童话作品。经评委会评出100篇作品，本日在湘西"童话之乡"凤凰县举行首届授奖大会。主评洪汛涛主持发奖。文化部少文委、中央人民广播电台少儿部等部门领导代表出席大会，到会来宾、得奖小作者代表、教师代表，以及爱好童话的少年儿童有千余人。会前，少年儿童还举行了盛大的游行。

7月，辽宁少年儿童出版社出版《中国儿童文学选讲》（佟希仁主编）一书，其中选讲了一部分童话作品，有叶圣陶的《稻草人》、严文井的《四季的风》等。

7月，安徽少年儿童出版社出版《儿童文学作品选读》（安徽省中等师范学校语文教研会编）一书，其中选讲了一部分童话作品，有巴金的《能言树》、贺宜的《鞋子的故事》、金近的《小鲤鱼跳龙门》等。

8月，中国少年儿童出版社出版《1980—1986 中国童话选》（浦漫汀编）一书，选收 7 年来金近、贺宜、葛翠琳、严文井、宗璞、包蕾等 62 位作家的童话作品 62 篇。全书 27 万字。

8月，甘肃少年儿童出版社出版《丝路新童话故事》一书，选收童话作家赵燕翼、金吉泰等童话作家的具有西北风味的童话作品 8 篇。

9月 11 日，台湾儿童文学界知名人士组织民间团体"大陆儿童文学研究会"，致函大陆儿童文学作家。童话作家洪汛涛去信祝贺。贺信刊于该会第一期"会讯"。

9月 18 日，新加坡华文报《联合早报·文艺城》专栏，发表长篇访问记《中国童话家洪汛涛》。新加坡介绍中国童话作家，这是第一次。

9月 22 日，沪皖儿童文学笔会在安徽歙县召开，著名童话作家陈伯吹、任溶溶等百余人出席。

10月，中国作家协会创联部在山东烟台召开儿童文学发展趋势研讨会。会上有人认为近年童话"以其迥异于传统的主题、情节、结构乃至语言显示出新的美学意识，吸引千万小读者"。有人认为当前童话好多作品"产生了令人生厌的故事套子，一些作品从观念出发，胡编乱造，质量呈现低谷局面"。老童话作家陈伯吹等 80 余人参加了这次会议。

10月 12 日，台湾儿童文学作家邱各容来大陆访问。台湾儿童文学和大陆儿童文学隔绝四十年，这是隔绝四十年后海峡两岸儿童文学作家第一次会面，共同研讨了童话创作诸问题。

11月 26 日，台湾《民生报》在显要地位，以"大陆著名童话家洪汛涛的亲笔信"为题，刊出了洪汛涛写的赠给台湾小朋友们的祝词。这是大陆儿童文学作家第一次在台湾报刊公开发表作品。

12月，童话作家葛翠琳主编的 6 集立体声配乐童话录音带由北京师范大学出版社出版发行。

1989 年

1月，全国少年儿童文化艺术委员会理论丛书《论童话寓言》出版。本书选收新中国成立后至 1985 年的有关童话寓言的重要理论作品 38 篇。这一选本的特色是既有重要理论家的理论作品，又收有评述重要作家的理论作品，具有系统性、科学性、稳定性。本书由新蕾出版社出版。

1月30日，童话剧《魔鬼脸壳》在上海首演，并举行讨论会。童话界人士陈伯吹等参加讨论。北京文化部少儿司原司长罗英、该剧原著作者刘厚明、剧本作者任德耀，及儿童戏剧、儿童文学界专家学者，共 40 多人与会。大家肯定和赞扬这一童话剧的演出。童话理论界认为这个戏，对当前童话创作颇有启示，希望引起童话创作界的注意。

2月25日，台湾"大陆儿童文学研究会"、《文讯》杂志社联合举行"海峡两岸儿童文学的比较座谈会"。到会的有台湾儿童文学界专家学者李瑞腾、林焕彰、邱各容、马景贤、陈木城等十多人。会上讨论了两岸童话的比较。讨论记录发于《文讯》四月号。

3月24日—25日，香港儿童文艺协会举办"儿童文学研讨会"，《童话选刊》编辑部代表吕思贤、小啦应邀出席会议。小啦在会上作了《童话的美》的发言。到会的有中国以及菲律宾、新加坡、英国、美国的儿童文学作家。在港探亲的童话老作家黄庆云，也参加了会议。会议是由香港童话作家严吴婵霞、何紫等人主持的。

4月，《童话选刊》第二辑出版。本辑收有 1987 年全年优秀童话作品 50 余篇。第一辑《童话选刊》同时重印上市，以应读者。两辑《童话选刊》已成为畅销书籍，受到广大读者的欢迎。

4月，中央人民广播电台少儿部编辑的《童话故事会》，由河南教育出版社出版。本书收录曾在电台播出、最受孩子们欢迎的童话故事21篇。

4月3日—5日，是台湾儿童节。台湾《联合报》一连三天，以第21版全版篇幅，辟出《写给孩子们》特辑，刊登题为"为中国儿童开创儿童文学新天地的作家"的大陆和台湾12位著名儿童文学作家的大照片。3天的特辑，都以"两岸儿童文学作家大集合：六篇创作，12家文学观"为栏目，发表了这12位作家的笔谈，推荐了大陆6位作家的作品。这12位作家是：黄庆云、洪汛涛、圣野、孙幼军、樊发稼、叶永烈及台湾的林良、郑明进、马景贤、谢武彰、李潼、陈木城。作品是《打赌》《阿挑历险记》《棕猪比比》《论争的〇》《皮鞋兄弟》《童年的诗、诗的童年》。

4月13日，海燕出版社出版的《中国儿童文学十年》发行。本书是中国儿童文学10年的年鉴，是10年儿童文学的总结和汇报。其中有10年童话创作和理论研究、活动的评述，题为《童话：继往开来》，也介绍了港台童话现况，还有丰富的童话种种重要资料。

4月22日，著名儿童文学作家刘厚明逝世。刘厚明是我国重要的儿童剧剧作家，代表作为《小雁齐飞》，也写小说和童话。童话作品有《聪明牌铅笔》《白马红公鸡》《魔鬼脸壳》等。

5月，全国少年儿童"金凤凰"童话写作大赛得奖作品集《中国孩子写的童话·金凤凰》分精装、平装两种版本问世。共收有得奖作品100篇，主评洪汛涛逐篇写了点评。介绍中国孩子自己写的童话，这是第一次，该作品集受到海内外的极大注意，许多报刊以专门栏目转登了获奖作品。

5月，台湾《大陆儿童文学研究会会刊·第二期》发表作家杜荣琛专文《大陆现代童话发展概况——从叶圣陶到洪汛涛》，全面介绍中国童话的发展。本期并发有小啦在香港儿童文学研讨会上的论文

《童话的美》一文。

5月21日，全国童话研讨会在粤北名城韶关举行。这次会议是中国儿童文学研究会委托韶关市文联举办的。到会的专家学者有洪汛涛、蒋风、刘晓石、周锐、饶远、张明照、方圆、陆弘、张锦贻、钟宽洪、金燕玉、孟昭禹、赵小敏、吴晓惠、郑春华等40余人。这次会议为童话过去的10年作了回顾，对现状作了分析，对前景作了估量。这是童话创作和理论研究发展道路上一项重要的活动。它具有针对性和指导性，将推进童话创作和理论的繁荣。

5月21日，台湾"杨唤儿童文学奖"在台北知新艺术生活广场贵宾厅举行第一届赠奖大会。会上将"特殊贡献奖"奖牌一座赠与为海峡两岸儿童文学作出贡献的童话作家洪汛涛。

5月22日，"全国童话书展"在广东韶关举行。这次童话书展是为配合童话研讨会在韶关举行而举办的。各地童话作家出席了书展开幕仪式，并发售自己的童话作品，和广大小读者见面、签名，一起联欢。关于童话专题书展，这也是第一次。

6月，上海《儿童文学选刊》第三期发有《童话1988》一文，对1988年全年童话创作作了全面的评析和介绍。

6月，新蕾出版社出版《中国现代名家童话选》一书，全书收自孙毓修《无猫国》以来，至新中国成立前夕童话作品123篇。书末附有《中国现代童话史略》（初稿）一文，这是一本研究现代童话史的资料集成。

6月3日，中国作家协会主办的《小说选刊》第6期，编者加按语选发了童话《棕猪比比》和小说《打赌》。

6月11日，日本横滨偶人之家建馆三周年纪念，演出据中国童话改编的皮影剧《神笔马良》。接着该馆又将演出中国童话剧《宝船》。

7月，《儿童文学》和台湾《小鹰日报》合办的"首届中华儿童文学奖征文"获奖作品揭晓。童话（成人组）：《偷梦的妖精》（刘兴诗）、《疼痛转移器》（周锐）获二等奖；《笨小熊趣事一二三》（刘丙钧）、《围墙外面的小灰狼》（杨楠）获三等奖。获佳作奖的有《小墨猴和白鼻子》（葛冰）、《三个和尚外传》（李少白）、《小狗阿普》（严化）、《第三只脚的味道》（黄炳煌）、《妞妞和爸爸同岁》（张云路）、《无瑕王子》（孙幼忱）。童话（小学生组）：《谁是第一名》（李敏）获二等奖；《吹泡泡的小老鼠》（葛竞）、《孝顺的熊宝宝》（林其达）获三等奖。获佳作奖的有：《公德心奇遇》（张欣莹）、《毛毛的故事》（汪圣轩）、《小龙历险记》（陈琦）、《风筝的心愿》（王剑冰）、《兔子得了红眼病》（饶望）、《彩云姑娘》（高杨）。

7月，《北京日报·小苗》版优秀童话作品选《月亮船》出版。共选收低幼童话90余篇。

7月，希望出版社《中国儿童文学大系·童话卷》，分四册出版，收1919年到1987年童话300余篇。主编浦漫汀为集子写了《导言》，扼要地介绍了中国童话发展的沿革。

7月，台湾《儿童文学童话选集》由幼狮文化事业公司出版，这是台湾40年来的第一本童话选，选收各时期40多位作家代表作品40多篇。这选集是台湾儿童文学理论家林文宝策划、洪文琼主编的。

7月9日，我国著名童话老作家金近逝世于北京。金近早期写诗，以后专事童话写作，他的著名作品有《狐狸打猎人》《想过冬的苍蝇》《一篇没有烂的童话》等。他的逝世是我国童话界的一大损失。

7月14日，《童话报》出满100期，在上海举行座谈会，童话作家30余人到会。

7月28日，湖南、天津儿童文学作家齐集南岳衡山举行笔会，洪汛涛在会上主讲了当前童话创作的现况和趋向。到会的童话作家有罗丹、秦文虎、詹岱尔等，总共30多人。

8月11日，台湾第一个儿童文学作家代表团来大陆访问，在团长林焕彰带领下，访问了安徽少年儿童出版社、上海少年儿童出版社、中国少年儿童出版社，并会见了童话作家严文井、叶君健、陈伯吹、包蕾，及儿童文学作家冰心、罗英、陈模、韩作黎、束沛德、陈子君、王一地、樊发稼、贺嘉、宗介华、海笑等，也和童话作家孙幼军、周锐、郑渊洁等作了交流。来访的台湾作家谢武彰写有《彩虹屋》、李潼写有《顺风耳的新香炉》等在台多次获奖的中篇童话。

9月，第一本童话专业辞典《童话辞典》问世。这本辞典共收词目905条，分"童话理论及相关知识""中外著名童话作家""中外著名童话作品""中外著名童话形象"四大部分。本辞典由《童话辞典》编辑委员会编，张美妮主编，黑龙江少年儿童出版社出版。

9月，《儿童文学通论》（王晓玉、王建华主编）出版，其中包含论述童话章节。

9月，浙江教育出版社出版《中国文学精粹·童话》，分低、中、高三册，是鲁克选编的。

9月，儿童文学评论家樊发稼《爱的文学》出版，其中有部分评论童话创作的专文。

9月15日，日本中国儿童文学研究会会刊《中国儿童文学》（1989）出版，其中介绍了中国童话大家张天翼、严文井、陈伯吹、洪汛涛等人的作品。留日学生、青年童话作家彭懿以《80年代中国童话新动向》为题，介绍中国年轻童话作者朱效文、周基亭、孟绍禹、葛冰等人的童话作品。

9月30日，《中国教育报》发表专文《这里有一个色彩斑斓的世界——论滕昭蓉老师"童话引路"实验》，许多报刊发表了新华社发的介绍湘西凤凰箭道坪小学"童话引路"的实验。

10月，韩国《儿童文艺》月刊介绍童话作家洪汛涛的童话作品。

10 月 19 日，台湾《儿童日报》文艺版介绍童话女作家葛翠琳，并连载她的著名作品《野葡萄》，分 8 次刊完。

11 月，湖南《小溪流》月刊，出版"台湾儿童文学专辑"，介绍了台湾孙晴峰、方素珍、张彦勋等作家的童话五篇。

11 月，儿童文学评论家刘晓石《彩链集》出版，其中有部分评论童话创作的专文。

11 月 8 日，杭州《少年儿童故事报》举行优秀作品和好书发奖会。童话作家陈伯吹等应邀赴杭发奖。台湾童话作家萧奇元在会上致词祝贺。

11 月 8 日，新加坡《联合早报》在显要位置转载《文艺报》上童话作家洪汛涛的《谈新加坡儿童文学》长文。此文评介了新加坡一系列优秀童话作品。编者还特地加上按语，以示重视。

11 月 13 日，《少年智力开发报》推出《台湾儿童文学特辑》，发表了台湾童话作家黄基博、邱杰的童话作品。

11 月 20 日，我国著名童话老作家包蕾逝世于上海。包蕾早期从事儿童剧写作，以后一直写作童话。他的著名作品是《猪八戒吃西瓜》系列和中篇《石狮子的梦》。他的逝世，是我国童话界的一大损失。

12 月，葛翠琳主编、北京师范大学出版社出版的《中国童话名著》连环画三册出版。

12 月，日本儿童文学学会编的《世界儿童文学概论》，已由郎樱、方克翻译，在湖南少年儿童出版社出版。本书中国部分介绍了叶圣陶、张天翼、贺宜、金近、包蕾、洪汛涛、葛翠琳等作家的童话作品。本书并着重以较多篇幅介绍了中国童话作家张天翼。

12 月 10 日，日本童话作家前川康男、童话翻译工作者中由美子、出版工作者松居直等一行来中国访问，会见了中国童话作家严文井、陈伯吹等人。

1990 年

1月，台湾光复书局推出《21世纪世界童话精选》，全书120册。

2月6日，中央人民广播电台、希望出版社、小学生拼音报联合举办"微型童话征文大奖赛"，征集为低幼儿童写作的短童话。聘请洪汛涛为主评委，得奖作品由中央人民广播电台《小喇叭》节目播出，在《小学生拼音报》刊发，希望出版社出版《中国微型童话获奖征文选》。

2月，孙建江的《童话艺术空间论》，由湖北少年儿童出版社出版。

3月28日，上海青浦朱家角小学推动童话教育的教革科研实验，举行教育界、童话界、新闻出版界专家学者的"童话教育研讨会"，湘西自治州教育界专家佘同生、全国著名教师滕昭蓉赶来参加会议。该校"童话先导"实验，为与会者一致肯定。该校学生中的文学社团"小作家角"，创作出许多童话作品，已在海内外各地报刊发表、推荐，并多次获奖，各方均予以好评。

3月，中国作协儿童文学委员会委员、北京童话作家孙幼军被提名为"国际安徒生奖的候选人"，获得国际儿童图书协会颁发的荣誉证书。1978年以来北京外文出版社先后用英文等多种外文翻译出版了他的《小布头奇遇记》《小贝流浪记》等多种童话作品。

3月，《古今中外文学名篇拔萃·中国童话卷》出版。这套丛书是柯岩主编的，本卷由柯玉生编选。共选收古代童话10篇，现代童话28篇，当代童话30篇，全书45万字。所选童话均为名家名作，具有一定的代表性。同时出版的，还有《外国童话卷》。

3月，青年童话作家周锐荣获台湾"杨唤儿童文学奖"，获奖作品为《特别通行证》。

4月，台湾《小状元》杂志社推出《大陆儿童文学专辑》（林焕彰选编），收有张秋生、樊发稼、陈伯吹、冰子、嵇鸿、孙幼忱等作家的童话。

5月4日，台湾省市立师范学院举行年度儿童文学学术研讨会，这次研讨会主要研讨了童话创作和理论上的有关问题。

5月9日，第一届"世界华文儿童文学笔会"在中国湖南长沙华天宾馆举行。这次会是由著名儿童文学作家洪汛涛、林焕彰（中国台湾）、吴婵霞（中国香港）、洪生（新加坡）、年红（马来西亚）、林婷婷（菲律宾）、木子（美国）等倡议，由湖南作家协会、《小溪流》编辑部举办的。参加的有来自各地的华文儿童文学工作者代表五十余人。《小溪流》杂志同时推出《世界华文儿童文学专辑》。洪汛涛在会上作了《弘扬中华民族文化，振兴世界华文儿童文学》讲话。讨论是在南岳衡山磨镜台南岳宾馆进行的，讨论中涉及繁荣世界华文童话诸问题。与会的童话作家有陈模、孙健忠、邹朝祝、周锐、罗辰生、柯玉生、詹岱尔、方素珍（中国台湾）、木子（美国）、陈永秀（美国）等。关于这次会议，海内外各大报刊发表了报道，产生很大的影响。这是一次儿童文学史上十分重要的会议。

5月23日，中国儿童文学研究会和昆明市文联在昆明联合召开"90年代中国儿童文学展望"研讨会，会上讨论了童话现状和前景。

5月29日，中国儿童少年工作协调委员会、中华全国妇女联合会儿童工作部、《儿童文学》杂志社发起举办"世界儿童文学和平友谊奖"征文活动，并在北京和平宾馆举行领奖仪式。获奖的四篇作品中，有苏联约瑟夫维齐的童话《山羊科玛兹的故事》，北京小读者刘雅慧在会上发表了她读了这篇童话的心得和感受。

5月，浦漫汀著《童话十六讲》一书，由安徽教育出版社出版。本书共十六讲，分为三部分：第一部分为中国现当代童话发展历史，第二部分为童话理论上的若干问题，第三部分为童话作家作品研究。该书原是作者在学校的教学讲稿和科研笔记，全书14万字。

5月，辽宁教育出版社出版《童话引路》一书，本书是湘西凤凰教师滕昭蓉编著的，"童话引路"是滕昭蓉推出的一项童话与教育相结合的教改科研项目，得到教育界、心理学界的肯定。这本书主要是指导孩子如何写作童话，是一本浅显易懂的童话写作教本。

6月1日，韶关举行儿童文学评奖，吴晓惠、郝玲辉、谢丹雅、刘惠文等人的童话作品获奖。

6月14日，"宋庆龄樟树奖"在北京举行颁奖大会，童话作家严文井获奖，同时获奖的还有剧作家任德耀和画家万籁鸣。

6月，"陈伯吹儿童文学奖"评选1988—1989年优秀作品，冰波、杨楠、宗二兵、洪敬业、徐奋、程逸汝、圣野的童话获奖。

7月15日，台湾儿童文学学会举行"童话导读座谈会"，为此该会会讯六卷四期，推出童话专辑。

7月23日，"全国童话理论讨论会"在浙江湖州南浔举行，到会的童话作家有陈伯吹、洪汛涛、路展、刘晓石、倪树根、周锐、郭明志、赵冰波、饶远、方圆、柯玉生、袁银波、戎林、郑允钦、许延风、康复昆、刘萌瑜、夏辇生、李瑶音、黄云生、王铨美、邱国鹰、胡霜、黄水清、孙建江等50余人。这次会议是少年儿童故事报社举办的。

同时，少年儿童故事报社正在南浔举办"全国少年儿童童话夏令营"。近60名爱好童话、写作童话的少年儿童和童话作家们，一起在太湖之滨度过了有意义的一星期。

7月，江苏少年儿童出版社编辑出版了《世界著名童话鉴赏辞典》，共收有各国133家的童话作品160篇。

7月，《台湾儿童文学》一书，由安徽少年儿童出版社出版。本书收有台湾儿童文学作家谢武彰的《彩虹屋》，黄基博的《玉梅的心》，杜荣琛的《乖乖镜》，孙晴峰的《狮子烫头发》《时间的磨坊》，方素珍的《小河飞天》《喳喳》，木子的《大雁与花雁》《小蚯蚓搬新家》《蟋蟀和蟋蟀》等中短篇童话。本书主编洪汛涛对这些作品作了评论。

7月，台湾童话家陈正治所著《童话写作研究》一书出版。陈正治是台北市立师范学院的教授。本书结合台湾创作实际系统地介绍了童话的写作基础知识。

8 月，长春出版社编辑出版《中国童话名作精选》，共收童话作品 74 篇。

8 月，台湾出版《儿童文学史料初稿（1945—1989）》一书，作者是邱各容，这是介绍台湾 40 年来儿童文学发展最为详尽的史料书，其中包括台湾 40 年来童话的发展史。

10 月 5 日，辽宁铁岭文联举行童话作家吴梦起作品讨论会。吴梦起的代表作是《老鼠看下棋》，曾在北京、上海、辽宁多次获奖。

10 月 25 日，希望出版社在北京举行《中国儿童文学大系》讨论会。本书童话卷共三册，所占比重最大。严文井、叶君健、陈伯吹、洪汛涛、葛翠琳、任德耀、叶永烈、樊发稼、浦漫汀等专家学者参加讨论。

10 月 28 日，中国作家协会儿童文学委员会、《儿童文学》杂志社和浙江省作家协会分会联合举行"金近作品讨论会"。儿童文学界领导、作家、评论家、编辑、记者：胡德华、束沛德、袁鹰、王一地、沈虎根、袁伦生、谷斯范等出席。冰心寄来了发言录音，严文井、叶君健寄来书面发言。日本朋友渡边丽伶也在会上作了发言。日本作家那须田稔、斋藤秋男发来信文和电文。金近夫人颜学琴也讲了话。会议结束，与会者去金近家乡上虞，参加了上虞县政府和县委为金近在龙山上建造的碑墓所举行的仪式。

10 月 30 日，首届"冰心儿童图书奖"在北京人民大会堂举行颁奖大会。本奖是由北京少年儿童图书研究社设立的。童话作家葛翠琳主持了这项工作，本届 28 种作品获奖，其中有童话多种。

10 月，陕西省少儿文艺委员会、西安市妇联、《神童》杂志社三单位主编的《陕西儿童文学资料汇编》出版，其中收有童话资料。

10 月，《童话选刊（三）》出版。本辑选收近 100 篇作品，特别推荐了新一代童话作家周锐的作品，也有一辑纪念童话大师叶圣陶的文字。本期孩子们所写的童话都是拔萃之作。

11月12日，上海少年儿童出版社、中日儿童文学交流上海中心联合举行"90上海儿童文学研讨会"。中日儿童文学作家百余人参加，德国、捷克两国的来宾出席。会上发言涉及童话种种。

12月4日，上海实验学校举行童话教学研讨会，童话作家陈伯吹、洪汛涛参加并给予指导。

12月，辽宁少年儿童出版社出版马力的《世界童话史》，共分古典童话、口述童话、艺术童话三部分，约25万字。

12月，东北师范大学出版社出版郭大森、高帆主编的《中外童话大观》，这是一部规模宏大的童话事典，共90万字，1 762个条目，分童话理论知识、中国童话作家、中国童话作品、中国童话人物形象、中国童话报刊及其他、外国童话作家、外国童话作品、外国童话人物形象八大部类。

第八部分

华文儿童文学研究

《世界华文儿童文学》卷首语

　　中华民族，是世界上最古老的民族，也是文化最悠久的民族，这是每一个中华儿女向来引以为荣耀的。

　　但是，在历史上，中华民族又是一个多灾多难的民族，每当种种天灾人祸降临这块黄土地的时候，总有一大群一大群的中华儿女，背乡离井，漂洋过海，出外谋求生计。

　　他们在异国他邦定居下来，生男育女，子子孙孙，得以繁衍。数百年来，中华儿女的足迹已遍及全世界。世界上的五大洋、七大洲，几乎都有中华儿女居住的"唐人街"（华埠）。

　　世界各地，究竟有多少华侨、华裔，恐怕是一个相当庞大而难以统计的数字了。

　　这会是一个十分惊人的数字。

　　世界各地有华人在，必有华人的儿童。

　　有华人的儿童在，也必有华人的儿童文学在。

　　华人儿童遍及全世界，华人儿童文学也早已走向全世界。

　　自然，世界各地的华人儿童有多有少，华人儿童文学的发达程度也是不平衡的。

　　中国大陆、台湾、香港、澳门的儿童文学欣欣向荣，也不必说像新加坡、马来西亚、菲律宾等地，他们的华人儿童文学确是甚为发达。这些地区有许多华人儿童文学作家，报刊上有华人儿童文学副刊，还有华人儿童文学的专门刊物，有众多的儿童文学读物，甚至于有华人儿童文学作家的组织。

有的地区就没有这些，华人儿童阅读的华人儿童文学读物，是从中国大陆，或者中国台湾、香港、澳门等地引进的。

由于科学日趋发达，地球变小了，各个地域的距离缩短了，中华儿女的迁徙方便了，今天世界华人儿童文学正在发展成一场大交流、一个大合作。

儿童，是我们世界的明天，儿童文学具有超前性，它反映了我们明天的世界。

今天的儿童文学如何，将影响到明天的世界如何，我们每一个有目光有远见的人，都会看见这一点，理解这一点，重视这一点。为了中华儿女明天在世界上更好地生存和发展，我们应该去尽力开展今天世界上华人儿童文学的建设。

这是一项非常重要的、不容忽视的大事业！

中国大陆的、台湾的、香港的、澳门的儿童文学工作者携起手来，和新加坡、马来西亚、菲律宾，以及世界各地的一切华人儿童文学工作者联合起来，共同为建设世界华人儿童文学大事业而努力。

这是世界上所有华人的期望，也是我们工作的宗旨、我们工作的目标。

愿我们的世界华人儿童文学建设，不断取得新成就。

愿我们所有中华儿女在今天、在明天的世界上，生活得更美好、更幸福。

谨以此书，献给世界华人儿童文学事业，献给为世界华人儿童文学事业的建设而作贡献的人们。

深信，我们的世界华人儿童文学事业一定会日趋繁荣发达！

我们在描绘华人世界的明天

——论世界华文儿童文学事业

滚滚黄河，弯弯曲曲，流过广袤的中国土地，奔向大海，奔向太平洋……和所有的大陆相通，和所有的河水汇合……

黄河水不断地流着，流过了无数个昨天，流向了无数个明天。它，不停地流着，永远地流着……

黄皮肤、黑头发、乌眼睛的中华儿女，随着黄河水，走下黄土高坡，踏遍了茫茫神州大地，一代人又一代人，世世代代，在这块土地上，繁衍生息。也有许多人，和黄河水一样，漂洋过海，在异国他乡，扎根生活。

中国人去了，带去了中国人的勤劳和智慧，也带去了中国优秀的民族文化。

中国人去了，也带去了中国人的孩子，也带去了中国的儿童文学。

自然，那时的儿童文学是口头承传的，有优美的故事、动听的歌谣，还有那些神奇的传说。渐渐地，渐渐地，也有了自己文字记载的儿童文学。

中国人走出国门的历史悠久，有几千年了吧！有文字记载的，如秦时的徐福去东瀛，如汉代张骞、班超去西域，如唐朝三藏和尚的印度取经，如明朝郑和太监七下南洋，等等，这都带去了华夏文化的传播和交流。

自此，有更多的中国人，跨出国门，有一些走得很远，走向了世界的四面八方。

中国人在那里定居，有的人也成了那个国家的公民。繁衍开来，随着时间的延展，愈来愈多。

近现代，科学日益发达，交通日益方便，中国人去海外的更是日益增加。

有人说过，有太阳的地方都有中国人。这说明，中国人的足迹已经遍布全世界了。

世界上，许多城镇有唐人街、华埠，这是华人们聚居之地。还有许多散在各地，和别的民族人民住在一起的。这一定是一个很大的人口数。

许多华人聚居区，有华人的学校，有华人的报刊，有华人的娱乐场所。这些地方，也有华人自己的儿童文学。

在我们这个世界上，中国人口已在 11 亿之上。在 11 亿人口中，儿童人口数大约在 3.5 亿。在海外的华人，有的是华侨，有的是华裔，也有短时期刚刚去的，其中也有一定比例的儿童。

儿童，是我们人类的希望，是我们世界的希望。今天，他们是孩子；明天，他们是社会的建设者。明天，我们的人类怎样生活，我们世界是怎样一个面貌，那就要看今天我们的孩子一代。我们的儿童文学事业，是希望工程的一项大事业。我们的儿童文学事业，是这项希望大工程中重要的一项。

可是，我们也面临这样一种现实。散居在世界各地的华人儿童，他们生活在当地文化氛围之中，他们对于本民族的文化，有的已渐渐缺乏了解，或渐渐变得没有兴趣，有的甚至于数典忘祖，开始鄙夷本民族的文化。海外有不少儿童已不会用华文写作，至于华文水平低下，已是比较普遍的现象。他们在生活中，只能读别种文字的文学作品，只能听别种语言的故事。这使得他们的上一辈，非常为之担忧、发愁。

因之，如何让海外华人儿童都有华文儿童文学作品可读，如何繁荣海外华文儿童文学的写作，已是一切海外华人父母的极大关心的问题，也是海外华人社会有远见的人们的极大关心的问题。

我们也看到这样一些事实。海外有的地区，华文儿童文学组织有学会、研究会、基金会，推动和提升本地区的华文儿童文学的创作。有的地区，设立有华文儿童文学奖，鼓励作者从事华文儿童文学写作，多出好作品。有的地区，一期一期举办华文儿童文学研习营，或举行各种各样的讨论会，培植更多的写作者。有的地区，办有华文儿童文学的出版社、报纸和刊物，或在华人报纸上辟出儿童文学的副刊，为优秀华文儿童文学提供出版、发表园地。这些地区，有一些热心人带头，有了一支不断壮大的写作队伍，华文儿童文学在健康地发展着。

海外也有些地区，华人并不多，他们的孩子看不到华文的儿童文学报刊，也买不到华文儿童文学书。有的华人孩子的父母，在工作的余暇里，就自己拿起笔来为孩子写作品。写着，写着，他们愈写水准愈提升，写得愈好。他们开始想为更多孩子写，可是没有发表的园地，他们不知往哪儿寄。积极性受到了挫折，慢慢地，慢慢地，他们也不再写了。这样，有许多华文儿童文学写作者，在困难的环境下，自生自灭。

因此，世界华文儿童文学界，相互的沟通、交流、合作，是何等的重要！

世界华文儿童文学，是早就产生了的。

是不是可以说，世界各地华文儿童文学工作者的沟通、交流和合作的积累，就是世界华文儿童文学的开始？

正式提出"世界华文儿童文学"这个名词，应是 1990 年 5 月 9

日，在湖南长沙举行的"世界华文儿童文学笔会"上，第一次宣布使用。

这是一个新词，词典中还找不到这个词。

有世界华文儿童文学的事实，有"世界华文儿童文学"的名称，它应该成为一门新的人文学科，应该有"世界华文儿童文学"的理论。

对"世界华文儿童文学"一词，有人问：为什么不用"中文""汉文"，而用"华文"呢？我们以为：华文、中文、汉文，这三个词，好像都一样，但细细一辨析，发现它们在使用习惯上，却有不同处。我们的学校设有"中文系"，却没有设"华文系"，也没有设"汉文系"的。我们的学者，有研究"中国文学"的，也有研究"华文文学"的，在研究对象上应是有区别的。有一些作家，他们是别国的公民，他们以华文写作，他们为他们国家的华人写作，能说"我写了一篇中国文学作品"吗？他们写的文学作品，恐怕不能称为"中国文学作品"吧！研究中国文学的学者，大概不会去研究这些作家的作品的。至于"汉文"，我们有《英汉辞典》，海外也有"汉学家"，虽然我们也可称《英汉辞典》为《英中辞典》或《英华辞典》，但外国的"汉学家"不能称为"中国文学家"。按说，"中国文学"是包括汉民族，和汉民族以外的各兄弟民族文字的文学的。"汉文"就直截地指是用汉字写的文学作品，和华文文学一样，不包括各其他民族文学的。华文文学作家，是用华文写作的，这华文也是专指汉文，也不包括其他民族文字的文学。是不是这就是不称"世界中文儿童文学"，不称"世界汉文儿童文学"，而称"世界华文儿童文学"的道理？

还有，我们为什么不用"华语""华人"，而用"华文"呢？"语"是语言，"文"是文字。语言和文字是相通的，文字应该写语言，语言有时要文字来表达，它们之间是相通的，但语言毕竟不等同是文字。华文儿童文学作品，它不是用语言来写作，而是用文字来写作。"华人"照辞书的解释，是："中国人的简称，或指已加入或取得了所在国国籍的中国血统的外国公民。"但不论是中国人，或具有中国血统的外国人，大家可以用华文来写作，也可以用别种文字来写作，如果将世界上各种文字的儿童文学放在一起，那也失去"华文"这个范围的意义了。一种文学，是以"文"类分的，不宜以"人"类分。是不是这就是不称"世界华语儿童文学"，不称"世界华人儿童文学"，而称"世界华文儿童文学"的理由？

华文儿童文学的发源地，是中国，它向四面辐射开来。因为华文儿童文学的作者，可以说都是（或大都是）华人——中国人和具有中国血统的外国人。华文儿童文学的读者，也都是（或大都是）华人——中国儿童和具有中国血统的外国人。因此，某个地区，某个国家，华人人数的多少，和华文儿童文学的繁荣程度，往往总是成正比的。中国大陆、台湾、香港、澳门，这是华文儿童文学本土不必说，海外华人聚居地，人数最多的是亚洲，特别是东南亚。这些地区的华文儿童文学可说是发达的。美洲、欧洲，这些地区的国家，在许多城市，也都有华人儿童文学。至于散于各地的华文儿童文学作者，则有待于今后的联络。因为世界各地区、各国家，大都有华人，有华人的孩子，华文儿童文学必然会从无到有，从有到多，从多到好，渐渐兴旺发达起来。华文儿童文学产生于华人孩子文化的需求，华人经济日趋繁荣，这都是华文儿童文学繁荣的因素和条件。华人在世界各地经济地位日益提高，华文儿童文学大有发展，这是一定的。因为华文儿童文学是供世界各地所有华人儿童阅读的，从读者对象来说，它具有广泛的世界性，所以称之为"世界华文儿童文学"。

眼下，海峡两岸的儿童文学界都在说，"儿童文学走向世界"。这句话，其实应该是"儿童文学走向世界各地"。这"世界"，是不是说要所有国家的所有孩子来读我们的作品呢？显然，这是不可能的。

我们应该看到华文儿童文学走向世界各地这个事实。因为我们的儿童文学作品能进入世界各地的华人儿童生活中间，已是目的达到，这是十分可喜的了。自然，我们将我们的作品，翻译成各种文字，让世界各地的儿童阅读，未始不是一件好事。

我们的华文，是联合国通行的文字，是世界上使用人数最多的一种文字，它产生过秦代散文、汉时赋、唐诗、宋词、元曲等许多伟大的文学杰作，我们的作者应以能用华文来为儿童写作为莫大光荣，我们的读者应以能阅读用华文写作的儿童文学作品而幸甚。

切不可自惭形秽，更不可自暴自弃，认为从事华文儿童文学写作，不如从事别种文学写作。

我们的华文儿童文学，十分重要，我们必须具有信心和毅力，坚持工作。

因为，我们正在从事一项"世界性"的崇高的事业。

我们从事"世界华文儿童文学"的研究和交流，促进"世界华文儿童文学"的繁荣昌盛，我们对于"儿童文学"的解释，应该有更趋于实际的新理论。"儿童文学"一般的解释是：为儿童而写作的文学作品。要求作品是孩子所需要，孩子能够理解、乐于接受，并且欢迎的作品。自然，我们的"世界华文儿童文学"也应该有如此的要求。如若孩子不需要，不能理解，不愿接受，不欢迎，怎么行？

但是，我们要看到生活在世界各地的儿童，他们的社会环境不同、生活方式不同、口味爱好不同、需要不同、文化程度不同，有许许多多的差异，这是客观的存在。如若我们以一个标准来要求，那也是做不到的，并且也不应这样去做。

自然，我们的"世界华文儿童文学"，要强调必须和当地生活相结合，有当地的特点，要反映当地的生活，要写出当地儿童的特点。因为"世界华文儿童文学"本身，不可能产生一种划一的跟种种地方、种种儿童都合适的作品，"世界华文儿童文学"只能是世界各地华文儿童文学的总和。自然，我们的"世界华文儿童文学"如果能有世界各地大部分（只能是大部分）华人儿童都爱读的作品，那自然是件很好的事。所以"世界华文儿童文学"在强调世界性的时候，还要强调它的地方性。

其次，在中国本土对于"儿童文学"的界线，是划得比较清楚的。并且在儿童文学范围内，阶段性也较为分明，如幼儿文学、童年文学、少年文学。也有按年级分，学前期、学龄期，小学低年级、中年级、高年级。也有按年龄分，几岁到几岁。这是应该如此的。但在"世界华文儿童文学"范畴中，就不可能这样：有的华人孩子上华文学校，有的孩子上的不是华文学校；甲地华文学校，和乙地华文学校，同一个年级程度会有很大的差异。所以"世界华文儿童文学"，由于实际情况的不同，就难以这样的标准来划分了。

再者，"儿童文学"的范围要更扩大。如有的作品，写教师如何教育孩子，或者写教师的生活，如果孩子看得懂，愿意看，让孩子了解一些教师如何关心他们，教师怎么样生活，也可以是"世界华文儿童文学"吧！如有的作品，写妈妈向别人说自己孩子的事，反映了母亲的爱子心态，要是孩子也喜欢听听，就让他在一旁听听也好嘛，好让他了解母亲的一份爱心，也可以是"世界华文儿童文学"吧！如有的作品，写作者自己小时候种种往事，有的很快乐，有的很忧伤，有的很愤怒，这种种童年回忆，如果可使孩子们进入上一辈的童年生活，会受到一些感染和教益，也可以是"世界华文儿童文学"吧！

还有，一些根据古文改写的作品，一些根据传说整理的作品，一些根据材料编成的科学知识作品，等等，也可以列入吧！

"世界华文儿童文学"是广义的"儿童文学"，它的界线较为模糊。它具有广阔的多样性。

华文儿童文学的本土是中国，包括中国的大陆、台湾，以及中国的香港、澳门，这是客观事实。如若没有中国本土产生华文和华文儿童文学，不可能有后来的"世界华文儿童文学"，这也是毋庸置疑的。

中国的儿童文学，是华文儿童文学，也是"世界华文儿童文学"，那也是一定的。如果说，中国的大陆的、台湾的、香港的、澳门的华文儿童文学不是"世界华文儿童文学"，那却是荒唐可笑的。

但是，不能反过来，把中国本土以外的华文儿童文学，都说成是中国的"边缘文学""子体文学""支流文学"，这也是不妥当的。

因为，"世界华文儿童文学"是许多地区、许多国家的华文儿童文学的总和。这些地区、这些国家的华文儿童文学，虽然源出于中国，是从中国带过去中国的儿童文学传统，但是这和其中的一些作家的血统一样，他们的身上有着中国的血统，也可能有其他民族其他国人的血统，他们的华文儿童文学也和当地的文化传统相融合，成为一种有当地特色的新的华文儿童文学。

海外有一些华文作家，十分强调华文文学的"双传统"性，即中国传统和所在国传统的结合，而反对将华文文学看作"华侨文学"，这自然有他的道理。华文文学不能就是华侨文学。但我们认为华文儿童文学应包括华侨儿童文学，还有留学生文学、打工文学、旅游文学等文学中的儿童文学部分。也不能说华文儿童文学就是华裔儿童文学。世界华文儿童文学的胸怀应该是十分宽博的，它是个兼容并蓄的综合体。

所以，"世界华文儿童文学"，它不是一个地区、一个国家、一些作家、一些作品，"输"向世界。"世界华文儿童文学"绝不是"输出文学"，而是由许多地区、许多国家、许多作家、许多作品，汇集起来的"归纳文学"。

"世界华文儿童文学"的联络细带是沟通、交流、合作、共同繁荣。作家与作家之间只有兄弟般的情谊和坦诚的爱心。相处的准则是取长补短，以求"大同"。

在"世界华文儿童文学"的家族里，更不应该按国大国小、人多人少，分比例，排先后，各个国家的人民应该是融洽、平等相处的一家人。

"世界华文儿童文学"的家族，是一个华文儿童文学的共存共荣的"世界村"。

但是，作为中国本土，不论中国大陆、台湾，还是中国香港、澳门，我们在华文儿童文学的实力上，相对来说，要雄厚一些，我们应该多多关心，多多支持，多多协助，多多奉献。这也是一种义务。

从世界范围来说，除中国本土外，也还有一些地区、一些国家，华文儿童文学比较发达，也应该为那些不怎么发达的地方，支持、奉献。

自然，每一个地区、每一个国家，华文儿童文学的本身，都存在着自我建设的自我完善、提升。如果没有一个个地区、一个个国家的华文儿童文学本身的不断完善、提升，要推展世界华文儿童文学事业，也只是一个空架子，没有什么实际可能。

这包括，中国大陆、台湾以及香港、澳门。

在这里，也应该提到，由于历史原因，中国的大陆、台湾、香港、澳门，不同程度的分离，彼此儿童文学不相往来，这对繁荣本土的儿童文学，推展"世界华文儿童文学"，都是一个很大的遗憾。

中国的大陆、台湾、香港、澳门，一直在"世界华文儿童文学"事业中，有很大的作用，近年来，随着"世界华文儿童文学"的推展，这些地区也渐渐地由沟通走向交流，由交流走向合作。

所以，中国的大陆、台湾、香港、澳门之间的各种沟通、交流、合作，都是"世界华文儿童文学"事业发展中的一部分。今天，华文儿童文学世界的联合，也得力于中国的大陆、台湾、香港、澳门儿童文学界的联合。

今后，我们必须加强这种种联合——各种地区、各种国家相互的、交叉的联合。

　　"世界华文儿童文学"的大繁荣，应该是中国本土和世界各地华文儿童文学的共同繁荣。现在，我们离"大繁荣"还比较遥远，我们大家还要做许多许多工作。

　　我们是中国本土大陆的华文儿童文学作家，是"世界华文儿童文学"大家族中的成员。目前，我们立足大陆，为繁荣大陆的华文儿童文学而努力，也为中国台湾、香港、澳门及海外的华文儿童文学的繁荣而努力。

　　"世界华文儿童文学"这一项事业尚在初创，虽然有许多许多人在做，但是工作非常分散，困难非常之多。

　　也由于这是一项新工程，尚未能使更多华人所了解，并得到他们的支持和帮助。我们还需要大声疾呼。

　　今天，我们从事这项工作，"世界华文儿童文学"事业的推动和促进，是一种付出。这是一种可贵的付出。

　　我们正在播种，愿金秋季节尽早来临，让世界各地的我们的孩子，都能采撷到丰硕的儿童文学之甜果！

《世界华文儿童文学》编后

——献上一枚希望之果

在首届"世界华文儿童文学笔会"以后，我们就开始酝酿筹备出版这本《世界华文儿童文学》了。几经努力，现在终于与广大读者见面了。

关于《世界华文儿童文学》，我们决定不定期地一本接一本出下去。我们的宗旨是更好地发展"世界华文儿童文学"，使得广大儿童，都拥有自己民族最精美的精神食粮。同时也为华文儿童文学写作者，提供一块可供尽情驰骋的场地，架设一座沟通、交流、合作，走向繁荣的桥梁。我们竭诚地为一切华人儿童服务，我们竭诚地为一切华文儿童文学写作者服务。

我们编辑《世界华文儿童文学》，绝没有事先定好一个分配比例的框架，不分地区国家，只要作品合适，我们就发。作者署名前，一律不注明国籍或地区，世界华文儿童文学是一家，就这样一盘子端上来，请读者自己去品味。自然，读者如果要知道作者是哪里人，大部分附有作者的介绍，一看就可明白了。当然，有的作者没有寄简介、照片来，只好以后有机会时补上了。

因为这本《世界华文儿童文学》是在中国大陆编辑出版的，大陆作家的作品有众多儿童文学专业刊物可供发表，这些刊物大多数也是海内外都发行的，所以，我们作为东道主，就应该作些谦让，使有更多的篇幅，给中国台湾、香港、澳门及海外华文儿童文学作家们发表作品。自然，也不是不发大陆作家的作品，只是少一点，发一些他们新创作的作品。

我们对"世界华文儿童文学"作了广义的理解，收了一些可能会被认为"不是儿童文学"的作品。这是根据当前世界华文儿童文学的客观实际定的。

我们的征稿消息，在海外各大报刊登出后，意想不到竟引起如此强烈的反响，每天从邮局送来一大摞一大摞的稿件，迄今寄来的稿件还络绎不绝，我们十分的感动，谢谢大家的支持和帮助。

我们特别要提一笔，新加坡有一位身患疾病的少女，一连数信寄来她写得工工整整的作品。还有日本德高望重的儿童文学老作家秦敬先生寄来了热情洋溢的祝贺信。

许多作家的来信，都十分热情。有的将希望出版社出版的这本《世界华文儿童文学》称为"希望的希望"。这些，都给我们很大的鼓舞。

这些大摞大摞的来稿、来信，使我们看到《世界华文儿童文学》办得正是时候，再不办就太迟了。

收到这些稿件，我们非常高兴，我们已尽量增加篇幅（本来我们想限定在每本20万字），使之容纳更多的佳作。但还是不够，许多稿件，有的选择先发一点，有的留到以后再发。再者，因为人手少，实在难以一一都写信奉告，敬请宥谅。

因为是第一本，我们工作中一定有许多不到和欠当之处，请大家提出批评。

《世界华文儿童文学》是属于每一位读者、每一位写作者的，是属于大家的。

世界毕竟很大很大，世界上有许许多多华文儿童文学写作者我们还联络不上，《世界华文儿童文学》也不可能一下子进入世界各地所有华人儿童中间，我们吁请大家给予大力帮助，多多宣传，多多介绍，多多推广，多多引荐，使它拥有更大作者群，拥有更大读者群，成为名副其实的《世界华文儿童文学》。

我们紧紧携手，共同将"世界华文儿童文学"再推上一个台阶，一步一步，向繁荣昌盛的顶峰攀登！

1992 年 5 月

我想起和合二仙

——世界华人儿童文学随谈

童年时，我很爱听神仙故事。

当然，我很爱听八仙的故事。八仙过海，各显神通。汉钟离的扇、铁拐李的杖、韩湘子的箫、吕洞宾的剑……都曾使我迷醉，我很崇敬这些普度众生的神话人物。

但是，我感到特别喜爱的，特别亲切的，却是两位孩子仙人。两个垂髫的男孩子，一个手上高举一杆荷花，一个手捧一只宝盆，笑容可掬，或立或坐，亲密无间地在一起做着游戏。这两位小仙人，合称"和合二仙"。

这和合二仙，有的是年画，过年时贴在中堂；端午节，印在香包上；清明前后，也有扎成风筝的。听说，和合二仙从不吵架。也许吵了架，很快就和好，又合在一起玩耍。他们俩总是在一起，谁也不离开谁。人们画时，都是把两个小仙人画在一块，从来不见有画单个儿的。

和合，是吉利的象征。

和合，是快乐的。

和合，是幸福的。

我想，如果缪斯是诗神（中国说屈原是诗神）。那么，我想，和合二仙便应该是我们儿童文学之神。

儿童文学，就是孩子的文学，孩子应以和为好，以和为贵。儿童文学，多么需要这种和合精神啊！

海峡两岸的孩子同是中国人，要和合。海峡两岸的儿童文学，同是华夏文化，要和合。海峡两岸的儿童文学要像两块泥土，捣碎，加上水，捏成一块那样。

《红楼梦》里的贾宝玉少爷，主张把男人和女人捏在一起，再分一个我、一个你。我们就把海峡两岸的分开四十年的儿童文学捏在一起吧！

不仅如此，我还要呼吁，中国还有新加坡、马来西亚、菲律宾，以及世界上所有的华人儿童文学作家要和合。

我们就成立一个儿童文学作家协会吧！我们一起切磋、携手、合作，繁荣我们的儿童文学创作，让我们亿亿万万儿童都有自己丰富而美好的精神食粮。

我们办了那么些儿童文学的报刊，为什么我们不能把物力、人力合起来，办好这些报刊呢？我们和合，可以把报刊办得更好，我们一起和合还可以办出版机构，出版更多、更好的儿童文学新读物。

世界上有许许多多世界性的文学奖，也有一些世界性的儿童文学奖，但是没有一个奖，评述我们华文的儿童文学。我们没有好作品吗？绝不是没有好作品，而是这些世界奖里没有华文的评奖委员，不懂华文就不评。这样，我们为什么不能自己和合起来，办一个世界级的华文儿童文学奖呢？

把力量和合起来，我们有很多很多重要的大事，等着我们去做呢！

这算是我所要说的心愿吧！我想，这不是我一个人的声音，包括所有中国儿童的声音，包括一切中国和海外从事儿童文学工作的华人的声音。

请社会各界理解我们，支持我们。

弘扬中华文化，必先弘扬中华儿童文学。

造福子孙，需要有发达的儿童文学。

我悬诸书房的座右铭，就是："儿孙应有儿孙福，乐为儿孙做马牛。"愿与诸位父老兄弟共勉共励。

我想起和合二仙，于是，我想得很多很多。

世界华人儿童文学一家，大家合起来过日子吧！

和合二仙高兴地笑了，所有的儿童们都高兴地笑了。

儿童文学与儿童读物

——在吉隆坡"儿童文学与儿童读物" 讲座上的讲话提纲

一、儿童文学和儿童读物的概况

1. 儿童文学和儿童读物的关系

"儿童读物"是供儿童所阅读的作品。它的范围非常广。"儿童文学"则是指供儿童所阅读的文学体裁的作品,它限定在"文学体裁"这个范围内。因此,大家的意见,儿童文学应该包含在儿童读物之内。儿童读物,除包含儿童文学读物,还包括一切自然科学的、社会科学的,以及诸如美术、唱游、劳作等多方面的读物。中国各地的儿童专业出版社大多分设文学读物编辑室、社会科学读物编辑室、自然科学读物编辑室,等等。

还有一种意见,则认为凡儿童读物都应该运用文学的写法,因为给儿童看的书,不能是枯燥的,不论社会科学读物、自然科学读物,或别的什么读物,都不能是那种"学术论著"式的作品。如介绍水,则可以写成一滴水的旅行记。如介绍郑和下西洋的历史,则可以写成郑和的故事。这些都应该具有文学性。这种意见则认为儿童读物与儿童文学有一些等同的意思。

其实,要分要合,包含论、等同论,都是从概念出发,要严格来区分,很难,也没有必要在称呼上作太多的讨论。

在中华人民共和国成立初期，对于儿童读物和儿童文学，出现过偏见，那就是忽视儿童读物。如将儿童读物的写作者不叫作家，编写的稿酬也较非儿童文学的作家低，以致儿童读物写作者减少，儿童读物出版物的质量和数量一度下降。其实，著和编，创作和改编，都是重要的，不能有所偏废，更不能有高下之分。这在后来，随着实践，也逐渐得到纠正。现在，已不存在这个矛盾现象了。

2. 儿童文学和儿童读物的对象

在中国，儿童文学和儿童读物的分期，大致有这样一些分法：一种是按年龄分，几岁到几岁，从婴年开始，到幼年、童年、少年；一种是按年级分，几年级到几年级，先是学前期，再是学龄期，再是从一年级到初中二年级。这几年则慢慢向两端延伸，一头从 0 岁开始，还上溯到婴儿在母腹中，母亲所阅读的胎教文学和胎教读物；一头延伸到青年期，所谓亲子文学和亲子读物，包括教母亲的摇篮曲、催眠曲，对婴儿学语、开发智慧和指导生活的急口令、儿歌、童话、故事等等。这两头的延伸，很重要，是根据实际情况来延伸的。现在，我们还有不少父亲母亲，腹中空空不会给孩子唱一首儿歌、讲一个故事。再小的婴孩也能认出母亲的声音，从母亲的声音中得到爱的安抚，才能安全入睡。

儿童文学和儿童读物要面面俱到，但是整个儿童文学和儿童读物还要有所侧重，要侧重于幼儿和儿童，兼顾少年，因为这部分孩子还无法到成人文学和成人读物中去找到他们所需要和阅读的作品。

中国近几年，儿童文学和儿童读物的构架有些倾斜，重心移位，偏重于少年文学和少年读物。这已从出版社出的书籍品种和报刊的对象以及理论评介诸方面反映出来。有的以创新为名，将一些成人文学中的东西大量搬移进来，提倡那种"跟着感觉走""自我感情宣泄"，出现许多貌似新颖，但不是儿童所需要，也不是孩子所能读懂的东西。这就失去儿童文学和儿童读物存在的意义了。

儿童文学和儿童读物是要创新的，是要从成人文学和成人读物中汲取新东西的，但不能是照搬，也不能离开"儿童"这个大前提。如果照搬或者离开"儿童"大前提，等于医生不看对象、不问病情，乱开方子一样，那是十分有害的。

眼下，中国儿童文学和儿童读物，正在克服这种成人化的倾向。

3. 儿童文学和儿童读物与社会教育

不重视儿童文学和儿童读物像是一个通病，许多地方都有这个通病。有人将儿童文学说成"小儿科"，将儿童文学作家叫作"二等作家"。这在中国，教训是惨重的。应该看到，儿童文学是一代人的儿童文学，关系到国家、民族的兴亡。一个社会如果不重视儿童文学和儿童读物，这个社会就难以进步。儿童文学和儿童读物属于儿童，儿童是社会的，今天的儿童如何，明日的社会就如何。儿童文学和儿童读物，是儿童需要的，也是社会需要的。所以儿童文学和儿童读物具有重要的社会意义，是一种重要的社会教育方式，是按社会的伦理道德的规范，对一代儿童的陶冶和塑造。所以它是社会的一项重大工程。社会应该以最大的支持和投资去发展它。

中国在"文革"结束以后，儿童文学和儿童读物有了迅速的发展。现在全国各省、市、自治区，绝大多数地方有了儿童文学和儿童读物的专业出版社和各种专业的儿童报刊。

但是中国有十一亿人口，有三亿五千万儿童，儿童文学和儿童读物的发展还是跟不上，需社会给以更多更大的关注和帮助。

4. 儿童文学和儿童读物与家庭教育

在中国有一句话叫，看一个乡村，首先要看这乡村里的学校校舍如何。如果这乡村居民的住房都很漂亮，而校合破旧不堪，我们说这个乡村没有什么大希望。

我们看一个家庭如何，它是贫穷，还是富裕，首先要看这个家庭孩子身上穿的、碗里吃的如何。因为中国人一向有这个美德，任何一个正常的家庭，总是将最好的东西给孩子。一个正常的父母，宁可自己穿得旧一点，吃得差一点，绝不会让孩子少吃少穿的。

但是，不正常的是，儿童文学的发展往往不是如此。有许多地方，成人文学发达，而儿童文学并不怎样，总是次于成人文学。许多家庭，成人自己的文化生活很讲究，丰富多彩，而自己孩子却是"脸黄肌瘦"，缺乏精神食粮。父母可以不惜一掷千金地购买高级音响设备，而不肯花一点钱为孩子买几本儿童书籍。这样的家庭，也是没有希望的家庭；父母是愚蠢的父母。

自然，添置儿童文学书刊，也有一个选择问题。中国有的书报摊，出售的多是外国进口的图书，特别是日本的。例如星球大战，打着科幻旗号，神不神、鬼不鬼，毫无美可言，莫名其妙打来打去的卡通跑马书，这种粗制滥造的儿童书对儿童一点好处没有。

所以，我们的父母们，应该学一点儿童文学，应该学会指导儿童阅读。随便给儿童买点儿童书，叫儿童自己看去，也不能说是称职的父母。

5. 儿童文学和儿童读物与学校教育

儿童文学和儿童读物，是学校教育不可分割的一部分。我们把儿童文学和儿童读物叫作"教师的好助手"嘛。

看一个学校，除掉看这个学校的师资力量，还要看这个学校的设备，包括这学校里的图书馆藏书丰富不丰富。

我们的教师要很好地指导学生阅读儿童文学和儿童读物，指导学生文学欣赏和文学写作。很多学校办有各种文学社团，出有各种文学书刊。湖南湘西凤凰有一位滕昭蓉老师，她指导孩子们自己办起了"小作家协会"，创造了一种"童话引路"的教学法，学生们写出了很多好作品。上海青浦朱家角有个学校也有一个"小作家角"，学生们写出了许多好作品，得过很多奖。我们的中级师范，包括普通师范、幼儿师范、艺术师范，应该将儿童文学列为必修课。我们的师范类大学和师范类学院，应该将儿童文学列为选修课。这对促进教师和儿童文学水平的提高，是至关重要的。中国已开始这样做。

中国文化部有个少儿司，历年来曾在大部分省、市、自治区举办过儿童文学讲习班，目前活跃在儿童文学界的中青年作家、编辑，大部分是这些班里出来的。

儿童文学和儿童读物一定要走进学校和课堂，一定要和学校教学紧密相结合。

二、儿童文学和儿童读物的发展

儿童文学有成人文学所有的门类，还有成人文学所没有的门类。儿童读物也是那样。

范围实在太大了，我们只能择最主要的几种门类，简单介绍。

1. 童诗（儿歌）的发展

在大陆统称"儿童诗"；在台湾，儿童自己写的诗才叫"儿童诗"，成人写给儿童看的叫"童诗"。现在，大家觉得这样分开来也好，也有人将其统一叫"童诗"了。儿歌和童诗，大致上也应该分开来。儿歌过去叫童谣，它是供幼小的儿童唱的。

中国很早就有诗，以诗言志、以诗抒情，童诗则言儿童之志、抒儿童之情。童诗是儿童生活中的真善美，如露珠那样的晶莹，儿童生活中充满诗，儿童诗应该是很发达的。在中国大陆有不少写诗的人，也出过不少不错的童诗，遗憾的是中国大陆没有一份童诗的报或刊，出版的童诗集也很难销售。这是一个奇怪的现象。新加坡、马来西亚等地区，童诗都是很发达的。所以，中国大陆的童诗土地，有待于大家的开发。我想，这种现象是会很快改变的。

其实，诗的门类很多，有报告诗（叙事诗）、童话诗、寓言诗、传说诗、朗诵诗、赠言诗、散文诗；儿歌则更多了，有摇篮曲、催眠曲，数数歌、游戏歌、问答歌、谜语、绕口令等。它们在中国大陆发展也是不平衡的。前些年，学校里盛行朗诵诗，这些年赠言诗较为发达，散文诗发表的也较多。儿歌适合幼儿，在推广幼儿文学的同时，必定要推广儿歌；儿歌字数少，句子要短、要朗朗上口，确实也很难写。

2. 童话的发展

孩子富于幻想，所有的孩子头脑里都有一个幻想的世界。孩子们觉得世界上的万物都有生命，都和他自己一样，会说话、有喜怒哀乐，都是他的朋友。所以，孩子们很喜欢幻想文学体裁的童话。可以这样说，不喜欢童话的孩子几乎是没有的。我在许多幼稚园和小学里做过试验，幻想是孩子一种很可贵的智商。

童话很受孩子欢迎，还有一个原因，那就是艺术法则所决定的。譬如我们在街上看人骑车，中国街头都是自行车，谁爱看？可是，在马戏团的戏院子里，小狗骑车，孩子们看得好开心，看过了还要再看。这是个很明白的艺术法则，用不同的物来表现不同的物，那最有艺术感染力。童话就是用写来表现真，童话学就是一门"假"学，以"假"来表现真的学问。

中国不但提倡作家们写童话，而且有童话的专门报刊，有童话的专门评奖。我们还提倡孩子写童话，我们在湘西被称为"童话之乡"的凤凰，举办过一次"全国少年儿童金凤凰童话写作大赛"。有四十多家报刊参加联办，各地来稿数十万篇，得奖的作品印了一本《中国孩子写的童话·金凤凰》，每篇我都写了评语，许多作品在海外转载了。这本书印了近一百万册，现在那里他们还办了一份《金凤凰童话报》，专登孩子写作的童话。我在那份小报上辟有一个"专栏"，答复读者提出的问题。最近我还在筹备一本以塑造童话明星人物的童话刊物《中外童话》，试刊号大概已经出来了。

中国最好销的书是童话。现在写童话的人愈来愈多，不少过去写童诗的、写科幻故事的、写小说的、写寓言的、写动物小说的作家，都参加到我们写童话的行列里来了。

在中国台湾，儿童文学也还在向着童话的方向作可喜的转折。

诗和童话，是儿童最先接触的文学，在儿童文学中占有很重要的地位，前景是乐观的。

我研究过世界各国的童话历史和现状，我发现中国的童话无论是数量还是质量，都是上乘的。目前，世界上还没有一个最切合中国童话实际的童话名词。中国过去向来将"童话"译成"Fairy Tale"，即"神仙故事"。近年也有用"Modern Fantasy"的，那是"现代的儿童想象故事"，都不能反映我们"童话"这个词的涵义。所以我曾提议我们的"童话"英译，就用中国"童话"两字的音译"Tonghua"；"中国童话"就叫"Chinese Tonghua"吧！中文内有许多外来语，为什么英文中不可以有外来语呢？我们大家用，用多了，英文词典也得承认了，不是吗？

3. 小说故事的发展

"小说"这个词，开始时大概都是很短的，现在已有了"短篇小说""中篇小说""长篇小说"之分了，儿童小说也是这样。儿童小说也有称"儿童故事"的，现在在中国儿童文学中，小说和故事，一般是分开的。在人们的潜意识里，似乎刻画人物的文学性强的叫小说，那种不注重人物描写的叫故事，于是有人就认为小说有高下之分了。这种种莫名其妙的事，也说不清楚它的所以然。

"文革"结束后，儿童小说从弯路中走出来了。作家们也写出了一些好的或比较好的儿童小说（故事）来。但是近年，在儿童小说中又出现了一个"新成人化"倾向。一些年轻作者，写伤痕、写朦胧爱情、写性心理、写失落感、写忧患意识，直接搬用成人文学中的意识流、生活流，用黑色幽默等等手法，儿童读者对此当然不解。"新成人化"开始时，大家觉得新奇，也有一些评论家给以肯定和鼓吹，但因为没有读者、没有市场，现在已渐渐衰落。

儿童小说的读者是儿童，儿童看不懂，它绝对难以生根。儿童小说（故事）是儿童的，必须儿童喜欢它，它才有存在和发展的价值。

儿童生活是千变万化、丰富多彩的，反映儿童生活的儿童小说（故事），也应是千变万化、丰富多彩的。

4. 低幼读物的发展

低幼读物是低年级和幼稚园读物的合称。这个阶段的文学读物往往被人们所忽视。前些年，在中国出现过许多优秀的作品，如《萝卜回来了》《小马过河》《小蝌蚪找妈妈》《自己的事自己做》等。这些作品图文并茂，很受孩子的欢迎。中国也出版过许多供婴儿用的塑料书、手绢书、玩具书，这些图书与玩具相结合。我也编过一套十二册的《娃娃课本》，销量近百万册，还编过一部《低幼童话选》，这是中国第一部低幼童话作品的选本，收名作一百篇，都是具有代表性的作品，销路很大，可能现在还在印。低幼读物是最好销的，因为都是家长买的。中国城市里的家庭大都只有一个孩子，家长舍得花钱给孩子买书。

低幼读物好销，这也引起一种倾向，即低幼书越印越豪华、越考究。这不只是定价高，广大的乡间家庭买不起，而且出现了不少弊病。有的书很大，孩子的书包里无法放，家里的柜子也难安放。有的书很重，幼小的孩子拿起来很困难，如果砸在脚上也很疼。有的书角很尖，会刺痛孩子。有的书纸张厚，孩子翻动时，纸张会把孩子的手割出伤口。出版社不能再在这方面加码了。

低幼读物应该多在文图并茂上下功夫。有的出版社只让画家来主持编画低幼读物，往往这些作品图画很好，但文字太差，缺乏文学性就不是文图并茂了。一本好的低幼读物必须是作家和画家通力合作的产物。

现在还有些画家画制低幼读物，不问对象，将画画得十分工细，或者用了印象派的画法，儿童也难以接受。其实幼小孩子喜欢的还是线条简单、色彩明快、带有夸张、富于趣味的图面。不同年龄、不同孩子，应该有个界限，切不可凭画家兴趣去画。自然，这绝不是提倡单调划一，应该多多变化，力求多样。

低幼读物必须按低幼儿童的特点来发展。这是不能忽视的。

5. 其他儿童文学和儿童读物的发展

儿童，特别是比较大一点的儿童，还欢喜读写景抒情的优美散文。广义的散文，包括写人记事的报告文学，评述议论的杂文小品，各地的游记、人物传略，以及日记、书信等。和童话接近的有寓言，介绍科学的科学故事、科幻故事。戏剧的门类更多了，有话剧、歌剧、舞剧、哑剧还有活报剧、课本剧、戏曲剧、木偶剧、皮影剧等。这都要儿童文学作家去写作。现在成人电影、成人电视剧很是发达，而儿童电影寥寥无几，儿童电视节目则放的都是外国作品，这都有待中国的儿童文学作家去努力开拓。中国儿童文学作家可以为儿童写许多作品，但要出版书、拍电影和电视必须有各方面的条件，目前困难还不少。特别是中国的孩子还没有一定数量和质量的自己的影片和电视剧可看。这需要各界共同努力。

中国的儿童文学和儿童读物，要走向世界和世界儿童文学接轨。

中国的儿童文学和儿童读物，必须提倡民族化和现代化。民族化就是要有本土特色，现代化就是要有时代特色。

我们要继承中国的儿童文学优秀传统，自然也要向各国各民族各地的儿童文学学习。

中国的儿童文学和儿童读物工作者，必须有所作为，除繁荣本土的儿童文学和儿童读物，还应该积极推进世界华文儿童文学的繁荣，这应是我们共同的责任。

三、世界华文儿童文学读物的概况和发展

1. 世界华文儿童文学读物的概况

有人说过，有太阳的地方都有华人。说明中国人已经分布全世界。世界各地哪里有华人，哪里就有华人儿童。有华人儿童，就应该有华文儿童文学读物。

缘此，中国大陆的、台湾的、香港的，以及美国的、马来西亚的、新加坡的、菲律宾的等许多国家和地区的儿童文学读物作家联合发起，由中国《小溪流》编辑部主办，于1990年5月8日在中国湖南南岳衡山举行了首届"世界华文儿童文学笔会"。

马华儿童文学家年红先生也是发起人之一。他的介绍马华儿童文学的长篇发言，引起与会人士极大的关注。年红先生早在1988年8月，就在新加坡的一次国际性的会议上提倡华文儿童文学界的联合。爱薇女士、梁志庆先生、马仑先生、方理先生、白杨先生等许多马华儿童文学作家也为华文儿童文学事业做了很多工作。马华儿童文学是世界华文儿童文学重要组成部分。马华儿童文学作家也是世界华文儿童文学的台柱。

最近，世界华文儿童文学得到中国希望出版社的支持，我们出版了第一本《世界华文儿童文学》丛刊，发表了包括马华儿童文学作家们和马华儿童的许多具有代表性的优秀作品。《世界华文儿童文学》还要出第二辑、第三辑，不断出下去。希望每一辑都有马华儿童文学家的作品。

2. 世界华文儿童文学读物的发展

马来西亚的华文报刊很发达，根据中国一份刊物的统计资料，中国以外，马来西亚占第二位，仅次于美国。马来西亚华文教育是最为发达的，华校遍及各州，学生人数也最多，华文儿童文学读物的需求量很大，有广大的市场。所以，马来西亚堪称世界华文儿童文学的一

个重镇。世界华文儿童文学对马来西亚寄以重望。

希冀中国儿童文学界与马华儿童文学界，更进一步加强合作，相互配合，我们要做许许多多事。

我们可以一起办刊物、一起出书籍、一起办学校、一起举办评奖、一起开会。我们希望创办一本定期出版的《世界华文儿童文学》刊物，我们希望建立一个世界级的华文儿童文学奖。我们希望创办世界华文儿童文学出版社，出版优秀的华文儿童文学作品。我们希望尽快举行第二届"世界华文儿童文学笔会"，有条件时成立"世界华文儿童文学作家协会"。我们可以做和应该做的事很多很多。

中国儿童文学作家洪汛涛访谈录

最近应邀到马来西亚访问，并作专题演讲的中国著名童话家洪汛涛，不但是中国"大师"级的儿童文学家，同时也是享誉世界文坛的童话家。他的童话《神笔马良》《神笔牛良》《狼毫笔的来历》等，不只风行全国，并且曾被译成多种文字，推介给世界各地的儿童阅读。影片《神笔马良》除获金质奖章外，也先后在意大利、叙利亚、南斯拉夫、波兰、加拿大等国际电影节上分别获得一等奖、第一奖章、特别优秀奖、荣誉奖状等。

他在儿童文学的理论建设方面，不遗余力，先后编著了《儿童·文学·作家》《童话学》《童话艺术思考》《中国儿童文学十年》《世界华文儿童文学》等。其中《童话学》曾获全国儿童文学首届评奖"优秀专著奖"。由于他在开拓海峡两岸儿童文学交流方面所作的贡献，台湾杨唤儿童文学奖曾颁予他"特殊贡献奖"。

1990年5月，他成功地倡议及发起召开第一届"世界华文儿童文学笔会"。

以下是他在吉隆坡接受本文作者采访的访谈记录。

问：您这次来马来西亚访问，到了几个地方，做了几场演讲？

答：此次来马来西亚访问，主要是看望马华儿童文学界的朋友们，了解一些马来西亚的华文教育和华文儿童文学写作情况。在吉隆坡、麻坡、居銮做了三场演讲。

在吉隆坡讲的是中国儿童文学和儿童读物的概况与发展，在麻坡、居銮讲的是童话创作。因为我是研究童话的，近年致力于世界华文儿童文学事业的建设。在演讲中，谈得最多的，是童话创作的繁荣和世界华文儿童文学事业的开拓。演讲有记录，教总主办的《教育天地》会发表。

问：这一次访马，您对马华儿童文学有了什么新认识？

答：我在来之前，看到一份杂志上有一个海外华文报刊的统计。这份统计表上显示，马来西亚的华文报刊是很多的，居世界第二位，仅次于美国。还有华文教育，马来西亚在世界各地也是远远领先的。华校小学生有 60 多万人。这是个很大的数字。华文报刊的多少，华校学生的多少，是华文儿童文学发展的条件和基础。马来西亚的华文儿童文学有这样良好的条件和基础，必然有很好的前途。教总的陈锦松先生曾陪我到吉隆坡华人街上华人书店考察过那里的上海书店，经理陈蒙星女士也是上海人。她告诉我，她们的总店在新加坡，马来西亚是分店，但在儿童读物销售上，马来西亚书店要比新加坡总店大得多。

董总过去办的《儿童报》，据爱薇女士告诉我，销售量也有六万份，这也不是个小数目。华人儿童读者那么多，他们都要看书看报，所以马来西亚华文儿童文学必然会是很发达的。所以，这次我在演讲时说过"马来西亚是世界华文儿童文学的重镇"，"世界华文儿童文学希望在大马"等一些话。这说法，我和教总的副主席陆庭谕先生、马华名作家姚拓先生都讨论过，他们都同意我这个说法。这是我此行对于马来西亚华文儿童文学最大的认识。

问：您接触了许多马华儿童文学家和儿童文学工作者，能对他们给您留下的印象，作出具体的评论吗？

答：马来西亚华文儿童文学作家较之六十万小学生，应该说并不多。但马华儿童文学家能量很大，不但很有水准，作品不错，而且都很有事业心和开拓精神。他们大都是教师，整天和孩子在一起，熟悉孩子，所以写的作品都很生动。南马文艺研究会的主席年红先生，在中国大陆、台湾、香港，都很有声望，甚至在整个世界华文儿童文学界也是一位有影响的作家。

他在 1988 年 8 月新加坡一次华文国际会议上作的发言《提高东南亚华文儿童文学的创作水平》，第一次将华文文学提到一个应有的层次。发言稿先在新加坡发表，很快中国大陆和台湾都转载了，这是少有的。我们称誉它为"888 宣言"，是一篇有历史性的文献。此次我编《世界华文儿童文学》也将此文作为重要文章登出了，还选入了世界华文儿童文学的"大事记"。年红先生是个多面手，童诗、童话、寓言、剧本都写得很好。南马文艺研究会的副会长爱薇女士，富有童心，她很爱孩子，她的作品中洋溢着母亲之爱。这几年她常常出国访问，写作则集中在幼儿文学上。她主编的《中学生》，是一本很有特色的少年刊物。过去，我一直想看看，都未看到，此次她送了我一些。（现在已由甄供先生接任主编，听说编得也很好。）爱薇也是中国儿童文学界所熟悉的马华儿童文学作家。麻坡的方理先生专写科学故事，独树一帜，好像在马华作家中写科学故事的只有他。梁志庆先生是南马文艺研究会的秘书，他写诗、写散文、写故事，也写理论，作品都不错。在麻坡还见到女作家艾斯、舒颖、佩苇诸小姐，十分难得，可惜未能读到她们的作品。在居銮，会见了马仑先生，马仑先生赠我那本《新马文坛人物扫描》，是一本巨编，对推动世界华文儿童文学也是个贡献。他是位学者型的作家，他写的小说也非常好。白杨先生是位资深的华校校长，他的作品也多是反映学生生活的，诗文俱属上乘之作。在居銮我还认识了陈文浩先生和他的爱女陈慧可小妹妹。陈先生是位诗人，也是位画家，他的诗画都佳。陈慧可才是华小四年级生，却写得一手好诗，自费印了一本诗集。诗中充满了童真稚趣，十分可爱。在东甲启明一小，他们那里有一个"华文学会"，出版了许多儿童们自己写的作品。马华儿童文学后继有人，大有希望。我将这些作品带回去，要介绍给中国的小朋友，还要选择一些编入《世界华文儿童文学》，向世界各地华人儿童推荐。可惜行程太短，没有能安排一两次儿童文学界的座谈会。我说得太多，听不到马华更多作家的心声和高见。特别此行，未见到马汉、雅波等知名马华儿童文学作家，以及北马、东马的儿童文学作家，深感缺憾。但愿有补于来日。

这次来马，只到了南马，本来还计划到新山，和新山马华的儿童文学界朋友一起会晤一次，共商世界华文儿童文学，由于返上海飞机提早两日，都难实现。

问：对南马的儿童文学界朋友，您有什么看法？

答：南马包囊如此众多杰出儿童文学作家。我戏言之：世华儿童文学希望在马华，马华儿童文学希望在南马。南马马华儿童文学成绩比比皆是，为世界华文儿童文学作出许多贡献，我深深钦佩，并致以敬意。

问：对于马来西亚的华文教育情况，您有什么感想？

答：我来的这几天，正遇上学校放假。不过，我下榻的大运酒店前面就是一所华小，从我房间的窗口都看得见。每天一大早，那些穿绿色漂亮校服的孩子到学校里来，在操场上自由活动。马华儿童，非常可爱，我几次走过学校门口立足看看，他们总是很有礼貌地打招呼。在麻坡演讲前，正好安排一场全国华校儿童诗写作比赛授奖，个个孩子都很健康秀气，他们的作品在会上朗诵了，的确不错，据说明年要举行全国华校儿童童话写作比赛，我想一定会有另一番盛况。这里，很多华校教师都会儿童文学写作，难能可贵。

问：这一次，您是接受"教总"的邀请来马讲学的，请您说说个人对教总的看法，好吗？还有，您对这里的华校课本有什么意见？

答：对了，这次邀我来大马的是教总。我去过教总，和教总各方面工作人员都有接触。我在中国，早就知道马华教总，在马来西亚威望甚高。那真是名不虚传。来后，我无论走到哪里，听说是教总邀请来的客人，都十分受敬重。这次接待我的是教总副主席陆庭谕先生、执行秘书姚丽芳小姐、《教育天地》主编陈锦松先生。他们都是非常热心于华教的教育事业家，他们一心扑在工作上，为培养华人新一代而奉献他们的一切。我也深深敬佩他们。我们虽然只是接触了几天，但都成了很好的朋友。遗憾的是，我没有机会去拜访教总会长沈慕羽先生。教总很注重教育和儿童文学的配合。他们还在筹备一个叫《孩子》的亲子刊物，试刊号已编出。他们送了我几本华教的创业史，我读了十分感动，衷心敬重这些付出血汗，不顾安危为华教事业作出奋斗和牺牲的华人先辈。

华校课本虽然编得很好，但没有童话课文，作为一个从事童话教育的工作者来说，我觉得很难理解。因为童话是儿童专有的文体，儿童有一种幻想智商，应该加以很好引导。我们应该将儿童所有的童话，还给儿童。这是我的建议。

问：对了，您在接受马来西亚广播电台的现场访谈中，曾说"没有写过童话的儿童文学作家只能是半个儿童文学作家"，意思是什么？

答：有一些作家，他们写过儿童小说，写过儿童诗，或写过别的什么儿童作品，但是没有写过童话。因为童话是一种儿童所独有的文学样式，是重要的，是难写的，所以现在我在提倡这一样式，我才这样说。用意是在提倡，希望作家们不要只写别的样式，而忽略了童话，请他们也来写写童话，如此而已。

应该说明，丝毫没有贬的意思，并不因为你没有写过童话，说你是"半个儿童文学作家"，但你写过别的作品，你还是"一个作家"。如果说成："谁没有写过童话，你就不是一个作家。"那恐怕要得罪很多人了，我这样说，目的在于提倡和鼓动大家多来写童话吧！如果有人认为这话太有刺激性，那我的目的达到了。这不过是一句激将的俏皮话吧！

再说，提倡童话并不意味否定其他文学样式。如果有人说某位作家写得很好，不能说他在说别的作家写得都很差。提倡童话，因为目前有一些地区童话不那么繁荣，所以有必要促动一下。譬如马华儿童文学童诗很发达，这成绩也相当可贵，我们就促进一下童话。让童诗和童话共同繁荣，不是很好嘛！儿童一来到世上，最先接触的文学，便是儿歌与童话。假如童年没有儿歌行吗？我们的母亲不会唱摇篮曲、催眠曲行吗？但不管怎样，没有童话也不行。别的门类也那样。儿童文学如下棋，马跨出一步，该出车了，车一过界，该架炮了……要有一个全盘观念。提倡童话，绝不是要否定别的样式。提倡童话，还应从我们整个中华民族来考虑。因为千百年来，我们的儿童幻想智商，一直没得到重视，被无形的布紧紧缠着，应该给以解放。这一点，我们作为一个现代人，一个现代的文学工作者、教育工作者，应该看到这一点，予以很好的重视。

问：能不能说说您近来的写作计划？年内还有哪些事要做？

答：我目前正在写作长篇童话"神笔马良传奇"，共分三部。第一部是"神笔马良正传"，约十多万字，已脱稿，可以出版了。现正在写第二部"神笔马良外传"和第三部"神笔马良新传"。因为神笔马良这一人物，已成为中国孩子的典型，为世界各国儿童所熟悉，所以我将他写成三个长篇，也算是个三部曲。

"神笔马良传"，我还打算将它拍摄成电视连续剧。也有音乐界朋友建议写个神笔马良交响乐。

目前，我的家乡浙江浦江正在塑建一个神笔马良铜像，高四米五，定在明年春元宵节举行落成典礼，届时欢迎马华朋友光临指导。如果有条件，我想那里还可以建成一个神笔马良乐园。

另外，我正在研究海峡两岸课本中的童话课文，作童话基础教学的分析和比较，准备写一本"两岸童话基础教学研究"的论著。

另外，中国童话发展现在开始进入一个塑造童话明星人物的阶段，我正在和出版社接洽，办一本叫"中外童话"的刊物，做塑造童话明星的工作。所有种种，都欢迎马华同人们的合作和赐寄稿件。

另外，《世界华文儿童文学》总是想出下去。希望有更多马华儿童文学作品。

问：您对世界华文儿童文学的前景，如何估量？当前的工作，应该从哪些方面来着手？

答：世界华文儿童文学是关系到我们中华民族子孙、中华民族未来的一项大工程。现在华界已开始认识到它的必要性、迫切性，已得到大家的重视。

这项工程，目前只能说刚刚开始，有了个好的开头。我们在1990年举行过第一次"世界华文儿童文学笔会"，现在又出版了第一本《世界华文儿童文学》。

第一，当前，我们要做的事，第一件是应该办一份正规的世界华文儿童文学的刊或报。要将刊或报发行到世界各地华人社会的孩子中去，要让他们喜欢看。今天，全世界华人社会，还没有这样一份世界性的儿童的刊或报。我可以说，我们的许多华人有的已经很富有，但是他们的子子孙孙却很"贫穷"，还没有一份自己民族的儿童报刊，这样的父母不称职，可以说非常之愚蠢。

我主编的那本《世界华文儿童文学》，如果无法送到世界各地儿童手里，搁置在出版社书库里，出版社也不肯再出第二本，我急需找到海外合作者，合作出版，或代为经销。有待于海外同人的帮助。

世界华文儿童文学如果没有一份刊或报，散在各地的华文儿童文学写作者，作品没有发表园地。他们没有交流，更无法联合起来。

第二，我们一定要办一个奖，一个世界级的华文儿童文学大奖。奖金可以不那么高，甚至于无奖金也可以，但要给以最高的荣誉。目下世界上最大的儿童文学奖，算那个 IBBY 的安徒生奖了。可是华文作家是得不上奖的，因为其中没有一个懂中文的评委，一定要译成英文才能送评。中文是联合国使用的文字，一部文学作品译成英文才能送评，这简直是岂有此理！参加 IBBY 的中国会员中，有两位中国作家的作品，译成过英文，被提了名，说是"提名奖"，给了一张提名奖状，那真是一个笑话。我们要有志气，我们说，华文儿童文学用不着你们评，你们评不来，我们自己要设一个和他们的奖同等的甚至于超过他们规格的大奖，我们自己来评。我们的奖，可以做一块比他们更大的奖牌，我们在我们自己的报刊上评介宣传。

第三，首届华文儿童文学笔会，已经过去三年了。第二届一直开不起来。除掉经济原因以外，还有别的一些原因。我以为这第二届世界华文儿童文学笔会应该排除一切困难，尽快开了。能在马来西亚开，怎么样？

第四，我们应该有一个世界性的华文儿童文学作家协会，有一个协会，就可以有一批人来做这项工作。

第五，我们要有一个世界性的出版公司，来出版华文儿童文学作品。因为，许多国家、许多地区，华文儿童文学作品很难出版。别人不出，我们这个出版社来出。

以上这几项工作，没有一笔基金，创业是艰难的，希望世界各地有远见的工商实业家来投资。这是一项有利于子孙万代、一本万利的事业，是永不衰败的。希望能有一个世界华文儿童文学事业的基金会，或单项承包，或协助办企业，以企业之获利来支持各项活动。

有太阳的地方就有华人，有华人就有华人儿童，有华人儿童就有华文儿童文学。

世界华文儿童文学一定会大兴旺，大发达。愿和大家共同携手去争取这灿烂光辉的前景！

《南洋商报》1994 年 6 月 22 日

"神笔马良"新解

——中国作家洪汛涛访马随谈

记者：您是第一次来马来西亚。您的"神笔马良"（洪先生的童话作品中的主人公）却早就来到马来西亚了。我们马华的孩子大都认识马良呢！

洪①：马华的孩子不认识我呀！

记者：马良是您笔下的人物，认识马良就是认识您。

洪：神笔马良和所有的文学作品一样，有自己的影子，但不是自己。马良比我先来马来西亚，我很高兴，也很感谢。

记者：您知道我们这马来半岛的来历吗？它为什么叫"马来"？那不是说："马良来过这里吗？"

洪：那您知道"马良"这个名字的来历吗？他为什么叫"马良"？马良的父母早就来过马来半岛，他们说："马来半岛好。"好就是良，给这孩子起名"马良"吧。所以说"马良"就是"马来半岛好"这句话的缩写吧！马良和马来有缘分，真可以写个童话呢！

记者：您说马来西亚好，请具体说说您几天来的印象吧。

洪：马良说马来西亚好，确实如此。我写马良，就是写中国孩子，写中国孩子的抱负和志气。我在马来西亚，接触许多马华孩子，

---

① "洪"指洪汛涛。

他们很有抱负和志气，也就是我写的马良。我觉得马华孩子素质好，很懂礼貌，学习上执着追求，不惧怕困难，都很可爱。他们也都是马良。我这次是马华教总邀请来的，也了解了马来西亚华教的许多历史。我感到，马华教界所作的奋斗和努力，的确和马良所作的奋斗和努力一样。这是正话，是真话。我到马来西亚这几天，常常会想起，《神笔马良》好像就是在写马来西亚的华人，华人的孩子们。我钦佩马华一代一代人的艰难创业精神、开拓精神。

记者：这次您接触的各界华人不少吧？

洪：来的飞机上，我就和几位商界的马华人攀谈了。在几天行程中，商界人物接触不少。据说马华人很多以经商为业。但许多商界华人，并不是那种唯利是图者。很多人以事业为重。我参观过许多华人学校，不论是课堂、宿舍，一幢幢房屋，大多用捐款人姓名命名，有的楼房，一楼一个楼名，说明许多有钱人在支持教育事业，他们肯将钱花在教育上，一个人有这份心，不简单。这次我来讲学，出钱的也是商家，那家叫同乐龄的公司。我去过华人建的那座天后宫。一杆柱子，一根栏杆，一方匾额，都刻着捐助人姓名，一人出一份力，就建起了这样大一座宏伟的庙宇。这种敬业精神非常的可贵。这次在南马麻坡，会见了发展华小工会的主席郑天庭先生，他是好几家大企业的董事经理，是位有声望的名流，我们谈得投契，他十分愿为发展世界华文儿童文学事业贡献他的力量。

记者：郑先生是清华大学毕业生，一位建筑设计家，这次您还接触了哪些知识界人士？

洪：我下飞机，见到来接我的教总副主席陆庭谕先生。他是一个朴实无华的、很有见地、忠于事业、带有地道中华优良传统的人。虽然我们年龄相仿，但和他在一起，总让我想起我求学时代那尽责认真的老师。他待人诚恳、热忱、真挚，我觉得他是一位好交的朋友。事实上，我们很谈得来，已是好朋友了。这次，我没有能见到教总主席沈慕羽先生，我想他也是这样一位可敬的学者。这次我也见到了老作家姚拓先生。姚先生对我这个来自中国的作家没有见外，我们谈他的老家河南，谈上海，谈大家都熟悉的作家曹聚仁、画家黄尧，也是嫌时间太少，临别依依。儿童文学界的作家年红、爱薇、方理、马仑、白扬、梁吉庆等，都已是早有交往的老朋友了，很是亲切。教总的执行秘书姚丽芳小姐、《教育天地》主编陈锦松先生，他们接待我，陪着我，非常感谢，我们已建立了友谊。

记者：您上面都谈人，可以谈谈别的感想吗？

洪：人是最主要的。自然马来西亚很美丽，气候宜人，土地广阔，物产丰富；绿化特别好，街上清洁。我从上海来，我首先感到这里街上不拥挤，人不多。只有那天去了茨厂街，马路当中摆了两排摊位，感到有点像上海，熙熙攘攘。车出市郊，往马六甲方向驶去，两旁都是林园，一片绿色，十分舒畅。

记者：您是一位文化人，您以为马华文化前景如何？

洪：这个题目太大了，说不好。我那天在中华大会堂作演讲，顺便参观了底层大厅里的华文书展。我大为惊异，马来西亚华文读物的市场是那么大。市场大，读者多，报刊、书籍的出版大有发展前景。我从儿童文学这个视角来说，马华儿童文学很有前途，大有可为，作家大有用武之地。我说过，发展世界华文儿童文学事业的重镇，在马来西亚。我觉得这里还没有一份少年儿童的报纸，很不理解。如果我从一个童话作家的立场来说，马来西亚应该有一份行销整个华人社会的童话报。另外，马华电视、电影、音乐这些方面似还不够繁荣，我在下榻的酒店晚上打开电视机，很难找到马华的电视、电影、音乐节目。很可能，这有别的许多原因。总之，我来过马华，我觉得马华社会各方面发展都很好。对马华同胞，我感到可敬可亲。

记者：谢谢您谈了那么多，谢谢您的"神笔马良"加盟马华。

我的访问很快就结束了。

　　我走了，让马良留下来，和马华的小朋友在一起。这个半岛既然以"马来"命名，这个半岛又给马良"命名"，神笔马良与马来西亚有那么多缘分，就让他永远留在这儿吧！

《南洋商报》1994 年 1 月 12 日

为世界华文儿童文学事业的
兴旺发达而努力

中华儿女，是智慧的，是勤劳的。

在祖国多灾多难的年代，他们离乡背井，携带智慧和勤劳，漂洋过海，千里、万里来到世界各地。他们在这些地区定居下来，和当地人，和其他地方来的人，共同地开拓、建造新天地。一代一代工作着，生活着，其中大多数早已成为所在国家的公民。

世界上，多少地方都有着一条条唐人街（华埠），有着一块块不叫唐人街（华埠）的华人居住区；有的地方，华人索性散开和当地民族的公民聚居在一起了。

他们带去了中华民族优秀的传统民族文化，包括带去了历史悠久的最富于生命活力的语言和文字，自然也带去了儿童文学：故事、童话、儿歌、神话、传说……

什么地方有华人，什么地方就会有华人的儿童，什么地方就应有华文的儿童文学。

我们常常在议论，我们的儿童文学应该走向世界。其实，我们却忽略了这样一个客观事实：随着华人走向世界，我们的华文儿童文学早已走向了世界。

华文儿童文学已是世界的，是世界儿童文学中的一员。

华语是世界上使用人数最多的语言，华文是世界上使用人数最多的文字，我们的华文儿童文学恐怕也是世界上读者最多的儿童文学了。

我们看到：华文儿童文学之花，已经在世界的许多地方，扎下根，萌了芽，发成枝，有的地方开得相当茂盛了。好一个华文儿童文学的花世界！这世界里，一片繁忙，一群群园丁在辛勤地培土、灌溉、施肥、除虫、剪枝……

我们是世界的，世界是我们的。世界华文儿童文学一家！大家经过多时多方的努力，世界华文儿童文学工作者，在 1990 年 5 月，大家汇聚到中国的湖南，在古老而美丽的南岳衡山上，举行了首届"世界华文儿童文学笔会"。同时，借湖南《小溪流》月刊，推出了第一个"世界华文儿童文学专号"。

世界华文儿童文学大厦的建设，已经破土动工，奠下了第一块坚实的基石。世界华文儿童文学巨人的脚步，已经向前迈开了。

一个洪亮的声音，在向全世界宣称：世界华文儿童文学振兴在望。

自然，世界华文儿童文学的发展，在各地并不是平衡的，发展的情况不一样。有的从无走向有，有的从少走向多，有的从差走向好。大家都沿着有—多—好这条道路，在向前一步一步地迈进。

世界华文儿童文学是各地的华文儿童文学，并且与当地的儿童生活密切相融合。各地的华文儿童文学都具有各自的特色。

这些，是我们所知道的。世界很大，华人很多，也还有许多地方，华文儿童文学工作者在那里默默写作，并不为我们所知道。也有一些华文儿童文学工作者，刚到一个新的地方，还没有安顿下来，等居住停当，那时候他就会和大家联系上，加入华文儿童文学工作者的行列，为华人儿童而写作，作出贡献来。

要繁荣华文儿童文学，使得我们华人的儿童，不论在哪一国家、哪一地区，都可获得最优良的我们本民族的精种食粮，受到我们本民族文化的熏陶、哺育和教益，这是我们大家共同的愿望。

在世界华文儿童文学工作者的面前，也存在许多困难。因为这一事业的意义和重要性，并不是人人都已了解。它，多么需要人们，需要社会，去理解、去支持。

世界华文儿童文学是一项新工程，它正处于开拓、建设的初创阶段，恳切希望华人世界一切关心我们民族，关心我们民族未来，关心我们民族儿女，关心我们民族子子孙孙的人们，都能理解、支持这项崇高的还很困难的事业。

世界各地的华文儿童文学工作者，让我们一起来开垦、耕耘、播种和收获，在华文儿童这块广袤的土地上，奉呈我们所有的汗水。

我们正在尽我们最大的努力，为我们的民族、孩子、未来而造福！

繁荣世界华文儿童文学，是我们的责任和义务。世界华文儿童文学属于所有的中华儿女！

新加坡华文儿童文学述评

在我们的东南方，太平洋和印度洋之间，有一个绿色的岛国——新加坡。

"新加坡"源出梵文"信诃补罗"，意思是"狮子的城市"。因此，人们就把新加坡叫作"狮城"了。

北欧的童话国丹麦的首都的海滩上矗立着美人鱼的铜像。在新加坡，也有个雄伟的狮子雕像，伫立在海边上。这狮子，形象奇特，可不是我们在动物园里见到的那样，它是经过童话化的，一个半鱼半狮的形状，头、身体是狮子的，拖着一条鱼的阔尾巴，很富于幻想。这"鱼尾狮"是新加坡的象征，新加坡是一个富于幻想的文学发达的国家。

新加坡人口近三百万，华人大约占十之七八。因为华人多，华语被规定为第二语言，在生活中应用很是普遍。

特别是文学创作方面，新加坡的文学、华文文学可说是占主导地位的，其他语言的文学，都还无法和华文文学相比较。

这不只是由于新加坡的华人众多，还有个很重要的原因，因为华文是世界上的一种最富有文学表达力的文字。我们历代的许多文学珍品，确实世界上没有一种文字能够完美地翻译出来。

新加坡的华文儿童文学也是发达的，新加坡儿童文学创作，有个很特殊的情况。就是从事成人文学写作的作家几乎大部分都写过儿童文学作品。在新加坡几乎可以说成人文学作家与儿童文学作家很难区分。在新加坡没有儿童文学作家的组织，也没有专门的纯粹儿童文学的报刊。新加坡的儿童文学和成人文学是合在一起的。一些成人的报刊上，没有儿童文学的副刊，但刊登儿童文学作品。一些成人文学杂志，有时也推出儿童文学的专辑。出版社大都出版成人文学作品，也出些儿童文学作品。作家出版的成人文学的集子里，往往可以翻出几篇标明或不标明的儿童文学作品。所以，要列出新加坡哪几位作家可算是儿童文学作家，或者要列出新加坡历年有哪些代表性的儿童文学作品来，都是相当困难的事。

新加坡的作家们，凭着自己的作家使命感和责任感，不断地努力，在自觉自愿地为少年儿童而写作。他们面临的困难是很大很多的，所得报酬可说相当微薄，或者甚至于没有报酬。但是他们付出也多。他们印出的儿童文学集子，有的是自己掏钱，请出版社代印的；也有自己印出，自己送往学校销售的。这就是新加坡华文儿童文学作家的可贵精神，是值得我们华文儿童文学世界的作家们学习，并作为榜样来推崇和发扬的。

在这种精神的支撑下，他们孜孜不息，刻意追求，勤奋写作，这些年来，成绩是十分显著的。在外来儿童文学的冲击之下，在它种语言文学的包围之中，华文儿童文学一枝独秀，华文儿童文学不但生存下来了，并在竞争中得到发展，成果累累。

经过一段时间的收集，我们从中选出了一些作品，编成这个《世界华文儿童文学·新加坡作品选》一集。谨向中国的孩子们，向世界所有华人的孩子们推荐，请大家都来一读。

童话，在儿童文学中是极其重要的一类。孩子是最喜爱童话的，如果没有童话，儿童文学该是多么的乏味。但是童话却是最难写作的文学。看一个国家或一个地区儿童文学是否发达，首先要看这个国家这个地区童话作品怎么样。

新加坡童话中，孟紫的《课桌的奇遇》是一篇很优秀的作品。它通过一张课桌的拟人化，塑造了几个关心伙伴、助人为乐的新加坡女学生形象，反映了新加坡学校、社会、家庭生活的一个方面。作者通过十分自然的生动的生活细节娓娓地叙述着，使小读者在轻松的阅读中，感到像有一只充满爱的暖手，在熨抚着他们一颗颗纯洁、善良的童心，而从中得到陶冶和教益。课桌的拟人，恰到分寸处。作者给了课桌以思想、以感情，但没有让课桌说话和走路，物性、人性结合得很好。文字活泼，很有文学性。这篇作品，如果说它是新加坡当代少年童话的代表作，恐怕并不过分。

孟紫的另一篇童话《鹅》，也是一篇小说体的拟人童话。这篇《鹅》一开头，很像是一个民间故事，因为民间故事中，常常有这样的细节，一只不会飞的动物，嘴上咬着一根树枝，让两只飞鸟抬着飞上天，不会飞的鸟中途忘记了，一开口，便从空中摔下来。《鹅》也采用了这一细节，不过作者只用了民间故事这个开头，而下面一直连续沿用和仿照民间故事的笔法，根据情节的自然发展写了下去，一点不感到生硬做作。作品非常朴素，不像当今有的童话那样，故作惊人，哗众取宠。这篇作品，是一篇实而不华的民间味浓郁的童话，也是一篇闪着光彩的童话。

陈尘的《忘了圣诞的小山城》，是一篇散文，又是一篇童话，就说它是一篇散文体的童话吧！这篇童话，可谓别具一格。作品里，这个小山城，人们都十分健忘，连穿鞋、进食，过圣诞节都忘记了，这就是童话的特点：夸张了。我们常常看到一些夸张的童话，懒惰就写个懒惰国，妒忌就写妒忌国，健忘自然是写健忘国，把天底下许多健忘的事都集中在一起表现，一个比一个更健忘，这样夸张一番就完了，这似乎已成为一种老套子。但《忘了圣诞的小山城》，并不是只写了健忘，以写健忘为目的，而又写了如何一步一步地唤起记忆，战胜了健忘，这就写得巧妙，写得别致，写得有深度了。这个健忘的小山城和健忘的种种情节，当然是虚构的，因为作者以散文的笔调来写，就显得像是真的发生过的事一样。这是一篇诙谐的充满童趣的喜剧性的颇有新意之作，十分难得。

万里光的童话是寓言式的，大概是以小学中年级的孩子为读者对象的，我们选收了《放大的老鼠》《蝴蝶借网》《蚊子的抗议》《硬嘴鱼》《懒蛇》五篇，文字简练，故事浅显，非常好读。其中《放大的老鼠》，将放大镜和老鼠联系起来，真可谓别出心裁，是既奇且趣的事。

筝心的短童话，更浅一些，大概是以小学低年级的孩子为对象的，我们选了六篇，是《小竹子脱壳》《大胆子的苍蝇》《骄傲的乌鸦》《各有用处》《投桃报李》《妈妈，不要哭!》。这六篇作品，有的像散文，有的像故事，有的像诗歌，有的像寓言，可谓五光十色，各有千秋，文字流畅，朗朗上口，值得推荐。

寓言，是许多儿童文学作家很喜欢写作的样式。因为这类作品，大人和孩子都爱读，短小精悍，报刊上也最愿意发表。新加坡的寓言作品很多，但是搜集却不易，因为大都散见于历年的报章，出版的单行本的寓言集却又不多见。

寓言，我们只选了葛凡的《吃亏与长智》《风筝和老鹰》，洪生的《偷懒的交通灯》《出一张嘴》，唐静城的《烂苹果》，伍仲的《新龟兔赛跑》，共六则，都是含义深刻、发人深思的出众之作。

民间传说也是孩子们所喜爱的。新加坡是个多民族聚居区，有我们中华民族的民间传说，也还有其他许多民族的民间传说。大家聚居在一起，于是，在那里民间传说获得了广泛的交流。

民间传说选收了梅筠的《里峇峇利路的传说》、孟紫的《金象牙》、洪生的《榴莲神话》，共三篇。这三篇传说故事，都是根据具有新加坡地方风采的口承文学改写和整理的，其中也可能有一些制作成分。这在儿童文学中是完全可以的。

　　科幻故事是近年来兴起的一种文学样式。现在写作的人，日见增多。但是写好科幻故事，也是一件很困难的事。

　　这里所选收的科幻故事《不死猫》《毒蛇蓝珊瑚》《减肥新方法》《美洲虎菲菲》四篇，都出自海叔一人手笔。当前，一些科幻故事，言必科学博士、天外来客，要不就是 X 星球和 Z 星球大战。没完没了地、莫名其妙地斗来斗去。海叔的科幻故事，写的是儿童日常的普通生活和儿童们所熟悉的种种动物，不落俗套，给人以亲切感。他所幻想的科学，儿童也容易接受，不像有的科幻故事，写得十分晦涩，牵强附会，要加上很多注释，不然孩子读起来感到瞪然，难以理解。

　　小说，主要是反映现实生活。它，要求有人物，有故事。因为它必须反映现实生活，就必须有地方特色。新加坡的儿童小说，自然要求它必须是反映新加坡儿童生活特色的。

　　孟紫的《小燕》，很像是童话。她写的完全是现实生活，是小说。其中的鸟没有拟人化，整个故事无幻想成分，并不是童话。这篇小说的对象，是较年幼的孩子，就是故事中小燕那样年龄的孩子。篇幅精短，文字简洁，清丽好读。文中小燕其人，还有她的妈妈、爸爸、哥哥，写得都很好，他们都是心灵纯净的人。整篇作品，也是纯净的。作品视角虽局限于家庭生活的一隅，但通过对小动物的爱，讴歌了自由幸福这个永恒的大主题。

　　另一篇小说《名牌球鞋》，可说是孟紫的又一篇佳作。这篇作品，则是一篇地道的少年小说了，写了一群爱打球的较大年龄的孩子：吴健贵、刘天生、区文康、源发、李直定……这些孩子真是太可爱了。吴健贵为了打球，多么想买一双名牌球鞋，但父亲是小贩，家里没有钱，买不起。可同学们愿意凑钱买鞋送给他，也愿意借钱给他买鞋，他却硬是不要。结果，还是和同学刘天生一起，瞒着家里，去卖马票报赚钱。刘天生为了帮助他，想不到给汽车压死了。这使吴健贵改变主意，不再买名牌球鞋了，而是把积聚起来买鞋的那笔钱，送去给刘天生的母亲。小说中一个个人物，思路脉络清楚，心理层次分明。整篇作品充满一个又一个的矛盾，想买鞋，没有钱，而人家的帮助都不要，想听父亲的话，但又不得不对父亲说谎，去卖马票报，冲突一个紧扣一个。作家十分熟悉孩子生活和他们的心理，把这些生活、心理，放开来写，写得淋漓尽致，非常深刻。作品虽然围绕着一双跑鞋，写了一群孩子的生活断面，但也反映了一些下层人民的生活，成为社会另一面的缩影，具有一定的社会意义。整篇作品调子是沉重的，是一篇生活气息浓郁、感人的上乘之作。

杨秋卿的小说写得很出色。少年中篇小说《最珍贵的礼物》，写了三个孩子：冰冰、小甜和小雄。这三个孩子，写得活生生。全篇侧重写了冰冰这个本来很自私、脾气又不好的娇小姐，但是在事实的教育下，她变好了，懂得去爱别人，去帮助别人。在这样一个不长的小中篇里，完成这样一个孩子的转变，而且转变得那样自然，是大不易的。这是一部可称为"教育小说"的作品，是严肃的，但没有那种矫揉做作，因为全篇充满生活气息，给读者的感情是真诚的，所以很感染人。这篇小说，是一篇成功之作，显示了作者的一定的生活根底和一定的笔力功夫。杨秋卿这些年曾奉献了一系列优秀的小说作品。收在此一集子里的《两毛钱》，那么细腻，把一对兄妹的思想变化，描绘得非常入微。还有如《伤心的小射手》《演奏会上》，虽然笔墨不多，写了孩子们生活的一个片段，既有趣，也有益，都值得一读。

洪生的小说《那个秀丽的女孩》，写了一个漂亮的姑娘，经不起社会坏风气的诱惑和影响，竟然一步一步走向了堕落可怕的深渊。这篇小说，真实可信，文笔质朴，刻画着力，很吸引读者。

诗人南子的小说写得像诗。《坏孩子》一篇，是用第一人称写的，但作者安排了许多视角，视角改变了，表现形式也随之改变。时空在交替，节奏是跳跃地发展，颇有创意。《逃课》一篇，却沿用有头有尾的手法，着重刻画主人公的心理变化，内涵是深邃的，同样吸引人一气读完。南子小说多新意，构思新，手法新，以新取胜，独具匠心。

林锦的《凶手》《诱惑》《那只大斑蝶》《鸟蛋》《庆祝》《我不要胜利》《买蟹记》是一组散文体的小小说。这七篇短作，写了一些孩子（也许是一个孩子），和他们生活中一些琐碎的值得记忆的事。似乎是作者童年的往事回忆，也好像是写他众多的学生。但这些人人事事，都很有真实感，好像就发生在大家的周围。作者独具慧眼的细微观察，将这些人物的掠影，事件的切片，通过流畅的笔语，活鲜鲜地呈现在大家的眼前，像电视荧屏上拉过的一组镜头，镜头虽短，但给人留下难忘的印象。

梅筠的《神笔》，写了一个不想自我努力，偏想出人头地，又爱嫉妒别人，有时还会做些恶作剧小动作的小男孩，自然他得到了教育，后来变好了。作者把这个叫欧建明的小男孩写活了。在生活中，这样一种怕艰苦，却爱闹、调皮的小男孩，是到处可见的。这篇作品，是有一定的普遍意义的。

江小川的《小红袍》，是系列长篇《少年阿德的故事》中的一篇。在这一篇里，突出了六年级学生王天赐，一个活泼可爱又有点顽皮的少年，尤其通过他和一群同龄小伙伴斗蜘蛛的情节，写出了他珍惜爱怜小昆虫的真切的感情变化；同时又从侧面表现了以该班班长阿德为表率的一群孩子的真挚的友谊。人物栩栩如生，故事性强，读来趣味盎然，动人心弦。

散文，似乎是文学中的其他，在儿童文学中，也是如此。它包括小品、杂文、笔记、传记、游记、日记、书信……因为包括范围广，写作比较随意，所以写作的人最爱写，作品也是最多的。

张挥的《桥的故事》、向风的《明天要去动物园》、莫河的《告诉我，爸爸》，各有各的特点。有的像随笔，有的像故事，有的还涂上一层浪漫的幻想色彩，又有点像童话了。很巧，三篇作品一应都用父亲和孩子对话的手法。前两篇以父亲作为第一人称来写和孩子的对话，后一篇以孩子为第一人称来写和父亲的对话。手法相同，能写出不同的风采，大不易。这三篇作品，统归在散文这一栏里了。

洪生的《鱼们的二重唱》《土地》《草》，则是一组充满哲理味的散文。洪生是一位多面手，散文也是他的擅长。这一组散文，通过鱼、土地、草，吟咏了人生，探索了社会，赞颂了国家，这是一曲时代的心歌。它发自作者的肺腑，是诚挚的，是深沉的，它能引起读者的咀嚼和思考。这类作品，其意往往是在短短的文字之外，给读者留着开阔的思索空间。这样的作品，是接近青年的大龄少年们所十分喜爱的。这类年龄的读者，就是欢迎这种自己能"参与"的文学。

《从不同的角度看妈妈》，是南子写的一篇歌颂母亲的散文。他用多视角，写了妈妈的许多侧面。这位妈妈是伟大的，又是平凡的，是亲切的，又是可敬的。这位妈妈，是大家的妈妈。这篇散文，也是妈妈的面面观。

在新加坡的华文儿童文学中，童诗是最为发达的。新加坡写诗的作家很多。一个文学刊物，诗占的篇幅很多。出版社出版的单行本诗集非常多。各种诗社林立。这些诗人，也几乎都为孩子写童诗。所以，要说新加坡的儿童文学，童诗是占主要地位的。因为诗人多、诗作多，并且篇幅大多很短，我们选了以下一些童诗。

共选了周粲的《青苔》《太阳和云》《问蝉》《童年不是童年》《我的志愿》《一个早晨》，六首。这六首作品，有的想象很丰富，把青苔的生长比拟成油漆绿颜色，白云飘过太阳比拟成给太阳擦汗，把林中蝉的不停的叫声比拟成很长很长的线。有的作品很有哲理味，如跟小读者说什么是童年，什么是志愿，什么是时间。其中，有的明白如画，有的较为深奥，要细细嚼读，适合各种年龄层次的孩子欣赏。

南子的《布娃娃的宴会》，是一首美丽、有趣，幻想十分丰富的童话诗。它，是一次布娃娃举行的宴会。诗分四节，第一节写宴会的会场：彩虹装屋顶，月亮挂窗口，杯是喇叭花，盆子是荷叶，盘里盛着露珠、花粉、松果……这是一个多美的童话环境。第二节，写来参加宴会的客人：小熊带来蜜汁，是偷来的；母牛带来鲜奶，鸡太太带来刚下的蛋，小兔带来几个萝卜；更有趣味的是猫头鹰提了两盏灯笼，孩子一定会说，那是它的两只能在黑夜发光的大眼睛，也有孩子会说，眼睛怎么可以提来呢？第三节写布娃娃们欢迎这些客人：客人多着呢！除了上面说的，还有风、星光、云彩，还有树的黑影呢！并且是不请自来的呢！第四节写宴会举行前的情景：几片落叶迟到，落叶是骑在风的尾巴上，从窗口滑下来的，这太棒了！大家都发笑，只有时钟气圆了脸，怪大家没有遵守时间。下面宴会正式开始了，诗却写完了！让小读者自己去想象吧！这是一首好诗，很好的童话诗。

林中月的《时间》一首，以儿童口吻来写，把时间形象化了。幼小的儿童一读便懂，知道时间是什么。大一些的儿童可以细读，也很可回味。可谓大小咸宜，童诗能写得这样深入浅出，也是一绝。

读辛白的童诗，犹如欣赏一张张图画，下雨天的图画《雨天》、黄昏的图画《夜晚的天空》、黎明的图画《雾被》、花间的图画《蝴蝶》、池塘的图画《浮萍》、村落的图画《竹》、海滨的图画《沙滩》。其中，有景，有人，有色彩，有声音，有欢乐，有美，有儿童所爱的一切。

谢清写《萤火虫》、写《月蚀》、写《海浴场》。这些题材，写童诗的许多诗人也许都写过，但谢清写得却与众不同，颇有新意。他说萤火虫是"夜的眼睛"，说月蚀是天狗"不理闪烁星光的叫喊"，说海浴场上的浪"将我写在河上的风景画抹光"，多么新奇，多么有趣，多么丰富的想象。

雨青的童诗《鱼尾狮》《椰子树》《天》《燕子》《风筝》《月亮》《星星和泪》《邮票》《烟囱》《交通警察》，都很值得一读。这些作品，富有新加坡乡土色彩，可说是新加坡一幅幅风情画。他写新加坡的鱼尾狮，写新加坡的椰子树，写新加坡的天。他写燕子在裁剪头上的蓝天，写风筝在天上写诗，写月亮在和云捉迷藏，写破涕一笑的女孩子，写带给孩子欢乐的邮票，写鼻孔冒烟的爸爸，写力大无比的交通警察……他写出了对于新加坡这块美丽的土地、对于新加坡美好生活的挚爱。

陈彦的《夜》，是诗，是画，是诗和画的结合体，富于幻想，富于情感，富于教益。

贺兰宁诗三首：《蜗牛》抒说了一个有趣的童话，《我们一家》是一篇关于孩子家庭的享受天伦之乐图，《云的衣服最多》是一个女孩子对于苍穹的憧憬和遐想。

文恺童诗《摇篮》《我的床》《母亲》《歌与星光》《风》《井》《落叶和蝴蝶》《再生》《风信鸡》《等待》《老》，似乎大多数是为小年龄的儿童写的，至少可以说他写的是小年龄的儿童。为小年龄的儿童写作是极难的，要么味同嚼蜡，读起来毫无诗意，像一杯白开水；要么虽然说是为幼小儿童写，实际欣赏的还是大人，儿童根本不知所云。可是文恺的童诗，孩子喜读，大人也欣赏，他能够使两者得而兼之，更使人钦佩的是文恺的童诗竟能向儿童谈起"老"来，甚至于谈起"死"。"老""死"对于儿童来说，不知为何物，可是文恺的《老》一首童诗，竟是用"到一个远远远远的地方不再回来"来说"死"，真是高明的着笔。

秦林的《床上的抗战》，写了孩子不肯早睡的逆反心理。《孔雀》，借写孔雀写了女孩子的爱美心理。《圣诞夜》，写了孩子对于所有孩子的博爱。秦林善于捕捉孩子们心底的意念，可说是一种心理诗，说明秦林爱孩子、了解孩子，有一颗可贵的童心。一个没有童心的人，是绝不能写出如此充满天真的儿童心灵诗来的。

康静城的童诗《摇篮边的儿歌》《黄昏，我们着黑衣黑裤出游》，垂仰的童诗《椰林小夜曲》，刘含芝的童诗《小虾米》《午睡》《木瓜树》，林臻的童诗《手掌》《女孩的酒窝》，伍木的童诗《神话》三首，希尼尔的童诗《削笔》，网雷的童诗《特丽莎》《蜘蛛》，蔡深江的童诗《迟到的脸》，都各有独到之处，应该向大家介绍。

儿童文学的理论应该来自儿童文学的创作。儿童文学理论应该去带动儿童文学创作的发展。儿童文学创作如果没有儿童文学理论去指导，也是不行的。儿童文学创作与儿童文学理论，应该如同我们行路的双脚，一先一后，一后一先，这样儿童文学才能前进。

新加坡的儿童文学理论评述文字，选入李建的《论儿童文学》《新加坡儿童文学的现状与愿望》两篇。李建对儿童文学是有研究的，对当前新加坡的儿童文学所作出的分析、意见是客观、公正而中肯的。大家读过前面的作品，再来读读这些评述文字，一定能加深对于这些作品的理解。

新加坡的这些作品都是很优秀，或比较优秀的，在世界华文儿童文学中，应属于佼佼者。我们推荐这些作品，作为世界华文儿童文学中新加坡的作品，介绍给广大的华人少年儿童。

当然我们能读到的新加坡的华文儿童文学作品，总是有限的，不可能是全部作品。挂一漏万，那是自然会有的。管窥式的议论，也一定会有欠当处，请能多多谅解。

总的来说，新加坡的华文儿童文学，无愧于是世界华文儿童文学中的一宗，并且世界华文儿童文学中很受瞩目的一宗。新加坡华文儿童文学，继承和发扬了中华民族的伟大、优良的传统，表达了炎黄子孙、中华儿女的自豪、自尊、自爱、自强的民族精神。新加坡华文儿童文学，具有鲜明的新加坡本土的特色。在新加坡的书报市场上，颇多舶来的儿童文学作品，新加坡的华文儿童文学处于其重重包围之中，却没有沾染上那种十足的"洋"味，还保持了民族的和本土的特色，并发扬了这种特色，这是极其可喜、可珍、可敬的。

新加坡的华文儿童文学是长进的，是大有发展前途的。不要太久，一定会有更多的作家在华文儿童文学这块沃土上定居下来，渐渐凝聚成一支华文儿童文学写作的强劲的队伍。那时候，选编新加坡华文儿童文学选，绝不是一本，而是一卷一卷的多卷集了。

我们拭目以待，希望新加坡有更多的华文儿童文学好作品出世。

祝世界华文儿童文学事业日益兴旺发达！

祝新加坡华文儿童文学出现更多、更大的新成绩！

1990年盛夏写于上海种德桥畔目楼

交流合作的开端

随着世界华文儿童文学事业建设、开拓发展，研究新加坡华文儿童文学让人愈来愈感到是迫切需要了。因为新加坡的华文儿童文学，在世界华文儿童文学中是极其重要、极其可贵的一大宗。

除中国之外，新加坡华人人口占的比例最大。华语，是他们国家的第二语言。华文，是新加坡非常通行的文字。新加坡十分需要华文儿童文学，新加坡应该有发达的华文儿童文学。确实，新加坡的华文儿童文学是繁荣的。

为了促进世界华文儿童文学事业的进一步发展，为了介绍新加坡这一大宗华文儿童文学，我们早就有了编这本新加坡华文儿童文学选本的计划了。

由于新加坡华文儿童文学的选本，在新加坡也没有出版过，中国也没有出版过。要编选这第一本新加坡华文儿童文学选，是相当困难的。

这本集子的读者对象应是多方面的，是我们广大的少年儿童，他们要了解新加坡的华文儿童文学，要求这些作品有欣赏价值。我们的成人读者是家长，是教师，还有儿童文学工作者、研究者，他们要求其是一本文学读物外，又是一本工具书，能够提供一份翔实的、完整的宝贵资料。这又增加了更多的难度。

我们尽了最大的努力，我们力争做得好一些。

印在书前的《新加坡华文儿童文学述评》一文，原题《谈新加坡华文儿童文学》，发于 1989 年 5 月 21 日的《文艺报》。后被新加坡华文报纸《联合早报》的"文艺城"版，全文转载。这次为了出版这本集子，又作了全面修订、改写，对本书所收的作家和作品进行评析和介绍。

这本选集，我们虽然花了大力，但由于种种条件的限制，一定会有一些该收的作家的作品未收，也一定会有被认为不那么恰当的作品收入了，只能请大家见谅了。

本来，我们想在这些作品的后面，附上作者的照片、签名、简介和作者的话。约来了一些，但由于有些作者没有寄来，也有作者寄来的并不齐全，全书难以统一，所以只好索性都不编排了，对此十分的抱歉。

因为世界华文儿童文学是在发展的，新加坡的华文儿童文学也在进步中，过一定的时期，我们或将在本书重版时，再作一次修订补充，或者索性再编辑出版第二本选集。这是完全有可能的，希望新加坡的华文儿童文学作家们，常常跟我们联系，给我们写信，寄作品。我们的研究工作，也将继续并更深入地进行下去。

我们衷心期待和希望新加坡的文学、教育、新闻、出版各界人士，继续支持和帮助我们。这是我们和新加坡华文儿童文学界交流、合作的第一个项目。但愿我们有更进一步的密切交流、合作。

我们一起，为了弘扬中华民族的伟大文化，发展我们共同的华文儿童文学事业，为亿亿万万炎黄子孙、中华儿女提供美好的精神食粮，共作贡献吧！

我们编完了这本新加坡华文儿童文学选，接着还想编马来西亚、菲律宾的选本，我们希望一本一本编下去。……

"儿孙自有儿孙福，莫为儿孙作马牛"的时代，应该早已过去了。造福未来，造福儿孙的新观念，应该得以发扬。把这两句古老的俗语，改为"儿孙应有儿孙福，乐为儿孙作马牛"吧！

以此和大家共勉。

弘扬中华民族文化

——振兴"世界华文儿童文学"

召开"世界华文儿童文学"会议，这是第一次。

这是一次始拓性的会议。我想，我们的儿童文学史学家，会记下这个日子：1990年5月9日——在中国湖南长沙，"世界华文儿童文学笔会"，隆重开幕。

中华民族是世界上人数最多的一个大民族，有着灿烂的伟大的文化。历史已多次作出证词，不论异族怎样企图改变我们的文化传统，都没有成功。许多年来，我们的许多骨肉同胞，来到世界各地，有的已成为所在国家的公民，但优秀的中华民族文化传统，都是世代承传。这足见我中华民族文化具有何等强大的生命力。

中华民族文化，自然也包括我们的儿童文学。因为什么地方有华人，那里就会有华人儿童，也就会有华文儿童文学。今天，我们的中华儿女，踪迹遍布世界。世界各地都有我们中华民族的儿童文学。

也由于各地情况不相同，各地华文儿童文学的发展也是不平衡的。事在人为，许多事情，需要人们大家去努力。华文儿童文学，也确实需要我们一起共同去建设和开拓。

要繁荣华文儿童文学，使得我们华人儿童不论在哪一国家、哪一地区，都可获得最优良的我们自己本民族的精神食粮，受到我们自己本民族文化的熏陶、哺育和教益。这是我们大家共同的愿望吧！那么，我们一起来弘扬我们中华民族的伟大文化，从事世界华文儿童文学的建设和开拓。

我们世界华文儿童文学，应该从无到有，从少到多，从差到好。有一多一好，是我们追求的目标。

为我们的民族、为我们的孩子、为我们的未来造福，发展和振兴世界华文儿童文学，这应是我们的责任和义务。

因为世界华文儿童文学建设，尚是初创阶段，我们将沿着沟通、交流、合作的道路，一步一个脚印地前进。

在我们建设、开拓的道路上，困难一定是很多很多的。有的人并不了解，或没有完全了解这项事业和它的意义。我们在弘扬中华民族、建设华文儿童文学的认同基础上，还非常需要一种奉献精神，因为华文儿童文学事业的开创，不仅要去克服种种困难，并且在精力、物力各个方面，都还必须是一种付出。金秋季节的丰硕收获，正有待于我们今天去作十倍艰苦辛勤的播种。

成人的华文文学，已经做了许多工作，早已迈开大步前进着。各种世界性的华文文学会议，不断在举行。设奖、办刊、出书……进展快速，成绩斐然。我们华文儿童文学，已经慢了一拍。儿童，是世界、人类的未来，一定要急起直追，紧跟时代的步伐。现在，"世界华文儿童文学笔会"的举行，说明我们已经从起跑线上奔出了第一步。

这次的"世界华文儿童文学笔会"，因为是第一次，规模不可能很大，出席的人不可能很多。有些地区的华文儿童文学工作者，由于种种原委不能来，但是会总算是开了，有了一个可喜的开端。这次笔会的举行，即是向世界各地宣称，我们的华文儿童文学振兴在望！我们世界华文儿童文学之厦，已经破土动工，今天，我们在这里奠下了第一块坚实的基石，一项新工程开始了。

现阶段，我们的力量还是很微弱的，我们恳切地希望华人世界一切关心我们民族，关心我们民族未来，关心我们民族子子孙孙的人们，都能支持这项崇高而困难的事业。

请大家一起向世界各地的华文儿童文学工作者致以敬意，请为他们（包括到会的代表们）付出太多的艰辛所取得的重大成绩而鼓掌！

马华儿童文学是世界华文儿童文学中重要的一宗

  科学发达了，地球变小了。中华儿女的足迹，遍及世界各地。何处有华人，何处就有华人的儿童。有华人的儿童，就应有华文儿童文学。

  马来西亚大概有三分之一的人是华人吧！除了中国本土外，马来西亚的华人比例是相当大的。

  马来西亚的华文儿童文学，应是世界华文儿童文学中很大的一宗，重要的一宗。

  马来西亚的华文儿童文学是发达的，我读过年红先生的《马来西亚华文儿童文学的发展》一文。马来西亚有年红先生这样为儿童文学事业作出奉献，并取得成就的作家，也有雅波、马仑、梁志庆、马汉、张秀贞、郭淑云、陈建成、刘茂发、黎煜才、爱薇等诸位杰出的马华儿童文学作家，写书、办刊、开展活动，扶植新人，推动马华儿童文学创作的繁荣。从年红先生所列书单来看，可说是琳琅满目的。虽然，我并未能读到他们众多的作品，但是我读过年红先生的许多小说，一篇一篇都非常精彩，都是民族化和现代化结合得很好的优秀之作。我陆续将它介绍给此间的报刊发表，受到这里小读者的热切欢迎。

  马华儿童文学作家们，我们虽然是隶属于两个不同国家的公民，但我们同是华夏的子子孙孙，又同在世界华文儿童文学这个范围里，所以我们是一家子。我们存着同一个目标，为广大华人儿童提供美好的精神粮食，为弘扬我们本民族的伟大文化，一样地作着奉献。

自然，我们都有着同样的或不同样的种种困难，所以我们应该携起手来，齐心协力，共同去努力，以求得我们的目标能迅速实现，华文儿童文学事业能尽快发达起来。

不久前，我编完了《世界华文儿童文学·新加坡作品》一大卷，我非常想接着编出《世界华文儿童文学·马来西亚作品》这一卷。将马来西亚诸位作家的佳作，推荐给这里的儿童，推荐给世界各地的华人儿童们。这有赖于马华儿童文学作家朋友的支持，给我提供作品。

马来西亚的华人儿童是幸运的，因为有你们这些有造诣的儿童文学作家在为他们努力写作。随着生活的进展，马华儿童文学会相应更进一步发展，这是一定的。马华儿童文学有十分灿烂光辉的前景，那是必然的。

因为现在我们已经有了"世界华文儿童文学"这个概念和事实，我们的一分努力，一分成绩，都应看成是和世界华文儿童文学事业相关联的，我们是为世界华文儿童文学在工作。我们有许多人在一起，我们有许多力量，我们可以做许多事。

我们的世界华文儿童文学事业，是崇高的，因为这是为亿万儿童造福，"得道多助"，我们一定会得到广大社会各阶层人士的支持。

马来西亚华文儿童文学，是世界华文儿童文学中重要的一宗。它必将十分兴旺，十分发达。

愿我们共同去作最大的努力，去作最大的争取，去迎接一个繁花似锦的华文儿童文学的春天。

为繁荣童话而共作努力

一个孩子来到世上，最先接触的文学，是儿歌和童话，或者是儿歌和童话的结合体。

母亲唱出哄孩子入睡的摇篮曲，即是儿歌。母亲逗孩子编出来的故事，往往是童话。

儿歌，随着孩子的长大，一同发展，开始有了不同对象的儿童诗（或称童诗）。

童话呢？也有婴儿童话、幼儿童话、儿童童话、少年童话……甚至有以成人为对象的童话。

一个孩子的头脑里，有一种与成人不同的东西，即是幻想力。

孩子看任何事物，往往是用这种幻想力去进行思考的。这便是孩子们所特有的可贵的幻想智商。

幻想力是一切创造力的前端，我们应该尽力去开发和引导孩子们的幻想智商。

由于孩子们都具有这种幻想智商，他们特别喜爱童话。他们爱听童话、爱看童话，还爱自己编童话、讲童话、写童话。

所以，童话是儿童文学中极为重要的门类，是儿童生活中所必不可少的。

我们孩子的父母亲、教师，都有切身的体会，知道这一点。

有一些地区，儿童文学界把注意点集中于童诗的建设，写童诗的作家很多，写出的童诗作品很多，也有专门的童诗刊物，这是很好的。不过，他们忽视了童话的开拓，相比之下，童话创作显得比较冷落。应该说，这也是一种欠缺，是一种不平衡，十分的可惜。

我不知道马华儿童文学情况怎样，我只是希望马来西亚的作家们多写童话，多有童话好作品问世。

我每年要为一家出版社编一本《童话选刊》，其中也选发海外童话，我愿将更多的马华童话推荐给此间的小读者，以及华文儿童文学世界的小朋友。

请马华儿童文学作家、马华少年儿童，将你们的童话新作品寄来。

我们大家一起为繁荣童话而共同努力。

希望读到更多的儿童诗

在我们华文的儿童诗领域里，香港的诗坛是寂寞的，写儿童的成人作家不多，儿童自己写诗的也不多。最近，香港的《诗双月刊》，竟然以最大的篇幅，推出了一个"儿童诗专辑"，这是十分瞩目的事。

在这个专辑里，我读到了许多精湛的诗作。

下雨是我们生活中常见的现象，下雨被许多诗人吟咏过。孩子们最喜欢下雨，他们撑着花花绿绿的伞，踩着路上的积水去上学。下雨，充满着诗意。这个专辑里，就有两首写下雨的诗，我们再来读读吧。

沙白的《天空用雨丝钓地球》写道："天空以为地球是一只巨大的乌龟／趁着太阳公公睡觉时／放下亿万条雨丝／想钓起地球／／而地球太重／每条雨丝着地后就断了／／太阳公公睡醒时／就把天空的雨丝全部收拾。"作者将自己想象成孩子，以孩子那种幻化为天体外巨人的视角，来观看下雨现象，多有趣，多真切，多气魄。作者以孩子的幻想对于下雨作了解释，很是难能可贵。这是一首以"形象"出奇制胜的儿童诗。

张秋生的《乌云的交谈》写道："当两块乌云／碰在一起的时候／他们用闪电问好，他们用雷声交谈／／于是，他们的感情／化作珠帘般的雨点，／落下来，落下来，／敲打着我的小雨伞。／／我，倾听着——／啊，他们的笑声，／他们的叹息，／从天空一直传达到地面。"作者将两块乌云拟人了。闪电、雷雨交加，本来是一件恐怖的事，一经作者渲染，变得那么可爱、优美。闪电是问好，雷声是交谈，雨点是他们的笑声、叹息，宛如好友或亲人的一次相逢。这是作者的另一种对于下雨现象的解释，他偏重于感情，这是一首以"感情"引人入胜的儿童诗。

我也很喜欢周粲那首《捉迷藏》。捉迷藏，是孩子中十分普遍的游戏，谁都玩过这游戏，这是一个很平常的题材。可是作者写得非常新，非常奇特："别的可以／玩捉迷藏／哼／我不干／／当你躲起来了／我怎么找／当你跑的时候／我怎么追／／我是一棵树。"这些诗句，全是孩子口吻的大白话，再小的孩子也听得懂。直到最后，才冒出一句"我是一棵树"，使得读者恍然大悟，我为之拍案叫绝。

这一专辑里，任溶溶、田地、于之、刘雨钧、程远汝、林焕彰、舒兰、谢武彰、杜荣琛、方素珍、詹冰、冯辉岳、林加春、王金选、贺兰宁等许多诗人都发表了优秀的儿童诗作品。也还有许多孩子们自己写的诗作品，无法一一举例介绍了。

这一专辑，遗憾的是发表的香港儿童诗作品太少，不论是成人写的，还是孩子自己写的。我以为《诗双月刊》，不仅要为繁荣世界华文儿童诗作贡献，同时也须带动香港诗界同人、香港儿童自己，多多写出更多更好的儿童诗来。我可不可以提出一个建议，请《诗双月刊》每期辟出一定的篇幅，作为一个固定的"儿童诗专栏"呢？

我想，由于《诗双月刊》的提倡，香港诗坛儿童诗的创作，一定会热闹起来。

我拭目以待之，等着读香港同人们的好作品。

《童诗的摇篮》序

　　1993 年 10 月 30 日，我从吉隆坡来到马华儿童文学重镇麻坡，下榻彩虹酒店的 508 房间。前来迎接我的是南马文艺研究的秘书梁志庆先生。

　　梁志庆先生，我在好几年前就认识他了。因为以年红先生为会长的"南马文艺研究会"，在中国，在整个华文儿童文学界，都是非常有名的。要介绍马华儿童文学，首先要提到南马文艺研究会，因为南马文艺研究会，为马华儿童文学和世界华文儿童文学都作出许多重要的贡献。梁志庆先生是南马文艺研究会的台柱之一，所以也很有名。可以说，凡关心马华文学的、关心世界华文儿童文学的人，都知道梁志庆先生。

　　梁志庆先生是一位诗人、散文家、评论家。我的书库里就已藏了他的散文集《黄花乡镇》《夹起一片故乡情》，理论集《给马华儿童文学扎根》，童诗集《彩虹桥》《海的小儿女》，以及他编的一些儿童读物。他的散文趋向自然，不论叙事叙情，都很朴素、优美、真挚动人。他的理论，应该说就是一篇篇散文，夹叙夹议，亲切好读；不过却是讲述种种艺术创作的道理，因而他自称为儿童文学的散论。他的诗，生活气息浓郁。他的职业是教师，每天生活在孩子中间，他熟悉孩子、酷爱孩子，才写出这么多好童诗。

　　我和梁志庆先生会见，彼此都相互了解，一如深交已久的老友，谈话也很投契。我们一起喝茶、用餐，一起散步于月色朦胧的麻河岸边。……

他还亲自开车，陪我去看他所执教的那所规模不小的华校。他们学校里，有个"华文学会"，参加学会的全是热爱文学写作的学生，他是这学会的指导老师。他们办有壁报一种，出版了 50 多期，还印了诗文集 5 本。这些作品屡在本地的报刊上被选用发表。中国大陆和台湾的报刊也常常有转载。我主编的《世界华文儿童文学》丛刊，就介绍过他们学生的作品。

我在麻坡的日子里，他邀我参加在彩虹酒店五楼大礼堂举行的马华"第一届全国儿童诗创作赛"的授奖大会。我荣幸地恭逢盛会，和来自马来西亚各州的童诗小作者见面。

大会的主持人是梁志庆先生，他代表有中国大陆和台湾专家学者参加的评审委员会，对获奖作品作了剀切的评析。

本来评析作品，是一件枯燥乏味的事，但梁志庆先生举了很多生动的例子，从中道出许多写诗的道理，说得全场孩子时而哈哈大笑，时而点头称是，中间插着一阵阵热烈的掌声。他的讲话，相当成功。

后来我知道，梁志庆先生推动童诗写作活动，不只是他执教的学校，而是对整个马来西亚的华校儿童。他在 1983 年开始从事这项事业——指导孩子写诗。《知识报》为他辟有专栏，《星洲日报》聘他为文学奖评审委员。他也在一些组织中担任介绍、评论、推广及指导童诗写作等一系列的工作。他为马华儿童诗写作，付出了许多时间和精力，也取得了很大的成绩。

一个孩子呱呱落地，就和诗结缘，及抵年长识字，诗成了孩子最好的伙伴。许多孩子自己写诗，以之抒情，以之言志，诗和孩子们一起生活，一起成长和进步，因此诗对孩子是至关重要的。

马华孩子很爱写诗，许多孩子写出了很出色、很优秀的诗作。这次我到马来西亚去考察，我收到许多学校赠我的儿童们写作的诗集。

回来后，有些报刊编辑到我这里来要稿，我常常挑选一些给他们去发表。

这里面有梁志庆先生的一份功劳。我想，大家都会记着他，永远感谢他。

梁志庆先生自己写童诗，指导孩子们写童诗，他对童诗的创作和教学，研究有素，是位博学多才的作家和学者。他曾经写出了一系列童诗的创作和教学的理论研究专文，散见于各种报章。现在，这本童诗的论集《童诗的摇篮》要出版了。我有幸优先读到这部书稿的全文，除向梁志庆先生致以祝贺外，并向广大读者——我们世界各地的华人儿童、华文儿童文学工作者、华校的教师们，作郑重推荐。

希望我们的华人儿童都会写诗，写出许许多多好诗。

希望我们的华校教师都能热心地去指导学生们写诗。

希望我们的华人父母都来支持自己的孩子写诗。

我们中华民族，是个诗民族，有极其悠久昌盛的写诗、读诗传统。我们每一个中华儿女，都来弘扬我们民族的诗传统，并不断地发扬光大！

《童诗的摇篮》是马来西亚彩虹出版有限公司于 1996 年 12 月出版的。

1994 年盛夏于中国上海

我心目中的爱薇女士

在见到爱薇女士之前，爱薇的名字我是非常熟悉的。早在中国开始推行改革开放政策之时，我就开始关注世界华文儿童文学了，计划深入地研究。海外的朋友们知道我正在做这件事，不断有人热忱地给我介绍海外从事华文写作的作家，以及他们的作品。马来西亚的年红先生、中国香港的严吴婵霞女士，都不约而同给我寄来马华作家爱薇女士的《永恒的童心——马华儿童文学的回顾与前瞻》一文。我很欣赏这篇论文，因为她不仅写了马华儿童文学，也写了与中国儿童文学的关系，特别提到世界华文儿童文学。所见和我十分相同。及后，新加坡、菲律宾、日本、韩国等国家和地区的儿童文学同行来上海，谈及世界华文儿童文学时，都曾向我介绍马华的爱薇，许多人对爱薇那篇《永恒的童心》备加推崇。由是，后来我主编《世界儿童文学》丛刊时，在第一辑就转载此文，发向华人世界。

我读了爱薇这篇著名的专论，我很想见到这位远在海外的同好。我希望与她一起来做世界华文儿童文学的推广工作。

记不得是哪一年，她到了上海，听说她通过上海少年儿童出版社的编辑找我，打听我的住处。不巧，我正好去南方讲学了。回来时收到她的一张字条，她已去了金华。我赶紧给她回了一封信。这样我们就相识了。记得她向我要了一本我主编的《中国儿童文学十年》，我寄给她了。

第二年，香港友人东瑞夫妇来上海，住在上海西郊公园附近的一个宾馆，他们是来开一个关于儿童读物出版会议的。会议期间，节目安排得很紧凑，不好出来，我就去看他们了。想不到爱薇女士也在那里，她是这个会议的列席代表。

我们就在东瑞夫妇的房间里见面了。爱薇和我第一次见面，她给我的印象是坦诚、坦荡。我们丝毫没有陌生感，她谈笑风生，说她的创作和对中国儿童文学的看法。据东瑞夫妇介绍，她在会上十分活跃，和中国那些大学毕业不久的报社记者一样，和各地来的同行作交流。

去年的10月，我应邀去马来西亚讲学。我事先也没有写信告诉爱薇，一到吉隆坡，在饭店住下，我就给爱薇打电话。

10月29日晚上7时半，我在吉隆坡雪兰莪中华大会堂作第一场演讲，我讲的是中国儿童文学的现况和前景。

我讲着讲着，忽然发现会场右方的后座，坐着一位光彩照人的年轻女士，在静静地听我说话。她脸带微笑，炯炯有神的目光透过眼镜镜片直望着我，当我的目光和她的目光接触时，我心跳起来，那是爱薇吧！

她穿着一身白底褐黄色的套装，外套是鹅黄色里白花纹，我差一点出神了。

会后，我们合摄了照片，她邀我第二天的下午去她家，她要自己做菜请我吃饭。

本来说好这天，教总邀我吃饭的，因为要上爱薇家去，就改了期。

第二天下午，爱薇很早自己开车来接我了。她住在市郊一个偏僻却很宁静的住宅区里。她家里正请一班工人在扩建书房。我们坐在客厅里。她取来一笾刀豆，一面摘，一面和我聊天。她谈她的生活，谈她的写作，谈她编《中学生》杂志，谈马华儿童文学，谈中国，谈世界儿童文学。她是一个直率的人，我们谈了一个下午，觉得时间过得很快，我觉得爱薇是个很可相交的朋友。吃过晚饭，她又自己开车，送我到下榻处。

第二天，我要赶到麻坡去，作第二场关于童话的讲演。本来，她正准备陪我到麻坡，她说她是麻坡人，又是南马文艺研究会的副会长，但因为刚好有亲眷要来，不能同去了。

我离开吉隆坡的前一个小时，她还从家里打一个电话来给我送别、送行。

我带着她送给我的《青春道上》《两代情》《外面的世界真精彩》三本她刚出版的新书，还有一大沓很是珍贵的她主编的《中学生》旧杂志，南下麻坡了。

我在麻坡讲了一场，又在居銮讲了一场，便回国了。

今年六月，我过香港，去了台湾。听说爱薇也去过香港和台湾了。

由于她常常在国外跑来跑去，我也常常不在家。我们没有书信来往，但各人的行踪也都知道。因为世界华文儿童文学一家，也常常有人来来往往。她也常托友人带口信来问好，我也常托友人带口信去报平安。我每想起她，就读她的作品，像我们坐在一起谈心一样，是件很愉快的事。

最近收到爱薇一封短信，她在信上说："你来我国演讲一年了，但一切仍历历在目，仿如昨日之事。"

她信上说她有一本新作品集子要出版，要我写几句话。爱薇的作品犹如她的人，坦诚、真挚、感人，发之于肺腑，是她的心声，我十分爱读。但是，她没有寄来收在集子里的新作品，我无法具体地来介绍她的某篇作品如何如何。文如其人，也可说是，人如其文，我想我就写写我和她的交往，写写和她的友谊，来谈谈她的人。从人看文，以谈人来谈她的文吧！

　　爱薇是一位勤于写作、有成就的马华作家，祝贺她取得新成绩，新作品结集出版。

1994 年 11 月于中国上海

我们的天责

——亚洲儿童文学思考

有儿童的地方，都应该有儿童文学。

我们亚洲，有许多国家，有许多儿童。我们敦请这些国家的作家们，一起来商讨我们亚洲儿童文学的大事。

到会的作家，一次比一次多了，这是好现象、好趋势。

亚洲的儿童，是亚洲明天的主人公和建设者。我们要让亚洲的儿童们都拥有充足的精神食粮，都有优良的儿童文学作品可供阅读。

亚洲的儿童文学作家，心中装着亚洲所有的儿童。

亚洲的儿童文学联合起来。不只是要使几个发达国家的儿童文学更繁荣，并且要使其他的国家，尤其是贫困国家的儿童文学也获得繁荣。

赋予亚洲儿童拥有儿童文学的权利，必须由亚洲的儿童文学作家共同来推动此项工作。当然还得争取社会地方各界，乃至各个国家政府的支持。

能不能取得联合国教科文组织的支持呢？

使命是神圣而伟大的，任务是艰巨而困难的。

迎面走来的 21 世纪，是亚洲的世纪。新世纪将带给亚洲产业、社会、经济的腾飞，也将带来儿童文学的腾飞。

我们的面前，将是一片耀眼斑斓的光明。

我们亚洲儿童文学作家，在跨过世纪门槛的日子里，都大有可为。

我们亚洲儿童文学的联合，必须抛开和摒弃一切成见，那些说不清的纠葛，不分派别、门户，希望都站到为亚洲儿童文学建设这一大前提的旗帜下，联合起来。

我们的联合，最基本的最初步的工作是交流。应该说，我们之间还很陌生，彼此并不了解。你还没有读过我们的作品，我们还没有读过你的作品。

我们之间还有许多鸿沟：语言的鸿沟、文学的鸿沟、年龄的鸿沟、习惯的鸿沟……

我们的第一阶段，应该让亚洲这个儿童文学巨人身上所有的粗细的血管都能无阻地畅通。

愿大家心"想"到一块儿，劲"使"到一块儿。

交流总是彼此的尊重。有相互的尊重，才有交流。

我们之间一定会有各种分歧，彼此尊重，那就可以求同存异，经过讨论，取得方向的一致。

交流也是一种合作。或者说，交流是一切合作的开始。

众志成城，众人拾柴火焰高。只有亚洲儿童文学作家的大合作，才有亚洲儿童文学的大繁荣。

亚洲儿童文学的交流合作，并不妨碍和西方儿童文学的交流合作。相反，亚洲儿童文学的交流合作，要加强和西方儿童文学的交流合作。

地球是圆的，本来就无所谓东和西。儿童是人类的起点。儿童文学也应该是圆的，周而复始，不断循环着，发展着。

我们向一切先进学习，介绍好作品，学习好经验。（自然，我们也要扬弃和拒绝那些不论来自何方的腐朽、野蛮、丑恶、堕落……）

感谢今天有那么多的非亚洲的儿童文学作家贵宾们欢聚一堂，聆听他们的金石之言，对于亚洲儿童文学的发展，非常有益。

愿我们的友谊长存。

我不知道有多少与"世界""国际""全球"有关的儿童文学的团体。他们领先一步。有"亚洲儿童文学大会"是近年的事，要向先行者学习。

中国拥有世界上最多的儿童，也拥有世界上最多的儿童文学作家。中国儿童文学是世界儿童文学中的一大宗。

但愿那些与"世界""国际""全球"有关的儿童文学组织，向中国儿童文学开门，和中国儿童文学作家合作。

我要说中国的文字，是一种最富于文学涵养和表达力的文字。一个不能直接从中文去读中国的唐诗宋词的人，不论你找到何种文字的最高明的译本，你读起来也不会有那种滋味。

有个很著名的儿童文学奖长期没有一位识得中文的评委，中国的作品一定要经过翻译出版才能提名送评，这该如何说呢？！

我希冀，我们亚洲儿童文学的联合，能脚踏实地，诸事公正合理。

它，将是持久的，将是日益发展的。

亚洲儿童文学的联合，应是民间的。我们相互关系是真诚的，我们的作为是付出。

儿童文学是纯洁的。我们的作家都是灵魂工程师、作品与人品的兼优者，为广大读者所爱戴和崇敬。

儿童文学由于它的读者对象是儿童，儿童只有年龄阶段的不同，阅读能力的不同，而并无雅俗的差别。儿童文学的主旨和兴趣都应是高雅的，而它的表现手段和形式都应是通俗的。高雅是一种思想和艺术，通俗是一种大众的方向。儿童文学是为全世界儿童服务的，是全世界儿童的文学。它应是雅和俗的相结合，艺术和大众的相结合。

所以，儿童文学对于儿童，是一种引导、感染、陶冶，而不能是迎合、灌注、指令。

儿童文学对儿童来说，是他们生活的一部分，儿童所必需有的生活的一部分。

过去，我们习惯说的儿童文学，是指出版的印成书的文字的单行本和报刊上的文章。今天，我们更应注意影视剧本、卡通漫画脚本、影碟光盘词文，诸如此类。此类儿童文学拥有一天比一天多的读者。

我们不能忽视此类儿童文学，不可和它们对立起来，更不要将它们排除在儿童文学之外。

我的小孙子还不会看文字书，却会看电视。他一打开电视机，总是嘀咕说人怎么老爱打架，因为电视里有太多的打架。（还有，我们的儿童玩具，多是一些武器。）世界上大家都在扫"黄"，儿童文学中当然不允许有"黄"。但我认为儿童文学中应该反"暴"。过多的杀人（包括虐害动物），血淋淋的文字和画面，应该有一个限制。儿童文学中不需要那么多的"武侠""大王"，莫名其妙、没完没了地打斗。

儿童文学中，有许多的"天外来客""星球大战"。一些"外星人"几乎都被描绘成人不人、兽不兽、机器不机器，个个面目丑恶可憎，性格凶恶残暴，拥有种种怪奇武器，我攻击你，你攻击我，斗个你死我活方休的好战者。如果我们的宇宙天体，真是这般模样，充满杀机，充满恐怖，充满罪恶，那我们人类的明天，还有什么希望？！儿童文学不能这样。

中国已经明确规定，不允许发表、播映这类卡通漫画。今天，在亚洲，还有多少儿童正在深受其毒害。这是儿童文学中的"海洛因"，我们应该坚决抵制这种"文化侵蚀"。

亚洲是二战中受害很严重的灾区。我们亚洲儿童文学应该大力弘扬和平精神。和平，持久和平，应该是亚洲儿童文学的大主题。

我们讴歌和平，有和平才能有环保和建设。

我们也看到我们亚洲还有许多儿童缺衣少食，他们没有儿童文学，我们要同情和帮助他们，揭示贫穷、灾难、困苦的现实和根源。

我们赞美和平，却不粉饰太平。我们写欢乐，也写忧伤。我们写笑声，也写眼泪。……

亚洲儿童文学的特色是什么？——我以为那就是本国家、本民族、本乡土的特色。我们提倡大家创造这种特色。

"月亮是西方圆"的论调应该休止。月亮不可能西方比东方圆，也不会是东方比西方圆，事实是：东方、西方月亮一样圆。

东方、西方的儿童文学，在同一个月亮下，地球村的儿童文学是一家，共同进步。

儿童最爱读的是童话。亚洲儿童文学作家和研究者请将童话创作和研究放在重要的位置。希望每一个国家有更多的童话作家和童话的研究者，作出最多、最好的成绩。希望有更多、更好的童话进入亚洲广大儿童的生活，在他们的身边，成为他们的好朋友。

我一向认为：如果一个国家的童话不繁荣，那么这个国家的儿童文学也不会发达。一个作家没有写过童话，他不能算是一个优秀的儿童文学作家。

亚洲儿童呼唤亚洲儿童文学的明星——儿童大众所熟悉、所喜爱的儿童文学人物形象。

要每一位作家笔下都出明星是不可能的。（创作一个明星要许多条件。）但每一位作家将它列作自己努力的目标是可以的。

让我们共同争取，让我们共同追求……

期待新世纪我们亚洲儿童文学有众多的明星出现。

亚洲儿童文学期待有一个儿童文学馆。它设有一个亚洲儿童文学奖、一份亚洲儿童文学报刊，出版一套亚洲儿童文学代表作选。……

我们要做的工作很多很多，只能一件一件来做。

我们对亚洲儿童文学的联合寄以极大的希望。这要依靠亚洲每一位儿童文学作家的投入参与。

让我们一起来耕耘和播种，愿亚洲的明天，普结儿童文学的累累硕果。

让我们紧紧携手！让我们大家共为亚洲儿童文学美好的明天而热烈地鼓掌！

为第四届亚洲儿童文学大会而作的发言提纲

1997 年于中国上海

"童话引路"在海外

去年10月中旬，我应马来西亚华人教师总会和儿童文学界的邀请，飞抵马来西亚吉隆坡讲学。我在吉隆坡讲了一场，麻坡讲了一场，居銮讲了一场，讲的内容是他们出的题目，都是讲童话写作。我在介绍中国孩子童话写作的时候，自然要介绍到"童话引路"，还有《中国孩子写的童话·金凤凰》那本书，和那次全国少年儿童"金凤凰"童话写作大赛，还有《金凤凰童话报》。谁知马来西亚的听众中，有不少人对"童话引路"教学法很熟悉，也买过那本湖南教育出版社出的《金凤凰》的书，有带来请我签名的。

我出示那份《金凤凰童话报》，他们都没有见过，感到十分新鲜。我又作了详细介绍，听众纷纷向我要报，我只带去一份，他们便借去复印，说各学校要学着办，我只好将那一份《金凤凰童话报》交给邀请单位主持人，到我回国还没有能收回来，不知在哪个学校传阅复印。事后，我问邀请单位主持人，马来西亚华教界为何对"童话引路"如此熟悉、有兴趣。他说，早在几个月前，马来西亚的一张大报《新通报》上发过关于介绍中国"童话引路"的文章和我写的那些关于"童话引路"的介绍文章，也有人买到辽宁教育出版社出版、由我作序的滕昭蓉的那本《童话引路》的书。"金凤凰"评奖和作品集早都在美国的《世界日报》和中国台湾的十多家报纸有介绍，他们很熟悉。目前，马来西亚也有学校在作"童话引路"实验。华文教育界的一位负责人告知，他们认同儿童写作童话，以开发儿童幻想智商的重要性，已计划在1994年举行一次"全国华教学校儿童写作童话大赛"。

摘录自1994年2月16日《团结报》

新加坡华人童话作家筝心

　　筝心是新加坡的儿童文学作家。他是一位新籍华人，原名蔡鸿森，广东省潮州市上水头乡人，1948 年出生。1959 年前往新加坡，入新加坡籍。爱好文学写作，原在分色公司工作，但为了写作，辞去了公司里的职务。1975 年曾出版散文集《卖艺人》。

　　1981 年起对儿童文学有兴趣，大量写作童话和寓言，两年中就写了一百多篇，在电台《文艺园地》《空中文荟》播出和在华文报纸《南洋商报》上的《童话屋》版发表。后由《南洋商报》《星州日报》联合出版部，印出了《狐狸学飞》《自动抹嘴机》《周仓扛大刀》《狐狸保姆》《螳螂娶亲》五本童话寓言集。1983 年起，他自费印行了《小蘑菇听音乐》《金老鼠》《一毛不拔》三本童话寓言集。1985 年他开始自办出版自己作品的出版社：繁花出版社。他上午写作，下午跑发行，陆续问世的童话集有《快乐的小巴士》《狐狸跳舞》《十个房子》《灰狗装大象》《老鼠阿尖》等。他出版的集子有 13 本了。1984年，他在一篇后记中说："我为孩子们写书已经有三个多年头了。开始的时候，我孤单地在工作，三年后的今天，我还是孤单地在工作。儿童文学是千秋大业，不是儿戏，希望能为孩子们着想的作者，一起来为儿童文学而播种。"

　　他很关心祖国的少年儿童和儿童文学事业，常常给国内一些刊物寄稿。《儿童文学》《幼儿文学》《小溪流》《中国儿童》等刊物都发表过他的作品。他的幼儿童话《三只想生病的小狗》，曾在中央人民广播电台广播，并被评为"最好听的故事"。

　　这里我们特选刊他的作品六篇，及新加坡华文《联合早报》上介绍他的文章《筝心精神上的世外桃源》（陈秀玲），以飨读者。

祝　贺

　　马来西亚华文儿童文学界，成立了"南马文艺研究会儿童文学组"，这是大喜事，是我们大家一直所企盼听到的好消息。

　　因为马来西亚的华文儿童文学，是世界华文儿童文学中，重要的一宗。

　　马华儿童文学，向来为世界华文儿童文学界所瞩目。各地的华文儿童文学作家聚会时，或在信件的来往上，都会问及马华儿童文学。什么场合，什么会议，如若有关于世界华文儿童文学的话题，一定会提及马华儿童文学。1989 年 5 月，在中国南岳举行的首届"世界华文儿童文学笔会"上，宣读年红先生介绍马华儿童文学论文时，全场响起十分热烈的掌声。马华儿童文学作品，包括在中国等地发表出版的作品，是那样受小读者的欢迎。马华儿童文学界的同人们，作出了很大的成绩。

　　马华儿童文学界，有年红、爱薇、梁志庆、方理、高秀、艾斯、白杨、碧枝、佩韦、舒颖、梦平等许多很有实力的优秀作家，写出了许多优良的作品，不仅出书，还办报、编刊，开展种种活动。这是世界华文儿童文学历史记下的闪光的一页。现在，成立了这个组织，将力量凝聚起来，可以更有计划、更有步骤地推动马华儿童文学事业的发展。

　　目前，中国大陆有许多儿童文学的团体，台湾有一个儿童文学学会和一个海峡两岸儿童文学研究会，香港有一个儿童文艺协会；菲律宾有一个菲华儿童文学研究会；新加坡有一个新加坡作家协会儿童文学组；现在马来西亚也有了。大家紧密携手吧！交流，合作，有许多许多事要做呢。我们大家一步一步来做吧！

马华儿童文学前途如锦，明天将更繁荣、昌盛。

大家一起来为我们的华人儿童，为我们的子子孙孙造福！

《世界华文儿童文学
新加坡作品选》介绍

一、出版说明

华文儿童文学是世界儿童文学中重要的一宗。新加坡华文儿童文学则是世界华文儿童文学中重要的一宗。

这是迄今为止世界上第一本新加坡华文儿童文学的选集，收有约四十位作家的二百多篇作品。

我们郑重向国内的少年儿童们，向海外各地的华人孩子们，推荐这些优秀作品。

华文儿童文学作品，是你们的。

愿世界各地华人居住区的书店都发售这本华文儿童文学书，华人家庭和学校都收藏这本书，华人儿童、教师和父母都阅读这本书。

二、封二

我们世界华文儿童文学之厦，已经破土动工。今天，我们在这里奠下一块坚实的基石，一项伟大而艰巨的新工程开始了。

三、封三

请华人世界一切关心我们民族、关心我们民族未来、关心我们民族子子孙孙的人，都来支持崇高的世界华文儿童文学事业。

　　《世界华文儿童文学新加坡作品选》，洪汛涛主编，重庆出版社
1991 年 11 月出版。

向世界华文儿童文学工作者
郑重推荐这本书

　　世界各地都有我们中华儿女的足迹。有华人，则有华人儿童。有华人儿童，则必有华人儿童文学。

　　在新加坡这块美丽的国土上，居住着大约两百万华裔，他们是新加坡人，但是华文仍是他们通行的文字。

　　新加坡的许多作家是用华文写作的，新加坡的儿童文学作家，写作了许多华文的儿童文学作品。

　　这几年，我在做儿童文学的研究工作，自然要涉及世界各地华人的儿童文学。因为新加坡的华人最多，占的比例最大，要说华文儿童文学，自然新加坡的华文儿童文学是第一位的。

　　由是，我开始接触新加坡的华文儿童文学了。我读新加坡许多作家创作的作品，他们写了很多童话、童诗、小说、寓言、散文、剧本；但是，关于新加坡的儿童文学评论却极少，我只读到李建先生的一些作品。

　　我为了搜集新加坡的华文儿童文学作品，曾请香港的一些朋友帮助，他们也给我推荐了李建先生的评论。

　　这样，我完全得知，新加坡的儿童文学评论工作，可说是由李建先生支撑着。

　　李建先生原名李宝强，又署健吾、亦吾、健人、子建、火凤凰等，祖籍是中国广东潮阳。先后受教育于南洋大学和新加坡大学，考获第一等荣誉文学学士和文学硕士学位，在大学和学院做过讲师，也在教育部做过视学官，现在是新加坡作家协会理事。

为了促进世界华文儿童文学的繁荣，我们首先要了解新加坡的儿童文学。要了解新加坡的儿童文学，不能不读新加坡的儿童文学评论家李建先生的评论。

现在，李建先生将他所写的关于新加坡儿童文学的论述文学，选出十多篇，汇成一集出版了，这是一件重要的事。

因为这本书不仅是李建先生对于新加坡儿童文学的贡献，也是李建先生对世界华文儿童文学的贡献。

所以，我要在他的这本书前，写上几句话，郑重向世界华文儿童文学作家、理论家、出版家，及一切有关的专家学者们作以上的推荐。

这也算是一篇序言吧！

写于中国上海目楼

第九部分

儿童·文学·作家

第九部分

儿童·文学·读本

儿童·儿童文学·儿童文学作家

1

爱自己子女的人，请爱儿童文学。

2

做父母的都关心自己孩子的营养。

给孩子订一份儿童杂志，和给孩子订一瓶牛奶同样重要。

3

儿童文学是儿童的粮食，不应是节日点缀的花朵。

4

一个儿童，对精神粮食的需求，比对果腹食品的需求，要大得多。

5

孩子肚子饥饿，会大叫大嚷。

孩子精神饥饿，却不觉不知。

6

从儿童文学中，可以看到一个国家的将来，因为儿童文学是一代人的文学。

7

关心儿童文学，就是关心祖国的前途，因为儿童是祖国的前途。

8

今天的儿童，明日的巨人。

他们将以双手，托起我们伟大的祖国。

儿童文学，是巨人的文学。

9

有的人，在家里把儿童放在最瞩目地位，但在外边，对儿童文学却不屑一顾。

10

无视和践踏儿童文学，不仅儿童要诅咒，而且会受到社会的报复，时代的惩罚，因为儿童是社会的，又是时代的。

11

儿童文学的盛衰，将引起一系列的连锁反应。

到大声疾呼要重视青少年教育的时候，很可能已显得太迟。

它，关系着一代人，甚至两代人、三代人……

12

给孩子买个布娃娃，玩腻她丢了。

给孩子讲个好故事，她可以记一辈子。

13

请人们——

把一切最美好的东西，给儿童。

14

时间的检验，是无情的。

时间老人，不接受贿赂，也不开后门。

儿童文学作品交到他的手上，他留下一部分，把一部分抛向身后。……

15

儿童文学，和一切文学作品一样，它的价值是社会价值。

儿童文学作品的好坏，取决于社会教育效果的好坏。

16

以成败论英雄，是不对的。

以销路好坏论作品，也是不对的。

17

儿童文学——

不能理解为单纯的文学。

18

纯水，是没有的。

哪怕是水汽化成的蒸馏水里，也有微细的别的物质呢！

纯儿童文学，有吗？

19

儿童文学，要帮助儿童去认识复杂的社会和人生。

以期将来，能在这纷繁的世面中，去和荒谬、错误、丑恶、黑暗作斗争。

20

糖水，是喂不大孩子的。

儿童文学，也要让孩子们尝尝辛味、酸味、苦味、辣味⋯⋯

21

儿童文学作家，不应对儿童一味"赞美"。

最溺爱自己孩子的母亲，在孩子做了坏事的时候，也要板起脸来责骂一通。

22

独生子女多了。

"宠"孩子的父母愈来愈多。

儿童文学不能跟着"宠"孩子。

23

一部好的儿童文学作品，不同的孩子读了，可以从不同的角度得益。

24

一篇描绘抗美援朝的作品,当时读起来和后来读起来,往往感觉不一样。

一篇描绘藏族生活的作品,本地人读起来和外地人读起来,往往感觉不一样。

读儿童文学作品的效果,往往会因时、因地、因事、因人而异。

效果,只有相对的效果,没有绝对的效果。

25

儿童阅读文学作品,必定各取自需。

他不需要的,会一目十行,跳过一段。

他所需要的,会一遍两遍,细细咀嚼。

26

向上——儿童文学的要素。

儿童文学中不应有低沉、消极、后退的作品。

27

性爱、强奸、凶杀的渲染,过于血淋淋的暴力的描写,是儿童文学的禁区。

要一禁到底。

28

儿童即希望。

儿童文学作品要闪现希望的光彩。

作品中,不要把一切都说完了,要显示出一切都在延续和发展。……

29

儿童文学作品中,肯定什么,否定什么,应该都是为了推动和引导儿童前进。

30

孩子经常照镜子，可以看到自己身上有什么灰尘。

孩子经常读儿童文学作品，可以看到自己心上有什么灰尘。

31

中药房里的药酒，是将中药浸在酒里慢慢泡成的。

儿童文学作品的思想性，应该像制药酒那样，把教育意义浸在作品里，让它慢慢地散发。……

32

文学作品的标准，总是处于变化中。求绝对不变，是不可能的。

儿童文学也是这样。

不要期待有个一成不变的稳定，再来写东西。

33

真，是教育。善，是教育。美，是教育。

真、善、美，历来是儿童文学常见的主题，但每个时期赋予的内容并不都相同。

34

在儿童文学中，给儿童以健康的快乐，也是一种积极的主题。

35

品德教育，是儿童文学永恒的主题。

但品德教育的作品，却不能没有时代性。

36

儿童文学，是一时代的儿童文学。

儿童文学作家，不要避开时代的风雨，独步于儿童花园之中，去采撷一朵小花，去折下一根小草。……

儿童文学作家，你应该在时代的大行列中写作。

37

儿童不是生活在真空里，他的四周没有隔着绝缘体。

空气中有病毒，儿童不可避免地要传染。

成人的想法，瞒骗不过儿童。

儿童文学作品所描绘的儿童，必须是社会的儿童。

38

社会信息，总是时时刻刻在影响每一个儿童。

作为一个儿童文学工作者，应该正视这种种社会信息。去认识它，去分析它，这样你才能通过作品去正确地调节和引导。

39

妈妈们聚在一起，谈自己的孩子。这不是儿童文学。

因为这些话是对妈妈说的，是"妈妈文学"。

有的刊物，一到六月号，总要发一点"妈妈文学"。

40

有一种"教育文学"。

它告诉教师怎样教育学生，告诉家长怎样教育孩子，是写给成人们看的。

常常有人以为，"教育文学"就是儿童文学。

41

通俗文学，不就是儿童文学。

儿童文学，不就是通俗文学。

请书店，不要将给成人看的通俗读物，放到儿童读物柜台去销售。

42

民间文学中，有一部分是儿童文学。

儿童文学中，有一部分是民间文学。

但民间文学和儿童文学，不等同。

43

大人跟大人说话，我们并排站着，并排坐着，都可以。

　　对孩子说话，我们得弯着点腰。越是幼小的孩子，我们越是要弯腰。

44

　　我们弯下腰，跟孩子说话。

　　要是弯过头了，变成蹲下，比孩子还矮，也不行。你说的话，孩子也听不见。

　　我们儿童文学中，是有这么一些"矮子文学"。

45

　　一个作品，孩子一看开头，就看见了"主题"所在。

　　这不大可能是一个好作品。

46

　　儿童文学作品，都应该有主题。

　　但"主题鲜明""主题突出"，有时是褒义词，有时也是贬义词。

47

　　有的儿童文学作品，儿童读了，脑子里出现了一些疑问，急着要问妈妈，问老师。

　　这不是作者的过错，而是作者的成功。

　　要是一个作品看完了，儿童的脑子里什么也没有

　　——这才是作者的失败。

48

　　儿童，是"疑问"的富翁。

　　"疑问"，是儿童最宝贵的财富。

　　如若你的孩子，是一个"疑问"的贫乏者，那就很糟糕了。

49

　　带孩子到公园去。

　　公园里的许多地方，孩子是不愿多逗留的，譬如：喝茶静坐的地方，养身打拳的地方……

孩子有兴趣的，是其中一部分：骑电马的地方，看动物的地方，有沙盘的地方，坐跷跷板的地方，可以追逐游戏的地方……

儿童爱动不爱静。儿童文学是动的文学，不是静的文学。

50

儿童爱和玩具在一起。

儿童爱和游戏在一起。

要让儿童把儿童文学也当成是玩具和游戏的一种。

51

你说，你读了几篇儿童文学作品，觉得干巴巴的。

告诉你，有的是被"绞水分"绞干的，因为有的人认为儿童文学只需要故事，不需要描写。

因此，有的儿童文学作品，十分干瘪，没血没肉，只剩下一个骨架子。

这是故事的骷髅，有的人认为是精练。

52

一株树木，过多地删去芜杂的枝叶，会使它失去自然美。

一篇儿童文学作品，过多地"精练"，会使它失去真实感。

53

一个精工细雕的玉器，是艺术品。

但有时从沙滩上拾到的一个天然的贝壳，也是艺术品。

儿童文学作品，有的具有人工美，有的具有天然美。

54

剪裁、概括、提炼、集中，这些是一个儿童文学作者的基本功。

但是，过分地去追求剪裁、概括、提炼、集中，会带来矫揉、做作、虚假。

儿童文学作品，虽然不等同于儿童生活，但也不能远离儿童生活。

55

儿童的性格，是在不断矛盾着、发展着的。他不可能像成人那样稳定。

如果用描绘成人性格的方法来写儿童，必然失败。

56

没有个性，不可能有共性。

没有地方特色，不可能有普遍意义。

共性，建筑于个性的基础上。

普遍意义，建筑于地方特色的基础上。

典型——不是数量上的总和除以个数：十个儿童加起来除以十。

57

儿童的思维天地，是辽阔无边的。

我们的儿童文学作品，不要把孩子关在小房子里看鼻子、看脚尖。

打开窗户吧，让孩子从窗户里跳出来吧！

58

多给孩子们欢乐。

少给孩子们忧伤。

59

孩子喜欢吃什么，就净让他吃什么；孩子不喜欢吃什么，就不再让他吃什么。

这会使儿童养成偏食习惯，导致营养不良。

60

有人说，儿童们不喜欢中国画，就主张不让孩子们欣赏中国画。

一个中国孩子不培养他欣赏中国画，好吗？

61

时代变了，儿童的游戏也在变。

我小的时候，玩骑竹马，因为那是骑马的时代。

我的孩子小的时候，玩开汽车，因为那是汽车的时代。

今天的孩子们，玩乘火箭，因为现在是火箭的时代。

如果把骑竹马，也写到今天儿童生活的文学作品中来，儿童读者们谁知道竹马是什么样的玩意儿，还以为是竹子扎成的马呢！不知道它竟是一根光杆的竹竿。

儿童的一切，都随着时代的变化而变化。

儿童文学，也要跟着时代的变化而变化。

62

写儿童文学作品，是"我"写儿童文学作品，而不是"我们"写儿童文学作品。

应该，有"我"的见解，有"我"的思路，有"我"的表达方法。……

如果无"我"，则作品无异于社论。

63

儿童文学作品，只能满足儿童读者，而且是特定年龄的儿童读者。

要一篇儿童文学作品，做到大小儿童都欢迎，甚至于要求做到"老少咸宜"，恐怕，那是难以实现的良好愿望。

64

一个成人爱读儿童文学作品，是因为某种特殊的原因。

正如一个大人吃孩子的奶糕一样，有其另外的缘故。

65

"百看不厌"的儿童文学作品，我看是不可能有的。

因为儿童读者随着自己成长、环境的改变，思想在不断变化，兴趣在不断变化，要求在不断变化……

66

儿童有最大最大的"奇"心，而"耐"心却很小很小。

67

有的儿童，生理上有缺陷；有的儿童，家庭上有缺陷。……

这不是他们的过错呵！请儿童文学作家一视同仁。

儿童，在儿童文学面前，人人平等。

68

儿童文学，要为所有的儿童服务。

儿童文学，是"全儿童文学"。

69

爱每一个儿童吧！

儿童文学的大门，应该向一切儿童开放，没有理由把任何一个儿童拒之于门外。

70

一个儿童文学作家，不应该隐瞒儿童的缺点。

但指出的方法，应该多种多样。

71

酒里，水多了，酒淡了。

儿童文学作品里，废话多了，作品淡了。

酒，以醇厚为好。

儿童文学作品，以浓缩为好。

72

儿童文学作品，不能像某些老师在学生成绩手册上所写的评语和鉴定，空泛而抽象，都是成绩缺点七三开。

73

光用大量的形容词，塑造不出活生生的人物。

犹如一大把干粉，无法捏成人形一样。

74

成人文学与儿童文学的最大区别，不是文字深和浅的区别。

75

内容丰富，是指描写事物的深度。

不是无所不包，像个杂货铺。

76

儿童文学作品中，人物要和故事在一起，故事要和人物在一起。

77

文学应该把"人物"放在第一位。

儿童文学也应该把"人物"放在第一位。但是，我觉得，儿童文学可以允许有的作品把"故事"放在第一位。

78

某些游历、探险题材的作品，作者总爱从头到尾穿插个孩子，跟着东看西问，也故意制造点误会、矛盾，以为这就是儿童文学了。

其实，安排得不好，这孩子往往只是个被牵来牵去的木偶，这作品成了木偶游历记，或者木偶探险记。

79

涂脂抹粉，不是儿童文学的事。

儿童文学贵朴素，但不是不讲修饰。

80

粗糙的食品，请不要给儿童。

粗糙的作品，请不要给儿童。

81

儿童文学作家，请不要在作品中简单地下命令，也不要在作品中粗暴地训斥人。

当然，你的作品，可以对儿童生活发议论，表彰什么人，批评什么人。

82

一部好的儿童文学作品，应该让作品中的主人公，用他的作为去说话。

请作者，不要挤到作品中去，抢着插嘴。

83

儿童文学，不应是填鸭式的，而应是启发式的。

一篇好的儿童文学作品，必须首先好在能引起儿童更多的思考。

84

一首歌，许多人唱，声音不可能一样。

儿童文学作家，要用自己的嗓子，去为儿童歌唱。

85

泛泛地写儿童们的一百个情节，不如深刻地写透其中的一个情节。

86

老祖母的教训，对孩子来说，往往起的作用不大。因为老祖母唠唠叨叨，天天总是说这几句老话。

儿童文学作家，要是像老祖母那样，天天说这几句老话，孩子将会像对待老祖母那样，来对待你。你的话，将成为耳边风，根本不听。

儿童文学作家，不要做这样的老祖母。

87

儿童要知道的，是他所不知道的东西。

有的儿童文学作家，老是把儿童所知道的东西，告诉他十次、二十次……

88

孩子看作品，急于要知道谁是好人，谁是坏人。

但是，你不能马上告诉他。应该让他去猜，去想，去问，去发急……

89

把好人，说得好得不能再好。

把坏人，说得坏得不能再坏。

我们的儿童文学，不能老是这样做。

90

有人说，父母一般是不会讽刺自己心爱的孩子的，一个好老师也不应该讽刺自己的学生。因此，主张在儿童文学中废止讽刺。

我认为，文学作品的讽刺，是泛指某种错误，不是具体指某一个真孩子。如果讽刺是善意批评的一种，有何不可呢！

91

儿童的伤痕，我想，不是不可以写，而是如何写。

当然，我不是提倡大家都去写伤痕。

92

儿童文学中可以写悲剧吗？

当然也可以写。但作品的效果，不能是叫读者"绝望"，而要叫读者化"悲"为向上的力量。

93

常常说，作家不等于摄影师，不能对生活作自然主义的描写。

但有时，为孩子生活记下几个有趣镜头，或者摄下一帧可爱的肖像，也不是没有意思。

94

一个聪明的姑娘，挑选一件心爱的衣服，第一个条件是：合身。

儿童文学作品，也要"合身"。

95

在街头，有的男人穿女人的衣服，有的女人穿男人的衣服，招摇过市，路人皆会侧目觑之。

在儿童文学中，有的成人穿孩子的衣服，有的孩子穿成人的衣服，也不能视若无睹，习以为常。

96

拖沓的长篇，放在儿童读者的天平上，比一篇短小说还轻。

儿童文学作品，不是以字数来计算分量。有时候，体积和重量成反比例。

儿童文学，要求像铁块，不要求像棉花球。

97

我发现，不少小学生、中学生的作文，有一股陈旧、迂腐的"作文腔"。

这种"作文腔"，千人一调、忸怩造作、空洞无物、缺乏生气……

儿童文学作家，要以自己的作品，去影响他们。

必须要求孩子，从小学、中学写作文开始，就养成好文风。

98

给幼儿看的书，应该是作家和画家的通力合作之作。

因为给幼儿看的书，不只是让孩子欣赏画面、从画面告诉孩子一个故事，还应该有文学教育。

常常有人说，作品的故事，画面已经表达了，文字就可以删去。这做法值得考虑。

幼儿读物，不同于连环画册，文字不是故事的辅助说明。

要扭转幼儿读物"连环画册化"、大都是"改编"作品的倾向。

要加强幼儿读物的文学性。

希望有更多作家为幼儿写作。

99

请成人们对儿童文学，不要以自己的"大人之心"，去度孩子们的"小人之腹"。

100

一个幼儿园的孩子，画了个绿太阳。

老师问她：太阳怎么是绿的呢？

她说：天太热了，太阳是绿的，不会凉快一些吗？

老师赞扬了这个孩子，但得到许多老师的反对。

有的人，就是要以自己的想法，去替代孩子的想法。

101

孩子，有孩子的想法。

一群幼儿园的孩子在草地上玩，老师出了个题目，让孩子们回答，怎样才能捉到飞来飞去的蝴蝶？

其中有一个孩子说：我要在衣服上画上许多花，站在草地中间，蝴蝶还以为那是真的花，都飞到我的身上来，我就把它们捉住了。

大人们，你们想得出这么个"好办法"吗？

102

一个孩子学走路，不要老是让他扶着墙壁。

一个初学写作者写作，不要老是改编和模仿。

应该放开手，自己去走路。

103

最高明的模仿，也不会超过原作。

儿童文学作者写作，应该从儿童生活中去接受启发。

104

一个儿童文学作家，要把儿童们的生活，都当作自己的童年来写。

105

一部好的儿童文学作品，往往是作者的自传，写了自己的生活。

但是，一个文学作品中，除掉自己，一定还有其他许多人。你不能把你以外的许多人，也当作自己来写。

一个儿童文学写作者，要知己知彼。这样才能写己是己，写彼是彼。

106

写得很吃力的作品，往往读者读起来也很吃力。

一篇读起来顺口、流畅的作品，往往是一气呵成的。

107

明快的语言，产生于清醒、敏捷的思想。

一个从事儿童文学写作的人，你要在写作的时候，不是个口吃者，首先你的思想不能结结巴巴。

108

一个顺产的初生儿，如若后天没有好生将养，会给这小生命带来许多病患。长大成人了，也不是个健康者。

写完一篇作品，建议你，看三遍，抄三遍。

自己看过三遍，边看边改，才拿出去给别人看。

自己抄过三遍，边抄边改，抄的过程是最好的改的过程。

要是一时改不出，希望你在抽屉里放十天、二十天、三十天……

109

"过家家""吃果果""洗手手"，是儿童语言。

但作品里不能都是这样："睡觉觉""走路路""画图图"……

儿童文学要用儿童语言，切不可一副"儿童腔"。

儿童语言，读来叫人亲切。

"儿童腔"，读来叫人恶心。

110

建筑工人，是用砖瓦来造房子的。

儿童文学作家，是用语言来塑造人物形象的。

一个空着双手，没有一砖一瓦的人，能造得了房子吗？

一个缺乏语言素养的人，能写得出好的儿童文学作品吗？

111

儿童文学作家之有语言，犹如音乐家之有音响和旋律，美术家之有色彩和线条。

你要写作儿童文学作品吗？请先在语言上下一番功夫。

112

孩子，不喜欢吃药。

但他患病，必须要他吃下去。妈妈用哄的办法，爸爸用灌的办法。

儿童文学作品，如果儿童不爱看，哄行吗？灌行吗？

113

给儿童吃的药，要有甜味。

给儿童看的书，要有趣味。

114

越吃越甜的甘蔗，儿童爱吃。

越看越有趣的书，儿童爱看。

一部作品，越到快结束处，越要写得精彩。

115

儿童文学作品，首要的条件，是必须有魅力。

这魅力，而且要从头到尾。

如果只是书名有诱惑力，他看了几行就丢掉了。

如果只是开头有诱惑力，他看了几页就丢掉了。

要是他看了一遍，再想看一遍，这作品就成功了。

116

一篇好的儿童文学作品，必须感人以情、教人以理。

有情有理。

117

儿童文学作家，应该是感情的慷慨好施者，是文字的刻薄吝啬鬼。

请你写作时——

给读者的感情，多些，多些，更多些。

给读者的文字，少些，少些，再少些。

118

人孰无情？人孰无趣？何况儿童乎！

无情非儿童，有趣为文学。

儿童文学必须重情趣。

119

情趣，在乎儿童生活的本身，不是外加的佐料。

有情，方感动读者；有趣，方吸引读者。

不能引孩子入胜，不能感染孩子，何教育之有？

120

光有甜味而没有营养的糖精，光有趣味而没有意义的作品——

都不是属于儿童的。

121

儿童文学要有趣味，但不能凡儿童趣味，一味迎合。

因为儿童文学作品，是儿童生活的向导，不是儿童生活的随从。

122

趣味：有健康的趣味，有不健康的趣味。

插科打诨，廉价的笑料，对一篇儿童文学作品，是一种破坏。

123

儿童文学主要的描写对象是什么？

前些年，曾热烈地争论过，其中，有两种意见是，"文学主要写工农兵，儿童文学也应该主要写工农兵；因为儿童是在工农兵的教育下成长的，主要描写工农兵的英雄行为，使儿童们有所效仿"；"文学主要是写工农兵，儿童文学则主要写工农兵子弟，以示儿童文学的阶级性"。

你认为这两种意见如何呢？

124

我赞同这一种意见——

"儿童文学，主要写儿童。"

125

儿童文学主要写儿童，但不排斥儿童文学写成人。

在生活中，儿童无法离开成人而单独存在。

126

儿童文学不等于写儿童的文学。

写儿童的不一定都是儿童文学。

儿童文学应该是：为儿童而写的文学。

127

为渔村儿童服务，就是写渔村的儿童生活题材吗？

写矿区的儿童生活题材，就算为矿区儿童服务了吗？

服务，必须是为整体的"作品"服务，为单"题材"服务怎么行呢？

不能把儿童文学的功效，理解成如此。

128

有的儿童文学写作者，不在塑造人物上下功夫，不在提高艺术水平上下功夫，全力去追求"题材"了。

他们说："题材找准了，创作成功了一大半。"

难道真是这样吗？

129

题材无差别论，是不对的。

但儿童文学中，如若过于强调题材，成了题材唯一、题材至上，也是一种不好的偏向。

130

以题材取胜的儿童文学作品，往往是昙花一现、转瞬即逝的。

热衷于赶时髦的儿童文学作者，很可能到头来两手空空，不名一文。

131

一本幻想小说，写"长寿"，孩子们不喜欢。

有多少孩子的脑子里在想关于"长寿"的问题呢！

这说明，不是所有的题材，都是儿童文学的题材。

132

前瞻和后顾，是辩证的统一。

一个儿童文学工作者，不能获取以往的教训，就是朝前走，他也还要摔跤的。

133

文学海域涨潮了。

儿童文学这小水湾，也是波涛汹涌，水位可能升得比海域还高。

这里，并不像有的人所说，是个"避风港"。

134

儿童文学这块新地，需要植树护林，请勿任意砍伐——

谨防水土流失。……

135

密封的玻璃箱里，消毒处理的土壤里，滤过的空气里，能培育出茂盛的花朵吗？

136

让儿童去风里雨里滚着长大吧！

我们反对"温室里培育花朵"，我们怎么能在儿童文学领域，制造一个"温室"般的环境，要儿童生活在"温室"般的文学环境中呢！

137

不能让初来世界上的孩子对世界的印象是：世界上有那么多坏人，坏人比好人还多。

自然，不是没有坏人。

138

让孩子认为戴瓜皮帽的都是地主，大肚皮的都是资本家，戴鸭舌帽、黑眼镜的都是特务，好吗？

139

老把脖子弯过去看后头，那才别扭，才难受哩！

眼睛光朝后看，怎么能前进呢？

后顾，是为了接受教训。

过去，不应是一个沉重的包袱，而应是一股推动前进的力量。

140

儿童文学教育提倡正面教育。

但"正面教育"，不能理解为：对儿童只能说好话，只能表扬，只能介绍好人好事。……

141

孩子的智力、体力之力所能及，有个科学的限度。

有的作家就是要写那超过这个限度的东西。认为这个超过限度的东西，是"先进"，是"典型"。

142

儿童个子，没有成人"高"。

儿童气力，没有成人"大"。

儿童智慧，没有成人发育得那么"全"。

儿童中，哪有"高大全"呢？

143

"高大全"在成人文学中，还有藏身之地，有时乘人们疏忽、发热之际，混迹在其他主人公行列中，出来露露面，看人们能否发现它。

但"高大全"到儿童文学中来，却是"突出"得很。

144

"三突出"不只是创作方法问题。

而是一个作家是说真话，还是说假话的态度问题。

我们必须在儿童文学中坚决反对弄虚作假。

145

"塑造儿童先进形象"和"三突出"之间的分界是什么？

应该提倡"塑造儿童先进形象"，但要防止"三突出"假借"塑造儿童先进形象"为名"还魂"。

146

在我们儿童文学中，"三突出"的污染，早就有了。

那就是任意拔高的"小大人"。

147

那些年的情况是，儿童等于成人。成人文学作者等于儿童文学作者。儿童文学等于成人文学。

148

没有副作用的药物是没有的。

服过量的维生素也可以致命。

149

每天用维生素甲乙丙丁这些化学物质，能喂养大一个孩子吗？

每天让孩子读图解教育原则的儿童文学作品，能培养出好接班人吗？

150

文学创作，切忌一个"过"字。

我们写儿童文学作品，无论选择题材、提炼主题、塑造人物、安排故事、运用情节、措辞用字，绝不能过头、过分、过格、过量、过度……

一"过"，则效果适得其反也。

151

一个儿童文学作品，怕的是有"反作用"。

但我们对"反作用"，往往视而不见，不闻不问，却爱去寻找实际上不一定存在的"副作用"。……

152

儿童文学作者写作时，应将自己作为儿童的一个同辈人。

写作，是与儿童平等谈话。

153

一个儿童文学写作者不爱孩子，怎么去赞美孩子？怎么能说服别人也喜欢孩子呢？

154

你要儿童喜爱读你的作品吗？

请用你对儿童的喜爱去交换。

155

你自己都想不清楚的事，就不要去告诉孩子。

156

事情没有感染过你，别急于动笔。

你自己笑过、哭过，写出来的作品，才有可能让读者笑和哭。

157

有的儿童文学作品，孩子们不欢迎，因为作者说的不是孩子们的心里话。

一篇好的儿童文学作品，要把话说到孩子们的心上。

158

政治性和艺术性的结合，是在真实的基础上的。

没有真实，也没有政治性和艺术性。

真善美，真是第一位。

159

你说三次谎话，儿童就不再相信你。

哪怕你第四次说的确确实实是真话。

160

我们不能用虚假的眼泪去同情儿童。我们对儿童的欢乐不能皮笑肉不笑。……

儿童是纯真的。儿童文学是纯真的文学。

儿童文学作家不应是一个伪善者。

161

医生不了解病情，开出来的方子，治不好病。

儿童文学作家不了解儿童心理，写出来的作品，儿童不欢迎。

162

学校生活，是儿童生活的一部分。

儿童生活，还要有家庭生活、社会生活……

如果把儿童生活只框在学校生活的画卷里，是不够的。

163

儿童文学的读者，要求从儿童文学作品中所获得的印象，比在儿童生活中所获得的印象要深刻。

儿童文学作家，要求从儿童生活中所获得的印象，比从别人的儿童文学作品中所获得的印象，要深刻。

164

"读书破万卷，下笔如有神。"——那是对科举的应试者而说的。

"读万卷书，行万里路。"——这才是对写作者说的。

儿童文学作者们，请记住后者。

165

时常移来移去的树木，很少有长得茂盛的。

一个儿童文学作家，这里走走，那里问问，如果不扎扎实实地深入儿童生活，就难以写出好作品。

166

一个缺乏儿童生活素养的作者，他的作品必然苍白，没有一点血色。……

167

经常用的宝刀，拔出来是闪闪亮的。

但经常不到儿童生活中去的作家，刚刚写出来的作品，也是上锈的。

请儿童文学作家，谨防自己作品的"老化"。

168

一个儿童文学作家作品的"老化"，不是产生于他年龄的增长，而是产生于他离开儿童生活愈来愈远的距离。

169

到儿童生活中去，这是成为一个儿童文学作家的唯一通道。

从报刊上找材料，听别人说故事，绝不是儿童文学作家成名的捷径。

170

儿童文学作家，要能够发现儿童生活中的各种矛盾和问题。

儿童形象，要从儿童生活冲突的克服过程中去塑造。

171

儿童生活中，存在着发生、解决、再发生、再解决，不断发生、不断解决的矛盾。

有的儿童文学作者，不是去发现、揭示这些矛盾，却是关在屋子里，苦思冥想，人为地虚构矛盾。

儿童文学作者，你有权描写儿童间的矛盾，却无权制造儿童间的矛盾。

172

儿童生活是一码事，儿童文学作品又是一码事，这是当前儿童文学创作上的严重倾向。

173

有的儿童文学作者，儿童生活中有的，他不写，偏偏要去写那些生活中所没有的。

174

写自己熟悉的生活，这是艺术千古不变的法则。

有的儿童文学作者，就是无视这一法则，喜欢关起门来编故事。

175

你要写战争年代故事，要写旧生活故事，当然可以。

不过，要是你没有什么感性的新东西，也不能超过发表了的同类题材作品的水平，我想，那又何必多此一举呢！

176

你是教师，成天和儿童在一起，为什么不写写你所熟悉的孩子，却偏要去写你所没有经历过的红军长征呢？

177

如若你不能写当前儿童的社会生活、学校生活、家庭生活，你还不能算一个儿童文学作家。

在儿童文学的家庭里，你是个"客人"。

178

大自然是最细心的，它给予每个孩子各不相同的容貌，各不相同的性格，各不相同的发展道路……

绝没有完全相同的孩子。

179

人心之不同如其面。

即使是孪生兄弟，也只能说面貌酷似，也不能说完全相同。熟悉他们的家人、邻居、亲友，还是能分辨，何为兄，何为弟，所以关键在于是否熟悉。相熟始可知悉也。

面貌如此，何况人心乎！

儿童文学创作，切忌千人一面，更忌千人一心。

180

大自然既很慷慨，又很吝啬。

它给每个孩子以才能、意志、毅力、快乐、幸福……

但给每个孩子都不是完美的，总有那么一些欠缺。不是欠这，便是缺那，而且还不公平呢，有的多，有的少。

181

世界上无瑕之玉是有的。

世界上没有缺点的孩子是不存在的。

182

金钱愈用愈少，而想象愈用愈多。

我们应该叫孩子节约金钱，却不能叫孩子吝啬想象。

183

有一篇儿童文学作品，介绍一个热心于科学事业的青年，为了研究病毒，从事试验，他向患有传染病的乞丐，去要来几只带菌的虱子和跳蚤，饲养在自己的身上。

作者用意是赞扬这种舍己钻研科学的精神，也许生活中真有这样的事，但文学作品是不是要这样描写呢？

我认为这作品"过"了，因为叫读者看了会身上发痒，心里难受，而不是其他。

184

爱别人，是从儿童时代爱小动物开始的。

不要培养孩子去虐杀小动物的兴趣。

185

圆桌孔里扣着个活猴子，用榔头敲开猴子的头盖，拿汤匙舀出脑浆……

盆子里的鱼，身子已经烧得熟透了，可鱼头还是活的，嘴和鳃却在掀动……

请不要把有这样描写的作品，送到儿童的面前来。

186

连自己母亲都不尊敬的孩子，长大了会热爱祖国吗？

187

儿童的求知欲，是个无底洞。

它，从来没有填满的时候。

188

丰富的文学，来自丰富的生活。

要各方面来关心，使儿童的生活丰富起来。

如果儿童的生活也变得那么刻板，怎么能出现生气勃勃的儿童文学呢？

189

儿童文学作家，心中要装着三亿儿童。

190

一个儿童文学作家，在为儿童写作时，都要想到，这是在指导孩子们生活的方向。

191

如果说，一个文学工作者应该是一个哲学家，那么一个儿童文学工作者，还应该是一个教育家。

192

儿童文学作家，也是一个哲学家。

他写作，是在向儿童讲述最浅显的哲理。

193

儿童文学作家同志：

摊在你面前的，是一张张白纸，不要轻易下笔，不要潦草，不要涂抹，不要写错一个字，不要漏掉一捺一撇……

194

儿童文学作品，必须优质，经得起检验，绝不能有等外品、处理品。

宁可报废，也绝不可以次充好，廉价出售。

195

儿童记住你的作品，却不一定知道你的名字。

儿童不需要长篇巨著，没有大稿费可拿。

求名求利，不要到儿童文学领域里来。

196

为儿童写作，是一种付出——

但却是在向未来投资，你的儿孙们将能获取十倍于本钱的利润。

这是世界上聪明人做的买卖。

197

我们既被社会安排为一个儿童文学工作者，那我们的每一秒时间、每一份精力，都属于儿童所有。

我们的星期天，我们的假日，我们的夜晚，都不是为自己安排的。

198

儿童爱读你的作品。这是最高的奖赏，最大的荣誉。

199

如果说作家是人类灵魂的工程师，那么儿童文学作家还应该是未来世界的设计师。

200

儿童文学，是一个没有校舍、不设课堂的学校。

儿童文学作家，是这个学校的教师。

送走了一大批学生，迎来了一大批学生。

一代人，又一代人，从这个学校进来，又从这个学校出去。

我们的老儿童文学作家，有的一家祖孙三代是他的学生，受过他作品的熏陶和教益。

儿童文学作家，桃李满天下。……

201

有的儿童文学作家，离开儿童文学，去写成人文学了。这是作家的自由，谁也不能干涉。

不过，他的小读者在呼喊：叔叔，阿姨，回来！

202

卖狗肉的，就在门上挂狗头吧！

我们写儿童文学的，要理直气壮地敢于声称自己是一个儿童文学作家。

203

我们儿童文学作家，有几分号召力，就卖几分座。

我们不要强拉对儿童文学一无兴趣的观众，来看我们的"演出"。

204

儿童文学不是"二等文学"。

儿童文学作家要庄敬自重自己的工作。

205

你看不起儿童文学，儿童文学也看不起你。

206

有几个人要拍照，但总觉得自己太矮了，去拖一些高的人来，和自己站在一起。

可是，这张照片并没有使这几个人变高，相反，使这几个本来不矮的人显得非常之矮。

这是一个笑话。可我们儿童文学中，确有一些好心同志，在做这样的事。

207

我们要挺着腰杆为儿童写作。

我们自己不应该有比成人文学作家矮三分的感觉。

208

事在人为。

儿童文学，在于大家写出更多的真正受儿童欢迎的好作品。

209

一个儿童文学作家，要以作品吸引读者，还要以人品去取得读者的信赖。

210

在自然界，有个"生态平衡"问题。

山川、草木、鸟兽、虫鱼，如果结构与功能失去协调，便会出现一系列连锁破坏现象。

在儿童文学事业中，也有个"生态平衡"问题。

211

全国儿童文学编辑几百个，全国儿童文学作家几十个。

儿童文学编辑是专业的，儿童文学作家是业余的。

举炊的主妇多，生产粮食的农夫少。

主妇专业举炊，农夫业余种田。

这现状不改变，行吗?

212

我们有专业的为孩子制鞋的工人，我们有专业的为孩子做帽的工人……

为何独没有一支专业的为孩子写作的队伍?

213

儿童教师和儿童文学作家不能等同，正如教育不能和文学等同一样。

他们奔向一个大目标，但各有各的跑道。

214

我们要欢迎更多的成人文学作家，来为儿童写作。

但不要把写过几篇儿童文学作品的成人文学作家，硬拖来戴上"儿童文学作家"的帽子。

被称为"儿童文学作家"的人，应该是他的一生(或将)主要为儿童写作。

215

儿童文学的视线——

请投向迎面走来的、难以计数的年轻习作者。

他们之中，有着才华横溢的人，有着未来的大师。

儿童文学应该去热情地接待他们。……

216

儿童文学是一门科学。

要一门科学发展，必定要做一些调查、研究工作，从实际出发，把它上升为理论，然后来指导科学的发展。

各种科学都有研究机构，而儿童文学研究机构在哪里呢？

217

没有园地，就没有园丁。

没有儿童文学评论刊物，就没有儿童文学理论队伍。

218

师范院校不开儿童文学课，教出来的学生是"跛脚"的。

219

现在，儿童文学的研究者研究外国的多，研究中国的少。似乎儿童文学是从外国进口来的。

特别是一些写儿童文学史的同志，恐怕有那么点"言必希腊"了。

220

理论是重要的。

但是看了《游泳指南》，却没有下过水，还是学不会游泳。

221

儿童文学理论，应该引导儿童文学作者解放思想，不能用以去捆缚儿童文学作者手脚。

要鼓气，不要浇冷水。

222

儿童文学批评家，请不要拿过去的尺子来衡量今天的作品，也不要拿今天的尺子去衡量过去的作品。

223

儿童文学作品，是给儿童看的，请用儿童文学的要求去要求它。

用成人文学的 ABC 分析儿童文学作品，只会使儿童文学作品失去它应有的光泽。

224

儿童文学理论，不能光是些书刊的介绍。

儿童文学评论工作者，不要变成古人写墓志铭，闭着眼睛一味说好话。

225

儿童文学评论，应该从这些年的事实中得到教训：

过分夸大宣传一个作品，很可能就是毁掉这个作品。

过分贬低批评一个作品，很可能就是推广这个作品。

要达到预期的效果，必须恰如其分。

226

儿童文学编辑，是一种特殊的职业，要保持它的稳定性。

不要把儿童文学编辑随便调去做成人文学编辑，也不要把成人文学编辑随便调来做儿童文学编辑。

227

什么地方的厨师，烧出什么口味的菜。

请不要忽视儿童文学编辑的作用。

228

当前，儿童文学工作者和儿童电影工作者、儿童电视工作者、儿童广播工作者、儿童戏剧工作者、儿童音乐工作者、儿童美术工作者，虽然相隔不远，但却很少往来。

应该提倡相互交流，共同合作。这样有利于工作推进，有利于造福儿童。

229

社会进入一个"新时期"。儿童文学也应该进入一个"新时期"。

儿童·童话·童话作家

1

世界上有人类，就有儿童；有儿童，就一定有童话。

我们能离得开童话吗？

2

童话，是儿童文学中特有的文学样式，是属于儿童所独有的。

正如母亲的奶汁，喂自己的孩子才有一样。

3

一个两岁的孩子走路，摔了一跤，她姥姥扶她起来，用脚在地板上跺了几下，哄着说："地板不好，地板坏！"（当然这教育方法不好，摔跤怎么怪地板呢！）可是这一哄，孩子不哭了。这姥姥把地板拟人化了。两岁的孩子很乐意接受。

你注意一下，我们的日常生活中，时时都在产生"童话"呢！

4

孩子称太阳为"公公"，叫月亮做"婆婆"，布娃娃"生病要打针"，橡皮小熊"坐火车"……

这都是儿童生活中的童话胚芽。

5

一位幼儿园老师说：她见到一个不肯洗脸的孩子，讲了个王小明爱清洁的故事，他不听；讲了个小白兔爱清洁的故事，他听完就肯洗脸了。老师问这孩子，孩子说："小白兔爱清洁，我更要爱清洁。"

6

儿童对面前的这个世界，是用他们许多奇特的想法去理解的。

7

幻想，是每个儿童的权利——

给儿童以童话，让他们的幻想插上羽翼，在宽阔的天地之间，任意地翱翔。

8

一张平面的图，儿童看起来会是立体的。

一张单色的图，儿童看起来会是五彩的。

儿童的视网膜是特殊的。

童话作家的视网膜也应该是特殊的。

9

在儿童的视野里，宇宙间的万物，都有生命和性格。

它们，按自己的习惯生活着，对世界上的一切，表达着自己的意见。

10

童话，有一个童话世界。

童话世界，是广袤的，它无奇不有，它无所不包，充满着形形色色的东西。

童话世界里，孩子们都长着翅膀，他们展开幻想和憧憬的双翼，到处飞翔。

他们尽情地和山川树木说话，和飞禽走兽做朋友，和花鸟虫鱼游戏。……

他们上天入地，无处不往。

请大人们不要在这童话世界里，设置种种"禁止通行"的障碍。

11

童话宫里，有无数神异的、奇特的珍宝。

孩子走进宫门，就觉得眼花缭乱，处处闪耀着五彩缤纷的光芒。

这里的一切，是迷人的，有着一种诱惑人的魅力。

孩子们进去了，谁都不愿意离开。

我们应该为孩子们的童话宫增添珍宝。

千万不要去损坏这个宫里的任何一件东西。

12

孩子的父母亲们：你们的父母亲曾用童话来哺育过你们，现在你们应该以童话去哺育你的孩子们。

13

多给孩子童话。

幻想，是任何一门学科的起点。

爱文学和爱科学，并不背道而驰。

14

童话——儿童生活之河上的桥梁。

这桥的彼岸，也许是数学，也许是物理学、化学、医学……

15

童话，是儿童所不可缺少的，正如食品中的某一种维生素的不可缺少一样。

16

平庸是儿童成长的大敌。

17

遏制儿童的幻想，是一种残忍的精神虐待，是对儿童心灵最大的戕害。

18

一个孩子，头脑里幻想力少了，平庸、刻板、固执、保守，就会乘虚而入。……

19

你希望孩子长大了做什么呢？如果你的孩子缺少幻想力。

成为一个科学家吗？他只能一次又一次重复前人的试验。

成为一个工程师吗？他只能按别人绘制的图纸装配简单的机器。

成为一个医生吗？他只能头痛医头，脚痛医脚，开点阿司匹林之类的感冒药。

缺少幻想力，也做不成文学家、军事家、政治家……

20

孩子们的幻想窒息，童话就会死亡。

童话苏醒，也会唤起孩子们的幻想。

孩子们的幻想丰富了童话，童话启迪孩子们去幻想。

21

有人说，童话是舶来品，最早的童话某某年代来自某某地区。

童话这名称，是近代才有，也可能转译自国外。

但在有童话名称之前，我们早就有了童话。

世界上的万物都这样，先有物，才有名称。绝不是先有了名称，才有物。

怎么会是有了童话之名才有童话呢！

22

人类，从儿童有语言开始，就有童话。那时候，没有文字，但有口头童话。

23

有人说，童话的产生，是由于儿童对于自然认识的无知。

我以为，童话产生于儿童的幻想。

幻想，则是人类的本能。人类一有思维，便开始有幻想。

幻想，是广泛的，不仅是对于自然的猜度和假设。

24

人的推动力，是希望。

人一出世，即有希望。有希望，即有幻想。有幻想，即有童话。

25

童话，有两个母亲。

一个母亲，是民族童话。这是他的生身母亲，有血统关系，所以童话很像她。

一个母亲，是外国童话。这是他的奶妈，他吮吸过她的奶汁，她哺育过他。

要尊重两个母亲，但不能把生身母亲当奶妈，把奶妈当生身母亲。

26

童话，有一宗宝贵的遗产。

把这一宗遗产，统统砸烂，这是笨蛋所为。

但死死抱着遗产过日子，也是个傻瓜。

27

童话作家不做败家子，不能把父亲交下的财富，全部丢掉。

童话作家要做好父亲，努力创造更多财富，留给儿孙。

一代一代创新，一代一代积累，一代比一代进步，一代比一代繁荣……

这就是我们的童话发展史。

28

童话，是一门科学。

应该有人来写一本《童话学》。

29

童话，历来都是反映生活的。

说童话"有很大的局限性，不能反映现实生活"，这不是事实。

30

十年前写的童话，今天重版是可以的。

但今天写的童话，和十年前写的童话一样，那就不好了。

31

一篇童话，写了个好乌龟。

有人指责说："难道今天的儿童要向乌龟学习吗？"

以此类推，不写乌龟，写小狗行吗？写小猫行吗？写小鸡行吗？写小兔行吗？统而言之，今天的儿童，不能向动物学习；继之，也不能向植物及所有的什么"物"学习吧！

竟然会出现如此荒谬的意见！

32

在蒲松龄笔下，有那么多叫人同情、惹人喜爱的狐狸。

我们为什么不能写一个好老虎呢？

有人就担心童话里的"纸老虎"会吃人。

33

前些年，听说有的部队里不准放映《一只鞋》（写了个好老虎）的电影。

如果一个部队，看了一部这样电影都会动摇军心，那怎样能到枪林弹雨中去冲锋陷阵呢？

因为听说解放军都不能看这电影，儿童更不让看，那些年一直不许放映。

34

民间传说《白蛇传》里，把蛇写成美丽非凡、善良温顺的姑娘。孩子们听了会去爱蛇吗？这故事流传了那么些年，从没有听说因此有人去养蛇作妻子。

因为华特·迪士尼的动画片上映，美国米老鼠风行一时。我想，美国人民不见得爱起老鼠来。

35

童话中的动物，和生活中的动物，怎么可以等同起来呢！

36

那些年，出现过这样的"童话"呢——

"前门防狼，后门拒虎。"

小花鹿家，前门来狼了，小花鹿一家把前门顶住；后门来虎了，小花鹿一家把后门抵住。最后，小花鹿一家，把狼和虎都赶跑。

这样的"童话"，就是"图解童话"。

今天，仍然有人写"图解童话"。

37

有人说："童话是旧时代的产物。那时候人民不能直言，只得通过童话这文学形式，迂回曲折地来发泄自己的不满。现在人民当家作主了，有什么意见可以讲什么意见，说话不用隐晦了，还提倡写童话干什么呢？"

这是对童话的误解，难道写童话是为了不把话说明白吗？

38

有人说："今天童话落后了，科学走到童话的前头去了。"

要声明，童话作家何曾拿自己的作品，去跟科学赛跑呢！

39

有人说："今天科学的昌盛，已使童话黯然失色。"

一个童话有无光泽、多大亮度，取决于童话本身，是不是反映了时代的精神。

40

今天，人已经上月球了，但是《嫦娥奔月》《吴刚伐桂》这些故事，依然为人们所喜爱和传诵。

有汽车了，就不要《快靴》故事了；有航天火箭了，就不要《飞毡》故事了。……

童话，并不是科学的补充。

41

童话，不要去和报告文学争地盘。

企图以童话去替代报告文学，不可能。

反映祖国工农业建设新面貌，并非童话的任务。

童话应该为"四化"服务，但不是反映"四化"。

42

弄个泥娃娃，或者布公鸡，游水库，过大桥，逛工厂，走农村，一路没完没了地旅行，介绍水库、大桥、工厂、农村的成就。……

建起新城市，燕子迷了路。开发穷山沟，野兔忙搬家。砍伐大森林，啄木鸟失业。……

请童话不要抢着把"游记""特写"的活儿揽过来。

让泥娃娃、布公鸡，让燕子、野兔、啄木鸟，都回到自己的童话世界里去吧！

43

童话，不是"告诉孩子明天怎样"，而是"告诉明天孩子怎样"。

44

童话，不应该违背科学。

但童话富有想象不能要求它就是有根据的科学假设，更不能要求它就是明天科学建设的蓝图。

因为童话作家毕竟不是科学家，他不会预言明天科学将如何如何。

45

"生活中难道会这样吗？"

童话中出现的事情，都是生活中不可能真实出现的。

因此，作者要写童话，又要避开那种责难，只好求助于做梦了。

无怪做梦的童话非常多。

46

孙悟空从《西游记》里跳出来说——

近来，你们的童话，老要把我找去，一会叫我跟这个比，跟那个比，反正逼我认输；一会叫我参观这里，参观那里，代你们作讲解。……

一次，两次，我都勉为其难；可你们十次，八次，甚至于上百次找下去，有完没完呢！

你们不感到太乏味，我却很厌倦了！

47

拟人化，不要简单理解为"自述"。什么铅笔的自述、蚯蚓的自述、水滴的自述……

48

我见过这样"拟人化"的作品："我叫猪，我的皮可以制革，我的毛可以做刷，我的肉可以吃，又肥又鲜，味美可口……"

读了，不叫人难受吗！

49

禁锢十年的鸟，一旦出了樊笼，不会飞了。

刚刚恢复工作的童话作家，开步走路，请原谅他摇摇晃晃。

50

牢笼里出来的鸟，翅翼是僵硬的，多飞，多飞，能够升上广阔的苍穹。

童话这块荒原里，走的人多了，会形成一条条道路来。

51

童话这女孩，多敏感！

她，又娇嫩，常常感冒，有点弱不禁风。……

时时得为她的健康担忧。

52

要繁荣童话创作，也希望大人们，特别是家长们、教师们，也学一点童话。

据说，有的童话，儿童能理解，认为可信；而家长、教师，却不理解，认为荒唐。

53

有人说，现在有"童话盲"，不知童话为何物。

童话被"隔世"了十年，人们对它陌生了，所以有的孩子问："童话是好人，还是坏人？"

54

对童话的误解，就是对自己孩子的误解。

一个对童话无知的人，和自己的子女也未必能想到一起。

55

冬天过去了。

春天来临了。

我们的童话，还穿着一身厚衣服，把身子紧裹着。

行吗？

56

一个魔术师，不能老变一套戏法。

一个童话作家，不能老写一种童话。

要创新，创新，不断创新。

魔术师，要给观众新戏法。

童话作家，要给读者新童话。

57

不同年龄的儿童，有不同的童话要求。

我们就应该写出不同的童话，去满足他们。

幼儿喜欢和爱清洁的小白鹅、守纪律的大雁、聪明机灵的猴子做朋友。

大一些的儿童，则要求汽车长出翅膀，闹钟会说话，电影银幕上能跳下人来。……

58

我发现，北方知了的叫声，和南方知了的叫声，不一样。

我们的童话作家，也要写出各不相同的童话来。

59

童话，有的是浓艳的水粉画，有的是淡雅的水墨画，有的是朦胧的油画，有的是细腻的钢笔画，有的是粗犷的木炭画，有的是疏简的漫画……

含意、构思、色彩、线条、韵味，都应该多样。

60

童话，必须充满激情。

让孩子读了哈哈大笑，让孩子读了呜呜哭泣，让孩子兴奋，让孩子快活，让孩子忧虑，让孩子着急……

有"催眠曲"，但不应有"催眠童话"。

61

童话，应该充分反映儿童的希望，用以去捕捉现实的飞鸟。

62

第一个向孩子讲童话的，是孩子的母亲，因为母亲最了解她的孩子。

一个童话作家，如果要写出孩子所喜爱的童话，就应该像母亲那样，去了解孩子。

63

每个人都有童年。

童年，是美丽的，但倏忽过去了，愈来愈远。

童话作家可以骄傲的，是——

他的童年和他的童话常在。

64

童话作家这个魔术师，他可以点石成金，可以指鹿为马，可以缘木求鱼……

但如果他没有真金、真马、真鱼，魔术再高明、再巧妙，也变不出这些东西。

65

铁，要经过"热处理"，才能制造各种器具。

生活，要经过"夸张处理"，才能写成一篇童话。

66

童话，看上去似乎离开了生活的轨道，实际上它并没有离开生活的轨道。

童话，从来不是一匹脱离生活之缰的野马。

67

如果文学是生活的反光镜，那么，童话应该是生活的聚光镜。

它把儿童生活的某一部分，放大，放大，再放大……

童话不但把儿童生活之形放大，还可以把儿童生活之意放大。

68

童话和其他为儿童写的作品一样，要鲜明如画，也要隐蓄如谜。

不能使儿童不知所云，也不能使儿童一目了然。

一个好童话，应该使儿童读者读时处于易解、费解之间。

69

引起儿童的联想——

这是童话作家的天职。

70

童话老人是很慈祥的。

他总是笑着和孩子们说话。

但他也有吹胡子瞪眼睛的时候，那是对那些老不听话的孩子。

71

童话这孩子，有时爱穿别人的衣服。

她穿小说的衣服，穿散文的衣服，穿诗的衣服，穿戏剧的衣服，穿电影的衣服，甚至于穿相声的衣服，都非常合体。

那就是童话小说、童话散文、童话诗、童话剧、童话电影、童话相声……

有谁能这样呢！

72

童话是个很爱美的小姑娘——

请童话作家尽情地为她打扮吧！

73

童话，应该是个丰腴的孩子。

但有的童话，却肤色苍白，瘦骨嶙峋。

当然，也不希望她肥胖、臃肿。

74

读好的童话，像读一首好的诗。

像诗，不是指像诗一样地分行，像诗一样地押韵。

而是要有诗那样的意境。

75

童话，应该从童谣中吸收滋养。

童谣，不仅能给童话以美的意境，还能给童话以美的声音。

76

童话，要向小说学习形象，向散文学习抒情，向诗歌学习精练，向戏剧学习结构，向电影学习剪辑。……

童话，要向民间文学学习民族气派和乡土风味。……

童话，要向寓言学习含蓄，向相声学习幽默，向笑话学习诙谐。……

童话，要向音乐学习节奏，向美术学习色调，向舞蹈学习造型。……

童话，是个在学习上贪得无厌的孩子。

77

幻想和夸张，则是童话巨人脚下的两个风火轮。

离开这两个风火轮，童话巨人寸步难移。

78

童话，取人之长，是第二位的。

童话，发挥己长，是第一位的。

千万不可颠倒，颠倒了，就是童话的灭亡。

79

童话和小说，有时也很难画一条分界线。

有的童话像小说，有的小说像童话，也有的不知道它算童话还是算小说。

即使这样，也不能说童话等同小说，或者小说等同童话。

童话和小说，有共性，也各有各的特性。

可以说，绝大多数的童话和小说，是分得清楚的。

80

童话和儿童小说，它们相同之点，是都要有故事，有形象。

但小说的故事，要求从真实中求真实，童话则要求从不真实中求真实。

小说的形象，要求形似神似，童话则要求形变神似。

81

小说的光，是直射的。

童话的光，是折射的。

82

有时，某一段生活，如实写出来，就是一篇小说。

可是，童话作家永远无法从生活中遇上这样的机缘。

83

小说，有自然主义的小说。

童话，没有自然主义的童话。

童话，必须有幻想和夸张，它只有浪漫主义的。

84

小说是写人，童话也写人。

但童话里的人，有时会是动物，会是植物，会是其他别的什么。

小说作家要熟悉人，才能写出小说来。

童话作家除了要熟悉人，还要熟悉作品中人的替身：动物、植物，或者其他别的什么。不然，写不成童话。

我觉得，我写一篇童话，要比写一篇小说来得难。

85

应该有讽刺童话。

不提倡影射童话。

86

请读者，不要一看到童话，就去猜度：这狗代表什么，这猫代表什么，这兔代表什么，这鸡代表什么……

请破除养成的"不良习惯"。

87

如果童话里，以这个代替什么，以那个影射什么，应该是童话的悲哀、童话作家的低能。

88

有的童话，犹如一幅优美的风景画，读来是一种美的享受。

可有的童话并不美，它是一幅尖刻的漫画，读来却叫人痛快。

89

童话的辛辣讽刺，使孩子看了捧腹大笑，既带给孩子快乐，也让孩子从中得到教益。

90

童话的手法，什么拟人体，什么超人体，什么常人体，都离不开一个"人"字。

91

拟人化的童话里，被拟人化的动物、植物，或其他物，必须具备两个性：

一个是"物"性。

一个是"人"性。

缺一皆不可。

92

如若一篇童话作品，把鸡、狗、兔、猫换成人，就是一篇儿童生活故事，这怎么能算童话呢？

这是一篇蹩脚的儿童生活故事，只不过，这些孩子主人公的名字，分别叫鸡、狗、兔、猫而已。

93

童话，不是现实加幻想。

童话中，现实和幻想应融合于一体。

它们间的关系，应如水和乳，不应如水和油。

94

童话，不是现实和幻想结婚，而是它们结婚养下来的孩子。

95

童话，虽然爱夸张，但它不是大话。

童话，虽然是虚构的，但它不是假话。

童话，虽然漫无边际，但它不是空话。

童话，虽然可以写做梦，但它不是梦话。

96

夸张和丑化是两码事。

神奇和荒诞是两码事。

幻想和虚妄是两码事。

97

夸张万能，在童话中是不允许的。

因为夸张万能，失去了夸张的意义。

夸张万能的童话，一定是个混乱的童话。

98

童话，不能加注解，不可以自圆其说。

99

一个童话的"魔法"，如果需要大费口舌，用许多文字去说明，还是请把这"魔法"收起来吧！

因为这"魔法"，虽然根据作者的安排，制服了作品里的"对手"，可是它无法使作品之外的读者信服。

100

幻想，不是胡思乱想。

童话作家，不能信口开河。

幻想的通道上，一路都有红绿灯，不许违反交通规则。

101

写童话最自由——

天上，地下，宇宙间的万物，皆可为我所用。

写童话又是最不自由的——

宇宙天体，可谓大矣！何者可用，何者何用，岂是任意支配的吗？

102

童话，有童话的逻辑学。

幻想，让童话这只鸟长出翅膀，可以上天飞行。逻辑，是天上的路。

这条路，是按鸟的飞行方向、路途远近、时间早晚、气候好坏这些具体条件，精心设计的。

鸟飞行，必须得按这条路飞行。

103

写神仙鬼怪吗？是写人。

写动物、植物，都是写人。

但是，它绝不是人披着神仙鬼怪、动物、植物的外衣。

它既是人，又是神仙鬼怪、动物、植物。

104

童话里的"从前""那一年""早年间""古时候"，我告诉你，那往往都是现在。

105

小说可以写"从前"，诗、散文、戏剧都可以写"从前"，唯独童话一写"从前"，就有人把它称作"民间故事"。

106

童话，是个人创作。

民间故事，是许多人创作的。可能最先由一个人创作，然后在群众中加工，再创作，广泛地流传。

随便把个人创作的童话，说成民间故事，是不对的。

107

是民间故事吗？

那应该由时间和群众去判断。

任何一个童话作家不会说："我创作了一个民间故事。"

也不要向任何一个童话作家要求："你创作一个民间故事。"

108

童话作家写神，但他不是有神论者。

他写神，不信奉神。

109

童话不是教徒的经书，不应代神行道说法。

110

有神论者说：神创造了人类。

童话作家说：人类创造了神。

111

有神论者说：世界上有人，是神的意志的化身。

童话作家说：童话中有神，是人的意志的化身。

112

仙山地府里的神鬼，都是人类的移民，所有的一切，都是按人的样子设计的。

113

神话不全是童话，和童话不全是神话一样。

114

一份儿童报刊在排目次的时候，童话总是排在许多文体的后面。

一个儿童出版社在制订选题的时候，童话往往只是作为一种照顾性的花色品种而存在。

我反对儿童文学里这样的"排辈论次"。

115

童话，在我们儿童文学这间已经够小的屋子里，它却又被挤在一个很小的角落里。

116

试想，世界上，前人给我们留下的大宗儿童文学财宝中，数量最多的，该是童话吧！

那些最光耀夺目、灿若明星的珍品，该是童话吧！

试想，儿童文学的历史上，那些没有被后人遗忘、名字被历代儿童们所传诵的儿童文学作家，恐怕绝大部分是曾给儿童写下优秀童话的大师吧！

117

丹麦童话作家安徒生，每年圣诞节前夕，总要出版一本优美的童话集，献给儿童们。

我们的童话作家，请问这些年来，出版了多少童话？

是童话作家懒惰吗？是童话作家悭吝吗？是童话作家无能吗？……

118

童话，是儿童精神食粮的主食。

童话，是儿童文学的主要样式。

是不是这样呢？

《儿童·文学·作家》后记

我从去年冬天，即来北京参加少年儿童文艺创作评奖的工作。

每天所接触的，是各地推荐来的、大量的各种样式的少年儿童文艺好作品。

因为，在评选会上，要对每一件看过的作品，提出具体的意见。所以，我看作品的时候，总在手边放一本笔记簿、一支钢笔。一边看，一边记下自己对这一作品的看法。

有时，受到一点什么启发，思想便难以自控，它像脱缰的野马，游离于具体作品之外，在儿童文学这辽阔的原野上，无拘无束地奔驰起来。思想所至，我也信笔随记在这簿子上。一天一天过去，几个月来，这样的东西，也记下了不少。

一位很熟的编辑朋友发现了我簿子上记下的这些条条，就要我整理一些出来，给他们发表。

意想不到，登出以后，竟受到一些读者和朋友的鼓励。

于是，我陆续整理，陆续发表，到现在，数了一数，已有三四百条。我想，既蒙大家关心，就把它拿出来，印成一本小书吧！

因为这些文字，我是随想随记的，内容并无系统，有的只是提出问题，所以在报刊发表时，叫过"随想"，也叫过"杂议"。总之，这些东西，无非随想、杂议而已。

这样的东西，好处是简短易读，缺点是都是些"断章"。断章取义，本来不是一件好事。一篇完整文章，尚可各取所需，抓住片言只字，上纲上线，何况此等真乃"断章"乎！

事实上，儿童文学理论的许多问题，要这三言两语来说清楚，那是一件不容易的事。这样即兴写下的几百条"断章"中，片面和不当之处，定然不少。

这些一点一滴的不成熟的学习体会，要是能引起读者对儿童文学的某些现状发生兴趣，并进一步提出问题，大家共同来探讨，我将是很高兴的。

　　　　　　　　　　　　　1980 年盛夏于北京前门东大街

51

我们还不善于写先进人物。

我们笔下的先进人物，往往只有先进思想，却没有他作为一个人所必有的个性。

思想要和性格糅在一起，浑为一体来写。

我们的儿童剧剧作家，要学会写先进人物的本领。

52

希望舞台上的人物，个个有性格。

当然，一部儿童剧能真正写活一个人物，也不那么容易。

53

有的剧作者，淡淡数笔，勾画出几个鲜明的形象。

有的剧作者，大涂大抹，给观众只是些模模糊糊的人影子。

54

让所有儿童剧中的儿童人物站在一起，请看过戏的儿童来相认，大家能叫得出名字的，会有几个呢？

我想，也会有一些不但性格相同，而且声音相同、动作相同，连面貌、服饰，甚至于名字也相同的儿童人物吧！

55

儿童剧里的儿童，不要都粉妆玉琢，白嫩生生，像一个模子里浇铸出来的。

56

儿童剧的演出，演员的话都是说给孩子听的，一字一句，一定要说得清清楚楚。这是一个儿童剧演员的基本功。

57

女演员演男孩子，要尽去"女态"。

现在，凡儿童，全是女演员扮，演得不好，一台的"娘娘腔"。

58

成人演员演孩子，最忌矫揉造作。

自然、逼真，才能使台上和台下的感情相通。

59

剧中的主人公，如若是个伟人，不但要演出他的风采，更要紧的还要演出他的气质。

60

儿童剧是酒，不是白开水。

61

儿童剧，要写得干净。

但是太干净，又会走向虚假。

62

儿童的生活，总是在不断地、交替地发生着问题。一部儿童剧不要把所有的问题，逐个儿全都解决完，好像儿童的生活到此"结束"似的。

63

允许巧合。

但过多巧合，会失真。

64

儿童剧要求大结构，要求大动作，要求……

65

孩子喜欢夸张、滑稽，也喜欢剧中人出点洋相。你可以在戏里加点笑料，引起孩子的兴趣。

但一个儿童剧，不能完全靠此吸引小观众。

66

儿童剧，拉开大幕，就应该很快进入矛盾。

67

一部儿童剧，请删去重复的人物、重复的情节、重复的动作、重复的对话……

68

副戏切不可压主线。

69

对话、动作，不要把儿童剧舞台上的空间塞满，应该留出一些空隙。

70

儿童欢迎快节奏的儿童剧。

他们不喜欢演员在舞台上作太多缓慢的抒情表演。

71

快节奏，要用慢节奏去烘托。

慢节奏，要用快节奏去烘托。

72

给儿童演戏，观众在舞台上。

往往，他们也是戏里的一个角色，在认真地演出。

73

和儿童们一起看戏，我发现：儿童们笑了，我没有笑；我哭了，儿童没有哭。

我想到，写好儿童剧，这就是难度。

74

是儿童不易于感染吗？

为什么我哭了，儿童却在发笑呢？

——那是戏没有和儿童的感情相通，尚未拨动那一颗颗童心。

75

戏里，人为制造的困难，引不起小观众发急。

76

故事是戏的骨架，情节是戏的血肉。

人物是通过故事和情节去塑造的。

77

演员是戏剧的桥梁，编剧和导演的意图，要通过他们，送给观众。

78

儿童对于演出的要求是严格的。

他可以发现舞台上一个演员的某颗纽扣没有扣上。

79

在舞台上，面对着这成千上万双乌黑而明亮、纯真而赤诚的眼睛，你不把最好的表演给他们，不感到羞愧吗？

80

急就章的剧本，演出一百次，也还是急就章。

81

有的儿童剧，刀凿斧砍的痕迹太重了，也有缺腿断胳膊的，也有没头没脑的。

不要挖肉补疮地改。要改，就得彻底改。

82

不要把独幕剧衍化为多幕大剧。

也不要把许多大素材硬压在一部独幕剧里。

83

儿童剧里，不是不可以写爱情，而是写怎样的爱情和怎样写爱情。

84

把男女争风吃醋、父母计划生育，也写到儿童剧里来，合适吗？

85

儿童需要幻想。

希冀有更多的童话剧问世。

86

历史剧、神话剧、民间故事剧，切忌不中不西，不古不今。

87

儿童剧，可否有系列剧？可否有连台本戏？可否有机关布景戏？……

88

孩子们那样喜爱魔术、驯兽、杂技表演，我们能不能给孩子编演一些魔术剧、驯兽剧、杂技剧呢？

89

儿童剧剧作家，要了解儿童剧舞台上的行情。

行情看涨，请不要再去加码。

90

布景、道具从来不是舞台上的"主角"。

91

胭脂、水粉，掩盖不了丑妇面容的缺陷。

豪华的布景、道具，补救不了剧本内容的贫乏。

92

不能提倡儿童剧的演出"不惜工本"。

布景、道具的过分豪华，会破坏戏。

93

从台上演到台下，从台下演到台上，诸如此类的表现手法，头回用新鲜，三回、四回，常用常厌烦。

94

有导演兼编剧的，也欢迎有编剧兼导演。

这两者，出的戏不一样。

95

在闭幕前，剧作者可以借剧中人之口，发点议论，但不可没完没了地发议论。

96

高潮的过去，小观众便想离去，你要赶快使戏收场。

97

不要苛求儿童剧风格的划一。

放手让儿童剧剧作家去作多种多样的创造吧！

98

改编别人的作品，只可偶尔为之。

我们的剧作家，希望你自己大胆地、积极地去表现今天孩子的生活。

99

各地一些剧种的学馆，为什么不让那些身为儿童的学员，排演一些儿童剧呢？

儿童剧，不应全是话剧和歌舞剧。

100

要一个十二三岁的孩子去表演《梁山伯与祝英台》这样的戏，那和让十二三岁的孩子去表演不堪负荷的成人杂技节目一样，都有害于他们身心健康的发育和成长。

101

我认为，现阶段，儿童剧应该是在求数量中去求质量。

102

请不要把成人剧的那一套，全搬到儿童剧里来。

儿童剧与成人剧有众多的共性，但也有众多的特性。

103

儿童剧，需要有一支自己的编剧队伍。

儿童剧，需要有一支自己的理论队伍。

104

希望有更多的文艺工作者，到儿童舞台这块土地上来定居。

这是一块新地，多么需要你来开拓、耕耘和播种。

期待着来年的特大丰收呵！

儿童·儿童影视·儿童影视作家

1

儿童影视，是儿童文艺中最广泛的样式。

它是"读者"最多，"印数"最大的"书"。

2

我预料，今后的趋向：儿童影视制作部门的规模，必然超过出版社。

那时候，最有影响的儿童文学作家，会是儿童影视作品的作者。

3

一个孩子吹喇叭，小观众不一定太有兴趣看。

小观众看到一只小狗吹喇叭，却会欣喜若狂。

这是艺术的普遍法则吧！所要表现的事物和表现者本身愈是不同，得到的艺术效果愈是强烈。

4

一个魔术家，在舞台上所作奇特、巧妙的表现，会使小观众着迷、倾倒。

可在银幕或荧屏上再现，效果未必大佳。小观众对你的无中生有、多端变幻就不那么惊讶和诚服。

5

儿童影视，绝不能是儿童生活的照搬。它，必须有所选择。

儿童影视工作者的技巧，第一就是选择的技巧。

6

也不是所有的儿童舞台剧，都可以搬上银幕和银屏。

一个儿童影视剧本，如果可以照样在舞台上演出，恐怕那不会是一个好的影视剧本。

7

影视剧，观众是移动的，观众经过戏的前边。

舞台剧，观众是不动的，戏经过观众的前边。

儿童影视，必须发挥影视的特性，要让小观众真正能"身临其境"。

8

因为影视剧的观众是在影视剧的"戏"里，它比舞台剧的观众，要求更有真实感；儿童影视剧来不得半点虚假，一虚假，小观众便会出"戏"。

9

舞台剧的布景，是自然"再现"的复制品，是经过夸张的。舞台剧演员的表演，也经过夸张，是生活"再现"的复制品。这样，舞台剧的景和人，是协调的。

影视剧的背景，大多是自然，要求逼真。影视剧演员的表演，应该和背景协调。

所以，不能把儿童舞台剧里的一切，搬到儿童影视剧里来。……

10

不是凡影视里出现儿童，就是儿童影视剧。

请那些写评介文字的人，不要硬把凡出现儿童的影视，都当成儿童剧来吹。

11

儿童需要真正的儿童影视剧。

12

一个动画片剧本，如果可以用真人来拍摄，并达到同样的效果，那么，请不要再去拍摄动画片了。

动画，就是为表现真人拍摄难以达到效果的题材而存在的。

13

美术片不等于儿童片，正如故事片不等于儿童片一样。

当然，儿童喜欢看美术电影，美术电影应该多制作给儿童看的影片。

14

美术片的美术，可以是手段，也可以是目的。

因为通过美术片，可对小观众进行一定的教育，包括思想品德教育，也包括美术智能教育。

15

儿童影视的拍摄者——

请记住，你是在为孩子拍戏。你的摄影机（录像机）的镜头，就是小观众的眼睛，绝不可把它提到成人的高度。

你的作品的观众对象，眼睛有多高，你的镜头也应该是多高的。

高了不行，低了也不行。

16

如果，这是部儿童片——

请成人演员，不要在镜头前，跟孩子演员抢戏。

请成人演员，多把镜头，让给孩子演员吧。

17

一部好的影视剧，以情取胜。

一部好的儿童影视剧，也应该以情取胜。

记住：此情不能是"成人"之情，必须是"儿童"之情。

18

儿童影视，要注意儿童特征。

但是，不要错误理解儿童特征就是成人精神世界的简化。

儿童特征，绝不是给成人做减法，减去某些东西。

19

儿童的精神世界，虽不复杂，但很丰富。

它很纯真，却充满着矛盾。

20

有的儿童影视剧，儿童不喜欢，过错在于影视工作者对于儿童的陌生。

21

儿童影视，可以充分运用影视的特点，在时间、空间方面，进行大幅度的跳跃。

因为儿童的意识，常常是大幅度跳跃的。

22

不能用外加的美妙的色调、动人的音乐，去替代儿童本身多彩的生活和多变的心理活动。

23

儿童影视，不是让小观众看后一笑了之的，而要带动孩子去作更多的思索。

24

儿童影视，不仅要使小观众有所感动，还要使小观众有所感受。

25

请儿童影视工作者，多去表现今天儿童丰富多彩的精神世界。

不要老是停留在反映今天儿童如何幸福，停留在表现今天儿童的物质世界上。

26

儿童影视，请把小观众的同代人，放在"主角"位置上来写。

27

儿童影视，应该是孩子们的一面镜子。

让孩子们照见自己的面容吧！

当然，我们的孩子是美丽的，是可爱的，镜子应该真实地反映他们。

但是，我们的孩子，也有缺点，镜子不应该说谎，要坦率地告诉他们。

28

儿童影视，也是一个窗口。

应该让孩子真实地看到他生活以外的生活，看看别人是在怎样生活的、别人生活得怎样……

29

不要把儿童影视，降低为仅仅是儿童歌舞表演的记录。

30

儿童影视中，常常出现一些讲解员。有的讲解员，成了故事的累赘。你不知道，小观众对你抢着讲话，啰唆说教，感到乏味和讨厌。

31

要使小观众觉得影视中的小主人公，和自己非常接近，他才能受到教育，他才想去学习他。

32

对于那号超乎常情的理想化了的"英雄"，儿童是不那么崇敬的。

33

在成人影视里，切忌把人物"神仙化"。

在儿童影视里，切忌把儿童"成人化"。

从概念出发的"拔高"，肯定导致"成人化"。

34

儿童影视，前几年，一窝蜂都写战争题材……

后几年，一窝蜂都写科学题材，例如航空模型、船舶模型……

近几年，一窝蜂都写教育题材，例如两位教师两种教育态度，三位家长三种教育方式……

最近趋向，一窝蜂写失足儿童、工读学校……

不要"一窝蜂"。

35

儿童影视，应该有较多的"幻想"成分。

因为儿童的生活中，充满着"幻想"。他们幻想未来，也幻想现在，而且还幻想过去……

他们不爱平庸的描述，却喜欢漫无边际的遨游。

36

这几年，我们的儿童影视，在发挥儿童特征：幻想。这一点做得很不够。我们缺乏幻想样式的作品。

近年来，我们的儿童文学中，出现了众多优秀的幻想题材的作品，为什么我们的儿童影视中，却比较少见呢！

37

儿童文学有小说，有散文，有童话，有诗歌……

为什么我们的儿童影视作品，那么单一呢！现在，我们的儿童影视，似乎只有小说，而且是写实的小说。

38

现在，我们的一些儿童影视作品的毛病是：内容太虚假，手法太写实，是"虚假"和"写实"的合成。

39

儿童的幻想，是非常丰富的。

我认为，如试用意识流的手法来写儿童的幻想，会是十分有趣的。

40

儿童的幻想，是千变万化的，是快节奏的。

尽可能运用影视的切入、切出的跳动手法吧！

41

幻想，不只是儿童的特点，也是影视的特点。

我们的儿童影视，请去发挥这个特点，你的作品一定会受到小观众的欢迎。

42

不要一提起幻想，你以为就是科学故事和神话故事。

孩子们的幻想视野宽阔着呢！他们生活的天地处处都有着幻想呢！

43

不能跟着孩子们幻想而幻想的人，你不可能真正了解孩子。

44

许多在儿童文学中早已解决的问题，而在儿童影视中，为什么却迟迟难以解决呢？

45

我们的电视黄金时间给了那并不高明的"阿童木"。

我们的玩具商热衷于制造"阿童木"玩具。我们大街上的商店橱窗里有许多"阿童木"。我们的手绢上、铅笔盒子上、糖果纸上，都印有"阿童木"。"阿童木"热经久不衰。

我们的影视工作者，不感到羞愧和耻辱吗？

当然，我不是主张抵制洋货，但是我提倡国货！

46

有的导演，他只是偶尔拍摄儿童影视。他不可能对儿童影视去作深入的研究。

他可以很好地完成交代的任务，但是他不可能更好地去为这一事业服务。

47

儿童影视，这个导演来"客串"一下，那个导演来"客串"一下，但没有一个导演这样说："我就在这块土地上定居下来吧！"

48

我们还没有一个专业的儿童影视的导演。

三亿儿童的大国，没有一个儿童影视的专业导演，大家不感到惊奇吗？

49

我们有儿童文学的专家，有儿童美术的专家，有儿童音乐的专家……希望有儿童影视的专家：编剧专家、导演专家、表演专家、评论专家……

50

儿童影视，目前还停留在呼吁上、表态上。

现在，我们不希望只听见"一二三，开步走"的口令，我们希望看到大家迈开双脚前进！

扎扎实实拿出真正的儿童影视作品来。

《儿童·文学·作家》增订再记

这本小书，初版印了一万本，很快卖完了。现在，要第二次印刷了。我想借这次重版的机会，再增加一点内容。

此次增加的内容，有两部分。

一部分，是关于儿童剧的。一九八二年秋天，文化部举办了全国儿童剧调演，招我去担任评委。白天看演出，晚上要开会议论。我还是那个老习惯，一面看戏，一面遐想，一面漫笔把想法记下来，观摩结束，整理一下，就是这份东西。

一部分，是关于儿童电影、儿童电视的。对于儿童电影，我历来是很关心的。一九八〇年参加全国少年儿童文艺创作评奖时，也系统地看了许多片子。儿童电视，凡是儿童剧，我总想看一看的，几年来也看了不少。我的本子上，也有一些关于儿童电影、电视的想法记录。电影、电视，是比较接近的两个样式，我就把这些儿童影视的琐说、意见整理在一起了。

因为儿童剧和儿童影视，有些共同之处，有些关于儿童影视的想法，已写在儿童剧的这一部分了，所以儿童影视部分就不重复写了。

自然，儿童剧、儿童影视，有许多共同问题，在儿童文学（包括童话）部分中已经论述过了，所以也不再重复写它了。

至于原有的两部分，我趁这次重印机会，也作了一些修改。

所以，现在印的本子，是一个修改增订本。

我希望这本小书，还有再次修改增订的机会。因为书一出去，又会收到许多热心读者的来信，对这本小书提出宝贵的意见。同时，我还打算把我对儿童文学其他样式的一些想法，继续写出来，在下次重印时，再增订进去。

谢谢大家对这本小书的关心和支持。

1983 年初春于上海重庆路寓所

第十部分

戏曲艺术欣赏

剃头洗澡吃水果

——为啥要到戏院里去？

你喜欢看戏吗？我相信你一定很喜欢。

一个人头发长了，需要剃头，身上肮脏了，会去洗澡，吃过饭，应该吃几只水果，闲空的时候，谁不爱上戏院去看看戏？

此刻我在和你谈看戏的事儿，不知道正有多少人坐在戏院里看得起劲呢！全国一年里面有多少人看戏，那简直是没有办法统计的，因为人数实在太多了，单就华东一地来说，平均每天约有五十五万人看戏，如果一年计算，看戏的人就有二万万零一百万左右了，这真是个够惊人的数字。

目前，中国的戏曲事业已经大大地发展（当然将来更要发展），各地许多戏院的大门，都面对广大的群众敞开着，而且一些较大的城市里，都设立起设备很好的工人戏院。今天，看戏已成为我们日常生活中一个固定的节目，和剃头、洗澡、吃水果一样，是必须的、不可缺少的事情。

所以，今天大家都应该学会看戏。看戏这玩意儿，可也并不简单，正像有一句俗语说的："会看的看门道，不会看的看热闹。"大家也都有经验，做工需要开动脑筋找窍门，当然看戏也应该懂得看戏的门槛。

要做一个看戏的行家，首先应该把为啥要到戏院里去的问题搞清楚。大家和你一样，是那样地喜欢看戏，常常上戏院里去，当然每个人都有自己的目的。这些不同的目的里，一定有许多是正确的，但是也一定有许多是片面，或者错误的。

有些人认为："看戏是一种娱乐呀！咱做了一整天工，晚上到戏院里去快乐快乐，把一身的疲倦都消除在戏院里。"

有些人认为："看戏就是听报告，上戏院等于上学校，时常看戏，也可以从戏里懂得好多学问和道理。"

有些人认为："看戏是为了消磨时间，休假、星期天不上工太空，躺在宿舍里无聊，去看一场戏，就把一大半天打发过去了。"

有些人认为："看戏是一种交际，碰着一个多年不见的老朋友，就请他上戏院去看一场戏，看戏和喝酒一样是请客应酬的事情。"

有些人认为："看戏是凑热闹，平时工作忙，一直关在屋子里，有空就到戏院里去挤一阵，东瞧瞧，西听听，见识见识场面。"

有些人对某一个名角儿着了迷，认为看戏只是去看他所崇拜的演员。有些人醉心于机关，布景，认为看戏只是为看布景去的。

有些人对五光十色的服装，发生了莫大的兴趣，认为看戏的目的只是看行头。

……

我们说，看戏当然是为了使自己能多获得一些快乐啰，有谁要出了钱去买痛苦呢？我想是绝没有这样傻的人。大家忙了一整天，当然需要去调剂调剂精神，让它恢复，这样我们就上戏院看戏去。我们在舞台上演出的戏里，看见了我们所喜欢的人们，得到了成功、胜利；看见了我们所憎恨的人们，一个个失败了，倒下去。譬如我们看京戏《三打祝家庄》，顽强的梁山上的众家英雄们，运用无比的智慧和勇敢，歼灭了地主的军队，攻进祝家庄，把地主祝朝奉他们都杀掉了，这时我们的情绪上会多高兴呢。有时候我们看的是悲剧，譬如我们看越剧《西厢记》，我们同情张生和莺莺，希望他们能够圆满地结合，但是他们的好事遭受了阻碍，我们为他们流下一把眼泪，这时候，我们虽然哭着，但心里却是很愉快的，因为感情获得了发泄。我们的疲倦就在这一连串的高兴、愉快中逐渐消失，精神也开始饱满起来。

但是我们看了戏，仅仅得到了高兴、愉快吗？我们上戏院的目的仅仅是消除疲倦、使精神饱满吗？绝不是的。我们在戏里还获得很多的教育，学到许多新知识和新道理。譬如我们看京戏《将相和》，这个戏教育我们要战胜敌人，必须紧密地团结起来；要使各种工作取得成功，应该克服一切自私的思想意识。譬如我们看越剧《梁山伯与祝英台》，通过这个戏，认识到"父母之命""媒妁之言"的婚姻制度不合理，增强我们对封建统治的仇恨，巩固和鼓舞今天我们革命的信心和热情。

娱乐和教育是我们看戏的两个目的，但二者是统一的，是不能分开来的。你看了一个戏，觉得很够娱乐，一定你也受了这个戏的教育；你看了一个戏，觉得受到教育，一定你也是得着娱乐的。

把颜色眼镜除掉

——看戏的观点对不对？

但是也有一些人不喜欢看戏，他们戴着颜色眼镜，认为看戏是一件浪费而且很不应该的事情。

我听见有人说过："看戏不如吃着来得实惠，吃在肚里，着在身上自己觉得，看完戏一点吭啥啥。"同时他下决心以后不到戏院里去了，在生活公约上也订起"不再去看戏"这一条。

这样对不对呢？当然不对。因为戏是文艺事业当中的一种，正如毛主席在延安文艺座谈会上所指出的，是"整个革命机器的一个组成部分"；是"团结人民，教育人民，打击敌人，消灭敌人的有力武器"，我们在第一章里也谈到过，看戏可以从戏里获得娱乐和教育，使自己懂得许多新的知识新的道理，使自己的思想感情起一些好的变化，消除我们精神上的疲倦，和增进我们的健康。

的确，有时候我们看一本书，往往不如看戏的印象深，戏是人类精神上一种极其需要的食粮，和我们身体需要脂肪、蛋白质一样，如果我们把看戏认为是一种浪费，下决心不看戏，那是和煮饭倒掉米汤同样的无知，才真正是浪费的呢！

当然啰，假如你看了一个坏戏，那不但你看戏的是浪费，应该说剧团里戏院里一切工作都是浪费的，这应该有区别。所以我奉劝那位同志，在他生活公约上的那条"不再去看戏"，应该改成"不再去看坏戏"才对。

以为看戏是不很应该的人，我也会碰到过一些，我想在你的周围也可能有，你好心请他去看戏，他倒把你"教训"了一顿。

什么"看戏的人都是低级的，不高尚的"。

什么"戏是演给女人看的，咱们男人不看戏"。

什么"戏院和茶肆一样，是肮脏的地方，正派的人不屑去"。

什么"做戏的剧团太落后，演出水平低，没看头"。

……

这样的几种理由对不对？让我们来分析一下吧！

第一，戏究竟是不是低级的、不高尚的呢？我们说绝不是的。戏的创造者是劳动人民自己，像越剧就是一些木匠工人哼起来的，像沪剧就是许多种田农民唱起来的，我们从"打白竹""捡茶叶""咬舌计""纺棉花"这些原始的小戏里知道，工人农民创造了这些戏，目的就是为了控诉自己受剥削受压榨的痛苦，抨击地主官僚们的无耻和残暴。这些戏能发展到今天，就因为有千千万万工人农民群众的拥护和支持。轻视和仇视戏的只有那些地主官僚们，这些戏的发展对他们是不利的，所以他们给它扣上"低级""不高尚"的帽子，企图扼杀它。同志们，我们是劳动人民的子孙，不但不应该轻视和仇视自己祖先的遗产，而且应该尊重它，发扬它，充分利用它来为谋取幸福生活而斗争。

第二，戏是不是只演给女人看，男人不应该看戏呢？这情况在京戏等一些剧种里还比较好，严重的像在越剧和沪剧等一些剧种里，因为过去这些戏的内容大多是暴露妇女痛苦的，因此观众中以妇女居多数，男子们去看的比较少，所以到现在，有些男同志还认为自己挤到里面去是一件难为情的事。其实，今天这些戏里表现的内容，大多是历史上和现代的一些英雄人物的伟大事迹，表现妇女哭哭啼啼的时代已经是过去了，我们为什么还用裹足不前的眼光来看它呢？而且和妇女们一起看戏又不是件难为情的事啰，事实上今天每个戏院里男观众也非常多，休假日、星期天，许多工厂团体的男同志们都集体来看戏。这个思想考虑，实在真是可笑和多余的。

第三，戏院里是不是肮脏，上戏院去是不是不正派了呢？过去的戏院的确是"藏垢纳污"之所，像上海的"大世界"里面，特务、流氓、扒手、野鸡、拆白党都在大肆活动，去看戏的人往往吃亏上当，如果碰着有兵老爷打戏院，一个手榴弹飞进来，不幸连性命都会送掉，所以一般洁身自好的人都不去看戏，那是有理由的。但是，今天的戏院已有人民政府在领导，坏分子基本上肃清了，不幸的事故也不可能再发生，戏院里的观众，大都是品质崇高的工人兄弟们自己，一切和过去的戏院都有本质上的不同，我们为什么还认为上戏院是不正派的呢？

第四，做戏的剧团是不是很落后，演出的戏水平都非常低呢？当然我不敢保证今天每个剧团演出的戏没有一点错误，但是一般来说，每个剧团自从新中国成立以来，进步是飞速的，他们不再演出一些"私订终身后花园，落难公子中状元"的故事了，就上海来说，他们已经经过三届地方戏曲研究班的学习，积极地参加了许多次轰轰烈烈的政治运动，三年来编演了《将相和》（京戏）、《黑旋风李逵》（京戏）、《梁山伯与祝英台》（越剧）、《白蛇传》（越剧）、《好儿女》（沪剧）、《好媳妇》（沪剧）、《罗汉钱》（沪剧）、《王贵李香香》（江淮戏）、《蓝桥会》（江淮戏）、《一定要把淮河修好》（评弹）等许多许多好戏。我们应该用发展的眼光来看他们，如果把他们看作一成不变的话，那是错误的。

今天我们掌握了祖先遗传给我们的斗争武器——戏，我们就应该充分地、适当地来运用和发挥这个武器，依靠它来抨击今天社会中仍然存在的落后现象，依靠它来培养人们光辉灿烂的性格和习惯，依靠它大力地来推动我们社会和人类进步。

　　我们广大的爱好看戏的同志们，有责任来帮助那些不喜欢看戏和从不看戏的人，帮助他们把颜色眼镜除掉，常常动员和带领他们到戏院里去看戏。

　　今天我们作为一个新中国的工人，不但应该是一个具有高度政治水平、高度技术水平的人，而且还应该是一个具有高度欣赏艺术能力的人。

山有高峰溪有潭

——戏的特点是什么？

有些人心里就拿不定，看话剧好呢，还是看戏曲好？也有些人欢喜看话剧，也有些人欢喜看戏曲。其实，都一样，山有高峰溪有潭，话剧有话剧的特点，戏曲有戏曲的特点。

提起特点，一个看了好几十年戏的老观众，对究竟什么是戏的特点，很可能还没有注意过。今天，我们要做一个看戏的行家，就得来研究这个问题。

大家知道：话剧要把一个故事告诉给观众，主要是通过演员的"说"——对话、演员的"做"——动作。但戏曲就不同了，戏曲要把一个故事告诉给观众，主要是靠演员用各种曲调唱出来，靠各种台步身段演出来，就是说，主要是通过歌唱和舞蹈的。我们知道歌唱和对话不同，歌唱是夸张的对话，舞蹈和动作不同，舞蹈是夸张的动作，我们平常说话，是没有人这样高高低低唱起来的，我们平常行动，是没有人这样蹦蹦跳跳舞起来的，而在戏曲里却把它夸张起来了。为什么戏曲里要将它夸张起来呢？目的就是使说话和行动更集中更突出，给观众的印象更深刻更强烈，这就是戏曲跟话剧不同的地方，也就是戏曲的特点。

有些戏，唱的很少，大部分是对话，有些戏，舞的很少，大部分是动作，我们说这样的戏不好，没有发挥戏曲的特点。有些戏，本来就是一个话剧，仅是加了唱或者舞而已，我们说这样的戏也不好，因为它没有能和话剧区别得出来。也有些戏，看得出是一段段唱和一段段舞的拼凑，好像这段戏是该大段唱工的，那段戏是该舞蹈一番的，使整个戏给歌唱和舞蹈生硬地割裂支碎了，这也是不好的。我们说歌唱和舞蹈，应该是融合地贯穿在整个戏里的，不能是有多少歌唱有多少舞蹈地杂掺。还应该注意的是歌唱和说白统一的问题，就是说，一个戏除了歌唱，还有说白，什么地方该歌唱？什么地方该说白？这就要用得恰当；一般来说，抒发情感时应该歌唱，叙述事件时应该说白。当然在戏曲里所用的说白，和话剧的对话也是不同的，戏曲里的说白要特别注意音韵节奏，最好都用韵语；舞蹈也一样，一个戏里当然不是每个动作都夸张的，舞蹈就应该和这些不夸张的动作统一起来，不要使二者分家。

　　歌唱和舞蹈既是戏曲表现形式的特点，那么我们就应该再结合具体来看一看，目前各种戏曲艺术里的歌唱和舞蹈有哪些优点？有哪些缺点呢？中国的戏曲剧种是那样多，这里谈的当然只是指一般性的。

　　每个剧种都有它的许多观众，如评戏在北方，到处流行，如越剧在江南，踪迹很广，四川有川剧，广东有粤剧，陕西有秦腔，河北有梆子……为什么广大的群众是这样地热爱这些戏呢？除了这些戏几百年来，始终表现着人民的思想、感情、意志和愿望，还因为它们的表现形式——歌唱和舞蹈，具有强烈的人民的风格。

　　它唱的通俗，大家都听得懂，音节也比较自然，容易学，不是么？我们还没有学会唱歌的时候，谁都会哼几句自己家乡的戏曲调头，这些曲调是我们自己的祖先们所创造，听起来都觉得非常熟悉、非常亲切的。

　　它的舞蹈优美，每个剧种都有它特殊的身段台步，而且都是非常有系统的，如京戏里老生的髯口、甩发，小生的扇子，青衣的水袖；如越剧里的《叶香盗印》《小放牛》；如昆曲里的《醉打山门》《游园惊梦》；如高腔里的马夫洗马、喂马、骑马的动作；如绍兴大班里的摇船、刮风、下雪等表现，是多么完整。

但是这些剧种都是从旧社会流传下来的，不可避免地，也有着一些单调和幼稚的弱点，例如：不论是评戏、越剧、沪剧、甬剧……它们的声音，好些是低沉的、忧郁的，这声音，正是被压榨下的农民的声音。但是呻吟的时代，已经永远过去了。要是原封不动地拿这些声音来表现今天乐观明朗的生活，就嫌太软弱太无力了，在音节上来说，也都比较简略，和今天丰富热烈的生活相形起来，就觉得太贫乏太寒碜了。

许多舞台动作，走上了程式化，好些演员因受生、旦、净、丑的限制，演技都定了型，哭总是掩起袖子揩揩眼泪，骑马总是把鞭子在身后一摇一摇地，花旦上场总是扭扭捏捏的样子，大花脸下台总是走八字步，这样把演技圈留在一个模型里，如果不加以突破，那是无法来表现现代新人物的。

所以我们看一个戏的好坏，不但是要看它掌握了特点没有，还应该看它是否有所创造和改进。

看准方向再走路

——到戏院去之前有哪些问题？

走路先要看准方向。到戏院去之前，必然有着一连串的问题需要解决。

一是什么样情况下看戏比较适宜？其实这个问题是很难具体答复的，因为这是要看你的实际情况才能决定的。譬如说，你们厂里白天要做工，晚上有时工会里还要开会，当然是工作和开会重要，你就不能请假去看戏啰。反过来讲，你什么时间有空，就什么时间去吧！不过这里要注意的是：如果你今晚是夜班，你白天就应该在家里休息，不能出去看戏，否则会影响你今晚的工作。如果你明天一早工会小组要学习，你今晚上最好不要去看戏，因为戏散总在半夜十一点钟左右，怕睡眠不足，使你明天学习提不起精神；同时，看戏要坐三四个钟头，有时候，也许使你感到吃力，特别是在夏季，天热人挤，空气不好，要是刚生过病，身体上有些不舒服，或者在竭力的体力劳动之后，我都劝你最好不去。因为这样对你的身体反而有害处的。假使，你认为工作了一整日，精神上有些疲倦（不是过分疲倦），明天又没有要紧的事情，可以多睡一会儿；或者你忙过了六天，到了厂礼拜这一日，你带了你的爱人和子女们，或者，跟厂里的同志们一起去看一场戏，那样会使你的精神新鲜一下，对你的身体是很有好处的。

二是去看什么戏呢？决定去看戏以后，接着是看什么戏的问题了。这里又包括着看什么剧种的戏、看哪个戏院的戏。至于看什么剧种的戏，当然是你所熟悉的戏；假使你是个苏州人，叫你去看粤剧，我想你一定无法看懂的；假使你是杭州人，叫你去看江淮戏，你一定是不感兴趣的。不过看戏也不必拘泥专看一个剧种，譬如说你是上海人，不妨可以去看看越剧、甬剧、常锡剧……这样多多比较，能增进你的欣赏能力。至于看哪个戏院的戏，就是说看哪个戏比较好，这有些人是根据道听途说来决定的，谁说什么戏好就去看什么戏，这样当然是可以的，问题在于这样不可靠，由于各人的观点水平不同，往往会使人失望。有些人是看广告的，其实这最容易上当，卖橘子的人都是说自己的橘子顶甜，有时广告上说得振振有词、天花乱坠，看着戏了，简直是一眼勿灵。所以，去看什么戏最好，唯一可靠的还是看报纸上的批评介绍。现在每一张报纸上都有许多评介戏的文章，这些文章大都是专门研究戏的戏曲评介工作者写的，他们对戏的欣赏有相当的修养，他们说哪个戏比较好，我们去看那个戏，准不至于有错。当然，看哪个戏院的戏，也和看什么剧种的戏一样，不必拘泥的。多到各个戏院去看看，多比较，多研究，你看戏的能力一定更会有提高。

三是看戏坐在哪几只位子最好？什么戏院决定以后，就要买票定位子了，坐在哪几只位子最好，当然也是要有门槛的，我说是以第五排到第十排当中的几只位子最好。有些人欢喜坐在第一排，其实这十足是外行，第一排位子有许多缺点：第一，看见的舞台面不是完整的。第二，音乐组贴近在你的前面，打锣敲鼓太响，反而听不清楚演员的唱。第三，演员脸上油彩画的线条、布景看得太清楚，破坏"真"的感觉。第四，戏到吃紧处，台板上的灰尘会往你身上送。假使你坐在第五排到第十排当中的几只位子上，舞台上应该让观众看到的都可以看清楚，演员唱得不太轻，配音不太响，非常合适，这样能帮助你的情绪和戏里的情绪打成一片，你跟着去笑去哭，可以获得更多的知识和快乐。不过应该声明，我说的不过是看戏坐在那几只位子最好，如果说非这几只位子不看戏，那也是大可不必的。

问题都解决了，你要到戏院里去，让我们在戏院里再见吧！

还有许许多多人

——看戏有什么规矩？

"湖有边，河有岸。"戏院里有戏院里的规矩，我们到戏院里去看戏，一定要遵守戏院里的规矩。为什么要遵守这些规矩呢？理由很简单，戏院里还有许许多多人，台上要演戏，台下要看戏，要是你不遵守规矩，就妨碍他们演戏、看戏。

什么是戏院里的规矩呢？我约略地写在下面。

到戏院去之前，请你不要把还不懂人事的孩子抱到戏院里去，一方面这是为了你的孩子，因为戏院里一般空气都不好，同时在戏院里又没有像在家里那样安静，容易影响孩子身体和心理的健康；一方面是为了大家，因为小孩子一定要一会儿叫一会儿哭的，这样不但影响你自己看戏的情绪，而且会影响其他观众的看戏情绪，更不好是会破坏台上戏的气氛。所以你要看戏去，只得把你心爱的宝宝，暂时留在家里，或者放在戏院的托儿所里。

看戏，必须严格地遵守时间。有的人戏演了好一歇才进戏院，有的人却没等演完就走了，如果你迟到或早退是在闭幕休息的时候还好，损失的只有你自己没有看全戏，如果在戏开演的时候，可要妨害人家了，进进出出，阻碍人家的视线，影响人家的看戏情绪。一般戏院里早退比迟到的情况多，特别在戏将终的两三分钟，一定有人立起来要走，一个人立了起来，因此许多人跟着立了起来，走的人当然没有恶意，不过是想避去散场时的拥挤，但是效果上是很不好的，足以引起全场秩序大乱。总之一句话，从戏开幕起到剧终为止，除掉休息时间，观众们最好不要随便走动，安静地坐在自己的座位上。

当你在位子上坐下来以后，请你就把帽子脱下来，不要因为怕帽子拿在手上麻烦，而阻碍了后头人的视线。有的人喜欢把坐垫竖起来坐，这样自己当然可以多看见一些，但是你后头的人却看不见了。有时候，台上演员蹲在台板上，或者你想看看演员的鞋子，就立了起来。这样都是妨碍别人的，你不应该这样做。

坐定以后，灯暗了，音乐起了，你一定可以看见幕上的"静"字。这时候，你就应该静下来，不要再和伙伴们谈笑了，不要再吃有声音的东西，就是连咳嗽、呵欠也要轻一些，否则，要妨碍人家看戏，和影响你自己看戏的情绪，因为，静是看戏的起码条件，只有沉静下来，才能聚精会神地看戏。

如果是吸烟的朋友，请你把你的烟瘾熬一熬，在戏院里吸起烟来非常不好，这不只在演戏的时候，烟雾腾天，使人家看不清戏；即使在休息的时候，也不要吸烟，因为戏院子里空气本来就不好，如果吸了烟，更是烟气熏熏叫人不好受。其次要注意的，是一些有随地吐痰、乱丢果壳习惯的朋友，请你们注意，不要把痰和果壳乱吐乱丢，要知道公共场所的卫生清洁，是要每一个观众来保持的。

有些人看戏，有鼓掌的习惯。有时候，台上的戏演到"痛快"之处，譬如我们看江淮戏《白毛女》，看到喜儿发怒打了黄世仁一记耳光，大家来一堂掌声，那是可以的，因为观众的情绪反映也可以增加戏的气氛。但有些人是为了一个演员唱得好做得好而鼓掌，这样我认为不大好。譬如一个饰地主的演员骂农民的一段戏唱得很好，或者调戏妇女的一段戏演得很好，你也鼓了一阵掌，在效果上又将是怎样的呢？如果在艺术上的确好，那等戏演完了，总的来一阵子，不是很好吗？和鼓掌相反的是"嘘"，上海人叫"开汽水"，这和鼓掌一样，也是不能乱来的，譬如我们看《白毛女》，看到黄世仁逼杨白劳捺手印的时候，为了表达心中的愤恨可以来开一下"汽水"。但是如果是演员演得不好唱得不好，或者整个戏有缺点，不满意，你应该在戏演完后，很好地向剧团提出意见，不论在剧中或剧终都不应该开一声"汽水"，否则你就不是对同志的态度。

还有几点该注意的，有些人看戏喜欢喊"好哇"和"再来一个"这样的彩声，更有些人会"唏哩嘘噜"地吹起口哨来，这种情况在京戏和越剧里比较多。有些人看到台上"隔灯"抢景的时候，会拿起手电筒来向台上探照，这种情况特别在那些用机关布景的京戏院里比较严重。有些人更恶劣，因为戏演得不满意，竟把水果等东西掷到台上去，这种情况在小戏院里常有发生。这些怪声叫好、用电筒探照、掷水果的行为都是非常不好的，我们去看戏不但不要去学这些坏行为，而且要阻止其他观众产生这些坏行为。

戏演完了，许多戏院里要闹"谢幕"。我认为如果这演出是招待或者联欢性质的，观众们报以热烈的掌声致谢，剧团里一定会尽地主之谊，拉起幕来"谢幕"一番的。如果这是普通的演出，观众倒不必要求剧团里谢幕（其实，"要求"就不合理，"谢幕"是剧团里自动的致谢观众的行为），因为大家看完了戏，就应该把戏里的这个印象很好地带回去（这就是教育），如果"谢幕"一闹，这个印象一定会被冲淡，在教育效果上是削弱了。许多剧团里挂出"敬辞谢幕"的牌子，虽然在文字上不通，但是有它正确的理由的。

离开座位之后，一定有许多观众要挤到后台去，看演员啦，请他们签名啦，要照片啦，这情况在上海的越剧戏院比较普遍，当然观众和演员见见面是可以而且应该的，问题在于演员演完了一场戏，身体一定都很疲倦，需要静下来休息，如果再有许多人去打扰他，一定会影响他的健康和下场戏的演出情绪，所以看完戏，大家不要到后台去。

这里拉拉杂杂说了许多，其实都是些"老生常谈"，但是为了保持戏的顺利演出，以及你和观众们能很好地看戏，我这样再提出一遍，还是有必要的，希望大家能逐一做到。

吃菜要吃白菜心

——哪些内容的戏是好的？

大家知道，看戏主要要看戏的内容，因为演员及舞台上的一切布景、道具、服装、灯光……都是服从于内容的，他们（它们）在戏里存在的目的，和需要起的作用，就是要他（它）很好地把戏的内容告诉给看戏的人知道，所以，我们看戏一定要把看内容当作第一位，如果把看演员或者看布景、服装……当作第一位的话，那是舍本逐末的，十足是外行。

可是，看戏光是把戏的内容仔仔细细全记下来，还是不够的，一个看戏有门槛的人，还应该知道内容的好坏。俗语说"吃菜要吃白菜心"，我们看戏要看内容好的戏。

那么，哪些内容是好的，哪些内容是坏的呢？有没有标准呢？当然有，那就是毛主席所指示的"政治标准"（艺术标准后面再谈）。毛主席说，凡是"促成进步的东西，都是好的或者较好的"；"反对进步，拉着人们倒退的东西，都是坏的，或者是较坏的"。

既然有标准，那么让我们来检查一下吧！

这里先说哪类戏的内容是好的：

第一，宣传反抗侵略、爱祖国的是好的。譬如京戏的《抗金兵》，写北宋年间英雄梁红玉和韩世忠，他们为了保卫自己国土的完整，大好的江山不让敌骑来蹂躏，运用了他们的智慧和勇敢，率领军队击退了金兵的南侵。譬如京剧的《苏武牧羊》，写汉朝苏武出使匈奴，为匈奴单于扣押，逼他投降匈奴做官，他坚决不肯，在匈奴牧了十八年羊，饮血吞膻，生活很艰苦，但是他仍旧没有屈服，歌颂他的坚贞气节。譬如沪剧的《好儿女》，写了现代的一对男女青年，为了自己祖国的安全和全世界的和平，参加中国人民志愿军，到朝鲜去帮助朝鲜人民作正义的斗争……这些戏告诉我们，我们历史上和现代有着无数的英雄人物，他们聪明、勇敢，热爱祖国，热爱人民。当敌人来侵略的时候，他们在反侵略的最前哨，为祖国可以战胜任何困难，为祖国可以献出自己宝贵的生命。就因为我们祖国有这样无数的英雄们，侵略者的命运永远注定是失败的，我们的祖国会一天一天壮大和走向繁荣。我们看了这类戏，可以提高我们的民族自尊心，鼓舞我们的坚强斗争意志。

第二，宣传反抗压迫、爱自由的是好的。譬如越剧的《梁山伯与祝英台》，写梁山伯、祝英台一对古代的青年男女，他们相互爱恋着，封建婚姻制度重重压迫他们，但是他们没有妥协，为着自己的自由坚决地斗争着，一直斗争到死，还是紧紧地在一起的。譬如睦剧的《孟姜女》，写秦朝封建统治暴政的压榨下，孟姜女和万杞良一对小恋人被活活拆散了，万杞良逼死在长城底下，孟姜女寻夫到关外去了，一路上她以唱曲来控诉当时人民所受的苦痛。譬如江淮戏的《九件衣》，写明末一个叫申大成的农民，因为缴不清租米，得罪了地主花家，花家诬赖他杀人，屈打成招，要他的性命，后来闯王的义军来，杀掉花家，申大成获救了。譬如京剧的《打渔杀家》，写宋代渔民萧恩，他们辛辛苦苦换来的几个钱，全归了恶霸丁自燮，而且还要时常上门来找麻烦，萧恩他们一怒之下，把那作恶多端的丁自燮杀掉了。这些戏写的都是为了争取自由幸福，和地主、官僚、封建统治者作不调和斗争的故事。看了这类戏，可以增强我们对地主、官僚、封建统治者的痛恨，体会到如今获得自由的可贵，知道我们今天的自由，是经过无数的酷爱自由的英雄人民斗争得来的，为了今后能永远地保持自由，我们还要继续与曾经压迫我们和想压迫我们的敌人斗争下去。

第三，其他。有宣传爱劳动的，譬如沪剧的《好媳妇》，写抗日战争当中农民妇女王秀鸾在极度困难下，坚持提高生产，支援前线，同时还主动地帮助别人提高生产，后来获得了劳动模范的称号。我们看了这类戏，可以认识到劳动的宝贵和光荣，能鼓舞我们的劳动情绪。有表扬人民正义及其善良性格的，譬如京戏的《四进士》，写了一个敢于反对贪污、反对徇私、帮助别人伸张正义的老人宋士杰。我们看了这类戏，我们向那些正义的善良的英雄好汉们，学习了优良崇高的品质和道德，同时我们看了历史上伟大的英雄好汉们，可以提高自己今天对于祖国的热爱。

像这些内容，我们应该肯定它是好的和比较好的（举例的剧目里个别也还有一些缺点），是符合中央政务院关于戏曲改革工作的"戏曲应以发扬人民新的爱国主义精神，鼓舞人民在革命斗争与生产劳动中的英雄主义为首要任务"的指示的。今天，许多剧团里的艺人们，大都有了高度的政治觉悟，在人民政府的正确领导之下，努力地整理和创作了许许多多好戏，相信大家一定看得不少了。

烂的叶子扔掉它

——哪些内容的戏是坏的？

上一章里，我把看戏比作吃白菜；看内容好的戏等于是吃白菜心，但是既然有白菜心，也一定还有虫蛀的烂叶子。今天许多剧团演出的这些戏里面，当然也有一些内容上是坏的。虫蛀的烂叶子给人吃了要生病，人看了内容坏的戏要起坏的影响，所以我们还要分别得出哪些内容是坏的。

下面我就来谈谈这个问题。

第一，鼓吹封建奴隶道德的是坏的。像婺剧的《九美图》，写苏州才子唐伯虎，想尽各种方法，娶了九个女人做他的妻子，像秋香，就是用卖身做书童的圈套去骗得来的。这个戏就是宣扬这些拐骗妇女、玩弄妇女的行为，认为一个人娶九个妻子，是一件"风流韵事"，教我们应该拥护以男子为中心的封建社会的一切制度。像越剧的《破肚验花》，写少女柳金婵，给人诬为与邻人有私情，她的未婚丈夫亦说她做人不"正"，金婵为了表白自己的"贞节"，情愿牺牲自己生命，到公堂里去剖开肚皮挖出心花来作证明。这个戏鼓吹了"失节事大"的封建礼教道德，要女子甘心情愿做男子的奴隶，替男子保守"贞节"。像京剧的《九更天》，写地主米进图下了狱，他的仆人马义，为了拯救"主人"，不惜将自己的亲生女儿杀死，自己到法堂上去代"主人"受各种肉刑，以表示对"主人"的忠诚。这个戏企图麻醉我们，要我们忠于"主人"，为他应该牺牲自己的一切，甚至于生命，一辈子服帖地为他做牛马，也应该像牛马一样供他任意奴役和宰割。像昆曲的《滑油山》，写目莲之母刘氏，生前为人不"善"，死后被打下阴曹地府，历遍了刀山剑林、油锅血池地狱之苦及挖剥剐铡、冰凉火烫的酷刑，这个戏恐吓我们做人要为"善"，善恶有报应，如果谁不"安分守己"，神仙鬼怪要降临大难到他身上来，企图损害我们敢于对黑暗社会反抗的健康心理，威胁我们不许向不合理的现实作斗争。

第二，鼓吹野蛮恐怖或猥亵淫毒行为的是坏的。像甬剧的《三县并审》，写慈溪人叶开澈临死时，把他的妻子刘氏和一子一媳二女，托付给他的弟弟开渠照顾，开澈死后没几天，开渠以药酒麻醉了刘氏，奸污了她并两个未成年的侄女，继而又用暴力强奸了侄媳。这个戏把人降到了禽兽的水平，引诱人们善良的灵魂走向堕落、毁灭。像婺剧里的《双钉记》，写王姓裁缝的妻子白金莲，与绸缎商人贾某通奸，一夜，将裁缝灌醉，两个人用大铁钉把裁缝活活地钉死。这个戏把人写成是绝无人性、丝毫没有道德观念的东西，使人性道德死亡，给人类的心灵打上恐怖的烙印。像京剧的《杀子报》，写通州王世成之妻徐氏，与天海庙和尚有暧昧，一日为王子官保看见，将和尚逐出，徐氏为了与和尚通情方便，就将亲生儿子官保杀死了。这个戏描绘了人类中最猥亵、最下流、最丑恶、最卑鄙的一面，使人丧失了人类的自尊，深划了人与人之间的鸿沟，是严重地歪曲和污蔑人类的。

第三，丑化与侮辱劳动人民的是坏的。像滑稽剧的《小三子游大世界》，写一个乡下人初到上海来白相大世界，什么到电灯上去点烟，什么到厕所里去洗脸，什么到跳舞厅里人就晕倒……把这个劳动人民形容得幼稚可笑极了。像维扬戏的《武松与潘金莲》，这个戏里对武大的处理，是极尽污蔑之能事的。武大和金莲结婚，邻居们像花瓶一样将他捧上桌子当作怪物来品评，金莲上床后，武大被一脚踢了下来。"游街"一场，大家抢走了武大的烧饼，更恶劣的用屁股去阻挡他的视线。看了这类戏，我们得到点什么呢？我们看见劳动人民自己在戏台上出丑，让那些资产阶级的太太小姐们发笑，这样我们是不能容许的。

上面列举的鼓吹封建奴隶道德的、鼓吹野蛮恐怖或猥亵淫毒行为的、丑化与侮辱劳动人民的这几类戏，都是"反对进步，拉着人们倒退的东西"。政务院已经有指示，要各地文教机构负责审查，积极改革。

当然，文教机构的审查和改革还依赖于广大观众的帮助，观众们在看戏的时候，应该很好地注意这点，如果看见有这类坏内容的戏演出，应该向剧团提出意见。中央人民政府文化部戏曲改进委员会，对各地提出停演的剧目会逐一地慎重讨论。决定禁演了《杀子报》（又名《通州奇案》《油坛记》《清廉访案》）、《九更天》、《滑油山》（是《目莲救母》中的一折）、《奇冤报》（又名《乌盆计》）、《海慧寺》（又名《双铃记》《马思远》）、《双钉记》、《探阴山》、《大香山》（又名《妙善出家》《观音得道》《火烧白雀寺》《观音游十殿》）、《关公显圣》（是《麦城升天》的后本，又名《玉泉山》《曹操感神》《活捉吕蒙》）、《双沙河》（又名《人才驸马》《天仙美人》）、《铁公鸡》（又名《刺向荣》）、《活捉三郎》（是《乌龙院》的后本）等十二个剧目。这十二个剧目任何情况之下都是禁止演出的。

与上一章一样，哪类内容是好的，哪类内容是坏的，当然不是这样一篇短文章说得完的，这里只能是谈个概念，主要还是要由观众们根据自己的政治水平去分析和判断了。

好菜还该烧得好

——编剧编得好不好？

还是用吃菜来比喻吧！我们吃的菜是要厨子把它烧起来的，如果厨子不高明，烧得不好，那也是不够味的。当然还该烧得好，白菜心才能成为一盘好菜。

看戏的道理也一样，光是"政治"上行，还不够，一定还要有好的"艺术"，我们批评一个戏的好坏，除了"政治标准"，还有一个"艺术标准"。因为一个戏的政治内容，一定要通过戏的艺术形式，才能告诉给看戏的人知道。如果没有好的艺术形式，任何好的政治内容，观众无法知道也是白白的。那和有某种艺术价值，在政治上是反动的作品一样，我们是反对的。毛主席曾经明确地为我们指出："缺乏艺术性的艺术品，无论政治上怎样进步，也是没有力量的。"

"艺术"既然这样重要，但是怎样的戏才是艺术上好的哩？下面让我们来谈谈这个问题吧。不过得声明，戏的艺术上的评价，和戏的政治上的评价一样，是一个细致复杂的问题，不是我和这样千把字的篇幅可以说得清楚。主要还要大家多多看戏，多多阅读各类艺术作品，提高自己的欣赏能力，依靠这种能力来观察和批评的，这里我所谈的，只是一些较为普通的原则。

大家一定看过变戏法吧，当我们看见变戏法的小伙计手里拿了一把刀，从自己腿上刺进去，鲜红的血顺着刀把子流出来，你一定要捏一把汗，替他担心着急，要是你看出那柄刀是假的，刺在腿上是刀缩短了，血是从刀孔里流出来的彩水，你却会发笑起来。你为什么刚才着急，后来又发笑了呢？因为刚才他演得逼真，后来你看出是假的了。看戏也就是这样，你看了觉得真有其事，那你才感动，否则，还不是也付之一笑的。譬如说，你看了京戏的《信陵君》，在演到《如姬盗符》这一段，你看过说明书，明明晓得符是要给如姬盗走的，但是这时魏王的一声咳嗽、一伸懒腰，都使你担心，担心如果给魏王知道，不但符盗不走，而且连如姬的性命也要给送了，问题就在你已经觉得这不是在做戏，这是真的事情。所以看上去有没有真的感觉，是一个戏的艺术的第一个条件。这里的所谓真不真，也就是说这样的事情可不可能发生。譬如说，越剧《大义灭亲》，戏里出现了一个带着警察出去收租的地主，而时间是在解放以后一年，我们大家都知道，解放以后地主带警察去收租那是绝对不可能的，看上去就知道时间上是不真实的，看戏的人哪里还会感动呢？如绍兴大班的《狸猫换太子》，有一场包公坐堂审案，判决一个有两个妻子的男人说犯了重婚罪，难道在那时候也有了婚姻法吗？我想你看了不但不感动，而且还会失声大笑的。历史上的事情，一定要符合历史的真实。要是你看了《岳飞》，你批评说岳飞个人英雄主义强，阶级觉悟不高，那是不对的，因为那时还没有马列主义，岳飞绝不可能像今天的共产党员那样。譬如说，沪剧的《凤还巢》，写的是镇压反革命的故事，戏里竟说香港也有人民警察抓特务了，这在地点上是不真实的，这样一个戏，我们看了又怎么会感动呢？今天，有些事实，可能发生在南方，就不可能发生在北方，一个地方和另一个地方一定是应该有区别的。如今有一些戏是把外国的剧本，改头换面地搬到中国来，硬要把外国的人物事件说成是出现和发生在中国，这和某些人把现在的人物事件去写成古装戏，如古装的京剧《三世仇》是根据现代剧《三世仇》改编的，如古装的越剧《相思果》是根据现代小说《相思果》改编的，一样是错误，应该给予严格的批评。

　　但是戏只要做得真实这点就够了吗？不够的，一个戏不等于照片的摄影，戏里要写一个人物，不是要它根据这个人的全部生活点点滴滴都描摹出来，譬如越剧的《称心如意》，在台上表现一个人的劈柴、烧风炉、吃面、午睡……一连串生活琐事，我们看了这样一个戏，能得到些什么东西呢？所以戏里表现的生活，一定是需要经过选择、带有代表性的。像《称心如意》是个宣扬婚姻法为主题的戏，就应该写出女主角在封建制度支配下所受的苦痛，如何憎恨旧制度和盼望一种新制度的产生，婚姻法公布后，她变得如何的幸福，这些能表现主题的事件。同时，所谓代表性不只是局限于人物事件的本身，主要还是要从人物事件和周围的一些关系来说的。譬如有一个叫《关好后门》的沪剧，写一个工会干部，为特务所利用，破坏了一架机器，后来为工人群众逮捕起来了。这样一件事，也许可能发生在某一个工厂里，但是今天戏里演了这样的工会干部是不合适的，因为这样的工会干部在我们的周围已经是非常个别的，不是普遍常见的，是没有代表性的。假如有一个戏把这样的人物搬上舞台，那是要批评的。

　　有时候，人数多的，也不一定是代表性的。譬如说，刚解放的时候，有一个农村里大部分人是保守的，进步的农民数目还少，我们在戏里表现的时候，还是要这数目少的进步农民来作为代表的（当然也可以写保守的，批评他们）。因为这些进步农民正是那些保守农民明天的榜样，提到理论上来说，就是这些进步农民和社会发展的本质相一致。所谓代表性，就是我们听见过人家常常说的"典型"，沪剧的《刘胡兰》，就是许许多多在敌人面前表现了共产党员优秀品质的英雄典型，从一个刘胡兰的身上，可以看出无数个优秀的共产党员，这样一个人物，好像就在你的身旁，因为你会看见过或听到过像她那样的英勇事迹，这样，你才能寄予最亲切最深刻的同情和热爱，这样，你才能愿意向她学习，这个戏才是完成它的任务，感动了你，教育了你。

目前在舞台上，出现着两种很不好的倾向，就是"公式化"和"概念化"。我时常听见有人这样说："现在的戏没看头，开幕总是地主逼租抢民女，结尾总是杀掉恶霸上山去。""解放戏枯燥得来，一上台就是叫口号，拥护什么，反对什么。"这两种倾向是严重的，它降低了戏的艺术价值，没有使政治内容与艺术形式很好地结合起来，问题是在编剧者，把本来是丰富的、生动的生活，写成了单调的、乏味的、千篇一律的公式。把本来有思想、有感情的人物，写成了无思想、无感情、干瘪的木偶人，叫人看了总觉得是老一套，更不用说感动人了。

凡是一切缺乏真实性的，缺乏典型性的，和公式化的、概念化的戏，在艺术上都是拙劣的。这些倾向，我们统称它是反现实主义的，结果不但没有将政治内容表达出来，相反是歪曲了政治内容。

白菜烧得不好，不过是味道不好罢了；戏编得不好，是会对观众有害的。

黄牛碰着了水獭

——演出方向是不是正确?

好多人到戏院里去看戏,总要在戏院门口买本说明书看看。为啥要看说明书?目的是帮助自己把戏看懂。但是如果说一个戏,非要看过说明书才能看得懂,那也是不对的。目前,的确还有一些戏,叫我们看不懂听不懂。为什么这些戏我们会看不懂听不懂呢?原因有以下几点。

有些剧团(指那些有条件上演现代剧的剧团)热衷于上演历史题材的剧本,当然我们不是一概反对演历史戏,历史戏如果观点正确,可以表现我们祖先的英雄伟绩,提高我们对民族对祖国的热爱,如京戏《将相和》《抗金兵》,毫无疑问,我们肯定它是好戏。但是,今天我们迫切需要的,还是正确地表现今天的英雄模范们的伟大光辉事迹,像沪剧《刘胡兰》《白毛女》《王秀鸾》,因为表现刘胡兰、喜儿、王秀鸾这些人物更能直接有效地教育我们,因为刘胡兰她们可以出现在我们周围,我们是熟悉的,看上去就好像很亲切。往往一个戏,因为故事发生于古代,人物又是很陌生的,我们看上去总觉得有距离,《人民日报》社论也曾指出:"地方戏尤其是民间小戏,形式比较简单活泼,容易改造发展,容易反映现代生活,也容易为群众接受,应特别加以重视,戏曲工作者,应充分利用这些形式来创造表现现代人民的生活和斗争的剧本。"

有些剧团仅仅在服装上转念头，他们生硬地搬演了许多其他民族的西洋国家人民生活的戏，像越剧的《飞红巾》《沙漠王子》《英雄与美人》，我们一般不反对反映各地生活的戏曲，因为我们需要知道许多兄弟民族、兄弟国家的生活，甚至于敌人的生活，但是我们更需要知道我们自己的生活，我们自己生活当中的优点和缺点。像我们看了《飞红巾》，我们就可以问，为什么不把我们上海等地的镇压反革命的故事搬上台去？似乎故意要人不懂地去演蒙古的捉特务故事呢。往往一个戏因为地点距离较远，那些生活不是我们所熟悉的，所以就使我们无法看懂了。

有些剧团，他们不肯把工人农民和解放军搬上舞台，即使搬上去，也不过是当当配角而已，舞台上依旧被那些着西装、穿高跟鞋、不事劳动的少爷小姐所占领，他们进进出出，耀武扬威。舞台上的地点，很少表现工厂、田地、山野，大多装饰为舞厅、咖啡馆、酒吧……今天，我们不是一概反对舞台上出现少爷小姐和他们的栖游之所；今天，我们要求多把我们做工的、种田的、当兵的，搬上舞台去，演我们工厂里、田地里、山野里的生活。那些华尔兹、可可、三明治，今天，我们还可能听不懂。今天我们要懂的是高度切削法、康拜因割打机、喷气式战斗机。

有些剧团的态度，我们是不能容忍的，他们向我们炫耀自己的"才学"，似乎不要我们看懂戏，如越剧的《贾宝玉》《西厢记》等，竟出现了这样的唱词："可怜你香消玉殒了无痕，叫哥哥潇湘何处觅芳魂，妹妹呀，你是秋水为神玉为骨，丰姿丽质本天生。""一声声但闻听管笛笙箫，一阵阵只觉得喜盈眉梢，宝哥哥林妹妹白首偕老，情切切意绵绵夙愿今了。""欲免相思恨转添，巧使红娘送信简，暗藏暗谜费疑猜，人约黄昏花月前。""风声鹤唳哭长空，泣麟悲凤点点痛，只听得铁骑刀枪去冲锋，落花流水声溶溶，又听得天外花宫夜撞钟，漏声长滴响壶铜。"唱起来，只觉得"铿铿锵锵"，不知道在说些什么。今天我们反对那些语言粗糙庸俗的东西，也不欢迎叫人看不懂听不懂的戏。

这是一个剧团本身演出方向的问题，如果是演给我们看的，当然给我们看得懂听得懂，那是个最起码的条件。我们反对那些挂着"为工农兵服务"的牌子，而实际上演出一些硬叫工农兵看不懂听不懂的戏的市侩作风。

分不出是假是真

——演员演得好不好？

　　如果我们只是为看演员而到戏院里去看戏，当然是不对的。但是，我们不能否认演员在戏里的重要性。大家知道，具体表达戏的内容的，主要是靠演员，如果没有演员，就不可能把戏里的故事告诉给观众们知道，也就不能成为一个戏。一个好的戏，一定要有好的演员来表演，反过来说，一个蹩脚的演员，是演不出好戏的。演员演得好不好，可着实是个重要的问题。

　　那么，一个演员怎样才算是演得好呢？主要是他唱得好不好，做得好不好。因为戏曲的演员，是通过唱和做来表现戏的内容的。

　　先说唱吧！大家知道，唱得好那是唱的声音好听，有拍子。当然声音好听，有拍子，是应该注意的，戏是一种艺术，戏的声音就应该是优美的，绝不是没有经过提炼，日常生活中一般的自然的声音。但是光好听，如大家所赞赏的"清脆""婉转""洪亮""圆润"，就行了吗？不行的。听说名京剧演员余叔岩当年跟他的师傅谭鑫培学戏，有一天谭师傅叫他唱一段《卖马》，余叔岩为了要在师傅面前亮一亮嗓子，几声西皮慢板唱得又高又响，好漂亮，边上听的人都啧啧称赞不已。余叔岩自己也非常得意，愈唱愈高兴愈有劲，可是谭鑫培在后面却皱着眉头不开心。余叔岩唱得更高兴的时候，谭鑫培在他的头上重重地敲了一下，余叔岩被打得莫名其妙，半晌，谭气狠狠地说出他的理由："一个英雄落魄到了如此凄惨境地，连自己一匹心爱的好马都养不起，忍心要卖掉，心里该多么难受，能像你那么得意洋洋和高兴吗？"所以我们说，好听应该是在内容的基础上来判别的。因为唱主要是表现剧中人物的感情，如果，剧中人像《卖马》里的秦叔宝一样感情上是悲伤的，那唱的声音也应该是悲伤的，这是个主要的问题。我们听演员的唱，要从他唱的快慢、高低、强弱中，体味出他的感情，再来分析剧中人，在那个时间、地点、环境应有的感情，看二者是不是符合，不符合的就是没有表达出或者是歪曲剧中人的感情的，那就是唱得不好。下面附带的还有一个问题，就是要唱得清楚，有些演员唱得很好听，也能真实地表现感情，但是齿音含糊，或者唱得怪声怪气，结果，观众听不懂，说点什么大家都不知道，那也算唱得不好的。

再谈做吧！那和唱的一样，我们看他做的动作是否优美，是否符合剧中人的感情。必须指出，有些演员在台上是为做戏而做戏的，他们不照顾戏的内容，尽量卖力表现自己，讨好观众，这样效果上会是相反的。譬如有个越剧里，一场戏是地主吊打农民，那扮狗腿子的演员挤眉弄眼，竟引得台下人哗然大笑，这样我们是反对的。有些演员，认为自己有一套表演技术，哭的时候也装得起一张哭脸，高兴的时候也会蹦蹦跳跳。但是我们说，如果表演只是外表上装装样子，那是不够的，还应该从内心上去发挥感情，而且一个演员还要每分每秒钟有戏，上场的时候，带戏上台，下场的时候，带戏下台；在台上不论是谁在唱，是谁在做，都应该有戏，单是看人演戏是不好的。有些演员，他们也竭力想模仿真实，要观众看上去觉得像，连许多很微小的动作都表演出来，我们说，光像还不够，还要求演员把动作加工提炼，不必要的动作删除它。有些演员，他们的演技定了型，这在戏曲演员中是一个严重的问题，因为他们从学戏时开始，就给师傅安排定是"小生""花旦""小丑""大花脸"……他们演任何戏，总是靠自己这么几下，这样的表演方法也是要突破要提高的。

在过去演戏当中，台上还有"马前""马后"两种恶劣习惯。"马前"，就是叫演员把戏偷掉，快些做完；"马后"，就是叫演员任意加戏，将戏拉长。今天，我想是不应该有这样的情况发生了。

总的说来，一个演员如果通过他的唱功做功，能够把内容正确地集中地反映到你的脑子里去，而且要你相信这是件真的事情，那么这位演员才算是演得好的。

演戏都是一种再模仿，当然是假的，但是通过了演员的演技，使你不觉得这是在演戏，而真像看到一件事实一样，演员演得好不好，关键就在这里。

皮上疥疮也是病

——哪些舞台形象是恶劣的？

中国人民站起来了，我们在我们自己的舞台上，看见了无数的勤劳勇敢的英雄祖先们，他们为着保卫祖国和争取自由，向侵略者、封建统治作了不屈服的坚毅的斗争。我们看了这些人物的伟大事迹，感到今天作为一个中国人民是光荣而骄傲的。但是我们在有些戏里，还看见一些病态的、丑恶的、歪曲的舞台形象，和我们祖先的英雄们出现在一个舞台上，是很不调和的，这些坏的舞台形象是：

小脚——大家知道，在封建统治时代，中国的妇女，是受尽压迫受尽侮辱的，这不仅表现在婚姻制度上和社会地位上，而且在肉体上也给以大大的摧残。小脚就是被摧残的病态之一。俗语说"小脚一双，眼泪一缸"，足见得妇女们缠足的痛苦。妇女们为什么要缠足呢？那是封建地主们，为了满足自己的兴致，野蛮而残忍地迫着妇女们这样做，以供他们玩弄。这是中华民族历史上的污点，今天我们是不容许它在舞台上再来表现的，有些戏里，像京戏的《小放牛》《挑帘裁衣》《双官印》……旦角上台都是踩跷扮小脚的，应该将它废去了。

淫荡猥亵——有些戏里表演男女关系是非常卑下的，如婺剧的《十八摸》，表演一个船客向船家女身上捏弄、抚摸的动作。如越剧的《马寡妇开店》，马寡妇的咬手巾、打寒噤、耸肩头、晃裤子，表现思春。如昆曲的《九曲珠》，旦角全部着红肚兜裸体上台。这些淫荡猥亵的表演，当然有一些是由剧本上决定，但也有好一些是由演员自己表演起来的。其余还有如足挑目动，戴奶头，摇帐子，都是很下流的。有的演员甚至把《刘胡兰》这样的戏，也演得极其色情，那都是不能容忍的。

迷信恐怖——在前面也曾提到过，如昆曲的《滑油山》这类戏，在戏里出现的尽是一些白无常、黑无常、牛头马面、厉魂恶鬼。如越剧的《僵尸拜月》，则满台是红毛僵尸、黑毛僵尸、男僵尸、女僵尸、老僵尸、小僵尸。这类戏大多是宣扬循环报应，是地主阶级和封建统治者用以来麻醉和恐吓人民的，希望不要再把它搬上舞台来了。恶劣的是今天有几个剧团，仍然不肯把这些丑恶的形象拉下台去，如有个京剧团演出了《新活捉三郎》，阎婆媳的鬼魂依旧上台，同样活捉，最后只由阎婆媳说了一句，她是梁山上一丈青假扮的，这样的改戏态度，是极其不负责任的。

酷刑凶杀——旧戏中表现残酷刑罚和野蛮杀害的戏是很多的，如维扬戏的《呼家将》一剧中，呼必显被审时，用刑逼供，先是挟棍，又用水浸皮鞭抽打，再以烙铁烫身，坐火链，披麻大拷，滚钉板，踏铁菱角，加上洋红水带彩，残酷得令人惊骇。如京剧的《杀子报》一剧中，徐氏杀子时，先将官保痛打一顿，然后用手扼颈，官保四肢抖动，七孔流血，徐氏又将他剁成一小块一小块，塞进酒坛，真是惨不忍睹，这是要大大伤害观众的心理的，今天是不许再表演这些了。

打屁股——旧戏中那种打一下报十下的打屁股的表演，也是非常不好的。如京剧《虹霓关》中，东方氏和王伯党结亲对饮时，来报敌人讨战的家兵，挨了四十大板，打后还撩起袍裙，把遮护在屁股上的一块棉椅垫露出来给观众看，这形象真是非常丑恶的。这些丑恶的形象早已为敌视我们的外国人作为讥笑中国人民的话柄，所以我们应尽量给它避免，必要时，可以移到台后去用声浪表现出来。

磕头——磕头跪拜是古代的一种礼节，据考证，磕头表示自己是犬马一样匐地爬行，这种礼节，多是用在下对上的，主要是被压迫者对压迫者的，所以这种礼节，本质上是带有极其浓重的侮辱成分的。旧戏里，被压迫的人常常给处理成动不动就双膝跪地、磕头如捣蒜的。如京剧的《六月雪》里，窦娥受了那样的深沉不白之冤，就刑之前，还要她给刽子手来行一番大礼。如维扬戏的《战太平》里，华云自刎之前，还要朝空对主上一拜。这真是多余的，这种奴性的表现，也是要伤害人民的自尊心，可以加以适当的删除。

辫子——辫子是清朝统治阶级强迫中国人民接受的一种侮辱，他们入关以后，即施行了"留发不留头，留头不留发"的暴政，全国人民为了拒绝接受这种丑恶的标志，曾流过不少鲜血，大家知道的扬州十日大屠杀，就是扬州人民不愿意剃发养辫。太平天国革命也曾用留发作为民族气节的表示，给清朝污蔑为"长毛"，可见得当时人民对辫子是如何的憎恨，今天，我们不能允许侮辱民族的记号，再出现在我们祖先的头顶，我们要将辫子从舞台上扔下去。

不科学的武工——武工当然是必要的，因为戏里要表演打仗，但是戏里有一些武工是野蛮残酷的，例如《嘉兴府》里的摔壳子，一个演员向上纵起，在空中翻过身来，四肢向上，落下来时背脊着地，这样的跟斗姿势并不美，而且要影响演员的健康。还有一种武工，是歪曲剧情的，敌我二方，交换武器，游戏似的掷刀递枪，似乎这不是双方在打仗，这是在单方练兵。这样的武工，都是应该改革的。

擤鼻涕——维扬戏《龙凤帕》中，晚娘打官司，故意把鼻涕擤到县官脸上去，县官用手把鼻涕抓下来闻闻，还用舌头舔了几下，真是肮脏落后之极。其余，像京剧《大名府》《二龙山》《巧连环》《十字坡》等剧中，都有擤鼻涕的表现，必须改掉才好。

丑恶的脸谱——在脸谱里有些脸谱是侮辱劳动人民的，如鼻梁上白粉涂的"豆腐块"。有些是过于狰狞的，如一些歪七倒八的青面绿牙的脸谱，叫人看了恐怖。也有些是封建迷信的，如脸上有太极、月牙、龙形，这些都应该酌量地加以修改。

不合理的服装——旧戏里台上的服装是混乱不堪的，有一些戏，不晓得故事背景究竟是在哪一朝代。更有问题的是许多戏里把衙役、禁卒、解差以及盲人、医生等不管是在任何朝代，都是清朝打扮的，这是封建统治者对这些人的轻蔑，我们应将它改正过来。

舞台上落后的习惯——旧剧舞台上有着许多落后的习惯，如台上有着些和戏无关穿便衣的检场人员跑来跑去，搬台子、移椅子、抛垫子、收垫子，替演员当场换服装、卸头面，给演员吃茶、拉城门、递东西，这样都是要破坏剧情的，其实有些工作可以由演员自己来做，有些事情应该移到幕后去，开戏以后，除了剧中人，任何人都不要出头露面，最好使音乐组也想办法隐蔽起来，使舞台上能干净。有的剧团里学徒初次登台，师傅竟要立到台上去"把场"，广告上还大肆宣传，"某某登台把场"，这是非常不好的，应该废止。

所谓舞台形象，当然是由于戏的内容所决定的，改戏应该先从内容上着手，但"皮上疥疮也是病"，本身的病应该治疗，皮肤上的疥疮也要用药来搽好它的，所以，澄清舞台形象也是一件不容迟缓的事情。目前大部分剧团在这方面是有一番努力的，当然也有少数剧团，仍旧在舞台上出现这些病态的、丑恶的、歪曲的形象，我们在看戏的时候，应该密切地注意这些。

手表戴在脖子上

——演出态度是不是严肃?

有些剧团里,他们认为观众是落后的,为了想吸引观众去看他们的戏,不惜在戏里装了许多"噱头"。

所谓"噱头",就是并非在内容上需要,而过分夸张了的东西,譬如说手表应该戴在手上,如果你将它戴在脖子上,那就是"噱头"了,戏里一般的"噱头"有:

抓哏——有个京剧团演《女起解》,饰崇公道的演员竟对苏三说:"苏三呀!谁也不怨,只怨你的命不好,你若是生在今天,也就可以和女同志们一样地参加工作了,就不必当妓女了不是?"有个绍兴大班剧团演《济公传》,一个财主给了济公二锭银子,饰济公的演员竟说:"如今银子不好用了,我要人民币。"后来济公为了去救一个徒弟,冲进了迷魂阵,一面交战,一面嘴上喊起:"志愿军来了,不投降的统统枪毙。"这样强迫使古代人物来说现代人的话,是很不好的,一方面是歪曲历史,一方面是污蔑现实的。我们必须反对这种无原则的抓哏逗笑取闹的演出态度。

走尸——有个京剧团表演一个壮士杀死了一个赃官,饰壮士的演员说"尸首退下",于是这具尸首就乖乖地站了起来向观众做了个鬼脸,依命退下了。有个江淮戏的剧团,演二军交战,被杀的人,竟只把头仰了一下,并且向对手说:"同志,再见啦!"这样角色死了,以演员的身份爬起来走下场去，叫"走尸"，是非常不合理的，必须革除。

反串——有个越剧团演出一个反霸戏，内容上倒并不坏，后来卖座差了，竟想出用"全体大反串"来号召一番，演农民的小生饰地主之妻，演农妇的花旦饰地主，演地主妻的老旦饰农民，演地主的大花脸饰农妇，结果观众看了那对地主夫妇倒蛮可爱，讨厌的却是一对农民夫妇，在效果上正是相反的，这是一种非常坏的风气，是必须纠正的。有些剧团在封箱或者歇夏之前，或者戏院满期，或者营业不振时，就要这样来一下，在中国地方戏里，若干剧种是男子演花旦的，或者女子演小生的，已经很不合理了，如果再要"反串"，更是恶劣了。

戏中串戏——有个甬剧团演出的《金生弟》，有一幕戏是戏中串戏的，台上演员唱完一只，台下观众喊"再来一个"，并且还点出曲名，于是台上再唱一个观众们所点的。有个京剧团演出《溪皇庄》，竟以"时装登台，戏中串戏"来作号召。当然，如果内容需要，戏里也可以表现演戏，但是把"戏中串戏"作为"噱头"和在戏中演舞蹈杂耍一样是恶俗的，是要破坏戏的内容，和使艺术堕落的。

插演电影——从前有个京剧团演出的《牛郎织女》，戏演到中间突然停止了，放起电影来，片子上竟有个裸体的女人在河里洗澡，半晌才使人明白，那是"织女沐浴"。有个越剧团演出的《沙漠之春》，戏的中间也出现了一对男女接吻和拥抱的电影，说是幻想。这样把戏和电影混在一起，不但破坏了形式的统一，而且歪曲了内容，应该革除。

台上搭台——有个越剧团演出的《梁山伯与祝英台》，在台上搭起两三层平台，硬要戏就在这几层平台上进行，这样不是从内容上需要出发，搭起台来将戏硬凑，是不好的，这也是一个庸俗的"噱头"。

从台下到台上——有个京剧团演出的《荒江女侠》，一场戏是庙里做佛事，四十多个和尚竟从前台门口进来，敲敲打打，穿过观众座位走上台去，竟花了二十多分钟的时间；为什么要从台下走到台上去呢？从台后出来不是一样吗？这样的"噱头"也是用不着的。

真牛上台——有个京剧团演出的《天河配》，牛郎是牵着真牛出来的，但是牛郎还没唱了几句又给牛拉到台后去，几个检场的用力推着牛屁股才把牛又牵了出来，牛给拉拉推推吓慌了，撒了一堆粪，检场的又忙于扫粪，牛郎要下场了，也是由检场的推了下去，这样"真牛上台"不但无助于演出，相反还是破坏演出的。有些剧团常以什么"真蛇上台""真花轿上台""真棺材上台"来号召，这和"纺棉花"搬出装有电灯用镍镀亮的纺车来一样，非但不是艺术，而且在台上弄得七零八落，破坏了整个戏的内容。

其他，像一些剧团演戏的时候，戏院里挂灯结彩，搭牌楼，把花轿放在门口，或者每个观众送一只红蛋，送一张演员亲笔签名的照片……都是非常低级恶俗的"噱头"，我们在看戏的时候，绝不能给这些"噱头"迷惑，不要上"噱头"的当。

红花要有绿叶扶

——布景、道具、灯光、服装、化妆、音乐、效果等起啥作用?

俗话说:"红花要有绿叶扶。"可不是,一个戏如果只有剧本好,演员好,还是不够的,还要有很好的布景、道具、灯光、服装、化妆、音乐、效果……来配合,因为这些都是戏的组成部分,要是配合得不好,还是成功不了一个好戏的。所以我们看戏,要看剧本和演员之外,还要看布景、道具、灯光、服装、化妆、音乐、效果等配合得好坏。怎样来判别这些部门的好坏呢? 我想是这样:

布景和道具,我们通称它是"舞台装置",有些人认为装置的好坏就在于好看不好看。当然我们要求装置漂亮一些是可以的,但是光要求好看漂亮是不行的,譬如说《白毛女》这个戏,我们把喜儿的家里装置得像黄家的大厅一样,那是不对的,所以我们说:装置应该是合乎剧情的,好看、漂亮,应该以戏的内容作为基础。也有些人认为装置要像,要求看上去和真的一样,这样的看法当然是对的,譬如《白毛女》里的奶奶庙,是个冷落的荒庙,要是装置得成为上海的老城隍庙一样热闹,就不像话了;但是,假使装置光是像,问题就来了,譬如黄世仁母亲房里,一定有许许多多家具,一起搬到台上去,舞台怎么塞得下呢? 而且黄母的房,一定是四面有墙的,台口一面应该搭起一片墙,那观众就无法看戏了;所以我们说:装置应该像,但是应该在能不能说明问题的基础上，来删除那些没有必要的。黄母的房里可以不放台子，因为戏里没有用处，但可以摆一个里面放一大沓收租账簿的柜子，因为我们可以从这个柜子上看出他们过的是怎样的生活；再深一步讲，装置不但要能说明剧情，而且还要能预示剧情，譬如《白毛女》里，黄家虽然富丽豪华，但可以把屋里的栋梁画得倾斜一些，墙壁也有几条裂缝，看上去就给人一个地主阶级的政权崩溃在即的印象。

灯光的作用，第一当然是把舞台照亮，否则，舞台上一团黑总是不能演戏的。第二是帮助剧情，譬如装置上无法表现白天和晚上，灯光就可以表达出来了。第三是制造气氛，这是最重要的，譬如说，《白毛女》中喜儿家里，为了显示在地主阶级压榨下的痛苦，灯光就应该是暗淡黑灰的，到解放以后，她们翻身了，一家喜气洋洋的，就应该打深亮的红光。

服装和化妆，是一个角色外形的一部分，外形应该根据什么呢？当然是根据这个角色的身份、性格、年龄，符合于有关的时间、环境。譬如说《白毛女》里的穆仁智，一个三十多岁，阴险的地主狗腿子，服装就应该比农民讲究，但是比起地主黄世仁来是应该差一些的，脸部化妆也应该是鼠耳蛇眼，养点小胡子，讨账的时候，是冬天，必须穿棉袄，地点是在北方，棉裤上可以用带把裤管子扎起，这些都是应该注意到的。有好些剧团，服装是演员自己购置的，要是饰喜儿的演员比饰黄世仁的演员有钱些，台上穿的服装，喜儿就比黄世仁阔绰了。也有些演员，不肯化丑脸，演黄母的会打扮得年纪轻轻的，演黄世仁的会打扮得俊俊俏俏的，这样都是非常不好的。也有些剧团，他们的服装和化妆成了一套公式，演观众的都是酒保似的青衣小帽，脸部一律化成白脸珠唇的小生样子，这样也是要批评的。

音乐和效果，这里要讲的音乐是指音乐组乐器的配音，这里要讲的效果，是指配合前台表演拟做的声音，音乐和效果的存在目的，当然和前面的几部门一样，是为了帮助表现戏的内容，譬如说，《白毛女》里，杨白劳从地主家盖上了手印回来，走路时的配音，就应该是沉重的、迟钝的，以表示出他心境上的苦痛、矛盾。譬如说，后来大春和红军来了，就应该是雄壮的、轻快的，以表示红军的到来足以使农民们获得幸福快乐。效果也这样，不只是可以配合前台演戏，有时也能制造气氛的，譬如《白毛女》里，喜儿在奶奶庙赶黄世仁，可以配上数声雷响，能把喜儿的仇恨更显得有力些；譬如在黄母责骂喜儿的时候，可以配合数声狗吠，能更衬得黄母的凶辣。

其余，还有像司幕等部门。不要看司幕简单，幕的升落也是要配合戏的内容，制造气氛的。譬如说，快乐的时候，应该升得或落得快；悲哀的时候，应该升得或落得慢；紧张的时候，应该升得或落得快；轻松的时候，应该升得或落得慢。

总之一句话，不论布景、道具、灯光、服装、化妆、音乐、效果……都应该服从于戏的内容，很好地配合演员等各部门，共同一致地把戏的内容反映出来，否则，各自为政，那是不好的。

镜框子里的画片

——导演导得好不好？

　　我们坐在座位上，两只眼睛直瞪着向舞台上望，舞台像一个镜框子，戏的演出像一张张连续不断的画片在镜框子里抽过，这和我们躲在屋子里看的剧本是大不相同了，剧本是平面的，到了舞台上演出，已经将剧本立体化起来。有时候，剧本上有一些缺点，但是在舞台上演出时，看了倒很好；有时候，剧本看了很好，但是在舞台上演出时，倒有若干毛病。所以我们说舞台上的演出，和剧本是两回事，把一个剧本搬上舞台演出是一种再创造，负责再创造的人就是"导演"。

　　前面讲过一个戏的演出，要有剧本，有演员，有布景，有道具，有灯光，有服装，有化妆，有音乐，有效果……"戏"是这样许许多多艺术综合起来的，而导演正是主持综合艺术的人，有人把导演比喻为一个战斗的指挥员，比喻得可真像，大家知道，战斗一定有战斗的目标，指挥员应该指示部队向一定的集中的目标袭击，戏的演出和战斗一样，也是有目标的，譬如说这个戏的主题是反地主恶霸的，各部门各段戏就要集中地表演农民的组织起来和地主恶霸进行斗争，打倒地主恶霸。

　　譬如说《白毛女》这个戏，要是你着重去描写大春和喜儿的恋爱，他们如何一起在地里干活，二人如何商量准备结婚，把这些戏尽量描写夸大，而把农民和地主间的斗争紧缩削弱，那就是没有把戏的主题表现出来；要是你着重去描写地主的残暴，把如何调戏喜儿，如何强奸喜儿，如何责打喜儿，如何要喜儿挨饿这些戏表现得很长，而把喜儿的反抗，红军来了获得翻身，一掠而过，这也是没有把戏的主题表现出来；这都是导演处理得不好。

其次，战斗还应该有组织的，部队向敌人据点进攻的时候，各种人员各项工作必须联系得很好，配合得很好的，突击队冲锋的时候，火力队应该开机关枪大炮掩护；爆破队爆破了敌人的碉堡，突击队就应该突击上去；要是你爆你的破，我开我的枪，他冲他的锋，那这场战斗一定是要失败的。戏的演出也一样，演员、布景、道具、服装、音乐、效果……相互间要配合得很好，譬如《白毛女》里，要是杨白劳在喝盐卤的时候，喜儿醒过来，看他一口一口喝下去；要是天在下雪，大春却摇着扇子；要是喜儿在哭她爹，音乐奏的是非常愉快的声音；要是大春还没有把枪拿出来，枪声的效果就响起来了，这样是个很糟糕的戏。戏的各部门不但要互相不破坏，而且要互相帮助，譬如《白毛女》里喜儿大春他们在吃饺子，发现了杨白劳不吃，要马上放下自己手上的碗，跑过去问他；大春和喜儿见面这场，因为要表演山洞外面和山洞里面的事情，所以布景要一半是洞里，一半是洞外；喜儿逃出山洞的时候，嘴上唱的是风吹雪飘，效果上要用碎纸片撒在她身上，滚动风声器，摇曳台上树枝，这样才是对的，才能够集中地共同地把主题表现出来。

还应该注意，大家常常听说的戏的"气氛"。"气氛"主要就是导演创造的，我们要看一个戏导得好不好，还要看导演有没有制造气氛、制造得好不好。譬如说，有一场戏，是间破落低矮的房子，窗很小，窗外的天布满乌云，屋子里黑黢黢的，一个女人，苍白的脸哭丧着，头发散了披着肩，身上穿的是一件深青宽大的长衫，远处鸦雀在哀啼，她嘴上微沉叹息着，拖一双脚迟缓地走向窗边……这样就是导演根据戏的内容，利用情节、演员及各部门，制造成的一个悲伤的气氛，会给大家一个沉闷难受的感觉。

一个戏的发展，有一定的速度，一定的节奏，就是说：一个戏某一段戏该演得快，某段戏该演得慢，而快慢必须是有拍子的，否则，整个戏平铺直叙，一点不紧张，那是没看头的。或者，一段快，一段慢，乱来一通，也是破坏戏的。一个戏的发展，必须根据戏的内容，分别轻重，像潮水一样，起始是很平静的，一些些地泛起浪潮，浪潮愈来愈高，一直到顶点，顶点过去了，浪潮又渐渐低落，恢复起始的平静。一个好的导演一定要把速度和节奏掌握得很好。

当然，我们也要考虑好看不好看的问题，所谓好不好看，这问题包括三部分。

一是剧中人的形象怎样？如果说，舞台上出现的一个工人，脸青头歪，人矮背驼，走起路来摇摇摆摆，那无论如何是好看不来的，所以说形象必须加以美化。当然，这里指的是那些正面人物。

二是部位，就是舞台上人物坐在哪里，立在哪里，朝哪里走，及布景道具放置的地方。这有六个原则：一、必须均衡，舞台上前后左右分量要匀，所谓匀，就是要求和杆秤一样，秤钩上的东西，和秤锤要相等，舞台上的人物、布景、道具，不要有轻重面，要注意的，这不能像天平，如果舞台的一面是两个人、一张台子、一棵树，另一面也一样，尽是这样对称也是不好的。二、必须集中，许多人物当中必须有一个人作为中心，其余的人是围绕呼应他的，让观众们特别注意一点。三、必须变化，如果舞台上老是一个样子，或者和前几场的部位一样也是不好的，需要有变化，各种不同的变化。四、必须层次分明，不要重重叠叠塞在一起，台上不能太乱，要干净。五、必须统一，变化之中，整个戏格调要一致，如果每幕处理的方式不同也是不好的。六、必须连续，戏不是拉洋片，应该是连续的，除了幕场之间，不能隔断。

三是色彩，包括布景、道具、灯光、服装、化妆的颜色，这些颜色要根据戏的情节、时间、地点、环境等配合得很好，不要满台是红色，或者满台是黑色，当然也不要每场都是一半红一半黑，应该很调和，同时调和当中也应该突出一点，譬如这场戏是以一个小姑娘为主的，这小姑娘的衣裳颜色就应该是整个舞台上的颜色中最突出的一种颜色。

必须再讲一遍，要注意的，气氛、节奏、人物的形象、部位、色彩，一定要根据戏的内容来进行美化，要是脱离了内容，那是没有美化可言的。

这里所谈的，只是我们向导演要求做到的主要的几点，其他一些零碎的具体的问题，限于篇幅只好从略了。总的来说，一个导演导得好不好，就是看他有没有通过他的创造、通过他运用的各部分艺术，把应该让我们知道的很好地告诉给我们了。

吃完桃子种桃子

——怎样才是一个好观众？

吃完桃子种桃子，看完戏也不是没有事情了，看完戏事情可真多着呢。

幕落下来以后，看戏的人都立起身来走了，你也挤在人群当中，慢慢地出了戏院，搭车回家去。这时候，你的脑子里一定忙碌地想着这个戏，或者和跟你一起去看戏的爱人以及同志们谈着这个戏。对，一个好观众看完戏就应该研究这个戏，讨论这个戏。研究些讨论些什么呢？要是这一个戏觉得还上好，那么你就应该知道你在这个戏里得到些什么。譬如说，你看了京剧《将相和》，你知道了廉颇和蔺相如的闹意见，结果使国家受到了敌人的侵略；由此，你再想到，厂里你们小组里有两位同志闹不团结，不是生产也受到损失吗？就是说你看了《将相和》这个戏，知道了团结的重要性。想得再深刻一些，你想着了你在工作当中，曾碰到像廉颇这样喜欢闹不团结的人，但是你却和他吵口顶嘴了，没有主动地帮助他、团结他，是不应该的，因为你想着蔺相如这个人，廉颇曾三次挡他的路，他还是没有生气，耐心地说服廉颇；你也想着了你曾经得罪过人，但是还处处跟他捣蛋，没有向他道歉赔礼，是错误的，因为你想着廉颇这个人，他打击了蔺相如，但是后来能立即认识到自己的错误，带了棍子去向蔺相如请罪。你通过《将相和》里的两个人物，更懂得了团结的态度和方法；要是你已经想到了，那你还应该把思想再巩固起来，时刻记住，要搞好生产，首先同志们要团结，要是你没有想着，你就要研究就要讨论，否则，你还没有完成一个观众应该完成的任务。

当然，有些戏是有缺点或者有错误的。譬如说，越剧《父子争先》是一个好戏，但是戏里出现的村长和民兵队长两个干部，写得不够好，他们上场来根本没有替人家解决问题，在台上滑稽一通，这是出干部洋相的。譬如说，沪剧的《蝴蝶夫人》，戏里把一群中国的留学生都写成了卑鄙阴险、争风吃醋的坏蛋，这有伤中华民族的自尊心，是有原则性的错误的。一个好观众，应该有批判的能力，不但知道一个戏好在哪里，还要找得出一个戏的缺点在哪里、错误在哪里；否则受了坏戏的影响，那和吃了砒霜中毒一样的危险。

这不只是在内容上，还有在艺术上，剧本编得好不好？演出的方面正确吗？演员演得好不好？有没有恶劣的舞台形象？演出的态度是不是严肃？布景、道具、灯光、服装、化妆、音乐、效果、配合得怎么样？导演导得好不好？都要有欣赏鉴别的能力，知道好的不好的，或者对的不对的。

经过研究讨论，知道了这个戏的好坏以后，是不是观众的责任就完了呢？没有完。坏的戏应该提出批评，批评的方式：一种可以把它写在纸上，有些剧团说明书里附有意见表，写好寄到剧团里剧务部去，他们会考虑你的意见进行修改的；一种可以把它写成稿子，寄到报馆里的文教组去，他们会考虑把它登出来，或者转到有关机关去处理。要是这是个好戏，有价值介绍给大家看，你除了可以写信给剧团鼓励他们今后多演这样的戏之外，你应该给报纸写介绍稿，把你看了认为好的地方谈出来；或者，把你的稿子写给你们单位的黑板报；或者口头介绍朋友们、亲友们去看；或者通过你们的工会文教组，组织大家集体去看。因为一个好戏，观众是有责任介绍别人去看的，这不是替戏院子拉生意，和有些人推销红票捧角儿的场是有本质上的不同的；因为一个有宣传教育意义的戏，要有观众去看，才能收到宣传教育的效果。

应该声明，这里我所谓应该批评应该介绍的，是那些值得批评值得介绍的戏，如果说，就是一句说白好或者一场布景坏，就写了一篇长文章寄到报馆里去，那是不必要的。

大家知道，戏不同于一篇小说、一张油画，小说、油画，没有人看它，摆在那里，还是一件艺术作品；可是一个戏，一定要有观众才能演出，观众是会影响戏的演出的。譬如说，看戏的观众们情绪很好，舞台上的戏便愈演愈有劲道，要是观众们乱七八糟，戏也是要演得没精打采的。说明白一些，观众是直接帮助戏的演出的，观众是戏演出的组成部分，没有观众就没有戏；观众的好坏就要影响戏的演出好坏。

所以，剧团要演出好戏，就要求每一个观众都是好观众，如果大家要看好戏，首先自己要是一个好观众。

大家剃头的时候，都喜欢剃得齐齐整整，大家洗澡的时候，都喜欢洗得清爽干净，大家吃水果的时候，都喜欢吃得好吃过瘾，当然大家看戏的时候，也是喜欢看个好戏的；那么，同志，你就应该做一个好观众。

全国戏曲种类及其流行地区

一、戏曲

一　京剧　流行于全国各大中城市。

二　评剧　流行于河北、山西、陕西、四川、江苏、湖北、山东、安徽、江西及东北各省。

三　越剧　流行于浙江、江苏、江西、安徽、湖北、山东、福建、四川、河北等地。

四　昆曲　流行于河北、江苏、浙江、安徽、四川等地。

五　弋腔　流行于江西。

六　河北梆子　流行于河北等地。

七　秦腔　流行于陕西、甘肃、四川等地。

八　代州梆子　（又名晋剧）　流行于山西。

九　蒲州梆子　（又名蒲剧）　流行于山西。

十　上党宫调　流行于山西东南一带。

一一　老丝弦调　流行于河北。

一二　高腔　流行于河南、四川、江苏、浙江、湖北、湖南、云南等地。

一三　三腔　流行于安徽、浙江等地。

一四　沪剧　流行于江苏南部、浙江北部一带。

一五　江淮剧　流行于江苏及浙江北部一带。

一六　维扬剧　流行于江苏、浙江、安徽等地。

一七　常锡剧　流行于江苏。

一八　甬剧　流行于浙江、江苏等地。

一九　四平调　流行于山东、安徽等地。

二〇　梆子调　流行于山东。

二一　徽戏　流行于安徽、浙江等地。

二二　婺剧　流行于浙江、江西等地。

二三　目连戏　流行于浙江、安徽等地。

二四　傀儡戏　流行于全国各地中小城市及乡村。

二五　皮影戏　流行于河北、山西、陕西、四川、湖南、湖北及东北各地。

二六　绍兴大班　流行于浙江、江苏、江西等地。

二七　乱弹班　流行于浙江。

二八　羊皮戏　流行于浙江。

二九　州姑（又名茂腔）　流行于山东胶州一带。

三〇　倒七戏　流行于安徽合肥、六安、芜湖一带。

三一　黄梅调　流行于湖北、安徽等地。

三二　泗州戏（又名拉魂腔）　流行于安徽淮河两岸各地。

三三　淮海小戏　流行于江苏淮阴一带。

三四　苏滩　流行于江苏、浙江等地。

三五　杭剧（又名武林班）流行于浙江。

三六　湖滩　流行于浙江、江苏等地。

三七　道士戏　流行于浙江。

三八　粤剧　流行于广东、广西、江苏、江西等地。

三九　潮剧（又名潮汕戏）流行于广东。

四〇　莱芜梆子　流行于山东泰安一带。

四一　吕戏　流行于山东渤海一带。

四二　拉呼腔　流行于山东、河北等地。

四三　喝喝腔　流行于河北、山东等地。

四四　湘戏　流行于湖南、江西等地。

四五　祁阳戏　流行于湖南、广西等地。

四六　桂戏　流行于广西。

四七　三合班　流行于江苏北部及山东南部一带。

四八　河南梆子（又名河南讴）　流行于河南、山东等地。

四九　落子　流行于河北、山东等地。

五〇　闽南戏　流行于福建、浙江等地。

五一　闽北戏（又名三角戏）　流行于福建、浙江、江西等地。

五二　啰啰腔　流行于江西、安徽等地。

五三　淳安土戏　流行于浙江、安徽等地。

五四　汉戏　流行于湖北、四川等地。

五五　楚戏　流行于湖北、江西等地。

五六　章丘梆子　流行于山东。

五七　花鼓戏　流行于湖南、江西、安徽等地。

五八　横岐调　流行于河北。

五九　秧歌　流行于河北、陕西、山西等地。

六〇　郿鄠调　流行于陕西、甘肃等地。

六一　大秧歌　流行于河北定县一带。

六二　滇剧　流行于云南。

六三　花灯剧　流行于云南、四川等地。

六四　川剧　流行于四川。

六五　通俗话剧　流行于江苏、浙江等地。

六六　曹州梆子　流行于山东。

六七　大梆戏　流行于河南。

六八　辰州戏　流行于湖南。

六九　四明文戏　流行于浙江。

七〇　鹦歌班　流行于浙江。

七一　洛阳曲子（又名曲子戏）　流行于河南。

七二　江西路　流行于福建。

七三　汉二黄　流行于陕西汉中一带。

七四　大锣调　流行于河北。

七五　二人转　流行于东北。

七六　碗碗腔　流行于陕西。

七七　赣剧（又名饶河戏、弋阳腔）　流行于江西、浙江等地。

七八　二家弦　流行于黄河南岸开封至陕州一带。

七九　南阳调　流行于河南。

八〇　采茶戏　流行于江西、湖南等地。

八一　迎仙曲子　流行于安徽北部一带。

八二　别胡子扯　流行于安徽北部一带。

八三　洪山调　流行于江苏北部、安徽北部一带。

八四　乐平调　流行于江西。

八五　台湾戏（又名歌仔戏）　流行于台湾、福建等地。

八六　丝弦　流行于四川。

八七　月调　流行于河南。

八八　粤讴　流行于广东。

八九　穿头戏　流行于福建。

九〇　新乐剧　流行于福建。

九一　地下坪　流行于福建。

九二　莆仙旧剧　流行于福建。

九三　莆仙新戏　流行于福建。

九四　高甲戏　流行于福建。

九五　大梨园　流行于福建。

九六 小梨园 流行于福建。

九七 笋仔戏 流行于福建。

九八 山歌戏 流行于福建。

九九 三脚戏 流行于福建。

一〇〇 常德戏 流行于湖南。

一〇一 丰城调 流行于江西。

一〇二 神调 流行于江西。

一〇三 南昌戏 流行于江西。

一〇四 五音戏（又名五人班） 流行于山东章丘一带。

一〇五 耍孩儿 流行于察哈尔。

一〇六 四句椎子 流行于安徽北部一带。

一〇七 睦剧（又名桑涧戏） 流行于浙江淳安一带。

一〇八 东路梆子 流行于山东。

一〇九 弦子戏 流行于山东。

一一〇 对子戏 流行于江苏、浙江等地。

一一一 杭滩 流行于浙江。

一一二 绍滩 流行于浙江。

一一三 白字戏 流行于福建。

一一四 掌中班 流行于福建。

一一五 合肥戏（又名小蛮戏） 流行于安徽合肥一带。

一一六 隔壁戏 流行于北方各小城市乡村。

一一七 滩簧词 流行于浙江。

二、曲艺

一 西河大鼓 流行于黄河下游两岸各地。

二 京韵大鼓 流行于华北、东北、西北各大中城市。

三 梅花大鼓 流行于北京、天津等大城市。

四 梨花大鼓 流行于华北各地。

五　奉天大鼓　流行于华东、华北各地。

六　木板大鼓　流行于华北各地。

七　安徽大鼓　流行于安徽、江苏等地。

八　乐亭大鼓　流行于河北及东北各地。

九　铁片大鼓　流行于河北。

一〇　淮海大鼓　流行于长江北岸各地。

十一　南阳鼓子曲　流行于河南。

一二　八角鼓　流行于北京、天津、南京及东北各大城市。

一三　坠子曲　流行于黄河两岸及华北、东北、西北、西南各地。

一四　马头调　流行于北京。

一五　莲花落　流行于东北、华东各地。

一六　山东快书　流行于山东及华北各地。

一七　太平歌词　流行于华北、东北、华东各地。

一八　评词　流行于全国各大小城市。

一九　木板调铜铍坠子　流行于黄河两岸、徐州及蚌埠一带。

二〇　琴书　流行于北京。

二一　洋琴　流行于四川、黄河两岸及东北各地。

二二　武老二　流行于山东。

二三　弹词　流行于长江下游两岸各地。

二四　相声　流行于全国各大小城市。

二五　道情　流行于全国各中小城市及乡村。

二六　荷叶　流行于四川。

二七　金钱板　流行于西南各地。

二八　竹琴　流行于四川。

二九　花鼓　流行于黄河两岸、四川及华东各地。

三〇　莲宵　流行于四川。

三一　双簧　流行于全国各大中城市。

三二　洋片　流行于华北、东北、西北、华东各小城市乡村。

三三　南方滑稽　流行于江苏、浙江、湖北等地。

三四　四明南词　流行于江苏、浙江等地。

三五　四明宣卷　流行于江苏、浙江等地。

三六　清彩唱（零段皮黄、牌子曲带小戏）　流行于全国各大城市。

三七　打莲厢　流行于华北各地。

三八　苏州文书　流行于华东各地。

三九　说因果　流行于浙江。

四〇　打蛮琴　流行于华东各地。

四一　竹板书　流行于北京。

四二　曲艺剧　流行于北京。

四三　三鼓锣　流行于华东各地。

四四　帐子蓬　流行于南京。

四五　扬州小调　流行于南京。

四六　快书　流行于北京。

四七　龙舟　流行于广东。

四八　龙灯　流行于华东、华南各地。

四九　跑旱船　太平车　太狮　少狮　高跷　流行于华北、东北、华东各中小城市。

五〇　武书　流行于浙江宁波一带。

五一　莲花文书　流行于浙江宁波一带。

五二　小热昏　流行于华东各大城市。

五三　木偶戏　流行于全国各中小城市乡村。

五四　格言　流行于四川成都一带。

五五　口技　流行于全国各大中城市。

五六　瞎子腔　流行于江苏徐州一带。

五七　荡湖船　流行于江苏北部一带。

五八　托吼（又名大木偶戏）　流行于北京。

五九　时调小曲　流行于北京、天津、上海等大中城市。

六〇　评话（又名说唱长篇）　流行于福建。

六一　走唱　流行于福建。

六二　十番伬　流行于福建。

六三　伬唱　流行于福建。

六四　搬诗　流行于福建。

六五　莲花哨　流行于福建。

六六　末唱　流行于福建。

六七　讲右　流行于福建。

六八　乞食诗　流行于福建。

六九　法事戏　流行于福建。

七〇　御前清唱　流行于福建。

七一　布袋戏　流行于福建。

七二　采茶灯　流行于福建。

七三　梨膏糖调　流行于江苏、浙江及华北各地。

七四　梧桐鼓书　流行于浙江。

七五　山歌对驳　流行于福建。

七六　歌仔本　流行于福建。

七七　茶舞（又名茶歌）　流行于福建。

七八　小曲　流行于福建。

七九　数来宝　流行于华北各大城市。

八〇　快板　流行于全国各地。

八一　平湖调　流行于浙江绍兴一带。

八二　莲花曲　流行于江西。

八三 胡琴曲 流行于江西。

八四 对白 流行于江西。

八五 丝弦班 流行于江西。

八六 小调 流行于江西。

八七 渔鼓 流行于山东南部一带。

八八 工鼓锣 流行于安徽。

三、杂技

一 空竹 流行于北京、上海等地。

二 毽子 流行于北京。

三 飞叉 火叉 流行于上海、北京、天津及东北各大城市。

四 中幡 流行于华北各地。

五 杠子 流行于北京。

六 武术（如拳、刀、枪、跟斗等） 流行于全国各地。

七 中国戏法 流行于全国各地。

八 贯跤 流行于华南各地。

九 车技 流行于全国各大城市。

十 雨伞 流行于北京。

一一 坛子 流行于华东。

一二 晃板 流行于全国各大中城市。

一三 水火流星 流行于全国各大中城市。

一四 跳板 流行于华中各地。

一五 顶碗 流行于全国各地。

一六 魔术（西洋魔术） 流行于全国各地。

一七 马戏刀山 流行于东北各大中城市。

一八 钢丝 流行于全国各地。

一九 丝弦技术（如单弦拉戏等） 流行于四川等地。

二〇 物理技术 流行于全国各地。

二一　十样杂耍（如扔球、顶灯、顶桌等） 流行于全国各地。

二二　手影　流行于华北各大城市。

二三　玩哈巴狗　玩猴等　流行于华北、华东各中小城市。

二四　玩狗熊　流行于华北各地。

二五　皮条杠子　流行于河北。

二六　玩老鼠　流行于北京。

二七　碟子　流行于华北各地。

二八　水米菠子　流行于华北各地。

二九　鞭子　流行于上海、南京等大中城市。

编者注：这里所收的戏曲种类及其流行地区，是洪汛涛从各种资料里整理出来的，由于中国戏曲太多了，同时流动性很大，记的各项一定有漏有错，望广大的读者们指正。

谈越剧曲调

"曲调"是戏曲的主要部分

地方戏曲和话剧是两条不同的路子，话剧是完全以"对话"来表现剧情的。假如今天有一个戏曲脚本，抽去了其中"唱"的部分，还是可以当它作话剧来演出的话，这脚本就不能说是一个戏曲本子。戏曲的性质是属于歌剧范围的，因为它表现剧情主要是靠"唱"。"唱"是地方戏曲的特点，是地方戏曲表现形式的极其主要的一部分。

就地方戏来说，各种剧种的"唱"是各自不同的，沪剧唱的，和京剧唱的不一样，京剧唱的，又和越剧唱的不一样……；反过来说，正因为它们的"唱"不同，所以我们分别叫它们为"沪剧""京剧""越剧"等。我们要改革越剧，同时要改革越剧的"唱"；所谓"唱"，就是这里所谈的"曲调"。

用以来表达内容

目前有一些越剧工作者，他们对"曲调"没有足够的重视；他们认为"曲调"不过是给观众悦耳，只要唱得"好听"就行了，似乎与戏的关系不大，这是错误的。举个例来说，在一本以"五反"为主题的戏里，有一段是店员劝说老板去坦白的唱句，我们就非得用一种激昂的、有力的曲调来唱不可，因为只有激昂的、有力的曲调才能表达那位店员当时的感情、语气；假使我们用一种缠绵哀怨的曲调，给观众们听了，哪里还是店员在劝说老板，却变成了店员在向老板申诉。

"曲调"不同，在效果上会是相反的，从这点上我们可以知道："曲调"能够帮助剧情，一定的内容还需要一定的"曲调"来表达。

越剧的"曲调"

我们来谈一谈越剧的"曲调"吧。当越剧还在农村演出的时候，可以从他们的《拣茶叶》《借米记》《打白竹》这些小戏里听见，他们的曲调是朴实的、粗犷的，是最能表现那时受压榨的农民的生活内容的；越剧一旦到了城市里，它给地主阶级和资产阶级的太太小姐们所占有，演出了《泪洒相思地》《雪里小梅香》这些"才子佳人"的东西，那种朴实的、粗犷的音调给废弃了，变成一种感情上是软弱的、音节上是单调的靡靡之音。假如今天我们不能有所改革，还是用那种"公子小姐"们谈情说爱的曲调，来表达今天顶天立地的中国人民英雄的话，那是绝不妥当的。

所以今天我们改革越剧，一定同时要改革越剧的"曲调"，如果一个越剧改革工作者，只是改革了越剧的"戏"而没有改革越剧的"曲"，那他的工作还只是做了一半。

清板和平板

越剧的"板"，可分"清板"和"平板"二种。

"清板"唱的时候，除了笃鼓和夹板之外，不用丝弦乐器伴奏，音调明朗，吐字清晰，适宜于叙述一件事情或解释一个道理。例如，《柳金妹翻身》中孙宝英问柳金妹学习点啥时，金妹即以"清板"起唱："昨晚学习九个字，有困难有办法有希望，这句话本是毛主席讲，姊妹们应该牢记在心上。"明白易懂。

"平板"也叫"丝弦"，它和"清板"正相反；唱的时候，全用丝弦配音，通常配音用的乐器有二胡、月琴、琵琶、秦琴、三弦等，有时也用笛子。"平板"普通用在抒发情感时，比方在《梁山伯与祝英台》里的"英台哭灵"，英台唱："一见梁兄魂魄消，头南脚北赴阴曹，我叹梁兄寿何夭，泰山之体等鸿毛。"边泣边唱，用丝弦伴奏。

"清板""平板"唱的时候可以相互转换，例如一段唱词开头是抒情的唱"平板"，后半段是叙述事件的可转唱"清板"；反过来说，"清板"也可转"平板"。一般"清板"头尾二句大都是唱"平板"的。

慢板·中板·快板

"慢板""中板""快板"是以节奏快慢，即笃鼓敲得快慢来分的；哪段唱词应该用什么板，要根据剧中人的情绪和唱句的内容来决定。好像我们说话一样，心里轻松愉快的时候说得慢（也有悲哀的时候说得慢的），平常的时候说得不快不慢，焦虑紧张的时候说得快（也有高兴的时候说得快的）。例如《梁山伯与祝英台》里"十八相送"时，两人"慢板"对唱；"楼台会"时，梁山伯一知道祝英台已经许配给马家，心里着急，就要唱"快板"。"中板"根据剧情需要又可分成"慢中板""快中板"二种。"快板""中板""慢板"也可以由慢转快，也可以由快转慢。不过转板不能一句转来一句转去，转得太多也是不好的。

在某种情况之下，剧情非常紧张，而话却又要慢慢地说，可以采用"紧打慢唱"唱法，就是说，丝弦和笃鼓的节奏速度进行仍快，而唱较慢。

起　　板

老戏中当演员开始唱之前，必定来一个"起板"，然后，拉胡琴的跟着拉起胡琴，等"笃笃的笃的的镗镗的镗的的镗"的过门完毕，再提起嗓子唱。"起板"的作用除了是告诉琴师"我要唱了"之外，可以说有下列几种作用：第一种作用，是说明剧中人的动作，如"走哇""来了"；第二种作用，是说话前的对对方的称呼，如"相公呀""贤妹呀"；第三种作用，是替下文开了一个头，如"你且听我一言道来"；第四种作用，是预示将要唱的事件，如"不好了"；第五种作用，是说明剧中人的情感，如"好不那烦闷人也"。"起板"是过去越剧走"程式化"路线时的产物，自从越剧吸收了话剧的分幕分场采用布景灯光以后，"起板"就逐渐被淘汰了。

目前，"哭板"的"起板"常常还在应用，它可以起加强哭板气氛的作用，例如"梁兄呀，哎呀，啊——"，发一种悲凄呼叫的声音，因此又有人叫它做"哭叫头"。

落 调

越剧还没有分幕分场、没有布景灯光的时候，当一个演员要下台去，除了念"落场诗"之外，一般是用"落调"作收束的。"落调"的唱法就是把末一句最末三个字的腔拖长，例如，末三字是"回家门"，"落调"时候唱成"回啊家呀啊啊啊啊门"；唱完然后在"镗镗镗的镗的镗的的镗"的乐器声中下场。也有些时候"落调"不一定用在要下场时，例如剧中表现一个人拒绝另一个人到他家里来，唱出"以后请勿我家来"一句，也用"落调"以表示他的坚决。我觉得"落调"，能够增强语气，制造气氛，是可以考虑恢复应用的。

引 子

"引子"通常是在人物上场时念的，所以又叫"上场诗"，越剧里一般"引子"是不配音的。"引子"的目的，一种是介绍剧中人的性格，如《牛郎织女》里的王妻所念的"做人心要凶，万事会成功"，我们就可以知道她是个阴险毒辣的坏蛋；一种目的是介绍剧中人的身份，如《蜜蜂记》里的太白金星所念的"专管凡间事，监察天上情"，我们就可以知道他是个神仙；一种目的是介绍剧中人的任务，如《琵琶记》里的牛丞相所念的"天子重英豪，文章教尔曹"，我们就可以知道他是奉旨来考状元的；一种目的是介绍剧中人的心境，如《借红灯》里林福所念的"忽听夫人叫，心中别别跳"，我们就可以知道他因为走失了公子在担惊；一种目的是预示剧情的发展，如《西厢记》里崔莺莺所念的"闺房多寂寞，终日好烦闷"，我们就知道她将要和张生恋爱。"引子"和"起板"，一样是"程式化"的东西，所以，今天也很少有人用它了。

吟　咏

老戏里剧中人读书或吟诗的时候，都用"吟咏"曲调，它不用丝弦伴奏，也不敲打乐器，完全是清喉吟唱，声音抑扬高低不一，字音清楚，一如朗诵；虽然它不及清板那样干净，但是它愉快、轻松，适宜于抒情。《梁祝哀史》剧本里本有英台读祭文一段，前"东山越艺社"演出时，传全香就是用变化过的"吟咏"调子唱的；大家对这段戏一定是很熟悉很喜爱的。我觉得"吟咏"应该是越剧曲调当中可以保留的一种，也不妨适当地恢复应用。

帮　腔

"帮腔"是最早的越剧里所特有的一种曲调，在那时当演员在台上唱完了一段词句，接着就由后台打鼓的拉琴的好多人接着唱一段和音，所以也有人叫它为"伴唱"。自从越剧到了上海以后，"帮腔"就绝迹了，目前在上海许多鼓手琴师当中，能够唱"帮腔"的恐怕已经很少了。刚解放那年，我在大世界永乐剧场里听见他们唱过，但是和我小时候所听见的，已经变样得多了。我觉得"帮腔"散失怪可惜，因为"帮腔"不只是可以帮助剧情加强气氛，主要是它的调子轻快、健康，适合于表现劳动情调；假如能有多几个人的"帮腔"加上打击乐器大锣大鼓的声音，那是非常雄壮有力的。同时"帮腔"非常适宜于应用在群众场面，今天越剧中时常要有群众场面出现，而越剧的群众场面的合唱，又是最难搞好的，很多越剧演出是失败在群众场面的合唱上，都那么软弱无力，甚至于缺乏生气，我觉得如果能适当地运用"帮腔"，或许可以弥补这些缺陷，所以我建议越剧应考虑将"帮腔"恢复起来。

男　调

越剧全部以女演员来演出已经快三十年了；三十年前，越剧完全是男演员演的，那时男班所唱的曲调，和现在女班所唱的曲调是不相

同的。这里说的"男调"，就是指那时男班所唱的曲调。"男调"的
音阶比女调要低，他们所唱的曲调大多是用"四工调"拉的（即京
戏里的"西皮"），虽然男调和现在唱的女调（用"尺调"拉，即京
戏里的"二黄"），存在同样单调的缺陷，但男调有个优点，是比女
调要分得出喜怒哀乐些，在情感上比女调要愉快和轻松得多。男调又
分好几种，清板、平板、起板、哭板……都有，也都具有这个优点。
抗战期间，我在浙东乡下看见过男女合演的戏班演出的《卖青炭》
和《打面缸》，他们男的唱男调，女的唱女调，配合得非常和谐。我
认为今天可以把"男调"整理起来应用，这样会使越剧的曲调丰富
一些。

倒　板

"倒板"大多是用在人死去或晕迷过去苏醒时所唱，所以又名
"还魂调"。它的词句一般都是"一时昏昏不明白，莫非阴间地狱
门""只见得洪水滚滚浪滔滔，吓得我三魂渺渺不在身"这类迷信的
内容，但是也有不用在还魂上，剧中有重要事故发生时，剧中人心中
焦虑万分时，也有用"倒板"来表达的。这种情况下"倒板"一定是
在登场前唱的，如《双狮图》里小生唱"耳听得后面人马响，我只得
一跛一跌往前闯"。唱完踢帘出场。"倒板"是越剧许多曲调中较难唱
的一种，因为唱"倒板"不能像一般曲调可以在唇齿间发音，需要从
肺腑里唱出来；同时唱"倒板"要气长，一口气唱完，当中不能转
气，越唱得长越唱得高越好，而且唱的时候，要一字比一字高。许多
演员在唱"倒板"时都是非常卖力的，上下两句"倒板"往往赢得台
下一堂喝彩。"倒板"适宜于表现焦急和制造紧张气氛，虽然今天新
戏里不再表现"还魂"，但是晕迷苏醒过来和带焦急上台场面还是有
的，可以考虑适当地应用。

嚣　板

"嚣板"的性质，和"倒板"大致相同，在老戏里，一般是用在

"倒板"之后的，当剧中人唱了"倒板"苏醒过来，接着是申诉他的苦痛，申诉苦痛的时候，大多是唱"嚣板"的。"嚣板"的特点是节奏快，每句末一字声音提得响，腔拖得长。"嚣板"里不但悲哀的感情浓，同时还具有反抗感情的成分，所以"嚣板"是悲哀愤慨地发泄，适宜于表现受苦难时挣扎地申诉。例如许多现代剧中表现农村里斗争地主时，农民们吐苦水，大都是唱"嚣板"的。"嚣板"在目下越剧里常被应用，照现有的越剧许多曲调来评价，"嚣板"算是比较健康的一种。

哭　　板

最早的"哭板"是这样的："啊啊，叶相呀公啊，嗳啊嗳啊嗷嗷嗷，啊铃格铃铃嗷嗷铃格啷嗳"；到了上海以后，越剧女班的"哭调"改成这样了："爹娘嗳，唉嗳嗳，嗳嗳嗳，嗳唉嗳嗳爷啊娘嗷唉嗳嗳"。这两种"哭调"在目前都没有人应用了，因为越剧里的"哭调"是一种程式的表现，老戏中不论是什么人悲哀的时候，都是用右手袖子在眼前一遮，嘴上唱起"哭调"就算哭了，假如今天演出的现代剧里表现一个人的啼哭，用旗袍袖子在眼前一遮"嗳嗳嗳"地唱起来，我想效果上反而会使人发笑，所以我认为"哭调"今天是没有什么多大的用处了。

数　　板

"数板"又名"干板"，也有人叫"三角板"，唱的时候除了敲打笃鼓和夹板外，是不配以丝弦的，它的特点和清板一样是简单明白易懂。在越剧等一些地方戏里，"数板"好像一定只是反派才唱的，大家也许都有这样一个印象，一个鼻子上涂得白白的小花脸上台，一手摇扇子，一手提衣襟，嘴上唱着"数板"，"数板"似乎是一种极不严肃的曲调。今天越剧里，有一些小生、花旦是不会唱"数板"的，即使会唱，他们也是不大愿意唱的，认为唱"数板"有失身份；其实，不完全是这样，北方的"数板"——"数来宝""快板"大都是非常正经的。记得少壮剧团演出《夫妇之道》时，曾在法院开庭一场，让审判员唱过"数板"，效果上很好；从这点证明，正派较轻松的对话也可以用"数板"来表达，替"数板"多开辟了一条路。

弦 下 调

"弦下调"是越剧里最低沉、最悲哀的曲调，大家都看过《梁山伯与祝英台》吧？"山伯临终"时所唱的"胡桥镇上立坟碑，红黑二字刻两块，红的刻着祝英台，黑的刻着梁山伯，我与她在世不能夫妻配，死后也要和她同坟台"是那么的伤感动人，听得真叫人悲哀得要流下眼泪来。这种伤感悲哀的调子，就是我们这里要谈的"弦下调"。"弦下调"的胡琴是拉"正工调"的（即京戏里的"反二黄"），比普通拉的"尺调"音阶低，有些剧团更用一人高的大胡琴来伴奏，声音更显得凄切了。越剧里悲哀的曲调是比愉快的调子要多得多的，但"弦下调"和越剧中其他的悲调有个不同点，就是它"静"，没有"嚣板"那样"躁"，也没有"哭板"那样"干"，适宜于表现边思边叹、深郁轻吐的情调，所以在越剧老戏中"叹钟点""叹五更"都要用它。但"弦下调"也有个主要的缺点，那就是太柔软了，几乎近于颓废。

高 调

"高调"又叫"大板"，因为它是从"绍兴大班"里吸取过来的，它高亢、紧张，和"弦下调"正相反，是越剧曲调中的两种极端。在《宝莲灯》的"二堂训子"里，刘彦昌和三圣母的那段紧凑的对唱，就是用"高调"唱的，其实"高调"是一个总的名称，其中包括有"二凡""流水""三五七"等很多种，在越剧里一般用的是"二凡""流水"，通常都是"二凡"转"流水"，由慢渐快。"高调"的节奏速度是很急的，音阶又比越剧里所有的曲调高，它用板胡来伴奏，听上去非常紧张。因为在越剧里没有高昂的曲调，所以只能向大班借用，以表现激烈的内容。我觉得"高调"有两个主要的缺点：第一是旋律短促无变化，字音模糊，使观众只看见演员在台上涨着头颈喊，不知道他究竟在喊些什么；第二个缺点是与越剧的曲调不调和，因为"高调"是从大班里生硬地搬过来的，没有经过融化，所以在戏里总觉得是两个东西，非常刺耳。我觉得"高调"即使要用，还得经过一番改动工作。

联　　弹

越剧里的"聊弹"是从京戏里的"联弹"变化过来的，它的音调愉快乐观，唱起来的时候常能叫人兴奋，适宜于用在剧中喜悦处。玉兰剧团演出的《白毛女》，末一场农民斗倒地主黄世仁时，是唱"联弹"的，轻快洪亮的调子，很可以表现出翻身农民那种热络的感情，但是"联弹"也有若干缺点，边区越剧场子演出的《漏洞在哪里》，结尾那段大同橡胶厂工人们责问贪污分子金贵甫的时候唱"联弹"，虽然也显示出工人阶级那种明朗的感情，但是总觉得软弱，不够有力。"联弹"是越剧中唯一专用在群众场面的曲调，因为"联弹"一般不是一个人唱的，必须是你一句我一句好多人的轮唱。许多越剧编导们常把它用作整个戏的"压轴"，我认为"联弹"不一定放在戏的结尾处，也可以应用在戏的开端或中间，因为它比较能够和越剧的其他曲调融合。如果把"联弹"丰富起来，那将是越剧里一种表现群众性的劳动情绪的较好的曲调。

双　看　相

袁雪芬同志编过一本《新双看相》的短剧，虽然这个短剧在内容上有些错误，但是这短剧已将"双看相"这一优美的调子介绍给越剧的观众们，许多越剧观众已经很熟悉这调子了。"双看相"是一种越剧的老调，本来这曲调除在《双看相》这出短剧里之外，其他戏里是很少采用的。目前一些新戏中表现"唱曲"或者"歌舞一番"的时候，有用"双看相"的，但是这种似乎都是"客串"性质，还没有人当它作正调来应用过。这是有原因的，因为"双看相"和其余越剧曲调不协调，听上去总是觉得非常突出的。

三番十二郎

"三番十二郎"，本来是一种流行于江南民间的小调，越剧老戏里有一出短剧《卖青炭》是用"三番十二郎"调子唱的，一般当它是一种"插曲"，如在"来富唱歌"中，就是唱这类歌的。到了近来，越剧新戏里也常有人用，记得少壮剧团演出的《三打节妇碑》里，有一段闹新房的戏，就是用"三番十二郎"来表达的，配合得很合适。我认为"三番十二郎"的旋律轻快，可以应用在打诨、风趣的场面。

扑 灯 蛾

"扑灯蛾"也撷取于京戏，它的唱句普通也是七字句的，不过在唱的时候把每句尾上三字重复一遍，如"提起蒋匪心头恨，心头恨"。唱"扑灯蛾"的时候，不用丝弦伴奏，只在每句之间加以小钹数声，音调比较激昂有力，戏中大都是应用在责问或者叱骂的情节上。如春光剧团演出的《棠棣之花》里，聂政刺奸相侠累时是唱"扑灯蛾"的，它能把那种愤慨的感情表达出来，同时它和清板一样也比较清楚易懂。在越剧的几种激昂的调子中有个共同之点，就是都有悲哀的感情成分，没有悲哀的感情的，只有"扑灯蛾"一种。它的缺点是变化少，单调，一个戏里只能用一次，如果有两次，就觉得重复，原因是"扑灯蛾"不容易和越剧其他的曲调融合。

武 林 调

"武林调"就是杭剧里的慢板，在越剧女子班开始流行的时候，曾将它吸收进越剧里来。"武林调"和"弦下调"在音调上和效果上有某些相同之处，两者都是一种"柔"而"郁"的曲调，"武林调"只是稍较"弦下调"要"明朗"一些。目前越剧演员中能唱"武林调"的已经很少了。前年春光剧团演出的《棠棣之花》中，聂政、聂嫈诀别起誓那段是用"武林调"对唱的，能很好地把那种难留难舍的心境表达出来。

孟 姜 女 调

大家对"孟姜女调"一定很熟悉吧，谁没有听唱过"正月里来是新春，家家户户点红灯，别家丈夫团圆聚，我家丈夫造长城"。"孟姜女调"是一种在群众当中有基础的谣曲，它的音调哀而怨，且感染力很强，在越剧里还没有被人试用过，我觉得"孟姜女调"和越剧曲调的音节，有些相同，假使能加以整理，可以吸收在越剧里应用。

莲 花 落 调

"莲花落调"是江南民谣的一种，在浙东有人叫它做"讨饭调"，因为它是许多受地主剥削破了产的农民沿门求乞时所唱的。华东越剧宝验剧团演出的《借红灯》里乐得输唱的调子就是根据"莲花落调"变化而来的，但是他们把"莲花落调"改成一种反派唱的曲调，我认为是不大合适的；"莲花落调"虽是一种要饭唱的曲调，但它音节愤慨悲壮，适宜于用在群众严肃的合唱。

道 情 调

越剧老戏《珍珠塔》里有一折是《方卿见姑》，这折戏里方卿所唱的曲调，就是"道情调"。"道情调"今天在越剧里似乎快到了失传的地步，许多剧团在演出《方卿见姑》时已改唱其他曲调了，我觉得这样怪可惜。记得我小时候在家乡看过《方卿见姑》，一个男小生唱的"道情调"，可真好；它不用丝弦伴奏，只有两条竹夹板（简板）、一个羊皮鼓（渔鼓），声音抑扬明白。和一般的"清板"可以媲美。

宣 卷 调

越剧的老观众们一定知道这一段唱词："天也空来地也空，夫也空来妻也空，大难到来各西东，南无阿弥陀摩呵佛。"这段唱词就是"宣卷调"，是老戏《方玉娘祭塔》里的一段，所以也有人叫它"祭塔调"，目前在新戏中用它的地方极少了。玉兰剧团演出的《野种》

里在一段农民夫妻申诉受地主压迫的痛苦时是用"宣卷调"唱的，效果还好，我认为可以继续使用。

其 他

越剧里还有一些老调，如出神仙时唱的"神仙调"，出鬼时唱的"吹腔"，小丑打诨时唱的"调腔"，也应考虑是否可以改革恢复应用。其他，嵊县就近各地还有一些小调民谣，如"小放牛""五更调""哭七七""七枝花""扬扫地""马灯调"等也应考虑加以整理，适当地吸收它。

尹 调

尹桂芳的唱腔有一个特点，就是比其他小生唱的要稳重一些、实地一些。她在《新房子》中饰丁纪中一角，那段劝导他岳父去坦白时的对唱，唱得那么好，很严肃地把那种站稳立场、镇静沉着的感情表达出来。缺点是她的腔调太低沉，看过《相思果》的人一定知道，尹桂芳在前一代饰演一个懦弱的农民，她唱的是合适的；可是到后一代就不行了，剧中人是非常倔强的，而她唱的却仍是那样，就无法把这个人物演好了。

陆 调

记得有本叫《怒海沉舟》的戏里，陆锦花扮演一个被征入宫的童男赵兴哥，她在家里时和孟小娥抢桃子的那一大段唱工，唱得很不差，完全把那种天真无邪的孩子的愉快心境表达出来了。陆锦花唱腔的特点就是轻松乐观，适宜于反映喜剧、趣剧、闹剧的内容。我又看过她的《谁是贼》，她的缺点就在这类戏里看得出，在这个戏里，她的唱腔，没有把一个青年团员不顾任何困难，勇敢地检举了贪污分子的性格表达出来，听上去总觉得若无其事，有些浮滑的感觉，使戏停于表面，无法深化。

徐 调

爱好越剧的人大概总看过《信陵公子》吧！徐玉兰的那种高亢的

曲调，很好地把信陵公子的那种奔放、勇敢、热忱、爱国的性格表达出来了。"激昂"的确是她唱腔所特有的一个优点。但是我又听了她在《明天更美丽》《千军万马》这两个现代剧里所唱的，总觉得她唱起来的时候给人有些飘飘然、不着边际的感觉，似乎是火气太重了些，听上去有些烦躁，不能很好地把那种进步坚定、朴实稳健的个性表现出来。

范　调

看过范瑞娟戏的人都说她的腔调明朗，有人把范瑞娟的唱腔比作是一望无垠的平原，的确她的音调宽豁，音节自然，毫无扭捏之态，例如她在《上海风景线》中饰康健一角，她的唱腔，就很好地把那种活泼、豪爽的性格表现出来了。但是，平原上处处向阳，不见阴暗，她的缺点是显得太单调、少变化，较难很好地反映性格的变化。

袁　调

袁雪芬的戏最近很少听见，我觉得她的腔调的特点是干净和细腻，听上去几乎没有一丝杂浊的感觉。在《柳金妹翻身》中，她饰柳金妹一角，她那干净细腻的唱腔，很能把那种受公婆虐待、婚姻不能自主的痛苦表达出来。但是她的腔调也有一个缺点，是还不能大胆地摆脱过去那种"花旦"的阴暗狭窄的性格表演。《双看相》中，她饰演看相者，那是个极为明朗的性格，可是由于她的曲调放不开来，还是那样拘谨，就不能把剧中人的性格表现得更完整。

傅　调

傅全香在唱腔上是下过一番苦功的，加上她的嗓子好，的确独创一格。婉转、圆润、变化，是她的特点。如她在演《梁山伯与祝英台》的时候，"楼台会"一场，谁能像她那样把口与心违、强颜欢笑的错综的感情很好地唱出来？"傅调"的确是越剧里较难学的一种腔调，一般演员当中能唱"傅调"的不多。我的意见：她唱的时候太做作，人工的气味太重，所以听起来好像很涩口，如果能自然一些就好了。

戚　调

戚雅仙的腔调是目下最风行的一种花旦腔调，许多新学戏的人大都学她。这有两个原因：其一，应该是她的优点，她唱得字音清晰，节奏分明，观众们一句一字都能听得明白；如《彩虹万里》中，"杨娥读信"读得多清楚。其二，应该是她的缺点，变化较呆板，音节较简单，是越剧中最容易学的一种曲调。她唱的还有一个缺点是悲的成分太重，较适宜于表达哀苦的情节，如《香笺泪》这一路戏很好，演其他戏就不大合适了。我看过她在《彩虹万里》《锦绣江山》里演的杨娥和葛蕊芳，唱得仍是那么"悲戚戚"的，就不能将她们应有的巾帼英雄的气概表达出来。

王　调

王文娟的唱腔很少有人注意，她的唱腔和故名艺人支兰芳的调头有些相同。她有一个特点是"静"，没有一般演员的"烦躁"，像她主演的《白毛女》，她的唱腔很好地把喜儿性格上温恬的一面表现出来了。缺点是她的唱腔太"柔"了一些，例如她扮演《巾帼英雄》里的梁红玉时，唱的腔调还是那么纤细软弱，就觉得不像一个民族女英雄了。

合 唱 问 题

这里所说的"合唱"是指幕后的合唱队所唱，目前好多新戏里，例如大家所熟悉的《梁山伯与祝英台》《孔雀东南飞》里都有"合唱"。"合唱"一般是用在幕开之前和幕闭之后的，但也有用在剧中的。用在幕开之前的大概是有下列几种作用：一种是介绍剧情，使观众能预先知道下一场的内容；一种是承接剧情，使上一场和下一场能够贯穿起来；一种是制造气氛，先给予观众一个深刻的印象，帮助剧情的发展。用在幕闭之后的作用：一种是概括剧情，把上一场的内容作一个小结；一种是点明剧情，使戏的主题明确起来。用在剧中的作用：一种是解释剧情，剧中人的一些抽象动作，借此来说明；一种是表达剧中人的思想，剧中人在想些什么，可用"合唱"唱出来，替代"独白"。"合唱"有一个缺点，就是合唱的词句，观众往往听不清楚，不知道它在说些什么。"合唱"原来是由"帮腔"变化过来的，如果今天要恢复"帮腔"，我认为可以先和"合唱"结合起来。就是说"合唱"还可以多起一种"和声"的作用，这有待越剧工作者去研究尝试。

新 腔 问 题

在《信陵公子》中，大家一定很注意徐玉兰唱的"哀哀大地，莽莽神州！看连天烽火，何日方休！……"这段悦耳的调子吧！看过《彩虹万里》的人，一定记得戚雅仙唱的"耳听门外马蹄声响叮当……"一如沪剧里的迷魂调似的腔调吧！这就是"新腔"，因为这些腔调在越剧里本来没有，是新创作出来的，我认为"新腔"可以有，而且是必须有的，因为"曲调应该根据戏的情节来决定"，旧曲调所不能表现的新内容，是应该创作新曲调（新腔）来表现的。问题是：在何处要用"新腔"？用怎样的"新腔"？目前越剧里"新腔"用得很多，但是态度大都是不够严肃的，而且运用得也是不够恰当的，他们把"新腔"当作一种能吸引观众的噱头，是没有从剧情上去考虑的。如《信陵公子》里，为什么其他场面不用"新腔"而要在"叹月"这段用"新腔"呢？就是因为编导们认为这段戏"优美"，叫徐玉兰在"星月当空，秋虫四鸣，深秋的晚上微微有些凉意"的场合里，独个儿来二三十句大段"新腔"，借此以提高戏的票房价值；结果呢，使这样一场不重要的戏，非常突出了，削弱了戏的政治内容，也破坏了艺术形式的完整。

插 曲 问 题

越剧里有很多戏都有"插曲"，像《信陵公子》里"车辚辚，风萧萧，马在嘶鸣刀出鞘……"的"饯行歌"，像《锦绣江山》里"春季里，秋季里……"的"四季歌"。当我听到戏里的"插曲"和在电台上听到剧团报告说戏里有"插曲几只"的时候，我总觉得很刺耳。

越剧不像是话剧完全是对话，可以来一个"插曲"，越剧是地方戏曲的一种，我前面谈过它的表现形式主要是"曲"，既然它是以许许多多"曲"来表达剧情的，怎么又有"插曲"呢？越剧里"插曲"，真是东施效颦不伦不类的。通常用"插曲"是在下列三种情况之下的：第一，在唱歌侑酒时，或者舞蹈时；第二，在主角嘴巴里总结全戏的中心意义时，用以点题；第三，在戏的结尾或者群众合唱时。假如在以上几种情况中，剧情上有需要，可以创作新的曲调，当作"新腔"来处理，那是不能算是"插曲"的。

真嗓子和假嗓子

越剧在男班的时候，演花旦的男演员是用"假嗓子"唱的，好像京戏一样，花旦唱起来是把声音压细的；到了女班以后，花旦是女的演了，不必再用"假嗓子"，所以一直到现在，越剧里都用"真嗓子"唱，男女声音是一样的，听上去很单调、很贫乏。从音乐理论上来讲，它只有女声一部是不完全的；同时在表达内容上也受到一定的限制，如戏中一个威风凛凛的将军，在非常雄壮的音乐中出场，这时气氛是很紧张的，但是等她开口一唱，便泄了气，气氛完全破坏了。目前玉兰剧团徐慧琴等演员在试用"假嗓子"，我看过她主演的《白毛女》，"假嗓子"用得还成功；在今天男女合演问题没有解决之前，扮男角的女演员是可以用"假嗓子"来弥补的。

土嗓子和洋嗓子

所谓"土嗓子"，就是我们中国戏曲传统的唱法，要唱就提起喉咙直唱；所谓"洋嗓子"，是根据西洋乐理发音所唱。浙江某文工团下乡演出越剧的时候，是用"洋嗓子"唱的，结果群众不满意，他们反映说"这是外国越剧"。我认为越剧是用"土嗓子"唱比较好，因为越剧是中国民族艺术遗产的一种，如果用"洋嗓子"来唱，那会变成另外一种东西了。同时，像我们听惯"土嗓子"唱的人，总觉得"洋嗓子"唱得不如"土嗓子"唱得那么感情真切。"土嗓子"的缺点是不够科学，许多越剧演员下了戏就嘶哑得说不出话，经常要服用各种润喉药，这样是会伤声带和肺的，在这问题上我认为应该有医务工作者来提出一些意见。

谈 谈 配 音

目前有一些越剧的音乐工作者，他们对"配音"这项工作是不重视的，当他们接受了剧团里给他们剧本要他们作曲的任务后，他们并不孜孜于剧情的研究，他们有他们自己的一套公式，乱填一通；有的甚至于可以不看剧本，彩排的时候，用现成的歌曲谱子来拼凑搬用。他们犯的错误是严重的：如某个戏里番将登场竟用非常庄严的音乐来配音，反而是助长了敌人的威风；又如某个戏里，在一个恶霸调戏民女的场面里，竟荒唐地用起"三大纪律八项注意歌"的曲谱来配音。这样，不仅不能表达内容，相反是歪曲内容的，我们必须反对这种不从内容出发、草率对待"配音"的态度。同时，因为"配音"是戏曲的特点，我们今天不但不能把"配音"看作一种可有可无的东西，而且应该将这一特点很好地发扬出来。我们希望音乐工作者在作曲的时候，最好能做到：不但在有动作的时候，而且在剧中"停顿"处也尽可能都用"配音"，全剧从开幕到剧终最好能有音乐的贯穿；发挥歌舞剧的特点，纠正过去"话剧加唱"的坏倾向。

谈 谈 乐 器

因为"乐器"和"曲调"有密切的关系，这里我来谈一谈有关"乐器"运用的一些问题。一是有些越剧里，几场戏是中国乐器伴奏，几场戏听上去又是西洋音乐味道，把整个戏割裂成一块一块，破坏了形式的统一，这是不好的。我们知道，越剧是中国民族艺术形式的一种，当然应该以"中国乐器"为主体，但我们运用民族形式，也不能是保守的，还应酌量以"西洋乐器"为辅。二是"中国乐器"又可以分"丝弦乐器""打击乐器"等好几种，在越剧里运用的时候，也应有主辅之分。这问题可先从乐器的应用上来区别，大家知道，"丝弦乐器"大多用在伴奏上，而"打击乐器"大多用在配音上。就伴奏和配音来说，是以前者为主、后者为辅的，所以在乐器上也应以"丝弦乐器"为主、"打击乐器"为辅，二者必须在这个原则上很好配合起来。三是越剧常用的丝弦乐器，又有二胡、三弦、月琴等很多种，大家知道京剧的主要乐器是"京胡"，因为它高昂、洪亮，适合表现京剧的特点；越剧的特点是柔软和恬静，所以我们说应以"二胡"为主，其他三弦、月琴等为辅。四是总的来说，越剧里的音乐只有演员所唱的和乐器所发的二种，因为演员所唱的是直接表达内容的，而乐器所发的是帮助和衬托演员所唱的，所以说以前者为主、后者为辅。越剧音乐工作者必须对"乐器"的运用认清"主""辅"，根据这些原则来进行和改进自己的工作。

越剧曲调的优点

"越剧"是江南地方戏中，拥有观众最多、流行地区最广的一个剧种，上海七十多家戏院，越剧几乎就占了一大半；远在汉口、天津、重庆等地，也都有越剧的踪迹。何以"越剧"如此流行呢？主要的原因是它的"曲调"清楚易懂，我们知道越剧里的"曲调"大都是朗诵式的、吟咏式的，不像其他地方戏那样深奥拗口。例如越剧里的"清唱"就比许多地方戏里的"清唱"更能抓住观众的情绪，当演员把板一煞，丝弦鼓板立即停止，全场观众都不自觉地肃静无声地倾听着台上的演员所唱的了。

越剧的"曲调"，不仅易懂，而且易学。一个看京戏的老观众往往不会唱京戏，但是看过越剧的人大多能哼上几句越剧。一个其他剧种的演员非得要三年五年学好唱，越剧演员三月五月就上电台播音。越剧曲调音节简单，清楚易懂，地方性的限制较宽，这都是越剧曲调的优点。

越剧曲调的缺点

音节简单是越剧曲调的优点，一方面又是它的缺点，越剧的许多曲调，不论是清板或平板，或者十字调、弦下调、高调、数板……大都只有一高一低上句下句两种变化。有许多人不爱看越剧，就是嫌越剧的曲调太单调，听上去总是那几声。的确，今天越剧的曲调太贫乏了，要它来反映今天丰富的复杂的生活内容，是绝不够的。

也有人说，越剧适宜演苦戏。这是有理由的，目前越剧里的许多曲调一大半是伤感低沉的，好些演员唱腔的特点就是悲哀，但是悲哀的时代已经永远过去了，我们面对着的是一个明朗、乐观的现实。那种悱恻缠绵的曲调，已经无法来表达今天热烈愉悦的生活内容了。

越剧曲调还有一个缺点，就是不容易和其他曲调融合；像越剧中曾经试用过"高调""双看相""三番十二郎"等曲调，听上去总觉得很突出，似乎是戏里的"插曲"，是"客串"性质的。

越剧的曲调既然有着这样一些缺点，越剧工作者就得要努力地来进行改革，使越剧曲调丰富健康起来，能成为一种与今天生活内容紧密结合的艺术形式。

要改革越剧的曲调，必须有计划，我认为应该从这四方面来进行。

第一，整理现有曲调。在现有许多曲调中，可以分成三类来处理：一类是能表现今天生活内容的，应该将它保留，发扬它，使它丰富起来；一类是完全不能表现今天生活内容的，我们应毫不可惜地将它废弃；一类是改革后可以表现今天生活内容的，应该加以改革。必须注意的是整理这些曲调的时候，不能主观地从片面的形式上去决定，应从全面的内容基础上来判别它。

第二，酌量恢复原有曲调。原有曲调我指的是越剧的老调；恢复老调，必须是酌量的，因为有很多老调，尚有若干缺点，或者和现有的越剧曲调是不能调和的，应该经过一番改革手续。必须注意的，恢复原有曲调绝不是"复古"，把以前老调一起搬出来，使越剧回复到原始的时代去，那是不行的，所以应该经过选择，和整理现有曲调同样的一番整理工作。

第三，适当地吸收各种民间小调歌谣及其他剧种曲调。因为我们单是整理了现有曲调和原有曲调是不够的，必须从各种民间小调歌谣及其他剧种曲调中把合用的吸收进来。必须注意的，在我们吸收的时候，必须是消化的，不能是原封不动地搬移过来就算，那样会使越剧变成一种"十景戏"，也是要经过一番选择整理工作的。

第四，大胆创作新的曲调。不论是越剧现有的原有的或者吸收进来的曲调，都是过去社会里的产物，大部分与今天的生活内容保持有某些距离，所以还应该创作各种新的内容所决定的新的曲调。必须注意的，我们创作新的曲调，不能凭空去创作，应该从越剧现有的基础上进行，否则要使越剧变成另外一个东西了。

有计划地进行曲调改革

苏联名导演格拉西莫夫说："苏联的旧歌剧也是已经不能表现新的生活了，苏联的艺术家正努力寻求新的歌剧的表现方法。……旧歌剧中唱一段换一下地位，仍是如旧的再唱下去的情况，的确是已不能表现向前发展的新生活的特点了。"我们的情况何尝不是如此，时代向前大大地跨进了一步，而越剧远远地落在现实的后头了。

所以越剧曲调的改革工作是一件迫切的工作，越剧工作者必须迅速地有计划地来进行，希望越剧的作曲者、音乐人员、编导、演员及一切工作者，共同地积极地来进行这项工作，为发展人民的新越剧而努力！

关于唱词上的一些问题

元曲路线和民谣路线

目前，上海许多越剧编剧工作者所创作的唱词，我们可以分为以下这两类来谈。

一类是以南薇为首，包括韩义等前东山越艺社的一些编剧者们，从他们的作品如《情探》《宝莲灯》《荡寇志》来看，他们追求辞藻美，是主张走元曲路线的。可以举《荡寇志》一段唱词为例，"四时雨露匀，万里山河秀，蓦地里风吼，恶狠狠豺狼奔走，守着那皓齿星眸，怎忍得虚掷白书"。完全是在模仿旧诗词。

一类是徐进等一些人，为数不多，他们则在学习民谣，在民间语言上花功夫；例如，徐进的《翻身果子翻身花》中的几段唱词，"一条扁担容易弯，千缕纱线拉不断，夫妻双双一条心，早起夜做勤生产""天上的星星跟月亮，地下的老百姓跟着共产党，穷人今朝苦出头，瓦片翻身把家当"。完全是一种山歌风味。

越剧是一种地方性较浓的小戏，从它的历史发展来看，最初的一些剧目如《懒惰嫂》《卖婆记》都是当时民间最现实的题材，唱词也完全是通俗易懂的民间语言，如"日出东方红呵呵，里面走出我金彩娥""你走你的阳关道，我走我的独木桥"。音节何等自然明快，我们要发展越剧，一定要从这个基础上去发展。前者结果是使观众听不懂，是要被观众所唾弃的。虽然他们会声明说，他们在现代剧上并没有这样，可以告诉他们，在古典戏里这样也是不行的。如《梁山伯与祝英台》中并没有深奥的词句，"先生门前一枝梅，树上鸟儿对打对"，倒是成了家喻户晓、人人传诵的名句。

唱句和唱句字数的多少

在越剧剧本创作中，"何处宜唱，何处宜白"是一个极为重要的问题，必须处理得很适当。

"唱"和"白"究竟应该根据什么来决定呢？当然是根据戏的内容，就是说要根据剧中人物性格和情绪发展是否需要某种事件的叙述或感情的抒发而决定。据我所知，越剧界有几个编剧者是先写好话剧本子，然后再由别人或自己插写唱词的；而且这些唱词句数不是根据内容来决定的，是根据演员的肩数大小来决定的，如果头肩演员则是"大段唱工"，二肩、三肩则"十六句""八句"递减，再根据这个比例去"填充"。这样的创作方法，我们可以肯定地说，是创作不出好作品来的。

同时，这不只是唱句句数多少的问题，即使是每句的字数多少，也应该由内容来决定。一般说字数少的如七字句，比较紧急，适合于抒发感情；字数较多的如十字句，比较弛缓，适合于叙述事件。

目前唱句的字数的变化很少，只有七字句、十字句两种（现在的不等字句是按七字句唱的），"玉兰剧团"在一本叫《野种》的戏中试用过"八字句"（上四下四），我觉得还可以应用。在越剧中"四字句""五字句"是没有的，也不妨可以试试。越剧编剧工作者应该在这方面多多努力，和作曲同志多多研究，突破旧有格式，使越剧能丰富起来。

押韵问题

关于押韵问题，我觉得越剧编剧工作者在这方面应该不是保守的，应该大胆地突破它。有一些编剧者常以"一韵到底"自豪，在剧本中除了表现二人意见不合时有改韵外，其余情况都是竭力避免换韵的，其实这并不好，我觉得押韵的目的不只是为了悦耳或者便于记忆，而且是加强节奏。韵脚变化多，节奏就紧，节奏紧，则情感愈激烈。所以我以为唱词的韵脚应根据内容的变化而变化。越剧唱词中有一种"满天星"（即两句一韵，一如陕北的民歌"信天游"），我觉得可以多采用。

越剧的韵辙范围是较狭窄的，目前在应用的只有临清、堂皇、铜钟、腰晓、流求、衣欺、来彩、翻阑、拉柴、天仙、团圆、呜呼、六托、思子等十四个，其余如铁锡、蛙花、柯罗等，还没有人用过；而且这些韵辙完全是嵊县土音，今天越剧说白既已改为浙江官话，我觉得编剧者写唱词时可以采用中州音韵辙。

有些编剧者写一句唱词，是先写好一个押韵字，然后再去想词句；这种"削足适履"的创作方法，结果是错误百出、令人发笑的。如《泪洒相思地》里有一句是"将我当作路柳墙"，为了押韵省去"花"字；如《荡寇志》里有一句是"哪个权贵不贪美"，为了押韵，省去一个"色"字；如《称心如意》中的"你们已经夫妻共"，《锦绣江山》中的"庄稼人踏水不叫饶"，为了押韵竟变乱文法，令人不知所云。

形式化和庸俗化

有些越剧编剧者为了使音节"丰富"，很喜欢用叠声句，如《新珍珠塔》中的"泪汪汪回想想以前情形，威风风乐融融富贵家庭，恨深深好端端遭了天火，眼睁睁凄惨惨霎时变贫"。"方才外面来了他，可恨今天方见他，初看他来不像他，仔细认来正是他，现在他不像从前他，因为道士打扮他……"，一共七十二个"他"。他们只知道在形式上作生硬的堆砌搬弄，不知道形式是应该由内容来决定的。听众们能从这些唱句中得到些什么呢？这根本不是活人在说话，而是一种文字排列的游戏。

在越剧唱词创作中，还有着一套庸俗不堪的滥调，这些滥调几乎成了越剧所专有的公式，有些编剧者抓在手里得意地搬用不肯放手，如"一更里""二更里""叹五更"，如"一点钟""二点钟""叹点钟"，或者来他个二十四个"莫不是"，或者来他个三十六个"我为他"，或者来他个五十二个"我道是，却原来"。

有的编剧者为了六字句能改成七字句，不管接得上接不上，在句中加上一些"在""如""把""来"这些副词，如《称心如意》中的"前途怎堪来设想""生活赛过如天堂"，创造了越剧独有的"文法"。

形式化和庸俗化是编剧者脱离现实生活的结果，今天一个编剧者假如不积极地投身到火热的斗争生活中去锻炼，学习工农兵的生活感情，学习工农兵语言词汇，是绝不可能写出丰富的活生生的反映现实的唱词来的。

后　记

一

新中国儿童文学已走过了风风雨雨七十多年辉煌历程，经典荟萃、群星闪耀，涌现出了大批名家名作。其中，有两部甚是难得、极为厚重的作品，具有重要意义、重大价值，堪称童话界的一大创举、一面旗帜、一座高峰、一个丰碑，至今为世人所津津乐道，那就是洪汛涛先生创作的理论巨著《洪汛涛童话论著》和经典童话《神笔马良》。作者一生主要的贡献有以下几个方面：一是文学创作。他不忘初心、牢记使命，毕生坚持为人民大众创作，为世人留下了五百多万字作品，体裁涵盖文学各个门类，许多作品被编入教材、被摄制成电影、被译成多国文字、在海内外屡获大奖。他是举世公认的文学家。二是理论研究。他的理论，立论大胆、针对实际、边叙边议、通俗好读，开一代理论的风气，为以后的理论研究开辟了一条崭新的道路。他的"童话学"的理论体系，为社会科学建立了一门新的学科。他是著作等身的理论家。三是童话作品。他的童话，反映了人民的心声，是时代、社会的主旋律；他的童话具有深度、富于哲理；他的童话，爱以小说大、以物说人、以古说今、以旧说新。他的《神笔马良》在国内家喻户晓、在国际享有盛名。他是我国努力运用民族传统风格和民间文学形式创作童话的最有成就的作家之一。四是童话教育。他心系教育、情系孩童，呼吁重视开发和引导少儿的幻想智力，提倡孩子自己写童话，让童话进入课堂、进入他们的学习和家庭生活，为实现"童话育人"目标而不懈努力。他是名副其实的教育家。五是两岸交流。他锐意进取、敢为人先，于改革开放后率先打开了两岸交流之门，并为世界华文儿童文学交流作出了杰出贡献。他是当之无愧的活动家。六是编纂出版。他身体力行，甘为人梯，创办和主编过许多高规格、高质量的文学期刊、儿童读物、童话丛书，无私帮助各地出版社及文学新人。他是受人尊敬的热心出版家。

二

儿童文教事业的发展是和整个社会、整个民族密切相关的，也是整个国家的重要组成部分。因为儿童是祖国的未来、世界的希望。十年"文革"后，它和很多行业一样，一片空白，时间不等人、历史不等人，拨乱反正、百废待兴，这一切的一切都离不开理论支撑。1982年，先生在未来出版社出版的《洪汛涛童话新作选》的《后记》中，特意写了这样两句颇为含蓄的话："编完这本集子，我要作小小的停歇。停歇，是为了前进。我将以此为下一个新进程的起步点。"停歇，是暂时先放下创作，而专门从事文学研究。虽然他在中华人民共和国成立前写过一些诗论、书评、读书散记，后来又写过一些戏剧理论和作品评论，但从那时开始至1994年，短短十二年左右时间，他日以继夜、争分夺秒地和时间赛跑，走遍了大江南北，想尽快把十年损失追回来，他一直没有离开过文学理论（包括童话教育）的创作研究和实践工作。虽然，这些岁月中，道路并不平坦，但他终是给后人留下了两百多万字的理论作品。这些理论文字，不但切合创作实际，且富于感情色彩，绝不是学院式的严肃说教，而是文字流畅如散文，读之，似与这位学者在随意尽兴地谈话。而最重要的是，它为恢复、振兴文学事业起到了不可估量的促进作用，也为国家全面的教育改革拉开了序幕。

1980 年，洪汛涛先生应中国人民保卫儿童全国委员会、中国作协、教育部、文化部、国家出版局等八单位联合举办的第二次全国少年儿童文艺创作评奖委员会之邀，任评奖委员，主持评奖办公室的工作，这是新中国成立后最大的一次评奖。（评奖作品范围是 1955 年至 1980 年的儿童文学各个门类作品。）在评奖期间，他写下了许多心得笔记，这些理论发表于全国各报刊，后整理成《儿童·文学·作家》，于 1982 年由河南人民出版社出版，此书印了两版。同年，文化部为了培养文学创作新人、传授创作经验，在各地举办十期儿童文学讲习班，他被聘为讲师，专讲童话理论课程。此后文化部在长春、南昌举办首次全国儿童剧（南、北）会演，他被聘为评奖委员，写了一些剧评。后来，他用几年时间将这些讲稿整理出来，写成 50 万字的理论专著《童话学》，于 1986 年由安徽少年儿童出版社出版，该书获首届全国儿童文学理论专著奖。1987年，他又写了一本《童话艺术思考》，可作为《童话学》的释本和续本，由希望出版社出版。这两本书在我国台湾都有"台湾版"。1986 年，他还主编了《中国儿童文学十年》，由海燕出版社出版。可说是"文革"后十年（1976 年至 1986 年）的历史的总结，是先生最后一部理论研究的专著，也是中国儿童文学史上仅存的一部十年年鉴了。

他以广阔的视野、深刻的洞见以及站在时代前沿的方法论，关注和思考"文革"后整个文学的发展方向。他提倡童话的民族化和现代化的结合。他提倡儿童文学反映生活、贴近时代、贴近儿童。他针对文学时弊，不时发表评论文字。如鉴于童话愈写愈长的倾向，他为《小学生拼音报》主持了三届"全国微型童话征文大奖赛"。为培养童话新人，他创办"全国少年儿童'金凤凰'童话写作大赛"。这两个大赛，他都应邀任主评委，亲自为每篇获奖作品写了评语。他还为许多新作者的新书写过序文介绍。鉴于理论界存在许多分歧，他倡议并主持召开了数次全国性的理论研讨会。为繁荣创作，他还发起并主持过许多全国和地方评奖工作（如湖南张天翼童话寓言奖等）。海内外邀他讲学，他都写了学术论文。他还主编了许多有关文学的选集，并以编者名义写了前言或后记。接连许多年，每年年底他都要写一些一年来儿童文学的评述，如儿童文学园丁奖（现改为陈伯吹国际儿童文学奖）每年的"集刊"。他每年将全国儿童文学的发展进行总结并梳理成文，和本届获奖作品包括点评文章汇编成集一起出版。

《洪汛涛童话论著》是作者对自己理论的一个全面总结。它分《童话学》和《童话论》两本书。《童话学》已出版，而且修订本也由长江文艺出版社在 2018 年出版了。《童话论》由于种种原因，至今还没完整出版过。这次出版的《洪汛涛文集（第一辑）》，除台湾版《童话学》外，都选编自《童话论》，其他章节准备分辑推出。《童话论》是作者生前花了大量时间和精力选编好的，他先做好搜集整理，后分门归类编辑好，还一字一句做了认真修订。

1994 年，中国少年儿童出版社出版了《洪汛涛作品选》，洪汛涛先生在《后记》里写道："我在童话的领域里，从创作走向理论，现在又要从理论走向创作，这不应是回归和重复，而是前伸和延展。"他还说："我的一生，我的一切，希望能付给童话。"确实，他为童话、为儿童付出了巨大的爱，是一个在文学创作上有独特风格的作家，也是一个在理论研究上有精辟见解的学者。他在文学创作和理论研究上，都有重要的建树和贡献，为党的文教事业倾注了毕生心血。他是一位文学巨人，推动童话历史车轮前进的巨人。

三

《洪汛涛文集》是近年来少有的、具有一定规模的文学集成，作品视野宏阔、内涵深厚、思想深邃，是无愧于时代和历史的精品佳作，在学术视野的广度、研究问题的深度、理论视角的新颖度方面都有所突破。它既有扎实的史料研究，又有问题意识鲜明的应对现实需求之作；既有对传统研究领域的传承与突破，又有对文学新气象的前沿性探索。同时，它还具有国际视野与跨文化意识，这些都体现出了作者深厚的文学功底和远见卓识，体现出了作品的色彩和质地。文教界应该为拥有这样的名作而骄傲，应该为拥有洪汛涛先生这样的名家而自豪。

从传承角度，文学理论研究是重要选题内容，不能只看经济效益，要做好传承和积累。从现实层面，文学创作一定要有理论的引领。出版是理论研究成果的推广和传播的一个很重要的落地方式，而理论图书的出版是一个不可或缺的重要门类。没有体系完备、学术权威的理论研究，文学的发展是不完整的。所以东方出版中心出版《洪汛涛文集（第一辑）》先出版先生的理论，这是有见识的出版者的一个善举，也是有魄力的出版社的一个壮举，还是很有价值与眼光的好事。借此机会，我要特别感谢上海市委宣传部、上海作家协会赵丽宏副主席和东方出版中心，也要感谢为本书顺利出版付出辛勤劳动的每一位同志，还要感谢海内外各界人士、媒体朋友的关心和支持以及读者的喜欢和厚爱。

史传千秋业，文传百代馨。洪汛涛先生逝世后，人们每年都不断以各种方式纪念他，洪汛涛"纪念馆""主题馆""艺术成就馆""神笔马良故里"等先后建成，"洪汛涛研究中心"成立，这一切不仅是为了研究他的艺术成就、缅怀他的高尚情操和学习他的治学精神，也是为了从他的文学艺术遗产中得到启迪，从他的宝贵精神财富中汲取力量。其中，《洪汛涛文集》就是一份珍贵的具有学术意义、历史价值的文化遗产，全面地呈现其宏大精深的文学和学术思想内涵，对后来的研究者具有很高的借鉴价值。高山仰止，景行行止。我们怀着无比敬仰和崇敬的心情，谨以先生的《文集》来缅怀他、追思他、纪念他。同时，我们衷心祝愿洪汛涛先生毕生为之努力和奋斗的中国文教事业明天更加美好、更上一层楼。

中国儿童文学研究会会员洪画千写于 2020 年春节